Colleen McCullough

Eine Krone aus Gras

Colleen McCullough

Eine Krone aus Gras

Roman

Aus dem Amerikanischen von Hans Bangerter, Karl-Heinz Dürr und Enrico Heinemann

C. Bertelsmann

Die Originalausgabe erscheint
unter dem Titel
»The Grass Crown«
bei William Morrow & Company, Inc., New York

1. Auflage

Satz: Büro Dr. Ulrich Mihr, Tübingen
Druck und Bindung: Wiener Verlag
Printed in Austria
ISBN 3-570-08322-5

Für
FRANK ESPOSITO
den ich sehr bewundere,
in Liebe und Dankbarkeit

I

Das Aufregendste, was in den letzten fünfzehn Monaten passiert ist«, sagte Gaius Marius, »das war doch der Elefant, den Gaius Claudius bei den Römischen Spielen zeigte.«

Aelia strahlte. »Ganz wunderbar war er«, rief sie, lehnte sich auf ihrem Stuhl nach vorne und griff in die Schale mit den großen grünen Oliven, die aus Hispania Ulterior importiert worden waren. »Wie er auf seinen Hinterbeinen herumtapste! Und auf allen vieren tanzte! Und auf einem Sofa saß und sich selbst mit dem Rüssel fütterte!«

Lucius Cornelius Sulla sah seine Frau verächtlich an und sagte kalt: »Was gefällt den Menschen eigentlich so daran, wenn Tiere Menschen nachäffen? Der Elefant ist die edelste Kreatur der Welt. Gaius Claudius Pulchers Tier kam mir wie eine doppelte Karikatur vor – die Karikatur eines Menschen und die eines Elefanten.«

Für den Bruchteil einer Sekunde entstand eine Pause, die von allen im Speisezimmer Anwesenden mit Unbehagen registriert wurde. Dann lenkte Julias fröhliches Lachen die Aufmerksamkeit von der unglücklichen Aelia ab. »Ach komm, Lucius Cornelius, er war der absolute Liebling von allen!« sagte sie. »Ich habe ihn jedenfalls auch sehr bewundert – er war so klug und so eifrig! Und wie er den Rüssel hob und im Rhythmus mit der Trommel trompetete – erstaunlich! Und er schien es gern zu tun.«

»Seine Farbe gefiel mir so gut«, warf Aurelia ein, um auch etwas zu sagen. »Rosa!«

Aber Lucius Cornelius Sulla hörte schon nicht mehr zu. Er hatte sich umgedreht und redete nun mit Publius Rutilius Rufus.

Julia seufzte mit traurigen Augen. »Gaius Marius«, sagte sie zu ihrem Mann, »ich glaube, es ist Zeit, daß wir Frauen uns zurückziehen und euch Männer dem Wein überlassen. Entschuldigt uns bitte.«

Marius' Hand kam über den schmalen Tisch zwischen seiner Liege und Julias Stuhl; Julia umfing sie liebevoll mit ihrer eigenen Hand und versuchte, sich von seinem verzerrten Lächeln nicht noch mehr bekümmern zu lassen. Es war doch schon so lange her! Aber noch immer waren in seinem Gesicht die Spuren jenes heimtückischen Schlaganfalls zu lesen. Und was die ergebene und liebende Ehefrau nicht einmal sich selbst eingestand: Der Schlaganfall hatte auch in Gaius Marius' Geist seine Spuren hinterlassen. Sein Temperament ging nun zu leicht mit ihm durch, kleine Kränkungen, die zudem weitgehend eingebildet waren, machten ihm mehr zu schaffen, und er begegnete seinen Feinden unversöhnlicher als vorher.

Julia stand auf, löste mit einem ganz besonderen Lächeln, das nur für ihren Mann bestimmt war, ihre Hand aus der seinen und legte sie auf Aelias Schulter. »Komm, meine Liebe«, sagte sie, »wir gehen ins Kinderzimmer hinunter.«

Aelia und Aurelia standen auf. Die drei Männer blieben liegen, unterbrachen ihr Gespräch allerdings, bis die Frauen und die Sklaven das Zimmer verlassen hatten.

»Schweinebacke kommt also endlich nach Hause«, sagte Lucius Cornelius Sulla, als er sicher war, daß seine verabscheute zweite Frau außer Hörweite war.

Marius rutschte ruhelos auf seinem Ende der mittleren Liege hin und her. Er runzelte die Stirn, aber sein Stirnrunzeln wirkte nicht mehr so unheilvoll wie früher, da die linke Gesichtshälfte infolge der anhaltenden Lähmung traurig herabhing.

»Was für eine Antwort erwartest du von mir, Lucius Cornelius?« fragte er schließlich.

Sulla lachte kurz. »Eine ehrliche Antwort natürlich, was sonst? Allerdings war meine Bemerkung ja gar nicht als Frage formuliert, Gaius Marius.«

»Ich weiß. Aber sie verlangt trotzdem nach einer Antwort.«

»Stimmt«, sagte Sulla. »Schön, ich formuliere sie um. Was sagst du dazu, daß Schweinebacke aus dem Exil zurückgerufen wird?«

»Nun, in bin nicht gerade entzückt vor Freude.« Marius warf Sulla einen schnellen und durchdringenden Blick zu. »Du vielleicht?«

Sie haben sich einander unmerklich entfremdet, dachte Publius Rutilius Rufus, der allein auf der zweiten Liege ruhte. Vor drei Jahren – oder sogar noch vor zwei Jahren – wäre ein so angespanntes, argwöhnisches Gespräch zwischen den beiden undenkbar gewesen. Was war geschehen? Und wessen Schuld war es?

»Ja und nein, Gaius Marius«, sagte Sulla und starrte in seinen Weinbecher. »Ich langweile mich!« knurrte er dann mit zusammengebissenen Zähnen. »Wenn Schweinebacke in den Senat zurückkehrt, wird es vielleicht wieder interessanter. Mir fehlen die Schlachten, die ihr zwei immer ausgetragen habt.«

»In diesem Fall wirst du enttäuscht werden, Lucius Cornelius. Ich werde nicht in Rom sein, wenn Schweinebacke zurückkehrt.«

Sulla und Rutilius Rufus setzten sich auf.

»Nicht in Rom?« sagte Rutilius Rufus schrill.

»Nein, ich werde nicht in Rom sein«, wiederholte Marius und grinste mit säuerlicher Genugtuung. »Mir ist gerade ein Gelübde eingefallen, das ich vor meinem Sieg über die Germanen vor der Göttin Magna Mater abgelegt habe. Ich gelobte, im Fall eines Sieges eine Pilgerfahrt zu ihrem Heiligtum in Pessinus zu unternehmen.«

»Gaius Marius, das kannst du nicht tun!« sagte Rutilius Rufus.

»Das kann ich sehr wohl, Publius Rutilius! Und das werde ich auch!«

Sulla ließ sich auf den Rücken fallen und lachte. »Die Schatten des Lucius Gavius Stichus!« rief er.

»Von wem sprichst du?« fragte Rutilius Rufus, der sich immer gerne ablenken ließ, wenn er Tratsch witterte.

»Von dem verstorbenen Neffen meiner verstorbenen Stiefmutter.« Sulla grinste immer noch. »Vor vielen Jahren zog er in mein Haus ein – es gehörte damals meiner Stiefmutter. Er wollte mich loswerden, indem er mich bei Clitumna schlechtmachte, und er spekulierte darauf, mich bloßstellen zu können, wenn er mit mir in Clitumnas Haus wohnte. Also ging ich. Kehrte Rom den Rücken. Mit dem Ergebnis, daß er nur noch sich selbst bloßstellen konnte – was er sehr wirkungsvoll besorgte. Clitumna hatte in kürzester Zeit genug von ihm.« Sulla wälzte sich auf den Bauch. »Kurz darauf starb er«, fuhr er nachdenklich fort und unterbrach sein Lächeln durch einen theatralischen Seufzer. »Ich hatte seine Pläne durchkreuzt!«

»Es besteht also die Aussicht, daß die Heimkehr von Quintus Caecilius Metellus Numidicus Schweinebacke nicht der erhoffte Triumph wird«, sagte Marius.

»Darauf trinke ich«, sagte Sulla und hob seinen Becher.

Ein schwer zu brechendes Schweigen entstand. Die alte Übereinstimmung war nicht mehr da, und Sullas Antwort hatte sie auch nicht wiederhergestellt. Vielleicht, dachte Publius Rutilius Rufus, war die frühere Eintracht in Wirklichkeit eine Zweck- und Kampfgemeinschaft gewesen, keine tiefverwurzelte Freundschaft. Aber wie konnten Marius und Sulla all die Jahre vergessen, in denen sie die äußeren Feinde Roms gemeinsam bekämpft hatten? Wie konnte die Unzufriedenheit ihres jetzigen Lebens in Rom die ganze Vergangenheit auslöschen? Saturninus hatte das Ende des alten Lebens bedeutet. Saturninus und der unselige Schlaganfall von Marius. Dann sagte Publius Rutilius Rufus sich: Unsinn, Publius Rutilius Rufus! Marius und Sulla sind eben beide Männer, die immer aktiv und mit wichtigen Dingen beschäftigt sein müssen. Sie sitzen nicht gerne zu Hause herum – so ganz ohne Amt und Würden. Sobald sie wieder zusammen in den Krieg ziehen können oder ein Saturninus auftaucht, der König von Rom werden will, schnurren sie wieder miteinander wie zwei Katzen, die einander das Gesicht lecken.

Aber die Zeit verging. Er und Gaius Marius standen in ihrem sechzigsten Lebensjahr, Lucius Cornelius Sulla war zweiundvierzig. Da Publius Rutilius Rufus sich nicht in den trügerischen Tiefen eines Spiegels zu betrachten pflegte, wußte er nicht, wie gut er selbst dem Ansturm des Alters standgehalten hatte. Aber seine Augen waren noch sehr gut, zumindest auf die Entfernung, in der er jetzt Gaius Marius und Lucius Cornelius Sulla vor sich sah.

Gaius Marius war in letzter Zeit um einiges schwerer geworden und mußte sich neue Togen schneidern lassen. Ein gewichtiger Mann war er immer gewesen, aber gesund und wohlproportioniert. Sein zusätzliches Gewicht verteilte sich nun auf Schultern, Rücken, Hüften, Schenkel und auch auf seinen muskulös wirkenden Bauch. Die zusätzliche Last, die er mit sich herumtragen mußte, hatte sein Gesicht ein wenig geglättet, das nun größer, runder und dank des zurückweichenden Haaransatzes höher wirkte. Die linksseitige Lähmung übersah Rutilius Rufus bewußt und verweilte statt dessen auf den erstaunlichen Augenbrauen – sie waren so gewaltig, buschig und eigenwillig wie eh und je. Die Brauen des Gaius Marius hatten schon so manchen Bildhauer in Verzweiflung gestürzt! Die römischen oder italischen Bildhauer, die den Auftrag erhielten, eine Stadt, ein öffentliches Gebäude oder irgendein freies Grundstück, auf dem unbedingt eine Statue aufgestellt werden mußte, mit einem in Stein gehauenen Bildnis des Marius zu verschönern, wußten ja wenigstens, was ihnen bevorstand, noch ehe sie Gaius Marius zu Gesicht bekamen. Reiste dagegen ein gefeierter griechischer Bildhauer aus Athen oder Alexandria nach Rom, um ein Ebenbild des seit Scipio Africanus meistporträtierten Mannes zu schaffen, erschien auf seinem Gesicht angesichts dieser Brauen das blanke Entsetzen. Die Künstler gaben ihr Bestes, aber Gaius Marius' Gesicht war auch auf einfachen Zeichnungen auf einer Holztafel oder einem Stück Leinwand stets nur der Hintergrund für die alles dominierenden Brauen.

Das beste Porträt seines alten Freundes, das Rutilius Rufus kannte, war eine mit schwarzer Farbe auf die Außenwand von Rutilius Rufus' Haus grob hingeworfene Zeichnung. Sie bestand nur aus ein paar Strichen – eine einzige sinnliche Kurve deutete die volle Unterlippe an, eine andere die funkelnden Augen – wie hatte der unbekannte Maler es fertiggebracht, mit Schwarz funkelnde Augen darzustellen? –, die Augenbrauen bestanden nur aus jeweils zehn Strichen. Und doch war es Gaius Marius, wie er leibte und lebte, mit all seinem Stolz, seiner Klugheit, seiner Unbezähmbarkeit, in einem Wort, seinem Charakter. Wie sollte man diese Art von Kunst beschreiben? *Vultum in peius fingere* ... ein mit Boshaftigkeit geformtes Gesicht, aber so gut gemacht, daß aus der Boshaftigkeit Wahrheit geworden war. Doch noch bevor Rutilius Rufus hatte überlegen können, wie er das gelungene Porträt auf seiner Mauer retten konnte, ohne daß es in tausend Stücke zerfiel, war es von einem Regenguß abgewaschen worden.

Auch der begabteste Zeichner hätte kein solches Porträt von Lucius Cornelius Sulla machen können. Ohne den Zauber der Farbe wäre Sulla ein beliebiger, einigermaßen gutaussehender Mann gewesen: ein wohlgeformter Kopf, ebenmäßige Züge, alles in allem ein typisch römisches Gesicht, ganz im Gegensatz zu Gaius Marius' Gesicht. Erst die Farbe machte Sulla zu einer einzigartigen Erscheinung. Zweiundvierzig war er, und seine Haare waren noch so voll wie eh und je – und was für Haare! Weder mit rot noch mit golden waren sie hinreichend beschrieben. Dicht, gewellt und vielleicht ein wenig zu lang. Und Augen wie Gletschereis, ein ganz blasses Blau, umgeben von einem Blau, so dunkel wie eine Gewitterwolke. An diesem Abend sahen seine schmalen, geschwungenen Brauen und seine kräftigen, langen Wimpern braun aus. Aber Publius Rutilius Rufus hatte Sulla schon in weniger entspannten Situationen erlebt und wußte, daß er heute, wie er es häufig tat, Antimon aufgetragen hatte; in Wirklichkeit waren seine Brauen und Wimpern nämlich so hell, daß man sie überhaupt nur sehen konnte, weil seine Haut von einem blassen, fast pigmentlosen Weiß war.

Frauen waren von Sulla so fasziniert, daß sie Verstand, Urteilsvermögen und Tugendhaftigkeit verloren. Sie schlugen alle Warnungen in den Wind, brachten Gatten, Väter und Brüder zur Verzweiflung und kicherten verlegen, wenn er sie im Vorbeigehen auch nur mit einem Blick streifte. Ein so fähiger, kluger Mann! Ein hervorragender Soldat, ein tüchtiger Beamter, ein nahezu perfekter Organisator und dazu so tapfer, wie man es von einem Mann nur wünschen konnte. Und doch waren Frauen sein Verhängnis. Das dachte jedenfalls Publius Rutilius Rufus, dessen angenehmes, aber eher alltägliches und farblich unauffälliges Gesicht ihn nicht von Tausenden anderer Männer unterschied. Nicht daß Sulla ein Schürzenjäger oder Weiberheld gewesen wäre; nach Rutilius Rufus' Meinung benahm er sich bewundernswert korrekt. Aber zweifellos hatte ein Mann, der danach strebte, die oberste Sprosse der politischen Leiter Roms zu erklimmen, bessere Chancen, wenn er nicht wie Apollo aussah. Gutaussehende Männer, denen die Frauen zu Füßen lagen, weckten das Mißtrauen anderer Männer. Man verachtete sie als Leichtgewichte oder Weichlinge oder fürchtete, von ihnen Hörner aufgesetzt zu bekommen.

Im Vorjahr, erinnerte Rutilius Rufus sich, hatte Sulla für die Prätur kandidiert. Alles schien für ihn zu sprechen. Seine militärischen Erfolge waren glänzend und wurden auch gebührend gewürdigt – Gaius Marius hatte dafür gesorgt, daß die Wahlmänner erfuhren, welch unschätzbare Dienste Sulla ihm als Quästor, Volkstribun und schließlich Legat geleistet hatte. Sogar Catulus Caesar, der keinen besonderen Grund hatte, Sulla zu mögen, hatte sich für ihn eingesetzt und seine Verdienste im italischen Gallien im Jahr der Niederschlagung der germanischen Kimbern gerühmt. Dann, während der wenigen, kurzen Tage, als Lucius Appuleius Saturninus die Republik bedroht hatte, war es der unermüdliche Sulla gewesen, der es Gaius Marius ermöglicht hatte, der Bedrohung Herr zu werden. Denn immer wenn Gaius Marius einen Befehl erteilt hatte, war es Sulla gewesen, der ihn ausführte. Quintus Caecilius Metellus Numidicus »Schweinebacke«, wie Marius, Sulla und Rutilius Rufus ihn nannten, hatte, bevor er ins Exil ging, aller Welt zu verstehen gegeben, daß die erfolgreiche Beendigung des afrikanischen Krieges gegen König Jugurtha seiner Meinung nach allein Sulla zu verdanken sei und daß Marius sich zu Unrecht mit dessen Lorbeeren geschmückt habe. Allein Sulla habe erreicht, daß Jugurtha gefangengenommen worden sei, und jedermann wisse, daß der Krieg in Afrika erst mit der Gefangennahme Jugurthas wirklich zu Ende gewesen sei. Als Catulus Caesar und ein paar andere ultrakonservative

Stimmen im Senat Schweinebacke zustimmten, daß der Verdienst für den Sieg über Jugurtha eigentlich Sulla gebühre, schien der Aufstieg von Sullas Stern unaufhaltsam und seine Wahl zu einem der sechs Prätoren eine Gewißheit. Und bei alledem mußte noch Sullas eigenes Verhalten in der Sache berücksichtigt werden – er war so bewundernswert bescheiden und gerecht. Im Wahlkampf hatte er bis zuletzt darauf bestanden, die Gefangennahme Jugurthas müsse Marius zugeschrieben werden, da er selbst nur Marius' Befehle ausgeführt habe. So etwas wurde von den Wählern gewöhnlich honoriert. Loyalität zum Feldherrn auf dem Schlachtfeld wie auf dem Forum war eine vielgepriesene Tugend.

Es kam freilich anders. Als sich die Wahlmänner der Zenturien in den *saepta* auf dem Marsfeld versammelten und die Zenturien nacheinander ihre Stimme abgaben, gehörte Lucius Cornelius Sulla, dessen Name allein schon so aristokratisch und vornehm klang, nicht zu den sechs erfolgreichen Kandidaten. Und damit nicht genug: Einige der Männer, die Sulla vorgezogen worden waren und lediglich mittelmäßige Leistungen vorweisen konnten, hatten nicht einmal patrizische Vorfahren.

Warum diese Niederlage? Das war unmittelbar nach dem Wahltag die einzig brennende Frage, die Sullas Anhänger beschäftigte. Er selbst äußerte sich nicht, obwohl er die Antwort kannte. Ein wenig später erfuhren auch Rutilius Rufus und Marius, was Sulla schon wußte. Der Grund für seine Niederlage hatte einen Namen und war körperlich nicht besonders groß: Caecilia Metella Delmatica, die gerade neunzehn Jahre alte Frau des Senatsältesten Marcus Aemilius Scaurus, der Konsul gewesen war, als die Germanen zum ersten Mal aufgetaucht waren, Zensor, als Metellus Numidicus Schweinebacke nach Afrika in den Kampf gegen Jugurtha gezogen war, und Senatsvorsitzender seit seiner Zeit als Konsul, die nun schon neunzehn Jahre zurücklag. Eigentlich war Delmatica vertraglich dem Sohn des Scaurus versprochen worden, aber dieser, ein erklärter Feigling, hatte sich nach dem Rückzug Catulus Caesars aus Tridentum das Leben genommen. Und Metellus Numidicus Schweinebacke, verantwortlich für seine siebzehnjährige Nichte, hatte sie prompt Scaurus selbst zur Frau gegeben, obwohl sie vierzig Jahre jünger als ihr Ehemann war.

Natürlich hatte niemand Delmatica gefragt, was sie von dieser Vereinigung hielt, und zuerst hatte sie es nicht einmal selbst gewußt. Geblendet von der enormen *auctoritas* und *dignitas* ihres Mannes, war sie außerdem froh, dem stürmischen Haushalt ihres Onkels Metellus Numidicus entrinnen zu können. Dort wohnte zu diesem Zeitpunkt auch dessen Schwester, eine Frau, deren sexuelle Neigungen und hysterisches Benehmen das Zusammenleben mit ihr zu einer Qual machten. Von Scaurus wurde Delmatica dann sofort schwanger (was zu einer weiteren Steigerung seiner *auctoritas* und *dignitas* führte), und neun Monate später gebar sie ihm eine Tochter. Inzwischen hatte sie freilich bei einem von ihrem Mann gegebenen Abendessen Sulla kennengelernt, und die beiden fühlten sich mit schmerzhafter Heftigkeit zueinander hingezogen.

Sulla war sich der Gefahr bewußt, die Scaurus' junge Frau für ihn bedeutete, und unternahm nichts, die Bekanntschaft mit ihr zu vertiefen. Ganz anders Delmatica. Sie wartete, bis die Leichname des Saturninus und seiner Freunde mit all der Ehre verbrannt worden waren, die ihnen als noch nicht verurteilte römische Bürger zukam, und bis Sulla begann, sich im Rahmen seines Wahlkampfes für die Prätur auf dem Forum und in der Stadt bekannt zu machen. Dann lenkte auch sie ihre Schritte immer häufiger auf das Forum und in die Stadt. Wo immer Sulla sich aufhielt, war auch Delmatica in der Nähe, hinter einem Sockel oder einer Säule verborgen und das Gesicht verhüllt, damit niemand sie erkannte.

Sulla lernte schnell, Orte wie den Porticus Margaritaria zu meiden, wo eine Frau aus patrizischer Familie nicht weiter auffiel, weil es dort viele Juweliergeschäfte gab. So hatte Delmatica zwar selten Gelegenheit, mit ihm zu sprechen, aber für Sulla bedeutete ihr Verhalten eine Wiederbelebung eines alten, schrecklichen Alptraums vergangener Zeit; damals hatte Julilla ihn unter einer Lawine aus Liebesbriefen begraben, die sie oder ihr Mädchen ihm immer dann in die Falten seiner Toga schoben, wenn er nicht wagte, sich dagegen zu wehren, weil er kein Aufsehen erregen wollte. Das Ganze hatte in einer *confarreatio* geendet, einer praktisch unauflösbaren, offiziell geschlossenen Ehe, die mit all ihrer Bitterkeit, ihren Anfechtungen und ihrer Demütigung bis zu Julillas Selbstmord gedauert hatte – eine weitere schreckliche Episode der zahlreichen Begegnungen Sullas mit Frauen, die danach trachteten, ihn zu zähmen.

Also suchte Sulla die schäbigen, stinkenden und überfüllten Gassen der Subura auf und vertraute sich der einzigen Freundin an, die den Abstand zu ihm wahren konnte, den er im Augenblick so verzweifelt brauchte – Aurelia, der Schwägerin seiner toten Frau Julilla.

»Was soll ich tun?« rief er. »Ich sitze in der Falle, Aurelia, es ist genau wie bei Julilla! Ich werde sie nicht los!«

»Das Problem ist, daß diese Weiber so wenig zu tun haben«, sagte Aurelia grimmig. »Kindermädchen für die Kleinen, kleine Feste mit Freundinnen, die sich nur durch die Menge an Tratsch unterscheiden, den sie verbreiten, Webstühle, die sie nicht anzurühren gedenken, und Köpfe, die zu leer sind, als daß sie sich mit einem Buch trösten könnten. Die meisten von ihnen können mit ihren Ehemännern nichts anfangen, weil sie Vernunftehen schließen mußten – entweder waren ihre Väter auf politischen Machtzuwachs erpicht, oder ihre Gatten hatten es auf die Mitgift oder das zusätzliche Ansehen abgesehen. Wenn die Frauen den Alltagstrott dann ein Jahr lang mitgemacht haben, sind sie reif für eine Dummheit, wie zum Beispiel eine Liebesaffäre.« Aurelia seufzte. »In der Liebe können sie wenigstens frei wählen, Lucius Cornelius, wo können sie das sonst noch? Die Klügeren begnügen sich mit Sklaven, die Dummen verlieben sich ernsthaft. Und damit haben wir es leider in diesem Fall zu tun. Delmatica, das arme dumme Kind, ist ganz von Sinnen! Und du bist die Ursache ihres Wahnsinns.«

Sulla kaute auf seiner Lippe und verbarg seine Gedanken, indem er auf seine Hände starrte. »Nicht willentlich«, sagte er.

»*Ich* weiß das! Aber weiß es auch Marcus Aemilius Scaurus?«

»Ich hoffe bei den Göttern, daß er gar nichts weiß!«

Aurelia schnaubte. »Ich könnte mir denken, er weiß eine ganze Menge.«

»Warum hat er mich dann nicht aufgesucht? Oder soll ich ihn aufsuchen?«

»Darüber denke ich gerade nach«, sagte Aurelia, Eigentümerin eines großen Mietshauses, Vertraute von vielen, Mutter von drei Kindern und einsame Ehefrau, die stets beschäftigt war und doch nie geschäftig tat.

Sie saß seitlich an ihrem großen Arbeitstisch, der ganz mit Papieren und Buchrollen bedeckt war. Trotzdem zeugte der Tisch nicht von Unordnung, sondern lediglich von viel Arbeit.

Wenn sie mir nicht helfen kann, dachte Sulla, kann mir niemand helfen. Die einzige andere Person, die er noch um Rat hätte fragen können, war in dieser Situation nicht zuverlässig. Aurelia war nur eine Freundin, Metrobius war noch sein Liebhaber mit allen gefühlsmäßigen Komplikationen, die ein solches Verhältnis mit sich brachte, ganz zu schweigen von der Tatsache, daß Metrobius männlichen

Geschlechts war. Der junge griechische Schauspieler hatte am Vortag eine scharfe Bemerkung über Delmatica fallen lassen. Da erst war Sulla voller Schrecken klargeworden, daß offenbar ganz Rom über ihn und Delmatica redete, denn die Welt von Metrobius war meilenweit entfernt von der Welt, in der sich Sulla mittlerweile bewegte.

»Sollte ich Marcus Aemilius Scaurus aufsuchen?« fragte er noch einmal.

»Ich finde, du solltest lieber mit Delmatica selbst sprechen, aber ich sehe keine Möglichkeit, wie du das bewerkstelligen kannst«, sagte Aurelia mit gespitzten Lippen.

Sulla kam ein Gedanke. »Könntest du sie vielleicht hierher einladen?«

»Auf gar keinen Fall!« Aurelia war entsetzt. »Lucius Cornelius, du bist sonst ein besonders nüchtern und praktisch denkender Mann, aber manchmal scheinst du deinen angeborenen Verstand nicht benutzen zu wollen! Verstehst du denn nicht? Marcus Aemilius Scaurus läßt seine Frau mit Sicherheit beobachten. Bisher hast du deinen Ruf nur retten können, weil ihm die Beweise für seinen Verdacht fehlten.«

Sulla zeigte seine langen Eckzähne, aber es war kein Lächeln. Einen unvorsichtigen Augenblick lang ließ er seine Maske fallen, und Aurelia bekam jemanden zu sehen, den sie nicht kannte. Aber – stimmte das wirklich? Oder sah sie vielleicht jemanden, dessen Existenz sie schon immer geahnt hatte, den sie aber bisher nie zu Gesicht bekommen hatte? Jemand, dem alle menschlichen Eigenschaften fehlten, ein nacktes Ungeheuer mit Klauen, das nur den Mond anheulen konnte. Zum ersten Mal in ihrem Leben hatte sie furchtbare Angst.

Ihr sichtliches Erschauern verscheuchte das Ungeheuer. Sulla setzte seine Maske wieder auf und stöhnte.

»Aber was soll ich dann tun, Aurelia? Was kann ich tun?«

»Als du mir das letzte Mal von ihr erzählt hast – allerdings vor zwei Jahren –, sagtest du, du seist in sie verliebt, obwohl du sie nur dieses eine Mal getroffen hättest. Ganz ähnlich wie bei Julilla, nicht? Das macht es ja so schlimm. *Sie* weiß natürlich nichts von Julilla außer der Tatsache, daß du früher eine Frau hattest, die sich das Leben nahm – was bestens geeignet ist, deine Anziehungskraft auf Frauen noch zu steigern. Es suggeriert nämlich, daß es für eine Frau gefährlich ist, dich zu kennen und zu lieben. Was für eine Herausforderung! Nein, ich fürchte, die arme kleine Delmatica hat sich hoffnungslos in den Schlingen verfangen, die du – wie unbeabsichtigt auch immer – ausgelegt hast.«

Aurelia dachte einen Augenblick nach und sah ihm dann in die Augen. »Sage nichts, Lucius Cornelius, und unternehme nichts. Warte, bis Marcus Aemilius Scaurus zu dir kommt. So wirkst du am unschuldigsten. Aber sorge dafür, daß er keinerlei Beweise für die Untreue seiner Frau findet, auch keine indirekten. Verbiete deiner Frau, das Haus zu verlassen, wenn du zu Hause bist – für den Fall, daß Delmatica einen deiner Sklaven besticht, sie einzulassen. Das Problem ist, daß du Frauen weder verstehst noch besonders magst. Deshalb weißt du nicht, wie du ihren Schlichen begegnen kannst, und fällst auf sie herein. Ihr Mann muß zu dir kommen. Sei freundlich zu ihm, ich bitte dich! Er ist ein alter Mann mit einer jungen Frau: Der Besuch wird ihm schwerfallen. Daß seine Frau ihn nicht betrogen hat, hat er nur deinem Desinteresse zu verdanken. Deshalb mußt du alles Erdenkliche tun, um seinen Stolz nicht zu verletzen. Bedenke, daß ihm an Macht und Einfluß nur Gaius Marius gleichkommt.« Sie lächelte. »Diesen Vergleich würde er zwar zurückweisen, aber er stimmt. Wenn du Prätor werden willst, kannst du dir nicht leisten, ihn zu verletzen.«

Sulla beherzigte Aurelias Rat, aber leider nicht vollständig. Er machte sich einen schlimmen Feind, weil er kein Mitgefühl zeigte und Scaurus nicht half, das Gesicht zu wahren.

Nach dem Gespräch mit Aurelia geschah zunächst sechzehn Tage lang nichts, außer daß Sulla nun nach Scaurus' Aufpassern Ausschau hielt und alles vermied, was Scaurus als Hinweis auf die Untreue seiner Frau auslegen konnte. Sulla fiel auf, daß sich Scaurus' Freunde und seine eigenen Bekannten grinsend verstohlene Blicke zuwarfen; das war sicher nichts Neues, aber bisher hatte er es nicht bemerkt.

Das Schlimmste war, daß er Delmatica immer noch begehrte – oder liebte – oder von ihr besessen war – oder alles zusammen. Es war wie bei Julilla. Der Schmerz, der Haß und das Verlangen, jeden zusammenzuschlagen, der ihm über den Weg lief. Von einem Traum, in dem er mit Delmatica schlief, konnte er übergangslos in einen anderen Traum hinübergleiten, in dem er ihr den Hals brach und zusah, wie sie mit verrückten Zuckungen über ein vom Mond beschienenes Rasenstück in Circei tanzte – nein, nein, so hatte er seine Stiefmutter umgebracht! Immer öfter öffnete er das Geheimfach des Schreines, in dem die Maske seines Vorfahren Publius Cornelius Sulla Rufinus, des Jupiterpriesters ruhte, nahm die Giftfläschchen und die Schachtel heraus, die das weiße Pulver enthielt – damit hatte er Lucius Gavius Stichus und den Muskelprotz Hercules Atlas umgebracht. Pilze? Mit ihnen hatte er seine Geliebte umgebracht – iß diese Pilze, Delmatica!

Aber seit dem Tod Julillas war viel Zeit vergangen. Sulla war erfahrener geworden und kannte sich selbst besser. Er konnte Delmatica genausowenig töten, wie er Julilla hatte töten können. Bei Frauen aus altem Patriziergeschlecht gab es keine andere Möglichkeit, als die Sache bis zum bitteren Schluß auszusitzen. Eines fernen Tages würden er und Caecilia Metella Delmatica beenden, was er in diesem Augenblick nicht anzufangen wagte.

Dann endlich klopfte Marcus Aemilius Scaurus an seine Tür. Der zähe Alte nahm auf Sullas Klientenstuhl Platz und blickte mit seinen wachen grünen Augen, die seinen kahlen Schädel und sein faltiges Gesicht Lügen straften, verdrossen in die freundliche Miene seines Gastgebers. Hätte er doch nur zu Hause bleiben können, statt seinen Stolz überwinden und diese vollkommen absurde Situation durchstehen zu müssen!

»Wahrscheinlich weißt du, warum ich hier bin, Lucius Cornelius«, sagte Scaurus mit erhobenem Kopf, die Augen gerade auf sein Gegenüber gerichtet.

»Ich glaube ja«, antwortete Sulla nur.

»Ich bin gekommen, um mich für das Betragen meiner Frau zu entschuldigen und dir zu versichern, daß ich nach diesem Gespräch sogleich dafür sorgen werde, daß meine Frau dich nicht weiterhin belästigt.« Da! Es war draußen. Und er lebte noch und war nicht vor Scham gestorben. Aber in Sullas ruhigem, sachlichen Blick glaubte er eine Spur von Verachtung zu entdecken. Einbildung, vielleicht, aber das war es, was Scaurus zu Sullas Feind machte.

»Es tut mir sehr leid, Marcus Aemilius.« Sag was, Sulla! Mach es dem alten Narren leichter! Laß ihn nicht so dasitzen, vor den Scherben seines Stolzes! Denk an das, was Aurelia sagte! Aber die Worte wollten nicht kommen. Sie wirbelten bruchstückhaft durch seinen Kopf, und die Zunge lag ihm stumm und schwer wie ein Stein im Mund.

»Es wäre für alle Beteiligten besser, wenn du Rom verlassen würdest«, sagte Scaurus schließlich. »Geh nach Spanien. Wie ich höre, könnte Lucius Cornelius Dolabella tatkräftige Hilfe gebrauchen.«

Sulla riß in übertriebener Überraschung die Augen auf. »Tatsächlich? Ich wußte nicht, daß die Lage so ernst ist! Aber selbst wenn sie es ist, Marcus Aemilius, ich kann hier nicht alles stehen- und liegenlassen und nach Hispania Ulterior gehen. Ich bin jetzt seit neun Jahren Senator, und es wird Zeit, daß ich mich um die Prätur bemühe.«

Scaurus schluckte, beherrschte sich aber eisern. »Nicht dieses Jahr, Lucius Cornelius«, sagte er freundlich. »Nächstes Jahr, oder das Jahr danach. Für dieses Jahr mußt du Rom den Rücken kehren.«

»Marcus Aemilius, *ich* habe nichts Verkehrtes getan!« Doch, das hast du, Sulla! Was du jetzt tust, ist verkehrt! Du trittst ihn mit Füßen! »Ich bin eigentlich schon drei Jahre zu alt für die Prätur, die Zeit läuft mir davon. Ich muß dieses Jahr kandidieren, und deshalb muß ich in Rom bleiben.«

»Bitte überlege es dir noch einmal.« Scaurus stand auf.

»Ich kann nicht, Marcus Aemilius.«

»Wenn du kandidierst, Lucius Cornelius«, sagte Scaurus ruhig, »wirst du es nicht schaffen, das versichere ich dir. Und auch nicht im nächsten Jahr und allen darauffolgenden Jahren. Ich verspreche es dir. Nimm dieses Versprechen ernst! Verlasse Rom.«

»Ich wiederhole, Marcus Aemilius, es tut mir sehr leid. Aber ich muß in Rom bleiben und für die Prätur kandidieren.«

Damit war der Kampf zwischen den beiden ausgebrochen. Marcus Aemilius Scaurus mochte an *auctoritas,* an öffentlichem Einfluß, und an persönlicher Würde eingebüßt haben, aber er konnte immer noch mit Leichtigkeit verhindern, daß Sulla zum Prätor gewählt wurde. Die Namen anderer, geringerer Männer wurden in die *fasti,* den römischen Amtskalender, eingetragen; es waren Narren, Nullen, Mittelmaß. Aber Prätoren.

Publius Rutilius Rufus hatte die Geschichte von seiner Nichte Aurelia erfahren und sie Gaius Marius weitererzählt. Daß der Senatsvorsitzende Scaurus nicht wollte, daß Sulla Prätor wurde, war für jedermann leicht erkennbar; der Grund dafür war weniger offensichtlich. Einige behaupteten, es habe damit zu tun, daß die arme Delmatica sich in Sulla verknallt habe, aber nach viel Gerede war man allgemein der Ansicht, dies allein reiche als Erklärung nicht aus. Scaurus verkündete seinen Freunden und auf dem Forum, er habe dem Mädchen genügend Zeit gegeben, sein fehlerhaftes Verhalten selbst einzusehen, und es dann freundlich, aber bestimmt zurechtgewiesen.

»Armes Ding – irgendwann mußte es ja passieren«, sagte er eifrig zu ein paar Senatoren, nachdem er sich vergewissert hatte, daß noch viele andere Ohren in Hörweite waren. »Ich wünschte nur, sie hätte sich jemand anders ausgesucht als ein bloßes Geschöpf des Gaius Marius. Na ja, er muß ein hübscher Bursche sein.«

Es war perfekt eingefädelt. So perfekt, daß die Experten vom Forum und die Senatoren zu dem Schluß kamen, der wahre Grund hinter Scaurus' Widerstand gegen Sullas Kandidatur sei Sullas allseits bekannte Verbindung mit Gaius Marius. Denn nachdem Gaius Marius es geschafft hatte, sechsmal Konsul zu werden, was es noch nie gegeben hatte, war sein Stern im Sinken begriffen. Seine Glanzzeit war vorbei, und er fand nicht einmal mehr genügend Unterstützung für eine Kandidatur als Zensor. Was bedeutete, daß Gaius Marius, der sogenannte dritte Gründer Roms, niemals den Rängen der höchsten Konsulare angehören würde, die alle Zensoren gewesen waren. Gaius Marius war im politischen Leben Roms eine verbrauchte Kraft, mehr eine Kuriosität als eine Bedrohung anderer, ein Mann, dem oberhalb der dritten Klasse niemand mehr zujubelte.

Rutilius Rufus schenkte sich Wein nach. »Willst du wirklich nach Pessinus reisen?« fragte er Marius.

»Warum nicht?«

»Ich frage dich, warum? Ich meine, Delphi könnte ich noch verstehen, auch Olympia oder sogar Dodona. Aber Pessinus? Mitten in Anatolien – in Phrygien! Der rückständigste, unwirtlichste Ort der Welt, wo der Aberglaube herrscht und es im Umkreis von Hunderten von Meilen keinen anständigen Tropfen Wein zu trinken gibt und keine Straße, die besser wäre als ein Saumpfad! Nur rauhe Hirten, wohin man blickt, und an der Grenze Barbaren aus Galatien! Wirklich, Gaius Marius! Willst du Battakes in seinen goldenen Kleidern und mit seinem juwelenverzierten Bart sehen? Dann bestelle ihn doch nach Rom! Er wird mehr als entzückt sein, seine Bekanntschaft mit einigen unserer fortschrittlicheren Damen zu erneuern – sie weinen ihm immer noch nach.«

Marius und Sulla brachen in Gelächter aus, noch ehe Rutilius Rufus ans Ende seiner leidenschaftlichen Rede kam, und plötzlich war die Anspannung, unter der der Abend bisher gelitten hatte, der Unbefangenheit und Harmonie gewichen.

»Du willst dir König Mithridates ansehen«, sagte Sulla. Es war eine Feststellung, keine Frage.

Die Augenbrauen zuckten, und Marius grinste. »Nein wirklich! Wie kommst du darauf, Lucius Cornelius?«

»Ich kenne dich doch, Gaius Marius. Du bist ein gottloser alter Furz! Die einzigen Gelübde, die ich dich je habe ablegen hören, hatten damit zu tun, daß du Legionären oder eingebildeten Kriegstribunen in den Hintern treten wolltest. Es gibt nur einen Grund, warum du deinen dicken alten Wanst in die anatolische Wildnis schleppen würdest, und der ist, selbst nachzuschauen, was in Kappadokien vor sich geht und was genau König Mithridates damit zu tun hat.« Sulla lächelte so froh wie seit vielen Monaten nicht mehr.

Marius sah erschrocken Rutilius Rufus an. »Hoffentlich bin ich nicht für jedermann so leicht zu durchschauen wie für Lucius Cornelius!«

Jetzt mußte Rutilius Rufus lächeln. »Ich glaube kaum, daß irgendwer deine Absicht auch nur ahnt«, sagte er. »Selbst ich habe dir geglaubt – du gottloser alter Furz!«

Unwillkürlich, wie es Rutilius Rufus schien, drehte sich Marius' Kopf zu Sulla zurück, und dann waren sie auch schon dabei, eine großartige neue Strategie auszutüfteln. »Das Problem sind unsere völlig unzuverlässigen Informationsquellen«, sagte Marius eifrig. »Ich meine, seit Jahren ist doch kein fähiger Mann mehr in diesem Teil der Welt gewesen. Emporkömmlinge haben es bis zum Prätor gebracht, und von denen traue ich keinem zu, einen verläßlichen Bericht abzuliefern. Was wissen wir eigentlich mit Sicherheit?«

»Sehr wenig.« Auch Sulla war ganz bei der Sache. »Galatien ist ein paarmal überfallen worden, von Nikomedes im Westen und von Mithridates im Osten. Dann, vor ein paar Jahren, heiratete der alte Nikomedes die Mutter des kleinen Königs von Kappadokien – sie war damals die Regentin, glaube ich. Und Nikomedes nannte sich dann König von Kappadokien.«

»So ist es«, nickte Marius. »Ich nehme an, er war nicht erfreut, als Mithridates die Mutter ermorden ließ und das Kind wieder auf den Thron setzte.« Er lachte leise. »Aus war's mit König Nikomedes von Kappadokien! Ich weiß nicht, wie er glauben konnte, Mithridates würde der Heirat tatenlos zusehen – die ermordete Königin war immerhin Mithridates' Schwester!«

»Und ihr Sohn regiert immer noch. Er heißt – ach, sie haben so exotische Namen! Ariarathes?«

»Schon der siebte Ariarathes, um genau zu sein«, sagte Marius.

»Und was geht deiner Meinung nach jetzt dort vor?« Sullas Neugier war durch Marius' offensichtliche Kenntnis der schwierigen östlichen Verhältnisse geweckt worden.

»Ich weiß es nicht genau«, antwortete Marius. »Wahrscheinlich nichts, was über die normalen Streitereien zwischen Nikomedes von Bithynien und Mithridates von Pontus hinausginge. Aber ich schätze, er ist ein interessanter Bursche, dieser junge König Mithridates von Pontus. Ich würde ihn gerne kennenlernen. Schließlich, Lucius Cornelius, ist er kaum älter als dreißig, aber er hat sein Territorium schon von Pontus auf die wichtigsten Gebiete um das Schwarze Meer ausgedehnt. Ich spüre ein Kribbeln unter der Haut. Ich habe das Gefühl, er wird Rom noch Ärger machen.«

Publius Rutilius Rufus hielt es für höchste Zeit, sich auch an dem Gespräch zu beteiligen. Er stellte seinen Weinbecher mit einem lauten Knall auf dem Tisch vor seiner Liege ab und ergriff das Wort: »Du glaubst wahrscheinlich, daß Mithridates ein Auge auf unsere Provinz Asia geworfen hat.« Er nickte bedächtig. »Eigentlich ein naheliegender Gedanke. Die Provinz ist ungeheuer reich! Und das zivilisierteste Land der Welt! Griechisch, noch bevor die Griechen griechisch waren! Homer lebte und schrieb in unserer Provinz Asia, könnt ihr euch das vorstellen?«

»Ich könnte es mir wahrscheinlich viel besser vorstellen, wenn du dich selbst auf der Lyra begleiten würdest«, lachte Sulla.

»Aber jetzt im Ernst, Lucius Cornelius! Für König Mithridates ist die Eroberung unserer Provinz Asia sicher kein Witz – und deshalb müssen wir ihn ernst nehmen.«

»Ich glaube, es kann keinen Zweifel geben, daß Mithridates ein Auge auf unsere Provinz geworfen hat«, sagte Marius.

»Aber er ist ein Orientale«, warf Sulla ein. »Alle orientalischen Könige fürchten sich vor Rom – sogar Jugurtha fürchtete sich vor Rom. Erinnert euch nur an die Beleidigungen und Demütigungen, die er eingesteckt hat, bevor er endlich gegen uns in den Krieg zog. Wir mußten ihn geradezu zum Krieg zwingen.«

»Aber ich glaube, Jugurtha wollte von Anfang an Krieg gegen uns führen«, sagte Rutilius Rufus.

Sulla runzelte die Stirn. »Da bin ich anderer Meinung. Er träumte vielleicht davon, Krieg gegen uns zu führen, glaubte aber, daß es ein Traum bleiben würde. Wir haben ihm den Krieg aufgezwungen, als Aulus Albinus auf der Suche nach Kriegsbeute in Numidien einfiel. So fangen unsere Kriege übrigens fast immer an! Ein nach Gold gierender Feldherr, dem man keine Kinderparade anvertrauen sollte, darf römische Legionen führen, und schon begibt er sich auf die Suche nach Beute – nicht im Interesse Roms, sondern im Interesse seines eigenen Geldbeutels. Carbo und die Germanen, Caepio und die Germanen, Silanus und die Germanen – die Liste ließe sich endlos fortsetzen.«

»Du schweifst vom Thema ab, Lucius Cornelius«, sagte Marius leise.

»Entschuldigung, du hast recht.« Sulla grinste seinen alten Befehlshaber ohne jede Verlegenheit freundlich an. »Auf jeden Fall bin ich der Meinung, daß die Situation im Osten sehr viel Ähnlichkeit mit der Situation hat, die in Afrika herrschte, bevor Jugurtha gegen uns in den Krieg zog. Wir wissen, daß Bithynien und Pontus alte Rivalen sind, und wir wissen auch, daß sowohl König Nikomedes als auch König Mithridates Expansionsgelüste haben, zumindest innerhalb Anatoliens. Denn in Anatolien gibt es zwei sagenhaft reiche Länder, die den beiden den Mund wässrig machen: Kappadokien und unsere Provinz Asia. Wer Kappadokien hat, der hat leichten Zugriff auf Kilikien und besitzt fruchtbares Ackerland. Wer unsere Provinz Asia mit ihrer Küste hat, dem liegt das ganze Ägäische Meer mit einem halben Hundert ausgezeichneter Häfen *und* einem reichen Hinterland zu Füßen. Ein König, den nicht nach beiden Ländern gelüstete, wäre kein Mensch.«

»Nun, wegen Nikomedes von Bithynien mache ich mir keine Sorgen«, unterbrach Marius. »Er ist vollständig an Rom gekettet und weiß das. Ich glaube auch nicht, daß unsere Provinz Asia in Gefahr ist – zumindest jetzt noch nicht. Es geht um Kappadokien.«

Sulla nickte. »So ist es. Die Provinz Asia ist römisch. Und ich glaube nicht, daß König Mithridates sich in einer Hinsicht sehr vom Rest seiner orientalischen Kollegen unterscheidet: Seine Furcht vor Rom ist wahrscheinlich immer noch so stark, daß er es nicht wagen wird, unsere Provinz zu überfallen – egal, in welchem verwahrlosten Zustand sich diese befindet. Aber Kappadokien ist *nicht* römisch. Es liegt zwar in unserem Einflußbereich, aber mir scheint, Nikomedes und der junge Mithridates sind beide zu dem Schluß gekommen, Kappadokien sei so abgelegen und unwichtig, daß Rom keinen Krieg darum führen würde. Andererseits benehmen sie sich wie Diebe, die sich das Land heimlich aneignen wollen. Sie verstecken ihre Motive hinter Marionetten und Verwandten.«

Von Marius kam ein Grunzen. »Heimlich würde ich es nicht gerade nennen, wenn der alte König Nikomedes die Regentin von Kappadokien heiratet!«

»Nein, aber die neue Situation hielt ja nicht lange an. König Mithridates war so erbost, daß er seine eigene Schwester ermordete! Und im Handumdrehn hatte er ihren Sohn wieder auf den kappadokischen Thron gesetzt.«

»Leider ist Nikomedes unser offizieller Freund und Verbündeter und nicht Mithridates«, sagte Marius. »Schade, daß ich nicht in Rom war, als das entschieden wurde.«

»Na, hör mal!« rief Rutilius Rufus empört. »Die Könige von Bithynien dürfen sich seit über fünfzig Jahren offiziell Freunde und Verbündete nennen! Bei unserem letzten Krieg gegen Karthago war auch der König von Pontus ein offizieller Freund und Verbündeter. Aber der Vater des jetzigen Mithridates machte jede Freundschaft mit Rom unmöglich, als er Manius Aquillius' Vater Phrygien abkaufte. Seit damals unterhält Rom keine Beziehungen mehr mit Pontus. Außerdem ist es unmöglich, zwei Königen den Status eines Freundes und Verbündeten zu verleihen, die miteinander verfeindet sind, außer wenn dieser Status einen Krieg zwischen den beiden verhindern würde. Im Fall von Bithynien und Pontus hat der Senat entschieden, wenn der Status beiden Königen verliehen würde, würde das ihr Verhältnis zueinander nur verschlechtern. Also wurde Nikomedes von Bithynien der Vorzug gegeben, denn Bithynien hat einen besseren Ruf als Pontus.«

»Ach, Nikomedes ist ein alter Narr!« sagte Marius ungeduldig. »Seit über fünfzig Jahren regiert er schon, und als er seinen Vater vom Thron stieß, war er auch kein Kind mehr. Ich glaube, er ist schon über achtzig. Und er bringt in Anatolien alles durcheinander!«

»Indem er sich wie ein dummes altes Huhn aufführt, willst du wahrscheinlich sagen.« Rutilius Rufus begleitete diese Bemerkung mit strengem Blick, der sehr an seine Nichte Aurelia erinnerte, auch wenn er nicht ganz so direkt war. »Meinst du nicht auch, Gaius Marius, daß du und ich bald in dem Alter sind, in dem man uns auch dumme alte Hühner nennen kann?«

»Nun regt euch bloß nicht auf!« sagte Sulla grinsend. »Ich weiß schon, was du meinst, Gaius Marius. Nikomedes ist längst ein Greis, ob er nun noch regieren kann oder nicht. Und man muß wohl davon ausgehen, daß er es noch kann. Zwar ist kein orientalischer Königshof so stark hellenisiert wie seiner, aber orientalisch ist er trotzdem noch. Nikomedes braucht nur eine einzige Unachtsamkeit zu begehen, und schon würde sein Sohn ihn vom Thron jagen. Er ist also nach wie vor wachsam und verschlagen. Aber er ist nörgelig und mißgünstig geworden. Jenseits der Grenze dagegen, in Pontus, steht ein Dreißigjähriger – vital, intelligent, aggressiv und selbstsicher. Nein, wir können kaum erwarten, daß Nikomedes Mithridates in Schach hält.«

»Stimmt«, meinte Marius. »Wir müssen damit rechnen, daß es ein ungleicher Wettstreit wird, falls es zum offenen Schlagabtausch kommt. Nikomedes hat lediglich geschafft, zu behalten, was er schon zu Beginn seiner Regentschaft hatte; Mithridates dagegen ist ein Eroberer. Oh ja, Lucius Cornelius, ich muß diesen Mithridates kennenlernen!« Er lehnte sich auf seinen linken Ellbogen und sah Sulla erwartungsvoll an. »Komm mit mir, Lucius Cornelius, ich bitte dich darum! Hast du eine Alternative? Noch ein langweiliges Jahr in Rom. Schweinebacke schwafelt im Senat, und Metellus das Ferkel sonnt sich in dem Ruhm, seinen Papa heimgeholt zu haben.«

Aber Sulla schüttelte den Kopf. »Nein, Gaius Marius.«

Rutilius Rufus knabberte nachdenklich an seinem Fingernagel. »Wißt ihr, wer den offiziellen Brief unterschrieben hat, der Quintus Caecilius Metellus Numidicus Schweinebacke aus dem Exil auf Rhodos zurückrief? Wie ich gehört habe, Konsul Metellus Nepos und – man stelle sich vor – kein anderer als das Ferkel selbst! Nicht unterschrieben hat dagegen Quintus Calidius, der Volkstribun, der den Rückruferlaß durchsetzte! Unterschrieben von einem blutjungen Senator, der obendrein ein *privatus* ist!«

Marius lachte. »Armer Quintus Calidius! Hoffentlich hat das Ferkel ihn für seine Mühe anständig bezahlt.« Er sah Rutilius Rufus an. »Sie bleiben sich treu, die Meteller, was? Als ich Volkstribun war, haben sie mich auch immer wie den letzten Dreck behandelt.«

»Das hattest du auch nicht anders verdient«, sagte Rutilius Rufus. »Damals hattest du doch nichts anderes im Sinn, als jedem Meteller, der Politiker war, das Leben schwer zu machen! Auch dann noch, als sie meinten, dich in die Pflicht genommen zu haben. Wie wütend Delmaticus war!«

Bei diesem Namen zuckte Sulla zusammen und merkte, wie er rot wurde. Delmaticus, Schweinebackes verstorbener älterer Bruder, war Delmaticas Vater. Wie ging es Delmatica? Was hatte Scaurus mit ihr gemacht? Sulla hatte sie seit Scaurus' Besuch nie mehr zu Gesicht bekommen. Es ging das Gerücht, sie dürfe Scaurus' Haus nie mehr verlassen. Sulla sagte laut: »Ich habe übrigens aus zuverlässiger Quelle erfahren, daß dem Ferkel eine gute Heirat bevorsteht.«

Sofort wurden die Erinnerungen durch die Gegenwart verdrängt.

»Davon weiß ich nichts!« sagte Rutilius Rufus leicht beleidigt. Er hielt seine Quellen für die besten in ganz Rom.

»Aber es stimmt trotzdem, Publius Rutilius.«

»Dann sag schon!«

Sulla steckte eine Mandel in den Mund und kaute eine Weile darauf herum, bevor er weitersprach. »Ein guter Wein, Gaius Marius«, sagte er und füllte seinen Becher aus dem Krug, der in Reichweite hingestellt worden war, als man die Sklaven fortgeschickt hatte. Dann mischte er den Wein bedächtig mit Wasser.

»Erlöse ihn von seiner Neugier, Lucius Cornelius, bitte!« seufzte Marius. »Publius Rutilius ist das größte Tratschmaul im Senat.«

»Das ist er, aber du mußt zugeben, daß wir dieser Tatsache höchst unterhaltsame Briefe verdankten, als wir in Afrika und Gallien waren«, sagte Sulla lächelnd.

»*Wen?*« rief Rutilius Rufus, der nicht abzulenken war.

»Licinia Minor, die jüngere Tochter keines Geringeren als unseres *praetor urbanus* Lucius Licinius Crassus Orator höchstselbst.«

»Du machst Witze!« japste Rutilius Rufus.

»Keineswegs.«

»Sie ist doch noch gar nicht alt genug!«

»Am Tag vor der Hochzeit wird sie sechzehn, habe ich gehört.«

»Abscheulich!« knurrte Marius mit zusammengezogenen Brauen.

»Wirklich, ich muß sagen, das geht allmählich zu weit!« sagte Rutilius Rufus mit echter Besorgnis. »Achtzehn ist das richtige Alter, und ein Mädchen sollte keinen Tag vorher heiraten! Wir sind schließlich Römer und heiraten keine Kinder wie die Orientalen!«

»Na ja, Ferkel ist wenigstens erst Anfang dreißig«, sagte Sulla beiläufig. »Wie ist das denn mit der Frau von Scaurus?«

»Je weniger darüber gesprochen wird, desto besser!« sagte Publius Rutilius Rufus barsch. Seine Erregung verebbte. »Crassus Orator muß man übrigens bewundern. Natürlich hat er genügend Geld für die Mitgift seiner Töchter, aber er hat sie trotzdem außergewöhnlich gut untergebracht. Die ältere hat keinen Geringeren als Scipio Nasica geheiratet, und jetzt heiratet die jüngere das Ferkel, den einzigen Sohn und Erben. Ich fand es schon schlimm genug, als die ältere, Licinia, mit siebzehn an einen Rohling wie Scipio Nasica verheiratet wurde. Wißt ihr schon, daß sie schwanger ist?«

Marius klatschte nach dem Verwalter. »Geht nach Hause, ihr beiden! Wenn sich das Gespräch bloß noch um Weibertratsch dreht, haben wir alle anderen Themen erschöpft. Schwanger! Setze dich doch gleich zu den Frauen ins Kinderzimmer, Publius Rutilius!«

Die Gäste hatten ihre Kinder zum Abendessen zu Marius mitgebracht, und diese schliefen bereits, als die Eltern gingen. Draußen in der Gasse standen zwei große Sänften: eine für Sullas Kinder Cornelia Sulla und den kleinen Sulla, die andere für die drei Kinder Aurelias, Julia Major, genannt Lia, Julia Minor, genannt Ju-ju, und den kleinen Caesar. Während die Erwachsenen noch im Atrium standen und sich leise unterhielten, trugen ein paar Sklaven die schlafenden Kinder zu den Sänften und legten sie behutsam hinein.

Der Mann, der den kleinen Caesar trug, war Julia, die automatisch mitzählte, unbekannt. Dann zuckte sie zusammen und packte Aurelia heftig am Arm.

»Das ist ja Lucius Decumius!« flüsterte sie aufgeregt.

»Aber natürlich«, antwortete Aurelia erstaunt.

»Aurelia, das darfst du nicht!«

»Unsinn, Julia. Ich brauche Lucius Decumius als starken Beschützer. Du weißt, daß mein Heimweg durch eine zwielichtige Gegend führt. Ich muß durch ein Viertel, in dem Diebe und Straßenräuber hausen und Gott weiß wer sonst noch – ich weiß es nach sieben Jahren immer noch nicht! Ich lasse mich nicht oft von zu Hause weglocken, aber wenn ich einmal ausgehe, lasse ich mich immer von Lucius Decumius und ein paar von seinen Brüdern abholen. Und der kleine Caesar schläft sehr unruhig. Aber wenn Lucius Decumius ihn trägt, rührt er sich nicht.«

»Ein paar von seinen *Brüdern?«* flüsterte Julia entsetzt. »Willst du vielleicht sagen, daß es bei dir zu Hause noch mehr von seiner Sorte gibt?«

»Nein!« erwiderte Aurelia verächtlich. »Ich meine seine Brüder vom Kreuzwegeverein, Julia – seine Untergebenen.« Sie sah verärgert aus. »Ach, ich weiß gar nicht, warum ich überhaupt noch zu diesen Familienessen komme! Warum könnt ihr nicht verstehen, daß ich mein Leben im Griff habe und dieses besorgte Getue und Geglucke nicht brauche?«

Julia sagte nichts mehr, bis sie mit Gaius Marius zu Bett ging. Der Haushalt war zur Ruhe gekommen, die Sklaven hatten sich in ihr Quartier zurückgezogen, die Tür zur Straße war verschlossen, und dem Göttertrio, das über jedes römische Haus wachte, war ein Opfer gebracht worden: Vesta, der Beschützerin des Herdfeuers, den

Penaten, den Schutzgeistern der häuslichen Vorräte, und dem *lar familiaris,* dem Schutzgeist der Familie.

Im Bett sagte sie endlich: »Aurelia war heute sehr schwierig.«

Marius war müde. Das kam in letzter Zeit viel öfter vor als früher, und Marius schämte sich deswegen. Statt jetzt zu tun, was er am liebsten getan hätte, nämlich sich auf die linke Seite zu drehen und einzuschlafen, blieb er auf dem Rücken liegen, legte den linken Arm um seine Frau und stellte sich auf ein Gespräch über Frauen und ihre häuslichen Sorgen ein. »Soso«, sagte er.

»Kannst du nicht dafür sorgen, daß Gaius Julius nach Hause kommt? Aurelia verwandelt sich langsam in eine vertrocknete alte Vestalin, sie wird ganz – wie soll ich sagen – säuerlich. Boshaft. *Saftlos!* Ja, das ist das richtige Wort: saftlos. Und das Kind verschleißt sie.«

»Welches Kind?« sagte Marius schläfrig.

»Ihr zweiundzwanzig Monate alter Sohn, der kleine Caesar. Ein erstaunliches Kind, Gaius Marius! Ich weiß, daß solche Kinder gelegentlich geboren werden, aber ich selbst habe nie eines gekannt und nicht einmal in unserer Bekanntschaft von einem gehört. Wir Mütter sind ja froh, wenn unsere Söhne wissen, was *dignitas* und *auctoritas* bedeuten, nachdem sie mit ihren Vätern im Alter von sieben zum ersten Mal auf dem Forum waren. Aber dieser Winzling weiß es jetzt schon, obwohl er seinen Vater noch nie gesehen hat! Glaube mir, der kleine Caesar ist ein wirklich erstaunliches Kind.«

Julia kam in Fahrt. Noch etwas fiel ihr ein, und sie begann unruhig zu zappeln. »Gestern habe ich übrigens mit Mucia gesprochen, der Frau von Crassus Orator, und sie sagte mir, ihr Mann habe ihr stolz erzählt, daß einer seiner Klienten einen Sohn wie den jungen Caesar habe.« Sie knuffte Marius in die Seite. »Du kennst die Familie sicher, Gaius Marius, sie stammt nämlich aus Arpinum.«

Bis jetzt hatte er nicht richtig zugehört, aber das Zappeln und der Rippenstoß bewirkten, daß er wieder einigermaßen aufwachte. »Arpinum? Wer?« murmelte er. Arpinum war seine Heimat, dort hatten seine Vorfahren gelebt.

»Marcus Tullius Cicero. Der Klient von Crassus Orator und sein Sohn tragen denselben Namen.«

»Die Familie kenne ich, leider. Eine schöne Bande! Streitsüchtiges Pack. Sie haben uns vor ungefähr hundert Jahren ein Stück Land gestohlen und sind vor Gericht auch noch durchgekommen damit.

Seit damals gibt es eigentlich keinen Kontakt mehr zwischen uns.« Seine Augen schlossen sich wieder.

»Aha.« Julia kuschelte sich enger an ihn. »Jedenfalls ist der Junge jetzt acht und so begabt, daß er auf dem Forum in die Schule gehen wird. Crassus Orator meint, er wird einiges Aufsehen erregen. Ich denke, wenn der kleine Caesar acht ist, wird er auch Aufsehen erregen.«

»Uaah!« Marius gähnte laut.

Noch einmal setzte Julia ihren Ellbogen ein. »Du schläfst ja schon, Gaius Marius! Wach auf!«

Seine Augen klappten wieder auf, und aus seinem Rachen drang ein polterndes Geräusch. »Willst du mich noch einmal ums Kapitol scheuchen?«

Kichernd schmiegte sie sich an ihn. »Auf jeden Fall, diesen kleinen Cicero habe ich noch nicht kennengelernt, aber meinen Neffen, den kleinen Gaius Julius Caesar, kenne ich sehr gut, und ich sage dir eines, er ist nicht – *normal.* Das sagt man zwar meist nur bei Menschen, denen geistig etwas fehlt, aber ich finde, man kann auch das andere Extrem damit bezeichnen.«

Marius seufzte erschöpft. »Je älter du wirst, Julia, desto mehr redest du.«

Julia überhörte seine Bemerkung. »Der kleine Caesar ist noch keine zwei Jahre alt, aber manchmal wirkt er wie hundert! Große Worte und richtig formulierte Sätze – und er weiß sogar, was die großen Worte bedeuten!«

Plötzlich war Marius hellwach, und seine Müdigkeit war verflogen. Er setzte sich auf und sah seine Frau an. Auf ihrem lächelnden Gesicht lag das warme Licht der kleinen Nachtlampe. Ihr *Neffe!* Ihr Neffe namens Gaius! Was hatte die Syrerin Martha ihm prophezeit, als er dem alten Weib zum ersten Mal in Gaudas Palast in Karthago begegnet war? Sie hatte gesagt, er werde der Erste Mann von Rom und sieben Mal Konsul sein. Aber, hatte sie hinzugefügt, der größte aller Römer werde er nicht sein. *Das werde ein Neffe seiner Frau namens Gaius sein!* Damals hatte er sich gesagt: nur über meine Leiche. Niemand wird mir den Rang ablaufen. Und jetzt gab es dieses Kind, eine lebendige Tatsache.

Er legte sich wieder hin. Seine Müdigkeit war in Gliederschmerzen übergegangen. Er hatte soviel Zeit, soviel Kraft, soviel Leidenschaft in den Kampf gesteckt, der Erste Mann von Rom zu werden, daß er jetzt nicht tatenlos abwarten konnte, bis der Glanz seines Namens durch einen frühreifen Patrizier verdunkelt wurde, dessen Zeit erst kam, wenn er, Gaius Marius, schon tot war oder zu alt, um sich zu wehren. Auch wenn er seine Frau sehr liebte und sich eingestehen mußte, daß es ihr patrizischer Name war, der ihm sein erstes Konsulat ermöglicht hatte, so konnte er doch nicht zulassen, daß ihr Neffe, in dessen Adern ihr Blut floß, ihn überflügeln sollte.

Er war nun sechsmal Konsul gewesen, was bedeutete, daß das siebte Mal noch ausstand. Kein römischer Politiker glaubte ernsthaft daran, daß Marius jemals wieder an seinen vergangenen Ruhm würde anknüpfen können, daß jene glorreichen Jahre wiederkehren würden, als die Zenturien ihn dreimal in Abwesenheit zum Konsul gewählt hatten in der Überzeugung, daß er, Gaius Marius, der einzige Mann sei, der Rom vor den Germanen retten könne. Und er hatte Rom gerettet. Aber was war der Dank gewesen? Nichts als Opposition, Kritik und Intrigen. Die fortdauernde Feindschaft des Quintus Lutatius Catulus Caesar, des Metellus Numidicus Schweinebacke und einer großen und mächtigen Senatsfraktion, geeint nur durch das Ziel, Gaius Marius zu stürzen. Kleine Männer mit großen Namen, die sich nicht damit abfinden konnten, daß ihr geliebtes Rom von einem Aufsteiger, einem *homo novus* gerettet worden war – einem »italischen Bauern, der nicht einmal Griechisch kann«, wie Metellus Numidicus Schweinebacke sich vor vielen Jahren einmal ausgedrückt hatte.

Aber noch war nicht aller Tage Abend. Schlaganfall hin oder her, er, der Patrizier und Römer Gaius Marius, würde ein siebtes Mal Konsul werden *und* als der größte Römer, den die Republik jemals gekannt hatte, in die Geschichte eingehen. Und er würde keinem goldgelockten Abkömmling der Göttin Venus erlauben, in den Geschichtsbüchern seinen Glanz zu verdunkeln.

»Ich mache dich fertig, Kleiner«, sagte er laut und drückte Julia fest den Arm.

»Was sagst du da?«

»In ein paar Tagen reisen wir nach Pessinus, wir beide und unser Sohn.«

Julia setzte sich auf. »Oh Gaius Marius, wirklich? Das ist ja wunderbar! Und du willst uns tatsächlich mitnehmen?«

»So ist es. Die Konventionen kümmern mich einen Dreck. Wir werden zwei oder drei Jahre weg sein, und in meinem Alter will ich eine so lange Zeit nicht ohne Frau und Sohn verbringen. Vielleicht würde ich es, wenn ich jünger wäre. Aber da ich als *privatus* reise, gibt es auch keinen offiziellen Grund, warum ich meine Familie nicht mitnehmen sollte.« Lächelnd fügte er hinzu: »Ich reise auf eigene Rechnung.«

»Gaius Marius!« Julia war sprachlos.

»Wir werden uns Athen, Smyrna, Pergamon, Nikomedeia und hundert andere Orte ansehen.«

»Auch Tarsos?« fragte sie eifrig. »Ach, ich wollte immer schon die Welt bereisen!«

Seine Glieder schmerzten immer noch, aber nun gewann die Müdigkeit wieder die Oberhand. Die Augen fielen ihm zu, sein Unterkiefer entspannte sich.

Julia redete noch eine Weile, bis ihr die Superlative ausgingen. Glücklich saß sie im Bett, die Arme um die Knie geschlungen. Dann drehte sie sich zu Gaius Marius um und lächelte zärtlich. »Mein Liebster, wie wäre es ...?« fragte sie leise.

Statt einer Antwort begann er zu schnarchen. Als gute Ehefrau mit zwölfjähriger Erfahrung schüttelte sie nur lächelnd den Kopf und drehte ihn auf die rechte Seite.

*

Nachdem Manius Aquillius den Sklavenaufstand in Sizilien vollständig niedergeschlagen hatte, kehrte er heim. Er feierte zwar keinen Triumph, hatte sich aber doch genug Ansehen verschafft, daß der Senat ihm eine Ovation zubilligte, einen kleinen Triumph. Ein Triumphzug stand ihm nicht zu, weil er es nicht mit Soldaten eines feindlichen Staates zu tun gehabt hatte, sondern mit versklavten Zivilisten. Bürger- und Sklavenkriege nahmen im römischen Militärkodex eine Sonderstellung ein. Vom Senat beauftragt zu werden, einen zivilen Aufstand niederzuschlagen, war keine geringere Ehre und auch keine geringere Leistung, als ein ausländisches feindliches Heer zu besiegen, aber dennoch wurde dem Feldherrn in einem solchen Fall kein Triumph gewährt. Im Triumphzug wurde dem römischen Volk der Lohn des Krieges in aller Gegenständlichkeit vorgeführt – die Gefangenen, das erbeutete Geld und Kriegsbeute aller Art, von den goldenen Nägeln vormals königlicher Palasttore bis zu Packen mit Zimt und Weihrauch. Bevor die Beutestücke die Schatzkammern Roms füllten, konnte das Volk mit eigenen Augen sehen, wie einträglich das Kriegsgeschäft war – vorausgesetzt natürlich, man war Römer und Rom siegte. Bürgerkriege und Sklavenaufstände dagegen brachten keine reiche Beute, sondern nur Verluste. Römisches Eigentum, das der Feind erbeutet hatte, mußte ihm wieder abgenommen und seinen rechtmäßigen Besitzern zurückgegeben werden, und der Staat konnte davon keinen Anteil beanspruchen.

Also hatte man die Ovation erfunden. Sie bestand wie der Triumph aus einem Umzug, sogar entlang derselben Route. Aber der Feldherr fuhr nicht auf dem altehrwürdigen Triumphwagen, bemalte sein Gesicht nicht rot und trug nicht das Gewand des Triumphators. Nicht Trompeten waren zu hören, sondern nur das weniger eindrucksvolle, schrille Gepfeife von Flöten. Kein Stier, sondern nur ein Schaf wurde dem großen Jupiter geopfert, wodurch gleichsam auch er, wie der Feldherr, den geringeren Status der Zeremonie zu spüren bekam.

Manius Aquillius war mit seiner Ovation zufrieden. Nach den Feierlichkeiten nahm er wieder seinen Platz im Senat ein, wo er jetzt als Konsular, als ehemaliger Konsul seine Meinung vor einem gleichrangigen Konsular äußern durfte, der keinen Triumph und keine Ovation gefeiert hatte.

Da ihm zäh der Makel seines Vaters anhaftete, der auch Manius Aquillius hieß, hatte er ursprünglich schon die Hoffnung aufgegeben, Konsul zu werden. Manche Dinge ließen sich nur schwer wiedergutmachen, wenn man aus einer Familie des niederen Adels stammte, und Manius Aquillius' Vater hatte unbestreitbar im Anschluß an die Kriege nach dem Tod König Attalos' III. von Pergamon dem jetzigen König Mithridates von Pontos über die Hälfte des phrygischen Gebiets verkauft und den Erlös in Gold selbst eingesteckt. Rechtmäßigerweise hätte das Gebiet zusammen mit dem Rest von König Attalos' Besitztümern an die römische Provinz Asia gehen müssen, denn König Attalos hatte sein Königreich Rom vermacht. Phrygien war freilich rückständig und seine Bevölkerung so ungebildet, daß sie nicht für die Sklaverei taugte, und deshalb hatte der ältere Manius Aquillius angenommen, der Verlust sei für Rom nicht sonderlich schmerzlich. Aber die mächtigen Männer von Senat und Forum hatten ihm weder verziehen noch den Vorfall vergessen, als später sein Sohn die politische Bühne betrat.

Schon die Prätur zu erlangen, war ein schwerer Kampf gewesen und hatte von dem pontischen Gold, mit dem der Vater verschwenderisch und wenig vorausblickend umgegangen war, das meiste aufgezehrt. Als der jüngere Manius Aquillius deshalb eine günstige

Gelegenheit sah, weiterzukommen, griff er schnell zu: Als die Germanen Caepio und Mallius Maximus jenseits der Alpen in Gallien besiegt hatten und entschlossen schienen, das Rhônetal hinunter und nach Italien zu ziehen, war es der Prätor Manius Aquillius gewesen, der vorschlug, Gaius Marius in Abwesenheit zum Konsul zu wählen und ihn zu ermächtigen, mit der Landplage aufzuräumen. Dadurch hatte er sich Gaius Marius verpflichtet – eine Verpflichtung, die dieser nur zu gern erfüllte.

Manius Aquillius durfte Marius als Legat dienen und spielte eine wichtige Rolle beim Sieg über die Teutonen bei Aquae Sextiae. Er war es, der die Nachricht von diesem bitter nötigen Sieg nach Rom brachte, und in Marius' fünfter Amtszeit wurde er zu dessen Mitkonsul gewählt. Und nachdem sein Jahr als Konsul um war, ging er mit zwei der hervorragend ausgebildeten Veteranenlegionen seines Feldherrn nach Sizilien, wo er einen Sklavenaufstand niederschlug, der Rom seit mehreren Jahren wie ein eiterndes Geschwür geplagt und die Getreideversorgung der Stadt gefährdet hatte.

Wieder zu Hause, wurde er nun also mit einer Ovation belohnt und hoffte, als Zensor gewählt zu werden, wenn es Zeit war, zwei neue Zensoren zu bestimmen. Aber die mächtigen Führer in Senat und Forum hatten nur gewartet, bis ihre Zeit gekommen war. Gaius Marius selbst war nach Lucius Appuleius Saturninus' Versuch, in Rom die Macht zu ergreifen, gestürzt worden, und Manius Aquillius stand plötzlich ohne Protektion da und wurde von einem einflußreichen Volkstribunen wegen unrechtmäßiger persönlicher Bereicherung angeklagt. Der Volkstribun hieß Publius Servilius Vatia und hatte mächtige Freunde unter den Rittern, die in den oberen Gerichtshöfen sowohl als Geschworene wie auch als Vorsitzende dienten. Publius Servilius Vatia gehörte zwar nicht zu den patrizischen Serviliern, stammte aber doch aus einer wichtigen Familie des plebejischen Amtsadels. Und er hatte sich einiges vorgenommen.

Auf dem Forum herrschte Unruhe, als der Prozeß stattfand. Schuld daran waren verschiedene Vorfälle, angefangen mit den Umtrieben des Saturninus. Zwar hatten alle gehofft, daß es nach dessen Tod keine Gewalt mehr auf dem Forum geben würde und keine hohen Beamten mehr ermordet würden, aber es hatte trotzdem weiterhin Mord und Totschlag gegeben. Verantwortlich war dafür in erster Linie Metellus das Ferkel, der mit einigen Feinden seines exilierten Vaters Metellus Numidicus Schweinebacke abrechnen wollte. Metellus' verbissener Kampf um die Rückholung seines Vaters hatte ihm einen würdigeren Beinamen als »Ferkel« eingebracht – er hieß jetzt Quintus Caecilius Pius, der »Pflichtbewußte«. Nachdem er nun seinen Vater zurückgeholt hatte, wollte er dessen Feinde unbedingt leiden sehen. Und zu ihnen gehörte auch Manius Aquillius, der so offensichtlich ein Mann des Gaius Marius war.

Die Versammlungen der Plebs waren zu dieser Zeit nur mäßig besucht, deshalb standen nur wenige Zuschauer um die Stelle auf dem unteren Forum Romanum, wo das für Fälle unrechtmäßiger Bereicherung zuständige Gericht auf Anweisung der Versammlung tagte.

»Das Ganze ist ein handfester Unsinn«, sagte Publius Rutilius Rufus zu Gaius Marius, als sie das Forum betraten, um sich den letzten Verhandlungstag des Prozesses gegen Manius Aquillius anzuhören. »Es war doch ein Krieg gegen Sklaven! Ich glaube nicht, daß es zwischen Lilybaeum und Syrakus etwas gab, das er sich hätte unter den Nagel reißen können – und mir kann niemand weismachen, die geizigen Getreidebauern in Sizilien hätten kein scharfes Auge auf Manius Aquillius gehabt! Keine einzige Bronzemünze hätte er klauen können!«

»Es geht nur darum, daß das Ferkel mir eins auswischen will«, sagte Marius achselzuckend. »Manius Aquillius weiß das. Er zahlt jetzt die Strafe dafür, daß er mich unterstützt hat.«

»Und dafür, daß sein Vater den Großteil von Phrygien verscherbelt hat«, sagte Rutilius Rufus.

»Ja, dafür auch.«

Der Prozeß war nach den neuen Vorschriften geführt worden, die der tote Gaius Servilius Glaucia durchgesetzt hatte. Die Gerichte waren nun wieder ganz in der Hand der Ritter, Senatoren durften nur noch als Verteidiger auftreten. In den vorangegangenen Tagen waren aus den Reihen angesehener römischer Geschäftsleute Geschworene vorgeschlagen und abgelehnt oder angenommen worden, bis einundfünfzig Geschworene bestimmt waren. Als nächstes hatte man die Zeugen gehört. Nun, am letzten Tag, würde zwei Stunden lang die Anklage das Wort haben, dann drei Stunden lang die Verteidigung. Unmittelbar anschließend würde das Gericht sein Urteil sprechen.

Servilius Vatia, der selbst die Anklage vertrat, hatte gut gesprochen; er war ein nicht zu unterschätzender Anwalt und hatte gute Helfer auf seiner Seite. Aber das Publikum, das an diesem letzten Tag nun doch beträchtlich angewachsen war, wollte Sensationen hören – und zwar von den Anwälten, die Manius Aquillius verteidigten.

Der schielende Caesar Strabo machte den Anfang. Er war jung, skrupellos, hochgebildet und von Natur außergewöhnlich redegewandt. Nach ihm sprach ein Mann, der für seine Redekunst so berühmt war, daß er den Beinamen Orator bekommen hatte – Lucius Licinius Crassus Orator. Und auf Crassus Orator folgte noch ein Redner, der sich den Beinamen Orator verdient hatte – Marcus Antonius Orator. Wer diesen Beinamen bekam, mußte nicht nur ein vollendeter Redner sein, sondern auch sämtliche rhetorischen Regeln kennen, nach denen eine Rede aufgebaut sein mußte. Crassus Orator hatte die bessere juristische Ausbildung genossen, Antonius Orator war der bessere Redner.

»Aber der Unterschied ist nicht groß«, sagte Rutilius Rufus, als Crassus geendet hatte und Antonius Orator ansetzte.

Als Antwort bekam er nur einen grunzenden Laut von Marius, denn dieser konzentrierte sich ganz auf die Rede des Antonius Orator. Marius wollte sich vergewissern, daß er für sein Geld etwas bekam. Denn natürlich bezahlte Manius Aquillius die hochkarätigen Anwälte nicht selbst, wie jeder wußte. Gaius Marius finanzierte die Verteidigung. Zwar durfte ein Anwalt nach Gesetz und Brauch kein Honorar verlangen, aber er durfte ein Geschenk als Zeichen der Anerkennung annehmen, wenn er seine Sache gut gemacht hatte. Und je mehr die Republik in die Jahre kam, desto üblicher wurde es, daß Anwälte Geschenke bekamen. Zuerst hatte es sich dabei um Kunstwerke oder Möbel gehandelt, aber wenn der Anwalt arm war, mußte er diese Gegenstände ohnehin veräußern und zu Geld machen. So waren schließlich Geldgeschenke üblich geworden. Diese Praxis war zwar allgemein bekannt, aber es wurde nicht über sie gesprochen.

»Wie kurz euer Gedächtnis ist, Geschworene!« rief Antonius Orator. »Ich bitte euch, erinnert euch nur ein paar kurze Jahre zurück, als sich auf unserem geliebten Forum Romanum die besitzlosen Massen drängten, deren Bäuche so leer wie die öffentlichen Getreidespeicher waren. Wißt ihr nicht mehr, wie einige von euch« – wie immer waren ein halbes Dutzend reiche Getreidehändler unter den Geschworenen – »die noch etwas Weizen in ihren privaten Getreidespeichern hatten, sogar fünfzig Sesterze für den Scheffel verlangen konnten? Und täglich versammelten sich die besitzlosen Massen und murrten, wenn sie einen von uns sahen. Denn in Sizilien, unserer Kornkammer, war Krieg, eine wahre Ilias der Leiden spielte sich dort ab ...«

Rutilius Rufus gab einen empörten Laut von sich und packte Marius am Arm. »Hör dir das an! Die Würmer sollen diese Wörterdiebe fressen! Was er zuletzt gesagt hat, ist von mir! ›Eine wahre Ilias der Leiden‹, jawohl! Weißt du nicht mehr, Gaius Marius, daß ich genau diese Wendung benutzte, als ich an dich nach Gallien schrieb? Und wie sie mir dann Scaurus stahl? Und was geschieht jetzt? Sie ist in den allgemeinen Gebrauch übergegangen, und Scaurus gilt als ihr Urheber!«

»Sei still!« sagte Marius, der Marcus Antonius Orator zuhören wollte.

»... verschlimmert noch durch eine gigantische Mißwirtschaft! Nun, wir wissen alle, wer dafür verantwortlich war.« Antonius Orators rötliches Falkenauge fixierte ein besonders ausdrucksloses Gesicht in der zweiten Reihe der Geschworenen. »Oder etwa nicht? Dann laßt mich euer Gedächtnis auffrischen! Die jungen Brüder Lucullus zogen den Missetäter zur Rechenschaft und schickten ihn ins Exil. Ich spreche natürlich von Gaius Servilius Augur. Seit vier Jahren war in Sizilien kein Getreide mehr geerntet worden, als der rechtschaffene Konsul Manius Aquillius dort ankam. Und ich brauche euch nicht daran zu erinnern, daß Sizilien über die Hälfte unseres Getreidebedarfes deckt.«

Sulla kam, nickte Marius zu und fragte den immer noch aufgebrachten Rutilius Rufus: »Wie läuft der Prozeß?«

Rutilius Rufus schnaubte verächtlich. »Was Manius Aquillius angeht, keine Ahnung. Die Geschworenen suchen nach einem Vorwand, ihn zu verurteilen, also werden sie wohl auch einen finden. Es soll ein Exempel statuiert werden, damit kein anderer auf die unkluge Idee kommt, Gaius Marius zu unterstützen.«

»Sei still!« knurrte Marius noch einmal.

Rutilius Rufus ging außer Hörweite von Marius und zog Sulla an der Toga hinter sich her. »Du bist selbst auch nicht mehr der eifrigste Anhänger von Gaius Marius, habe ich recht, Lucius Cornelius?«

»Ich muß an mein Fortkommen denken, Publius Rutilius, und ich glaube, dabei hilft es mir wenig, wenn ich Gaius Marius unterstütze.«

Rufus Rutilius nickte zustimmend. »Das ist schon verständlich. Aber, mein Freund, verdient hat er das nicht! Wer ihn kennt und schätzt, sollte jetzt auch zu ihm stehen.«

Damit hatte er einen wunden Punkt getroffen. Sulla zog die Schultern hoch und ließ ein erregtes Zischen hören. »Du hast leicht reden! Du bist Konsular, du hast deine Erfolge schon hinter dir! Ich nicht! Nenn mich Verräter, wenn du willst, aber ich schwöre dir, Publius Rutilius, mein Tag wird kommen! Und die Götter mögen denen helfen, die sich mir in den Weg stellen.«

»Meinst du damit auch Gaius Marius?«

»Auch ihn.«

Rutilius Rufus schwieg und schüttelte nur bekümmert den Kopf.

Auch Sulla schwieg eine Weile, dann sagte er: »Die Keltiberer wachsen unserem Statthalter in Hispania Citerior über den Kopf. Dolabella in Hispania Ulterior ist so mit den Lusitaniern beschäftigt, daß er ihm nicht beistehen kann. Sieht so aus, als müßte Titus Didius während seines Konsulats nach Hispania Citerior gehen.«

»Schade«, meinte Rutilius Rufus. »Ich mag Titus Didius' Arbeitsstil, auch wenn er ein *homo novus* ist. Zur Abwechslung mal vernünftige Gesetze – und sogar vom Konsul selbst.«

Sulla grinste. »Was? Du glaubst nicht, daß unser geschätzter Konsul Metellus Nepos sich die Gesetze ausgedacht hat?«

»Das glaube ich genausowenig wie du, Lucius Cornelius. Welcher Caecilius Metellus hätte sich je um die Verbesserung der Verwaltung statt um die Verbesserung seiner eigenen Position gekümmert? Die beiden kleinen Gesetze von Titus Didius sind so wichtig wie nützlich. Erstens ist es nun nicht mehr möglich, Gesetzesvorlagen durch die Volksversammlungen zu peitschen, denn zwischen ihrer öffentlichen Bekanntmachung und ihrer Bestätigung müssen drei volle Markttage verstreichen. Und zweitens ist es nicht mehr erlaubt, Dinge, die nichts miteinander zu tun haben, zusammen in ein Gesetz zu packen, das dann nur noch verwirrt und mit dem keiner mehr umgehen kann.« Zufrieden fügte Rutilius Rufus hinzu: »Auch wenn in diesem Jahr sonst nichts mehr Gutes im Senat oder in den Komitien passiert, haben wir doch wenigstens Titus Didius' Gesetze vorzuweisen.«

Aber Sulla interessierte sich nicht für Titus Didius' Gesetze. »Alles schön und gut, Publius Rutilius, aber du verstehst nicht, worauf ich hinaus will! Wenn Titus Didius nach Hispania Citerior geht, um die Keltiberer niederzuwerfen, gehe ich als oberster Legat mit ihm. Ich habe schon mit ihm gesprochen, und er ist mehr als einverstanden. Es wird ein langer und harter Krieg werden, also wird es gute Beute für mich geben, und ich kann mir einen Ruf machen. Wer weiß? Vielleicht bekomme ich sogar den Oberbefehl über eine Armee.«

»Du hast dir auf militärischem Gebiet schon einen Ruf erworben, Lucius Cornelius.«

»Aber sieh dir doch an, was inzwischen alles passiert ist!« rief Sulla wütend. »Sie haben es doch schon wieder vergessen, diese verblödeten Wähler mit mehr Geld als Verstand! Was geschieht also? Catulus Caesar würde mich lieber tot sehen, und Scaurus bestraft mich für etwas, das ich nicht getan habe.« Er zeigte seine Zähne. »Die beiden sollten sich in acht nehmen! Denn sollte ich je zu dem Schluß kommen, daß ich durch ihre Schuld endgültig nicht mehr Konsul werden kann, dann werden sie den Tag ihrer Geburt verfluchen!«

Und ich glaube ihm sogar, dachte Rutilius Rufus. Ihn fröstelte plötzlich. Der Mann war gefährlich! Vielleicht war es gar nicht schlecht, wenn er von Rom wegging. »Dann geh mit Didius nach Spanien«, sagte er laut. »Du hast recht, das ist der beste Weg zur Prätur. Ein neuer Anfang, ein neuer Ruf. Aber schade, daß du dich nicht zum kurulischen Ädilen wählen lassen willst. Mit deinem Gespür für öffentliche Wirkung könntest du wundervolle Spiele ausrichten! Und anschließend wärst du im Nu Prätor.«

»Ich habe nicht genug Geld, um kurulischer Ädil zu werden.«

»Gaius Marius würde es dir geben.«

»Ich bitte ihn aber nicht darum. Was ich habe, habe ich mir selbst zu verdanken. Niemand hat es mir gegeben – ich habe es mir genommen.«

Diese Worte erinnerten Rutilius Rufus an ein Gerücht, das Scaurus in Umlauf gesetzt hatte, als Sulla den Wahlkampf für die Prätur führte: Um sich das nötige Geld für die Einstufung als Ritter zu beschaffen, habe Sulla seine Geliebte ermordet, und um den Senatorenzensus zu erhalten, habe er dann auch noch seine Stiefmutter ermordet. Rutilius Rufus hatte das Gerücht zunächst genauso beiseite geschoben wie die anderen unsinnigen Gerüchte über geschlechtlichen Umgang mit Müttern, Schwestern, Töchtern und kleinen Jungen und über Mahlzeiten aus Exkrementen. Aber was für Dinge Sulla manchmal sagte! Und dann machte man sich eben seine Gedanken ...

Eine Bewegung ging durch die Geschworenen; Marcus Antonius Orator kam ans Ende seiner Rede.

»Der hier vor euch steht, ist kein gewöhnlicher Mann!« rief er.

»Hier steht ein Römer vor euch, wie er römischer nicht sein könnte, ein Soldat, und zwar einer der tapfersten! Ein Patriot, der an Roms Größe glaubt! Warum sollte ein solcher Mann Bauern ihr Zinngeschirr stehlen und Sklaven um ihre Sauerampfersuppe und Bäcker um ihr schlechtes Brot bringen? Ich frage euch, Geschworene! Habt ihr von ungeheuerlichen Unterschlagungen gehört, von Mord, Vergewaltigung oder widerrechtlicher Aneignung? Nein! Ihr habt lediglich zugehört, wie einige boshafte Männer zweifelhafter Provenienz wehleidig über den Verlust von zehn Bronzemünzen, eines Buches oder einer Handvoll Fische klagen!«

Marcus Antonius Orator holte Luft und richtete sich auf, bis er größer wirkte, als er war. Er war mit dem beneidenswerten Äußeren aller Antonier gesegnet: dem gelockten, kastanienbraunen Haar und dem so beruhigend praktischen Gesicht. Die Geschworenen waren von ihm fasziniert.

»Sie fressen ihm aus der Hand«, sagte Rutilius Rufus gelassen.

»Ich bin gespannt, was er noch mit ihnen anstellt«, sagte Sulla aufmerksam.

Ein Luftschnappen ging durch die Menge, verblüffte Rufe wurden laut. Antonius Orator war zu Manius Aquillius getreten und hatte ihn gepackt! Er riß ihm die Toga weg und griff ihm am Hals mit beiden Händen an die Tunika und riß sie so leicht entzwei, wie sie zusammengenäht war. Manius Aquillius stand mit nichts als einem Lendenschurz vor dem Gericht.

»Seht her!« donnerte Antonius. »Ist das die blütenweiße, glattgezupfte Haut eines Mannes, der seine Gunst verkauft? Ist das der schlaffe Bauch eines gefräßigen Stubenhockers? Nein! Ihr seht Narben. Kriegsnarben, Dutzende davon. Dies ist der Körper eines Soldaten, eines tapferen und edlen Mannes, des römischsten aller Römer, eines Feldherrn, dem Gaius Marius so sehr vertraute, daß er ihm die Aufgabe übertrug, heimlich die feindlichen Linien zu umgehen und den Gegner von hinten anzugreifen! Dies ist nicht der Körper eines Mannes, der schreiend vom Schlachtfeld rennt, weil ein Schwert ihn gestreift, ein Speer ihm den Schenkel aufgeschlitzt oder ein Stein ihn zu Boden geworfen hat! Dies ist der Körper eines Mannes, dem ernsthafte Verletzungen nur lästig waren und der sich von ihnen nicht abhalten ließ, Feinde zu töten!« Der Anwalt ließ die Hände sinken. »Aber genug. Fällt euer Urteil.«

Sie fällten ihr Urteil. *Absolvo.*

»Schauspieler!« sagte Rutilius Rufus abschätzig. »Wie können die

Geschworenen nur darauf hereinfallen? Seine Tunika geht wie Papier auseinander, und da steht er in einem Lendenschurz vor uns, beim Jupiter! Was sagt uns das?«

»Daß Aquillius und Antonius sich vorher abgesprochen haben«, sagte Marius mit breitem Lächeln.

»Und daß Aquillius nicht genug zu zeigen hat, um *ohne* Lendenschurz dastehen zu können«, sagte Sulla.

Sie lachten alle. Dann wandte Rutilius Rufus sich an Marius: »Lucius Cornelius sagt, er wolle mit Titus Didius nach Hispania Citerior gehen. Was hältst du davon?«

»Ich meine, das ist das Beste, was Lucius Cornelius tun kann«, antwortete Marius ruhig. »Quintus Sertorius kandidiert als Kriegstribun, also wird er sicher auch nach Spanien gehen.«

»Du scheinst nicht überrascht«, sagte Sulla.

»Bin ich auch nicht. Die Neuigkeiten über Spanien werden morgen schon in aller Munde sein. Eine Senatssitzung wurde in den Tempel der Bellona einberufen. Und Titus Didius wird mit dem Krieg gegen die Keltiberer beauftragt werden. Er ist ein guter Mann. Ein vernünftiger Soldat und ein talentierter Feldherr, denke ich. Besonders, wenn er es mit Galliern zu tun hat. Ja, Lucius Cornelius, es wird dir für die nächsten Wahlen mehr nützen, wenn du als Legat nach Spanien gehst, als wenn du mit einem *privatus* durch Anatolien reist.«

*

In der folgenden Woche machte der *privatus* Marius sich auf den Weg nach Tarentum, um dort das Schiff nach Patrae zu besteigen. Am Anfang war er etwas verwirrt und unsicher, weil er Frau und Kind dabei hatte. Auf diese Art war er noch nie gereist. Als Soldat war er es gewohnt, einen Teil des Gepäcks an den Troß abzugeben und selbst mit leichtem Gepäck und so schnell wie möglich zu reisen. Frauen, entdeckte Gaius Marius, hatten da andere Vorstellungen. Julia hatte beschlossen, den halben Hausstand mitzunehmen, wozu auch ein Koch gehörte, der auf Kindernahrung spezialisiert war, ferner der Erzieher des jungen Marius und eine junge Sklavin, die Wunderdinge mit Julias Haar anstellte. Sämtliche Spielsachen des kleinen Marius waren eingepackt worden, dazu seine Schulbücher und die Privatbibliothek des Erziehers, Kleider für jeden denkbaren Anlaß und Gegenstände, von denen Julia befürchtete, sie außerhalb Roms nicht zu bekommen.

»Wir haben zu dritt mehr Gepäck und Gefolge als der Partherkönig, wenn er im Sommer von Seleukeia am Tigris nach Ekbatana umzieht«, knurrte Marius, als sie nach drei Tagen auf der Via Latina erst bis Anagnia gekommen waren.

Er fand sich allerdings mit der neuen Lage ab, bis sie ungefähr drei Wochen später, von der Hitze zermürbt, in Venusia an der Via Appia ankamen und keine Unterkunft finden konnten, die groß genug gewesen wäre, all ihre Sklaven und ihr Gepäck aufzunehmen.

»Das muß ein Ende haben!« schimpfte Marius, als die unwichtigeren Sklaven samt Gepäck in einem anderen Wirtshaus untergebracht waren und er mit Julia so allein war, wie das in einer geschäftigen Herberge an der Via Appia eben möglich war. »Entweder du verkleinerst den Troß, Julia, oder du fährst mit dem Kleinen zurück nach Cumae und verbringst den Sommer dort. Es wird noch Monate dauern, bis wir in unzivilisierte Gegenden kommen, und die Hälfte des ganzen Krams ist überflüssig! Und so viele Leute brauchen wir auch nicht! Einen Koch nur für deinen Sohn! Ich bitte dich!«

Julia war verschwitzt, erschöpft und den Tränen nahe. Die wunderbaren Ferien stellten sich als Alptraum heraus, aus dem sie nicht erwachen konnte. Von Marius ultimativ vor die Wahl gestellt, wollte sie zunächst instinktiv die Gelegenheit ergreifen, nach Cumae zurückzufahren. Dann dachte sie jedoch an die Jahre, die sie ihren Mann nicht sehen würde – und die Jahre, in denen er seinen Sohn nicht sehen würde. Und sie dachte daran, daß er an einem unsicheren und fremden Ort einen weiteren Schlaganfall erleiden könnte.

»Gaius Marius, ich bin noch nie zuvor gereist, außer zu unseren Häusern in Cumae und Arpinum. Und wenn ich mit unserem Sohn nach Cumae oder Arpinum fahre, dann reisen wir so wie jetzt. Ich verstehe dich. Und ich wollte, ich könnte tun, was du sagst.« Sie drehte den Kopf zur Seite und wischte mit der Hand verstohlen eine Träne weg. »Das Problem ist, daß ich nicht die geringste Ahnung habe, wie ich das machen soll.«

Nie hätte Marius gedacht, seine Frau könne zugeben, daß sie einer Situation nicht gewachsen war! Er merkte, wie schwer ihr dieses Eingeständnis fiel, nahm sie in die Arme und gab ihr einen Kuß auf die Stirn. »Mach dir deswegen keine Sorgen«, sagte er, »ich werde alles regeln. Aber nur unter einer Bedingung.«

»Was du willst, Gaius Marius.«

»Wenn du etwas vermißt, das ich aussortiert habe, oder dir ein

Sklave fehlt, den ich heimgeschickt habe – nicht ein Wort, Julia! Nicht – ein – Wort. Verstanden?«

Seufzend vor Erleichterung schloß Julia die Augen und drückte ihren Mann an sich. »Verstanden.«

Von nun an kamen sie gut und schnell und, wie Julia feststellte, erstaunlich bequem voran. Römische Adige übernachteten unterwegs wenn möglich in Privathäusern, die entweder Freunden gehörten oder sich aufgrund von Empfehlungsschreiben öffneten. Diese Art der Gastfreundschaft beruhte auf Gegenseitigkeit und wurde von den Gastgebern deshalb nicht als Zumutung empfunden. Weiter südlich mußten sie sich freilich meistens mit Herbergen begnügen, von denen keine, wie Julia nun klar wurde, sie mit ihrem bisherigen Gepäck hätte aufnehmen können.

Die Hitze lastete immer unerbittlicher auf ihnen, denn der Süden der Halbinsel war trocken, und auf den Hauptstraßen mangelte es großenteils an Schatten. Aber wenigstens kamen sie nun schneller vorwärts, was der Eintönigkeit entgegenwirkte und die Zeitspannen zwischen den Erfrischungsmöglichkeiten verkürzte, etwa einem Badeloch in einem Fluß oder einer Kleinstadt aus Lehmziegelhäusern mit Flachdächern, in der vielleicht ein geschäftstüchtiger Bürger ein Badehaus betrieb.

Trotzdem waren die Reisenden froh, als sie in der griechisch besiedelten, fruchtbaren Ebene um Tarentum und dann in Tarentum selbst eintrafen. Die Stadt wirkte immer noch eher griechisch als römisch. Sie hatte nun weniger Bedeutung als früher, als sie noch der Endpunkt der Via Appia gewesen war. Jetzt ging der meiste Verkehr bis Brundisium weiter, dem wichtigsten italischen Verbindungshafen mit Mazedonien. Weißgetüncht und nüchtern hob sich Tarentum scharf vom Blau des Himmels und des Meeres, vom Grün der Felder und Wälder und vom Rostrot und Grau der Felsenklippen ab. Die Einwohner gaben sich entzückt, den großen Gaius Marius willkommen heißen zu dürfen. Die Familie wohnte im angenehm kühlen Haus des Statthalters, des *ethnarches,* der inzwischen allerdings römischer Bürger war und sich lieber *duumvir* nennen ließ.

Wie in vielen anderen Orten entlang der Via Appia traf Marius sich mit den wichtigsten Leuten der Stadt und sprach mit ihnen über Rom, über Italien und die zur Zeit belasteten Beziehungen zwischen Rom und den italischen Bundesgenossen. Tarentum war eine Kolonie latinischen Rechts, und nur die beiden obersten Beamten – die *duumviri* – durften die vollen römischen Bürgerrechte für sich und ihre Nachkommen beanspruchen. Aber die Wurzeln der Stadt waren griechisch, sie war genauso alt wie Rom oder gar älter; sie hatte schon Sparta als Vorposten gedient, und die Sitten und das geistige Leben der Stadt waren immer noch von Sparta geprägt.

Marius stellte fest, daß es viel Eifersucht auf das jüngere Brundisium gab, und dies wiederum hatte zu viel Sympathie für die Bürger der italischen Bundesgenossen in den unteren Schichten der Stadt geführt.

»Zu viele Soldaten der italischen Bundesgenossen sind gefallen, weil sie in römischen Heeren gedient haben, die von militärischen Schwachköpfen befehligt wurden«, sagte der Statthalter barsch zu Marius. »Ihre Felder verwildern, ihre Söhne bleiben ungeboren. Und irgendwann geht in Lucania, in Samnium, in Apulia einmal das Geld aus! Die italischen Bundesgenossen müssen Hilfstruppen ausrüsten und dann auch noch für deren Unterhalt im Namen Roms zahlen! Warum, Gaius Marius? Damit Rom eine Straße zwischen dem italischen Gallien und Spanien bauen kann? Was nützt das einem Apulier oder Lucanier? Wann wird er sie je benutzen? Oder sollen die Hilfstruppen afrikanischen und sizilianischen Weizen nach Rom transportieren? Wieviel von diesem Weizen bekommt ein Samnite, wenn eine Hungersnot herrscht? Seit vielen Jahren bezahlen römische Bürger Italiens keine direkten Steuern mehr an Rom. Aber wir in Apulia und Calabria, in Lucania und Bruttium, wir müssen unaufhörlich römische Steuern zahlen! Womöglich sollen wir oder wenigstens die Einwohner von Brundisium Rom für die Via Appia dankbar sein. Aber wie oft bestellt Rom einen Aufseher, der dafür sorgt, daß die Straße wenigstens einigermaßen in gutem Zustand ist? An einer Stelle – du mußt daran vorbeigekommen sein – hat eine Überschwemmung schon vor zwanzig Jahren das Straßenfundament fortgespült. Und ist die Stelle repariert worden? Nein! Und wird sie je repariert werden? Nein! Und doch besteuert uns Rom und preßt uns aus, nimmt uns unsere jungen Männer weg und schickt sie in seine Kriege in fernen Ländern, wo sie sterben, und als nächstes stellt dann ein römischer Grundbesitzer bei uns den Fuß in die Tür, und schon hat er unser Land verschlungen. Er schafft Sklaven her, die seine riesigen Herden hüten, kettet sie bei der Arbeit an, sperrt sie zum Schlafen in Baracken, und wenn sie sterben, kauft er einfach neue. Bei uns gibt er nichts aus und investiert nichts. Von all dem Geld, das er zusammenrafft, sehen wir keinen Sesterz; er stellt nicht einmal Einheimische in seine Dienste. Unser Wohlstand wird durch ihn nicht etwa gefördert, sondern vermindert. Es ist Zeit, Gaius Marius, daß Rom entweder großzügiger mit uns verfährt oder uns gehen läßt!«

Marius hatte sich die lange und leidenschaftliche Rede unbewegt angehört. Ähnliche, weniger ausführliche Variationen desselben Themas hatte er überall an der Via Appia zu hören bekommen.

»Ich werde tun, was ich kann, Marcus Porcius Cleonymus«, sagte er dann bedächtig. »Ich versuche schon seit einigen Jahren, etwas zu tun. Daß ich dabei wenig Erfolg hatte, liegt in erster Linie daran, daß viele Senatoren und höhere römische Beamte nicht so reisen, wie ich es tue, unterwegs nicht mit Einheimischen sprechen, und – bei Apollo – mit ihren Augen nicht zu sehen verstehen. Du weißt sicher, daß ich die unverzeihliche Verschwendung von Menschenleben in den römischen Heeren immer wieder getadelt habe. Und mir scheint, daß die Zeiten, da unsere Heere von militärischen Schwachköpfen befehligt wurden, im großen und ganzen vorüber sind. Und wenn niemand sonst den Senat in Rom darüber belehrt hat – ich tat es. Seit Gaius Marius, der *homo novus*, den adligen römischen Amateuren gezeigt hat, was ein Feldherr zu tun hat, ist der Senat, wie ich festgestellt habe, eher geneigt, römische Armeen auch *homines novi* anzuvertrauen, die ihre militärischen Fähigkeiten unter Beweis gestellt haben.«

»Schön und gut, Gaius Marius«, sagte Cleonymus leise, »aber davon werden die Toten nicht wieder lebendig, und die Bauernhöfe stehen nach wie vor leer.«

»Ich weiß.«

Als ihr Schiff in See stach und das große viereckige Segel sich entfaltete, lehnte Gaius Marius an der Reling und sah zu, wie Tarentum und die Bucht zu einem blauen Fleck und dann zu einem Nichts schrumpften. Er dachte über die mißliche Lage der italischen Bundesgenossen nach. Tat er es, weil er so oft ein Italiker genannt worden war, ein Nichtrömer? Oder weil er bei all seinen Fehlern und Schwächen einen Sinn für Gerechtigkeit hatte? Oder ging ihm die stümperhafte Ineffizienz, die dahintersteckte, gegen den Strich? Von einem jedenfalls war er felsenfest überzeugt: Der Tag würde kommen, an dem die italischen Bundesgenossen Roms abrechnen würden. Sie würden das volle römische Bürgerrecht für jeden freien Mann auf der ganzen Halbinsel und vielleicht sogar auch noch im italischen Gallien verlangen.

Gelächter riß ihn aus seinen Gedanken. Er richtete sich von der

Reling auf und drehte sich um. Befriedigt stellte er fest, daß sein Sohn ein guter Seemann war, denn das Schiff war in eine steife Brise geraten, und ein schlechter Seemann wäre inzwischen hoffnungslos seekrank geworden. Auch Julia sah rundum zufrieden aus.

»Meine ganze Familie fühlt sich auf See wohl«, sagte sie, als Marius sich neben sie setzte. »Mein Bruder Sextus ist die einzige Ausnahme, wahrscheinlich wegen seines Asthmas.«

Das Schiff nach Patrae verkehrte regelmäßig auf dieser Route und nahm mit Passagieren ebensoviel Geld ein wie mit Fracht. Deshalb konnte es Marius eine Art Bordkabine anbieten; trotzdem war Julia unübersehbar froh, als sie in Patrae von Bord gehen konnte. Als Marius per Schiff durch den Golf von Korinth weiterreisen wollte, weigerte sie sich, von Patrae abzufahren, bevor sie nicht eine Pilgerfahrt über Land nach Olympia gemacht hätten.

»Seltsam«, sagte sie, als sie mit Eseln unterwegs waren, »das großartigste Heiligtum des Zeus, das die Welt kennt, liegt irgendwo im tiefsten Hinterland des Peloponnes versteckt. Ich weiß nicht warum, aber ich dachte immer, Olympia läge am Fuß des Olymps.«

»So sind eben die Griechen«, sagte Marius. Es drängte ihn, so schnell wie möglich in die Provinz Asia zu kommen, er hatte es aber nicht übers Herz gebracht, Julia diese willkommene Abwechslung zu verweigern. Mit einer Frau zu reisen, entsprach nicht seiner Vorstellung von Vergnügen.

In Korinth jedoch, das sich um den Fuß eines mächtigen Felsens namens Akrokorinth drängte, besserte sich seine Stimmung. Als Mummius die Stadt vor fünfzig Jahren geplündert hatte, waren all ihre Schätze nach Rom geschafft worden. Die Stadt selbst hatte sich davon nie erholt. Viele ihrer Häuser waren verlassen, und gespenstisch schwangen Türen in zerbröckelnden Mauern hin und her.

»Dies ist einer der Orte, wo ich eigentlich meine Veteranen ansiedeln wollte«, sagte er grimmig, als sie durch die verfallenen Straßen gingen. »Sieh dir das an! Diese Stadt schreit doch geradezu nach neuen Bürgern! Jede Menge Ackerland, ein Hafen auf der ägäischen und einer auf der ionischen Seite, alle Voraussetzungen für ein blühendes Handelszentrum. Und was hat man statt dessen getan? Mein Landgesetz außer Kraft gesetzt.«

»Weil Saturninus es verabschiedet hat«, sagte der junge Marius.

»So ist es. Und weil diese Narren im Senat nicht begreifen, wie wichtig es ist, besitzlosen Soldaten ein wenig Land zu geben, wenn sie aus dem Dienst ausscheiden. Ich habe unsere Heere für die besitzlosen Bürger geöffnet, Marius, ich habe Rom frisches Blut zugeführt, Bürger, die niemals zuvor wirklich zu etwas nütze waren. Und die proletarischen Soldaten habe gezeigt, was sie wert sind – in Numidien, in Aquae Sextiae, in Vercellae. Sie haben genausogut gekämpft wie die besitzenden Soldaten oder sogar besser. Aber man kann sie nicht entlassen und in die Elendsviertel von Rom zurückschicken! Sie müssen auf einem Stück Land angesiedelt werden. Ich wußte, daß die erste und die zweite Zensusklasse es niemals billigen würden, wenn ich diese Soldaten auf römischem Staatsland innerhalb Italiens ansiedelte, also sorgte ich für Gesetze, mit denen man sie an Orten wie diesem ansiedeln konnte, wo neue Bürger gebraucht werden. Hier hätten sie ein Stück Rom in unsere Provinzen gebracht und uns zu gegebener Zeit Freunde verschafft. Leider halten die führenden Köpfe im Senat und die Anführer der Ritter Rom für etwas so Exklusives, daß sie die römische Lebensart möglichst auf Rom und Italien beschränken wollen.«

»Quintus Caecilius Metellus Numidicus«, sagte der kleine Marius verächtlich. Er war in einem Haus aufgewachsen, wo dieser Name niemals mit Wohlwollen oder Sympathie ausgesprochen wurde und in der Regel durch den Spottnamen »Schweinebacke« ergänzt wurde. Der kleine Marius ließ diesen Namen in Gegenwart seiner Mutter allerdings wohlweislich weg, denn sie wäre entsetzt gewesen, wenn er solche Worte in den Mund genommen hätte.

»Und wer noch?« fragte Marius.

»Der Senatsälteste Marcus Aemilius Scaurus und der Pontifex Maximus Gnaeus Domitius Ahenobarbus und Quintus Lutatius Catulus Caesar und Publius Cornelius Scipio Nasica ...«

»Sehr gut, das genügt. Sie haben ihre Klienten mobilisiert und eine Opposition organisiert, die selbst für mich zu stark war. Und dann, letztes Jahr, schafften sie die meisten Gesetze des Saturninus wieder ab.«

»Die Getreide- und Landgesetze«, sagte der kleine Marius, der jetzt, da sie fern von Rom waren, sehr gut mit seinem Vater auskam und von ihm gelobt werden wollte.

»Mit Ausnahme des ersten Landgesetzes, das festlegte, daß meine proletarischen Soldaten auf den afrikanischen Inseln angesiedelt werden.«

»Da fällt mir ein«, unterbrach ihn Julia, »daß ich dir dazu etwas sagen wollte.«

Marius warf einen vielsagenden Blick auf den kleinen Marius hinunter, aber Julia ließ sich nicht beirren.

»Wie lange willst du Gaius Julius Caesar denn noch auf dieser Insel festhalten? Kann er nicht nach Hause kommen? Aurelia und die Kinder brauchen ihn.«

»Und ich brauche ihn auf Kerkena«, sagte Marius knapp. »Er ist zwar keine Führerpersönlichkeit, aber kein Bevollmächtigter hat sich bei Landverteilungen je so bewährt und so hart und tüchtig gearbeitet wie Gaius Julius. Solange er auf Kerkena ist, geht die Arbeit voran; es gibt kaum Beschwerden, und die Ergebnisse sind glänzend.«

»Aber er ist schon so lange dort!« protestierte Julia. »Drei Jahre!«

»Und wahrscheinlich wird er noch drei Jahre bleiben.« Marius wollte nicht nachgeben. »Du weißt, wie langsam diese Landzuweisungen an Veteranen vorankommen. Es gibt so viel zu tun. Das Land muß vermessen werden, mit den Besitzern muß geredet werden, dann müssen sie entschädigt werden, Verwirrungen müssen entwirrt werden, und der Widerstand der Einheimischen muß überwunden werden. Gaius Julius macht das außergewöhnlich geschickt. Nein, Julia! Kein Wort mehr davon! Gaius Julius bleibt, wo er ist, bis seine Aufgabe erledigt ist.«

»Dann tun mir seine Frau und seine Kinder leid.«

*

Julias Mitleid war freilich überflüssig, denn Aurelia war mit ihrem Schicksal ganz zufrieden und vermißte ihren Ehemann kaum. Das hatte nichts mit mangelnder Liebe oder Vernachlässigung ihrer Pflichten als Gattin zu tun, sondern allein damit, daß sie, solange ihr Mann weg war, ihrer eigenen Arbeit nachgehen konnte, ohne fürchten zu müssen, daß er diese Arbeit mißbilligen, kritisieren oder gar – was die Götter verhüten mögen! – verbieten würde.

Als Aurelia geheiratet hatte und in die größere der beiden Erdgeschoßwohnungen des großen Mietshauses eingezogen war, das ihre Mitgift darstellte, hatte sie gemerkt, daß ihr Mann von ihr den Lebensstil erwartete, der einem luxuriösen Haus auf dem Palatin entsprochen hätte: würdevoll, elitär und ziemlich sinnlos, jene Art von Leben, die sie in einem Gespräch mit Lucius Cornelius Sulla so treffend charakterisiert hatte. So langweilig und ohne jede Herausforderung, daß eine Liebesaffäre sich geradezu aufdrängte.

Schockiert und enttäuscht hatte Aurelia feststellen müssen, daß es Caesar mißfiel, wenn sie irgendwelche Kontakte mit einem der vielen Mieter hatte, die in den neun Stockwerken der *insula* wohnten. Er hatte sie gedrängt, die Miete von Agenten einsammeln zu lassen, und er erwartete, daß sie sich ausschließlich innerhalb der Wände ihrer recht engen Wohnung bewegte.

Aber Gaius Julius Caesar gehörte einem uralten Patriziergeschlecht an, und das brachte bestimmte Pflichten mit sich. Er war Gaius Marius durch dessen Ehe mit seiner Schwester Julia und durch seinen eigenen Geldmangel verpflichtet und hatte seine politische Karriere in Gaius Marius' Diensten begonnen: zunächst als Kriegstribun in der Armee und dann, nachdem er Quästor gewesen und in den Senat aufgenommen worden war, als Landbevollmächtigter mit der Aufgabe, die besitzlosen Veteranen von Gaius Marius' Afrikafeldzügen auf der Insel Kerkena in der Kleinen Syrte vor der afrikanischen Küste anzusiedeln. All diese Pflichten hatten ihn von Rom weggeführt, das erste Mal schon kurz nach der Heirat mit Aurelia. Es war eine Liebesheirat gewesen, die mit zwei Töchtern und einem Sohn gesegnet wurde. Der Vater war freilich bei keiner der Geburten in Rom gewesen und hatte seine Kinder noch kaum gesehen. Ein kurzer Besuch daheim führte zu einer Schwangerschaft, dann war er wieder monate-, manchmal sogar jahrelang weg.

Als der große Gaius Marius Caesars Schwester geheiratet hatte, hatte das Haus Julius Caesar am Rand des finanziellen Ruins gestanden. Gaius Julius' Onkel Sextus Julius, das Haupt des anderen, älteren Familienzweiges, hatte weitsichtig den ältesten Sohn zur Adoption weggegeben und sich damit die Mittel verschafft, den beiden jüngeren Söhnen den Zugang zum Konsulat zu ermöglichen; der zur Adoption weggegebene Sohn hieß nun Quintus Lutatius Catulus Caesar. Aber Caesars Vater – Großvater Caesar, wie er nun, lang nach seinem Tod, genannt wurde – hatte für zwei Söhne und zwei Töchter sorgen müssen, und sein Geld reichte nur für einen Sohn. Dann allerdings hatte er einen genialen Einfall gehabt: Er hatte dem schwerreichen Gaius Marius, der von niedriger Abstammung war, eine seiner Töchter zur Ehefrau gegeben. Gaius Marius' Geld war es gewesen, das den Töchtern eine Mitgift verschafft und Caesar sechshundert Jugera Land bei Bovillae eingebracht hatte – mehr als genug, um sich vor dem Zensor für den Senat zu qualifizieren. Es war auch Gaius Marius' Geld gewesen, das dem jüngeren Familienzweig des Hauses – angeführt von Großvater Caesar – jedes Hindernis aus dem Weg geräumt hatte.

Gaius Julius Caesar selbst, Aurelias Mann, war ein anständiger Mensch, und er war Marius aufrichtig für dessen Hilfe dankbar, während sein älterer Bruder Sextus empfindlicher reagiert und sich nach seiner Heirat immer mehr vom Rest der Familie zurückgezogen hatte. Caesar wußte, daß er ohne Marius' Geld nicht einmal Senator hätte werden können. Und auch für seine künftigen Kinder hätte es wenig Hoffnung gegeben. Ohne Gaius Marius' Geld hätte er außerdem nie die schöne Aurelia heiraten können, eine vielumworbene Tochter aus edlem und wohlhabendem Haus.

Hätte man Marius gedrängt, er hätte zweifellos Caesar und seiner Frau zu einem Haus auf dem Palatin oder in den Carinae verholfen; Aurelias Onkel und Stiefvater Marcus Aurelius Cotta hatte sogar darum gebeten, mit einem Teil ihrer großen Mitgift ein solches Privathaus kaufen zu dürfen. Aber das junge Paar hatte es vorgezogen, Großvater Caesars Rat zu folgen und nicht in luxuriöser Abgeschiedenheit zu leben. Aurelias Mitgift war in ein Mietshaus investiert worden, eine *insula*, in dem das junge Paar leben konnte, bis Caesars fortschreitende Karriere ihm erlauben würde, ein privates Wohnhaus in einer besseren Gegend zu kaufen. Eine bessere Gegend war nicht schwer zu finden, da Aurelias Mietshaus in der Subura lag, dem dichtbesiedeltsten und ärmsten Stadtteil Roms, eingekeilt zwischen die Hänge des Esquilin und des Viminal – ein brodelndes Gemisch aus Menschen aller Rassen und Glaubensrichtungen, darunter römische Bürger der vierten und fünften Zensusklasse und besitzlose Bürger.

Und doch hatte Aurelia dort, in ihrem Mietshaus in der Subura, ihre Aufgabe gefunden. Sobald Caesar fort und die erste Schwangerschaft überstanden war, stürzte sie sich mit voller Kraft auf die Pflichten einer Hausbesitzerin und Vermieterin. Die Agenten wurden entlassen, sie führte die Bücher nun selbst, und viele Mieter wurden ihre Freunde und Klienten. Kompetent, vernünftig und unerschrocken setzte sie sich mit allem auseinander, was auf sie zukam – von Mord bis Vandalismus –, und sie schaffte es sogar, den Kreuzwegeverein, der sich in ihrem Haus versammelte, zu anständigem Benehmen zu erziehen. Diese Bruderschaft aus Männern der Nachbarschaft hatte mit offizieller Genehmigung des Stadtprätors die Aufgabe, in religiöser wie praktischer Hinsicht für den guten Zustand der großen Straßenkreuzung zu sorgen, die am

Kopfende von Aurelias dreieckiger *insula* lag. Der Brunnen, der Straßenbelag, die Bürgersteige und der Schrein der Laren, die den Kreuzweg vor dem Zorn der Götter schützen sollten, mußten instand gehalten werden. Der Vorsteher des Vereins und Anführer seiner Mitglieder war ein gewisser Lucius Decumius, ein eingefleischter Römer, der allerdings nur der vierten Klasse angehörte. Als Aurelia die Verwaltung des Mietshauses übernahm, fand sie heraus, daß Lucius Decumius und seine Kumpanen nebenher auch noch eine Schutzorganisation betrieben, die Ladenbesitzer und Hausmeister im Umkreis von einer Meile terrorisierte. Sie machte diesem Treiben ein Ende und konnte sogar ein freundschaftliches Verhältnis mit Lucius Decumius herstellen.

Da es ihr an Milch fehlte, gab sie ihre Kinder den Frauen des Mietshauses zum Stillen und eröffnete den kleinen Patriziersprößlingen von untadeliger Herkunft damit eine Welt, von der sie unter normalen Umständen nicht einmal etwas geahnt hätten. Das Ergebnis war, daß ihre drei Kinder bereits lange, bevor an eine offizielle Ausbildung zu denken war, verschiedene Dialekte des Griechischen, des Hebräischen, des Syrischen und des Gallischen sprachen und außerdem dreierlei Latein – das ihrer Vorfahren, das der unteren Klassen und das besondere Kauderwelsch, das nur in der Subura gesprochen wurde. Sie hatten mit eigenen Augen gesehen, wie die Menschen in den Elendsvierteln von Rom lebten, hatten alle möglichen Dinge gegessen, die Ausländern als Leckerbissen galten, und sprachen die schweren Jungs aus Lucius Decumius' Kreuzwegeverein und offiziell anerkannter Bruderschaft mit Vornamen an.

Aurelia war überzeugt, daß ihnen das nicht ernsthaft schaden konnte. Sie war freilich keine Rebellin oder Reformerin, und sie hielt an den Grundwerten ihrer Vorfahren fest. Aber daneben empfand sie eine echte Liebe zu wirklicher Arbeit und ein beharrliches, neugieriges Interesse an Menschen. In ihrer behüteten Jugend war ihr Vorbild Cornelia, die Mutter der Gracchen, gewesen. Sie hatte die heldenhafte und vom Unglück verfolgte Frau für die größte Römerin aller Zeiten gehalten. Inzwischen war sie reifer geworden und hielt sich an etwas Konkreteres und Nützlicheres, nämlich ihren eigenen gesunden Menschenverstand. So konnte sie nichts Schlimmes daran finden, wenn ihre drei kleinen Patrizier mit vielen verschiedenen Sprachen aufwuchsen, und sie hielt es für eine unschätzbare Erfahrung, wenn sie lernten, daß ihre Spielkameraden niemals auch nur entfernt etwas von der Auszeichnung ahnen würden, die ihnen aufgrund ihrer Geburt zukam.

Aurelia fürchtete die Rückkehr ihres Mannes Gaius Julius Caesar, der nie ein richtiger Ehemann oder Vater gewesen war. Natürlich hätte er in diese beiden Rollen hineinwachsen können, aber er war nie lange genug zu Hause, um das zu tun, und fühlte sich dort deshalb auch nie ganz wohl. Als Patrizierin wußte Aurelia nichts von den Frauen, die ihm zweifellos ab und zu zur Befriedigung seiner elementaren Bedürfnisse dienten, und sie interessierte sich auch gar nicht dafür. Weil sie das Leben ihrer Mieter so hautnah mitbekam, wußte sie, daß Eifersucht oder Liebe Frauen aus anderen Schichten manchmal zu Schreianfällen, ja Mord trieben, aber verstehen konnte sie das nicht. Sie war, den Göttern sei Dank, so erzogen worden, daß sie über diesen Dingen stand und ihre Gefühle besser im Griff hatte. Daß es auch viele Frauen aus ihrer eigenen Schicht gab, die schrecklich unter Eifersucht oder Enttäuschung zu leiden hatten, kam ihr nicht in den Sinn.

Nein, wenn Caesar einmal endgültig nach Hause kam, würde es Ärger geben, das stand für Aurelia fest. Aber sie hob sich dieses Problem für den Tag auf, an dem es sich stellen würde, und genoß das Leben inzwischen in vollen Zügen. Über ihre drei Kinder und die Sprachen, die sie auf der Straße verwendeten, machte sie sich keine Sorgen. Geschah schließlich nicht Ähnliches auf dem Palatin oder in den Carinae, wenn Frauen ihre Sprößlinge Kindermädchen aus aller Herren Länder anvertrauten? Nur wurden in solchen Fällen die Ergebnisse ignoriert und unter irgendein Möbel gekehrt, und sogar die Kinder lernten, dieses Versteckspiel mitzumachen und zu verbergen, was sie für die Mädchen oder Frauen empfanden, die sie oft viel besser kannten als ihre Mütter.

Der kleine Gaius Julius allerdings war ein besonderer Fall, und ein recht schwieriger dazu. Sogar die tüchtige Aurelia spürte den Atem einer unbekannten Bedrohung in ihrem Nacken, wenn sie über diesen, ihren einzigen Sohn, seine Eigenschaften und seine Zukunft nachdachte. Als sie zum Abendessen bei Julia gewesen war, hatte sie Julia und Aelia gegenüber zugegeben, daß er sie manchmal an den Rand des Wahnsinns trieb, und jetzt war sie froh, daß sie diese Schwäche eingestanden hatte, denn Aelia hatte ihr vorgeschlagen, den kleinen Caesar einem Erzieher zu übergeben.

Aurelia hatte natürlich schon von hochbegabten Kindern gehört, aber immer angenommen, sie stammten aus ärmeren, bescheideneren Verhältnissen und nicht aus Senatorenfamilien. Viele Eltern solcher Kinder hatten ihren Onkel und Stiefvater Marcus Aurelius Cotta aufgesucht und ihn um Geld gebeten, das ihren begabten Nachkommen einen besseren Start ins Leben ermöglichen sollte, als ihre eigenen Mittel erlaubten – wofür sie im Gegenzug bereit waren, auf Lebenszeit als Klienten in seine Dienste zu treten. Cotta hatte solchen Ersuchen immer gerne entsprochen, weil ihm die Vorstellung gefiel, er und seine Söhne könnten später, wenn die Kinder erwachsen waren, von den Diensten so hochbegabter Menschen profitieren. Er dachte allerdings auch praktisch und vernünftig, und eines Tages hatte Aurelia ihn zu seiner Frau Rutilia sagen hören:

»Leider halten diese Kinder nicht immer, was sie anfangs versprechen. Entweder lodert die so früh entzündete Flamme zu hell auf und geht dann genauso schnell wieder aus, so daß die Kinder erloschenen Vulkanen gleichen. Oder sie werden eingebildet und altklug, wiegen sich in falscher Selbstsicherheit und fallen über kurz oder lang auf die Nase. Aber ein paar davon erweisen sich als sehr nützlich. Und dann sind sie unbezahlbar. Deshalb bin ich immer bereit, den Eltern zu helfen.«

Was Cotta und Aurelias Mutter Rutilia von ihrem außerordentlich begabten Enkelkind, dem kleinen Caesar, hielten, wußte Aurelia nicht, denn sie hatte ihnen nichts von seiner frühreifen Begabung erzählt und den Jungen von ihnen ferngehalten. Sie versuchte sogar, das Kind von jedermann fernzuhalten. Einerseits war sie von seinen klugen Gedanken fasziniert und träumte von einer goldenen Zukunft für ihn. Andererseits, und dieses Gefühl überwog, machte sie sich schwere Sorgen. Hätte sie seine Fehler und Schwächen gekannt, sie wäre leichter mit ihm fertiggeworden, aber wie kann jemand die angeborenen Charakterfehler eines noch nicht zweijährigen Kindes erkennen, auch wenn dieser Jemand die Mutter ist? Bevor sie ihn anderen zeigte, um deren Neugier zu befriedigen, wollte sie sich selbst ein sichereres Urteil über ihn bilden und ihn besser kennen. Und in ihrem Hinterkopf lauerte immer die Angst, er werde nicht die notwendige Stärke und innere Unabhängigkeit aufbringen, um mit den Eigenschaften fertigzuwerden, mit denen eine Laune der Natur ihn ausgestattet hatte.

Er war empfindsam, das wußte sie, es war leicht, ihn zu verletzen. Aber er erholte sich immer wieder, wie besessen von einer fremdartigen und deshalb unverständlichen Lebensfreude, die Aurelia nie selbst erfahren hatte. Seine Begeisterungsfähigkeit kannte keine

Grenzen, und er hungerte so nach geistiger Nahrung, daß er Wissen in sich hineinschluckte wie ein großer Fisch die anderen Tiere des Meeres. Was sie am meisten beunruhigte, war seine Zutraulichkeit, sein Eifer, sich mit jedermann anzufreunden, und seine Ungeduld, wenn seine Mutter etwas sorgfältig überdachte, bevor sie es in die Tat umsetzte. Er dachte ganz naiv, die Welt sei allein dazu geschaffen, seinen Zwecken zu dienen, und verstand nicht, daß es auch Menschen gab, die sich ihm entgegenstellten.

Freilich – wie lächerlich waren solche Sorgen wegen eines kleinen Kindes, das fast noch ein Säugling war! Er mochte frühreife Gedanken haben, aber diese waren deshalb noch lange nicht von der entsprechenden Erfahrung begleitet. Bis jetzt war der Junge einfach ein Schwamm, der alles aufsaugte, was er aufsaugen konnte, und was dazu nicht geeignet war, bearbeitete er solange, bis er es sich gleichfalls einverleibte. Er *hatte* seine Fehler und Schwächen, aber Aurelia wußte nicht, ob sie von Dauer oder nur Etappen eines gewaltigen Lernprozesses waren. So hatte er zum Beispiel viel Charme, und er wußte das und setzte ihn spielerisch ein, um sich die Menschen gefügig zu machen. Seine Tante Julia fiel besonders leicht darauf herein.

Aurelia wollte keinen Jungen großziehen, der sich so zwielichtiger Methoden bediente wie seines Charmes. Sie selbst hatte keinerlei Charme und verachtete Menschen, die welchen hatten, denn sie hatte erlebt, wie leicht sie bekamen, was sie wollten, und wie wenig ihnen dann wert war, was sie bekommen hatten. Charme war etwas für Luftikusse, nicht für Männer, die andere Menschen führten. Der kleine Caesar würde ihn ablegen müssen, denn er würde ihm nichts nützen bei ernsten und tugendhaften Männern und dort, wo nur Ernst und die römischen Tugenden etwas zählten. Außerdem war der kleine Caesar ein sehr hübsches Kind – noch eine unerwünschte Eigenschaft. Aber wie konnte man Schönheit aus einem Gesicht bügeln, zumal, wenn die Eltern beide auch nicht gerade häßlich waren?

Nur die Zeit konnte diese Sorgen beantworten, und inzwischen hatte Aurelia sich angewöhnt, streng mit dem Kleinen zu sein. Sie ließ ihm viel weniger durchgehen als seinen Schwestern, rieb Salz in seine Wunden, statt Balsam aufzutragen, und kritisierte und schimpfte ihn auch bei geringfügigen Anlässen. Da fast alle anderen Menschen, die der Junge kannte, ganz hingerissen von ihm waren und seine Schwestern und Vettern ihn regelrecht verwöhnten, hatte die Mutter das Gefühl, ihm gegenüber die Rolle der bösen Stiefmutter spielen zu müssen, auch wenn sie seine richtige Mutter war. Cornelia, die Mutter der Gracchen, hätte nicht gezögert, dasselbe zu tun.

Die Aufgabe, für ein Kind, das eigentlich noch ein paar Jahre in die Obhut von Frauen gehörte, einen passenden Erzieher zu finden, schreckte Aurelia nicht, sondern war ihr eine willkommene Herausforderung. Sullas Frau Aelia hatte heftig davon abgeraten, einen Sklaven zu kaufen, und das erschwerte die Suche. Da Aurelia ihre Schwägerin Claudia, die Frau Sextus Caesars, nicht besonders mochte, fragte sie Claudia nicht um Rat. Wenn Julias Sohn in der Obhut eines Erziehers gewesen wäre, hätte sie gewiß Julia gefragt, aber der junge Marius, ein Einzelkind, besuchte die Schule, damit er mit Gleichaltrigen zusammensein konnte. Das hatte Aurelia zu gegebener Zeit eigentlich auch mit ihrem Sohn vorgehabt, aber nun wurde ihr klar, daß diese Möglichkeit nicht in Frage kam. Er würde entweder zum Prügelknaben oder zum Idol werden, und beides würde ihm nicht guttun.

Also ging Aurelia zu ihrer Mutter Rutilia und dem einzigen Bruder ihrer Mutter, Publius Rutilius Rufus. Onkel Publius hatte ihr schon oft geholfen, sogar bei ihrer Heirat: Als die Liste ihrer Freier bedrohlich lang und immer vornehmer geworden war, hatte er geraten, man solle ihr erlauben, sich selbst einen Mann auszusuchen. Auf diese Weise, hatte er erklärt, könne außer ihr niemand verantwortlich gemacht werden, wenn es der falsche Mann sei, und vielleicht könnten spätere Reibereien mit ihren jüngeren Brüdern verhindert werden.

Aurelia brachte ihre drei Kinder also nach oben ins jüdische Stockwerk des überfüllten und lärmenden Hauses, wo sie sich am wohlsten fühlten, und ließ sich mit Cardixa, ihrer gallischen Sklavin aus dem Avernerland, in einer Sänfte zum Haus des Stiefvaters tragen. Wenn sie Cottas Haus auf dem Palatin später wieder verließ, würden Lucius Decumius und ein paar seiner Männer für sie bereitstehen, denn dann würde es schon Nacht sein, und das zwielichtige Gesindel der Subura würde die Straßen unsicher machen.

Aurelia hatte die ungewöhnlichen Talente ihres Sohnes so erfolgreich geheimgehalten, daß es ihr jetzt schwerfiel, Cotta, Rutilia und Publius Rutilius Rufus davon zu überzeugen, ihr kleiner Sohn, noch keine zwei Jahre alt, brauche unbedingt einen Erzieher. Aber nach vielen geduldigen Antworten auf viele ungläubige Fragen begannen ihre Verwandten zu begreifen.

»Ich weiß keinen passenden Lehrer«, sagte Cotta und fuhr mit den Fingern durch sein lichter werdendes Haar. »Gaius und Marcus sind nun in den Händen der Rhetoren, und der junge Lucius geht in die Schule. Ich würde dir vorschlagen, zu einem der wirklich guten Sklavenhändler zu gehen, die auch Erzieher verkaufen – Mamilius Malchus oder Duronius Postumus. Wenn du allerdings auf einem Freien bestehst, weiß ich auch nicht, was ich dir sagen soll.«

»Onkel Publius, du sagst ja gar nichts.« Aurelia sah ihren Onkel fragend an.

»So ist es!« rief dieser treuherzig.

»Soll das heißen, daß du jemanden kennst?«

»Vielleicht. Aber zuerst will ich den kleinen Caesar selbst sehen, denn ich möchte mir selbst eine Meinung bilden. Du hast ihn recht versteckt gehalten, liebe Nichte, ohne daß ich wüßte warum.«

»Er ist ein lieber kleiner Kerl«, sagte Rutilia sentimental.

»Er ist ein Problem«, sagte seine Mutter unsentimental.

»Nun, ich denke, es ist höchste Zeit, daß wir alle einmal vorbeikommen und uns den kleinen Caesar selbst anschauen«, sagte Cotta, der dicker geworden war und laut hörbar atmete.

Aber Aurelia schlug bekümmert die Hände zusammen und sah so sorgenvoll von einem interessierten Gesicht zum anderen, daß die anderen erschrocken schwiegen. Sie kannten Aurelia seit ihrer Geburt und hatten noch nie erlebt, daß sie mit einer Situation nicht fertig wurde.

»Bitte nicht!« rief sie. »Versteht ihr denn nicht? Genau das möchte ich nicht! Mein Sohn soll nicht denken, er sei etwas Besonderes! Aber genau das tut er, wenn drei Leute auf ihn losgehen, ihn mit Fragen löchern und über seine Antworten entzückt sind! Dann steigt ihm seine Wichtigkeit doch nur zu Kopf!«

Zwei rote Flecken erschienen auf Rutilias Wangen. »Liebes Mädchen, er ist immerhin mein Enkel!« sagte sie spitz.

»Ja, Mama, das weiß ich, und du kannst ihn auch sehen und ihn alles fragen, was du willst – aber noch nicht jetzt! Und nicht zu dritt! Er ist so klug! Er weiß Antworten auf Fragen, die andere Kinder in seinem Alter nicht einmal stellen! Onkel Publius soll bitte zuerst allein kommen!«

Cotta legte seiner Frau die Hand auf die Schulter. »Das ist eine gute Idee, Aurelia!« sagte er beschwichtigend. »Schließlich hat er schon bald seinen zweiten Geburtstag – ich glaube, Mitte des Monats Quintilis. Aurelia kann uns zu seiner Geburtstagsfeier einladen,

Rutilia, und dann sehen wir ihn selbst, ohne daß das Kind Verdacht schöpft, weshalb wir gekommen sind.«

Rutilia schluckte ihren Zorn hinunter und nickte. »Wie du willst, Marcus Aurelius. Ist es dir so recht, Tochter?«

»Meinetwegen«, sagte Aurelia barsch.

Natürlich erlag Publius Rutilius Rufus dem Charme des kleinen Caesar, den dieser immer besser einzusetzen verstand. Er war von dem Jungen begeistert und konnte es kaum erwarten, das seiner Mutter zu sagen.

»Ich weiß nicht mehr, wann ich jemanden so ins Herz geschlossen habe, seit du damals jede Sklavin zurückgewiesen hast, die deine Eltern für dich ausgesucht haben, und dann selbst Cardixa nach Hause gebracht hast«, sagte er lächelnd. »Für eine unschätzbare Perle hielt ich dich damals! Und nun finde ich heraus, daß meine Perle etwas hervorgebracht hat, daß leuchtet wie – nein, nicht wie der Mond, wie die Sonne selbst.«

»Spar dir deine schönen Reden, Onkel Publius! Ich habe dich nicht deswegen hergebeten«, sagte Aurelia gereizt.

Aber Publius Rutilius Rufus war es wichtig, daß sie ihn verstand, deshalb setzte er sich mit ihr auf eine Bank im Innenhof des Mietshauses, in den von hoch oben eine Lichtsäule fiel. Es war ein hübsches Plätzchen, denn der andere Bewohner des Erdgeschosses, der Ritter Gaius Matius, hatte einen Hang zur Gärtnerei, der an Perfektion grenzte. Aurelia nannte den Lichtschacht über dem Hof ihre »hängenden Gärten von Babylon«, denn auf jedem Stockwerk wucherten Pflanzen über die Balkone, und die Kletterpflanzen, die vor Jahren im Hof angepflanzt worden waren, hatten inzwischen das obere Ende des Lichtschachts erreicht. Jetzt, im Sommer, duftete der Garten nach Rosen, Goldlack und Veilchen, und Hunderte von Blüten in allen Schattierungen der Farben Blau, Rosa und Lila hingen nach unten oder reckten sich dem quadratischen Stück Himmel über ihnen entgegen.

»Meine liebe kleine Nichte«, sagte Publius Rutilius Rufus sehr ernst und nahm ihre Hände in die seinen, so daß sie ihm in die Augen sehen mußte, »hör mir jetzt bitte genau zu. Rom ist nicht mehr jung, obwohl ich die Stadt nicht mit einer Greisin vergleichen möchte. Aber denke nur ... Zweihundertvierundvierzig Jahre Königtum, dann vierhundertelf Jahre Republik. Rom existiert nun seit sechshundertfünfundfünfzig Jahren und wird immer mächtiger. Aber wieviele der alten Geschlechter bringen noch Konsuln hervor, Aurelia? Die Cornelier. Die Servilier. Die Valerier. Die Postumier. Die Claudier. Die Aemilier. Die Sulpicier. Die Julier haben seit fast vierhundert Jahren keinen Konsul mehr hervorgebracht – obwohl ich glaube, daß diese Generation einige Julier auf dem kurulischen Stuhl sehen wird. Die Sergier sind so arm, daß sie mit Austernzucht Geld verdienen müssen. Und die Pinarier sind so arm, daß sie praktisch zu allem bereit sind, woran sie sich bereichern können. Um den plebejischen Amtsadel steht es besser als um die Patrizier. Aber mir scheint, wenn wir nicht aufpassen, wird Rom schließlich ganz den plebejischen *homines novi* gehören – Männern ohne Vorfahren, Männern, die nichts an die Anfänge Roms bindet und denen deshalb auch gleichgültig ist, was mit Rom geschieht.«

Der Druck seiner Hände verstärkte sich. »Aurelia, dein Sohn stammt aus dem ältesten und erlauchtesten aller Geschlechter. Von den patrizischen Familien, die es noch gibt, können sich nur die Fabier mit den Juliern vergleichen, aber die Fabier müssen seit drei Generationen auf Adoptionen zurückgreifen, um den kurulischen Stuhl besetzen zu können. Und die echten Fabier der Familie sind so seltsam, daß sie sich verstecken müssen. Aber dein kleiner Caesar ist ein Mitglied des alten Adels und hat zugleich die ganze Energie und Intelligenz eines *homo novus*. Er bedeutet für Rom eine Hoffnung, mit der ich nicht mehr gerechnet habe. Denn ich glaube, daß Rom, wenn es noch größer werden will, von Männern mit dem richtigen Blut regiert werden muß. Zu Gaius Marius, den ich liebe, dessen Tun ich aber auch mißbillige, könnte ich das niemals sagen. Im Lauf seiner einzigartigen Karriere hat Gaius Marius Rom mehr geschadet als ein paar Dutzend germanische Invasionen. Die Gesetze, die er umgestoßen hat, die Traditionen, die er zerstört hat, die Präzedenzfälle, die er geschaffen hat – die Gracchen stammten wenigstens aus dem alten Adel und ließen sich bei ihrem Handeln zumindest von einem letzten Rest an Respekt für den *mos maiorum* leiten, die ungeschriebenen sittlichen Normen unserer Vorfahren. Gaius Marius dagegen hat den *mos maiorum* untergraben und Rom einem Rudel Wölfe vorgeworfen – Kreaturen, die nichts mit der guten alten Wölfin gemein haben, die einst Romulus und Remus säugte.«

Aurelias fesselnde, große und leuchtende Augen waren mit fast schmerzhafter Intensität auf Publius Rutilius Rufus' Gesicht gerichtet, und sie merkte nicht, wie fest er ihre Hände hielt. Hier bekam sie endlich einen Rat, an den sie sich halten konnte, eine Führung durch das schwierige Gelände, das sie mit dem kleinen Caesar durchwandern mußte.

»Du mußt die Besonderheit des jungen Caesar fördern und alles tun, was in deiner Macht steht, damit er einmal alle anderen übertrifft. Du mußt ein Ziel in ihm verankern, das er als einziger auch verwirklichen kann: den *mos maiorum* zu bewahren und die Lebenskraft des alten Blutes in der Tradition der Väter zu erneuern.«

»Ich verstehe, Onkel Publius«, sagte Aurelia ernst.

»Gut!« Er stand auf und zog sie mit sich. »Ich komme morgen um die dritte Stunde des Tages mit einem Lehrer zu dir. Sorge dafür, daß der Junge da ist.«

Und so kam es, daß der kleine Gaius Julius Caesar in die Obhut eines gewissen Marcus Antonius Gnipho kam, eines Galliers aus Nemausus. Sein Großvater hatte dem Stamm der Salluvier angehört und sich bei zahlreichen Überfällen auf die hellenisierten Siedlungen an der Küste Gallia Transalpinas eifrig als Kopfjäger betätigt, bis er mit seinem kleinen Sohn von einigen entschlossenen Massiliern gefangengenommen worden war. Beide wurden in die Sklaverei verkauft. Der Großvater starb bald, sein Sohn allerdings war jung genug, um den Übergang vom mordenden Barbaren zum Haussklaven in einem griechischen Haushalt zu bewältigen. Er erwies sich als kluger und gelehrsamer Bursche, und nachdem er genug gespart hatte, um sich freizukaufen, war er immer noch jung genug, zu heiraten und eine Familie zu gründen. Als Braut hatte er sich ein griechisches Mädchen aus Massilia von bescheidener Herkunft ausgesucht, und er fand trotz seiner furchterregenden riesigen Gestalt und seiner hellroten Haare die Zustimmung ihres Vaters. Sein Sohn Gnipho wuchs also in Freiheit auf und zeigte bald, daß er die Neigung seines Vaters zur Gelehrsamkeit teilte.

Als Gnaeus Domitius Ahenobarbus an der Mittelmeerküste von Gallia Transalpina eine römische Provinz einrichtete, hatte er als einen seiner obersten Legaten einen gewissen Marcus Antonius mitgenommen, und dieser Marcus Antonius hatte Gniphos Vater als Übersetzer und Schreiber beschäftigt. Als dann der Krieg gegen die Arverner zu einem erfolgreichen Abschluß kam, sorgte Marcus Antonius als nicht geringes Zeichen seiner Dankbarkeit dafür, daß Gniphos Vater das römische Bürgerrecht bekam; die Antonier waren bekannt für ihre Großzügigkeit. Da Gniphos Vater bereits frei gewesen war, als Marcus Antonius ihn in seine Dienste genommen hatte, konnte er nun in Antonius' *tribus* aufgenommen werden, womit er römischer Vollbürger war.

Der Knabe Gnipho äußerte schon früh den Wunsch, zu unterrichten, und er entwickelte großes Interesse an der Geographie, Philosophie, Mathematik, Astronomie und dem Bauwesen. Sobald er die Toga des erwachsenen Mannes tragen durfte, setzte ihn sein Vater in ein Schiff nach Alexandria, dem intellektuellen Zentrum der Welt. Dort studierte er in den Wandelgängen der Museumsbibliothek bei dem Bibliothekar Diokles höchstpersönlich.

Aber die Blütezeit der Bibliothek war vorüber, und die Bibliothekare hatten nicht mehr das Format eines Eratosthenes. Mit sechsundzwanzig ließ Gnipho sich deshalb als Lehrer in Rom nieder. Zunächst betätigte er sich als *grammaticus,* der junge Männer in der Redekunst unterwies; dann wurden ihm die blasierten jungen Adligen zuviel, und er eröffnete eine Schule für Knaben. Sie war nach kurzer Zeit ein großer Erfolg, und bald konnte er ohne Schwierigkeiten die höchsten Honorare verlangen. Um die Miete für seine zwei Schulzimmer im ruhigen sechsten Stockwerk eines Mietshauses auf dem Palatin, weit weg vom schmutzigen Gewimmel der Subura, brauchte er sich deshalb keine Sorgen zu machen. Außerdem konnte er sich einen Stock höher im selben Haus vier Zimmer leisten, in denen er mit seinen vier treuen Sklaven wohnte, von denen zwei für seine persönlichen Bedürfnisse zuständig waren und die anderen beiden ihm bei seinem Unterricht assistierten.

Als Publius Rutilius Rufus ihn aufsuchte, lachte er und versicherte seinem Besucher, er habe nicht die Absicht, sein einträgliches kleines Unternehmen aufzugeben, um einen Säugling aufzupäppeln. Rutilius Rufus hielt ihm daraufhin einen ordentlich aufgesetzten Vertrag unter die Nase, der ihm eine Luxuswohnung in einem noch besseren Mietshaus auf dem Palatin und ein Honorar versprach, das seine bisherigen Einkünfte noch überstieg. Doch Marcus Antonius Gnipho wehrte immer noch lachend ab.

»Dann komm wenigstens und sieh dir das Kind an«, sagte Rutilius Rufus. »Wenn jemand einen Köder dieser Größe vor deiner Nase baumeln läßt, wärst du ein Narr, wenn du ablehntest.«

Als der Lehrer den kleinen Caesar kennenlernte, änderte er seine Meinung.

»Nicht wegen seiner Herkunft«, sagte er zu Publius Rutilius Rufus, »sondern wegen seiner erstaunlichen Intelligenz. Ich werde den jungen Caesar unterrichten, weil ich ihn mag und weil ich um seine Zukunft fürchte.«

»Dieses unmögliche Kind!« sagte Aurelia zu Lucius Cornelius Sulla, als er sie Ende September besuchte. »Die ganze Familie legt Geld zusammen, um ihm einen erstklassigen Erzieher zu bezahlen, und was passiert? Der Erzieher fällt auf seinen Charme herein!«

»Soso«, sagte Sulla. Er war nicht gekommen, um sich Klagen über eins von Aurelias Kindern anzuhören. Kinder langweilten ihn, egal wie klug oder reizend sie waren. Seine eigenen stellten eine Ausnahme von dieser Regel dar, die er selbst nicht verstand. Nein, er hatte Aurelia erzählen wollen, daß er Rom verlassen würde.

»Du verläßt mich also auch«, sagte sie und bot ihm Trauben aus dem Garten im Innenhof an.

»Und zwar schon bald, fürchte ich. Titus Didius möchte seine Truppen mit dem Schiff nach Spanien verfrachten, und dafür ist Anfang Winter die beste Zeit. Ich reise allerdings auf dem Landweg voraus, um die Ankunft vorzubereiten.«

»Hast du genug von Rom?«

»Ist das in meiner Situation nicht verständlich?«

»O doch.«

Sulla war unruhig und ballte die Fäuste verbittert. »Ich werde es nie schaffen, Aurelia!«

Aber das reizte sie nur zum Lachen. »Warte nur, eines Tages wirst du es schaffen, und dann wird man dir den Kopf abschlagen wie dem siegreichen Pferd beim Pferderennen im Oktober, Lucius Cornelius.«

»Hoffentlich nicht«, lachte er zurück. »Meinen Kopf möchte ich schon gerne auf den Schultern behalten! Was bedeutet dieser merkwürdige Brauch eigentlich? Das Problem mit all unseren Bräuchen ist, daß sie so alt sind. Wir verstehen ja nicht einmal die Sprache, in der wir unsere Gebete aufsagen, und wir wissen nicht, warum wir Schlachtrösser paarweise vor Wagen spannen, Rennen veranstalten und dann das rechts laufende Pferd des Siegerwagens opfern!« Das Licht war so hell, daß Sullas Pupillen sich zu winzigen Punkten zusammengezogen hatten und er wie ein blinder Seher aussah. Die Augen, die er jetzt Aurelia zuwandte, waren erfüllt vom Schmerz des Sehers, der die Zukunft kennt – nicht vom Schmerz der Vergangenheit oder Gegenwart. Und Sulla rief: »Ach Aurelia! Warum kann ich nie glücklich sein?«

Ihr Herz zog sich zusammen, sie grub ihre Fingernägel in die Handflächen. »Ich weiß es nicht, Lucius Cornelius.«

»Ich auch nicht.«

Es war schrecklich, jetzt einen praktischen Vorschlag zu machen, aber was sollte sie sonst tun? »Ich glaube, du brauchst Beschäftigung.«

»Gewiß!« sagte er trocken. »Wenn ich beschäftigt bin, habe ich keine Zeit zum Nachdenken.«

»Das geht mir auch so«, sagte sie heiser. »Aber das sollte im Leben nicht alles sein.«

Sie saßen im Empfangszimmer an der niedrigen Wand zum Garten des Innenhofs. Zwischen ihnen stand ein Tisch mit einem Teller, auf dem voll und purpurrot Trauben lagen. Aurelia sah Sulla immer noch an, obwohl er seinen Blick schon abgewandt hatte. Wie attraktiv er ist! dachte sie, und plötzlich überkam sie ein Elend, das sie sonst nicht bis in ihr Bewußtsein dringen ließ. Er hat einen Mund wie mein Mann, einen so schönen Mund, so schön ...

Sulla schlug die Augen auf, und sein Blick traf den ihren. Aurelia errötete tief. Sein Gesicht veränderte sich, wenn sie auch nicht genau hätte sagen können, wie – er schien mehr er selbst zu werden. Seine Hand kam über den Tisch, und ein bezauberndes Lächeln huschte über sein Gesicht.

»Aurelia –«

Sie legte ihre Hand in die seine, hielt den Atem an und fühlte sich schwindlig. »Ja, Lucius Cornelius?« brachte sie mit Mühe heraus.

»Sei meine Geliebte!«

Ihr Mund war trocken; sie hatte das Gefühl, wenn sie nicht schluckte, würde sie ohnmächtig werden, und doch konnte sie nicht schlucken. Seine Finger, die die ihren umfingen, waren die letzten Fäden, an denen ihr schwindendes Leben noch hing – sie durfte sie nicht loslassen.

Aurelia konnte sich später nicht mehr daran erinnern, wie er um den Tisch herumgekommen war, aber plötzlich sah sie sein Gesicht ganz dicht vor dem ihren, den Glanz seiner Lippen, die Tiefe seiner Augen – schillernd wie polierter Marmor. Fasziniert sah sie, wie sich ein Muskel seines rechten Armes unter der Haut bewegte. Ihr Zittern war mehr ein Vibrieren, sie war so schwach und verloren ... Sie schloß die Augen und wartete, und dann, als sie seinen Mund auf ihrem spürte, küßte sie ihn, als hätte sie eine ganze Ewigkeit nach Liebe gehungert. Gefühle überfluteten sie, sie hatte mehr, als sie je für möglich gehalten hätte – sie war erschrocken und zugleich wie betäubt, ausgebrannt, aber wie von Flügeln getragen ...

Einen Augenblick später jedoch lag der ganze Raum zwischen ihnen. Aurelia preßte sich fest an eine hell getünchte Wand, als versuche sie, mit ihr zu verschmelzen, Sulla stand schwer atmend am Tisch, und die Sonne schoß Feuerpfeile durch sein Haar.

»Ich – kann nicht!« sagte sie. Es klang wie ein Schrei.

»Dann möge dein innerer Frieden für immer dahin sein!«

Sulla raste vor Zorn, aber er war selbst jetzt wild entschlossen, nichts zu tun, was sie lächerlich oder peinlich finden könnte. Mit großspuriger Gebärde legte er seine Toga an, die auf den Boden gefallen war, dann stolzierte er hinaus wie ein Sieger, und jeder Schritt sagte ihr, daß er nie wiederkommen würde.

Aber es befriedigte Sulla nicht, den Sieger zu spielen, zu sehr erzürnte ihn seine Niederlage. Er marschierte wutentbrannt nach Hause, und die Menschen auf der Straße wichen fluchtartig zur Seite. Wie konnte sie es wagen! Wie konnte sie es wagen, mit hungrigen Augen dazusitzen, ihn sogar mit einem Kuß zu foppen – und mit was für einem Kuß! – und ihm dann zu sagen, sie könne nicht. Dabei hatte sie es mehr gewollt als er! Er sollte sie töten, ihr den schlanken Hals brechen, ihr Gesicht durch ein Gift aufquellen lassen. Er wollte sehen, wie diese großen Augen noch weiter aus ihren Höhlen traten, wenn er die Hände um ihre Kehle legte. Töten wollte er sie, töten, töten, töten, rief ihm sein Herz zu, das er in seinen Ohren pochen hörte, töten, rief das Blut, das seine Adern an Schläfe und Stirn hervortreten ließ. Töten, töten, töten. Und sein Zorn wurde noch verstärkt durch das Wissen, daß er sie genausowenig töten konnte, wie er Julilla, Aelia oder Delmatica hatte töten können. Und warum nicht? Was hatten diese Frauen, das Clitumna und Nikopolis nicht hatten?

Als er in sein Atrium stürmte, stoben die Sklaven auseinander, seine Frau zog sich still in ihr Zimmer zurück, und selbst das Haus schien sich zu ducken. Kein Laut war zu hören. In seinem Arbeitszimmer ging er gleich zu dem kleinen hölzernen Schrein, in dem die Wachsmaske seines Vorfahren, des Jupiterpriesters, aufbewahrt war, und riß die geheime Schublade in den Holzstufen auf. Seine suchenden Finger schlossen sich zuerst um ein kleines Fläschchen. Da lag es in seiner Hand, sein klarer Inhalt schwappte träge hinter dem grünlichen Glas. Er konnte seine Augen nicht davon wenden.

Sulla wußte nicht, wie lange er auf das Fläschchen in seiner Hand starrte, denn er konnte keinen klaren Gedanken fassen. Sein Zorn füllte ihn vollständig aus. Oder war es Schmerz? Oder Kummer? Oder nur eine überwältigende Einsamkeit? Gerade war ihm noch heiß gewesen, dann nur noch warm, jetzt schon kalt, und schließlich fühlte er sich zu Eis erstarren. Erst jetzt wurde ihm seine Unfähigkeit bewußt, die Tatsache, daß er, der in den Mord verliebt war, weil er ihm Trost brachte und weil er notwendig war, es physisch nicht fertigbrachte, eine Frau aus seiner eigenen Schicht zu ermorden. Bei Julilla und Aelia hatte er wenigstens noch Trost darin gefunden, ihr von ihm verursachtes Elend mitzuerleben, und bei Julilla hatte es ihn befriedigt, ihren Tod verursacht zu haben; denn es konnte keinen Zweifel daran geben, daß sie, wenn sie seine »Wiedersehensfeier« mit Metrobius nicht mitangesehen hätte, weiterhin Wein in sich hineingeschüttet und ihre großen, hohlen, gelben Augen in stillem, traurigem Vorwurf auf ihn gerichtet hätte. Aber bei Aurelia konnte er auf keine Reaktion hoffen, die seine Anwesenheit in ihrem Haus überdauern würde. Sobald er aus dem Haus getreten war, hatte sie gewiß die Erinnerung an ihre vorübergehende Entgleisung verdrängt und sich wieder in die Arbeit gestürzt. Morgen würde sie ihn vollständig vergessen haben. So war Aurelia. Sie sollte verrotten! Sie sollte von Würmern zerfressen werden, die heimtückische Sau!

Mitten in diesen vergeblichen Flüchen fing er sich, und die schiefe Karikatur eines Lächelns erschien auf seinem Gesicht. In Flüchen konnte er keinen Trost finden. Lächerlich, absurd. Die Götter beachteten menschliche Enttäuschungen und Begierden nicht, und Sulla gehörte nicht zu denen, die auf dunkle, geheimnisvolle Weise ihre zerstörerischen Gedanken in einen Todeswunsch umwandeln konnten, der auch Früchte trug. Aurelia lebte noch in ihm, also mußte er sie aus sich verbannen, bevor er nach Spanien ging, denn er wollte all seine Kräfte auf die Beförderung seiner Karriere konzentrieren. Er brauchte einen Ersatz für die Ekstase, die er bei der Erstürmung von Aurelias Zitadelle empfunden hätte. Zwar hatte er sie erst in dem Augenblick verführen wollen, als er ihren auf ihn gerichteten Blick bemerkt hatte, aber das spielte keinerlei Rolle – die Begierde war so machtvoll und alles beherrschend gewesen, daß er sich noch immer nicht davon freimachen konnte.

Rom, natürlich. Einmal in Spanien, war alles vorüber. Wie gern hätte er sich jetzt irgendeine Art von Befriedigung verschafft. Im Feld verspürte er nie diese gräßliche Verbitterung, vielleicht weil er dort gar keine Zeit dazu hatte, vielleicht auch, weil er dort ständig vom Tod umgeben war oder weil er sich sagen konnte, daß er sich dort auf dem Weg nach oben befand. Aber in Rom – und er war jetzt seit fast drei Jahren in Rom – überkam ihn über kurz oder lang eine lähmende Langeweile, von der er sich bisher nur durch wirklichen Mord oder Mord im übertragenen Sinn hatte erlösen können.

Er verfiel in einen nüchternen Traum. Gesichter kamen und gingen, Gesichter von Opfern und solchen, die er gern als seine Opfer gesehen hätte. Julilla. Aelia. Delmatica. Lucius Gavius Stichus. Clitumna. Nikopolis. Catulus Caesar – welch ein Spaß wäre es, dieses arrogante Kamelgesicht für immer auszulöschen! Scaurus. Metellus Numidicus Schweinebacke. Schweinebacke ... Sulla stand langsam auf und schloß langsam die geheime Schublade. Die kleine Flasche behielt er in der Hand.

Die Wasseruhr zeigte Mittag an. Sechs Stunden des Tages waren vergangen, sechs Stunden lagen noch vor ihm. Tropf, tropf, tropf. Mehr als Zeit genug, Quintus Caecilius Metellus Numidicus Schweinebacke einen Besuch abzustatten.

Bei seiner Rückkehr aus dem Exil hatte Metellus Numidicus festgestellt, daß er so etwas wie eine Legende geworden war. Noch längst nicht alt genug zum Sterben, sagte er sich triumphierend, war er doch schon zur sagenhaften Gestalt geworden, von der man sich auf dem Forum erzählte. Man sprach von seiner homerischen Karriere als Zensor, seiner Furchtlosigkeit im Umgang mit Lucius Equitius, den Prügeln, die er bezogen hatte, und davon, wie er mutig wiedergekommen war, nur um weitere zu beziehen. Man erzählte sich, wie er ins Exil gegangen war, während sein stotternder Sohn den endlosen Strom von Denaren ge-ge-ge-gezählt hatte, die Sonne über der Curia Hostilia unterging und Gaius Marius darauf wartete, seinen Treueid auf das zweite Landgesetz des Saturninus zu erneuern.

Ja, dachte Metellus Numidicus, nachdem der letzte Klient des Tages gegangen war, ich werde als der Größte einer großen Familie in die Geschichte eingehen, als Quintus, die Quintessenz der metellischen Caecilier. Und er schwelgte in seinem Stolz, war froh, wieder zu Hause zu sein, freute sich über den Empfang, den er bekommen hatte, und war rundum zufrieden. Ja, es war ein langer Kampf gegen Gaius Marius gewesen! Aber nun war er endgültig vorbei. Er hatte gewonnen, und Gaius Marius hatte verloren. Nie wieder würde Rom von Gaius Marius gedemütigt werden.

Der Verwalter klopfte an die Tür seines Arbeitszimmers.

»Ja?«

»Lucius Cornelius Sulla will dich sprechen, Herr.«

Als Sulla durch die Tür kam, war Metellus Numidicus schon auf den Beinen und durch das halbe Zimmer gegangen. Er streckte Sulla seine Hand entgegen.

»Mein lieber Lucius Cornelius, was für eine Freude, dich zu sehen.« Er triefte geradezu vor Leutseligkeit.

»Es ist höchste Zeit, daß ich dir privat meinen persönlichen Respekt erweise«, sagte Sulla charmant und setzte sich bescheiden auf den Klientenstuhl.

»Darf ich dir Wein anbieten?«

»Danke.«

Metellus Numidicus ging zu einem Wandtischchen, auf dem zwei Krüge und einige Weinkelche aus bestem Alexandriner Glas standen. Er sah Sulla mit einer fragend hochgezogenen Augenbraue an. »Ist dies ein Anlaß, unverdünnten Wein aus Chios zu trinken?«

Sulla gab durch ein Lächeln zu verstehen, daß er sich wohl fühlte. »Diesen Wein mit Wasser zu verdünnen, wäre ein Verbrechen.«

Sein Gastgeber rührte sich nicht. »Das ist die Antwort eines Politikers, Lucius Cornelius. Ich wußte nicht, daß du zu ihnen gehörst.«

»Quintus Caecilius, schütte kein Wasser in den Wein!« rief Sulla. Ernst fuhr er fort: »Ich komme in der Hoffnung, daß wir gute Freunde werden.«

»Wenn das so ist, Lucius Cornelius, werden wir unseren Wein ohne Wasser trinken.«

Metellus Numidicus kam mit zwei Gläsern zurück. Eines stellte er vor Sulla auf den Tisch, das andere vor sich, dann setzte er sich und hob sein Glas. »Ich trinke auf die Freundschaft.«

»Ich auch.« Sulla nahm einen kleinen Schluck, runzelte die Stirn und warf Metellus Numidicus einen verschwörerischen Blick zu. »Quintus Caecilius, ich gehe mit Titus Didius als oberster Legat nach Hispania Citerior. Ich habe keine Ahnung, wie lange ich wohl fort sein werde, aber es sieht so aus, als könnten es mehrere Jahre werden. Wenn ich zurückkehre, möchte ich so rasch wie möglich für die Prätur kandidieren.« Er räusperte sich und nahm noch einen Schluck. »Kennst du den wahren Grund, warum ich letztes Jahr nicht zum Prätor gewählt wurde?«

Ein Lächeln spielte um Metellus Numidicus' Mundwinkel, aber

es war so schwach, daß Sulla nicht entscheiden konnte, ob es ein ironisches, boshaftes oder einfach nur amüsiertes Lächeln war.

»Ja, Lucius Cornelius, ich kenne ihn.«

»Und was denkst du darüber?«

»Ich denke, du hast meinen guten Freund Marcus Aemilius Scaurus sehr verärgert, was seine Frau betrifft.«

»Aha! Also nicht wegen meiner Verbindung mit Gaius Marius!«

»Lucius Cornelius, niemand mit dem politischen Gespür eines Marcus Aemilius würde deine Karriere ersticken, weil du in der Armee des Gaius Marius gedient hast. Ich war zwar lange weg, aber ich habe genug aus Rom gehört, um zu wissen, daß deine Beziehungen zu Gaius Marius seit einiger Zeit nicht mehr besonders eng sind. Da ihr keine Schwäger mehr seid, finde ich das verständlich.« Metellus Numidicus seufzte. »Es fügt sich allerdings nicht sehr glücklich, daß du gerade dann, wenn es dir gelingt, dich von Gaius Marius zu lösen, im Haus von Marcus Aemilius Scaurus eine Scheidung provozierst.«

»Ich habe nichts Ehrloses getan, Quintus Caecilius«, sagte Sulla steif und gab sich größte Mühe, seinen Zorn über diese Bevormundung nicht zu zeigen. Sein Entschluß, daß dieser eingebildete, unbedeutende Mensch sterben mußte, festigte sich jeden Augenblick mehr.

»Ich weiß, daß du nichts Ehrloses getan hast.« Metellus Numidicus trank sein Glas leer. »Wie traurig, daß die ältesten und klügsten Köpfe nicht mehr klar denken können, wenn es um Frauen geht – speziell um Ehefrauen.«

Als sein Gastgeber Anstalten machte, sich zu erheben, sprang Sulla schnell auf, nahm beide Gläser vom Tisch und ging zu dem Wandtischchen hinüber, um nachzuschenken.

»Die Frau ist deine Nichte, Quintus Caecilius«, sagte Sulla. Er hatte Metellus Numidicus den Rücken zugewandt, und der Faltenwurf seiner Toga verdeckte das Tischchen.

»Nur aus diesem Grund kenne ich die ganze Geschichte.«

Sulla reichte Metellus Numidicus ein Glas und setzte sich wieder. »Findest du es als Onkel dieser Frau und als sehr guter Freund von Marcus Aemilius gerecht, wie ich behandelt werde?«

Metellus Numidicus zuckte die Achseln und machte eine Grimasse, den Mund voller Wein. »Wenn du ein Emporkömmling wärst, Lucius Cornelius, würdest du jetzt nicht hier sitzen. Aber du trägst einen sehr alten und vornehmen Namen, du bist ein patrizischer

Cornelius, und du hast herausragende Fähigkeiten.« Er schnitt noch eine Grimasse und nahm noch einen Schluck aus seinem Glas. »Wäre ich in Rom gewesen, als meine Nichte sich in dich verknallte, ich hätte meinen Freund Marcus Aemilius natürlich bei allem unterstützt, was er zur Bereinigung der Situation unternommen hätte. Er hat dich wahrscheinlich aufgefordert, Rom zu verlassen, und du hast dich geweigert. Das war nicht klug von dir.«

Sulla lachte kalt. »Ich habe nicht damit gerechnet, daß Marcus Aemilius weniger ehrenhaft handeln würde als ich.«

»Ein paar Jahre auf dem Forum Romanum hätten dir in deiner Jugend gutgetan!« rief Metellus Numidicus. »Was dir fehlt, ist Takt, Lucius Cornelius.«

»Da magst du recht haben«, sagte Sulla, der dies für die schwierigste Rolle hielt, die er bisher im Leben hatte spielen müssen. »Aber man kann die Zeit nicht zurückdrehen. Ich muß vorankommen.«

»Hispania Citerior mit Titus Didius ist auf jeden Fall ein Schritt vorwärts.«

Sulla stand noch einmal auf und schenkte wieder beide Gläser voll. »Ich muß mir in Rom die Freundschaft wenigstens *eines* Mannes sichern, bevor ich gehe«, sagte er, »und ich wäre glücklich – das sage ich aus ganzem Herzen –, wenn du dieser Freund wärest. Trotz deiner Nichte. Trotz deiner engen Bande mit Marcus Aemilius Scaurus Princeps Senatus. Ich bin ein Cornelier, was heißt, daß ich nicht dein Klient sein kann. Aber dein Freund. Was sagst du dazu?«

»Ich sage – bleib zum Abendessen, Lucius Cornelius.«

Also blieb Lucius Cornelius zum Abendessen. Es war eine angenehme, gemütliche Mahlzeit zu zweit. Metellus Numidicus erwartete keine anderen Gäste, da er es ein wenig leid war, ständig den Erwartungen entsprechen zu müssen, die sich mit seinem neuen Status als Legende des Forums verbanden. Die beiden unterhielten sich über den hartnäckigen Kampf von Metellus Numidicus' Sohn, den Vater aus dem Exil auf Rhodos heimzuholen.

»Kein Vater war je mit einem besseren Sohn gesegnet«, sagte der zurückgekehrte Vater. Er spürte den Wein, da er schon lange vor dem Essen damit angefangen und einiges getrunken hatte.

Sullas Lächeln war der personifizierte Charme. »Dem kann ich nicht widersprechen, Quintus Caecilius. Dein Sohn ist ein guter Freund von mir. Mein eigener Junge ist noch ein Kind. Aber der blinde Stolz der Vaterschaft sagt mir, daß er schwer zu schlagen sein wird.«

»Heißt er Lucius wie du?«

Sulla riß erstaunt die Augen auf. »Natürlich.«

»Seltsam«, sagte Metellus Numidicus langsam und betont. »Heißen die ältesten Söhne in deiner Familie nicht Publius?«

»Da mein Vater tot ist, Quintus Caecilius, kann ich ihn nicht fragen. Auf jeden Fall kann ich mich nicht daran erinnern, daß er je nüchtern genug gewesen wäre, um über Familienbräuche zu reden.«

»Nun ja, macht ja nichts.« Metellus Numidicus dachte einen Augenblick nach, dann sagte er: »Da wir gerade von Namen sprechen – du weißt ja wahrscheinlich, daß dieser Italiker mich immer ›Schweinebacke‹ nannte?«

»Ich habe Gaius Marius den Ausdruck schon benutzen hören, Quintus Caecilius«, sagte Sulla bedächtig und beugte sich vor, um wieder Wein aus dem schönen Glaskrug in die beiden nicht weniger schönen Glaskelche zu gießen. Was für eine glückliche Fügung, daß Schweinebacke eine Vorliebe für Glas hatte!

»Abscheulich!« sagte Metellus Numidicus. Diesmal verwischte er die Silben ein wenig.

»Wirklich abscheulich!« stimmte Sulla zu. Wohlbefinden durchströmte ihn. Schweinebacke, Schweinebacke.

»Es hat lange gedauert, bis ich diesen Namen losgeworden bin.«

»Das glaube ich gerne, Quintus Caecilius«, sagte Sulla unschuldig.

»Kindersprache! Wenn er mich wenigstens einen ausgewachsenen Schweinearsch genannt hätte, dieser – dieser Italiker.«

Plötzlich setzte sich Metellus Numidicus mühsam auf, hielt sich mit einer Hand die Stirn und atmete hörbar ein. »Oh, mir ist schwindlig! Ich bekomme – keine – Luft!«

»Atme tief und langsam durch, Quintus Caecilius.«

Metellus Numidicus versuchte es gehorsam und keuchte dann: »Mir – ist – gar nicht – gut!«

Sulla glitt hinter seine Liege, wo seine Schuhe lagen. »Ich hole dir eine Schüssel.«

»Sklaven! Ruf meine – Sklaven!« Metellus faßte sich mit den Händen an die Brust, dann fiel er nach hinten. »Meine – Lungen!«

Inzwischen war Sulla wieder vor die Liege getreten und beugte sich über den Tisch zu Metellus Numidicus. »Bist du sicher, daß es die Lungen sind, Quintus Caecilius?«

Metellus Numidicus krümmte sich auf seiner Liege. Eine Hand war noch immer in seine Brust verkrallt, die andere streckte er mit gekrümmten Fingern Sulla entgegen. »So – schwindlig! Kann – nicht – atmen! Lungen!«

Sulla brüllte: »Hilfe! Schnell, Hilfe!«

Sofort wimmelte das Zimmer von Sklaven. Ruhig und besonnen ließ Sulla mehrere Ärzte holen und wies einige Sklaven an, Metellus Numidicus mit Polstern abzustützen, da er sich nicht hinlegen wollte.

»Es dauert nicht lange, Quintus Caecilius«, sagte Sulla sanft. Er setzte sich auf die Vorderkante der Liege und stieß dabei mit seinem beschuhten Fuß den Tisch beiseite. Beide Kelche fielen samt den Wein- und Wasserkrügen zu Boden und zerbrachen in kleine Stücke. »Hier«, sagte er zu dem gequälten und verängstigten Metellus Numidicus, aus dessen Gesicht alle Farbe gewichen war, »nimm meine Hand.« Und einen der Sklaven, die stumm im Zimmer standen, fuhr er an: »Putz das weg, ja? Sonst schneidet sich noch jemand.«

Der Sklave räumte die Scherben und Splitter weg und wischte die fast nur aus Wasser bestehende Flüssigkeit auf. Sulla hielt immer noch Metellus Numidicus' Hand; er hielt sie auch noch, als die Ärzte und ihre Gehilfen kamen. Als Metellus Pius das Ferkel kam, wollte Metellus Numidicus Sullas Hand nicht einmal loslassen, um sie seinem unermüdlichen und geliebten Sohn entgegenzustrecken.

Während also Sulla Metellus Numidicus' Hand hielt und das Ferkel untröstlich weinte, machten sich die Ärzte an die Arbeit.

»Wir geben ihm einen Trank aus Honigwasser mit Ysop und zerdrückten Kapernwurzeln«, sagte Apollodorus aus Sizilien, der nach wie vor unangefochten renommierteste Arzt auf dem Palatin. »Ich denke, wir lassen ihn auch zur Ader. Praxis, meine Lanzette bitte.«

Aber Metellus Numidicus war viel zu sehr mit Atmen beschäftigt, als daß er den Honigtrank hätte schlucken können. Als ihm die Vene geöffnet wurde, schoß hellrot leuchtend ein Blutstrahl heraus.

»Es ist eine Vene, ich bin sicher, daß es eine Vene ist!« sagte Apollodorus Siculus zu sich selbst. Und zu den anderen Ärzten: »Wie hell sein Blut ist!«

»Er sträubt sich gegen uns, Apollodorus, kein Wunder, daß sein Blut hell ist«, sagte Publius Sulpicius Solon, ein Grieche aus Athen. »Was meinst du – ein Pflaster auf die Brust?«

»Ja, ein Pflaster auf die Brust ist absolut erforderlich«, sagte Apollodorus mit ernstem Gesicht, dann schnippte er gebieterisch mit den Fingern nach seinem obersten Assistenten. »Praxis, das Pflaster!«

Metellus Numidicus rang immer noch um Atem, schlug sich mit

der freien Hand an die Brust, sah mit trüben Augen seinen Sohn an, weigerte sich, sich hinzulegen, und umklammerte Sullas Hand.

»Dunkelblau im Gesicht ist er nicht«, sagte Apollodorus in seinem gestelzten Griechisch zu Metellus Pius und Sulla, »und das verstehe ich nicht! Davon abgesehen weist er alle Symptome eines krankhaften Lungenstechens auf.« Er nickte zu seinem Assistenten hinüber, der eine schwarze, klebrige Masse dick auf ein viereckiges Stück Stoff auftrug. »Dies ist ein hervorragendes Mittel, es wird ihm die schädlichen Elemente entziehen. Abgekratzter Grünspan, ordentlich geschiedene Bleiglätte, Alaun, getrocknetes Pech, getrocknetes Kiefernharz – alles mit Essig und Öl zur richtigen Konsistenz vermischt. Aha, fertig!«

Der Breiumschlag war tatsächlich fertig. Apollodorus glättete ihn eigenhändig auf dem nackten Brustkorb des Patienten und stellte sich dann mit lobenswerter Ruhe neben die Liege, um zuzusehen, wie das Pflaster seine Wirkung tat.

Das Pflaster konnte dem Patienten freilich genausowenig wie der Aderlaß oder der Trank helfen. Langsam wich das Leben aus Metellus Numidicus, und die Hand, mit der er Sullas Hand festhielt, sank kraftlos herunter. Sein Gesicht war dunkelrot angelaufen, seine Augen starrten blicklos ins Leere. Dann fiel er ins Koma und starb.

Als Sulla den Raum verließ, hörte er den kleinen sizilianischen Arzt zaghaft zu Metellus Pius sagen: »Herr, es sollte eine Autopsie vorgenommen werden.«

»Was?« erwiderte der am Boden zerstörte Metellus Pius. »Damit ihr unfähigen Griechen ihn nicht bloß umbringen, sondern auch noch schlachten könnt? Nein! Mein Vater soll unversehrt auf den Scheiterhaufen kommen!«

Die Augen auf Sullas Rücken geheftet, drängte sich das Ferkel zwischen den herumstehenden Ärzten durch und folgte Sulla ins Atrium hinaus.

»Lucius Cornelius!«

Langsam drehte Sulla sich um. Als er Metellus Pius sein Gesicht präsentierte, war es ein Bild der Trauer. Tränen füllten seine Augen und rollten ungehindert über die Wangen hinab. »Mein lieber Quintus Pius!« sagte er.

Der Schrecken hielt das Ferkel noch auf den Beinen, und er weinte jetzt weniger. »Ich kann es nicht fassen! Mein Vater ist tot!«

»So plötzlich!« Sulla schüttelte den Kopf. Ein Schluchzen entrang sich seiner Kehle. »So plötzlich! Es ging ihm so gut, Quintus Pius!

Ich besuchte ihn, um ihm meinen Respekt zu erweisen, und er lud mich ein, zum Essen zu bleiben. Wir unterhielten uns so angeregt! Und dann, nach dem Essen – dies!«

»Ach warum, warum?« Ferkels Tränen begannen wieder zu fließen. »Er war doch zu Hause, und er war noch nicht alt!«

Ganz behutsam zog Sulla Metellus Pius an sich, drückte den zuckenden Kopf an seine linke Schulter und streichelte mit der rechten Hand Metellus' Kopf. In den Augen freilich, die über den Kopf an seiner Schulter hinwegstarrten, lag jene erschöpfte Befriedigung, die auf eine starke, körperlich anstrengende Gefühlsregung folgt. Ob er je wieder etwas tun würde, was dieser erstaunlichen Erfahrung gleichkam? Zum ersten Mal hatte er sich bis zum Äußersten mit dem Vorgang des Sterbens verbunden. Er hatte den Tod nicht allein verursacht, sondern den Vorgang des Sterbens vom ersten bis zum letzten Augenblick begleitet.

Als der Verwalter aus dem *triclinium* kam, sah er, daß der Sohn seines toten Herrn von einem Mann getröstet wurde, von dem ein Glanz ausging wie von Apollo selbst. Der Verwalter kniff die Augen zusammen und schüttelte den Kopf. Einbildung.

»Ich muß gehen«, sagte Sulla zu dem Verwalter. »Hier, kümmere dich um ihn. Und laß den Rest der Familie holen.«

Draußen auf dem Clivus Victoriae wartete Sulla lange, bis sich seine Augen an die Dunkelheit gewöhnt hatten. Dann ging er leise lachend davon, in Richtung des Tempels der Magna Mater. Beim vergitterten, schwarz gähnenden Abflußloch eines Abzugskanals blieb er stehen und warf das leere Fläschchen hinein.

»*Vale,* Schweinebacke, leb wohl, Schweinebacke!« brüllte er und schüttelte seine Fäuste gegen den düsteren Himmel. »Ach tut das gut, so gut!«

*

»Beim Jupiter!« Gaius Marius ließ Sullas Brief sinken und starrte seine Frau an.

»Was denn?«

»Schweinebacke ist tot.«

Die kultivierte römische *matrona*, deren Sohn glaubte, sie würde sterben, wenn sie etwas Vulgäreres als »Beim Pollux!« hörte, ließ sich nichts anmerken. Sie war seit den ersten Tagen ihrer Ehe daran gewöhnt, daß Quintus Caecilius Metellus Numidicus »Schweinebacke« genannt wurde. »Wie schlimm«, sagte sie, da sie nicht recht wußte, was ihr Mann von ihr erwartete.

»Schlimm? Es ist fast zu schön, um wahr zu sein!« Marius nahm die Schriftrolle wieder hoch, zog sie auseinander und arbeitete sich murmelnd weiter durch den Text. Als er das endlose Gekritzel schließlich entziffert hatte, las er es Julia noch einmal zusammenhängend und mit vor Freude bebender Stimme vor.

Ganz Rom erschien zur Totenfeier – die protzigste, an die ich mich erinnern kann. Allerdings habe ich mich nie sonderlich für Totenfeiern interessiert, auch nicht, als Scipio Aemilianus auf dem Scheiterhaufen lag.

Das Ferkel ist außer sich vor Kummer und hat sich seinen Beinamen Pius auf ewige Zeiten verdient, indem er jammernd und wehklagend von einem Stadttor zum nächsten zog. Die Vorfahren der metellischen Caecilier müssen – ihren Ahnenbildern nach zu urteilen (was meines Erachtens durchaus zulässig ist) – schlichte Gemüter gewesen sein. Einige der Schauspieler hüpften und hopsten und sprangen herum wie seltsame Kreuzungen aus Fröschen, Heuschrecken und Rehböcken, und ich habe mich ernstlich gefragt, von wem die metellischen Caecilier eigentlich abstammen. Eine eigenartige Brut jedenfalls.

Das Ferkel klammert sich zur Zeit ziemlich an mich, wahrscheinlich, weil ich dabei war, als Schweinebacke starb. Weil sein geliebter Papa meine Hand nicht loslassen wollte, ist das Ferkel davon überzeugt, alle Differenzen zwischen mir und Schweinebacke seien noch ausgeräumt worden. Ich habe ihm nicht gesagt, daß meine Einladung zum Essen eine spontane, eher zufällige Angelegenheit war. Eines war interessant – das Ferkel hat die ganze Zeit, als sein Vater starb, und sogar noch danach, nicht ein einziges Mal gestottert. Er hat seine Sprachstörung wohlgemerkt erst nach der Schlacht von Arausio entwickelt, also muß man annehmen, daß es sich mehr um einen nervösen Tick als um ein angeborenes Leiden handelt. Er sagt, am meisten plagt es ihn heute, wenn er daran denkt oder wenn er eine offizielle Rede halten muß. Ich stelle mir immer vor, wie er eine religiöse Zeremonie leitet! Wie müßte ich lachen, wenn alle verlegen von einem Fuß auf den anderen treten, während das Ferkel über seine Zunge stolpert und immer wieder von vorne anfangen muß!

Ich schreibe dies am Vorabend meiner Abreise nach Hispania Citerior, wo mich hoffentlich ein guter Krieg erwartet. Nach den Be-

richten zu urteilen, sind die Keltiberer außer Rand und Band, und die Lusitanier richten allerlei Zerstörung in Hispania Ulterior an, wo mein entfernter cornelischer Vetter Dolabella einen oder zwei unbedeutende Siege erringen konnte, ohne der Rebellion Herr zu werden.

Die Militärtribunen sind gewählt worden, und auch Quintus Sertorius geht mit Titus Didius. Fast wie in den alten Zeiten. Nur unser Feldherr ist ein anderer und weniger hervorragender homo novus *als Gaius Marius. Sobald es Neuigkeiten gibt, schreibe ich Dir, aber dafür erwarte ich, daß Du mir schreibst, was für ein Mann König Mithridates ist.*

»Wie kam es denn, daß Lucius Cornelius bei Quintus Caecilius zu Abend aß?« fragte Julia neugierig.

»Er wollte sich wahrscheinlich einschmeicheln«, sagte Marius schroff.

»Das darfst du nicht sagen, Gaius Marius!«

»Und warum nicht, Julia? Ich mache ihm doch keinen Vorwurf. Schweinebacke liegt – lag – zur Zeit gut im Rennen, und sein Einfluß ist auf jeden Fall größer als meiner. Wie die Dinge liegen, kann der arme Lucius Cornelius sich nicht Scaurus anschließen, und ich verstehe auch, warum er nicht versucht hat, sich Catulus Caesar anzuschließen.« Seufzend schüttelte Marius den Kopf. »Aber ich sage dir, Julia, daß Lucius Cornelius irgendwann seine angeschlagene Position festigen und mit all diesen Herren das beste Einvernehmen herstellen wird.«

»Dann ist er nicht dein Freund!«

»Wahrscheinlich nicht.«

»Das verstehe ich nicht! Ihr wart euch doch so nahe.«

»Ja, meine Liebe«, sagte Marius bedächtig, »aber es war nicht die Sorte Nähe, wie sie zwischen zwei Männern herrscht, die sich geistig und gefühlsmäßig nahestehen. Der alte Großvater Caesar dachte ungefähr dasselbe über ihn wie ich – wenn man in der Klemme sitzt oder wenn es viel zu tun gibt, kann man sich keinen besseren Verbündeten denken als ihn. Es ist angenehm, mit einem solchen Mann gut auszukommen. Aber ich glaube nicht, daß Lucius Cornelius die Art von Freundschaft kennt, wie sie zum Beispiel zwischen Publius Rutilius und mir besteht. Verstehst du – ich meine, daß man die Schwächen und Marotten des anderen genauso akzeptiert wie seine hervorragenden positiven Eigenschaften. Lucius Cornelius kann nicht still mit einem Freund auf einer Bank sitzen und sich nur freuen, daß er neben ihm sitzt. Das wäre gegen seine Natur.«

»Aber was für ein Mensch ist er dann, Gaius Marius? Er ist mir immer noch ein Rästel.«

Marius schüttelte den Kopf und lachte. »Keiner kennt ihn wirklich. Selbst nach all den Jahren in seiner Nähe habe auch ich keine Ahnung, wer er wirklich ist.«

»Na ja, ich glaube schon, daß du es weißt«, sagte Julia verschmitzt, »du willst nur nicht davon sprechen – jedenfalls nicht mit mir.« Sie setzte sich neben ihn. »Wenn er überhaupt zu jemandem freundschaftliche Beziehungen hat, dann zu Aurelia.«

»Das ist mir auch schon aufgefallen«, sagte Marius trocken.

»Deshalb brauchst du nicht zu glauben, es wäre etwas zwischen den beiden – da ist nämlich nichts! Ich denke nur, wenn Lucius Cornelius sein Innerstes überhaupt einem Menschen offenbart, dann ihr.«

»Hm«, sagte Marius, womit dieses Thema für ihn erledigt war.

Vater, Mutter und Sohn mußten den Winter über in Halikarnassos bleiben, weil sie zu spät in Kleinasien eingetroffen waren, um noch die Reise über Land von der ägäischen Küste nach Pessinus anzutreten. In Athen waren sie zu lange geblieben, weil es ihnen dort so gut gefallen hatte, und von dort waren sie nach Delphi gefahren, um das Heiligtum des Apollo aufzusuchen. Die Pythia, die Priesterin des Orakels, wollte Marius allerdings nicht befragen.

Julia fragte ihn erstaunt nach dem Grund.

»Man soll die Götter nicht drängen«, sagte er. »Ich habe schon genug Prophezeiungen gehört. Wenn ich noch mehr Enthüllungen über die Zukunft verlange, werden sich die Götter von mir abkehren.«

»Könntest du nicht im Namen des kleinen Marius fragen?«

»Nein«, sagte Gaius Marius.

Sie fuhren auch nach Epidauros auf der nahen Halbinsel Peloponnes, und nachdem sie dort pflichtschuldig die Bauwerke und erlesenen Skulpturen des Thrasymedes von Paros besichtigt hatten, unterzog sich Marius dem Traumorakel, das von den Priestern des Asklepios durchgeführt wurde. Er nahm gehorsam einen Trank ein, ging dann in die Schlafräume neben dem Tempel und schlief die Nacht durch. Leider konnte er sich am nächsten Morgen an keine Träume erinnern, deshalb konnten die Priester ihm nur raten, sein

Körpergewicht zu reduzieren, sich mehr körperlich zu betätigen und sich geistig nicht zu überanstrengen.

»Quacksalber, wenn du mich fragst«, sagte Marius verächtlich, nachdem er dem Gott zum Dank einen kostbaren, juwelenbesetzten Kelch aus Gold geschenkt hatte.

»Ganz vernünftige Leute, wenn du *mich* fragst«, sagte Julia mit einem Blick auf Marius' füllige Taille.

So war es Oktober geworden, bis sie ein großes Schiff bestiegen, das regelmäßig zwischen Griechenland und Ephesos verkehrte, und von Piräus ablegten. Das hügelige Ephesos sagte Gaius Marius freilich nicht zu. Ärgerlich schnaufend marschierte er durch die gepflasterten Straßen der Stadt, und nach kurzer Zeit hatte er für seine Familie eine Passage ins weiter südlich gelegene Halikarnassos gebucht.

Hier, in der vielleicht schönsten ägäischen Hafenstadt der römischen Provinz Asia, ließ sich die Familie für den Winter in einer Mietvilla samt Personal und heizbarem Meerwasserbad nieder. Die Sonne schien zwar die meiste Zeit, aber zum Baden war es doch zu kalt. Die machtvollen Mauern, Türme und Befestigungen und die beeindruckenden öffentlichen Gebäude ließen die Stadt sicher und sehr römisch erscheinen, und ein so wundervolles Bauwerk wie das Mausoleum, ein Grabmal, das Artemisia, die Schwester und Gattin des Königs Mausolos, nach seinem Tod in untröstlichem Kummer für ihn hatte errichten lassen, gab es nicht einmal in Rom.

Im späten Frühjahr des nächsten Jahres machte sich die Reisegruppe auf den Weg nach Pessinus. Julia und der kleine Marius wären zwar gern noch geblieben, um den Sommer am Meer zu verbringen, aber daß sie sich gegen Marius nicht durchsetzen konnten, stand von vorneherein fest. Ob Invasoren oder Pilger – jeder, der von der kleinasiatischen Küste nach Zentralanatolien gelangen wollte, folgte dem Tal des Flusses Mäander. Auch Marius und seine Familie zogen das Tal entlang und bewunderten den Reichtum und die Kultur der Gegenden, durch die sie kamen. Sie sahen die Stadt Hierapolis mit ihren faszinierenden Kristallformationen und Mineralbädern, in der die Farbe der begehrten schwarzen Wolle durch die Salze des Wassers fixiert wurde. Dann überquerten sie, zunächst immer noch dem Mäander folgend, die hohen und zerklüfteten Berge und kamen in das wilde Waldland Phrygiens.

Pessinus selbst lag allerdings am entfernten Ende einer unbewaldeten Hochebene mit Weizenfeldern, die zu dieser Zeit grün leuchteten. Wie sich Marius von seinem Führer erklären ließ, besaß der Tempel der Magna Mater oder Kybele in Pessinus wie die meisten großen Heiligtümer Inneranatoliens riesige Ländereien und verfügte über ganze Armeen von Sklaven. Er war so reich und unabhängig, daß er praktisch einen eigenen Staat darstellte. Der einzige Unterschied zu einem Staat bestand darin, daß die Priester im Namen der Göttin regierten und die Schätze des Heiligtums hüteten, um die Macht der Göttin zu wahren.

Die Reisenden hatten eine prächtige Bergkulisse wie in Delphi erwartet und waren verblüfft, daß Pessinus tiefer als die Hochebene lag, in einer steilwandigen Schlucht aus schneeweißem Kalkstein. Das Heiligtum befand sich am Nordende der Schlucht, das enger und weniger fruchtbar war als der langgezogene südliche Teil. Die Gebäude waren quer über einen hier entspringenden Fluß gebaut, der in einen großen Fluß namens Sangarius mündete. Stadt und Tempel wirkten alt und ehrwürdig, obwohl die neueren Gebäude im griechischen Stil erbaut waren. Der große Tempel thronte am Abhang über der Talsohle. An seiner Vorderseite führte eine Freitreppe in einem Dreiviertelkreis steil nach unten. Auf den Stufen saßen Pilger, die auf eine Audienz mit einem Priester warteten.

»Ihr habt den Nabelstein unserer Göttin in Rom, Gaius Marius«, sagte der *archigallos* Battakes. »Wir haben ihn euch aus freien Stücken gegeben, als ihr seiner bedurftet. Aus diesem Grund machte Hannibal, als er nach Kleinasien floh, um Pessinus einen großen Bogen.«

Marius erinnerte sich an den Brief, den Publius Rutilius Rufus ihm zur Zeit der drohenden germanischen Invasion über den Besuch des Battakes und seiner Leute in Rom geschrieben hatte, und mußte ein Lachen unterdrücken. Battakes merkte das und fragte ihn sofort: »Lachst du, weil ich kastriert bin?«

Marius riß die Augen auf. »Ich dachte, das seist du *nicht,* Archigallos.«

»Sonst könnte ich nicht der Kybele dienen, Gaius Marius. Selbst ihr Geliebter Attis mußte dieses große Opfer bringen.«

»Ich dachte, Attis sei unters Messer gekommen, weil er sich mit einer anderen Frau vergnügte.« Marius hatte das Gefühl, etwas sagen zu müssen, wollte aber nicht in ein Gespräch über abgeschnittene Geschlechtsteile hineingezogen werden. Der Priester jedoch wollte offenbar genau darüber sprechen.

»Nein!« sagte er. »Das ist eine griechische Ausschmückung. Wir in Phrygien halten unseren Kult und unser Wissen über die Göttin rein. Wir sind ihre wahren Anhänger. Kybele kam vor ewigen Zeiten aus Karkemisch zu uns.« Er trat aus dem Sonnenlicht in den Säulengang des großen Tempels, wo seine Gewänder aus Goldbrokat und seine Juwelen nur noch schwach schimmerten.

Im Tempel der Göttin blieb Battakes stehen. Marius hatte den Eindruck, er sei aufgefordert, ihre Statue zu bewundern.

»Pures Gold«, sagte Battakes selbstgefällig.

»Bist du sicher?« Marius erinnerte sich noch an die Erklärungen eines Führer in Olympia, wie die Zeus-Statue gemacht worden sei.

»Absolut.«

Die Statue stand auf einem hohen Marmorsockel und stellte die Magna Mater Kybele in Lebensgröße dar. Die Göttin saß auf einer kurzen Bank, ihre Hände ruhten auf den Köpfen zweier mähnenloser Löwen, die links und rechts von ihr saßen. Sie trug einen hohen, kronenartigen Hut und ein dünnes, wallendes Gewand, das von einem Gürtel zusammengehalten wurde und die Schönheit ihrer Brüste offenbarte. Hinter dem linken Löwen standen zwei Hirtenjungen; einer blies auf einer Doppelflöte, der andere zupfte eine große Lyra. Auf der rechten Seite des anderen Löwen stand auf einen Hirtenstab gestützt Kybeles Geliebter Attis. Auf dem Kopf trug er eine phrygische Mütze, eine weiche, nach oben sich verjüngende Kappe, die zur Seite herunterhing; sein langärmeliges Hemd war am Hals zugebunden, ließ aber einen muskulösen Bauch frei, und die Schlitze seiner langen Hose auf der Vorderseite beider Beine wurden von Knöpfen zusammengehalten.

»Interessant«, sagte Marius, der sich überhaupt nichts aus der Statue machte, ob sie nun aus purem Gold war oder nicht.

»Sie gefällt dir nicht.«

»Wahrscheinlich weil ich Römer bin, Archigallos, und kein Phrygier.« Marius wandte sich ab und kehrte durch den Tempel zu dem großen Bronzeportal zurück. »Was liegt dieser asiatischen Göttin überhaupt an Rom?«

»Sie kümmert sich schon immer um Rom, Gaius Marius. Andernfalls wäre sie nie damit einverstanden gewesen, Rom ihren Nabelstein zu geben.«

»Ja ja, das weiß ich! Aber das ist keine Antwort auf meine Frage.« Marius wurde langsam gereizt.

»Kybele gibt ihre Gründe nicht preis, nicht einmal ihren Priestern gegenüber«, sagte Battakes. Er war das Treppenrund hinabgeschritten und stand wieder in der Sonne. Seine Kleider glitzerten. Er setzte sich und klopfte mit der Hand einladend neben sich auf die Marmorstufe. »Offensichtlich hat sie den Eindruck, Roms Vorherrschaft in der Welt werde wachsen und sich eines Tages auch auf Pessinus erstrecken. Ihr verehrt sie nun in Rom seit über hundert Jahren als Magna Mater. Von allen ausländischen Tempeln ist ihr derjenige in Rom der liebste. Das große Heiligtum in Piräus bei Athen und auch das in Pergamon machen ihr längst nicht so viel Freude. Ich glaube, sie liebt Rom.«

»Nun, das ist schön für sie!« sagte Marius aufrichtig.

Battakes zuckte ein wenig zusammen und schloß die Augen. Er seufzte, zuckte die Achseln und zeigte dann auf einen runden, ummauerten Brunnen vor der Treppe. »Möchtest du die Göttin selbst etwas fragen?«

Marius schüttelte den Kopf. »Was, ich soll in dieses Ding hinunterbrüllen und mir von einer geisterhaften Stimme antworten lassen? Nein danke.«

»So beantwortet sie alle Fragen, die man ihr stellt.«

»Ich will nicht respektlos gegenüber Kybele erscheinen, *Archigallos,* aber die Götter haben mich, was Prophezeiungen angeht, schon gut bedacht, und ich halte es nicht für klug, sie nochmals zu befragen.«

»Dann wollen wir eine Weile hier in der Sonne sitzen, Gaius Marius, und dem Wind lauschen.« Battakes verbarg seine tiefe Enttäuschung; er hatte einige bedeutungsvolle Orakelsprüche vorbereiten lassen.

»Du weißt wahrscheinlich nicht«, fragte Marius unvermittelt, nachdem sie ein paar Augenblicke geschwiegen hatten, »wie ich am besten mit dem König von Pontos Kontakt aufnehme. Anders gefragt: Weißt du, wo er ist? Ich habe ihm nach Amaseia geschrieben, aber keinerlei Antwort bekommen, und das war schon vor acht Monaten. Auch mein zweiter Brief hat ihn nicht erreicht.«

»Er ist immer unterwegs, Gaius Marius«, sagte der Priester abwesend. »Vielleicht war er dieses Jahr noch gar nicht in Amaseia.«

»Und er läßt sich seine Post nicht nachschicken?«

»Anatolien ist nicht Rom und auch keine römisches Provinz. Sogar an den Residenzen des Königs Mithridates weiß man nicht immer, wo er sich aufhält, wenn er es nicht vorher sagt. Und das tut er selten.«

»Oh ihr Götter!« platzte Marius heraus. »Wie hält er sein Reich dann zusammen?«

»Wenn er nicht da ist, regieren seine Stellvertreter, was allerdings nicht schwierig ist, da die meisten Städte in Pontos griechisch sind und sich selbst regieren. Sie bezahlen Mithridates einfach, was er verlangt. Die ländlichen Gebiete sind primitiv und isoliert. Pontos besteht aus sehr hohen Gebirgszügen, die parallel zum Schwarzen Meer verlaufen, was bedeutet, daß die Verbindungen zwischen den verschiedenen Teilen schlecht sind. Der König hat viele im Gebirge verteilte Festungen und wenigstens vier Residenzen, wenn meine letzten Informationen stimmen: Amaseia, Sinope, Dasteira und Trapezus. Wie ich schon sagte, er ist ständig unterwegs und reist meist mit wenig Begleitung. Er reist auch nach Galatien, Sophene, Kappadokien und Kommagene. Diese Länder werden von seinen Verwandten regiert.«

»Aha.« Marius beugte sich vor und schob die Hände zwischen die Knie. »Du willst mir sagen, daß ich es vielleicht nicht schaffe, ihn aufzuspüren.«

»Das kommt darauf an, wie lange du in Kleinasien bleiben willst«, sagte Battakes gleichgültig.

»Ich denke, ich muß so lange bleiben, bis es mir gelungen ist, den König von Pontos zu sprechen, Archigallos. Inzwischen werde ich König Nikomedes einen Besuch abstatten – sein Aufenthaltsort ist wenigstens bekannt! Im Winter werden wir nach Halikarnassos zurückkehren. Im Frühling möchte ich nach Tarsos reisen, und von dort werde ich mich ins Landesinnere zu König Ariarathes von Kappadokien begeben.« Marius sagte all dies eher beiläufig, und dann lenkte er das Gespräch auf die Geldverleihpraktiken des Tempels – ein Thema, woran er sich interessiert gab.

»Es hätte keinen Sinn, das Geld der Göttin in unseren Kammern verschimmeln zu lassen, Gaius Marius«, sagte Battakes bedächtig. »Wenn wir es zu guten Zinssätzen verleihen, vermehren wir ihren Reichtum. Hier in Pessinus nehmen wir allerdings keine Einlagen von Gläubigern an, wie das bei einigen anderen Tempeln unserer Gemeinschaft üblich ist.«

»In Rom gibt es so etwas nicht«, sagte Marius. »Wahrscheinlich liegt das daran, daß die Tempel dort dem römischen Volk gehören und von der Republik verwaltet werden.«

»Aber die römische Republik könnte doch Geldgeschäfte machen?«

»Das könnte sie schon, aber das würde zu einer zusätzlichen Bürokratie führen, und in Rom hält man nicht viel von Bürokraten, weil man meint, sie seien träge oder zu geldgierig. Unser Bankwesen ist privat organisiert und wird von professionellen Bankiers betrieben.«

»Ich versichere dir, Gaius Marius, auch die Bankiers unseres Tempels arbeiten sehr professionell.«

»Und Kos?« fragte Marius.

»Du meinst den Tempel des Asklepios?«

»Ja.«

»Auch dort wird *sehr* professionell gearbeitet«, sagte Battakes nicht ohne Neid. »Dort kann man sogar ganze Kriege finanzieren! Sie haben natürlich viele Einleger.«

Marius stand auf. »Ich danke dir, Archigallos.«

Battakes sah zu, wie Marius den Hang zu den Kolonnaden hinabstieg, die über die Quelle des Flusses gebaut waren. Als er sicher war, daß Marius nicht umkehren würde, eilte er in seinen kleinen, aber schönen Palast inmitten eines Haines. In seinem Arbeitszimmer machte er es sich bequem und legte sein Schreibzeug zurecht. Dann schrieb er einen Brief an König Mithridates.

Der römische Konsul Gaius Marius scheint entschlossen, Dich, großer König, zu treffen. Er bat mich, ihm zu helfen, Dich ausfindig zu machen, und als ich ihm keinerlei Ermutigung zuteil werden ließ, ließ er mich wissen, er werde in Kleinasien bleiben, bis er Dich getroffen habe.

Unter anderem will er in nächster Zeit Nikomedes und Ariarathes besuchen. Man muß sich fragen, wieso er die Mühen einer Reise nach Kappadokien auf sich nehmen will. Besonders jung ist er nämlich nicht mehr, und ich glaube, auch gesundheitlich ist er nicht ganz auf der Höhe. Aber er hat keinen Zweifel daran gelassen, daß er im Frühling nach Tarsos und von dort nach Kappadokien fahren will.

Ich halte ihn für einen sehr fähigen Mann, großer König. Einen Mann wie ihn, der es fertig gebracht hat, nicht weniger als sechs Mal römischer Konsul zu werden – dabei ist er ein eher derber und ungehobelter Mensch –, darf man nicht unterschätzen. Die adligen Römer, die ich bisher traf, waren weitaus glattere, kultiviertere Männer. Schade, daß ich nicht die Gelegenheit hatte, Gaius Marius in Rom zu treffen. Vielleicht hätte ich dort, wo ich ihn neben seinesgleichen erlebt hätte, mehr mit ihm anfangen können, als es mir hier in Pessinus möglich war.

Ich verbleibe als Dein Dir in ewiger Treue ergebener Battakes.

Battakes versiegelte den Brief, schlug ihn in weiches Leder ein, legte ihn in eine Urkundenmappe und übergab ihn einem jüngeren Priester, der ihn schleunigst nach Sinope zu König Mithridates bringen sollte.

*

Der Inhalt des Briefes behagte dem König gar nicht. Nachdenklich kaute Mithridates auf seiner vollen Unterlippe, und er runzelte so düster die Stirn, daß diejenigen seiner Höflinge, denen befohlen war, anwesend zu sein, aber nicht zu reden, froh waren, daß sie nichts sagen mußten, und Archelaos bedauerten, dem befohlen war, beim König zu sitzen und zu sprechen, wenn er etwas gefragt wurde. Nicht daß Archelaos beunruhigt schien. Der direkte Vetter des Königs und oberste Würdenträger war Diener und Freund, Vetter und Bruder des Königs.

Hinter seiner zur Schau gestellten Sorglosigkeit war Archelaos freilich genauso auf seine persönliche Sicherheit bedacht wie alle anderen, die sich dem König zur Verfügung halten mußten. Wer glaubte, er stehe hoch in der Gunst des Königs, durfte das Schicksal des Diophantos nicht vergessen. Auch Diophantos war nicht nur Diener, sondern auch der Freund des Königs gewesen, ein Vater genauso wie der Onkel, der er tatsächlich war.

Aber wie dem auch sei, dachte Archelaos, als er das starke, aber gereizte Gesicht betrachtete, das nur eine Armlänge von ihm entfernt war, man hatte keine Wahl. Der König war der König, er durfte allen anderen befehlen – und sie nach Belieben töten. Eine Sachlage, die sich höchst fördernd auf die Wachsamkeit derjenigen auswirkte, die in unmittelbarer Nähe von so viel Energie, Launenhaftigkeit, Kindlichkeit, Brillanz, Stärke und Ängstlichkeit leben mußten. Nur wer seine fünf Sinne beisammen hatte, überlebte die vielen gefährlichen Launen, die wie ein plötzlicher Sturm über dem Schwarzen Meer aufzogen, wie heiße Suppe auf glühenden Kohlen im Hinterkopf des Königs zu brodeln begannen oder sich einer längst vergessenen, zehn Jahre alten Verfehlung verdankten. Denn der König vergaß kein wirkliches oder eingebildetes Unrecht, das ihm angetan worden war. Er legte es nur beiseite, um später darauf zurückzukommen.

»Ich werde ihn wohl treffen müssen«, sagte Mithridates und fügte hinzu: »Oder nicht?«

Eine Falle! Was war die richtige Antwort?

»Wenn du nicht willst, großer König, brauchst du niemanden zu treffen«, sagte Archelaos leichthin. »Ich könnte mir allerdings denken, daß es interessant wäre, Gaius Marius zu treffen.«

»Dann also in Kappadokien«, sagte der König. »Im Frühjahr. Er soll zuerst Nikomedes treffen. Wenn dieser Gaius Marius so bemerkenswert ist, wird er von Nikomedes von Bithynien nicht besonders angetan sein. Und auch Ariarathes soll er zuerst treffen. Laß das kleine Insekt wissen, daß es sich im Frühjahr in Tarsos Gaius Marius vorstellen und den Römer persönlich nach Kappadokien eskortieren soll.«

»Und das Heer wird wie geplant mobilisiert, großer König?«

»Natürlich. Kommt Gordios?«

»Er müßte in Sinope eintreffen, bevor der Winterschnee die Pässe unbegehbar macht, mein König.«

»Gut!« Immer noch stirnrunzelnd wandte Mithridates seine Aufmerksamkeit wieder Battakes' Brief zu und kaute auf seiner Lippe. Diese Römer! Warum konnten sie sich nicht aus Dingen heraushalten, die sie nichts angingen? Warum kümmerte sich ein so bedeutender Mann wie Gaius Marius darum, was die Völker Ostanatoliens machten? Hatte Ariarathes schon mit den Römern vereinbart, Mithridates Eupator vom Thron zu stoßen und Pontos zu einer Satrapie von Kappadokien zu machen?

»Der Weg nach oben war zu lang und zu beschwerlich«, sagte er zu seinem Vetter Archelaos. »Ich werde mich den Römern nicht beugen!«

Sein Weg war tatsächlich lang und beschwerlich gewesen, eigentlich seit seiner Geburt, denn er war der jüngere Sohn von König Mithridates V. und dessen Schwester und Gattin Laodike. Mithridates, genannt Eupator, wurde im selben Jahr geboren, in dem Scipio Aemilianus auf so geheimnisvolle Weise starb. Er hatte einen weniger als zwei Jahre älteren Bruder, der Mithridates Chrestos genannt wurde, weil er der Gesalbte war, der auserwählte König. Ihr Vater, der König, hatte davon geträumt, Pontos auf Kosten der Nachbarländer auszudehnen, vorzugsweise auf Kosten Bithyniens, seines ältesten und hartnäckigsten Feindes.

Zuerst hatte es so ausgesehen, als werde Pontos den Titel »Freund und Verbündeter des Römischen Volkes« behalten, den König Mithridates IV. erworben hatte, als er Attalos II. von Pergamon im

Krieg gegen König Prusias von Bithynien Hilfe geleistet hatte. Der fünfte Mithridates hatte die Allianz mit Rom einige Zeit aufrechterhalten. Er hatte Rom im dritten Punischen Krieg gegen Karthago unterstützt und Rom auch gegen die Nachkommen des dritten Attalos von Pergamon geholfen, der sein gesamtes Königreich testamentarisch Rom vermacht hatte. Aber dann hatte Mithridates Phrygien an sich gebracht, indem er der Privatschatulle des römischen Prokonsuls in Asia Minor, Manius Aquillius, eine beträchtliche Summe Goldes zukommen ließ. Der Titel Freund und Verbündeter war ihm entzogen worden, und seitdem herrschte Feindschaft zwischen Rom und Pontos. Sowohl König Nikomedes von Bithynien als auch die mit Aquillius verfeindeten Senatoren in Rom versuchten nach Kräften, diese Feindschaft anzuheizen.

Trotz der Feindschaft mit Rom und Bithynien hatte Mithridates V. seine Expansionspolitik fortgesetzt. Er hatte zuerst Galatien seinem Einflußbereich einverleibt und es dann geschafft, sich zum Erben des größten Teils von Paphlagonien ernennen zu lassen. Aber seine Schwester und Gattin mochte Mithridates nicht, sie wollte Pontos selbst regieren. Als der junge Mithridates Eupator neun Jahre alt war – zu dieser Zeit residierte der Hof in Amaseia –, ermordete Königin Laodike ihren Mann, der zugleich ihr Bruder war, und setzte den elf Jahre alten Mithridates Chrestos auf den Thron. Sie war natürlich die Regentin. Als Gegenleistung für die Garantie Bithyniens, die Grenzen von Pontos zu respektieren, gab sie die pontischen Ansprüche auf Paphlagonien auf und entließ Galatien in die Unabhängigkeit.

Noch keine zehn Jahre alt, floh Mithridates Eupator wenige Wochen nach dem Staatsstreich seiner Mutter aus Amaseia, denn er fürchtete, selbst ermordet zu werden. Im Gegensatz zu seinem schwerfälligen und fügsamen Bruder Chrestos erinnerte er seine Mutter nämlich an ihren Mann, und sie hatte davon immer häufiger gesprochen. Ganz auf sich gestellt, floh der Junge nicht nach Rom oder an einen benachbarten Hof, sondern in die Berge im östlichen Pontos. Den Einheimischen gegenüber machte er kein Geheimnis aus seiner Identität, sondern bat sie nur, ihn nicht zu verraten. Ehrfürchtig und geschmeichelt darüber, daß ein Mitglied des Königshauses aus freien Stücken bei ihnen Schutz suchte, schlossen sie Mithridates in ihr Herz und schützten ihn mit Inbrunst. Der junge Prinz zog von einem Dorf zum andern und lernte sein Land besser kennen als jemals ein Sproß des Königshauses zuvor. Er drang bis in die Landesteile vor, die kaum oder überhaupt nicht zivilisiert waren. In den Sommern streifte er frei umher, jagte Bären und Löwen und erwarb sich bei seinen einfachen Untertanen den Ruf großer Kühnheit. Er wußte, daß der Reichtum der pontischen Wälder ihm immer genug Nahrung bieten würde – Kirschen, Haselnüsse, Aprikosen, saftiges Gemüse, Rehe und Kaninchen.

In gewisser Weise sollte Mithridates Eupator später im Leben nie mehr so viel einfache Befriedigung finden und auch nie mehr von seinen Untertanen so aufrichtig bewundert werden wie während dieser sieben Jahre, als er sich in den Bergen des östlichen Pontos versteckte. Lautlos glitt er unter dem grünen Dach des Waldes über versteckte Pfade. Ringsum leuchteten rosa und lila die Rhododendren, aus den Akazien tropfte zähflüssiger Saft, und ständig schienen seine Ohren vom Rauschen eines weißschäumenden Wasserfalls erfüllt. So wuchs er vom Kind zum jungen Mann heran. Seine ersten Frauen waren die Mädchen kleiner, primitiver Dörfer, sein erster Bär überragte ihn um einiges, sein erster Löwe war ein langmähniges, riesiges Ungetüm, das er, eine Reinkarnation des Herkules, mit einer Keule erschlug.

Die Angehörigen seiner Familie waren großgewachsene Menschen mit germanisch-keltischen Vorfahren aus Thrakien. In ihren Adern floß freilich auch ein Schuß persisches Blut vom Hof (wenn schon nicht von den Lenden) König Darius', und im Lauf ihrer zweihundertfünfzigjährigen Herrschaft über Pontos hatten sie wiederholt in die syrische Dynastie der Seleukiden eingeheiratet, ein weiteres germanisch-thrakisches Königshaus, das von Seleukos abstammte, einem makedonischen Phalanxkommandeur Alexanders des Großen. Gelegentlich schlug das persische Blut durch, und dann wurde ein schmal gebauter, glatt- und dunkelhäutiger Mithridates geboren. Eupator allerdings war ein echter Germano-Kelte. Er wuchs zu stattlicher Größe heran, bekam so breite Schultern, daß er den Kadaver eines ausgewachsenen Hirsches darauf tragen konnte, und seine Schenkel und Waden waren so kräftig, daß er mühelos die felsigen Gipfel der pontischen Berge erklettern konnte.

Mit siebzehn fühlte er sich erwachsen genug, um zu handeln. Er sandte seinem Onkel Archelaos eine geheime Botschaft. Archelaos war, wie er wußte, kein Freund von Königin Laodike, seiner Halbschwester und gleichzeitig seiner Herrscherin. Bei etlichen geheimen Zusammenkünften in den Hügeln hinter Sinope, wo die Königin nun ständig lebte, wurde ein Plan entwickelt. Mithridates traf nacheinander alle adligen Anführer, die Archelaos für vertrauenswürdig hielt, und nahm ihnen den Treueeid ab.

Alles verlief nach Plan. Sinope fiel, weil der Machtkampf innerhalb der Mauern der Stadt ausbrach und die Stadt nicht einmal belagert werden mußte. Die Königin, Chrestos und die Adligen, die treu zu ihnen standen, wurden ohne Blutvergießen gefangengenommen. Wenn Blut floß, dann nur durch das Schwert des Henkers. Mehrere Onkel, Tanten und Basen mußten sofort sterben, Chrestos etwas später, und Königin Laodike als letzte. Braver Sohn, der er war, ließ Mithridates seine Mutter nicht enthaupten, sondern lediglich in ein Verließ unter den Befestigungen von Sinope werfen, und dort – wie konnte das nur passieren? – vergaß jemand, ihr zu essen zu geben, so daß sie verhungerte. Ohne sich des Muttermordes schuldig gemacht zu haben, hatte es der sechste König Mithridates mit noch nicht achtzehn Jahren zum Alleinherrscher gebracht.

Jetzt war er auf den Geschmack gekommen; er wollte berühmt werden. Pontos sollte mächtiger sein als alle seine Nachbarn, Mithridates wollte die ganze Welt beherrschen. Der Mann, den er in seinem großen silbernen Spiegel sah, war kein gewöhnlicher König. Statt eines Diadems oder einer Tiara trug er ein Löwenfell. Das riesige, mit Reißzähnen bewehrte Maul stülpte er sich über die Stirn, so daß Kopf und Ohren des Tieres seinen Schädel einrahmten, die Pfoten verknotete er vor seiner Brust. Weil er dieselben Haare hatte wie Alexander der Große – goldgelb, dicht und gelockt –, trug er sie auch im selben Stil. Weil er seine Männlichkeit demonstrieren wollte, ein Voll- oder Schnurrbart aber nicht in Frage kam (das hätte der hellenische Geschmack unter gar keinen Umständen zugelassen), ließ er sich vor den Ohren lange, borstige Koteletten wachsen. Was für ein Gegensatz zu Nikomedes von Bithynien! Mithridates strahlte Männlichkeit aus, seine Sexualität richtete sich ausschließlich auf Frauen, und er war groß, lüstern, furchteinflößend und stark. Dies waren die Eigenschaften, die ihm sein silberner Spiegel zeigte, und damit war er sehr zufrieden.

Er heiratete seine älteste Schwester, die auch Laodike hieß, und dann heiratete er noch verschiedene andere Frauen, die ihm gefielen, so daß er bald ein Dutzend Ehefrauen und noch wesentlich mehr Konkubinen hatte. Laodike ernannte er zu seiner Königin, aber das galt – wie er ihr oft zu verstehen gab – nur so lange, wie sie treu zu ihm stand. Um seiner Warnung Nachdruck zu verleihen, bestellte er aus Syrien eine Braut aus dem seleukidischen Herrscherhaus, und da es dort gerade Prinzessinnen im Überfluß gab, bekam er eine Frau, die den Namen Antiochis trug. Außerdem holte er sich eine gewisse Nysa, die Tochter eines kappadokischen Prinzen namens Gordios, und gab eine seiner jüngeren Schwestern, die ebenfalls Laodike hieß, König Ariarathes VI. von Kappadokien zur Frau.

Durch Heiraten geschlossene Bündnisse mit anderen Staaten waren eine sehr nützliche Sache, wie er schnell feststellte. Sein Schwiegervater Gordios verschwor sich mit Mithridates' jüngerer Schwester Laodike, um deren Mann, den König von Kappadokien, zu ermorden. Königin Laodike, die inzwischen seit anderthalb Jahrzehnten als Königin von Kappadokien amtierte, setzte ihren kleinen Sohn als Ariarathes VII. auf den kappadokischen Thron und regierte in Kappadokien im Auftrag ihres Bruders Mithridates, allerdings nur solange, bis sie den Schmeicheleien des alten Königs Nikomedes von Bithynien erlag, denn sie wollte in Kappadokien endlich unabhängig von Mithridates und seinem kappadokischen Wachhund Gordios herrschen. Gordios floh nach Pontos, Nikomedes nahm den Titel König von Kappadokien an, blieb aber selbst in Bithynien und erlaubte seiner neuen Frau Laodike, in Kappadokien frei zu schalten und walten, solange sie keine freundlichen Beziehungen zu Pontos knüpfte. Dieses Arrangement paßte Laodike sehr gut. Ihr kleiner Sohn war nun allerdings fast zehn Jahre alt, und wie alle Abkömmlinge aus orientalischen Königshäusern entwickelte er autokratische Gelüste: Er wollte selbst regieren. Nach einer Auseinandersetzung mit seiner Mutter mußte er einsehen, daß aus seinen Ansprüchen im Augenblick nichts werden konnte; sein Ziel verlor er deswegen freilich nicht aus den Augen. Einen Monat später stellte er sich in Amaseia am Hof seines Onkels Mithridates vor, und innerhalb eines weiteren Monats hatte sein Onkel Mithridates ihn als Alleinherrscher auf den Thron in Mazaka gesetzt, denn das pontische Heer befand sich im Unterschied zum kappadokischen in ständiger Einsatzbereitschaft. Unter den teilnahmslosen Augen ihres Bruders wurde Laodike getötet, und die Oberherrschaft Bithyniens in Kappadokien fand ein abruptes Ende. Zum Ärger von Mithridates weigerte sich der zehnjährige König Ariarathes VII. von Kappadokien allerdings, Gordios die Heimkehr zu erlauben. Der Junge bestand darauf, er könne nicht der Gastgeber des Mörders seines Vaters sein.

Die Wirren in Kappadokien nahmen nur einen kleinen Teil der Zeit des jungen Königs von Pontos in Anspruch. In den ersten Jahren seiner Herrschaft verwandte er seine Energie in erster Linie darauf, die pontische Armee zu vergrößern, ihre Schlagkraft zu erhöhen und den pontischen Staatsschatz aufzufüllen. Trotz seines protzigen Auftretens, der Angeberei mit dem Löwenfell und seiner Jugend war Mithridates nämlich ein Denker.

Mit einer Handvoll Adliger, die gleichzeitig eng mit ihm verwandt waren – seinem Onkel Archelaos, seinem Onkel Diophantos und seinen Vettern Archelaos und Neoptolemos –, bestieg er in Amisos ein Schiff und unternahm eine Reise entlang der Ostküste des Schwarzen Meeres. Die Männer reisten als griechische Händler verkleidet, die nach neuen Handelsverbindungen suchten, und niemand durchschaute die Verkleidung, denn die Völker, auf die sie trafen, waren weder gebildet noch kultiviert. Trapezus und Rhizus zahlten den Königen von Pontos schon lange Tribut und gehörten offiziell zu ihrem Reich, aber jenseits dieser beiden Städte, die durch das viele Silber aus den Minen im Landesinneren reich geworden waren, lag unbekanntes Land.

Die Expedition erkundete das sagenumwobene Kolchis, wo der Phasis ins Meer mündete. Die Menschen, die an den Ufern des Flusses lebten, hängten die Vliese von Schafen in das Wasser, um die Goldpartikel aufzufangen, die der Fluß vom Kaukasus herunterschwemmte. Staunend sahen die Reisenden zu Bergen auf, die noch höher waren als die von Pontos und Armenien und deren Hänge von ewigem Schnee bedeckt waren. Wachsam hielten sie nach den Nachkommen der Amazonen Ausschau, die einst in Pontos gelebt hatten, dort, wo der Thermodon sein Schwemmland ins Meer vorschob.

Dann erreichten sie die Ausläufer des Kaukasus, und vor ihnen öffneten sich endlose Ebenen, in denen Skythen und Sarmaten lebten. Die Sarmaten waren ein großes Volk und fast seßhaft. Sie hatten bereits Kontakt mit den Griechen gehabt, die an der Küste Kolonien gegründet hatten. Sie waren deshalb noch genauso kriegerisch wie zuvor, aber die griechischen Bräuche und die griechische Kultur hatten sie offenbar als exotisch und attraktiv beeindruckt.

Wo das Delta des Vardanes die Küstenlinie durchschnitt, fuhr König Mithridates mit seinem Schiff in einen großen, dreieckigen See namens Maeotis ein, der vom Schwarzen Meer fast vollständig abgetrennt war, und segelte an dessen Küste entlang, bis er an der Nordspitze des Dreiecks den sagenhaften Tanais entdeckte, den mächtigsten Strom der Erde. Die Reisenden hörten die Namen anderer Flüsse – Rha, Udon, Borysthenes, Hypanis – und von einem riesigen Meer im Osten, das Hyrcanius oder Kaspisches Meer genannt wurde.

Überall, wo die Griechen Handelsplätze errichtet hatten, wurde Weizen angebaut.

»Wenn es einen Markt dafür gäbe, würden wir noch mehr anbauen«, sagte der Ethnarch von Sinde. »Die Skythen haben schnell Geschmack am Brot gefunden und gelernt, den Boden zu pflügen und Weizen anzupflanzen.«

»Ihr habt schon vor hundert Jahren dem König Masinissa von Numidien Getreide verkauft«, sagte Mithridates. »Es gibt immer noch neue Märkte. Die Römer waren vor kurzem noch bereit, für Getreide fast jeden Preis zu zahlen. Warum versucht ihr nicht, euch neue Märkte zu erschließen?«

»Vielleicht haben wir uns von der Welt des Mittelmeers zu sehr isoliert. Und Bithynien erhebt für die Durchfahrt durch den Hellespont sehr hohe Steuern.«

»Ich glaube, wir müssen alles in unserer Macht Stehende tun, diesen vortrefflichen Leuten zu helfen«, sagte Mithridates zu seinen Onkeln.

Den Ausschlag gab die Besichtigung der überaus fruchtbaren Halbinsel, die von den Griechen Taurischer Chersonesos und von den Skythen Kimmeria genannt wurde: Diese Länder waren reif für die Eroberung und mußten zu Pontos gehören.

Mithridates war allerdings kein guter Feldherr und klug genug, sich darüber im klaren zu sein. Kriegsführung war etwas, das ihn kurzfristig faszinieren konnte, und ein Feigling war er gewiß nicht. Aber irgendwie wußte er, daß er mit Tausenden von Soldaten nichts anfangen konnte, und er wußte das, bevor er es jemals praktisch versucht hatte. Einen Feldzug zu organisieren und Heere aufzustellen, machte ihm dagegen Spaß. In die Schlacht sollten die Soldaten dann andere führen, Männer, die sich besser darauf verstanden.

Pontos brachte natürlich ein großes Aufgebot an Soldaten zustande, aber der König wußte, daß ihre Ausbildung viel zu wünschen übrig ließ. Die Griechen, die die Küstenstädte bevölkerten, verabscheuten Kriege, und die einheimischen Völker, die von den Persern abstammten, die einst südlich und westlich des Kaspischen Meeres gelebt hatten, waren im Grunde zu rückständig, als daß man sie hätte ausbilden können. Wie die meisten östlichen Herrscher mußte sich Mithridates also auf Söldner verlassen. Diese waren zumeist Syrer,

Kilikier, Zyprioten oder die heißblütigen Männer der kriegerischen semitischen Staaten um das Tote Meer in Palästina. Sie waren gute und treu ergebene Soldaten, solange sie bezahlt wurden. Blieb der Sold einen Tag aus, packten sie ihre Sachen und machten sich auf den Heimweg.

Aber als Mithridates die Skythen und Sarmaten sah, entschied er, daß er seine Soldaten in Zukunft aus diesen Völkern rekrutieren würde. Er würde sie zu Fußsoldaten ausbilden und sie wie Römer bewaffnen. Und mit ihnen würde er sich an die Eroberung Anatoliens machen. Zuerst mußte er sie sich allerdings unterwerfen. Für diese Aufgabe wählte er seinen Onkel Diophantos aus und einen Adligen namens Asklepiodoros.

Als Vorwand diente ihm, daß sich die Griechen aus Sinde und dem Chersonesos über Überfälle der Söhne des Königs Skiluros beklagten. Skiluros lebte nicht mehr, galt aber als Begründer des skythischen Staates Kimmeria, der auch nach seinem Tod noch teilweise weiterbestand. Beeinflußt von dem griechischen Vorposten Olbia im Westen der Halbinsel, trieben die Skythen zwar inzwischen Ackerbau, sie waren aber trotzdem kriegerisch geblieben.

»Bittet König Mithridates um Hilfe«, sagte der falsche Händler vor seiner Abreise aus dem Taurischen Chersonesos. »Ich kann ihm einen Brief von euch überbringen, wenn ihr wollt.«

Als bewährter Feldherr aus der Zeit König Mithridates' V. machte sich Diophantos mit Begeisterung an seine Aufgabe und führte im Frühjahr nach Mithridates' Expedition eine große und gutausgebildete Armee in den Taurischen Chersonesos. Das Unternehmen endete mit einem Triumph für Pontos: Die Söhne des Skiluros wurden rasch besiegt und der binnenländische Teil des Königreiches Kimmeria erobert. Innerhalb eines Jahres hatte sich Pontos dann die ganze Halbinsel Kimmeria, große Gebiete der Roxolanen im Westen und die griechische Stadt Olbia einverleibt, die durch ständige Überfälle der Sarmaten und Roxolanen stark geschwächt war. Im nächsten Jahr rafften sich die Skythen zu einem Gegenschlag auf, der jedoch damit endete, daß Diophantos auch die Sinder unterwarf, die an den östlichen Ufern des Maeotis unter ihrem König Saumakos lebten. Diophantos errichtete auf beiden Seiten des Kimmerischen Bosporus zwei einander gegenüberliegende Festungen.

Dann segelte er heimwärts. Seinen Sohn Neoptolemos ließ er zurück, um in Olbia und den westlichen Gebieten nach dem Rechten zu sehen, seinen Sohn Archelaos betraute er mit der Ordnung des neuen pontischen Reiches im Norden des Schwarzen Meeres. Diophantos hatte seinen Auftrag glänzend ausgeführt. Die Beute war beträchtlich, das Potential an Männern, die der pontischen Armee jetzt zur Verfügung standen, war unerschöpflich, und die Handelsmöglichkeiten waren vielversprechend. All dies berichtete Diophantos seinem jungen König voller Stolz. Daraufhin wurde dieser eifersüchtig und bekam es mit der Angst zu tun und ermordete seinen Onkel.

Die Tat erschütterte den ganzen pontischen Hof, und die Kunde des Mordes erreichte schließlich auch das Nordufer des Schwarzen Meeres. Diophantos' Söhne waren entsetzt und bekümmert und weinten, aber dann gingen sie umso energischer daran, das von ihrem Vater begonnene Werk zu vollenden. Neoptolemos und Archelaos segelten die Ostküste des Schwarzen Meeres entlang, und eins nach dem anderen ergaben sich die kleinen Königreiche des Kaukasus dem mächtigen Pontos, darunter das goldreiche Kolchis und das Land zwischen dem Phasis und der Stadt Rhizus.

Klein-Armenien – von den Römern Armenia Minor genannt – gehörte nicht zum eigentlichen Armenien; es lag westlich davon und auf der pontischen Seite des großen Gebirges zwischen den Flüssen Araxes und Euphrat. Mithridates betrachtete es als sein rechtmäßiges Eigentum, wenn auch nur deshalb, weil der dortige König den König von Pontos und nicht den von Armenien als seinen Oberherrn betrachtete. Sobald das östliche und nördliche Schwarze Meer ihm nominell und faktisch gehörten, marschierte Mithridates in Klein-Armenien ein. Diesmal führte er sein Heer persönlich an, da er glaubte, daß sein bloßes Erscheinen genügen würde. Er hatte sich nicht getäuscht. Als er in die kleine Stadt Zimara einritt, die sich Hauptstadt nannte, jubelte ihm die ganze Bevölkerung zu. König Antipatros von Klein-Armenien kam ihm im Gewand eines Bittstellers entgegen. Endlich konnte sich Mithridates wie ein Feldherr fühlen; kein Wunder, daß er Klein-Armenien in sein Herz schloß. Er ließ den Blick über die schneebedeckten Berggipfel und die gischtsprühenden Sturzbäche schweifen – und er beschloß, die Abgelegenheit und Unzugänglichkeit des Landes auszunutzen und hier den Großteil seines immer schneller wachsenden Königsschatzes unterzubringen. Sofort gingen seine Befehle aus. Auf jedem unzugänglichen Gipfel, über senkrecht in die Tiefe stürzenden Felswänden und mörderisch reißenden Flüssen wurden Burgen gebaut. Einen ganzen Sommer war Mithridates damit beschäftigt, im Sattel durch die Gegend zu streifen und Abgründe und Schluchten ausfindig zu machen. Am Ende waren über siebzig Bollwerke entstanden, und die Mär seines sagenhaften Reichtums gelangte sogar bis Rom.

So kam es, daß König Mithridates VI. von Pontos noch keine dreißig Jahre alt, aber bereits Herrscher über ein weitgespanntes Reich, Hüter unermeßlicher Schätze, Vater zahlreicher Söhne, Oberbefehlshaber eines Dutzend Heere aus Skythen, Sarmaten, Kelten und Maeotiern – daß dieser Mithridates eine Gesandtschaft nach Rom schickte und darum bat, den Titel »Freund und Verbündeter des Römischen Volkes« verliehen zu bekommen. Das war in jenem Jahr, als Gaius Marius und Quintus Lutatius Catulus Caesar die letzte Division der Germanen bei Vercellae aufrieben, so daß Marius selbst nur aus zweiter Hand von den Ereignissen hörte – hauptsächlich aus Briefen, die ihm Publius Rutilius Rufus schrieb. König Nikomedes von Bithynien hatte umgehend beim Senat protestiert, es gehe nicht an, wenn Rom zwei Könige zu Freunden und Verbündeten des Römischen Volkes ernenne, die im ständigen Zwist miteinander lägen. Er machte darauf aufmerksam, daß er selbst seit seiner Thronbesteigung vor fünfzig Jahren in seiner Treue zu Rom niemals gewankt habe. Lucius Appuleius Saturninus, damals zum zweiten Mal Volkstribun, hatte sich auf die Seite Bithyniens gestellt, und am Ende war all das Geld, das die Gesandten des Mithridates bedürftigen Senatoren zugesteckt hatten, umsonst ausgegeben worden. Das pontische Ansinnen wurde abgelehnt und die Gesandtschaft nach Hause geschickt.

Mithridates reagierte heftig. Zuerst bekam er einen Wutausbruch, der den ganzen Hof erschütterte. Alle bebten vor Entsetzen, als der König brüllend im Audienzsaal auf und ab stampfte und die schlimmsten Flüche und Verwünschungen auf Rom und alle Römer ausstieß. Dann verfiel er in eine noch erschreckendere Ruhe und saß stundenlang, allein und düster brütend, auf seinem königlichen Löwenstuhl. Dann schließlich, nachdem er Königin Laodike beauftragt hatte, das Königreich in seiner Abwesenheit zu regieren, verließ er Sinope und verschwand über ein Jahr.

Zuerst ging er nach Amaseia, der alten pontischen Hauptstadt seiner Vorfahren. Hier waren die ersten Könige des Reiches begraben; ihre Gräber hatte man aus den Felsen der Berge in der Umgebung Amaseias gehauen. Tagelang marschierte er durch die Gänge des Palastes, ohne auf seine verschreckten Sklaven oder die verführerischen

Avancen seiner zwei Gemahlinnen und acht Konkubinen zu achten, die in Amaseia ständig auf ihn warteten. Dann war seine Wut so plötzlich und vollständig verschwunden wie ein Wolkenfetzen, der vom Sturm von einem Berggipfel weggefegt wird, und er machte sich ans Pläneschmieden. Er ließ weder Höflinge aus Sinope nachkommen, noch ritt er nach Zela, wo eins seiner Heere lagerte. Statt dessen ließ er die Adligen kommen, die in Amaseia lebten, und beauftragte sie, eine Armee von tausend erstklassigen Soldaten für ihn zusammenzustellen. Seine Anweisungen waren wohlüberlegt und wurden in einem Ton vorgebracht, der weder Einwände noch Weigerungen zuließ. Mithridates wollte nach Ankyra ziehen, der größten Stadt Galatiens. Begleiten sollte ihn nur eine Leibwache; die Soldaten sollten erst in einem Abstand von mehreren Meilen folgen. Die adligen Anführer schickte er voraus. Sie sollten alle galatischen Stammeshäuptlinge zu einer großen Versammlung nach Ankyra einberufen, wo der König von Pontos interessante Vorschläge machen wollte.

Galatien war ein exotisches Land, ein keltischer Vorposten in einem Subkontinent, in dem sonst Menschen persischer, syrischer, germanischer und hethitischer Abkunft lebten. Außer den Syrern gehörten alle Bewohner des Subkontinents einem hellen Typ an, zumindest was ihre Haut betraf, sie waren freilich längst nicht so hell wie diese keltischen Einwanderer, die von dem gallischen König Brennus II. abstammten. Seit fast zweihundert Jahren hatten sie das große Stück Land im Herzen Anatoliens besetzt und lebten wie Gallier, ohne sich um die Kulturen zu scheren, die sie umgaben. Sogar die Kontakte der galatischen Stämme untereinander waren eher spärlich: Sie hatten keinen gemeinsamen König und kein Interesse daran, sich zusammenzuschließen, um zusätzliches Land zu erobern. Eine Zeitlang hatten sie sogar König Mithridates V. von Pontos als ihren Oberherrn anerkannt, eine recht inhaltsleere Angelegenheit, die weder ihnen noch Mithridates etwas eingebracht hatte, denn die Galater lieferten die Abgaben und Tribute, zu denen sie sich verpflichtet hatten, nie ab, und Mithridates starb, bevor er Vergeltung üben konnte. Niemand hatte gern mit den Galatern zu tun. Sie waren Gallier und damit viel wildere Menschen als Phrygier, Kappadokier, Ponter, Bithynier oder ionische und dorische Griechen.

Die Anführer der drei galatischen Stämme und ihrer Unterstämme leisteten dem Ruf des sechsten Mithridates Folge und kamen nach Ankyra. Sie kamen eigentlich mehr wegen des versprochenen großen Festes als wegen der blutigen Beutezüge, zu denen der König sie, wie sie wußten, auffordern würde. Und in Ankyra – kaum größer als ein Dorf – wartete Mithridates schon auf sie. Er hatte das ganze Land zwischen Amaseia und Ankyra nach jedem erdenklichen Leckerbissen und jedem Tropfen Wein durchkämmt und bereitete den galatischen Häuptlingen nun einen Festschmaus, wie sie ihn sich großartiger auch in ihren wildesten Träumen nicht hätten ausdenken können. Die Vorfreude trübte ihr Urteil, noch bevor sie sich auf Speis und Trank stürzten, und dann machten sie sich mit Wonne daran, die doppelte Falle selbst zuschnappen zu lassen, die ihnen gestellt worden war: Sie schlugen sich die Bäuche voll und benebelten sich die Köpfe.

Und als sie betrunken und besinnungslos schnarchend inmitten der Reste der Orgie lagen, schwärmten die tausend handverlesenen Soldaten König Mithridates' lautlos über das Gelände aus und ermordeten alle Galater. Erst als der letzte galatische Häuptling tot war, stand König Mithridates von seinem Thron am Kopf der großen Tafel auf, wo er ein Bein über die Armlehne geschlagen und mit dem Fuß gewippt hatte und wandte den Schlächtern sein großes, glattes, ausdrucksloses Gesicht zu.

»Verbrennt sie«, sagte er schließlich, »und verstreut die Asche über ihrem Blut. Hier wird nächstes Jahr hervorragender Weizen wachsen. Nichts düngt einen Boden besser als Blut und Knochen.«

Dann erklärte er sich zum König von Galatien. Die Galater waren führerlos und überall verstreut und konnten ihm keinen Widerstand leisten.

Und dann verschwand Mithridates plötzlich spurlos. Nicht einmal sein oberster Stellvertreter wußte, wohin er gegangen war oder was er vorhatte. Er hinterließ lediglich die schriftliche Order, Galatien vollständig zu unterwerfen, nach Amaseia zurückzukehren und der Königin in Sinope mitzuteilen, sie solle einen Satrapen für die neue pontische Provinz Galatien ernennen.

Als Händler verkleidet, ritt Mithridates nach Pessinus. Er saß auf einem unscheinbaren braunen Pferd und führte einen Esel an der Leine, auf dem er ein paar Kleider zum Wechseln und einen ziemlich dümmlichen galatischen Sklaven verstaut hatte, der nicht einmal wußte, wer sein Herr war. Im Tempel der Großen Mutter Kybele gab Mithridates sich Battakes zu erkennen und stellte ihn in seine Dienste. Der Priester gab ihm viele brauchbare Auskünfte. Von Pessinus reiste Mithridates durch das lange Tal des Mäander in die römische Provinz Asia.

Er bereiste fast alle Städte Kariens. Der hochgewachsene Kaufmann aus dem Osten, der so neugierig war und sich über seine Geschäfte stets etwas unklar ausdrückte, ritt von einem Ort zum anderen, verabreichte seinem tumben Sklaven gelegentlich eine Tracht Prügel, hatte die Augen überall und speicherte alles, was er sah, in seinem Gedächtnis ab. Er aß mit anderen reisenden Kaufleuten an Wirtshaustischen, er trieb sich an Markttagen auf Marktplätzen herum und unterhielt sich mit jedem, der so aussah, als hätte er etwas Interessantes mitzuteilen. Er schlenderte an den Kais der ägäischen Häfen entlang, steckte einen Finger in Warenballen, roch an versiegelten Amphoren, flirtete mit Dorfmädchen und belohnte sie großzügig, wenn sie seine fleischlichen Gelüste befriedigten, und lauschte den Geschichten über die Reichtümer im Tempel des Asklepios auf der Insel Kos, im Artemistempel von Ephesos, im Heiligtum des Asklepios von Pergamon und über die sagenhaften Schätze von Rhodos.

Von Ephesos wandte Mithridates sich nach Norden, nach Smyrna und Sardis, und schließlich kam er nach Pergamon, dem Sitz des römischen Statthalters. Von Ferne glitzerte die auf einem Berg gelegene Stadt wie eine juwelenbesetzte Schatulle. Hier sah er zum ersten Mal echte römische Soldaten – freilich nur die kleine Wache, die dem Statthalter zugeordnet war, denn die Provinz Asia galt nicht als militärisch gefährdet, und deshalb waren die Soldaten einheimische Hilfstruppen und Milizionäre. Mithridates beobachtete die achtzig Mitglieder der Wache lange und genau. Er sah die schweren Kettenhemden, die kurzen Schwerter, die Speere mit den kleinen Spitzen und die disziplinierte Art, in der die Soldaten sich bewegten, obwohl sie nur zu einem reduzierten Dienst abkommandiert waren. In Pergamon sah er auch die erste purpurgesäumte Toga: die Toga des Statthalters. Der Statthalter wurde stets von Liktoren in hellroten Tuniken begleitet, die über der linken Schulter Rutenbündel trugen, aus denen Beile ragten – Zeichen dafür, daß dem Statthalter die Macht über Leib und Leben seiner Untertanen gegeben war. Mithridates sah, daß der Statthalter sich gegenüber einigen Männern in einfachen, weißen Togen sehr unterwürfig verhielt. Diese, fand er heraus, waren die Steuerpächter, die als Vertreter großer Gesellschaften die Steuern eintrieben, die die Provinz an Rom zahlen mußte. Sie schritten so gravitätisch durch die meisterhaft entworfenen und angelegten Straßen von Pergamon, daß man den Eindruck bekam, sie und nicht die römische Republik seien die eigentlichen Herren der Provinz.

Es lag Mithridates natürlich fern, mit einer dieser erhabenen Gestalten ein Gespräch anzufangen. Sie waren offensichtlich viel zu beschäftigt und wichtig, um einen einzelnen Kaufmann aus dem Osten zu beachten. Er beobachtete sie nur, wenn sie inmitten eines Schwarms von Buchhaltern und Schreibern an ihm vorbeigingen, und sprach dann später in einer gemütlichen kleinen Taverne, wo die Steuerpächter nicht zuhörten, mit Einheimischen.

»Sie bluten uns aus«, bekam er oft zu hören, so oft, daß er es für die Wahrheit hielt und nicht nur für das typische Murren von Männern, die nur murren, um ihren Reichtum zu überdecken, wie es reiche Grundbesitzer und Geschäftsleute im Besitz von Monopolen taten.

»Wie geht das zu?« fragte Mithridates am Anfang, und dann wurde er gefragt, wo er denn seit dem Tod des Königs Attalos vor dreißig Jahren gewesen sei. Also erfand er eine Geschichte ausgedehnter Reisen an die Nordküste des Schwarzen Meeres. Wenn ihn jemand über Olbia oder Kimmeria ausfragte, konnte er von diesen Orten immerhin als einer reden, der schon einmal dort gewesen war.

In Rom, erfuhr er, gebe es zwei hohe Magistraten, die Zensoren hießen. »Sie werden gewählt – eigenartig, nicht? – und müssen zuvor Konsuln gewesen sein, woran man sieht, wie wichtig das Amt des Zensors ist. Nun, in jeder anständigen griechischen Gemeinde werden die finanziellen Geschäfte des Staates von ordentlich und öffentlich bestallten Personen verrichtet, nicht von Männern, die noch ein Jahr zuvor vielleicht mit ihren Heeren im Feld gestanden haben! Nicht so in Rom. Dort sind die Zensoren zwar die reinsten Amateure in finanziellen Geschäften, aber dennoch befugt, in allen diesen Angelegenheiten zu entscheiden. Alle fünf Jahre vergeben sie im Namen des Staates Verträge.«

»Verträge?« fragte der orientalische Herrscher stirnrunzelnd.

»Verträge. Wie andere Verträge auch, nur daß diese zwischen privaten Gesellschaften und dem römischen Staat abgeschlossen werden«, sagte der Händler aus Pergamon, dessen Zeche Mithridates an diesem Abend bezahlte.

»Ich fürchte, ich habe mich zu lange in Ländern herumgetrieben, die von Königen regiert werden«, sagte der König. »Hat der römische Staat keine Diener, die dafür sorgen, daß seine Geschäfte ordentlich erledigt werden?«

»Nur seine Magistraten – Konsuln, Prätoren, Ädilen und Quästoren –, und denen ist nur eines wichtig: Die römische Staatskasse muß voll sein.« Der Mann aus Pergamon kicherte. »Sehr oft, mein Freund, ist ihnen am allerwichtigsten, daß die eigene Kasse gefüllt ist.«

»Sprich weiter. Das interessiert mich sehr.«

»An unserer mißlichen Lage hier ist allein Gaius Gracchus schuld.«

»Einer der Brüder Sempronius?«

»Genau der. Der jüngere der beiden. Er brachte das Gesetz durch, daß die Steuern in der Provinz Asia von speziell zu diesem Zweck gegründeten Gesellschaften eingetrieben werden sollten. Auf diese Weise, so seine Überlegung, würde der römische Staat zu seinem Geld kommen, ohne selbst Steuereintreiber anstellen zu müssen. In der Folge kamen Steuerpächter nach Asia – Männer, die den Steuereinzug gepachtet oder genauer ersteigert hatten. Die Zensoren in Rom geben den Bewerbern die Bedingungen bekannt, zu denen der Staat den Steuereinzug vergibt. Im Fall der Provinz Asia heißt das, daß sie die Geldsumme verkünden, die das Schatzamt in den nächsten fünf Jahren jährlich als Steuern einzunehmen gedenkt. Das ist *nicht* die Summe, die dann in der Provinz tatsächlich eingetrieben wird. *Diese* Summe hängt von der privaten Gesellschaft ab, die selbst einen Profit machen will, bevor sie ans Schatzamt das abführt, wozu sie sich vertraglich verpflichtet hat. Also setzen sich scharenweise Buchhalter mit ihren Rechenbrettern hin und kalkulieren, wieviel aus der Provinz Asia jährlich herausgepreßt werden kann, und dann wird den Zensoren ein Angebot vorgelegt.«

»Verzeih, wenn ich das noch nicht ganz verstehe – wieso spielt es für Rom eine Rolle, welches Angebot den Zensoren vorgelegt wird, wenn die Summe, die der Staat haben will, schon feststeht?«

»Weil, mein Freund, diese Summe nur das *Minimum* dessen ist, was das Schatzamt zu akzeptieren bereit ist! Jede Steuerpächtergesellschaft versucht also, ein Gebot zu kalkulieren, das um so viel über dem Minimum liegt, daß einerseits das Schatzamt zufrieden ist und andererseits für die Gesellschaft noch ein saftiger Profit herausspringt.«

»Ich verstehe«, sagte Mithridates und schnaubte durch die Nase. »Und der Vertrag wird an die Firma vergeben, die am meisten bietet.«

»So ist es.«

»Was enthält nun das Gebot – die Summe, die ans Schatzamt gezahlt werden muß oder die ganze Summe einschließlich des saftigen Profits?«

Der Kaufmann lachte. »Nur die Summe, die an den Staat gezahlt wird, mein Freund! Wieviel Profit die Gesellschaft zu machen gedenkt, ist ihre eigene Sache, die Zensoren fragen da nicht nach, das kannst du mir glauben. Sie sichten das Angebot, und die Firma, die das höchste Gebot macht, bekommt den Zuschlag.«

»Kommt es auch vor, daß die Zensoren den Vertrag an eine Firma vergeben, die nicht das höchste Gebot gemacht hat?«

»Soweit ich mich erinnere, ist das noch nie vorgekommen, mein Freund.«

»Und das Ergebnis?« fragte Mithridates. »Sind die Kalkulationen der Gesellschaften realistisch, oder sind sie zu hoch gegriffen?« Aber er kannte die Antwort schon.

»Na, was meinst du?« rief der Kaufmann bitter. »Die Steuerpächter stützen ihre Zahlen, soweit wir wissen, auf Schätzungen, die im Garten der Hesperiden und nicht im Kleinasien des Königs Attalos gemacht wurden! Wenn auch nur im kleinsten Bezirk und im unwichtigsten Gewerbe die Geschäfte schlecht gehen, brechen die Steuerpächter in Panik aus – denn dann ist die Summe, die sie dem Schatzamt schulden, plötzlich größer als das, was sie einnehmen! Wenn ihren Geboten realistische Schätzungen zugrundelägen, wären wir alle besser dran! Aber so ist es anders: Wenn wir keine Spitzenernte haben, wenn wir auch nur ein einziges Schaf beim Scheren oder Lammen verlieren und nicht jedes letzte Kettenglied, Stück Seil oder Stoff, jede Kuhhaut, jede Amphore Wein und jeden Scheffel Oliven verkaufen – dann fangen die Steuerpächter an, uns auszupressen, und alle müssen darunter leiden.«

»Wie stellen sie das an?« Mithridates hatte auf seinen Reisen nirgends römische Militärlager gesehen.

»Sie heuern kilikische Söldner aus Gegenden an, in denen selbst die wilden Schafe verhungern, und hetzen sie auf unser Volk. Ich kenne ganze Bezirke, die in die Sklaverei verkauft wurden, bis zur letzten Frau und zum letzten Kind, egal welchen Alters. Ich habe gesehen, wie auf der Suche nach Geld ganze Felder umgegraben und Häuser eingerissen wurden! Ach, mein Freund, wenn ich dir erzählen würde, was ich mit eigenen Augen gesehen habe – wie die Steuerpächter uns aussaugen – dir würden die Tränen kommen! Ernten werden beschlagnahmt, und der Bauer darf nur gerade so viel behalten, daß er und seine Familie essen und die nächste Saat ausbringen können. Herden werden halbiert, Läden und Marktbuden geplündert – und das Schlimmste ist, daß die Menschen praktisch gezwungen werden, zu lügen und zu betrügen. Wer das nicht tut, ist in seiner Existenz bedroht.«

»Und diese Steuerpächter sind alle Römer?«

»Römer oder Italiker«, erwiderte der Händler.

»Italiker«, sagte Mithridates nachdenklich. Jetzt erwies es sich als Nachteil, daß er sieben Jahre seiner Kindheit in den pontischen Wäldern verbracht hatte. Seine Bildung wies, wie er schon zu Beginn seiner Erkundungsreise festgestellt hatte, in geographischen und wirtschaftlichen Dingen erschreckende Lücken auf.

»Das sind im Grunde auch Römer«, erklärte der Händler, der den Unterschied zwischen Römern und Italikern selbst nicht genau kannte. »Sie stammen aus der Umbegung Roms, die Italien heißt. Davon abgesehen gibt es keinen Unterschied, soweit ich weiß. Sie reden alle Lateinisch, wenn sie zusammen sind, statt wie jeder anständige Mensch das, was sie zu sagen haben, auf Griechisch zu sagen. Und sie tragen diese furchtbaren, formlos zusammengenähten Tuniken – hier würde sich sogar ein Hütejunge schämen, so herumzulaufen. Kein Abnäher, keine eingeschlagene Falte, nichts, was dem Ding etwas Form und Sitz verpassen würde.« Der Händler strich selbstzufrieden über den weichen Stoff seiner griechischen Tunika. Er schien überzeugt, daß ihr Schnitt das Beste aus seiner eher kleinen und unvorteilhaften Statur mache.

»Tragen sie nicht auch die Toga?« fragte Mithridates.

»Manchmal. An Feiertagen, und wenn der Statthalter sie zu sich bestellt.«

»Die Italiker auch?«

»Weiß ich nicht«, sagte der Händler achselzuckend. »Ich glaube schon.«

Aus Gesprächen wie diesen bezog Mithridates seine Informationen, die meistens aus Haßtiraden gegen die Steuerpächter und ihre Günstlinge bestanden. Es gab in der Provinz Asia noch ein zweites einträgliches Geschäft, das nur von Römern betrieben wurde, und zwar das Verleihen von Geld zu Zinssätzen, die keiner, der Geld leihen wollte und noch einen letzten Rest Selbstachtung hatte, akzeptieren konnte und kein Verleiher mit einem letzten Rest von Skrupeln verlangen würde. Mithridates erfuhr auch, daß diese Geldverleiher gewöhnlich Angestellte der Steuerunternehmer waren, obwohl diese selbst daran nicht beteiligt waren. Die römische Provinz Asia, dachte Mithridates, ist für die Römer eine fette Gans, die sie rupfen – davon abgesehen haben sie kein Interesse an ihr. Die Römer kommen aus Rom und den Orten in der Umgebung Roms hierher, sie berauben die Bevölkerung und pressen sie aus, und dann fahren sie mit dicken Börsen wieder nach Hause, ohne sich um das Elend zu scheren, das sie den Menschen im dorischen und ionischen Kleinasien gebracht haben. Und wie *verhaßt* sie sind!

Von Pergamon reiste der König landeinwärts, um den Weg durch eine unwichtige Landzunge namens Troas abzukürzen. Bei Kyzikos traf er auf die Südküste der Propontis, der er folgte, bis er in die bithynische Stadt Prusa kam. Dieser wohlhabende und rasch wachsende Ort lag am Fuß eines hohen und schneebedeckten Berges, der der mysische Olymp genannt wurde. Mithridates stellte lediglich fest, daß die Einwohner mit ihrem achtzigjährigen König nicht mehr viel anfangen konnten, dann reiste er in die Hauptstadt Nikomedeia weiter, wo der achtzigjährige König Hof hielt. Auch Nikomedeia war eine wohlhabende, große Stadt, die an einem breiten, ruhigen Meeresarm vor sich hinträumte; über ihr, auf einer kleinen Akropolis, thronten beherrschend der Tempelbezirk und der Palast.

Nikomedeia war für einen pontischen König natürlich ein gefährliches Pflaster. Er konnte auf den Straßen der Stadt erkannt werden, etwa von einem Priester der weitgespannten Bruderschaft der Ma oder der Tyche oder von einem Besucher aus Sinope. Also mietete er sich in einem übelriechenden, in großer Entfernung von den besseren Stadtvierteln gelegenen Gasthaus ein und zog sich die Kapuze seines Umhangs ins Gesicht, wenn er ausging. Er hatte nichts weiter vor, als mit Einheimischen zu sprechen und herauszufinden, wie treu ergeben sie ihrem König Nikomedes waren und wie bereitwillig sie Nikomedes in einem eventuellen Krieg gegen Pontos unterstützen würden.

Den Rest des Winters und das ganze Frühjahr verbrachte er mit Streifzügen zwischen Heraklea an der bithynischen Schwarzmeerküste und den abgelegensten Teilen Phrygiens und Paphlagoniens. Seinem scharfen Auge entging nichts – weder der Zustand der Straßen, die mehr Wege waren, noch die Ausbreitung der Landwirtschaft in den verschiedenen Gegenden oder der Bildungsgrad der Bevölkerung.

Im Frühsommer kehrte er nach Sinope zurück. Er fühlte sich allmächtig, unnahbar und genial. Seine Schwester und Frau Laodike hatte freilich eine schrille Stimme bekommen und neigte zu nervösem Geplapper, und die Adligen seines Gefolges waren merkwürdig still geworden. Seine Onkel Archelaos und Diophantos waren tot, seine Vettern Neoptolemos und Archelaos waren in Kimmeria. Dem König wurde seine Verletzlichkeit bewußt, und das kam seinem Triumphgefühl in die Quere. So unterdrückte er den Drang, sich auf seinen Thron zu setzen und den versammelten Hof mit jeder Einzelheit seiner Odyssee in den Westen zu ergötzen. Statt dessen beschenkte er seine Gefolgsleute mit einem aufmunternden Lächeln, setzte Laodike im Bett zu, bis sie um Schonung flehte, besuchte alle seine Söhne und Töchter und deren Mütter und wartete dann ab, was als nächstes passieren würde. Etwas braute sich zusammen, dessen war er gewiß. Bis er herausfand, um was es sich handelte, wollte er kein Wort darüber verlieren, wo er während seiner langen und geheimnisvollen Abwesenheit gewesen war, noch seine Pläne für die Zukunft enthüllen.

Dann suchte ihn eines Tages sein Schwiegervater Gordios zu vorgerückter Stunde auf, legte einen Finger an die Lippen und bedeutete ihm mit der Hand, daß sie sich so bald als möglich auf der Brustwehr des Palastes treffen sollten. Die Luft war vom silbernen Licht des Vollmonds getränkt, der Wind jagte glitzernde Schauer über die weite Fläche des Meeres tief unter ihnen, und die Schatten waren schwärzer als die tiefste Höhle. Der Palast stand auf einer felsigen Insel, die mit dem Festland durch eine schmale Landbrücke verbunden war; über diese Landbrücke erstreckte sich die Stadt, die nun tief und traumlos schlief. Finster ragte die Silhouette der Mauern, die die menschlichen Behausungen umgürteten, mit ihren Stummelzähnen vor dem Glanz einer niedrigen Wolkenbank auf.

Auf halbem Weg zwischen zwei Wachtürmen trafen sich Gordios und der König. Sie setzten sich unter den Rand der Brüstung und flüsterten so leise miteinander, daß kein Vogel aus seinem leichten Schlaf geweckt wurde.

»Laodike war überzeugt, daß du dieses Mal nicht zurückkommen würdest, großer König«, sagte Gordios.

»So?«, sagte der König hart.

»Sie hat sich vor drei Monaten einen Liebhaber genommen.«

»Wen?«

»Deinen Vetter Pharnakes, großer König.«

Aha! Die kluge Laodike! Nicht irgendeinen Liebhaber, sondern einen der wenigen Männer der Familie, die sich Hoffnungen auf den pontischen Thron machen konnten, ohne fürchten zu müssen, irgendwann von einem der vielen minderjährigen Söhne des Königs abgesetzt zu werden. Pharnakes war der Sohn des Bruders und der Schwester von Mithridates V. Sein Blut war rein, er war ohne Makel.

»Sie glaubt, ich würde es nicht herausfinden«, sagte Mithridates.

»Sie glaubt, die wenigen, die davon wissen, hätten zuviel Angst, um davon zu reden«, sagte Gordios.

«Warum redest dann du?«

Gordios lächelte. Seine Zähne glänzten im Mondlicht. »Mein König, dich kann niemand bezwingen! Das weiß ich seit damals, als ich dich zum ersten Mal sah.«

»Du wirst belohnt werden, Gordios, das verspreche ich dir.« Der König lehnte sich an die Mauer und dachte nach. Schließlich sagte er: »Sie wird bald versuchen, mich zu töten.«

»Das glaube ich auch, großer König.«

»Wie viele treue Gefolgsmänner habe ich in Sinope?«

»Mehr als sie, denke ich. Sie ist eine Frau, mein König, und deshalb grausamer und verräterischer, als ein Mann je sein könnte. Wer sollte ihr trauen? Ihre Anhänger folgen ihr, weil sie sich Vorteile davon versprechen, aber um in den Genuß dieser Vorteile zu kommen, müssen sie sich auf Pharnakes verlassen. Ich glaube, sie vertrauen auch darauf, daß Pharnakes Laodike umbringt, sobald er fest auf dem Thron sitzt. Die meisten Höflinge sind den Schmeicheleien Laodikes und Pharnakes' allerdings nicht erlegen.«

»Gut! Ich überlasse es dir, Gordios, meine loyalen Anhänger zu verständigen. Sag ihnen, sie sollen sich jederzeit bereithalten, nachts und tagsüber.«

»Was hast du vor?«

»Soll sie versuchen, mich zu töten, die Hexe! Ich kenne sie. Sie ist meine Schwester. Sie wird es nicht mit einem Messer oder mit Pfeil und Bogen versuchen, sondern mit Gift. Etwas wirklich Gräßliches, damit ich leiden muß.«

»Großer König, laß mich sie und Pharnakes sofort festnehmen, ich bitte dich!« flüsterte Gordios erregt. »Gift ist heimtückisch! Was wäre, wenn es ihr trotz aller Vorkehrungen gelänge, dir Schierling einzuflößen oder eine Natter ins Bett zu legen? Laß mich sie gleich festnehmen! Das wäre das einfachste.«

Aber der König schüttelte den Kopf. »Ich brauche einen Beweis, Gordios. Soll sie versuchen, mich zu vergiften. Soll sie nach ihrem Gutdünken eine giftige Pflanze, einen Pilz oder ein Reptil auswählen und es mir verabreichen.«

»Mein König, mein König!« stammelte Gordios entsetzt.

»Kein Grund zur Sorge, Gordios«, sagte Mithridates mit unerschütterter Ruhe und ohne eine Spur von Angst in seiner Stimme. »Kaum ein Mensch und nicht einmal Laodike weiß, daß ich mich in den sieben Jahren, in denen ich mich vor der Rache meiner Mutter versteckte, gegen jedes den Menschen bekannte Gift abgehärtet habe. Einige Gifte habe ich sogar selbst entdeckt, und niemand kennt sie außer mir. Ich kann mit Recht behaupten, daß kein Mensch auf der ganzen Welt sich mit Giften so gut auskennt wie ich. Glaubst du, all diese Narben, die ich trage, stammen von Waffen? Nein! Ich habe mich selbst entstellt, um zu verhindern, daß einer meiner Verwandten mich auf die leichteste und am schwierigsten nachweisbare Art umbringt, nämlich mit Gift.«

»In so jungem Alter!« sagte Gordios fassungslos.

»Damit ich am Leben bleibe und alt werde! Niemand wird mir meinen Thron entreißen.«

»Aber wie hast du dich gegen die Gifte abgehärtet, großer König?«

»Nimm zum Beispiel die ägyptische Natter«, sagte der König, der zunehmend in Fahrt kam. »Du kennst sie ja – ein weit gespreizter Nacken mit einer Augenzeichnung und ein kleiner Kopf. Ich habe mir eine Kiste mit solchen Schlangen in jeder Größe besorgt und mit den kleinen angefangen. Ich habe mich nacheinander von ihnen beißen lassen, bis ich bei der größten angelangt war – einem Ungeheuer, sieben Fuß lang und so dick wie mein Arm. Als ich fertig war, Gordios, konnte eine Natter mich beißen, ohne das ich etwas spürte! Dasselbe habe ich mit anderen Nattern gemacht, mit Pythonschlangen, Skorpionen und Spinnen. Dann schluckte ich kleine Dosen jedes mir bekannten Giftes – Schierling, Eisenhut, Mandragora, Kirschsamenbrei, den Sud aus Beeren, Büschen und Wurzeln, den grünen Knollenblätterpilz, den Fliegenpilz – alles, Gordios, ich aß alles. Nach und nach erhöhte ich die Dosis, bis selbst ein ganzer Becher irgendeines Gifts mir nichts mehr anhaben konnte. Und ich habe das fortgesetzt – ich nehme immer noch Gift, und ich lasse mich immer noch beißen. Und ich nehme Gegengifte.« Mithridates lachte leise. »Soll Laodike nur ihre schlimmste Waffe einsetzen! Sie kann mich nicht töten.«

Und Laodike versuchte es, und zwar bei einem Staatsbankett, das sie zur Feier der wohlbehaltenen Heimkehr des Königs gab. Da der ganze Hof eingeladen war, wurde der große Thronsaal leergeräumt und mit Dutzenden von Sofas vollgestellt. Die Wände und Säulen wurden mit Girlanden und Blumen geschmückt, der Boden mit parfümierten Blütenblättern bestreut. Die besten Musiker Sinopes waren bestellt worden, und eine reisende griechische Schauspieltruppe wurde beauftragt, eine Vorstellung der *Elektra* des Euripides zu geben. Die berühmte Tänzerin Anais aus Nisibis wurde eigens aus Amisos am Schwarzen Meer hergebracht, wo sie den Sommer verbrachte.

Die pontischen Könige hatten früher zwar wie ihre thrakischen Vorfahren an Tischen gegessen, aber nun hatten sie schon seit langem den griechischen Brauch übernommen, beim Essen auf Sofas zu liegen, und sie hielten sich deshalb für glänzende Vertreter der griechischen Kultur und für hellenisierte Monarchen.

Wie dünn der hellenische Firnis war, zeigte sich spätestens dann, als die Höflinge einer nach dem anderen den Thronsaal betraten und sich vor dem König flach auf den Boden warfen. Dazu paßte auch, daß Königin Laodike dem König verführerisch lächelnd einen endlos scheinenden Augenblick lang ihren skythischen Goldpokal anbot und mit ihrer rosa Zunge über dessen Rand leckte.

»Trink aus meinem Becher, mein Herr und Gebieter«, befahl sie dann mit sanfter Stimme.

Ohne zu zögern nahm Mithridates einen tiefen Zug, der den Pokal zur Hälfte leerte, dann setzte er ihn auf das Tischchen vor dem Sofa, das er mit Königin Laodike teilte. Den letzten Schluck Wein behielt er im Mund. Er ließ ihn auf der Zunge nachschmecken, während er seine Schwester mit seinen traubengrünen, braungesprenkelten Augen anstarrte. Dann runzelte er die Stirn, aber nicht ärgerlich, sondern eher nachdenklich, als suche er sich an etwas zu erinnern. Und plötzlich lächelte er breit.

»Dorykneion!« sagte er vergnügt. »Wacholder.«

Die Königin wurde bleich. Der gesamte Hofstaat verstummte, denn Mithridates hatte laut gesprochen, und das Fest war bisher ruhig verlaufen.

Der König wandte sich nach links. »Gordios!«

»Mein König?« Gordios glitt rasch von seinem Sofa.

»Komm her und hilf mir.«

Laodike war vier Jahre älter als ihr Bruder und sah ihm sehr ähnlich – kein Wunder, daß sich die Ähnlichkeiten verstärken mußten, in einer Familie, in der im Lauf vieler Generationen immer wieder der Bruder die Schwester geheiratet hatte. Die Königin hatte einen etwas dicken, aber wohlproportionierten Körper, und sie hatte an diesem Tag besonders viel Aufmerksamkeit auf ihr Äußeres verwandt. Das goldene Haar war im griechischen Stil frisiert, die grünbraunen Augen waren mit Antimon geschminkt, die Wangen mit rotem Kreidepuder betupft, die Lippen karminrot bemalt und Hände und Füße mit Henna dunkelbraun gefärbt. Das weiße Band ihres Diadems teilte ihre Stirn in zwei Hälften, und die Quasten an seinen Enden fielen ihr über die Schultern. Sie sah in jeder Hinsicht aus wie eine Königin, und genau das war auch ihre Absicht.

Nun las sie ihr Schicksal in den Augen ihres Bruders und wandte sich blitzschnell ab, um zu fliehen. Aber sie war nicht schnell genug. Mithridates packte die Hand, mit der sie sich vom Sofa hochstützen wollte, und riß seine Schwester über die Lehne aus Kissen, auf die sie sich gestützt hatte, so daß sie halb sitzend, halb liegend in seinen Arm fiel. Und da kniete schon Gordios an ihrer anderen Seite, sein Gesicht in wildem Triumph verzerrt. Er wußte, welche Belohnung er sich erbitten würde: Seine Tochter Nysa, eine Nebenfrau des Königs, sollte zur Königin gemacht werden, so daß ihr Sohn Pharnakes bei der Thronfolge Vorrang vor Laodikes Sohn Machares bekommen würde.

Hilflos sah Laodike sich um, während vier Gefolgsleute des Mithridates ihren Liebhaber Pharnakes vor den König schleppten. Mithridates starrte Pharnakes teilnahmslos an und wandte sich dann wieder Laodike zu.

»Ich werde nicht sterben, Laodike«, sagte er. »Von diesem dürftigen Gebräu wird mir nicht einmal schlecht.« Er lächelte amüsiert. »Es ist allerdings noch mehr als genug übrig, um dich zu töten.«

Mit der linken Hand packte er ihre Nase und riß ihren Kopf nach hinten. Der Schrecken nahm ihr den Atem, und sie mußte luftschnappend den Mund öffnen. Schlückchen um Schlückchen flößte Mithridates ihr den Inhalt des schönen skythischen Goldpokals ein. Gordios mußte ihr nach jedem Schluck den Mund zudrücken, und Mithridates selbst massierte ihr wollüstig den Hals, um die Schluckbewegungen zu befördern. Laodike wehrte sich nicht, denn das wäre unter ihrer Würde gewesen. Ein Mitglied der Königsfamilie fürchtete sich nicht vor dem Sterben, besonders dann nicht, wenn es versucht hatte, den Thron an sich zu reißen.

Als der Pokal leer war, legte Mithridates seine Schwester auf das Sofa, direkt vor den Augen ihres entsetzten Liebhabers.

»Versuche nicht, das Gift zu erbrechen, Laodike«, sagte der König immer noch amüsiert. »Denn ich würde es dich ein zweites Mal trinken lassen.«

Die im Saal anwesenden Gäste warteten reglos, schweigend und vom Grauen gepackt. Wie lange sie warten mußten, wußte hinterher niemand zu sagen, außer dem König – wenn ihn jemand gefragt hätte, was aber niemand tat.

Er wandte sich an seine Höflinge und begann zu ihnen zu reden, wie ein Lehrer der Philosophie seine Studenten unterrichten mochte. Daß ihr König sich bei Giften so gut auskannte, war für alle eine überraschende Enthüllung. Die Nachricht sollte sich schneller als jedes Gerücht von einem Ende des pontischen Reiches zum anderen und weiter in alle Welt verbreiten. Gordios trug selbst noch einiges dazu bei, und die Worte Mithridates und Gift waren in der Legende von nun an untrennbar verbunden.

»Die Königin«, sagte der König, »hätte keine bessere Wahl treffen können als das Gift des Wacholders, das von den Ägyptern *trychnos* genannt wird. Ptolemaios, der Feldherr Alexanders des Großen, der später König von Ägypten wurde, brachte die Pflanze aus Indien mit, wo sie, wie es heißt, so groß wie ein Baum wird. In Ägypten wächst sie allerdings nur als holziger Busch, dessen Blätter denjenigen unseres gewöhnlichen Salbei ähneln. Neben dem Gift des Eisenhuts ist es das beste aller Gifte – es wirkt mit tödlicher Sicherheit! Wenn die Königin stirbt, werdet ihr sehen, daß sie bis zum letzten Atemzug bei Bewußtsein bleibt. Ich kann euch sogar aus eigener Erfahrung sagen, daß das Gift alle Wahrnehmungen angenehm verstärkt. Die Welt wirkt weit bedeutsamer und phantastischer, als man sie im Normalzustand wahrnimmt. Vetter Pharnakes, ich sage dir: Jeder Augenblick, den du durchleidest, jedes Blinzeln deiner Augenlider, all dein Stöhnen, wenn du sie leiden siehst – all das wird sie mit größerer Schärfe aufnehmen als je zuvor. Eigentlich schade, daß dies das letzte sein wird, was sie von dir wahrnimmt, oder?« Er sah seine Schwester an und nickte. »Jetzt sieh hin, es fängt an.«

Laodikes Blick war auf Pharnakes fixiert, der zwischen seinen Bewachern stand und hartnäckig auf den Boden starrte. Keiner der Anwesenden sollte den Blick der Königin je vergessen, auch wenn viele es versuchten. Schmerz und Schrecken, Verzückung und Kummer waren darin sichtbar, eine breite und ständig wechselnde Vielfalt der Gefühle. Sie sagte nichts, weil sie offensichtlich nicht konnte. Ihre Lippen öffneten sich langsam und entblößten ihre großen gelben

Zähne, und langsam bogen sich ihr Hals und ihr Rückgrat nach hinten, als wolle sie mit dem Hinterkopf ihre Kniekehlen erreichen. Dann traten leichte und rhythmische Zuckungen auf, die immer stärker wurden, bis der ganze Körper der Königin samt Kopf und Gliedern auf dem Sofa hin- und herzuckte.

»Sie hat einen Anfall!« sagte Gordios schrill.

»Natürlich«, sagte Mithridates verächtlich. »Und dieser Anfall wird sie töten, wartet es ab.« Er beobachtete seine Schwester mit dem Interesse eines Arztes, da er stark abgeschwächte Varianten solcher Krämpfe selbst durchgemacht hatte, wobei er allerdings nie in seinen großen silbernen Spiegel gesehen hatte. Als Laodikes Konvulsionen sich weiter hinzogen, ohne nachzulassen, sagte er zu den Anwesenden: »Ich habe den Ehrgeiz, ein universelles Gegengift zu entwickeln, ein magisches Elixir, das die Wirkung jedes Giftes beheben kann, ob es nun aus einer Pflanze, einem Tier, einem Fisch oder aus einer leblosen Substanz gewonnen wurde. Zur Zeit muß ich noch täglich eine Mischung aus nicht weniger als hundert verschiedenen Giften zu mir nehmen, sonst würde ich nicht mehr immun gegen sie sein. Und anschließend muß ich eine Mischung aus nicht weniger als hundert Gegengiften zu mir nehmen.« Zu Gordios sagte er leise: »Wenn ich die Gegengifte nicht nehme, fühle ich mich ein wenig unwohl, das muß ich zugeben.«

»Das ist verständlich, großer König«, sagte Gordios und zitterte so heftig, daß er fürchtete, der König werde es bemerken.

»Jetzt dauert es nicht mehr lange«, sagte Mithridates.

Er hatte recht. Laodikes Zuckungen wurden schwerfälliger und unkontrollierter. Ihr Körper erschöpfte sich im wahrsten Sinne des Wortes. Aber ihre Augen strahlten immer noch Gefühl und Bewußtsein aus und schlossen sich müde, wie zum Schlaf, erst im Augenblick ihres Todes. Ihrem Bruder hatte sie keinen einzigen Blick gegönnt. Das mochte freilich auch daran gelegen haben, daß sie Pharnakes ansah, als die Krämpfe einsetzten, und daß sie zum Schluß die Muskeln, die die Blickrichtung ihrer Augen bestimmten, nicht mehr kontrollieren konnte.

»Ausgezeichnet!« rief der König begeistert. Dann nickte er zu Pharnakes hin. »Bringt ihn um.«

Niemand wagte zu fragen, wie dieser Befehl ausgeführt werden solle, und so kam es, daß Pharnakes einen weit prosaischeren Tod fand als die arme Laodike: Er starb unter der Klinge eines Schwerts. Und jeder, der beim Tod der Königin dabeigewesen war, hatte seine

Lektion gelernt; es würde lange Zeit keine Anschläge mehr auf das Leben König Mithridates' VI. geben.

*

Als Marius über Land von Pessinus nach Nikomedeia reiste, stellte er fest, daß Bithynien sehr reich war. Es war gebirgig wie ganz Kleinasien, aber abgesehen vom Massiv des mysischen Olymp bei Prusa waren die bithynischen Berge niedriger, runder und weniger bedrohlich als der Taurus. Viele Flüsse bewässerten das Land, und es gab hier seit langer Zeit Ackerbau treibende Siedler. Es wurde genug Weizen angebaut, um Bevölkerung und Heer zu ernähren, und selbst dann war noch genug übrig für den Tribut an Rom. Hülsenfrüchte wuchsen, Schafe gediehen, und Gemüse und Obst gab es im Überfluß. Die Menschen sahen wohlgenährt, zufrieden und gesund aus. Jedes Dorf, durch das Marius mit seiner Familie kam, schien wohlhabend genug, um eine zahlreiche Nachkommenschaft großzuziehen.

Im Widerspruch zu diesem Eindruck stand allerdings das, was er von König Nikomedes II. hörte, als er in Nikomedeia ankam und als Ehrengast des Königs im Palast untergebracht wurde. Im Vergleich mit anderen Palästen war dieser relativ klein, aber, wie Julia ihrem Marius schnell erklärte, seine künstlerische Ausgestaltung war enorm wertvoll, die Materialien, die beim Bau verwendet worden waren, von höchster Qualität, und die Architektur vom Feinsten.

»König Nikomedes ist alles andere als ein armer Mann«, sagte Julia.

»Leider«, seufzte König Nikomedes, »bin ich ein sehr armer Mann, Gaius Marius! Da ich über ein armes Land herrsche, kann das wohl nicht anders sein. Aber Rom macht es mir auch nicht gerade leicht.«

Sie saßen auf einem Balkon, von dem man den Meeresarm und die Stadt überblicken konnte. Das Wasser war so ruhig, daß von den Bergen bis zur Küste alles so klar wie in einem Spiegel reflektiert wurde. Nikomedeia schien gleichsam in der Luft zu hängen, dachte Marius fasziniert, so, als ob es nicht nur über, sondern auch unter der Stadt noch eine eigene, vollkommen ausgestattete Welt gäbe, mit einer kleinen Karawane aus Eseln, die mit den Beinen nach oben entlangtrotteten, und Wolken, die durch die himmelblaue Mitte der Bucht schwebten.

»Was willst du damit sagen, König?« fragte Marius.

»Nun, denke etwa an den Skandal mit Lucius Licinius Lucullus vor fünf Jahren«, sagte Nikomedes. »Anfang Frühjahr kam er hierher und verlangte zwei Legionen Hilfstruppen, um gegen die Sklaven in Sizilien Krieg zu führen, wie er sagte.« Die Stimme des Königs wurde gereizt. »Ich erklärte ihm, ich könne ihm wegen der Tätigkeit der römischen Steuerpächter, die mein Volk in die Sklaverei verschleppen, keine Truppen zur Verfügung stellen. ›Befreie mein versklavtes Volk, so wie es der Erlaß des Senats vorsieht, der den Sklaven aller römischen Gebiete mit Verbündetenstatus die Freiheit zusichert!‹ sagte ich zu ihm. ›Dann habe ich wieder ein Heer, und mein Land wird wieder blühen.‹ Weißt du, was er mir antwortete? Daß der Erlaß des Senats nur für Sklaven aus *italischen* Gebieten mit Verbündetenstatus gelte!«

»Da hatte er ganz recht«, sagte Marius und streckte die Beine aus. »Hätte der Erlaß auch Sklaven von Völkern betroffen, die den Status eines Freundes und Verbündeten des römischen Volkes besitzen, wärst du vom Senat offiziell davon in Kenntnis gesetzt worden.« Unter den gewaltigen Augenbrauen richtete sich ein scharfer Blick auf den König. »Soviel ich weiß, konntest du die Truppen für Lucius Licinius Lucullus dann ja doch auftreiben.«

»Nicht so viele, wie er wollte, aber ja, ich habe Männer für ihn gefunden. Oder vielmehr, er fand die Männer selbst. Als ich ihm sagte, es stünden keine Männer zur Verfügung, ritt er aus Nikomedeia hinaus aufs Land und kam nach ein paar Tagen wieder, um mir zu sagen, er habe genügend Männer gesehen. Ich versuchte ihm zu erklären, die Männer, die er gesehen habe, seien Bauern und keine Soldaten, aber er meinte nur, Bauern seien ausgezeichnete Soldaten und daher für seine Pläne bestens geeignet. Also nahm er siebentausend Männer mit und brachte mich dadurch in größte Schwierigkeiten, weil ich die Leute doch brauchte, um mein Königreich zahlungsfähig zu erhalten!«

»Ein Jahr später hast du sie zurückbekommen, und obendrein mit Geld in ihren Börsen.«

»Ein Jahr, in dem nicht genug Felder bestellt werden konnten«, erwiderte der König hartnäckig. »Ein Jahr mit zu niedrigen Ernten, Gaius Marius, wirft uns angesichts der Tribute, die Rom von uns fordert, um zehn Jahre zurück.«

»Ich möchte gerne wissen, warum es in Bithynien überhaupt Steuereintreiber gibt«, sagte Marius, der merkte, daß der König immer größere Schwierigkeiten hatte, seinen Standpunkt zu begründen. »Bithynien gehört doch gar nicht zur römischen Provinz Asia.«

Nikomedes wand sich. »Das Problem ist, Gaius Marius, daß einige meiner Untertanen von den römischen Steuerpächtern in der Provinz Asia Geld geborgt haben. Die Zeiten sind schwierig.«

»Und warum sind die Zeiten schwierig, König? Spätestens seit Ausbruch des sizilianischen Sklavenkrieges müßte es euch hier doch eigentlich immer besser gehen. Ihr baut viel Getreide an, und ihr könntet noch mehr anbauen. Die Agenten Roms haben jahrelang zu überhöhten Preisen Getreide gekauft, und zwar besonders in dieser Gegend. Weder du noch die Provinz Asia konnten auch nur die Hälfte dessen zur Verfügung stellen, was unsere Agenten hätten kaufen sollen. Der Großteil kam schließlich, wie ich gehört habe, aus den Ländern unter der Herrschaft des Königs Mithridates von Pontos.«

Aha, das war es! Marius' unnachgiebiges Nachbohren hatte schließlich die Kruste von Bithyniens eiternder Wunde gehoben, und nun schoß das ganze Gift mit einem Mal hervor.

»Mithridates!« schimpfte der König und sprang fast von seinem Stuhl auf. »Ja, Gaius Marius, das ist die Giftnatter in meinem Hinterhof! Mithridates ist der eigentliche Grund von Bithyniens schwindendem Wohlstand! Es kostete mich einhundert Talente Gold, die ich kaum aufbringen konnte, mir Unterstützung in Rom zu kaufen, als *er* beantragte, Freund und Verbündeter des römischen Volkes zu werden! Und jedes Jahr kostet es mich noch viel mehr als das, mein Land gegen seine hinterlistigen Übergriffe zu schützen! Wegen Mithridates brauche ich ein stehendes Heer, und das kann sich doch kein Land leisten! Sieh dir an, was er erst vor drei Jahren in Galatien begangen hat! Einen Massenmord bei einem Gelage! Vierhundert Anführer bei einer Versammlung in Ankyra gemeuchelt, und nun regiert er alle Länder um Bithynien – Phrygien, Galatien, den Küstenbereich von Paphlagonien. Ich sage dir ganz offen, Gaius Marius, wenn Mithridates jetzt nicht aufgehalten wird, wird sogar Rom eines Tages bereuen, nichts getan zu haben!«

»Das ist auch meine Meinung«, sagte Marius. »Aber Anatolien ist weit weg von Rom, und wahrscheinlich gibt es niemanden in Rom, der wirklich weiß, was hier vor sich geht. Außer vielleicht Marcus Aemilius Scaurus, der Senatsvorsitzende, und der wird langsam alt. Ich will diesen König Mithridates aufsuchen und ihn warnen. Wenn ich nach Rom zurückkehre, kann ich den Senat vielleicht davon überzeugen, Pontos ernster zu nehmen.«

»Laßt uns speisen«, sagte Nikomedes und stand auf. »Wir können später weiterreden. Oh, es tut gut, mit jemandem zu sprechen, der einen ernst nimmt!«

Für Julia war der Aufenthalt an einem orientalischen Hof eine völlig neue Erfahrung. Die römischen Frauen sollten mehr reisen, dachte sie, denn nun sehe ich, welch engen Horizont wir haben und wie wenig wir vom Rest der Welt wissen. Und das muß sich auch auf die Erziehung unserer Kinder auswirken, besonders unserer Söhne.

Nikomedes II. war der erste König, den sie zu Gesicht bekam, und er war eine Offenbarung für sie, denn sie hatte natürlich angenommen, alle Könige seien eine Art patrizische Römer im Rang eines Konsuls – überheblich, gebildet, repräsentativ und prunkvoll. Wie Catulus Caesar vielleicht, nur eben keine Römer, oder wie Scaurus, der Senatsvorsitzende, denn Marcus Aemilius Scaurus war trotz seiner kleinen Gestalt und seiner glänzenden Glatze eine königliche Erscheinung.

Nikomedes II. war in der Tat eine denkwürdige Erscheinung. Einst war er offenbar groß und stämmig gewesen, aber sein hohes Alter hatte seinen Tribut an Größe und Gewicht gefordert, so daß er nun, mit über achtzig Jahren, mager, gebeugt und humpelnd daherkam. Unter seinem Kinn und seinen eingefallenen Wangen schlotterten Hautfalten, Zähne hatte er überhaupt keine mehr, Haare kaum noch. Das waren allerdings körperliche Folgen des Alters, die auch bei manchem achtzigjährigen römischen Konsular in Erscheinung traten. Bei Scaevola Augur zum Beispiel. Der Unterschied lag darin, wie Nikomedes sich gab, und in dem Selbstverständnis, das er offenbar von sich hatte. Er war so verweichlicht, daß Julia sich öfters das Lachen verkneifen mußte. Er bevorzugte lange, wallende Gewänder aus hauchdünner Wolle in exquisiten Farben. Zum Essen trug er eine goldene Perücke mit zu Würsten gedrehten Locken, und er erschien nie ohne seine enormen, juwelenbesetzten Ohrringe. Sein Gesicht bemalte er wie eine billige Hure, und er sprach stets mit Falsettstimme. Er strahlte keinerlei Würde aus, und doch regierte er Bithynien nun schon seit über fünfzig Jahren – regierte es mit eiserner Hand und hatte jede Verschwörung seiner beiden Söhne mit dem Ziel, ihn vom Thron zu jagen, erfolgreich abgewehrt. Wenn Julia ihn ansah und daran dachte, daß er sein Leben lang, seit seiner Pubertät, diese schillernde, weibische Person gewesen war, konnte sie sich nicht vorstellen, wie er es je geschafft hatte, seinen Vater zu stürzen oder sich die Loyalität und Zuneigung seiner Untertanen bis zu diesem Tag zu bewahren.

Nikomedes' Söhne lebten beide am Hof, aber von seinen Frauen war keine übriggeblieben. Die Königin und Mutter seines älteren Sohnes, der auch Nikomedes hieß, war vor Jahren gestorben, und auch seine Nebenfrau, die Mutter des jüngeren Sohnes namens Sokrates, war tot. Weder Nikomedes noch Sokrates konnte man einen jungen Mann nennen: Nikomedes war zweiundsechzig, Sokrates vierundfünfzig. Beide waren zwar verheiratet, sahen aber genauso weibisch aus wie ihr Vater. Die Frau des Nikomedes war ein mausartiges kleines Wesen, das kaum auffiel und sich nur trippelnd fortbewegte. Die Frau des jüngeren Sokrates dagegen war eine kräftige, dralle, temperamentvolle Frau, die gerne derbe Scherze machte und dann in dröhnendes Gelächter ausbrach. Sie hatte ihrem Mann eine Tochter geboren, Nysa, die noch ledig war und dem Alter, in dem sie zu alt zum Heiraten sein würde, bereits gefährlich nahe kam. Die Frau des Nikomedes war kinderlos, und Nikomedes hatte auch mit anderen Frauen noch keine Kinder gezeugt.

»Das ist nicht weiter verwunderlich«, sagte ein junger Sklave zu Julia, als er das Zimmer saubermachte, das sie ganz allein für sich bekommen hatte. »Ich glaube nicht, daß es Nikomedes jemals gelungen ist, in eine *Frau* einzudringen! Bei Nysa ist es umgekehrt – sie ist wie ein junges Fohlen und interessiert sich nicht für *Männer* – kein Wunder bei ihrem Pferdegesicht.«

»Du bist unverschämt«, sagte Julia mit schneidender Stimme und wies den jungen Mann voller Abscheu aus ihrem Zimmer.

Im Palast wimmelte es von gutaussehenden jungen Männern. Die meisten waren Sklaven, einige offenbar aber auch freie Männer im Dienst des Königs oder seiner Söhne. Ferner gab es Dutzende kleiner Jungen, die noch hübscher waren als die jungen Männer. Was ihre oberste Pflicht war, versuchte Julia aus ihren Gedanken zu verbannen, besonders wenn sie an den jungen Marius dachte, der so attraktiv, freundlich und offenherzig war und dessen Pubertät bevorstand.

»Gaius Marius, behältst du bitte ein Auge auf unseren Sohn?« fragte sie ihren Mann vorsichtig.

»Du meinst wegen der Zierblüten, die hier herumstolzieren?« Marius lachte. »Du brauchst dir seinetwegen keine Sorgen zu machen, Teuerste. Er ist ein aufgeweckter Bursche und kann ein Zuckertörtchen sehr wohl von einem anständigen Schweinelendchen unterscheiden.«

»Danke für die Beruhigung – und für den Vergleich«, sagte Julia lächelnd. »Deine Sprache ist im Lauf der Jahre nicht gerade taktvoller geworden, Gaius Marius.«

»Ganz im Gegenteil«, sagte er unerschüttert.

»Das meinte ich ja eben.«

»Ach so? Ja.«

»Hast du dich in Nikomedeia schon genug umgesehen?« fragte sie unvermittelt.

»Wir sind doch erst seit acht Tagen hier«, sagte er überrascht. »Deprimiert dich die Zirkusatmosphäre?«

»Ja, ich glaube schon«, sagte Julia, die gestrenge und ehrbare römische Gattin. »Ich wollte immer schon wissen, wie Könige leben, aber wenn Bithynien dafür ein Beispiel ist, ziehe ich das römische Leben vor. Es ist nicht die Homosexualität, sondern all der Tratsch, das Gehabe, die Affektiertheit. Die Sklaven sind ein Skandal. Und die königlichen Frauen sind keine Frauen, mit denen ich irgend etwas gemeinsam habe. Oradaltis ist so laut, daß ich mir am liebsten die Ohren zuhalten möchte, und Musa – sie hat den richtigen Namen, wenn man dabei an *mus* denkt, die Maus, und nicht an *musa*, die Muse! Ja, Gaius Marius, ich wäre froh, wenn wir so bald wie möglich weiterreisen könnten.«

»Wir können morgen aufbrechen«, sagte Marius fröhlich und zog eine Schriftrolle aus seiner Toga. »Dies ist uns seit Halikarnassos gefolgt und hat mich nun endlich erreicht. Ein Brief des Publius Rutilius Rufus, und rate mal, wo er ist.«

»In der Provinz Asia?«

»In Pergamon, genauer gesagt. Quintus Mucius Scaevola ist dort dieses Jahr Statthalter, und Publius Rutilius ist sein Legat.« Marius wedelte freudestrahlend mit dem Brief. »Ich glaube, sowohl Statthalter als auch Legat wären überaus erfreut, uns zu sehen. Seit Monaten schon, denn der Brief sollte uns eigentlich schon im Frühjahr erreichen. Inzwischen sind sie sicher ganz ausgehungert nach Gesellschaft.«

»Abgesehen von seinem Ruf als Anwalt kenne ich Quintus Mucius Scaevola gar nicht.«

»Ich kenne ihn auch nicht besonders gut. Ich weiß kaum mehr über ihn, als daß er und sein Vetter Crassus Orator unzertrennlich sind. Eigentlich kein Wunder, daß ich ihn wenig kenne. Er ist kaum vierzig.«

Der alte Nikomedes hatte gehofft, seine Gäste würden mindestens einen Monat bei ihm bleiben, und ließ sie deshalb nur ungern gehen, aber gegen den Willen von Marius konnte der ängstliche, etwas dümmliche Greis nichts ausrichten, und so brachen sie auf. Mit den Klagerufen des Königs im Ohr, segelten sie durch den engen Hellespont ins Ägäische Meer. Wind und Strömung waren günstig.

Sie fuhren in die Mündung des Flusses Kaikos hinein und erreichten das ein paar Meilen landeinwärts gelegene Pergamon auf dem Weg, der die Stadt im vorteilhaftesten Licht erscheinen ließ. Hoch oben thronte die Akropolis auf einem Bergkegel, dahinter ragten noch höhere Berge auf.

Quintus Mucius Scaevola und Publius Rutilius Rufus waren beide da, aber Marius und Julia hatten keine Gelegenheit, Scaevola näher kennenzulernen, denn er stand im Begriff, nach Rom abzureisen.

»Wir hätten dich diesen Sommer so gern hier gehabt, Gaius Marius!« sagte Scaevola seufzend. »Aber jetzt muß ich nach Rom aufbrechen, bevor die Jahreszeit eine Seereise zu riskant macht.« Er lächelte. »Publius Rutilius wird euch alles erzählen.«

Marius und Rutilius Rufus begleiteten Scaevola zum Hafen, um ihn zu verabschieden. Julia richtete sich mittlerweile im Palast ein, der ihr weit besser gefiel als der in Nikomedeia, obwohl sie hier nur wenig weibliche Gesellschaft hatte.

Marius fiel dieser Mangel an weiblicher Gesellschaft für seine Frau natürlich nicht auf. Er überließ sie ihren eigenen Plänen und ließ sich von seinem ältesten und besten Freund erst einmal die Neuigkeiten erzählen. »Zuerst Rom«, sagte er begierig.

»Dann habe ich als erstes eine wirklich sehr gute Nachricht«, sagte Publius Rutilius Rufus und lächelte. Wie gut tat es, Gaius Marius so fern von daheim zu sehen! »Gaius Servilius Augur ist Ende letzten Jahres im Exil verstorben, und natürlich mußte ein Nachfolger für seinen Platz im Augurenkollegium gewählt werden. Und gewählt wurdest du, Gaius Marius.«

Marius starrte seinen Freund mit offenem Mund an. »Ich?«

»Genau.«

»Das hätte ich nie gedacht – warum ich?«

»Du hast unter den römischen Wählern noch viele Freunde, trotz der Umtriebe des Catulus Caesar und seinesgleichen. Und ich glaube, die Wähler haben gespürt, daß du diese Auszeichnung verdient hast. Du wurdest von einigen Rittern vorgeschlagen, und da es keine Bestimmung gibt, die eine Wahl *in absentia* verbietet, wurdest du gewählt. Metellus das Ferkel und seine Gefolgschaft haben deine

Wahl zwar nicht positiv aufgenommen, aber Rom insgesamt war durchaus erfreut.«

Marius stieß einen tiefen Seufzer der Befriedigung aus. »Nun, das ist wirklich eine gute Nachricht! Ich ein Augur! Das heißt, daß auch mein Sohn Priester oder Augur sein wird und nach ihm seine Söhne. Es heißt, daß ich es geschafft habe, Publius Rutilius! Ich bin bis zum Herzen Roms vorgedrungen, ich, ein italischer Bauer, der angeblich kein Griechisch kann!«

»Das sagt übrigens keiner mehr. Schweinebackes Tod war für dich eine Art Durchbruch. Wäre er noch am Leben, du hättest die Wahl wohl kaum gewonnen. Nicht, daß er die anderen mit seiner *auctoritas* so sehr überragt oder selbst seine Anhänger damit überzeugt hätte. Aber sein Ansehen ist seit jenen Kämpfen auf dem Forum, als er Zensor war, enorm gewachsen – ob sie ihn nun lieben oder hassen, alle erkennen an, daß er damals höchsten Mut bewies. Aber ich glaube, seine wichtigste Funktion war, einen Kern zu bilden, um den sich viele andere scharen konnten, und er hat nach seiner Rückkehr aus Rhodos all seine Energien darauf verwandt, dich zu schädigen. Was hätte er sonst auch noch tun können? Also hat er mit seiner ganzen Macht und seinem ganzen Einfluß versucht, dich zu vernichten. Sein Tod erschütterte Rom wie ein Erdbeben. Er sah so gesund aus, als er heimkam! Ich zumindest dachte, er würde noch jahrelang unter uns bleiben. Und dann – war er tot.«

»Warum war eigentlich Lucius Cornelius bei ihm?« fragte Marius.

»Das weiß niemand so genau. Dicke Freunde waren sie nie, das steht fest. Lucius Cornelius sagt, er sei eigentlich zufällig dagewesen und er habe gar nicht mit Schweinebacke zu Abend essen wollen. Es ist wirklich sehr merkwürdig. Was mich am meisten stört, ist, daß das Ferkel nichts dabei zu finden scheint, daß Lucius Cornelius bei seinem Vater war. Das läßt vermuten, daß Lucius Cornelius dabei ist, in Schweinebackes Fraktion überzuwechseln.« Rutilius Rufus runzelte die Stirn. »Er hatte ein schweres Zerwürfnis mit Aurelia.«

»Lucius Cornelius, meinst du?«

»Ja.«

»Woher weißt du das?«

»Von Aurelia.«

»Hat sie nicht gesagt, worum es ging?«

»Nein. Sie sagte nur, Lucius Cornelius sei in ihrem Haus nicht mehr willkommen. Jedenfalls reiste er kurz nach Schweinebackes

Tod nach Hispania Citerior ab, und erst danach erzählte mir Aurelia davon. Ich glaube, sie fürchtete, ich würde ihn zur Rede stellen, wenn er noch in Rom wäre. Alles in allem eine eigenartige Sache, Gaius Marius.«

Marius, der sich nicht für persönlichen Tratsch interessierte, verzog das Gesicht und zuckte die Achseln. »Nun, das geht nur die beiden an, auch wenn es eigenartig ist. Was ist noch passiert?«

Rutilius Rufus lachte. »Unsere Konsuln haben ein neues Gesetz verabschiedet, das Menschenopfer verbietet.«

»*Was* haben sie?«

»Sie haben ein Gesetz verabschiedet, das Menschenopfer verbietet.«

»Das ist doch lächerlich! Wann wurde denn in Rom zum letzten Mal öffentlich oder privat ein Menschenopfer dargebracht?« Marius verzog das Gesicht angewidert. »Was für ein Unsinn!«

»Na ja, ich glaube, als Hannibal durch Italien marschierte, wurden zwei Griechen und zwei Gallier geopfert. Aber das hat wohl nichts mit der neuen *lex Cornelia Licinia* zu tun.«

»Worum geht es dann?«

»Wie du weißt, haben wir Römer manchmal etwas seltsame Methoden, auf einen neuen Aspekt im öffentlichen Leben hinzuweisen. Ich glaube, um so etwas geht es bei diesem Gesetz. Ich denke, auf diese Weise soll dem Forum Romanum klargemacht werden, daß es keine Gewalt und keine ungeklärten Todesfälle mehr geben soll, daß keine Magistraten mehr in den Kerker geworfen werden sollen, daß ganz einfach Schluß sein soll mit gesetzeswidrigen Handlungen aller Art.«

»Haben Gnaeus Cornelius Lentulus und Publius Licinius Crassus keine Erläuterung gegeben?«

»Nein. Sie brachten einfach das Gesetz ein, und das Volk nahm es an.«

»Hm!« Damit war das Thema für Marius erledigt. »Was noch?«

»Der jüngere Bruder unseres Pontifex Maximus ist dieses Jahr Prätor und wurde als Statthalter nach Sizilien geschickt. Ob du es glaubst oder nicht: Es gab Gerüchte über einen neuen Sklavenaufstand.«

»Behandeln wir unsere Sklaven in Sizilien so schlecht?«

»Ja und nein«, antwortete Rutilius Rufus nachdenklich. »Es gibt dort einfach zu viele griechische Sklaven. Ein Sklavenbesitzer braucht sie gar nicht schlecht zu behandeln, er bekommt trotzdem

Ärger mit ihnen. Sie sind sehr unabhängig. Und soviel ich weiß, wurden alle Piraten, die Marcus Antonius Orator gefangengenommen hat, nach Sizilien gebracht, um als Sklaven auf den Feldern zu arbeiten. Keine Arbeit, die ihnen zusagt, würde ich meinen. Marcus Antonius hat übrigens die Rednerbühne auf dem Forum mit dem Schnabel des größten Schiffes geschmückt, das er bei seinem Feldzug gegen die Piraten zerstörte. Ein imposantes Ding.«

»Ich hätte nicht gedacht, daß dort überhaupt noch Platz war. Die Bühne ist doch mit Schiffsschnäbeln aus den verschiedensten Seeschlachten geradezu überladen. Na ja, erzähl weiter, Publius Rutilius! Was ist noch passiert?«

»Unser Prätor Lucius Ahenobarbus hat in Sizilien einiges Unheil angerichtet, das hat sich sogar bis in die Provinz Asia herumgesprochen. Er ist wie ein Sturm über die Insel gefegt. Kaum war er an Land gegangen, erließ er ein Dekret, daß niemand in Sizilien ein Schwert oder eine andere Waffe besitzen dürfe außer den Soldaten und den bewaffneten Milizionären. Natürlich hat keiner die geringste Notiz davon genommen.«

Marius grinste. »Wie ich die Ahenobarber so kenne, war das ein Fehler.«

»Allerdings. Lucius Domitius griff gnadenlos durch, als sein Dekret ignoriert wurde. Ganz Sizilien leidet. Und ich glaube nicht, daß es noch einmal Aufstände geben wird, weder von Sklaven noch von Freien.«

»Ja, sie sind von der rauhen Sorte, die Ahenobarber, aber sie haben Erfolg«, sagte Marius. »Sonst noch etwas Neues?«

»Kaum. Wir haben neue Zensoren, und sie wollen den seit Jahrzehnten gründlichsten Zensus aller römischen Bürger durchführen.«

»Wird Zeit. Wer sind sie?«

»Marcus Antonius Orator und dein ehemaliger Mitkonsul Lucius Valerius Flaccus.« Rutilius Rufus stand auf. »Wollen wir uns ein wenig die Füße vertreten, alter Freund?«

Pergamon war die vielleicht am sorgfältigsten geplante und gebaute Stadt der Welt. Marius hatte schon davon gehört, und nun sah er sie mit eigenen Augen. Selbst in der Unterstadt, die sich um den Fuß der Akropolis erstreckte, gab es keine schmalen Gäßchen oder baufälligen Wohnblocks. Alles war offenbar strengen Bauvorschriften unterworfen. Alle Häuser waren an ein riesiges Kanalisationssystem angeschlossen, und es gab überall Wasserleitungen für fließendes Wasser. Marmor schien das bevorzugte Baumaterial zu sein. Es gab viele prächtige Säulengänge, auf der weiträumigen Agora standen erlesene Statuen, und in den felsigen Abhang war ein großes Theater gebaut.

Und doch schwebte über Stadt und Akropolis ein Hauch von Verfall. Es war nicht mehr so wie während der Herrschaft der Attaliden, die Pergamon als ihre Hauptstadt aufgebaut und instand gehalten hatten. Auch die Menschen sahen nicht zufrieden aus. Manchen, fiel Marius auf, stand sogar der Hunger ins Gesicht geschrieben, was ihn in einem reichen Land wie der Provinz Asia erstaunte.

»Für das, was du hier siehst, sind unsere römischen Steuerpächter verantwortlich«, sagte Publius Rutilius Rufus grimmig. »Gaius Marius, du kannst dir nicht vorstellen, was Quintus Mucius und ich bei unserer Ankunft hier antrafen! Die Provinz Asia ist dank der Habgier dieser schwachsinnigen Steuerpächter jahrelang ausgebeutet und unterdrückt worden! Schon die Summen, die Rom für seine Staatskasse verlangt, sind zu hoch, und die Steuerpächter überbieten diese Summe noch – mit dem Ergebnis, daß sie, wenn sie noch einen Profit machen wollen, die Provinz Asia wie einen Schwamm ausquetschen müssen! Sie denken nur ans Geld. Statt die Armen Roms auf Staatsland anzusiedeln und den Kauf dieses Landes mit den Steuern aus der Provinz Asia zu finanzieren, hätte Gaius Gracchus besser daran getan, erst vor Ort in Asia einschätzen zu lassen, wie hoch die Steuern sein sollten. Das hat er versäumt, und seither hat es auch keiner getan. Die einzigen Schätzungen, die es in Rom gibt, wurden willkürlich von einer Kommission festgesetzt, die nach dem Tod König Attalos' hier war – vor fünfunddreißig Jahren!«

»Ein Jammer, daß ich davon nichts wußte, als ich Konsul war«, sagte Marius traurig.

»Mein lieber Gaius Marius, du hattest doch die Germanen am Hals! Die Provinz Asia war damals der letzte Ort auf der Welt, an den in Rom jemand gedacht hätte. Aber du hast recht. Eine von dir beauftragte Kommission hätte schnell realistische Zahlen festgelegt und die Steuerpächter in ihre Schranken verwiesen! Aber nun sind sie unerträglich arrogant geworden. Sie und nicht die römischen Statthalter regieren die Provinz Asia!«

Marius lachte. »Die Steuerpächter müssen einen gehörigen Schreck bekommen haben, als Quintus Mucius und Publius Rutilius plötzlich in Pergamon auftauchten.«

»Allerdings.« Rutilius Rufus mußte bei der Erinnerung lächeln. »Du hättest ihr Geschrei noch in Alexandria hören können. In Rom hat man es gehört. Deshalb ist Quintus Mucius übrigens so früh wieder abgereist. Aber das bleibt unter uns.«

»Was genau tust du hier eigentlich?«

»Ich bringe nur Ordnung in die Steuern der Provinz«, sagte Rutilius Rufus bescheiden.

»Zum Schaden des Schatzamtes *und* der Steuerpächter?«

»Genau.« Rutilius Rufus zuckte die Achseln. Die beiden Männer bogen auf die große Agora ein, und Rutilius Rufus zeigte auf einen leeren Sockel. »So etwas haben wir gleich als erstes unterbunden. Hier stand früher eine Reiterstatue Alexanders des Großen, von keinem Geringeren als Lysippos, und sie galt als das beste Porträt, das er von Alexander angefertigt hat. Weißt du, wo sie jetzt steht? Im Peristyl von Sextus Perquitienus, dem reichsten und vulgärsten Ritter Roms! Dein Nachbar auf dem Kapitol. Er hat sie anstelle unbezahlter Steuern mitgenommen. Ein Kunstwerk, das tausendmal mehr wert ist als die fragliche Summe. Aber was sollten die Einheimischen tun? Sie hatten das Geld einfach nicht. Also zeigte Sextus Perquitienus mit seinem Stab auf die Statue, und sie wurde abmontiert und ihm übergeben.«

»Er wird sie zurückgeben müssen«, sagte Marius.

»Dafür gibt es wenig Hoffnung.« Rutilius Rufus schnaubte verächtlich.

»Ist Quintus Mucius deshalb nach Hause gefahren?«

»Schön wär's! Nein, er ist heimgefahren, um die Anhänger der Steuerpächter daran zu hindern, ihn und mich vor Gericht zu stellen.«

Marius blieb stehen. »Du machst Witze!«

»Nein, Gaius Marius, ich mache keine Witze! Die Steuerpächter der Provinz Asia haben einen enormen Einfluß in Rom, besonders im Senat. Und Quintus Mucius und ich haben sie tödlich beleidigt, als wir Ordnung in die Provinz Asia gebracht haben.« Publius Rutilius Rufus machte eine Grimasse. »Wir haben nicht nur die Steuerpächter tödlich beleidigt, sondern auch das Schatzamt. Einigen Senatoren dürfte es zwar egal sein, wenn die Steuerpächter zu zetern anfangen, aber wenn das römische Schatzamt über schwindende Einnahmen klagt, werden sie aufhorchen. In ihren Augen ist jeder Statthalter, der die Einnahmen des Schatzamtes schmälert, ein Verräter. Ich sage dir, Gaius Marius, als Quintus Mucius den letzten Brief seines Vetters Crassus Orator bekam, nahm sein Gesicht die Farbe seiner Toga an! Er erfuhr von Bestrebungen, ihm sein prokonsularisches *imperium* wegzunehmen und ihn wegen unrechtmäßiger Bereicherung und Verrats anzuklagen. Also machte er, daß er nach Hause kam, und überließ mir die Regierungsgeschäfte bis zur Ankunft seines Nachfolgers als Statthalter im nächsten Jahr.«

Auf dem Rückweg zum Palast des Statthalters fiel Marius auf, daß Publius Rutilius Rufus von allen, denen sie begegneten, herzlich und mit offensichtlicher Zuneigung gegrüßt wurde.

»Die Menschen hier mögen dich«, sagte er, ohne darüber überrascht zu sein.

»Quintus Mucius mögen sie noch mehr. Wir haben ihr Leben sehr verändert, Gaius Marius, und zum ersten Mal haben sie echte Römer bei der Arbeit gesehen. Was mich angeht, so kann ich ihnen keinen Vorwurf machen, wenn sie Rom und die Römer hassen. Sie waren unsere Opfer, und wir haben sie schändlich ausgenommen. Als Quintus Mucius die Steuern auf eine Höhe senkte, die wir für gerecht hielten, und dem unmäßigen Wucher der hiesigen Steuerpächter ein Ende machte, tanzten sie auf der Straße vor Freude! In Pergamon wurde ein jährliches Fest zu Ehren von Quintus Mucius eingeführt, und ich glaube in Smyrna und Ephesos ebenso. Am Anfang bekamen wir ständig Geschenke, darunter sehr wertvolle Dinge wie Kunstgegenstände, Juwelen und Wandteppiche. Und als wir sie dankend zurückschickten, bekamen wir sie wieder. Schließlich mußten wir sie schon am Palasttor abweisen.«

»Ob Quintus Mucius den Senat davon überzeugen kann, daß er recht hat und nicht die Steuerpächter?« fragte Marius.

»Was meinst du?«

Marius überlegte. Er wünschte sich jetzt, mehr Zeit seiner politischen Laufbahn in Rom statt irgendwo im Feld verbracht zu haben. »Ich glaube, er kommt durch«, sagte er schließlich. »Sein Ruf ist makellos, und das beeindruckt viele Hinterbänkler, die sonst versucht sein könnten, die Steuerpächter oder das Schatzamt zu unterstützen. Und er wird in der Curia eine glänzende Rede halten. Und Crassus Orator wird dann in einer noch besseren Rede zu seinen Gunsten sprechen.«

»Das glaube ich auch. Es tat Quintus Mucius übrigens leid, aus der Provinz Asia abreisen zu müssen. Ich glaube nicht, daß er noch einmal eine Aufgabe bekommt, die ihm so viel Spaß macht wie diese. Er ist so akribisch und genau, und sein Organisationstalent ist unvergleichlich. Meine Aufgabe war es, aus jedem Bezirk der Provinz Informationen einzuholen; er fällte dann aufgrund der Fakten, über die ich ihn informierte, die Entscheidung. Mit dem Ergebnis, daß die Provinz Asia nach fünfunddreißig Jahren endlich eine realistische Besteuerung bekommt und das Schatzamt keine Entschuldigung mehr dafür hat, mehr zu verlangen.«

»Innerhalb der Provinz kann sich der Statthalter aufgrund seines *imperium* natürlich über jede Anweisung aus Rom hinwegsetzen, es sei denn, der Konsul ist anwesend«, sagte Marius. »Allerdings habt ihr die Zensoren und das Schatzamt mißachtet, und die Steuerpächter können sich ebenso wie das Schatzamt auf legale Verträge berufen. Wenn es jetzt neue Zensoren gibt, sind wahrscheinlich auch neue Verträge vergeben worden – ist es euch gelungen, eure Erkenntnisse so rechtzeitig nach Rom zu übermitteln, daß die in den neuen Verträgen genannten Summen korrigiert werden konnten?«

»Leider nein. Das ist der zweite Grund, warum Quintus Mucius jetzt abreisen mußte. Er glaubt, daß er die neuen Zensoren soweit beeinflussen kann, daß sie die Steuerpachtverträge für Asia zurückrufen und neu vergeben.«

»Das würde den Steuerpächtern ja nicht viel ausmachen – solange das Schatzamt mit einer Beschneidung seiner Einkünfte einverstanden ist. Ich bin überzeugt, daß Quintus Mucius mit dem Schatzamt mehr Ärger haben wird als mit den Steuerpächtern. Die haben es schließlich einfacher, einen ansehnlichen Profit zu machen, wenn sie dem Schatzamt keine unrealistischen Summen zahlen müssen.«

»Stimmt genau«, nickte Rutilius Rufus. »Darauf setzen wir unsere Hoffnungen, wenn es Quintus Mucius erst einmal in die Dickschädel der Senatoren und Zahlmeister hineingebracht hat, daß Rom seine Ansprüche an die Provinz Asia zurückschrauben muß.«

»Wer wird deiner Meinung nach am lautesten schimpfen?«

»Einmal sicher Sextus Perquitienus. Er kann zwar immer noch einen hübschen Profit machen, aber wenn die Einheimischen ihre Steuern wieder zahlen können, kann er sich keine unschätzbaren Kunstwerke mehr statt säumiger Zahlungen unter den Nagel reißen. Dann einige wichtige Senatoren, die im Senat die Interessen der Ritter vertreten und selbst vielleicht auch schon das eine oder andere unschätzbare Kunstwerk erstanden haben. Zum Beispiel Gnaeus Domitius Ahenobarbus, der Pontifex Maximus. Und Catulus Caesar. Vielleicht auch Metellus, das Ferkel. Scipio Nasica. Ein paar Licinier, aber nicht Crassus Orator.«

»Und Scaurus?«

»Ich glaube, Scaurus wird Quintus Mucius unterstützen. Das hoffen wir jedenfalls beide, Gaius Marius. Scaurus ist ein anständiger Römer von der alten Sorte, das mußt du ihm lassen.« Rutilius Rufus kicherte. »Seine Klienten leben übrigens alle im italischen Gallien, er hat also kein persönliches Interesse an der Provinz Asia. Er spielt sich nur gern als Königsmacher und dergleichen auf. Aber Steuereintreiben? Das ist für ihn ein schmutziges Geschäft. Und unschätzbare Kunstwerke sammelt er auch nicht.«

Gaius Marius fuhr mit seiner Familie nach Süden nach Halikarnassos weiter. Den über den Besuch des Freundes glücklichen Publius Rutilius Rufus hatte er eigentlich mitnehmen wollen, aber Rutilius Rufus wollte seinen Posten auf keinen Fall verlassen und blieb deshalb im Palast des Statthalters zurück. Marius verbrachte mit seiner Familie einen angenehmen Winter in seiner Villa in Halikarnassos und unternahm von dort eine Lustfahrt nach Rhodos.

Daß sie dann von Halikarnassos nach Tarsos fahren konnten, verdankten sie allein den Anstrengungen des Marcus Antonius Orator, der zumindest vorläufig dem Tatendrang der Piraten Pamphyliens und Kilikiens ein Ende gesetzt hatte. Vor dem Feldzug Antonius Orators wäre der bloße Gedanke an eine Seereise tollkühn gewesen, da den Piraten keine Beute so willkommen war wie ein römischer Senator, zumal ein so prominenter wie Gaius Marius. Für ihn hätten sie ein Lösegeld von zwanzig oder dreißig Silbertalenten verlangen können.

Die Fahrt mit dem Schiff entlang der Küste dauerte über einen Monat. Die Städte Lykiens hießen Marius und seine Familie willkommen, und auch die große Stadt Attaleia in Pamphylien bereitete ihm einen herzlichen Empfang. Noch nie hatte Marius Berge gesehen, die so nah ans Wasser reichten, nicht einmal auf seinem Marsch entlang der italienischen Küste ins ferne Gallien. Die schneebedeckten Gipfel reichten bis in den Himmel, am Fuß der Berge rauschte das Meer.

An der Küste wuchsen prächtige Kiefernwälder, die nicht gerodet wurden, denn im nahen Zypern gab es mehr als genug Holz für alle Nachbarländer einschließlich Ägyptens. Die Tage vergingen, und die kilikische Küste zog an ihnen vorbei. Kein Wunder, daß die Piraterie hier gedeihen konnte, dachte Marius. An der steil abfallenden Küste gab es jede Menge versteckter kleiner Buchten und Häfen. Korakesion, die frühere Hauptstadt der Piraten, war so ideal gelegen, daß die Stadt den Piraten als Geschenk der Götter erschienen sein mußte. Sie saß in schwindelnder Höhe auf einem fast ganz vom Meer umgebenen Felsenvorsprung und war Antonius durch Verrat aus den Reihen der Piraten in die Hände gefallen. Als Marius an den schroffen Wänden hinaufsah, überlegte er, wie er die Festung erobert hätte.

Dann kamen sie endlich nach Tarsos. Die von mächtigen Mauern umgebene Stadt lag ein paar Meilen landeinwärts an dem gemächlich dahinströmenden Kydnos und war dadurch vor der offenen See geschützt, konnte aber dennoch als Hafen genutzt werden. Natürlich durften die hochstehenden Besucher aus Rom im Palast wohnen. In diesem Teil Kleinasiens ließ der Frühling nie lange auf sich warten, und in Tarsos war es schon heiß. Julia machte deshalb bald Andeutungen, daß sie keine Lust habe, in so einer Gluthitze herumzusitzen, während Marius ins Landesinnere nach Kappadokien reiste.

Am Ende des Winters war in Halikarnassos ein Brief des kappadokischen Königs Ariarathes VII. eingetroffen. Ariarathes hatte geschrieben, er werde Ende März selbst nach Tarsos kommen und es werde ihm eine Ehre sein, Gaius Marius persönlich von Tarsos nach Eusebeia Mazaka zu begleiten. Da Marius annahm, der junge König erwarte ihn, hatte er sich geärgert, als die Reise so lange dauerte; andererseits hatte er Julia den Spaß an Abwechslungen wie Ausflügen nach Olba oder zu den Wasserfällen bei Side nicht verderben wollen. Aber als sie Mitte April in Tarsos ankamen, war der kleine König nicht da, und er hatte ihnen auch keine Nachricht zukommen lassen.

Mehrere Kurierbriefe nach Mazaka blieben unbeantwortet; nicht einmal die Kuriere kehrten zurück. Marius begann sich Sorgen zu machen. Das verbarg er zwar vor Julia und dem kleinen Marius, aber je stärker Julia darauf drängte, nach Kappadokien mitreisen zu dürfen, desto schlimmer wurde sein Dilemma. Er konnte sie nicht mitnehmen, das war klar, aber er konnte sie auch nicht in der Sommerhitze zurücklassen. Dazu kam die prekäre politische Lage in Kilikien: Einst eine ägyptische Besitzung, war das Land in syrische Hände gefallen und dann eine Zeitlang vernachlässigt worden. In dieser Zeit hatten die Piraten nach und nach fast die ganze Macht im Land an sich gerissen, sogar über das fruchtbare Flachland im Osten von Tarsos, das Pedien hieß.

Die Seleukidendynastie Syriens verschliß sich in einer Reihe von Bürgerkriegen zwischen Brüdern und zwischen Königen und

Thronprätendenten. Im Augenblick gab es zwei Könige in Nordsyrien, Antiochos Grypos und Antiochos Kyzikenos, die so heftig um den Besitz von Antiochia und Damaskus kämpften, daß sie sich schon seit Jahren nicht mehr um den Rest des Königreichs kümmern konnten. Das Ergebnis war, daß Juden, Idumäer und Nabatäer im Süden Syriens unabhängige Königreiche gegründet hatten und Kilikien mehr oder weniger in Vergessenheit geriet.

So kam es, daß Marcus Antonius Orator, als er nach Tarsos kam, weil er die Stadt als Stützpunkt nutzen wollte, feststellte, daß Kilikien reif zur Übernahme war. Mit einem *imperium* ausgestattet, erklärte er Kilikien zur römischen Provinz. Aber nach seiner Abreise wurde kein Statthalter nach Kilikien geschickt, und wieder geriet das Land in Vergessenheit. Die griechischen Städte Kilikiens, die groß und mächtig genug waren, wirtschaftlich auf eigenen Füßen zu stehen, konnten sich selber helfen. Tarsos war eine von ihnen. Aber zwischen diesen Zentren gab es ganze Landstriche, in denen niemand regierte oder wo kleine Dorftyrannen die Staatsgewalt ausübten. Anderswo hieß es einfach, man gehöre jetzt zu Rom. Marius kam schnell zu dem Schluß, daß die Piraten unter diesen Umständen bald wieder die Macht an sich reißen würden. Die lokalen Beamten waren offenbar ganz froh, in ihm den Mann begrüßen zu dürfen, den sie für den neuen römischen Statthalter hielten.

Je länger Marius auf ein Lebenszeichen des kleinen Königs Ariarathes wartete, desto klarer wurde ihm, daß in Kappadokien eine äußerst schwierige und langwierige Aufgabe zu meistern war. Seine Frau und sein Sohn waren zu seiner Hauptsorge geworden. Jetzt wußte er, warum die Römer ihre Familien sonst zu Hause in Sicherheit ließen! Frau und Sohn als Opfer der im Sommer ausbrechenden Krankheiten in Tarsos zu lassen, kam nicht in Frage. Genausowenig konnte er sie nach Kappadokien mitnehmen. Und immer, wenn er daran dachte, sie mit einem Schiff nach Halikarnassos zurückzuschicken, tauchte das Bild der unzerstörten Festung von Korakesion vor ihm auf, in der in seiner Einbildung die Truppen eines neuen Piratenkönigs hausten. Was tun? Wir wissen nichts über diesen Teil der Welt, dachte er, aber ich bin entschlossen, etwas darüber in Erfahrung zu bringen. Das östliche Ende des Mittelmeers war wie ein steuerloses Schiff, das der nächste Sturm zerbrechen würde.

Als der Mai fast verstrichen war und sie immer noch nichts von König Ariarathes gehört hatten, faßte Marius einen Entschluß.

»Pack unsere Sachen«, sagte er zu Julia. Er war kürzer angebunden als sonst. »Ich nehme dich und den kleinen Marius mit, aber nicht nach Mazaka. Sobald wir so hoch sind, daß das Klima kühler und hoffentlich auch gesünder ist, lasse ich euch bei Leuten zurück, die ich dort noch finden muß, und reise allein nach Kappadokien weiter.«

Julia wollte widersprechen, hielt dann aber doch den Mund. Sie hatte Gaius Marius zwar nie im Feld erlebt, aber schon oft gehört, daß er bei seinen Befehlen keinen Widerspruch duldete. Sie spürte, daß ihn ein Problem plagte. Es mußte mit Kappadokien zu tun haben.

Zwei Tage später brachen sie auf, begleitet von einer Gruppe einheimischer Soldaten unter dem Befehl eines jungen Griechen aus Tarsos, der bei Marius einen sehr guten Eindruck gemacht hatte. Auch Julia schätzte ihn, was nur von Vorteil war, wie sich später herausstellen sollte. Auf dieser Reise ging niemand zu Fuß, denn der Weg führte über einen Paß, die Kilikische Pforte, und war steil und beschwerlich. Für Julia, die im Damensattel auf einem Esel saß, machte die Schönheit des Anstiegs die Unbequemlichkeit wett: Sie ritten auf schmalen Pfaden durch ein gewaltiges Gebirge, und je höher sie kamen, desto höher lag auch der Schnee. Julia konnte kaum glauben, daß sie drei Tage zuvor noch an der Küste in der Hitze gestöhnt hatte. Jetzt holte sie aus ihren Kisten sämtliche warmen Kleider, die sie dabei hatte. Das Wetter blieb ruhig und sonnig, aber als die Reisenden in die dunklen Kiefernwälder eintauchten, froren sie bis auf die Knochen. Sie waren froh, als die Wälder nackten Felsen wichen. Wilde Bäche tosten herab und vereinten sich zu einem reißenden Fluß, der schäumend und spritzend gegen Felswände klatschte und Schluchten hinunterstürzte.

Nach vier Tagen war der Anstieg mehr oder weniger geschafft. In einem engen Tal fand Marius ein Zeltlager von Einheimischen, die ihre Schafherden für den Sommer zum Grasen von den Ebenen hier herauf getrieben hatten, und hier ließ er Julia und den kleinen Marius samt den Soldaten zurück. Der junge Grieche aus Tarsos, der Morsimos hieß, bekam den Befehl, für die beiden zu sorgen und sie zu schützen. Ein großzügiges Geldgeschenk sorgte für den guten Willen der Nomaden, und Julia wurde die Besitzerin eines großen braunen Lederzelts.

»Wenn ich mich erst an den Geruch gewöhnt habe, kann ich es hier gut aushalten«, sagte sie zu Marius, bevor dieser weiterreiste. »Im Zelt ist es warm, und ich glaube, einige Nomaden sind schon losgezogen, um mehr Getreide und Vorräte zu holen. Also fort mit dir, und mach dir keine Sorgen um mich oder um den kleinen Marius, der offenbar als Hirtenjunge in die Lehre gehen will. Morsimos wird uns bestens versorgen. Es tut mir nur leid, daß wir eine Last für dich geworden sind.«

Marius machte sich auf den Weg. Er hatte nur zwei seiner persönlichen Sklaven und einen Führer dabei, den ihm Morsimos ausgesucht hatte. Dabei hatte Morsimos ein Gesicht gemacht, als wäre er am liebsten selbst mitgeritten. Nach Marius' Schätzung lagen die Täler und Hochebenen, durch die er ritt, ungefähr 1700 Meter über dem Meeresspiegel – das war zwar nicht so hoch, daß man Schwindelgefühle und Kopfschmerzen bekam, aber es machte doch das Reiten zu einer Anstrengung. Bis Eusebeia Mazaka war es noch ein weiter Weg. Nach Aussage seines Führers war der Ort die einzige Siedlung in ganz Kappadokien, die man eine Stadt nennen konnte.

Die Sonne ging just in dem Augenblick unter, als die kleine Reisegruppe die Wasserscheide zwischen den Flüssen erklommen hatte, die auf der einen Seite ins kilikische Pedien hinabflossen und auf der anderen Seite in den gewaltigen Halys mündeten. Unvermutet gerieten sie in nasse Graupelschauer und Nebel. Durchgefroren, mit wundgeriebenem Hintern und mit vor Müdigkeit schmerzenden Gliedern ritt Marius hinter dem Führer her. Seine Beine hingen nutzlos herunter, und er war nur froh, daß die Haut auf der Innenseite seiner Oberschenkel so zäh war, daß sie trotz des ewigen Scheuerns nicht in Stücke riß.

Am dritten Tag kam die Sonne wieder heraus. Die breiter werdenden Ebenen schienen sich ausgezeichnet für die Schaf- und Rinderzucht zu eignen, da es viele Wiesen und wenig Wälder gab. Der Führer erzählte Marius, daß Kappadokien nicht den richtigen Boden und das passende Klima für ausgedehnte Wälder habe, daß hier aber guter Weizen wachse, wenn der Boden entsprechend bearbeitet würde.

»Und warum wird er dann nicht bearbeitet?« fragte Marius.

Der Führer zuckte die Achseln. »Nicht genug für diese Menschen. Sie bauen an, was sie brauchen, aber nur wenig mehr. Den Überschuß verkaufen sie dann unten am Halys, wo Händler mit Schiffen warten. In Kilikien können sie ihre Produkte nicht verkaufen, dafür sind die Straßen zu schlecht. Und warum sollten sie auch? Sie haben genug zu essen und sind zufrieden.«

Das war fast das einzige Gespräch, das Marius während des Rittes mit seinem Führer hatte. Auch wenn sie für die Nacht in einem braunen Lederzelt der Nomaden Unterschlupf gefunden hatten oder in einem winzigen Dorf in eine Lehmziegelhütte krochen, redeten sie wenig. Die Berge zogen an ihnen vorüber, einmal näher, dann wieder ferner, aber sie schienen nie kleiner oder weniger grün zu werden oder weniger Schnee auf ihren Gipfeln zu tragen.

Zuletzt verkündete der Führer, daß Mazaka nur noch vierhundert Stadien entfernt sei – was nach Marius Rechnung fünfzig römische Meilen ergab. Sie kamen jetzt in eine so bizarre Gegend, daß Marius wünschte, Julia könnte sie sehen. Die hügeligen Ebenen wurden von gewundenen Schluchten durchzogen, aus denen spitz zulaufende, oben abgerundete Türme aufragten, die aussahen, als seien sie kunstvoll aus vielfarbigem Lehm geformt worden. Man hatte den Eindruck, ein gigantisches Spielzeugland vor sich zu haben, das sich ein verrücktes Riesenkind gebaut hatte. Manchmal lagen riesige flache Steine in einem so labilen Gleichgewicht auf den dünnen Spitzen der Türme, daß Marius fürchtete, sie müßten jeden Augenblick herunterfallen. Als sie näher kamen, sah er – Wunder über Wunder –, daß einige dieser unnatürlich-natürlichen Gebilde Türen und Fenster hatten!

»Deshalb gibt es hier keine Dörfer«, sagte der Führer. »Es ist kalt hier droben, und der Sommer ist kurz. Also graben die Leute in dieser Gegend ihre Behausungen in die Felsentürme. Dort ist es im Sommer kühl und im Winter warm. Warum sollten sie Häuser bauen, wenn die Große Göttin das schon für sie besorgt hat?«

»Wie lange leben schon Menschen in diesen Felsen?« fragte Marius fasziniert.

Der Führer wußte es nicht. »Seit es Menschen gibt«, sagte er ausweichend. »Mindestens so lange. In Kilikien heißt es, die ersten Menschen stammten aus Kappadokien und hätten von Anfang an so gelebt.«

Sie ritten immer an den Schluchten mit den Lehmtürmen vorbei, als Marius den Berg sah. Der Berg stand fast allein, und es war der höchste Berg, den er je gesehen hatte, höher als der Olymp in Griechenland, sogar höher als die Bergmassive, die das italische Gallien säumten. Er bestand aus einem Hauptkegel, der von mehreren kleineren Kegeln flankiert war, und er war vollständig von Schnee bedeckt und hob sich leuchtend vor dem wolkenlosen Himmel ab. Marius wußte natürlich, um welchen Berg es sich handelte. Schon die Griechen hatten ihn beschrieben, die Römer nannten ihn Argaeus Mons, und nur wenige Menschen aus dem Westen hatte ihn bisher zu Gesicht bekommen. Und an seinem Fuß mußte Eusebeia Mazaka liegen, die einzige Stadt Kappadokiens und die Residenz des Königs.

Da Marius von Kilikien kam, näherte er sich dem Berg leider von der falschen Seite. Mazaka lag auf der Nordseite des Berges, nicht weit vom Halys entfernt, dem größten Fluß Inneranatoliens, der die Stadt mit dem Rest der Welt verband.

So bekam Marius erst am Nachmittag die vielen Häuser zu Gesicht, die sich am Fuß des Argaeus Mons zusammendrängten. Er wollte schon einen Seufzer der Erleichterung ausstoßen, als er plötzlich merkte, daß er über ein Schlachtfeld ritt. Was für ein Gefühl! Er ritt über eine Stelle, wo noch vor wenigen Tagen Tausende von Männern gekämpft und ihr Leben gelassen hatten, und doch war er an dieser Schlacht weder beteiligt gewesen, noch wußte er irgend etwas über sie. Zum ersten Mal in seinem Leben befand sich Gaius Marius, der Bezwinger Numidiens und der Germanen, als unbeteiligter Besucher auf einem Schlachtfeld.

Neugierig sah er sich um, ohne jedoch das Tempo zu verlangsamen. Man hatte nichts unternommen, das Schlachtfeld aufzuräumen. Überall lagen aufgedunsene und verwesende Leichen herum, denen man Rüstung und Kleidung weggenommen hatte. Daß die Fliegen nicht in Scharen über sie herfielen, lag an der eisigen Luft, die auch den Gestank des brandigen Fleisches in gerade noch erträglichen Grenzen hielt. Marius' Führer war in Tränen ausgebrochen, seine zwei Sklaven hatten sich übergeben, aber Marius selbst ritt weiter, als gäbe es nichts Ungewöhnliches zu sehen. Seine Augen suchten nach etwas viel Bedrohlicherem: nach dem Lager der siegreichen Armee. Und da war es, in einer Entfernung von zwei Meilen im Nordosten, eine riesige Ansammlung brauner Lederzelte unter einer dünnen, blauen Rauchglocke, die von den vielen Feuern stammte.

Mithridates. Er mußte es sein. Und Gaius Marius beging nicht den Fehler, anzunehmen, die toten Soldaten hätten dem Heer des Mithridates angehört. Nein, Mithridates befehligte das siegreiche Heer, und das Feld, über das Marius ritt, war mit toten Kappadokiern bedeckt. Arme Felsbewohner und Nomaden! Wahrscheinlich waren unter den Leichen auch viele syrische und griechische Söldner, folgerte Marius weiter. Wo war der kleine König? Überflüssige Frage. Er war nicht nach Tarsos gekommen und hatte keinen der Kurierbriefe beantwortet, weil er tot war. Die Kuriere waren zweifellos auch tot.

Ein anderer Mann hätte vielleicht sein Pferd gewendet und wäre davongeritten in der Hoffnung, seine Ankunft sei nicht entdeckt worden. Nicht so Gaius Marius. Endlich hatte er König Mithridates Eupator aufgespürt, wenn auch nicht in seinem eigenen Land. Und Marius trat sogar seinem müden Reittier in die Seiten, so sehr drängte es ihn, König Mithridates zu treffen.

Er staunte nicht schlecht, als er merkte, daß er nicht beobachtet wurde und daß seine Ankunft überhaupt nicht bemerkt wurde. Nicht einmal, als er durch das größte Tor in die Stadt hineinritt, interessierte sich jemand für ihn. Wie sicher mußte sich der König von Pontos fühlen! Marius brachte sein schwitzendes Reittier zum Stehen und ließ den Blick über die aufsteigenden Häuserreihen schweifen. Er suchte nach einer Art Akropolis oder Zitadelle und entdeckte am Berghang am anderen Ende der Stadt etwas, das wie ein Palast aussah. Das Gebäude war offenbar aus einem weichen oder leichten Stein gebaut, der der Wucht der hiesigen Winterwinde nicht standhalten konnte, denn es war verputzt und dann tiefblau angemalt worden. Die Säulen leuchteten rot und hatten dunkelrot und gold angemalte ionische Kapitelle.

Da! dachte Marius. Dort wird er sein! Er lenkte sein Pferd eines der gewundenen Gäßchen hinauf, bis er vor dem Palast anlangte, der von einer blaubemalten Mauer umgeben war und inmitten kahler, frostiger Gärten stand. Der Frühling kommt spät nach Kappadokien, dachte Marius, und er bedauerte den jungen König Ariarathes, zu dem der Frühling nie mehr kommen würde. Die Einwohner von Mazaka versteckten sich offenbar, denn die Straßen waren menschenleer, und als Marius an das Tor kam, das in den Palastbezirk führte, war es unbewacht. Er fühlte sich wirklich sicher, der König von Pontos!

Marius ließ sein Pferd und seine Begleiter am Fuß der Treppe zurück, die zum Portal des Palastes aus getriebener Bronze hinaufführte. In die Bronze waren Reliefs eingearbeitet, die mit drastischem Realismus den Raub der Persephone durch Hades darstellten. Marius hatte Zeit, sich die abstoßend-groteske Darstellung in allen Einzelheiten anzusehen, während er darauf wartete, daß jemand auf sein donnerndes Klopfen antworten würde. Schließlich ertönte ein Knirschen und Quietschen, und zögernd öffnete sich ein Flügel des Portals.

»Ja, ja, ich habe dich gehört! Was willst du?« fragte ein uralter Mann auf Griechisch.

Marius mußte sich beherrschen, nicht in Lachen auszubrechen, und so klang seine Stimme zittrig und wenig respektheischend. »Ich bin Gaius Marius, Konsul aus Rom. Ist König Mithridates da?«

»Nein«, sagte der uralte Mann.

»Erwartest du ihn?«

»Noch vor Einbruch der Dunkelheit, ja.«

»Gut!« Marius schob die Tür auf, winkte seinen Begleitern am Fuß der Treppe, ihm zu folgen, und betrat den hinter der Tür liegenden riesigen Raum, der offenbar als Thron- oder Audienzsaal diente. »Ich brauche Unterkunft für mich und diese drei Männer. Unsere Pferde stehen draußen und müssen versorgt werden. Für mich ein heißes Bad. Sofort.«

Als die Nachricht von der bevorstehenden Ankunft des Königs kam, schritt Marius, in seine Toga gehüllt, zum Portal des Palastes und wartete dort allein auf der obersten Stufe. Durch die Straßen der Stadt sah er eine Abteilung aus mehreren hundert Reitern im Schritt herankommen. Bewaffnung und Pferde waren gut. Die roten Rundschilde der Reiter waren mit einem weißen Halbmond geschmückt, der einen weißen, achtzackigen Stern umschloß. Die Männer trugen rote Umhänge über einfachen silbernen Harnischen. Ihre spitz zulaufenden Helme waren nicht mit Federn oder Pferdeschweifen geschmückt, sondern mit goldenen Halbmonden, die goldene Sterne umschlossen.

Der König führte den Trupp nicht an, und es war unmöglich, ihn unter seinen Männern zu erkennen. Die Bewachung des Palastes war ihm offensichtlich egal, solange er nicht da war, dachte Marius, aber mit der Bewachung seiner Person nahm er es jedenfalls sehr genau. Der Trupp kam durch das Tor in der Mauer. Marius erkannte am Getrappel der Pferde, daß ihre Hufe nicht beschlagen waren. Offensichtlich gab es in Pontos nicht genügend Hufschmiede. Der Römer war deutlich zu sehen, wie er in seiner purpurgesäumten Toga majestätisch über den Reitern stand.

Die Reiter teilten sich, und König Mithridates Eupator ritt auf einem großen Braunen zum Fuß der Treppe. Sein Umhang war purpurrot, ebenso sein von einem Knappen getragener Schild, der mit denselben Insignien – Halbmond und Stern – geschmückt war wie die Schilde seiner Männer. Einen Helm trug der König jedoch nicht;

statt dessen steckte sein Kopf in einem Löwenfell. Die langen oberen Reißzähne des Tieres drückten sich in die Brauen des Königs, die Ohren standen steif nach oben. Die Augenhöhlen des Löwen glotzten wie mattschwarze Tümpel. Unter dem goldverzierten Brustharnisch und dem Ende seines Rockes sahen der untere Rand und die Ärmel eines vergoldeten Kettenhemdes hervor, und an den Füßen trug Mithridates wunderschön gearbeitete griechische Stiefel aus Löwenfell, die mit goldenen Schnüren zusammengehalten wurden und deren überhängende Zungen mit goldmähnigen Löwenköpfen geschmückt waren.

Mithridates stieg ab und sah vom Fuß der Treppe zu Marius hinauf – eine Stellung, die ihm sichtlich unangenehm war. Aber er war zu klug, um sofort hinaufzugehen. Er hat eine Figur, wie ich sie auch einmal hatte, dachte Marius, und er ist so groß wie ich. Der pontische König war nicht schön, hatte aber ein angenehmes, ziemlich großes und kantiges Gesicht. Das Kinn war kräftig und rund, die Nase lang, breit und etwas schief. Er war hellhäutig, und unter dem Löwenkopf sahen goldblonde Haare, ein blonder Backenbart und haselnußbraune Augen hervor. Der kleine Mund mit den vollen, auffällig roten Lippen deutete auf Jähzorn und leichte Erregbarkeit hin.

Hatte der König schon einmal einen Mann in einer *toga praetexta* gesehen? Marius ließ die Vergangenheit des Königs, soweit er sie kannte, vor sich ablaufen. Er konnte sich an keine Gelegenheit erinnern, bei der der König eine Toga mit Purpurstreifen oder auch nur eine einfache weiße Toga gesehen haben könnte. Der König wußte jedoch offenbar, daß er einen römischen Konsular vor sich hatte, und Marius wußte aus Erfahrung, daß alle, die ein solches Gewand zum ersten Mal sahen, beeindruckt waren, selbst wenn es ihnen vorher schon ausführlich beschrieben worden war. Wo hatte der König einen römischen Konsul gesehen?

König Mithridates Eupator stieg lässigen Schrittes die Stufen hinauf. Oben hielt er seinem Gegenüber die offene rechte Hand hin, auf der ganzen Welt eine Geste des Friedens. Marius ergriff sie. Beide Männer waren zu intelligent, um die Begrüßungsszene zu einem Duell der Stärke zu machen.

»Gaius Marius«, sagte der König. Sein Griechisch klang ähnlich wie das von Marius. »Welch unerwartetes Vergnügen.«

»König Mithridates, ich wollte, ich könnte dasselbe sagen.«

»Komm herein, komm herein!« sagte der König herzlich, legte einen Arm um Marius' Schultern und schob ihn auf das nun ganz offene Portal des Palastes zu. »Du bist doch hoffentlich mit allen Annehmlichkeiten empfangen worden?«

»Ja, danke.«

Ein Dutzend Männer des Königs eilte vor den beiden in den Thronsaal, ein weiteres Dutzend folgte ihnen. Jeder Winkel des Raumes wurde durchsucht, dann machte sich die eine Hälfte der Leute daran, den Rest des Palastes zu durchsuchen, während die andere Hälfte Mithridates bewachte, der auf den mit roten Kissen belegten Marmorthron zuging und sich darauf setzte. Mit einem Wink ließ er einen Stuhl für Gaius Marius neben sich stellen.

»Sind dir Erfrischungen angeboten worden?« fragte der König.

»Ich habe ein Bad vorgezogen«, antwortete Marius.

»Sollen wir dann vielleicht essen?«

»Wenn du willst. Warum essen wir nicht hier, wenn dir meine Gesellschaft reicht? Es macht mir nichts aus, im Sitzen zu essen.«

Also wurde ein Tisch zwischen die beiden gestellt. Wein wurde gebracht und dann ein einfaches Mahl serviert. Es bestand aus Salatgemüse, Joghurt mit Knoblauch und Gurken und würzigen Bällchen aus gehacktem und gebratenem Lammfleisch. Der König machte sich nicht die Mühe, sich für die Einfachheit des Essens zu entschuldigen, sondern langte heißhungrig zu, und Marius, hungrig von der Reise, stand ihm in nichts nach.

Erst als die Mahlzeit beendet und das Geschirr abgeräumt war, begannen die beiden Männer das Gespräch. Während draußen noch ein indigofarbenes Zwielicht herrschte, war es im Thronsaal bereits vollkommen dunkel. Vor Angst stumme Sklaven krochen wie Schatten von Lampe zu Lampe, und kleine Lichtkreise glühten auf, bis der ganze Raum erhellt war. Die Flämmchen flackerten und rauchten, denn das Öl war von schlechter Qualität.

»Wo ist König Ariarathes?« fragte Marius.

»Tot«, sagte Mithridates. Ein Stück Golddraht diente ihm als Zahnstocher. »Seit zwei Monaten.«

»Wie ist das geschehen?«

Nun, aus nächster Nähe, sah Marius, daß die Augen des Königs eigentlich grün waren und daß sie nur deshalb braun ausgesehen hatten, weil die Iris ungewöhnliche, ja bemerkenswerte kleine Flecken hatte. Die Augen wandten sich von ihm ab und richteten sich wieder auf ihn. Groß und arglos sahen sie ihn an. Er lügt, dachte Marius.

»Eine unheilbare Krankheit«, sagte der König mit einem tiefen, traurigen Seufzer. »Er starb in diesem Palast, soviel ich weiß. Ich war damals nicht hier.«

»Du hast vor der Stadt eine Schlacht geschlagen«, sagte Marius.

»Das mußte sein«, sagte Mithridates kurz.

»Warum?«

»Ein syrischer Prätendent hat Anspruch auf den Thron erhoben – irgendein seleukidischer Vetter«, sagte der König glatt. »Es gibt eine Menge seleukidischen Bluts in der Familie des Königs von Kappadokien.«

»Aber inwiefern bist du davon betroffen?«

»Nun, mein Schwiegervater – das heißt einer meiner Schwiegerväter – stammt aus Kappadokien. Prinz Gordios. Und meine Schwester war die Mutter des verstorbenen siebten Ariarathes und seines kleinen Bruders, der noch lebt. Dieser jüngere Sohn ist jetzt natürlich rechtmäßiger König, und ich bin verpflichtet, dafür zu sorgen, daß Kappadokien von rechtmäßigen Königen regiert wird.«

»Ich wußte gar nicht, daß Ariarathes einen jüngeren Bruder hat, König«, sagte Marius freundlich.

»O doch. Unzweifelhaft.«

»Du mußt mir genau berichten, was geschehen ist.«

»Nun, im Monat Boedromion erreichte mich in Dasteira ein Hilfegesuch. Ich rief natürlich mein Heer zu den Waffen und marschierte nach Eusebeia Mazaka. Niemand war hier, und der König war tot. Sein kleiner Bruder war zu den Höhlenbewohnern geflohen. Ich besetzte die Stadt, und dann tauchte der syrische Prätendent mit seinem Heer auf.«

»Wie hieß er?«

»Seleukos«, sagte Mithridates, ohne zu zögern.

»Na, gewiß ein guter Name für einen syrischen Thronprätendenten!« meinte Marius.

Aber so offenkundig die Ironie war, Mithridates schien sie nicht zu bemerken. Er hatte nicht das Sprachgefühl eines Griechen oder Römers, und wahrscheinlich lachte er kaum jemals. Er ist uns viel fremder als Jugurtha von Numidien, dachte Marius – vielleicht nicht so intelligent, aber weit gefährlicher. Jugurtha hatte viele seiner nahen Blutsverwandten getötet, dabei aber immer gewußt, daß ihn die Götter zur Rechenschaft ziehen konnten. Mithridates dagegen hielt sich selbst für einen Gott und kannte weder Schuld noch Schamgefühl. Marius hätte gerne mehr über ihn und das Königreich Pontos gewußt. Das wenige, was Nikomedes ihm erzählt hatte, taugte nichts. Nikomedes kannte Mithridates nicht wirklich.

»Und du hast diesen syrischen Prätendenten Seleukos also gestellt und besiegt.«

»So war es.« Der König schnaubte verächtlich. »Erbärmliches Pack! Wir haben sie fast bis zum letzten Mann abgeschlachtet.«

»Das habe ich schon gesehen«, sagte Marius trocken und beugte sich vor. »Sag mir, König Mithridates, ist es in Pontos nicht Brauch, die Toten einer Schlacht zu bestattten?«

Der König zwinkerte irritiert, da er merkte, daß die Frage mißbilligend gemeint war. »Zu dieser Jahreszeit? Wozu? Bis zum Sommer sind sie verwest.«

»Ach so.« Marius saß aufrecht auf seinem Stuhl, weil Römer auf Stühlen immer so saßen und die Toga nicht viel Bewegungsfreiheit ließ. Jetzt legte er die Hände auf die Seitenlehnen des Stuhls. »Ich würde gern König Ariarathes den Achten sehen, wenn das denn nun sein Titel ist. Wäre das möglich, König?«

»Aber ja, natürlich«, rief der König gutgelaunt und klatschte in die Hände. »Laß den König und Prinz Gordios holen«, befahl er, als der alte Mann hereinschlurfte. Dann sagte er zu Marius: »Vor zehn Tagen habe ich meinen Neffen und Prinz Gordios bei den Höhlenbewohnern gefunden, wohin sie sich in Sicherheit gebracht hatten.«

»Wie schön«, sagte Marius.

Prinz Gordios trat ein; an der Hand führte er ein etwa zehnjähriges Kind. Er selbst war ein Mann in den Fünfzigern. Beide waren griechisch gekleidet und blieben ehrerbietig am Fuß des Podestes stehen, auf dem Marius und Mithridates saßen.

»Nun, junger Mann, wie geht es dir?« fragte Marius.

»Danke, gut, Gaius Marius«, sagte das Kind. Es sah König Mithridates so ähnlich, daß es für ein Porträt von Mithridates als zehnjähriger Junge hätte Modell sitzen können.

»Wie ich höre, ist dein Bruder gestorben.«

»Ja, Gaius Marius. Er starb vor zwei Monaten an einer unheilbaren Krankheit hier im Palast«, sagte der kleine Papagei.

»Und nun bist du König von Kappadokien?«

»Ja, Gaius Marius.«

»Gefällt dir das?«

»Ja, Gaius Marius.«

»Bist du denn alt genug zum Regieren?«

»Großvater Gordios wird mir helfen.«

»Großvater?«

Gordios lächelte, was kein besonders schöner Anblick war. »Ich werde von der ganzen Welt Großvater genannt, Gaius Marius«, sagte er seufzend.

»Aha. Ich danke dir für diese Audienz, König Ariarathes.«

Der Junge und der ältere Mann verneigten sich huldvoll und gingen hinaus.

»Ein guter Junge, mein Ariarathes«, sagte Mithridates mit tiefer Genugtuung.

»Dein Ariarathes?«

»Bildlich gesprochen, Gaius Marius.«

»Er sieht dir sehr ähnlich.«

»Seine Mutter war meine Schwester.«

»Ich weiß, daß in deiner Linie viel untereinander geheiratet wird.« Marius' Augenbrauen zuckten, aber was für Lucius Cornelius Sulla ein eindeutiges Zeichen gewesen wäre, bemerkte König Mithridates gar nicht. »Nun, es hat den Anschein, als sei in Kappadokien alles wieder in schönster Ordnung«, fuhr Marius beiläufig fort. »Das bedeutet natürlich, daß du mit deinem Heer wieder nach Pontos zurückkehrst.«

Der König fuhr zusammen. »Da bin ich anderer Meinung, Gaius Marius. In Kappadokien gärt es noch, und der Junge ist der letzte seiner Linie. Es ist besser, wenn ich mit dem Heer hierbleibe.«

»Es ist besser, wenn du mit deinem Heer zurückkehrst!«

»Das geht nicht.«

»Du weißt, daß es geht.«

Der König richtete sich auf. Sein Harnisch knirschte. »Du kannst mir nicht vorschreiben, was ich zu tun habe, Gaius Marius.«

»Doch, das kann ich«, sagte Marius fest, aber ruhig. »Rom interessiert sich nicht besonders für diesen Teil der Welt, aber wenn du ein Land, das dir nicht gehört, mit einem Heer besetzt hältst, König, wird Roms Interesse an diesem Land sprunghaft ansteigen, das versichere ich dir. Roms Heere bestehen aus Römern, nicht aus kappadokischen Tagelöhnern oder syrischen Söldnern. Ich glaube nicht, daß du gerne römische Legionen hier hättest! Aber wenn du nicht nach Hause ziehst und dein Heer mitnimmst, König Mithridates, dann wirst du römische Legionen sehen. Das garantiere ich dir.«

»Wie kannst du das sagen, du bist doch gar kein Konsul!«

»Ich bin römischer Konsular, und ich kann so reden. Und ich rede so.«

Der Zorn des Königs wuchs. Aber auch seine Furcht wuchs, wie Marius mit Interesse bemerkte. Es war doch immer wieder dasselbe, dachte er frohlockend. Sie waren wie diese furchtsamen Tiere, die ein so angriffslustiges Gehabe an den Tag legten. Sobald man sie zwang, Farbe zu bekennen, rannten sie jaulend und mit eingezogenem Schwanz davon.

»Ich werde hier gebraucht, und mein Heer auch!«

»Das stimmt nicht. Kehre nach Hause zurück, König Mithridates!«

Der König sprang auf und legte die Hand an den Griff seines Schwertes. Die Wachen, die immer noch im Raum waren, kamen näher und warteten auf Befehle. »Ich könnte dich hier und jetzt umbringen, Gaius Marius, und ich denke, das werde ich auch tun! Ich könnte dich töten, und niemand würde je erfahren, was mit dir geschehen ist. Ich könnte deine Asche in einem großen goldenen Gefäß nach Rom schicken, mit einem Brief, daß du leider hier im Palast von Mazaka an einer unheilbaren Krankheit gestorben seist.«

»Wie Ariarathes der Siebte?« fragte Marius leise. Er saß aufrecht auf seinem Stuhl, furchtlos und unbeugsam. Dann lehnte er sich vor. »Beruhige dich, König! Sei vernünftig und setze dich. Du weißt genau, daß du Gaius Marius nicht töten kannst! Wenn du das tätest, wären die römischen Legionen auf dem schnellsten Weg in Pontos und Kappadokien.« Er räusperte sich und sprach im Plauderton weiter: »Seit unserem Sieg über eine dreiviertel Million germanischer Barbaren haben wir keinen ordentlichen Krieg mehr geführt. Die Germanen waren furchtbare Gegner, kann ich dir sagen! Aber nicht annähernd so reich wie Pontos. Die Beute, die wir aus diesem Teil der Welt heimschaffen könnten, würde einen Krieg sehr lohnend machen. Warum solltest du ihn also provozieren, König Mithridates? Kehre nach Hause zurück!«

Dann war Marius plötzlich allein. Der König war verschwunden und seine Wachen mit ihm. Nachdenklich stand Marius auf und schlenderte aus dem Saal und zu seinem Nachtquartier. Er hatte gut gegessen, wie er es mochte, und sein Kopf war voller interessanter Fragen. Daß Mithridates sein Heer abziehen würde, stand außer Frage. Aber wo hatte er Römer in Togen gesehen? Und wo hatte er einen Römer in einer purpurgesäumten Toga gesehen? Daß der König gleich erraten hatte, daß er Gaius Marius vor sich hatte, konnte dadurch zu erklären sein, daß der uralte Mann ihn benachrichtigt hatte. Aber das glaubte Marius nicht. Nein, der König hatte die beiden Briefe erhalten, die er nach Amaseia geschickt hatte, und war ihm seither aus dem Weg gegangen. Aber das bedeutete, daß Battakes, der Archigallos von Pessinus, ein pontischer Spion war.

Obwohl Marius am nächsten Morgen früh aufstand, da er so schnell wie möglich nach Kilikien zurückkehren wollte, sah er den König von Pontos nicht mehr. Der König, sagte der uralte Mann, sei mitsamt seinem Heer nach Pontos zurückgekehrt.

»Und der kleine Ariarathes? Ist er mit König Mithridates gereist oder ist er noch hier?«

»Er ist hier, Gaius Marius. Sein Vater hat ihn zum König von Kappadokien gemacht, also muß er hierbleiben.«

»Sein Vater?« fragte Marius scharf.

»König Mithridates«, sagte der uralte Mann in aller Unschuld.

Das war es also! Der Junge war nicht der Sohn Ariarathes' VI., sondern der Sohn des Mithridates. Schlau, aber nicht schlau genug.

Gordios verabschiedete ihn lächelnd und mit vielen Verbeugungen. Von dem kleinen König war nichts zu sehen.

»Du bist also der Regent«, sagte Marius. Er stand neben seinem neuen Pferd, einem viel besseren Tier als dem, auf dem er von Tarsos gekommen war. Auch seine Begleiter waren jetzt besser beritten.

»Bis König Ariarathes Eusebes Philopator alt genug ist, allein zu regieren, Gaius Marius.«

»Philopator«, sagte Marius schmunzelnd. »Der seinen Vater liebt. Glaubst du, er wird seinen Vater vermissen?«

Gordios riß die Augen auf. »Seinen Vater vermissen? Sein armer Vater starb, als er noch ein Säugling war.«

»Nein, Ariarathes der Sechste ist schon so lange tot, daß er diesen Jungen gar nicht gezeugt haben kann. Ich bin kein Narr, Prinz Gordios. Richte das auch deinem Herrn und Meister Mithridates aus. Sag ihm, daß ich weiß, wessen Sohn der neue König von Kappadokien ist. Und daß ich ihn nicht vergessen werde.« Er stieg auf sein Pferd. »Ich vermute auch, daß du nicht allgemein Großvater genannt wirst, sondern der Großvater des Jungen bist. Ich habe die Dinge nur deshalb auf sich beruhen lassen, weil wenigstens die Mutter des Jungen kappadokisch ist – sie ist wohl deine Tochter.«

Selbst Gordios, Mithridates' treuester Gefolgsmann, sah keinen Sinn mehr in weiterer Verstellung. Er nickte. »Meine Tochter ist die Königin von Pontos, und ihr ältester Sohn wird der Nachfolger von

König Mithridates sein. Ich sehe mit Freude, daß der Junge mein Land regieren wird. Er – oder vielmehr seine Mutter – ist der letzte meiner Linie.«

»Du bist kein königlicher Prinz, Gordios«, sagte Marius verächtlich. »Vielleicht bist du ein Kappadokier, aber den Titel Prinz hast du dir wohl selbst verliehen. Damit ist auch deine Tochter nicht die letzte irgendeiner ›Linie‹. Richte König Mithridates aus, was ich gesagt habe.«

»Das werde ich, Gaius Marius«, sagte Gordios, ohne beleidigt zu sein.

Marius wendete sein Pferd, dann hielt er noch einmal an und sah zurück. »Ach, eins noch! Laß die Toten auf dem Schlachtfeld begraben, Gordios! Wenn ihr Orientalen euch den Respekt der zivilisierten Menschen verdienen wollt, müßt ihr euch auch wie zivilisierte Menschen benehmen. Man läßt nach einer Schlacht nicht Tausende von Leichen herumliegen, bis sie verwest sind, auch wenn es Feinde sind, die man verachtet. Gute Soldaten tun das nicht, nur Barbaren. Genau das ist dein Herr und Meister freilich meiner Ansicht nach – ein Barbar. Lebe wohl.« Und er ritt weg, gefolgt von seinen Reisebegleitern.

Gordios bewunderte Marius' Unverfrorenheit keineswegs, aber er bewunderte auch Mithridates nicht wirklich. Also ließ er sich mit Genugtuung sein eigenes Pferd bringen und ritt los, um den König einzuholen, bevor er Mazaka verließ. Jedes Wort würde er ausrichten! Und die Wirkung beobachten. Seine Tochter war die neue Königin von Pontos, sein Enkel Pharnakes der Erbe des pontischen Thrones. Ja, es stand nicht schlecht für Gordios, der, wie Marius scharfsinnig geraten hatte, kein Prinz des alten kappadokischen Königsgeschlechts war. Sobald der kleine König, der Sohn des Mithridates, allein regieren wollte – wobei sein Vater ihn zweifellos unterstützen würde –, würde Gordios sich das Tempelkönigreich der Ma in Komana geben lassen, in einem kappadokischen Tal zwischen den Oberläufen der Flüsse Sarus und Pyramis. Dort würde er, als Priesterkönig mit umfassender Macht ausgestattet, in Sicherheit und Überfluß leben können.

Er holte Mithridates am nächsten Tag ein. Der König lagerte am Ufer des Halys, unweit von Mazaka. Gordios berichtete Wort für Wort, was Gaius Marius gesagt hatte. Der König wurde sehr zornig, sagte aber kein Wort. Nur seine Augen traten ein wenig hervor, und er ballte wiederholt die Fäuste.

»Und«, sagte er schließlich, »hast du das Schlachtfeld aufgeräumt?«

Gordios schluckte, da er nicht wußte, welche Antwort der König hören wollte. Er riet falsch. »Natürlich nicht, großer König.«

»Was suchst du dann hier? Räume es auf!«

»Großer König, göttliche Majestät – er hat dich einen Barbaren genannt!«

»In seinen Augen bin ich das wohl auch«, sagte der König mit harter Stimme. »Er soll keine Gelegenheit haben, mich noch einmal einen Barbaren zu nennen. Wenn zivilisierte Menschen ihre Kraft darauf verschwenden, die Toten einer Schlacht zu begraben, obwohl es aufgrund der Jahreszeit nicht notwendig wäre, dann soll es meinetwegen so sein. Dann werden auch wir unsere Kraft darauf verschwenden. Kein Mensch, der sich zivilisiert nennt, soll mich je wieder einen Barbaren nennen können!«

Es sei denn, dein Temperament geht mit dir durch, dachte Gordios, aber laut sagte er nichts. Gaius Marius hat recht, großer König. Du bist ein Barbar.

Und so wurde das Schlachtfeld vor den Toren der Stadt Eusebeia Mazaka aufgeräumt. Die Leichenberge wurden verbrannt und die Asche unter einem großen Grabhügel vergraben, der jedoch im Vergleich zum gewaltigen Argaeus Mons winzig war. König Mithridates freilich wartete nicht, bis seine Befehle ausgeführt waren. Er schickte sein Heer heim nach Pontos, während er sich selbst nach Armenien aufmachte. Er reiste in ungewöhnlicher Aufmachung. Fast sein gesamter Hofstaat reiste mit ihm, darunter zehn Ehefrauen, dreißig Konkubinen und ein halbes Dutzend seiner ältesten Kinder. Der Zug seines Gefolges mit Pferden, Ochsenkarren, Sänften, Wagen und Packmaultieren war über eine Meile lang. Man reiste langsam und legte pro Tag nicht mehr als zehn oder fünfzehn Meilen zurück, aber man reiste ohne Pause, und Mithridates stellte sich taub gegenüber den Bitten seiner weniger robusten Frauen, doch einen oder zwei Ruhetage einzulegen. Tausend ausgewählte Reiter begleiteten ihn, genau die richtige Anzahl für eine königlich-diplomatische Mission.

Denn es war tatsächlich eine diplomatische Mission. Armenien hatte einen neuen König. Mithridates hatte davon zu Beginn seines Kappadokien-Feldzuges erfahren, und er hatte schnell reagiert und aus Dasteira Frauen und Kinder, Adlige, Geschenke, Kleidungs- und Gepäckstücke kommen lassen. Die Karawane brauchte fast zwei Monate, bis sie ihren Lagerplatz am Halys bei Mazaka erreichte, und sie kam fast genau zur gleichen Zeit an, als Gaius Marius die Stadt betrat. Marius hatte den König nicht im Palast angetroffen, weil dieser gerade seinen reisenden Hofstaat besucht hatte, um sich zu überzeugen, daß alles so geregelt war, wie er angeordnet hatte.

Bisher wußte Mithridates über den neuen König von Armenien nur, daß er jung war, daß er der legitime Sohn des alten Königs Artavasdes war, daß er Tigranes hieß und vom König der Parther seit seiner frühen Kindheit als Geisel festgehalten worden war. Tigranes war ein Herrscher in seinem Alter, dachte Mithridates frohlockend, und er war der König eines mächtigen östlichen Reiches, das Rom nicht verpflichtet war und sich mit Pontos gegen Rom verbünden konnte!

Armenien lag inmitten des gewaltigen Araratgebirges und erstreckte sich im Osten bis an das Kaspische Meer. Durch Tradition und Geographie war es eng mit dem Königreich der Parther verbunden, dessen Herrscher sich stets für die westlich des Euphrat gelegenen Länder interessiert hatten.

Der bequemste Reiseweg führte am Halys entlang bis zu dessen Quellen, dann über die Wasserscheide nach Klein-Armenien, das Mithridates seinem Reich einverleibt hatte, und zum oberen Euphrat. Dann ging es über eine weitere Wasserscheide zu den Quellen des Araxes und nach Artaxata hinunter, der Stadt am Araxes und der Hauptstadt von Armenien. Im Winter wäre die Reise unmöglich gewesen, weil das ganze Land hoch gelegen war, aber im Frühsommer war sie angenehm. Sie führte durch Täler, in denen wilde Blumen blühten; die Zichorien leuchteten blau, die Primeln und Butterblumen gelb und der Mohn tiefrot. Wälder gab es nicht, nur sorgsam gehegte Baumpflanzungen, die als Windschutz dienen sollten oder für Brennholz genutzt wurden. Die jährliche Wachstumsperiode war so kurz, daß die Pappeln und Birken noch keine Blätter trugen, obwohl es schon Juni war.

Die Karawane kam durch keine Städte außer Karana und nur durch wenige Dörfer. Selbst die braunen Zelte der Nomaden bekamen die Reisenden nur selten zu Gesicht. Das bedeutete, daß Getreide mitgeführt, Obst und Gemüse unterwegs gesucht und Fleisch von Hirten gekauft werden mußte. Mithridates bemühte sich, alles, was nicht in der Wildnis zu finden war, den wenigen einfachen Menschen, denen sie begegneten, abzukaufen, und er blieb diesen als Gott in Erinnerung, der großzügig unerhörte Reichtümer verteilte.

Im Monat Quintilis erreichten sie den Araxes und zogen durch dessen gewundenes Tal. Mithridates legte größten Wert darauf, die Bauern für jeden Schaden, den seine Karawane anrichtete, zu entschädigen. Jegliche Kontakte mit Einheimischen mußten nun mit der Zeichensprache abgewickelt werden, denn östlich des Euphrat sprach niemand mehr Griechisch. Mithridates hatte ein paar Boten nach Artaxata vorausgeschickt, die seine Ankunft melden sollten, und als die Stadt in Sicht kam, konnte er ein Lächeln nicht unterdrücken, denn angesichts des Anblicks vor ihm wußte er instinktiv, daß die lange und mühsame Reise nicht umsonst gewesen war.

König Tigranes von Armenien war König Mithridates von Pontos persönlich zur Begrüßung entgegengekommen. Die Wachsoldaten, die ihn begleiteten, waren von Kopf bis Fuß in Kettenpanzer gekleidet, trugen lange Lanzen vor sich her und Schilde auf dem Rücken. Mithridates sah staunend, daß auch ihre großen Schlachtrösser vollständig in Kettenpanzern steckten. Und was für einen Anblick bot erst ihr König! Er stand in einem goldenen Wagen mit kleinen Rädern, der von zwölf weißen Ochsen gezogen wurde und den ein fransengeschmückter Schirm vor der Sonne schützte! Tigranes war mit einem kunstvoll in Schichten angeordneten und mit Quasten besetzten Rock bekleidet, der mit flammendgelben Stickereien verziert war. Um seinen Oberkörper hing ein kurzärmeliger Mantel, und auf seinem Kopf thronte eine turmartige Tiara, die vom weißen Band eines Diadems zusammengehalten wurde.

Mithridates in seiner goldenen Rüstung, dem Löwenfell, den griechischen Stiefeln und mit dem juwelenbesetzten Schwert, dessen gleichfalls mit Juwelen besetztes Gehänge in der Sonne blitzte, glitt von seinem großen Braunen und ging auf der Straße mit ausgestreckten Händen auf Tigranes zu. Tigranes stieg aus seinem vierrädrigen Wagen und streckte gleichfalls seine Hände aus. Und so trafen sie sich. Dunkle Augen blickten in grüne Augen, und eine Freundschaft entstand, die nicht ausschließlich auf Zuneigung beruhte. Jeder erkannte im anderen einen Verbündeten, und jeder begann sofort abzuwägen, wie der andere für die eigenen Zwecke eingespannt werden konnte. Sie drehten sich zusammen um und gingen durch den Straßenstaub auf die Stadt zu.

Tigranes war hellhäutig, hatte aber dunkle Haare und Augen. Haare und Bart trug er lang, kunstfertig gelockt und mit goldenen Fäden durchwirkt. Mithridates hatte einen hellenisierten Monarchen erwartet, aber Tigranes sah statt dessen aus wie ein Parther;

von diesen kamen seine Haar- und Barttracht und sein langes Gewand. Zum Glück sprachen er und zwei oder drei seiner höchsten Würdenträger ausgezeichnet Griechisch. Der Rest des Hofes sprach wie die Bevölkerung einen medischen Dialekt.

»Selbst in so parthischen Städten wie Ekbatana oder Susa ist es Kennzeichen des gebildeten Menschen, Griechisch zu sprechen«, sagte König Tigranes, als sie sich auf zwei königlichen Stühlen auf einer Seite des goldenen armenischen Thrones niederließen. Tigranes wollte seinen Gast nicht beleidigen, indem er ihn unter sich sitzen ließ.

»Ich bin gekommen, um einen Freundschaftsvertrag und ein Bündnis mit Armenien zu schließen«, erklärte Mithridates.

In dem anschließenden Gespräch gingen die beiden anmaßenden und autokratischen Männer sehr behutsam und rücksichtsvoll miteinander um, was darauf schließen ließ, wie sehr es beide auf ein gutes Einvernehmen abgesehen hatten. Mithridates war natürlich der mächtigere Herrscher, denn er hatte keinen Oberherrn über sich, regierte ein viel größeres Reich und war außerdem viel reicher.

»Mein Vater ähnelte in vielerlei Hinsicht dem König der Parther«, sagte Tigranes. »Die Söhne, die er bei sich in Armenien behielt, tötete er einen nach dem anderen. Daß ich diesem Schicksal entging, lag daran, daß ich im Alter von acht Jahren als Geisel zum Partherkönig geschickt wurde. Als mein Vater dann krank wurde, war ich der einzige Sohn, der ihm geblieben war. Der armenische Rat verhandelte mit König Mithridates von Parthien über meine Freilassung. Aber der Preis dafür war hoch. Siebzig armenische Täler, alle siebzig an der Grenze zwischen Armenien und dem medischen Atropatene. Das bedeutete, daß mein Land einen Teil seiner fruchtbarsten Felder verlor. Außerdem gibt es in diesen Tälern goldhaltige Flüsse, ferner Lapislazuli, Türkis und schwarzen Onyx. Ich habe geschworen, daß ich Armenien diese siebzig Täler zurückgewinnen werde und daß ich an einem besser geeigneten Ort eine schönere Hauptstadt erbauen werde als das finstere Artaxata.«

»Hat nicht Hannibal bei der Planung von Artaxata mitgeholfen?« fragte Mithridates.

»Das erzählt man sich«, sagte Tigranes kurz und kam auf seine Großmachtträume zurück. »Ich will Armenien bis Ägypten im Süden und Kilikien im Westen ausdehnen. Ich will Zugang zum Mittelmeer, ich will Handelsstraßen, ich will wärmere Gegenden für den Getreideanbau, und ich will, daß alle Untertanen meines Königreiches Griechisch sprechen.« Er brach ab und fuhr sich mit der Zunge über die Lippen. »Was sagst du dazu, Mithridates?«

»Deine Pläne gefallen mir gut, Tigranes«, sagte der König von Pontos leichthin. »Ich werde dich bestimmt unterstützen und dir Soldaten zur Verfügung stellen, damit du deine Ziele erreichst – wenn du mir hilfst, wenn ich nach Westen ziehe, um den Römern die Provinz Asia wegzunehmen. Du kannst Syrien, Kommagene, Osrhoene, Sophene, Korduene, Palästina und Nabatäa haben. Ich will ganz Anatolien einschließlich Kilikiens.«

Tigranes sah keinen Grund zu zögern. »Wann?« fragte er eifrig.

Mithridates lächelte und lehnte sich zurück. »Wenn die Römer zu beschäftigt sind, um sich um uns zu kümmern. Wir sind jung, Tigranes, wir können es uns leisten zu warten. Ich kenne Rom. Früher oder später wird Rom im Westen oder in Afrika in einen Krieg verwickelt werden. Und dann ist unsere Zeit gekommen.«

Um ihren Pakt zu besiegeln, ließ Mithridates seine älteste Tochter Kleopatra kommen, das inzwischen fünfzehn Jahre alte Kind seiner toten Gemahlin Laodike, und bot sie Tigranes zur Frau an. Armenien hatte bisher noch keine Königin, und Tigranes ergriff die Gelegenheit begierig: Kleopatra würde Armeniens Königin werden. Das war eine sehr bedeutsame Vereinbarung, denn damit würde ein Enkel des Mithridates armenischer Thronerbe sein. Als das goldhaarige und goldäugige Kind seinen zukünftigen Ehemann zu Gesicht bekam, brach es vor Entsetzen über dessen fremdartige Erscheinung in Tränen aus. Tigranes ließ sich daraufhin den Bart abrasieren und seine langen Haare abschneiden, ein beachtenswertes Zugeständnis für einen jungen Mann, der in der von der Außenwelt abgeschlossenen Atmosphäre eines orientalischen Hofes voller echter und künstlicher Bärte und Locken aufgewachsen war. Seine Braut entdeckte, daß er eigentlich doch ein gutaussehender junger Mann war, legte ihre Hand in die seine und lächelte. Von ihrer Schönheit überwältigt, hielt sich Tigranes für einen Glückspilz, und zum vielleicht letzten Mal in seinem Leben empfand er so etwas wie Demut.

*

Gaius Marius war überaus erleichtert, Frau und Sohn und die kleine Eskorte aus Tarsos gesund und wohlbehalten vorzufinden. Seine Familie hatte sich sehr gut in das Nomadendasein der Hirten eingelebt.

Der kleine Marius hatte sogar eine ganze Reihe Worte der fremdklingenden Sprache der Nomaden gelernt und war sehr geschickt im Umgang mit seinen Schafen.

»Schau, *tata!*« rief er, als er seinen Vater zu der Stelle geführt hatte, wo seine kleine Schafherde graste. Die Tiere trugen enganliegende Mäntel aus Ziegenleder, die die Wolle vor dem Wetter und den Kletten schützen sollten. Der Junge nahm einen kleinen Stein und warf ihn genau vor die Schnauze des Leittieres. Sofort hörte die ganze Herde auf zu grasen und legte sich gehorsam nieder. »Siehst du? Sie kennen das Signal zum Hinlegen. Ist das nicht schlau?«

»Allerdings«, sagte Marius und sah auf seinen Jungen hinunter, wie er da vor ihm stand, kräftig, gutaussehend und braungebrannt. »Bist du bereit zur Abreise, mein Sohn?«

Kummer füllte die großen grauen Augen. »Abreise?«

»Wir müssen sofort nach Tarsos aufbrechen.«

Der Kleine blinzelte, um seine Tränen zurückzudrängen, starrte traurig auf seine Schafe und seufzte. »Ich bin bereit, Vater«, sagte er dann.

Unterwegs lenkte Julia ihren Esel neben Marius' großes kappadokisches Pferd. »Kannst du mir sagen, was dich so beunruhigt hat?« fragte sie. »Und warum du jetzt Morsimos so eilig nach Tarsos vorausgeschickt hast?«

»Kappadokien ist einem Handstreich zum Opfer gefallen«, erklärte Marius. »König Mithridates hat seinen eigenen Sohn auf den Thron gesetzt und seinen Schwiegervater zum Regenten gemacht. Der kleine Kappadokier, der vorher König war, ist tot. Wahrscheinlich hat Mithridates ihn umgebracht. Aber weder ich noch Rom können viel daran ändern, und das macht alles noch schlimmer.«

»Hast du den richtigen König getroffen, bevor er starb?«

»Nein. Aber Mithridates.«

Julia erschauderte. Dann sah sie zu ihrem Gatten auf, der die Lippen grimmig aufeinanderpreßte. »Er war dort, in Mazaka? Wie bist du ihm entkommen?«

Nun legte sich ein erstaunter Ausdruck auf Marius' Gesicht. »Entkommen? Es war nicht notwendig, ihm zu entkommen, Julia. Mithridates mag den ganzen östlichen Teil des Schwarzen Meeres beherrschen, aber er würde es niemals wagen, Gaius Marius anzurühren!«

»Warum haben wir es dann so eilig?«

Marius grinste. »Damit er auch weiterhin keine Gelegenheit hat, Gaius Marius anzurühren!«

»Und Morsimos?«

»Das hat einen ganz anderen, praktischen Grund, Liebes. In Tarsos ist es jetzt noch viel heißer, deshalb habe ich ihn beauftragt, ein Schiff für uns zu finden. Sobald wir in Tarsos sind, fahren wir ab. Aber in aller Ruhe. Wir sehen uns im Sommer die Küsten von Kilikien und Pamphylien an und fahren in die Berge nach Olba hinauf. Ich weiß, daß du auf der Herfahrt Seleukeia Trachea nicht anschauen konntest, aber jetzt haben wir keine Eile. Da du von Aeneas abstammst, finde ich es nur angebracht, daß du die Nachfahren des Teucer kennenlernst. Und angeblich gibt es im hohen Taurus über Attaleia ein paar wunderschöne Seen. Die werden wir uns auch ansehen. Ist das in deinem Sinn?«

»O ja!«

Gaius Marius führte das Programm mit seiner Familie plangemäß aus und traf erst im Januar wieder in Halikarnassos ein. Sie hatten sich viel Zeit bei der Besichtigung der Küste gelassen, die für ihre Schönheit und Abgeschiedenheit bekannt war. Piraten bekamen sie keine zu Gesicht, nicht einmal in Korakesion, wo Marius es sich nicht nehmen ließ, den Felsen zu erklettern, auf dem die alte Seeräuberfestung stand, um endlich herauszufinden, wie sie zu erobern war.

In Halikarnassos fühlten sich Julia und der junge Marius gleich wie zu Hause. Kaum hatte ihr Schiff angelegt, streiften sie durch die Stadt und hatten ihren Spaß daran, ihre Lieblingsstellen wiederzuentdecken. Marius selbst zog sich zurück, um zwei Briefe zu entziffern, einen von Lucius Cornelius Sulla aus Hispania Citerior und einen von Publius Rutilius Rufus aus Rom.

Als Julia in sein Arbeitszimmer trat, machte Marius ein düsteres Gesicht.

»Schlechte Nachrichten?« fragte sie.

Marius zwinkerte listig mit den Augen und machte dann ein Gesicht, als könne er kein Wässerchen trüben. »Schlechte Nachrichten würde ich nicht sagen.«

»Also gute Nachrichten?«

»Wunderbare Nachrichten gibt es von Lucius Cornelius! Unser lieber Quintus Sertorius hat die Krone aus Gras bekommen.«

Julia riß vor Freude den Mund auf. »O Gaius Marius, wie wundervoll!«

»Achtundzwanzig Jahre … und natürlich ein Anhänger des Marius.«
»Wie hat er es gemacht?«
»Natürlich indem er ein Heer vor der Vernichtung bewahrte. Nur so kann man die *corona obsidialis* gewinnen.«
»Weich mir nicht aus, Gaius Marius! Du weißt, was ich meine.«
Marius ließ sich erweichen. »Im letzten Winter wurde er mit der Legion, die er befehligt, und einer Legion, die er von Publius Licinius Crassus in Hispania Ulterior übernommen hatte, nach Castulo geschickt, um dort eine Garnison einzurichten. Crassus' Truppen paßten nicht auf, mit dem Ergebnis, daß es den Keltiberern gelang, in die Stadt einzudringen. Und das hat unser guter Quintus Sertorius zum Anlaß genommen, sich mit Ruhm zu bedecken! Er rettete die Stadt und beide Legionen und bekam die Krone aus Gras.«
»Ich werde ihm schreiben und gratulieren. Ob seine Mutter es wohl weiß? Meinst du, er hat es ihr gesagt?«
»Wahrscheinlich nicht. Er ist zu bescheiden. Schreib du an Ria.«
»Ja, gut. Was schreibt Lucius Cornelius sonst noch?«
»Nicht viel.« Marius ließ ein Knurren hören. »Es geht ihm nicht besonders gut. Aber es geht ihm ja nie gut. Er spart nicht mit Lob für Quintus Sertorius, aber ich glaube, er hätte die Auszeichnung am liebsten selbst errungen. Titus Didius überläßt ihm den Befehl im Feld nicht.«
»Ach, der arme Lucius Cornelius! Warum denn nicht?«
»Er ist zu wertvoll«, sagte Marius lakonisch. »Als Organisator.«
»Steht etwas über die germanische Frau von Quintus Sertorius drin?«
»Ja. Sie lebt mit ihrem Kind in einer großen keltiberischen Festung namens Osca.«
»Und wie geht es seiner eigenen germanischen Frau und den Zwillingsjungen?«
Marius zuckte die Achseln. »Keine Ahnung. Er spricht nie von ihnen.«
Einen Augenblick sprach niemand, und Julia starrte aus dem Fenster. Dann sagte sie: »Mir wäre wohler, wenn er von ihnen sprechen würde. Irgendwie ist es nicht natürlich. Ich weiß, daß sie keine Römer sind und er sie nicht mit nach Rom bringen kann. Aber er muß doch trotzdem irgendwelche Gefühle für sie haben!«
Marius zog es vor, dazu keinen Kommentar abzugeben. »Der Brief von Publius Rutilius ist lang und voller Neuigkeiten.«

»Ist er für meine Ohren geeignet?«
Marius lachte. »Außerordentlich geeignet! Besonders der Schluß.«
»Dann lies vor, Gaius Marius, lies vor!«

Grüße aus Rom, Gaius Marius. Ich schreibe dies im neuen Jahr, nachdem mir ein schneller Transport meines Briefes zugesichert wurde, und zwar von Quintus Granius aus Puteoli. Hoffentlich bekommst Du ihn in Halikarnassos. Wenn nicht, wirst Du ihn früher oder später an einem anderen Ort bekommen.

Es wird Dich freuen zu hören, daß Quintus Mucius die drohende Anklage abwenden konnte, was er erstens seiner Redekunst im Senat zu verdanken hat und zweitens den Reden seines Vetters Crassus Orator und des Senatsvorsitzenden Scaurus persönlich. Scaurus ist mit allem einverstanden, was Quintus Mucius und ich in der Provinz Asia unternommen haben. Wie erwartet war es schwieriger, mit dem Schatzamt fertigzuwerden, als mit den Steuerpächtern. Eines muß man den römischen Geschäftsleuten lassen, sie haben – wen wundert es? – einen ausgeprägten Geschäftssinn, und unsere neuen Abmachungen für die Provinz Asia lassen viel Spielraum für gute Geschäfte. Geschimpft haben hauptsächlich die Kunstsammler, allen voran Sextus Perquitienus. Die Alexanderstatue, die er aus Pergamon mitgenommen hat, ist auf geheimnisvolle Weise aus seinem Peristyl verschwunden, vielleicht weil der Senatsvorsitzende Scaurus ihren Diebstahl zu einem Angelpunkt seiner Rede im Senat machte. Das Schatzamt jedenfalls fügte sich zuletzt murrend, und die Zensoren widerriefen die Steuerpachtverträge für Asia. Von jetzt an werden die Steuern der Provinz auf den Zahlen basieren, die Quintus Mucius und ich aufgestellt haben. Du sollst aber nicht den Eindruck bekommen, daß damit alles im Lot sei. Auch die Steuerpächter sind nicht nur zufrieden, denn eine gutgeführte Provinz kann man nicht so gut ausbeuten, und es gibt viele Steuerpächter, die das immer noch gern in Asia tun würden. Aber wenigstens hat der Senat sich bereit erklärt, bei der Auswahl der dortigen Statthalter strengere Maßstäbe anzulegen, damit sie die Steuerpächter unter Kontrolle behalten.

Wir haben neue Konsuln, und zwar Lucius Licinius Crassus Orator und meinen lieben Quintus Mucius Scaevola. Praetor urbanus *ist Lucius Julius Caesar. Er ist der Nachfolger des Marcus Herennius, eines ganz außerordentlichen* homo novus. *Ich habe noch nie einen Mann gesehen, der die Wähler so stark beeindruckt wie Marcus Herennius. Es ist mir unbegreiflich. Sie brauchen Herennius nur zu se-*

hen, und schon brechen sie in Jubelrufe aus. Das hat dem Kriecher, den Du für Dich hast arbeiten lassen, als er Volkstribun war, gar nicht gefallen. Ich meine Lucius Marcius Philippus. Als vor einem Jahr bei der Wahl der Prätoren die Stimmen ausgezählt wurden, bekam Herennius die meisten und Philippus die wenigsten. Von den sechs Männern, die gewählt wurden, meine ich. War das ein Gejammere und Geheule! Die diesjährigen Prätoren sind längst nicht so interessant. Der praetor peregrinus *des letzten Jahres, Gaius Flaccus, machte dadurch auf sich aufmerksam, daß er einer Priesterin der Ceres aus Velia die vollen römischen Bürgerrechte verlieh, einer gewissen Calliphana. Ganz Rom lechzt danach, den Grund dafür zu erfahren, aber schwer zu erraten ist er nicht!*

Nachdem unsere Zensoren Antonius Orator und Lucius Flaccus die Steuerpachtverträge neu vergeben hatten (eine Prozedur, die durch die Aktivitäten zweier Männer in Asia kompliziert und verlangsamt wurde!), überprüften sie die Senatslisten, hatten aber nichts zu beanstanden. Dann waren die Ritter an der Reihe, mit demselben Resultat. Jetzt wollen sie einen umfassenden Zensus des gesamten römischen Volkes überall in der Welt durchführen. Kein römischer Bürger wird ihrem Netz entschlüpfen, sagen sie.

Mit dieser lobenswerten Absicht haben sie zunächst in Rom angefangen, wo sie auf dem Marsfeld ihr Büro eingerichtet haben. Für Italien haben sie eine erstaunlich gut organisierte Truppe von Volkszählern zusammengestellt, deren Aufgabe es sein wird, jede Stadt auf der Halbinsel aufzusuchen, um einen ordentlichen Zensus durchzuführen. Ich bin ganz einverstanden damit, aber viele andere mißbilligen das Unternehmen. Sie halten die alte Methode für besser – die Bürger auf dem Land von den Duumvirn der Städte und die Bürger der Provinzen von den jeweiligen Statthaltern schätzen zu lassen. Aber Antonius und Flaccus bestehen darauf, ihre Methode sei besser, und nun wird es nach ihrem Willen geschehen. Aber ich denke, in den Provinzen werden die Bürger trotzdem vom jeweiligen Statthalter geschätzt werden müssen. Böse Zungen behaupten natürlich, die neuen Ergebnisse werden sich von den alten nicht unterscheiden.

Nun noch ein wenig Klatsch aus der Provinz. Du befindest Dich zwar selbst in dieser Ecke der Welt, hast es aber vielleicht nicht mitbekommen. Antiochos VIII. von Syrien, genannt Grypos die Habichtsnase, ist von seinem Vetter – oder war es sein Onkel? Oder sein Halbbruder? – Antiochos IX. von Syrien, genannt Kyzikenos, ermordet worden. Woraufhin Grypos' Frau Kleopatra Selene von Ägypten prompt seinen Mörder Kyzikenos heiratete! Wie viele Tränen hat sie zwischen dem Tod ihres Gatten und ihrer erneuten Heirat vergossen, frage ich mich? Immerhin bedeutet das zumindest vorerst, daß Nordsyrien von nur einem König beherrscht wird.

Von größerem Interesse für Rom ist der Tod eines Ptolemäers. Ptolemaios Apion, unehelicher Sohn des schrecklichen alten Ptolemaios Dickbauch von Ägypten, ist gerade in Kyrene gestorben. Er war, wie Du Dich vielleicht erinnerst, der König von Kyrene. Aber er starb ohne Thronfolger. Und – das hättest Du nie erraten! – er vermachte das Königreich Kyrene Rom! Der alte Attalos von Pergamon hat geradezu eine Mode begründet. Was für eine angenehme Art, zur Weltherrschaft zu gelangen, Gaius Marius. Alles vererbt zu bekommen!

Ich hoffe sehr, daß Du dieses Jahr nach Rom zurückkehrst! Rom ist ohne Dich ein einsamer Ort, und ich kann mich nicht einmal mehr über Schweinebacke ärgern. Übrigens geht ein ganz seltsames Gerücht um – Schweinebacke sei vergiftet worden! Die Quelle des Gerüchts ist kein anderer als der Modearzt vom Palatin, Apollodorus Siculus. Als Schweinebackes Krankheit ausbrach, wurde Apollodorus gerufen. Offenbar hat ihn Metellus' Tod nachdenklich gemacht, denn er verlangte eine Autopsie. Das Ferkel verweigerte sie ihm, und sein Papa wurde verbrannt. Die Asche kam in ein fürchterlich protziges Grabmal. All das ist schon viele Monate her. Aber unser kleiner sizilianischer Grieche hat Untersuchungen angestellt und beharrt nun darauf, Schweinebacke habe ein giftiges Gebräu aus zerstoßenen Pfirsichkernen getrunken! Das Ferkel sagt mit Recht, niemand habe ein Motiv gehabt, seinen Vater zu vergiften, und droht, Apollodorus vor Gericht zu bringen, wenn er weiterhin behauptet, Schweinebacke sei vergiftet worden. Niemand – nicht einmal ich! – glaubt, das Ferkel selbst habe seinen Vater umgebracht, und wer soll es dann getan haben, frage ich Dich?

Zum Schluß noch einen köstlichen Leckerbissen, dann lasse ich Dich in Frieden. Familientratsch, der allerdings zum Stadtgespräch geworden ist. Meine Nichte wurde, nachdem ihr Mann vom Ausland heimgekehrt war und sah, daß sein neuer Sohn hellrote Haare hatte, wegen Ehebruchs geschieden!

Weitere Einzelheiten hierzu erfährst Du, sobald Du in Rom bist. Ich werde den Seelaren ein Opfer für Deine wohlbehaltene Heimkehr bringen.

Marius ließ den Brief fallen, als ob er sich die Finger daran verbrannt hätte, und sah seine Frau an. »Na, was hältst du von dieser Neuigkeit?« fragte er. »Dein Bruder Gaius hat sich wegen Ehebruchs von Aurelia scheiden lassen! Offenbar hat sie noch ein Kind bekommen – einen Jungen mit hellroten Haaren! Oh weh! Dreimal darfst du raten, wer der Vater ist!«

Julia war sprachlos, und zwar ganz wörtlich. Sie wußte nicht, was sie sagen sollte. Hellrot schoß ihr das Blut vom Hals zur Stirn hinauf. Ihre Lippen wurden schmal. Dann begann sie, den Kopf zu schütteln, und sie schüttelte ihn so lange, bis sie endlich Worte fand. »Das ist nicht wahr! Es kann nicht wahr sein! Ich glaube es nicht!«

»Aber ihr eigener Onkel sagt es. Hier.« Marius warf ihr den letzten Teil des Briefes in den Schoß.

Sie nahm die Schriftrolle und machte sich daran, die endlose, ununterbrochene Reihe von Buchstaben in Worte zu zerlegen, die sie leise vor sich hinmurmelte. Ihre Stimme klang hohl und unnatürlich. Immer wieder las sie die entscheidende Passage, dann ließ sie den Brief sinken.

»Es ist nicht Aurelia«, sagte sie bestimmt. »Ich werde nie glauben, daß es Aurelia ist!«

»Wer sollte es sonst sein? Rote Haare, Julia! Das ist das Brandzeichen des Lucius Cornelius Sulla, nicht des Gaius Julius Caesar!«

»Publius Rutilius hat noch andere Nichten«, sagte Julia hartnäckig.

»Die engen Kontakt mit Lucius Cornelius haben und allein in Roms übelstem Viertel leben?«

»Woher sollen wir das wissen? Möglich ist es.«

»In Pisidien glauben die Leute an fliegende Schweine.«

»Was hat Roms Altstadt übrigens damit zu tun?«

»Dort kann man leicht unbemerkt eine Affäre haben«, sagte Marius vergnügt. »Wenigstens solange, bis man einen kleinen rothaarigen Kuckuck ins Familiennest gesetzt bekommt!«

»Jetzt hör doch auf, dich auch noch daran zu freuen!« rief Julia ärgerlich. »Ich glaube es nicht und werde es nie glauben.« Dann fiel ihr noch etwas ein. »Außerdem kann es nicht mein Bruder Gaius sein. Er kann noch nicht nach Rom zurückgekehrt sein, und wenn er doch schon in Rom wäre, hättest du davon erfahren. Er arbeitet doch in deinem Auftrag in Africa.« Sie sah Marius herausfordernd an. »Na? Was sagst du nun, mein Gatte?«

»Wahrscheinlich hat er mir nach Rom geschrieben«, sagte Marius ohne viel Überzeugung.

»Nachdem ich ihm geschrieben habe, wir seien drei Jahre unterwegs? Und ihm gesagt habe, wo wir uns ungefähr aufhalten würden? Komm, Gaius Marius, gib zu, es ist ganz unwahrscheinlich, daß es sich um Aurelia handelt!«

»Ich gebe gern zu, was du willst«, sagte Marius lachend. »Aber trotzdem, Julia, es *ist* Aurelia!«

»Ich fahre nach Hause.« Julia stand auf.

»Ich dachte, du wolltest nach Ägypten?«

»Ich fahre nach Hause«, wiederholte Julia. »Es ist mir egal, wohin du fährst, Gaius Marius, obwohl mir am liebsten wäre, du würdest dich ins Land der Hyperboreer verziehen. *Ich* jedenfalls fahre nach Hause.«

II

Ich gehe nach Smyrna und hole mein Vermögen her«, erklärte Quintus Servilius Caepio seinem Schwager Marcus Livius Drusus auf dem Nachhauseweg vom Forum Romanum.

Drusus blieb stehen, und eine seiner spitzen schwarzen Augenbrauen schnellte in die Höhe. »So! Hältst du das für klug?« fragte er und hätte sich schon im nächsten Moment für seine Taktlosigkeit die Zunge abbeißen können.

»Was meinst du mit klug?« fragte Caepio streitsüchtig.

Drusus nahm Caepios rechten Arm. »Genau was ich gesagt habe, Quintus. Ich will damit nicht andeuten, daß es sich bei deinem Vermögen in Smyrna um das Gold von Tolosa handelt – und auch nicht, daß dein Vater das Gold von Tolosa gestohlen hat. Tatsache ist aber: Fast ganz Rom glaubt, daß dein Vater schuldig ist und daß es sich bei dem auf deinen Namen in Smyrna hinterlegten Vermögen um das Gold von Tolosa handelt. Wenn du das Vermögen früher zurückgeholt hättest, hättest du deswegen wahrscheinlich nur ein paar böse Blicke kassiert und festgestellt, daß der Sache ein Geruch anhaftet, der sich nachteilig auf deine politische Karriere ausgewirkt hätte. Aber heute sieht die Sache ganz anders aus. Es gibt eine *lex Servilia Glaucia de repetundis*, wie du weißt. Die Zeiten, in denen ein Statthalter seine Provinz schamlos ausbeuten und auspressen konnte und seine Beute dann ungehindert in Sicherheit bringen konnte, sind vorbei. Glaucias Gesetz sieht ausdrücklich vor, daß unrechtmäßig erworbenes Vermögen dem letzten Empfänger und dem Veruntreuer wieder abgenommen werden kann.«

»Darf ich dich daran erinnern, daß Glaucias Gesetz nicht rückwirkend gilt?« bemerkte Caepio spitz.

»Das kann sich schnell ändern. Es braucht nur einen aufgebrachten Volkstribunen und eine rasche Einberufung der Volksversammlung, dann ist dieses Schlupfloch in der *lex Servilia Glaucia* zu, und das Gesetz gilt rückwirkend«, entgegnete Drusus nachdrücklich. »Wirklich, Schwager Quintus, denke bitte nochmal darüber nach! Ich würde es nicht gern sehen, wenn meine Schwester und ihre Kinder auf einmal weder *pater familias* noch Geld hätten, und genausowenig würde es mir gefallen, wenn du den Rest deiner Tage im Exil in Smyrna verbringen müßtest.«

»Ich möchte mal wissen, warum sie ausgerechnet auf meinem Vater so herumgehackt haben«, sagte Caepio wütend. »Schau dir dagegen Metellus Numidicus an! Er ist ruhmbedeckt nach Hause zurückgekehrt, während mein armer Vater in der Verbannung starb!«

»Wir wissen doch beide warum«, erwiderte Drusus geduldig und wünschte sich wieder einmal, daß Caepio wenigstens ein wenig mehr Grips im Kopf hätte. »Die Männer, die die Volksversammlung beherrschen, verzeihen einem vornehmen Adligen vieles, besonders wenn etwas Gras über die Sache gewachsen ist. Aber das Gold von Tolosa war etwas Einzigartiges! Und es verschwand aus der Obhut deines Vaters. Mehr Gold als Rom in seinen Schatzkammern hat! Die Leute hier glauben nun einmal, daß dein Vater den Schatz geraubt hat, und seither haben sie einen Haß auf ihn, der mit Recht, Gerechtigkeit und Patriotismus nichts mehr zu tun hat.« Drusus setzte sich wieder in Bewegung, und Caepio folgte ihm. »Denk bitte noch einmal gründlich darüber nach, Quintus! Wenn der Betrag, den du nach Rom mitbringst, auch nur zehn Prozent soviel wert ist wie das Gold von Tolosa, wird ganz Rom behaupten, dein Vater habe den Schatz wirklich gestohlen und du hättest sein Erbe angetreten.«

Caepio mußte lachen. »Das werden sie ganz bestimmt nicht!« versicherte er. »Ich habe alles gründlich durchdacht, Marcus. Ich habe Jahre gebraucht, um das Problem zu lösen, aber jetzt habe ich es gelöst. Glaube mir!«

»Und wie hast du es gelöst?« fragte Drusus skeptisch.

»Erstens wird keiner außer dir wissen, wo ich bin und was ich dort mache. Rom und sogar Livia Drusa und Servilia Caepionis werde ich im Glauben lassen, daß ich meine Besitzungen in Gallia Transpadana inspiziere. Das habe ich schon seit Monaten angekündigt, so daß niemand überrascht sein oder Fragen stellen wird. Warum sollten sie auch? Schließlich habe ich doch jedem, der es hören wollte oder auch nicht, des langen und breiten erzählt, daß ich Städte gründen will, in denen es lauter Gießereien gibt, die von Pflugscharen bis zu Kettenpanzern alles herstellen. Und da ich an diesem Projekt nur als Landbesitzer interessiert bin, kann niemand meine Integrität als Senator in Zweifel ziehen. Ich überlasse die Führung der Gießereien anderen und begnüge mich selbst mit dem Besitz der Städte!«

Caepio klang so engagiert, daß Drusus, der nur wenig von den Plänen seines Schwagers mitbekommen hatte, weil er ihm nicht zugehört hatte, ihn nun völlig verdutzt anstarrte.

»Das klingt ja, als ob es dir damit wirklich ernst wäre«, meinte er.

»Aber sicher doch! Diese Städte sind nur eines der Projekte, in die ich das Geld aus Smyrna investieren werde. Da ich meine Investitionen auf römischem Territorium und nicht in Rom selbst tätigen werde, wird das Geld nicht durch die städtischen Finanzkanäle fließen. Ich glaube auch nicht, daß die Finanzbehörden so schlau sind oder auch nur die Zeit haben, nachzuprüfen, was und wieviel ich in Geschäfte weit weg von Rom investiere.«

Drusus war überrascht. »Quintus Servilius, du erstaunst mich! Eine derartige Raffinesse hätte ich dir gar nicht zugetraut!«

»Das dachte ich mir«, entgegnete Caepio selbstzufrieden und zerstörte damit sofort den guten Eindruck, den er bei seinem Schwager gemacht hatte. »Ich muß jedoch zugeben, daß mir mein Vater kurz vor seinem Tod in einem Brief genaue Instruktionen gegeben hat, was ich mit dem Geld anfangen soll. Denn es liegt wirklich eine ganz *beträchtliche* Summe in Smyrna.«

»Das kann ich mir vorstellen«, meinte Drusus trocken.

»Aber es ist nicht das Gold von Tolosa!« rief Caepio verzweifelt und warf die Arme in die Höhe. »Es handelt sich um das Vermögen meines Vaters und meiner Mutter, und mein Vater war klug genug, es vor seiner Verurteilung beiseite zu schaffen, was ihm ja auch gelungen ist, trotz der Versuche dieses eingebildeten Bastards Norbanus, das zu verhindern. Es hat Norbanus nichts genutzt, meinen Vater nach der Verhandlung ins Gefängnis zu werfen und von dort aus direkt in die Verbannung zu schicken. Im Lauf der Jahre haben wir von dem Geld immer wieder etwas nach Rom transferiert, aber immer nur so viel, daß es nicht auffiel. Deshalb lebe ich ja auch, wie du selbst weißt, äußerst bescheiden.«

»Oh ja, das weiß ich sehr gut.« Drusus beherbergte seinen Schwager und dessen Familie seit der Verurteilung von Caepios Vater in seinem Haus. »Eins ist mir aber immer noch nicht klar. Warum läßt du dein Vermögen nicht einfach in Smyrna?«

»Das geht nicht«, erwiderte Caepio. »Mein Vater hat gesagt, das

Geld sei in Smyrna nicht für immer sicher – und auch nicht in einer anderen Stadt der Provinz Asia wie beispielsweise Cos oder Rhodus, wo es die dazu nötigen Bankeinrichtungen gibt. Er hat gesagt, die Provinz Asia würde gegen Rom revoltieren. Die Steuereintreiber hätten Rom bei der ganzen Bevölkerung verhaßt gemacht. Er hat gesagt, früher oder später würde die gesamte Provinz sich erheben.«

»Falls das geschieht, haben wir sie schnell wieder zurückerobert«, meinte Drusus.

»Das weiß ich auch! Aber in der Zwischenzeit wäre das Gold und das Silber und die Münzen und die anderen Schätze in der Provinz Asia kaum sicher, oder? Mein Vater sagte, die Rebellen würden als erstes die Tempel und Banken plündern.«

Drusus nickte. »Damit hatte er vermutlich recht. Deshalb willst du also dein Geld woandershin schaffen. Aber nach Gallia Cisalpina?«

»Nur einen Teil. Einen anderen Teil bringe ich nach Campania. Und einen Teil nach Umbrien und Etrurien. Dann kommt noch etwas nach Massilia, nach Utika und nach Gades. Bis zum westlichen Ende des Mittelmeers.«

»Warum sagst du mir nicht die Wahrheit, Quintus, wenigstens mir, deinem zweifachen Schwager?« Drusus klang überdrüssig. »Deine Schwester ist meine Frau, und meine Schwester ist deine Frau. Wir sind so aneinander gekettet, daß wir niemals unabhängig voneinander sein werden. Gib es wenigstens mir gegenüber zu! Es ist das Gold von Tolosa!«

»Ist es nicht! Es ist nicht das Gold von Tolosa!« beharrte Quintus Servilius Caepio.

Alter Dickkopf, dachte Marcus Livius Drusus und ging voraus in den Säulengarten seines Hauses, der schönsten Villa von Rom. So dick wie Brei, den man zu lange gekocht hat. Und doch … Da saß der junge Caepio nun auf 15 000 Talenten Gold, die sein Vater vor acht Jahren von Spanien nach Smyrna geschmuggelt hatte, nachdem es angeblich auf dem Transport von Tolosa nach Narbo von Germanen geraubt worden war. Eine Kohorte gut ausgebildeter römischer Soldaten war bei der Verteidigung des Goldzuges umgekommen. Hatte Caepio deswegen ein schlechtes Gewissen? Hatte sein Vater, der das Massaker eingefädelt haben mußte, ein schlechtes Gewissen? Mitnichten! Die beiden interessierte nur ihr kostbares Gold. Sie gehörten zur Familie der Servilii Caepiones, der Midasse Roms. Nur das Wort »Gold« riß sie aus ihrem geistigen Dämmerzustand.

Man schrieb den Januar des Jahres, in dem Gnaeus Cornelius Lentulus und Publius Licinius Crassus Konsuln waren. Die Lotusbäume im Garten von Livius Drusus waren kahl, aber die von Myron geschaffenen Statuen und Fontänen des herrlichen Bassins waren dank des über ein Röhrensystem zugeführten warmen Wassers noch in Betrieb. Die Gemälde von Apelles, Zeuxis, Timanthes und anderen hatte Drusus Anfang des Jahres von der Hinterwand der Säulenhalle entfernen und an einen sicheren Ort bringen lassen, denn die beiden Töchter Caepios hatten von zwei Künstlern, die die Fresken im Atrium restauriert hatten, Farbe stibitzt und die kostbaren Gemälde damit beschmiert. Die beiden Mädchen hatten zwar zur Strafe eine tüchtige Portion Prügel bezogen, aber Drusus hielt es dennoch für ratsam, sie nicht noch einmal in Versuchung zu führen. Die Farbkleckse der beiden Gören waren noch frisch und ließen sich daher leicht wieder entfernen. Und noch einen Grund zur Vorsicht gab es: Er konnte nicht sicher sein, auf welche dummen Gedanken sein kleiner Sohn noch kommen würde, wenn er ein bißchen älter war. Unbezahlbare Kunstschätze durfte man in einem Haus, in dem Kinder lebten, eben nicht ausstellen. Außerdem würde es in seinem Haus sicher noch mehr Nachwuchs geben.

Er selbst hatte inzwischen eine Familie gegründet, wenn auch nicht in der von ihm gewünschten Art und Weise. Er und Servilia Caepionis schienen keine Kinder zeugen zu können, deshalb hatten sie vor zwei Jahren den jüngsten Sohn des Tiberius Claudius Nero adoptiert. Tiberius Claudius Nero, einer der vielen verarmten Angehörigen des weitverzweigten Geschlechts der Claudier, war entzückt darüber, daß sein jüngstes Kind das Erbe des wohlhabenden Livius Drusus antreten würde. Normalerweise adoptierte man lieber den ältesten Sohn einer Familie, um sicher zu gehen, daß das Kind geistig und körperlich gesund, von angenehmem Wesen und einigermaßen intelligent war. Aber Servilia Caepionis sehnte sich so sehr nach einem Baby, daß sie unbedingt ein Baby adoptieren wollte. Und Marcus Livius Drusus, der seine Frau im Lauf ihrer Ehe lieben gelernt hatte, gab nach. Seine eigenen Befürchtungen suchte er dadurch zu beschwichtigen, daß er der Mater Matuta eine großzügige Spende zukommen ließ, um sich des Beistands der Göttin zu versichern, daß der Knabe sich zu einem tüchtigen Mann entwickeln würde.

Die beiden Frauen saßen in Servilia Caepionis' Wohnzimmer, das direkt neben dem Kinderzimmer lag. Jetzt kamen sie aus dem Zimmer und begrüßten ihre Männer freudestrahlend. Man hatte den Eindruck, Schwestern vor sich zu haben, obwohl die beiden Frauen ja nur Schwägerinnen waren. Beide waren klein, hatten dunkle Haare und Augen und ein schmales, regelmäßiges Gesicht. Livia Drusa, Caepios Frau, war die hübschere von beiden, denn sie hatte nicht die in der Familie sonst üblichen kurzen Beine geerbt. Außerdem hatte sie auch die bessere Figur. Sie erfüllte mit ihren großen, runden Augen und dem kleinen, wie eine Knospe geformten Mund die Kriterien weiblicher Schönheit. Ein Kenner hätte ihre Nase vielleicht als etwas zu klein eingestuft, aber wenigstens war die Nase nicht gerade, sondern endete in einem winzigen Knubbel. Livia Drusas Haut war kleinporig und cremefarben, ihre Taille schmal, ihre Brüste und Hüften wohlgeformt und üppig. Servilia Caepionis, Drusus' Frau, war dünner, sah aber sonst genauso aus. Jedoch neigte sie zu Pickeln um Kinn und Nase, ihre Beine waren zu kurz für ihren Rumpf und auch ihr Hals war nicht lang genug.

Dennoch liebte Marcus Livius Drusus seine weniger hübsche Frau, während Quintus Servilius Caepio seine Frau trotz ihrer Schönheit nicht liebte. Bei der Doppelhochzeit acht Jahre zuvor war es noch umgekehrt gewesen. Die beiden Männer wußten es nicht, aber der Grund dieser Entwicklung waren ihre Frauen: Livia Drusa hatte Caepio gehaßt und war zu der Heirat gezwungen worden, Servilia Caepionis dagegen hatte Drusus schon als kleines Mädchen angehimmelt. Als Angehörige der vornehmsten Adelsgeschlechter Roms waren beide Frauen mustergültige Ehefrauen des alten Schlags: stets gehorsam, unterwürfig, ausgeglichen und ehrerbietig. Als die Ehepartner sich im Lauf der Jahre dann besser kennenlernten und zu einer gewissen Vertrautheit fanden, schmolz die Gleichgültigkeit von Marcus Livius Drusus angesichts der ihm von seiner Ehefrau beständig entgegengebrachten Zuneigung und der zunehmenden Begeisterung, die sie im Schlafgemach an den Tag legte, dahin, auch wenn letzteres ein wunder Punkt zwischen den Eheleuten blieb, da aus ihrer Verbindung keine Kinder hervorgingen. Quintus Servilius Caepios' sprachlose Bewunderung dagegen erlosch angesichts der unausgesprochenen Abneigung seiner Frau und ihrer zunehmenden Kälte in der ehelichen Umarmung, hinter der sich Verzweiflung darüber verbarg, daß ihrer Verbindung bisher lediglich zwei Mädchen entsprungen waren und dann nichts mehr.

Ein kurzer Besuch im Kinderzimmer war obligatorisch. Drusus

machte viel Aufhebens um den pausbäckigen, dunkelhäutigen Drusus Nero, der mittlerweile fast zwei Jahre alt war. Caepio hingegen nickte seinen Töchtern lediglich zu, die sich ängstlich und ehrfürchtig an die Wand drückten. Sie waren kleine Ausgaben ihrer Mutter, genauso dunkel und großäugig und mit demselben Knospenmund, und beide hatten den Charme, der kleinen Mädchen eigen ist. Ihr Vater merkte davon freilich nichts, weil er seine Töchter gar nicht genau ansah. Servilia war nun fast sieben und hatte aus der Tracht Prügel, die sie bezogen hatte, weil sie Apelles Pferd und Zeuxis Trauben eigenhändig verschönert hatte, viel gelernt. Sie war noch nie zuvor geschlagen worden und hatte eher Demütigung als Schmerz, eher Ärger als Belehrung empfunden. Lilla dagegen war ein kleiner Derwisch, ständig zu Streichen aufgelegt und nicht zu bändigen, eigensinnig, aggressiv und direkt. Sie hatte die Schläge, die sie bezogen hatte, sofort wieder vergessen und nur einen gesunden Respekt vor ihrem Vater zurückbehalten.

Die vier Erwachsenen begaben sich ins Speisezimmer zum Essen.

»Kommt Quintus Poppaedius nicht zum Essen, Cratippus?« fragte Drusus seinen Verwalter.

»Soweit ich weiß schon, Herr.«

»Dann warten wir«, beschied Drusus. Er ignorierte den feindseligen Blick, den sein Schwager Caepio ihm zuwarf.

Caepio ließ sich jedoch nicht so einfach abspeisen. »Ich frage mich, wie du diesen gräßlichen Burschen nur ertragen kannst, Marcus Livius.«

Drusus sah seinen Schwager kalt an. »Manche fragen mich dasselbe in Bezug auf dich, Quintus Servilius«, sagte er ruhig.

Livia Drusa stockte der Atem, und sie mußte ein nervöses Kichern unterdrücken. Aber wie Drusus erwartet hatte, überhörte Caepio die Kritik.

»Das sage ich doch«, fuhr er unbeirrt fort, »wie hältst du es nur mit ihm aus?«

»Weil er mein Freund ist.«

»Weil er dich aussaugt, meinst du wohl!« fauchte Caepio. »Ehrlich, Marcus Livius, er nutzt dich doch aus. Ständig taucht er hier unangemeldet auf, bittet dich um einen Gefallen und beschwert sich über uns Römer. Für wen hält er sich eigentlich?«

»Für einen Italiker aus dem Volk der Marser«, antwortete eine fröhliche Stimme. »Bitte entschuldige die Verspätung, Marcus Livius, aber ich habe dir doch schon so oft gesagt, daß ihr ohne mich anfangen sollt. Ich habe allerdings eine hieb- und stichfeste Entschuldigung für mein Zuspätkommen. Catulus Caesar hat mir einen langen Vortrag über die Treulosigkeit der Italiker gehalten, den ich widerspruchslos über mich ergehen ließ.«

Silo setzte sich auf die hintere Kante der Liege, auf der Drusus lag, und ließ sich von einem Sklaven die Stiefel ausziehen, die Füße waschen und dann warme Socken überziehen. Dann schwang er sich mit lässiger Eleganz herum auf den *locus consularis*, den Ehrenplatz zu Drusus' Linken. Caepio dagegen lag auf der Liege, die im rechten Winkel zu der von Drusus stand, auf einem weniger ehrenvollen Platz also, da er ja ein Familienmitglied war und nicht der Gast.

»Du beschwerst dich wieder mal über mich, Quintus Servilius?« fragte Silo unbekümmert, hob eine schmale Augenbraue und blinzelte Drusus zu.

Drusus grinste und sah Quintus Poppaedius Silo liebevoller an, als er Caepio je angesehen hatte. »Mein Schwager beschwert sich ständig über irgend etwas. Nimm einfach keine Notiz davon.«

»Tu ich auch nicht«, sagte Silo und begrüßte mit einem leichten Kopfnicken die beiden Damen, die gegenüber ihren Ehemännern auf Stühlen Platz genommen hatten.

Drusus und Silo hatten sich auf dem Schlachtfeld von Arausio kennengelernt, nach der Niederlage, die 80 000 Soldaten Roms und der italischen Bundesgenossen das Leben gekostet hatte und die hauptsächlich Caepios Vater zu verantworten hatte. Die unter so unvergeßlichen Umständen zustandegekommene Freundschaft war mit den Jahren noch enger geworden. Außerdem verband die beiden die Sorge um das Schicksal der italischen Bundesgenossen, für die sie sich stark einsetzten. Silo und Drusus waren ungleiche Freunde, aber weder Caepios ständiges Genörgel noch die Ermahnungen einiger älterer Senatsmitglieder hatten bisher einen Keil zwischen sie zu treiben vermocht.

Der Italiker Silo sah eher wie ein Römer aus, der Römer Drusus eher wie ein Italiker. Silo hatte eine römische Nase, eine römisch getönte Haut und eine römische Haltung; er war groß, gut gebaut und abgesehen von seinen Augen ein gutaussehender junger Mann. Seine Augen waren gelbgrün, was als unschön galt, und ein wenig schlangenhaft, weil er selten blinzelte. Für einen Marser war das freilich normal, waren die Marser doch ein Volk von Schlangenanbetern, die sich angewöhnt hatten, nicht öfter zu blinzeln, als absolut nötig war. Silos Vater war der Anführer der Marser gewesen, und nach seinem Tod nahm der Sohn trotz seiner Jugend dessen Platz ein. Er war wohlhabend und hochgebildet, und eigentlich hätten gerade die Römer große Achtung vor ihm haben müssen. Die sahen freilich auf ihn herunter und behandelten ihn mit Geringschätzung, wenn sie ihn nicht sogar offen schnitten. Für sie galt nur, daß Quintus Poppaedius kein Römer war, ja nicht einmal Inhaber des latinischen Rechts: Quintus Poppaedius Silo war Italiker und deshalb ein minderwertiges Geschöpf.

Er stammte aus dem fruchtbaren Hochland in der Mitte der italienischen Halbinsel, unweit von Rom, wo sich die Bergkette des Apennin teilte und das Land der Marser schützend umgab und wo der große Fucinus-See lag, dessen Wasserstand in unerklärlichen Zyklen schwankte, was weder durch die Wasserzufuhr aus Nebenflüssen noch durch Niederschläge erklärt werden konnte. Die Marser waren das wohlhabendste und größte aller die italienische Halbinsel bewohnenden Völker. Jahrhundertelang waren sie die treuesten Verbündeten Roms gewesen, und sie waren überaus stolz darauf, daß bisher noch jeder siegreiche römische Feldherr Marser in seinem Heer gehabt hatte und daß die Römer die Marser noch nie besiegt hatten. Und dennoch galten die Marser wie alle anderen italischen Völker nach so vielen Jahrhunderten offensichtlich noch immer als unwürdig, das volle römische Bürgerrecht übertragen zu bekommen. Die Marser konnten sich deshalb nicht um staatliche Aufträge aus Rom bewerben, sich nicht mit römischen Bürgern verheiraten und sich, wenn sie wegen eines Kapitalverbrechens verurteilt wurden, nicht an ein römisches Gericht wenden. Ein römischer Bürger konnte sie halbtot prügeln und ihnen die Ernte oder die Frau stehlen, ohne daß er gerichtlich belangt werden konnte.

Hätte Rom die Marser wenigstens innerhalb ihres fruchtbaren Hochlandes in Ruhe gelassen, dann wären all diese Ungerechtigkeiten leichter erträglich gewesen. Aber wie in allen Teilen der italienischen Halbinsel, die nicht ausdrücklich römisches Territorium waren, hatte Rom auch hier einen Fremdkörper in Gestalt einer Kolonie latinischen Rechts namens Alba Fucentia eingepflanzt. Es war kaum verwunderlich, daß der kleine Ort Alba Fucentia sich rasch zu einer Stadt und dann zur größten Ansiedlung der gesamten Region entwickelte, siedelte doch innerhalb ihrer Mauern ein kleiner Stamm von römischen Vollbürgern, die ohne jegliche Beschränkungen Handel mit Rom treiben durften. Zudem besaßen die übrigen

Einwohner Alba Fucentias latinisches Bürgerrecht, ein römisches Bürgerrecht zweiter Klasse, das seinem Inhaber neben dem Wahlrecht in Rom auch die meisten anderen Privilegien römischer Bürger verlieh. Die städtischen Beamten bekamen bei ihrem Amtsantritt automatisch das volle römische Bürgerrecht verliehen und vererbten es an ihre direkten Nachkommen. Alba Fucentia war deshalb auf Kosten der alten marsischen Hauptstadt Marruvium gewachsen und gemahnte ständig an die Unterschiede zwischen Römern und Italikern.

Früher hatten alle Bewohner Italiens das latinische Recht als Vorstufe zum Erwerb des vollen römischen Bürgerrechts angestrebt, und Rom war sich unter Führung so tapferer und hervorragender Männer wie Appius Claudius Caecus durchaus bewußt, daß Veränderungen nötig waren, und es war weise genug zu erkennen, daß ganz Italien schließlich römisch werden mußte. Als sich jedoch einige italische Völkerschaften mit Hannibal verbündeten, der plündernd durch die italienische Halbinsel zog, verhärtete sich die Haltung Roms gegenüber den Italikern, und das römische Bürgerrecht und sogar das *ius Latii* wurde nur noch äußerst selten verliehen.

Ein weiterer Grund hierfür war der massenhafte Zuzug von Italikern in Städte römischen oder latinischen Rechts oder gar nach Rom selbst. Wer sich über einen längeren Zeitraum hinweg in einer dieser Städte aufhielt, erhielt automatisch das latinische und sogar das volle römische Bürgerrecht übertragen. Die Paeligner beispielsweise beklagten die Abwanderung von 4 000 ihrer Angehörigen in die latinische Stadt Fregellae und nahmen sie als Vorwand dafür, Rom im Bedarfsfall keine Soldaten mehr zu stellen.

Rom bemühte sich immer wieder, dem Problem des Massenzuzugs Herr zu werden. Diese Bemühungen fanden ihren Höhepunkt in einem Gesetz, das der Volkstribun Marcus Junius Pennus ein Jahr vor dem Aufstand Fregellaes einbrachte. Pennus wies sämtliche Einwohner ohne römisches Bürgerrecht aus Rom und den römischen Kolonien aus und brachte dadurch einen Skandal ans Tageslicht, der den römischen Amtsadel in seinen Grundfesten erschütterte. Es stellte sich nämlich heraus, daß Marcus Perperna, der vier Jahre zuvor Konsul gewesen war, ein Italiker war, der nie das römische Bürgerrecht besessen hatte!

Dieser Vorfall löste in den führenden Kreisen Roms eine Welle der Empörung aus. Marcus Livius Drusus, der Zensor und Vater von Drusus, war einer der schärfsten Gegner weiterer Zugeständnisse an die italischen Bundesgenossen. Derselbe Marcus Livius Drusus hatte das Komplott gegen Gaius Gracchus vorbereitet und zum Scheitern seiner Gesetze beigetragen.

Wer hätte ahnen können, daß Marcus Livius Drusus' Sohn, der nach dem Tod des Vaters während seiner Amtszeit als Zensor frühzeitig die Rolle des *pater familias* übernehmen mußte, die Politik und die Ziele seines Vaters über Bord werfen würde. Der junge Marcus Livius Drusus, Sproß alten plebejischen Adels und Mitglied des Priesterkollegiums, ein unglaublich reicher Mann, der mit den Patriziergeschlechtern des Servilius Caepio, Cornelius Scipio und Aemilius Lepidus blutsverwandt oder durch Heirat verbunden war, hätte sich eigentlich zu einer Säule der ultrakonservativen Fraktion entwickeln müssen, die den Senat – und damit Rom – beherrschte. Daß dies nicht der Fall war, war allein auf einen Zufall zurückzuführen: Drusus hatte als Militärtribun an der Schlacht von Arausio teilgenommen. Damals hatte der patrizische Konsul Quintus Servilius Caepio sich geweigert, sein Heer mit dem des *homo novus* Gaius Mallius Maximus zusammenzulegen, und die römischen und italischen Legionen hatten infolgedessen in Gallia Transalpina eine vernichtende Niederlage gegen die Germanen erlitten.

Zwei neue Faktoren bestimmten das Leben des jungen Drusus nach seiner Rückkehr aus Gallia Transalpina: zum einen die Freundschaft mit dem marsischen Adligen Quintus Poppaedius Silo und zum anderen die Überzeugung, daß die Männer seiner eigenen Klasse und Schicht, insbesondere sein Schwiegervater Caepio, die Leistungen der Soldaten, die in Arausio gefallen waren, weder zu schätzen noch zu achten wußten, egal ob es sich um römische Adlige, italische Hilfstruppen oder römische Proletarier handelte.

Das hieß freilich nicht, daß der junge Marcus Livius Drusus sich sofort die Vorstellungen und Ziele eines echten Reformers zu eigen gemacht hätte. Dazu war er viel zu sehr ein Produkt seiner Klasse. Aber er hatte – wie viele andere römische Adlige auch – etwas erlebt, das ihn nachdenklich gemacht hatte. Ähnlich war es auch den Gracchen ergangen. Tiberius Sempronius Gracchus, der ältere der Brüder und Sproß einer der angesehensten und ältesten Familien Roms, hatte als junger Mann Etrurien bereist und dabei festgestellt, daß eine Handvoll reicher Römer das gesamte römische Staatsland kontrollierte. Die Römer bebauten es mit Hilfe aneinandergeketteter Sklaven, die jede Nacht in elende Behausungen gesperrt wurden, die berüchtigten *ergastula.* Wo, fragte sich Tiberius Gracchus angesichts dieser Sklavenmassen, waren die römischen Kleinbauern, die dieses Land hätten besitzen und bebauen sollen, um sich so den Lebensunterhalt zu sichern und Söhne für das römische Heer zu zeugen? Seine Klassenzugehörigkeit hatte Tiberius Gracchus nicht am Nachdenken gehindert. Und weil er ein Produkt seiner Klasse war, hatte er einen ausgeprägten Gerechtigkeitssinn und eine übermächtige Liebe zu Rom.

Sieben Jahre waren seit der Schlacht von Arausio vergangen. Drusus war in diesen sieben Jahren Mitglied des Senats geworden, hatte als Quästor in der Provinz Asia gedient und hatte seinen Schwager und dessen Familie nach der Schmach des alten Caepio in seinem Hause aufnehmen müssen. Er war Priester des Staatskultes geworden, hatte sein persönliches Vermögen gewinnbringend angelegt und die schrecklichen Ereignissse, die zum Mord an Saturninus und seinem Kollegen geführt hatten, aufmerksam mitverfolgt. Und er hatte auf Seiten des Senats gegen Saturninus gekämpft, als dieser sich zum König von Rom hatte aufschwingen wollen. Drusus hatte Quintus Poppaedius Silo in diesen sieben Jahren unzählige Male bei sich zu Gast gehabt, hatte ihm zugehört und hatte selber nachgedacht. Er hatte sich vorgenommen, die leidige Frage der italischen Bundesgenossen auf echt römische, wahrhaft friedliche und für beide Seiten zufriedenstellende Art und Weise zu lösen. Darauf verwendete er insgeheim sämtliche Energien, er weihte jedoch niemanden in seine Absichten ein, solange er nicht eine ideale Lösung gefunden hatte.

Der Marser Silo war der einzige, der wußte, was in Drusus vorging. Aber Silo war sehr behutsam und beging nicht den Fehler, Drusus zu sehr zu bedrängen oder ihm seine Vorstellungen aufzuzwingen, die sich von denen seines Freundes beträchtlich unterschieden. Die 6 000 Legionäre, die Silo bei Arausio befehligt hatte, waren fast bis auf den letzten nichtkämpfenden Mann gefallen. Silo hatte Marser befehligt, keine Römer. Marser hatten seine Legionäre großgezogen, Marser hatten sie bewaffnet, und Marser hatten für ihre Verpflegung während des Feldzuges gezahlt. Ein Opfer an Menschen, Zeit und Geld, für das Rom hinterher weder gedankt noch eine Entschädigung angeboten hatte.

Während Drusus vom allgemeinen Bürgerrecht für alle Bewohner Italiens träumte, wünschte sich Silo nichts sehnlicher als die Loslösung von Rom und den Zusammenschluß aller italienischen Gebiete, die nicht unter römischer Vorherrschaft standen, zu einer unabhängigen und vereinten italischen Nation. Und wenn dieses geeinte Italia einst Wirklichkeit geworden war – und Silo hatte geschworen, alles zu tun, daß es dazu kam –, würden sich die italischen Stämme und Völker zusammenschließen und Krieg gegen Rom führen. Sie würden diesen Krieg gewinnen und Rom, die Römer und deren außeritalische Gebiete in den neuen Staat eingliedern.

Silo war mit seinen Vorstellungen nicht allein, und er wußte das auch. In den vergangenen sieben Jahren hatte er ganz Italien und sogar Gallia Cisalpina bereist und sich nach Gleichgesinnten umgesehen. Er hatte festgestellt, daß es deren gar nicht so wenige gab. Sie waren alle die Anführer ihrer Stämme und Völker, zerfielen jedoch in zwei Gruppen. Zur einen Gruppe gehörten Männer wie Marius Egnatius, Gaius Papius Mutilus und Pontius Telesinus, die alten und ehrwürdigen Geschlechtern ihres jeweiligen Volkes entstammten. Die zweite Gruppe bildeten Männer wie Marcus Lamponius, Publius Vettius Scato, Gaius Vidacilius und Titus Lafrenius, Aufsteiger, die erst in letzter Zeit von sich reden gemacht hatten. Gespräche über die Zukunft Italiens wurden allerorts in Arbeits- und Speisezimmern abgehalten. Zwar wurden fast alle diese Gespräche in Latein geführt, aber die Italiker vergaßen das Unrecht, das die Römer ihnen angetan hatten, deswegen nicht.

Die Vorstellung einer vereinten italienischen Nation war vielleicht nicht neu, aber noch nie zuvor war sie von den verschiedenen Anführern der italischen Stämme als eine echte Alternative angesehen worden. In der Vergangenheit waren alle Hoffnungen auf die Erlangung des vollen römischen Wahlrechts gerichtet gewesen. Die Italiker wollten Teil eines römischen Staates werden, der sich über ganz Italien erstreckte. Rom war seinen italischen Bundesgenossen so haushoch überlegen, daß diese durch und durch römisch dachten, römische Institutionen übernehmen wollten und sich nichts sehnlicher wünschten, als daß ihr Blut, ihr Besitz und ihr Land ein voller und gleichberechtigter Teil Roms werde.

Einige derer, die über die Zukunft Italiens diskutierten, führten die gegenwärtige Misere auf die Katastrophe von Arausio zurück, andere dagegen wiesen darauf hin, daß die Städte latinischen Rechts es mehr und mehr an Unterstützung für die Sache der italischen Bundesgenossen mangeln ließen und sich offensichtlich plötzlich als etwas Besseres vorkamen als bloße Italiker. Sie wiesen mit Recht darauf hin, daß die latinischen Gemeinden offensichtlich zunehmend Gefallen an der Exklusivität ihrer latinischen Bürgerrechte fanden und das Bedürfnis verspürten, sich von den Italikern ohne diese Rechte abzugrenzen.

Arausio war zweifellos der Höhepunkt eines jahrzehntelangen Soldatensterbens gewesen, das die gesamte Halbinsel der Männer beraubte und dazu führte, daß Höfe und Geschäfte wegen Verschuldung aufgegeben oder verkauft werden mußten, weil es zu wenig Kinder und junge Männer für die schwere Arbeit gab. Aber die Feldzüge hatten die römische und latinische männliche Bevölkerung gleichermaßen dezimiert und konnten daher nicht für die gesamte Misere verantwortlich gemacht werden. Dazu kam ein wachsender Unmut gegen reiche römische Grundbesitzer, die in Rom lebten und ihre riesigen Ländereien, sogenannte Latifundien, ausschließlich mit Sklaven bewirtschafteten. Allzuoft begingen römische Bürger schreiendes Unrecht an Italikern, wenn sie beispielsweise unter Ausnutzung ihrer Macht und ihres Einflusses Unschuldige verprügelten, sich fremde Frauen nahmen oder kleine Bauernhöfe kassierten, um ihre Ländereien abzurunden.

Was die Mehrheit der italischen Bundesgenossen dazu bewogen hatte, auf die Loslösung von Rom und die Bildung eines unabhängigen Staates zu setzen, statt wie bisher die Verleihung des vollen römischen Bürgerrechts zu erstreben, war selbst Silo nicht ganz klar. Er selbst war seit Arausio davon überzeugt, daß die einzige Lösung in der Trennung von Rom bestand, aber seine italischen Gesprächspartner hatten an der Schlacht nicht teilgenommen. Vielleicht entsprang die neue Entschlossenheit, sich von Rom loszusagen, dem schieren Überdruß und einem tiefsitzenden Gefühl dafür, daß die Tage, in denen Rom sein kostbares Bürgerrecht großzügig verteilt hatte, vorüber waren und die jetzige Situation in alle Zukunft andauern würde. Die Erniedrigung und Schmähung durch Rom hatte ein Ausmaß erreicht, das den italischen Bundesgenossen untragbar erschien.

In Gaius Papius Mutilus, dem Anführer der Samniten, fand Silo einen Mann, der die Aussicht auf eine mögliche Loslösung von Rom begeistert begrüßte. Silo selbst haßte weder Rom noch die Römer, ihm ging es einzig und allein darum, seinem Volk aus der Misere zu helfen. Aber Gaius Papius Mutilus gehörte einem Volk an, das einer der entschlossensten und unversöhnlichsten Feinde Roms war. Die Feindschaft zwischen Römern und Samniten ging bereits auf die Zeit zurück, als die kleine, noch im Entstehen begriffene römische

Gemeinde am Tiber zum ersten Mal die Zähne gezeigt hatte. Mutilus haßte Rom und die Römer mit jeder Faser seines Herzens, jedem bewußten und unbewußten Gedanken. Er sehnte sich wie alle Samniten danach, Rom für alle Zeiten aus dem Gedächtnis der Menschheit auszulöschen. Silo war ein politischer Gegner Roms, Mutilus war Roms Feind.

Wie überall, wo das gemeinsame Interesse groß genug ist, um alle Einwände und praktischen Erwägungen unwichtig erscheinen zu lassen, waren sich auch die italischen Führer, die eigentlich nur zusammengekommen waren, um zu überlegen, ob man überhaupt etwas tun konnte, schnell einig, daß es nur eins zu tun gab – sich von Rom loszusagen. Alle kannten sie jedoch Rom gut genug, um zu wissen, daß die Einigung nicht ohne einen Krieg zu haben war. Daher schlug auch keiner der Teilnehmer vor, in den nächsten Jahren irgendeine Erklärung ihrer Unabhängigkeit zu veröffentlichen. Statt dessen beschlossen die Führer der italischen Bundesgenossen, die Zeit für die Vorbereitung eines Krieges gegen Rom zu nutzen. Für diesen Krieg waren enorme Anstrengungen und riesige Geldsummen nötig – und mehr Männer, als in den Jahren unmittelbar nach Arausio zur Verfügung standen. Es wurde also kein bestimmter Zeitpunkt festgesetzt oder erwogen. Während die italischen Knaben zu kampffähigen Männern heranwuchsen, sollten alle Energien und finanziellen Mittel auf die Herstellung von Waffen und Ausrüstung und ausreichender Mengen anderer kriegsnotwendiger Güter konzentriert werden, um einen siegreichen Ausgang des Waffengangs überhaupt erst in den Bereich des Möglichen zu rücken.

Fürs erste konnte man auf wenig zurückgreifen. Die vergangenen Feldzüge hatten weitab von Italien stattgefunden, und die Waffen und Rüstungen der Gefallenen gelangten fast nie wieder in die Hände der Bundesgenossen, vor allem deshalb, weil die Römer sie meist selbst von den Schlachtfeldern aufsammelten und dann natürlich vergaßen, sie als Eigentum der Bundesgenossen zu deklarieren. Einen Teil der Waffen konnte man offen einkaufen, aber er reichte lange nicht, um die 100 000 Mann zu bewaffnen, die das neue Italia nach Schätzungen von Silo und Mutilus brauchen würde, um Rom zu besiegen. Die Aufrüstung mußte also geheim durchgeführt werden und war dementsprechend langwierig. Jahre würden ins Land ziehen, bevor an eine Entscheidungsschlacht zu denken war.

Die Sache wurde noch dadurch kompliziert, daß sämtliche Vorbereitungen in Gegenwart von Männern durchgeführt werden mußten, die, wenn sie erfuhren, was vor sich ging, sofort einem Römer oder Rom direkt Bericht erstatten würden. Vor allem den Kolonien latinischen Rechts und reisenden römischen Bürgern durfte man nicht trauen. Daher wurden die Hauptquartiere und die Aufbewahrungsorte für Kriegsgerät in armen, von römischen Straßen und latinischen Kolonien abgelegenen Gebieten errichtet, die normalerweise kein Römer betrat. Überall türmten sich neue Schwierigkeiten und Gefahren vor den Führern der italischen Stämme auf. Dennoch machte man Fortschritte bei der Beschaffung von Kriegsgerät, und vor kurzem hatte man außerdem mit der Ausbildung neuer Soldaten beginnen können, denn ein paar italische Knaben waren zu jungen Männern herangewachsen.

All dies wußte Quintus Poppaedius Silo, als er sich zwanglos in das Tischgespräch einmischte, aber er verspürte deshalb weder Schuldgefühle noch Angst. Schließlich wußte außer ihm in dieser Runde niemand davon. Und vielleicht war es zuletzt ja auch Marcus Livius Drusus in seiner ruhigen und gründlichen Art, der eine Lösung des Problems fand. Man hatte schon von ganz anderen Dingen gehört.

»Quintus Servilius verläßt uns für einige Monate«, gab Drusus bekannt. Es war ein willkommener Themenwechsel.

Silo meinte in Livia Drusas Augen Freude aufflackern zu sehen. Er hielt die Schwester seines Freundes für eine ausnehmend hübsche Frau, war jedoch noch nicht schlau aus ihr geworden. Gefiel ihr das Leben, das sie führte? Liebte sie Caepio? Wohnte sie gern im Haus ihres Bruders? Sein Instinkt sagte ihm, daß all diese Fragen mit Nein zu beantworten seien, aber er war sich nicht sicher. Dann begann Caepio über seine Pläne zu sprechen, und Silo verlor jedes Interesse an Livia Drusa.

»... vor allem um Patavium und Aquileia«, hörte er Caepio sagen. »Das Eisen aus Noricum – ich werde versuchen, die Eisenkonzessionen für Noricum zu bekommen – kann Schmelzöfen in der Umgebung von Patavium und Aquileia versorgen. Das wichtigste ist, daß die eisenhaltigen Gebiete im Osten Gallia Cisalpinas in der Nähe großer Mischwälder liegen, die für die Gewinnung von Holzkohle geradezu ideal sind. Meine Agenten berichten mir, daß ganze Buchen- und Ulmenbestände nur darauf warten, abgeholzt zu werden.«

»Die Standorte der Gießereien hängen aber doch vorwiegend von Eisenvorkommen in der Nähe ab«, mischte sich Silo interessiert ein.

»Deshalb haben sich doch Pisae und Populonia zu Gießereistädten entwickelt. Weil das Eisen per Schiff direkt aus Ilva angeliefert werden kann.«

»Das ist ein Trugschluß«, entgegnete Caepio, der sich zur Abwechslung einmal erstaunlich verständlich ausdrückte. »Pisae und Populonia verdanken ihren Ruhm als Gießereistädte der Tatsache, daß es in der Gegend Baumbestände gibt, die sich zur Weiterverarbeitung zu Holzkohle eignen. Dasselbe gilt auch für den Osten des italischen Galliens. Holzkohle muß erst hergestellt werden, und Eisenwerke verschlingen zehnmal mehr Holzkohle als Metall. Deshalb muß ich in meinen Städten im östlichen Gallia Cisalpina neben Stahlsiedern auch Köhler ansiedeln. Ich werde Land kaufen, auf dem Häuser und Werkstätten für Handwerker gebaut werden können, und dann Schmiede und Köhler in meinen kleinen Städten ansiedeln. Es läßt sich doch viel leichter arbeiten, wenn mehrere Handwerker desselben Gewerbes in einem Ort zusammenwohnen und nicht Handwerker unterschiedlicher Berufszweige.«

»Aber wird es nicht zu einer mörderischen Konkurrenz zwischen den kleinen Handwerksbetrieben um die wenigen Kunden kommen?« Silo suchte seine wachsende Erregung zu verbergen.

»Ich wüßte nicht warum«, entgegnete Caepio, der sich kundig gemacht hatte und erstaunlich gut Bescheid wußte. »Nehmen wir an, der Befehlshaber der Handwerker einer Armee braucht 10 000 Kettenpanzer, 10 000 Helme, 10 000 Schwerter und Dolche und 10 000 Speere. Kauft er dann nicht lieber an einem Ort ein, an dem er von einer Gießerei zur anderen gehen kann, ohne daß er lange suchen muß? Und hat es umgekehrt nicht auch der Besitzer einer schönen kleinen Gießerei mit, sagen wir, zehn Freien und zehn Sklaven leichter, seine Produkte zu verkaufen, wenn er sie nicht in der ganzen Stadt ausschreien muß, weil seine Kunden wissen, wo sie ihn finden können?«

»Du hast recht, Quintus Servilius«, sagte Drusus nachdenklich. »Heute braucht ein Heer in der Tat tausenderlei Sachen aus Stahl und immer alles ganz schnell. Früher, als die Soldaten noch aus den Reihen der Besitzenden kamen, war das anders. Da bekam ein junger Bursche an seinem siebzehnten Geburtstag von seinem Vater einen Kettenpanzer, einen Helm, ein Schwert, einen Dolch, einen Schild und Speere. Von der Mutter bekam er die Halbstiefel, die *caligae*, die Schutzhülle für seinen Schild, einen Proviantsack, einen Helmschmuck aus Roßhaar und einen Mantel für kalte Tage, das *sagum*.

Seine Schwestern strickten ihm warme Socken und webten sechs oder sieben Tuniken für ihn. Diese Kriegsausrüstung behielt er sein Leben lang, und er vermachte sie sogar meist, wenn er über das Rekrutierungsalter hinaus war, seinem Sohn oder Enkel. Aber seit Gaius Marius Proletarier in die Armee aufgenommen hat, sind neun von zehn Rekruten nicht einmal in der Lage, sich ein Halstuch zu kaufen, damit ihre Haut nicht vom Kettenpanzer aufgescheuert wird. Ganz zu schweigen davon, daß Mütter, Väter oder Schwestern die Soldaten ausstaffieren wie eine Braut zur Hochzeit. Auf einmal bestehen unsere Heere aus Soldaten, die keinerlei Ausrüstung besitzen und ärmer sind als früher der letzte Mann im Troß. Der Bedarf übersteigt den Nachschub bei weitem, aber von irgendwo muß die Ausrüstung kommen, denn wir können unsere Legionen schlecht ohne Waffen in den Kampf schicken.«

»Jetzt wird mir etwas klar«, sagte Silo. »Ich habe mich schon gefragt, warum so viele entlassene Veteranen mich um ein Darlehen bitten, um eine Schmiedewerkstatt zu eröffnen. Du hast völlig recht, Quintus Servilius. Die von dir geplanten Zentren der Stahlherstellung werden mindestens eine Generation lang ausschließlich mit der Produktion von Kriegsgerät mehr als genug zu tun haben. Als Führer meines Volkes zerbreche ich mir Tag für Tag den Kopf, wo ich die Ausrüstung für die Legionen herbekommen soll, die wir Rom sicher schon bald wieder stellen müssen. Dasselbe gilt mit Sicherheit für die Samniten und alle anderen italischen Stämme.«

»Vergiß Spanien nicht«, sagte Drusus an Caepio gewandt. »Dort müßte es doch auch noch genügend Wälder in der Nähe von Eisenhütten geben.«

»In Hispania Ulterior schon«, entgegnete Caepio, der stolz war, so plötzlich zum Mittelpunkt des allgemeinen Interesses geworden zu sein, eine für ihn völlig neue Erfahrung. »Die Waldbestände der alten karthagischen Eisenhütten der Orospeda sind längst erschöpft, aber die neuen Hütten befinden sich in ausgedehnten Waldgebieten.«

»Wann, glaubst du, werden deine Städte mit der Produktion anfangen können?« fragte Silo beiläufig.

»In Gallia Cisalpina hoffentlich in den nächsten zwei Jahren«, antwortete Caepio. Rasch fügte er hinzu: »Natürlich habe ich mit den Betrieben selbst und den dort produzierten Waren nichts zu tun. Ich würde nie etwas tun, was das Mißfallen der Zensoren erregen könnte. Ich selbst kümmere mich nur um den Bau der Städte und treibe dann die Pacht ein – eine völlig standesgemäße Beschäftigung für einen Senator.«

»Das ist sehr löblich«, bemerkte Silo ironisch. »Ich hoffe, daß du deine Städte nicht nur in der Nähe von Wäldern, sondern auch an schiffbaren Flüssen plazierst.«

»Das werde ich«, versicherte Caepio.

»Die Gallier sind gute Schmiede«, sagte Drusus.

»Aber sie sind keine guten Organisatoren und schaffen deshalb viel weniger, als sie könnten«, entgegnete Caepio und blickte selbstzufrieden in die Runde. Man sah ihn nun immer häufiger so. »Wenn ich die Sache erst in die Hand nehme, geht es schnell voran.«

»Der Handel ist deine Stärke, Quintus Servilius, das ist mir jetzt völlig klar geworden«, meinte Silo. »Du solltest dich aus dem Senat zurückziehen und in den Ritterstand eintreten. Dann könntest du auch Besitzer der Gießereien und Köhlereien sein.«

»Du meinst, ich sollte mit *Leuten* verhandeln?« fragte Caepio entsetzt. »Nein, nie! Das überlasse ich anderen!«

»Aber willst du die Pacht denn nicht persönlich eintreiben?« fragte Silo verschlagen und starrte dabei auf den Boden.

»Ganz sicher nicht!« Caepio fiel auf den Köder herein. »Ich werde eine kleine Agentur in Placentia damit beauftragen. Es mag ja vielleicht angehen, daß deine Cousine Aurelia ihre Mieten persönlich eintreibt, Marcus Livius«, sagte er, an Drusus gewandt, »aber ich persönlich finde, es zeugt von sehr schlechtem Stil.«

Es hatte eine Zeit gegeben, als Drusus bei der bloßen Erwähnung von Aurelias Namen einen Stich im Herzen verspürt hatte, denn er war einer der glühendsten Bewerber um ihre Hand gewesen. Aber jetzt war er sich der Liebe zu seiner Frau sicher und konnte seinem Schwager gelassen erklären: »Aurelia kann man nicht mit anderen vergleichen. Für sie gelten andere Maßstäbe. Ich halte ihren Geschmack für über jeden Tadel erhaben.«

Die Frauen hatten sich nicht an der Unterhaltung beteiligt. Nicht daß sie nichts zu sagen gehabt hätten, aber keiner der Männer ermunterte sie, sich zu beteiligen. Und sie waren es gewohnt, schweigend dabeizusitzen.

Nach dem Essen entschuldigte sich Livia Drusa und erklärte, sie habe etwas Wichtiges zu tun. Ihre Schwägerin Servilia Caepionis blieb bei dem kleinen Drusus Nero im Kinderzimmer. Da es draußen dunkel und kalt war, ließ sich Livia Drusa von einem Diener eine

Decke bringen. Sie wickelte sich darin ein und ging dann durchs Atrium auf die Loggia hinaus, wo mit Sicherheit niemand sie suchen würde und sie eine Stunde ungestört allein sein konnte. Allein! Endlich allein! Sie war überglücklich.

Er würde also verreisen! Endlich! Darauf hatte sie schon so lange gewartet. Selbst als Quästor hatte Caepio sich eine Aufgabe innerhalb der Stadtgrenzen Roms zuweisen lassen. Und während der drei Jahre, die sein Vater vor seinem Tod in der Verbannung in Smyrna gelebt hatte, hatte Caepio ihn kein einziges Mal besucht. Quintus Servilius Caepio war nur für kurze Zeit im ersten Jahr ihrer Ehe von seiner Frau getrennt gewesen, als er als Militärtribun an der Schlacht von Arausio teilgenommen und diese zur allgemeinen Überraschung sogar unverletzt überlebt hatte.

Sie hatte keine Ahnung, was er vorhatte, und es interessierte sie auch nicht – Hauptsache, er war verreist. Wahrscheinlich war seine finanzielle Situation inzwischen so prekär geworden, daß er etwas unternehmen mußte, obwohl Livia Drusa sich in den vergangenen Jahren schon des öfteren gefragt hatte, ob er wirklich so arm war, wie er tat. Wie ihr Bruder es mit ihnen aushielt, war ihr schleierhaft. Nicht nur, daß er sein Haus nicht mehr für sich hatte! Viel schlimmer noch – er hatte sogar seine wertvolle Gemäldesammlung von den Wänden nehmen müssen. Ihr Vater wäre entsetzt gewesen, denn er hatte das große Gebäude eigens zu dem Zweck erbaut, seine Kunstwerke in angemessener Umgebung zur Schau stellen zu können. *Ach Marcus Livius, warum hast du mich gezwungen, diesen Menschen zu heiraten?*

Acht Jahre Ehe und zwei Kinder hatten Livia Drusa nicht mit ihrem Schicksal versöhnen können. Die ersten Jahre waren die schlimmsten gewesen, und sie war immer mehr in Verzweiflung geraten. Nachdem sie jedoch den Tiefpunkt überwunden hatte, lernte sie, mit ihrem Unglück umzugehen. Außerdem hatte sie nie vergessen, was ihr Bruder gesagt hatte, als sie endlich eingewilligt hatte, Caepio zu heiraten:

»Ich erwarte von dir, daß du dich Quintus Servilius gegenüber verhältst wie eine junge Frau, die sich auf die Ehe freut. Du wirst ihm zeigen, daß du dich freust und ihm stets mit Ehrerbietung, Respekt, Interesse und Anteilnahme begegnen. Niemals – nicht einmal in der Abgeschiedenheit eures Schlafgemachs – wirst du Quintus Servilius den geringsten Hinweis darauf geben, daß er nicht der Ehemann ist, den du dir gewünscht hast.«

Drusus hatte sie zu dem Schrein im Atrium geführt, wo die Familiengötter verehrt wurden – Vesta, die Göttin des Herdfeuers, die Di Penates, die Schutzgötter der Speisekammer, und der Lar Familiaris –, und ließ sie schwören, daß sie tun würde, was er von ihr verlangte. Inzwischen hatte sie den Haß auf ihren Bruder längst überwunden. Sie war reifer geworden und hatte eine ihr bisher unbekannte Seite im Wesen ihres Bruders entdeckt. Beides hatte ihr über ihren Haß hinweggeholfen.

Der Drusus ihrer Kindheit und Jugend war ernst und distanziert gewesen und hatte sich nicht für sie interessiert. Wie hatte sie sich vor ihm gefürchtet! Erst nach dem Sturz und der Verbannung ihres Schwiegervaters lernte sie Drusus' wahres Ich kennen. Oder aber, überlegte sie kühl, denn sie hatte den klaren Verstand ihres Bruders Livius Drusus, war sein Wesenswandel auf etwas ganz anderes zurückzuführen. Vielleicht hatten die Schlacht von Arausio und die Liebe zu seiner Frau ihn verändert. Drusus war ganz sicher sanfter und umgänglicher geworden, obwohl er mit ihr nie über ihre Heirat mit Caepio und den schrecklichen Schwur sprach, den er ihr abverlangt hatte. Vor allem bewunderte sie seine unverbrüchliche Treue zu ihr, seiner Schwester, und Caepio, seinem Schwager. Weder in Worten noch durch Gesten hatte er sich je anmerken lassen, daß ihm ihre Anwesenheit in seinem Haus zur Last wurde. Deshalb war ihr auch vor Entsetzen die Luft weggeblieben, als er heute abend einmal tatsächlich ausfallend zu Caepio geworden war, nachdem dieser sich erlaubt hatte, über Quintus Poppaedius Silo zu schimpfen.

Wie gewandt Caepio heute geredet hatte! Er war offensichtlich so angetan von seinem Plan, daß er zusammenhängend und voller Begeisterung darüber berichten konnte. Die Vorbereitungen schien er professionell angegangen und bereits weit vorangetrieben zu haben. Vielleicht hatte Silo ja recht, und Caepio war der geborene Geschäftsmann und Ritter. Was er vorhatte, klang interessant und erfolgversprechend. Wie schön es wäre, wenn sie ein eigenes Haus hätten. Livia Drusa wünschte sich nichts sehnlicher als ein eigenes Haus.

Gelächter drang die Treppe herauf, die von der Loggia hinunter in den überfüllten Wohnbereich der Sklaven führte. Livia Drusa sprang von der Marmorbank auf, auf der sie gesessen hatte, und drückte sich zitternd vor Aufregung in eine Ecke, um nicht gesehen zu werden, falls gleich ein paar Sklaven über die Loggia zur Tür eilten, die ins Atrium führte. Und wirklich kamen wenig später einige

Männer kichernd die Treppe herauf. Sie unterhielten sich in einem griechischen Dialekt und so schnell, daß Livia Drusa nicht verstand, worüber sie lachten. Sie waren so glücklich! Warum? Was hatten sie, das ihr fehlte? Die Antwort darauf war einfach: die Chance, frei zu werden, das römische Bürgerrecht zu erwerben und ihr eigenes Leben zu leben. Die Sklaven wurden bezahlt, Livia Drusa nicht. Die Sklaven hatten viele Freunde und Bekannte, sie nicht. Die Sklaven konnten untereinander enge Beziehungen eingehen, ohne daß sie dafür kritisiert wurden oder es ihnen jemand verbieten konnte, sie nicht. Daß diese Antwort nicht ganz der Wahrheit entsprach, kümmerte Livia Drusa nicht. Für sie war es die Wahrheit.

Die Sklaven hatten sie nicht gesehen, und Livia Drusa trat wieder vor. Es war fast Vollmond, und der Mond erleuchtete jeden Winkel der Stadt. Sie drehte sich um, legte die Arme auf die Balustrade und schaute zum Forum Romanum hinunter. Drusus' Haus lag am Rand des Cermalus auf dem Palatin, genau an der Stelle, wo der Clivus Victoriae eine rechtwinklige Kurve machte und dann parallel zur Längsseite des Forum Romanum verlief. Vom Haus hatte man eine herrliche Aussicht. Früher hatte man nach links über die unbebaute *area Flacciana* bis nach Velabrum sehen können, aber jetzt versperrte dort die von Quintus Lutatius Catulus Caesar erbaute riesige Säulenhalle die Sicht. Im übrigen aber war alles beim alten geblieben. Das Haus des Pontifex Maximus Gnaeus Domitius Ahenobarbus ragte immer noch unterhalb von Drusus' Haus auf, und Livia Drusa hatte einen unverstellten Blick auf dessen Loggia.

Es war ein Rom ohne das geschäftige Treiben, das tagsüber herrschte, und die prächtigen Farben, in denen alles angemalt war, waren nun zu Grautönen und hier und da zu einem Glitzern verblaßt. Dennoch herrschte in der Stadt beileibe keine Totenstille. Überall sah man Fackeln in den dunklen Straßen aufleuchten, Karren rumpelten durch die Gassen, und das Gebrüll der Ochsen drang bis an Livias Ohr. Viele Ladenbesitzer und Händler ließen sich in den Nachtstunden die Ware für den nächsten Tag anliefern, weil dann die Straßen nicht so überfüllt waren. Einige Betrunkene torkelten über den freien Platz des unteren Forums und grölten einen populären Gassenhauer – natürlich über die Liebe. Eine größere Eskorte von Sklaven bugsierte eine sorgfältig verschlossene Sänfte zwischen der Basilica Sempronia und dem Dioskurentempel hindurch. Wahrscheinlich geleiteten sie eine hochgestellte Dame von einer Einladung zum Essen nach Hause. Ein liebestoller Kater heulte den

Mond an, und ein Dutzend Hunde begann zu bellen. Das wiederum amüsierte die Betrunkenen, die gerade an dem dunklen Rund des Versammlungsplatzes der Komitien vorbeikamen, so sehr, daß einer von ihnen den Halt verlor und unter dem Gelächter seiner Kameraden die Sitzreihen hinunterfiel.

Livia Drusas Blick schweifte zurück zur Loggia von Domitius Ahenobarbus' Haus unter ihr und blieb sehnsüchtig an dem menschenleeren Balkon hängen. Es erschien ihr ewig her, noch länger als ihre Heirat, daß man sie jeglicher menschlicher Gesellschaft beraubt hatte. Sie hatte nicht einmal gleichaltrige Freundinnen gehabt, Bücher waren der einzige Trost ihres sinnlosen Lebens gewesen. Und sie hatte sich verliebt, verliebt in jemanden, dem sie wahrscheinlich nie begegnen würde. Damals hatte sie öfters in der hellen Sonne auf der Loggia gesessen und auf dem Balkon unterhalb von ihr nach einem großen, rothaarigen jungen Mann Ausschau gehalten. Der Mann hatte sie so sehr beeindruckt, daß sie ihn sich in ihrer Phantasie als König Odysseus von Ithaka vorstellte, der endlich gekommen war, um sie, seine treu auf ihn wartende Königin Penelope, zu erlösen. Die wenigen Male, die sie den jungen Mann im Lauf der Jahre sah – er war offensichtlich kein sehr häufiger Gast im Hause Ahenobarbus –, hatten genügt, um ihre geheime und quälende Liebe aufrechtzuerhalten. Dieser Zustand hatte auch nach der Heirat mit Caepio angehalten und ihr Leiden nur noch vergrößert. Sie hatte keine Ahnung gehabt, wer der Mann war. Sie hatte nur eins gewußt: Er war kein Mitglied der Familie Domitius Ahenobarbus, denn die Familienangehörigen waren zwar rothaarig, aber untersetzt. Alle großen Geschlechter hatten bestimmte äußere Merkmale, an denen man sie erkannte, und der Mann sah ganz und gar nicht wie ein Ahenobarbus aus.

Nie würde sie den Tag vergessen, an dem sie die Wahrheit über ihn erfahren hatte. Es war der Tag, an dem ihr Schwiegervater von der Versammlung der Plebs wegen Hochverrats verurteilt worden war, der Tag, an dem Cratippus, der Verwalter ihres Bruders, zu ihnen auf die andere Seite des Palatins geeilt war und sie und die kleine Servilia aus dem Haus des Schwiegervaters zu ihrem Bruder in Sicherheit gebracht hatte. Ein unvergeßlicher Tag! Im Haus ihres Bruders war ihr am Verhalten der Servilia Caepionis zum ersten Mal klar geworden, daß eine Frau ihrem Mann ebenbürtig sein konnte; Frauen waren also nicht zwangsläufig aus den Diskussionen über wichtige Familienangelegenheiten ausgeschlossen. Zum ersten Mal hatte sie unverdünnten Wein getrunken. Und dann, als sich alles wieder beruhigt hatte und alles geklärt war, hatte Servilia Caepionis dem großen, rothaarigen Odysseus auf der Loggia unter ihnen einen Namen gegeben – Marcus Porcius Cato Salonianus. Beileibe kein König! Nicht einmal ein richtiger Adliger, sondern der Enkel eines Bauern aus Tusculum und der Urenkel eines keltiberischen Sklaven.

In diesem Augenblick war Livia Drusa erwachsen geworden.

»Hier bist du also!« rief Caepio mit strenger Stimme. »Was machst du da draußen in der Kälte, Frau? Komm sofort herein!«

Livia Drusa erhob sich gehorsam und folgte ihrem Mann in das verhaßte Schlafgemach.

*

Ende Februar brach Quintus Servilius Caepio auf. Zuvor hatte er Livia Drusa erklärt, er werde wohl mindestens ein Jahr weg sein, wenn nicht länger. Sie war überrascht, aber er erklärte ihr, die Reise sei absolut notwendig, denn er habe sein gesamtes Geld in dieses Unternehmen im italischen Gallien investiert und müsse deshalb unbedingt persönlich dessen Durchführung überwachen. Da er sich einen Sohn wünschte und außerdem der Meinung war, daß sie während seiner Abwesenheit etwas zu tun haben müsse, hatte er vor seiner Abreise häufig und intensiv mit ihr geschlafen. Zu Beginn ihrer Ehe war Livia Drusa das körperliche Zusammensein mit ihrem Gatten ein Greuel gewesen, aber nachdem sie die wahre Identität ihres angebeteten rothaarigen König Odysseus erfahren hatte, waren ihr Caepios Intimitäten bloß noch eine lästige Unannehmlichkeit, die sie emotionslos über sich ergehen ließ. Sie verabschiedete sich von ihm, erwähnte aber mit keinem Wort, wie sie die Zeit seiner Abwesenheit verbringen wollte. Eine Woche später bat sie ihren Bruder um eine Unterredung.

»Marcus Livius, ich möchte dich um einen großen Gefallen bitten«, begann sie, nachdem sie auf seinem Klientenstuhl Platz genommen hatte. Dann hielt sie überrascht inne und lachte. »Bei den Göttern! Weißt du, daß ich heute zum ersten Mal wieder hier sitze, seit du mich dazu überredet hast, Quintus Servilius zu heiraten?«

Drusus' olivfarbene Haut wurde dunkel. Er sah auf seine Hände, die gefaltet vor ihm auf dem Schreibtisch lagen. »Das war vor acht Jahren«, sagte er bewegunglos.

»So ist es.« Sie lachte wieder. »Aber ich wollte mit dir nicht darüber sprechen, was vor acht Jahren war. Ich bin gekommen, um dich um einen Gefallen zu bitten, Bruder.«

»Es würde mich freuen, wenn ich ihn dir erfüllen kann, Livia Drusa.« Er war dankbar, daß sie nicht gekommen war, um ihm Vorwürfe zu machen.

Drusus hatte sich schon oft bei ihr entschuldigen wollen, sie um Verzeihung für seinen schrecklichen Fehler bitten wollen. Er wußte genau, wie unglücklich sie war, und mußte zugeben, daß sie mit ihrer Einschätzung von Caepios Charakter recht behalten hatte. Aber der Stolz hatte ihm den Mund verschlossen, und außerdem war er immer noch davon überzeugt, daß er seine Schwester durch die Heirat mit Caepio davor bewahrt hatte, zu werden wie ihre Mutter. Diese schreckliche Frau hatte ihn über Jahre hinweg in peinliche Situationen gebracht; in Gesprächen war oft über sie gespottet worden, wenn wieder einmal eine ihrer schmutzigen Liebesaffären gescheitert war.

»Also?« forderte er Livia Drusa auf.

Sie runzelte die Stirn, fuhr sich mit der Zunge über die Lippen und sah ihn dann mit ihren schönen Augen an. »Marcus Livius, ich weiß, daß wir deine Gastfreundschaft schon viel zu lange in Anspruch nehmen.«

»Das stimmt nicht«, entgegnete ihr Bruder schnell. »Aber wenn ich unabsichtlich diesen Eindruck erweckt haben sollte, dann tut es mir leid. Wirklich, Schwester, du bist in meinem Hause immer willkommen.«

»Ich danke dir. Aber ich habe doch recht. Du und Servilia Caepionis, ihr konntet nie miteinander allein sein. Vielleicht ist sie deshalb bisher noch nicht schwanger geworden.«

Drusus zuckte zusammen. »Das bezweifle ich.«

»Ich nicht.« Sie beugte sich vor und sagte ernst: »Die Zeit ist günstig, Marcus Livius. Du bekleidest kein Regierungsamt, und da ihr den kleinen Drusus Nero jetzt schon einige Zeit bei euch habt, ist die Wahrscheinlichkeit, daß ihr selbst ein Kind zeugen werdet, groß. Zumindest behaupten das die alten Frauen, und ich glaube ihnen.«

Livius Drusus sprach nicht gern über dieses Thema und drängte ungeduldig: »Sage endlich, was du sagen willst!«

»Also gut. Ich möchte mit meinen Kindern gern aufs Land ziehen, solange Quintus Servilius weg ist. Du hast doch diese schöne kleine Villa in der Nähe von Tusculum, kaum eine halbe Tagesreise von Rom entfernt. Das Haus ist seit Jahren unbewohnt. Bitte, Marcus

Livius, überlaß mir das Haus eine Zeitlang! Laß mich allein dort leben!«

Drusus musterte sie aufmerksam und überlegte, was sie im Schilde führen mochte. Aber sie sah ihn offen und ehrlich an.

»Hast du Quintus Servilius um Erlaubnis gefragt?«

»Selbstverständlich!« Livia Drusa sah ihn unverwandt an.

»Er hat mir gegenüber nichts davon gesagt.«

»Das ist aber merkwürdig!« entgegnete sie mit einem Lächeln. »Aber es paßt zu ihm.«

Livius Drusus mußte lachen. »Also gut, Schwester. Wenn Quintus Servilius es erlaubt hat, habe ich nichts dagegen. Du hast ja selbst gesagt, Tusculum ist nicht weit von Rom weg, und ich kann immer ein Auge auf dich haben.«

Livia Drusas Augen leuchteten auf, und sie dankte ihrem Bruder überschwenglich.

»Wann willst du umziehen?«

Sie stand auf. »Sofort. Darf ich Cratippus beauftragen, alles Notwendige zu arrangieren?«

»Selbstverständlich.« Drusus räusperte sich. »Wir werden dich vermissen, Livia Drusa, dich und deine Töchter auch.«

»Und das, nachdem sie dem Pferd einen zusätzlichen Schwanz gemalt und die Trauben in unförmige Äpfel verwandelt haben?«

»Drusus Nero hätte in ein paar Jahren vielleicht dasselbe gemacht«, entgegnete Livius Drusus. »Eigentlich können wir sogar von Glück reden. Die Farbe war noch naß, und so ist ja überhaupt nichts passiert. Vaters Gemälde sind im Keller sicher untergebracht und werden dort bleiben, bis das letzte Kind der Familie aus dem Gröbsten heraus ist.«

Auch er erhob sich, und zusammen gingen sie den Säulengang entlang zum Wohnzimmer der Hausherrin. Servilia saß am Webstuhl und webte eine Decke für das neue Bett des kleinen Drusus Nero.

»Unsere Schwester möchte uns verlassen«, sagte Drusus, als sie eintraten.

Diese Neuigkeit löste bei seiner Frau sichtliche Bestürzung, aber auch schuldbewußte Freude aus. »Oh, Marcus Livius, das ist ja schrecklich! Warum?«

Drusus zog sich jedoch schnell zurück und überließ es seiner Schwester, sich zu erklären.

»Ich ziehe mit den beiden Mädchen in die Villa nach Tusculum. Dort bleiben wir, bis Quintus Servilius zurückkommt.«

»Die Villa in Tusculum?« fragte Servilia Caepionis entgeistert. »Aber meine liebe Livia Drusa, das ist doch eine alte Bruchbude! Soviel ich weiß, hat sie noch der erste Livius gekauft. Es gibt weder ein Bad noch eine Toilette und keine anständige Küche, und außerdem ist das Haus viel zu klein.«

»Das ist mir egal.« Livia Drusa nahm die Hand der Schwägerin und drückte sie sich an die Wange. »Liebe Servilia Caepionis, ich würde sogar in einem Schuppen wohnen, wenn ich dadurch auch einmal Herrin eines Hauses sein könnte. Ich sage das nicht, um dich zu kränken oder um dir Vorwürfe zu machen. Von dem Tag an, an dem dein Bruder und ich hier eingezogen sind, hast du uns überaus freundlich behandelt. Aber versetze dich bitte einmal in meine Lage. Ich möchte ein eigenes Haus. Ich möchte Diener, die mich nicht dauernd *dominilla* nennen und sich nicht darum scheren, was ich sage, weil sie mich seit frühester Jugend kennen. Ich möchte hinaus aufs Land und ein bißchen Ruhe vor der Hektik dieser schrecklichen Stadt haben. Bitte, Servilia Caepionis, versuche mich zu verstehen!«

Zwei Tränen liefen Servilia Caepionis übers Gesicht, und ihre Lippen zitterten. »Ich verstehe dich ja«, sagte sie leise.

»Sei nicht traurig, freue dich doch mit mir!«

Die beiden Frauen umarmten sich innig.

»Ich werde sofort Marcus Livius und Cratippus holen«, sagte Servilia Caepionis abrupt. Sie deckte den Webstuhl ab, um ihn gegen Staub zu schützen. »Die Villa muß so schnell wie möglich für dich hergerichtet und umgebaut werden.«

Aber so lange mochte Livia Drusa nicht warten. Drei Tage später brach sie mit ihren beiden Töchtern, mehreren Bücherkisten und den wenigen Sklaven Caepios nach Tusculum auf.

Sie war seit ihrer Kindheit nicht mehr dort gewesen, aber alles war unverändert – ein kleines Haus, das in einem häßlichen Gelb angestrichen war und nur einen winzigen Garten hatte. Innen war es spärlich ausgestattet, es ließ wenig Licht und Sonne herein und hatte kein Peristyl. Ihr Bruder hatte jedoch keine Zeit verschwendet: Das Haus war voller Bauarbeiter einer ortsansässigen Firma, und der Bauunternehmer erschien höchstpersönlich, um sie zu begrüßen und ihr zu versichern, das Haus werde in zwei Monaten in einem bewohnbaren Zustand sein.

Livia Drusa richtete sich also inmitten des chaotischen Treibens ein. Die Luft war voller Mörtelstaub, es herrschte ein ohrenbetäubender Lärm von Hämmern, Schlegeln und Sägen, und zwischen den Arbeitern gingen ständig Fragen und Befehle in breitestem tusculanischem Latein hin und her. Obwohl Tusculum höchstens fünfzehn Meilen von Rom entfernt war, besuchten die Einwohner des Ortes die große Stadt nur selten. Livia Drusas beiden Töchter reagierten so, wie sie es von ihnen erwartet hatte. Die viereinhalbjährige Lilla war selig, während die stille und zurückhaltende Servilia das Haus, die durch die Bauarbeiten verursachte Unruhe und ihre Mutter ganz offensichtlich haßte, wenn auch nicht unbedingt in dieser Reihenfolge. Servilias schlechte Laune störte wenigstens nicht weiter, während Lillas aufgeregte Teilnahme an allem das Chaos nur noch vermehrte.

Am nächsten Morgen übergab Livia Drusa ihre beiden Töchter der Obhut ihres Kindermädchens und Servilias strengem alten Lehrer und machte einen Morgenspaziergang. Sie genoß die friedliche Stille der Winterlandschaft und konnte kaum glauben, endlich die Fesseln ihrer langen Gefangenschaft abgeworfen zu haben.

Dem Kalender nach war es Frühling, in Wirklichkeit aber war es noch tiefster Winter. Der Pontifex Maximus Gnaeus Domitius Ahenobarbus hatte das Priesterkollegium, dem er vorstand, nicht beauftragt, das zu kurze Kalenderjahr mit den Jahreszeiten in Einklang zu bringen. Nicht daß Rom und die nähere Umgebung in diesem Jahr einen besonders harten Winter zu verzeichnen gehabt hätten – es hatte kaum geschneit, und der Tiber war nicht zugefroren. Die Temperatur lag über dem Gefrierpunkt, der Wind wehte nur selten stärker, und der Boden war mit Gras bedeckt.

Livia Drusa war so glücklich wie nie zuvor in ihrem Leben. Gemächlich schlenderte sie über die heimatlichen Felder, kletterte über eine niedrige Steinmauer, ging dann vorsichtig außen an einem bereits umgepflügten Feld entlang, kletterte über eine weitere Steinmauer und stand in einer Wiese voller Schafe. Die dummen Viecher, denen man Ledermäntel umgebunden hatte, rannten vor ihr weg, als sie sie anlocken wollte. Sie zuckte nur mit den Schultern und ging lächelnd weiter.

Hinter der Wiese stieß sie auf einen weiß angemalten Grenzstein, daneben befand sich ein kleiner, turmartiger Schrein. Auf dem Boden vor dem Schrein klebte noch das Blut eines Opfertiers. In den herunterhängenden Ästen eines überhängenden Baumes baumelten kleine Wollpuppen, Wollbälle und Knoblauchknollen, alles schon wettergegerbt und mitgenommen. Hinter dem Schrein stand ein umgedrehter Tontopf. Livia Drusa konnte der Versuchung nicht widerstehen und hob den Tontopf hoch. Sie stellte ihn aber sofort wieder hin, denn darunter lag der verwesende Körper einer Kröte.

Sie hatte zu lange in der Stadt gelebt und begriff nicht, daß sie fremden Boden betrat, wenn sie jetzt weiterging, und daß der Eigentümer dieses Landes offensichtlich ein Mensch war, der die Götter des Bodens und der Grenzen reich beschenkte. Als sie den ersten Krokus entdeckte, kniete sie sich auf den Boden und betrachtete das satte Gelb der Blume. Dann stand sie auf und starrte voller Ehrfurcht und Staunen auf die nackten Zweige der Bäume, als seien sie an diesem Tag eigens für sie erfunden worden.

Vor ihr lag eine Wiese mit Apfel- und Birnbäumen. An einigen Bäumen hingen noch Birnen, und sie konnte der Versuchung nicht widerstehen und pflückte eine. Die Birne war so süß und saftig, daß der Saft heruntertropfte und ihre Hände hinterher ganz klebrig waren. Sie hörte das Rauschen von Wasser und folgte dem Geräusch durch gepflegte Baumreihen, bis sie auf einen kleinen Bach stieß. Das Wasser war eiskalt, aber das machte ihr nichts aus. Sie wusch sich die Hände, rieb sie in der Sonne trocken und lachte vor sich hin. Die Sonne stand mittlerweile so hoch am Himmel, daß sie die Luft erwärmte. Sie zog ihre *palla* aus, kniete sich neben den Bach, breitete das große Tuch aus, legte es zu einem rechteckigen Bündel zusammen und stand wieder auf. Dann sah sie ihn.

Er hatte gelesen. Die Schriftrolle in seiner Linken hatte sich wieder aufgerollt, er hatte sie ganz vergessen, so starr sah er dem Eindringling in seinem Obstgarten entgegen. König Odysseus von Ithaka! Ihre Augen begegneten sich, und Livia Drusa stockte der Atem, denn er hatte die Augen des Odysseus – groß, grau und wunderschön.

»Hallo!« rief sie und lächelte ihn unbefangen und zwanglos an. Sie hatte ihn so viele Jahre von ihrem Balkon aus beobachtet, daß er ihr in diesem Moment tatsächlich wie der nach Jahren zurückgekehrte Wanderer erschien, ein Mann, den sie mindestens so gut kannte, wie Penelope ihren Odysseus gekannt hatte. Sie warf sich die zusammengefaltete *palla* über den Arm und ging auf ihn zu, immer noch lächelnd und darauflosplappernd.

»Ich habe eine Birne geklaut«, sagte sie. »Sie hat herrlich geschmeckt. Ich habe gar nicht gewußt, daß Birnen so lange am Baum bleiben. Sonst verlasse ich Rom nur im Sommer und fahre ans Meer. Aber das ist etwas ganz anderes.«

Er antwortete nicht, sondern beobachtete nur mit seinen grauen, leuchtenden Augen, wie sie näherkam.

Ich liebe dich immer noch, sagte sie zu sich selbst. Ich liebe dich immer noch! Es ist mir egal, daß du von einem Sklaven und einem Bauern abstammst. Ich liebe dich. Wie Penelope habe auch ich die Liebe vergessen. Aber jetzt bist du nach so vielen Jahren zu mir zurückgekehrt, und ich liebe dich immer noch.

Als sie stehenblieb, war sie ihm bereits zu nahe, als daß es sich noch um die Zufallsbegegnung zweier Fremder hätte handeln können. Er spürte die Wärme, die ihr Körper ausstrahlte, und in den großen dunklen Augen, die auf ihn gerichtet waren, sah er Wiedererkennen. Liebe. Willkommen. Daher schien es ihm nur natürlich, einen Schritt auf sie zuzugehen und sie in die Arme zu nehmen. Livia Drusa sah zu ihm auf, legte die Arme um seinen Hals. Sie lächelten sich an und küßten sich. Sie waren alte Freunde, ein altes Liebespaar, ein Ehepaar, das sich über zwanzig Jahre nicht gesehen hatte, das durch die Intrigen der Götter und Menschen getrennt worden war. Die Wiedervereinigung bedeutete den Sieg über ihre Widersacher.

Seine Hände hielten sie fest, und auch das war wie ein Wiedererkennen. Sie brauchte ihm nicht zu sagen, er solle weggehen und sie in Ruhe lassen, denn er war der König ihres Herzens und war es immer gewesen. So ernst wie ein Kind, das einen kostbaren Schatz hütet, entblößte sie ihre Brüste und bot sie ihm dar. Dann entkleidete sie ihn, während er ihr Tuch auf dem Boden ausbreitete, und legte sich neben ihn. Sie zitterte vor Freude, küßte ihn auf den Hals und sog an seinem Ohrläppchen, nahm sein Gesicht zwischen die Hände, küßte ihn erneut auf den Mund, streichelte freudig erregt seinen Körper und flüsterte ihm tausend Koseworte zu.

Früchte, süß und klebrig – dünne, kahle Zweige, die in einen tiefblauen Himmel ragten – der ruckartige Schmerz eingeklemmter Haare – ein kleiner Vogel, der mit ausgebreiteten Flügeln am Rand einer faserigen Wolke klebte – zentnerschwer der unterdrückte Jubel, der herausbrechen will und dann plötzlich herausbricht – es war die vollkommene Ekstase!

Sie lagen stundenlang auf ihren Kleidern nebeneinander, dicht aneinander gedrängt und sich mit ihrer Haut gegenseitig wärmend. Dabei lächelten sie sich immer wieder ungläubig an, immer noch erstaunt darüber, daß sie sich wiedergefunden hatten, unschuldig wie die Kinder und sich keines Vergehens bewußt und völlig verzückt über die Entdeckungen, die sie am anderen machten.

Sie unterhielten sich auch. Livia Drusa erfuhr, daß er verheiratet war – mit einer gewissen Cuspia, der Tochter eines *publicanus*, eines Steuerpächters – und daß seine Schwester mit Lucius Domitius Ahenobarbus verheiratet war, dem jüngeren Bruder des Pontifex Maximus. Um die horrende Mitgift für seine Schwester aufbringen zu können, war er gezwungen gewesen, die reiche Cuspia zu heiraten. Sie hatten bislang keine Kinder, denn wie Livia Drusa fand auch er nichts Bewundernswertes oder Liebenswertes an seinem Ehepartner, und seine Frau beklagte sich bereits bei ihrem Vater, daß ihr Mann sie vernachlässige.

Als Livia Drusa ihm sagte, wer sie war, wurde Marcus Porcius Cato Salonianus sehr still.

»Bist du jetzt böse?« Sie richtete sich auf und sah ihn ängstlich an.

Er lächelte und schüttelte den Kopf. »Wie könnte ich böse sein, wenn die Götter mich erhört haben. Sie haben dich nur wegen mir hierher gebracht, zum Land meiner Vorfahren. Das wußte ich von dem Augenblick an, als ich dich unten am Bach zum ersten Mal sah. Und wenn du mit so vielen mächtigen Familien verwandt bist, dann ist das eben ein weiteres Zeichen dafür, daß ich vom Schicksal begünstigt bin.«

»Hattest du wirklich keine Ahnung, wer ich bin?«

»Nicht die geringste«, entgegnete er leicht bekümmert. »Ich habe dich noch nie im Leben gesehen.«

»Kein einziges Mal? Hast du nie von Gnaeus Domitius' Balkon aus hinaufgeschaut zum Haus meines Bruders?«

»Nein, nie.«

Sie seufzte. »Ich habe dich im Lauf der Jahre oft gesehen.«

»Und ich bin sehr froh, daß dir gefallen hat, was du gesehen hast.«

Sie schmiegte sich an seine Schulter. »Ich habe mich mit sechzehn in dich verliebt.«

»Wie schlecht die Götter sind!« sagte er. »Wenn ich dich dort gesehen hätte, dann hätte ich sicher nicht geruht, bis du meine Frau geworden wärst. Und wir hätten viele Kinder bekommen und wären jetzt nicht in dieser schrecklichen Lage.«

Sie zitterte. »Ich kann mich erst scheiden lassen, wenn mein Mann wieder zurück ist, und das wird frühestens in einem Jahr sein. Außerdem glaube ich nicht, daß mein Bruder und mein Mann mit dir einverstanden wären. Sie würden wahrscheinlich keine Mitgift zahlen, und ich werde die Kinder verlieren.«

»Und ich kann mich nicht von Cuspia scheiden lassen«, sagte er traurig. »Ich brauche noch mindestens zehn Jahre, bis ich die Mitgift meiner Schwester abgestottert habe. Selbst mit Cuspias Vermögen bleibt mir nichts anderes übrig, als die Mitgift in Raten abzuzahlen.«

Instinktiv fielen sie einander in die Arme und hielten sich fest. Dabei verspürten sie Lust und Kummer gleichzeitig.

»Sie werden toben, wenn sie es herausfinden«, sagte sie unter Tränen.

»Ja.«

»Es ist nicht gerecht.«

»Nein.«

»Sie dürfen es nie herausfinden, Marcus Porcius.«

Er wand sich. »Ich wünschte, wir könnten ehrenvoll zusammensein, Livia Drusa, und nicht mit Schuldgefühlen.«

»Es ist ehrenvoll«, entgegnete sie ernst. »Nur die Umstände lassen unsere Beziehung in einem schlechten Licht erscheinen. Aber ich schäme mich nicht.«

Er setzte sich auf und schlang die Arme um seine Knie. »Ich auch nicht«, beteuerte er, sah sie aber mit traurigen Augen an. »Ich wünschte nur, ich könnte dich heiraten. Unsere Beziehung geheimhalten zu müssen, ist grausam.«

»Aber es muß sein, auch wenn es grausam ist«, entgegnete sie entschlossen. »Jetzt, da ich dich gefunden habe, mein König Odysseus, kann ich nicht mehr ohne dich leben.«

Er nahm sie wieder in die Arme und hielt sie fest, bis sie protestierte, denn sie wollte ihn betrachten, seinen herrlichen Körper, die langen Arme und Beine, die geschmeidige und haarlose Haut und die wenigen Haare seines Körpers, die wie sein Kopfhaar rot waren. Er war gut gebaut und muskulös, sein Gesicht war hager. Ein wahrer König Odysseus! Zumindest *ihr* König Odysseus.

»Ich liebe dich, Marcus Porcius Cato«, sagte sie.

»Und ich liebe dich, Livia Drusa.«

Am späten Nachmittag verließ sie ihn, nachdem sie vereinbart hatten, sich morgen am selben Ort und zur selben Zeit wieder zu treffen. Sie hatten sich so lange nicht voneinander trennen können, daß die Bauarbeiter ihr Tagewerk bereits getan hatten, als Livia Drusa nach Hause kam. Ihr Verwalter Mopsus hatte bereits die Dienerschaft alarmiert, um nach der Herrin zu suchen. Livia Drusa war so glücklich, daß sie wie auf Wolken schwebte und gar nicht daran gedacht hatte, daß man sich Sorgen um sie machen könnte. Jetzt starrte sie Mopsus in der Dämmerung entgeistert an. Sie hatte nicht einmal eine passende Entschuldigung für ihr Zuspätkommen.

Sie sah schrecklich aus. Ihr Haar war aufgelöst, voller Zweige und Gras und hing wirr herunter. Ihre Kleider waren dreckverschmiert, die sorgfältig geschnürten Schuhe, die sie getragen hatte, baumelten jetzt an ihrer Hand, Gesicht und Arme waren schmutzig, die Füße völlig verdreckt.

»*Domina*, um Himmels willen, was ist passiert?« rief der Verwalter entsetzt. »Bist du gestürzt?«

Erst jetzt kehrten ihre Lebensgeister wieder zurück. »Ja, das bin ich, Mopsus«, antwortete sie fröhlich. »Ich bin so tief gefallen, wie ich konnte, und immer noch am Leben.«

Unter den Augen der kichernden Dienerschaft verschwand sie im Haus. Eine alte Messingbadewanne wurde in das Wohnzimmer getragen und mit warmem Wasser gefüllt. Lilla, die geweint hatte, weil ihre Mutter verschwunden war, verschwand mit ihrem Kindermädchen, um ein verspätetes Abendessen einzunehmen. Servilia dagegen folgte der Mutter unbemerkt. Aus einem Versteck beobachtete sie, wie eine Dienerin die Spangen am Kleid der Mutter öffnete, und sie schnalzte mit der Zunge, als sie sah, daß der Körper der Mutter noch schmutziger war als ihre Kleider.

Als die Dienerin sich umdrehte, um zu prüfen, ob das Wasser auch die richtige Temperatur hatte, reckte Livia Drusa nackt wie sie war und ohne jede Scham die Arme so langsam und wollüstig über den Kopf, daß die kleine Servilia in ihrem Versteck neben der Tür die Geste, die sie mit dem Verstand erst sehr viel später verstehen würde, auf einer primitiven und atavistischen Ebene begriff. Livia Drusa ließ die Arme wieder sinken, umfing ihre schönen, vollen Brüste mit den Händen, rieb ihre Brustwarzen mit den Fingerkuppen und lächelte dabei unverwandt. Dann stieg sie in die Badewanne und drehte dem Mädchen den Rücken so hin, daß dieses mit einem Schwamm Wasser darüber laufen lassen konnte. Sie bemerkte nicht, wie Servilia hinter ihr die Tür aufmachte und aus dem Zimmer glitt.

Beim Essen erzählte Livia Drusa ihrer Tochter Servilia munter von der Birne, die sie gegessen hatte, dem ersten Krokus, den Puppen im Baum über dem Grenzschrein, dem kleinen Bach und sogar davon, wie sie die rutschige und steile Böschung hinabgestürzt sei. Servilia saß still daneben, aß und verzog keine Miene. Ein Außenstehender hätte das strahlende Gesicht der Mutter für das eines glücklichen Kindes und das Gesicht des Kindes für das einer besorgten Mutter halten können.

»Wunderst du dich, warum ich so glücklich bin, Servilia?« fragte die Mutter.

»Ja, das ist komisch«, antwortete das Kind ernst.

Livia Drusa beugte sich über den Tisch, an dem sie saßen, und strich ihrer Tochter eine schwarze Haarsträhne aus dem Gesicht. Zum ersten Mal empfand sie wirkliches Interesse an der Miniaturausgabe ihrer selbst. Sie fühlte sich an ihre eigene unglückliche Jugend erinnert.

»Als ich so alt war wie du«, sagte Livia Drusa, »kümmerte sich meine Mutter überhaupt nicht um mich. Daran war Rom schuld. Und erst vor kurzem wurde mir klar, daß Rom auf mich dieselbe Wirkung hatte. Deshalb wollte ich, daß wir für eine Weile aufs Land ziehen. Wir bleiben hier, bis der Vater wieder nach Hause kommt. Ich bin glücklich, weil ich frei bin, Servilia! Ich kann Rom vergessen.«

»Ich mag Rom«, entgegnete Servilia. Sie steckte den auf dem Tisch stehenden Speisen die Zunge heraus. »Außerdem hat Onkel Marius einen besseren Koch.«

»Wir werden einen Koch nach deinem Geschmack finden, wenn das deine größte Sorge ist. Ist das so?«

»Nein, am meisten stören mich die Bauarbeiter.«

»Die sind in einem oder zwei Monaten fertig, dann haben wir unsere Ruhe. Morgen« – ihre Verabredung fiel ihr wieder ein und sie schüttelte den Kopf und lächelte – »nein, nicht morgen, aber übermorgen gehen wir zusammen spazieren.«

»Warum nicht morgen?« fragte Servilia.

»Weil ich den morgigen Tag noch für mich haben möchte.«

Servilia rutschte von ihrem Stuhl herunter. »Ich bin müde, Mama. Darf ich zu Bett gehen?«

Damit begann das glücklichste Jahr im Leben Livia Drusas, ein Jahr, in dem nur die Liebe zählte, die Liebe namens Marcus Porcius Cato Salonianus, von der auch Servilia und Lilla ein kleines bißchen abbekamen.

Schon bald stellten sich gewisse Gewohnheiten ein, denn Cato verbrachte natürlich nicht viel Zeit auf seinem Gut in Tusculum, oder zumindest war das bisher so gewesen. Als erstes brauchten sie einen sichereren Treffpunkt, wo sie nicht von einem Landarbeiter oder einem umherziehenden Schäfer entdeckt werden konnten und wo Livia Drusa sich waschen und herrichten konnte, bevor sie nach Hause zurückkehrte. Cato löste das Problem dadurch, daß er einer Familie kündigte, die eine kleine, abgelegene Hütte auf seinen Ländereien bewohnte. Bei sich zu Hause verkündete er, er werde sich gelegentlich in diese Hütte zurückziehen, um ein Buch zu schreiben. Das Buch mußte als Entschuldigung für alles herhalten, insbesondere für seine immer längeren Abwesenheiten von Rom und seiner Frau. Cato trat mit dem Buchprojekt in die Fußstapfen seines Großvaters. Auch er wollte ein ausführliches Handbuch über das römische Landleben verfassen, das eine Beschreibung sämtlicher auf dem Land gebräuchlichen Zauber, Riten, Gebete, Aberglauben und religiösen Gebräuche und außerdem noch einen Überblick über moderne Anbaumethoden und -formen enthalten sollte. Angesichts der Vorfahren Catos wunderte sich niemand über dieses ehrgeizige Buchprojekt.

Wenn Cato in Tusculum war, trafen sie sich jeden Morgen um dieselbe Zeit. Livia Drusa hatte den Morgen für sich reserviert, weil ihre Töchter um diese Zeit sowieso Unterricht hatten. Sie und ihr Geliebter trennten sich dann schweren Herzens um die Mittagszeit. Livia Drusa ließ sich ihre morgendlichen »Spaziergänge« auch dann nicht nehmen, wenn ihr Bruder Marcus Livius Drusus kam, um nach dem Rechten zu sehen und den Fortgang der Renovierungsarbeiten in Augenschein zu nehmen. Sie war auf so einfache und ungekünstelte Weise glücklich, daß Drusus ihre Entscheidung, aufs Land zu ziehen, nur begrüßen konnte. Hätte er an ihr irgendwelche Anzeichen von Unruhe oder Schuldgefühlen entdeckt, hätte er möglicherweise Verdacht geschöpft. Aber das war nicht der Fall, denn sie hielt ihr Verhältnis mit Cato für richtig, anständig und gerecht – und für in jeder Beziehung verdient.

Natürlich gab es zwischen den Liebenden auch Unstimmigkeiten, besonders am Anfang. Für Livia Drusa war besonders die zweifelhafte Herkunft ihres Geliebten anstößig. Sie machte sich zwar längst nicht mehr so viel daraus wie damals, als ihre Schwägerin Servilia Caepionis ihr gesagt hatte, wer Cato war, aber ganz damit angefreundet hatte sie sich immer noch nicht. Zum Glück war sie zu klug, um ihm seine Herkunft offen zum Vorwurf zu machen. Statt dessen lenkte sie das Gespräch so geschickt auf dieses Thema, daß er nicht auf die Idee kam, sie schaue auf ihn herunter – obwohl sie das natürlich tat. Nicht gönnerhaft oder gehässig, nein. Aber sie bedauerte ihn mit der Selbstsicherheit einer Römerin, deren eigene Abstammung über jeden Zweifel erhaben war, und wünschte sich für ihn, daß er an dieser römischsten aller römischen Tugenden teilhaben könnte.

Catos Großvater war der berühmte Marcus Porcius Cato Censorius – Cato der Zensor. Die Porcii Prisci waren eine wohlhabende Familie latinischer Abstammung und gehörten dem Ritterstand bereits mehrere Generationen an, als Cato der Zensor geboren wurde. Aber obwohl die Familie im Besitz des vollen römischen Bürgerrechts war und dem Ritterstand angehörte, zog sie nach wie vor das Leben in Tusculum dem in Rom vor und hatte bisher keinen Ehrgeiz entwickelt, sich im öffentlichen Leben zu engagieren.

Livia Drusa fand schnell heraus, daß ihr Geliebter seine Abstammung keineswegs als zweifelhaft erachtete.

»Diese ganze Geschichte mit unserer Abstammung hat ihre Wurzeln im Charakter meines Großvaters«, erklärte Cato ihr. »Er nahm als siebzehnjähriger Kadett am Feldzug gegen Hannibal teil, und als ihn ein hochnäsiger Patrizier verächtlich behandelte, tat er so, als sei er ein Bauer. Diese Pose gefiel ihm so sehr, daß er sie nie wieder ablegte – wozu wir ihn übrigens heute noch beglückwünschen. Schon aus einem Grunde hat er nämlich das Richtige getan: Die meisten *homines novi* geraten schnell wieder in Vergessenheit, aber Cato den Zensor kennt heute noch jedes Kind.«

»Dasselbe könnte man auch von Gaius Marius sagen«, entgegnete Livia Drusa zaghaft.

Cato fuhr zurück, als hätte sie ihn gebissen. »Dieser Kerl? Wie kannst du ihn mit meinem Großvater vergleichen? Marius ist ein wirklicher *homo novus* und ein wirklicher Bauer! Mein Großvater kam aus einer geachteten Familie! Er war nur insofern ein Aufsteiger, als er als erster der Familie im Senat saß.«

»Woher willst du wissen, daß dein Großvater nur so getan hat, als sei er ein Bauer?«

»Aus seiner privaten Korrespondenz. Wir haben sie aufbewahrt.«

»Ich verstehe nicht, warum ihr und nicht der andere Zweig eurer Familie diese Briefe aufbewahrt. Schließlich sind die anderen doch die Vornehmeren.«

»Die Liciniani? Ich bitte dich!« rief Cato verächtlich. »Wir, die Saloniani, werden in den Augen künftiger Historiker als der herausragende Zweig der Familie gelten. *Wir* sind die wahren Erben Catos des Älteren. Wir sind nicht eingebildet und dünkelhaft, und wir ehren Cato den Zensor als den Mann, der er wirklich war. Er war ein großer Mann, Livia Drusa!«

»Dennoch gab er sich als Bauer aus.«

»Ja, in der Tat. Er hatte rauhe Manieren, sagte, was er dachte, und war konservativ, ein echter Römer.« Catos Augen strahlten. »Weißt du übrigens, daß er stets denselben Wein wie seine Sklaven trank? Die Gehöfte und Villen, die er besaß, waren nicht verputzt, in seinem Haus in Rom hing kein einziger Wandteppich und kein Fetzen purpurfarbenen Stoffes, und er bezahlte nie mehr als 6 000 Sesterzen für einen Sklaven. Wir vom Zweig der Saloniani setzen diese Tradition fort, wir leben genauso wie er.«

»Nein!« rief Livia Drusa entsetzt.

Aber er ignorierte den Zwischenruf, denn er war viel zu sehr damit beschäftigt, ihr zu erklären, was für ein wundervoller Mann sein Vorfahr Cato der Zensor gewesen sei. »Wie hätte er denn ein Bauer sein können, wo er doch der beste Freund des Valerius Flaccus war. Und nach seiner Übersiedlung nach Rom entpuppte er sich bald als der beste Redner und Anwalt aller Zeiten. Selbst heute noch geben selbst so überschätzte Redner wie Crassus Orator oder der alte Mucius Scaevola Augur zu, daß Cato ein unübertroffener Meister des Aphorismus und der Hyperbel war. Und sieh dir seine Schriften an. Einfach unübertroffen! Mein Großvater konnte auf die Erziehung der alten Schule zurückgreifen und sprach und schrieb ein so perfektes Latein, daß er bei seinen Reden nie eine Vorlage brauchte.«

»Ich sehe schon, ich muß ihn lesen«, sagte Livia Drusa mit einem leichten Anflug von Ironie. Ihr Hauslehrer hatte es für unter ihrer Würde erachtet, Cato den Zensor zu lesen.

»Das solltest du!« ermunterte Cato sie eifrig. Er legte die Arme um sie und zog sie zwischen seine Beine. »Fang am besten mit seinem Werk *Carmen de Moribus* an, daran erkennst du am besten, daß er ein zutiefst moralischer Mensch war, ein vollkommener Römer. Außerdem war er der erste Porcius, der den Beinamen Cato trug. Bis dahin hatten die Porcier den Beinamen Priscus – altehrwürdig. Daran siehst du ja, daß unser Geschlecht schon sehr alt sein muß. Der Großvater meines Großvaters bekam den Preis für *fünf* Staatspferde ausgezahlt, die im Kampf für Rom unter ihm getötet worden waren!«

»Dein Vorfahr Salonianus macht mir Kopfzerbrechen, nicht ein Priscus oder Cato. Salonianus war ein keltiberischer Sklave, nicht wahr? Der ältere Zweig eurer Familie dagegen läßt sich auf eine adlige Licinia und auf die dritte Tochter des großen Aemilius Paullus und Scipios älteste Tochter Cornelia zurückverfolgen.«

Cato runzelte die Stirn. Was Livia Drusa gesagt hatte, schmeckte förmlich nach römischem Familiendünkel. Aber sie sah mit großen, bewundernden Augen zu ihm auf, und er war so sehr in sie verliebt. Es war nicht ihre Schuld, daß sie über seine Familie nicht richtig informiert war. Es lag an ihm, sie eines Besseren zu belehren.

»Du kennst doch bestimmt die Geschichte von Cato dem Zensor und Salonia«, sagte er und legte das Kinn auf ihre Schulter.

»Nein, tut mir leid, Liebster. Erzähle sie mir bitte.«

»Also gut. Mein Großvater heiratete mit zweiundvierzig zum ersten Mal. Zu der Zeit war er bereits Konsul gewesen, hatte einen großen Sieg in Hispania Ulterior errungen und einen Triumph gefeiert – aber *er* wollte nichts für sich. Er beanspruchte nie einen Anteil der Kriegsbeute und steckte den Erlös aus dem Verkauf der Kriegsgefangenen nicht in die eigene Tasche, sondern gab alles seinen Soldaten, deren Kinder und Kindeskinder ihn deswegen heute noch verehren.« Cato ließ sich derart von der Begeisterung für seinen Großvater mitreißen, daß er mittlerweile wieder vergessen hatte, was er eigentlich hatte erzählen wollen.

Livia Drusa erinnerte ihn daran. »Er hat also mit zweiundvierzig die adlige Licinia geheiratet.«

»So ist es. Er hatte nur einen Sohn mit ihr, Marcus Licinianus, obwohl er sie offensichtlich sehr geliebt hat. Ich weiß nicht, warum aus der Verbindung nicht mehr Kinder hervorgegangen sind. Auf jeden Fall starb Licinia, als mein Großvater siebenundsiebzig war. Danach holte er sich eine Sklavin aus seinem Haushalt ins Bett. Sein Sohn Licinianus und dessen adlige Frau, die Dame aus adligem Geschlecht, von der du schon gesprochen hast, wohnten natürlich bei ihm im Haus. Sie waren über sein Benehmen entsetzt. Offenbar machte er keinen Hehl aus seinem Verhältnis mit der Sklavin und ließ zu, daß sie sich als Hausherrin aufspielte. Schon bald wußte ganz Rom, was sich im Hause Catos abspielte, weil Marcus Licinianus und Aemilia Tertia es allen erzählten. Allen, außer Cato dem Zensor. Aber der erfuhr schnell, was sie taten, und anstatt sie zur Rede zu stellen, schickte er die Sklavin eines Morgens fort. Dann begab er sich zum Forum, ohne den beiden zu sagen, daß die junge Sklavin fort war.«

»Wie seltsam«, meinte Livia Drusa.

Cato ließ ihren Einwurf unkommentiert und fuhr mit seiner Erzählung fort: »Einer von Catos Klienten war ein freigelassener Sklave namens Salonius. Er stammte aus Salo in Spanien und war früher Schreiber bei meinem Großvater gewesen.

›Du da, Salonius!‹ rief mein Großvater, als er auf dem Forum angelangt war. ›Hast du schon einen Mann für deine hübsche Tochter gefunden?‹

›Nein, noch nicht, *domine*‹, erwiderte Salonius, ›aber sei versichert, wenn ich einen passenden Kandidaten gefunden habe, werde ich ihn dir vorstellen und um deine Zustimmung bitten.‹

›Du brauchst nicht mehr zu suchen‹, sagte mein Großvater. ›Ich habe einen guten Ehemann für sie gefunden, einen Prachtkerl. Wohlhabend, angesehen, aus guter Familie – alles, was man sich wünschen kann. Außer – ja, außer, daß er schon ein paar Jährchen auf dem Buckel hat. Gesund ist er zwar, das schon! Aber selbst beim besten Willen muß man zugeben, daß er schon ein sehr alter Mann ist.‹

›*Domine,* wenn deine Wahl auf ihn gefallen ist, wie könnte ich ihn dann ablehnen? Meine Tochter wurde geboren, als ich noch dein Sklave war, und ihre Mutter war ebenfalls deine Sklavin. Du hast mit mir meine gesamte Familie in die Freiheit entlassen. Aber meine Tochter betrachtet dich immer noch als ihren Herrn, wie auch ich, meine Frau und mein Sohn es tun. Sei unbesorgt, Salonia ist ein gutes Mädchen. Sie wird jeden Mann heiraten, den du in deiner Güte für sie ausgesucht hast, egal wie alt er ist.‹

›Dann ist ja alles in Ordnung, Salonius!‹ rief mein Großvater begeistert und klopfte Salonius auf den Rücken. ›Es ist nämlich ich!‹«

Livia Drusa fuhr auf: »Das ist grammatikalisch falsch. Ich dachte, Cato der Zensor spräche perfektes Latein!«

»*Mea vita, mea vita,* hast du denn überhaupt keinen Humor?« fragte Cato ungläubig. »Er hat doch nur einen Spaß gemacht. Er wollte die Situation ein wenig entkrampfen. Salonius war natürlich völlig verblüfft. Er konnte nicht glauben, daß er mit einer adligen Familie verwandt werden würde, die einen Zensor und einen großen Triumphator vorzuweisen hatte.«

»Das kann ich verstehen«, meinte Livia Drusa.

»Mein Großvater versicherte Salonius, daß er es völlig ernst meine«, fuhr Cato fort. »Salonius ließ seine Tochter holen, und sie und mein Großvater wurden noch am selben Tag verheiratet, weil die Zeichen an diesem Tag gut standen. Als jedoch Marcus Licinianus ein oder zwei Stunden später von der Hochzeit seines Vaters hörte – die Nachricht hatte sich wie ein Lauffeuer in Rom verbreitet –, sammelte er einige Freunde seines Vaters um sich und marschierte mit ihnen zu meinem Großvater.

›Warum hast du uns das angetan?‹ fragte er ihn aufgebracht. ›Weil wir nicht billigten, daß du eine Sklavin zu deiner Geliebten gemacht hast? Mußt du mir deshalb auch noch die Schande einer solchen Stiefmutter antun?‹

›Wie könnte ich Schande über dich bringen, mein Sohn, wenn ich doch beweisen will, was für ein Prachtkerl ich bin, indem ich in meinem fortgeschrittenen Alter noch mehr Söhne zeuge‹, erwiderte mein Großvater barsch. ›Soll ich lieber eine Adlige heiraten, wo ich doch die Siebzig weit hinter mir gelassen habe und auf die Achtzig zugehe? Eine solche Verbindung wäre doch wohl unpassend. Eine Ehe mit der Tochter meines Freigelassenen dagegen ist, wie ich meine, eine Verbindung, die meinem Alter und meinen Bedürfnissen angemessen ist.‹«

»Wirklich außergewöhnlich«, sagte Livia Drusa. »Natürlich wollte er damit Licinianus und Aemilia Tertia ärgern.«

»Das glauben wir Salonianer auch.«

»Haben sie weiter alle zusammen im selben Haus gewohnt?«

»Aber sicher. Marcus Licinianus starb jedoch bereits kurz darauf – angeblich an gebrochenem Herzen. Damit blieb Aemilia Tertia allein mit ihrem Schwiegervater und seiner neuen Frau Salonia. Ein Schicksal, das sie meiner Meinung nach verdient hat. Da ihr Vater tot war, konnte sie nämlich auch nicht wieder nach Hause zurückkehren.«

»Und Salonia war die Mutter deines Vaters?«

»So ist es.«

»Aber macht es dir überhaupt nichts aus, der Enkel einer Frau zu sein, die als Sklavin geboren wurde?«

Cato zog die Augenbrauen hoch. »Warum? Wir müssen alle irgendwo anfangen. Und wie es scheint, waren die Zensoren derselben Meinung wie mein Großvater Cato der Zensor, der sagte, in seinen Adern fließe so viel adliges Blut, daß es nicht durch das Blut einer Sklavin verunreinigt werden könne. Sie haben nie den Versuch gemacht, die Salonianer aus dem Senat zu verbannen. Salonius entstammte einer angesehenen gallischen Familie. Wenn er Grieche gewesen wäre, na ja, dann hätte die Sache ganz anders ausgesehen. Dann wäre die Heirat nicht in Frage gekommen. Mein Großvater haßte die Griechen!«

»Hast du die Gutshöfe inzwischen verputzen lassen?« Livia Drusa drückte ihre Hüften gegen Cato.

»Natürlich nicht.« Er atmete schwer.

»Jetzt weiß ich auch, warum wir so gräßlichen Wein trinken müssen.«

»*Tace,* Livia Drusa!« sagte Cato und drehte sie auf den Rücken.

Wenn zwei Liebende die vollkommene Liebe entdeckt haben, bleiben Indiskretionen und gedankenlose Bemerkungen gewöhnlich nicht aus, so daß das Geheimnis schließlich entdeckt wird. Nicht so bei Livia Drusa und Cato Salonianus: Es gelang ihnen, ihre Liebe völlig geheimzuhalten. In Rom wäre das wahrscheinlich nicht möglich gewesen, aber das verschlafene Tusculum ahnte zum Glück nichts von dem schlüpfrigen Skandal, der sich in seiner Mitte abspielte.

Schon nach vier Wochen wußte Livia Drusa, daß sie schwanger war. Sie wußte auch, daß das Kind nicht von Caepio war, denn sie hatte am Tag von Caepios Abreise ihre letzte Regel bekommen. Zwei Wochen später lag sie in den Armen von Marcus Porcius Cato Salonianus, weitere zwei Wochen später war ihre Regel ausgeblieben. Aufgrund der beiden vorausgegangenen Schwangerschaften kannte sie darüber hinaus all die anderen Anzeichen einer Schwangerschaft, die sich jetzt bei ihr einstellten. Sie erwartete ein Kind von ihrem Geliebten, nicht von ihrem Mann Caepio.

Livia Drusa nahm die Schwangerschaft gelassen zur Kenntnis und beschloß, ihren Zustand nicht zu verbergen. Da die Schwangerschaft so kurz nach Caepios Abreise eingetreten war, würde niemand Verdacht schöpfen. Es war gar nicht auszudenken, was passiert wäre, wenn sie erst nach ein paar Monaten schwanger geworden wäre.

Drusus war über die Neuigkeit erfreut, ebenso Servilia Caepionis. Lilla freute sich auf einen kleinen Bruder, während Servilia wie üblich keinerlei Gefühlsregung zeigte.

Natürlich mußte sie Cato reinen Wein einschenken. Nur, wieviel und was sollte sie ihm sagen? Erneut kam hier die kühl berechnende Livia Drusa zum Vorschein. Sie überlegte lange, was sie tun sollte. Es war schrecklich, Cato seines Kindes zu berauben, besonders wenn es ein Junge wurde. Und doch ... und doch ... Das Kind würde zweifellos vor Caepios Rückkehr geboren werden, und alle Welt würde davon ausgehen, daß es sein Kind war. Und wenn Catos Kind ein Junge war, würde er – wenn er den Namen Quintus Servilius Caepio trug – das Gold von Tolosa erben. Alle 15 000 Talente. Er würde der reichste Mann von Rom sein und einen klangvollen Namen tragen. Einen weit klangvolleren als Cato Salonianus.

»Ich bekomme ein Kind, Marcus Porcius«, sagte sie zu Cato, als sie sich das nächste Mal in der kleinen Hütte mit den zwei Zimmern trafen, die Livia Drusa mittlerweile als ihr eigentliches Zuhause betrachtete.

Er reagierte eher schockiert als erfreut und starrte sie an. »Von mir oder von deinem Mann?«

»Ich weiß es nicht«, entgegnete Livia Drusa. »Wirklich, ich habe keine Ahnung. Wahrscheinlich werde ich es nicht einmal wissen, wenn er geboren ist.«

»Er?«

»Ja, ich bekomme einen Sohn.«

Cato lehnte sich an das Bettgestell, schloß die Augen und preßte den schönen Mund zusammen. »Meinen Sohn«, sagte er.

»Ich weiß es nicht«, sagte sie wieder.

»Du willst also alle Welt im Glauben lassen, daß es der Sohn deines Mannes ist.«

»Ich habe keine andere Wahl.«

Er machte die Augen wieder auf und sah sie traurig an. »Du hast recht, ich weiß. Ich kann es mir nicht leisten, dich zu heiraten, selbst wenn du dich scheiden lassen könntest. Und das wirst du nicht tun, es sei denn, dein Mann kommt früher als erwartet nach Hause. Aber das bezweifle ich. Das alles ist vorhergeplant. Die Götter lachen sich ins Fäustchen.«

»Laß sie doch! Letzten Endes gewinnen doch wir Männer und Frauen aus Fleisch und Blut, und nicht die Götter!« sagte Livia Drusa. Sie richtete sich auf und gab ihm einen Kuß. »Ich liebe dich, Marcus Porcius. Ich hoffe, es ist dein Sohn!«

»Das hoffe ich nicht«, entgegnete Cato.

Durch Livia Drusas Zustand änderte sich nichts an ihren eingespielten Gewohnheiten. Livia Drusa machte weiterhin ihre morgendlichen Spaziergänge, und Cato Salonianus verbrachte weiterhin mehr Zeit auf dem alten Gut seines Großvaters in der Nähe von Tusculum als je zuvor. Sie liebten sich leidenschaftlich und ohne Rücksicht auf das in Livia Drusa wachsende Leben. Wann immer Cato sich Sorgen machte, daß ihr häufiges Zusammensein dem Kind vielleicht schaden werde, entgegnete Livia Drusa, die Liebe könne ihm überhaupt nicht schaden.

»Wärst du immer noch lieber in Rom als in Tusculum?« fragte sie ihre kleine Tochter Servilia an einem herrlichen Tag Ende Oktober.

»O ja!« entgegnete Servilia, die sich in den letzten Monaten als wirklich schwierig erwiesen hatte. Sie war verschlossen, fing nie selbst ein Gespräch an und antwortete auf Fragen ihrer Mutter so knapp, daß die Tischgespräche sich sehr einseitig gestalteten und vorwiegend von Livia Drusa bestritten wurden.

»Warum, Servilia?«

Servilia beäugte den riesigen Bauch ihrer Mutter. »Es gibt dort gute Ärzte und Hebammen«, sagte sie dann.

»Oh, mach dir wegen dem Kind keine Sorgen!« meinte Livia Drusa lachend. »Dem geht es sehr gut. Er wird es mir nicht schwer machen. Außerdem haben wir noch mindestens vier Wochen Zeit.«

»Warum sprichst du die ganze Zeit von ›ihm‹, Mama?«

»Weil ich weiß, daß es ein Junge wird.«

»Das weiß man erst, wenn das Kind geboren ist.«

»Du bist eine kleine Zynikerin«, erwiderte Livia Drusa amüsiert. »Ich wußte, daß du ein Mädchen bist, und bei Lilla wußte ich es auch. Warum also sollte ich dann diesmal nicht auch recht haben? Die Schwangerschaft ist anders, und er spricht anders mit mir.«

»Er spricht mit dir?«

»Ja, das habt ihr auch getan, als ihr noch in meinem Bauch wart.«

Servilia sah ihre Mutter spöttisch an. »Also wirklich, Mama, du bist schon komisch! Und wirst immer komischer. Wie kann ein Kind im Bauch mit dir sprechen, wenn Kinder erst ein Jahr nach ihrer Geburt anfangen zu sprechen?«

»Du bist wie dein Vater«, sagte Livia Drusa und setzte ein beleidigtes Gesicht auf.

»Du magst Vater also nicht! Ich wußte es.« Es klang wie eine Feststellung, nicht wie eine Anklage.

Servilia war jetzt sieben. Alt genug, dachte ihre Mutter, um einige harte Tatsachen verkraften zu können. Sie wollte ihre älteste Tochter nicht gegen den Vater einnehmen, aber ... Wäre es nicht herrlich, die Tochter zur Freundin zu haben?

»Nein«, sagte sie entschlossen, »ich mag ihn nicht. Willst du auch wissen, warum?«

Sevilia zuckte mit den Achseln. »Wahrscheinlich sagst du es mir gleich.«

»Magst du ihn denn?«

»Natürlich. Er ist der beste Mensch auf der Welt.«

»Dann muß ich es dir erklären, sonst verstehst du nicht, warum ich ihn nicht mag. Ich habe nämlich gute Gründe.«

»Das glaube ich nicht.«

»Schatz, ich wollte deinen Vater nie heiraten. Dein Onkel Marcus hat mich dazu gezwungen. Und das ist ein schlechter Start für eine Ehe.«

»Aber du hast doch sicher wählen können.«

»Nein, das konnte ich nicht. Das können wir Frauen nur selten.«

»Aber dann mußt du eben tun, was Onkel Marcus sagt, weil er besser weiß, was richtig ist«, sagte die Siebenjährige mit der Miene eines Richters. »Ich verstehe nicht, was an dem Mann so schlimm ist, den er für dich ausgewählt hat.«

»Ach Schatz!« Livia Drusa starrte ihre Tochter verzweifelt an. »Servilia, wir können nicht immer entscheiden, wen wir gern haben und wen nicht. Ich mochte Vater nun mal nicht. Ich mochte ihn schon immer nicht, seit ich so alt war wie du. Aber unsere Väter hatten vereinbart, daß wir heiraten sollten, und Onkel Marcus hatte nichts dagegen einzuwenden. Ich konnte ihn nicht davon überzeugen, daß Liebe zwar nicht unbedingt die Voraussetzung einer Ehe sein muß, daß Haß aber eine Ehe von vornherein zum Scheitern verurteilt.«

»Ich finde, du bist dumm«, sagte Servilia verächtlich.

Störrischer kleiner Esel! Livia Drusa versuchte es noch einmal. »Die Ehe ist eine sehr intime Angelegenheit, mein Kind. Wer seinen Partner nicht mag, hat es sehr schwer. In einer Ehe kommt es zu vielen körperlichen Kontakten. Und wenn man jemanden nicht mag, dann möchte man auch nicht, daß er einen berührt. Verstehst du das?«

»Ich möchte von niemandem berührt werden«, sagte Servilia.

Ihre Mutter lächelte. »Das wird sich hoffentlich noch ändern. Auf jeden Fall wurde ich gezwungen, einen Mann zu heiraten, von dem ich nicht berührt werden möchte. Einen Mann, den ich nicht mag. Ich mag ihn immer noch nicht. Und dennoch wächst etwas, das einen verbindet. Ich liebe dich, und ich liebe Lilla. Also muß doch zumindest ein Teil von mir Vater lieben, da er mir ja geholfen hat, dich und Lilla zu machen.«

Ein abschätziger Ausdruck machte sich auf Servilias Gesicht breit. »Also wirklich, Mama. Du bist so dumm! Zuerst sagst du, du kannst Vater nicht leiden, und dann sagst du, du liebst ihn. Das ist doch Quatsch!«

»Nein, das ist nur menschlich, Servilia. Lieben und Mögen sind zwei ganz verschiedene Gefühle.«

»Aber ich möchte den Mann, den mein Vater für mich aussucht, mögen und lieben«, erklärte Servilia in überlegenem Ton.

»Ich hoffe, dein Wunsch geht in Erfüllung.« Livia Drusa versuchte, dem unangenehmen Gespräch eine andere Wendung zu geben: »Jetzt bin ich sehr glücklich. Weißt du auch, warum?«

Servilia überlegte und neigte dabei den schwarzen Kopf auf eine Seite. Dann schüttelte sie ihn und nickte gleichzeitig. »Ich weiß warum, aber ich weiß nicht, warum das so ist. Du bist glücklich, weil du hier an diesem gräßlichen Ort lebst und weil du ein Baby bekommst.« Ihre schwarzen Augen funkelten. »Und ... weil du einen Freund hast.«

Auf Livia Drusas Gesicht erschien eine so schreckliche Angst, ein so gequälter Ausdruck, daß Servilia in plötzlicher Überraschung und Aufregung erschauerte. Dabei hatte das Kind überhaupt keinen wirklichen Verdacht, sondern einfach instinktiv drauflosgeredet, aus der schmerzlichen Erfahrung, daß es selbst keinen Freund hatte.

»Natürlich habe ich einen Freund!« rief ihre Mutter aus, und plötzlich war alle Angst aus ihrem Gesicht verschwunden. Sie lächelte. »Er spricht aus meinem Bauch mit mir.«

»Mein Freund wird er jedenfalls nicht«, sagte Servilia.

»Aber Servilia, sag doch sowas nicht! Er wird dein bester Freund werden. So ist das mit Brüdern immer, glaube mir.«

»Onkel Marcus ist dein Bruder, aber er hat dich gezwungen, meinen Vater zu heiraten, wo du ihn doch überhaupt nicht gern hattest.«

»Deshalb ist er trotzdem mein Freund. Brüder und Schwestern wachsen zusammen auf. Sie kennen sich besser als alle anderen Menschen und deshalb lernen sie, einander zu mögen«, sagte Livia Drusa bewegt.

»Man kann nicht lernen, jemanden zu mögen, den man nicht mag.«

»Das stimmt nicht. Man kann schon, wenn man nur will.«

Servilia machte ein abschätziges Geräusch. »Dann hättest du ja auch lernen können, Vater gern zu haben.«

»Aber er ist doch nicht mein Bruder!« Entnervt fragte Livia Drusa sich, wo das noch hinführen sollte. Warum war dieses Kind so widerspenstig, so hartherzig und gefühllos? Sie war eben die Tochter ihres Vaters. Sie war ganz der Vater! Nur viel klüger und verschlagener.

»*Porcella,* ich wünsche mir nur eins: daß du glücklich bist. Und ich werde es nie zulassen, daß dein Vater dich mit jemandem verheiratet, den du nicht magst.«

»Vielleicht bist du gar nicht mehr da, wenn ich heirate.«

»Warum denn nicht?«

»Deine Mutter war doch auch nicht da, oder?«

»Das ist doch etwas ganz anderes«, sagte Livia Drusa traurig. »Meine Mutter ist übrigens gar nicht tot.«

»Das weiß ich. Sie lebt bei Onkel Mamercus, aber wir sprechen nicht mit ihr. Sie ist ein loses Frauenzimmer.«

»Wer hat dir denn das gesagt?«

»Vater.«

»Du weißt doch nicht einmal, was ein loses Frauenzimmer ist.«

»Weiß ich doch – eine Frau, die vergißt, daß sie Patrizierin ist.«

Livia Drusa mußte ein Lächeln unterdrücken. »Eine interessante Definition, Servilia. Glaubst du denn, daß du nie vergessen wirst, daß du eine Patrizierin bist?«

»Nein, nie!« rief das Kind wütend. »Ich werde genau so werden, wie mein Vater es sich wünscht.«

»Ich wußte gar nicht, daß du dich mit deinem Vater so viel unterhältst!«

»Wir haben uns oft miteinander unterhalten«, protestierte Servilia so überzeugend, daß nicht einmal ihre Mutter merkte, daß sie log. Von beiden Elternteilen vernachlässigt, hatte sich Servilia schon früh auf die Seite ihres Vaters geschlagen, denn er erschien ihr als der mächtigere und nützlichere Partner. In ihren kindlichen Tagträumen hatte sie ein so enges Verhältnis zu ihrem Vater, wie es menschlichem Ermessen nach in Wirklichkeit nie sein würde. Denn für ihren Vater waren Töchter nur eine Last, er wünschte sich nichts sehnlicher als einen Sohn. Auch das wußte sie. Woher? Nun, sie schlich lautlos wie ein Geist durch das Haus ihres Onkels Marcus, belauschte Gespräche aus verborgenen Winkeln und bekam so Dinge mit, die nicht für ihr Ohr bestimmt waren. Und immer, so schien ihr, war es ihr Vater, der wie ein wahrer Römer sprach, nicht ihr Onkel Marcus – und schon gar nicht dieser italische Niemand namens Silo. Da sie ihren Vater schrecklich vermißte, fürchtete sie jetzt, daß das Unvermeidliche wahr werden könnte: daß ihre Mutter einen Sohn zur Welt bringen würde und all ihre Hoffnungen dahin wären, der Liebling ihres Vaters zu werden.

»Gut, Servilia«, sagte Livia Drusa abrupt. »Ich bin sehr froh, daß du deinen Vater magst. Aber wenn dein Vater zurückkommt, mußt du beweisen, daß du schon ein großes Mädchen bist. Was ich dir über meine Abneigung gegen ihn gesagt habe, muß unter uns bleiben. Das ist unser Geheimnis.«

»Warum? Weiß er es denn noch nicht?«

Livia Drusa runzelte verwirrt die Stirn. »Wenn du wirklich soviel mit deinem Vater sprichst, müßtest du eigentlich wissen, daß er nicht das Geringste ahnt. Er ist nicht gerade ein sehr einfühlsamer Mensch. Das ist wahrscheinlich einer der Gründe, warum ich ihn nicht gern haben kann.«

»Na ja, Vater und ich verschwenden nie unsere Zeit damit, über dich zu sprechen«, erklärte Servilia verächtlich. »Wir unterhalten uns über wichtige Dinge.«

»Für eine Siebenjährige verstehst du es bereits sehr gut, anderen weh zu tun.«

»Meinem Vater habe ich noch nie weh getan.«

»Wie schön für dich! Aber denke bitte daran: Was ich dir heute gesagt oder zu sagen versucht habe, bleibt unter uns. Ich habe dir etwas anvertraut und erwarte, daß du das in dich gesetzte Vertrauen zu schätzen weißt und dich wie eine römische Patrizierin verhältst.«

Nach der Wahl des Lucius Valerius Flaccus und Marcus Antonius Orator ins Zensorenamt im April suchte Quintus Poppaedius Silo das Haus des Drusus auf. Er befand sich in einem Zustand höchster Erregung.

»Wie schön, daß ich ohne Quintus Servilius mit dir sprechen kann«, rief er mit einem breiten Grinsen. Er machte keinen Hehl aus seiner Abneigung gegen Caepio, genausowenig wie dieser seine Gefühle verbarg.

Drusus verstand das und stimmte insgeheim mit Silo überein, aber die Loyalität zu seinem Schwager ließ ihn nicht offen zustimmen, und so ignorierte er Silos Bemerkung. »Warum bist du so erregt?« fragte er statt dessen.

»Unsere Zensoren! Sie planen die umfassendste Bevölkerungszählung aller Zeiten, und sie wollen außerdem den Erfassungsmodus ändern.« Silo warf begeistert die Arme in die Luft. »Oh, Marcus Livius, du weißt gar nicht, wie pessimistisch ich hinsichtlich einer Lösung der Bundesgenossenfrage geworden war. Ich war schon soweit, daß ich glaubte, die einzige Lösung des Problems bestünde im Krieg und der Loslösung von Rom.«

Drusus hörte heute zum ersten Mal von diesen Befürchtungen Silos. Er fuhr in seinem Stuhl auf und sah seinen Freund entsetzt an. »Loslösung? Krieg? Quintus Poppaedius, wie kannst du so etwas auch nur sagen? Das Problem der italischen Bundesgenossen wird auf friedliche Weise gelöst werden. Das ist doch mein Ziel!«

»Das weiß ich, mein Freund, und glaube mir, Loslösung und Krieg sind das letzte, was ich will. Das wären weder für die Italiker noch für Rom wirkliche Alternativen. Der Verlust an Geld und Menschen würde unsere beiden Völker um Jahrzehnte zurückwerfen, egal welche Seite siegreich wäre. In einem Bürgerkrieg gibt es keine Gewinner.«

»Daran darfst du nicht einmal denken!«

Silo beugte sich aufgeregt vor, legte die Arme auf Drusus' Schreibtisch und sagte ungeduldig: »Das tu ich auch nicht! Weil ich nämlich jetzt einen Weg gefunden habe, wie wir so viel Italikern das römische Bürgerrecht verleihen können, daß Rom seine Einstellung zu den Bundesgenossen einfach ändern muß.«

»Du meinst eine Verleihung des Bürgerrechts in großem Stil?«

»Nicht das allgemeine Bürgerrecht, das ist unmöglich. Aber ein so weitgehendes, daß das allgemeine Bürgerrecht die nächste Stufe wäre«, sagte Silo.

»Und wie soll das gehen?« Drusus fühlte sich ein wenig betrogen. Er hatte sich selbst immer als denjenigen betrachtet, der Silo in der Frage der Bürgerrechtsverleihung an die italischen Bundesgenossen um einiges voraus war. Offenbar hatte er sich getäuscht.

»Wie du weißt, haben die Zensoren sich bisher immer mehr für die Einwohner Roms interessiert. Die Volkszählungen auf dem Land und in den Provinzen wurden erst spät und willkürlich durchgeführt. Ein Landbewohner, der sich in die Bürgerlisten eintragen lassen wollte, mußte immer entweder zum Magistrat seiner Gemeinde oder Stadt gehen oder aber zum nächsten Ort mit Halbbürgerrecht. Einwohner der Provinz mußten sich beim Statthalter melden. Dies erfordert unter Umständen eine weite Reise, und eine solche Strapaze nehmen nur die in Kauf, denen es besonders wichtig ist. Die anderen verschieben es aufs nächste Mal und hoffen, daß die Volkszählungsbeamten sie aus den alten in die neuen Listen übertragen, was diese meistens auch tun.«

»Das weiß ich doch alles«, entgegnete Drusus geduldig.

»Egal. Dann hörst du es dir eben noch einmal an. Unsere beiden neuen Zensoren, Marcus Livius, sind ein seltsames Gespann. Ich habe Antonius Orator nie für besonders fähig gehalten, aber wenn man an den Feldzug denkt, den er gegen die Seeräuber führen mußte, dann kann er doch nicht so unfähig sein. Und was Lucius Valerius, den Konsular und Priester des Kriegsgottes Mars betrifft, dann muß ich immer daran denken, wie er im letzten Amtsjahr des Saturninus versagt hat, als Gaius Marius zu krank zum Regieren war. Wie dem auch sei, irgendein Talent hat jeder, heißt es. Und nun stellt sich heraus, daß Lucius Valerius ein Talent für – sagen wir – Logistik hat. So kann man es wahrscheinlich nennen. Als ich heute durch das Collinische Tor kam und über den unteren Teil des Forums ging, stand plötzlich Lucius Valerius vor mir.« Silo riß seine seltsamen Augen weit auf und holte theatralisch Luft. »Du kannst dir wahrscheinlich vorstellen, wie mir zumute war, als er ausgerechnet *mich* grüßte und *mich* fragte, ob ich einen Moment Zeit hätte. *Mich,* einen Italiker! ›Selbstverständlich‹, antwortete ich, ›jederzeit‹. Es stellte sich heraus, daß er von mir die Namen von Marsern mit römischem Bürgerrecht wissen wollte, die bereit wären, bei römischen Bürgern und Bürgern mit latinischem Bürgerrecht im Gebiet der Marser die Volkszählung durchzuführen. Ich stellte mich dumm, und so bekam ich schließlich heraus, um was es ging. Sie, also er und Antonius Orator, wollen die Volkszählung von eigens dazu berufenen Volkszählungsbeamten durchführen lassen. Die Beamten sollen Ende dieses und Anfang nächsten Jahres ganz Italien und das italische Gallien bereisen und die Bürgerlisten vervollständigen. Laut Lucius Valerius fürchten eure neuen Zensoren, daß durch das bisherige System der Volkszählung viele römische Bürger in den ländlichen Gebieten unberücksichtigt bleiben, weil sie sich nicht die Mühe machen, sich in die Bürgerlisten eintragen zu lassen. Was sagst du dazu?«

»Was soll ich dazu sagen?« fragte Drusus verständnislos.

»Na ja, das ist doch logisch gedacht, Marcus Livius.«

»Sicher. Logisch und vernünftig. Aber ich verstehe trotzdem nicht, warum du darüber so in Aufregung gerätst.«

»Mein lieber Drusus, wenn wir Italiker mit diesen sogenannten Volkszählungsbeamten zu tun bekommen, dann können wir sicherstellen, daß sie eine große Zahl von verdienten Italikern in die Bürgerlisten eintragen. Nicht jeden Beliebigen, beileibe nicht. Aber Männer, die von Rechts wegen schon lange das römische Bürgerrecht hätten bekommen sollen.« Silo bemühte sich, überzeugend zu klingen.

»Aber das geht doch nicht«, entgegnete Drusus mit strenger Miene. »Das wäre nicht richtig und nicht legal.«

»Vom moralischen Standpunkt ist es durchaus richtig.«

»Hier geht es nicht um Moral, Quintus Poppaedius. Hier geht es um Recht und Gesetz. Jeder fälschlicherweise in die römischen Bürgerlisten Eingetragene wäre illegaler Römer. Ich kann das nicht unterstützen, und du solltest es auch nicht tun. Also, kein Wort mehr darüber!« Und entschieden fügte Drusus hinzu: »Denk noch einmal darüber nach, und du wirst sehen, daß ich recht habe.«

Silo musterte seinen Freund eingehend, dann warf er verzweifelt die Arme hoch und rief: »Verflucht nochmal, Marcus Livius! Es wäre so verdammt einfach!«

»Und würde schnell auffliegen. Du würdest die falschen Bürger damit der geballten Wucht des römischen Gesetzes aussetzen. Ihnen droht die Prügelstrafe, und sie würden auf schwarze Listen gesetzt und müßten hohe Strafen bezahlen.«

Silo seufzte und zuckte resigniert die Schultern. »Also gut, ich verstehe, worauf du hinaus willst. Aber es war trotzdem eine gute Idee.«

»Nein, es war eine schlechte Idee.« Und von diesem Standpunkt ließ sich Marcus Livius Drusus nicht mehr abbringen.

Silo entgegnete nichts mehr, aber als es in dem Haus, das nach Livia Drusas Auszug ohnehin fast leer war, gegen Abend still wurde, folgte er, ohne es zu ahnen, Livia Drusas Beispiel, trat auf die Loggia hinaus und setzte sich auf die Balustrade.

Er hätte sich nie träumen lassen, daß Drusus anders über sein Vorhaben denken könnte als er selbst. Sonst hätte er sich ihm gegenüber nie erklärt. Vielleicht, dachte Silo traurig, sagten deshalb so viele Römer, die Italiker könnten nie wirkliche Römer werden: Sie verstünden die Römer einfach nicht.

Nachdem er dem Freund seine Pläne offenbart hatte, befand er sich in einer mißlichen Lage. Er wußte, daß er sich nicht darauf verlassen konnte, daß Drusus schweigen würde. Würde Drusus gleich morgen früh Lucius Valerius Flaccus und Marcus Antonius Orator aufsuchen und ihnen berichten, was er, Silo, vorhatte?

Ihm blieb nichts anderes übrig als abzuwarten, was passierte. Und er mußte Drusus indirekt zu verstehen geben, daß der Gedanke, der ihm auf dem Weg vom Forum zum Fuß des Palatin gekommen war, dumm und kurzsichtig gewesen war und daß er, nachdem er eine Nacht darüber geschlafen hatte, bereits völlig von dessen Undurchführbarkeit überzeugt war.

Er hatte nämlich keineswegs vor, sich von seinem Vorhaben abbringen zu lassen. Gerade weil es so einfach, so endgültig war, war es so attraktiv. Die Zensoren gingen davon aus, daß sich viele tausend zusätzliche Bürger in die Listen eintragen lassen würden. Warum sollten sie daher angesichts einer beträchtlich größeren Zahl römischer Bürger in den ländlichen Gebieten Verdacht schöpfen? Er mußte sofort nach Bovianum zum Anführer der Samniten Gaius Papius Mutilus reisen und gemeinsam mit ihm die Führer der anderen italischen Verbündeten aufsuchen. Wenn die beiden Zensoren ernsthaft daran gingen, ihre kleine Armee von Volkszählungsbeamten zusammenzustellen, mußten die Führer der Italiker bereit sein. Sie mußten Beamte bestechen und Beamte einsetzen, die bereit waren, insgeheim für die Sache der Italiker zu arbeiten und die ihnen zur Verfügung gestellten Bürgerlisten abzuändern oder zu erweitern. Bei den Bürgerlisten in Rom war nichts zu machen, aber das wollte er auch nicht. Die in Rom lebenden Italiker waren es nicht wert. Sie hatten das Land ihrer Väter verlassen, um in Armut oder Reichtum in den Mauern der riesigen Metropole zu leben. Sie waren deshalb durch und durch verdorben und rettungslos verloren.

Lange Zeit blieb er draußen auf der Loggia sitzen und sinnierte darüber nach, wie das Endziel, die Gleichheit aller Menschen in Italien, zu erreichen sei.

Am nächsten Tag ging er daran, die unüberlegten Worte vom Vortag aus dem Gedächtnis seines Freundes Drusus auszumerzen. Er gab sich angemessen reuevoll, aber doch fröhlich, als ob es ihm nicht das geringste ausmache, daß Drusus seinen Plan verworfen hatte.

»Ich habe mich da in etwas verrannt«, sagte er leichthin. »Jetzt habe ich eine Nacht darüber geschlafen, und mir ist klar, wie recht du hattest.«

»Das freut mich«, sagte Drusus und lächelte.

*

Quintus Servilius Caepio kehrte erst im Herbst des folgenden Jahres zurück. Er war von Smyrna in der Provinz Asia ins italische Gallien gereist, von dort nach Utika in der Provinz Africa, nach Gades in Hispania Ulterior und schließlich wieder zurück ins italische Gallien. Allen Orten auf seiner Route hatte er zu großem Wohlstand verholfen, am meisten aber sich selbst. Und ganz allmählich verwandelte sich das Gold von Tolosa in andere Dinge, in riesige Landbesitzungen an den fruchtbaren Ufern des Guadalquivir in Hispania Ulterior, und in Mietshäuser in Gades, Utika, Corduba, Hispalis, im alten und neuen Karthago, Cirta, Nemausus, Arelate und jeder größeren Stadt im italischen Gallien sowie auf der ganzen italienischen Halbinsel; im italischen Gallien gründete Caepio kleine Städte für die Produktion von Stahl und Holzkohle und außerdem Städte, in denen Textilien hergestellt wurden, und wo immer der Boden für den Ackerbau geeignet war, kaufte Caepio Land. Dabei bediente er sich vorzugsweise italischer Banken und Gesellschaften statt römischer. Nach und nach zog er alles Vermögen aus dem römischen Teil Kleinasiens ab.

Seine Rückkehr ins Haus des Marcus Livius Drusus in Rom kam für alle überraschend, und deshalb traf er seine Frau und seine Töchter nicht an.

»Wo sind sie?« fragte er seine Schwester.

»Wo du sie hingeschickt hast«, erwiderte Servilia Caepionis verwundert.

»Was soll das heißen?«

»Sie wohnen noch auf dem Land in der Villa von Marcus Livius in Tusculum.« Servilia Caepionis wünschte sich, ihr Mann käme endlich nach Hause.

»Warum denn das?«

»Weil es dort ruhig und friedlich ist.« Servilia Caepionis hielt sich die Hand an die Stirn. »O je, ich fürchte, ich habe alles durcheinandergebracht. Ich hätte schwören können, daß Marcus Livius mir erzählt hat, du seist damit einverstanden gewesen.«

»Ich hatte keine Ahnung«, entgegnete Caepio wütend. »Ich komme nach über eineinhalb Jahren nach Hause und freue mich darauf, von meiner Frau und meinen Kindern empfangen zu werden. Und was muß ich feststellen – sie sind nicht da! Das ist die Höhe! Was treiben sie in Tusculum?«

Eine der herausragenden Tugenden der Männer aus dem Geschlecht der Servilii Caepionis, derer sie sich auch selbst rühmten, war ihre Treue gegenüber ihren Ehefrauen. Auch Caepio hatte die ganze Zeit über mit keiner anderen Frau geschlafen. Deshalb hatte er sich immer mehr auf seine Frau gefreut, je näher es auf Rom zuging.

»Livia Drusa hatte Rom satt und zog in die Villa des alten Livius Drusus in Tusculum«, sagte Servilia Caepionis mit vor Aufregung klopfendem Herzen. »Wirklich, ich war der Meinung, du wüßtest

Bescheid. Wie dem auch sei, der Aufenthalt auf dem Land hat Livia Drusa nicht geschadet. Im Gegenteil. Sie sieht besser aus und ist glücklicher denn je.« Sie lächelte ihren Bruder an. »Du hast einen kleinen Sohn, Quintus Servilius. Er ist letztes Jahr an den Kalenden des Dezember geboren worden.«

Das war wirklich eine gute Nachricht, aber auch sie vermochte Caepios Wut über die Abwesenheit seiner Frau und den dadurch erzwungenen Aufschub seiner Befriedigung nicht zu beschwichtigen.

»Schicke jemanden, der sie sofort zurückholt.«

Als Drusus kurz darauf nach Hause kam, fand er seinen Schwager stocksteif im Arbeitszimmer sitzend vor. Caepio hatte kein Buch in der Hand und dachte nur an die Missetat seiner Frau Livia Drusa.

»Was ist denn das für eine Geschichte mit Livia Drusa?« blaffte er Drusus an. Er ignorierte dessen zum Gruß ausgestreckte Hand und vermied den brüderlichen Begrüßungskuß.

Drusus war bereits von seiner Frau gewarnt worden und blieb daher gelassen. Er setzte sich hinter seinen Schreibtisch.

»Livia Drusa hat während deiner Abwesenheit auf meinem Gut in Tusculum gewohnt. Daran ist nichts Unschickliches. Sie hatte genug vom Stadtleben, das ist alles. Der Aufenthalt dort hat ihr ganz sicher gut getan. Es geht ihr sehr gut. Und du hast einen Sohn.«

»Meine Schwester meint sich zu erinnern, ich hätte meine Einwilligung zu diesem Umzug gegeben«, sagte Caepio wutschnaubend. »Das habe ich nicht.«

»Livia Drusa hat mir gesagt, du hättest deine Einwilligung gegeben«, gab Drusus unumwunden zu. »Das ist aber meiner Meinung nach gar nicht so wichtig. Ich nehme an, sie ist erst nach deiner Abreise auf den Gedanken gekommen und hat sich eben eine Menge Schwierigkeiten erspart, indem sie uns sagte, du hättest dich mit dem Umzug einverstanden erklärt. Wenn du sie erst gesehen hast, wirst du mir sicher zustimmen, daß sie die richtige Entscheidung getroffen hat. Es geht ihr körperlich und geistig besser als je zuvor. Das Landleben ist ganz offensichtlich genau das richtige für sie.«

»Ich werde sie bestrafen müssen.«

Drusus zog eine Augenbraue hoch. »Das geht mich nichts an, Quintus Servilius. Ich möchte nichts davon wissen. Aber von deiner Reise kannst du mir erzählen.«

Livia Drusa war zu Hause, als am späten Nachmittag dieses Tages die Sklaven, die sie nach Rom zurückbegleiten sollten, in Tusculum ankamen. Sie verzog keine Miene und sagte nur, sie werde am nächsten Tag um die Mittagszeit zur Rückfahrt nach Rom bereit sein. Daraufhin gab sie Mopsus alle nötigen Anweisungen.

Das alte Gehöft in Tusculum glich inzwischen mehr einer ländlichen Villa mit einem Säulengarten und allen notwendigen sanitären Einrichtungen. Aber Livia Drusa eilte in ihr Zimmer, ohne einen Blick für die Schönheiten des Hauses zu haben, machte die Tür hinter sich zu, verschloß die Fensterläden, warf sich auf das Sofa und weinte. Das war das Ende! Quintus Servilius war wieder zu Hause, und zu Hause bedeutete für Quintus Servilius die Stadt. Er würde ihr nicht einmal erlauben, zu Besuch nach Tusculum zu kommen. Zweifellos wußte er bereits von ihrer Lüge über sein angebliches Einverständnis mit dem Umzug nach Tusculum. Bei seinem Temperament genügte das allein, um Tusculum für immer unmöglich zu machen.

Cato Salonianus hielt sich dieser Tage nicht auf seinem Landgut auf, da der Senat in Rom tagte. Livia Drusa hatte ihn schon mehrere Wochen nicht gesehen. Als die Tränen nach einer Weile versiegt waren, setzte sie sich an ihren Schreibtisch, legte sich ein Blatt Papier, Feder und Tinte zurecht und schrieb ihm einen Brief.

Mein Mann ist zurückgekehrt und läßt mich holen. Wenn Du diese Zeilen liest, bin ich schon wieder im Haus meines Bruders in Rom, wo ich keinen Augenblick allein bin. Wie und ob wir uns je wiedersehen werden, weiß ich nicht.

Aber wie soll ich ohne Dich leben? Geliebter, mein über alles Geliebter, wie soll ich ohne Dich leben? Dich nicht zu sehen – Deine Arme, Hände, Lippen nicht zu spüren – wie soll ich das ertragen? Aber er wird mich so genau überwachen, und in Rom bleibt sowieso nichts unbeobachtet, daß ich nicht glaube, daß wir uns je wiedersehen werden. Ich liebe Dich mehr, als ich Dir sagen kann. Denke daran. Ich liebe Dich.

Am nächsten Morgen machte sie wie gewöhnlich einen Spaziergang. Der Dienerschaft hatte sie aufgetragen, die Vorbereitungen für den Umzug nach Rom bis zur ihrer Rückkehr um die Mittagszeit abzuschließen. Sonst legte sie die Strecke zu der kleinen Hütte in raschem Tempo zurück, aber heute ließ sie sich Zeit und genoß die

Schönheit des Herbsttages. Jedem Baum, Stein und Busch auf ihrem Weg erzählte sie, daß sie abreisen müsse, und bat sie, sie nicht zu vergessen. In der kleinen, gekalkten Hütte angekommen, in der sie und Cato sich in den letzten zweiundzwanzig Monaten so oft getroffen hatten, sah sie sich noch einmal liebevoll und traurig um. Gegen jede Vernunft hatte sie gehofft, ihn hier anzutreffen, aber natürlich war er nicht da. Sie legte den Brief gut sichtbar aufs Bett. Angst brauchte sie keine zu haben, denn niemand würde es wagen, die Hütte zu betreten.

Dann trat sie die Rückreise nach Rom an. Livia Drusa wurde in dem geschlossenen, zweirädrigen Wagen, den ihr Mann als das geeignete Fahrzeug für ihren Rücktransport ausgesucht hatte, tüchtig durchgeschüttelt und hin- und hergeworfen. Anfangs hatte sie darauf bestanden, den kleinen Caepio zu sich in den Wagen zu nehmen. Aber nach zwei der insgesamt fünfzehn Meilen übergab sie ihn einem starken Sklaven, der ihn tragen sollte. Lilla blieb ein wenig länger bei ihr im Wagen, aber dann rebellierte ihr Magen gegen die holprige Fahrt, und sie mußte immer öfter aus dem Fenster gehalten werden, bis auch sie den Wagen verließ. Livia Drusa wäre selbst nur zu gerne gelaufen, aber die Diener lehnten dieses Begehren entschieden ab. Der Herr habe ausdrücklich befohlen, daß sie im Wagen reisen müsse, bei geschlossenen Fenstern.

Servilia besaß im Unterschied zu Lilla eine eiserne Konstitution und blieb im Wagen. Auf den Vorschlag, sie könne ruhig zu Fuß gehen, hatte sie hochmütig geantwortet, eine Patrizierin gehe nicht zu Fuß. Livia Drusa merkte, daß Servilia sehr aufgeregt war. Solche Einsichten verdankte sie nur dem engen Zusammenleben mit ihrer Tochter in Tusculum. Äußerlich ließ sich Servilia nämlich kaum etwas anmerken, Livia Drusa bemerkte lediglich ein ungewöhnliches Funkeln in ihren dunklen Augen und zwei Grübchen in den Winkeln ihres kleinen vollen Mundes.

»Ich bin froh, daß du dich auf deinen Vater freust«, sagte sie und konnte sich gerade noch festhalten, als der Wagen wieder einmal gefährlich schaukelte.

»Ich weiß, daß du dich nicht freust«, entgegnete ihre Tochter bissig.

»Aber versteh doch! Ich war gern in Tusculum, und ich hasse Rom!«

»Ach!« sagte Servilia.

Und damit war das Gespräch beendet.

Fünf Stunden später langte der Wagen samt seiner großen Eskorte vor dem Haus des Marcus Livius Drusus in Rom an.

»Zu Fuß wäre ich schneller gewesen!« sagte Livia Drusa barsch zu dem Wagenlenker, als er sich mit seinem Gefährt davonmachte.

Caepio erwartete sie bereits in dem von ihnen schon früher bewohnten Trakt. Als seine Frau zur Tür hereinkam, nickte er ihr beiläufig zu, und auch seine beiden Töchter, die hinter ihr ins Zimmer kamen, um den Vater zu begrüßen, bedachte er lediglich mit einem distanzierten und desinteressierten Kopfnicken. Auch als Servilia ihn mit einem herzlichen, aber scheuen Lächeln begrüßte, blieb er unbeugsam.

»Ab mit euch beiden, und sagt der Amme, sie soll den kleinen Quintus bringen«, sagte Livia Drusa und schob ihre Töchter aus dem Zimmer.

Das Kindermädchen wartete bereits vor der Tür. Livia Drusa nahm ihr den Jungen ab und brachte ihn selbst ihrem Mann.

»Hier, Quintus Servilius!« sagte sie lächelnd. »Darf ich dir deinen Sohn vorstellen? Ist er nicht wunderschön?«

Das war bei weitem übertrieben, denn der kleine Caepio war ganz und gar kein schönes Kind. Er war freilich auch nicht häßlich. Zehn Monate alt, saß er aufrecht in Livia Drusas Arm und sah seinen Vater steif und unbewegt an. Er war nicht besonders munter oder einnehmend, und er hatte einen dichten Haarschopf, glatte Haare in einem aggressiven Rot, hellbraune Augen, lange Gliedmaßen und ein hageres Gesicht.

»Beim Jupiter!« entfuhr es Caepio beim Anblick seines Sohnes. »Woher hat er die roten Haare?«

»Marcus Livius sagt, von der Familie meiner Mutter«, antwortete Livia Drusa ruhig.

»Ach so.« Caepio schien erleichtert. Nicht, daß er seine Frau der Untreue verdächtigt hätte, aber er war nun mal ein Mensch, bei dem alles seine Ordnung haben mußte. Er war noch nie ein besonders herzlicher oder liebevoller Mann gewesen, und deshalb machte er auch jetzt keine Anstalten, seinen Sohn auf den Arm zu nehmen. Livia Drusa mußte ihn erst dazu ermuntern, mit seinem Sohn zu spielen, bevor er den Kleinen unter dem Kinn kitzelte und wie ein richtiger Vater mit ihm sprach.

»Nun ist es aber genug«, meinte Caepio schließlich. »Gib ihn der Amme. Es ist Zeit, daß wir allein sind, Frau.«

»Aber das Abendessen wartet«, versuchte Livia Drusa abzulenken, als sie den Kleinen zur Tür trug und ihn der Amme übergab. »Wir sind sowieso schon spät dran mit dem Essen und können es nicht noch länger aufschieben«, meinte sie. Ihr Herz klopfte bereits vor Aufregung, denn sie wußte, was jetzt kam.

Er zog die Vorhänge zu und schloß die Tür ab. »Ich habe keinen Hunger«, erklärte er. Er zog seine Toga aus. »Wenn du Hunger hast, dein Pech. Das Abendessen fällt heute aus!«

Quintus Servilius Caepio war kein sensibler Mensch, aber als er zu seiner Frau ins Bett stieg und sie gierig an sich zog, spürte selbst er, daß sie sich verändert hatte. Sie blieb stocksteif und widerborstig.

»Was ist mit dir los?« rief er enttäuscht.

»Es geht mir wie allen Frauen: Ich habe immer weniger Lust dazu. Nach zwei oder drei Kindern verlieren wir das Interesse am Sex.«

Caepio wurde wütend. »Dann mußt du eben lernen, dich wieder dafür zu interessieren. Die Männer meiner Familie sind nicht ausschweifend, und wir leben enthaltsam, wenn wir von unseren Frauen getrennt sind.« So wie er es sagte, klang es großspurig, lächerlich und wie auswendig gelernt.

Die Nacht war nur in sehr beschränkter Hinsicht eine erfolgreiche Wiedervereinigung des Ehepaars Caepio. Livia Drusa blieb auch nach wiederholten sexuellen Annäherungsversuchen von Seiten Caepios kalt und apathisch. Den Gipfel an Beleidigung leistete sie sich bei seiner letzten Anstrengung, als sie einschlief und zu schnarchen begann. Wütend schüttelte Caepio sie wach.

»Wie sollen wir so einen zweiten Sohn zeugen?« fragte er barsch. Seine Finger bohrten sich schmerzhaft in ihre Schultern.

»Ich möchte keine Kinder mehr.«

»Ich rate dir, vorsichtiger zu sein mit dem, was du sagst, sonst lasse ich mich scheiden«, keuchte er, dem Höhepunkt nahe.

»Wenn du dich scheiden läßt und ich dann nach Tusculum zurückkehren kann, habe ich nicht das geringste dagegen.« Er stöhnte auf und ergoß sich in sie. »Ich hasse Rom«, fuhr sie fort, »und ich hasse das hier.« Sie entwand sich ihm. »Kann ich jetzt bitte schlafen?«

Da Caepio inzwischen selbst müde war, antwortete er nichts, aber am nächsten Morgen kam er sofort auf das Thema zu sprechen. Er war noch wütender als am Abend zuvor.

»Ich bin dein Mann«, sagte er, als sie aus dem Bett schlüpfte, »und ich erwarte von dir, daß du mir eine richtige Frau bist.«

»Ich habe dir doch bereits erklärt, daß ich jegliches Interesse an dieser Sache verloren habe«, entgegnete sie giftig. »Und wenn dir das nicht paßt, Quintus Servilius, dann laß dich doch scheiden.«

Aber Caepio hatte inzwischen begriffen, daß sie es genau darauf abgesehen hatte, obwohl er immer noch nicht an Untreue dachte. »Eine Scheidung kommt nicht in Frage, Frau.«

»Auch ich kann mich von dir scheiden lassen, das weißt du ja.«

»Ich bezweifle, daß dein Bruder das zulassen würde. Und selbst das würde nichts an meiner Meinung ändern. Ich werde keinesfalls in eine Scheidung einwilligen. Statt dessen wirst du dir ein wenig Interesse abringen müssen – oder besser noch, ich werde dafür sorgen.« Er griff zu seinem Ledergürtel, faltete ihn in der Hälfte und zog ihn straff.

Livia Drusa starrte ihn entgeistert an. »Spiel dich nicht auf. Ich bin kein Kind mehr!«

»Du benimmst dich aber wie eins.«

»Du würdest nicht wagen, mich anzurühren!«

Anstatt ihr zu antworten, packte er sie am Arm, drehte ihn ihr mit einem Ruck auf den Rücken und hielt mit derselben Hand ihr Nachthemd hoch. Mit einem lauten Knall fuhr der Gürtel gegen ihre Seite, ihre Schenkel, ihren Hintern und ihre Unterschenkel. Anfangs versuchte sie noch, sich aus seinem Griff zu befreien, dann jedoch sah sie ein, daß er ihr den Arm brechen würde, wenn sie sich wehrte. Der Schmerz wurde mit jedem Schlag schlimmer, ihre Haut brannte wie Feuer. Aus ihrem Keuchen wurde Schluchzen, und schließlich schrie sie vor Angst. Als sie auf die Knie sank und den freien Arm schützend vor ihren Kopf hielt, ließ er sie los, nahm den Gürtel in beide Hände und schlug rasend vor Wut auf ihren zusammengekrümmten Körper ein.

Ihre Schreie lösten ein überwältigendes Lustgefühl in ihm aus. Er riß ihr das Nachthemd vollends vom Leib und schlug so lange auf sie ein, bis seine Arme lahm waren.

Dann ließ er den Gürtel auf den Boden fallen und stieß ihn mit dem Fuß weg. Er packte seine Frau an den Haaren und zerrte sie in die ungelüftete, noch von der letzten Nacht stickige und stinkende Schlafnische.

»Jetzt werden wir ja sehen!« keuchte er. Er packte seinen steifen Penis mit der Hand. »Gehorsam, Frau! Sonst gibt es noch mehr Prügel!« Er drang in sie ein und hielt die schwache Gegenwehr ihrer Fäuste und ihre ängstlichen Schreie für Anzeichen lustvoller Erregung.

Die Geräusche, die aus Caepios Schlafzimmer drangen, waren im Haus nicht unbemerkt geblieben. Die kleine Servilia hörte sie, als sie den Säulengang entlang schlich, um nachzusehen, ob ihr geliebter Vater schon wach sei, und ebenso ein paar der Hausdiener. Drusus und Servilia Caepionis dagegen hörten nichts, und niemand wagte ihnen etwas zu sagen.

Die Sklavin, die Livia Drusa badete, erzählte danach den anderen Sklaven entsetzt von ihren Blessuren.

»Lange rote Striemen!« sagte sie zum Verwalter Cratippus. »Blutüberströmt! Und das Bett voller Blut! Das arme, arme Ding!«

Cratippus konnte sich nicht beherrschen und weinte hemmungslos. Aber er weinte nicht allein, denn im Haus gabe es viele Sklaven, die Livia Drusa seit frühester Kindheit kannten. Ihre Herrin hatte ihnen schon immer leid getan, und sie hatten sie gern. Und als die altgedienten Sklaven Livia Drusa an diesem Morgen sahen, weinten sie wieder. Livia Drusa konnte sich nur im Schneckentempo bewegen und sah aus, als ob sie am liebsten sterben würde. Aber Caepio war trotz seiner großen Wut mit Vorbedacht zu Werk gegangen und hatte seine Frau nicht auf sichtbare Körperteile wie Arme, Gesicht, Hals und Beine geschlagen.

Zwei Monate lang ging alles so weiter. Caepio schlug seine Frau ungefähr alle fünf Tage, aber jeweils auf eine andere Stelle, damit sich die anderen Stellen in der Zwischenzeit wieder erholen konnten. Diese Prügelorgien stimulierten ihn sexuell und erfüllten ihn mit einem phantastischen Gefühl der Macht. Jetzt erst verstand er, was die traditionelle Stellung des Mannes innerhalb der Familie wirklich bedeutete, was es hieß, ein wirklicher *pater familias* zu sein, und was die wahre Bestimmung der Frau war.

Livia Drusa sagte zu keinem Menschen auch nur einen Ton, nicht einmal zu der Dienerin, die sie badete und nun auch ihre Wunden versorgte. Die Veränderung, die sie durchmachte, war jedoch so offenkundig, daß sich Drusus und seine Frau große Sorgen um sie machten. Die beiden konnten sich ihren Zustand nur mit der Rückkehr nach Rom erklären. Drusus freilich, der wieder daran denken mußte, wie sie sich gegen die Heirat mit Caepio gesträubt hatte, fragte sich immer häufiger, ob nicht Caepio an ihrem schleppenden Gang, ihrem gequälten Gesichtsausdruck und ihrem Schweigen schuld war.

Livia Drusa selbst fühlte abgesehen vom Schmerz der Schläge und deren Nachwirkungen kaum etwas. Vielleicht war das alles ihre Strafe, dachte sie manchmal, oder vielleicht machte der körperliche Schmerz den Verlust ihres geliebten Cato erst erträglich. Vielleicht meinten es die Götter auch gut mit ihr: Sie war im dritten Monat schwanger gewesen, hatte das Kind jetzt aber verloren, dessen Vater Caepio mit Sicherheit nicht hätte sein können. Die unerwartete Rückkehr Caepios hatte sie so erschreckt, daß ihr das erst jetzt einfiel, als das Problem sich bereits von selbst gelöst hatte. Ja, so war es – die Götter meinten es gut mit ihr. Und der Tod war unendlich besser als ein Leben mit Quintus Servilius Caepio.

Die Atmosphäre im Haus hatte sich verändert, und dieser Umstand machte Drusus zu schaffen. Eigentlich hätte er sich über die Schwangerschaft seiner Frau freuen müssen, die für die beiden ein höchst unerwartetes und willkommenes Geschenk war, da sie längst jede Hoffnung auf ein eigenes Kind aufgegeben hatten. Aber er war wie auch Servilia Caepionis niedergedrückt von dem unerklärlichen Schatten, der über dem Haus lastete. Was war es? Konnte eine unglücklich verheiratete Frau wirklich so viel Trübsinn verbreiten? Die Diener waren jetzt stets still und ernst, während sie sonst ihren Geschäften im Haus sehr geräuschvoll nachgegangen waren, was ein ständiger Stein des Anstoßes gewesen war. Drusus war es seit seiner Kindheit gewohnt, gelegentlich von lautem Gelächter geweckt zu werden, das aus den Quartieren der Dienerschaft unterhalb des Atriums heraufdrang. Aber das kam jetzt nicht mehr vor. Sie schlichen mit langen Gesichtern durchs Haus, beantworteten seine Fragen einsilbig und wischten Staub und putzten und schrubbten den ganzen Tag, als ob sie sich tagsüber total erschöpfen wollten, weil sie sonst nachts nicht schlafen konnten. Sogar Cratippus, sonst die Ruhe und Freundlichkeit selbst, hatte sich verändert.

Eines Morgens gegen Jahresende winkte Drusus seinen Hausverwalter Cratippus her, noch bevor dieser dem Türsteher Anweisung geben konnte, die draußen versammelten Klienten hereinzulassen.

»Komm bitte einen Augenblick mit«, sagte Drusus und zeigte auf sein Arbeitszimmer. »Ich muß mit dir sprechen.«

Aber nachdem er die Tür für die anderen Besucher geschlossen hatte, wußte er nicht, was er sagen sollte. Er ging nervös im Zimmer auf und ab, während Cratippus stocksteif dastand und auf den Boden starrte. Schließlich blieb Drusus vor seinem Hausverwalter stehen und sah ihm ins Gesicht.

»Cratippus, was ist los?« fragte er mit hilflos ausgebreiteten Händen. »Habe ich dich beleidigt? Warum sind die Diener so unglücklich? Habe ich etwas Wichtiges übersehen oder unterlassen? Wenn dem so ist, dann sage es mir bitte. Ich will nicht, daß auch nur einer meiner Sklaven durch meine oder die Schuld eines Familienmitglieds unglücklich ist. Aber vor allem möchte ich nicht, daß du unglücklich bist. Ohne dich funktioniert in diesem Haus nichts mehr.«

Zu seinem Entsetzen brach Cratippus in Tränen aus. Drusus stand einen Moment lang völlig hilflos da. Dann zog er seinen Verwalter instinktiv auf eine Liege, setzte sich neben ihn, legte ihm den Arm um die bebenden Schultern und reichte ihm sein Taschentuch. Aber je freundlicher Drusus war, desto heftiger schluchzte Cratippus. Selbst den Tränen nahe, stand Drusus auf und holte Wein. Er überredete Cratippus, einen Schluck zu trinken, und tröstete, beruhigte und wiegte ihn so lange, bis dieser schließlich aufhörte zu weinen.

»Oh Marcus Livius, es tut mir so weh!«

»Was denn, Cratippus?«

»Die Schläge.«

»Die Schläge?«

»Und ihre Schreie, sie sind kaum hörbar!« Cratippus brach erneut in Tränen aus.

»Meinst du meine Schwester?« fragte Drusus scharf.

»Ja.«

Drusus fühlte, wie sein Herz schneller schlug, wie ihm das Blut ins Gesicht schoß und wie seine Hände zu zittern anfingen. »Rede! Im Namen unserer Hausgötter befehle ich dir, mir alles zu erzählen.«

»Quintus Servilius. Er wird sie noch umbringen.«

Drusus' Hände zitterten jetzt nicht mehr, sondern zuckten sichtbar, und er holte tief Luft. »Mein Schwager schlägt sie?«

»Ja, *domine,* ja!« Der Hausverwalter rang um Fassung. »Ich weiß, daß es mir nicht zusteht, darüber zu sprechen, und ich schwöre, ich hätte es auch nicht getan. Aber du hast mich so freundlich und besorgt gefragt, daß ich ... ich ...«

»Beruhige dich Cratippus, ich bin dir nicht böse«, sagte Drusus zu seinem Verwalter. »Ich versichere dir, daß ich sehr froh bin, daß du mir die Wahrheit gesagt hast.« Er stand auf und half auch Cratippus auf. »Richte dem Türsteher aus, er soll meine Klienten wegschicken. Ich kann heute niemanden empfangen. Dann geh zu meiner Frau und sage ihr, sie soll ins Kinderzimmer gehen und mit den Kindern dort bleiben, weil ich heute jeden Bediensteten für eine bestimmte Aufgabe unten im Keller brauche. Du bürgst mir dafür, daß alle Diener hinuntergehen, auch du selbst. Aber vorher bittest du noch Quintus Servilius und meine Schwester zu mir in mein Arbeitszimmer.«

Drusus nutzte die Zeit, um seine zuckenden Muskeln und überreizten Nerven zu beruhigen. Er sagte sich, vielleicht übertrieb Cratippus ja auch, vielleicht war ja alles gar nicht so schlimm, wie die Dienerschaft offensichtlich meinte.

Aber ein kurzer Blick auf Livia Drusa, die als erste hereinkam, sagte ihm, daß nichts übertrieben war, daß alles stimmte. Er sah auf ihrem Gesicht nur Schmerz, Verzweiflung, Angst und grenzenloses Unglück, und er sah, daß sie innerlich tot war. Caepio, der hinter ihr kam, wirkte eher neugierig als besorgt.

Drusus blieb stehen und forderte auch die beiden nicht auf, sich zu setzen. Statt dessen sah er seinen Schwager verächtlich an und sagte: »Es ist mir zu Ohren gekommen, Quintus Servilius, daß du meine Schwester körperlich mißhandelst.«

Livia Drusa zuckte zusammen. Caepio richtete sich auf und sah Drusus brutal und verächtlich an.

»Was ich mit meiner Frau mache, Marcus Livius, geht nur mich etwas an.«

»Da irrst du dich«, antwortete Drusus so ruhig wie möglich. »Deine Frau ist meine Schwester und Mitglied einer großen und mächtigen Familie. Niemand in diesem Haus hat sie geschlagen, bevor sie heiratete. Ich werde auch heute nicht zulassen, daß sie geschlagen wird.«

»Sie ist meine Frau. Damit untersteht sie meiner Obhut und nicht deiner. Ich kann mit ihr machen, was ich will.«

»Deine Bindung an Livia Drusa beruht auf eurer Ehe«, erklärte Drusus mit sich verfinsternder Miene. »Meine hingegen beruht auf Blutsverwandtschaft. Und diese wiegt schwerer. Ich werde nicht zulassen, daß du meine Schwester schlägst.«

»Du hast mir doch damals erklärt, es ginge dich nichts an, wie ich sie bestrafe. Und damit hattest du recht! Es geht dich wirklich nichts an.«

»Wenn eine Ehefrau geschlagen wird, dann geht das alle an. Es ist das Niederträchtigste, was es gibt.« Drusus sah seine Schwester an. »Bitte zieh dich aus, Livia Drusa. Ich möchte sehen, was dieser Frauenschänder angerichtet hat.«

»Das wirst du nicht tun, Frau!« schrie Caepio hell empört. »Du wirst dich nicht vor einem anderen Mann als deinem Ehemann entblößen. Das dulde ich nicht!«

»Zieh dich aus, Livia Drusa«, wiederholte Drusus.

Livia Drusa machte keine Anstalten zu gehorchen, und sagte nichts.

»Meine Liebe, du mußt es tun«, sagte Drusus sanft und trat zu seiner Schwester. »Ich muß es sehen.«

Als er den Arm um sie legte, schrie sie auf und entzog sich ihm. Drusus faßte sie so vorsichtig wie möglich an und machte ihr Kleid an den Schulterspangen auf.

Ein Mann, der der Klasse der Senatoren angehörte, verachtete nichts mehr als einen Mann, der seine Frau schlägt. Caepio wußte das, aber er fand nicht den Mut, Drusus Einhalt zu gebieten. Das Kleid fiel herunter, und Drusus sah bläulich-violette und gelb verfärbte Stellen von unzähligen alten Schwielen und Schrammen auf dem Oberkörper seiner Schwester. Drusus löste den Gürtel, und Kleid und Unterkleid fielen ganz herunter, und jetzt sah er, daß ihre Schenkel dick geschwollen waren und das Fleisch tiefrot, violett und aufgeplatzt. Offensichtlich hatte sich Caepio als letztes an ihren Schenkeln vergangen. Drusus zog ihr sanft wieder die Kleider über die Schultern, nahm ihre kraftlose Hand und legte sie um die Kleider. Dann wandte er sich an Caepio.

»Verlasse mein Haus!« befahl Drusus mit versteinertem Gesicht.

»Meine Frau ist mein Eigentum«, sagte Caepio. »Ich kann von rechtswegen mit ihr machen, was ich für richtig halte. Ich kann sie sogar töten.«

»Deine Frau ist meine Schwester, und ich werde nicht zulassen, daß eine Livia Drusa mißhandelt wird, so wie ich selbst nicht einmal das dümmste und störrischste meiner Arbeitstiere behandeln würde«, sagte Drusus. »Verlasse mein Haus!«

»Wenn ich gehe, geht sie mit mir!«

»Sie bleibt hier, du Frauenschänder!«

Plötzlich hörten sie hinter sich eine schrille Kinderstimme aufgeregt kreischen. »Sie hat es nicht anders verdient! Sie hat es nicht anders verdient!« Die kleine Servilia rannte zu ihrem Vater und sah zu ihm auf.

»Schlag sie nicht, Vater, töte sie!«

»Geh zurück ins Kinderzimmer, Servilia!« sagte Drusus müde.

Aber Servilia klammerte sich an Caepios Hand, stellte sich breitbeinig vor ihrem Onkel und funkelte ihn böse an. »Sie verdient es, getötet zu werden!« schrie sie. »Ich weiß, warum sie so gern in Tusculum gewohnt hat. Ich weiß, was sie dort getan hat. Ich weiß, warum der Junge rote Haare hat.«

Caepio ließ die Hand des Kindes los, als hätte er sich daran verbrannt. »Was meinst du damit, Servilia?« Offensichtlich ging ihm ein Licht auf. Er schüttelte seine Tochter wie wild. »Los, rede schon, Kind. Was meinst du damit?«

»Sie hatte einen Liebhaber, und ich weiß auch, was ein Liebhaber ist!« schrie seine Tochter. Sie riß den Mund so weit auf, daß ihre Zähne ganz zu sehen waren. »Meine Mutter hatte einen Liebhaber! Einen rothaarigen Mann. Sie trafen sich jeden Morgen in einem Haus auf seinem Land. Ich weiß alles, weil ich ihr gefolgt bin. Ich weiß, was sie zusammen auf dem Bett gemacht haben. Und ich weiß seinen Namen! Marcus Porcius Cato Salonianus! Er stammt von einem *Sklaven* ab! Ich habe mich bei meiner Tante Servilia Caepionis nach ihm erkundigt.« Sie drehte sich zu ihrem Vater um, und ihr Haß verwandelte sich in schiere Bewunderung. »Vater, wenn du sie nicht tötest, dann laß sie doch einfach hier! Sie ist nicht gut genug für dich! Sie verdient dich doch gar nicht! Sie ist nur eine Plebejerin, nicht eine Patrizierin wie du und ich! Wenn du sie hierläßt, sorge ich für dich, das verspreche ich dir!«

Drusus und Caepio standen wie versteinert da, während nun plötzlich Leben in Livia Drusa kam. Sie machte Kleid und Gürtel zu und ging auf ihre Tochter zu.

»Kleine, es ist nicht so, wie du denkst!« sagte sie sehr sanft und wollte ihrer Tochter über die Wange streicheln.

Die Hand wurde brutal zurückgeschlagen, und Servilia drückte sich an ihren Vater. »Ich weiß, was ich weiß! Du brauchst mir nichts zu sagen! Du hast unseren Namen, den Namen meines Vaters entehrt! Du verdienst zu sterben! Und der kleine Junge ist nicht der Sohn meines Vaters.«

»Der kleine Quintus ist der Sohn deines Vaters«, sagte Livia Drusa. »Er ist dein Bruder.«

»Er ist von dem rothaarigen Mann, er ist der Sohn eines Sklaven!« Sie zerrte an Caepios Tunika. »Vater, bitte bring mich hier weg!«

Caepio packte das Mädchen und stieß es so grob weg, daß es zu Boden fiel. »Was für ein Idiot ich doch war!« sagte er mit leiser Stimme. »Das Kind hat recht. Du verdienst den Tod. Wie schade, daß ich den Gürtel nicht noch öfter benutzt und härter zugeschlagen habe.« Mit geballten Fäusten stürzte er aus dem Zimmer, und seine

Tochter rannte ihm heulend hinterher und flehte ihren Vater an, doch auf sie zu warten.

Drusus war mit seiner Schwester allein.

Seine Beine wollten ihn nicht mehr tragen. Er schleppte sich zu einem Stuhl und ließ sich fallen. Livia Drusa! Blut von seinem Blut! Seine einzige Schwester! Eine Ehebrecherin, eine *meretrix.* Und dennoch hatte er vor diesem grauenvollen Gespräch nie geahnt, wieviel sie ihm bedeutete. Auch hatte er nicht gewußt, wie sehr ihm ihr Leid zu schaffen machen würde, wie sehr er sich für sie verantwortlich fühlte.

»Es ist meine Schuld!« sagte er mit bebenden Lippen.

Sie ließ sich auf das Sofa sinken. »Nein, meine!«

»Ist es wahr? Hast du einen Liebhaber?«

»Ich *hatte* einen, Marcus Livius. Den ersten und einzigen. Ich habe ihn seit meiner Abreise aus Tusculum weder gesehen noch etwas von ihm gehört.«

»Aber das war nicht der Grund, warum Caepio dich verprügelt hat?«

»Nein.«

»Warum dann?«

»Nach Marcus Porcius konnte ich ihm nichts mehr vorspielen. Meine Gleichgültigkeit ihm gegenüber machte ihn rasend, deshalb schlug er mich. Und dann entdeckte er, daß es ihm Spaß machte, mich zu schlagen. Es – erregte ihn.«

Einen Moment lang sah Drusus aus, als ob er sich übergeben müsse, dann hob er die Arme und schüttelte sie ohnmächtig. »In was für einer Welt leben wir eigentlich!« rief er. »Livia Drusa, ich habe dir unrecht getan.«

Sie setzte sich auf den Klientenstuhl. »Du hast getan, was du für richtig hieltest«, entgegnete sie sanft. »Wirklich, Marcus Drusus, das ist mir schon seit Jahren klar. Ich liebe dich und deine Frau Servilia Caepionis um all der Freundlichkeit willen, die du mir seither hast zuteil werden lassen.«

»Meine Frau!« rief Drusus entsetzt. »Was wird sie zu all dem sagen?«

»Wir müssen soviel wie möglich vor ihr geheimhalten«, antwortete Livia Drusa. »Ihre Schwangerschaft verläuft bisher komplikationslos, und das dürfen wir nicht gefährden.«

Drusus war bereits aufgesprungen. »Bleib hier!« sagte er und eilte zur Tür. »Ich muß dafür sorgen, daß ihr Bruder sie nicht unnötig aufregt. Trinke inzwischen etwas Wein. Ich bin gleich zurück!«

Aber Caepio hatte keinen Gedanken an seine Schwester verschwendet. Von Drusus' Arbeitszimmer war er direkt in seine eigenen Gemächer geeilt, und seine Tochter hatte sich beständig an ihn geklammert und geweint, bis er sie ins Gesicht geschlagen und in sein Schlafzimmer eingeschlossen hatte. Dort fand Drusus sie heulend und zusammengekauert in einer Ecke.

Die Dienerschaft war wieder heraufbeordert worden, und Drusus half dem kleinen Mädchen aufstehen und schickte sie hinaus in den Gang, wo eines der Kindermädchen ängstlich wartete. »Beruhige dich, Servilia. Laß dir von Stratonice das Gesicht waschen und dein Frühstück geben!«

»Ich möchte zu meinem Vater!«

»Dein Vater ist weggegangen, Kind, aber sei nicht traurig. Wenn er alles geregelt hat, läßt er dich bestimmt holen.« Drusus wußte nicht, ob er der kleinen Servilia dankbar dafür sein sollte, daß sie die Wahrheit ans Licht gebracht hatte, oder ob sie ihm deshalb unsympathisch war.

Augenblicklich hellte sich ihr Gesicht auf. »Er läßt mich holen, ganz sicher«, sagte sie und ging mit ihrem Onkel den Säulengang entlang.

»Jetzt sei lieb und geh mit Stratonice«, sagte Drusus. Ernst fügte er hinzu: »Versuche diese Sache für dich zu behalten, Servilia, deiner Tante zuliebe, aber auch wegen deines Vaters. Wenn du etwas für deinen Vater tun willst, darfst du niemandem erzählen, was heute morgen hier vorgefallen ist.«

»Aber warum soll ihm das schaden? Er ist doch das Opfer.«

»Kein Mann läßt sich gern demütigen, Servilia. Glaub mir, dein Vater wäre verärgert, wenn du die Sache ausplaudern würdest.«

Servilia zuckte die Schultern und trottete dann mit ihrem Kindermädchen davon. Drusus ging zu seiner Frau und erzählte ihr das Nötigste. Zu seiner Überraschung nahm sie die Neuigkeiten völlig ruhig und gefaßt auf.

»Ich bin froh, daß wir jetzt wenigstens wissen, was los ist«, sagte sie. Ihre Schwangerschaft war zum Mittelpunkt ihres Lebens geworden. »Arme Livia Drusa! Ich fürchte, ich mag meinen Bruder nicht sonderlich, Livius Marcus. Je älter er wird, desto eigensinniger wird er. Und ich erinnere mich, daß er schon als Kind die Kinder der Sklaven mißhandelt hat.«

Drusus kehrte zu Livia Drusa zurück, die immer noch auf dem Klientenstuhl saß, jedoch einen gefaßten Eindruck machte.

Er setzte sich wieder. »Was für ein Morgen! Ich hatte ja keine Ahnung, was ich alles auslösen würde, als ich Cratippus fragte, warum er und die anderen Diener immer so traurig sind.«

»Sind sie denn traurig?« fragte Livia Drusa ungläubig.

»Ja, und zwar wegen dir, meine Liebe. Sie haben mitbekommen, daß Caepio dich schlägt. Du darfst nicht vergessen, daß sie dich von klein auf kennen. Sie mögen dich sehr, Livia Drusa.«

»Das freut mich. Ich wußte es ja gar nicht.«

»Ich auch nicht, muß ich gestehen. Bei den Göttern, war ich vielleicht verbohrt! Das alles tut mir furchtbar leid.«

»Das braucht es nicht«, sagte sie und seufzte. »Hat er Servilia mitgenommen?«

Drusus zog eine Grimasse. »Nein. Er hat sie in dein Zimmer eingeschlossen.«

»Die arme Kleine. Sie bewundert ihn so.«

»Das habe ich gemerkt. Aber ich verstehe es nicht.«

»Und was geschieht jetzt, Marcus Livius?«

Er zuckte die Achseln. »Um ehrlich zu sein, ich habe keine Ahnung. Vielleicht ist es das beste, wenn wir so tun, als wäre gar nichts passiert, bis wir von ...« Er hätte beinahe Caepio gesagt, wie er es den ganzen Morgen schon getan hatte, zwang sich aber zur Höflichkeit. »Bis wir von Quintus Servilius hören.«

»Und wenn er sich von mir scheiden läßt, was ich eigentlich annehme?«

»Dann bist du ihn endlich los.«

Livia Drusa zögerte, bevor sie auf das zu sprechen kam, was ihr am meisten auf der Seele lag. »Und Marcus Porcius Cato?«

»Dieser Mann bedeutet dir viel, habe ich recht?«

»Ja, er bedeutet mir viel.«

»Ist der Junge sein Kind, Livia Drusa?«

Jetzt war der Moment gekommen, über den sie schon so viel nachgedacht hatte. Was sollte sie sagen, wenn ein Familienmitglied sie auf die Haarfarbe des Kindes oder seine zunehmende Ähnlichkeit mit Marcus Porcius Cato ansprach? Es schien ihr, als ob Caepio ihr etwas schuldig sei für all die Jahre geduldig ertragener Knechtschaft, für ihr vorbildliches Verhalten und – für die Schläge. Ihr Sohn hatte einen Namen. Wenn sie zugab, daß Cato der Vater ihres Sohnes war, würde er den Namen Caepio verlieren, und da er unter diesem Namen geboren worden war, würde ihm der Makel der unehelichen Geburt anhaften. Aufgrund seines Geburtsdatums war nicht ausgeschlossen, daß Caepio sein Vater war, und außer ihr selbst konnte niemand mit Sicherheit sagen, daß Caepio nicht der Vater war.

»Nein, Marcus Livius, mein Sohn ist das Kind von Quintus Servilius«, sagte sie bestimmt. »Meine Beziehung zu Marcus Porcius begann erst, nachdem ich bereits schwanger war.«

»Dann ist es nur dumm, daß der Junge so rote Haare hat«, sagte Drusus mit ausdruckslosem Gesicht.

Livia Drusa lächelte gezwungen. »Ist dir schon einmal aufgefallen, wie übel das Schicksal uns Sterblichen manchmal mitspielt? Von dem Moment an, als ich Marcus Porcius traf, hatte ich das Gefühl, das Schicksal führe etwas gegen mich im Schilde. Als der kleine Quintus dann mit roten Haaren zur Welt kam, war ich kein bißchen überrascht – obwohl ich natürlich genau weiß, daß mir kein Mensch glauben wird.«

»Ich halte zu dir, Schwester«, erklärte Drusus. »Was immer geschieht, ich werde dir helfen, wo ich nur kann.«

Livia Drusa stiegen Tränen in die Augen. »Marcus Livius, ich bin dir so unendlich dankbar!«

»Es ist das mindeste, was ich tun kann.« Er räusperte sich. »Was Servilia Caepionis anbelangt, kannst du ebenfalls beruhigt sein. Sie ist auf meiner Seite – und damit auch auf deiner.«

Noch am selben Tag schickte Caepio eine Mitteilung über ihre Scheidung, gefolgt von einem privaten Brief an Drusus, der diesen empörte.

»Weißt du, was diese Laus behauptet?« fragte er seine Schwester, die nun im Bett lag, nachdem sie von mehreren Ärzten untersucht worden war.

Livia Drusa lag auf dem Bauch, während zwei Arzthelfer ihren Rücken von den Schultern bis zu den Hüften in Breiumschläge verpackten, die ihre Schmerzen lindern sollten. Deshalb mußte sie sich den Hals verrenken, um ihren Bruder wenigstens aus den Augenwinkeln zu sehen. »Was denn?« fragte sie schließlich.

»Zum einen leugnet er, der Vater aller drei Kinder zu sein. Er weigert sich weiterhin, deine Mitgift zurückzuzahlen, und er beschuldigt dich des wiederholten Ehebruchs. Auch verweigert er mir Entschädigungszahlungen für die Kosten seiner und eurer Unterbringung in meinem Haus während der letzten sieben und mehr Jahre. Das alles offensichtlich mit der Begründung, du seist nie seine Frau gewesen und deine Kinder seien nicht von ihm, sondern von anderen Männern.«

Livia Drusa ließ den Kopf auf das Kissen sinken. »Beim Kastor! Marcus Livius, wie kann er das nur seinen Töchtern und seinem Sohn antun? Na ja, bei dem Kleinen Quintus kann ich es ja noch verstehen, aber Servilia und Lilla! Es wird Servilia das Herz brechen.«

»Warte, es kommt noch besser.« Erregt fuchtelte Drusus mit dem Brief herum. »Er will sein Testament ändern und seine Kinder enterben. Und schließlich hat er die Frechheit, *seinen* Ring von mir zurückzufordern. *Seinen* Ring!«

Livia Drusa wußte sofort, von welchem Ring die Rede war. Es handelte sich um ein Familienerbstück, das vom Vater auf den Sohn weitervererbt wurde und angeblich von Alexander dem Großen als Siegelring benutzt worden war. Quintus Servilius Caepio hatte schon als kleiner Junge am Anfang seiner Freundschaft mit Marcus Livius Drusus ein Auge auf diesen Ring geworfen. Er war dabei gewesen, als er vom Finger des toten Zensors Drusus gezogen und seinem Sohn angesteckt worden war. Als Caepio zu seiner Reise nach Smyrna und ins italische Gallien aufgebrochen war, hatte er Drusus gebeten, ihm den Ring als Talisman für die Reise zu überlassen. Drusus hatte ihm den Ring zunächst nicht geben wollen, war sich dann aber kleinlich vorgekommen und hatte sich schließlich doch breitschlagen lassen. Gleich nach Caepios Rückkehr hatte er den Ring jedoch zurückgefordert. Caepio hatte zunächst nach Ausflüchten gesucht, den Ring behalten zu können, ihn schließlich jedoch mit einem falschen Lachen zurückgegeben und gemeint: »Also gut, da hast du ihn. Aber nächstes Mal, wenn ich weggehe, mußt du ihn mir wieder geben. Er ist nämlich ein Glücksbringer!«

»Wie kann er es wagen!« tobte Drusus und hielt sich den kleinen Finger, als ob Caepio jeden Moment auftauchen und ihm den Ring abnehmen könnte. Drusus konnte ihn nur am kleinen Finger tragen, denn für die anderen Finger war er zu klein, für den kleinen Finger freilich ein wenig zu groß. Alexander der Große war eben ein kleiner Mann gewesen.

»Denk nicht weiter daran, Marcus Livius«, versuchte Livia Drusa ihren Bruder zu trösten. Dann drehte sie den Kopf in seine Richtung und versuchte, ihrem Bruder in die Augen zu sehen. »Was wird aus meinen Kindern? Kann er sie wirklich enterben?«

»Wenn ich mit ihm fertig bin, nicht mehr«, sagte Drusus grimmig. »Hat er dir auch einen Brief geschrieben?«

»Nein, nur die Scheidungsbenachrichtigung.«

»Dann ruh dich aus und werde gesund, meine Liebe.«

»Was soll ich den Kindern sagen?«

»Nichts, zumindest solange nicht, bis ich mit ihrem Vater abgerechnet habe.«

Marcus Livius Drusus zog sich in sein Arbeitszimmer zurück. Er holte einen Bogen seines besten Pergamentpapiers heraus, denn er wollte, daß dieser Brief die Zeit überdauerte, und verfaßte dann ein Antwortschreiben an Caepio.

Es steht Dir natürlich frei, die Vaterschaft für Deine drei Kinder abzulehnen, Quintus Servilius. Mir steht es jederzeit frei zu beschwören, daß Du der Vater dieser Kinder bist, und das werde ich auch, wenn es notwendig werden sollte, und zwar vor Gericht. Du hast mein Brot gegessen und meinen Wein getrunken vom April in jenem Jahr, als Gaius Marius zum dritten Mal Konsul war, bis zu Deiner Auslandsreise vor dreiundzwanzig Monaten. Ich habe Deine Frau und Familie auch während Deiner Abwesenheit weiterverköstigt und beherbergt. Du hast nicht den geringsten Beweis, daß meine Schwester Dir untreu gewesen ist, während sie in diesem Haus gelebt hat. Und wenn Du die Geburtsurkunde Deines Sohnes genau ansiehst, wirst Du feststellen, daß auch er in diesem Hause gezeugt worden ist.

Ich rate Dir dringend, von der Enterbung Deiner Kinder abzusehen. Solltest Du jedoch an Deinem Vorhaben festhalten, werde ich im Namen Deiner Kinder einen Prozeß gegen Dich anstrengen. Während meines Plädoyers vor Gericht werde ich mich sehr frei über bestimmte Fragen äußern, unter anderem über das Gold von Tolosa und den Verbleib riesiger Summen, die Du aus sicherem Gewahrsam in Smyrna geholt und in Banken, Landbesitz und Geschäften, die Senatoren verboten sind, in allen Ländern des westlichen Mittelmeers investiert hast. Ich würde mich ferner gezwungen sehen, einige der angesehensten Ärzte Roms vor Gericht zu laden, um zu bezeugen, daß sie am Körper meiner Schwester Spuren schwerer Mißhandlungen festgestellt haben, die Du ihr zugefügt hast. Außerdem werde ich nicht zögern, meine Schwester als Zeugin zu benennen und auch meinen Verwalter, der ebenfalls einiges gehört hat.

Was die Mitgift meiner Schwester betrifft und die Hunderttausen-

de von Sesterzen, die Du mir für Deine Unterbringung und Versorgung und die Deiner Familie schuldest, verzichte ich auf eine Rückerstattung. Behalte das Geld. Es wird Dir kein Glück bringen.

Und nun zum Ring: Es ist hinlänglich und allgemein bekannt und belegt, daß er ein Familienerbstück der Livier ist. Ich rate Dir also dringend, kein Wort mehr darüber zu verlieren und keinerlei Ansprüche mehr zu erheben.

Er versiegelte den Brief und schickte einen Sklaven zu Caepios neuer Bleibe, dem Haus des Lucius Marcius Philippus. Der Sklave kam hinkend und humpelnd zurück, da er von Caepio mit Fußtritten davongejagt wurde. Er ließ Drusus ausrichten, daß er ohne Rückantwort gekommen sei. Dieser lächelte nur und steckte seinem Sklaven zehn Denare zu. Dann ließ er sich in seinen Stuhl sinken, machte die Augen zu und stellte sich genüßlich die mühsam beherrschte Wut Caepios vor. Er wußte genau, daß es nicht zu einem Prozeß kommen würde. Und ganz gleich, wessen Sohn der kleine Quintus in Wirklichkeit war, er würde offiziell Caepios Sohn bleiben. Und damit der Erbe des Goldes von Tolosa. Ein Grinsen breitete sich auf Drusus' Gesicht aus, als er sich vorstellte, daß der kleine Quintus sich zu einem langhalsigen, großnasigen und rothaarigen Kuckuck in Servilius Caepios Nest entwickeln würde. Eine angemessene Strafe für den Frauenschänder!

Etwas später ging Drusus zum Kinderzimmer und befahl seiner Nichte Servilia, ihm in den Garten zu folgen. Bis heute hatte er sie kaum beachtet, ihr höchstens im Vorbeigehen zugelächelt, ihr über die Haare gestrichen oder sie bei den entsprechenden Anlässen beschenkt und gedacht, was für ein mißmutiges, ernstes Mädchen sie doch war. Caepio konnte seine Tochter wahrlich nicht verleugnen. Sie war ganz der Vater – ein rachsüchtiges kleines Luder. Drusus hielt nichts davon, wenn Kinder bei wichtigen Unterhaltungen zwischen Erwachsenen zugegen waren, und er war über das Verhalten seiner Nichte heute morgen entsetzt gewesen. Ein Kind, das seine Mutter verpetzte! Es wäre Servilia wahrlich recht geschehen, wenn er zugelassen hätte, daß Caepio sie enterbt hätte.

Die kleine Servilia trat zu dem Brunnen im Säulengarten, und Drusus wurde aus seinen unerquicklichen Gedanken gerissen. Er sah seine Nichte kalt an.

»Servilia, da du dich heute morgen in die Gespräche der Erwachsenen eingemischt hast, informiere ich dich am besten selbst darüber, daß dein Vater beschlossen hat, sich von deiner Mutter scheiden zu lassen.«

»Ah, das ist aber sehr gut«, sagte Servilia befriedigt. »Ich packe und gehe zu ihm.«

»Das tust du nicht«, erwiderte Drusus. Dann sagte er sehr deutlich: »Er will dich nämlich nicht.«

Das Kind wurde so blaß, daß Drusus unter normalen Umständen erschrocken wäre und sie gebeten hätte, sich hinzulegen. So aber blieb er stehen und sah sie nur unfreundlich an. Sie fiel jedoch nicht in Ohnmacht, sondern gewann ihre Fassung zurück und lief tiefrot an.

»Ich glaube dir nicht«, sagte sie. »Mein Vater würde mir das nie antun, das weiß ich genau!«

Drusus zuckte die Schultern. »Wenn du mir nicht glaubst, dann vergewissere dich doch selbst. Er wohnt nicht weit weg, nur ein paar Häuser weiter bei Lucius Marcius Philippus. Geh zu ihm und frag ihn.«

»Das werde ich auch«, sagte Servilia hochmütig und trabte davon. Das Kindermädchen wollte ihr nacheilen.

»Laß sie gehen, Stratonice«, meinte Drusus. »Aber behalte sie im Auge und sieh zu, daß sie wieder zurückkommt.«

Wie unglücklich alle sind, dachte Drusus. Er setzte sich neben den Brunnen. Und wie unglücklich ich selbst wäre, hätte ich nicht meine geliebte Servilia Caepionis und unseren kleinen Sohn – und das Leben, das in ihrem Bauch wächst. Dann erwachte die Lust in ihm, sich an Servilia dafür zu rächen, da er seine Wut nicht an ihrem Vater auslassen konnte. Aber als die Sonne seine Knochen wärmte und er sich nach und nach beruhigte, gewann sein alter Sinn für Gerechtigkeit wieder die Oberhand, und er wurde wieder der alte Marcus Livius Drusus, der Anwalt der ungerecht Behandelten. Quintus Servilius Caepio würde er allerdings nie verteidigen, mochte ihm auch noch soviel Unrecht widerfahren sein.

Als Servilia zurückkam, saß Drusus immer noch neben dem Brunnen. Der Wasserstrahl aus dem Maul des schuppigen Delphins glänzte silbrig. Drusus hatte die Augen geschlossen und wirkte entspannt.

»Onkel Marcus!« sagte sie scharf.

Er machte die Augen auf und rang sich ein Lächeln ab. »Da bist du ja wieder! Was ist passiert?«

»Er will mich nicht. Er behauptet, ich sei nicht seine Tochter, ich sei von einem anderen Mann.«

»Das habe ich dir ja schon vorher gesagt, aber du wolltest mir ja nicht glauben.«

»Warum sollte ich auch. Du bist auf *ihrer* Seite.«

»Servilia, sei nicht so hart gegen deine Mutter. *Ihr* ist Unrecht geschehen, nicht deinem Vater.«

»Wie kannst du das sagen. Sie hatte einen Liebhaber.«

»Wenn dein Vater netter zu ihr gewesen wäre, hätte sie sich keinen Liebhaber genommen. Es gibt keine Entschuldigung für einen Mann, der seine Frau schlägt.«

»Er hätte sie töten sollen, nicht schlagen. Zumindest hätte ich das getan!«

Drusus gab auf. »Mach, daß du wegkommst, du schreckliches Mädchen!«

Hoffentlich lernt sie etwas aus der Zurückweisung ihres Vaters, dachte er. Mit der Zeit würde sie ihrer Mutter schon näherkommen. Das war nur normal.

Da Drusus hungrig war, aß er kurz darauf mit seiner Frau Brot, Oliven und hartgekochte Eier und erzählte ihr genauer als bisher, was an diesem Tag alles passiert war. Er wußte, daß seine Frau die der Familie Servilius Caepio eigenen strengen Vorstellungen von Standesgemäßheit und Würde teilte, deshalb war er sich nicht sicher, wie sie darauf reagieren würde, daß ihre Schwägerin wegen eines Verhältnisses mit dem Nachfahren eines Sklaven geschieden werden würde. Aber Servilia Caepionis liebte Drusus zu sehr, als daß sie sich jemals gegen ihn gestellt hätte, auch wenn sie enttäuscht war, als sie hörte, wer der Geliebte ihrer Schwägerin gewesen war. Sie hatte schon vor langer Zeit erfahren müssen, daß man es in einer Familie nicht allen recht machen konnte, und sie hatte sich vorgenommen, immer zu Drusus zu halten. Die Jahre, in denen sie mit Caepio zusammen unter einem Dach gelebt hatte, hatten ihn ihr nicht sympathischer gemacht. Sie war längst nicht mehr das unsichere Kind von früher und lebte schon so lange mit Drusus zusammen, daß sein Selbstbewußtsein auch auf sie abgefärbt hatte.

Trotz der vertrackten Lage genossen sie die gemeinsame Mahlzeit, und Drusus fühlte sich danach allem gewachsen, was der Tag ihm noch bringen würde. Und das war gut so, denn bereits am frühen Nachmittag kündigten sich weitere Probleme an. Marcus Porcius Cato Salonianus ließ sich melden.

Drusus lud Cato zu einem kleinen Rundgang um den Säulengarten ein und machte sich auf das Schlimmste gefaßt.

»Du weißt Bescheid?« fragte er ruhig.

»Quintus Servilius Caepio und Lucius Marcius Philippus waren vor nicht allzulanger Zeit bei mir«, sagte Cato ebenso gefaßt und ruhig.

»So so, alle beide. Philippus sollte wohl als Zeuge fungieren.«

»Das nehme ich auch an.«

»Und?«

»Caepio informierte mich darüber, daß er sich von seiner Frau getrennt habe, weil sie mit mir die Ehe gebrochen habe.«

»Sonst nichts?«

Cato runzelte die Stirn: »Was soll sonst noch sein? Er hat das immerhin vor meiner Frau gesagt, die daraufhin sofort zu ihrem Vater zurückgekehrt ist.«

»Bei den Göttern!« rief Drusus und warf die Hände hoch. »Hört das denn nie auf? Setze dich, Marcus Porcius. Ich schenke dir besser reinen Wein ein. Die Scheidung ist nur der kleinste Teil.«

Als Cato die ganze Geschichte gehört hatte, war er wütender als Drusus zuvor. Es war in seiner Familie zwar üblich, nach außen keine Regung zu zeigen und sich nicht aus der Fassung bringen zu lassen, aber seine Angehörigen waren zugleich für ihre Wutausbrüche bekannt. Drusus mußte lange besänftigend auf Cato einreden, bis er ihn überzeugt hatte, daß er Livia Drusa nicht im geringsten nützen würde, wenn er Caepio umbrachte oder zusammenschlug. Als er sicher war, daß Cato sich tatsächlich beruhigt hatte, führte er ihn zu Livia Drusa. Hatte er zuvor noch Zweifel an der Tiefe der Gefühle zwischen den beiden gehegt, so überzeugte ihn der Blick, mit dem die beiden sich begrüßten, vom Gegenteil. Sie liebten sich wirklich. Die Armen!

»Cratippus«, sagte er zu seinem Verwalter, nachdem er die beiden allein gelassen hatte. »Ich habe Hunger und möchte gleich das Essen einnehmen. Sage bitte Servilia Caepionis Bescheid.«

Aber Servilia Caepionis wollte lieber im Kinderzimmer essen, wo Servilia sich aufs Bett geworfen und erklärt hatte, sie werde von heute an nichts mehr essen oder trinken und ihr Vater werde über ihren Tod sehr traurig sein.

Drusus ging also allein ins Speisezimmer und wünschte sich, daß der Tag endlich zu Ende gehen und daß er Zeit seines Lebens keinen solchen Tag mehr erleben möge. Seufzend ließ er sich auf einer Liege nieder und wartete auf die Vorspeise.

»Was muß ich hören?« tönte es von der Tür her.

»Onkel Publius!«

»Also schieß los! Was ist denn nun tatsächlich passiert?« wollte Publius Rutilius Rufus wissen. Er kickte die Schuhe von den Füßen und schickte den Diener, der ihm die Füße waschen wollte, mit einer Handbewegung weg. Dann setzte er sich neben Drusus auf die Liege, stützte sich auf den linken Ellbogen und sah Drusus neugierig an. Zum Glück war in seinem freundlichen Gesicht auch Teilnahme und Besorgnis zu lesen. »In Rom kursieren ein Dutzend verschiedener Gerüchte über Scheidung, Ehebruch, Liebe zu einem Sklaven, eine geschlagene Ehefrau und ungezogene Kinder. Was ist los? Und woher kommen diese Gerüchte so plötzlich?«

Drusus war jedoch außerstande, seine Frage zu beantworten. Dieser letzte Besucher hatte ihm den Rest gegeben. Er ließ sich auf sein Polster zurücksinken und lachte und weinte zugleich.

*

Publius Rutilius Rufus hatte recht. In Rom kursierten in der Tat die wildesten Gerüchte. Die Leute hatten schnell zwei und zwei zusammengezählt, und die meisten waren dabei zum richtigen Ergebnis gekommen. Geholfen hatte ihnen dabei die Tatsache, daß das jüngste Kind der geschiedenen Frau kupferrote Haare hatte und daß Marcus Porcius Cato Salonianus' steinreiche, wenn auch äußerst vulgäre Frau ihrem Mann ebenfalls die Scheidungspapiere hatte zukommen lassen. Das bislang unzertrennliche Paar Quintus Servilius Caepio und Marcus Livius Drusus sprach nunmehr kein Wort mehr miteinander, wobei Caepio darauf beharrte, daß dies keineswegs mit seiner Scheidung zu tun habe, sondern damit, daß Drusus ihm einen Ring gestohlen habe.

Wer genug Verstand und Gerechtigkeitssinn hatte, merkte sehr wohl, daß die anständigen Leute zu Drusus und seiner Schwester hielten. Weniger anständige Charaktere wie Lucius Marcius Philippus und Publius Cornelius Scipio Nasica taten sich mit Caepio zusammen. Mit ihm hielten es auch die unterwürfigen Ritter, die demselben Gewerbe nachgingen wie Gnaeus Cuspius Buteo, der Vater von Catos betrogener Frau, der den Spitznamen »der Aasgeier« hatte. Dann gab es solche, die sich auf keine Seite schlugen und das Ganze nur amüsant fanden. Zu ihnen gehörte der Senatsvorsitzende Marcus Aemilius Scaurus, der sich erst seit kurzem wieder in der Öffentlichkeit blicken ließ. Scaurus hatte sich mehrere Jahre völlig zurückgezogen, nachdem bekannt geworden war, daß seine Frau sich in Sulla verliebt hatte. Jetzt glaubte er, wieder lachen zu können, zumal Delmaticas Schmachten unbeantwortet geblieben war und ihr Leib sich zu runden begann, denn sie war schwanger und das Kind konnte von niemand anders sein als von ihm. Auch Publius Rutilius Rufus gehörte zu denen, die die Angelegenheit von der amüsanten Seite nahmen, obwohl er der Onkel der Ehebrecherin war.

Am Ende mußte freilich keiner der Schuldigen an dieser Affäre so leiden wie Marcus Livius Drusus.

»Zumindest muß ich wieder einmal für alles bezahlen«, beschwerte sich Drusus bei Silo, nicht lange nach dem Amtsantritt der neuen Konsuln. »Wenn ich das Geld hätte, das mich dieser Trottel Caepio in den letzten zehn Jahren auf die eine oder andere Weise gekostet hat, dann wäre ich schon um einiges besser dran. Mein neuer Schwager Cato Salonianus ist ebenfalls ein Habenichts. Er muß die Mitgift für seine Schwester abbezahlen, die mit Lucius Domitius Ahenobarbus verheiratet ist, und er kann ja jetzt nicht mehr auf das Vermögen seiner Frau und die Hilfe ihres Vaters zurückgreifen. Ich muß jetzt nicht nur Lucius Domitius auszahlen, sondern auch – wie vorher – meine Schwester, ihren Mann und ihre rasch wachsende Familie beherbergen. Sie bekommt schon wieder Nachwuchs!«

Silo gehörte zu denen, die die Sache von der komischen Seite nahmen, und er lachte, bis ihm der Bauch weh tat, obwohl er wußte, daß er Drusus damit nicht tröstete. »Ach Marcus Livius, noch keinem vornehmen Römer ist so böse mitgespielt worden wie dir.«

»Hör auf!« Drusus mußte selbst grinsen. »Ich wünschte, das Leben – oder das Schicksal oder was auch immer – würde mich mit dem gebührenden Respekt behandeln. Aber wie immer mein Leben vor dieser Katastrophe gewesen ist, jetzt ist auf jeden Fall alles ganz anders. Ich weiß nur, daß ich meine arme Schwester nicht im Stich lassen kann und daß ich meinen neuen Schwager viel lieber habe als den alten, obwohl ich mich dagegen gewehrt habe. Salonianus mag der Enkel einer Sklavin sein, er ist dennoch ein ehrenwerter Mann, und wir sind alle glücklicher und zufriedener, seit er bei uns wohnt. Er behandelt Livia Drusa gut, und ich muß sagen, daß er auch meine Frau für sich eingenommen hat. Sie hat ihn am Anfang wegen seiner Herkunft abgelehnt, aber inzwischen mag sie ihn sehr gern.«

»Es freut mich, daß deine kleine Schwester nun endlich ihr Glück gefunden hat«, sagte Silo. »Sie machte immer einen zutiefst unglücklichen Eindruck auf mich, verbarg diesen Umstand jedoch mit der

Entschlossenheit einer Frau aus dem Hause Livius Drusus. Dennoch tut es mir aufrichtig leid, daß du ständig für andere Leute sorgen mußt. Ich schätze, du wirst auch Salonianus' Karriere finanzieren müssen?«

»Natürlich«, sagte Drusus ohne Bedauern. »Zum Glück hat mir mein Vater mehr Geld vermacht, als ich je verbrauchen kann, so daß ich nicht am Hungertuch nagen muß. Stell dir vor, wie wütend Caepio sein wird, wenn ich Cato Salonianus' Einstieg in den *cursus honorum* bezahle.«

»Laß uns von etwas anderem reden«, sagte Silo abrupt.

»Ja, warum nicht.« Drusus war überrascht. »Vielleicht erzählst du mir jetzt, was du die letzten Monate getrieben hast. Ich habe dich ja fast ein Jahr nicht gesehen, Quintus Poppaedius!«

»Wie, so lange schon?« Silo rechnete im stillen nach und nickte. »Du hast recht. Die Zeit vergeht wie im Flug. Was ich getrieben habe?« Er zuckte die Schultern. »Nichts Besonderes. Meine Geschäfte gehen gut.«

»Wenn du so zugeknöpft bis, werde ich mißtrauisch«, sagte Drusus lachend zu seinem besten Freund. »Aber ich sehe, du willst mir nicht sagen, was du wirklich getan hast, und ich will es dir nicht unnötig schwer machen und dich nicht allzusehr drängen. Über was wolltest du mit mir reden?«

»Über die neuen Konsuln.«

»Zur Abwechslung sind es diesmal zwei gute«, meinte Drusus zufrieden. »Ich weiß nicht, wann wir zuletzt so ein gutes Gespann gewählt haben wie Crassus Orator und Scaevola. Ich erwarte viel von ihnen.«

»Wirklich? Ich wünschte, mir ginge es genauso. Ich erwarte Schwierigkeiten.«

»Die italische Sache betreffend? Warum?«

»Bis jetzt sind es nur Gerüchte, unbegründete, wie ich hoffe, aber ich fürchte, daß doch etwas Wahres an ihnen ist, Marcus Livius.« Silo blickte finster drein. »Die Zensoren haben sich bei den Konsuln über die große Zahl neuer Namen auf den Bürgerlisten beschwert. Das sind doch Idioten! Einmal prahlen sie damit, daß mit ihren neuen Zensusmethoden viel mehr römische Bürger erfaßt werden als vorher, und im nächsten Moment machen ihnen die vielen neuen Bürger Angst.«

»Deshalb hat man dich monatelang nicht mehr in Rom gesehen!« rief Drusus. »Quintus Poppaedius, ich habe dich gewarnt! Nein,

nein, bitte lüge mich nicht an. Wenn du das tust, ist es mit unserer Freundschaft aus, und das täte mir sehr leid. Du hast also die Bürgerlisten manipuliert!«

»Ja.«

»Quintus Poppaedius, ich habe dich doch gewarnt! So eine dumme Situation!« Drusus saß eine Zeitlang mit dem Kopf in den Händen da, und Silo saß stumm neben ihm und dachte angestrengt nach, überrascht, wie unwohl ihm war. Schließlich hob Drusus den Kopf.

»Also, passiert ist passiert, daran läßt sich jetzt nichts mehr ändern«, sagte er. Er stand auf, sah Silo an und schüttelte resigniert den Kopf. »Du gehst besser nach Hause und läßt dich längere Zeit nicht in der Stadt blicken, Quintus Poppaedius. Wir dürfen nicht riskieren, daß ein besonders helles Köpfchen der antiitalischen Fraktion auf dumme Gedanken kommt, wenn du durch die Straßen spazierst. Ich werde im Senat tun, was ich kann, aber du weißt, ich bin nach wie vor ein Neuling, und man wird mich kaum zum Sprechen auffordern. Und unter denen, die dazu Gelegenheit haben, werden deine Freunde sehr dünn gesät sein.«

Silo war ebenfalls aufgestanden. »Marcus Livius, es wird Krieg geben. Ich werde nach Hause zurückkehren, du hast völlig recht. Wenn ich hier bin, wird tatsächlich jemand Verdacht schöpfen. Aber gerade diese Vorfälle müssen dir zeigen, daß es keinen friedlichen Weg zum allgemeinen Bürgerrecht für ganz Italien gibt.«

»Es gibt einen Weg«, sagte Drusus. »Es muß einen geben. Und nun geh, Quintus Poppaedius, und zwar so unauffällig wie möglich. Und wenn du Rom durch die Porta Collina verlassen willst, mach bitte einen Bogen ums Forum.«

Drusus selbst tat das Gegenteil und begab sich direkt zum Forum. Er hatte die Toga angelegt und hielt nach bekannten Gesichtern Ausschau. Obwohl heute keine Sitzung des Senats oder der Volksversammlung stattfand, war Drusus sicher, daß er auf dem unteren Forum Bekannte antreffen würde. Und kurz darauf entdeckte Drusus den ersten wichtigen Menschen, seinen Onkel Publius Rutilius Rufus, der den Carinae und seinem Haus zustrebte.

»An einem Tag wie heute wünschte ich mir, Gaius Marius wäre hier«, sagte Drusus, als sie einen ruhigen Platz in der Sonne neben den alten Bäumen des Forums gefunden hatten.

»Ja, ich fürchte, deine italischen Freunde werden wenig Unterstützung im Senat finden«, sagte Rutilius Rufus.

»Das ließe sich ändern – wenn ein mächtiger und angesehener

Mann den Senatoren ein bißchen auf die Sprünge helfen würde. Aber Gaius Marius ist immer noch im Osten. Wer könnte diese Aufgabe also übernehmen? Es sei denn, du, Onkel ...?«

»Nein«, lehnte Rutilius Rufus entschlossen ab. »Ich sympathisiere zwar mit dem Anliegen der Bundesgenossen, aber ich habe im Senat keinen Einfluß. Wenn überhaupt, dann habe ich seit meiner Rückkehr aus Asia Minor noch an *auctoritas* verloren. Du weißt ja, daß die Steuereintreiber immer noch meinen Kopf verlangen. An Quintus Mucius kommen sie nicht heran, weil er zu wichtig ist, und das wissen sie. Ich dagegen bin ein alter und bescheidener Konsular, der sich weder am Gericht noch als Redner einen großen Namen gemacht hat und auch keine Armee zu einem großen Sieg geführt hat. Nein, ich habe wirklich nicht genug Einfluß.«

»Dann meinst du also, es steht schlecht?«

»Ja, das meine ich, Marcus Livius.«

Die Gegenseite schlief indessen nicht. Quintus Servilius Caepio bat um eine Unterredung mit den beiden Konsuln Crassus Orator und Mucius Scaevola und den Zensoren Antonius Orator und Valerius Flaccus. Was er ihnen zu sagen hatte, interessierte sie ungemein.

»Marcus Livius ist an allem schuld«, sagte Caepio. »Ich habe mit eigenen Ohren gehört, wie er unzählige Male davon gesprochen hat, daß die Italiker das volle römische Bürgerrecht bekommen sollten und daß es keine Unterschiede mehr zwischen den Bewohnern Italiens geben sollte. Und er hat einflußreiche italische Freunde – den Anführer der Marser, Quintus Poppaedius Silo, und den Anführer der Samniten, Gaius Papius Mutilus. Nach dem, was ich in seinem Haus mitbekommen habe, könnte ich schwören, daß Marcus Livius Drusus sich mit den beiden Anführern der Italiker verbündet und einen Plan ausgeheckt hat, um die Bürgerlisten zu manipulieren.«

»Quintus Servilius, hast du Beweise, die deine Anschuldigung bestätigen könnten?« fragte Crassus Orator.

Caepio machte ein beleidigtes Gesicht. »Ich bin ein Servilius Caepio, Lucius Licinius! Ich lüge nicht!« Sein Kränkung wurde zu Wut. »Beweise für meine Anschuldigung? Ich beschuldige niemanden. Ich sage nur, was ich gehört habe. Ich brauche keine Beweise, die irgend etwas bestätigen. Ich wiederhole – ich bin ein Servilius Caepio!«

»Und wenn er Romulus persönlich wäre«, sagte Marcus Livius Drusus, als die Konsuln und Zensoren ihn aufsuchten. »Wenn ihr nicht begreift, daß die angeblichen Tatsachen, die Quintus Servilius Caepio auftischt, lediglich Teil seiner Kampagne gegen mich und die meinen sind, dann seid ihr nicht die Männer, für die ich euch gehalten habe. Das ist doch absoluter Blödsinn! Warum sollte ich etwas aushecken, das den Interessen Roms widerspricht? Kein Sohn meines Vaters wäre zu so etwas imstande. Für Silo und Mutilus kann ich meine Hand nicht ins Feuer legen. Mutilus hat mein Haus noch nie betreten, Silo kommt hierher, weil er mein Freund ist. Daß ich der Ansicht bin, daß alle Männer in Italien das römische Bürgerrecht besitzen sollten, ist allgemein bekannt, ich habe daraus nie einen Hehl gemacht. Aber der Senat und das Volk von Rom müssen das Bürgerrecht von sich aus und auf legalem Weg an die Italiker und Latiner vergeben. Den Zensus zu fälschen, entweder direkt durch Fälschung der Bürgerlisten oder dadurch, daß bestimmte Bürger das Bürgerrecht beanspruchen, obwohl es ihnen nicht zusteht, einem solchen Plan würde ich nie zustimmen, auch wenn ich das Ziel gerecht finde.« Er breitete die Arme aus und hob sie in die Höhe. »Glaubt mir also oder laßt es bleiben, Bürger! Ich habe nichts weiter zu sagen. Wenn ihr mir glaubt, dann trinkt einen Becher Wein mit mir. Wenn ihr diesem gewissenlosen Lügner Caepio glaubt, dann verlaßt mein Haus und betretet es nie wieder.«

Quintus Mucius Scaevola hängte sich bei Drusus ein und lachte leise. »Also ich, Marcus Livius, hätte nichts gegen einen Becher Wein einzuwenden.«

»Ich auch nicht«, sagte Crassus Orator.

Auch die beiden Zensoren stimmten zu.

»Ich hätte trotzdem gern gewußt, woher Quintus Servilius seine sogenannten Informationen hat«, sagte Drusus, als er später am Nachmittag mit seiner Frau, Cato Salonianus und Livia Drusa im Wohnzimmer saß. »Quintus Poppaedius und ich haben uns nur ein einziges Mal über dieses Thema unterhalten, und das ist schon einige Monate her. Es war kurz nach der Wahl der Zensoren.«

»Und worüber habt ihr gesprochen?« fragte Cato Salonianus.

»Silo hatte den verwegenen Plan, massenhaft Italiker in die Bürgerlisten eintragen zu lassen. Aber ich habe ihn davon abgebracht, oder zumindest bildete ich mir das ein. Ich habe danach nie wieder etwas von dieser Sache gehört und auch Quintus Poppaedius erst vor kurzem wiedergesehen. Woher also hatte Caepio seine Informationen?«

»Vielleicht war er im Haus und hat alles mitgehört.« Cato teilte die Ansichten seines Schwagers in der Bundesgenossenfrage nicht, konnte ihn aber schlecht kritisieren, denn schließlich war er von ihm abhängig.

»Nein, er war ganz sicher nicht zu Hause«, erwiderte Drusus trokken. »Er war zu der Zeit nicht einmal in Italien und ist auch sicher nicht eigens zurückgekommen, um eine Unterhaltung zu belauschen, von der nicht einmal ich wußte, daß sie überhaupt stattfinden würde.«

»Dann ist es mir allerdings auch ein Rätsel. Hat er vielleicht irgendeine schriftliche Notiz von dir gefunden?«

Drusus schüttelte so energisch den Kopf, daß seine Zuhörer keinen Zweifel mehr hatten. »Es existiert nichts Schriftliches. Absolut nichts.«

»Warum bist du so sicher, daß Quintus Servilius von jemandem Informationen bekommen hat?« fragte Livia Drusa.

»Weil er mich beschuldigt hat, die neuen Bürgerlisten gefälscht zu haben und mit Quintus Poppaedius zusammenzuarbeiten.«

»Er könnte den Vorwurf auch aus der Luft gegriffen haben.«

»Das wäre möglich, wenn er da nicht noch einen dritten Namen genannt hätte, und zwar den von Gaius Papius Mutilus, den Anführer der Samniten. Woher hatte er diesen Namen? Ich selbst kenne den Namen nur, weil Quintus Poppaedius mit Papius Mutilus befreundet ist. Ich bin mir ziemlich sicher, daß Quintus Poppaedius und Papius Mutilus die Bürgerlisten manipuliert haben – aber woher wußte Caepio davon?«

Livia Drusa erhob sich. »Ich kann dir nichts versprechen, Marcus Livius, aber vielleicht weiß ich eine Antwort. Entschuldigt mich bitte für einen Moment.«

Drusus, Cato Salonianus und Servilia Caepionis warteten ohne große Hoffnung. Welche Antwort sollte Livia Drusa auch auf diese rätselhafte Frage haben, wenn Caepio höchstwahrscheinlich einfach geraten hatte.

Livia Drusa kehrte zurück. Sie schob ihre Tochter Servilia vor sich her, eine Hand schwer auf der Schulter des Kindes.

»Bleib hier stehen, Servilia«, sagte sie streng. »Ich muß dich etwas fragen: Besuchst du deinen Vater?«

Das Gesicht des Kindes war so ruhig und ausdruckslos, daß die Anwesenden den Eindruck hatten, das Mädchen wolle etwas verbergen.

»Ich erwarte eine ehrliche Antwort von dir, Servilia«, erklärte Livia Drusa. »Besuchst du deinen Vater? Und bevor du etwas sagst, überlege es dir gut. Wenn du mit nein antwortest, erkundige ich mich bei Stratonice und den anderen Kindermädchen.«

»Ja, ich besuche ihn«, sagte Servilia.

Drusus richtete sich in seinem Stuhl auf, ebenso Cato. Servilia Caepionis dagegen versank noch mehr in ihrem und hielt sich die Hand vor das Gesicht.

»Was hast du deinem Vater über Onkel Marcus und seinen Freund Quintus Poppaedius erzählt?«

»Die Wahrheit«, entgegnete das Kind immer noch völlig ausdruckslos.

»Welche Wahrheit?«

»Daß sie sich verschworen haben, Italiker auf die römischen Bürgerlisten zu setzen.«

»Wie konntest du das tun? Du weißt genau, daß das nicht stimmt!« Drusus konnte seine aufkommende Wut kaum noch unterdrücken.

»Es ist doch die Wahrheit!« schrie das Kind mit schriller Stimme. »Ich habe erst vor kurzem die Briefe im Zimmer des Marsers gesehen.«

»Soll das heißen, daß du das Zimmer eines Gastes ohne dessen Wissen betreten hast?« fragte Cato Salonianus ungläubig. »Das ist abscheulich, Kind!«

»Für wen hältst du dich eigentlich, daß du über mich urteilen könntest?« Servilia sah ihn abschätzig an. »Der Abkömmling einer Sklavin und eines Bauern!«

Cato preßte die Lippen zusammen und schluckte seine Wut hinunter. »Auch wenn das stimmt, Servilia: Selbst Sklaven haben soviel Anstand, als daß sie nicht das heilige Gastrecht verletzen und in das Zimmer eines Gastes eindringen würden.«

»Ich bin eine Patrizierin aus dem Geschlecht der Servilier«, sagte das Kind hartnäckig, »während dieser Mann bloß ein Italiker ist. Er hat sich gegen Rom verschworen – und Onkel Marcus mit ihm!«

»Was für Briefe hast du gesehen?« fragte Drusus.

»Briefe von einem Samniten namens Gaius Papius Mutilus.«

»Aber keine Briefe von Marcus Livius Drusus.«

»Das brauchte ich nicht. Du bist doch so eng mit den Italikern befreundet, daß jeder weiß, du würdest alles tun, was sie von dir verlangen. Also hast du dich mit ihnen verschworen.«

»Wie gut für Rom, daß du eine Frau bist, Servilia.« Drusus zwang sich zu lächeln. »Wenn du vor Gericht nicht mehr vorlegen könntest, würdest du dich zum Gespött der Leute machen.« Er stand von der Liege auf und baute sich vor ihr auf. »Du bist dumm und undankbar, mein Kind. Falsch und abscheulich, wie dein Stiefvater gesagt hat. Wenn du älter wärst, würde ich dich aus meinem Hause verbannen. So aber werde ich das Gegenteil tun. Du wirst das Haus nicht mehr verlassen. Innerhalb des Hauses kannst du dich in Begleitung eines Sklaven frei bewegen. Aber du wirst das Haus unter keinen Umständen verlassen. Du wirst weder deinen Vater noch sonst jemanden besuchen. Du wirst ihm auch nicht schreiben. Wenn er nach dir schickt und dich bittet, bei ihm zu wohnen, lasse ich dich nur zu gern gehen. Sollte das geschehen, wirst du dieses Haus nie wieder betreten, auch nicht, um deine Mutter zu besuchen. Solange jedoch dein Vater die Verantwortung für dich ablehnt, bin in der *pater familias* auch für dich. Mein Wort ist für dich Gesetz, denn so will es das Gesetz. Alle, die in meinem Haus wohnen, werden meine Anordnungen dich betreffend befolgen. Ist das klar?«

Das Mädchen zeigte keinerlei Anzeichen von Scham oder Angst. Ihre dunklen Augen funkelten gefährlich, und sie blieb unbeugsam stehen. »Ich bin eine Patrizierin aus dem Hause Servilius«, wiederholte sie. »Ganz gleich, was du mir antust, ich bin besser als ihr alle zusammen. Was bei geringeren Frauen als mir falsch sein mag, ist für mich eine Pflicht. Ich habe ein Komplott gegen Rom aufgedeckt und meinem Vater das gesagt. Das war meine Pflicht. Du kannst mich bestrafen, wie du willst, Marcus Livius. Es ist mir gleich, ob du mich für immer in einem Zimmer einsperrst, ob du mich schlägst oder tötest. Ich weiß, daß ich nur meine Pflicht getan habe.«

»Schafft sie weg«, rief Drusus. »Ich kann sie nicht mehr sehen!«

»Soll ich sie schlagen lassen?« Livia Drusa war genauso wütend wie Drusus.

Er schrak zusammen. »Nein! In meinem Haus wird nicht mehr geschlagen, Livia Drusa. Tu, was ich angeordnet habe. Sie darf das Kinderzimmer und den Unterrichtsraum nur in Begleitung verlassen. Ich werde ihr nicht erlauben, in einer eigenen Schlafkammer zu schlafen, obwohl sie mittlerweile alt genug wäre. Sie wird im großen Kinderzimmer bleiben. Da sie die Privatsphäre anderer nicht respektiert, braucht sie selbst auch keine. Das wird in den nächsten Jahren noch genug Strafe für sie sein. Sie wird mindestens noch zehn Jahre in meinem Haus wohnen müssen, bevor sie daran denken kann, auszuziehen. Wenn ihr Vater sich die Mühe machen sollte, einen Mann für sie zu suchen. Wenn nicht, dann werde ich es tun. Aber ich werde keinen Patrizier auswählen, sondern einen Bauerntölpel.«

Cato Salonianus lachte. »Nein, keinen Bauerntölpel, Marcus Livius. Einen wahrhaft edlen freigelassenen Sklaven, einen wirklichen Ehrenmann, der jedoch nicht die geringsten Chancen hat, gesellschaftlich anerkannt zu werden. Dann wird sie vielleicht einsehen, daß Sklaven und ehemalige Sklaven besser sein können als Patrizier.«

»Ich hasse euch«, schrie Servilia, als ihre Mutter sie wegführte. »Ich hasse euch alle! Und ich verfluche euch, ja, ich verfluche euch! Mögt ihr alle tot sein, wenn ich ins heiratsfähige Alter komme.«

Im nächsten Augenblick dachte schon niemand mehr an das Kind, denn Servilia Caepionis war vom Stuhl gesunken. Drusus erschrak, hob sie auf und trug sie in ihr Schlafzimmer, wo man ihr brennende Federn unter die Nase hielt, die sie bald wieder ins Bewußtsein zurückholten. Sie weinte hemmungslos.

»Marcus Livius, die Verbindung mit meiner Familie hat dir bisher wenig Glück gebracht«, sagte sie schluchzend. Drusus saß an ihrem Bett, hielt sie in den Armen und betete zu den Göttern, daß das ungeborene Kind diese Aufregungen überstehen möge.

»Ich habe doch dich«, sagte er. Er küßte ihre Augenbrauen und wischte ihr sanft die Tränen ab. »Du darfst nicht krank werden, *mea vita*, das ist dieses ungezogene Kind nicht wert. Verschaffe ihr nicht auch noch diese Genugtuung.«

»Ich liebe dich, Marcus Livius. Ich habe dich immer geliebt und werde dich immer lieben.«

»Gut! Ich liebe dich auch, Servilia Caepionis. Jeden Tag ein bißchen mehr. Nun beruhige dich, denke an unser Kind. Es gedeiht prächtig.« Er strich vorsichtig über ihren gewölbten Bauch.

Servilia Caepionis starb im Kindbett, einen Tag bevor Lucius Licinius Crassus Orator und Quintus Mucius Scaevola im Senat ein Gesetz zu den italischen Bundesgenossen vorstellten. Marcus Livius Drusus schleppte sich zwar am nächsten Tag in den Senat, konnte sich aber nicht so auf die Beratungen konzentrieren, wie es die Natur der Sache erfordert hätte.

Im Haus des Drusus hatte niemand mit etwas so Schrecklichem gerechnet. Servilia Caepionis hatte sich wohl gefühlt, und die Schwangerschaft war bisher völlig problemlos verlaufen. Die Wehen setzten so plötzlich ein, daß sie selbst für sie völlig unvorbereitet kamen. Innerhalb von zwei Stunden war sie verblutet, denn weder Binden noch Hochlagern hatten die Blutung zu stillen vermocht. Drusus war nicht zu Hause, als die Wehen einsetzten. Er wurde gerufen und blieb, ihre Hand haltend, bis zum Schluß an ihrem Bett sitzen. Seine Frau kam nicht mehr richtig zu Bewußtsein. Auf die Schmerzen folgte übergangslos ein euphorischer Zustand, und dann starb sie, ohne zu merken, daß Drusus bei ihr war und ihre Hand hielt. Für sie war es ein gnädiges Ende, nicht jedoch für Drusus, der gern noch ein paar Worte der Liebe, des Trostes oder auch nur des Erkennens von ihr gehört hätte. All die Jahre des Wartens auf das langersehnte Kind waren vergeblich gewesen. Seine Frau verblaßte zu einem blutleeren, weißen Abbild ihrer selbst in einem Bett, das von ihrem Lebensblut getränkt war. Als sie starb, war das Kind noch nicht einmal in den Geburtskanal eingetreten. Die Ärzte und Hebammen beschworen Drusus, das Kind aus seiner Frau herausschneiden zu dürfen. Er aber weigerte sich.

»Laßt sie mit ihrem Kind in den Tod gehen«, sagte er. »Laßt ihr diesen Trost. Wenn das Kind am Leben bliebe, könnte ich es doch nicht lieben.«

Drusus war nur mehr ein Schatten seiner selbst, als er sich zur Curia Hostilia schleppte und seinen Platz in der mittleren Sitzreihe einnahm. Sein Priesteramt verschaffte ihm eine höhere Stellung innerhalb des Senats, als ihm eigentlich von seinem Status als Senator zukam. Sein Sklave stellte den Klappstuhl auf und half seinem Herrn, sich zu setzen. Die Senatoren in seiner Umgebung murmelten Beileidsbekundungen, und er nickte unaufhörlich, das Gesicht fast so weiß, wie das seiner Frau gewesen war. Dann sah er zu seiner Überraschung Caepio in der letzten Reihe gegenüber und wurde noch bleicher, als er es schon war. Caepio! Er hatte die Frechheit besessen, Drusus auf die Nachricht vom Tod seiner Schwester mitteilen zu lassen, daß er leider sofort nach dieser Senatssitzung die Stadt verlassen müsse und daher nicht am Begräbnis seiner Schwester teilnehmen könne.

Drusus hatte das Geschehen von seinem Platz aus gut im Blick, denn er saß am Ende seiner Reihe auf der linken Seite der Curia, in unmittelbarer Nähe des großen Bronzeportals, das vor Jahrhunderten König Tullus Hostilius erbaut hatte. Das Portal stand heute auf Befehl der Konsuln offen, denn die Sitzung sollte öffentlich stattfinden. Niemand außer den Senatoren und jeweils einem Diener durfte das Gebäude betreten, aber jedermann durfte sich vor der Tür aufhalten und den Verhandlungen zuhören.

Auf der dem Portal gegenüberliegenden Seite des Raumes, flankiert von den je drei Sitzreihen, auf denen die Klappstühle der Senatoren standen, befand sich das erhöhte Podium der kurulischen Magistrate, und davor stand die lange hölzerne Sitzbank der zehn Volkstribunen. Die herrlich verzierten elfenbeinernen Stühle der beiden Konsuln standen am vorderen Rand der Bühne, die Stühle für die sechs Prätoren dahinter und die elfenbeinernen kurulischen Stühle der beiden kurulischen Ädilen wiederum dahinter. Diejenigen Senatoren, die aufgrund langjähriger Senatszugehörigkeit oder auch nur deshalb, weil sie kurulische Ämter bekleidet hatten, das Rederecht hatten, saßen zu beiden Seiten in der ersten Reihe. Die mittleren Ränge waren den Inhabern von Priester- oder Augurenämtern, ehemaligen Volkstribunen oder Priestern niederer Kollegien vorbehalten. Ganz oben saßen die *pedarii* – die Hinterbänkler, die kein Rederecht im Senat hatten und nur abstimmen durften.

Nachdem die Gebete gesprochen, die Opfergaben dargebracht und die Omen zur allgemeinen Zufriedenheit ausgefallen waren, erhob sich der erste der beiden Konsuln, Lucius Licinius Crassus Orator.

»Princeps Senatus, Pontifex Maximus, meine Kollegen in den kurulischen Ämtern, Mitglieder dieses hohen Hauses!« begann er. Er hielt eine Pergamentrolle in der Linken. »Wir haben bereits des längeren über die unrechtmäßige Einschreibung von Italikern in die römischen Bürgerlisten während des Zensuses beraten. Obwohl unsere ehrenwerten Kollegen, die beiden Zensoren Marcus Antonius und Lucius Valerius, durchaus davon ausgegangen waren, mehrere tausend neue Namen in die Listen aufnehmen zu müssen, wunderten sie sich doch über die vielen tausend neuen Bürger in den Listen. Denn so viele neue Namen tauchten plötzlich auf. Die in ganz Italien durchgeführte Volkszählung hat dazu geführt, daß auf einmal unvorhergesehen viele Männer das römische Bürgerrecht für sich in Anspruch nehmen. Uns liegen jedoch Zeugenaussagen vor, denen zufolge es sich bei diesen Bürgern in der Mehrzahl um italische Bundesgenossen handelt, die keinerlei Anspruch auf das römische Bürgerrecht haben. Wir haben ebenfalls Beweise dafür, daß die Anführer der italischen Bundesgenossen sich verschworen haben, ihre Mitbürger massenhaft in die römischen Bürgerlisten eintragen zu lassen. Zwei Namen sind hierbei genannt worden: Quintus Poppaedius Silo, der Anführer der Marser, und Gaius Papius Mutilus, der Führer der Samniten.«

Jemand klatschte laut in die Hände. Der Konsul hielt inne, verbeugte sich in Richtung der ersten Reihe zu seiner Rechten und sagte: »Gaius Marius, ich freue mich, dich wieder in diesem hohen Hause willkommen heißen zu dürfen. Du hast eine Frage?«

»Das habe ich, Lucius Licinius.« Marius erbob sich. Er war braungebrannt und sah gesund aus. »Diese beiden Männer, Silo und Mutilus, stehen sie auch auf den Listen?«

»Nein, Marius.«

»Dann möchte ich wissen, welche Beweise dir außer den Zeugenaussagen vorliegen.«

»Keine«, entgegnete Crassus Orator unbewegt. »Ihre Namen sind mir lediglich von einem Zeugen genannt worden, der beschwört, die beiden hätten ihre Stammesangehörigen dazu aufgerufen, sich massenhaft in die römischen Bürgerlisten eintragen zu lassen.«

»Aber ohne Beweise ist der Wert der Aussage, auf die du dich hier berufst, doch eher fraglich, nicht wahr, Lucius Lucinius?«

»Möglicherweise«, entgegnete Crassus Orator, ohne mit der Wimper zu zucken. Er verbeugte sich erneut förmlich. »Wenn du mir gestattest, Gaius Marius, mit meinem Vortrag fortzufahren, dann wird sich, glaube ich, alles klären.«

Marius lächelte, verbeugte sich ebenfalls und setzte sich wieder.

»Ich fahre also fort, eingeschriebene Väter! Wie Gaius Marius schon richtig zu bedenken gab, sind Zeugenaussagen ohne konkrete Beweise äußerst fraglich. Wir Konsuln und Zensoren wollen dies gar nicht leugnen. Ich muß jedoch zu bedenken geben, daß es sich bei dem Zeugen um einen sehr angesehenen Bürger handelt, dessen Aussage unsere eigenen Beobachtungen bestärkt.«

»Wer ist diese angesehene Persönlichkeit?« fragte Publius Rutilius Rufus, ohne sich von seinem Stuhl zu erheben.

»Er möchte aus einer gewissen berechtigten Angst heraus seinen Namen nicht preisgeben«, sagte Crassus Orator.

»Ich kann dir sagen, um wen es geht, Onkel!« rief Drusus laut. »Er heißt Quintus Servilius Caepio, der Frauenschänder! Er hat auch mich schon beschuldigt.«

»Marcus Livius, ich muß dich zur Ordnung rufen!« sagte der Konsul.

»Er hat recht«, schrie Caepio aus der hinteren Reihe. »Ich habe ihn beschuldigt. Er ist genauso schuld wie Silo und Mutilus!«

»Quintus Servilius, ich rufe dich zur Ordnung. Setz dich!«

»Nicht bevor du den Namen Marcus Livius Drusus auf die Liste der von mir Beschuldigten setzt«, schrie Caepio noch lauter als zuvor.

»Die Konsuln und die Zensoren haben sich davon überzeugt, daß Marcus Livius Drusus mit dieser Sache nichts zu tun hat.« Crassus Orators Augen funkelten wütend. »Es stünde dir wie allen *pedarii* gut an, dich daran zu erinnern, daß du in diesem Haus bislang kein Rederecht hast. Setze dich also und halte den Mund, wie es sich gehört. Die Versammelten werden Männern, die einen persönlichen Rachefeldzug führen, kein Gehör schenken, und dieses Haus wird statt dessen mich anhören.«

Daraufhin kehrte Ruhe ein. Crassus Orator wartete noch eine Weile, räusperte sich und setzte von neuem an.

»Warum auch immer – und durch wen auch immer angestiftet – wir haben plötzlich zu viele Namen auf unseren Bürgerlisten. Es liegt nahe anzunehmen, daß viele Männer sich unrechtmäßig das Bürgerrecht erschlichen haben. Die Konsuln wollen diesem Zustand abhelfen, ohne falschen Spuren nachzugehen oder jemanden grundlos zu beschuldigen. Uns interessiert nur eins: Wenn wir jetzt nichts tun, haben wir in Zukunft zu viele falsche Bürger, die vorgeben, einem der einunddreißig ländlichen Tribus anzugehören. Wenn wir nichts tun, haben sie innerhalb einer Generation bei den Tribuswahlen mehr Stimmen als wir rechtmäßigen römischen Bürger, und sie werden möglicherweise auch die Wahlen in den Zenturien beeinflußen.«

»Dann hoffe ich in der Tat, daß wir etwas unternehmen, Lucius Licinius«, sagte Scaurus, der Senatsvorsitzende, der in der Mitte der ersten Reihe rechts neben Gaius Marius saß.

»Quintus Mucius und ich haben ein neues Gesetz ausgearbeitet«, fuhr Crassus Orator fort, ohne Scaurus zu beachten. »Ziel des Gesetzes ist, alle zu Unrecht in die römischen Bürgerlisten Eingetragenen wieder daraus zu entfernen. Allein darum geht es in dieser Vorlage. Niemand wird vertrieben, es geht nicht um einen Massenexodus von Nichtbürgern aus der Stadt Rom oder aus irgendeiner anderen römischen oder latinischen Stadt in Italien. Es sollen nur diejenigen Bürger entlarvt werden, die ohne Rechtsanspruch in die römischen Bürgerlisten eingetragen worden sind. Um dies durchführen zu können, schlagen wir vor, die italienische Halbinsel in zehn Teile aufzuteilen – Umbria, Etruria, Picenum, Latium, Samnium, Campania, Apulia, Lucania, Calabria und Bruttium. In jedem dieser zehn Landesteile wird ein spezielles Gericht eingerichtet, das den Bürgerrechtsstatus eines jeden neu auf den Bürgerlisten verzeichneten Mannes überprüfen soll. Wir schlagen weiter vor, daß diese *quaestiones* mit Richtern und nicht mit Geschworenen besetzt werden und daß diese Richter Angehörige des römischen Senats sind. Der jeweilige Gerichtspräsident sollte ein ehemaliger Konsul sein, dem zwei jüngere Senatoren als Helfer beigeordnet sind. Wir werden diese Gerichte mit einem Katalog von Fragen versehen, die alle vor Gericht Geladenen unter Vorlage stichhaltiger Beweise beantworten müssen. Ich kann euch jetzt nur versichern, daß diese Fragen so detailliert sind, daß wir mit ihrer Hilfe sämtliche Falschbürger entlarven werden. Bei einer späteren Versammlung werden wir natürlich den ganzen Text der *lex Licinia Mucia* verlesen, aber ich möchte nicht schon bei der ersten Diskussion der Gesetzesvorlage alle Bestimmungen im Detail besprechen.«

Der Senatsvorsitzende Scaurus erhob sich. »Wenn du erlaubst, Lucius Licinius, würde ich gern eine Frage stellen. Habt ihr vor, auch in Rom eins dieser Sondergerichte einzurichten, und wenn ja, soll dieses Gericht gleichzeitig auch die Bürgerlisten von Latium überprüfen?«

Crassus Orator sah ihn ernst an. »Rom bekommt ein eigenes Gericht, das elfte, und Latium bekommt gleichfalls ein eigenes. Ich möchte jedoch noch hinzufügen, daß wir in Rom nach unserer Kenntnis nicht von einer massenhaften Eintragung von Falschbürgern auszugehen brauchen. Trotzdem sind wir der Meinung, daß es sinnvoll ist, auch hier ein solches Gericht einzurichten, da hier vermutlich auch einige Bürger auf den Listen stehen, die einer eingehenden Prüfung nicht standhalten werden.«

»Ich danke dir, Lucius Licinius«, sagte Scaurus und setzte sich wieder.

Seine Frage hatte Crassus Orator völlig aus dem Konzept gebracht. Seine anfängliche Hoffnung, eine rhetorische Glanzleistung vollbringen zu können, war mittlerweile dahin. Was als Rede begonnen hatte, entartete allmählich zu einem Frage-und-Antwort-Spiel.

Noch bevor er seinen Vortrag fortsetzen konnte, war Quintus Lutatius Catulus Caesar aufgestanden, was den Verdacht des Konsuls bestätigte, daß die Senatoren heute nicht zu großartigen Reden aufgelegt waren.

»Darf ich eine Frage stellen?« fragte Catulus Caesar bescheiden.

Crassus Orator seufzte. »Aber ja doch, Quintus Lutatius, warum nicht. Schließlich tun das alle, selbst diejenigen, die überhaupt kein Rederecht haben. Also frage ruhig. Zögere nicht! Frage! Ergreife die Gelegenheit beim Schopf!«

»Wird die *lex Licinia Mucia* auch bestimmte Strafen vorschreiben, oder soll das den jeweiligen Richtern überlassen bleiben, die sich auf bereits bestehende Vorschriften stützen können?«

»Du wirst es nicht glauben, Quintus Lutatius, aber darauf wäre ich noch zu sprechen gekommen!« erwiderte Crassus Orator sichtlich entnervt. »Das neue Gesetz sieht explizit bestimmte Strafen vor. Vor allem den Bürgern, die sich beim letzten Zensus widerrechtlich in die Bürgerlisten haben eintragen lassen, droht der volle Zorn des Gesetzes. Das Gesetz sieht eine Prügelstrafe in Form von Peitschenhieben vor. Der Schuldige wird sodann mit allen seinen Nachfahren auf eine schwarze Liste derer gesetzt, die für immer das römische Bürgerrecht verwirkt haben. Der Schuldige muß eine Strafe von 40 000 Sesterzen bezahlen, und wenn er sich in einer Stadt oder Gemeinde römischen oder latinischen Rechtes niedergelassen hat, dann muß er diese mitsamt seiner Familie verlassen und an seinen Geburtsort zurückkehren. Insofern wird es also auch Ausweisungen geben. Alle die, die kein Bürgerrecht besitzen, sich aber auch nicht widerrechtlich haben eintragen lassen, haben nichts zu fürchten. Sie können an ihrem gegenwärtigen Wohnort bleiben und werden nicht ausgewiesen.«

»Was ist mit denen, die schon bei früheren Volkszählungen falsche Angaben gemacht haben?« fragte Scipio Nasica der Ältere.

»Sie werden weder körperlich bestraft, noch haben sie eine Geldstrafe zu erwarten, Publius Cornelius. Aber sie kommen auf die schwarze Liste und werden aus sämtlichen Wohnorten latinischen oder römischen Rechts ausgewiesen.«

»Was passiert mit denen, die ihre Strafe nicht bezahlen können?« fragte Gnaeus Domitius Ahenobarbus, der Pontifex Maximus.

»Sie werden für mindestens sieben Jahre in die Schuldknechtschaft des römischen Staates verkauft.«

Gaius Marius erhob sich. »Darf ich sprechen, Lucius Licinius?«

Crassus Orator hob verärgert die Arme. »Warum auch nicht, Gaius Marius? Vorausgesetzt natürlich, es kommt dir keiner zuvor.«

Drusus beobachtete, wie Marius von seinem Platz zur Mitte des Saales ging. Sein Herz, das er nach dem Tod seiner Frau tot geglaubt hatte, pochte heftig. Marius war die einzige Chance. Gaius Marius, wenn ich dich auch als Mann nicht besonders schätze, sage jetzt bitte, was ich sagen würde, wenn ich nur sprechen dürfte! Denn wenn du es nicht tust, tut es keiner. Keiner.

»Wie ich sehe, habt ihr dem hohen Haus eine wohldurchdachte Gesetzesvorlage unterbreitet. Das war auch gar nicht anders zu erwarten von zwei unserer fähigsten Männer auf diesem Gebiet. Diesem Gesetz fehlt nur noch eins, um es absolut wasserdicht zu machen, und das ist ein Passus, der eine Belohnung für die festsetzt, die Falschbürger anzeigen. Wirklich, ein bewundernswertes Gesetz. Aber ist es auch gerecht? Sollten wir darauf nicht vorrangig achten? Und mehr noch: Halten wir uns wirklich für so mächtig und sind wir wirklich so arrogant und so *dumm*, daß wir die Strafen, die darin vorgesehen sind, wirklich anwenden würden? Lucius Licinius hat in seiner Rede darauf hingewiesen, daß sich auf der italienischen Halbinsel von Gallien im Norden bis nach Bruttium und Calabria Zehntausende falscher Bürger in die Bürgerlisten eingetragen haben. Männer, die glauben, einen Anspruch auf Teilhabe an den inneren Angelegenheiten und Regierungsgeschäften Roms zu haben – warum sonst sollten sie das Risiko eingehen, falsche Angaben über ihren Bürgerrechtsstatus zu machen? Denn jeder in Italien weiß, welche Strafen bei Falschangaben drohen. Prügelstrafen, Entzug des Bürgerrechts für immer, und Geldstrafen, auch wenn normalerweise nicht alle drei Strafen bei einem Täter zur Anwendung kommen.«

Marius wandte sich von den Senatoren auf der rechten Seite zu denen, die links saßen, und fuhr fort: »Und jetzt, eingeschriebene Väter, wollen wir also mit der ganzen Macht des Gesetzes gegen Zehntausende von Männern vorgehen. Gegen jeden einzelnen von ihnen und gegen seine Familie. Wir wollen ihn mit einer Prügelstrafe belegen, ihm eine so hohe Geldstrafe abverlangen, daß er sie unmöglich bezahlen kann, und ihn auf eine schwarze Liste setzen. Wir wollen diese Menschen aus ihren Häusern vertreiben, wenn sie in einem Ort römischen oder latinischen Rechts wohnen.«

Er ging an den Sitzreihen vorbei zum offenen Portal, drehte sich um und sagte, an alle Senatoren gewandt: »Zehntausende, eingeschriebene Väter! Nicht ein Mann, oder zwei, drei, vier Männer, Zehntausende! Samt ihren Familien, Söhnen, Töchtern, Frauen, Müttern, Tanten, Onkeln, Basen, zusammen also noch Zehntausende mehr. Diese Menschen haben Freunde, vielleicht sogar Freunde, die rechtmäßig im Besitz des römischen oder latinischen Bürgerrechts sind. Außerhalb der Städte latinischen oder römischen Bürgerrechts sind sie und ihresgleichen sogar in der Mehrheit. Und wir, die Senatoren, sind dazu auserwählt – durch das Los? –, den Gerichten vorzusitzen und uns die gegen diese Menschen vorgebrachten Beweise anzuhören, ihnen die vorgeschriebenen Fragen zu stellen und dem Buchstaben der *lex Licinia Mucia* Genüge zu tun, indem wir die Straftäter bestrafen. Ich bewundere jeden, der den Mut hat, dieser Pflicht nachzukommen. Ich für meinen Teil werde mich mit einem neuen Schlaganfall aus der Affäre ziehen. Oder wollt ihr die in der *lex Licinia Mucia* vorgesehenen Sondergerichte durch bewaffnete Truppen vor dem Volkszorn schützen?«

Marius ging langsam und bedächtig vor den Senatoren auf und ab, während er weiterredete. »Ist es denn wirklich ein so großes Verbrechen, ein Römer sein zu wollen? Es ist eigentlich keine Übertreibung zu sagen, daß wir praktisch die ganze Welt regieren. Wenn wir reisen, werden wir überall respektvoll behandelt, unser Wunsch ist überall Befehl, und selbst Könige beugen sich unseren Befehlen. Noch der geringste Römer, und sei er ein Angehöriger der mittellosen *capite censi*, ist mehr wert als jeder andere. Er mag noch so arm sein und keinen einzigen Sklaven sein eigen nennen, er gehört doch dem Volk an, das die Welt regiert. Das römische Bürgerrecht erhöht ihn über alle anderen. Und wenn er in Ermangelung eines Sklaven auch niedere Arbeiten selbst verrichten muß, kann er doch stolz von sich sagen: ›Ich bin ein Römer, ich bin mehr wert als der Rest der Menschheit!‹«

Vor der Bank der Tribunen angekommen, drehte er sich um und sprach in Richtung des geöffneten Portals: »Hier in Italien leben wir Seite an Seite mit Männern und Frauen, die blutsmäßig mit uns verwandt sind, ja in vielen Fällen sogar demselben Stamm angehören. Männer und Frauen, die uns seit mindestens vierhundert Jahren Truppen stellen und Tribut zahlen und uns auf unseren Feldzügen mit Geld unterstützen. O ja, einige haben sich von Zeit zu Zeit gegen uns erhoben oder haben unsere Feinde unterstützt oder sich unserer Politik widersetzt. Aber für diese Verbrechen sind sie bereits bestraft worden! Das römische Recht verbietet es, sie nochmals dafür zu bestrafen. Können wir ihnen einen Vorwurf daraus machen, daß sie Römer sein wollen? Denn das ist die Frage. Es geht nicht darum, *warum* sie das wollen oder was der Grund der vielen falschen Eintragungen in die Bürgerlisten ist. Nur darum geht es: Können wir ihnen einen Vorwurf machen, daß sie Römer sein wollen?«

»Ja!« schrie Quintus Servilius Caepio. »Ja! Sie sind unsere Untertanen! Unsere Untertanen, nicht unseresgleichen!«

»Quintus Servilius, ich rufe dich zur Ordnung!« donnerte Crassus Orator. »Setz dich und sei still, andernfalls fordere ich dich auf, die Sitzung zu verlassen!«

Gaius Marius drehte sich würdevoll um und blickte in die Runde. Ein bitteres Grinsen verzerrte sein ohnehin schon entstelltes Gesicht. »Ihr glaubt wohl, ihr wißt, was ich jetzt sagen werde, oder?« Er lachte laut auf. »Gaius Marius, der Italiker, denkt ihr, wird vorschlagen, die *lex Licinia Mucia* auszusetzen und die Zehntausende falscher Bürger einfach auf den Bürgerlisten stehen zu lassen.« Seine Augenbrauen fuhren in die Höhe. »Nun, ihr irrt euch, eingeschriebene Väter! Das tue ich nicht. Wie ihr bin auch ich der Meinung, daß unser Bürgerrecht nicht dadurch diskreditiert werden darf, daß wir es Männern zugestehen, die es sich auf unrechtmäßige Weise angeeignet haben. Ich plädiere vielmehr dafür, daß die vorgesehenen Sondergerichte in Aktion treten, wie von ihren hervorragenden Initiatoren geplant. Sie sollen jedoch nur eine begrenzte Aufgabe wahrnehmen und diese keinesfalls überschreiten. Sämtliche Falschbürger müssen aus den Bürgerlisten gestrichen und aus den Tribus ausgewiesen werden. Aber dann muß Schluß sein! Denn ich warne euch, eingeschriebene Väter und Bürger, die ihr draußen vor den Türen zuhört: Wenn wir die Männer, die sich dieses Vergehens schuldig gemacht haben, mit Strafen belegen, wenn wir sie schlagen, aus ihrer Heimat vertreiben und ihr Vermögen einziehen und wenn wir mit ihnen auch ihre Nachkommen strafen, säen wir Haß und Rachegelüste, wie es sie bisher noch nicht gegeben hat. Ihr werdet Tod, Blut, Armut und Haß für die nächsten Jahrtausende ernten! Wir dürfen nicht gutheißen, was die Italiker versucht haben. Aber wir dürfen sie nicht dafür bestrafen, daß sie es versucht haben!«

Sehr gut, dachte Drusus, sehr gut, Gaius Marius, und er applaudierte. Auch einige andere spendeten zaghaft Beifall. Aber die meisten blieben ruhig, und die Bürger, die draußen vor der Tür auf dem Forum mitgehört hatten, protestierten gegen soviel Milde.

Marcus Aemilius Scaurus erhob sich. »Habe ich das Wort?«

»Du hast es, Senatsvorsitzender«, nickte Crassus Orator.

Scaurus und Gaius Marius waren gleich alt, aber Scaurus hatte sich nicht die jugendliche Frische des Marius bewahrt, obwohl dieser noch durch seinen Schlaganfall gezeichnet war. Die Linien, die Scaurus' Gesicht durchzogen, hatten sich tief in das Fleisch eingegraben, und sogar sein kahler Schädel war von Falten zerfurcht. Nur seine wunderbaren grünen Augen waren jung und scharf und funkelten lebendig. Und sie verrieten seine Intelligenz. Sein vielbewunderter und allseits bekannter Sinn für Humor war heute nicht einmal seinen Mundwinkeln anzumerken: Sie hingen schlaff herunter. Auch er trat zum offenen Portal, wandte sich aber nicht an die versammelten Senatoren, sondern an die Menge draußen.

»Eingeschriebene Väter des Senats von Rom! Ich bin euer Vorsitzender, der, wie es sich gehört, von den amtierenden Zensoren in seinem Amt bestätigt wurde. Ich bin euer Vorsitzender seit dem Jahr meines Konsulats vor genau zwanzig Jahren. Ich war Konsul und Zensor. Ich habe Armeen angeführt und Verträge mit unseren Feinden geschlossen und mit denen, die uns ihre Freundschaft anboten. Ich bin ein Patrizier aus dem Geschlecht der Aemilier. Aber weit wichtiger als all das, wie lobenswert und herausragend auch immer es sein mag, weit wichtiger ist: *Ich bin ein Römer!*

Es fällt mir schwer, Gaius Marius zustimmen zu müssen, der sich einen Italiker genannt hat. Aber laßt mich noch einmal auf den Anfang seiner Rede zurückkommen. Ist es ein Verbrechen, ein Römer sein zu wollen? Dem Volk angehören zu wollen, das praktisch über die gesamte bekannte Welt regiert? Zu denen gehören zu wollen, die Königen befehlen? Ich stimmte Gaius Marius zu und sage: Es ist kein Verbrechen, diesen Wunsch zu haben. Aber darum geht es nicht. Es ist ganz sicher kein Verbrechen, sich dies zu wünschen, aber es ist ein Verbrechen, entsprechend zu handeln. Und ich kann nicht zulassen, daß ihr in die von Gaius Marius gelegte Falle tappt. Wir haben uns nicht versammelt, die zu bemitleiden, die begehren, was sie nicht haben. Wir sind nicht zusammengekommen, um uns mit Idealen, Träumen, Sehnsüchten und Wünschen zu befassen. Wir sind zusammengekommen, um uns mit der Wirklichkeit auseinanderzusetzen, mit der unrechtmäßigen Aneignung des römischen Bürgerrechts durch Zehntausende von Männern, die keine Römer sind und daher auch nicht behaupten dürfen, Römer zu sein. Ob sie gerne Römer wären, tut hierbei nichts zur Sache. Entscheidend ist vielmehr, daß Zehntausende ein großes Verbrechen begangen haben. Wir, die wir dazu da sind, das römische Erbe zu bewahren, dürfen nicht so tun, als ob es sich hierbei um ein kleines Vergehen handele, das mit einem Klaps auf die Finger abgetan wäre.«

Scaurus drehte sich zu den Senatoren um. »Eingeschriebene Väter, ich, der Senatsvorsitzende, appelliere als echter Römer an euch, euch mit eurer ganzen Macht und Autorität hinter dieses Gesetz zu stellen. Wir müssen dem leidenschaftlichen Wunsch der Italiker nach dem römischen Bürgerrecht ein für allemal ein Ende setzen, ihn ausmerzen. Die *lex Licinia Mucia* muß die härtesten Strafen der römischen Rechtsgeschichte vorsehen. Aber damit nicht genug. Ich plädiere dafür, die beiden von Gaius Marius vorgebrachten Anregungen für das Gesetz zu übernehmen. Einmal sollte eine Belohnung für Informationen ausgesetzt werden, die zur Überführung von Falschbürgern beitragen, eine Belohnung in Höhe von 4 000 Sesterzen, also zehn Prozent der verhängten Strafe. Damit wird der römische Staatsschatz nicht belastet, die Gesetzesbrecher allein haben die Kosten zu tragen. Und in einem zweiten Nachtrag sollte jedes Gericht durch eine Abordnung bewaffneter Soldaten geschützt werden. Auch die Kosten für diesen zeitlich begrenzten Einsatz sollten aus den Strafgeldern bestritten werden. Ich bin daher Gaius Marius zu aufrichtigem Dank für seine Anregungen verpflichtet.«

Auch später wußte niemand zu sagen, ob Scaurus mit seiner Rede bereits fertig gewesen war, denn Publius Rutilius Rufus war aufgesprungen und hatte gerufen: »Erteile mir das Wort! Ich muß sprechen!« Scaurus war offensichtlich so müde, daß er dem Sitzungsleiter nur zustimmend zunickte.

»Er ist am Ende, der arme alte Scaurus«, raunte Lucius Marcius Philippus seinen Nachbarn auf der rechten und linken Seite zu. »Es ist ganz und gar nicht seine Art, auf die Rede eines Vorgängers zurückzugreifen und sie als Anregung für die eigene zu benutzen.«

»Ich fand nichts daran auszusetzen, ehrlich gesagt«, sagte sein linker Nachbar Lucius Sempronius Asellio.

»Ich sage euch, er ist am Ende«, wiederholte Philippus.

»*Tace,* Lucius Marcius!« zischte Marcus Herennius, sein Nachbar zur Rechten. »Ich möchte hören, was Publius Rutilius zu sagen hat.«

»Das sieht dir ähnlich!« erwiderte Philippus, sagte aber nichts mehr.

Publius Rutilius Rufus blieb neben seinem Klappstuhl stehen und sprach von dort.

»Eingeschriebene Väter, ihr römischen Bürger draußen, hört mich an, ich bitte euch!« Er zuckte die Achseln und verzog das Gesicht. »Ich habe kein Vertrauen in euren gesunden Menschenverstand, deshalb bilde ich mir nicht ein, daß ich euch von der von Marcus Aemilius vorgetragenen Meinung abbringen kann, die heute offensichtlich der Mehrheitsmeinung entspricht. Dennoch muß gesagt werden, was ich sagen werde, und die Zukunft wird die Richtigkeit und Klugheit meiner Worte erweisen, daß garantiere ich euch.«

Er räusperte sich und rief dann: »Gaius Marius hat recht! Wir dürfen die Falschbürger nur aus den Bürgerlisten und aus unseren Tribus streichen, wir dürfen sie nicht bestrafen. Obwohl ich mir darüber im klaren bin, daß die Mehrheit von euch – mich eingeschlossen! – die italischen Bundesgenossen als den echten Römern unterlegen betrachtet, hoffe ich dennoch, daß unser aller Urteilsvermögen nicht soweit getrübt ist, daß wir sie als Barbaren betrachten. Sie sind zivilisiert, ihre Anführer sind sehr gebildet, sie leben im großen und ganzen genauso wie wir Römer auch. Deshalb *dürfen* wir sie nicht wie Barbaren behandeln. Wir sind ihnen seit Jahrhunderten durch Verträge verbunden und arbeiten seit Jahrhunderten mit ihnen zusammen. Sie sind enge Blutsverwandte von uns, wie Gaius Marius richtig gesagt hat.«

»Die von Gaius Marius vielleicht«, warf Lucius Marcius Philippus verächtlich ein.

Rutilius Rufus wandte sich dem ehemaligen Prätor zu und starrte ihn mit hochgezogenen Augenbrauen an. »Eine wahrhaft scharfsinnige Unterscheidung, die Unterscheidung zwischen Blutsverwandtschaft und der durch Geld geknüpften Beziehung!« sagte er freundlich. »Ohne diese Unterscheidung wärst du Gaius Marius nämlich so eng verbunden wie ein Blutegel. Denn was Geld anbelangt, steht dir Gaius Marius näher als dein eigener Vater. Bei meiner Ehre, du hast von Gaius Marius einst mehr Geld erbettelt, als dein eigener Vater dir geben konnte. Wenn Geld Blut wäre, dann würde man dir jetzt sicher deine italische Herkunft vorwerfen.«

Die Senatoren brüllten vor Lachen und johlten und pfiffen, während Philippus tiefrot anlief und am liebsten im Boden versunken wäre.

Rutilius Rufus kam zu seinem eigentlichen Thema zurück: »Sehen wir uns die Strafen, die in der *lex Licinia Mucia* für Falschbürger vorgesehen sind, etwas genauer an. Können wir uns wirklich leisten, Menschen mit der Prügelstrafe zu bedrohen, mit denen wir zusammenleben und die uns mit Soldaten und Geld versorgen? Wenn schon einige Mitglieder dieses Hauses sich erdreisten, andere wegen ihrer Herkunft zu verunglimpfen, dann frage ich mich, wie wir uns von den Italikern unterscheiden. Darauf will ich hinaus, und das solltet ihr bedenken. Nur ein schlechter Vater erzieht seinen Sohn ausschließlich mit Prügeln, denn wenn der Sohn erwachsen ist, haßt er seinen Vater, anstatt ihn zu lieben und zu bewundern. Wenn wir unsere italischen Verwandten auf der Halbinsel prügeln, werden wir mit Menschen zusammenleben müssen, die uns wegen unserer Grausamkeit hassen. Wenn wir ihnen das Bürgerrecht verwehren, müssen wir fortan mit Menschen zusammenleben, die uns wegen unseres Hochmuts hassen. Wenn wir ihnen hohe Strafen auferlegen und sie dadurch arm machen, werden sie uns für unsere Habgier hassen. Wenn wir sie aus ihren Häusern vertreiben, werden sie uns wegen unserer Gefühllosigkeit hassen. Wieviel Haß kommt dabei zusammen? Viel zuviel, eingeschriebene Väter und Bürger, als wir uns bei Menschen leisten können, mit denen wir auf engstem Raum zusammenleben.«

»Dann müssen wir sie eben noch mehr unterdrücken«, sagte Catulus Caesar überdrüssig. »Wir müssen sie so niederhalten, daß sie zu keinerlei Gefühlen mehr in der Lage sind. Das haben sie verdient als Strafe dafür, daß sie das wertvollste Geschenk, das Rom zu vergeben hat, gestohlen haben.«

»Quintus Lutatius, versuche doch wenigstens zu verstehen!« bat Rutilius Rufus. »Sie haben es gestohlen, weil wir es ihnen nicht freiwillig gegeben haben. Wennn jemand etwas stiehlt, auf das er von Rechts wegen einen Anspruch zu haben meint, dann ist das für ihn kein Diebstahl. Dann ist das für ihn die Aneignung eines rechtmäßigen Besitzes.«

»Wie kann man etwas in Besitz nehmen, das einem gar nicht gehört?«

Rutilius Rufus gab auf. »Also gut, ich habe wenigstens versucht, euch klarzumachen, wie dumm es ist, Menschen mit schweren Strafen zu belegen, mit denen wir zusammenleben, Menschen, die an den Straßen wohnen, die wir gebaut haben, dort, wo auch unsere Villen und Landgüter stehen, und die oft unsere Felder bestellen, wenn wir nicht so modern sind, daß wir Sklaven dafür einsetzen. Ich werde also nicht weiter davon sprechen, mit welchen Konsequenzen wir zu rechnen haben, wenn wir die Italiker bestrafen.«

»Den Göttern sei Dank!« seufzte Scipio Nasica.

»Ich komme nun auf die Zusatzanträge unseres Senatsvorsitzenden zu sprechen – die wohlgemerkt Gaius Marius eingebracht hat!« fuhr Rutilius Rufus fort, ohne den Einwurf Nasicas zu beachten. »Und ich darf wohl bemerken, verehrter Senatsvorsitzender, daß es ein Zeichen schlechter Rhetorik ist, wenn man ironische Bemerkungen eines anderen Redners wörtlich nimmt und in ernstgemeinte Forderungen ummünzt. Wenn du nicht besser zuhörst, wird man dir vorwerfen, deine besten Zeiten seien vorbei. Ich verstehe jedoch andererseits, daß es dir schwerfällt, bewegende und kraftvolle Worte für eine Sache zu finden, an der dein Herz nicht hängt. So ist es doch, Marcus Aemilius?«

Scaurus antwortete nicht, aber sein Gesicht hatte sich gerötet.

»Es ist nicht die Art Roms, auf bezahlte Spitzel zurückzugreifen oder Leibwächter anzustellen«, sagte Rutilius Rufus. »Wenn wir das bei der Durchführung der *lex Licinia Mucia* nötig haben, dann zeigen wir damit unseren italischen Nachbarn, daß wir sie fürchten. Sie werden merken, daß wir mit der *lex Licinia Mucia* nicht Übeltäter bestrafen, sondern eine potentielle Bedrohung Roms ausmerzen wollen. Ohne daß wir das beabsichtigen, werden sie den Eindruck haben, wir fürchteten sie viel mehr als sie uns. Harte Maßnahmen und unrömische Mittel wie bezahlte Spitzel und Leibwachen zeugen von enormer Angst und Furcht. Wir demonstrieren damit Schwäche, eingeschriebene Väter und ihr Bürger, nicht Stärke! Ein Mann, der nichts zu fürchten hat, läßt sich nicht von ehemaligen Gladiatoren bewachen, noch schaut er bei jeder Gelegenheit ängstlich über die Schulter. Ein Mann, der nichts zu fürchten hat, bietet auch keine Belohnung für Informationen über seine Feinde an.«

»Unsinn!« sagte der Senatsvorsitzende Scaurus wütend. »Bezahlte Spitzel sind gut, das sagt einem der gesunde Menschenverstand. Sie werden den Sondergerichten die gewaltige Aufgabe erleichtern, Zehntausende von Straftätern ausfindig zu machen. Jedes Mittel, mit dem diese Aufgabe verkürzt und erleichtert werden kann, ist recht. Und was die bewaffneten Eskorten anlangt, sind auch sie völlig vernünftig. Sie werden verhindern, daß die Menschen protestieren und Unruhen ausbrechen.«

»Hört, hört!«, ertönten von überall Rufe, und Beifall kam auf.

Rutilius Rufus hob resigniert die Schultern. »Ich sehe, ich stoße nur auf taube Ohren! Schade, daß nur so wenige von euch von den Lippen lesen können. Mir bleibt nur eins zu sagen: Wenn wir uns bezahlter Spitzel bedienen, dann setzen wir damit eine Krankheit in unserer geliebten Heimat frei, die wir auf Jahrzehnte nicht wieder losbekommen: die Krankheit der Spione und miesen Erpresser. Auch unter Freunden, ja sogar unter Verwandten wird es zu peinigenden Zweifeln kommen – denn in jeder Gemeinschaft gibt es

Menschen, die für Geld alles tun, habe ich nicht recht, Lucius Marcius Philippus? Wir werden Elementen Vorschub leisten, die in den Korridoren ausländischer Könige herumlungern, die überall dort auftauchen, wo die Angst ein Volk beherrscht oder ein ungerechtes Gesetz die Menschen unterdrückt. Ich bitte euch, laßt nicht zu, daß diese schäbigen Elemente sich bei uns breitmachen. Laßt uns das sein, was wir immer waren – *Römer!* Männer, die die Tücken ausländischer Könige nicht zu fürchten brauchen.« Rutilius Rufus setzte sich. »Ich bin fertig, Lucius Licinius.«

Niemand applaudierte, überall wurde nur gemurmelt und geflüstert. Gaius Marius grinste.

Das war es also, dachte Marius Livius Drusus, als die Senatssitzung zu Ende war. Der Senatsvorsitzende Scaurus hatte gewonnen, und Rom hatte verloren. Es war klar, daß die Senatoren mit ihren tauben Ohren Rutilius Rufus kein Gehör schenken würden. Gaius Marius und Rutilius Rufus hatten Argumente vorgebracht, die eigentlich jeden hätten überzeugen müssen. Wie hatte Gaius Marius sich ausgedrückt? Eine Ernte von Tod und Blut, wie sie bisher noch nicht dagewesen war. Das Problem war, daß die meisten Senatoren lediglich geschäftlich oder bei unangenehmen Grenzstreitigkeiten mit Italikern zu tun hatten. Sie ahnten nicht einmal, daß in jedem Italiker eine Saat des Hasses schlummerte, die nur darauf wartete, aufzugehen. Auch Drusus selbst hätte die Italiker nicht besser gekannt, wäre er nicht auf dem Schlachtfeld Quintus Poppaedius Silo begegnet.

Ganz in seiner Nähe saß in der letzten Reihe sein Schwager Marcus Porcius Cato Salonianus. Jetzt kam er herunter und legte ihm die Hand auf die Schulter.

»Kommst du mit nach Hause, Marcus Livius?«

Drusus sah mit leicht geöffnetem Mund und traurigem Blick zu ihm auf. »Geh ruhig ohne mich, Marcus Porcius. Ich bin sehr müde und möchte meine Gedanken noch etwas ordnen.«

Er wartete, bis der letzte Senator gegangen war, und winkte dann seinem Sklaven, der den Klappstuhl nahm und seinem Herrn vorausging. Bedächtig stieg Drusus die Stufen hinunter zu den schwarzweißen Fliesen. Als er das Gebäude verließ, begannen die Sklaven der Curia Hostilia bereits damit, die Sitzreihen zu fegen und den Abfall einzusammeln. Wenn sie damit fertig waren, würden sie das Portal schließen, damit nicht Gesindel aus der Subura in das Gebäude eindrang. Dann würden sie in die Quartiere der Staatssklaven zurückkehren, die hinter den *domi publici* der drei Oberpriester lagen.

Mit gesenktem Kopf trat Drusus durch die Säulen des Eingangs. Er überlegte, wann Silo und Mutilus wohl von den heutigen Ereignissen erfahren würden. Die *lex Licinia Mucia* mit den Änderungsanträgen des Scaurus würde sicher innerhalb des vorgeschriebenen Mindestzeitraums von drei Markttagen ratifiziert werden. Das hieß, daß das neue Gesetz in siebzehn Tagen in Kraft treten würde, und dann mußten alle Hoffnungen auf eine friedliche Verständigung mit den italischen Bundesgenossen begraben werden.

Völlig unerwartet stieß er mit Gaius Marius zusammen. Drusus taumelte zurück und wollte schon eine Entschuldigung murmeln, die ihm aber beim Anblick von Marius grimmigem Gesicht auf den Lippen erstarb. Hinter Marius tauchte Publius Rutilius Rufus auf.

»Wie wäre es, wenn du deinen Onkel und mich nach Hause begleiten und einen guten Becher Wein mit uns trinken würdest?« schlug Marius vor.

Marius konnte trotz der Erfahrung seiner zweiundsechzig Lebensjahre nicht ahnen, welche Reaktion diese freundliche Einladung bei Marcus Livius auslösen würde. Dessen straffes dunkles Gesicht begann sich in Falten zu legen, und dann flossen die Tränen. Drusus zog sich die Toga über den Kopf, um sein unmännliches Verhalten zu verbergen, und er weinte, als ob sein letztes Stündlein geschlagen hätte. Marius und Rutilius Rufus versuchten von beiden Seiten, ihn, so gut es ging, zu trösten. Dann kramte Marius in den Falten seiner Toga nach einem Taschentuch und steckte es Drusus unter seiner Toga zu.

Nach einer Weile hatte Drusus sich beruhigt. Er ließ die Toga wieder herunter und sah seine beiden Begleiter an.

»Meine Frau ist gestern gestorben«, sagte er.

»Das wissen wir, Marcus Livius«, antwortete Marius sanft.

»Ich dachte, ich hätte es verwunden! Aber das heute war zuviel. Es tut mir leid, daß ich mich so habe gehen lassen.«

»Was du jetzt brauchst, ist ein gehöriger Schluck Falerner.« Marius führte ihn die Treppe hinunter.

Und wirklich half ihm der Wein wieder auf die Beine. Marius hatte einen weiteren Stuhl an seinen Schreibtisch geholt, und dann setzten die drei sich, die Weinkaraffe und die Wasserflasche griffbereit.

»Versucht haben wir es zumindest«, meinte Rutilius Rufus mit einem Seufzer.

»Das hätten wir uns genausogut schenken können«, entgegnete Marius.

»Nein, das stimmt nicht, Gaius Marius«, protestierte Drusus. »Die Senatssitzung wurde Wort für Wort mitprotokolliert. Ich habe gesehen, wie Quintus Mucius den Schreibern Anweisung gegeben hat, und sie haben während deiner Rede genauso eifrig mitprotokolliert wie bei Scaurus und Crassus Orator. Wenn sich also in nicht allzu ferner Zukunft zeigt, wer recht und wer unrecht hatte, wird irgend jemand die Akten herausholen. Dort wird dann schwarz auf weiß nachzulesen sein, was du gesagt hast, und die Nachwelt wird zumindest nicht alle Römer für arrogante Tölpel halten.«

»Das ist wenigstens ein kleiner Trost, obwohl es mir lieber gewesen wäre, wenn ich sie hätte überzeugen können, auf die letzten Klauseln der *lex Licinia Mucia* zu verzichten«, meinte Rutilius Rufus. »Das Problem ist, daß sie alle unter Italikern leben, aber nichts über sie wissen.«

»Da hast du nur zu recht«, sagte Drusus trocken, stellte seinen Becher hin und ließ sich von Marius nachfüllen. »Es wird Krieg geben.«

»Nein, nicht Krieg!« Rutilius Rufus sah ihn entsetzt an.

»Doch, Krieg. Wenn nicht ich oder jemand anders die *lex Licinia Mucia* verhindert und das allgemeine römische Bürgerrecht für ganz Italien durchsetzt.« Drusus nippte an dem Wein. Seine Augen füllten sich erneut mit Tränen, aber er beherrschte sich. »Ich schwöre bei meiner toten Frau, daß ich mit den falschen Eintragungen in die römischen Bürgerlisten nichts zu tun habe. Aber es ist geschehen, und ich wußte sofort, wer dafür verantwortlich war. Es sind alle Führer der Italiker, nicht nur mein Freund Silo und sein Freund Mutilus. Und ich glaube nicht, daß sie ernsthaft hofften, dies würde unentdeckt bleiben. Ich glaube, sie wollten Rom damit zeigen, wie ernst es ihnen mit der Forderung nach dem römischen Bürgerrecht für alle Bewohner Italiens ist. Denn nur die Erfüllung dieser Forderung kann noch den drohenden Krieg verhindern.«

»Sie sind auf einen Krieg doch gar nicht vorbereitet«, sagte Marius.

»Da könntest du allerdings eine böse Überraschung erleben«, sagte Drusus. »Wenn ich Silos beiläufigen Bemerkungen Glauben schenken darf, und inzwischen bin ich der Meinung, daß ich das tun muß, dann bereiten sie sich schon seit Jahren auf einen Krieg vor. Ganz sicher seit der Schlacht bei Arausio. Ich habe keine Beweise, ich weiß nur, was für ein Mann Quintus Poppaedius Silo ist. Und deshalb glaube ich, daß sie sich aktiv auf einen Krieg vorbereiten. Die heranwachsenden Knaben werden, sobald sie siebzehn sind, auf den Kriegsdienst vorbereitet. Daraus kann den Italikern ja niemand einen Vorwurf machen. Sie müssen schließlich dafür sorgen, daß ihre jungen Männer für den Tag gerüstet sind, an dem Rom sie zum Kriegsdienst ruft. Auch können sie zu Recht behaupten, sie würden die Waffen und das Kriegsgerät nur für den Tag aufbewahren, an dem Rom die Hilfstruppen zusammenruft.«

Marius stützte sich auf die Ellbogen und stöhnte. »Wie wahr, Marcus Livius. Trotzdem hoffe ich, daß du nicht recht hast. Denn mit römischen Legionen gegen Barbaren oder Fremde zu kämpfen, ist etwas anderes als gegen Italiker zu ziehen, die genauso kriegstüchtig sind wie wir und dieselbe Ausbildung haben. Die Italiker wären wirklich furchterregende Gegner, denn als solche haben sie sich ja bereits in der Vergangenheit erwiesen. Denkt nur, wie oft uns die Samniten bereits besiegt haben! Zwar haben wir sie zuletzt besiegt, aber Samnium ist ja nur ein *Teil* Italiens. Ein Krieg gegen das vereinte Italien könnte unser Ende sein.«

»Das sehe ich genauso«, sagte Drusus.

»Dann müssen wir sofort damit beginnen, für eine friedliche Integration der Italiker in den römischen Staat zu werben«, sagte Rutilius Rufus entschieden. »Wenn sie das wollen, dann sollen sie es haben. Ich war zwar nie ein überzeugter Befürworter des allgemeinen Bürgerrechts für ganz Italien, aber ich bin ein vernünftiger Mensch. Als Römer schmeckt es mir vielleicht nicht, aber als Patriot bleibt mir nichts anderes übrig. Ein Bürgerkrieg würde uns ruinieren.«

»Bist du dir absolut im klaren über das, was du da sagst?« fragte Marius mit düsterer Stimme.

»Absolut, Gaius Marius.«

»Ich glaube, dann solltest du so bald wie möglich zu Quintus Silo und Gaius Mutilus reisen«, erklärte Marius. »Du mußt die beiden und über sie die anderen Führer der Italiker davon überzeugen, daß das allgemeine Bürgerrecht für ganz Italien trotz der *lex Licinia Mucia* nicht ein für allemal aus der Diskussion ist. Wenn sie den Krieg bereits vorbereiten, wirst du sie zwar nicht davon abbringen können, aber vielleicht kannst du sie davon überzeugen, daß ein Krieg wirklich nur das letzte Mittel sein darf und sie besser noch abwarten sollten. Sie sollen abwarten. Abwarten. Und mittlerweile werden wir dem Senat und der Volksversammlung zeigen, daß einige von uns entschlossen sind, das allgemeine Bürgerrecht für ganz Italien durchzusetzen. Und früher oder später, Marcus Livius, müssen wir einen Volkstribunen finden, der sich gleichfalls dafür einsetzt und die nötigen Gesetze vorbereitet, die ganz Italien römisch machen.«

»Ich werde dieser Volkstribun sein«, sagte Drusus entschlossen.

»Gut! Sehr gut!« sagte Marius zufrieden. »Niemand wird sich erdreisten, dich einen Demagogen zu schimpfen oder dir vorzuwerfen, du wolltest der dritten und vierten Klasse schmeicheln. Du wirst weit älter sein, als Volkstribunen normalerweise sind, und daher einen verantwortungsbewußten und reifen Eindruck machen. Du bist der Sohn eines konservativen Zensors, und die einzige liberale Tendenz, derer man dich bezichtigen kann, ist deine allseits bekannte Sympathie für die Italiker.«

»Aber dazu ist es noch zu früh«, sagte Rutilius Rufus energisch. »Wir müssen noch warten, Gaius Marius! Wir müssen für unsere Sache werben und uns Hilfe in allen Teilen der römischen Gesellschaft sichern, und das braucht einige Jahre. Ich weiß nicht, ob es dir auch aufgefallen ist, aber die Massen, die heute vor der Curia Hostilia warteten, haben mir wieder einmal gezeigt, was ich schon lange vermute –, daß nämlich die Opposition gegen ein allgemeines Bürgerrecht für ganz Italien nicht auf die oberen Schichten beschränkt ist. In dieser Frage sind sich die Römer aller Bevölkerungsschichten einig, und wenn ich nicht irre, stehen sogar die Bürger latinischen Rechts auf dieser Seite.«

Marius nickte. »Exklusivität. Jeder möchte etwas Besseres sein als die Italiker. Ich glaube sogar, daß diese Einstellung in den unteren Schichten noch weiter verbreitet ist als in den oberen. Wir müssen Lucius Decumius für uns gewinnen.«

»Lucius Decumius?« Drusus runzelte die Stirn.

»Ein Bursche aus der Unterschicht, den ich kenne.« Marius grinste. »Aber er hat unter seinesgleichen einiges zu sagen, und er ist meiner Schwägerin Aurelia völlig ergeben. Ich werde sie für unsere Sache gewinnen, und sie wird Lucius Decumius für uns gewinnen.«

Drusus runzelte seine Stirn noch mehr. »Ich bezweifle, daß du bei Aurelia viel Glück haben wirst. Hast du nicht ihren älteren Bruder Lucius Aurelius Cotta auf dem für die Prätoren bestimmten Teil der Bühne gesehen? Er hat mit den anderen gejohlt und geklatscht. Und sein Onkel Marcus Aurelius Cotta auch.«

»Sei ganz beruhigt, Marcus Livius, Aurelia ist bei weitem nicht so borniert wie die Männer ihrer Familie«, sagte Rutilius Rufus. Bewundernd fuhr er fort: »Sie ist eine selbständig denkende junge Frau und durch Heirat mit einem der progressivsten und radikalsten Flügel des Hauses Julius Caesar verbunden. Wir werden Aurelia für uns gewinnen, da bin ich ganz sicher. Und über sie gewinnen wir auch Lucius Decumius.«

Es klopfte leise an der Tür, und kurz darauf trat Julia in einem hauchdünnen, auf Kos erstandenen Leinengewand herein. Wie Marius war sie braungebrannt und sah gesund aus.

»Marcus Livius, mein lieber Freund«, sagte sie und legte ihm von hinten die Arme um die Schultern und küßte ihn auf die Wange. »Ich will dich nicht durch übertriebenes Beileid aus der Fassung bringen, ich will dir nur sagen, wie traurig ich bin und daß du in diesem Hause immer herzlich willkommen bist.«

Ihre Anwesenheit und ihre Worte taten Drusus so wohl, daß er sich wunderbar getröstet fühlte und in sich neue Kraft verspürte, statt erneut niedergeschlagen zu sein. Er nahm ihre Hand und küßte sie. »Ich danke dir, Julia.«

Sie setzte sich in den Stuhl, den Rutilius Rufus ihr geholt hatte, und ließ sich einen Becher leicht verdünnten Weins geben. Julia fühlte sich in der Männerrunde als gleichberechtigt akzeptiert, obwohl ihr nicht entgangen war, daß über ein ernstes und wichtiges Thema gesprochen worden war.

»Die *lex Licinia Mucia?«* fragte sie.

»Richtig, Schatz.« Marius sah seine Frau bewundernd an. Er liebte sie heute noch mehr als damals bei ihrer Heirat. »Aber wir haben für den Augenblick alles Nötige besprochen. Ich brauche zwar deine Hilfe, aber darüber unterhalten wir uns später.«

»Ich werde tun, was ich kann«, sagte sie, dann faßte sie Drusus am Unterarm und schüttelte ihn. »Marcus Livius, weißt du eigentlich, daß du indirekt daran schuld bist, daß wir unseren Urlaub frühzeitig abgebrochen haben?« Sie lachte.

»Wie das?« fragte Drusus lächelnd.

»Meine Schuld«, bemerkte Rutilius Rufus mit einem listigen Kichern.

»Völlig richtig!« Julia warf ihm einen bösen Blick zu. »Dein Onkel, Marcus Livius, schrieb uns letzten Januar einen Brief nach Halikarnassos und berichtete uns, seine Nichte sei wegen Ehebruchs geschieden worden und habe einen rothaarigen Knaben geboren.«

»Das stimmt auch alles.« Drusus' Lächeln wurde breiter.

»Das Problem ist nur, er hat noch eine zweite Nichte – Aurelia. Du hast es wahrscheinlich nicht mitbekommen, aber in unserer Familie gab es einigen Tratsch um Aurelias Freundschaft mit einem rothaarigen Mann, der momentan unter Titus Didius in Hispania Citerior als Legat dient. Mein Mann dachte angesichts der geheimnisvollen Andeutungen deines Onkels selbstverständlich sofort an Aurelia. Und ich bestand auf unserer sofortigen Rückkehr, denn ich hätte mein Leben dafür verwettet, daß Aurelia mit Lucius Cornelius Sulla lediglich eine harmlose Freundschaft verbindet. Als wir dann hier angekommen waren, mußten wir feststellen, daß wir uns um die falsche Nichte Sorgen gemacht hatten. Publius Rutilius hat uns ganz schön an der Nase herumgeführt!« Sie lachte wieder.

»Ich habe euch vermißt«, sagte Rutilius Rufus völlig ohne Reue.

»Familien können eine ganz schöne Plage sein«, sagte Drusus. »Aber ich muß zugeben, daß Marcus Porcius Cato Salonianus ein viel liebenswürdigerer Mann ist als Quintus Servilius Caepio. Und Livia Drusa ist glücklich.«

»Dann ist ja alles gut«, meinte Julia.

»Ja«, nickte Drusus, »alles ist gut.«

In den Tagen zwischen der ersten Anhörung der *lex Licinia Mucia* und deren einstimmiger Verabschiedung durch die Tribus in der Volksversammlung bereiste Quintus Poppaedius Silo das Land. Bei seiner Ankunft in Bovianum erfuhr er von Gaius Papius Mutilus von dem neuen Gesetz.

»Das heißt Krieg«, sagte er entschlossen zu Mutilus.

»Ich fürchte auch, Quintus Poppaedius.«

»Wir müssen die Führer der Italiker zusammenrufen.«

»Dafür ist bereits gesorgt.«

»Wo soll das Treffen stattfinden?«

»Dort, wo die Römer es nie erwarten würden: in Grumentum, in zehn Tagen.«

»Ausgezeichnet!« rief Silo. »Das Binnenland von Lucania ist den Römern aus mir unerfindlichen Gründen völlig gleichgültig. Es gibt im Umkreis von einer Tagesreise um Grumentum keinen einzigen römischen Grundbesitzer und keine Latifundien.«

»Und was noch wichtiger ist, es leben überhaupt keine Römer dort.«

»Und was machen wir mit durchreisenden Römern?« fragte Silo stirnrunzelnd.

»Marcus Lamponius hat sich darüber bereits Gedanken gemacht.« Mutilus lächelte leicht. »Lucania ist bekannt für seine Räuber. Deshalb werden alle durchreisenden Römer einfach von Räuberbanden festgenommen. Wenn der Rat der Italiker vorbei ist, wird Marcus Lamponius dafür sorgen, daß sie ohne Zahlung von Erpressungsgeldern freigelassen werden, und die Römer werden ihm dafür dankbar sein.«

»Schlau ausgedacht! Wann machst du dich auf den Weg?«

»In vier Tagen.« Mutilus hakte sich bei Silo unter und schlenderte mit ihm in den Säulengarten seines großen, eleganten Hauses. Mutilus war wie Silo ein reicher Mann mit Geschmack und Bildung. »Berichte, was bei deiner Reise durch das italische Gallien herausgekommen ist, Quintus Poppaedius.«

»Ich habe alles weitgehend so vorgefunden, wie Quintus Servilius Caepio es vor zweieinhalb Jahren geschildert hat«, sagte Silo zufrieden. »Eine ganze Reihe netter kleiner Städtchen sind jenseits von Patavium am Bacchiglione und am Isonzo und am Natisone oberhalb von Aquileia gegründet worden. Das Eisen aus der Umgebung von Noreia in Noricum wird zum Teil über Land transportiert, aber der größte Teil wird die Drau hinunter und dann über die Wasserscheide zum Isonzo und zum Tagliamento transportiert, wo es zu Wasser weitergeht. Die am Oberlauf der Flüsse gelegenen Siedlungen stellen die Holzkohle her, die flußabwärts in die eisenproduzierenden Städte transportiert wird. Ich habe mich auf meiner Reise als Befehlshaber der Heereshandwerker ausgegeben und bar bezahlt. Man hat mir das Geld förmlich aus den Händen gerissen. Ich habe übrigens genug Bargeld hinterlassen, daß sie wie verrückt arbeiten werden, um die vergebenen Aufträge zu erfüllen. Und da ich, wie sich herausstellte, ihr erster größerer Kunde war, haben sie sich bereitwillig darauf eingelassen, ausschließlich für mich Waffen und Kriegsgerät herzustellen.«

Mutilus machte eine bekümmerte Miene. »Meinst du, das war klug? Was geschieht, wenn ein echter römischer *praefectus fabrum* bei ihnen auftaucht? Er wird sofort wissen, daß du nicht der bist, für den du dich ausgegeben hast, und Rom benachrichtigen.«

»Sei ganz ruhig, Gaius Papius, ich war sehr vorsichtig. Du mußt wissen, daß diese neuen Städte aufgrund meiner Aufträge vorerst versorgt sind, also keine neuen Kunden suchen müssen. Rom aber verteilt seine Aufträge an altbekannte Orte wie Pisae und Populonia. Und wir schicken unser Kriegsgerät von Patavium und Aquileia aus übers Meer in italische Häfen, die die Römer nicht benutzen. Kein Römer wird etwas von unseren Waffentransporten mitbekommen, geschweige denn ahnen, daß im östlichen Teil von Gallia Cisalpina Waffen produziert werden. Die Aktivitäten der Römer beschränken sich auf den Westteil dieses Gebiets am Ligurischen Meer.«

»Kann man im Osten noch mehr Betriebe gründen?«

»Mit Sicherheit! Je mehr Aufträge dort vergeben werden, desto mehr Schmiede werden sich dort ansiedeln. Eins muß man Quintus Servilius Caepio lassen – er hat einen guten Riecher gehabt und macht ein glänzendes Geschäft.«

»Und Caepio? Er ist schließlich kein Freund der Italiker.«

»Aber verschwiegen«, sagte Silo grinsend. »Er möchte um keinen Preis, daß seine Geschäfte in Rom bekannt werden. Er versucht nämlich, das Gold von Tolosa so verdeckt wie möglich anzulegen. Außerdem sollen seine Geschäfte bei den anderen Senatoren nicht bekannt werden. Deshalb wird er kaum mehr als die Bücher prüfen und selten persönlich erscheinen. Ich war ganz überrascht, daß er überhaupt ein Talent für derartige Geschäfte hat – denn in jeder anderen Beziehung kann seine Intelligenz nicht mit seiner Abstammung mithalten. Nein, um Quintus Servilius Caepio brauchen wir uns keine Sorgen zu machen. Solange die Sesterze in seiner Kasse klingen, wird er stillhalten.«

»Dann müssen wir uns vor allem darauf konzentrieren, wie wir mehr Geld auftreiben können.« Mutilus biß die Zähne aufeinander. »Bei unseren italischen Göttern, Quintus Poppaedius, es würde mir und den meinen eine große Genugtuung bereiten, wenn wir Rom und die Römer ein für allemal vom Erdboden verschwinden lassen könnten.«

Aber schon am folgenden Tag mußte Mutilus die Gesellschaft eines Römers erdulden, denn Marcus Livius Drusus traf auf der Suche nach Silo in Bovianum ein. Er hatte viele Neuigkeiten zu berichten.

»Der Senat zieht schon eifrig Lose, um die Richter für diese Sondergerichte zusammenzubekommen.« Drusus fühlte sich in seiner Haut keineswegs wohl, denn Bovianum war ein berüchtigter Unruheherd. Er hoffte nur, daß ihn auf der Reise niemand erkannt hatte.

»Wollen sie die Bestimmungen der *lex Licinia Mucia* wirklich mit aller Härte durchsetzen?« fragte Silo, der es immer noch nicht glauben wollte.

»Ja, sie sind fest dazu entschlossen«, erwiderte Drusus ernst. »Ich bin hier, um dir zu sagen, daß du ungefähr sechs Markttage Zeit hast, um den zu erwartenden Schlag etwas abzumildern. Die Gerichtshöfe werden bereits im Sommer tagen, und an jedem Ort, in dem ein solches Gericht tagt, werden öffentlich Belohnungen finanzieller und anderer Art für die ausgesetzt werden, die Falschbürger anzeigen. Es wird genügend schräge Vögel geben, die für vier-, acht- oder zwölftausend Sesterze nur zu gern bereit sind, jemanden zu verpfeifen, und einige werden damit ihr Glück machen, das kann ich dir jetzt schon prophezeien. Es ist eine Schande, da stimme ich dir zu, aber das römische Volk hat das Gesetz mehr oder weniger einstimmig verabschiedet.«

»Wo befindet sich der nächste Gerichtsort in meinem Gebiet?« fragte Mutilus. Sein Gesicht war haßerfüllt.

»In Aesernia. Die Gerichte werden nur in römischen oder latinischen Kolonien eingerichtet.«

»Woanders würden sie sich nicht hinwagen.«

Daraufhin kehrte eine beklemmende Stille ein. Weder Mutilus noch Silo sagte etwas von Krieg, was Drusus mehr in Panik versetzte, als wenn sie offen davon gesprochen hätten. Er wußte, daß sie vor seiner Ankunft geheime Pläne geschmiedet hatten, aber er befand sich ebenfalls in einer verzwickten Lage. Er war einerseits ein loyaler Römer, und hätte deshalb, wenn er von den Plänen erfahren hätte, in Rom davon berichtet. Andererseits war er auch Silo gegenüber loyal und wollte deshalb gar nicht, daß dieser ihn in seine Pläne einweihte. Er fragte daher nicht nach und konzentrierte sich auf Bemühungen, die mit seinem Patriotismus nicht in Widerspruch standen.

»Was sollen wir also tun?« fragte Mutilus.

»Wie schon gesagt, ihr könnt eigentlich nur die Folgen etwas abmildern. Überredet diejenigen, die sich unrechtmäßig auf die römischen Bürgerlisten haben setzen lassen und die in römischen oder latinischen Kolonien und Städten wohnen, daß sie so schnell wie möglich fliehen. Sie werden das zwar nicht gern tun, aber ihr müßt sie unter allen Umständen dazu bringen. Wenn sie bleiben, drohen ihnen Prügelstrafen, Geldstrafen, der Ausschluß vom Bürgerrecht für alle Zeiten und die Ausweisung.«

»Das können sie nicht machen!« Silo ballte die Fäuste. »Marcus Livius, es gibt zu viele illegale Bürger! Rom muß doch sehen, wie viele Menschen es sich zu Feinden macht, wenn es dieses Gesetz anwendet. Man kann einen Italiker mit der Prügelstrafe belegen, aber ganze Dörfer oder Städte? Das ist doch Wahnsinn! Das werden sich die Menschen nicht bieten lassen! Niemals!«

Drusus hielt sich die Ohren zu und schüttelte den Kopf. »Nein, Quintus Poppaedius, sei still! Ich möchte nichts davon hören, sonst müßte ich dich noch wegen Hochverrats anklagen! Vergiß nicht, ich bin immer noch ein Römer! Ich bin nur gekommen, um dir zu helfen, so gut es geht. Also sprich nicht von Dingen, von denen ich inbrünstig hoffe, daß sie nie wahr werden! Sorgt dafür, daß die falschen Bürger überall dort weggehen, wo sie mit Sicherheit entdeckt würden. Und zwar jetzt gleich, solange sie wenigstens noch einen Teil ihrer Ersparnisse retten können. Es macht nichts, wenn alle wissen, warum sie gehen, solange sie nur weit genug weggehen, in eine Gegend, wo sie niemand vermutet. Es wird nur wenig bewaffnete Truppen geben, und sie werden mit der Bewachung der Richter alle Hände voll zu tun haben und keine Zeit haben, auf dem Land nach Falschbürgern zu suchen. Auf eines kannst du dich immer verlassen – die sprichwörtliche Abneigung des römischen Senats gegen das Geldausgeben. Diese Abneigung kommt euren Interessen entgegen. Holt eure Leute raus! Und sorgt dafür, daß die Italiker die Abgaben an Rom in voller Höhe bezahlen. Laßt nicht zu, daß sich jemand unter Verweis auf seinen Status als römischer Bürger weigert, die Zahlungen zu leisten, wenn er sich diesen Status nur erschlichen hat.«

»Wir werden das Nötige veranlassen«, entgegnete Mutilus, der als Samnite wußte, wie rücksichtslos Rom in seiner Rache sein konnte. »Wir werden unsere Leute nach Hause holen und für sie sorgen.«

»Gut«, sagte Drusus. »Allein dadurch werden wir die Zahl der Opfer niedrig halten.« Er kaute nervös auf seiner Unterlippe. »Ich kann nicht hierbleiben. Ich muß vor Mittag weg, damit ich vor Einbruch der Nacht Casinum erreiche. Dort vermutet man einen Livius Drusus viel eher als in Bovianum. Ich habe nämlich Ländereien in Casinum.«

»Dann geh!« sagte Silo. Auch er war nervös. »Geh! Ich möchte um keinen Preis, daß man dich wegen Hochverrats anklagt, Marcus Livius. Du warst uns ein wahrer Freund, und wir danken dir dafür.«

»Ich werde sofort gehen.« Drusus rang sich ein Lächeln ab. »Aber versprich mir bitte, daß du erst dann zum Krieg greifst, wenn es absolut keine andere Möglichkeit mehr gibt. Ich habe die Hoffnung auf eine friedliche Lösung immer noch nicht aufgegeben, und ich habe jetzt auch einige mächtige Freunde im Senat. Gaius Marius ist wieder aus dem Ausland zurück, und mein Onkel Publius Rutilius Rufus ist ebenfalls auf eurer Seite. Ich schwöre, daß ich mich in nicht allzuferner Zukunft um das Amt des Volkstribunen bewerben und dann dafür sorgen werde, daß die Volksversammlung ganz Italien das römische Bürgerrecht verleiht. Aber jetzt geht das leider noch nicht. Wir müssen zuerst in Rom und unter unseresgleichen für Unterstützung werben. Besonders unter den Rittern. Die *lex Licinia Mucia* nützt euch möglicherweise mehr, als daß sie euch schadet. Wir glauben nämlich, daß viele Römer ihre Sympathien für die Sache der Italiker entdecken, wenn die Auswirkungen des Gesetzes erst bekannt werden. Es tut mir leid, daß es auf so schmerzliche Weise Märtyrer für eure Sache geben wird. Aber genau das wird eintreten, und schließlich werden die Römer angesichts eurer Not ein Einsehen haben. Das versichere ich dir.«

Silo begleitete Drusus zu seinem Pferd, das Mutilus ihm aus seinem Stall überlassen hatte. Erst jetzt bemerkte er, daß sein Freund allein gereist war.

»Marcus Livius, wie kannst du allein reisen! Das ist doch viel zu gefährlich!«

»Es wäre viel gefährlicher, in Begleitung zu reisen, und wenn es nur ein Sklave wäre. Die Leute reden viel, und ich möchte nicht, daß Caepio mir unterstellt, ich sei nach Bovianum gekommen, um einen Aufstand gegen Rom zu planen.« Drusus ließ sich von Silo aufs Pferd helfen.

»Wir Anführer der Italiker haben uns zwar nicht in die römischen Bürgerlisten eintragen lassen, aber dennoch traue ich mich nicht nach Rom«, sagte Silo. Mit zusammengekniffenen Augen sah er zu seinem Freund hinauf, dessen Kopf sich dunkel vom grellen Licht der Sonne abhob.

»Das will ich dir auch nicht geraten haben!« Drusus schnitt eine Grimasse. »Schließlich habe ich bei mir zu Hause einen Spitzel.«

»Beim Jupiter! Ich hoffe, du hast ihn kreuzigen lassen!«

»Leider nicht. Ich bekomme ihn nicht so leicht los, Quintus Poppaedius. Es handelt sich um meine neunjährige Nichte Servilia, Caepios Tochter – sie ist ganz nach ihm geraten.« Sein Gesicht rötete sich und wurde noch dunkler. »Wir haben inzwischen herausgefunden, daß sie während deines letzten Besuchs in dein Zimmer eingedrungen ist, und deshalb konnte Caepio auch Gaius Papius als einen der Initiatoren der Masseneintragung von Italikern in die Listen angeben. Ich sage dir das nur, weil du dich vielleicht schon gewundert hast, woher er das wußte. Du kannst Gaius Papius das ruhig sagen, damit auch er weiß, daß es in Italien die unterschiedlichsten Meinungen zur Bundesgenossenfrage gibt. Die Fronten verlaufen heute nicht mehr einheitlich. Es heißt nicht mehr nur Samnium gegen Rom. Wir müssen auf eine friedliche Vereinigung aller Völker der Halbinsel hinarbeiten. Sonst gibt es weder für Rom noch für die italischen Völker eine Zukunft.«

»Kannst du die Göre nicht zu ihrem Vater schicken?« fragte Silo.

»Er will sie um keinen Preis. Auch jetzt nicht, nachdem sie mich als Gastgeber unmöglich gemacht hat, obwohl sie wahrscheinlich gehofft hat, ihr Vater würde sie danach zu sich holen. Ich lasse sie keinen Moment mehr aus den Augen, aber natürlich läßt sich nicht mit völliger Sicherheit verhindern, daß sie gelegentlich zu ihm entwischt. Deshalb rate ich dir, dich weder in Rom noch bei mir blicken zu lassen. Wenn du mich dringend sehen mußt, laß mir eine Nachricht zukommen, und wir treffen uns an einem anderen Ort.«

»Einverstanden!« Silo hatte schon die Hand gehoben, um Drusus' Pferd mit einem Klaps auf die Flanken in Trab zu setzen, als er noch einmal innehielt. »Grüße Livia Drusa, Marcus Porcius und natürlich die liebe Servilia Caepionis herzlich von mir.«

Silo gab dem Pferd einen Klaps, und das Pferd setzte sich in Trab. Drusus' Gesicht hatte sich verdüstert. »Meine Frau ist vor kurzem gestorben!« rief er über die Schulter zurück. »Ich vermisse sie sehr!«

Die von der *lex Licinia Mucia* vorgesehenen Gerichtshöfe wurden in Rom, Spoletium, Cosa, Firmum Picenum, Aesernia, Alba Fucentia, Capua, Rhegium, Luceria, Paestum und Brundisium eingerichtet und nahmen ihre Arbeit auf. Sobald sie dort mit ihrer Arbeit fertig waren, würden sie an einen anderen Ort verlegt werden. Nur Latium bekam kein eigenes Gericht, denn das Gebiet der Marser war wichtiger, und der zehnte Gerichtshof wurde daher in Alba Fucentia eingerichtet.

Aber die italischen Führer, die sich sieben Tage nach Drusus' Besuch bei Silo und Mutilus in Bovianum trafen, hatten bereits die meisten Falschbürger aus diesen römischen und latinischen Kolonien herausgeholt. Einige wollten freilich nicht glauben, daß ihnen etwas geschehen würde. Andere wiederum glaubten es zwar, waren aber so fest an ihrem Wohnort verwurzelt, daß sie sich nicht zur Flucht entschließen konnten. Sie traf der volle Zorn der von den Römern eingesetzten *quaestiones*.

Zu jedem Gericht gehörten außer dem Gerichtspräsidenten, einem ehemaligen Konsul, und den beiden Senatoren, die als Richter fungierten, noch ein Stab von Schreibern, zwölf Liktoren (der Gerichtspräsident war mit einem prokonsularischen Imperium ausgestattet) und eine bewaffnete Reitereskorte aus hundert Veteranen und ehemaligen Gladiatoren, die so gut ritten, daß sie ein gallopierendes Pferd wenden konnten.

Die beiden Senatoren wurden durch das Los bestimmt. Das Los traf weder Gaius Marius noch Publius Rutilius Rufus, was niemanden überraschte. Wahrscheinlich waren die Holzkugeln mit ihren Namen gar nicht in das geschlossene Wassergefäß getan worden und konnten deshalb auch nicht aus dessen seitlicher Öffnung herausfallen, als das Gefäß wie ein Kreisel gedreht wurde.

Quintus Lutatius Catulus Caesar wurde Richter in Aesernia, der Pontifex Maximus Gnaeus Domitius Ahenobarbus Richter in Alba Fucentia. Der Senatsvorsitzende Scaurus wurde nicht gewählt, dafür aber Gnaeus Cornelius Scipio Nasica. Er mußte nach Brundisium, was ihm überhaupt nicht paßte. Zu Richtern bestimmt wurden ferner Metellus Pius das Ferkel und Quintus Servilius Caepio, ebenso Drusus' Schwager Marcus Porcius Cato Salonianus. Drusus selbst ging leer aus, worüber er sehr froh war, denn wäre das Los auf ihn gefallen, hätte er dem Senat erklären müssen, daß sein Gewissen ihm jede Mitwirkung an diesem Gesetz verbiete.

»Da hat offensichtlich jemand daran gedreht«, erklärte Marius nach der Auslosung. »Wenn sie noch bei Verstand wären, hätten sie dafür gesorgt, daß du Richter wirst, und dich dadurch gezwungen, öffentlich Farbe zu bekennen. Das wäre beim momentanen Klima nicht gut für dich gewesen.«

»Dann kann ich ja von Glück reden, daß sie anscheinend nicht mehr bei Verstand sind.«

Der Zensor Marcus Antonius Orator war durch das Los zum Präsidenten des Gerichts in Rom bestimmt worden. Er war darüber erfreut, denn er wußte, daß die falschen Bürger in Rom viel schwieriger auszumachen sein würden als die Massen von Falschbürgern auf dem Land, und solch knifflige Angelegenheiten reizten ihn. Außerdem konnte er sicher sein, dank der Angaben von Spitzeln, die bereits mit langen Namenslisten aufwarteten, Millionen von Sesterzen an Strafgeldern einzunehmen.

Die Zahl der dingfest gemachten Falschbürger schwankte von Ort zu Ort erheblich. Catulus Caesar hatte mit Aesernia keine Freude.

Die Stadt lag inmitten des Landes der Samniten, und Mutilus hatte fast alle falschen Bürger zum Verlassen der Stadt überreden können. Die römischen Bürger und die latinischen Einwohner konnten den Behörden gegenüber keine Angaben machen, und die Samniten selbst waren durch keine noch so hohe Geldsumme dazu zu bewegen, ihre Stammesbrüder preiszugeben. An denen, die in der Stadt geblieben waren, wurde freilich ein Exempel statuiert (so zumindest sah es Catulus Caesar). Der Gerichtspräsident hatte einen besonders brutalen Kerl aus seiner Schutztruppe beauftragt, die Prügelstrafe an den Überführten zu vollziehen. Die Schuldigen zu finden, war eine langweilige und langwierige Prozedur, denn jeder neue Name auf den Bürgerlisten mußte verlesen werden. Dann verging wieder einige Zeit, bis klar war, ob der Verlesene überhaupt noch in Aesernia wohnte. Höchstens alle drei bis vier Tage konnte anhand der Listen ein Falschbürger ausfindig gemacht werden, und darauf freute sich Catulus Caesar immer besonders. Mutig wie er war, ignorierte er die Empörung, das wütende Grollen und die Flüche, die ihn überall in der Stadt verfolgten. Er und die beiden ihm beigeordneten Richter, die Schreiber und Liktoren, ja sogar die Soldaten seiner Eskorte kamen nicht zur Ruhe, da sich immer mehr kleine und hinterhältige Sabotageakte ereigneten. So waren einmal die Gurte ihrer Sättel durchtrennt, so daß die Reiter vom Pferd fielen. Ihr Wasser roch aufgrund mysteriöser Umstände immer faulig, jedes Insekt und jede Spinne Italiens schien auf wundersame Weise den Weg in ihr Quartier zu finden, und Schlangen krochen aus Kommoden und Schränken und aus den Laken. Überall tauchten kleine, in Togen gehüllte, über und über mit Blut beschmierte und gefederte Puppen auf, ebenso tote Gockel und Katzen. Das Essen war so oft vergiftet, daß der Gerichtspräsident sich schließlich gezwungen sah, Sklaven als Vorkoster einzustellen und die Küche bewachen zu lassen.

Der Pontifex Maximus Gnaeus Ahenobarbus in Alba Fucentia erwies sich überraschenderweise als milder Präsident. Wie in Aesernia hatten sich die meisten der Gesetzesübertreter längst aus dem Staub gemacht, so daß das Gericht volle sechs Tage brauchte, bis das erste Opfer ausfindig gemacht war. Der Mann war nicht von einem Spitzel verpfiffen worden, hatte aber genug Geld, um die Strafe zu bezahlen. Er stand hocherhobenen Hauptes vor Ahenobarbus, als dieser die sofortige Konfiskation seines gesamten Vermögens in Alba Fucentia anordnete. Der Soldat, der dazu abgeordnet war, die Prügelstrafe an ihm zu vollziehen, genoß seine Aufgabe offensichtlich sehr. Im Umkreis von zehn Schritten um das Opfer wurden alle Anwesenden mit Blut bespritzt, und der Gerichtspräsident befahl ihm sofort mit bleichem Gesicht, innezuhalten. Beim nächsten Opfer übernahm ein anderer Soldat die Peitsche. Er ging dabei so vorsichtig zu Werk, daß der Rücken des Opfers hinterher kaum irgendwelche Spuren aufwies. Ahenobarbus stellte außerdem eine unerwartete Abneigung gegenüber Spitzeln an sich fest. Zwar gab es in Alba Fucentia nicht viele, aber die wenigen, die es gab, waren vielleicht gerade deshalb besonders abstoßend. Ahenobarbus mußte ihnen wohl oder übel die ausgesetzte Belohnung bezahlen, er unterzog jedoch sie selbst einer so ausführlichen und unangenehmen Befragung über ihren Bürgerrechtsstatus, daß sich schließlich keine Spitzel mehr bei ihm meldeten. Bei einem der gemeldeten Falschbürger handelte es sich um einen Mann mit drei geistig behinderten Kindern. Ahenobarbus bezahlte die Strafe insgeheim selbst und verhinderte die Ausweisung des Mannes aus der Stadt, denn in der Stadt konnten seine armen Kinder besser versorgt werden als auf dem Land.

Während die Samniten schon verächtlich ausspuckten, wenn sie den Namen Catulus Caesar hörten, erfreute sich der Pontifex Maximus Ahenobarbus in Alba Fucentia wachsender Beliebtheit, und die Marser wurden nicht so hart behandelt wie die Samniten. Was die anderen Gerichte anlangte, so gingen einige Präsidenten rücksichtslos vor, einige schlugen eine gemäßigte Linie ein, und einige folgten dem Beispiel des Ahenobarbus. Aber insgesamt wuchs der Haß, und so viele wurden Opfer des Gesetzes, daß die Entschlossenheit unter den italischen Bundesgenossen zunahm, sich endlich des römischen Jochs zu entledigen, und sei es um den Preis des eigenen Lebens. Nicht einer der Gerichtspräsidenten hatte den Mut, seine Soldaten aufs Land hinaus zu schicken, um nach flüchtigen Falschbürgern zu suchen.

Der einzige Richter, der sich rechtliche Schwierigkeiten einhandelte, war Quintus Servilius Caepio. Er war Gnaeus Scipio Nasica in Brundisium zugeordnet worden. Die schwüle und staubige Hafenstadt sagte Gnaeus Scipio Nasica gleich nach seiner Ankunft so wenig zu, daß er eine kleine Unpäßlichkeit – später stellte sich zur Belustigung der Einheimischen heraus, daß es sich um Hämorrhoiden handelte – zum Anlaß nahm, nach Rom zurückzueilen und sich dort behandeln zu lassen. Er übertrug Caepio die Leitung des Gerichts, und sein Helfer war kein Geringerer als Metellus Pius das Ferkel. Wie fast überall waren die Gesetzesbrecher längst geflohen und die Informanten dünn gesät. Es war immer die gleiche Prozedur: Die Namensliste wurde verlesen, dann wurde festgestellt, daß die Männer nicht mehr in der Stadt wohnten. So vergingen die Tage ereignislos – bis eines Tages ein Spitzel scheinbar wasserdichte Beweise gegen einen der angesehensten römischen Bürger der Stadt vorbrachte. Er gehörte nicht zu den Massen, die sich anläßlich der letzten Volkszählung in die römischen Bürgerlisten hatten eintragen lassen, sondern hatte sich nach Angabe des Informanten das Bürgerrecht schon vor über zwanzig Jahren erschlichen. Caepio ging mit Feuereifer ans Werk, um an diesem Mann ein Exempel zu statuieren, hechelnd wie ein Hund, der einen verrotteten Knochen ausgräbt. Er ging sogar so weit, den Mann unter Folter vernehmen zu lassen. Caepio war so sehr von der Schuld dieser angeblichen Stütze der Gemeinde überzeugt, daß er sich weigerte, den Einwänden des Metellus Pius Gehör zu schenken, der es mittlerweile mit der Angst zu tun bekommen hatte und protestierte. Dann konnte der Mann freilich eindeutige Beweise vorlegen, daß er tatsächlich das war, was er vorgab zu sein – ein angesehener römischer Bürger. Und kaum hatte er seine Unschuld bewiesen, klagte er gegen Caepio. Daß Caepio zuletzt freigesprochen wurde, hatte er nur seiner hastigen Rückreise und einer packenden Rede des Crassus Orator zu verdanken. Nach Brundisium zurückkehren konnte er nicht. Statt dessen mußte Gnaeus Scipio Nasica wutschnaubend und mit Verwünschungen gegen alle Mitglieder der Familie Servilius Caepio an den ihm verhaßten Ort zurückkehren. Crassus Orators Freude über den gewonnenen Prozeß war getrübt, weil er einen Mann hatte verteidigen müssen, den er zutiefst haßte.

»Es gibt Zeiten, Quintus Mucius«, erklärte er seinem Vetter, Kumpan und Amtskollegen Scaevola, »in denen ich mich frage, warum gerade wir in diesem verfluchten Jahr zu Konsuln gewählt werden mußten.«

Publius Rutilius Rufus schrieb in diesen Tagen an Lucius Cornelius Sulla in Hispania Citerior und folgte damit den Bitten des nach Nachrichten dürstenden Legaten, ihn doch über die Ereignisse in Rom auf dem laufenden zu halten. Rutilius Rufus folgte der Aufforderung nur zu gern.

Denn ich schwöre Dir, Lucius Cornelius, im Augenblick ist kein Freund von mir im Ausland, dem ich auch nur eine einzige Zeile zukommen lassen könnte. Daher ist es mir ein besonderes Vergnügen, Dir zu schreiben, und ich verspreche Dir, Dich über alles auf dem laufenden zu halten.

Zunächst zu den Sondergerichten des wohl bekanntesten Gesetzes der letzten Zeit, der lex Licinia Mucia. *Sie sind inzwischen selbst bei den mit der Durchführung des Gesetzes Betrauten so unbeliebt und außerdem so gefährlich, daß sich gegen Ende dieses Sommers alle nach einem Vorwand sehnten, um endlich die verhaßten Ermittlungen einstellen zu können. Und glücklicherweise bot sich überraschend die Gelegenheit dazu. Die Salasser, die Raeter und Breuner fielen in das italische Gallien jenseits des Po ein, und es kam zwischen dem Gardasee und dem Aostatal, also im mittleren und westlichen Teil von Gallia Transpadana, zu Unruhen. Der Senat rief in aller Eile den Notstand aus und setzte die rechtliche Verfolgung von Falschbürgern aus. Die Richter und Präsidenten der Sondergerichte kehrten überglücklich und dankbar über diese Pause auf dem schnellsten Weg nach Rom zurück. Der arme Crassus Orator wurde – als Rache? – vom Senat mit einer Armee ins italische Gallien entsandt, um die aufrührerischen Stämme zu unterwerfen oder sie zumindest aus den zivilisierten Gebieten zu vertreiben. Dies gelang ihm auch in einem sehr erfolgreichen Feldzug, der weniger als zwei Monate dauerte.*

Crassus Orator kehrte vor wenigen Tagen mit seiner Armee nach Rom zurück und kampierte vor den Toren der Stadt auf dem Marsfeld, weil ihn, wie er sagte, seine Truppen auf dem Feld zum imperator *ausgerufen hätten und er jetzt einen Triumph feiern wolle. Sein Vetter Quintus Mucius Scaevola, der in Abwesenheit seines Mitkonsuls in Rom die Geschäfte weitergeführt hatte, berief auf das Gesuch des vor der Stadt lagernden Feldherrn hin augenblicklich eine Senatssitzung im Tempel der Bellona ein. Aber es kam nicht einmal zu einer Beratung über den beantragten Triumph.*

»Quatsch!« kommentierte Scaevola das Ansinnen seines Amtskollegen. »Lächerlicher Quatsch! Für einen mickrigen Feldzug gegen ein paar Tausend chaotischer Wilder hat er keinen Triumph verdient! Zumindest nicht, solange ich Konsul bin! Wie könnten wir es rechtfertigen, zwei Feldherren von der Größe eines Gaius Marius und eines Quintus Lutatius Catulus Caesar zusammen nur einen Triumphzug zu gewähren und dann einem Mann, der nicht einmal einen richtigen Krieg geführt, geschweige denn eine richtige Schlacht gewonnen hat, einen ganzen Triumph? Nein! Unmöglich! Er be-

kommt seinen Triumph nicht. Oberster Liktor, geh und sage Lucius Licinius, er solle seine Truppen in ihre Kasernen nach Capua entlassen und sich dann gefälligst über die Stadtgrenze bemühen, wo er sich zur Abwechslung einmal nützlich machen kann.«

Oje! Scaevola war wohl mit dem falschen Bein aufgestanden, oder seine Frau hatte ihn aus dem Bett geworfen, was auf dasselbe hinausläuft. Jedenfalls entließ Crassus Orator seine Truppen und kam in die Stadt, allerdings nicht, um sich zur Abwechslung einmal nützlich zu machen, sondern um seinem Vetter Scaevola den Kopf zu waschen. Damit erlebte er freilich eine Überraschung.

Scaevola ging kein Jota von seiner Meinung ab. Weißt Du, Lucius Cornelius, manchmal erinnert Scaevola mich ungemein an den jüngeren Scaurus Princeps Senatus. »Du bist mir lieb und teuer, Lucius Licinius«, sagte Scaevola, »aber ich genehmige keine Pseudo-Triumphe.«

Das Ende vom Lied ist, daß die beiden Vettern kein Wort mehr miteinander wechseln, was das Leben im Senat nicht gerade einfach macht, wie Du Dir vorstellen kannst. Immerhin sind sie ja die beiden Konsuln. Aber ich habe schon Konsuln erlebt, die noch schlechter miteinander auskamen, als es bei Crassus Orator und Scaevola je der Fall sein dürfte. Mit der Zeit gibt sich das sowieso wieder. Ich persönlich finde, es ist ein Jammer, daß sie nicht schon vor der Ausarbeitung der lex Licinia Mucia *aufgehört haben, miteinander zu reden.*

Und nachdem ich Dir jetzt diese Posse berichtet habe, fällt mir, wie ich gestehen muß, zu Rom nichts mehr ein. Auf dem Forum ist dieser Tage einfach nichts los!

Dagegen hören wir von Dir nur Gutes. Ich denke, das solltest Du wissen. Titus Didius, den ich schon immer für einen ehrenwerten Mann gehalten habe, lobt Dich jedesmal in den höchsten Tönen, wenn er dem Senat einen Bericht schickt.

Deshalb möchte ich Dir ernsthaft raten, Ende nächsten Jahres nach Rom zurückzukehren und für das Amt des Prätors zu kandidieren. Metellus Numidicus Schweinebacke ist ja nun schon einige Jahre tot, und Catulus Caesar, Scipio Nasica und der Senatsvorsitzende Scaurus sind so damit beschäftigt, die lex Licinia Mucia *trotz aller Probleme durchzusetzen, daß niemand sich für Gaius Marius interessiert oder dafür, wer früher mit ihm zu tun hatte und was früher einmal war. Die Wähler scheinen gewillt, zur Abwechslung einmal gute Leute zu wählen, weil diese offensichtlich momentan*

Mangelware sind. Lucius Julius Caesar wurde dieses Jahr ohne Schwierigkeiten zum praetor urbanus *gewählt, und Aurelias Halbbruder Lucius Cotta war* praetor peregrinus. *Ich bin mir sicher, daß Du in der Öffentlichkeit ein höheres Ansehen genießt als die beiden. Ich glaube auch nicht, daß Titus Didius etwas gegen Deine Rückkehr nach Rom einzuwenden hätte, denn Du hast ihm schon mehr Zeit geopfert, als die meisten Legaten ihrem Feldherrn normalerweise zur Verfügung stellen. Wenn ich nicht irre, werden es im Herbst nächsten Jahres vier Jahre, wahrlich eine lange Zeit.*

Laß es Dir durch den Kopf gehen, Lucius Cornelius. Ich habe mit Gaius Marius gesprochen, und er findet die Idee ebenfalls gut. Auch der – halte Dich bitte fest – Senatsvorsitzende Marcus Aemilius Scaurus findet sie gut. Die Geburt eines Sohnes, der ihm wie aus dem Gesicht geschnitten ist, hat dem Jungen völlig den Kopf verdreht. Frag mich bitte nicht, warum ich einen Mann in meinem Alter einen Jungen nenne.

Sulla saß in seinem Büro in Tarraco und führte sich Satz für Satz den Inhalt des humorvollen Briefes zu Gemüte. Die Nachricht, Caecilia Metella Delmatica habe Scaurus einen Sohn geschenkt, beschäftigte ihn so sehr, daß er sich zunächst nicht auf die anderen, weit wichtigeren Neuigkeiten konzentrieren konnte. Erst nachdem er sich einige Zeit mit einem bitteren Lächeln an Delmatica erinnert hatte, dachte er über den Vorschlag nach, für das Prätorenamt zu kandidieren. Rutilius Rufus hatte recht. Nächstes Jahr war genau der richtige Zeitpunkt. Auch Sulla war überzeugt, daß Titus Didius ihn nach Rom zurückkehren lassen würde. Didius würde ihm Empfehlungsschreiben ausstellen, die seine Chancen noch zusätzlich vergrößern würden. Zwar hatte er sich in Spanien keine Krone aus Gras erworben, aber er hatte seine Sache nicht schlecht gemacht, das wußte er.

Träumte er? Oder war es ein Wink, den das Schicksal ihm ironischerweise durch die arme tote Julilla hatte zukommen lassen? Diese hatte ihm aus dem Gras des Palatin einen Kranz geflochten und aufs Haupt gesetzt, ohne zu ahnen, welche Bedeutung das im Heer hatte. Oder hatte Julilla alles richtig vorausgesehen? Wartete die Krone noch auf ihn? Aber in welchem Krieg hätte er sie gewinnen sollen? Im Moment war weit und breit kein größerer Feldzug in Aussicht, nirgends drohte Gefahr. In Spanien brodelte es zwar immer noch in beiden Provinzen, aber die Sulla übertragenen Aufgaben waren zu gering, als daß sie ihm die *corona graminea* hätten einbringen können. Titus Didius schätzte ihn zwar als Experten für Logistik, Nachschub, Waffen und Strategie, ließ ihn aber keine Armee befehligen. Wenn er erst einmal Prätor gewesen war, würde auch er seine große Chance bekommen. Vielleicht konnte er sogar Titus Didius als Statthalter in Hispania Citerior ablösen. Eine reiche und gewinnbringende Provinz war genau das, was er brauchte.

Sulla brauchte dringend Geld. Das wußte er nur zu genau. Mit seinen fünfundvierzig Jahren mußte er sich beeilen, schon bald würde es zu spät sein, sich für das Konsulat zu bewerben. Gaius Marius durfte er sich nicht zum Beispiel nehmen, er war ein Sonderfall. Nicht einmal ein Lucius Cornelius Sulla durfte sich mit ihm vergleichen. Für Sulla führte der Weg zur Macht über das Geld; auch bei Gaius Marius war es letztlich so gewesen. Wenn Marius nicht während seiner Statthalterschaft in Hispania Ulterior zu Geld gekommen wäre, hätte ihn der alte Caesar nie und nimmer als Mann für Julia in Betracht gezogen. Und ohne die Ehe mit Julia hätte er es nicht zum Konsul gebracht, auch wenn es so noch schwer genug gewesen war. Geld. Sulla brauchte unbedingt Geld. Deshalb würde er zuerst nach Rom gehen und sich zum Prätor wählen lassen und dann nach Spanien zurückkehren, um Geld zu verdienen.

Publius Rutilius Rufus schrieb im August des folgenden Jahres nach einer langen Pause an Sulla:

Ich war krank, Lucius Cornelius, aber jetzt geht es mir wieder gut. Die Ärzte führten mein Unwohlsein auf die abstrusesten Dinge zurück. Meine private Diagnose lautet einfach: Langeweile. Wie dem auch sei, mittlerweile habe ich sowohl Krankheit als auch Langeweile abgeschüttelt, denn es tut sich wieder etwas in Rom.

Zum einen wird Deine Kandidatur als Prätor bereits eifrig vorbereitet. Es wird Dich freuen zu hören, daß die Wähler Deine Kandidatur begrüßen. Scaurus unterstützt Dich auch weiterhin – wohl deshalb, schätze ich, weil er Dich in dieser alten Geschichte mit seiner Frau nicht mehr für schuldig hält. Halsstarriger alter Esel! Er hätte es schon damals offen zugeben sollen, statt Dich praktisch ins Exil zu verbannen, denn als solches habe ich deine Abordnung nach Spanien immer verstanden. Aber wenigstens hat dieser Spanienaufenthalt Wunder gewirkt. Hätte Gaius Marius damals von Schweinebacke die

Unterstützung erfahren, die du heute von Titus Didius erhältst, hätte er es leichter gehabt.

Jetzt zu den internationalen Neuigkeiten. Der alte Nikomedes von Bithynien ist jetzt doch im gesegneten Alter von ungefähr dreiundneunzig Jahren gestorben. Der Sohn seiner schon lange verstorbenen Königin, der mit seinen fünfundsechzig Jährchen wahrlich auch kein Jüngling mehr ist, hat den Thron bestiegen, aber ein jüngerer Sohn, der so um die siebenundfünfzig ist und Sokrates heißt – der ältere heißt Nikomedes wie sein Vater und wird als Nikomedes III. in die Annalen eingehen –, hat sich beim Senat beschwert und verlangt, man möge Nikomedes III. des Amtes entheben und statt dessen ihn als König einsetzen. Der Senat kümmert sich kaum um die ganze Angelegenheit, da er die Außenpolitik für unwichtig hält. Auch in Kappadokien kriselt es. Offensichtlich hat die dortige Bevölkerung ihren kindlichen König vom Thron vertrieben und statt dessen einen gewissen Ariarathes VIII. zum König gemacht. Dieser ist freilich kürzlich ums Leben gekommen – unter mysteriösen Umständen, heißt es –, und der Kind-König und sein Bevollmächtigter Gordios haben das Land mit Hilfe des Mithridates von Pontos und der pontischen Armee wieder unter Kontrolle.

Als Gaius Marius damals aus Kappadokien zurückkehrte, hielt er vor dem Senat eine Rede, in der er uns vor dem gefährlichen jungen König Mithridates von Pontos warnte. Wer sich damals überhaupt die Mühe machte, zu der eigens einberufenen Sitzung zu erscheinen, döste während Marius' Rede gelangweilt vor sich hin, und der Senatsvorsitzende Scaurus meinte schließlich, er halte dessen Warnungen für übertrieben. Es scheint, daß der junge König von Pontos Scaurus mit einigen höflich formulierten Briefen in geschliffenem Griechisch umworben hat, die mit Zitaten von Homer, Hesiod, Aischylos, Sophokles und Euripides gespickt sind, von Menander und Pindar ganz zu schweigen. Aufgrund dieser Briefe ist Scaurus wohl zu dem Schluß gekommen, daß wir es in diesem Fall einmal nicht mit einem der üblichen orientalischen Potentaten zu tun haben, sondern mit einem netten jungen Mann, der lieber die Klassiker liest, als seiner Großmutter einen Spieß in den Hintern zu rammen. Wohingegen Gaius Marius glaubt, daß der sechste Mithridates, der sich zu allem Übel auch noch Eupator nennen läßt, seine Mutter hat verhungern lassen, den Bruder ermordet hat, der unter der Regentschaft seiner Mutter König war, und außerdem mehrere Onkel und Vettern aus dem Weg geräumt hat. Zu guter Letzt hat er auch noch seine

Schwester, mit der er verheiratet war, beseitigt. Du siehst, ein netter Bursche, und obendrein in den Klassikern bewandert.

Politisch gesehen gibt es in Rom nur Nichtstuer, denn es geschieht rein gar nichts. Dagegen tut sich an der juristischen Front schon mehr. Der Senat hat zwei Jahre hintereinander Sondergerichte ausgeschickt, um die Masseneintragung von Italikern in die römischen Bürgerlisten zu untersuchen, und auch dieses Jahr waren, wie schon im Vorjahr, nur wenige der Registrierten noch an Ort und Stelle greifbar. Jedoch hat es mehrere hundert Schuldsprüche gegeben, was bedeutet, daß mehrere hundert blutende arme Teufel auf das römische Schuldnerkonto geschrieben werden können. Ich sage Dir, Lucius Cornelius, es läuft einem kalt den Rücken hinunter, wenn man sich als Römer allein an einem von Italikern bevölkerten Ort aufhält. Ich habe noch nie derart bitterböse Blicke auf mich gerichtet gesehen und so wenig Hilfsbereitschaft von seiten der Italiker erlebt. Es ist wahrscheinlich lange her, daß sie uns gern gehabt haben, aber seit wir diese Gerichte eingerichtet und damit begonnen haben, die Leute zu prügeln und sie ihres Besitzes zu berauben, hassen die Italiker uns. Das einzig Ermutigende ist im Moment, daß die Hüter des Staatsschatzes allmählich protestieren, weil die Strafgelder bei weitem nicht ausreichen, um die zehn kostspieligen senatorischen Richtergremien in die Provinz zu schicken. Gaius Marius und ich wollen gegen Ende des Jahres einen Antrag in den Senat einbringen, in dem wir vorschlagen, die zur Durchführung der lex Licinia Mucia *eingerichteten Gerichtshöfe aufzulösen, weil sie nichts bewirken und teuer sind.*

Ein neuer und junger Sproß des alten Geschlechts der Sulpicius, ein gewissser Publius Sulpicius Rufus, hatte doch tatsächlich die Frechheit, Gaius Norbanus in einem Hochverratsprozeß anzuklagen, weil dieser ungerechterweise den alten Quintus Servilius Caepio ins Exil geschickt habe, der durch das Gold von Tolosa und Arausio berühmt wurde. Sulpicius behauptete, die Klage hätte damals nicht vor der Versammlung der Plebs erhoben werden dürfen, sondern sei in den Zuständigkeitsbereich eines Gerichtshofs für Hochverratsprozesse gefallen. Er ist momentan ein ständiger Begleiter des jungen Caepio, was allein schon für seinen extrem schlechten Geschmack spricht. Wie dem auch sei, Antonius Orator übernahm die Verteidigung und hielt meiner Meinung nach die beste Rede seiner gesamten Laufbahn. Das Ergebnis war, daß die Geschworenen Norbanus einhellig freisprachen und dieser mit gerümpfter Nase an Sulpicius und

Caepio vorbeizog. Ich füge eine Abschrift der Rede des Antonius Orator zu Deiner Erbauung bei. Ich bin sicher, sie wird Dir gefallen.

Was den anderen Orator anbelangt, Lucius Licinius Crassus, so haben die Ehemänner seiner beiden Töchter sich als Familiengründer ganz unterschiedlich bewährt. Scipio Nasicas Sohn Scipio Nasica hat nun einen Sohn, der gleichfalls Scipio Nasica heißt. Seine Licinia bewährt sich hervorragend als Bruthenne, schließlich hat sie bereits einer Tochter das Leben geschenkt. Die Licinia freilich, die mit Metellus dem Ferkel verheiratet ist, hat bislang noch kein Glück gehabt. Sie ist immer noch nicht schwanger, und im Kinderzimmer von Ferkel hört man bislang nur den Widerhall der eigenen Stimme. Meine Nichte Livia Drusa hat Ende letzten Jahres eine Tochter zur Welt gebracht, eine Porcia natürlich, mit einem Rotschopf, der sechs Heuschober in Brand setzen könnte. Livia Drusa ist weiterhin absolut vernarrt in Cato Salonianus, der ein wirklich netter Kerl ist, wie ich finde. Und in Livia Drusa hat Rom auch eine wirklich prächtige Bruthenne.

Ich schweife ab, aber was macht das schon. Unsere Ädilen sind dieses Jahr in der Tat ein seltsames Gespann. Mein Neffe Marcus Livius ist einer der plebejischen Ädilen, und sein Kollege ist eine steinreiche Null namens Remmius, während sein Schwager Cato Salonianus einer der kurulischen Ädilen ist. Ich freue mich schon auf die von ihnen ausgerichteten Spiele.

Nun einige Familiennachrichten. Die arme Aurelia lebt immer noch allein in der Subura, aber wir hoffen, daß Gaius Julius nächstes oder spätestens übernächstes Jahr wieder zu Hause ist. Sein Bruder Sextus ist dieses Jahr Prätor, und schon bald wird Gaius Julius an der Reihe sein. Natürlich wird Gaius Marius sein Versprechen halten und, falls nötig, nach Kräften mit Schmiergeldern nachhelfen. Aurelia und Gaius Julius haben einen höchst bemerkenswerten Sohn. Der junge Caesar ist mittlerweile fünf und kann schon lesen und schreiben. Mehr noch, er liest aus dem Stand einfach alles! Drückt man ihm irgendeine flüchtig hingekritzelte Notiz in die Hand, rattert er einem das Geschriebene ohne mit der Wimper zu zucken herunter. Ich kenne nicht einmal einen Erwachsenen, der dazu in der Lage wäre, und da kommt dieser Dreikäsehoch mit seinen fünf Jahren daher und steckt uns alle in die Tasche. Übrigens ist er auch vom Äußeren her ein außergewöhnliches Kind. Aber keinesfalls verwöhnt. Ich finde sogar, daß Aurelia viel zu streng mit ihm ist.

So, jetzt fällt mir nichts mehr ein, Lucius Cornelius. Komm bald zurück. Ich spüre es in den Knochen, daß ein Prätorenstuhl auf dich wartet.

Lucius Cornelius Sulla kehrte wie erhofft schnell nach Rom zurück. Er war innerlich zerrissen. Zum einen war er voller Hoffnung, dann wieder war er überzeugt, daß zuletzt doch noch etwas dazwischenkommen und ihm den Sieg rauben würde. Obwohl er sich nichts sehnlicher wünschte, als seinen langjährigen Geliebten Metrobius wiederzusehen, tat er es nicht. Er ließ sich sogar verleugnen, als Metrobius, der Stern des tragischen Theaters, sich zu einem Klientenbesuch bei ihm einfand. Denn dies war sein Jahr. Wenn er dieses Jahr kein Glück hatte, dann hatte ihm die Göttin Fortuna endgültig den Rücken gekehrt, und deshalb wollte er nichts tun, sie zu verärgern. Sie mochte es gar nicht, wenn sich ihre Günstlinge in Liebesabenteuer stürzten, die sie zu sehr in Beschlag nahmen. Kein Metrobius also.

Hingegen stattete er Aurelia recht bald einen Besuch ab. Zuvor aber widmete er sich erst einmal seinen beiden Kindern, die in der Zwischenzeit so gewachsen waren, daß ihm die Tränen in die Augen stiegen. Vier Jahre ihres jungen Lebens waren ihm wegen eines dummen Mädchens entgangen, dem er immer noch nachtrauerte. Cornelia Sulla war jetzt dreizehn und hatte schon so viel von der fragilen Schönheit ihrer Mutter und dem vollen rotgoldenen Haar ihres Vaters, daß sie Männern den Kopf verdrehen konnte. Aelia berichtete ihm, daß sie bereits regelmäßig menstruierte, und die knospenden Brüste unter ihrem schlichten Gewand sagten ihm, daß sie recht hatte. Beim Anblick seiner Tochter fühlte Sulla sich alt, ein ihm völlig neues und höchst unangenehmes Gefühl. Aber dann lächelte sie ihn mit dem bezaubernden Lächeln ihrer Mutter an und rannte ihm entgegen. Sie war fast gleich groß wie er und bedeckte sein Gesicht mit Küssen. Sein Sohn war zwölf, und sah in fast allem aus wie ein Caesar – rotgoldene Haare und blaue Augen, langes Gesicht und eine lange Höckernase, groß und schlank, aber dennoch muskulös.

Und in ihm fand Sulla endlich den langersehnten Freund. Es war eine so vollkommene, reine, unschuldige, von Herzen kommende Freundschaft, daß Sulla an nichts anderes mehr denken konnte, obwohl er sich jetzt eigentlich darauf konzentrieren mußte, die Wähler zu umwerben. Der junge Sulla trug noch die purpurgesäumte Toga des Knaben und einen magischen Talisman, die *bulla*, um den Hals, der ihn vor dem bösen Blick bewahren sollte. Er begleitete seinen

Vater überallhin, blieb ernst neben ihm stehen und lauschte aufmerksam den Gesprächen, die sein Vater führte. Abends unterhielten sie sich dann in Sullas Arbeitszimmer über die Ereignisse des Tages, die Menschen und die Stimmung auf dem Forum.

Nur in die Subura nahm Sulla seinen Sohn nicht mit. Dorthin ging er allein, und er war überrascht, als ihn unterwegs ab und zu jemand aus der Menge grüßte oder ihm auf die Schulter klopfte. Er wurde also allmählich bekannt und nahm dies als gutes Omen. Zuversichtlicher als noch beim Verlassen seines Hauses auf dem Palatin klopfte er an Aurelias Tür. Und wirklich ließ ihn der Verwalter Eutychus auch sofort ein. Da Sulla keinerlei Schamgefühl hatte, war er nicht verlegen, als er im Empfangsraum auf die Hausherrin wartete. Als sie dann aus ihrem Arbeitszimmer trat, streckte er einfach die Hand aus und lächelte. Sie erwiderte sein Lächeln.

Wie wenig sie sich verändert hatte, und gleichzeitig wieviel. Wie alt war sie inzwischen? Neunundzwanzig? Dreißig? Helena von Troja, gib deinen Lorbeerkranz ab, dachte er. Hier ist die Schönheit in Person. Die purpurfarbenen Augen waren noch größer, die schwarzen Wimpern so dicht und die Haut so gesund und rosig wie immer, und Aurelia strahlte mehr denn je eine undefinierbare Würde und Gefaßtheit aus.

»Verzeihst du mir?« Er nahm ihre Hand und drückte sie.

»Natürlich, Lucius Cornelius! Wie könnte ich dich weiterhin einer Schwäche beschuldigen, die in mir selbst ihre Ursache hatte?«

»Soll ich es nochmal versuchen?« fragte der robuste Mann.

»Nein, danke.« Sie setzte sich. »Wein?«

»Ja, gern.« Er sah sich um. »Bist du immer noch allein, Aurelia?«

»Ja, aber völlig zufrieden, kann ich dir versichern.«

»Du bist wirklich der selbstgenügsamste Mensch, dem ich je begegnet bin. Gäbe es da nicht diese eine Geschichte, müßte ich wirklich glauben, du seist ein Unmensch – oder ein Übermensch. Deshalb bin ich froh über das, was zwischen uns passiert ist. Man kann doch nicht mit einer Göttin befreundet sein, oder?«

»Oder mit einem Dämon, Lucius Cornelius«, entgegnete sie.

Er lachte. »Also gut, ich gebe auf.«

Der Wein wurde hereingebracht und eingeschenkt. Sulla nippte an seinem Becher und sah Aurelia über den Rand hinweg an, hinter einem Schleier kleiner violetter Blasen, die aus dem leicht moussierenden Wein aufstiegen. Vielleicht waren es sein innerer Friede und die Freude über die Freundschaft mit seinem Sohn, die seinen Augen neue Sehkraft verliehen. Sein Blick drang in ihre Gedanken ein und in die dahinterliegenden Tiefen, wo er auf komplexe Zusammenhänge, Eventualitäten und Rätsel stieß, die nach logischen Gesichtspunkten in verschiedene Kategorien geordnet waren.

Er blinzelte mit den Augen. »Bei dir gibt es keine falsche Fassade. Du bist genau das, was du scheinst.«

»Das will ich doch hoffen«, sagte sie lächelnd.

»Die meisten von uns können das nicht von sich behaupten, Aurelia.«

»Du sicher nicht.«

»Und was verbirgt sich hinter meiner Fassade?«

Sie schüttelte energisch den Kopf. »Das behalte ich lieber für mich, Lucius Cornelius. Etwas in mir sagt mir, daß das sicherer ist.«

»Sicherer?«

Sie zuckte die Schultern. »Warum ich dieses Wort benutze, willst du wissen? Ich weiß es auch nicht. Eine Vorahnung? Oder wahrscheinlich etwas weit Zurückliegendes. Für Vorahnungen bin ich nicht spontan genug.«

»Wie geht es deinen Kindern?« Sulla lenkte das Gespräch nun seinerseits auf ein sichereres Thema.

»Willst du sie sehen?«

»Warum nicht? Meine eigenen haben mich sehr überrascht, das kann ich dir sagen. Es wird mir schwerfallen, zu Marcus Aemilius Scaurus höflich zu sein. Vier Jahre, Aurelia! Sie sind fast schon erwachsen, und ich habe es nicht mitbekommen.«

»Das geht den meisten römischen Männern unserer Klasse so, Lucius Cornelius«, sagte Aurelia beschwichtigend. »Wahrscheinlich wärst du auch nicht hiergewesen, wenn die Geschichte mit Delmatica nicht passiert wäre. Freue dich deiner Kinder, solange du kannst, und ärgere dich nicht über Dinge, die du nicht ändern kannst.«

Er zog seine feinen, hellen Augenbrauen, die er künstlich nachdunkelte, nach oben. »Es gäbe vieles, das ich in meinem Leben ändern würde. Das ist das Problem, Aurelia. Ich bedaure so viel.«

»Dann bedaure es eben, wenn du nicht anders kannst, aber laß dir das Heute und Morgen dadurch nicht vermiesen«, sagte sie praktisch. »Denn sonst, Lucius Cornelius, läßt dich die Vergangenheit nie los. Und du hast noch einen weiten Weg vor dir, das habe ich dir ja schon öfter gesagt. Das Rennen hat noch kaum begonnen.«

»Fühlst du das?«

»Ganz intensiv.«

Und dann marschierten ihre drei Kinder herein, die alle nach dem Vater geraten waren. Julia Major, genannt Lia, war zehn, Julia Minor, genannt Ju-Ju, fast acht. Beide Mädchen waren groß, schlank und anmutig. Sie glichen Sullas verstorbener Frau Julilla, nur hatten sie blaue Augen. Der junge Caesar war sechs. Wie er es schaffte, noch hübscher zu erscheinen als seine Schwestern, wußte Sulla nicht zu sagen. Er spürte es nur. Natürlich war es eine durch und durch römische Schönheit. Alle Caesars waren Römer vom Scheitel bis zur Sohle. Das also war der Junge, von dem Publius Rutilius Rufus berichtet hatte, er könne alles vom Blatt lesen. Das deutete auf eine außerordentliche Intelligenz hin. Freilich konnte noch viel passieren, das den Verstand des jungen Caesar trüben würde.

»Kinder, das ist Lucius Cornelius Sulla«, stellte Aurelia ihn vor.

Die Mädchen murmelten scheu eine Begrüßung, wohingegen der junge Caesar ihn mit einem Lächeln bedachte, daß ihm der Atem stockte. Sulla war auf eine Art und Weise berührt, wie es ihm seit seiner ersten Begegnung mit Metrobius nicht mehr passiert war. Die Augen des jungen Caesar glichen den seinen. Sie waren blaßblau mit einem dunkleren Ring und sprühten vor Intelligenz. Ich hätte dieses Kind sein können, dachte Sulla, wenn ich eine so wunderbare Mutter wie Aurelia und nicht einen Trunkenbold zum Vater gehabt hätte. Ein Gesicht, das Athen in Flammen setzt, und dazu Verstand.

»Es heißt, mein Junge, du seist sehr gescheit.«

Das Lächeln machte einem Lachen Platz. »Dann hast du bestimmt nicht mit Marcus Antonius Gnipho gesprochen«, sagte der junge Caesar.

»Wer ist das?«

»Mein Lehrer, Lucius Cornelius.«

»Kann deine Mutter dich nicht noch zwei oder drei Jahre selbst unterrichten?«

»Ich glaube, ich habe sie mit meinen vielen Fragen schon als kleiner Junge verrückt gemacht. Deshalb hat sie sich nach einem Lehrer für mich umgesehen.«

»Was heißt ›als kleiner Junge‹? Bist du denn keiner mehr?«

»Dann eben als ganz kleiner Junge«, sagte er schlagfertig.

»Du bist altklug.«

»Nein, nicht dieses Wort!« sagte der junge Caesar beleidigt. »So werden immer hochmütige kleine Mädchen genannt, die wie ihre Großmütter klingen.«

»Aha!« meinte Sulla interessiert. »Das hast du nicht aus Büchern.

Du weißt also deine Augen zu gebrauchen und kannst selbständig denken.«

»Natürlich«, sagte der junge Caesar überrascht.

»Genug jetzt. Marsch in eure Zimmer, alle miteinander!« sagte Aurelia.

Die Kinder zogen ab, der junge Caesar lächelte Sulla über die Schulter zu, bis er dem Blick seiner Mutter begegnete.

»Wenn er nicht vorher verglüht, wird er entweder eine Zierde seiner Klasse oder ein Dorn in ihrem Fuß«, meinte Sulla.

»Hoffentlich eine Zierde«, sagte Aurelia.

»Wir werden sehen.« Sulla lächelte.

Aurelia wechselte das Thema, denn sie war überzeugt, daß Sulla jetzt genug von Kindern gehabt hatte. »Du bewirbst dich um das Amt des Prätors.«

»Ja.«

»Onkel Publius meint, du schaffst es.«

»Hoffentlich erweist er sich als Tiresias und nicht als Kassandra!«

Sullas Wunsch sollte sich bewahrheiten. Die Auszählung der Stimmen ergab, daß er von allen Kandidaten die meisten Stimmen auf sich hatte vereinigen können. Damit war er nicht nur zum Prätor, sondern zum Stadtprätor gewählt. Der *praetor urbanus* war unter normalen Umständen fast ausschließlich für das Gerichtswesen und die Prozesse zuständig, er konnte bei Abwesenheit beider Konsuln oder sonstiger Regierungsunfähigkeit jedoch auch *in loco consularis,* als Vertreter der Konsuln fungieren. In dieser Funktion konnte er die Verteidigung der Stadt leiten, römische Armeen gegen einen Angreifer anführen, Gesetze veröffentlichen und den Staatsschatz verwalten.

Die Tatsache, daß er zum Stadtprätor gewählt worden war, paßte Sulla gar nicht. Der auf diesen Posten Gewählte durfte Rom nie länger als zehn Tage verlassen, und damit war Sulla Rom und den Verlockungen seines früheren Lebens schutzlos ausgesetzt, und das im selben Haus mit einer Frau, die er haßte. Aber er hatte ja inzwischen in der Person seines Sohnes eine Stütze gefunden, von der er zuvor nicht einmal geträumt hatte. Der junge Sulla würde sein Freund sein und ihn aufs Forum begleiten. Er würde abends zu Hause auf ihn warten, mit ihm sprechen und lachen. Der junge Sulla glich seinem Vetter, dem jungen Caesar sehr. Zumindest äußerlich. Und auch sein Sohn war gescheit, wenn auch nicht so gescheit wie Caesar. Sulla hatte das bestimmte Gefühl, daß er seinen Sohn nicht annähernd so gern haben könnte, wenn er so intelligent wie der junge Caesar gewesen wäre.

Die Wahlen brachten noch eine weit größere Überraschung als die Wahl Sullas zum Stadtprätor, eine Überraschung, die viele schockierte, für all jene, die nicht direkt betroffen waren, aber auch eine amüsante Seite hatte. Lucius Marcius Philippus hatte in der Überzeugung, ein Juwel unter ansonsten recht farblosen Kandidaten zu sein, seine Kandidatur zum Konsulat angemeldet. Aber der erste Platz ging an den jüngeren Bruder des Zensors Lucius Valerius Flaccus, einen gewissen Gaius Valerius Flaccus. Das war soweit in Ordnung, denn ein Valerius Flaccus war zumindet ein Patrizier, und seine Familie war einflußreich. Aber der zweite Konsul war kein anderer als jener schreckliche *homo novus* Marcus Herennius. Philippus war außer sich vor Wut, man konnte seine Flüche bis Carseoli hören, wie zumindest die regelmäßigen Forumsbesucher kichernd jedem versicherten, der es hören wollte. Alle wußten, was an seinem Scheitern schuld war, auch Philippus selbst: die Bemerkungen Publius Rutilius Rufus' in seiner Rede, in der er sich für eine gemäßigte Auslegung der *lex Licinia Mucia* ausgesprochen hatte. Damals hatte bereits alle Welt vergessen, wie Gaius Marius sich Philippus nach dessen Wahl zum Volkstribunen gekauft hatte. Aber seit der Rede und Philippus' Kandidatur zum Konsulat war nicht genug Zeit vergangen, daß die Leute es zum zweitenmal hätten vergessen können.

»Das wird Rutilius Rufus mir büßen«, schwor Philippus seinem Freund Caepio.

»Wir werden ihn uns beide schnappen«, sagte Caepio, der Rutilius Rufus auch nicht wohlgesonnen war.

*

Wenige Tage vor Jahresende brachte Livia Drusa einen Sohn zur Welt, der wie sein Vater Marcus Porcius Cato Salonianus hieß. Es war ein mageres, schreiendes Baby mit den roten Haaren Catos, einem langen Hals und einer Nase, die völlig unpassend und wie ein riesiger gebogener Schnabel aus seinem kleinen Gesicht herausragte. Das Kind kam in Steißlage zur Welt und arbeitete bei der Geburt kein bißchen mit, so daß diese sich lange hinzog und sehr anstrengend war. Die Mutter war erschöpft und blutete, als die Hebammen und Ärzte das Kind schließlich herausgeholt hatten.

»*Domina*«, rief Apollodorus Siculus frohlockend, »der Junge hat die Geburt völlig unbeschadet überstanden – keine Schürfwunden, keine geschwollenen oder blauen Stellen.« Ein leichtes Lächeln huschte über das Gesicht des kleinen griechischen Arztes. »Ich warne dich! Seinem Verhalten bei der Geburt nach zu urteilen, wird er einmal ein schwieriger Mensch.«

Livia Drusa brachte lediglich ein müdes Lächeln zustande. Sie wünschte sich, dieses möge ihr letztes Kind sein, das sie zur Welt bringen mußte. Zum ersten Mal hatte sie bei der Geburt so gelitten, daß sie mit Schrecken an die zurückliegenden Stunden dachte.

Erst ein paar Tage später durften ihre anderen Kinder sie besuchen. Cratippus mußte den Haushalt, dem Livia Drusa inzwischen als Hausherrin vorstand, derweil allein organisieren.

Wie nicht anders zu erwarten, blieb Servilia in der Tür stehen und weigerte sich, die Existenz ihres Halbbruders anzuerkennen. Lilla, die immer stärker von ihrer älteren Schwester beeinflußt wurde, blieb anfangs ebenfalls abseits stehen, ließ sich aber durch das Drängen ihrer Mutter dazu bewegen, das dürre, sich windende Würmchen in Livia Drusas Armen zu küssen. Porcia, Porcella genannt, war mit ihren vierzehn Monaten zu klein, um ihre Mutter am Wochenbett zu besuchen. Nicht so der junge Caepio, der soeben drei geworden war. Er war begeistert von seinem kleinen Bruder und konnte nicht genug von ihm bekommen. Er wollte ihn halten, liebkosen und küssen.

»Er gehört mir!« erklärte er und wehrte sich mit Händen und Füßen, als ihn das Kindermädchen schließlich aus dem Zimmer der Wöchnerin zerrte.

»Ich werde ihn deiner Obhut anvertrauen, mein kleiner Quintus«, sagte Livia Drusa. Sie war außerordentlich dankbar, daß zumindest eines der Geschwister den jungen Cato uneingeschränkt angenommen hatte. »Du wirst die Verantwortung für ihn übernehmen.«

Servilia war nicht hereingekommen, blieb aber im Türrahmen stehen, bis Lilla und der junge Caepio fort waren. Dann ging sie ein Stück auf das Bett ihrer Mutter zu. Sie musterte ihre Mutter spöttisch und stellte mit Befriedigung fest, daß Livia Drusa abgespannt und müde aussah.

»Du stirbst«, sagte Servilia gehässig.

Livia Drusa stockte der Atem. »Unsinn!« sagte sie scharf.

»Doch, du stirbst«, beharrte die Zehnjährige. »Ich habe mir gewünscht, daß das geschieht, und deshalb geschieht es auch. Bei Tante

Servilia Caepionis habe ich es mir auch gewünscht, und sie ist gestorben.«

»Du redest dummes und böses Zeug daher«, sagte Livia Drusa mit stark klopfendem Herzen. »Unsere Wünsche allein lassen die Dinge nicht geschehen. Und wenn doch, handelt es sich um einen puren Zufall. Schicksal und Glück haben zusammengewirkt, nicht du! Du bist nicht wichtig genug, als daß das Schicksal und das Glück auf dich Rücksicht nehmen würden.«

»Gib dir keine Mühe, mich überzeugst du nicht. Ich habe den bösen Blick! Wenn ich Leute verwünsche, dann sterben sie«, sagte das Kind haßerfüllt und verschwand.

Livia Drusa lag bewegungslos und mit geschlossenen Augen im Bett. Es ging ihr nicht gut. Seit der Geburt des jungen Cato hatte sie sich nicht mehr richtig gesund gefühlt. Dennoch mochte sie nicht glauben, daß Servilia daran schuld war. Zumindest wollte sie sich das nicht eingestehen.

Während der nächsten Tage verschlechterte sich Livia Drusas Gesundheitszustand alarmierend. Man stellte eine Hebamme für den kleinen Cato ein, und er wurde aus dem Zimmer seiner Mutter geholt. Der kleine Caepio stürzte sich gleich auf ihn und kümmerte sich um ihn.

Apollodorus Siculus sagte besorgt zu Marcus Livius: »Ich fürchte um ihr Leben, Marcus Livius. Sie hat zwar keine starke, aber doch eine beständige Blutung, die sich offensichtlich durch nichts stillen läßt. Sie hat Fieber, und das Blut ist mit übelriechenden Absonderungen vermischt.«

»Was ist bloß an mir?« rief Drusus und wischte sich die Tränen aus den Augen. »Warum sterben um mich herum alle?«

Diese Frage konnte ihm natürlich keiner beantworten. Drusus wollte auch nicht an den bösen Blick seiner Nichte Servilia glauben, von dem ihm Cratippus berichtete, der das Mädchen haßte. Dennoch verschlechterte sich Livia Drusas Gesundheitszustand weiterhin.

Das schlimmste, dachte Drusus, war, daß es in seinem Haus außer seiner Schwester keine andere Frau mehr gab, von den Sklavinnen abgesehen. Cato Salonianus war sooft wie möglich bei seiner Frau, aber Servilia mußte von ihr ferngehalten werden, und sowohl Drusus als auch Cato hatten den Eindruck, daß Livia Drusa sich nach einer anderen Frau sehnte. Wahrscheinlich nach Servilia Caepionis. Drusus weinte. Dann beschloß er, etwas zu unternehmen.

Tags darauf betrat er ein Haus, das er noch nie in seinem Leben betreten hatte: das Haus seines Bruders Mamercus Aemilius Lepidus Livianus. Sein Vater hatte allerdings gesagt, daß Mamercus nicht sein richtiger Bruder sei. Aber das war lange her. Würde man ihn überhaupt empfangen?

»Ich möchte Cornelia Scipionis sprechen«, sagte er.

Der Türsteher, der schon dazu angesetzt hatte zu erklären, der Hausherr sei nicht zu Hause, nickte. Drusus wurde ins Atrium geführt und mußte dort einen Augenblick warten.

Er erkannte die eintretende ältere Frau zunächst nicht wieder. Ihr graues Haar war zu einem wenig schmeichelhaften Knoten zusammengebunden, ihre Kleider sahen schäbig aus und waren mit wenig Bedacht auf Farbzusammenstellungen ausgewählt, und sie hatte eine untersetzte Gestalt und ein ziemlich häßliches und zerfurchtes Gesicht. Sie sah aus wie eine der vielen Büsten des Scipio Africanus, die das Forum zierten. Und das war auch kein Wunder, schließlich waren die beiden eng miteinander verwandt.

»Marcus Livius?« fragte sie mit einer wunderbar weichen, tiefen Stimme.

»Ja.« Er wußte nicht, was er als nächstes sagen sollte.

»Wie sehr du doch deinem Vater gleichst!« rief sie, offenbar ohne daß ihr dies mißfiel.

Sie setzte sich auf den Rand einer Liege und zeigte auf einen gegenüberstehenden Stuhl. »Setz dich, mein Sohn!«

»Du fragst dich sicher, was mich hierher führt«, sagte er und spürte, wie sich in seinem Hals ein riesiger Knoten bildete. Seine Gesichtsmuskeln waren angespannt, und er bemühte sich verzweifelt, Haltung zu bewahren.

»Etwas sehr Ernstes«, erwiderte sie, »soviel ist sicher.«

»Es geht um meine Schwester. Sie liegt im Sterben.«

Eine Veränderung vollzog sich in ihr, sie erhob sich augenblicklich. »Dann dürfen wir keine Zeit verlieren, Marcus Livius. Ich sage nur meiner Schwiegertochter Bescheid, dann machen wir uns auf den Weg.«

Er wußte nicht einmal, daß sie eine Schwiegertochter hatte. Vielleicht wußte sie auch nicht, daß seine Frau tot war. Seinen Bruder kannte er vom Sehen, er war ihm des öfteren auf dem Forum begegnet, hatte jedoch noch nie mit ihm gesprochen. Mamercus war zehn Jahre jünger als er und hatte damit noch nicht das zum Eintritt in den Senat vorgeschriebene Alter. Aber offensichtlich war er verheiratet.

»Du hast eine Schwiegertochter«, sagte er, als sie das Haus verließen.

»Ja, seit kurzem.« Cornelia Scipionis wunderbare Stimme war plötzlich tonlos. »Mamercus hat letztes Jahr eine Schwester von Appius Claudius Pulcher geheiratet.«

»Meine Frau ist gestorben«, sagte Drusus abrupt.

»Das habe ich gehört. Jetzt tut es mir leid, daß ich dich damals nicht besucht habe. Aber ich glaubte nicht, daß du dich in Zeiten der Trauer über meinen Besuch freuen würdest, und ich bin sehr stolz. Zu stolz, ich weiß.«

»Ich hätte zu dir kommen sollen, oder?«

»Wahrscheinlich.«

»Daran habe ich nicht gedacht.«

Sie verzog das Gesicht. »Das kann ich verstehen. Es ist interessant, daß du wegen deiner Schwester zu mir kommst, aber nicht wegen dir selbst.«

»So ist das eben. Oder zumindest in unserer Welt.«

»Wie lange hat meine Tochter noch zu leben?«

»Das wissen wir nicht. Die Ärzte meinen, es kann nicht mehr lange gehen, aber sie ist eine Kämpfernatur. Auf der anderen Seite fürchtet sie sich vor etwas. Ich weiß nicht, vor was oder wem. Römer haben keine Angst vor dem Sterben.«

»Zumindest reden wir uns das ein, Marcus Livius. Aber hinter der Fassade der Furchtlosigkeit lauert immer die Angst vor dem Unbekannten.«

»Der Tod ist doch kein Unbekannter.«

»Glaubst du? Vielleicht ist das Leben einfach zu schön.«

»Manchmal.«

Sie räusperte sich. »Warum nennst du mich nicht Mutter?«

»Warum sollte ich? Du bist von zu Hause weggegangen, als ich zehn und meine Schwester fünf war.«

»Ich konnte es keine Sekunde länger mit diesem Mann aushalten.«

»Das überrascht mich nicht«, sagte er trocken. »Er war kein Mann, der sich einen Kuckuck ins Nest setzen läßt.«

»Ist das eine Anspielung auf deinen Bruder Mamercus?«

»Auf wen sonst?«

»Er ist dein richtiger Bruder, Marcus Livius.«

»Das sagt meine Schwester auch immer über ihren Sohn. Aber man braucht den jungen Caepio nur anzusehen, und selbst der größte Trottel erkennt, wessen Sohn er ist.«

»Dann mußt du dir Mamercus einmal etwas genauer ansehen. Er ist ein echter Livius Drusus, kein Cornelius Scipio.« Sie hielt kurz inne, dann fügte sie hinzu: »Und auch kein Aemilius Lepidus.«

Sie waren vor dem Haus des Drusus angelangt. Der Türsteher öffnete die Tür, und Cornelia Scipionis sah sich ehrfürchtig um.

»Ich war noch nie hier«, sagte sie. »Dein Vater hatte wirklich einen guten Geschmack.«

»Schade, daß er nicht auch ein gutes Herz hatte.« Drusus klang bitter.

Die Mutter sah ihn von der Seite an, sagte aber nichts.

Ob Servilia mit ihren Verwünschungen das Schicksal nun wirklich beeinflussen konnte oder nicht, Livia Drusa glaubte es mit der Zeit. Auch ihr war mittlerweile klar, daß sie sterben würde, und sie fand keine andere Erklärung dafür. Sie hatte ohne größere Probleme vier Kinder zur Welt gebracht. Warum sollte es beim fünften plötzlich anders sein? Normalerweise wurde die Geburt mit jedem weiteren Kind leichter.

Livia Drusa starrte die untersetzte ältere Frau, die im Türrahmen ihres Schlafzimmers stand, an und überlegte bitter, wem sie es zu verdanken hatte, daß sie ihre versiegende Energie jetzt auch noch an eine Fremde vergeuden mußte. Die Fremde kam auf sie zu und hielt ihr die Hand zum Gruß hin.

»Ich bin deine Mutter, Livia Drusa«, sagte sie, setzte sich auf die Bettkante und nahm ihre Tochter in den Arm.

Sie weinten beide, sowohl über die unerwartete Wiedervereinigung als auch über all die verlorenen Jahre. Dann machte Cornelia Scipionis es ihrer Tochter gemütlich und setzte sich selbst auf einen Stuhl neben das Bett.

Livia Drusas bereits trübe Augen musterten verwundert das einfache Gesicht der Mutter, ihre matronenhafte Erscheinung und die bescheidene Frisur.

»Ich hatte mir dich immer sehr elegant vorgestellt, Mama«, sagte sie.

»Eine typische Männerfresserin?«

»Vater – und sogar mein Bruder ...«

»Ich weiß, es sind eben typische Männer der Familie Livius Drusus. Mehr gibt es dazu nicht zu sagen. Ich liebe das Leben, mein Kind. Das habe ich immer getan. Ich lache gern und nehme die Welt nicht ernst genug. Zu meinen Freunden gehörten ebenso viele Männer wie Frauen. Es waren nur Freundschaften! Aber eine römische Frau kann keine männlichen Freunde haben, ohne daß die halbe Stadt zumindest annimmt, daß es ihr um mehr als nur um geistreiche Gespräche geht. Dazu gehörte auch dein Vater, mein Mann. Und dennoch meinte ich ein Recht darauf zu haben, mich mit meinen Freunden – den männlichen wie den weiblichen wohlgemerkt – zu treffen, wann immer ich wollte. Aber das Gerede der Leute und die Art, wie dein Vater diesem Gerede über seine Frau Glauben schenkte, war für mich abstoßend. Dein Vater hat nie meine Partei ergriffen.«

»Dann hattest du keine Liebhaber?« fragte Livia Drusa.

»Nicht, als ich noch mit deinem Vater zusammenlebte. Ich wurde verleumdet. Trotzdem erkannte ich schnell, daß es mein Tod sein würde, wenn ich bei deinem Vater bliebe. Nach der Geburt von Mamercus ließ ich deinen Vater daher im Glauben, er sei der Sohn des alten Mamercus Aemilius Lepidus, einem meiner engsten Freunde. In Wirklichkeit war er genausowenig mein Liebhaber wie einer meiner anderen männlichen Freunde. Als der alte Mamercus sich erbot, meinen Sohn zu adoptieren, stimmte dein Vater sofort zu – vorausgesetzt, ich verließe sein Haus. Aber er hat sich nie von mir scheiden lassen. Ist das nicht komisch? Der alte Mamercus war Witwer und nur zu froh, die Mutter seines neu adoptierten Sohnes bei sich aufzunehmen. Ich war dort sehr glücklich, Livia Drusa, und lebte mit Mamercus bis zu seinem Tode als seine Frau zusammen.«

Livia Drusa richtete sich mühsam im Bett auf. »Aber es hieß immer, du hättest ständig neue Liebesabenteuer.«

»Das stimmt auch, mein Kind. Aber erst nach Mamercus' Tod. Eine Zeitlang hatte ich wirklich Dutzende von Affären. Aber Liebesaffären langweilen mit der Zeit. Sie sind nur ein Weg der Selbstfindung, wenn eine engere Bindung fehlt. Man sucht etwas und hofft es zu finden. Aber eines Tages erkennt man plötzlich, daß man sich mit Liebesabenteuern mehr Probleme schafft als sonst etwas, daß man das, was man sucht, auf diese Art und Weise nicht bekommt. Ich habe jetzt schon seit mehreren Jahren keinen Liebhaber mehr gehabt. Die Gesellschaft meines Sohnes Mamercus und meiner Freunde genügt mir. Zumindest war das so bis zur Heirat von Mamercus.« Sie verzog das Gesicht. »Ich mag meine Schwiegertochter nicht.«

»Mama, ich sterbe. Ich werde dich nie mehr richtig kennenlernen.«

»Besser ein bißchen als gar nicht, Livia Drusa. Es ist nicht nur die Schuld deines Bruders.« Cornelia Scipionis war entschlossen, ihrer Tochter die ganze Wahrheit zu sagen. »Nachdem ich deinen Vater verlassen hatte, machte ich keinen Versuch mehr, dich oder deinen Bruder Marcus wiederzusehen. Obwohl es möglich gewesen wäre, tat ich es nicht.« Sie richtete sich auf und lächelte. »Aber wer sagt überhaupt, daß du sterben mußt? Dein Kind ist jetzt zwei Monate alt, das kann dich nicht mehr umbringen.«

»Nein, es ist nicht seine Schuld, wenn ich sterbe«, meinte Livia Drusa. »Auf mir lastet ein Fluch. Der böse Blick hat mich getroffen.«

Cornelia Scipionis starrte sie entgeistert an. »Der böse Blick? Livia Drusa, so ein Unsinn! So etwas gibt es nicht.«

»Doch, das gibt es sehr wohl.«

»Nein, mein Kind. Und wer sollte dich so sehr hassen, daß er dir das antun könnte? Dein früherer Mann?«

»Nein, der hat mich längst vergessen.«

»Wer dann?«

Aber Livia Drusa zitterte nur und sagte nichts

»Sag es mir«, befahl ihre Mutter, und man merkte, daß sie aus einer Familie kam, die das Befehlen gewohnt war.

»Servilia«, flüsterte Livia Drusa.

»Servilia?« Cornelia Scipionis zog die Augenbrauen hoch. »Eine deiner Töchter aus erster Ehe?«

»Ja.«

»Ich verstehe.« Sie tätschelte Livia Drusas Hand. »Ich will dich nicht kränken und behaupten, daß du dir das alles nur einbildest, meine Liebe, aber du mußt gegen dieses Gefühl ankämpfen. Du darfst dem Mädchen nicht diese Genugtuung verschaffen.«

Ein Schatten fiel über sie, und sie drehte sich um. Sie sah einen großen, rothaarigen Mann im Türrahmen stehen. »Du mußt Marcus Porcius sein«, sagte sie lächelnd und stand auf. »Ich bin deine Schwiegermutter, und ich freue mich über das Wiedersehen mit meiner Tochter. Bitte kümmere dich um sie. Ich muß nach ihrem Bruder sehen.«

Sie ging in den Säulengang hinaus und sah sich mit funkelnden Augen um. Dann sah sie ihren älteren Sohn am Brunnen sitzen.

»Marcus Livius!« sagte sie streng zu ihm, als sie bei ihm war. »Wußtest du, daß deine Schwester glaubt, ein Fluch laste auf ihr?«

Drusus sah sie entsetzt an. »Nein, das ist nicht wahr!«

»Oh, doch. Und zwar ein Fluch ihrer Tochter Servilia.«

Drusus' Lippen wurden ganz schmal. »Ich verstehe.«

»Es scheint dich nicht zu überraschen, mein Sohn.«

»Nein, gewiß nicht. Dieses Kind ist selbst ein Fluch. Wer sie im Haus hat, beherbergt eine Sphinx. Sie ist ein denkendes Ungeheuer.«

»Aber kann Livia Drusa sterben, weil sie sich für verflucht hält?«

Drusus schüttelte energisch den Kopf. »Mama«, sagte er – das Wort entschlüpfte ihm unbewußt –, »Livia Drusa stirbt an einer Wunde, die sie sich bei der Geburt ihres letzten Kindes zugezogen hat. Das sagen die Ärzte, und ich glaube ihnen. Die Wunde fault, anstatt zu heilen. Hast du nicht den Gestank in ihrem Zimmer bemerkt?«

»Schon. Aber ich glaube immer noch, daß sie sich für verhext hält.«

»Ich hole das Kind.« Drusus stand auf.

»Ich würde es wirklich gern sehen.« Cornelia Scipionis lehnte sich zurück und dachte voller Freude an das »Mama«, das ihrem Sohn entschlüpft war.

Das Mädchen war klein, sehr dunkel und von rätselhafter Schönheit, geheimnisvoll, und doch so voller Feuer und Kraft, daß sie ihre Großmutter an ein Haus erinnerte, das auf einem Vulkan erbaut war. Eines Tages würde der Vulkan ausbrechen, und alle Welt würde sehen, wer sie wirklich war. Eine brodelnde Masse giftiger Substanzen und heißer Winde würde sich entladen. Warum um alles in der Welt war sie so unglücklich?

»Servilia, das ist deine Großmutter Cornelia Scipionis«, sagte Drusus und hielt seine Nichte dabei an der Schulter fest.

Servilia zog die Nase hoch und sagte nichts.

»Ich war gerade bei deiner Mutter«, sagte Cornelia Scipionis sanft. »Weißt du, daß sie glaubt, du hättest sie verhext?«

»Tut sie das? Dann ist es ja gut. Es stimmt nämlich.«

»Ach so, ich verstehe«, sagte die Großmutter nüchtern und bedeutete dem Kind zu gehen. »Ab mit dir ins Kinderzimmer.«

Als Drusus zurückkam, grinste er breit. »Das war grandios«, sagte er und setzte sich. »Du hast sie fertiggemacht.«

»Das glaube ich nicht. Das wird niemandem gelingen.« Nachdenklich fügte Cornelia Scipionis hinzu: »Höchstens einem Mann.«

»Ihr Vater hat es bereits geschafft.«

»Ja? ... Soviel ich gehört habe, weigert er sich, seine Kinder anzuerkennen.«

»Das stimmt. Den anderen macht es nichts aus, sie sind noch zu jung. Aber Servilia geht es sehr zu Herzen, zumindest glaube ich das. Bei ihr weiß man nie, woran man ist, Mama. Sie ist verschlagen und gefährlich.«

»Armes kleines Ding.«

»Von wegen!«

Cratippus kam herein und führte Mamercus Aemilius Lepidus Livianus herein.

Mamercus war Drusus äußerlich sehr ähnlich, doch fehlte ihm die Kraft und Stärke, durch die Drusus jedermann sofort beeindruckte. Er war siebenundzwanzig und zehn Jahre jünger als Drusus, und bisher hatte er weder eine brillante Karriere als Anwalt gemacht, noch sagte man ihm eine Karriere als Politiker voraus, wie dies bei Drusus der Fall gewesen war. Dennoch besaß er eine gewisse phlegmatische Kraft, die seinem älteren Bruder abging, und die Dinge, die der arme Drusus ohne fremde Hilfe nach der Schlacht von Arausio hatte lernen müssen, waren ihm dank des Zusammenlebens mit seiner Mutter von Kindesbeinen an vertraut. Mamercus war ein echter Cornelier aus dem Familienzweig der Scipionen – aufgeschlossen, gebildet und wißbegierig.

Cornelia Scipionis machte neben sich für Mamercus Platz, der ein wenig scheu vor ihnen stehenblieb, als Drusus keine Anstalten machte, auf ihn zuzugehen und ihn zu begrüßen, sondern ihn nur prüfend anstarrte.

»Heiße ihn willkommen und sei freundlich zu ihm, Marcus Livius«, sagte Cornelia Scipionis. »Ihr seid richtige Brüder. Und ihr müßt gute Freunde werden.«

»Ich habe nie geglaubt, daß wir nur Halbbrüder sind«, sagte Mamercus.

»Ich schon«, brummte Drusus. »Sag die Wahrheit, Mama. Was stimmt denn nun? Das, was du heute gesagt hast, oder das, was du zu unserem Vater gesagt hast?«

»Das, was ich heute gesagt habe. Was ich eurem Vater gesagt habe, ermöglichte mir, von ihm zu fliehen. Ich entschuldige mein Verhalten nicht – ich war wahrscheinlich alles, was du über mich gedacht hast und noch mehr, Marcus Livius, wenn auch aus anderen Gründen.« Sie zuckte die Achseln. »Aber ich bin von Natur aus kein Mensch, der mit dem Schicksal hadert. Ich lebe in der Gegenwart und der Zukunft, nie in der Vergangenheit.«

Drusus streckte seinem Bruder die rechte Hand hin und lächelte. »Sei willkommen in meinem Haus, Mamercus Aemilius.«

Mamercus ergriff die ausgestreckte Hand, beugte sich vor und küßte seinen Bruder auf die Lippen. »Mamercus«, sagte er dann leise. »Sage nur Mamercus zu mir. Ich bin der einzige Römer mit diesem Namen.«

»Unsere Schwester liegt im Sterben.« Drusus setzte sich neben Mamercus, dessen Hand er noch immer hielt.

»Das tut mir leid. Das wußte ich nicht.«

»Hat Claudia es dir nicht gesagt?« fragte seine Mutter mißbilligend. »Ich habe ihr genau eingeschärft, was sie dir ausrichten sollte.«

»Nein, sie hat nur gesagt, du seist plötzlich mit Marcus Livius weggegangen.«

Cornelia Scipionis hatte einen Entschluß gefaßt. »Marcus Livius«, sagte sie und sah ihn mit Tränen in den Augen an. »Ich habe die letzten siebenundzwanzig Jahre ganz deinem Bruder gewidmet.« Sie wischte sich die Tränen ab. »Ich werde meine Tochter nie richtig kennenlernen. Aber du und Marcus Porcius, ihr werdet sechs Kinder zu versorgen haben ohne eine Frau im Haus – wenn du nicht vorhast, dich wieder zu verheiraten.«

Drusus schüttelte energisch den Kopf. »Nein, Mama, das kommt nicht in Frage.«

»Dann komme ich her und kümmere mich um die Kinder, wenn es dir recht ist.«

»Das ist mir sehr recht.« Lächelnd sah Drusus seinen Bruder an. »Es ist gut zu wissen, daß ich wieder eine Familie habe.«

Livia Drusa starb, als der junge Cato genau zwei Monate alt war. In gewisser Weise war es ein glücklicher Tod, denn sie wußte, wie es um sie stand, und hatte alles getan, um es denen, die sie zurückließ, einfacher zu machen. Die Gegenwart ihrer Mutter war ihr ein großer Trost, wußte sie doch ihre Kinder gut versorgt, gepflegt und umhegt. Die Anwesenheit ihrer Mutter gab ihr auch Kraft – Cornelia Scipionis sorgte dafür, daß Servilia ihre Mutter nicht mehr zu Gesicht bekam –, und so fügte sie sich in ihren bevorstehenden Tod und dachte nicht mehr an einen Fluch und den bösen Blick.

Sie sagte Cato Salonianus viele liebe Worte und Worte des Trostes, erteilte ihm Ratschläge und gab ihm Wünsche mit auf den Weg. Als das Ende nahte, sah sie ihm in die Augen, hielt seine Hand und spürte seine Wärme. Für ihren Bruder Drusus hatte sie ebenfalls viele Worte der Liebe und der Ermutigung und auch Worte des Trostes. Als einziges ihrer Kinder wollte sie noch einmal den jungen Caepio sehen.

»Kümmere dich um deinen kleinen Bruder Cato«, sagte sie leise und küßte ihn mit vom Fieber aufgesprungenen Lippen.

»Kümmere dich um meine Kinder«, sagte sie zu ihrer Mutter.

Und zu Cato Salonianus sagte sie: »Ich wußte gar nicht, daß Penelope vor Odysseus stirbt.« Das waren ihre letzten Worte.

III

Sulla genoß seine Rolle als *praetor urbanus,* obwohl er keine Erfahrung mit Gerichten hatte und nur über geringe Kenntnisse des römischen Rechts verfügte. Aber er besaß einen gesunden Menschenverstand, und er wählte fähige Mitarbeiter aus und war sich nicht zu gut, sie um Rat zu fragen, wann immer es ihm nötig erschien. Außerdem brachte er für diesen Beruf die richtige Einstellung mit. Am meisten genoß er seine Unabhängigkeit – endlich war er Gaius Marius los! Endlich konnte man ihn als eigenständige Person kennenlernen. Seine kleine Klientel begann allmählich zu wachsen. Besonderen Anklang fand, daß er es sich zur Gewohnheit machte, seinen Sohn überallhin mitzunehmen. Sulla schwor sich, daß sein Sohn jeden erdenklichen Vorteil haben sollte, einschließlich einer frühen Karriere in den Gerichten und der richtigen Posten im Heer.

Der Junge sah nicht nur wie ein Caesar aus, sondern hatte auch das gute Aussehen der Julier. Er fand leicht Freunde, und aufgrund seines sympathischen Charakters und seines Sinnes für Gerechtigkeit waren seine Freundschaften stabil. Sein bester Freund war fünf Monate älter, ein magerer Junge mit einem großen Schädel namens Marcus Tullius Cicero. Seltsamerweise stammte er wie Gaius Marius aus Arpinum. Sein Großvater war ein Schwager von Marcus, dem Bruder von Gaius Marius, gewesen – ihre Frauen waren die Schwestern Gratidia. All dies mußte Sulla nicht selbst herausfinden, denn als der junge Sulla Cicero seinem Vater vorstellte, fand sich dieser bald unter einem Schwall von Informationen begraben: Cicero war ein Redner.

Sulla mußte beispielsweise gar nicht erst fragen, was der Junge aus Arpinum in Rom erreichen wollte – das war das erste, was Cicero ihm erzählte.

»Mein Vater ist ein guter Freund von Marcus Aemilius Scaurus, dem Senatsvorsitzenden«, erklärte der junge Cicero wichtigtuerisch. »Außerdem ist er mit Quintus Mucius Scaevola, dem Auguren, befreundet. Und er ist ein Klient von Lucius Licinius Crassus Orator! Als mein Vater merkte, daß ich einfach zu begabt und intelligent war, um in Arpinum zu bleiben, zog er mit uns nach Rom um. Das war letztes Jahr. Wir bewohnen ein hübsches Haus auf den Carinae, direkt neben dem Tellus-Tempel. Publius Rutilius Rufus wohnt auf der anderen Seite des Tempels. Quintus Mucius Augur und Lucius Crassus Orator sind meine Lehrer, aber hauptsächlich doch Lucius Crassus Orator, weil Quintus Mucius Augur eigentlich schon zu alt ist. Natürlich reisen wir schon seit Jahren regelmäßig nach Rom – ich habe auf dem Forum zu lernen begonnen, als ich erst acht Jahre alt war. Wir sind keine Bauerntölpel, Lucius Cornelius! Wir sind aus einem viel besseren Hause als Gaius Marius!«

Sulla ließ den Redestrom des Dreizehnjährigen belustigt über sich ergehen. Insgeheim fragte er sich, wann sich das wohl Unvermeidliche ereignen würde: wann diese große Melone, die dem Jungen als Kopf diente, von ihrem allzu dünnen Stengel fallen und über den Boden davonkullern würde – ohne aufzuhören zu reden. Die Melone nickte andauernd und schwankte nach oben, unten und seitwärts. Sie war ganz offenbar eine unbequeme, ständig gefährdete Last für ihren Träger.

»Weißt du eigentlich«, fragte Cicero arglos, »daß schon Zuhörer kommen, wenn ich meine Redeübungen abhalte? Meine Lehrer können mir keinen Problemfall mehr nennen, den ich durch meine Argumentation nicht lösen könnte!«

»Ich nehme also an, daß du eine Karriere als Advokat anstrebst?« Sulla war es gelungen, ein paar Worte dazwischenzuschieben.

»Natürlich! Aber nicht wie der große Aculeo – meine Abstammung ist gut genug für ein Konsulat! Aber gut, zuerst muß ich natürlich in den Senat. Ich habe eine große öffentliche Karriere vor mir. Das sagen alle!« Ciceros Kopf rollte nach vorn. »Nach meiner Erfahrung, Lucius Cornelius, ist es viel wirksamer, wenn man sich der Wählerschaft als Mann aus dem Rechtswesen präsentiert, nicht als Mann aus diesem müden alten Haufen, der Armee!«

Sulla starrte Cicero fasziniert an. Dann sagte er freundlich: »Ich habe es dem müden alten Haufen zu verdanken, daß ich bin, was ich bin, Marcus Tullius. Ich hatte keine Laufbahn als Rechtsanwalt vorzuweisen, und doch bin ich Stadtprätor geworden.«

Cicero fegte den Einwand beiseite: »Richtig, aber du hattest ja nicht meine Vorteile, Lucius Cornelius. *Ich* werde mit vierzig Jahren Prätor sein, wie es sich gehört.«

Sulla gab auf. »Ich bin sicher, daß du das schaffst, Marcus Tullius.«

»Natürlich, *tata*«, sagte der junge Sulla später, als er mit seinem Vater allein war und ihn deshalb wieder mit dem kindlichen *tata* ansprechen konnte, »natürlich weiß ich, daß er ein furchtbarer Aufschneider ist, aber irgendwie mag ich ihn trotzdem. Du nicht?«

»Ich finde ihn fürchterlich, mein Sohn, aber ich gebe zu, daß er trotzdem ganz nett ist. Ist er wirklich so gut, wie die Leute behaupten?«

»Hör ihm einmal zu und urteile selbst, *tata*.«

Sulla schüttelte entschieden den Kopf. »Nein danke! Diese Genugtuung werde ich diesem aufschneiderischen Pilzkopf aus Arpinum nicht geben!«

»Der Senatsvorsitzende Scaurus ist von ihm wirklich stark beeindruckt«, sagte der junge Sulla und lehnte sich mit einer Selbstverständlichkeit an seinen Vater, die der arme junge Cicero nie kennen würde. Der junge Cicero fand ohnehin allmählich heraus, daß sein Vater viel zu sehr als Landedelmann galt, um den römischen Adel zu beeindrucken. Manchmal wurde er sogar als eine Art Verwandter von Gaius Marius geringgeschätzt. Grauenhaft! Infolgedessen zog sich der junge Cicero zunehmend von seinem Vater zurück. Er wußte genau, daß es für seine Karrierepläne nur nachteilig war, mit Gaius Marius in Verbindung gebracht zu werden.

»Scaurus hat im Augenblick zu viele andere Sorgen«, erklärte Sulla seinem Sohn mit einer gewissen Befriedigung, »als daß er sich auch noch um den jungen Marcus Tullius Cicero kümmern könnte.«

Das war keine Übertreibung. Als Senatsvorsitzender war Marcus Aemilius Scaurus normalerweise anwesend, wenn ausländische Botschafter vorstellig wurden, und er war auch für auswärtige Beziehungen zuständig, soweit sie nicht mit einem Krieg zu tun hatten. Die meisten Senatoren betrachteten andere Länder als römische Provinzen und hielten sie deshalb nicht für wichtig genug, ihre Zeit dafür zu opfern. Der Senatsvorsitzende fand es deshalb sehr schwierig, Mitglieder für Kommissionen zu finden, bei denen keine Auslandsreisen auf Staatskosten anfielen; nur wenige Senatoren waren bereit, sich dafür zur Verfügung zu stellen. So kam es, daß der Senat zehn Monate brauchte, um seine Antwort auf die Beschwerde des Sokrates zu formulieren. Sokrates war der jüngere Sohn des verstorbenen Königs von Bithynien. Die Antwort würde Sokrates wahrscheinlich nicht gefallen, da in ihr König Nikomedes III. bestätigt und Sokrates' Thronanspruch deutlich zurückgewiesen wurde.

Noch bevor diese Angelegenheit erledigt werden konnte, mußte sich Scaurus Princeps Senatus mit einem weiteren Streit über einen ausländischen Thron befassen. Königin Laodike und König Ariobarzanes von Kappadokien trafen in Rom ein. Sie waren vor König Tigranes von Armenien und dessen Schwiegervater König Mithridates von Pontos geflohen. Das Volk von Kappadokien wollte nicht mehr von einem Mann regiert werden, der ein Sohn des Mithridates und Enkel des Gordios war und der als Marionette des Mithridates von Pontos galt. Seit der Abreise Gaius Marius' aus Mazaca hatte das Volk deshalb nach einem echten kappadokischen König gesucht. Zunächst hatte man sich für einen Syrer entschieden, doch dieser war gestorben – einem Gerücht zufolge war er von Gordios vergiftet worden. Die Kappadokier gingen immer weiter in ihren Stammbäumen zurück und fanden schließlich einen kappadokischen Adligen, der unzweifelhaft königliches Blut in den Adern hatte, einen gewissen Ariobarzanes. Dessen Mutter – die natürlich Laodike hieß – war eine Base des Ariarathes, des letzten Königs, der noch wahrhaft kappadokischer Abstammung gewesen war. Der Kind-König Ariarathes Eusebes wurde abgesetzt und mußte mit seinem Großvater Gordios nach Pontos fliehen. Mithridates wußte, daß er dank Gaius Marius von Rom aufmerksam beobachtet wurde. Er griff deshalb nicht direkt in den Thronstreit ein, sondern ließ seine Interessen durch Tigranes von Armenien vertreten. Tigranes fiel in Kappadokien ein, und er wählte auch den neuen kappadokischen König aus. Allerdings wählte er diesmal keinen Sohn des Mithridates. Armenien und Pontos hatten sich darüber verständigt, daß sich ein Kind auf den kappadokischen Thron nicht würde halten können. Deshalb wurde Gordios selbst neuer König von Kappadokien.

Aber Laodike und Ariobarzanes konnten fliehen. Im Frühjahr des Jahres, in dem Sulla Stadtprätor war, trafen sie in Rom ein. Ihre Anwesenheit stellte Scaurus vor große Probleme, da er in Reden und Schriften oft genug gefordert hatte, daß es dem Volk von Kappadokien selbst überlassen bleiben müsse, sein Schicksal zu bestimmen. Seine Unterstützung für König Mithridates von Pontos war nun politisch peinlich geworden, auch wenn Laodike und Ariobarzanes nicht nachweisen konnten, daß Mithridates als treibende Kraft hinter der Invasion des Tigranes von Armenien gestanden hatte.

»Du wirst dich selbst vor Ort informieren müssen«, sagte Sulla zu Scaurus, als sie den Senat verließen. Nur wenige Senatoren hatten an der Sitzung über die kappadokische Angelegenheit teilgenommen.

»Verdammt ärgerliche Sache!« knurrte Scaurus. »Ich kann es mir im Moment nicht leisten, Rom zu verlassen.«

»Dann mußt du jemanden beauftragen«, sagte Sulla.

Aber Scaurus richtete seine magere Gestalt auf, schob das Kinn vor und stellte sich der Bürde seiner Pflichten. »Nein, Lucius Cornelius, ich werde selbst reisen.«

Und Marcus Aemilius Scaurus hielt Wort. Sein Blitzbesuch galt jedoch nicht Kappadokien, sondern er besuchte König Mithridates an dessen Hof in Amaseia. In Pontos verbrachte Scaurus eine wunderbare Zeit – er wurde mit Wein und Mahlzeiten, Beifall und Schmeicheleien verwöhnt. Als Gast des Königs ging er auf Löwen- und Bärenjagd, als Gast des Königs durfte er im Schwarzen Meer Thunfisch und Delphine fangen, als Gast des Königs besichtigte er einige berühmte Naturwunder – Wasserfälle, Schluchten, Felsnadeln –, und als Gast des Königs wurden ihm sogar Kirschen vorgesetzt, die köstlichste Frucht, die er jemals gegessen hatte.

Marcus Aemilius Scaurus ließ sich überzeugen, daß Pontos keine Ansprüche auf Kappadokien erhob. Das Verhalten des Tigranes wurde bedauert und verworfen. Scaurus entdeckte, daß der Hof von Pontos in angenehmer Weise hellenisiert war und daß nur Griechisch gesprochen wurde. Mit diesen Eindrücken machte sich der Senatsvorsitzende in einem der Schiffe des Königs wieder auf die Heimreise.

»Er hat alles gefressen«, sagte Mithridates zu seinem Vetter Archelaos und lächelte breit.

»Das ist wohl vor allem den Briefen zu verdanken, die du ihm in den letzten zwei Jahren geschrieben hast«, meinte Archelaos. »Schreibe ihm weiterhin, großer Herrscher! Die Briefe sind eine prächtige Investition!«

»Der Beutel Gold auch, den ich ihm mitgegeben habe!«

Sulla begann, um eine der beiden Statthalterschaften in Spanien zu intrigieren, sobald er Stadtprätor geworden war. Aus diesem Grund pflegte er auch seine Beziehungen zu Scaurus Princeps Senatus – und über Scaurus auch zu anderen führenden Senatoren. Er bezweifelte zwar, ob es ihm je gelingen würde, Catulus Caesar völlig für sich zu gewinnen; die Ereignisse an der Etsch, als die Kimbern versucht hatten, in das italische Gallien einzufallen, lagen noch nicht lange genug zurück. Aber im großen und ganzen war Sulla erfolgreich, und Anfang Juni konnte er fest damit rechnen, daß er die Statthalterschaft von Hispania Ulterior erhalten würde – des besseren Teils von Spanien, was die Nebeneinkünfte anging.

Aber Fortuna, die ihn so liebte, hatte sich als Hure verkleidet; sie schien ihn betrügen zu wollen. Titus Didius war aus Hispania Citerior nach Hause zurückgekehrt und hatte einen Triumph gefeiert; die Regierungsgeschäfte in Spanien hatte er für den Rest seines Amtsjahres seinem Quästor überlassen. Und zwei Tage nach Titus Didius feierte Publius Licinius Crassus einen Triumph für seine Siege in Hispania Ulterior; auch er hatte seinen Quästor für den Rest des Jahres bevollmächtigt. Vor seiner Abreise hatte Titus Didius die keltiberische Bevölkerung durch einen gründlichen Krieg erschöpft und so sichergestellt, daß in seiner Provinz alles ruhig blieb. Publius Crassus dagegen war früh und ohne solche Vorkehrungen aus seiner Provinz abgereist; er hatte sich die Konzessionen für den Zinnabbau gesichert und wollte nun seine Aktivitäten mit einigen Unternehmen abstimmen, an denen er stille Teilhaberschaften besaß. Er war zu den Kassiteriden gereist, den berühmten Zinninseln, und hatte dort alle mit seiner römischen Pracht überwältigt. Überall an den Küsten des Mittelmeers hatte er günstigere Preise und zuverlässige Beförderung für jedes Pfund Zinn versprochen, das die Bergleute fördern konnten. Publius Crassus war der Vater von drei Söhnen; er hatte seine Zeit in Hispania Ulterior genutzt, um sein Nest reich auszustatten. Aber er hatte eine Provinz verlassen, die keineswegs unterworfen war.

Publius Crassus hatte seinen Triumph am Tag vor den Iden des Juni gefeiert. Noch bevor zwei Markttage vergangen waren, traf die Nachricht ein, die Lusitanier hätten sich mit erneuerter Kraft und Entschlossenheit erhoben. Der Prätor Publius Cornelius Scipio Nasica, der als kommissarischer Statthalter nach Hispania Ulterior entsandt worden war, erfüllte seine Pflichten so gut, daß viele schon daran dachten, seine Statthalterschaft um ein Jahr zu verlängern. Der Prätor gehörte einer mächtigen römischen Familie an, und dem Senat war daran gelegen, ihn nicht zu verstimmen. Das bedeutete, daß sich Sulla keine Hoffnung auf die Statthalterschaft in Hispania Ulterior mehr machen durfte.

Im Oktober schwand auch die Hoffnung auf Hispania Citerior. Der von Titus Didius bevollmächtigte Quästor hatte dringend um

Hilfe gebeten: von den Vasconen über die Cantabrer bis hin zu den Illergeten befand sich die ganze Provinz in Aufruhr. Sulla konnte sich nicht freiwillig zum Einsatz melden, da er Stadtprätor war. Tatenlos mußte er von der Prätorentribüne aus zusehen, wie der Konsul Gaius Valerius Flaccus eilends beauftragt wurde, nach Spanien zu marschieren.

Was blieb noch übrig? Macedonia? Das war eine Konsulsprovinz, die nur selten einem Prätor übertragen wurde. In diesem Jahr war dort freilich der Stadtprätor vom Vorjahr eingesetzt worden, der *homo novus* Gaius Sentius, der sich schnell als brillanter Mann erwiesen hatte. Es war unwahrscheinlich, daß er mitten in einem Feldzug, den er mit seinem gleichermaßen fähigen Legaten Quintus Bruttius Sura begonnen hatte, abberufen würde. Und Asia? Sulla wußte, daß diese Provinz Lucius Valerius Flaccus versprochen war. Africa? Africa galt nichts mehr. Sizilien lag hinter dem Mond und war unwichtig, ebenso Sardinien und Korsika.

Sulla, der dringend Geld brauchte, mußte also zusehen, wie ihm eine lukrative Statthalterschaft nach der anderen entglitt, während er auf Rom und die Gerichte beschränkt war. Das Konsulat war jetzt nur noch zwei Jahre entfernt, und unter den anderen Prätoren befanden sich Publius Scipio Nasica und jener Lucius Flaccus, der einflußreich genug war, um sich bereits jetzt die Statthalterschaft der Provinz Asia für das folgende Jahr zu sichern. Beide Männer hatten reichlich Geld für Bestechungen, und ein anderer Prätor, Publius Rutilius Lupus, war sogar noch reicher. Sulla wußte, daß er keine Chance hatte, wenn es ihm nicht gelang, im Ausland ein Vermögen zu sammeln.

Nur sein Sohn hielt ihn bei Verstand; er hielt ihn davon ab, eine Dummheit zu begehen, durch die er seine Chancen völlig zunichte gemacht hätte. Metrobius wohnte in derselben Stadt, aber Sulla verdankte es seinem Sohn, daß er dem mächtigen Drang widerstehen konnte, Metrobius aufzusuchen. Außerdem war der Stadtprätor gegen Ende seines Amtsjahres in Rom allgemein bekannt – und Sulla war ohnehin eine auffallende Erscheinung. Die Anwesenheit seiner Kinder aber machte es ihm unmöglich, sein eigenes Haus für eine Zusammenkunft mit Metrobius zu nutzen, und Metrobius' Wohnung auf dem Caelius-Hügel kam nicht in Frage. Leb wohl, Metrobius.

Hinzu kam, daß auch Aurelia nicht mehr zur Verfügung stand. Gaius Julius Caesar war in diesem Sommer wieder nach Hause zurückgekehrt; die Freiheit der armen Aurelia hatte damit abrupt geendet. Sulla hatte sie einmal besucht, war von einer steifen Dame steif begrüßt und gebeten worden, nicht mehr wiederzukommen. Sie hatte sich nicht genauer erklärt, aber er hatte unschwer zusammenreimen können, was los war. Gaius Julius Caesar würde im November als Prätor kandidieren, und Gaius Marius würde sein immer noch beträchtliches Gewicht zu Caesars Gunsten einbringen. Caesars Frau würde deshalb zu den Frauen gehören, die in Rom mit größter Aufmerksamkeit beobachtet wurden, auch wenn sie in der Subura wohnte. Niemand hatte Sulla erzählt, welchen Aufruhr er unbeabsichtigt in der Familie des Gaius Marius während dessen Urlaub verursacht hatte, aber Sextus Caesars Frau Claudia hatte Aurelias Mann die Geschichte bei der Feier aus Anlaß von dessen Heimkehr als guten Witz erzählt. Obwohl alle die Angelegenheit für einen guten Witz hielten, hatte Caesar sie überhaupt nicht lustig gefunden.

Den Göttern sei für den jungen Sulla gedankt! Nur der junge Sulla bot seinem Vater Trost. Sullas Wege waren versperrt, aber er schlug trotzdem nicht wild um sich, sondern war auf wunderbare Weise ruhig. Nicht für alles Gold oder Silber der Welt hätte sich Sulla in den Augen seines geliebten Sohnes erniedrigt.

Das Jahr neigte sich dem Ende zu. Sulla sah, daß seine Chancen ständig geringer wurden, und er mußte damit fertig werden, daß er sich weder an Metrobius noch an Aurelia wenden konnte. Geduldig hörte er dem aufschneiderischen Gerede des jungen Cicero zu, und sein eigener Sohn wurde ihm immer lieber. Freimütig eröffnete Sulla dem wunderbar verständigen und nachsichtigen Jungen auch jene Einzelheiten seines Lebens vor dem Tod seiner Stiefmutter, die er eigentlich nie einem Mitglied seiner eigenen Klasse hatte anvertrauen wollen. Der Junge nahm die Erzählungen begierig auf, weil sie das Bild eines Lebens und einer Person zeichneten, die der junge Sulla nie kennenlernen würde. Das einzige Detail seines Lebens, das Sulla nicht enthüllte, war das nackte Ungeheuer mit scharfen Krallen, das nur dazu gut war, den Mond anzuheulen. Dieses Ding, sagte er sich, gab es nicht mehr.

Als der Senat die Provinzen verteilte – in diesem Jahr geschah dies Ende November –, kam alles so, wie Sulla es erwartet hatte. Gaius Sentius' Statthalterschaft in Macedonia wurde verlängert, ebenso die des Gaius Valerius Flaccus in Hispania Citerior und die des Publius Scipio Nasica in Hispania Ulterior. Lucius Valerius Flaccus erhielt die Provinz Asia. Man bot Sulla an, unter den Statthalterschaften in Africa, Sizilien oder Sardinien und Korsika zu wählen, aber Sulla lehnte dankend ab. Lieber gar keine Statthalterschaft als eine in der Wüste! Bei den Konsulwahlen in zwei Jahren würden die Wähler genau prüfen, welche Statthalterschaften die Kandidaten als Prätoren übernommen hatten. Africa, Sizilien oder Sardinien und Korsika würde sie nicht beeindrucken.

Doch dann warf Fortuna ihre Verkleidung wieder ab und zeigte ihre ganze, glorreiche Liebe zu Sulla. Im Dezember traf ein offenbar in panischer Angst verfaßtes Schreiben des Königs Nikomedes von Bithynien ein, der König Mithridates beschuldigte, ganz Asia Minor, vor allem aber Bithynien erobern zu wollen. Und fast gleichzeitig traf aus Tarsos die Nachricht ein, daß Mithridates an der Spitze eines großen Heeres in Kappadokien eingefallen sei und weitermarschieren wolle, bis er ganz Kilikien und Syrien seinem Herrschaftsbereich einverleibt habe. Scaurus Princeps Senatus zeigte sich erstaunt und schlug vor, einen Statthalter nach Kilikien zu entsenden. Truppen könne Rom dem Statthalter zwar nicht zur Verfügung stellen, aber er könne finanziell so gut ausgerüstet werden, daß er notfalls Truppen unter den Einheimischen anwerben könne. Scaurus war ein eingefleischter Römer – Mithridates hatte ihn falsch eingeschätzt, wenn er glaubte, Scaurus durch ein paar Briefe und einen Beutel Gold völlig unter seine Kontrolle gebracht zu haben. Scaurus konnte derartige Briefe bedenkenlos verbrennen, wenn er Rom einer solchen Bedrohung ausgesetzt sah. Kilikien war verwundbar – und wichtig. Obwohl Rom nicht regelmäßig Statthalter nach Kilikien entsandte, betrachtete es die Provinz doch als Eigentum.

»Schickt Lucius Cornelius Sulla nach Kilikien«, riet Gaius Marius, als man ihn um Rat bat. »Er bewährt sich am besten in ausweglosen Situationen. Er kann ein Heer aufstellen und ausrüsten und ist ein guter Feldherr. Wenn irgend jemand die Situation retten kann, dann ist das Lucius Cornelius.«

»Ich bin Statthalter!« verkündete Sulla seinem Sohn, als er von der Senatsversammlung im Tempel der Bellona nach Hause kam.

»Nein! Wo denn?« fragte der junge Sulla eifrig.

»Kilikien. Ich soll König Mithridates von Pontos zurückschlagen.«

»Oh, *tata,* das ist ja wunderbar!« Doch dann fiel dem Jungen ein, daß dies die Trennung bedeutete. Einen Augenblick lang traten

Trauer und Schmerz in seinen Blick, dann schluchzte er kurz auf und blickte seinen Vater mit jener Mischung aus Achtung und Vertrauen an, die Sulla so sehr rührte und die ihn geradezu beschämte. »Ich werde dich natürlich vermissen, aber ich freue mich so sehr für dich, Vater.« Jetzt sprach der künftige Erwachsene; er nannte Sulla nicht mehr *tata,* sondern Vater.

Sullas blasse, kalte Augen waren hell von unvergossenen Tränen, und sein Blick erwiderte die Achtung und das Vertrauen seines Sohnes. Dann lächelte er liebevoll. »Aber warum denn so traurig? Du glaubst doch nicht, daß ich ohne dich gehe? Du kommst natürlich mit.«

Der Junge schluchzte wieder, diesmal vor Freude. Dann trat ein breites Lächeln auf sein Gesicht. »*Tata!* Du willst mich wirklich mitnehmen?«

»Natürlich, mein Junge! Wir gehen zusammen, oder ich gehe überhaupt nicht. Und ich werde gehen!«

Anfang Januar verließen sie Rom und reisten nach Osten. Nach der römischen Zählung der Jahreszeiten war es noch immer herbstlich genug, um die Überfahrt anzutreten. Sulla nahm ein kleines Gefolge von Liktoren mit (zwölf an der Zahl, da er eine prokonsularische Befehlsgewalt innehatte), ferner Schreiber und Staatssklaven. Außerdem begleiteten ihn sein Sohn, der völlig außer sich vor Erregung war, und Ariobarzanes von Kappadokien mit seiner Mutter Laodike. Dem Einsatz des Senatsvorsitzenden Scaurus war es zu verdanken, das Sullas Kriegskasse hervorragend ausgestattet war, und einer langen Unterredung mit Gaius Marius war es zuzuschreiben, daß Sulla gedanklich bestens auf die Aufgabe vorbereitet war.

Sie segelten von Tarentum nach Patrae in Griechenland, nahmen ein Schiff nach Korinth, zogen über Land zum Hafen Piräus bei Athen und schifften sich dort nach Rhodos ein. Für die Überfahrt von Rhodos nach Tarsos mußte Sulla ein Schiff mieten, da jetzt der Winter unmittelbar bevorstand und der regelmäßige Schiffsverkehr bereits eingestellt worden war. Ende Januar kam die Reisegruppe in Tarsos an; sie hatte unterwegs nichts anderes als ein paar Häfen und Werften und jede Menge Wasser zu sehen bekommen.

In Tarsos hatte sich seit dem Besuch des Gaius Marius vor dreieinhalb Jahren nichts verändert. Kilikien befand sich nach wie vor in einem unglücklichen Schwebezustand. Die Ankunft eines offiziell ernannten Statthalters wurde sowohl in Tarsos als auch in Kilikien begrüßt. Sulla hatte kaum im Palast Quartier bezogen, als hilfsbereite Menschen ihm geradezu die Tür einrannten. Viele von ihnen waren vor allem an einem gut bezahlten Posten im Heer interessiert.

Aber Sulla wußte, welchen Mann er am dringendsten brauchte. Er fand es bezeichnend, daß dieser Mann bisher nicht erschienen war, um sich der Gunst des neuen Statthalters zu versichern, sondern seinen normalen Pflichten nachging – dem Befehl über die tarsische Miliz. Der Name dieses Mannes war Morsimos, und er war Sulla von Gaius Marius empfohlen worden.

»Du wirst jetzt den Befehl über die tarsische Miliz niederlegen«, sagte Sulla freundlich zu Morsimos, den er zu sich in den Palast zitiert hatte. »Ich brauche einen Einheimischen, der mir hilft, vier gute Hilfslegionen auszuheben, auszurüsten und auszubilden. Das muß geschehen, bevor die Gebirgspässe, die ins Landesinnere führen, im Frühjahr wieder passierbar werden. Gaius Marius sagte, daß du der richtige Mann dafür bist. Glaubst du das auch?«

»Ich bin der richtige Mann«, erklärte Morsimos, ohne zu zögern.

»Das Klima ist milde«, sagte Sulla tatendurstig. »Wir können unsere Soldaten den ganzen Winter hindurch ausbilden – vorausgesetzt natürlich, daß wir die richtigen Menschen finden und genügend Ausrüstung, damit unsere Soldaten den Truppen des Mithridates gewachsen sind. Ist das möglich?«

»Das ist möglich«, antwortete Morsimos. »Du wirst so viele Tausende von Rekruten finden, daß du sie gar nicht alle aufnehmen kannst. Die Jungen wissen, daß sie im Heer gut versorgt werden, und hier hat es seit vielen Jahren kein Heer gegeben! Wenn Kappadokien nicht mit seinen inneren Streitigkeiten und den Einmischungen von Pontos und Armenien beschäftigt gewesen wäre, hätte es uns jederzeit überfallen und erobern können. Glücklicherweise wurde auch Syrien ständig belagert. Wir haben hier sehr viel Glück gehabt.«

»Glück«, sagte Sulla mit einem grimmigen Lächeln und legte seinem Sohn den Arm um die Schultern. »Das Glück ist mir hold, Morsimos. Eines Tages werde ich mich Felix nennen.« Er drückte den jungen Sulla an sich. »Aber da ist noch etwas, das ich erledigen muß, noch bevor die Sonne untergeht, auch wenn es die Wintersonne ist.«

Der tarsische Grieche blickte ihn erstaunt an. »Kann ich dir dabei helfen, Lucius Cornelius?«

»Ich glaube schon. Du kannst mir sagen, wo ich hier in der Gegend einen guten, schattenspendenden Hut finde, der nicht schon nach zehn Tagen auseinanderfällt.«

»Vater, wenn du glaubst, daß ich einen Hut tragen werde, täuschst du dich«, sagte der junge Sulla, als er mit seinem Vater zum Marktplatz ging. »Einen *Hut!* Nur alte, strohkauende Bauern tragen Hüte!«

»Und ich«, erklärte Sulla lächelnd.

»*Du?*«

»Auf Feldzügen, junger Sulla, trage ich einen Hut mit breiter Krempe. Gaius Marius hat mir das vor vielen Jahren geraten, als wir zum ersten Mal in Africa gegen König Jugurtha von Numidien kämpften. Trag ihn und kümmere dich nicht um den Spott der anderen, sagte Marius damals. Nach einer Weile fällt der Hut kaum noch auf. Ich habe seinen Rat befolgt, weil meine Haut so hell ist, daß ich mir einen Sonnenbrand nach dem anderen holen würde. Als ich mir in Numidien einen Namen gemacht hatte, wurde mein Hut sogar berühmt.«

»In Rom habe ich dich nie einen Hut tragen sehen«, sagte sein Sohn.

»In Rom setze ich mich so wenig wie möglich der Sonne aus. Deshalb habe ich letztes Jahr über meinem Platz auf der Prätorentribüne einen Sonnenschutz errichten lassen.«

Eine Weile schwiegen beide. Die enge Gasse mündete plötzlich in einen riesigen, unregelmäßigen Platz, der von vielen Bäumen beschattet wurde und auf dem zahlreiche Buden und Läden standen.

»Vater?« fragte eine leise Stimme.

Sulla sah seinen Sohn an. Überrascht stellte er fest, daß dieser nur wenig kleiner war als er selbst. Das Blut der Familie Caesar schien sich durchzusetzen, der junge Sulla würde einmal ein hochgewachsener Mann werden.

»Ja, mein Junge?« fragte er.

»Kann ich bitte auch einen Hut bekommen?«

*

König Mithridates war sehr erstaunt, als er erfuhr, ein römischer Statthalter sei nach Kilikien entsandt worden und habe begonnen, unter den Einheimischen ein Heer auszuheben und auszubilden. Er starrte Gordios an, den neuen König von Kappadokien, der ihm die Nachricht überbracht hatte.

»Wer ist denn dieser Lucius Cornelius Sulla?«

»Wir wissen fast gar nichts über ihn, großer König. Wir wissen nur, daß er letztes Jahr oberster Magistrat der Stadt Rom war und daß er unter mehreren berühmten römischen Feldherren als Legat gedient hat – unter Gaius Marius in Africa gegen König Jugurtha, unter Quintus Lutatius Catulus Caesar im italischen Gallien gegen die Germanen und unter Titus Didius in Spanien gegen die dort lebenden Wilden.« Gleichmütig leierte Gordios diese Informationen herunter. Es war klar, daß ihm die Namen außer Gaius Marius wenig oder nichts bedeuteten.

Auch Mithridates konnte mit den Namen wenig oder nichts anfangen. Wieder einmal bedauerte er, daß seine geographischen und geschichtlichen Kenntnisse so schlecht waren. Archelaos kam dem König zu Hilfe.

»Dieser Lucius Cornelius Sulla ist kein Gaius Marius«, sagte er nachdenklich, »aber er ist ein sehr erfahrener Mann. Wir sollten ihn nicht unterschätzen, nur weil wir ihn noch nicht kennen. Seit er Senator wurde, hat er die meiste Zeit im römischen Heer verbracht. Ich glaube allerdings nicht, daß er schon einmal den Oberbefehl in einem Feldzug hatte.«

»Er heißt Cornelius«, sagte der König, »aber ist er ein Scipio? Und warum nennt er sich ›Sulla‹?«

»Mit Scipio hat er nichts zu tun, allmächtiger König«, erklärte Archelaos. »Aber Sulla ist ein patrizischer Cornelier, er ist kein Niemand, kein *homo novus,* wie die Römer sagen. Und er soll schwierig sein.«

»Schwierig?«

Archelaos schluckte. Weiter gingen seine Kenntnisse nicht, und er hatte keine Ahnung, weshalb Sulla als »schwierig« galt. Deshalb begann er zu raten. »Schwierig bei Verhandlungen, großer König. Nicht bereit, eine andere Meinung als seine eigene anzuerkennen.«

Sie befanden sich in Sinope, das damals die Lieblingsstadt des Königs war, vor allem im Winter. Die letzten Jahren waren relativ friedlich verlaufen, es hatten weder Höflinge noch Verwandte des Königs sterben müssen, und Gordios' Tochter Nysa hatte sich als Gemahlin zur vollen Zufriedenheit des Königs entwickelt, so daß ihr Vater nach der Intervention des Tigranes auf den Thron von Kappadokien gesetzt worden war. Auch die königlichen Söhne gediehen, und in den zu Pontos gehörenden Ländern an der östlichen und nördlichen Küste des Schwarzen Meeres herrschte Wohlstand.

Aber die Erinnerung an Gaius Marius wurde immer schwächer; der König von Pontos blickte bereits wieder nach Süden und Westen. Sein Plan, Tigranes zu benutzen, um in Kappadokien einzufallen, war erfolgreich gewesen, und Gordios war dort noch immer König, daran hatte auch der Besuch des Scaurus nichts geändert. Scaurus' Besuch hatte Rom nur eines eingebracht: den Rückzug des armenischen Heeres aus Kappadokien – aber das hatte Mithridates ohnehin beabsichtigt. Jetzt schien endlich die Zeit reif, daß ihm auch Bithynien zufiel, denn ein Jahr zuvor hatte Sokrates in Pontos um Asyl gebeten. Sokrates war seitdem zu einer Marionette in der Hand des Königs geworden, und Mithridates glaubte nun, daß er Sokrates ohne Risiko auf den bithynischen Thron setzen konnte – in Vorbereitung einer richtigen Invasion, die er für das kommende Frühjahr plante. Der König wollte so schnell nach Westen marschieren, daß König Nikomedes III. keine Zeit für eine Reaktion blieb.

Die Nachrichten, die Gordios nun überbrachte, stimmten den König freilich nachdenklich. Konnte er es wagen, Bithynien zu annektieren oder auch nur Sokrates dort auf den Thron zu setzen, wenn nicht nur einer, sondern sogar zwei römische Statthalter so nahe waren? Vier Legionen in Kilikien! Man sagte, daß vier gute römische Legionen es mit dem Rest der Welt aufnehmen konnten. Zwar handelte es sich in diesem Fall nur um kilikische Hilfstruppen, nicht um richtige römische Soldaten, aber die Kilikier waren kriegerisch und stolz – andernfalls hätte Syrien sich längst ihres Landes bemächtigt, das ohnehin geschwächt war. Vier Legionen entsprachen etwa 20 000 kämpfenden Soldaten. Pontos dagegen konnte 200 000 Soldaten ins Feld schicken. Was das zahlenmäßige Verhältnis betraf, hatten die Römer keine Chance. Und doch ... Wer war dieser Lucius Cornelius Sulla in Wirklichkeit? Niemand hatte je etwas von Gaius Sentius oder seinem Legaten Quintus Bruttius Sura gehört, und doch führten die beiden entlang der makedonischen Küste von Illyrien im Westen bis zu den Dardanellen im Osten einen vernichtenden Feldzug, der die Kelten und Thraker in Panik versetzte. Niemand konnte jetzt noch sicher sein, daß die Römer nicht auch in die Länder an der Donau eindringen würden. Mithridates plante selbst, vom westlichen Ufer des Schwarzen Meeres in die Länder an der Donau vorzustoßen. Der Gedanke, bei seiner Ankunft dort auf die Römer zu treffen, war ihm nicht sehr angenehm.

Wer also war dieser Lucius Cornelius Sulla? Ein weiterer römischer Feldherr vom Format eines Sentius? Warum schickte Rom den

Mann als Statthalter nach Kilikien, wenn Männer wie Gaius Marius und Catulus Caesar zur Verfügung standen, die beide die Germanen besiegt hatten? Einer von ihnen – Marius – war allein und unbewaffnet in Kappadokien erschienen und hatte keinen Hehl daraus gemacht, daß er die Unternehmungen des pontischen Königs von Rom aus sehr aufmerksam verfolgen würde. Warum also war nicht Gaius Marius nach Kilikien entsandt worden? Warum war statt dessen dieser unbekannte Lucius Cornelius Sulla gekommen? Offenbar war Rom in der Lage, jede Menge glänzende Feldherren hervorzubringen. War Sulla vielleicht sogar noch besser als Marius? Pontos mochte zwar über Soldaten im Überfluß gebieten, über glänzende Feldherren verfügte es nicht. Archelaos war begierig darauf, sich mit einem gewichtigeren Feind zu messen, nachdem er den Kampf gegen die Barbaren oberhalb des Schwarzen Meeres so erfolgreich geführt hatte. Aber Archelaos war ein Vetter, er hatte königliches Blut in den Adern und war ein potentieller Rivale. Gleiches galt möglicherweise für seinen Bruder Neoptolemos und seinen Vetter Leonippos. Und welcher König konnte sich schon auf seine Söhne verlassen? Die Mütter dieser Söhne hungerten nach Macht, sie waren allesamt potentielle Gegnerinnen. Und potentielle Gegner waren auch die Söhne, wenn sie erst alt genug waren, aus eigenem Antrieb nach dem Thron zu streben.

Wenn ich nur ein guter Feldherr wäre! dachte König Mithridates. Seine grün- und braungefleckten Augen glitten gedankenabwesend über die Gesichter der Männer vor ihm. Die Feldherrnkunst gehörte nicht zu den heroischen Talenten, die sein Urahn Herakles ihm vererbt hatte. Oder vielleicht doch? Aber Herakles war kein Feldherr gewesen! Herakles war ein Einzelkämpfer gewesen – gegen Löwen und Bären, Usurpatoren, Götter und Göttinnen, gegen Hunde der Unterwelt und gegen alle möglichen Ungeheuer. An dieser Art von Gegnern hätte auch Mithridates Gefallen gefunden. Zu Herakles' Zeiten hatte es noch keine Feldherren gegeben. Krieger rotteten sich zusammen, trafen auf andere Kriegerbanden, stiegen von ihren Kampfwagen, mit denen sie offenbar überallhin fuhren, und kämpften von Mann zu Mann. An dieser Art von Krieg hätte der König Geschmack gefunden! Aber jene Zeiten waren vorüber, auch Kampfwagen gab es nicht mehr. Die modernen Zeiten gehörten den großen Heeren, und die Feldherren waren Halbgötter. Sie standen oder saßen auf einer Anhöhe über dem Schlachtfeld, dirigierten mit den Händen, gaben Befehle und kauten gedankenverloren an einem

Niednagel, während ihre geschäftigen Augen alles verfolgten, was sich unter ihnen abspielte. Die Feldherren schienen instinktiv zu merken, wann eine Front wankte oder zurückwich, wohin der Feind seinen Hauptangriff richten würde – Feldherren wußten bereits bei ihrer Geburt alles über Flanken, Manöver, Belagerungen, Artillerie, Entlastungsangriffe, Formationen, Aufmarsch und Aufstellung. Das waren Kenntnisse, über die Mithridates nicht verfügte, für die er kein Gefühl und kein Talent hatte und die ihn auch nicht interessierten.

Während der Blick des Königs gedankenverloren über seine Höflinge glitt, wurde der König selbst von den Höflingen mit größter Aufmerksamkeit beobachtet – aufmerksamer, als ein dahingleitender Falke die Maus im Gras beobachtet, wobei sich die Höflinge nicht als Falken, sondern als Mäuse empfanden. Dort saß der König auf seinem Stuhl aus massivem Gold, der mit einer Million Perlen und Rubinen besetzt war. Da die Versammlung einen Kriegsrat darstellte, trug der König ein Löwenfell und ein geschmeidiges Kettenhemd, an dem jedes einzelne Kettenglied vergoldet war und dessen Glitzern die Höflinge ängstigte. Niemand hätte gewagt, etwas gegen den König zu sagen, und niemand wußte, was der König von ihm dachte. Mithridates war eine komplizierte Mischung aus Feigling und Held, Angeber und Denker, Retter und Zerstörer, und er beherrschte seine Untertanen vollkommen. In Rom hätte ihm niemand geglaubt, und alle hätten ihn ausgelacht. In Sinope glaubten ihm alle, und keiner lachte ihn aus.

Endlich begann der König zu sprechen. »Wer auch immer dieser Lucius Cornelius Sulla sein mag – er wurde von Rom gesandt, und obwohl er ein fremdes Land bewachen soll, hat man ihm kein Heer gegeben. Er soll Truppen befehligen, die er nicht kennt. Ich muß deshalb annehmen, daß dieser Lucius Cornelius Sulla ein ernstzunehmender Gegner ist.« Er sah Gordios an. »Wie viele Soldaten habe ich dir im Herbst in dein Königreich Kappadokien geschickt?«

»Fünfzigtausend, großer König.«

»Im Frühjahr werde ich selbst mit weiteren fünfzigtausend Soldaten nach Eusebeia Mazaka kommen. Neoptolemos wird mich als mein Feldherr begleiten. Archelaos, du wirst mit fünfzigtausend Mann nach Galatien marschieren und dort an der Westgrenze Stellung beziehen, für den Fall, daß die Römer tatsächlich an zwei Fronten in Pontos einfallen wollen. Die Königin wird das Land von Amaseia aus regieren, aber ihre Söhne werden hier in Sinope bleiben – als Geiseln, die sicherstellen, daß sie sich korrekt verhält. Falls sie einen Verrat planen sollte, werden all ihre Söhne augenblicklich hingerichtet.«

»Meine Tochter denkt gar nicht an solche Dinge!« protestierte Gordios entsetzt. Er sorgte sich, daß eine der Nebenfrauen des Königs einen Verrat vortäuschen und die Schuld seiner Tochter zuschieben könnte. Dann wären alle seine Enkel tot, bevor die Unschuld der Königin entdeckt würde.

»Ich habe keinen Grund, sie zu verdächtigen«, stellte der König fest. »Das ist lediglich eine Vorsichtsmaßnahme, die mir in solchen Situationen angebracht erscheint. Wenn ich mich außer Landes befinde, werden die Kinder aller meiner Frauen an verschiedene Orte gebracht und dort als Garantie für die Loyalität ihrer Mütter festgehalten. Frauen sind seltsame Geschöpfe«, fuhr der König nachdenklich fort. »Sie scheinen das Leben ihrer Kinder immer höher einzuschätzen als ihr eigenes.«

»Du solltest dich besser gegen die Frauen vorsehen, die anders denken«, warf eine dünne und weinerliche Stimme ein, die einem dicken und weinerlichen Mann gehörte.

»Keine Sorge, Sokrates, genau das tue ich.« Mithridates grinste. Er hatte eine Vorliebe für diesen abstoßenden Gefolgsmann aus Bithynien entwickelt, wenn auch nur aus einem Grund: Mithridates sagte sich stolz, daß keiner seiner Brüder fünfzig Jahre alt geworden wäre, wenn er so abstoßend wie Sokrates gewesen wäre. Daß keiner seiner Brüder, abstoßend oder nicht, auch nur den zwanzigsten Geburtstag erreicht hatte, bereitete dem König kein Kopfzerbrechen. Die Bithynier waren ein verweichlichtes Volk. Wenn Rom und der römische Schutz nicht gewesen wären, hätte Pontos Bithynien schon vor einer Generation verschluckt. Rom, Rom, Rom! Immer stand Rom im Hintergrund. Warum konnte Rom nicht in einen furchtbaren Krieg am anderen Ende des Mittelmeers verwickelt werden, der es zehn Jahre lang beschäftigen würde? Wenn Rom dann wieder nach Osten blicken könnte, wäre die pontische Vorherrschaft längst gefestigt, und Rom hätte keine andere Wahl, als seine Aufmerksamkeit auf den Westen zu konzentrieren. Auf die Länder, in denen die Sonne unterging.

»Gordios, ich überlasse es dir herauszufinden, wie dieser Lucius Cornelius Sulla in Kilikien vorgeht. Unterrichte mich über jedes kleine Detail! Nichts darf dir entgehen. Ist das klar?«

Gordios erschauerte. »Ja, Allmächtiger.«

»Gut!« Der König gähnte. »Ich bin hungrig. Laßt uns essen.« Aber als Gordios sich der Gruppe anschließen wollte, die zum Speisesaal ging, bellte der König: »Du nicht! Du kehrst sofort nach Mazaka zurück. Kappadokien darf jetzt keinen Augenblick mehr ohne König sein.«

Zu Mithridates' Unglück stand das Wetter auf Sullas Seite. Der Paß durch die Kilikische Pforte war vergleichsweise niedrig, und es lag weniger Schnee als auf den drei Pässen, die Mithridates' fünfzigtausend Mann überwinden mußten, um von ihrem Lager bei Zela zum Fuß des Mons Argaeus zu gelangen. Noch bevor der König die Gebirgsbarrieren überwinden konnte, traf von Gordios die Nachricht ein, Sulla habe sich mit seinem Heer in Bewegung gesetzt. Als der König von Zela aufbrach, traf die Nachricht ein, Sulla sei in Kappadokien angekommen. Sulla hatte sein Lager ungefähr vierhundert Stadien oder fünfzig Meilen südlich von Mazaka und ebenso viele Stadien westlich der kappadokischen Stadt Komana errichtet und schien dort bleiben zu wollen. Diese Nachricht ließ den König aufatmen.

Dennoch trieb er sein Heer auf dem Marsch durch das unwegsame Gelände zu höchster Eile an. Die Mühsal von Mensch und Tier war ihm gleichgültig; seine Offiziere standen stets mit der Peitsche bereit, die sich mühsam vorankämpfenden Soldaten anzutreiben, und sie stießen die Hoffnungslosen mit ihren Stiefeln aus dem Weg. Kuriere waren nach Osten zu der armenischen Stadt Artaxata gesandt worden. Sie sollten den Schwiegersohn des Königs, Tigranes, warnen, daß die Römer in Kilikien seien und ein römischer Statthalter sich in Kappadokien aufhalte. Tigranes hielt es daraufhin für das beste, seine parthischen Herren über diese Tatsache in Kenntnis zu setzen und auf weitere Anweisungen aus Seleukeia am Tigris zu warten, bevor er etwas unternahm. Mithridates hatte ihn nicht um Hilfe gebeten, aber Tigranes hatte das Kräfteverhältnis längst abgeschätzt. *Er* jedenfalls war keineswegs begierig darauf, sich den Römern entgegenzustellen, ob Mithridates dies nun vorhatte oder nicht.

Der König von Pontos erreichte den Halys, überquerte ihn und errichtete sein Lager neben dem der anderen fünfzigtausend Mann, die Mazaka bereits besetzt hatten. Hier traf er Gordios, der es kaum erwarten konnte, ihm die unglaublichste Nachricht mitzuteilen.

»Der Römer baut eine *Straße!*«

Der König erstarrte. »Eine Straße?«

»Über die Kilikische Pforte, großer König.«
»Da gibt es doch schon eine Straße.«
»Ich weiß, ich weiß!«
»Warum baut er dann noch eine?«
»Das weiß ich nicht!«
Die vollen roten Lippen des kleinen Mundes rundeten sich, wölbten sich nach außen, wurden wieder hereingesogen – Mithridates wußte nicht, wie sehr er in solchen Augenblicken einem Fisch glich, und natürlich hatte nie jemand den Mut gehabt, ihm dies zu sagen. Dann zuckte der König ratlos die Achseln. »Sie bauen gerne Straßen. Ich glaube, sie vertreiben sich damit die Zeit.« Sein Gesicht nahm einen häßlichen Ausdruck an. »Schließlich sind sie viel eher angekommen als ich!«
»Die Straße, großer König«, warf Neoptolemos vorsichtig ein.
»Was ist mit ihr?«
»Es könnte sein, daß Lucius Cornelius Sulla die Straße *verbessert.* Je besser die Straße ist, desto schneller kann er sein Heer bewegen. Deshalb bauen die Römer immer gute Straßen.«
»Aber er ist bereits über die Straße gezogen, ohne sie auszubauen! Warum tut er das jetzt, nachdem er sie benutzt hat?« Mithridates stand vor einem unlösbaren Rätsel. Männer waren beliebig verfügbar; mit einer Peitsche konnte man sie durch jedes Gebiet jagen, solange auch nur die Spur eines Fußpfades zu erkennen war. Warum sollte sich jemand damit abgeben, den Weg so leicht wie einen Spaziergang durch eine Stadt zu machen?
»Ich glaube«, sagte Neoptolemos mit unerschöpflicher Geduld, »daß der Römer die Straße für den Fall ausbessert, daß er sie noch einmal benutzen muß.«
Diese Bemerkung kam beim König an. Er riß die Augen weit auf. »Nun, dann steht ihm eine Überraschung bevor! Sobald ich ihn und seine kilikischen Söldner aus Kappadokien vertrieben habe, werde ich seine neue Straße zerstören – nein, ich werde das Gebirge darauf stürzen!«
»Wunderbar ausgedrückt, großer König!« schmeichelte Gordios.
Der König grunzte verächtlich. Er ging zu seinem Pferd, stieg auf den Rücken eines knieenden Sklaven und schwang sich in den Sattel. Dann stieß er das Pferd in die Seiten und galoppierte davon, ohne sich darum zu kümmern, ob sein Gefolge bereit war. Gordios kletterte hastig auf sein Pferd und ritt dem König eilends nach. Neoptolemos beobachtete die Reiter, bis sie in der Ferne verschwanden.

Es war schwierig, dem König fremde Gedanken nahezubringen, dachte Neoptolemos. Hatte er das mit der Straße überhaupt begriffen? Warum fiel ihm das so schwer? Er selbst verstand es doch auch! Sie stammten beide aus Pontos und waren nicht im Ausland erzogen worden, sie kamen aus ähnlichen Verhältnissen, schließlich waren sie verwandt. Tatsächlich kam der König viel weiter herum als er. Und doch konnte Mithridates blind sein für die Bedeutung von Ereignissen, die er, Neoptolemos, sofort erkannte. Andere Dinge erkannte der König schneller. Sein Verstand arbeitete anders. Sie dachten verschieden. Vielleicht arbeitete der Verstand eines Menschen anders, wenn er ein Herrscher war? Sein Vetter Mithridates war kein Narr. Es war wirklich schade, daß er die Römer so wenig verstand. Natürlich würde der König das bestreiten, aber er war gar nicht daran interessiert, die Römer zu verstehen. Die meisten seiner Folgerungen basierten auf seinen bizarren Abenteuern in der Provinz Asia, aber das war keine gute Grundlage, auch wenn er vom Gegenteil überzeugt war. Wie konnten die anderen ihn dazu bringen, zu erkennen, was sie erkannten?

Der König hielt sich nicht lange im blauen Palast von Eusebeia Mazaka auf. Am Tag nach seiner Ankunft führte er sein Heer von hunderttausend Mann in die Richtung, in der Sullas Lager war. Hier brauchte man sich keine Sorgen um den Zustand der Straße zu machen! Zwar mußte gelegentlich ein Hügel überwunden und die seltsamen Schluchten mit den Tuffsäulen umgangen werden, aber der Weg war für die marschierenden Soldaten einfach. Mithridates war mit seinem Marschtempo zufrieden; er legte täglich zwanzig Meilen zurück. Daß ein römisches Heer auf ähnlichem straßenlosen Gelände mehr als die doppelte Entfernung hätte zurücklegen können, ohne sich sonderlich zu verausgaben, hätte er nur geglaubt, wenn er es mit eigenen Augen gesehen hätte.

Aber Sulla regte sich nicht. Sein Lager befand sich mitten in einer riesigen Ebene. Er hatte die Zeit genutzt, das Lager gründlich zu befestigen. Da Wälder hier in Kappadokien fehlten, hatte das Holz von der Kilikischen Pforte herbeigeschafft werden müssen. Als Mithridates am Horizont auftauchte, erblickte er ein Bauwerk, das vollkommen quadratisch war und eine Fläche von rund zweiunddreißig Stadien im Quadrat umschloß. Davor lagen gewaltige Erdwälle, auf denen drei Meter hohe spitze Palisaden aufragten. Vor den Wällen lagen drei Gräben – der äußere Graben war sechs Meter breit und mit Wasser gefüllt, der mittlere Graben war über vier Meter breit und mit scharfen Pfählen gespickt, und der innere Graben war wieder sechs Meter breit und enthielt Wasser. Wie die Späher dem König berichteten, befand sich auf jeder Seite ein Tor, zu dem ein Weg über die Gräben führte. Die Tore befanden sich in der Mitte jeder Seite des Bauwerks.

Zum ersten Mal in seinem Leben erblickte Mithridates ein römisches Lager. Er wollte den Mund vor Erstaunen aufreißen, doch fühlte er zu viele Blicke auf sich ruhen. Er war sicher, daß er das römische Lager einnehmen konnte – aber nur unter großen Verlusten. Also schlug er sein Lager auf und ritt dann hinaus, um sich Sullas Festung aus der Nähe anzusehen.

»Mein Herr und König, ein Herold der Römer will mit dir sprechen«, meldete einer seiner Offiziere. Der König war langsam an einer Seite des von Sulla hervorragend befestigten Lagers entlanggeritten.

»Was wollen die Römer?« Stirnrunzelnd betrachtete Mithridates den Erdwall, die Palisaden und die Wachtürme, die in kurzen Abständen errichtet worden waren.

»Der Prokonsul Lucius Cornelius Sulla wünscht eine Unterredung.«

»Ich bin einverstanden. Wo und wann?«

»Auf dem Weg, der zum Haupteingang des römischen Lagers führt – das ist der Weg zu deiner Rechten, großer König. Nur du und Sulla, sagte der Herold.«

»Wann?«

»Jetzt, großer König.«

Der König stieß sein Pferd in die Seiten und lenkte es nach rechts. Er war begierig, diesen Lucius Cornelius Sulla kennenzulernen. Angst hatte er keine. Was er über die Römer wußte, ließ ihn keinen Verrat fürchten. Er mußte nicht damit rechnen, von einem Speer getroffen zu werden, wenn er unbewaffnet zu einer Verhandlung ging. Als er den Weg erreichte, glitt er vom Pferd. Doch dann hielt er inne, verärgert über seine eigene Dummheit. Er durfte nicht noch einmal zulassen, so behandelt zu werden, wie Gaius Marius ihn behandelt hatte – von oben herab! Deshalb stieg er wieder auf sein Pferd. Diesmal würde *er* auf Lucius Cornelius Sulla herabblicken! Aber das Pferd weigerte sich, den schmalen Weg zu betreten, und es rollte beim Anblick der breiten Gräben auf beiden Seiten unruhig mit den Augen. Einen Augenblick lang versuchte der König, das Pferd unter

Kontrolle zu bringen, aber er mußte feststellen, daß er dabei nur noch lächerlicher wirkte. Er glitt erneut vom Pferd und ging allein die Hälfte des Weges. Rechts und links von sich sah er den Graben, aus dem die spitzen Pfähle wie Zähne aufragten.

Das Tor wurde einen Spalt weit geöffnet. Ein Mann zwängte sich hindurch und ging auf den König zu. Erfreut stellte der König fest, daß der Römer im Vergleich zu seiner eigenen stattlichen Körpergröße recht klein war. Aber der Römer war trotzdem gut gebaut. Er trug einen schmucklosen, seinem Oberkörper nachgebildeten Brustpanzer aus Metall, einen doppelten Rock aus Lederstreifen, *pteryges* genannt, und eine scharlachrote Tunika. Von seinen Schultern hing ein ebenfalls scharlachroter Feldherrenmantel. Eine Kopfbedeckung trug er nicht; sein rotgoldenes Haar glänzte in der Sonne und wehte im leichten Wind. König Mithridates konnte seine Augen nicht von den Haaren des Römers abwenden, denn er hatte in seinem ganzen Leben noch nie Haare dieser Farbe gesehen, nicht einmal bei den keltischen Galatiern. Auch die schneeweiße Haut, die zwischen dem Rocksaum knapp oberhalb der Knie des Römers und den robusten, schmucklosen Stiefeln an beeindruckend muskulösen Waden zu sehen war, erregte seine Aufmerksamkeit. Schneeweiße Haut sah der König auch an den Armen, am Nacken und im Gesicht des Römers. Schneeweiß! Keine Spur von Farbe darin!

Dann war Lucius Cornelius Sulla so nahe herangekommen, daß der König sein Gesicht sehen konnte. Und seine Augen. Der König erschauerte. *Apollo!* Apollo hatte sich als Römer verkleidet! Das Antlitz war so ausdrucksvoll, so göttlich, so ehrfurchterregend und majestätisch – es war nicht das Antlitz einer glattgesichtigen, weinerlichen griechischen Statue, sondern es zeigte den Gott, wie er wirklich sein mußte, so lange nach seiner Zeugung. Ein Mann im Zenit seines Lebens, ein Machtmensch. Ein Römer. *Ein Römer!*

Sulla war völlig selbstsicher zu der Unterredung mit dem König gekommen. Er hatte sich von Gaius Marius dessen Begegnung mit dem König von Pontos schildern lassen und beide hatten das Format des Königs richtig eingeschätzt. Sulla hatte allerdings nicht daran gedacht, daß schon seine Erscheinung den König verstören könnte – deshalb begriff er jetzt nicht, weshalb der König so verwirrt war. Der Grund spielte auch gar keine Rolle. Sulla beschloß, den unerwarteten Vorteil zu nutzen.

»Was suchst du in Kappadokien, König Mithridates?« fragte er.

»Kappadokien gehört mir«, antwortete der König, aber nicht in dem donnernden Ton, den er beabsichtigt hatte, bevor er den römischen Apollo erblickt hatte. Seine Stimme klang vielmehr klein und schwach; er wußte es und haßte sich dafür.

»Kappadokien gehört dem kappadokischen Volk.«

»Die Kappadokier gehören zum selben Stamm wie das Volk von Pontos.«

»Wie kann das sein, da doch die Kappadokier die Ahnenreihe ihrer Könige über Hunderte von Jahren und ebenso lange wie die Könige von Pontos zurückverfolgen können?«

»Ihre Könige waren Fremde, keine Kappadokier.«

»Fremde?«

»Sie waren Seleukiden aus Syrien.«

Sulla zuckte die Achseln. »Dann ist es seltsam, König Mithridates, daß in meinem Lager ein kappadokischer König weilt, der überhaupt nicht wie ein Seleukide aus Syrien aussieht. Er sieht auch dir nicht ähnlich! Und er stammt auch nicht aus Syrien, er gehört weder den Seleukiden noch einem anderen syrischen Stamm an. König Ariobarzanes ist Kappadokier und wurde von seinem Volk anstelle deines Sohnes Ariarathes Eusebes eingesetzt.«

Mithridates erschrak. Gordios hatte ihm nie erzählt, daß Marius herausgefunden hatte, wer König Ariarathes Eusebes war. Sullas Feststellung schien ihm deshalb ein Zeichen übernatürlichen Wissens, ein weiterer Beweis, daß er den römischen Apoll vor sich hatte.

»König Ariarathes Eusebes ist tot; er starb während des Überfalls der Armenier«, sagte Mithridates. Er sprach noch immer mit kleiner, schwacher Stimme. »Die Kappadokier haben jetzt einen kappadokischen König. Er heißt Gordios. Ich bin hier, um zu garantieren, daß er König bleibt.«

»Gordios ist dein Schützling, König Mithridates, denn er ist dein Schwiegervater, und seine Tochter ist Königin von Pontos«, sagte Sulla gleichmütig. »Gordios wurde nicht von den Kappadokiern zum König gewählt. Er wurde von *dir* und durch die Vermittlung deines Schwiegersohnes Tigranes ausgesucht. Ariobarzanes ist der rechtmäßige König.«

Also auch das wußte dieser Römer! Wer war dieser Lucius Cornelius Sulla, wenn nicht Apollo? »Ariobarzanes hat keinen Anspruch auf den Thron!«

»Der Senat und das Volk von Rom sind anderer Ansicht!« erklärte Sulla. Er spürte, daß er die Oberhand gewann. »Ich habe den Auftrag vom Senat und vom römischen Volk, König Ariobarzanes zu dem Thron zu verhelfen, der ihm rechtmäßig zusteht, und dafür zu sorgen, daß Pontos – *und* Armenien – aus Kappadokien verschwinden.«

»Diese Angelegenheit geht Rom nichts an!« rief der König, dessen Mut in dem Maß wuchs, wie seine Geduld zu Ende ging.

»Alles auf der Welt geht Rom etwas an!« stellte Sulla fest. Er spürte, daß die Zeit reif war für den entscheidenden Schlag. »Kehre nach Hause zurück, König Mithridates!«

»Kappadokien ist ebenso mein Zuhause wie Pontos!«

»Nein. Kehre nach Pontos zurück.«

»Willst du mich mit deinem lächerlich kleinen Heer dazu zwingen?« zischte der König. Er war jetzt wirklich wütend. »Sieh mal dort hinüber, Lucius Cornelius Sulla! Dort stehen hunderttausend Mann!«

»Hunderttausend Barbaren«, sagte Sulla verächtlich. »Ich werde sie alle vernichten.«

»Ich werde kämpfen! Ich warne dich! Ich werde kämpfen!«

Sulla wandte sich ab, um ins Lager zurückzukehren. Über die Schulter sagte er: »Höre auf mit dem Gejammer und kehre nach Hause zurück!« Am Tor drehte er sich noch einmal um und rief laut: »Zurück nach Pontos, König Mithridates! In genau acht Tagen werde ich nach Eusebeia Mazaka marschieren und König Ariobarzanes wieder einsetzen. Wenn du mich daran hinderst, werde ich dein Heer vernichten und dich töten. Du kannst mich nicht aufhalten, selbst wenn dein Heer doppelt so groß wäre!«

»Du hast ja nicht einmal römische Soldaten!« brüllte der König.

Sulla lächelte grimmig. »Meine Soldaten sind römisch genug«, sagte er. »Sie wurden von einem Römer ausgerüstet und ausgebildet – und sie werden wie echte Römer kämpfen, das versichere ich dir. Kehre nach Hause zurück!«

Der König stürmte in sein königliches Zelt. Er war so wütend, daß ihn niemand anzusprechen wagte, nicht einmal Neoptolemos. Mithridates eilte in sein privates Gemach im hinteren Teil des Zeltes, setzte sich auf seinen königlichen Stuhl und zog seinen purpurroten Mantel über den Kopf. Nein, Sulla war *nicht* Apollo! Er war nur ein gewöhnlicher Römer. Aber was für Menschen waren die Römer, wenn sie wie Apollo aussahen? Oder, wie Gaius Marius, so groß und majestätisch, daß niemand an ihrer Macht und Herrschergewalt zweifelte? Der König hatte in der Provinz Asia Römer gesehen und einmal aus der Entfernung sogar den Statthalter. Sie waren ihm als zwar arrogante, aber doch gewöhnliche Menschen erschienen. Persönlich kennengelernt hatte er freilich nur zwei Römer, Gaius Marius und Lucius Cornelius Sulla. Wie waren die Römer nun wirklich? Wie die Römer in der Provinz Asia, sagte ihm sein gesunder Menschenverstand. Wie Marius und Sulla, sagte ihm sein Gefühl. Er war schließlich selbst ein großer König, der seine Abstammung auf Herakles und auf Darius von Persien zurückführen konnte. Deshalb mußten auch seine Feinde große Männer sein.

Warum konnte er sein Heer nicht selbst befehligen? Warum verstand er nichts von Kriegsführung? Warum mußte er diese Aufgabe Männern wie seinen Vettern Archelaos und Neoptolemos überlassen? Er hatte auch vielversprechende Söhne – aber sie hatten ehrgeizige Mütter. An wen konnte er sich wenden, auf wen konnte er sich verlassen? Wie konnte er mit den berühmten Römern fertig werden, die Hunderttausende von Soldaten besiegten?

Seine Wut wich Tränen. Der König weinte, bis seine Verzweiflung in Resignation überging, beides Stimmungen, die seinem Wesen eigentlich fremd waren. Er mußte einsehen, daß er die Römer nicht schlagen konnte. Und er konnte seinen Ehrgeiz erst befriedigen, wenn die Götter Pontos wieder wohlgesonnen waren und den großen Römern etwas anderes zu tun gaben, das näher bei Rom lag als Kappadokien. Er mußte den Tag abwarten, an dem gewöhnliche Römer gegen Pontos geschickt würden, dann würde er zuschlagen. Bis dahin mußte er seine Pläne für Kappadokien, Bithynien und Makedonien aufschieben. Er warf seinen Purpurmantel ab und erhob sich.

Gordios und Neoptolemos warteten in den vorderen Gemächern. Als der König im Durchgang erschien, der zu seinen privaten Räumen führte, sprangen beide Männer auf.

»Gebt den Befehl zum Aufbruch«, sagte der König knapp. »Wir kehren nach Pontos zurück. Sollen die Römer Ariobarzanes auf den Thron setzen! Ich bin jung, und ich habe Zeit. Ich warte, bis Rom in eine andere Angelegenheit verwickelt wird, dann marschiere ich nach Westen.«

»Und was wird aus mir?« jammerte Gordios.

Der König knabberte an seinem Zeigefinger und starrte Gordios unverwandt an. »Ich glaube, es ist Zeit, daß wir dich loswerden, Schwiegervater.« Er hob sein Kinn und brüllte: »Wache!«

Soldaten stürzten herein.

»Nehmt ihn fest und tötet ihn«, sagte der König und wies auf Gordios, der sich zusammenkrümmte. Dann wandte er sich an den bleichen und zitternden Neoptolemos: «Worauf wartest du noch? Gib den Befehl zum Aufbruch! Sofort!«

»Na also!« sagte Sulla zu seinem Sohn. »Er zieht ab.«

Sie standen auf dem Wachturm beim Haupttor, von dem aus das Lager des Mithridates zu überblicken war.

Der junge Sulla empfand eine Mischung aus Bedauern und Freude, aber die Freude überwog. »So ist es besser, Vater, nicht wahr?«

»Ich glaube schon, so wie die Dinge stehen.«

»Wir hätten ihn nicht schlagen können, stimmt's?«

»Natürlich hätten wir ihn schlagen können!« sagte Sulla im Brustton der Überzeugung. »Hätte ich meinen Sohn auf einen Feldzug mitgenommen, wenn ich nicht sicher gewesen wäre, daß ich gewinne? Er hat nur einen einzigen Grund für seinen Abzug: Er weiß, daß wir ihn besiegt hätten. Unser Mithridates mag zwar ein Hinterwäldler sein, aber er ist durchaus fähig zu erkennen, wann er es mit einer überlegenen Militärmacht und mit besseren Männern zu tun hat, auch wenn er sie zum ersten Mal zu sehen bekommt. Es war unser Vorteil, daß er in einem so abgeschiedenen Winkel der Welt lebt. Die Herrscher hier im Osten kennen nur ein Vorbild: Alexander den Großen. Und dieses Vorbild ist nach römischem Maßstab hoffnungslos veraltet.«

»Was für ein Mensch ist der König von Pontos?« fragte der Junge neugierig.

»Hm.« Sulla dachte einen Moment lang nach. »Das ist wirklich eine gute Frage. Er ist sehr unsicher und deshalb leicht zu manipulieren. Auf dem Forum wäre er bestimmt keine imponierende Erscheinung, aber das könnte sein, weil er ein Ausländer ist. Wie jeder Tyrann ist er gewohnt, seinen Kopf durchzusetzen – jeder Säugling in der Wiege verhält sich so. Wenn ich seinen Charakter in einem Wort zusammenfassen müßte, würde ich ihn als einen Bauerntölpel bezeichnen. Aber er ist König vieler Länder, und er ist gefährlich. Er ist freilich auch lernfähig. Es ist gut, daß er nicht wie Jugurtha schon im frühen Alter mit Rom und den Römern in Verbindung kam – oder Hannibals Bildung erwerben konnte. Bis er Gaius Marius und mich kennenlernte, war er sich selbst genug. Jetzt ist das nicht mehr so. Und das kann Freund Mithridates natürlich nicht ertragen! Ich weiß schon jetzt, daß er versuchen wird, uns in unserem eigenen Spiel zu schlagen. Er ist sehr stolz. Und sehr eingebildet. Er wird keine Ruhe geben, bis er sich nicht mit Rom gemessen hat.

Aber das wird er erst riskieren, wenn er absolut sicher ist, daß er gewinnen kann. Heute war er nicht sicher. Aus seiner Sicht war der Rückzug eine kluge Entscheidung, mein Sohn! Ich hätte ihn und seine Armee vernichtet.«

Der junge Sulla sah seinen Vater fasziniert an. Er staunte über dessen Selbstvertrauen. Sein Vater war absolut überzeugt, daß er recht hatte. »Aber *so* viele?«

»Zahlen bedeuten gar nichts, mein Sohn.« Sulla wandte sich zum Gehen. »Ich hätte ihn auf mindestens ein Dutzend verschiedene Arten besiegen können. Er denkt in Zahlen, aber die richtige Lösung hat er noch nicht gefunden: nämlich alles, was einem zur Verfügung steht, zusammen einzusetzen, als Einheit. Wenn er den Kampf gewagt und ich ihm den Gefallen getan hätte, mein Heer vor dem Lager aufzustellen, hätte er einfach einen Massenangriff befohlen. Sein ganzes Heer hätte sich auf uns gestürzt. Mit so einem Angriff wären wir leicht fertig geworden! Und mein Lager zu stürmen – das ist unmöglich! Aber er ist gefährlich. Weißt du, warum ich ihn für gefährlich halte?«

»Nein«, antwortete sein Sohn mit glänzenden Augen.

»Weil er sich für den Rückzug entschieden hat. Er wird nach Pontos zurückkehren und nachdenken, bis er endlich zu begreifen beginnt, wie er sich hätte verhalten sollen. Fünf Jahre, mein Junge! Ich gebe ihm noch fünf Jahre. Dann, glaube ich, wird Rom mit diesem Mithridates große Probleme bekommen.«

Morsimos wartete am Fuß des Wachturms auf Sulla. Wie der junge Sulla schien auch er erfreut und traurig zugleich. »Was machen wir jetzt, Lucius Cornelius?« fragte er.

»Wir machen genau das, was ich Mithridates angekündigt habe. In acht Tagen marschieren wir nach Mazaka und setzen Ariobarzanes wieder auf den Thron. Er wird vorerst keine Schwierigkeiten bekommen. Ich glaube nicht, daß Mithridates in den nächsten Jahren in Kappadokien einfällt. Ich bin nämlich noch nicht fertig.«

»Du bist noch nicht fertig?«

»Ich meine: Ich bin noch nicht fertig mit ihm. Wir kehren noch nicht nach Tarsos zurück.« Auf Sullas Gesicht erschien ein unangenehmes Lächeln.

Morsimos stockte der Atem. »Du willst doch nicht nach Pontos marschieren?«

Sulla lachte. »Nein! Ich marschiere gegen Tigranes.«

»Tigranes? Tigranes von Armenien?«

»Genau den.«

»Aber warum, Lucius Cornelius?«

Zwei Augenpaare waren auf Sulla gerichtet, und zwei Ohrenpaare warteten begierig auf eine Antwort. Weder der Legat noch der Sohn errieten Sullas Motive.

»Weil ich gerne den Euphrat besichtigen möchte«, erklärte Sulla mit sehnsüchtiger Miene.

Diese Antwort hatte keiner der beiden Zuhörer erwartet. Der junge Sulla jedoch kannte seinen Vater gut genug und kicherte. Morsimos entfernte sich kopfschüttelnd.

Natürlich hatte Sulla noch andere Gründe. Er war zwar sicher, daß in Kappadokien keine Probleme mehr zu erwarten waren und Mithridates vorerst in Pontos bleiben würde, aber er brauchte dennoch eine zusätzliche Abschreckung. Und was ihn persönlich betraf, so hatte noch keine Schlacht stattgefunden, und infolgedessen hatte sich auch keine Gelegenheit ergeben, zu Gold zu kommen oder einen Staatsschatz zu erobern. Sulla glaubte nicht, daß das Königreich Kappadokien reich genug war, um ihn zu belohnen. Die Reichtümer, die einst in Eusebeia Mazaka vorhanden gewesen sein mochten, befanden sich längst in den Truhen des Mithridates – und Sulla glaubte nicht, daß er mit dieser Vermutung dem König von Pontos Unrecht tat.

Sullas Auftrag war genau bestimmt worden. Er sollte Mithridates und Tigranes aus Kappadokien vertreiben und Ariobarzanes auf den Thron setzen, im übrigen aber jede weitere Aktivität außerhalb der kilikischen Grenzen unterlassen. Da er nur Prätor war, hatte er keine andere Wahl, als den Anweisungen zu folgen. Daran änderte auch sein prokonsularisches Imperium nichts. Aber dennoch … Von Tigranes hatte er nichts mehr gehört. Er hatte sich dem König von Pontos auf diesem Zug nicht angeschlossen. Das bedeutete, daß er sich immer noch irgendwo im Gebirge in Armenien aufhielt. Tigranes wußte weder, was Rom wollte, noch konnte er Rom die nötige Ehrfurcht entgegenbringen, da er noch nie einen Römer gesehen hatte.

Niemand konnte sich darauf verlassen, daß Tigranes die Wünsche Roms richtig übermittelt bekam, wenn der Bote Mithridates hieß. Mußte der Statthalter von Kilikien Tigranes also nicht selbst die Anweisungen Roms überbringen? Und wer weiß, vielleicht fiel Sulla auch irgendwo auf dem Weg nach Armenien ein Beutel Gold vor die Füße. Einen Beutel Gold benötigte er dringend. Vorausgesetzt natürlich, dem Beutel Gold, der für den persönlichen Bedarf des Statthalters bestimmt war, würde ein zweiter Beutel Gold für den römischen Staatsschatz hinzugefügt. War diese Bedingung erfüllt, galt es nicht als unangemessen, wenn der Statthalter den anderen Beutel behielt. Nur wenn der Staatsschatz leer ausging, wurde Anklage wegen Erpressung, Verrat oder Bestechung erhoben – oder, wie im Falle von Manius Aquillius' Vater, wenn der Statthalter etwas verkaufte, das dem Staat gehörte, und den Erlös selbst einstrich. Wie Phrygien.

Nachdem die Frist von acht Tagen verstrichen war, verließen Sullas vier Legionen das befestigte Lager. Es blieb verlassen auf dem Plateau zurück. Vielleicht konnte es eines Tages wieder von Nutzen sein. Sulla bezweifelte, daß Mithridates das Lager schleifen lassen würde, wenn er nach Kappadokien zurückkehrte. Mit Sohn und Heer zog Sulla nach Mazaka, verfolgte im großen Saal des Palastes, wie Ariobarzanes wieder seinen Thron bestieg, während die Königsmutter und der junge Sulla strahlten. Es war offensichtlich, daß die Kappadokier sich freuten. Sie strömten aus ihren Häusern und jubelten ihrem König zu.

»Wenn du klug bist, König, dann stelle sofort ein Heer zusammen und bilde es aus«, sagte Sulla, als er sich verabschiedete. »Rom wird dir vielleicht nicht immer helfen können.«

Der König versprach es eifrig, aber Sulla hatte seine Zweifel. Erstens hatte Kappadokien kein Geld, und zweitens waren die Kappadokier kein kriegerisches Volk. Ein römischer Bauer konnte ein prachtvoller Legionär werden, ein kappadokischer Schäfer nicht. Immerhin war der Rat erteilt und gehört worden. Sulla hatte getan, was er konnte.

Kundschafter berichteten Sulla, daß Mithridates inzwischen den großen roten Halys überschritten habe und bereits im Begriff sei, den ersten der pontischen Pässe auf dem Weg nach Zela zu überwinden. Natürlich wußten die Kundschafter nicht, ob Mithridates eine Nachricht an Tigranes von Armenien geschickt hatte. Aber das spielte auch keine Rolle. Wenn Mithridates Tigranes eine Nachricht zukommen ließ, würde er sich selbst nicht in einem schlechten Licht darstellen. Die Wahrheit würde Tigranes erst herausfinden, wenn er Sulla persönlich begegnete.

Von Mazaka aus führte Sulla seine disziplinierte kleine Armee nach Osten über die kappadokischen Berge. Er wollte den Euphrat bei Melitene überqueren und nach Tomisa ziehen. Inzwischen war es später Frühling geworden. Sulla erfuhr, daß alle Pässe mit Ausnahme derer offen waren, die am Ararat vorbeiführten. Bis er den Ararat erreichte, würden aber auch diese Pässe schneefrei sein, falls er beabsichtigte, dort entlangzuziehen. Sulla nickte, sagte aber nichts, nicht einmal zu seinem Sohn oder zu Morsimos. Er wußte selbst noch nicht genau, was er wollte. Vorerst richtete er seine Aufmerksamkeit darauf, den Euphrat zu erreichen.

Zwischen Mazaka und Dalanda lag das Anti-Taurus-Gebirge, dessen Überquerung weniger schwierig war, als Sulla angenommen hatte. Obwohl die Berge hoch waren, erwies sich der Paß als recht niedrig und war frei von Schnee und Geröllawinen. Danach zogen sie durch eine Reihe von Schluchten mit farbigen Felswänden, durch die reißende Ströme schossen. In den Tälern pflügten die Bauern das fruchtbare Schwemmland für die kurze Wachstumszeit. Die Täler waren seit uralten Zeiten besiedelt, und ihre Bewohner waren im Lauf der Jahrhunderte kaum gestört worden. Die Bauern waren weder zum Militärdienst eingezogen noch jemals aus ihren Gebieten vertrieben worden, sie waren zu unwichtig. Sulla verhielt sich ihnen gegenüber höflich. Er kaufte Nahrungsmittel für sein Heer und bezahlte dafür, und er ermahnte seine Männer, die Äcker nicht zu verwüsten. Das Land war wie geschaffen für einen Überfall aus dem Hinterhalt, aber Sullas Kundschafter waren wachsam. Sulla glaubte nicht, daß Tigranes eine Armee aufgestellt hatte und ihm diesseits des Euphrat auflauerte.

Melitene war eine Gegend, in der es keine größeren Städte gab. Das Land war flach und fruchtbar und ein Teil der Ebene des Euphrat, die sich hier zwischen den Gebirgszügen ausbreitete. Hier lebten mehr Menschen, aber sie waren auch nicht zivilisierter als die Menschen in den Tälern des Anti-Taurus. Sie waren offenbar nicht daran gewohnt, ein Heer durch ihr Land ziehen zu sehen. Selbst Alexander der Große war auf seinen verschlungenen Wanderzügen nicht durch Melitene gekommen, und auch Tigranes hatte das Gebiet auf seinem Marsch nach Kappadokien nicht berührt, wie Sulla erfuhr. Anders als Sulla hatte er die direktere nördliche Route am Oberlauf des Euphrat vorgezogen.

Und dann endlich erreichten sie den mächtigen Strom, der zwischen felsige Ufer eingezwängt war. Er war nicht so breit wie die untere Rhone, aber er floß viel schneller. Sulla betrachtete ihn nachdenklich. Er staunte über die Farbe des Wassers, ein gespenstischmilchiges Blaugrün. Er drückte seinen Sohn an sich, für den er immer stärkere Liebe empfand. Ein vollkommener Begleiter!

»Können wir den Fluß überqueren?« fragte er Morsimos.

Aber der Kiliker aus Tarsos wußte auch nicht mehr als er selbst und schüttelte nur zweifelnd den Kopf. »Vielleicht später im Jahr, wenn die Schneeschmelze im Gebirge vorbei ist – wenn das je der Fall ist, Lucius Cornelius. Die Einheimischen behaupten, der Euphrat sei tiefer, als er breit ist. Wenn das stimmt, muß er der mächtigste Fluß der Welt sein.«

»Gibt es keine Brücken?« fragte Sulla gereizt.

»Hier am Oberlauf nicht. Hier eine Brücke zu bauen, erfordert bessere Pionierkenntnisse, als irgend jemand in diesem Teil der Welt hat. Ich weiß, daß Alexander der Große eine Brücke bauen ließ, aber viel weiter flußabwärts und später im Jahr.«

»Dazu braucht man Römer.«

»Richtig.«

Sulla seufzte und zuckte die Schultern. »Ich habe aber keine Pioniere im Heer, und ich habe auch keine Zeit. Wohin wir auch gehen, wir müssen zurück sein, bevor der Schnee die Pässe wieder verschließt und uns den Rückweg abschneidet. Obwohl ich glaube, daß wir wahrscheinlich durch Nordsyrien und das Amanos-Gebirge zurückmarschieren werden.«

»Wohin marschieren wir eigentlich, Vater? Du hast doch jetzt den Euphrat gesehen!« Der junge Sulla lächelte.

»Ich habe noch lange nicht genug vom Euphrat gesehen!« sagte Sulla. »Deshalb marschieren wir jetzt an seinem Ufer entlang nach Süden, bis wir eine Möglichkeit finden, über den Fluß zu setzen.«

Bei Samosata war die Strömung noch immer zu stark. Die Einwohner boten Sulla an, das Heer in flachen Flußschiffen überzusetzen. Sulla inspizierte die Boote und lehnte das Angebot dann ab.

»Wir marschieren weiter nach Süden«, befahl er.

Er erfuhr, daß die nächste Furt bei Zeugma sei, jenseits der syrischen Grenze.

»Ist es in Syrien jetzt ruhig, nachdem Grypos tot ist und Kyzikenos allein regiert?« fragte Sulla einen Einheimischen, der Griechisch sprach.

»Ich weiß es nicht, römischer Herr.«

Doch als das Heer wieder abmarschbereit war, beruhigte sich der Fluß plötzlich. Sulla traf sofort eine Entscheidung.

»Wir setzen hier mit Booten über, solange es möglich ist«, sagte er.

Als sich das Heer auf der anderen Seite befand, atmete er auf. Aber er hatte gemerkt, daß sich seine Soldaten zu fürchten begannen – als hätten sie soeben einen metaphorischen Styx überschritten und als marschierten sie jetzt durch die Unterwelt. Er rief seine Offiziere und sagte ihnen, wie sie ihre Männer zu motivieren hätten. Der junge Sulla war ebenfalls anwesend.

»Wir sind noch nicht auf dem Heimweg«, erklärte Sulla. »Die Männer müssen sich damit abfinden und das Beste aus der Situation machen. Ich bezweifle, daß es im Umkreis von mehreren hundert Meilen eine Armee gibt, die uns schlagen kann – wenn es überhaupt eine gibt. Sagt den Soldaten, daß Lucius Cornelius Sulla sie anführt und daß Sulla ein weit besserer Feldherr ist als Tigranes oder der Parther Surenas. Sagt ihnen auch, daß wir das erste römische Heer sind, das sich östlich des Euphrat befindet. Das allein ist schon ein Schutz für uns.«

Da der Sommer bevorstand, wollte Sulla nicht in die syrische oder mesopotamische Ebene hinabsteigen. Hitze und Eintönigkeit würden die Soldaten schneller demoralisieren als der Marsch in ein unbekanntes Land. Deshalb wandte er sich von Samosata wieder nach Osten und zog in Richtung der Stadt Amida am Tigris. Dort verlief die Grenze zwischen Armenien im Norden und dem Königreich der Parther im Süden und Osten, aber Grenzwachen oder Truppen gab es nicht. Sullas Heer wälzte sich durch rote Mohnblumenfelder. Die Soldaten gingen sparsam mit ihren Vorräten um, denn obwohl das Land stellenweise bebaut wurde, hatte die einheimische Bevölkerung offenbar nicht viel zu verkaufen.

In dieser Gegend lagen eine Reihe kleinerer Königreiche, Sophene, Gordyene, Osroene und Kommagene, die von riesigen, schneebedeckten Bergen überragt wurden. Das Heer kam jedoch gut voran, da es nicht durch das Gebirge ziehen mußte. In Amida, einer von schwarzen Mauern umgebenen Stadt am Ufer des Tigris, traf Sulla die Könige von Kommagene und Osroene. Sie waren hierher gekommen, als sie erfuhren, daß eine fremde, aber friedfertige römische Macht durch das Land zog.

Sulla hielt ihre Namen für unaussprechbar. Da aber beide Könige ihre Namen mit griechischen Attributen verherrlichten, nannte Sulla den König von Kommagene Epiphanes und den König von Osroene Philoromaios.

»Hochgeehrter Römer, du befindest dich in Armenien«, sagte Epiphanes sehr ernst. »Der mächtige König Tigranes wird annehmen, daß du in sein Land eingefallen bist.«

»Und er ist nicht weit von hier«, erklärte Philoromaios, ebenfalls sehr ernst.

Sulla wurde aufmerksam, er empfand jedoch keine Furcht. »Er ist nicht weit weg?« fragte er eifrig. »Wo steht er denn?«

»Er will eine neue Hauptstadt in Südarmenien bauen und hat sich bereits für einen Ort entschieden«, erklärte Philoromaios. »Die Stadt soll Tigranokerta heißen.«

»Wo ist der Ort?«

»Östlich von Amida und dann etwas nach Norden, ungefähr fünfhundert *stades* von hier«, sagte Epiphanes.

Sulla rechnete kurz nach. »Das sind ungefähr sechzig Meilen.«

»Du willst doch nicht dorthin ziehen?«

»Warum nicht?« fragte Sulla. »Ich habe niemanden getötet, keinen Tempel ausgeraubt, keine Nahrungsmittel gestohlen. Ich komme in friedfertiger Absicht, um mit König Tigranes zu sprechen. Ich bitte euch um einen Gefallen: Schickt Boten zu König Tigranes in Tigranokerta und laßt ihn wissen, daß ich zu ihm komme – in Frieden!«

*

Die Botschafter wurden losgeschickt. Tigranes hatte bereits erfahren, daß Sulla nahte, zögerte aber, seinen Vormarsch aufzuhalten. Was hatte Rom östlich des Euphrat zu suchen? Natürlich mißtraute Tigranes Sullas Friedfertigkeit, aber die Größe des römischen Heeres wies nicht auf eine ernsthafte Invasion hin. Die zentrale Frage war, ob er angreifen sollte oder nicht – wie Mithridates hatte auch Tigranes große Ehrfurcht vor dem Namen Rom. Er beschloß deshalb, erst anzugreifen, wenn er selbst angegriffen wurde. Und zunächst würde er mit seinem Heer diesem Lucius Cornelius Sulla entgegenziehen und mit ihm sprechen.

Natürlich hatte Tigranes gehört, wie es Mithridates ergangen war. Er hatte einen in beleidigtem und selbstgerechtem Ton geschriebenen Brief bekommen, in dem er über Gordios' Tod informiert wurde. Mithridates hatte ihm ferner mitgeteilt, Kappadokien stehe wieder unter der Herrschaft der römischen Marionette, des Königs Ariobarzanes; eine römische Armee sei von Kilikien gekommen, und ihr Befehlshaber (dessen Name er nicht erwähnte) habe ihn, Mithridates, aufgefordert, nach Hause zurückzukehren. Wie der König von Pontos weiter ausführte, habe er es für richtig gehalten, den Plan, nach der endgültigen Unterwerfung Kappadokiens in Kilikien einzufallen, vorläufig aufzugeben. Mithridates forderte Tigranes in seinem Brief auf, nicht wie ursprünglich geplant nach Westen nach Syrien zu marschieren, um dort mit seinem Schwiegervater auf der fruchtbaren Ebene des kilikischen Pedien zusammenzutreffen.

Keiner der beiden Könige hatte sich auch nur einen Augenblick lang vorstellen können, daß der Römer Lucius Cornelius Sulla, nachdem sein Auftrag in Kappadokien erfolgreich beendet war, in eine andere Richtung als zurück nach Tarsos marschieren würde. Als Tigranes dann endlich glaubte, was ihm seine Kundschafter berichteten – daß Sulla am Euphrat entlangzog, um eine Gelegenheit zur Überquerung zu finden –, war es zu spät. Mithridates in Sinope würde seine Botschaft erst bekommen, wenn Sulla bereits an der armenischen Grenze stand. Deshalb hatte Tigranes eine Nachricht über Sullas Vormarsch an seine parthischen Herren in Seleukeia am Tigris geschickt. Das war für seine Boten eine zwar lange, aber leichte Reise.

Der König von Armenien traf mit Sulla am Tigris einige Meilen westlich des Ortes zusammen, an dem er seine neue Hauptstadt errichten wollte. Als Sulla am westlichen Ufer ankam, erblickte er Tigranes' Lager am östlichen Ufer. Im Vergleich zum Euphrat war der Tigris ein seichter Bach mit bräunlichem Wasser, das schwerfällig dahinfloß. Der Tigris war nur etwa halb so breit wie der Euphrat. Seine Quelle lag auf der falschen Seite des Anti-Taurus, so daß er nicht einmal ein Zehntel der Nebenflüsse des Euphrat hatte, in den auch das meiste Schmelzwasser und die meisten Quellen flossen. Fast tausend Meilen südlich, in der Gegend um Babylon, Ktesiphon und Seleukeia am Tigris, flossen die beiden Ströme nur etwa vierzig Meilen voneinander entfernt dahin. Dort hatte man Kanäle zwischen den beiden Flüssen gebaut, um dem Tigris Wasser für den Rest seines Weges zum Persischen Golf zuzuführen.

Wer besucht wen? überlegte Sulla. Er ließ ein stark befestigtes Lager errichten und wartete auf dem westlichen Ufer ab, ob Tigranes zuerst nachgeben und den Fluß überqueren würde. Tigranes gab zuerst nach, aber nicht aus Angriffslust oder Furcht, sondern aus Neugier. Mehrere Tage waren vergangen, aber Sulla hatte sich nicht sehen lassen; der König konnte es einfach nicht mehr aushalten. Das königliche Boot wurde zu Wasser gelassen, ein flacher, vergoldeter Stocherkahn. Ein gold- und purpurfarbener, mit Goldfransen verzierter Baldachin schützte den König vor der Sonne, darunter stand ein kleines Podium mit einem der kleineren Thronsessel des Königs, einem prächtigen Stuhl aus Gold, Elfenbein und Edelsteinen.

Der König wurde in einem vierrädrigen goldenen Wagen zum hölzernen Anlegesteg gefahren. Der Wagen blitzte und glänzte so sehr, daß den Zuschauern auf dem Westufer die Augen schmerzten. Auf dem Wagen hinter dem König stand ein Sklave, der einen goldenen, mit Edelsteinen besetzten Sonnenschirm über das Haupt seiner Majestät hielt.

»Wie er damit wohl fertig wird?« fragte Sulla seinen Sohn. Sie standen versteckt hinter einem Wall von Kampfschilden.

»Was meinst du, Vater?«

»*Dignitas!*« rief Sulla grinsend. »Ich kann mir nicht vorstellen, daß er seine Füße auf diesem Holzsteg beschmutzen will, aber sie haben keinen Teppich für ihn ausgerollt.«

Das Dilemma wurde elegant gelöst. Zwei kräftige Sklaven schubsten den Sonnenschirm-Halter beiseite, stiegen auf den Wagen mit den kleinen Rädern, schlangen die Arme ineinander und warteten. Anmutig nahm der König mit seinem königlichen Hinterteil auf den Armen Platz und wurde von ihnen zur Königsbarke getragen und sanft auf den Thron gesetzt. Unbeweglich saß Tigranes auf dem Thron, während die Barke schwerfällig über den trägen Fluß fuhr. Tigranes schien die Ansammlung von Zuschauern auf dem Westufer nicht zu bemerken. Dann stieß die Barke an das steilere Westufer, an dem sich kein Anlegesteg befand. Der ganze Prozeß begann von vorne. Die Sklaven hoben den König vom Thron, traten zur Seite, so daß der Thron auf einen hochgelegenen, flachen Felsen geschafft und dort aufgestellt werden konnte, und der königliche Sonnenschirm-Halter kletterte hinauf, um den Thron zu beschatten. Erst dann wurde der König hinauftransportiert und wieder auf seinen Stuhl gesetzt – für die Sklaven eine recht anstrengende Arbeit.

»Gut gemacht!« rief Sulla.

»Was meinst du damit?« fragte der lernbegierige Sohn.

»Er hat mich überlistet, junger Sulla! Ich kann sitzen, worauf ich will, und selbst wenn ich stehen bleibe – er wird über mir thronen!«

»Was kannst du tun?«

Sulla war den Blicken des auf seinem Thron sitzenden Königs verborgen. Er gab seinem Leibsklaven ein Zeichen. »Hilf mir, die Rüstung abzulegen«, befahl er und zerrte am Lederriemen seines Brustpanzers.

Als er die Rüstung abgelegt hatte, zog er auch den ledernen Rock und die scharlachrote Tunika aus. Dann legte er eine grobgewebte Tunika an, band eine Kordel um die Hüften, warf einen mausgrauen Bauernmantel über die Schultern und setzte seinen breitkrempigen Strohhut auf.

»Wenn du der Sonne begegnest«, sagte er grinsend zum jungen Sulla, »mußt du zur Höhle werden.«

Gekleidet wie ein einheimischer Bauer, trat Sulla zwischen den römischen Wachen hervor und spazierte zu der Stelle, über der Tigranes wie eine Statue auf seinem Thron zu schweben schien. Der König maß der Erscheinung tatsächlich keine Bedeutung bei, sondern starrte stirnrunzelnd über ihn hinweg auf das römische Heer.

»Sei gegrüßt, König Tigranes. Ich bin Lucius Cornelius Sulla«, sagte Sulla auf Griechisch, als er am Fuß des Felsens angekommen war, auf dem der Thron stand. Er nahm seinen Hut vom Kopf und blickte hinauf. Seine farblosen Augen waren weit geöffnet, da sich der Sonnenschirm des Königs zwischen ihm und der Sonne befand.

Der König starrte mit offenem Mund auf Sullas Haare und in seine Augen. Einen Menschen, der sein ganzes Leben lang nur braune Augen gesehen hatte und der die gelblichen Augen seiner Königin für einzigartig hielt, mußten Sullas Augen entsetzen – sie waren geradezu bedrohlich hell.

»Ist das dein Heer, Römer?« fragte Tigranes.

»Das ist mein Heer.«

»Was hat es in meinem Land zu suchen?«

»Wir haben dich gesucht, König Tigranes.«

»Du siehst mich vor dir. Und nun?«

»Nichts weiter!« sagte Sulla hochmütig. Seine Augenbrauen hoben sich, die Augen funkelten. »Ich habe dich gesucht, König Tigranes, und ich habe dich gefunden. Sobald ich dir erklärt habe, was mir aufgetragen wurde, werde ich mit meinem Heer den Rückmarsch nach Tarsos antreten.«

»Was sollst du mir mitteilen, Römer?«

»Der Senat und das Volk von Rom fordern dich auf, innerhalb der Grenzen deines Landes zu bleiben, König Tigranes. Armenien geht Rom nichts an. Aber wer in Kappadokien, Syrien oder Kilikien einmarschiert, fordert Rom heraus. Und Rom ist mächtig – Herrin aller Länder rings um das Mittelmeer, ein viel größeres Reich als Armenien. Roms Armeen wurden noch nie besiegt, und sie sind zahlreich. Deshalb solltest du dein Land besser nicht verlassen, König.«

»Ich *bin* in meinem Land«, erklärte der König, verwirrt über diese unverblümte Drohung. »Rom ist der Eindringling!«

»Ich erfülle nur meinen Auftrag, König, ich bin nur ein Botschafter«, sagte Sulla unbeeindruckt. »Ich hoffe, daß du mir gut zugehört hast.«

»Ihr da!« sagte der König und hob eine Hand. Die Sklaven verschlangen wieder ihre kräftigen Arme und stiegen auf den Felsen, der König ließ sich auf ihren Armen nieder und wurde wieder mitsamt seinem Thron auf die Barke geschafft. Er wandte Sulla den Rücken zu. Die Barke kehrte über den schwerfälligen Fluß zurück. Tigranes bewegte sich nicht.

»Gut, gut!« sagte Sulla zu seinem Sohn und rieb sich schadenfroh die Hände. »Wirklich ein seltsamer Haufen, diese östlichen Könige, mein Junge. Aufschneider, allesamt. Aufgeblasene Wichtigtuer, aber wenn es hart kommt, platzen sie wie eine volle Blase.« Er sah sich um und rief: »Morsimos!«

»Hier bin ich, Lucius Cornelius!«

»Gib den Befehl zum Aufbruch. Wir marschieren nach Hause.«

»Welche Strecke?«

»Nach Zeugma. Ich bezweifle, daß uns Kyzikenos von Syrien mehr Schwierigkeiten macht als dieser eingebildete Abfallhaufen, der da eben über den Fluß verschwindet. So sehr sie das Gefühl auch hassen mögen, sie haben doch alle Angst vor Rom. Das gefällt mir.« Sulla schnaubte verächtlich. »Nur schade, daß ich ihn nicht in eine Stellung bringen konnte, in der er zu mir aufblicken muß.«

Sulla hatte sich nicht nur wegen der kürzeren und weniger gebirgigen Strecke für die südwestliche Richtung nach Zeugma entschieden. Die Vorräte gingen zur Neige, und das Getreide auf den Feldern war noch grün. Er hoffte jedoch, in den Tiefebenen des oberen Mesopotamien Getreide kaufen zu können. Seine Soldaten hatten längst genug von den Früchten und dem Gemüse, von denen sie seit dem Abmarsch aus Kappadokien gelebt hatten. Sie sehnten sich nach Brot. Dafür mußten sie die Hitze der mesopotamischen Ebene ertragen.

Als Sulla mit seinem Heer durch die Felsspalten südlich von Amida auf die Ebenen von Osroene hinabstieg, sah er, daß die Ernte bereits eingebracht worden war. Es gab also Brot im Überfluß. In Edessa besuchte er König Philoromaios. Osroene gab dem seltsamen Römer nur zu gerne, was er haben wollte, und ließ ihm auch noch eine recht alarmierende Neuigkeit zukommen.

»Lucius Cornelius, ich fürchte, König Tigranes hat eine große Armee aufgestellt und verfolgt dich«, sagte König Philoromaios.

»Ich weiß«, sagte Sulla gleichmütig.

»Aber er wird dich angreifen! Und mich auch!«

»Du brauchst dein Heer nicht zu mobilisieren, König. Sag deinen Leuten, sie sollen ihm aus dem Weg gehen. Tigranes macht sich nur wegen meiner Anwesenheit Sorgen. Wenn er sicher ist, daß ich wirklich nach Tarsos zurückkehre, wird er wieder nach Tigranokerta zurückkehren.«

Sullas Ruhe und Selbstvertrauen beruhigten den König von Osroene. Er versorgte Sulla reichlich mit Getreide, um ihn schneller loszuwerden, und er gab ihm auch etwas, mit dem dieser schon gar nicht mehr gerechnet hatte – einen Beutel Goldmünzen, die nicht Osroenes Antlitz, sondern das des Königs Tigranes zeigten.

Tigranes verfolgte Sulla den ganzen Weg bis nach Zeugma am Euphrat, hielt sich aber in so großer Entfernung, daß Sulla keinen Anlaß sah, ihn zum Kampf zu stellen. Der König verhielt sich eher vorsichtig als angriffslustig. Als Sulla seine Truppen bei Zeugma über den Fluß gesetzt hatte – was hier entschieden leichter vonstatten ging als in Samosata –, erhielt er Besuch von fünfzig Würdenträgern. Sie waren in einem für Römer äußerst befremdlichen Stil gekleidet – mit hohen, runden Hüten, die mit Perlen und goldenen Kügelchen besetzt waren; ihre Hälse waren in spiralförmige Kragen aus Golddraht gezwängt, die bis auf die Brust herabreichten, und sie trugen goldbestickte Mäntel und lange, steife, goldbestickte Röcke, die ihnen bis auf die Füße fielen, die in goldenen Schuhen steckten.

Sulla war nicht überrascht, als er erfuhr, daß es sich um eine Abordnung des Partherkönigs handelte. Nur die Parther konnten sich in so viel Gold kleiden. Aufregend! Und eine Rechtfertigung dieses unvorhergesehenen, nicht genehmigten Ausflugs in die Länder östlich des Euphrat. Sulla wußte, daß Tigranes von Armenien unter der Herrschaft der Parther stand. Vielleicht konnte Sulla die Parther dazu bringen, auf Tigranes aufzupassen und zu verhindern, daß er den Schmeicheleien des Mithridates erlag.

Dieses Mal würde er nicht zu Tigranes aufschauen – aber auch nicht zu den Parthern.

»Ich werde mich mit den Parthern, die Griechisch sprechen, und mit König Tigranes übermorgen am Ufer des Euphrat treffen, und zwar an einem Ort, zu dem die Würdenträger von meinen Soldaten gebracht werden«, sagte Sulla zu Morsimos. Die Botschafter hatten ihn bisher noch nicht zu Gesicht bekommen, obwohl er sie bereits heimlich beobachtet hatte. Es war Sulla nicht entgangen, wie Mithridates und Tigranes auf seine Erscheinung reagiert hatten. Er wollte die Parther ebenfalls überraschen.

Als geborener Schauspieler bereitete Sulla die Bühne für seinen Auftritt bis ins kleinste Detail vor. Er ließ ein riesiges, hohes Podium aus polierten Marmorplatten bauen, die er aus dem Tempel des Zeus in Zeugma entlieh. Auf dem Podium ließ er ein kleines Podest errichten, das gerade groß genug war, um einen kurulischen Stuhl aufzustellen zu können, und das Podium um fast einen halben Meter überragte. Das Podest wurde mit Platten aus rotem Marmor verkleidet, die zuvor den Sockel der Zeusstatue geziert hatten. Vornehme Stühle aus Marmor, deren Arm- und Rückenlehnen mit Darstellungen von Greifen und Löwen, Sphinxen und Adlern verziert waren, wurden aus der ganzen Stadt zusammengetragen und auf dem Podium aufgestellt, sechs auf einer Seite und ein einzelner, besonders prachtvoller Stuhl, der in der Form zweier geflügelter Löwen gestaltet war, auf der anderen Seite. Dieser einzelne Stuhl war für Tigranes bestimmt. Auf das kleine Podest aus rotem Marmor wurde Sullas kurulischer Stuhl aus Elfenbein gestellt, der im Vergleich mit den unten auf dem Podium stehenden Stühlen wacklig, schäbig und spartanisch aussah. Über die gesamte Konstruktion wurde ein großes Sonnensegel aus gold- und purpurgewirktem Stoff gespannt, der im Zeustempel den Vorhang vor dem inneren Heiligtum gebildet hatte.

Kurz nach der Morgendämmerung am vereinbarten Tag führten Sullas Soldaten sechs der parthischen Botschafter zu dem Podium und wiesen ihnen die sechs Plätze auf der einen Seite zu. Die restlichen Gesandten mußten unten am Podium bleiben, aber auch sie erhielten Plätze unter einem Sonnenschutz zugewiesen. Tigranes wollte sofort auf das rote Marmorpodest steigen, wurde jedoch höflich aber bestimmt zu seinem königlichen Stuhl auf der anderen Seite des Podiums geleitet. Tigranes Stuhl und die Stühle der Parther bildeten einen tiefergelegenen Halbkreis um das rote Podest. Die Parther sahen Tigranes an, er sah sie an – und alle sahen dann zu dem roten Podest hinauf.

Als alle ihre Plätze eingenommen hatten, betrat Lucius Cornelius Sulla das Podium. Er war in seine purpurgesäumte *toga praetexta* gekleidet und trug als Zeichen seines Amtes einen einfachen Stab aus Elfenbein. Der Stab war etwa dreißig Zentimeter lang und lag auf Sullas Oberarm; das eine Ende hielt Sulla in der Hand, das andere Ende lag in seiner Armbeuge. Sullas Haar leuchtete hell, auch nachdem er in den Schatten getreten war. Er schritt, ohne nach rechts oder links zu blicken, direkt auf die Stufen zu, die zu dem weißen Podium hinaufführten, und stieg von dort sofort die Stufen zu seinem Sitz auf dem oberen Podest hinauf. Dort setzte er sich kerzengerade auf seinen elfenbeinernen Stuhl ohne Rückenlehne und nahm die klassische Haltung ein: den einen Fuß nach vorn gestellt, den anderen nach hinten. Er sah aus wie der Inbegriff des Römers.

Die Gesandten waren von diesem Schauspiel nicht erbaut, am wenigsten Tigranes, sie konnten jedoch nichts dagegen unternehmen. Man hatte sie so würdevoll zu ihren Plätzen geleitet, daß sie jetzt nicht darauf bestehen konnten, Sullas Stuhl müsse auf derselben Höhe wie ihre eigenen Stühle stehen. Ein solches Verhalten wäre ihrer Würde abträglich gewesen.

»Gesandte des Königs der Parther und König Tigranes, ich heiße euch zu dieser Unterredung willkommen«, sagte Sulla von oben herab. Es bereitete ihm großes Vergnügen, sie mit seinen fremdartigen, hellen Augen zu verwirren.

»Dies ist nicht deine Unterredung, Römer«, brauste Tigranes auf. »*Ich* habe meine Oberherren gerufen!«

»Ich bitte um Verzeihung, König, aber dies ist meine Unterredung«, sagte Sulla lächelnd. »Du bist zu meinem Lager gekommen, und auf meine Einladung hin.« Er gab Tigranes keine Zeit zu antworten, sondern wandte sich an die Parther auf der anderen Seite und lächelte sie mit seinem besten Wolfslächeln an. »Ihr Herren aus Parthien, wer führt eure Gesandtschaft an?«

Der ältere Mann im ersten Stuhl nickte würdevoll mit dem Kopf. »Ich führe die Gesandtschaft, Lucius Cornelius Sulla. Mein Name ist Orobazos, und ich bin der Satrap von Seleukeia am Tigris. Ich unterstehe direkt dem König der Könige, Mithridates von Parthien. Er bedauert, daß Zeit und Entfernung ihm nicht ermöglichten, hierher zu kommen.«

»Er hält sich in seinem Sommerpalast in Ekbatana auf, nicht wahr?« fragte Sulla.

Orobazos blinzelte verdutzt. »Du bist gut informiert, Lucius Cornelius Sulla. Ich wußte nicht, daß unsere Aufenthaltsorte in Rom so gut bekannt sind.«

»Es genügt, wenn du mich mit Lucius Cornelius anredest, Fürst

Orobazos«, sagte Sulla. Er beugte sich leicht nach vorn, hielt aber seinen Rücken absolut gerade. In seiner Haltung verschmolzen Anmut und Macht zu einer Einheit, wie es einem Römer entsprach, der eine hochwichtige Besprechung leitete. »Dies ist eine historische Stunde, Fürst Orobazos. Es ist das erste Mal, daß Botschafter des Königreichs der Parther mit einem Botschafter Roms zusammentreffen. Es paßt gut, daß das Treffen an einem Fluß stattfindet, der die Grenze zwischen unseren beiden Welten bildet.«

»So ist es, Fürst Lucius Cornelius«, sagte Orobazos.

»Nicht Fürst, nur einfach Lucius Cornelius«, sagte Sulla. »In Rom gibt es weder Fürsten noch Könige.«

»Das haben wir schon gehört, aber es erscheint uns sehr seltsam. Ihr folgt also dem griechischen Staatsgedanken. Wie konnte Rom zu solcher Größe wachsen, wenn kein König die Regierung leitet? Bei den Griechen ist es einfach – sie wurden nie groß, weil sie keinen obersten König hatten. Sie splitterten sich in Hunderte von Kleinstaaten auf, die sich gegenseitig bekriegten. Rom aber handelt so, als *hätte* es einen obersten König. Wie konnte solche Macht entstehen, obwohl ihr keinen König habt, Lucius Cornelius?«

»Unser König heißt Rom, Fürst Orobazos, aber wir geben Rom das weibliche Geschlecht, Roma. Die Griechen unterwarfen sich einem Ideal. Ihr unterwerft euch einem Mann, eurem König. Aber wir Römer unterwerfen uns Rom, und nur Rom. Wir beugen unsere Knie vor keinem Sterblichen, Fürst Orobazos, und wir beugen sie auch nicht vor einem abstrakten Ideal. Rom ist unsere Göttin, unsere Königin, unser Leben. Und obwohl jeder Römer danach trachtet, seinen Ruhm zu vermehren und in den Augen der anderen Römer größer zu werden, geschieht auf lange Sicht alles nur, um Rom zu erhöhen und groß zu machen. Wir verehren eine Stadt, Fürst Orobazos. Nicht einen Menschen. Nicht ein Ideal. Menschen kommen und gehen, ihre Zeit auf Erden ist vergänglich. Ideale verändern und wandeln sich mit jedem neuen philosophischen Wind. Aber eine Stadt kann ewig sein, solange ihre Einwohner für sie sorgen, sie nähren, sie immer größer machen. Ich, Lucius Cornelius Sulla, bin ein großer Römer. Aber am Ende meines Lebens wird das, was ich getan habe, die Macht und Majestät meiner Stadt erhöhen – die Macht Roms. Ich bin heute nicht aus eigenem Antrieb hier, auch nicht im Auftrag eines anderen Menschen. Ich bin hier im Auftrag meiner Stadt – im Auftrag Roms! Wenn wir heute einen Vertrag schließen, wird er im Tempel des Jupiter Feretrius aufbewahrt werden, im ältesten Tempel Roms, und dort wird er bleiben – er wird nicht mein Besitz sein, er wird nicht einmal meinen Namen tragen. Er wird ein Zeugnis der Macht Roms sein.«

Sulla sprach gut. Er sprach attisches Griechisch und hatte eine wohlklingende Aussprache, viel besser als das Griechisch der Parther oder des Tigranes. Und sie hörten ihm fasziniert zu; offenbar versuchten sie verzweifelt, diese für sie so fremden Gedanken zu begreifen. Eine Stadt sollte größer sein als ein Mensch? Eine Stadt sollte größer sein als die Gedanken eines Menschen?

»Aber ein Ort, Lucius Cornelius, ist nichts weiter als eine Ansammlung von Häusern!« sagte Orobazos. »Und wenn er eine Stadt ist, eine Ansammlung großer Gebäude, und wenn er ein heiliger Ort ist, eine Ansammlung von Tempeln. Wie eine Landschaft eine Ansammlung von Bäumen und Felsen und Feldern ist. Wie kann ein solcher Ort solche Gefühle, solchen Adel hervorrufen? Ich weiß, daß Rom eine große Stadt mit großen Gebäuden ist – dienst du wie die anderen Römer nur diesen Gebäuden?«

Sulla hielt seinen Elfenbeinstab in die Höhe. »Dies ist Rom, Fürst Orobazos.« Er berührte seinen weißen, muskulösen Oberarm. »Und dies ist Rom, Fürst Orobazos.« Er zog die Falten seiner Toga beiseite und wies auf das geschnitzte, geschwungene X der Stuhlbeine. »Auch dies ist Rom, Fürst Orobazos.« Er streckte seinen Arm aus und griff mit zwei Fingern nach einer Falte seiner Toga. »Und auch dies ist Rom, Fürst Orobazos.« Schweigend musterte er die Gesandten, die zu ihm aufblickten. Dann sagte er: »*Ich* bin Rom, Fürst Orobazos. Und jeder einzelne Mann, der sich als Römer bezeichnet. Rom ist ein Staat, der seit tausend Jahren besteht, seit der Zeit, als ein trojanischer Flüchtling namens Aeneas die Küste Latiums betrat und ein Menschengeschlecht begründete, das vor sechshundertzweiundsechzig Jahren eine Stadt namens Rom gründete. Eine Zeitlang wurde Rom tatsächlich von Königen regiert, bis die Römer zu dem Schluß kamen, kein Mensch könne mächtiger sein als die Stadt, die ihn hervorgebracht habe. Kein Römer ist größer als Rom. Rom ist der Ort, der große Männer hervorbringt. Aber was immer sie sein mögen, was immer sie tun, es geschieht zum Ruhme Roms. Und ich sage dir, Fürst Orobazos, daß Rom so lange bestehen wird, wie die Römer die Stadt höher achten als ihr eigenes Leben, höher als das Leben ihrer Kinder, höher als ihren eigenen Ruhm und ihre Leistungen.« Sulla atmete tief ein. »So lange die Römer Rom höher achten als ein Ideal, als einen einzelnen Menschen.«

»Aber der König ist die Verkörperung all dessen, was du gesagt hast, Lucius Cornelius«, widersprach Orobazos.

»Das kann ein König niemals sein«, sagte Sulla. »Ein König achtet nur sich selbst, ein König glaubt, daß er den Göttern nähersteht als alle anderen Menschen. Manche Könige halten sich sogar für Götter. Alles ist auf die Person des Königs bezogen, Fürst Orobazos. Könige benutzen ihr Land, um sich selbst zu erhöhen. Rom benutzt die Römer, um sich zu erhöhen.«

Orobazos hob seine Hände in der uralten Geste der Ergebung. »Ich verstehe dich nicht, Lucius Cornelius.«

»Dann laß uns jetzt über die Gründe unserer Zusammenkunft sprechen, Fürst Orobazos. Dies ist eine historische Stunde. Im Namen Roms unterbreite ich dir einen Vorschlag. Alles Land östlich des Euphrat ist eure Angelegenheit, ist der Einflußbereich des Partherkönigs. Alles Gebiet westlich des Euphrat sei Roms Angelegenheit, sei der Einflußbereich der Männer, die im Namen Roms handeln.«

Orobazos hob die ergrauten Augenbrauen. »Willst du damit sagen, Lucius Cornelius, daß Rom über alles Land westlich des Euphrat herrschen will? Daß Rom beabsichtigt, die Könige von Syrien und Pontos, von Kappadokien und Kommagene und vielen anderen Ländern abzusetzen?«

»Nein, keineswegs, Fürst Orobazos. Ich meine vielmehr, daß Rom die Stabilität der Länder westlich des Euphrat sichern will. Rom will verhindern, daß einige Könige auf Kosten anderer Könige ihre Reiche vergrößern. Rom will verhindern, daß die Grenzen verschoben werden. Weißt du eigentlich, Fürst Orobazos, aus welchem Grund ich heute hier bin?«

»Nicht genau, Lucius Cornelius. Wir erhielten eine Nachricht des Königs Tigranes von Armenien, der unter unserer Herrschaft steht, daß du mit einem Heer in sein Land gekommen seist. Bisher habe ich von König Tigranes noch nicht erfahren können, weshalb dein Heer noch keine Angriffe durchgeführt hat. Du bist weit über den Euphrat nach Osten gezogen. Nun scheinst du wieder nach Westen zurückzukehren. Weshalb bist du hierher gekommen, warum hast du dein Heer nach Armenien geführt? Und warum hast du, als du dort warst, keinen Krieg geführt?«

Sulla wandte den Kopf und sah auf Tigranes hinab. Die gezackte Tiara des Königs war auf beiden Seiten oberhalb des Diadems mit einem achtstrahligen Stern und einem aus zwei Adlern gebildeten

Halbkreis verziert. Er entdeckte, daß die Tiara in der Mitte hohl war und daß der König eine Glatze hatte. Tigranes, der seine tiefergelegene Position verabscheute, schob das Kinn vor und starrte wütend zu Sulla hinauf.

»Wie, König, hast du deinen Herren nichts erzählt?« fragte Sulla. Da er keine Antwort bekam, wandte er sich wieder an Orobazos und die anderen Griechisch sprechenden Parther. »Rom will dafür sorgen, Fürst Orobazos, daß *gewisse* Könige am östlichen Ende des Mittelmeers nicht so mächtig werden, um andere Könige vertreiben zu können. Rom ist mit dem Status quo in Kleinasien zufrieden. Aber König Mithridates von Pontos will das Königreich Kappadokien und andere Teile Anatoliens besitzen. Dazu gehört auch Kilikien, das sich freiwillig unter römischen Schutz gestellt hat, weil der König von Syrien nicht mehr mächtig genug ist, für die Sicherheit Kilikiens zu sorgen. Aber euer Untertan König Tigranes unterstützt Mithridates – und vor nicht allzulanger Zeit fiel er tatsächlich in Kappadokien ein.«

»Davon habe ich gehört«, gab Orobazos hölzern zu.

»Ich kann mir vorstellen, daß der Aufmerksamkeit des Partherkönigs und seiner Satrapen kaum etwas entgeht, Fürst Orobazos! Wie dem auch sei: Nachdem König Tigranes die schmutzige Arbeit für Pontos erledigt hatte, kehrte er nach Armenien zurück und hat seither das Westufer des Euphrat nicht mehr überschritten.« Sulla räusperte sich. »Meine traurige Aufgabe war es, den König von Pontos wieder einmal aus Kappadokien zu vertreiben. Diesen Auftrag des Senates und des Volkes von Rom habe ich in diesem Jahr ausgeführt. Aber mir schien, daß meine Aufgabe erst endgültig abgeschlossen sein würde, wenn ich mit König Tigranes gesprochen hätte. Deshalb machte ich mich auf den Weg von Eusebeia Mazaka nach Armenien, um ihn aufzusuchen.«

»Mit deinem ganzen Heer, Lucius Cornelius?« fragte Orobazos.

Sulla hob die eckigen Augenbrauen. »Aber gewiß! Ich kenne mich hier nicht gut aus, Fürst Orobazos. Deshalb habe ich mein Heer mitgenommen – eine reine Vorsichtsmaßnahme! Wir haben uns vollkommen korrekt verhalten, wie du sicherlich weißt – keine Überfälle, keine Plünderungen, keine Zerstörungen. Wir haben nicht einmal das Getreide auf den Feldern zertrampelt. Was wir brauchten, kauften wir. Das werden wir auch weiterhin tun. Betrachte mein Heer einfach als eine große Leibwache. Ich bin ein wichtiger Mann, Fürst Orobazos! Meine Laufbahn in der Regierung

Roms hat ihren Zenit noch nicht erreicht, ich werde noch höher steigen. Deshalb erscheint es mir wichtig – und deshalb erscheint es Rom wichtig! –, gut auf Lucius Cornelius Sulla aufzupassen.«

»Einen Augenblick, Lucius Cornelius«, unterbrach Orobazos. »In meiner Begleitung befindet sich ein gewisser Chaldäer namens Nabopolassar. Er stammt nicht aus Babylon, sondern aus dem eigentlichen Chaldäa, von dort, wo der Euphrat in den Persischen Golf mündet. Er dient mir als Seher und Astrologe, und sein Bruder dient sogar König Mithridates von Parthien. Wir alle aus Seleukeia am Tigris glauben, was er sagt. Würdest du ihm erlauben, deine Hand zu lesen und in dein Gesicht zu blicken? Wir würden gerne selbst herausfinden, ob du wirklich ein so großer Mann bist, wie du behauptest.«

Sulla zuckte die Achseln und bemühte sich, gleichgültig auszusehen. »Das ist mir völlig egal, Fürst Orobazos. Soll dein Mann ruhig meine Hand und mein Gesicht untersuchen. Ganz wie du willst. Ist er hier? Soll er gleich anfangen? Oder muß ich mich an einen anderen Ort begeben?«

»Bleib, wo du bist, Lucius Cornelius. Nabopolassar wird zu dir kommen.« Orobazos schnippte mit den Fingern und rief der kleinen Gruppe von Parthern etwas zu, die vor dem Podium saß.

Ein Mann trat aus der Gruppe hervor. Er sah aus wie alle anderen und trug wie sie einen kleinen, runden, perlenbesetzten Hut, ein spiralenförmiges Halsband und goldgewirkte Kleider. Die Hände hatte er in die Ärmel gesteckt. Gelenkig sprang er die Stufen des Podiums hinauf und blieb dann auf der Treppe stehen, die zu Sullas kleinem Podest hinaufführte. Er zog eine Hand aus dem Ärmel und ergriff Sullas ausgestreckte rechte Hand. Längere Zeit las er vor sich hinmurmelnd eine Handlinie nach der anderen. Dann ließ er Sullas Hand fallen und sah in das Gesicht des Römers. Eine kleine Verbeugung, und er zog sich rückwärts gehend bis zu Orobazos' Sitzplatz zurück. Erst dort wandte er sein Gesicht von Sulla ab.

Die Berichterstattung nahm einige Zeit in Anspruch. Orobazos und die anderen hörten mit ernsten und undurchdringlichen Mienen zu. Dann wandte sich der Astrologe wieder Sulla zu, verbeugte sich bis zum Boden in seiner Richtung und brachte das ungewöhnliche Kunststück fertig, die Plattform zu verlassen, ohne daß Sulla von seinem Gesicht mehr als den Hut zu sehen bekam.

Sullas Herz hatte heftig zu klopfen begonnen, als der Nabopolassar sein Urteil verkündete. Aber als der chaldäische Seher wie ein

Wurm von der Plattform kroch und seinen Platz am Boden wieder einnahm, spürte Sulla Freude in sich aufsteigen. Was immer er gesagt hatte, er hatte offenbar Sullas eigene Worte bestätigt, daß er, Sulla, ein großer Mann sei. Und er hatte sich vor Sulla so tief verbeugt wie vor seinem König.

»Der Nabopolassar sagt, daß du der größte Mann der Welt bist, Lucius Cornelius, und daß dir niemand zwischen dem Indusstrom im Osten und dem Okeanos im Westen gleichkommen wird, solange du lebst. Wir müssen ihm glauben, denn der Seher hat damit auch unserem König Mithridates einen geringeren Rang zugewiesen als dir. Damit hat der Seher sein Leben riskiert.« In Orobazos' Stimme lag ein neuer Ton.

Selbst Tigranes starrte Sulla nun ehrfürchtig an, wie dieser feststellte.

»Können wir jetzt unsere Unterredung fortsetzen?« fragte Sulla. Er veränderte weder seinen Tonfall noch seine Körperhaltung.

»Bitte, Lucius Cornelius.«

»Nun gut. Ich habe bereits erklärt, weshalb mein Heer hier ist, aber noch nicht, welche Botschaft ich für König Tigranes hatte. Kurz gesagt, ich habe ihn aufgefordert, auf seiner Seite des Euphrat zu bleiben, und ich habe ihn davor gewarnt, die ehrgeizigen Pläne seines Schwiegervaters in Pontos weiter zu unterstützen – ob sich diese Pläne nun auf Kappadokien, Kilikien oder auf Bithynien richten. Und nachdem ich ihm das mitgeteilt hatte, trat ich den Rückmarsch an.«

»Glaubst du, Lucius Cornelius, daß der König von Pontos Pläne hat, die über Anatolien hinausgehen?«

»Ich glaube, daß er die ganze Welt will, Fürst Orobazos! Er ist bereits absoluter Herr über die östliche Hälfte des Schwarzen Meers von Olbia am Hypanis bis Kolchis am Phasis. Er hat sich die Herrschaft über Galatien verschafft, indem er dessen Anführer massenweise töten ließ, und er hat mindestens einen kappadokischen König ermordet. Ich bin ganz sicher, daß er den Überfall Kappadokiens geplant hat, den König Tigranes dann ausführte.« Sulla beugte sich vor, und seine hellen Augen leuchteten. »Das ist ein weiterer Grund unseres Treffens: Die Entfernung zwischen Pontos und dem Königreich Parthien ist viel geringer als die zwischen Pontos und Rom. Deshalb denke ich, daß der König der Parther seine Grenzen gut bewachen sollte, solange der König von Pontos Eroberungsgelüste verspürt. Und er sollte auch auf seinen Unterkönig Tigranes von Armenien streng aufpassen.« Sulla zauberte sein charmantestes Lächeln hervor. Die Wolfszähne entblößte er nicht. »Das ist alles, Fürst Orobazos, was ich zu sagen habe.«

»Du hast gut gesprochen, Lucius Cornelius«, sagte Orobazos. »Du bekommst deinen Vertrag. Rom ist für alle Gebiete westlich des Euphrat zuständig und der König der Parther für alle Gebiete östlich des Euphrat.«

»Das heißt, daß Armenien keine Ausflüge mehr nach Westen unternehmen wird?«

»Genau das heißt es«, sagte Orobazos und starrte den verärgerten und enttäuschten Tigranes wütend an.

Endlich, dachte Sulla, als die Parther das Podium verließen – gefolgt von Tigranes, der stur auf den marmornen Boden starrte. Endlich weiß ich, wie sich Gaius Marius gefühlt haben muß, als ihm die syrische Seherin Martha die Zukunft voraussagte. Sie hat ihm vorausgesagt, daß er sieben Mal römischer Konsul werden und daß man ihn den dritten Gründer Roms nennen würde. Gaius Marius lebt noch! Und doch bin *ich* größter Mann der Welt genannt worden! Der *ganzen* Welt, von Indien bis zum Atlantik!

Während der folgenden Tage ließ Sulla sich nicht anmerken, wie ihm zumute war. Sein Sohn, der die Vorgänge aus der Entfernung verfolgt hatte, wußte nur, was er gesehen hatte, da er sich außerhalb der Hörweite befunden hatte. Tatsächlich war niemand aus Sullas Heer in Hörweite gewesen. Und Sulla berichtete nur über den Vertrag.

Der Vertrag sollte auf einem großen Steinmonument verewigt werden, das Orobazos an der Stelle errichten lassen wollte, an der sich Sullas Podium befunden hatte. Das Podium wurde jetzt wieder abgebaut, und die Bauteile wurden an ihre rechtmäßigen Orte zurückgebracht. Orobazos' Steinmonument sollte ein vierseitiger Obelisk sein. Der Wortlaut des Vertrages sollte darauf in Latein, Griechisch, Parthisch und Medisch eingemeißelt werden, je eine Sprache auf einer Seite. Zwei Kopien wurden auf Pergament geschrieben, eine davon wollte Sulla nach Rom mitnehmen, die andere Kopie würde Orobazos nach Seleukeia am Tigris bringen. Der König der Parther werde über den Vertrag erfreut sein, hatte Orobazos gesagt.

Tigranes hatte sich wie ein geprügelter Hund davongeschlichen, sobald seine Oberherren es ihm erlaubt hatten. Er kehrte in seine neue Stadt Tigranokerta zurück, wo gerade die Straßen vermessen wurden. Sein erster Impuls war, eine Nachricht an Mithridates von Pontos zu schicken, aber er zögerte eine Weile. Ein Freund, der vom Hof in Seleukeia am Tigris zurückgekehrt war, berichtete ihm schließlich eine Neuigkeit, die Tigranes veranlaßte, mit einer gewissen persönlichen Befriedigung an Mithridates zu schreiben.

Nimm Dich vor diesem Römer Lucius Cornelius Sulla in acht, mein verehrter und mächtiger Schwiegervater. In Zeugma am Euphrat schloß er mit dem Satrap Orobazos aus Seleukeia am Tigris einen Freundschaftsvertrag. Orobazos handelte als Gesandter meines Oberherrn, des König Mithridates von Parthien.

Sie haben sich geeinigt, geliebter König von Pontos, so daß mir nun die Hände gebunden sind. Nach dem Vertrag muß ich östlich des Euphrat bleiben, und ich wage nicht, dagegen zu handeln – jedenfalls nicht, solange der gnadenlose alte Tyrann Mithridates, Dein Namensvetter, auf dem Thron der Parther sitzt. Siebzig Täler mußte mein Königreich abtreten, damit ich zurückkehren konnte. Wenn ich den Vertrag mißachte, verliere ich weitere siebzig Täler.

Aber verzweifle nicht. Du hast doch einmal gesagt, wir seien noch jung, wir hätten Zeit und könnten uns gedulden. Nach diesem Vertrag zwischen Rom und Parthien habe ich einen Entschluß gefaßt. Ich werde Armenien vergrößern. Du wirst Dich auf die von Dir benannten Gebiete konzentrieren – Kappadokien, Paphlagonien, die römische Provinz Asia, Kilikien, Bithynien und Macedonia. Ich konzentriere mich auf den Süden, auf Syrien, Ägypten und Arabien. Und nicht zuletzt natürlich auf Parthien. Denn eines baldigen Tages wird der alte König Mithridates von Parthien sterben. Und ich sage voraus, daß es dann einen Thronfolgekrieg geben wird, denn er hat seine Söhne unterdrückt, wie er mich unterdrückt hat. Er bevorzugt keinen von ihnen, quält sie mit Todesdrohungen und tötet gelegentlich einen, um die anderen fügsam zu machen. Kein Sohn hat also größere Rechte als ein anderer, und das ist gefährlich, wenn ein alter König stirbt. Ich schwöre Dir, verehrter und geschätzter Schwiegervater – sobald zwischen den Söhnen des Königs von Parthien ein Krieg ausbricht, werde ich die Gelegenheit ergreifen und zuschlagen – ich werde gegen Syrien, Arabien, Ägypten und Mesopotamien ziehen. Bis dahin baue ich an meiner Stadt Tigranokerta weiter.

Noch eines muß ich Dir über die Unterredung zwischen Orobazos und Lucius Cornelius Sulla berichten. Orobazos befahl dem chal-

däischen Seher Nabopolassar, Hand und Gesicht des Römers zu lesen. Ich kenne die Arbeit dieses Nabopolassar; sein Bruder ist Seher des Königs der Könige höchstpersönlich. Und ich sage Dir, großer und weiser Schwiegervater, daß der Chaldäer ein echter Seher ist; er hat immer recht. Nachdem er Hand und Gesicht des Lucius Cornelius Sulla gelesen hatte, warf er sich auf den Boden und erniedrigte sich vor dem Römer, wie er sich einzig und allein vor dem König der Könige erniedrigen würde. Dann sagte er zu Orobazos, Lucius Cornelius Sulla sei der größte Mann der Welt! Vom Indus bis zum Okeanos, sagte er. Ich fürchtete mich. Orobazos auch. Mit gutem Grund. Als er und die anderen Gesandten nach Seleukeia am Tigris zurückkehrten, war der König dort anwesend. Orobazos berichtete ihm sofort, was sich ereignet hatte, einschließlich aller Einzelheiten über unsere Aktivitäten, mächtiger Schwiegervater, die er von dem Römer erfahren hatte, und einschließlich der Warnung des Römers, daß Du vielleicht das Königreich Parthien erobern willst. König Mithridates nahm die Warnung ernst. Ich werde seither ständig beobachtet. Die einzige Nachricht, die mich wieder aufheiterte, war, daß er Orobazos und Nabopolassar hinrichten ließ – weil sie den Römer für größer als ihren eigenen König gehalten hatten. Aber er will den Vertrag einhalten und hat in diesem Sinn nach Rom geschrieben. Wie es scheint, bedauert der alte König, daß er Lucius Cornelius Sulla nicht selbst begegnet ist. Wenn er ihm begegnet wäre, hätte sein Henker vielleicht noch mehr Arbeit bekommen. Schade, daß er in Ekbatana blieb!

Die Zukunft wird über unser Schicksal entscheiden, mein teuerster und verehrtester Schwiegervater. Vielleicht kommt Lucius Cornelius Sulla nie mehr nach Osten, vielleicht gilt seine Größe nur im Westen. Und vielleicht kann ich eines Tages den Titel König der Könige tragen. Der Titel bedeutet Dir nichts, wie ich weiß. Aber für jemanden, der an den Höfen in Ekbatana, Susa und Seleukeia aufgewachsen ist, bedeutet er alles.

Meiner lieben Frau, Deiner Tochter, geht es gut. Auch unsere Kinder sind gesund. Ich wünschte, ich könnte Dir mitteilen, daß es mit unseren Plänen zum besten steht. Aber dem ist nicht so. Jedenfalls vorerst nicht.

Lucius Cornelius Sulla erhielt seine Kopie des Vertrages zehn Tage nach der Unterredung auf dem Podium. Er wurde eingeladen, an der Enthüllung des Monuments an dem großen, milchig-blauen

Fluß teilzunehmen. Sulla kleidete sich in seine *toga praetexta* und versuchte, die Sommersonne zu ignorieren, die seiner Gesichtshaut stark zusetzte, denn bei dieser Zeremonie konnte er seinen Strohhut nicht aufsetzen. Er konnte sich nur gründlich einölen und hoffen, daß er während der vielen Stunden in der Sonne keinen allzu starken Sonnenbrand bekommen würde.

Natürlich bekam er einen Sonnenbrand. Sein Sohn lernte die Lektion ebenfalls und schwor, immer einen Hut zu tragen. Seinem Vater war elend zumute. Seine Haut warf Blasen, schälte sich, warf erneut Blasen und schälte sich erneut. Kostbares Wasser trat aus den heilenden Hautschichten aus, und Sulla kratzte sich dauernd, wodurch die Wunden zu eitern begannen. Als er ungefähr vierzig Tage später mit seinem kleinen Heer Tarsos erreichte, begann seine Haut endlich zu heilen, und der Juckreiz verschwand. Morsimos fand auf dem Markt am Pyramus-Fluß eine süßriechende Salbe. Sobald sich Sulla zum ersten Mal damit eingeschmiert hatte, hörten die Qualen auf. Und seine Haut heilte ohne Narben, was für den eitlen Mann besonders wichtig war.

Sulla erzählte keinem Menschen von der Prophezeiung des Nabopolassar, nicht einmal seinem Sohn. Und von den Goldbeuteln erzählte er auch niemandem. Zu dem Goldbeutel, den er vom König von Osroene geschenkt bekommen hatte, waren nämlich noch fünf weitere als Geschenke des Parthers Orobazos gekommen. Die Münzen trugen das Profil König Mithridates II. von Parthien. Mithridates von Parthien war ein stiernackiger Mann mit einer Nase wie ein Angelhaken. Sein Haar war sorgfältig gewellt; er hatte einen Spitzbart und trug einen der kleinen, randlosen Hüte auf dem Kopf, die auch seine Gesandten getragen hatten. Nur waren am Hut des Königs ein Diadem und Ohrenklappen angebracht.

In Tarsos tauschte Sulla die Goldmünzen in gute römische Denare um. Zu seinem Erstaunen war er nun um zehn Millionen Denare oder vierzig Millionen Sesterze reicher. Er hatte sein Vermögen mehr als verdoppelt! Natürlich schleppte er die römischen Münzen nicht in bar aus dem Bankhaus in Tarsos. Er ließ sich einen Wechsel, eine *permutatio* geben und steckte die kleine Pergamentrolle in seine Toga.

Das Jahr ging dem Ende zu, der Herbst war schon weit vorangeschritten. Es war Zeit, an die Rückreise zu denken. Sullas Auftrag war erledigt – und gut erledigt. Die Beamten des Staatsschatzes in Rom würden sich nicht beschweren können – Sulla brachte noch weitere zehn Goldbeutel mit: zwei von Tigranes von Armenien, fünf vom König der Parther, einen vom König von Kommagene und noch einmal zwei vom König von Pontos höchstpersönlich. Dies bedeutete, daß Sulla sein Heer entlohnen und Morsimos einen großzügigen Lohn zahlen konnte. Zwei Drittel würden in seine Kriegskasse wandern, die nun besser gefüllt war als zum Zeitpunkt seiner Abreise. Ja, es war ein gutes Jahr gewesen! Sein Ansehen in Rom würde steigen, und er hatte nun so viel Geld, daß er sich um das Konsulat bewerben konnte.

Sullas Gepäck stand bereit. Das gemietete Schiff lag auf dem Kydnos vor Anker, als ein Brief von Publius Rutilius Rufus eintraf, der im September geschrieben worden war.

Ich hoffe, Lucius Cornelius, daß Dich dieser Brief noch rechtzeitig erreicht. Und ich hoffe, daß Du ein besseres Jahr erlebt hast als ich. Mehr davon später.

Ich schreibe so gern Männern, die in der Ferne weilen, um ihnen von den Ereignissen in Rom zu berichten! Wie mir das fehlen wird! Und wer wird mir schreiben? Mehr davon später.

Im April wählten wir die beiden neuen Zensoren, Gnaeus Domitius Ahenobarbus Pontifex Maximus und Lucius Licinius Crassus Orator. Zwei Männer, wie du siehst, die überhaupt nicht zusammenpassen. Ein Jähzorniger und ein Gleichmütiger, der eine kurz gefaßt, der andere weitschweifig – Hades und Zeus – Harpyie und Muse. Ganz Rom versucht, die treffendste Beschreibung für das unvollkommenste Paar der Welt zu finden. Natürlich hätten Crassus Orator und mein verehrter Quintus Mucius Scaevola Zensoren werden sollen, aber Scaevola wollte sich nicht aufstellen lassen. Er sagte, er habe zuviel zu tun. Er ist wohl eher zu vorsichtig! Nach all dem Lärm, den die letzten Zensoren gemacht hatten, und vor allem nach der lex Licinia Mucia *schien es Scaevola wohl klüger, sich aus der Sache herauszuhalten.*

Natürlich gibt es die Sondergerichte, die unter der lex Licinia Mucia *eingerichtet worden waren, jetzt nicht mehr. Es war Gaius Marius und mir gelungen, sie früher im Jahr auflösen zu lassen. Wir begründeten es damit, daß die Gerichte mehr kosteten, als sie einbrachten, und glücklicherweise waren alle dieser Meinung. Die Gesetzesänderung ging ohne Zwischenfälle durch den Senat und die Volksversammlung. Aber es blieben Narben zurück, Lucius Cornelius, und zwar furchtbare. Gehöfte und Villen, die den beiden ver-*

haßtesten Richtern gehörten, nämlich Gnaeus Scipio Nasica und Catulus Caesar, wurden in Brand gesteckt, und auf den Gütern anderer Richter wurden Felder und Weinberge zerstört und Wasserbrunnen vergiftet. Im ganzen Land gibt es eine neue Beschäftigung, die nachts ausgeübt wird: einen römischen Bürger zu finden und ihn halbtot zu prügeln. Natürlich gibt niemand zu – nicht einmal Catulus Caesar –, daß die lex Licinia Mucia *mit all diesen privaten Schicksalsschlägen etwas zu tun hat.*

Quintus Servilius Caepio, dieser abscheuliche junge Mann, hatte tatsächlich die Frechheit, den Princeps Senatus Scaurus vor Gericht zu zitieren. Die Anklage lautete, er habe gewaltige Bestechungsgelder vom König von Pontos angenommen. Du kannst Dir sicherlich vorstellen, was dann los war. Scaurus erschien am Ort des Gerichts auf dem unteren Forum, aber nicht, um sich zu verteidigen! Er marschierte geradewegs zu Caepio und schlug ihn auf die linke Wange, dann auf die rechte – klatsch, klatsch! Ich schwöre Dir, Scaurus scheint in solchen Augenblicken einen halben Meter größer zu werden. Er schien über Caepio hinauszuwachsen, obwohl in Wirklichkeit beide etwa gleich groß sind.

»Wie kannst du es wagen!« bellte er. »Wie kannst du es wagen, du schleimiger, elender Wurm! Zieh diese lächerliche Anklage sofort zurück, oder du wirst dir wünschen, nie geboren worden zu sein! Du, ein Servilius Caepio, Mitglied einer Familie, die berühmt dafür ist, daß sie das Gold liebt – du wagst es, mich, Marcus Aemilius Scaurus, Princeps Senatus, zu beschuldigen, Gold angenommen zu haben? Ich scheiße auf dich, Caepio!«

Und er marschierte über das Forum davon, begleitet von donnerndem Jubel, Applaus und Pfiffen, was ihn aber alles völlig kalt ließ. Caepio stand ratlos da, die Spuren von Scaurus' Hand auf beiden Wangen, und versuchte krampfhaft, den Blicken der Ritter auszuweichen, aus denen die Geschworenen hätten gewählt werden sollen. Nach Scaurus' Auftritt hätte Caepio nicht einmal mehr mit eindeutigen Beweisen etwas ausrichten können, Scaurus wäre von den Geschworenen trotzdem freigesprochen worden.

»Ich ziehe meine Anklage zurück!« sagte Caepio also und verkroch sich nach Hause.

So ergeht es allen, die Marcus Aemilius Scaurus anklagen wollen. Scaurus ist ein Schauspieler ohnegleichen und der Inbegriff des rechtschaffenen Mannes! Ich gebe zu, daß ich mich darüber freute. Caepio macht Marcus Livius Drusus bereits so lange Schwierigkeiten, daß es schon ein fester Bestandteil des Lebens auf dem Forum geworden ist. Offenbar ist Caepio der Meinung, mein Neffe hätte sich auf seine Seite stellen müssen, als die Affäre zwischen meiner Nichte und Cato Salonianus aufflog. Als er es nicht tat, reagierte Caepio ausgesprochen bösartig. Er will immer noch den Ring von Drusus!

Jetzt aber genug von Caepio, er ist ein zu schmutziges Thema für einen Brief. Inzwischen wurde ein weiteres nützliches kleines Gesetz eingebracht, das wir dem Volkstribunen Gnaeus Papirius Carbo verdanken. Carbos Familie hatte kein Glück mehr, seit sie sich entschloß, ihren patrizischen Status abzulegen! Zwei Selbstmorde in der letzten Generation, und jetzt einige junge Papiriusse, die offenbar auf Schwierigkeiten aus sind. Jedenfalls berief Carbo vor einigen Monaten die Volksversammlung ein – Anfang Frühjahr, um genauer zu sein – wie die Zeit vergeht! Crassus Orator und der Pontifex Maximus Ahenobarbus hatten gerade erklärt, sie wollten sich für die Zensorenämter aufstellen lassen. Carbo versuchte, eine modernisierte Form des Getreidegesetzes von Saturninus durch die Plebs zu bringen, aber die Sitzung geriet völlig außer Kontrolle. Zwei ehemalige Gladiatoren kamen ums Leben, mehrere Senatoren wurden körperlich angegriffen, und wegen des allgemeinen Aufruhrs wurde die Sitzung schließlich vertagt. Crassus Orator war mitten im Getümmel, weil er gerade seinen Wahlkampf führte. Seine Toga war schmutzig, und er selbst raste vor Wut. Als Folge schlug er dem Senat eine Verordnung vor: Danach soll der Magistrat, der eine Sitzung einberufen läßt, die alleinige Verantwortung für den Verlauf der Sitzung übernehmen. Die Verordnung wurde als brillantes Gesetzeswerk gepriesen, an die Volksversammlung weitergeleitet und dort verabschiedet. Hätte Carbos Sitzung unter Crassus Orators neuem Gesetz stattgefunden, hätte man ihn wegen Unruhestiftung anklagen und zu einer hohen Geldstrafe verurteilen können.

Aber jetzt komme ich endlich zur köstlichsten Nachricht: Wir haben keine Zensoren mehr!

Aber Publius Rutilius, höre ich Dich rufen, was ist passiert? Nun, ich erzähle es Dir. Zuerst dachten wir, die beiden kämen gut miteinander aus, obwohl sie so verschieden sind. Sie vergaben die Staatsaufträge, überprüften die Listen der Senatoren und Ritter und erließen eine Verordnung, wonach alle Lehrer der Rhetorik mit Ausnahme einiger weniger untadeliger Männer aus Rom verbannt wurden. Ihr Zorn galt vor allem den Lehrern für lateinische Rhetorik, aber auch die Griechischlehrer kamen nicht besonders gut weg. Du kennst diese Menschen, Lucius Cornelius. Für ein paar Sesterze täglich versprechen sie, die Söhne mittelloser, aber ehrgeiziger Väter der dritten und vierten Klasse zu Anwälten zu machen. Diese Anwälte führen ihre Geschäfte dann auf dem ganzen Forum und suchen sich ihre Beute unter unserer leichtgläubigen, aber prozeßlustigen Bevölkerung. Die meisten unterrichten nicht einmal Griechisch, weil die Rechtssprechung auf Lateinisch erfolgt. Jeder gibt zu, daß die sogenannten Rhetoriklehrer die Rechtssprechung und die Anwaltschaft in ein schiefes Licht rücken, daß sie die Ahnungslosen und Unterprivilegierten hereinlegen und ihnen ihr bißchen Geld abknöpfen. Und sie tragen nicht gerade zum Ruhm des Forums bei. Jetzt sind sie also weg, und zwar mit Sack und Pack! Es nutzte ihnen nichts, daß sie Crassus Orator und Ahenobarbus Pontifex Maximus verfluchten. Sie mußten Rom verlassen. Nur Lehrer mit tadellosem Ruf und richtigen Schülern durften bleiben.

Rom war beeindruckt. Alle stimmten einen Lobgesang auf die Zensoren an, und man durfte annehmen, daß die beiden jetzt besser miteinander auskommen würden. Statt dessen begannen sie zu streiten. In aller Öffentlichkeit! Der Streit gipfelte in einem heftigen Austausch von Unhöflichkeiten, den halb Rom hören konnte, jene Hälfte jedenfalls (zu der auch ich gehörte, wie ich freimütig gestehe!), die sich in der Nähe des Zensorenhauses aufhielt, um zu hören, was es zu hören gab.

Nun weißt Du vielleicht, daß Crassus Orator sich mit der Fischzucht beschäftigt. Geschäftspraktiken dieser Art werden neuerdings als mit dem Senatorenrang vereinbar angesehen. Er ließ also auf seinen Landgütern riesige Teiche ausheben und macht jetzt ein Vermögen mit Süßwasseraalen, Hechten, Karpfen und so weiter, die er zum Beispiel an das Priesterkollegium vor den großen öffentlichen Festmahlen verkauft. Wir ahnten ja nicht, was uns bevorstand, als Lucius Sergius Orata in Baiae Austern zu züchten begann! Von Austern zu Aalen ist es nämlich nur ein kleiner Schritt, Lucius Cornelius.

Ach, wie sehr werden mir die köstlichen römischen Skandale fehlen! Aber davon später. Zurück zu Crassus Orator und seiner Fischzucht. Auf seinen Landgütern betreibt er das als Geschäft. Aber weil er eben Crassus Orator ist, verliebte er sich sozusagen in seine Fische. Er ließ also das Becken im Peristyl seines Hauses hier in Rom vergrößern und setzte eine exotische und teure Fischpopulation ein. Da sitzt er nun am Beckenrand und streicht mit den Fingern über die

Wasseroberfläche, und schon schwimmen sie herauf und erhalten ein paar Krümel Brot, kleine Krabben und andere Köstlichkeiten. Am auffälligsten war ein Karpfen, ein riesiger Fisch von der Farbe polierten Zinns mit einem recht hübschen Gesicht, so hübsch eben ein Fisch sein kann. Der Karpfen war so zahm, daß er zum Beckenrand schwamm, sobald Crassus Orator den Garten betrat. Und ich kann ihm wirklich keinen Vorwurf machen, daß er ihn mochte, wirklich nicht.

Eines Tages starb der Fisch, und Crassus Orators Herz brach. Acht Tage lang bekam ihn niemand zu sehen. Wer bei ihm zu Hause vorsprach, bekam zu hören, Crassus Orator sei in tiefster Trauer. Schließlich erschien er wieder in der Öffentlichkeit, wirkte aber sehr niedergeschlagen. Vor dem Zensorenstand auf dem Forum traf er seinen Kollegen, den Pontifex Maximus. Ich muß hinzufügen, daß man damals gerade dabei war, den Stand auf das Marsfeld hinauszuschaffen, um dort mit der dringend benötigten neuen Volkszählung zu beginnen.

»Wie?« rief der Pontifex Maximus Ahenobarbus, als Crassus Orator erschien. »Keine toga pulla? Keine förmliche Trauerkleidung, Lucius Licinius? Ich staune! Ich habe gehört, daß du bei der Kremation deines Fisches einen Schauspieler angestellt hast, der die Wachsmaske des Fisches aufsetzen und die ganze Strecke bis zum Tempel der Venus Libitina schwimmen mußte! Ich habe auch gehört, daß du einen Schrein für die Wachsmaske hast bauen lassen und daß du planst, die Fischmaske auf allen zukünftigen Totenfeiern der Familie Licinius Crassus mittragen zu lassen!«

Crassus Orator richtete sich majestätisch auf – wie alle aus seiner Familie hat er ja die Körpermasse dafür! – und sah von oben auf seinen Kollegen herunter.

»Es stimmt, Gnaeus Domitius«, sagte er hochmütig, »daß ich um meinen Fisch getrauert habe. Und deshalb bin ich ein viel besserer Mensch als du! Dir sind nämlich schon drei Frauen weggestorben, und du hast keiner auch nur eine Träne nachgeweint!«

Und damit, Lucius Cornelius, endete die Zensorenschaft des Lucius Licinius Crassus Orator und des Gnaeus Domitius Ahenobarbus Pontifex Maximus.

Schade, daß wir jetzt vermutlich weitere vier Jahre keine Volkszählung haben werden. Niemand hat vor, neue Zensoren wählen zu lassen.

Jetzt komme ich zu den schlechten Nachrichten. Ich schreibe Dir diesen Brief kurz vor meiner Abreise nach Smyrna, wohin ich ins Exil gehe. Ja, ich sehe Dich überrascht auffahren! Publius Rutilius Rufus, der harmloseste und aufrichtigste aller Menschen, ins Exil verbannt? Aber es ist wahr. Gewisse Leute in Rom haben nie vergessen können, wie hervorragend Quintus Mucius Scaevola und ich unseren Auftrag in der Provinz Asien erledigt haben – Männer wie Sextus Perquitienus, der jetzt nicht mehr kostbare Kunstwerke anstelle von Steuerschulden beschlagnahmen kann. Und da ich der Onkel von Marcus Livius Drusus bin, habe ich mir auch die Feindschaft dieses abscheulichen Individuums Quintus Servilius Caepio zugezogen. Und durch ihn wiederum auch die Feindschaft solcher menschlicher Exkremente wie Lucius Marcius Philippus, der immer noch versucht, Konsul zu werden. Natürlich versuchte niemand, an Scaevola heranzukommen, er ist zu mächtig. Deshalb machten sie mich zu ihrem Opfer. Und hatten Erfolg. Im für Bestechung zuständigen Gericht legten sie ganz offensichtlich gefälschte Beweise vor, ich – ich! – hätte Geld von den unglücklichen Bürgern der Provinz Asia entgegengenommen. Der Ankläger war ein gewisser Apicius, eine Kreatur, die stolz darauf ist, Philippus' Klient zu sein. Oh, viele wütende Männer boten sich als Verteidiger an – Scaevola zum Beispiel und Crassus Orator und Antonius Orator und, bitte schön, sogar der zweiundneunzigjährige Scaevola Augur. Auch der entsetzlich frühreife Junge, den alle auf dem Forum mit sich herumschleppen – Marcus Tullius Cicero –, bot sich an.

Aber mir war klar, Lucius Cornelius, daß alles vergeblich sein würde. Die Geschworenen erhielten ein Vermögen (Gold von Tolosa?), damit sie mich schuldig sprachen. Deshalb lehnte ich alle Angebote ab und verteidigte mich selbst. Mit Anstand und Würde, wie ich mir schmeichle, und mit Gelassenheit. Mein einziger Helfer war mein geliebter Neffe Gaius Aurelius Cotta. Er ist der älteste der drei Söhne des Marcus Cotta und Halbbruder meiner lieben Aurelia. Ihr anderer Halbbruder, Lucius Cotta, war in dem Jahr Prätor, in dem die lex Licinia Mucia verabschiedet wurde. Er hatte tatsächlich die Frechheit, bei der Anklage mitzuhelfen! Sein Onkel Marcus Cotta spricht jetzt nicht mehr mit ihm, und seine Halbschwester auch nicht.

Das Urteil war unvermeidlich, wie ich schon sagte. Ich wurde der Bestechung für schuldig befunden. Das Bürgerrecht wurde mir aberkannt, und ich wurde ins Exil geschickt, mindestens fünfhundert Meilen von Rom entfernt. Ich wurde jedoch nicht enteignet – ich glaube, die Geschworenen wußten, daß sie bei einem Versuch in die-

ser Richtung gelyncht worden wären. Mein letztes Wort vor den Geschworenen war, daß ich zu dem Volk ins Exil gehen würde, dessentwegen ich verurteilt worden sei – zu den Bürgern der Provinz Asia, genauer: nach Smyrna.

Ich werde nicht mehr nach Hause zurückkehren, Lucius Cornelius. Ich sage das nicht aus Ärger oder verletztem Stolz. Ich will nichts mehr mit einer Stadt und einem Volk zu tun haben, die ein so offensichtliches Unrecht hinnehmen. Drei Viertel Roms weinen über das offenkundige Unrecht, aber das ändert nichts an der Tatsache, daß ich, das Opfer, kein römischer Bürger mehr bin und ins Exil gehen muß. Nun, ich werde mich nicht erniedrigen oder denen, die mich verurteilten, Genugtuung verschaffen, indem ich den Senat in einer Flut von Bittschriften anflehe, das Urteil zu widerrufen und mir das Bürgerrecht wieder zuzuerkennen. Ich werde mich als wahrer Römer erweisen. Ich werde mich, wie ein folgsamer römischer Hund, dem Urteil eines rechtmäßig ernannten römischen Gerichts beugen.

Ich habe bereits einen Brief des Ethnarchen von Smyrna in den Händen. Er scheint sich gewaltig zu freuen, einen neuen Bürger namens Publius Rutilius Rufus zu bekommen. Es scheint, daß man ein Fest zu meinen Ehren veranstalten will, sobald ich dort ankomme. Seltsame Leute, die so auf die Ankunft eines Mannes reagieren, der sie doch angeblich ausgenommen hat!

Hab nicht zu viel Mitleid mit mir, Lucius Cornelius. Man wird gut für mich sorgen, scheint es. Smyrna hat mir sogar eine sehr großzügige Pension, ein Haus und einen Diener zuerkannt. Und in Rom gibt es noch genügend Rutilier, die Schwierigkeiten machen können – meinen Sohn, meine Neffen und meine Vettern des Familienzweiges der Rutilius Lupus. Aber ich werde mich in einen griechischen Umhang und in griechische Sandalen kleiden, denn ich habe kein Recht mehr, eine Toga zu tragen. Willst Du auf dem Rückweg nicht einen Abstecher machen und mich in Smyrna besuchen, Lucius Cornelius? Ich sehe bereits voraus, daß alle Freunde, die im östlichen Mittelmeer weilen, mich besuchen werden! Wenigstens ein kleiner Trost für einen Exilanten.

Ich habe beschlossen, richtig mit dem Schreiben zu beginnen, aber keine neuen Kompendien über militärische Logistik, Taktik oder Strategie. Statt dessen werde ich Biographien schreiben. Ich habe vor, mit einer Biographie Metellus Numidicus Schweinebackes zu beginnen, die auch ein paar saftige Einzelheiten enthalten wird, bei denen das Ferkel vor Wut mit den Zähnen knirschen dürfte. Dann werde ich mich Catulus Caesar zuwenden und auch eine gewisse Meuterei erwähnen, die sich damals an der Etsch ereignete, als die Germanen sich bei Tridentum herumtrieben. Ach, welches Vergnügen wird mir das bereiten! Also besuche mich bitte, Lucius Cornelius! Ich brauche Informationen, die nur Du mir geben kannst!

Sulla hatte nie geglaubt, daß er Publius Rutilius Rufus besonders gern hatte. Aber als er jetzt die Briefrolle sinken ließ, waren seine Augen voller Tränen. Und er schwor sich: Wenn er – der größte Mann der Welt – eines Tages als erster Mann Roms fest im Sattel saß, würden Männer wie Caepio und Philippus seine Vergeltung zu spüren bekommen. Und diese Kröte von einem Ritter, Sextus Perquitienus.

Als jedoch der junge Sulla mit Morsimos hereinkam, waren Sullas Augen bereits wieder trocken.

»Ich bin bereit«, sagte er zu Morsimos. »Aber bitte erinnere mich daran, dem Kapitän zu sagen, daß wir zuerst nach Smyrna wollen. Ich muß dort einen alten Freund besuchen und ihm versichern, daß ich ihn über die Ereignisse in Rom auf dem laufenden halten werde.«

IV

Während Lucius Cornelius Sulla im Osten weilte, brachten Gaius Marius und Publius Rutilius Rufus ein Gesetz durch, das die Tätigkeit der Sondergerichte beendete, die unter der *lex Licinia Mucia* eingerichtet worden waren. Und Marcus Livius Drusus faßte wieder Mut.

»Ich glaube, wir haben es geschafft«, sagte er zu Marius und Rutilius Rufus, als das Gesetz verabschiedet war. »Ende des Jahres werde ich als Volkstribun kandidieren. Und Anfang nächsten Jahres werde ich dann in der Volksversammlung ein Gesetz durchsetzen, das jedem Mann in Italien das Bürgerrecht gibt.«

Sowohl Marius als auch Rutilius Rufus hatten ihre Zweifel, aber sie sagten nichts. Drusus hatte recht: Ein Versuch konnte nicht schaden, und es gab auch keinen Grund anzunehmen, daß sich die Haltung Roms in dieser Frage von alleine ändern würde. Jetzt, da die Sondergerichte abgeschafft waren, würde es keine ausgepeitschten Rücken mehr geben, keine Erinnerungen mehr an die römische Unmenschlichkeit.

»Marcus Livius, du warst bereits Ädil, du könntest deshalb als Prätor kandidieren«, sagte Rutilius Rufus. »Willst du wirklich Volkstribun werden? Quintus Servilius Caepio wird als Prätor kandidieren, du hättest also im Senat einen Gegner, der ein Imperium hat. Und nicht nur das: Philippus bewirbt sich erneut um das Konsulat, und wenn er Konsul wird – und das ist wahrscheinlich, denn die Wähler sind es allmählich müde, ihn Jahr für Jahr in der *toga candida* zu sehen –, dann hast du es mit einem Bündnis zu tun, das aus einem Konsul und einem Prätor besteht, aus Philippus und Caepio. Sie würden dir das Leben als Volkstribun sehr schwer machen.«

»Das weiß ich«, sagte Drusus entschlossen. »Ich will mich trotzdem als Volkstribun bewerben. Erzähle nur bitte niemandem davon. Ich habe einen Plan, wie ich die Wahl gewinnen kann. Er setzt aber voraus, daß die Wähler denken, ich hätte mich erst in allerletzter Minute entschieden.«

Als Publius Rutilius Rufus Anfang September verurteilt und ins Exil verbannt wurde, versetzte das Drusus einen schweren Schlag, denn die Unterstützung durch seinen Onkel im Senat hielt er für unschätzbar wichtig. Nun würde alles Gaius Marius überlassen bleiben, zu dem Drusus kein sehr enges Verhältnis hatte und den er nicht einmal uneingeschränkt mochte. Auf jeden Fall war Marius kein Ersatz für einen Blutsverwandten. Außerdem hatte Drusus nun in seiner Familie niemanden mehr, mit dem er sich beraten konnte. Sein Bruder Mamercus war zwar inzwischen ein Freund geworden, aber politisch neigte er eher Catulus Caesar und Metellus dem Ferkel zu. Drusus hatte sich mit ihm noch nie über das empfindliche Thema des Bürgerrechts für Italien unterhalten – und er hatte es auch nicht vor. Und Cato Salonianus war tot. Er war nach dem Tod der Livia Drusa voll in seiner Arbeit als Prätor der Gerichte für Mord, Erpressung und Betrug aufgegangen. Als der Senat Anfang des Jahres beschlossen hatte, angesichts der heftigen Unruhen in den beiden spanischen Provinzen einen Sonderstatthalter nach Gallia Transalpina zu entsenden, hatte Cato Salonianus diese Aufgabe übernommen, um sich durch Arbeit von seiner Trauer abzulenken. Er reiste ab und überließ die Betreuung seiner Kinder der Schwiegermutter Cornelia Scipionis und dem Schwager Drusus. Im Sommer war dann die Nachricht eingetroffen, Cato Salonianus sei vom Pferd gefallen und habe eine Kopfverletzung erlitten, die man zunächst nicht für schwerwiegend gehalten hatte. Dann jedoch hatte er einen epileptischen Anfall erlitten und war gelähmt gewesen, ins Koma gefallen und schließlich gestorben, friedlich und ohne das Bewußtsein wieder erlangt zu haben. Für Drusus war es gewesen, als habe man eine Tür zugeschlagen. Alles, was ihm jetzt noch von seiner Schwester geblieben war, waren deren Kinder.

Deshalb war es verständlich, daß Drusus an Quintus Poppaedius Silo schrieb, nachdem sein Onkel in das Exil verbannt worden war. In dem Brief bat er Silo, zu ihm nach Rom zu kommen und bei ihm zu wohnen. Die Sondergerichte, die unter der *lex Licinia Mucia* eingerichtet worden waren, hatten keine Befugnisse mehr, und im Senat bestand stillschweigendes Einverständnis darüber, die zahlreichen italischen Bürger, die sich während der Volkszählung des Antonius und Flaccus in die Listen eingetragen hatten, bis zum nächsten turnusmäßigen Zensus einfach zu ignorieren. Es gab also keinen Grund, weshalb Silo nicht nach Rom kommen konnte. Und Drusus brauchte dringend jemanden, mit dem er vertraulich über sein Tribunat sprechen konnte.

Dreieinhalb Jahre waren seit ihrer letzten Begegnung an jenem denkwürdigen Tag in Bovianum vergangen.

»Es lebt nur noch ein Caepio«, sagte Drusus zu Silo, als sie in seinem Arbeitszimmer darauf warteten, zum Essen gerufen zu werden. »Und Caepio weigert sich nach wie vor, sich um seine legitimen Kinder zu kümmern. Über die beiden Kinder Catos brauche ich nichts weiter zu sagen, als daß sie Waisen sind. Glücklicherweise können sie sich an ihre Mutter gar nicht mehr erinnern, und nur das kleine Mädchen, Porcia, erinnert sich ganz vage an seinen Vater. In dieser furchtbaren und stürmischen Zeit werden die armen Kinder ständig hin und her geworfen. Meine Mutter ist ihr einziger sicherer Anker. Natürlich hat Cato Salonianus ihnen kein Vermögen vererben können. Er hat nur einen Besitz in Tusculum und ein Gut in Lucania. Ich muß dafür sorgen, daß der Junge genug hat, um in den Senat zu kommen, wenn er alt genug ist, und daß das Mädchen eine angemessene Mitgift erhält. Lucius Domitius Ahenobarbus ist mit Cato Salonianus' Schwester verheiratet, also mit der Tante der kleinen Porcia. Ich habe gehört, daß er ernsthaft vorhat, meine kleine Porcia mit seinem Sohn Lucius zu verheiraten. Ich habe mein Testament bereits gemacht, und ich habe dafür gesorgt, daß auch Caepio sein Testament macht. Ob es ihm paßt oder nicht, Quintus Poppaedius, Caepio kann seine drei Kinder nicht enterben. Er kann auch nicht seine Vaterschaft verleugnen, er kann sich nur weigern, sie zu besuchen. Dieser Hund!«

»Arme kleine Dinger!« sagte Silo, der selbst Kinder hatte. »Der kleine Cato hat weder Mutter noch Vater, nicht einmal eine Erinnerung an sie.«

Ein schiefes Lächeln huschte über Drusus' Gesicht. »Oh, der ist ein ganz eigenartiger Junge! Dünn wie eine Bohnenstange, mit einem langen Hals und einer gewaltigen Hakennase, wie ich sie bei einem so kleinen Jungen noch nie gesehen habe. Er erinnert mich lebhaft an einen gerupften Geier. Ich bringe es nicht fertig, ihn zu mögen, so sehr ich mir auch Mühe gebe. Er ist noch nicht einmal zwei Jahre alt, stapft aber schon durch das ganze Haus, wobei er seinen Hals vorstreckt und diese gewaltige Nase – oder jedenfalls einen Teil davon! – auf den Boden richtet. Und was für einen Lärm er macht! Er weint nicht leise, er schreit. Er kann nicht mit normaler Stimme sprechen, sondern brüllt immerzu und quält jeden ohne Rücksicht. Wenn ich ihn nur kommen sehe, fliehe ich, auch wenn er mir leid tut!«

»Und die kleine Spionin Servilia?«

»Sie ist ein schweigsames, verschlossenes und sehr gehorsames Mädchen. Aber du darfst ihr nicht über den Weg trauen, Quintus Poppaedius. Das ist auch so eine von denen, die ich nicht leiden kann.« Trauer lag in Drusus' Stimme.

Silo sah ihn aus gelblichen Augen scharf an. »Wen kannst du denn leiden?«

»Meinen Sohn, Drusus Nero. Ein lieber kleiner Junge. Eigentlich gar nicht mehr so klein. Er ist jetzt acht Jahre alt. Unglücklicherweise ist seine Intelligenz weniger entwickelt als seine Gutmütigkeit. Ich habe damals meiner Frau beizubringen versucht, daß es nicht klug sei, ein Baby zu adoptieren, aber sie hatte nun einmal ihr Herz an ihn verloren, da ließ sich nichts mehr machen. Ich mag auch den jungen Caepio, auch wenn ich nicht glauben kann, daß er Caepios Sohn sein soll! Er ist Cato Salonianus aus dem Gesicht geschnitten und sieht im übrigen auch dem kleinen Cato sehr ähnlich. Lilla ist ganz in Ordnung, und Porcia auch. Obwohl mir kleine Mädchen immer ein Rätsel sind.«

»Laß dich dadurch nicht verdrießen, Marcus Livius!« Silo lächelte. »Eines Tages werden diese Kinder Männer und Frauen sein. Dann kann man sie wenigstens aufgrund ihrer Fähigkeiten mögen oder ablehnen. Warum machst du mich nicht mit ihnen bekannt? Ich gebe zu, daß ich ganz neugierig bin, den gerupften Geier und die kleine Spionin kennenzulernen. Obwohl es doch irgendwie ernüchternd ist, daß man Menschen, die Fehler haben, am interessantesten findet.«

So verbrachte Silo den Rest seines ersten Tages in Rom damit, Drusus' Angehörige kennenzulernen. Am nächsten Tag kam das Gespräch der beiden Freunde auf die Situation in Italien.

»Ich beabsichtige, Anfang November als Volkstribun zu kandidieren, Quintus Poppaedius«, sagte Drusus.

Silo sah ihn verdutzt an, was für einen Marser recht ungewöhnlich war. »Obwohl du bereits Ädil warst?« fragte er. »Du müßtest doch eigentlich bald für das Prätorenamt in Frage kommen.«

»Ich könnte mich schon jetzt um ein Prätorenamt bewerben«, sagte Drusus ruhig.

»Warum willst du dann Volkstribun werden? Du hast doch nicht allen Ernstes vor, das Bürgerrecht für ganz Italien durchzusetzen?«

»Doch, das habe ich. Ich habe geduldig gewartet, Quintus Poppaedius – die Götter können das bezeugen, ich habe geduldig gewartet! Wenn es je einen guten Zeitpunkt gegeben hat, dann jetzt! Die *lex Licinia Mucia* ist jedermann noch frisch in Erinnerung. Und nenne mir einen Senator im entsprechenden Alter, der sich als Volkstribun auf so viel *dignitas* und *auctoritas* stützen kann wie ich! Ich gehöre dem Senat seit zehn Jahren an, ich bin seit fast zwanzig Jahren *pater familias*. Mein Ruf ist über jeden Verdacht erhaben, das einzig Absonderliche an mir ist, daß ich die Gleichberechtigung der Italiker will. Ich bin plebejischer Ädil gewesen und habe die großen Spiele damals hervorragend organisiert. Mein Vermögen ist gewaltig, ich habe eine große Klientel, und ich bin überall in Rom bekannt und angesehen. Wenn ich mich also um das Volkstribunat statt um eine Prätur bewerbe, werden alle sofort wissen, daß ich zwingende Gründe dafür habe. Ich war ein bekannter Advokat und bin jetzt ein bekannter Redner, doch in den vergangenen zehn Jahren habe ich kein einziges Mal im Senat gesprochen, das steht mir noch bevor. In den Gerichten reicht die Erwähnung meines Namens aus, um große Menschenmengen anzuziehen. Wirklich, Quintus Poppaedius, wenn ich mich für die Kandidatur als Volkstribun entscheide, weiß jeder Mann in Rom, vom höchsten bis zum niedrigsten, daß meine Beweggründe nicht nur vernünftig, sondern auch vertrauenswürdig sind.«

»Du wirst auf jeden Fall eine Sensation hervorrufen«, sagte Silo und bließ seine Backen auf. »Aber ich glaube nicht, daß deine Pläne eine Chance haben. Ich glaube, daß du deine Zeit als Prätor viel besser nutzen könntest – und in zwei Jahren als Konsul.«

»Als Konsul hätte ich keinen Erfolg«, sagte Drusus überzeugt. »Ein solches Gesetz muß aus der Volksversammlung kommen und von einem Volkstribun eingebracht und unterstützt werden. Wenn ich Konsul wäre, würde sofort irgendein Volkstribun sein Veto einlegen. Aber wenn ich selbst Volkstribun bin, kann ich meine Kollegen so kontrollieren, wie es mir als Konsul nicht möglich ist. Und durch mein Vetorecht habe ich auch einiges Gewicht gegenüber dem Konsul. Notfalls kann ich mit ihm über einen Ausgleich verhandeln. Gaius Gracchus war immer stolz darauf, ein brillanter Volkstribun zu sein. Und ich sage dir, Quintus Poppaedius, niemand wird mir gleichkommen! Ich habe die Reife, die Weisheit, die Klienten und die Durchsetzungskraft. Ich habe ein ganzes Programm von Gesetzen ausgearbeitet, und es geht weit über das Bürgerrecht für Italien hinaus. Ich habe vor, das gesamte Staatswesen Roms neu zu ordnen.«

»Dazu kann ich nur sagen: Möge dich die große, lichttragende Schlange beschützen und leiten, Marcus Livius.«

Drusus beugte sich vor. Sein Blick war fest, und seine Haltung verriet, daß er völlig von sich und seinen Plänen überzeugt war. »Quintus Poppaedius, es ist höchste Zeit. Ich kann nicht zulassen, daß Rom und Italien gegeneinander Krieg führen, und ich habe den Verdacht, daß du und deine Freunde einen Krieg planen. Wenn ihr einen Krieg führt, werdet ihr ihn verlieren. Und Rom wird auch zu den Verlierern zählen, obwohl ich glaube, daß es den Krieg gewinnen wird. Rom hat noch keinen Krieg verloren, mein Freund, nur einzelne Schlachten. Vielleicht würde Italien zunächst besser kämpfen, als irgend jemand außer mir vermutet. Aber Rom wird siegen! Weil Rom immer siegt. Und doch – es wird ein schrecklicher Sieg sein! Schon die wirtschaftlichen Folgen sind furchtbar. Du kennst doch das alte Sprichwort genauso gut wie ich: Führe nie einen Krieg in deiner Heimat. Sorge dafür, daß der Besitz der anderen darunter leidet.«

Drusus streckte die Hand über den Tisch und ergriff Silos Arm. »Laß es mich auf meine Weise versuchen, Quintus Poppaedius, bitte! Auf eine friedliche Weise, auf eine vernünftige Weise, auf die einzige Weise, die Erfolg haben kann!«

Silo nickte heftig. In seinen Augen lag kein Zweifel. »Mein lieber Marcus Livius, du hast meine ganze Unterstützung! Tu es! Daß ich nicht an den Erfolg glaube, spielt keine Rolle. Solange nicht jemand wie du es versucht, wird Italien nie wissen, wie stark Rom gegen das allgemeine Bürgerrecht eingestellt ist. Im Nachhinein stimme ich dir zu: Es war eine Dummheit, am Zensus herumzumanipulieren. Ich bin überzeugt, daß keiner von uns an den Erfolg geglaubt hat. Es war eher ein Versuch, den Senat und das Volk von Rom wissen zu lassen, wie stark wir Italiker in dieser Angelegenheit empfinden. Doch die Sache hat uns zurückgeworfen. Sie hat euch auch zurückgeworfen. Also tu es! Wenn dir Italien auf irgendeine Art helfen kann, werden wir dir helfen. Du hast mein Ehrenwort.«

»Lieber hätte ich ganz Italien als Klientel«, sagte Drusus kläglich und lachte. »Ist das allgemeine Bürgerrecht erst einmal eingeführt, könnte ich Rom meinen Willen ungestraft aufzwingen, wenn ganz Italien meine Klientel wäre.«

»Aber das wird doch der Fall sein, Marcus Livius!« rief Silo erstaunt. »Wenn du deinen Plan verwirklichst, wirst du der Schutzherr jedes einzelnen Italikers, dem du mit deiner Arbeit genutzt hast.«

Drusus spitzte die Lippen. Er bemühte sich, seine Freude zu unterdrücken. »Theoretisch ja. Aber in der Praxis läßt sich das unmöglich durchsetzen.«

»Nein, es ist leicht!« rief Silo schnell. »Nötig ist nur, daß ich und Gaius Papius Mutilus und die anderen italischen Führer jedem Italiker einen Eid abverlangen. Einen Eid, daß er durch dick und dünn und bis zum Tod dein Klient wird, wenn du es schaffst, das allgemeine Bürgerrecht durchzusetzen.«

Drusus starrte Silo mit offenem Mund verwundert an. »Einen Eid? Würden sie denn einen solchen Eid wirklich ablegen?«

»Ganz sicher, vorausgesetzt, daß sich der Eid weder auf ihre Nachkommen noch auf deine Nachkommen erstreckt«, erklärte Silo ruhig.

»Das ist auch nicht notwendig«, sagte Drusus langsam. »Ich brauche nur Zeit und massive Unterstützung. Das allgemeine Bürgerrecht wird kommen, auch wenn ich nicht mehr bin.« Ganz Italien als seine Klientel! Es war der Traum jedes römischen Adligen, der je gelebt hat, eine Klientel zu haben, die groß genug war, um ganze Heere ausheben zu können. Wenn er, Drusus, ganz Italien in seiner Gefolgschaft hätte, wäre nichts mehr unmöglich.

»Der Eid wird geschworen werden, Marcus Livius«, sagte Silo knapp. »Du hast völlig recht, wenn du forderst, daß ganz Italien deine Klientel werden muß. Denn das allgemeine Bürgerrecht sollte nur ein Anfang sein.« Silo lachte. Sein Lachen klang ein wenig schrill und brüchig. »Was für ein Triumph! Daß ein Mann durch die Hilfe derer, die im Augenblick überhaupt keinen Einfluß auf die römische Politik haben, erster Mann Roms werden sollte – nein, erster Mann Italiens!« Silo löste seinen Arm vorsichtig aus Drusus' Umklammerung. »Nun mußt du mir nur noch erklären, wie du das alles erreichen willst.«

Aber Drusus konnte sich nicht mehr auf eine Antwort konzentrieren. Das alles war zu gewaltig, zu überwältigend. Ganz Italien seine Klientel!

Wie er es erreichen wollte? Von den wichtigen Senatoren würde sich nur Gaius Marius auf seine Seite stellen, aber Drusus wußte, daß Marius' Unterstützung nicht ausreichte. Er brauchte auch Crassus

Orator, Scaevola, Antonius Orator und den Princeps Senatus Scaurus. Als die Tribunatswahlen näherrückten, wuchs Drusus' Verzweiflung. Er wartete auf den richtigen Augenblick, aber der richtige Augenblick schien nicht kommen zu wollen. Seine Kandidatur für das Volkstribunat blieb ein Geheimnis, das nur Silo und Marius kannten, und die mächtigen Verbündeten, die er brauchte, hatte er immer noch nicht.

Doch dann traf Drusus eines frühen Morgens Ende Oktober eine Gruppe mächtiger Senatoren auf dem Versammlungsplatz der Volksversammlung: Scaurus Princeps Senatus, Crassus Orator, Scaevola, Antonius Orator und Ahenobarbus Pontifex Maximus. Es war offenkundig, daß sie sich über den Verlust unterhielten, der durch die Verbannung des Publius Rutilius Rufus entstanden war.

»Marcus Livius, beteilige dich doch auch an unserem Gespräch«, sagte Scaurus und trat einen Schritt zurück, um Drusus Platz zu machen. »Wir sprechen gerade darüber, wie wir dem Ritterstand die Gerichtshoheit aberkennen könnten. Es war absolut kriminell, Publius Rutilius zu verurteilen. Die Ritter haben ihr Recht verloren, die Gerichtshoheit auszuüben!«

»Dieser Meinung bin ich auch«, sagte Drusus und trat zu der Gruppe. Er sah Scaevola an. »Sie wollten natürlich dich, nicht Publius Rutilius.«

»Warum haben sie mich dann nicht angeklagt?« fragte Scaevola, der noch immer ganz verstört war.

»Du hast zu viele Freunde, Quintus Mucius.«

»Und Publius Rutilius hat nicht genügend Freunde. Das ist eine Schande. Ich sage dir, wir können es uns nicht leisten, Publius Rutilius zu verlieren! Er ist ein unabhängig denkender Mann, und das ist selten.« Scaurus war wütend.

»Ich glaube nicht«, sagte Drusus vorsichtig, »daß es uns jemals gelingen wird, den Rittern die Gerichtshoheit vollständig abzuerkennen. Wenn schon das Gesetz des Konsuls Caepio scheiterte – und das ist ja bekanntlich der Fall –, sehe ich keine Möglichkeit, wie wir es durch irgendein anderes Gesetz schaffen können, die Gerichte wieder dem Senat zu unterstellen. Der Ritterstand hat sich daran gewöhnt, für die Rechtssprechung verantwortlich zu sein, und diese Verantwortung hat er nun seit über dreißig Jahren inne. Die Ritter lieben die Macht, die sie damit über den Senat haben. Und nicht nur das: Die Ritter sind auch überzeugt, sich korrekt verhalten zu haben. Im Gesetz des Gaius Gracchus steht nicht ausdrücklich, daß ein mit

Rittern besetztes Gericht schuldfähig ist, wenn es Bestechungsgelder annimmt. Die Ritter verweisen auf die *lex Sempronia*, in der festgelegt ist, daß sie nicht angeklagt werden können, wenn sie als Geschworene Bestechungsgelder annehmen.«

Crassus Orator starrte Drusus entsetzt an. »Marcus Livius, du bist bei weitem der beste Mann im Prätorenalter!« rief er aus. »Wenn schon du solche Dinge sagst, welche Chancen hat dann der Senat noch?«

»Ich habe nicht gesagt, daß der Senat die Hoffnung aufgeben sollte, Lucius Licinius«, erwiderte Drusus. »Ich habe nur gesagt, daß die Ritter sich weigern werden, die Gerichtshoheit abzugeben. Aber wie wäre es, wenn wir sie in eine Lage bringen würden, in der sie gar keine andere Wahl haben, als die Gerichtshoheit mit dem Senat zu teilen? Die Plutokraten haben Rom noch nicht unter ihrer Gewalt, und sie wissen es. Warum kann nicht jemand ein Gesetz einbringen, das die Zuständigkeit der höheren Gerichte neu regelt, wobei die Besetzung der Gerichte je zur Hälfte vom Senat und vom Ritterorden vorgenommen wird?«

Scaevola atmete tief ein. »Die Ritter könnten einen solchen Vorschlag eigentlich nicht ablehnen – er müßte ihnen wie ein Friedensangebot des Senats erscheinen. Welche Regelung könnte gerechter sein, als die Zuständigkeit aufzuteilen? Der Senat kann dann nicht mehr beschuldigt werden, er wolle dem Ritterstand die Zuständigkeit für die Gerichte wegnehmen, nicht wahr?«

Crassus Orator nickte lachend. »Wirklich ein kluger Vorschlag, Marcus Livius! Die Senatoren halten immer zusammen. Aber es gibt immer ein paar ehrgeizige Ritter, die gerne zum Senat gehören möchten. Ihr Ehrgeiz fällt nicht ins Gewicht, solange sich das Gericht nur aus Rittern zusammensetzt. Aber wenn das Gericht nur zur Hälfte aus Rittern besteht, können sie das Kräftegleichgewicht zu unseren Gunsten verändern. Klug ausgedacht, Marcus Livius!«

»Und wir könnten argumentieren«, sagte der Pontifex Maximus Ahenobarbus, »daß wir Senatoren über so wertvolle Rechtskenntnisse verfügen, daß die Gerichte durch unsere Anwesenheit bereichert würden. Und daß wir schließlich fast vierhundert Jahre lang die ausschließliche Gerichtshoheit besaßen! Wir könnten sagen, daß in diesen modernen Zeiten eine solche Ausschließlichkeit nicht mehr zulässig ist, daß aber auch der Senat nicht ausgeschlossen werden darf.« Aus der Sicht des Pontifex Maximus war dies eine vernünftige Argumentation. Seine Haltung hatte sich seit seinen Erfahrungen als

Richter in Alba Fucentia unter der *lex Licinia Mucia* etwas gemildert, obwohl er Crassus Orator sonst gar nicht zugetan war. Und doch standen sie nun hier nebeneinander, vereint durch die Interessen und Privilegien ihrer Klasse.

»Ein guter Gedanke!« strahlte Antonius Orator.

»Das meine ich auch«, sagte Scaurus. Er sah Drusus an. »Willst du das als Prätor tun, Marcus Livius? Oder soll es jemand anders tun?«

»Ich werde es selbst tun, Senatsvorsitzender, aber nicht als Prätor«, antwortete Drusus. »Ich will als Volkstribun kandidieren.«

Alle atmeten hörbar ein und sahen Drusus an.

»In deinem Alter?« fragte Scaurus.

»Mein Alter ist eindeutig ein Vorteil«, erklärte Drusus gelassen. »Ich bin zwar alt genug, um Prätor zu werden, aber ich will dennoch Volkstribun werden. Niemand kann mir vorwerfen, zu jung, zu unerfahren oder hitzköpfig zu sein, die Massen umschmeicheln zu wollen oder wie üblich als Volkstribun eine bestimmte Absicht zu verfolgen.«

»Warum willst du dann ein Volkstribun werden?« fragte Crassus Orator, wobei er schlau grinste.

»Ich will ein paar Gesetze einbringen«, sagte Drusus noch immer gelassen und gefaßt.

»Das kannst du auch als Prätor«, sagte Scaurus.

»Stimmt, aber als Volkstribun ist es leichter und wirkt überzeugender. Im Lauf der Geschichte unserer Republik haben immer mehr die Volkstribunen diese Aufgabe übernommen. Und die Volksversammlung liebt die Rolle des Gesetzgebers. Warum sollten wir sie vergrämen, Senatsvorsitzender?«

»Du denkst noch an ganz andere Gesetze«, sagte Scaevola leise.

»Richtig, Quintus Mucius.«

»Gib uns wenigstens eine Vorstellung, an was du denkst.«

»Ich will die Zahl der Senatoren verdoppeln«, sagte Drusus.

Wieder war ein kollektives Einatmen zu hören, und alle erstarrten.

»Marcus Livius, du klingst allmählich wie Gaius Gracchus«, sagte Scaevola mißtrauisch.

»Ich weiß, warum du das denkst, Quintus Mucius. Tatsache ist, daß ich den Einfluß des Senats in unserem Regierungssystem stärken will. Ich bin aufgeschlossen genug, um dabei auch auf Ideen von Gaius Gracchus zurückzugreifen, wenn sie meinen Zwecken dienen.«

»Du kannst den Senat doch nicht dadurch stärken, daß du ihn mit Rittern füllst!« warf Crassus Orator ein.

»Das wollte Gaius Gracchus«, entgegnete Drusus. »Mein Vorschlag ist ein wenig anders. Erstens kann ich mir nicht vorstellen, wie man gegen die Tatsache argumentieren könnte, daß der Senat schon jetzt zu klein ist. Die Versammlungen sind häufig zu schwach besetzt, und oft sind wir nicht einmal beschlußfähig. Und wir wollen auch noch in den Gerichten sitzen! Wie viele von uns werden nicht bald von den dauernden Sitzungen genug haben? Gib es zu, Lucius Licinius: Schon damals, als wir noch alle Geschworenen in den Gerichten stellten, weigerten sich gut die Hälfte der Senatoren oder noch mehr, ihrer Pflicht nachzukommen. Gaius Gracchus wollte den Senat mit Rittern auffüllen. Ich will ihn mit Männern aus der Senatorenklasse füllen – und mit einigen Rittern, um den Ritterstand nicht zu verletzen. Wir alle haben Onkel oder Vettern oder jüngere Brüder, die gern Senatoren wären und ihrem Vermögen nach dafür in Frage kämen, die aber nicht in den Senat kommen können, weil alle Plätze besetzt sind. Diese Männer würde ich gerne in den Senat aufnehmen, noch bevor ich irgendwelche Ritter zulasse. Und welchen besseren Weg gibt es denn, als jene Ritter aufzunehmen, die bisher Gegner des Senats sind, und sie so zu Befürwortern des Senats zu machen? Die Zensoren ernennen die neuen Senatoren, und ihre Entscheidung ist nicht anfechtbar.« Drusus räusperte sich. »Ich weiß, daß wir gegenwärtig keine Zensoren haben, aber wir könnten im kommenden April wieder zwei Männer wählen, oder im darauffolgenden April.«

»Mir gefällt der Gedanke«, erklärte Antonius Orator.

»Und welche anderen Gesetze willst du noch einbringen?« fragte Ahenobarbus Pontifex Maximus. Er überhörte die Anspielung auf die Zensoren, die ihm und Crassus Orator galt, den nach wie vor rechtmäßigen Zensoren.

Drusus blieb vage. »Das kann ich jetzt noch nicht sagen, Gnaeus Domitius.«

Der Pontifex Maximus schnaubte verächtlich. »Das kannst du mir nicht weismachen!«

Drusus lächelte unschuldig. »Nun, vielleicht könnte ich schon etwas darüber sagen, aber ich weiß noch nicht genug, um meine Absichten einem so erlauchten Kreis zu erläutern. Ich kann dir versichern, daß du Gelegenheit bekommen wirst, dich dazu zu äußern.«

»Hm.« Der Pontifex Maximus war immer noch skeptisch.

»Ich möchte gerne wissen, Marcus Livius, wie lange du schon planst, dich als Volkstribun aufstellen zu lassen«, sagte der Senatsvorsitzende Scaurus. »Ich habe mich nämlich schon über dich gewundert. Du warst ja schon plebejischer Ädil, hast aber nie versucht, im Senat eine Rede zu halten. Du hast dir deine erste Rede sicher schon damals für etwas Besseres aufgespart, nicht wahr?«

Drusus riß die Augen weit auf. »Marcus Aemilius, wie kannst du so etwas sagen? Es gibt doch gar nichts, worüber man als Ädil reden könnte!«

Scaurus zuckte die Schultern. »Na ja, ich werde dich auf jeden Fall unterstützen, Marcus Livius. Dein Stil gefällt mir.«

»Ich unterstütze dich auch«, sagte Crassus Orator.

Auch die übrigen Senatoren der Gruppe versprachen, sich hinter Drusus zu stellen.

Drusus kündigte seine Kandidatur für das Volkstribunat erst am Morgen der Wahlen an. Normalerweise wäre dies ein törichtes Verhalten gewesen – in diesem Falle erwies es sich als glänzende Entscheidung. Bohrende Fragen während des Wahlkampfes blieben ihm dadurch erspart, und es schien, als habe er, nachdem er die Qualität der übrigen Kandidaten gesehen hatte, aus Verzweiflung darüber die eigene Kandidatur angemeldet. Die besten Männer unter den anderen Kandidaten waren Sestius, Saufeius und Minicius – keiner von ihnen stammte aus dem Adel, und keiner war gut. Drusus kündigte seine Kandidatur an, nachdem sich die übrigen zweiundzwanzig Kandidaten vorgestellt hatten.

Die Wahlen verliefen ruhig, die Wahlbeteiligung war gering. Nur etwa zweitausend Wähler gaben ihre Stimmen ab, ein winziger Anteil der Wahlberechtigten. Da das Comitium die doppelte Anzahl von Menschen aufnehmen konnte, gab es keinen Grund, die Wahlen an einem größeren Ort, etwa im Circus Flaminius, abzuhalten. Nachdem die Kandidaten sich vorgestellt hatten, leitete der Vorsitzende des abtretenden Tribunenkollegiums die Wahl ein. Er rief die Wähler auf, sich nach den Tribus aufzuteilen. Der Konsul Marcus Perperna, ein Plebejer, überwachte die Prozedur mit strengem Blick. Staatssklaven hielten die Seile, mit denen die Tribus voneinander getrennt wurden. Da die Beteiligung so gering war, brauchten die größeren Tribus sich nicht außerhalb des Comitiums zu versammeln.

Bei Wahlen gaben die fünfunddreißig Tribus ihre Stimmen gleichzeitig ab, während sie bei Abstimmungen über Gesetze oder bei Urteilen in einem Prozeß gewöhnlich nacheinander abstimmten. Die Körbe, in denen die mit der Stimme gekennzeichneten Wachstafeln gesammelt wurden, standen auf einer eigens errichteten Plattform vor der Rednertribüne. Die Rostra selbst durfte nur von den abtretenden Volkstribunen, den Kandidaten und dem die Wahl überwachenden Konsul betreten werden.

Die provisorische Holzplattform war der Rundung der unteren Sitzreihen des Comitiums angepaßt und verdeckte sie. Fünfunddreißig enge Gänge führten steil aus dem mittleren Schacht des Comitiums zu der ungefähr zwei Meter höher gelegenen Stelle, an der die Körbe standen. Die Seile, die die Tribus voneinander trennten, erstreckten sich von der Mitte des Comitiums strahlenförmig über die der Rednertribüne gegenüberliegenden Sitzreihen. Jeder Wähler betrat den zu seiner Tribus hinaufführenden Gang, erhielt von einem der *custodes* eine Wachstafel ausgehändigt, beschrieb sie mit seinem Griffel, stieg dann die Planken hinauf und warf die Wachstafel in den Korb seiner Tribus. Wenn er seine Pflicht erfüllt hatte, konnte er die Ränge des Comitiums hinaufsteigen und rechts oder links von der Rednertribüne die Veranstaltung verlassen. Aber wer das Interesse und Engagement aufgebracht hatte, eine Toga anzulegen und zur Wahl zu erscheinen, verließ das Comitium meist erst, nachdem die Auszählung beendet war. Nach der Stimmabgabe standen deshalb viele auf dem unteren Forum herum und unterhielten sich, aßen eine Kleinigkeit und beobachteten aus dem Augenwinkel den Fortschritt der Wahl.

Die abtretenden Volkstribunen standen während dieser langwierigen Prozedur hinten auf der Rednertribüne. Die Kandidaten standen weiter vorne, während der Vorsitzende des Tribunenkollegiums und der Konsul ganz vorne auf einer Bank saßen, von wo aus sie die Abwicklung der Wahl genau beobachten konnten.

Einige Tribus – vor allem die vier Tribus der Stadt – bestanden an diesem Tag aus mehreren hundert, andere, die teilweise aus entfernten ländlichen Bezirken kamen, aus manchmal sogar nur ein oder zwei Dutzend Wählern. Doch unabhängig von der Größe konnte jede Tribus grundsätzlich nur eine Stimme abgeben: die der Mehrheit ihrer Mitglieder. Dies verschaffte den weiter weg wohnenden ländlichen Tribus einen unverhältnismäßig großen Einfluß.

Da die Körbe nur etwa hundert Tafeln aufnehmen konnten, wurden sie ausgetauscht, sobald sie voll waren, und leere Körbe wurden aufgestellt. Die Stimmenauszählung fand ständig unter den Augen des die Wahl überwachenden Konsuls auf einem großen Tisch auf dem zu seinen Füßen gelegenen Rang statt. Die fünfunddreißig *custodes* und ihre Helfer hatten je nach der Kopfzahl ihrer Tribus unterschiedlich viel zu tun.

Ungefähr zwei Stunden vor Sonnenuntergang waren die Wahlen beendet. Der Konsul verlas das Ergebnis vor den Wählern, die noch anwesend waren und jetzt unten in der Mitte des Comitiums standen. Die Trennseile hatte man bereits wieder entfernt. Der Konsul genehmigte die Veröffentlichung des Wahlergebnisses auf einem Pergament, das an der zum Forum gelegenen Rückwand der Rednerbühne angeschlagen wurde. Jeder Forumsbesucher konnte sich dort in den folgenden Tagen informieren.

Marcus Livius Drusus war zum neuen Vorsitzenden des Tribunenkollegiums gewählt worden. Alle fünfunddreißig Tribus hatten für ihn gestimmt, ein ungewöhnliches Ergebnis. Minicius, Sestius und Saufeius wurden ebenfalls gewählt, ferner sechs weitere Männer, die aber so unbekannt und gesichtslos waren, daß sich kaum jemand an sie erinnern konnte; daran sollte sich bis zum Ablauf ihrer Amtszeit auch nichts ändern, da sie völlig untätig blieben. Das Amtsjahr der Tribunen begann rund dreißig Tage später, am zehnten Tag des Dezember. Drusus hatte natürlich Grund zur Freude, denn er hatte keine ernsthaften Gegner im Kollegium.

Das Tribunenkollegium trat in der Basilica Porcia zusammen – im Erdgeschoß auf der dem Senat nächstgelegenen Seite. Der Sitzungssaal bestand aus einem offenen Raum, in dem einige Tische und Faltstühle ohne Lehne aufgestellt waren. Die Sitzungen wurden durch die zahlreichen Säulen stark behindert. Die Basilica war nicht nur die älteste, sondern auch die architektonisch eigenwilligste der römischen Markt- und Gerichtshallen. Hier trafen sich die Volkstribunen an den Tagen, an denen die Volksversammlung nicht tagte, und hörten all denen zu, die sich mit ihren Problemen, Klagen oder Vorschlägen an sie wandten.

Drusus merkte, daß er sich auf diese neuartige Erfahrung zu freuen begann. Er freute sich auch auf seine Jungfernrede im Senat. Er war sicher, daß die älteren Magistraten im Senat dagegen opponieren würden. Schließlich war Philippus zum zweiten Konsul nach Sextus Julius Caesar gewählt worden (Caesar war der erste Julier auf dem Stuhl des Konsuls seit vierhundert Jahren). Caepio war zum Prätor gewählt worden, aber gleichzeitig war die Zahl der Prätoren von sechs auf acht erhöht worden. In manchen Jahren kam der Senat zu der Überzeugung, daß sechs Prätoren nicht ausreichten; er empfahl dann die Wahl von acht Prätoren. Dieses Jahr war ein solches Jahr.

Drusus' Absicht war es gewesen, noch vor seinen Amtskollegen seine Gesetze einzubringen. Aber als das neue Kollegium am zehnten Tag des Dezember feierlich eingesetzt wurde, stürzte Minicius, ein Bauer, nach vorne, sobald die Zeremonie zu Ende war, und kündigte mit schriller Stimme an, daß er die Volksversammlung zu einer ersten Abstimmung über ein dringend benötigtes neues Gesetz aufrufe. In der Vergangenheit hätten Kinder einer Ehe zwischen einem römischen Bürger und einem Nichtbürger den Status des Vaters erhalten. Das sei eine zu einfache Lösung! Es gebe zu viele halbe Römer! Dieses unerwünschte Schlupfloch in der Zitadelle des römischen Bürgerrechts müsse verstopft werden! Minicius legte deshalb ein neues Gesetz vor, welches den Kindern einer Mischehe das römische Bürgerrecht verweigerte, auch wenn der Vater Römer war.

Für Drusus war diese *lex Minicia de liberis* eine große Enttäuschung, denn das Gesetz wurde von der Volksversammlung begeistert begrüßt, ein Beweis dafür, daß die meisten Wahlberechtigten in den Tribus noch immer glaubten, das römische Bürgerrecht müsse all denen vorenthalten werden, die als minderwertig galten – mit anderen Worten, dem Rest der Menschheit.

Caepio unterstützte natürlich den Antrag, obwohl er gar nicht so erfreut darüber war. Er war seit kurzem mit einem neuen Senator befreundet, einem Klienten des Ahenobarbus Pontifex Maximus, den dieser als Zensor in die Senatorenliste aufgenommen hatte. Caepios neuer Freund war sehr reich, vor allem auf Kosten seiner spanischen Landsleute, und er trug den klangvollen Namen Quintus Varius Severus Hybrida Sucronensis. Verständlicherweise bevorzugte er es, einfach als Quintus Varius angesprochen zu werden. Der Name Severus war ihm weniger aufgrund seiner Tiefgründigkeit, die er ohnehin nicht besaß, als vielmehr aufgrund seiner Grausamkeit angehängt worden. Der Name Hybrida wies darauf hin, daß ein Elternteil das Bürgerrecht nicht gehabt hatte, und der Name Sucronensis bezeichnete die Stadt seiner Geburt und Jugend – Sucro in Hispania Citerior. Quintus Varius konnte kaum als Römer bezeichnet werden; er wirkte ausländischer als jeder Italiker, war aber dennoch entschlossen, einer der größten Römer zu werden. Bei der Wahl seiner Mittel, dieses noble Ziel zu erreichen, war er nicht zimperlich.

Nachdem Varius mit Caepio bekannt gemacht worden war, heftete er sich so hartnäckig an den Römer wie eine Muschel an einen Schiffsrumpf. Er war ein Meister der Schmeichelei, unermüdlich in kleinen Aufmerksamkeiten und Diensten – und erfolgreicher, als man hätte erwarten können. Denn ohne es zu wissen, umschwärmte Varius Caepio in einer Weise, in der dieser früher Drusus umschwärmt hatte.

Nicht alle der anderen Freunde Caepios hießen Quintus Varius willkommen. Lucius Marcius Philippus freilich war ihm zu Dank verpflichtet, da Varius stets bereit war, dem unter Druck geratenen Anwärter auf das Konsulat finanzielle Hilfe und schnellen Schuldenerlaß angedeihen zu lassen. Quintus Caecilius Metellus Pius das Ferkel dagegen verabscheute Varius von dem Augenblick an, in dem er ihm zum ersten Mal begegnete.

»Quintus Servilius, wie kannst du diese schleimige Kreatur nur aushalten?« fragte er Caepio ohne jeden Anflug von Stottern. »Ich sage dir, wenn Varius in Rom gelebt hätte, als mein Vater starb, hätte ich dem Arzt Apollodorus geglaubt und sofort gewußt, wer den großen Metellus Numidicus vergiftet hat!«

Und zum Pontifex Maximus Ahenobarbus sagte Metellus: »Wie kommt es nur, daß deine wichtigsten Klienten solche Schleimscheißer sind? Denn das sind sie! Wenn du Leute wie die plebejischen Servilier aus der Familie der Auguren und diesen Varius als Klienten hast, machst du dir einen Namen als Patron der Zuhälter, Scheißer, Leichenfledderer und Kakerlaken!«

Der Pontifex Maximus Ahenobarbus hörte sich das mit offenem Mund an. Zu einer Antwort war er nicht mehr fähig.

Aber nicht alle durchschauten Varius' Charakter. Den Naiven und Unwissenden erschien er als wunderbarer Mensch. Denn zum einen war er eine ungewöhnlich gutaussehende, maskuline Erscheinung – groß, gutgebaut und dunkelhaarig, aber nicht dunkelhäutig; er hatte feurige Augen und angenehme Gesichtszüge. Was er sagte, klang vernünftig, allerdings nur, solange es um persönliche Angelegenheiten ging. Seine öffentliche Redekunst war unzureichend und wurde durch seinen schweren spanischen Akzent weiter beeinträchtigt. Auf Caepios Rat hin arbeitete er hart daran, seine Aussprache zu verbessern. Währenddessen ging der Streit darüber weiter, was für ein Mensch er wirklich sei.

»Er ist ein selten vernünftiger Mensch«, sagte Caepio.

»Ein Parasit ist er, ein Kuppler«, sagte Drusus.

»Ein großzügiger, charmanter Mann«, meinte Philippus.
»Er ist so schleimig wie grüne Spucke«, giftete das Ferkel.
»Er ist ein würdiger Klient«, sagte Ahenobarbus Pontifex Maximus.
Und Scaurus Princeps Senatus sagte verächtlich: »Er ist kein Römer.«

Natürlich paßte dem charmanten, vernünftigen, ehrenwerten Quintus Varius die neue *lex Minicia de liberis* überhaupt nicht. Durch das Gesetz wurde sein Bürgerstatus in Frage gestellt. Unglücklicherweise entdeckte er erst jetzt, wie holzköpfig Caepio sein konnte – Varius konnte ihn durch nichts bewegen, seine Unterstützung für das neue Gesetz des Minicius aufzugeben.

»Mach dir keine Sorgen, Quintus Varius«, sagte Caepio, »das Gesetz gilt ja nicht rückwirkend.«

Drusus seinerseits wurde durch das Gesetz zweifellos mehr als irgendein anderer entmutigt, obwohl dies niemand ahnte. Die öffentliche Stimmung war also zumindest in Rom noch immer gegen eine Ausweitung des Bürgerrechts auf Nichtrömer.

»Ich werde mein ganzes Gesetzesprogramm neu organisieren müssen«, sagte er, als Silo ihn kurz vor dem Jahresende besuchte. »Ich kann das allgemeine Stimmrecht erst gegen Ende meines Tribunatsjahres beantragen. Eigentlich wollte ich damit mein Programm einleiten, aber das geht jetzt nicht mehr.«

»Du wirst damit niemals durchkommen, Marcus Livius«, sagte Silo kopfschüttelnd. »Sie werden es nicht zulassen.«

»Ich werde es schaffen, und sie werden es zulassen«, antwortete Drusus, der entschlossener war als je zuvor.

»Nun, ich kann dir wenigstens einen kleinen Trost bieten«, sagte Silo mit freundlichem Lächeln. »Ich habe mit den anderen italischen Führern gesprochen. Sie denken genauso wie ich – wenn du uns wirklich das römische Bürgerrecht verschaffst, verdienst du es, Patron aller neuen Wahlberechtigten zu werden. Wir haben einen Eid formuliert, und wir werden den italischen Männern diesen Eid ab jetzt bis zum Ende des nächsten Sommers abnehmen. Vielleicht ist es deshalb gar nicht so schlecht, daß du dein Tribunatsjahr nicht mit einem Gesetz über das allgemeine Wahlrecht beginnen kannst.«

Drusus errötete, er konnte die Nachricht kaum glauben. Nicht nur ein Heer von Klienten, sondern ganze Völkerschaften von Klienten würde er haben!

Er leitete sein Gesetzesprogramm mit einer Vorlage ein, durch die

die Verantwortung für die großen Gerichte zwischen Senat und Rittern aufgeteilt werden sollte. Danach brachte er ein Gesetz zur Vergrößerung des Senats ein. Seine einführende Rede hielt er jedoch nicht vor der Volksversammlung, sondern im Senat. Er forderte den Senat auf, die Gesetze zu billigen und ihn zu ermächtigen, sie der Volksversammlung zur Verabschiedung vorzulegen.

»Ich bin kein Demagoge«, erklärte er den in ihre Togen gekleideten Senatoren. In der Curia Hostilia herrschte völlige Stille. »In mir seht ihr den Volkstribun der Zukunft – einen Mann, der alt genug und erfahren genug ist, um zu wissen, daß die althergebrachten Methoden die richtigen Methoden sind, einen Mann, der die *auctoritas* des Senats bis zu seinem letzten Atemzug verteidigen wird. Was immer ich in der Volksversammlung unternehme, wird diesem Haus keine Überraschung sein, denn ich werde jede Maßnahme zuerst hier vorstellen und eure Billigung einholen. Ich werde nichts vorschlagen, das eurer nicht würdig ist, und ich werde nichts vorschlagen, das meiner unwürdig ist. Denn ich bin der Sohn eines Volkstribuns, der seine Pflichten so ernst nahm wie ich. Ich bin der Sohn eines Mannes, der Konsul und Zensor war, eines Mannes, der die Skordisker in Macedonia so schwer zurückschlug, daß ihm ein Triumph bewilligt wurde. Ich bin ein Nachkomme des Aemilius Paullus, des Scipio Africanus und des Livius Salinator. Der Name, den ich trage, ist alt. Und ich bin alt an Jahren für das Amt, das ich innehabe.

Hier, Senatoren, in diesem Gebäude, in dieser Versammlung altehrwürdiger und ruhmreicher Namen, liegt die Quelle des römischen Rechts, der römischen Regierung, der römischen Verwaltung. An die in diesem Gebäude Versammelten werde ich mich zuerst wenden und hoffen, daß ihr die Weisheit und die Weitsicht haben werdet, die Logik, Vernunft und Notwendigkeit meiner Vorschläge zu erkennen.«

Nach dieser Rede applaudierte ihm der Senat mit einer Dankbarkeit, die nur Männer empfinden konnten, die mit eigenen Augen die Amtsführung des Tribuns Saturninus hatten erleben müssen. Hier stand eine ganz andere Art von Volkstribun vor ihnen – ein Volkstribun, der zuerst Senator und dann erst Diener der Volksversammlung war.

Die beiden Konsuln, deren Amtszeit ablief, dachten liberal, und auch die abtretenden Prätoren hatten eigenständige Gedanken. Drusus wurde deshalb, ohne auf nennenswerte Opposition zu stoßen, beauftragt, die beiden Gesetze der Volksversammlung vorzulegen. Obwohl von den neuen Konsuln weniger zu erwarten war, befürwortete auch Sextus Caesar die Gesetze. Philippus verhielt sich bemerkenswert zurückhaltend, nur Caepio sprach sich dagegen aus. Da jedoch alle wußten, daß Caepio zu seinem Schwager ein gespanntes Verhältnis hatte, nahm niemand seine Einwände ernst. Drusus hatte eine ernsthafte Opposition auch nur in der Volksversammlung erwartet, in der die Ritter stark vertreten waren, doch auch hier stieß er auf geringen Widerstand. Vielleicht lag es daran, dachte er, daß er beide Gesetzesvorlagen in einer Volksversammlung eingebracht hatte. Eine bestimmte Gruppe von Rittern konnte auf diese Weise unschwer den Köder erkennen, den das zweite Gesetz für sie enthielt. Denn in dem zweiten Gesetz zeichnete sich für sie die Möglichkeit ab, eines Tages zu Senatoren zu werden – ein Status, der diesen Rittern nur deshalb verweigert wurde, weil der Senat zu klein war. Es schien eine gerechte Lösung, die Geschworenengerichte je zur Hälfte mit Mitgliedern des Senats und der Volksversammlung zu besetzen. Außerdem sollte der ausschlaggebende einundfünfzigste Geschworene ein Ritter sein, während der Gerichtsvorsitzende dem Senat angehören sollte. Der Ehre der Ritter wurde also kein Abbruch getan.

Drusus forderte in seiner Rede vor der Versammlung der Plebs, der auch die meisten Senatoren zuhörten, eine Übereinkunft zwischen den beiden großen Klassen der Senatoren und Ritter – er rief beide Seiten auf, tiefgreifende Veränderungen zu ermöglichen. Er bedauerte die Maßnahmen des Gaius Sempronius Gracchus, der versucht hatte, einen Keil zwischen die Stände zu treiben.

»Gaius Sempronius Gracchus war schuld daran, daß sich die beiden Klassen trennten. Er schuf damit eine künstliche soziale Barriere – denn wer kein Senator ist, aber einer Senatorenfamilie angehört, ist der nicht ein Ritter? Wenn er die entsprechenden Bedingungen erfüllt, wird er als Ritter in die Listen aufgenommen, weil schon zu viele Mitglieder seiner Familie Senatoren sind. Ritter und Senatoren gehören beide dem ersten Stand an! Mitglieder derselben Familie können diesen beiden verschiedenen Klassen angehören, die nur dank Gaius Gracchus künstlich getrennt sind. Die einzige Unterscheidung kann von den Zensoren getroffen werden. Sobald ein Mann in den Senat aufgenommen wird, darf er sich nicht mehr mit Geschäften befassen, die nichts mit Grundbesitz zu tun haben. Und das war schon immer so.« Drusus machte eine Pause.

»Was Männer wie Gaius Gracchus getan haben, mag anfechtbar sein«, fuhr er fort, »aber es gibt nichts dagegen einzuwenden, wenn ich von Gaius Gracchus übernehme, was bewundernswert und zustimmungswürdig ist! Gaius Gracchus war der erste, der vorschlug, den Senat zu vergrößern. Aber daraus wurde nichts, weil damals die allgemeine Stimmung nicht günstig war, weil mein Vater dagegen war und weil das Programm des Gracchus daneben auch weniger hehre Ziele enthielt. Und obwohl ich der Sohn meines Vaters bin, greife ich den Vorschlag des Gaius Gracchus auf, denn ich habe erkannt, wie nützlich und günstig dieses Gesetz in unserer Zeit sein könnte! Rom wächst ständig weiter. Die öffentlichen Pflichten, die jedem im öffentlichen Leben stehenden Mann abverlangt werden, wachsen mit, aber der Teich, aus dem wir unsere Politiker holen, ist ein abgestandenes Gewässer ohne jeden Zufluß. Meine Gesetzesvorschläge sollen beiden Seiten, den Rittern wie den Senatoren nützen.«

Mitte Januar des neuen Jahres wurden die beiden Gesetze verabschiedet, obwohl Konsul Philippus und Prätor Caepio dagegen stimmten. Drusus konnte erleichtert aufatmen: Er hatte sein Programm auf den Weg gebracht. Und bisher hatte er sich noch niemanden zum Feind machen müssen! Natürlich durfte er nicht hoffen, daß dieser Zustand anhalten würde, aber der Anfang war weit besser gelaufen, als er erwartet hatte.

Anfang März sprach Drusus im Senat über den *ager publicus.* Er war sich bewußt, daß er dabei die Maske fallen lassen mußte und daß einige der Ultrakonservativen plötzlich erkennen würden, wie gefährlich dieser Sohn ihrer eigenen Klasse war. Aber Drusus hatte den Senatsvorsitzenden Scaurus, Crassus Orator und Scaevola in seine Pläne eingeweiht und für seine Ziele gewonnen. Und wenn ihm das gelungen war, hatte er auch eine gute Chance, den ganzen Senat zu gewinnen. Dessen war er sich sicher.

Als Drusus aufstand, spürten die anderen sofort, daß etwas Wichtiges bevorstand. Keiner hatte ihn je so konzentriert gesehen oder so makellos gekleidet.

»Unser Gemeinwesen ist mit einem Übel behaftet.« Drusus stand in der Mitte des Senats in der Nähe des großen Bronzeportals, das er zuvor hatte schließen lassen. Er machte eine Pause und ließ seinen Blick langsam von einem Ende der Versammlung zum anderen schweifen – ein Trick, der bewirkte, daß sich jeder einzelne direkt von ihm angesprochen fühlte.

»Unser Gemeinwesen ist mit einem Übel behaftet. Einem großen Übel, das wir uns selbst eingehandelt haben! Denn wir haben es geschaffen! Wie sooft glaubten wir, daß unser Tun bewundernswert sei, daß es gut sei und gerecht. Weil ich das weiß und weil ich unsere Vorfahren achte, kritisiere ich diejenigen nicht, die dieses Übel in unserer Mitte geschaffen haben, und ich erhebe auch nicht den geringsten Vorwurf gegenüber jenen Männern, die sich in früheren Zeiten hier versammelten.«

Drusus' eckige Brauen hoben sich, während er die Stimme senkte. »Um welches Übel handelt es sich? Es handelt sich um den *ager publicus,* Senatoren, um das Ackerland, das dem römischen Staat gehört. Wir haben unseren italischen, sizilischen und ausländischen Feinden das beste Land abgenommen und unserem Besitz einverleibt. Und dieses Land nannten wir den *ager publicus* Roms. Wir waren überzeugt, daß wir so den Gemeinbesitz Roms mehren und durch die Nutzung so vielen guten Bodens unseren Wohlstand vermehren würden. Es ist freilich anders gekommen. Statt das konfiszierte Land wie bisher in kleine Parzellen aufzuteilen, haben wir die Flächen, die wir vermieteten, vergrößert – um die Arbeitsbelastung für unsere Beamten zu verringern und um zu verhindern, daß die römische Staatsverwaltung eine griechische Bürokratie wird. Auf diese Weise aber wurde unser *ager publicus* für die Bauern, die das Land zuvor bebaut hatten, immer unattraktiver. Die Größe der Parzellen schreckte sie ab, und die hohen Pachtzahlungen vertrieben sie von dem Land. Der *ager publicus* wurde die Provinz der Reichen – jener Bürger, die die Pacht zahlen und das Land so nützen können, wie es die Größe der einzelnen Teile erfordert. Einst trug dieses Land beträchtlich zur Ernährung Italiens bei, jetzt werden dort nur Kleider produziert. Einst war das Land besiedelt, wurde es landwirtschaftlich genutzt, jetzt besteht es nur noch aus großen, öden und oft verwahrlosten Gebieten.«

Die Gesichter, in die er blickte, verhärteten sich, und es schien Drusus, als schlage sein Herz langsamer und mühsamer. Er spürte, wie sein Atem kürzer wurde, und mußte sich anstrengen, ruhig zu bleiben und seinen ernsten Ton beizubehalten. Bisher hatte ihn niemand unterbrochen. Die Senatoren hatten noch nicht genug gehört. Er mußte weiterkämpfen, als habe er keine Veränderung bemerkt.

»Aber das, Senatoren, war nur der Anfang des Übels. Das war es, was Tiberius Gracchus sah, als er durch die Latifundien Etrurias ritt und entdecken mußte, daß ausländische Sklaven und nicht die tüchtigen Männer Italiens und Roms die Felder bestellten. Das war es, was Gaius Gracchus sah, als er zehn Jahre später die Arbeit seines verstorbenen Bruders weiterführte. Ich halte die Gründe der Gracchen-Brüder nicht für ausreichend, um den *mos maiorum*, die Bräuche und Traditionen unserer Vorfahren zu mißachten. Damals hätte ich mich auf die Seite meines Vaters gestellt.«

Drusus hielt inne und wandte noch einmal den Trick mit den Augen an. In seinem Blick lag absolute Aufrichtigkeit. »Ich meine, was ich sage, Senatoren! Zu Zeiten des Tiberius Gracchus, zu Zeiten des Gaius Gracchus hätte ich mich auf die Seite meines Vaters gestellt. Er hatte damals recht. Aber die Zeiten haben sich geändert. Andere Faktoren haben an Gewicht gewonnen, und sie verstärken die negativen Seiten des *ager publicus.* An erster Stelle nenne ich die Probleme in unserer Provinz Asia, die Gaius Gracchus auslöste, als er ein Gesetz durchbrachte, wonach die Pachtzinsen und Steuern von privaten Gesellschaften eingezogen werden durften. Die Steuereinzugsbezirke Italiens waren schon lange vorher an private Unternehmen verpachtet worden, aber sie hatten nie dieselbe Bedeutung. Der Senat hat seine Verantwortung abgegeben, und bestimmte Kreise des Ritterstandes haben in der römischen Regierung eine immer wichtigere Rolle gespielt. In der Folge wurde die vorbildliche Verwaltung unserer Provinz Asia zunehmend angegriffen und ausgehöhlt. Der Vorgang gipfelte im Prozeß gegen unseren geschätzten ehemaligen Konsul Publius Rutilius Rufus. Mit diesem Prozeß haben uns bestimmte Kreise des Ritterstandes zu verstehen gegeben, daß wir – die Mitglieder des Senats von Rom! – besser nicht mehr auf ihren Weiden grasen sollten. Nun, ich habe erste Schritte gegen diese Art der Einschüchterung unternommen. Der Ritterstand soll sich die Kontrolle der Gerichte mit dem Senat teilen, und um die Ritter mit dieser Einbuße an Macht zu versöhnen, habe ich die Zahl der Senatoren erhöht. Aber das Übel ist noch immer da.«

Manche der Gesichter zeigten eine leichte Bewegung. Daß Drusus seinen geschätzten Onkel Publius Rutilius Rufus erwähnt hatte, wirkte sich zu seinen Gunsten aus, und dasselbe galt für seine Anspielung auf die vorbildliche Verwaltung der Provinz unter Quintus Mucius Scaevola.

»Das Übel, Senatoren, hat sich mit einem anderen, neuen Übel vereinigt. Wie viele von euch wissen, welches neue Übel ich meine? Sehr wenige, glaube ich. Ich spiele auf ein Übel an, das von Gaius Marius verursacht wurde – aber ich spreche diesen hervorragenden

Mann, der sechsmal Konsul war, davon frei, gewußt zu haben, was er bewirkte. Denn das ist ja gerade die Schwierigkeit: Zunächst erscheint das Übel gar nicht als Übel! Es ist vielmehr das Ergebnis eines Wandels, neuer Bedürfnisse und einer Kräfteverschiebung in unserem Staatssystem und unserem Heer. Wir hatten auf einmal keine Soldaten mehr. Warum nicht? Unter den zahlreichen Gründen dafür ist einer, der mit dem *ager publicus* zusammenhängt. Indem man den *ager publicus* schuf, vertrieb man die Kleinbauern von ihrem Land. Sie hörten auf, viele Söhne zu zeugen, und deshalb hatten wir keinen Nachwuchs für unser Heer. Wenn man heute auf die damaligen Ereignisse zurückblickt, so tat Gaius Marius das einzige, was er tun konnte: Er öffnete das Heer für die Plebejer. Aus den besitzlosen Massen, die nicht genügend Geld für die Ausrüstung als Soldat und keinen Landbesitz, ja nicht einmal zwei Sesterze in der Tasche hatten, machte er Soldaten.«

Drusus sprach mit leiser Stimme, und seine Zuhörer hatten die Köpfe vorgebeugt und lauschten angespannt.

»Der Sold im Heer ist gering. Die Beute, die wir beim Sieg über die Germanen eroberten, war lächerlich. Gaius Marius, seine Nachfolger und ihre Legaten hatten den besitzlosen Bürgern das Kämpfen beigebracht, hatten sie gelehrt, ein Ende des Schwertes vom anderen zu unterscheiden. Sie hatten ihnen das Gefühl gegeben, etwas wert zu sein, eine Würde als römische Männer zu besitzen. Und ich stimme Gaius Marius zu! Wir können diese Männer nicht einfach wieder in die Gosse, in ihre Behausungen auf dem Land zurückjagen. Wir würden damit ein neues Übel erzeugen, eine Masse gut ausgebildeter Männer ohne einen Sesterz, aber mit viel Zeit und dem immer stärkeren Gefühl, von den Männern unserer Klasse ungerecht behandelt worden zu sein. Gaius Marius fand die Lösung, als er noch in Africa gegen König Jugurtha kämpfte. Er siedelte die Besitzlosen auf *ausländischem* Staatsland an. Es war die mühevolle und lobenswerte Arbeit des letztjährigen Stadtprätors Gaius Julius Caesar, dies auf den Inseln der Kleinen Syrte zu tun. Ich bin der Meinung – und ich sage dies aus Sorge um unsere Zukunft, Senatoren –, daß Gaius Marius recht hatte und daß wir damit fortfahren sollten, plebejische Soldaten auf fremdem *ager publicus* anzusiedeln.«

Drusus hatte sich seit dem Beginn seiner Rede nicht von der Stelle bewegt. Auch jetzt blieb er an seinem Platz. Zwar hatten sich manche Gesichter wieder verhärtet, als er Gaius Marius' Namen erwähnte, aber Marius selbst saß würdevoll und mit unbewegter Miene in der ersten Reihe der ehemaligen Konsuln. In der mittleren Reihe der Senatoren, die Marius gegenübersaßen, saß der ehemalige Prätor Lucius Cornelius Sulla, der von seiner Statthalterschaft in Kilikien zurückgekehrt war und Drusus' Ausführungen aufmerksam lauschte.

»All das hat jedoch nichts mit dem schwersten und aktuellsten Übel zu tun, dem *ager publicus* in Italien und Sizilien. Hier muß etwas geschehen! Denn solange wir dieses Übel fortbestehen lassen, Senatoren, wird es unsere Moral, unser sittliches Verhalten und unser Gerechtigkeitsempfinden und den gesamten *mos maiorum* untergraben. Gegenwärtig gehört der italische *ager publicus* gewissen Senatoren und Rittern, die Weidewirtschaft in großem Stil betreiben. Der *ager publicus* in Sizilien gehört gewissen Großgrundbesitzern, die Weizen anbauen, von denen aber die meisten hier in Rom leben und ihre sizilischen Geschäfte Verwaltern und Sklaven überlassen. Eine stabile Situation, glaubt ihr? Denkt doch einmal über folgendes nach: Seit Tiberius und Gaius Sempronius Gracchus kann der *ager publicus* in Italien und Sizilien aufgeteilt und für ein Butterbrot verkauft werden. Was werden die Feldherren der Zukunft tun? Werden sie sich wie Gaius Marius damit begnügen, ihre Veteranen auf fremdem Boden anzusiedeln – oder werden sie ihre Veteranen dadurch umwerben, daß sie ihnen italisches Land versprechen? Wie ehrenvoll werden die Volkstribunen der Zukunft handeln? Ist es denn undenkbar, daß ein neuer Saturninus auftritt und die Massen damit umwirbt, daß er ihnen Land in Etruria, Campania, Umbria oder Sizilien verspricht? Wie ehrenvoll werden die Großgrundbesitzer der Zukunft handeln? Könnte es nicht sein, daß sie ihre Ländereien weiter vergrößern, bis ein, zwei oder drei Männer halb Italien oder Sizilien besitzen? Welchen Sinn hat es denn zu sagen, der *ager publicus* sei Staatsbesitz, wenn der Staat diesen Besitz verpachtet oder wenn die Führer des Staates mit Hilfe von Gesetzen mit diesem Besitz machen, was sie wollen?«

Drusus atmete tief ein. Er kam zum Schluß seiner Rede.

»Ich sage euch: Schafft den *ager publicus* ab! Schafft das Staatsland in Italien und Sizilien ab! Laßt uns hier und jetzt all unseren Mut aufbieten und tun, was getan werden muß – laßt uns das gesamte Staatsland aufteilen und den Armen schenken, den Bedürftigen, den Veteranen, jedem und allen! Laßt uns mit den Reichen und Aristokraten hier unter uns beginnen: Gebt jedem Mann, der heute hier sitzt, zehn Morgen Land aus dem *ager publicus* – gebt jedem römischen Bürger zehn Morgen Land! Das ist so wenig, daß manche von uns nicht einmal darauf spucken würden. Anderen jedoch wären diese zehn Morgen Land kostbarer als ihr gesamter Besitz. Gebt es weg, sage ich! Gebt es weg bis auf die letzte Scholle! Laßt den Übeltätern der Zukunft nichts übrig, das sie gegen uns, unsere Klasse und unseren Reichtum benutzen könnten. Laßt ihnen nichts übrig, das sie benutzen könnten, außer *caelum aut caenum* – Himmel und Dreck! Ich habe geschworen, dies zu tun, Senatoren, und ich werde es tun! Ich werde nichts vom römischen *ager publicus* übriglassen, das mehr wert ist als der Schaum auf einem nutzlosen Sumpf! Nicht weil mir die Armen und Bedürftigen am Herzen liegen! Nicht weil ich mir um das Schicksal unserer plebejischen Veteranen Sorgen mache! Nicht weil ich euch Senatoren und unseren reichen Rittern die Pachtrechte dieser Ländereien neide! Sondern – und dies ist mein einziger Grund! – weil das Staatsland Roms den Keim künftiger Katastrophen enthält. Dort liegt das Land, und jeder Feldherr kann es als Pension für seine Truppen betrachten, jeder Volkstribun und Demagoge kann es benutzen, um erster Mann in Rom zu werden, zwei oder drei reiche Großgrundbesitzer können mit diesem Besitz schließlich Herren über ganz Italien oder Sizilien werden!«

Der Senat hörte zu und war nachdenklich geworden, das immerhin hatte Drusus erreicht. Philippus sagte nichts, und als Caepio um das Wort bat, lehnte Sextus Caesar ab und sagte kurz angebunden, daß bereits genug geredet worden sei und die Sitzung auf morgen vertagt werde.

»Das hast du gut gemacht, Marcus Livius«, sagte Marius, als er an Drusus vorbei zum Ausgang ging. »Wenn du so weitermachst, wirst du vielleicht der erste Volkstribun der Geschichte, der den Senat hinter sich gebracht hat.«

Drusus war überrascht, als sich Lucius Cornelius Sulla, den er kaum kannte, vor dem Senatsgebäude auf ihn stürzte und ihn um eine sofortige Unterredung bat.

»Ich komme gerade aus dem Osten zurück, Marcus Livius, und ich möchte jedes kleine Detail erfahren. Ich will wissen, was die beiden Gesetze bedeuten, die du bereits durchgebracht hast, und ich will jeden einzelnen Gedanken erfahren, den du dir über den *ager publicus* gemacht hast.« Das Gesicht des eigenartigen Mannes schien stärker vom Wetter gegerbt als vor seiner Abreise.

Sulla war offensichtlich wirklich interessiert. Er war einer der wenigen Männer, die über genügend Intelligenz und Menschenkenntnis verfügten, um festzustellen, daß Drusus kein radikaler Reformer war, sondern ein eher konservativer Mensch, der die Rechte und Privilegien seiner Klasse schützen und Rom als das erhalten wollte, was es bisher gewesen war.

Sie gingen bis zum Comitium, wo sie vor dem kalten Winterwind Schutz suchten. Sulla hörte Drusus' Ausführungen aufmerksam zu. Von Zeit zu Zeit warf er eine Frage dazwischen, aber Drusus bestritt den größten Teil der Unterhaltung. Er war dankbar dafür, daß wenigstens ein patrizischer Cornelier bereit war, sich anzuhören, was die meisten anderen patrizischen Cornelier als Verrat betrachtet hätten. Als Drusus geendet hatte, reichte ihm Sulla die Hand und dankte ihm aufrichtig.

»Ich werde im Senat für dich stimmen, auch wenn ich in der Volksversammlung nicht für dich stimmen kann.«

Gemeinsam gingen sie zum Palatin zurück, aber keiner der beiden Männer schlug vor, das Gespräch in einem beheizten Arbeitszimmer bei einer Karaffe Wein fortzuführen. Die gegenseitige Sympathie, aus der eine solche Einladung hätte kommen müssen, war nicht vorhanden. Vor Drusus' Haus klopfte Sulla Drusus kurz auf die Schulter, dann ging er weiter den Clivus Victoriae hinunter bis zu der Stelle, an der die Straße abzweigte, in der er wohnte. Sulla sehnte sich nach einem Gespräch mit seinem Sohn, dessen Ratschläge er immer mehr zu schätzen lernte, obwohl er ja noch ein Kind war. Der junge Sulla fungierte als Schallmuschel. Für seinen Vater, der nur wenige Klienten hatte und wohl nie viel mehr haben würde, war der junge Sulla von unschätzbarem Wert.

Aus dem Gespräch wurde allerdings nichts. Aelia empfing ihn mit der Nachricht, der junge Sulla liege erkältet im Bett. Und einer der Klienten Sullas sei hier und habe darauf bestanden, auf seine Rückkehr zu warten, da er dringende Neuigkeiten bringe. Doch schon die Nachricht, sein Sohn sei krank, ließ Sulla den Klienten völlig vergessen. Er eilte nicht in sein Arbeitszimmer, sondern in das bequeme Wohnzimmer, in das Aelia den Sohn gelegt hatte, da das kleine, licht- und fensterlose Schlafzimmer des jungen Sulla als Krankenzimmer ungeeignet erschien. Der junge Sulla hatte Fieber, eine Halsentzündung und Schnupfen. In dem bewundernden Blick, mit dem er seinen Vater empfing, lag ein leichter Fieberglanz. Sulla atmete auf, küßte seinen Sohn und tröstete ihn: »Wenn du dich anstrengst, gesund zu werden, mein Junge, ist die Krankheit in zwei

Tagen vorbei. Wenn du dich nicht anstrengst, dauert sie sechzehn Tage. Mein Rat ist: Überlaß Aelia die Sache.«

Während Sulla zu seinem Arbeitszimmer ging, überlegte er, wer wohl auf ihn warten mochte. Seine Klienten suchten ihn nur selten auf, denn er war kein großzügiger Mann und machte keine großen Geschenke. Sie waren hauptsächlich Soldaten und Zenturionen, unbedeutende Personen aus der Provinz oder einer ländlichen Stadt, die ihn irgendwann einmal kennengelernt hatten, Männer, denen er geholfen hatte und die ihn dann gebeten hatten, ihr Patron zu sein. In Rom selbst wohnten die wenigsten seiner Klienten.

Der Besucher war Metrobius. Sulla hätte es wissen müssen, aber er war trotzdem nicht darauf gekommen. Das bewies, wie erfolgreich sein Kampf gewesen war, Metrobius aus seiner Erinnerung zu verbannen. Wie alt war er jetzt? Anfang dreißig, vielleicht zweiunddreißig oder dreiunddreißig. Was war aus all den Jahren geworden? Sie waren vergessen. Aber Metrobius war immer noch Metrobius – und stand ihm, wie der Kuß ihm sagte, noch immer zur Verfügung. Sulla zitterte; als Metrobius ihn zum letzten Mal in seinem Haus besucht hatte, war Julilla gestorben. Er brachte kein Glück, auch wenn er Liebe für einen Glücksersatz hielt. Aber für Sulla war Liebe überhaupt kein Ersatz. Entschlossen trat er von Metrobius weg und nahm hinter seinem Schreibtisch Platz.

»Du hättest nicht herkommen sollen«, sagte er kurz.

Metrobius seufzte, glitt elegant in den Klientenstuhl und stützte seine Arme auf den Tisch. Seine schönen dunklen Augen schienen traurig. »Ich weiß, Lucius Cornelius, aber ich bin schließlich dein Klient! Du hast mir das Bürgerrecht verschafft, aber ich habe nicht den Status eines freien Mannes – rechtmäßig bin ich Lucius Cornelius Metrobius aus dem Tribus Cornelia. Wenn überhaupt, macht sich dein Verwalter mehr Gedanken darüber, daß meine Besuche so unregelmäßig sind, als umgekehrt. Aber im Ernst, ich tue und sage ja nichts, das deinen kostbaren Ruf gefährden könnte! Nicht zu meinen Freunden und Kollegen im Theater, nicht zu meinen Liebhabern, nicht zu deinen Sklaven. Bitte, halte mich nicht für schlimmer, als ich bin!«

Sullas Augen füllten sich mit Tränen, und er blinzelte hastig. »Ich weiß, Metrobius. Und ich bin dir dankbar.« Er seufzte, stand auf und trat zu einem Tischchen, auf dem eine Karaffe mit Wein stand. »Einen Becher Wein?«

»Danke, gern.«

Sulla stellte den silbernen Becher vor Metrobius auf den Tisch, trat hinter ihn, legte ihm die Arme um die Schultern und beugte den Kopf über sein dichtes schwarzes Haar. Aber noch bevor Metrobius seine Hand auf Sullas Arm legen konnte, trat Sulla wieder zurück und setzte sich hinter seinen Tisch.

»Welche dringenden Angelegenheiten bringen dich hierher?« fragte er.

»Kennst du einen Menschen namens Censorinus?«

»Welchen Censorinus meinst du? Den unangenehmen jungen Gaius Marcius Censorinus, oder jenen Censorinus, der kaum etwas besitzt, ständig auf dem Forum herumläuft und alle mit seinen Aspirationen auf das Konsulamt belustigt?«

»Ich meine den Letztgenannten. Ich wußte nicht, daß du die Römer so gut kennst, Lucius Cornelius.«

»Seit unserer letzten Begegnung war ich Stadtprätor. Dabei habe ich viele meiner Wissenslücken füllen können.«

»Davon bin ich überzeugt.«

»Und was ist nun mit diesem Censorinus?«

»Er will gegen dich Anklage vor dem Gericht für Verrat erheben. Er behauptet, du hättest von den Parthern riesige Bestechungssummen angenommen und dafür die Interessen Roms im Osten verraten.«

Sulla blinzelte. »Oh ihr Götter! Ich wußte nicht, daß überhaupt irgend jemand in Rom mitbekommen hat, was mir im Osten widerfahren ist! Ich bin auf keine Weise ermutigt worden, dem Senat über meine Abenteuer auch nur zu berichten. Censorinus? Woher will er denn wissen, was östlich des Forum Romanum vor sich geht, vom Gebiet östlich des Euphrat ganz zu schweigen? Und woher weißt du das alles, während ich noch nicht einmal den Hauch eines Gerüchts vernommen habe?«

»Censorinus ist ein eifriger Theatergänger. Er veranstaltet ständig Feste, zu denen er Schauspieler einlädt – je tragischer der Schauspieler, desto besser. Deshalb gehe ich regelmäßig dorthin.« Metrobius lächelte, aber es lag keine Bewunderung für Censorinus in seinem Lächeln. »Nein, Lucius Cornelius, der Mann gehört *nicht* zu meinen Liebhabern! Ich verabscheue ihn. Aber ich liebe Feste. Leider sind die Feste heutzutage nicht mehr so gut wie deine Feste in den alten Tagen. Aber bei Censorinus sind sie immerhin erträglich. Und man trifft dort die übliche Clique – Menschen, die ich gut kenne und die ich mag. Und der Mensch sorgt für guten Wein und gutes Essen.« Metrobius spitzte die roten Lippen. Dann sagte er nachdenklich: »Aber seit einigen Monaten hat Censorinus ein paar sehr seltsame Leute im Gefolge. Und er trägt stolz ein Monokel, das aus einem einzigen, absolut reinen Smaragd geschliffen wurde – einen solchen Edelstein hätte er sich nie selbst leisten können, auch wenn er genügend Geld hat, um sich um einen Senatssitz zu bewerben. Ich meine, dieses Monokel ist etwas, das auch für einen Ptolemaios von Ägypten gut genug wäre, und nicht zu einem paßt, der nur auf dem Forum hin- und herläuft!«

Sulla nippte an seinem Wein. Er lächelte. »Wie faszinierend! Ich glaube, ich werde mich mit diesem Censorinus anfreunden müssen – nach meinem Prozeß, wenn nicht schon vorher. Hast du eine Idee, was dahinter steckt?«

»Ich glaube, er ist ein Agent der – ach, ich weiß nicht! Vielleicht der Parther oder irgendeines anderen Volkes im Osten. Diese fremden Gäste in seinem Gefolge sind jedenfalls eindeutig Orientalen – sie tragen goldgestickte, mit Juwelen besetzte Gewänder, und sie haben viel Geld, das sie in gierig ausgestreckte Römerhände fallen lassen.«

»Die Parther kommen nicht in Frage«, sagte Sulla bestimmt. »Sie kümmern sich nicht um das, was westlich des Euphrat vor sich geht, das weiß ich sicher. Dahinter steckt Mithridates von Pontos. Oder Tigranes von Armenien. Aber ich wette auf Mithridates. Sehr interessant!« Er rieb sich schadenfroh die Hände. »Also haben Gaius Marius und ich Pontos wirklich einen Schrecken eingejagt! Und wie es scheint, war es eher Sulla als Marius! Ich hatte nämlich mit Tigranes eine kleine Unterredung, und ich habe einen Vertrag mit den Satrapen des Partherkönigs geschlossen. Sehr interessant!«

»Was kannst du tun?« fragte Metrobius ängstlich.

»Oh, mach dir um mich keine Sorgen«, sagte Sulla fröhlich. Er stand auf und zog die Fensterläden zu. »Wer gewarnt ist, kann sich vorbereiten. Ich warte ab. Ich warte, bis Censorinus den ersten Schritt unternimmt. Und dann ...«

»Und dann was?«

Sulla lächelte sein unangenehmes Lächeln. »Nun, ich werde dafür sorgen, daß er sich wünscht, niemals geboren worden zu sein.« Er ging zu der Tür, die zum Atrium führte, und schob den Riegel vor. Dann schob er auch den Riegel vor die Tür, die zum Peristyl führte. »Warte es ab. Du bist die größte Liebe meines Lebens, meinen Sohn ausgenommen. Da du nun einmal hier bist, kann ich dich nicht gehen lassen, ohne dich zu berühren.«

»Ich würde nicht gehen, bevor du mich berührt hast.«

Sie umarmten sich.

»Erinnerst du dich noch an damals?« fragte Metrobius träumerisch. Seine Augen waren geschlossen, und er lächelte.

»Du warst in ein herziges gelbes Hemdchen gekleidet, und die Schminke rann zwischen deinen Schenkeln herab.« Sulla lächelte. Er ließ eine Hand durch Metrobius' dichtes Haar gleiten, die andere Hand glitt lüstern über den geraden, harten Rücken.

»Und du hattest eine Perücke aus kleinen, lebendigen Schlangen auf dem Kopf«, sagte Metrobius.

»Ich war schließlich Medusa!«

»Glaub mir, du warst sehr gut!«

»Du redest zuviel«, sagte Sulla.

Metrobius verließ über eine Stunde später das Haus. Niemand hatte seinen Besuch beachtet. Sulla erzählte der stets freundlichen, stets liebenden Aelia, er sei soeben gewarnt worden, daß er vor dem für Verrat zuständigen Gericht angeklagt würde.

Sie hielt den Atem an. »Oh, Lucius Cornelius!«

»Mach dir keine Sorgen, meine Liebe«, sagte Sulla leichthin. »Das wird keine Folgen haben, ich verspreche es dir.«

Aber sie war verängstigt. »Geht es dir gut?«

»Glaub mir, Frau, es ist mir seit Jahren nicht so gut gegangen – und ich war seit Jahren nicht mehr so in Stimmung, dich zu umarmen.« Sulla legte ihr den Arm um die Hüfte. »Komm ins Bett.«

*

Sulla mußte sich gar nicht erst über Censorinus erkundigen, denn schon am nächsten Tag schlug Censorinus zu. Er suchte den Stadtprätor Quintus Pompeius Rufus auf und forderte, Lucius Cornelius Sulla vor dem Gerichtshof für Verrat anzuklagen: Sulla sei von den Parthern bestochen worden, damit er Rom verrate.

»Hast du dafür Beweise?« fragte Pompeius Rufus streng.

»Ich habe Beweise.«

»Dann sage mir, welche Beweise das sind.«

»Das werde ich nicht tun, Quintus Pompeius. Vor dem Gericht werde ich tun, was verlangt wird. Dies ist eine Anklage wegen eines Kapitalverbrechens. Ich bin nicht hier, um eine Kaution zu beantragen. Und nach dem Gesetz brauche ich dir meine Anklage nicht offenzulegen.« Censorinus befühlte den Smaragd unter seiner Toga.

Der Edelstein war zu kostbar, als daß er ihn zu Hause lassen konnte, aber auch zu auffällig, um in der Öffentlichkeit getragen zu werden.

»Also gut«, sagte Pompeius Rufus steif, »ich werde den Vorsitzenden des *quaestio de maiestate* bitten, sein Gericht in drei Tagen am Wasserbecken des Curtius zusammenzurufen.«

Pompeius Rufus blickte Censorinus nach, als dieser über das untere Forum hüpfte und sich dann in Richtung des Argiletum entfernte. Er schnippte mit den Fingern, erhob sich und sagte zu seinem Helfer, einem jungen Senator aus der Familie Fannius: »Vertrete mich hier eine Weile. Ich muß etwas erledigen.«

Pompeius Rufus fand Lucius Cornelius Sulla in einer der Tavernen an der Via Nova. Es war leicht gewesen, ihn zu finden, denn als Stadtprätor wußte Pompeius, wen er zu fragen hatte. Sulla saß mit Scaurus Princeps Senatus beisammen, einem der wenigen Senatoren, die sich für Sullas Leistungen im Osten interessierten. Sie saßen an einem kleinen Tisch im hinteren Teil der Taverne. Die Taverne war ein beliebter Treffpunkt für Männer, die dem Senat angehörten, aber dennoch traten dem Wirt fast die Augen aus den Höhlen, als er eine dritte *toga praetexta* hereinkommen sah. Seine Gäste waren keine Geringeren als der Senatsvorsitzende und zwei Stadtprätoren! Wenn das seine Freunde hörten!

»Wein und Wasser, Cloatius«, sagte Pompeius Rufus kurz, als er an der Theke vorbeiging. »Und zwar einen guten Jahrgang!«

»Der Wein oder das Wasser?« fragte Publius Cloatius unschuldig.

»Beides, du Müllhaufen, oder ich bringe dich vor Gericht!« erwiderte Pompeius Rufus grinsend. Dann setzte er sich zu Scaurus und Sulla.

»Censorinus«, sagte Sulla zu Pompeius Rufus.

»Richtig geraten«, antwortete der Stadtprätor. »Du mußt bessere Quellen haben als ich, denn ich gestehe, daß ich total überrascht war.«

»Ich habe gute Quellen«, lächelte Sulla. Er mochte Pompeius Rufus, der aus Picenum stammte. »Es geht um Verrat, nicht wahr?«

»Verrat. Und er behauptet, Beweise zu haben.«

»Das behaupteten auch die, die Publius Rutilius Rufus verurteilten.«

»Ich glaube die Sache erst, wenn die Straßen von Barduli mit Gold gepflastert sind«, erklärte Scaurus. Barduli war die ärmste Stadt Italiens.

»Ich auch«, sagte Sulla.

»Kann ich irgend etwas tun?« fragte Pompeius Rufus. Der Wirt reichte ihm einen leeren Becher. Pompeius Rufus goß Wein und Wasser hinein und nahm einen Schluck. Dann verzog er das Gesicht und sah auf. »Beides sind furchtbare Jahrgänge, du Wurm!«

»Du kannst ja versuchen, hier an der Via Nova etwas Besseres zu finden!« sagte Publius Cloatius ungerührt. Er bedauerte, daß seine Theke so weit vom Tisch entfernt war, daß er nichts hören konnte.

»Ich werde schon allein damit fertig«, sagte Sulla. Die Angelegenheit schien ihn nicht zu beunruhigen.

»Ich habe eine Anhörung in drei Tagen angekündigt, und zwar am Lacus Curtius. Glücklicherweise gilt jetzt die *lex Livia*, so daß die Hälfte der Geschworenen Senatoren sein werden – das ist wesentlich besser als ein Gericht nur aus Rittern. Wie die Ritter doch die Vorstellung hassen, daß sich ein Senator auf Kosten anderer Leute bereichern könnte! Wenn es aber um sie selbst geht, sind sie nachsichtig.« In Pompeius Rufus' Stimme schwang Abscheu.

»Warum klagt er dich vor dem für Verrat zuständigen Gericht an und nicht vor dem für Bestechung?« fragte Scaurus. »Er wirft dir doch vor, Bestechungsgelder angenommen zu haben.«

»Censorinus behauptet, die Gelder seien die Bezahlung dafür gewesen, daß unsere Absichten und Ziele im Osten verraten wurden«, erklärte der Stadtprätor.

»Ich habe einen Vertrag mitgebracht«, sagte Sulla zu Pompeius Rufus.

»Ein eindrucksvolles Dokument!« fügte Scaurus begeistert hinzu.

»Wird der Senat den Vertrag ratifizieren?« fragte Sulla.

»Der Senat wird ihn ratifizieren, Lucius Cornelius, darauf gibt dir Aemilius Scaurus sein Wort.«

»Ich habe gehört, daß du den Parthern und dem armenischen König Plätze zugewiesen hast, die niedriger waren als dein eigener«, kicherte der Stadtprätor. »Das hast du gut gemacht, Lucius Cornelius! Diese Potentaten im Osten müssen zurechtgestutzt werden!«

»Ich glaube, Lucius Cornelius will in die Fußstapfen des Popillius Laenas treten.« Scaurus lächelte. »Demnächst wird er Kreise um die Füße der Könige ziehen.« Dann runzelte er die Stirn. »Aber eines möchte ich wirklich wissen, Lucius Cornelius: Woher weiß Censorinus, was sich am Euphrat abgespielt hat?«

Sulla rückte unruhig auf seinem Stuhl hin und her. Er war nicht ganz sicher, ob Scaurus König Mithridates noch immer für harmlos hielt. »Ich glaube, er ist Agent eines der Könige im Osten.«

»Mithridates von Pontos«, sagte Scaurus sofort.

»Wie? Hast du deine Illusionen verloren?« Sulla grinste.

»Ich ziehe es vor, von jedem Menschen das beste anzunehmen, Lucius Cornelius, aber ich bin kein Narr.« Scaurus erhob sich. Er warf dem Wirt einen Denar zu, den dieser geschickt auffing. »Schenk den beiden hier noch einmal deinen erstklassigen Jahrgang ein, Cloatius!«

»Wenn mein Wein so schlecht ist, warum sitzt du dann nicht zu Hause und trinkst deinen Falerner?« rief Publius Cloatius fröhlich hinter Scaurus her.

Als Antwort zeigte ihm Scaurus nur zwei Finger in einer obszönen Geste. Cloatius brach in schallendes Gelächter aus. »Wunderlicher alter Kauz!« sagte er und stellte eine neue Karaffe auf Sullas Tisch. »Was wären wir ohne ihn?«

Sulla und Pompeius Rufus setzten sich wieder bequem auf ihre Stühle.

»Hast du heute nichts zu tun?« fragte Sulla.

»Der junge Fannius vertritt mich. Es tut ihm gut, einmal selbst mit der prozeßwütigen römischen Bevölkerung fertig werden zu müssen.«

Sie nippten eine Zeitlang schweigend an ihren Bechern. Cloatius' Wein war, wie jedermann wußte, recht gut. Da Scaurus gegangen war, mußten sie zunächst einen neuen Gesprächsstoff suchen.

Schließlich sagte Pompeius Rufus: »Hoffst du, dich Ende des Jahres um das Amt des Konsuls bewerben zu können, Lucius Cornelius?«

»Ich glaube nicht«, antwortete Sulla ernst. »Ich hoffte es, weil ich annahm, daß der Vertrag in Rom viel Aufsehen erregen würde. Immerhin ist es ein förmlicher Vertrag, der den Partherkönig bindet und für Rom sehr vorteilhaft ist. Statt dessen – nicht einmal die Wasserlachen auf dem Forum haben sich bewegt, von der Jauchegrube des Senats ganz zu schweigen! Ich hätte ebensogut in Rom bleiben und Tanzunterricht nehmen können – damit hätte ich mehr Aufsehen erregt! Ich frage mich nur noch, ob ich Erfolg haben könnte, wenn ich mir die Wahlmänner kaufe, ich neige aber zu der Vermutung, daß das hinausgeworfenes Geld wäre. Männer wie Rutilius Lupus können unseren wunderbaren Wählern zehnmal soviel bieten.«

»Ich will Konsul werden«, sagte Pompeius Rufus, ebenfalls sehr ernst. »Aber ich bezweifle, daß ich eine Chance habe, da ich aus Picenum stamme.«

Sulla riß die Augen auf. »Aber du wurdest doch mit der höchsten Stimmenzahl als Prätor gewählt, Quintus Pompeius! Das heißt sehr viel!«

»Du bist vor zwei Jahren auch mit der höchsten Stimmenzahl zum Prätor gewählt worden und hältst dennoch deine Chance nicht für gut. Wenn ein patrizischer Cornelier, der bereits *praetor urbanus* war, glaubt, keine Chance zu haben, welche Chance hat dann ein – nun, nicht gerade ein blutiger Anfänger, aber ein Mann aus Picenum?«

»Ich bin meinetwegen ein patrizischer Cornelier, aber mein letzter Name ist nicht Caepio, und Aemilius Paullus war nicht mein Großvater. Ich war nie ein großer Redner, und bis ich Stadtprätor wurde, konnten mich die Forumsbesucher kaum von einem Eunuchen der Magna Mater unterscheiden. Ich habe all meine Hoffnung auf diesen historischen Vertrag mit den Parthern und auf die Tatsache gestützt, daß ich zum ersten Mal eine römische Armee über den Euphrat geführt habe. Und jetzt muß ich feststellen, daß das Forum sich viel lieber mit den Aktionen des Drusus befaßt.«

»*Er* wird Konsul, wenn er sich aufstellen läßt.«

»Daran gibt es keinen Zweifel, wenn Scipio Africanus und Scipio Aemilianus gegen ihn antreten. Ich möchte aber betonen, Quintus Pompeius, daß ich von dem fasziniert bin, was Drusus macht.«

»Ich auch, Lucius Cornelius.«

»Glaubst du, daß er recht hat?«

»Ja.«

»Gut! Das glaube ich nämlich auch.«

Wieder trat eine Pause ein. Publius Cloatius bediente neue Gäste, die den Männern mit den purpurgesäumten Togen in der hinteren Ecke ehrfurchtsvolle Blicke zuwarfen.

Nachdenklich drehte Pompeius Rufus den Zinnbecher in seinen Händen und starrte hinein. »Wie wäre es denn, wenn du noch ein paar Jahre warten und dich dann zusammen mit mir aufstellen lassen würdest? Wir waren beide Stadtprätoren, wir haben beide gute Dienste im Heer geleistet, wir haben das richtige Alter, wir sind beide in der Lage, die Wähler ein wenig zu bestechen ... Die Wähler sehen es gerne, wenn sich zwei Männer gemeinsam zur Wahl stellen, weil das ein Zeichen für eine gute Zusammenarbeit der beiden Konsuln ist. Zusammen würden sich, glaube ich, unsere Chancen verbessern. Was sagst du dazu, Lucius Cornelius?«

Sullas Blick ruhte auf Pompeius Rufus' rotbackigem Gesicht, seinen hellblauen Augen, seinen gleichmäßigen, leicht keltisch wirkenden Gesichtszügen und seinem dichten, rotlockigen Haarschopf. »Was ich dazu sage?« Sulla überlegte. »Wir wären ein hervorragendes Gespann! Zwei Rotschöpfe und Senatoren, zwei eindrucksvolle Persönlichkeiten – wir passen zusammen! Du wirst sehen, auch die launischen, zänkischen Römer werden für uns stimmen! Sie lieben gute Witze, und welcher Witz ist besser als zwei rothaarige Konsuln, von gleichem Körperbau und gleicher Größe, aber aus völlig verschiedenen Ställen?« Er bot Pompeius Rufus die Hand. »Das machen wir, Freund! Zum Glück hat keiner von uns beiden ein graues Haar, das uns die Schau vermasseln könnte, oder gar eine Glatze!«

Pompeius Rufus drückte Sullas Hand; er strahlte vor Freude. »Abgemacht, Lucius Cornelius!«

»Abgemacht, Quintus Pompeius!« Sulla blinzelte. Beim Gedanken an Pompeius Rufus' enormen Reichtum kam ihm eine Eingebung. »Hast du einen Sohn?« fragte er.

»Ja.«

»Wie alt ist er?«

»Dieses Jahr wird er einundzwanzig.«

»Schon zur Heirat versprochen?«

»Noch nicht.«

»Ich habe eine Tochter. Patrizierin von beiden Seiten. Im Juni des Jahres, in dem wir uns um das Konsulat bewerben, wird sie achtzehn. Würdest du einer Heirat zwischen meiner Tochter und deinem Sohn im Quinctilis in drei Jahren zustimmen?«

»Das würde ich, Lucius Cornelius!«

»Sie bekommt eine gute Mitgift. Ihr Großvater hat ihr das Vermögen ihrer Mutter überschrieben, bevor er starb. Ungefähr vierzig Talente Silber, also etwas über eine Million Sesterze. Genügt dir das?«

Pompeius Rufus nickte erfreut. »Wir sollten schon jetzt auf dem Forum von unserer gemeinsamen Kandidatur sprechen.«

»Eine ausgezeichnete Idee! Wir können die Wähler an uns gewöhnen, so daß sie automatisch für uns stimmen, wenn die Zeit gekommen ist.«

»Aha!« brummte eine Stimme an der Tür.

Gaius Marius betrat die Taverne und kam auf die beiden zu, ohne die anderen Gäste eines Blickes zu würdigen.

»Unser verehrter Senatsvorsitzender meinte, daß ich dich hier finden würde, Lucius Cornelius!« Marius setzte sich. Dann sah er

Cloatius an, der respektvoll in der Nähe wartete. »Nun bring mir schon deinen Essig, Cloatius.«

»Was versteht ein Italiker schon vom Wein?« sagte Publius Cloatius und nahm die leere Karaffe vom Tisch.

»Ich pisse auf dich, Cloatius!« grinste Marius. »Benimm dich gefälligst und paß auf deine Zunge auf!«

Nach diesem Austausch von Höflichkeiten kam Marius zur Sache. Es kam ihm gelegen, daß Pompeius Rufus ebenfalls anwesend war.

»Ich möchte wissen, wie ihr beide zu den neuen Gesetzen des Marcus Livius Drusus steht«, sagte er.

»Wir sind beide derselben Meinung«, erklärte Sulla. Seit seiner Rückkehr hatte er Marius mehrfach besuchen wollen, ihn aber nie angetroffen. Sulla hatte keine Veranlassung zu vermuten, daß Marius sich hatte verleugnen lassen – seine Vernunft sagte ihm, daß dies nicht der Fall gewesen war, daß er einfach nur eine schlechte Zeit gewählt hatte. Doch beim letzten Mal hatte er sich geschworen, keinen weiteren Versuch zu unternehmen. Deshalb hatte er Marius noch nichts davon erzählt, was sich im Osten ereignet hatte.

»Und wie lautet diese Meinung?« fragte Marius, der offenbar nicht entfernt daran dachte, daß er Sulla gekränkt haben könnte.

»Er hat recht.«

»Gut.« Marius lehnte sich zurück, und Publius Cloatius schenkte den Wein ein. »Er braucht jede Unterstützung, die er für sein Landgesetz bekommen kann. Ich habe ihm versprochen, für ihn um Stimmen zu werben.«

»Das wird ihm helfen«, sagte Sulla. Weiter fiel ihm nichts dazu ein.

Marius wandte sich an Pompeius Rufus. »Du bist ein guter Stadtprätor, Quintus Pompeius. Wann wirst du als Konsul kandidieren?«

Pompeius Rufus sah ihn aufgeregt an. »Darüber haben wir gerade gesprochen!« rief er. »Wir beabsichtigen, in drei Jahren gemeinsam zu kandidieren!«

»Sehr geschickt!« sagte Marius anerkennend. Er erkannte sofort die Möglichkeiten. »Ein perfektes Gespann!« lachte er. »Bleibt bei eurem Entschluß. Ihr werdet beide ohne Probleme gewählt werden.«

»Das glauben wir auch«, sagte Pompeius Rufus zufrieden. »Wir werden die Sache sogar mit einer Heirat besiegeln.«

Marius' rechte Augenbraue hob sich. »Tatsächlich?«

»Meine Tochter, sein Sohn«, warf Sulla ein wenig trotzig ein. Warum konnte Marius ihn noch immer aus der Ruhe bringen, was sonst niemandem gelang? Lag es am Charakter dieses Mannes oder an seiner eigenen Unsicherheit?

Marius seufzte erleichtert auf. »Wunderbar! Gut gemacht!« sagte er laut. »Das löst das Familiendilemma hervorragend! Alle werden sich freuen, von Julia über Aelia bis hin zu Aurelia.«

Sullas feine Brauen zogen sich zusammen. »Wovon redest du eigentlich?«

»Es scheint«, sagte Marius, taktlos wie immer, »daß sich mein Sohn und deine Tochter etwas zu sehr mögen. Aber der tote alte Caesar hat verfügt, daß Vettern und Basen nicht heiraten sollten – und ich muß ihm recht geben. Das hat freilich meinen Sohn und deine Tochter nicht davon abgehalten, sich alle möglichen Versprechungen zu geben.«

Sulla war schockiert. Er hatte nie an eine solche Verbindung gedacht und war so wenig mit seiner Tochter zusammen, daß sie keine Gelegenheit gehabt hatte, sich mit ihm über den jungen Marius zu unterhalten. »Aha! Ich sage schon seit Jahren, Gaius Marius, daß ich zu oft verreist bin!«

Pompeius Rufus hörte den beiden unglücklich zu, dann räusperte er sich. »Wenn es Schwierigkeiten gibt, Lucius Cornelius, mein Sohn soll nicht im Weg stehen.«

»Es gibt keine Schwierigkeiten, Quintus Pompeius«, sagte Sulla fest. »Marius' Sohn und meine Tochter sind Vetter und Base ersten Grades und zusammen aufgewachsen. Mehr ist da nicht dran. Wie du eben von Gaius Marius gehört hast, war eine Heirat der beiden nie unsere Absicht. Meine Vereinbarung mit dir wird die Sache erledigen. Glaubst du das nicht auch, Gaius Marius?«

»Natürlich, Lucius Cornelius. Zu viel patrizisches Blut, und auch noch verwandt. Der alte Caesar sagte nein.«

»Hast du schon eine Frau für den jungen Marius?« fragte Sulla neugierig.

»Ich glaube schon. Quintus Mucius Scaevola hat eine Tochter, die in vier oder fünf Jahren heiratsfähig sein wird. Ich habe bei ihm vorgefühlt, er scheint nicht völlig abgeneigt.« Marius lachte laut. »Ich mag zwar ein italischer Bauer sein, der nicht einmal Griechisch kann, Lucius Cornelius, aber es gibt nicht viele römische Aristokraten, die einem Vermögen widerstehen können, wie es der junge Marius eines Tages erben wird!«

»Das ist wahr!« Auch Sulla lachte. »Ich muß jetzt nur noch eine

Frau für den jungen Sulla finden – und zwar keine von Aurelias Töchtern!«

»Wie wäre es mit einer von Caepios Töchtern?« neckte ihn Marius. »Denk doch an all das Gold!«

»Kein schlechter Gedanke, Gaius Marius. Er hat zwei Töchter, nicht wahr? Die bei Marcus Livius wohnen?«

»Richtig. Julia wollte einmal eine der beiden für den jungen Marius haben, aber ich bin der Meinung, daß eine Mucia für ihn politisch viel geeigneter wäre.« Marius versuchte diplomatisch zu sein, was selten genug vorkam. »Du bist in einer anderen Lage, Lucius Cornelius. Eine Servilia Caepionis wäre für deine Zwecke ideal.«

»Das glaube ich auch. Ich werde mich darum kümmern.«

Sulla vergaß die Aufgabe, eine Frau für den jungen Sulla zu finden, in dem Augenblick, in dem er seine Tochter darüber informierte, daß er sie mit dem Sohn des Quintus Pompeius Rufus verloben würde. Cornelia Sulla zeigte, daß sie Julillas Tochter war. Sie öffnete ihren Mund und schrie. Und hörte nicht mehr auf.

»Schrei, solange du willst«, sagte Sulla kalt. »Das macht keinerlei Unterschied. Du wirst tun, was ich dir sage, und du wirst den heiraten, den ich für dich aussuche.«

»Geh endlich, Lucius Cornelius!« rief Aelia händeringend. »Dein Sohn fragt nach dir. Überlaß es mir, mit Cornelia Sulla zu reden, bitte!«

Verärgert ging Sulla zu seinem Sohn.

Die Erkältung des jungen Sulla war noch immer nicht besser. Der Junge lag immer noch von den verschiedensten Übeln geplagt im Bett und hustete Schleim.

»Das muß jetzt ein Ende haben, Junge«, sagte Sulla aufmunternd. Er setzte sich auf den Bettrand und küßte die heiße Stirn seines Sohnes. »Ich weiß, daß es draußen kalt ist, aber hier drinnen ist es warm.«

»Wer schreit denn so?« fragte der Junge. Sein Atem ging rasselnd.

»Deine Schwester, Mormolyce soll sie holen!«

»Warum?« fragte der junge Sulla, der seine Schwester sehr gern hatte.

»Ich habe ihr gerade erklärt, daß sie den Sohn des Quintus Pompeius Rufus heiraten wird. Aber wie es scheint, dachte sie, sie könne ihren Vetter heiraten, den jungen Marius.«

»Aber wir *alle* haben geglaubt, daß sie den jungen Marius heiraten wird!« rief Sullas Sohn erschrocken aus.

»Niemand hat je davon gesprochen, und niemand will es. Dein Großvater Caesar war gegen eine Heirat zwischen Vetter und Base. Gaius Marius ist auch dieser Meinung. Ich ebenfalls.« Sulla runzelte die Stirn. »Willst du am Ende eine der Julias heiraten?«

»Was, Lia oder Ju-Ju?« Der junge Sulla lachte, bis er einen Hustenanfall bekam, der erst aufhörte, als er übelriechenden Schleim ausspuckte. »Nein, *tata*«, sagte er, sobald er wieder reden konnte, »ich kann mir nichts Schlimmeres vorstellen! Wen soll ich heiraten?«

»Das weiß ich noch nicht, mein Junge. Aber ich verspreche dir, daß ich dich zuerst fragen werde, ob du sie magst.«

»Cornelia hast du nicht gefragt.«

Sulla zuckte die Schultern. »Sie ist ein Mädchen. Mädchen dürfen nicht wählen, sie müssen tun, was ihnen befohlen wird. Es gibt nur einen Grund, warum ein *pater familias* überhaupt die Kosten trägt, die ein Mädchen verursacht: damit er sie zur Förderung seiner eigenen Karriere oder der Karriere seines Sohnes benutzen kann. Warum sollte man ein Mädchen sonst achtzehn Jahre lang ernähren und kleiden? Dann bekommt sie noch eine gute Mitgift, aber sie bringt der Familie ihres Vaters nichts ein. Nein, mein Junge, ein Mädchen hat nur einen Nutzen. Aber wenn ich mir anhöre, wie deine Schwester kreischt, bin ich nicht mehr sicher, ob wir so etwas früher nicht besser erledigt haben. Damals wurden Mädchen nach ihrer Geburt einfach in den Tiber geworfen.«

»Das ist nicht gerecht, *tata.*«

»Warum nicht?« fragte Sulla, überrascht, daß sein Sohn so begriffsstutzig sein konnte. »Frauen sind minderwertige Geschöpfe, mein Sohn. Sie weben gemusterte Stoffe, aber am Webstuhl der Geschichte arbeiten sie nicht. Deshalb haben sie auf dieser Welt keinerlei Bedeutung. Sie machen keine Geschichte. Sie regieren nicht. Wir kümmern uns um sie, weil das unsere Pflicht ist. Wir beschützen sie vor Sorgen, Armut und Verantwortung – und deshalb leben sie auch länger als wir Männer, vorausgesetzt, sie sterben nicht im Wochenbett. Als Gegenleistung verlangen wir von ihnen Folgsamkeit und Achtung.«

»Ich verstehe«, sagte der junge Sulla. Er akzeptierte die Ausführungen seines Vaters so, wie sie dargeboten wurden: als Feststellung von Tatsachen.

»Ich muß jetzt gehen. Ich habe noch etwas zu erledigen.« Sulla erhob sich. »Kannst du wieder essen?«

»Ein wenig. Es fällt mir schwer, das Essen in mir zu behalten.«

»Ich komme später wieder.«

»Vergiß es nicht, *tata.* Ich werde nicht einschlafen.«

Sulla wandte sich wieder dem Alltag zu. Er mußte mit Aelia im Haus des Quintus Pompeius Rufus speisen und zeigen, wie sehr ihm an der neuen Bekanntschaft gelegen war. Glücklicherweise hatte er nicht versprochen, seine Tochter Cornelia mitzubringen, um sie Pompeius' Sohn vorzustellen. Sie hatte aufgehört zu schreien, hatte sich aber, wie Aelia mit hochrotem Kopf gestand, in ihr Zimmer zurückgezogen und angekündigt, nichts mehr essen zu wollen.

Durch nichts hätte Cornelia Sulla ihren Vater mehr kränken können. Mit bitterem, eisigem Blick starrte er Aelia an.

»Das werde ich abstellen!« sagte er barsch und stürzte aus dem Zimmer, noch bevor Aelia ihn aufhalten konnte. Er ging direkt zu Cornelia Sullas Schlafzimmer.

Er trat ein und zog das weinende Mädchen mit einer einzigen Bewegung aus dem schmalen Bett. Ihre Furcht kümmerte ihn nicht. Er zog sie an den Haaren vom Boden hoch, bis sie auf den Zehenspitzen stehen mußte, und schlug ihr immer wieder mit der Hand ins Gesicht. Sie schrie nicht, sondern gab so spitze Töne von sich, daß sie kaum zu hören waren. Der Ausdruck auf dem Gesicht ihres Vaters erschreckte sie mehr als die körperliche Mißhandlung. Sulla schlug sie zwölfmal, dann warf er sie weg wie eine ausgestopfte Puppe. In seiner Wut war es ihm gleichgültig, ob sie durch diesen letzten heftigen Stoß ums Leben kam oder nicht.

»Mach das nicht, Mädchen!« sagte er dann sehr leise. »Versuche nicht, mich durch einen Hungerstreik zu erpressen! Es wäre mir völlig gleichgültig, wenn du dabei umkommst. Deine Mutter starb beinahe, weil sie sich zu essen weigerte. Aber ich sage dir, *du* wirst das nicht tun! Meinetwegen kannst du dich zu Tode hungern oder an dem Essen ersticken, das ich in dich hineinstopfen werde, und zwar weit gröber, als ein Bauer seine Gans mästet! Aber du wirst den jungen Quintus Pompeius Rufus heiraten, und du wirst ihn mit einem Lächeln und einem Lied auf den Lippen heiraten, oder ich bringe dich um. Hast du mich verstanden? Ich bringe dich um, Cornelia.«

Ihr Gesicht brannte, ihre Augen waren blaugeschlagen, ihre Lippen geschwollen und aufgesprungen, aus ihrer Nase tropfte Blut, aber der Schmerz in ihrem Herzen war viel, viel schlimmer. Sie hatte nicht gewußt, daß es eine solche Wut gab, und sie hatte sich nie vor ihrem Vater gefürchtet oder sich um ihre eigene Sicherheit gesorgt. »Ich habe verstanden, Vater«, flüsterte sie.

Aelia wartete vor der Tür. Tränen liefen ihr über die Wangen, aber als sie eintreten wollte, packte Sulla sie am Arm und stieß sie zurück.

»Bitte, Lucius Cornelius, bitte!« stöhnte Aelia. Als Frau Sullas war sie entsetzt, als Mutter verängstigt.

»Laß sie allein«, sagte Sulla.

»Ich muß zu ihr! Sie braucht mich!«

»Sie bleibt, wo sie ist, und niemand wird zu ihr gehen.«

»Dann laß mich wenigstens zu Hause, bitte!« Aelia versuchte vergeblich, ihre Tränen zurückzudrängen; sie weinte immer heftiger.

Sullas gewaltige Wut schlug um, er konnte sein Herz heftig pochen hören. Tränen stiegen ihm in die Augen – doch es waren keine Tränen des Kummers. »Also gut, bleib zu Hause«, sagte er hart und atmete zitternd ein. »Ich werde die Freude meiner Familie über die bevorstehende Heirat zum Ausdruck bringen. Aber du wirst nicht zu ihr gehen, Aelia, oder ich behandle dich so, wie ich sie behandelt habe.«

Sulla ging also allein zum Haus des Quintus Pompeius Rufus auf dem Palatin, von dem man das Forum Romanum überblicken konnte. Die Familie des Pompeius Rufus war beeindruckt und erfreut, auch die Frauen, denen der Gedanke zusagte, daß der junge Quintus eines Tages eine patrizische Julia-Cornelia heiraten würde. Der junge Quintus war ein hübscher Bursche, mit grünen Augen und hellbraunen Haaren. Er war hochgewachsen und bewegte sich anmutig, aber Sulla brauchte nicht lange, um zu erkennen, daß er nicht halb so intelligent war wie sein Vater. Aber das war kein Schaden: Er würde später Konsul werden, weil auch sein Vater Konsul gewesen war, und er würde mit Cornelia Sulla rothaarige Kinder zeugen und ein guter, treuer und fürsorglicher Ehemann sein. Mit innerer Belustigung dachte Sulla: Auch wenn es seine Tochter nie zugeben würde, der junge Quintus Pompeius Rufus würde ein viel angenehmerer und verläßlicherer Ehemann sein als der verdorbene und arrogante Jüngling, den Gaius Marius gezeugt hatte.

Da die Familie des Pompeius Rufus im Grunde immer noch ländlichen Bräuchen anhing, endete das Essen bereits lange, bevor es dunkel wurde, obwohl es Winter war. Sulla wußte, daß er noch eine weitere Aufgabe zu erledigen hatte, bevor er nach Hause zurückkehrte. Er stand am oberen Ende der langen Treppe, die zur Via Nova und zum Forum Romanum führte, und blickte mit gerunzelter Stirn in die Ferne. Metrobius wohnte zu weit weg; ihn zu besuchen, wäre auch zu gefährlich gewesen. Womit konnte er sich die Stunde vertreiben, bis es dunkel war?

Er fand die Antwort, als sein Blick auf die rauchige Subura fiel – Aurelia natürlich. Gaius Julius Caesar war wieder einmal nicht zu Hause, er weilte als Statthalter in der Provinz Asia. Wenn er sicherstellte, daß eine Anstandsperson dabei war, konnte wohl niemand etwas gegen seinen Besuch einwenden. Sulla rannte mit einer Leichtfüßigkeit und Geschicklichkeit die Stufen hinunter, die man nur bei einem viel jüngeren Mann vermutet hätte, und eilte geradewegs zum Clivus Orbius. Das war der schnellste Weg zur Subura Minor und zu Aurelias dreieckigem Mietshaus.

Eutychus öffnete die Tür, zögerte aber etwas. Auch Aurelia war zurückhaltend.

»Sind deine Kinder noch wach?« fragte Sulla.

Sie verzog lächelnd das Gesicht. »Unglücklicherweise ja. Ich scheine Eulen in die Welt gesetzt zu haben, nicht Lerchen. Sie hassen es, ins Bett gehen zu müssen, und sie hassen es, aufstehen zu müssen.«

»Dann mach ihnen eine Freude«, sagte er und setzte sich auf eine gut gepolsterte und bequeme Liege. »Sag ihnen, sie sollen herkommen, Aurelia. Es gibt keine besseren Anstandspersonen als die eigenen Kinder.«

Ihr Gesicht hellte sich auf. »Du hast recht, Lucius Cornelius.«

Die Kinder durften in einer Ecke des Zimmers sitzen. Die beiden Mädchen waren groß geworden, sie näherten sich bereits der Pubertät. Der Junge war ebenfalls groß geworden, denn es war sein Schicksal, immer etwas größer zu sein als die anderen.

»Es ist schön, dich wieder einmal zu sehen«, sagte Sulla. Er ignorierte den Wein, den der Diener neben seinen Ellbogen stellte.

»Und es ist schön, dich zu sehen.«

»Schöner als letztes Mal, was?«

Sie lachte. »Ach, damals! Ich hatte damals ernsthafte Schwierigkeiten mit meinem Mann, Lucius Cornelius.«

»Das habe ich damals schon verstanden! Warum? Keiner weiß so gut wie ich, daß es nie eine treuere oder keuschere Ehefrau als dich gegeben hat.«

»Er glaubte nicht, ich sei ihm untreu geworden. Die Probleme zwischen Gaius Julius und mir waren eher – theoretischer Art.«

»Theoretischer Art?« Sulla lächelte breit.

»Er mag die Nachbarschaft nicht. Er mag nicht, daß ich mich als Vermieterin betätige, und er mag Lucius Decumius nicht. Er ist auch mit der Art, in der ich die Kinder erziehe, nicht einverstanden. Die

Kinder sprechen den lokalen Dialekt genausogut wie das Latein des Palatin. Sie sprechen auch drei verschiedene Arten Griechisch, außerdem Aramäisch, Hebräisch, verschiedene Dialekte des Gallischen, wie es etwa von den Häduern oder in Tolosa gesprochen wird, und Lykisch.«

»Lykisch?«

»Im dritten Stock wohnt eine lykische Familie. Meine Kinder gehen, wohin sie wollen, und sie fangen Brocken verschiedener Sprachen auf, wie wir Steine am Strand auflesen. Ich wußte gar nicht, daß die Lykier eine eigene Sprache haben, und noch dazu eine so alte Sprache. Sie ist mit dem Pisidischen verwandt.«

»Und war dein Streit mit Gaius Julius schlimm?«

Aurelia zuckte die Schultern und zog die Mundwinkel nach unten. »Schlimm genug.«

»Und er wurde wahrscheinlich noch schlimmer dadurch, daß du höchst undamenhafte, höchst unrömische Vorstellungen hast«, sagte Sulla zärtlich, obwohl er gerade seine Tochter dafür mißhandelt hatte, daß sie sich ähnlich verhalten hatte. Aber Aurelia war Aurelia, sie konnte nur mit ihren eigenen Maßstäben gemessen werden – das meinten viele Leute, die sie dafür mehr bewunderten als verachteten, so stark war ihr Zauber.

»Ich fürchte, ich habe tatsächlich auf meiner Meinung beharrt«, sagte sie ohne Bedauern. »Ich habe mich sogar so gut verteidigt, daß mein Mann verlor.« Ihre Augen waren nun traurig. »Und das war das schlimmste an unserem Streit, wie du sicher einsehen wirst, Lucius Cornelius. Kein Mann in seiner Stellung verliert gern einen Streit mit seiner Frau. Seither ist er mir gegenüber überheblich und desinteressiert und denkt nicht einmal an eine Revanche, so sehr ich ihn auch herausfordere. Oh ihr Götter!«

»Liebt er dich denn noch?«

»Ich glaube schon. Ich wünschte, er liebte mich nicht mehr! Das würde mir das Leben sehr erleichtern, wenn er hier ist.«

»Dann trägst du also in diesem Haus die Toga.«

»Ich fürchte ja. Purpurbesetzt und so weiter.«

Sullas Lippen wurden schmal, und er nickte weise. »Du hättest ein Mann werden sollen, Aurelia. Das war mir bisher nicht klar, aber es ist die Wahrheit.«

»Du hast recht, Lucius Cornelius.«

»Deshalb war er froh, in die Provinz Asia gehen zu können, und du warst froh, als er ging. Richtig?«

»Du hast wieder recht, Lucius Cornelius.«

Sulla erzählte ihr von seiner Reise nach Osten. Ein weiterer Zuhörer kam herbei. Der junge Caesar kletterte neben seiner Mutter auf die Liege und lauschte begierig, als Sulla die Geschichte seines Zusammentreffens mit Mithridates, Tigranes und der parthischen Gesandtschaft erzählte.

Der Junge war fast neun Jahre alt. Und, wie Sulla bemerkte, schöner als je zuvor. Sulla konnte kaum die Augen von seinem schönen Gesicht abwenden. Ganz wie der junge Sulla! Und doch ganz anders. Der junge Caesar war inzwischen aus dem Fragealter herausgewachsen und zu einem Zuhörer geworden. An Aurelia gelehnt, saß er mit glänzenden Augen und offenem Mund da. Sein Gesicht war ein ständig wechselndes Panorama, in dem sich seine Gedanken widerspiegelten, während sein Körper völlig unbeweglich blieb.

Als Sulla seine Erzählung beendet hatte, stellte der kleine Caesar viele Fragen. Er fragte intelligenter als Scaurus, gebildeter als Marius, interessierter als beide zusammen. Woher wußte er das alles? fragte sich Sulla. Er ertappte sich dabei, daß er mit dem Achtjährigen auf derselben Ebene sprach, auf der er mit Scaurus und Marius gesprochen hatte.

»Was, glaubst du, wird jetzt passieren?« fragte Sulla, nicht aus Überheblichkeit, sondern weil ihn das Gespräch reizte.

»Krieg mit Mithridates und Tigranes«, sagte der junge Caesar.

»Nicht mit den Parthern?«

»Höchstens später. Wenn wir einen Krieg gegen Mithridates und Tigranes gewinnen, fallen Pontos und Armenien in unseren Einflußbereich. Dann werden die Parther sich wegen Rom Sorgen machen, wie es jetzt Mithridates und Tigranes tun.«

Sulla nickte. »Du hast recht, junger Caesar.«

Sie unterhielten sich noch eine Stunde lang, dann erhob sich Sulla und fuhr dem Jungen durch die Haare. Aurelia begleitete ihn zur Tür. Dem in der Nähe lauernden Eutychus gab sie ein kleines Zeichen, auf das er begann, die Kinder ins Bett zu bringen.

»Wie geht es zu Hause?« fragte Aurelia. Sulla öffnete die Tür, die auf den Vicus Patricius führte, auf dem es noch immer von Menschen wimmelte, obwohl es schon lange dunkel war.

»Der kleine Sulla hat eine schlimme Erkältung, und Cornelia Sulla hat ein wundes Gesicht«, sagte Sulla unbewegt.

»Dein Sohn ist also krank. Aber was ist deiner Tochter zugestoßen?«

»Ich habe sie verprügelt.«

»So! Und für welches Verbrechen, Lucius Cornelius?«

»Wie es scheint, haben sie und der junge Marius beschlossen, später zu heiraten. Aber ich habe sie gerade dem Sohn des Quintus Pompeius Rufus versprochen. Sie wollte ihre Unabhängigkeit dadurch beweisen, daß sie sich zu Tode hungerte.«

»Beim Kastor! Vermutlich wußte das arme Mädchen gar nichts davon, daß ihre Mutter einen ähnlichen Versuch unternahm?«

»Nein.«

»Aber jetzt weiß sie es.«

»Sie weiß es.«

»Nun, ich kenne den jungen Mann nur flüchtig, aber ich bin sicher, daß sie mit ihm viel glücklicher werden wird als mit dem jungen Marius!«

Sulla lachte. »Genau das denke ich auch.«

»Und wie denkt Gaius Marius darüber?«

»Oh, er wollte die Heirat auch nicht.« Sullas Oberlippe kräuselte sich, seine Zähne wurden sichtbar. »Er will Scaevolas Tochter für seinen Sohn.«

»Er wird sie ohne große Schwierigkeiten bekommen – Ave, Turpillia.« Aurelia grüßte ein altes Weib, das gerade vorbeikam und stehenblieb, als wolle sie mit Aurelia sprechen.

Sulla verabschiedete sich. Aurelia lehnte sich an den Türrahmen und hörte aufmerksam zu, als Turpillia zu reden begann.

Sulla fürchtete sich nicht davor, nach Einbruch der Dunkelheit durch die Subura zu gehen, und auch Aurelia machte sich weiter keine Gedanken, als er allein in der Nacht verschwand. Niemand belästigte Lucius Cornelius Sulla. Sobald er die Subura betrat, fiel er in sein früheres Leben zurück. Wenn Aurelia überhaupt etwas an seinem Verhalten auffallen konnte, dann war es die Tatsache, daß er den Vicus Patricius hinaufging, statt ihn zum Forum Romanum und zum Palatin hinunterzugehen.

Sulla wollte Censorinus aufsuchen, der auf dem oberen Viminal wohnte. Es war eine respektable Wohngegend für Ritter, freilich bei weitem nicht respektabel genug für jemanden, der ein Monokel aus einem Smaragd sein eigen nannte.

Zuerst schien es, als wolle Censorinus' Diener Sulla den Zutritt verweigern, aber damit wurde er leicht fertig. Er setzte einfach eine unangenehme Miene auf, woraufhin irgendwo im Gehirn des Dieners eine Alarmglocke zu läuten begann – und so stark läutete, daß er automatisch die Tür weit aufriß. Sulla schritt durch die enge Vorhalle, die von der Haustür zum Empfangszimmer der im Erdgeschoß einer Insula gelegenen Wohnung führte. Noch immer lag das unangenehme Lächeln auf seinem Gesicht. Nun stand er im Empfangsraum und blickte sich um, während der Diener sich eilig entfernte, um seinen Herrn herbeizurufen.

Was Sulla sah, war hübsch. Die Fresken an den Wänden waren neu und ganz im modischen Stil gehalten. Auf tiefroten Paneelen waren die Ereignisse dargestellt, die zur Übergabe der Briseis durch den Prinzen Achilles von Phthia an Agamemnon geführt hatten. Sie waren mit wunderbar gemalten künstlichen Achaten eingerahmt, die unten in eine prächtig dunkelgrüne Wand übergingen; auch die Tapete war aufgemalt. Der Boden bestand aus einem farbenfrohen Mosaik, die Vorhänge waren so dunkelrot, daß sie nur aus Tyrus stammen konnten, und die Liegestätten waren mit goldenen und roten Stoffen bester Qualität bespannt. Nicht schlecht für ein Mitglied des mittleren Ritterstandes, dachte Sulla.

Wütend trat Censorinus aus dem Flur, der zu den inneren Räumen führte. Das Verhalten seines Dieners verblüffte ihn, denn dieser war nicht zu sehen.

»Was willst du?« fragte Censorinus.

»Dein Monokel aus Smaragd«, sagte Sulla sanft.

»Mein was?«

»Das Monokel, Censorinus, das dir die Agenten des König Mithridates geschenkt haben.«

»König Mithridates? Ich weiß nicht, wovon du sprichst! Ich habe kein solches Monokel.«

»Unsinn, natürlich besitzt du eins. Gib es mir.«

Censorinus hustete. Sein Gesicht wurde erst dunkelrot, dann weiß.

»Gib mir das Monokel, Censorinus!«

»Du bekommst von mir lediglich ein Urteil und das Exil!«

Bevor Censorinus sich rühren konnte, war Sulla dicht an ihn herangetreten und schlang die Arme um ihn, so daß man es für eine Umarmung hätte halten können. Sullas Hände lagen auf Censorinus' Schultern, aber es war nicht die Umarmung eines Liebhabers. Die Hände gruben sich tief ein, sie taten weh, sie waren wie Eisenklammern.

»Hör mir genau zu, du abscheuliche Kakerlake«, sagte Sulla leise, fast liebevoll. »Ich habe weit bessere Männer als dich umgebracht.

Zieh deine Klage zurück, sonst bist du tot. Ich meine, was ich sage! Widerrufe die lächerliche Anklage gegen mich, oder du stirbst. Wie ein legendärer Athlet namens Herkules Atlas. Wie eine Frau mit einem gebrochenen Genick am Strand von Circei. Wie tausend Germanen. Du wirst sterben wie jeder, der mich bedroht oder das, was mir zusteht. Und du wirst sterben wie Mithridates, wenn ich beschließe, daß er sterben muß. Das kannst du ihm sagen, wenn du ihn siehst. Er wird dir glauben! Er hat den Schwanz zwischen die Beine geklemmt und ist aus Kappadokien verschwunden, als ich ihm befahl, zu verschwinden. Weil er wußte, was du jetzt auch weißt, nicht wahr?«

Er bekam keine Antwort. Censorinus versuchte nicht, sich aus der grausamen Umklammerung zu befreien. Still und ruhig blickte er in Sullas viel zu nahes Gesicht, als habe er diesen Mann noch nie zuvor gesehen und als wisse er nicht, was er tun solle.

Sulla nahm eine Hand von Censorinus' Schulter und ließ sie in dessen Tunika gleiten; seine Finger fanden, was sie suchten, am Ende einer starken Lederschnur. Die andere Hand glitt zwischen Censorinus' Beine, griff nach seinen Hoden und zerquetschte sie. Als Censorinus wie ein von einem Wagen überrollter Hund schrie, riß ihm Sulla das Lederband so leicht vom Nacken, als sei es aus Wolle, und ließ das blitzende grüne Ding, das an der Lederschnur hing, unter seine eigene Toga gleiten. Niemand rannte herbei, um dem Schreienden zu helfen. Sulla wandte sich ab und ging ohne Eile hinaus.

»Jetzt geht es mir wirklich besser!« rief er, als er die Tür öffnete, und lachte laut. Erst die hinter ihm zufallende Tür schnitt sein Lachen ab.

Sulla eilte fröhlich wie ein Kind nach Hause. Seine Wut und Verbitterung über Cornelia Sulla war verflogen, sein Gesicht strahlte vor Zufriedenheit. Doch sein Glück verflog im Nu, als er seine Haustür öffnete und statt des stillen, halbdunklen Friedens eines schlafenden Haushalts hellerleuchtete Räume, eine Gruppe fremder junger Männer und einen in Tränen aufgelösten Verwalter vorfand.

»Was ist los?« fragte Sulla erschrocken.

»Dein Sohn, Lucius Cornelius!« rief der Verwalter.

Sulla wartete nicht mehr auf eine Erklärung, sondern rannte zu dem Raum neben dem Peristyl, in dem Aelia den Jungen während seiner Krankheit untergebracht hatte. Aelia stand vor der Tür, in einen Schal gehüllt.

»Was ist los?« fragte Sulla noch einmal und packte sie.

»Der junge Sulla ist sehr krank«, flüsterte sie. »Ich habe vor zwei Stunden die Ärzte rufen lassen.«

Sulla stieß die Ärzte beiseite und trat mit freundlichem und ruhigem Gesicht neben das Bett.

»Was soll das, Sohn? Du jagst allen Leuten einen Schrecken ein!«

»Vater!« rief der junge Sulla und lächelte.

»Was fehlt dir denn?«

»So kalt, Vater! Macht es dir etwas aus, wenn ich dich vor den Fremden *tata* nenne?«

»Natürlich nicht.«

»Die Schmerzen sind furchtbar!«

»Wo schmerzt es denn, mein Sohn?«

»Hier in der Brust, *tata.* So kalt!«

Der Junge atmete flach und laut, und offenbar bereitete das Atmen ihm Schmerzen. Sulla kam es wie eine Parodie auf die Todesszene des Metellus Numidicus Schweinebacke vor; vielleicht war das der Grund, warum er nicht glaubte, einer Todesszene beizuwohnen. Und doch sah der junge Sulla aus, als ob er sterben müsse. Unmöglich!

»Sprich nicht, mein Sohn. Kannst du dich hinlegen?« Die Ärzte hatten ihn aufrecht gesetzt.

»Ich kann nicht atmen, wenn ich liege.« Die Augen sahen aus, als seien sie blaugeschlagen worden; sie sahen ihn mitleiderregend an. »*Tata,* bitte geh nicht weg!«

»Ich bleibe bei dir, Lucius. Keinen Augenblick verlasse ich dich.«

Aber sobald Sulla konnte, zog er Apollodorus Siculus außer Hörweite und fragte ihn, wie es um seinen Sohn stehe.

»Eine Lungenentzündung, Lucius Cornelius. Das ist in jedem Fall eine ernste Krankheit, aber im Fall deines Sohnes ist sie noch ernster.«

»Warum das?«

»Das Herz ist angegriffen, fürchte ich. Wir wissen nicht genau, wie wichtig das Herz ist, aber wir glauben, daß es die Leber unterstützt. Die Lungen des jungen Lucius Cornelius sind geschwollen, und es ist Flüssigkeit aus den Lungen in das Gewebe gelangt, das das Herz umgibt. Das Herz wird dadurch eingeklemmt.« Apollodorus Siculus sah verängstigt aus; bei solchen Gelegenheiten zahlte er den Preis für seinen Ruhm – wenn er einem hochstehenden Römer mitteilen mußte, daß der Patient durch ärztliche Kunst nicht mehr zu retten war. »Die Prognose ist ernst, Lucius Cornelius. Ich fürchte, daß weder ich noch andere Ärzte etwas tun können.«

Sulla zeigte keine übermäßige Erregung. Einen vernünftigen Moment lang verstand er, daß der Arzt aufrichtig gewesen war – und dieser Arzt würde helfen, wenn er könnte. Er war ein guter Arzt, obwohl die meisten Quacksalber waren; man brauchte sich nur zu erinnern, wie er Schweinebacke nach dessen Tod untersucht hatte. Und jeder menschliche Körper war Stürmen von solcher Gewalt ausgesetzt, daß die Ärzte hilflos waren – trotz ihrer Lanzetten, Klistiere, Umschläge, Arzneien und Heilkräuter. Entscheidend war das Glück. Und Sulla erkannte, daß sein geliebter Sohn kein Glück hatte. Die Göttin Fortuna kümmerte sich nicht um ihn.

Er trat wieder an das Bett, schob die Kissen beiseite, setzte sich neben seinen Sohn und nahm ihn in die Arme. »Oh, *tata*, so ist es besser! Geh nicht weg!«

»Ich gehe nicht weg, mein Sohn. Ich liebe dich mehr als alles in der Welt.«

Viele Stunden lang saß Sulla auf dem Bett seines Sohnes und hielt ihn in den Armen. Seine Wange lag auf dem nun stumpfen, feuchten Haar. Er hörte das mühsame Atmen, das Röcheln, das auf erbarmungslose Schmerzen hinwies. Der Junge wollte nicht mehr husten, denn die Schmerzen waren unerträglich geworden. Er wollte auch nicht mehr trinken, denn seine Lippen waren von Fieberblasen bedeckt und seine Zunge war belegt und schwarz. Von Zeit zu Zeit redete er mit schwächer werdender Stimme, immer mit seinem Vater. Zuletzt murmelte er nur noch, die Wörter wurden immer undeutlicher, immer unzusammenhängender, bis er ohne Verstand und Vernunft in eine Welt hineinwanderte, die zu fremd war, um sie verstehen zu können.

Dreißig Stunden später starb er in den Armen seines Vaters. Sulla hatte sich nur bewegt, wenn der Junge danach verlangte. Er hatte weder gegessen oder getrunken, hatte weder Blase noch Darm erleichtert, doch war er nicht erschöpft, so wichtig war es ihm gewesen, für seinen Sohn dazusein. Vielleicht wäre es ein Trost für den Vater gewesen, wenn sein Sohn ihn vor seinem Tod noch einmal erkannt hätte. Aber der Sohn hatte die Arme längst verlassen, in denen sein Körper lag, und er starb, ohne das Bewußtsein wiedererlangt zu haben.

Alle fürchteten sich vor Lucius Cornelius Sulla. Atemlos vor Angst lösten vier Ärzte Sullas Arme von der leblosen Hülle seines

Sohnes, halfen ihm auf die Füße und stützten ihn und legten den Jungen auf das Bett. Aber Sulla sagte oder tat nichts, was ihre Furcht vergrößert hätte, er benahm sich seltsam und bewundernswert vernünftig. Als er seine verkrampften Muskeln gelockert hatte, half er den Ärzten, den Jungen zu waschen und ihm die purpurgesäumte Kindertoga anzulegen. Im Dezember dieses Jahres, am Fest der Juventas, wäre sein Sohn ein Mann geworden. Sulla hob die schlaffe, graue Gestalt hoch, damit die weinenden Sklaven das Bettzeug wechseln konnten, hielt ihn in seinen Armen und legte ihn dann wieder auf frische, saubere Bettücher. Er bettete die Arme des Jungen neben seinen Körper, legte ihm Münzen auf die Augenlider, damit sie geschlossen blieben, und schob ihm eine Münze zwischen die Lippen – als Lohn für Charon auf seiner letzten, einsamen Reise.

Auch Aelia hatte sich während all dieser furchtbaren Stunden nicht von der Tür wegbewegt. Jetzt legte Sulla ihr den Arm um die Schultern und führte sie zu einem Stuhl neben dem Bett, so daß sie den Jungen betrachten konnte, den sie seit seiner Kindheit aufgezogen hatte, als sei er ihr eigenes Kind. Cornelia Sulla kam herein, das Gesicht immer noch geschwollen, und hinter ihr kamen Julia, Gaius Marius und Aurelia.

Sulla begrüßte sie, ohne eine Bewegung zu zeigen, nahm ihr tränenreiches Beileid entgegen, lächelte sogar ein wenig und antwortete auf ihre Fragen mit kräftiger, klarer Stimme.

»Ich muß baden und mich umziehen«, sagte er dann. »Heute findet die Gerichtsverhandlung gegen mich statt. Aufgrund des Todes meines Sohnes habe ich zwar das Recht fernzubleiben, aber diese Genugtuung will ich Censorinus nicht geben. Gaius Marius, begleitest du mich, sobald ich bereit bin?«

»Gerne, Lucius Cornelius«, brummte Marius und wischte sich die Tränen aus den Augen. Nie hatte er Sulla mehr bewundert.

Doch zuerst ging Sulla in die bescheidene Latrine seines Hauses; niemand war darin, weder ein Sklave noch ein Freier. Endlich entleerte sich sein Darm. Er saß allein in dem Raum mit den vier geformten Sitzen auf der Marmorbank und lauschte dem tiefen Geräusch des darunter hindurchrauschenden Wassers. Seine Hände fingerten in den ungeordneten Falten seiner Toga; er hatte nicht daran gedacht, die Toga abzulegen, bevor er sich zur letzten Wache auf das Bett seines Sohnes setzte. Seine Finger fanden einen Gegenstand; verwundert zog er ihn heraus und betrachtete ihn im heller werdenden frühen Tageslicht. Wie aus weiter Entfernung kam die Erinnerung, als gehöre sie in ein anderes Leben. Das Monokel aus Smaragd des Censorinus! Als Sulla fertig war und sich gesäubert hatte, drehte er sich noch einmal zu der Marmorbank um und ließ den kostbaren Stein nach unten fallen. Das Geräusch des Wassers war so laut, daß der Aufschlag nicht zu hören war.

Als Sulla im Atrium erschien, wo Gaius Marius wartete, um ihn zum Forum Romanum zu begleiten, sahen ihn alle überrascht an. Eine fremde Macht schien ihm seine Jugend wiedergegeben zu haben, und er schien frisch und ausgeruht.

Schweigend ging er mit Gaius Marius zum Lacus Curtius, wo mehrere hundert Ritter ihre Dienste als Geschworene in Sullas Prozeß anboten. Die Gerichtsbeamten bereiteten die Krüge vor, aus denen die Lose gezogen wurden. Einundachtzig Geschworene würden ausgelost werden, aber fünfzehn von ihnen würden auf Verlangen der Anklage und weitere fünfzehn auf Verlangen der Verteidigung wieder aussortiert werden, so daß einundfünfzig übrigblieben – sechsundzwanzig Ritter und fünfundzwanzig Senatoren. Die Ritter durften einen Geschworenen mehr stellen als der Senat: Das war der Preis gewesen, den der Senat für die Rückgewinnung des Gerichtsvorsitzes hatte zahlen müssen.

Die Zeit verging. Die Geschworenen wurden ausgelost, aber da Censorinus noch nicht erschienen war, erlaubte man zunächst der Verteidigung, die von Crassus Orator und Scaevola geführt wurde, fünfzehn Geschworene abzulehnen. Noch immer war Censorinus nicht erschienen, und das Gericht wurde immer unruhiger. Inzwischen hatte sich auch herumgesprochen, daß Sulla vom Totenbett seines einzigen Sohnes zur Verhandlung gekommen war. Um die Mittagszeit sandte der Gerichtsvorsitzende einen Boten zu Censorinus' Haus, um festzustellen, warum er nicht erschienen war. Nach langer Wartezeit kam der Bote mit der Nachricht zurück, Censorinus habe all seine bewegliche Habe eingepackt und sein Haus mit unbekanntem Ziel in Richtung Ausland verlassen.

»Das Gericht ist damit aufgehoben«, erklärte der Vorsitzende. »Lucius Cornelius Sulla, wir bitten dich um Entschuldigung und entbieten dir unser Beileid.«

»Ich begleite dich, Lucius Cornelius«, sagte Marius. »Eine seltsame Sache! Wohin er wohl gegangen ist?«

»Danke, Gaius Marius, aber ich würde gerne allein nach Hause gehen«, sagte Sulla ruhig. »Censorinus sucht wahrscheinlich bei König Mithridates um Asyl nach.« Sein Lächeln war furchtbar. »Ich hatte eine kurze Unterredung mit ihm, mußt du wissen.«

Vom Forum Romanum schritt Sulla schnell in Richtung der Porta Esquilina. Vor der Servianischen Mauer lag die römische Nekropolis, die fast den gesamten Campus Esquilinus einnahm. Es war eine richtige Stadt von Grabmälern – manche bescheiden, manche prächtig, die meisten eher unauffällig –, in denen die Asche der römischen Bürger und Nichtbürger und die Asche von Sklaven und Freien, Einheimischen und Ausländern aufbewahrt wurde.

An der östlichen Seite der großen Straßenkreuzung, mehrere hundert Schritt von der Servinischen Mauer entfernt, stand der Tempel der Venus Libitina, der Todesgöttin. Es war ein wunderschöner Tempel, inmitten eines Zypressenhains gelegen. Die Wände waren grün, die Säulen purpurfarben gestrichen, die ionischen Kapitelle hoben sich in Gold und Rot deutlich ab, Dach und Portikus waren gelb. Die zahlreichen Treppenstufen waren mit einem Mosaik aus dunkelrosa Zement belegt, auf dem Giebel waren in lebhaften Farben die Götter und Göttinnen der Unterwelt dargestellt. Auf der Giebelspitze stand eine wundervoll vergoldete Statue der Venus Libitina, die in einem Wagen fuhr, der von Mäusen, den Vorboten des Todes, gezogen wurde.

Hier, inmitten des Zypressenhains, hatte die Gilde der Leichenbestatter ihre Geschäftsbuden aufgebaut und warb um Aufträge. Es herrschte weder eine gedämpfte, noch eine traurige oder sonstwie gefühlsbeladene Atmosphäre. Potentielle Auftraggeber wurden festgehalten, belästigt, umschmeichelt, irgendwo hingezogen oder angerempelt, denn die Leichenbestattung war ein Geschäft wie jedes andere, und hier war der Marktplatz der Diener des Todes. Sulla schritt wie ein Geist zwischen den Ständen hindurch. Seine geradezu unheimliche Begabung, Menschen zurückzuweisen, hielt ihm selbst hier die aufdringlichsten Geschäftemacher fern. Schließlich erreichte er den Stand einer Firma, die seit je die Mitglieder des Geschlechtes der Cornelier bestattete, und erteilte seinen Auftrag.

Die Schauspieler würden am folgenden Tag bei ihm zu Hause ihre Anweisungen erhalten, und alles würde für eine prachtvolle Beerdigung vorbereitet werden, die am dritten Tage stattfinden sollte. Als Cornelier würde der junge Sulla der Familientradition entsprechend beerdigt und nicht verbrannt werden. Sulla zahlte die Kosten mit einem Schuldschein über zwanzig Silbertalente, gezogen auf seine Bank. Über die Kosten der Beerdigung würde in

Rom tagelang gesprochen werden. Sulla interessierten die Kosten nicht, obwohl er sonst mit jedem einzelnen Sesterz sehr sparsam und geizig umging.

Zu Hause schickte Sulla Aelia und Cornelia Sulla aus dem Zimmer, in dem der junge Sulla aufgebahrt war. Dann setzte er sich in Aelias Stuhl und starrte seinen Sohn an. Er wußte nicht, was er fühlte. Die Trauer, der Verlust, die Endgültigkeit lastete auf ihm wie ein riesiger Bleiklumpen; er konnte gerade noch diese Last tragen, aber er hatte keine Kraft mehr, über seine Gefühle nachzudenken. Vor ihm lag der Ruin seines Hauses, lag das, was von seinem teuersten Freund, dem Begleiter seiner alten Tage, dem Erben seines Namens, seines Vermögens, seines Rufes und seiner politischen Karriere übriggeblieben war. Vergangen in dreißig Stunden, hingestreckt nicht durch die Entscheidung eines Gottes, nicht einmal durch eine Laune des Schicksals. Eine Erkältung hatte sich verstärkt, die Lungen hatten sich entzündet, und das Leben war aus dem Herzen gepreßt worden. Es war die Geschichte Tausender von Kranken. Niemand trug Schuld, niemand hatte es gewollt. Ein Unfall. Für den Jungen, der nichts mehr dachte, nichts fühlte, war es das Ende des Lebens. Die Hinterbliebenen, die dachten und fühlten, hatten etwas verloren und würden den Verlust bis zum Lebensende fühlen. Sein Sohn war tot. Sein Freund war für immer gegangen.

Als Aelia zwei Stunden später zurückkam, zog sich Sulla in sein Arbeitszimmer zurück und schrieb an Metrobius.

Mein Sohn ist tot. Als Du letztes Mal in mein Haus kamst, starb meine Frau. Als Schauspieler solltest Du eigentlich der Vorbote der Freude sein, der deus ex machina *eines Dramas. Statt dessen bist Du der Verhüllte, der Vorbote des Todes.*

Betrete mein Haus nie mehr. Ich habe erkannt, daß meine Patronin Fortuna keine Rivalen duldet. Denn ich habe Dir innerlich die Liebe gegeben, die sie als ihr Eigentum betrachtet. Ich habe Dich zu einem Idol erhöht. Für mich bist Du die Personifizierung der Liebe geworden. Aber sie verlangt alles für sich. Und sie ist weiblich, Beginn und Ende jedes Menschen.

Sollte Fortuna einmal von mir genug haben, werde ich Dich aufsuchen. Bis zu diesem Tag nicht. Mein Sohn war ein guter Sohn, ein würdiger und vielversprechender Sohn. Ein Römer. Jetzt ist er tot, und ich bin allein. Ich will Dich nicht.

Sulla versiegelte den Brief sorgfältig, rief seinen Verwalter und sagte ihm, wohin der Brief geschickt werden solle. Dann starrte er die auf der Wand aufgemalte Szene an, in der – seltsamer Zufall! – Achilles an der Bahre des Patrokles saß und diesen in seinen Armen hielt. Der Künstler hatte sich offenbar von den tragischen Masken der großen Schauspiele beeinflussen lassen, denn er hatte das Gesicht des Achilles mit einem maskenhaft erstarrten Schmerz dargestellt, der Sulla ausgesprochen falsch vorkam. Sulla empfand die Darstellung als freches Eindringen in eine Welt privaten Schmerzes, der dem Pöbel nicht gezeigt werden konnte. Er klatschte in die Hände. Als der Verwalter eintrat, sagte er: »Suche morgen jemanden, der dieses Gemälde entfernt.«

»Lucius Cornelius, die Bestatter waren da. Sie haben den *lectus funebris* im Atrium aufgestellt, damit dein Sohn dort aufgebahrt werden kann«, sagte der Verwalter weinend.

Sulla inspizierte die Bahre. Sie war wunderbar geschnitzt und vergoldet, und auf ihr lagen ein schwarzes Tuch und schwarze Kissen. Sulla nickte billigend. Er selbst trug seinen Sohn ins Atrium. Die Kissen wurden zurechtgelegt, der Junge wurde in eine sitzende Position gebracht, und die Arme wurden mit weiteren Kissen gestützt. Hier im Atrium würde er bleiben, bis acht schwarzgekleidete Träger die Bahre abholten und sie während der Beerdigungsprozession trugen. Das obere Ende der Bahre zeigte auf die Tür zum Garten des Peristyls, das untere Ende auf die Haustür. An der Außenseite der Haustür hingen Zypressenzweige.

Die Beerdigung des jungen Sulla fand am dritten Tag statt. Als Zeichen der Achtung gegenüber einem Mann, der Stadtprätor gewesen war und aller Wahrscheinlichkeit nach einmal Konsul werden würde, hatte man alle Geschäfte auf dem Forum Romanum eingestellt. Wer auf dem Forum anzutreffen war, wartete, in die schwarze Trauertoga, die *toga pulla* gekleidet, auf den Trauerzug. Wegen der Wagen mußte die Prozession von Sullas Haus den Clivus Victoriae hinunter zum Velabrum ziehen. Dort bog sie in den Vicus Tuscus ein und erreichte dann das Forum Romanum zwischen dem Tempel des Castor und Pollux und der Basilica Sempronia. An der Spitze der Prozession gingen zwei Bestatter in schwarzen Togen, gefolgt von schwarzgekleideten Musikanten, die in Militärtrompeten, Hörner und Flöten bliesen. Die Flöten waren aus den Schienbeinen im Kampf gefallener Feinde hergestellt worden. Die Musik war feierlich und schrill. Mit den Musikanten zogen schwarzgekleidete Frauen mit, die ihr Geld als professionelle Trauerweiber verdienten. Sie schrien ihre eigenen Klagegesänge und schlugen sich an die Brüste, die eine oder andere mochte auch echte Tränen vergießen. Ihnen folgte eine Gruppe Tänzer, die sich in rituellen Bewegungen drehten und wandten, Bewegungen, die älter waren als Rom selbst, und dabei Zypressenzweige schwenkten. Und nach ihnen kamen die Schauspieler, die die fünf Wachsmasken der Ahnen Sullas trugen. Jeder stand in einem schwarzen Wagen, der von zwei schwarzen Pferden gezogen wurde. Endlich kam die Bahre, die von acht schwarzgekleideten Freien getragen wurde. Die Männer hatten einst Sullas Stiefmutter Clitumna gehört; sie hatte in ihrem Testament ihre Freilassung verfügt. Jetzt gehörten die Männer zu Sullas Klientel. Sulla ging hinter dem *lectus funebris*. Er hatte die schwarze Toga hochgezogen, so daß sie sein Gesicht verhüllte. Neben ihm gingen sein Neffe, Lucius Nonius, Gaius Marius, Sextus Julius Caesar, Quintus Lutatius Caesar und dessen Brüder Lucius Julius Caesar und Gaius Julius Caesar Strabo. Alle hatten ihre Häupter verhüllt. Hinter den Männern gingen die Frauen, gleichfalls schwarzgekleidet, aber mit unverhüllten Häuptern und zerrauften Haaren.

Auf dem Forum versammelten sich die Musikanten, Trauerweiber, Tänzer und Bestatter vor der rückwärtigen Wand der Rostra. Die Schauspieler mit den Wachsmasken wurden von Helfern die Stufen zur Rostra hinaufgeführt und dort zu kurulischen Stühlen aus Elfenbein geleitet. Sie trugen purpurgesäumte Togen, die dem hohen Rang der Ahnen Sullas entsprachen; der Sulla, der Priester des Jupiter gewesen war, trug dessen Priestergewänder. Die Bahre wurde auf die Rostra gestellt, und die trauernden Angehörigen – die außer Licius Nonius und Aelia alle irgendwie mit dem Haus der Julier verwandt waren – stiegen hinauf, um dort die Trauerrede anzuhören. Sulla hielt die Rede selbst, und er faßte sich sehr kurz.

»Ich beerdige heute meinen einzigen Sohn«, sprach er zu der schweigenden Menschenmenge, die sich versammelt hatte. »Er gehörte der *gens* Cornelia an, einer Familie, die über zweihundert Jahre alt ist und Konsuln und Priester und höchst ehrenwerte Männer hervorgebracht hat. Im Dezember wäre auch er ein Cornelier geworden. Aber es sollte nicht sein. Zum Zeitpunkt seines Todes war er fast fünfzehn Jahre alt.«

Sulla wandte sich an die trauernden Hinterbliebenen. Der junge Marius trug eine schwarze Toga und hatte sein Haupt verhüllt, denn er trug die Toga der Männer. Aufgrund seines neuen Status' stand er weit von Cornelia Sulla entfernt, die ihn aus einem zerschlagenen und geschwollenen Gesicht traurig anblickte. Auch Aurelia und Julia standen da, aber während Julia weinte und Aelia stützte, stand Aurelia aufrecht und blickte tränenlos geradeaus, eher grimmig als traurig.

»Mein Sohn war ein wunderbares Kind, und er wurde geliebt und umsorgt. Seine Mutter starb, als er noch sehr klein war, aber seine Stiefmutter ersetzte ihm in allem die Mutter. Wäre er noch am Leben, er wäre ein würdiger Nachfahr eines edlen Patriziergeschlechts, denn er war gebildet, intelligent, interessiert und mutig. Als ich im Osten weilte, um mit den Königen von Pontos und Armenien zu sprechen, begleitete er mich, und er überstand alle Gefahren, die ihm dort auflauerten. Er war bei meinen Verhandlungen mit der parthischen Gesandtschaft dabei und hätte eines Tages der Mann sein können, den Rom beauftragt, mit ihnen weiter zu verhandeln. Er war mein bester Gefährte, mein treuester Gefolgsmann. Es war sein Schicksal, daß ihn die Krankheit in Rom bezwang. Rom ist ohne ihn ärmer, wie ich und meine Familie ärmer geworden sind. Ich beerdige ihn nun mit großer Liebe und noch größerer Trauer, und ich habe Gladiatoren für die Beerdigungsspiele bestellt.«

Damit war die Zeremonie auf der Rostra beendet. Alle erhoben sich; die Prozession formierte sich erneut und zog zur Porta Capena, denn Sulla hatte für seinen Sohn ein Grabmal an der Via Appia erworben, an der die meisten Cornelier beerdigt waren. Vor dem Eingang des Grabmals hob Sulla seinen Sohn von der Bahre und bettete ihn in einen Marmorsarkophag, der auf Gleitschienen stand. Der Deckel wurde auf den Sarkophag gesenkt, dann schoben die Freien, die die Bahre getragen hatten, den Sarkophag in das Grabmal und entfernten die Gleitfüße. Sulla schloß die große Bronzetür, und er schloß damit zugleich die Tür zu einem Teil seines bisherigen Lebens. Sein Sohn war gegangen. Nichts würde mehr wie früher sein.

Einige Tage nach der Beerdigung des jungen Sulla wurde die *lex Livia agraria* verabschiedet. Obwohl Caepio und Varius im Senat heftig dagegen opponiert hatten, erhielt das Gesetz die Billigung des Senats und wurde nun an die Volksversammlung verwiesen. Dort traf die Vorlage auf unerwartet heftigen Widerstand. Womit Drusus nicht gerechnet hatte, war der erbitterte Widerstand von Seiten der Italiker. Obwohl die fraglichen Ländereien nicht den Italikern gehörten, grenzten die italischen Länder größtenteils an römischen *ager publicus*, und die Methoden der Flurvermessung waren ausgesprochen rückständig. Viele der kleinen weißen Grenzsteine waren heimlich versetzt worden, viele Güter der Italiker umfaßten Länder, die eigentlich nicht zu ihrem Besitz gehörten. Eine umfassende Neuvermessung der Flurgrenzen stand nun bevor, da das Staatsland in Parzellen zu je zehn Morgen aufgeteilt werden sollte. Abweichungen würden dabei automatisch berichtigt werden. Das Staatsland in Etruria schien am stärksten betroffen, wahrscheinlich deshalb, weil Gaius Marius einer der größten Eigentümer von Latifundien in dieser Gegend war, und Gaius Marius hatte nichts unternommen, wenn sich einige seiner italischen Nachbarn in Etruria ein paar Streifen von den Rändern des römischen Staatslands einverleibt hatten. Widerstand gab es auch in Umbria, Campania dagegen verhielt sich zurückhaltend.

Drusus war freilich trotzdem zufrieden. Er schrieb Silo in Marruvium, alles stehe zum besten; Scaurus, Marius und sogar Catulus Caesar seien von seinen Ausführungen zum *ager publicus* beeindruckt gewesen und hätten gemeinsam auf den zweiten Konsul Philippus eingewirkt, sich nicht einzumischen. Dem Caepio könne natürlich niemand den Mund verbieten, aber seine Worte seien im großen und ganzen auf taube Ohren gestoßen, was teilweise seinen unzureichenden Fähigkeiten als Redner zuzuschreiben sei, teilweise aber auch einer sehr wirksamen Flüsterkampagne gegen gewisse Leute, die riesige Mengen Gold geerbt hätten – niemand würde dies den Serviliern je verzeihen.

Setze den Etruriern und Umbriern also auf alle erdenkliche Weise zu, Quintus Poppaedius, daß sie mit ihren Klagen aufhören. Im Augenblick ist es wenig hilfreich, wenn mir ausgerechnet diejenigen Schwierigkeiten machen, denen ursprünglich das Land gehörte, das ich jetzt weggeben will.

Silos Antwort war jedoch nicht ermutigend.

Unglücklicherweise habe ich in Umbria und Etruria wenig Einfluß, Marcus Livius. In beiden Gegenden wohnt ein recht eigenbrötlerischer Menschenschlag – die Menschen dort pochen auf ihre Unabhängigkeit und sind gegenüber den Marsern sehr mißtrauisch. Mache Dich darauf gefaßt, daß zweierlei passiert: etwas, von dem man im Norden schon redet, und etwas, von dem ich rein zufällig erfuhr und das mir große Sorgen macht.

Zunächst zum ersten: Die größeren etrurischen und umbrischen Grundbesitzer wollen eine Deputation nach Rom entsenden und gegen die Auflösung des römischen ager publicus protestieren. Natürlich können sie nicht zugeben, daß sie die Flurgrenzen zu ihren Gunsten verrückt haben, aber sie sagen, der römische ager publicus habe nun schon so lange existiert, daß dadurch die gesamte Struktur der Wirtschaft und der Bevölkerung verändert worden sei. Wenn es nun zu einem Zustrom von Kleinbauern käme, würde dies Etruria und Umbria ruinieren. In den Städten fehlten die Geschäfte und Märkte, auf die die Kleinbauern angewiesen seien – statt dessen gebe es nur große Warenlager, weil die Besitzer und Verwalter der Latifundien nur Großeinkäufe tätigten. Außerdem würden die Großgrundbesitzer ihre Sklaven einfach freilassen, ohne sich um die Folgen zu kümmern. Dann würden Tausende freigelassener Sklaven durch das Land streifen, Schwierigkeiten machen und vielleicht sogar Überfälle begehen und Verwüstungen anrichten. Etruria und Umbria müßten diese Sklaven deshalb auf ihre Kosten in ihre Heimatländer schicken. Und so weiter und so fort. Bereite Dich auf diese Delegation gut vor!

Nun zum zweiten, potentiell gefährlicheren Plan: Einige unserer Hitzköpfe aus Samnium sind inzwischen davon überzeugt, daß wir nicht mehr hoffen dürfen, das Bürgerrecht zu erhalten oder mit Rom in Frieden zu leben, und sie haben vor, Rom das Ausmaß ihrer Unzufriedenheit während der Feiern des Jupiter Latiaris in den Albaner Bergen zu demonstrieren. Sie wollen dabei die Konsuln Sextus Caesar und Philippus ermorden. Der Plan ist gut ausgearbeitet – sie wollen die Konsuln überfallen, wenn sie von Bovillae nach Rom zurückkehren. Sie werden in so großer Zahl kommen, daß sie alle Festbesucher niedermachen können.

Ich rate Dir, alles zu tun, was möglich ist, um die umbrischen und etrurischen Grundbesitzer zu beruhigen und die Morde zu verhindern. Zuletzt noch eine erfreulichere Nachricht: Alle Männer, denen ich vorgeschlagen habe, Dir einen Eid der persönlichen Treue zu schwören, sind einverstanden. Die Menge der potentiellen Klienten des Marcus Livius Drusus wird immer größer.

Wenigstens diese letzte Neuigkeit war eine gute Nachricht! Drusus runzelte die Stirn. Hinsichtlich der umbrischen und etrurischen Delegation konnte er kaum mehr tun, als eine große Rede zu ihrem Empfang im Forum vorzubereiten. Was die Pläne zur Ermordung der Konsuln anging, hatte er keine andere Wahl, als die Konsuln zu warnen. Sie würden aber wissen wollen, woher er seine Informationen hatte, und würden sich mit einer ausweichenden Antwort kaum zufriedengeben – vor allem Philippus nicht.

Deshalb beschloß Drusus, Sextus Caesar und nicht Philippus aufzusuchen und seine Quelle nicht zu verschweigen.

»Ich habe einen Brief von meinem Freund Quintus Poppaedius Silo erhalten, dem Marser aus Marruvium«, sagte er zu Sextus Caesar. »Anscheinend ist eine Bande unzufriedener Samniten überzeugt, daß Rom nur dann einlenken und über das allgemeine Bürgerrecht verhandeln wird, wenn ganz Italien Rom seine Entschlossenheit beweist – und zwar durch Gewalt. Eine große und gut bewaffnete Truppe von Samniten will dich und Lucius Marcius auf der Via Appia irgendwo zwischen Bovillae und Rom überfallen, wenn ihr vom latinischen Fest zurückkehrt.«

Sextus Caesar hatte keinen guten Tag; seine keuchenden Atemzüge waren deutlich zu hören, seine Lippen und Ohrläppchen waren bläulich verfärbt. Er war jedoch an seine Krankheit gewöhnt, und schließlich hatte er es dennoch geschafft, Konsul zu werden – noch vor seinem Vetter Lucius Caesar, der vor ihm Prätor gewesen war.

»Ich werde dafür sorgen, daß der Senat dir einen offiziellen Dank ausspricht, Marcus Livius«, sagte der Konsul. »Und ich werde Scaurus veranlassen, als Senatsvorsitzender einen Dankesbrief an Quintus Poppaedius Silo zu schreiben.«

»Sextus Julius, es wäre mir lieber, du würdest das nicht tun!« sagte Drusus hastig. »Wäre es nicht besser, kein Wort über die Sache zu verlieren, ein paar gute Kohorten aus Capua auszuleihen und die Samniten gefangenzunehmen? Sonst werden sie gewarnt, daß ihr Plan entdeckt wurde, und werden ihn nicht ausführen. Lucius Marcius, dein Mitkonsul, ist ein Mann, der nicht an diese Verschwörung glauben würde. Und ich muß auf meinen Ruf achten. Mir wäre es viel lieber, wenn die Samniten auf frischer Tat ertappt würden. Auf diese Weise könnten wir Italien eine Lektion erteilen und jeden einzelnen der Bande auspeitschen und hinrichten lassen. Damit würde auch den Italikern klar, daß Gewalt nichts bringt.«

Sextus Julius Caesar nickte. »Das sehe ich ein, Marcus Livius. Ich werde tun, was du vorschlägst.«

Drusus setzte trotz der verärgerten italischen Landbesitzer und der samnitischen Mordpläne seine Arbeit fort. Die Delegation aus Etruria und Umbria traf in Rom ein. Glücklicherweise benahmen sich die Abgesandten so herrisch und barbarisch, daß sie auch Männer verärgerten, die sie sonst für sich hätten gewinnen können. So wurde die Delegation mit vagen Versprechungen und wenig Sympathie für ihr Anliegen nach Hause verabschiedet. Und Sextus Caesar tat, was Drusus ihm geraten hatte. Als die Samniten die friedliche Prozession bei Bovillae überfielen, wurden sie von mehreren Kohorten von Legionären aufgerieben, die sich hinter den Grabmälern auf der anderen Seite der Via Appia versteckt hatten. Einige Samniten starben im Kampf, die meisten wurden gefangengenommen und ausgepeitscht oder hingerichtet.

Was Drusus am meisten Sorge machte, war der Passus seiner *lex agraria,* der jedem römischen Bürger einen gesetzlichen Anspruch auf zehn Morgen Land aus dem *ager publicus* zusicherte. Der Senat und der Rest der ersten Klasse sollten ihre Parzellen als erste erhalten, die Plebejer als letzte. Insgesamt umfaßte das Staatsland in Italien zwar viele Millionen Morgen, Drusus hatte jedoch starke Zweifel, ob dann, wenn die Plebejer an die Reihe kamen, noch viel Land übrig sein würde. Und wie jedermann wußte, war es nicht klug, die Plebejer zu verärgern. Sie würden deshalb eine Kompensation für die Landanteile erhalten müssen. Es war nur eine Kompensation denkbar – Getreide aus staatlichen Speichern zu einem ermäßigten Preis, der selbst in Hungerzeiten stabil bleiben müßte. Aber was für einen Kampf würde es im Senat geben, wenn er eine *lex frumentaria* einbrächte, die den Plebejern für alle Zeiten billiges Getreide zusicherte!

Drusus' Lage wurde noch durch etwas anderes erschwert. Der Mordversuch während des latinischen Festes hatte Philippus so weit alarmiert, daß er von seinen italischen Freunden Erkundigungen einzuziehen begann. Im Mai verkündete er im Senat, daß Italien unruhig sei und einige Italiker sogar von einem Krieg gegen Rom sprächen. Philippus schien nicht ängstlich, sondern wollte den Italikern offenbar eine wohlverdiente Lektion erteilen. Er schlug deshalb vor, zwei Prätoren nach Italien zu entsenden – einen nach Süden, den anderen nach Norden. Sie sollten im Auftrag des Senats und des Volks von Rom herausfinden, was genau in Italien vor sich ging.

Catulus Caesar hielt das für einen ausgezeichneten Vorschlag. Er hatte damals in Aesernia als Vorsitzender eines unter der *lex Licinia Mucia* eingerichteten Sondergerichts viel erleiden müssen. Natürlich priesen auch jene Senatoren den Vorschlag, die sonst nicht so leicht zu beeindrucken waren. So wurde der Prätor Servius Sulpicius Galba in die Gebiete südlich von Rom geschickt, um Erkundigungen einzuziehen, und der Prätor Quintus Servilius aus der Familie der Auguren erhielt den Auftrag, dasselbe nördlich von Rom zu tun. Beide Prätoren durften einen Legaten mitnehmen, wurden mit einem prokonsularischen Imperium ausgestattet und erhielten genügend Geld, um angemessen reisen zu können. Außerdem wurde ihnen ein kleiner Trupp ehemaliger Gladiatoren als Leibwache zugebilligt.

Silo war wenig erfreut, als er hörte, der Senat habe zwei Prätoren mit der Untersuchung einer Angelegenheit betraut, die Catulus Caesar beharrlich als »italische Frage« bezeichnete. Mutilus von Samnium, der wegen der Auspeitschung und Hinrichtung von zweihundert tapferen Männern auf der Via Appia bereits vor Wut schäumte, wollte diese neue Herausforderung als Kriegserklärung werten. Drusus schrieb Brief auf Brief und beschwor beide Männer, ihm noch eine Chance zu geben und die weitere Entwicklung abzuwarten.

In der Zwischenzeit rüstete er sich für den Kampf und machte sich daran, den Senat über seine Pläne für eine Verteilung verbilligten Getreides zu unterrichten. Wie die Verteilung des *ager publicus* ließ sich auch die Zuteilung von verbilligtem Getreide nicht auf die unteren Schichten beschränken. Jeder römische Bürger, der bereit war, sich in der langen Schlange vor dem Stand der Ädilen in der Porticus Minucia anzustellen, erhielt einen Gutschein ausgehändigt, der ihn dazu berechtigte, fünf *modii* Weizen aus staatlichen Beständen zu beziehen. Dann mußte er zu den Getreidespeichern unterhalb der aventinischen Felsen gehen, den Gutschein vorlegen und seinen Weizen selbst nach Hause karren. Sogar unter reichen und privilegierten Römern gab es welche, die dieses Recht persönlich in Anspruch nahmen – zum Teil, weil sie unverbesserliche Geizhälse waren, zum Teil aus Prinzip. Im allgemeinen jedoch stand, wer es sich leisten konnte, nicht persönlich an, um billiges Getreide zu bekommen. Statt dessen ließ man ein paar Münzen in die Hand eines Sklaven fallen und befahl ihm, den Weizen in den privaten Getreidehandlungen am Vicus Tuscus einzukaufen. Im Vergleich zu anderen Lebenshaltungskosten in der Stadt Rom – Mieten zum Beispiel, die immer verhältnismäßig hoch waren –, war die Summe von fünfzig oder hundert Sesterzen pro Person und Monat für den bei privaten Händlern eingekauften Weizen verschwindend gering. Deshalb waren die meisten der Menschen, die persönlich für Gutscheine anstanden, tatsächlich bedürftige Bürger der fünften Klasse und besitzlose Plebejer.

»Das Staatsland wird auf keinen Fall für alle Bürger Roms ausreichen«, erklärte Drusus im Senat. »Aber wir dürfen die Bedürftigen nicht vergessen. Wir dürfen ihnen keinen Grund geben anzunehmen, sie seien wieder einmal übergangen worden. Die Getreidespeicher Roms sind groß genug, Senatoren, um alle römischen Bürger zu ernähren! Wenn wir den Plebejern schon kein Land geben können, müssen wir ihnen verbilligtes Getreide geben. Zu einem Einheitspreis von fünf Sesterzen pro Scheffel, der jahrein, jahraus gleich bleibt, unabhängig davon, ob es wenig oder viel Getreide gibt. Die Staatskasse kann das finanzieren. In Zeiten des Überflusses kauft sie Weizen für zwei bis vier Sesterze pro Scheffel, und sie kann ihn dann für fünf Sesterze verkaufen und so einen kleinen Gewinn erzielen, mit dem finanzielle Verluste in Zeiten der Knappheit ausgeglichen werden können. Ich schlage vor, daß zu diesem Zweck in der Staatskasse ein Sonderkonto eingerichtet wird, auf dem ausschließlich Zahlungen für Getreide verbucht werden. Wir dürfen nicht den Fehler machen, den gesamten Staatshaushalt zur Finanzierung dieses Gesetzes heranzuziehen.«

»Und wie, Marcus Livius, willst du das Geld für diese Großzügigkeiten aufbringen?« fragte Lucius Marcius Philippus gedehnt.

Drusus lächelte. »Ich habe an alles gedacht, Lucius Marcius. Das Gesetz sieht vor, einen Teil unserer Münzen zu verschlechtern.«

Im Senat entstand Unruhe, und Gemurmel war zu hören. Niemand mochte es, wenn von Münzverschlechterung gesprochen wurde, denn die meisten Senatoren waren ausgesprochen konservativ denkende Männer, wenn es um die Staatskasse ging. Die Münzverschlechterung war kein anerkanntes Instrument römischer Politik, sie galt als griechische List. Nur während des ersten und zweiten punischen Krieges gegen Karthago hatte man diese Maßnahme ergriffen, und selbst damals war es hauptsächlich um die Standardisierung des Münzgewichts gegangen. Gaius Gracchus war zwar in vielerlei Hinsicht radikal gewesen, aber er hatte den Wert der Silberwährung heraufgesetzt.

Drusus ließ sich jedoch nicht einschüchtern, sondern fuhr fort: »Jeweils einer von acht Denaren soll anders geprägt werden als die übrigen. Er soll aus Bronze bestehen, mit einem Zusatz von Blei, damit sein Gewicht dem der Silbermünzen entspricht, und dann mit Silber überzogen werden. Ich habe eine vorsichtige Rechnung angestellt. Dabei bin ich davon ausgegangen, daß auf fünf schlechte Erntejahre zwei gute kommen, eine viel zu pessimistische Annahme, wie wir wissen, denn in Wirklichkeit haben wir mehr gute als schlechte Jahre. Aber wir dürfen nicht ausschließen, daß es wieder einmal zu einer Hungerperiode wie während des sizilischen Sklavenaufstandes kommt. Außerdem ist es arbeitsaufwendiger, Münzen mit Silber zu überziehen, als sie aus reinem Silber zu schlagen. Deshalb bin ich vorsichtshalber davon ausgegangen, daß auf acht Silberdenare ein Bronzedenar kommt; in Wirklichkeit dürfte das Verhältnis eher bei zehn zu eins liegen. Die Staatskasse kann nicht verlieren, wie ihr seht, und die Maßnahmen werden auch dem Handel der Geschäftsleute nicht hinderlich sein, der hauptsächlich mit Papieren abgewickelt wird. Die Hauptlast werden jene zu tragen haben, die nur Münzen gebrauchen. Und vor allem – das ist meiner Meinung nach das Wichtigste – wird keiner sagen können, die Maßnahme sei eine direkte Steuererhöhung.«

»Warum willst du jede achte Münze einer Ausgabeserie mit Silber überziehen?« fragte der Prätor Lucius Lucilius, der wie der Rest seiner Familie ein brillanter Redner, aber schwacher Denker war, was arithmetische und praktische Einzelheiten anging. »Es wäre doch viel einfacher, jeweils eine von acht Münzserien mit Silber zu überziehen.«

»Weil es wichtig ist«, sagte Drusus geduldig, »daß man die echten nicht von den plattierten Münzen unterscheiden kann. Wenn eine ganze Münzserie aus Bronze wäre, würde niemand die Münzen benutzen wollen.«

Es schien wie ein Wunder, doch Drusus brachte seine *lex frumentaria* durch. Die Staatskasse hatte ihren Einfluß auf den Senat geltend gemacht, denn sie hatte ebenfalls Berechnungen angestellt, war zu den gleichen Ergebnissen gekommen wie Drusus und hatte daraus den Schluß gezogen, daß die Münzverschlechterung profitabel sei. Der Senat verwies die Gesetzesvorlage an die Volksversammlung. Dort kamen die führenden Ritter schnell zu der Erkenntnis, daß das Gesetz sie kaum betreffen würde, da die meisten ihrer Transaktionen nicht mit Bargeld abgewickelt wurden. Natürlich waren auch sie betroffen, da die Unterscheidung zwischen echtem Geld und Papierscheinen trügerisch war, aber sie waren Pragmatiker und wußten genau, daß der einzige wirkliche Wert, den Geld irgendwelcher Art hatte, im Vertrauen der Menschen bestand, die es benutzten.

Ende Juni wurde der Gesetzestext öffentlich ausgehängt. Getreide aus Staatsbeständen würde in Zukunft zum Preis von fünf Sesterzen pro Scheffel verkauft werden. Die Quästoren der Staatskasse planten eine erste Münzserie, die verschlechterte Münzen enthielt, und die Beamten, die die Münzprägung überwachen würden, hielten sich bereit. Die Vorgänge würden einige Zeit in Anspruch nehmen, aber die damit befaßten Beamten schätzten, daß bis Ende September je einer von acht neuen Denaren silberplattiert sein würde. Es gab auch Beschwerden. Caepio protestierte ununterbrochen. Auch die Ritter waren nicht glücklich über die Richtung, die Drusus einschlug, und die unteren Klassen Roms wurden mißtrauisch und begannen zu glauben, sie seien nicht informiert worden und in irgendeiner Hinsicht hereingelegt worden. Aber Drusus war kein Saturninus, und der Senat war ihm dafür dankbar. Wenn er in der Volksversammlung eine Rede hielt, bestand er auf ordnungsgemäßem Vorgehen, und er setzte die Versammlung aus, wenn die Legalität nicht gewährleistet schien. Er forderte die Auguren nicht heraus und wandte auch sonst keine demagogischen Taktiken an.

Ende Juni kam die Durchführung des Programms zum Stillstand, da die offizielle Sommerpause begann. Der Senat und die Volksversammlung vertagten ihre Sitzungen. Drusus war über die Unterbrechung froh, denn er hatte festgestellt, daß seine Kräfte zunehmend nachließen. Er verließ Rom. Seine Mutter und die sechs Kinder, die in seinem Haus wohnten, schickte er in seine prächtige Villa am Meer bei Misenum. Er selbst reiste zuerst zu Silo, dann zu Mutilus, und begleitete dann beide Männer auf ihren Reisen durch ganz Italien.

Drusus mußte feststellen, daß die im mittleren Italien lebenden italischen Völker kriegsbereit waren. Auf den Ritten mit Silo und Mutilus über die staubigen Straßen sah er ganze Legionen gut ausgerüsteter Truppen, die sich weit entfernt von römischen oder latinischen Siedlungen im Kampf übten. Aber er sagte nichts und stellte keine Fragen, denn er war noch immer überzeugt, daß die kriegerischen Übungen letztlich überflüssig sein würden. Er hatte ein noch nie dagewesenes Gesetzgebungsprogramm durchgebracht, und er hatte Senat und Volksversammlung überzeugt, daß Reformen der großen Gerichte, im Senat, beim *ager publicus* und bei der Getreideverteilung notwendig waren. Niemand – weder Tiberius Gracchus noch Gaius Gracchus noch Gaius Marius oder Saturninus – hatte erreicht, was er, Drusus, erreicht hatte. Niemand vor ihm hatte so viele umstrittene Gesetze ohne Gewalt und ohne Opposition im Senat und bei den Rittern durchgebracht. Er hatte Erfolg gehabt, weil man ihm glaubte, weil man ihn achtete, weil man ihm vertraute. Wenn er jetzt verkündete, er wolle das allgemeine Bürgerrecht für Italien einführen, würden sie ihm auch darin folgen, das wußte er, selbst wenn sie ihm nicht in allen Dingen zustimmen würden. Er würde weiterhin Erfolg haben! Und dann würde er, Marcus Livius Drusus, ein Viertel der Bevölkerung der römischen Welt als Klientel haben. Denn dann würde von einem Ende der italienischen Halbinsel bis zum anderen ein Eid der persönlichen Gefolgschaft geschworen werden, auch in Umbria und Etruria.

Ungefähr acht Tage bevor sich der Senat an den Kalenden des September wieder versammeln wollte, traf Drusus in seiner Villa in Misenum ein, um sich noch ein wenig zu erholen, bevor die härteste Arbeit begann. Seine Mutter war ihm immer wichtiger geworden – sie war für ihn eine Quelle der Freude und des Trostes, denn sie war witzig, klug, belesen und ruhig und hatte fast männliche Ansichten über diese von Männern geprägte Welt. An der Politik hatte sie ein lebhaftes Interesse, und sie hatte Drusus' Gesetzesprogramm mit Stolz und Freude verfolgt. Als Cornelierin neigte sie zu einem gewissen Radikalismus und hatte zugleich konservative Ideale, so daß sie den meisterhaften Umgang ihres Sohnes mit den Traditionen von Senat und Volk billigte. Politiker sollten weder Gewalt noch Drohungen einsetzen, ihre einzigen Waffen sollten eine goldene Stimme und eine silberne Zunge sein! Marcus Livius Drusus hatte beides, und die Mutter sagte sich stolz, daß er diese Begabungen nicht von seinem schweinsköpfigen, stiernackigen und uneinsichtigen Vater haben konnte. Nein, er hatte sie von ihr.

»Jetzt hast du Gerichte und Staatsland reformiert und den Bedürftigen geholfen«, sagte sie. »Kommt noch etwas?«

Drusus atmete tief ein und sah sie ernst an. »Ich will ein Gesetz einbringen, nach dem jeder Mann in Italien das Bürgerrecht bekommt.«

Die Mutter wurde blasser als ihr knochenfarbenes Kleid. »Nein, Marcus Livius!« rief sie. »Bisher haben sie alles mitgemacht, was du wolltest. Aber *das* werden sie nicht mitmachen!«

»Warum nicht?« fragte er überrascht. Er hatte sich inzwischen an den Gedanken gewöhnt, daß ihm gelang, was niemand sonst gelang.

»Der Schutz der Bürgerrechte ist Rom von den Göttern aufgetragen worden«, sagte sie, noch immer blaß. »Die Römer würden niemals zustimmen, auch wenn Quirinus selbst mitten auf dem Forum erscheinen und befehlen würde, das allgemeine Bürgerrecht einzuführen!« Sie ergriff seinen Arm. »Marcus Livius, laß ab von diesem Gedanken! Versuche es nicht!« Sie zitterte. »Ich flehe dich an, versuche es nicht!«

»Ich habe geschworen, daß ich es versuchen werde, Mutter. Ich werde es tun!«

Sie blickte lange in seine dunklen Augen. Dann füllten ihre eigenen, weniger auffälligen Augen sich mit Tränen, und sie seufzte und zuckte die Schultern. »Nun, ich kann dich nicht davon abbringen, das ist mir jetzt klar. Du bist nicht umsonst der Urgroßenkel des Scipio Africanus. Ach, mein Sohn, sie werden dich umbringen!«

Drusus zog eine Augenbraue in die Höhe. »Warum sollten sie, Mutter? Ich bin weder Gaius Gracchus noch Saturninus. Ich halte mich ganz genau an die Gesetze – und ich bedrohe weder Menschen noch Sitten.«

Sie stand schnell auf, unfähig, die Unterhaltung weiter fortzusetzen. »Komm mit zu den Kindern. Sie haben dich vermißt.«

Das war keine Übertreibung. Drusus war bei den Kindern beliebt.

Offenbar stritten die Kinder gerade, als Drusus und seine Mutter sich dem Kinderzimmer näherten.

»Ich bringe dich um, Cato!« hörten die beiden Erwachsenen Servilia schreien, als sie das Zimmer betraten.

»Hör damit auf, Servilia!« sagte Drusus scharf, denn die Stimme des Mädchens hatte ernst geklungen. »Cato ist dein Halbbruder, du wirst ihn nicht anrühren.«

»Doch, das werde ich, sobald ich mit ihm allein bin«, fauchte Servilia.

»Das wird nie der Fall sein, Fräulein Knopfnase!« rief der kleine Caepio und stellte sich vor den kleinen Cato.

»Ich habe keine Knopfnase!« sagte Servilia wütend.

»Natürlich hast du eine!« schrie Caepio. »Eine schreckliche kleine Nase mit einem schrecklichen kleinen Knopf am Ende, bäh!«

»Seid still!« rief Drusus. »Könnt ihr denn nichts anderes als streiten?«

»Doch!« sagte Cato laut. »Ärgern!«

»Das tun wir immer, solange *der* hier ist!« sagte Drusus Nero.
»Halt den Mund, Nero Negergesicht!« schrie Caepio, der Cato verteidigen wollte.
»Ich bin kein Negergesicht!«
»Doch, doch, doch!« brüllte Cato mit geballten Fäusten.
»Du bist kein Servilius Caepio!« sagte Servilia zu Caepio. »Du stammst von einem rothaarigen gallischen Sklaven ab, und wir müssen es mit dir aushalten!«
»Knopfnase, Knopfnase, dumme, kleine Knopfnase!«
»*Tace!*« brüllte Drusus.
»Sklavenbastard!« zischte Servilia.
»Idiotentochter!« rief Porcia.
»Sommersprossen-Schweinchen!« sagte Lilla.
»Setz dich hierher, mein Sohn«, sagte Cornelia Scipionis, der der Streit der Kinder offenbar nichts ausmachte. »Wenn sie fertig sind, sind sie vielleicht wieder ansprechbar.«
»Streiten sie sich immer über ihre Eltern?« fragte Drusus über das Geschrei und Gebrüll hinweg.
»Solange Servilia dabei ist, ja«, sagte die Großmutter.
Servilia war nun dreizehn. Ihre Figur war bereits weiblich geformt, und sie hatte ein hübsches, verschlossenes Gesicht. Eigentlich hätte sie schon vor zwei oder drei Jahren von den anderen Kindern getrennt werden sollen, doch war dies nicht geschehen, weil man sie hatte bestrafen wollen. Nachdem Drusus Zeuge des Streits im Kinderzimmer geworden war, fragte er sich, ob diese Strafe klug gewesen war.

Servilia-Lilla war nun fast zwölf, und auch ihre Figur reifte schnell. Sie war hübscher als Servilia, aber trotzdem nicht so anziehend, denn ihr dunkles, burschenhaftes, offenes Gesicht verriet ihren Charakter sofort. Das dritte der größeren Kinder war Drusus' Adoptivsohn Marcus Livius Drusus Nero Claudianus. Er war neun Jahre alt und hielt eher zu den älteren als zu den jüngeren Kindern. Er war dunkel und hübsch wie ein Claudier und leider nicht besonders intelligent, aber ein lieber Junge und wohlerzogen.

Dann waren da noch Catos Sprößlinge, denn Drusus konnte einfach nicht glauben, daß der junge Caepio der Sohn des alten Caepio war, so sehr Livia Drusa dies auch behauptet hatte. Der Junge sah Cato Salonianus sehr ähnlich: Er hatte den gleichen schlanken und muskulösen Körper, den gleichen Kopf und die gleichen Ohren, den gleichen langen Hals und die gleichen langen Glieder und war schon jetzt großgewachsen – vor allem aber hatte er dieselben leuchtend roten Haare. Seine Augen waren zwar hellbraun, aber sie waren nicht Caepios Augen; dessen Augen standen weit auseinander, waren groß und saßen tief in den Höhlen. Unter den sechs Kindern war der junge Caepio Drusus' Liebling. Er schien stark und fähig, Verantwortung zu tragen, was Drusus besonders zusagte. Obwohl der Junge noch nicht einmal sechs Jahre alt war, unterhielt er sich mit Drusus wie ein alter, weiser Mann. Seine Stimme war tief, sein Blick immer ernst und nachdenklich. Er lächelte selten und nur, wenn sein kleiner Bruder Cato etwas tat, das er lustig oder rührend fand. Seine Zuneigung zu dem jüngeren Bruder war so stark, daß er ihn fast wie ein Vater behandelte und immer mit ihm zusammensein wollte.

Porcia, die Porcella genannt wurde, war beinahe vier Jahre alt. Sie war ein unscheinbares Kind, das jetzt überall Sommersprossen bekam. Die Sommersprossen waren große braune Flecken, so daß sie andauernd von den älteren Halbschwestern geneckt wurde. Die Schwestern hatten eine ausgeprägte Abneigung gegen Porcella, ihr Leben war deshalb eine verborgene Leidensgeschichte heimlicher Stöße, Kratzer und Schläge. Die catonische Hakennase stand ihr schlecht, aber sie hatte wundervolle dunkelgraue Augen und besaß ein angenehmes Wesen.

Der kleine Cato war beinahe drei Jahre alt und seinem Aussehen und Wesen nach wahrhaft ein Ungeheuer. Seine Nase schien schneller zu wachsen als der Rest seines Körpers und war weniger ein semitischer Haken als vielmehr ein römischer Höcker. Die Nase paßte überhaupt nicht zu seinem Gesicht, das überraschend gut geschnitten war – ein schöner Mund, schöne leuchtende und große hellgraue Augen, hohe Wangenknochen und ein kräftiges Kinn. Breite Schultern ließen einen stattlichen Körper erwarten, aber er war entsetzlich dürr, da er nicht viel aß. Der Kleine war furchtbar neugierig, eine Eigenschaft, die Drusus, und nicht nur er, besonders haßte. Eine klare und vernünftige Antwort auf eine der lauten und quälenden Fragen des kleinen Cato provozierte nur weitere Fragen, was bedeutete, daß Cato entweder begriffsstutzig oder zu stur war, um andere Gesichtspunkte zu verstehen. Eine seiner angenehmen Eigenschaften – und davon hatte er nicht viele! – war seine große Zuneigung zu Caepio, von dem er sich weder bei Tag noch bei Nacht trennen ließ. Wenn Cato unerträglich wurde, genügte es, ihm mit der Trennung von Caepio zu drohen.

Silos letzter Besuch bei Drusus hatte kurze Zeit nach dem zweiten Geburtstag des kleinen Cato stattgefunden. Jetzt war Drusus Volkstribun, und Silo hielt es nicht für klug, Rom zu zeigen, daß ihre Freundschaft noch immer unverändert stark war. Silo hatte selbst Kinder, er war deshalb immer gerne in das Kinderzimmer gegangen, wenn er in Drusus' Haus weilte. Der kleinen Spionin Servilia hatte er dabei besondere Aufmerksamkeit gewidmet. Er hatte ihr geschmeichelt und hatte ihre Verachtung für ihn, der nur ein Italiker war, großzügig und lachend hingenommen. Silo mochte die vier mittleren Kinder gerne und spielte und lachte mit ihnen. Den kleinen Cato jedoch mochte er nicht, obwohl er Drusus keinen vernünftigen Grund dafür geben konnte.

»Ich komme mir wie ein Tier vor, wenn ich ihn sehe«, sagte Silo zu Drusus. »Meine Sinne und Instinkte sagen mir, daß er ein Feind ist.«

Auch die spartanische Selbstdisziplin des Kindes irritierte Silo, obwohl diese Tugend im allgemeinen als bewundernswerte Eigenschaft galt. Wenn er den kleinen Burschen nach einem unangenehmen Unfall oder einer schmerzhaften Beleidigung tränenlos und mit zusammengebissenen Zähnen leiden sah, sträubten sich Silos Haare, und seine Wut nahm zu. Warum mochte er den Jungen nicht? Aber er fand keine befriedigende Antwort. Vielleicht lag der Grund darin, daß der kleine Cato sich nie die Mühe machte, seine Verachtung für die Italiker zu verbergen, was natürlich auf den schlechten Einfluß Servilias zurückzuführen war. Servilias Verachtung freilich störte Silo nicht weiter.

Eines Tages war Cato wieder einmal damit beschäftigt, unangenehme und quälende Fragen an Drusus zu richten, ohne die Geduld und Freundlichkeit, die Drusus ihm gegenüber zeigte, zur Kenntnis zu nehmen. Silo geriet darüber in solche Wut, daß er das Kind packte und zum Fenster hinaushielt. Das Fenster lag über dem Steingarten mit vielen spitzen Steinen.

»Sei vernünftig, Cato, oder ich lasse dich fallen!« sagte Silo.

Der junge Cato hing still in Silos Händen. Er wirkte trotzig und völlig beherrscht. Silo konnte ihn schütteln, wie er wollte, seine Hände öffnen, als wolle er ihn fallenlassen, oder auf andere Art drohen, der Junge gab nicht nach. Schließlich setzte Silo, der Verlierer des Kampfes, den Jungen wieder auf den Boden und schüttelte den Kopf.

»Nur gut, daß er noch ein kleines Kind ist«, sagte er. »Wenn er bereits ein Mann wäre, hätte Italien keine Chance, Rom zu überzeugen.«

Bei einer anderen Gelegenheit fragte Silo Cato, wen er am liebsten habe.

»Meinen Bruder«, war die Antwort.

»Und nach ihm?«

»Meinen Bruder.«

»Aber wen magst du nach deinem Bruder am liebsten?«

»Meinen Bruder.«

Silo sah Drusus an. »Mag er sonst niemanden? Dich oder seine Großmutter?«

Drusus zuckte die Schultern. »Anscheinend mag er niemanden außer seinem Bruder, Quintus Poppaedius.«

Viele Leute dachten über den kleinen Cato ähnlich wie Silo. Der Junge rief keine Zuneigung hervor.

Die Kinder hatten sich in zwei Gruppen gespalten. Die älteren Kinder hatten sich gegen die Kinder des Cato Salonianus verschworen, und aus dem Kinderzimmer waren dauernd Kriegsgeheul und Schlachtrufe zu hören. Eigentlich hätte man annehmen müssen, die Kinder der Familien Servilius und Livius würden die Oberhand behalten und mit den viel kleineren Kindern des Cato Salonianus leicht fertigwerden. Aber als der kleine Cato zwei Jahre alt wurde und seinen mageren Leib in das Schlachtgetümmel warf, erlangten er und seine Geschwister ganz allmählich die Oberhand. Mit Cato konnte es niemand aufnehmen, denn er ließ sich weder durch Schmeicheleien noch durch Gebrüll oder Argumente überwältigen. Er mochte zwar ein langsamer Lerner sein, soweit es um Fakten ging, aber er war der geborene Gegner – unbesiegbar, ausdauernd, laut und gnadenlos, ein Ungeheuer.

Drusus faßt seiner Mutter gegenüber die verschiedenartigen Charaktere im Kinderzimmer zusammen: »In unserem Kinderzimmer sind alle Schattenseiten Roms vertreten.«

*

Außer Drusus und den italischen Führern hatten auch andere Männer den Sommer hindurch gearbeitet. Caepio hatte den Rittern eifrig geschmeichelt und zusammen mit Varius in der Volksversammlung gegen Drusus agitiert, und Philippus, dessen Lebensstil das Volumen seiner Geldbörse überstieg, ließ sich von einer Gruppe von Rittern und Senatoren bestechen, deren Vermögen vor allem auf Latifundien beruhte.

Natürlich ahnte niemand, was kommen würde. Der Senat wußte nur, daß Drusus sich für die Kalenden des September Redezeit erbeten hatte, und die Senatoren platzten fast vor Neugier. Viele von ihnen, die sich von Drusus' Rede im Frühjahr hatten mitreißen lassen, wünschten sich nun, Drusus hätte weniger gut gesprochen. Das anfängliche Engagement der Senatoren für eine Sache, von der Drusus sie überzeugt hatte, war verschwunden. Die Männer, die sich jetzt in der Curia Hostilia versammelten, waren entschlossen, ihre Ohren gegenüber Drusus' magischer Redekraft zu verschließen.

Sextus Julius Caesar leitete die Sitzung, denn der September gehörte zu den Monaten, in denen er die *fasces* innehatte. Das hieß, daß die einleitenden Rituale streng befolgt wurden. Die Senatoren warteten unruhig, während die Omen befragt, die Gebete gesprochen und schließlich die heiligen Gegenstände weggeräumt wurden. Endlich ging der Senat zu den anstehenden Geschäften über; die Dinge der Tagesordnung, die Vorrang vor der Rede eines Volkstribunen hatten, wurden außerordentlich schnell erledigt.

Es war soweit. Drusus erhob sich von der Bank der Tribunen, die eine Stufe unterhalb der Plätze der Konsuln, Prätoren und kurulischen Ädilen stand, und ging zu seinem gewohnten Redeplatz vor dem großen Bronzeportal, das er wie bei seinen früheren Reden hatte schließen lassen.

»Hochgeehrte Väter des Volkes, Mitglieder des Senats von Rom«, begann er leise, »vor einigen Monaten habe ich hier in diesem Hause von einem großen Übel gesprochen, das unserem Gemeinwesen innewohnt – dem Übel des *ager publicus.* Heute will ich über ein noch viel größeres Übel sprechen, als es der *ager publicus* je war. Ein Übel, das uns und Rom vernichten wird, wenn wir es nicht bekämpfen. Das Übel, von dem ich spreche, betrifft die Menschen, die Seite an Seite mit uns auf dieser Halbinsel leben. Ich meine die Menschen, die wir Italiker nennen.«

Ein Summen stieg aus der Versammlung weißgekleideter Senatoren auf, und es klang eher wie aufkommender Wind oder ein ferner Schwarm Wespen als wie menschliche Stimmen. Drusus hörte das Summen, verstand, was es bedeutete, und setzte unbeirrt seine Rede fort.

»Wir behandeln diese Tausende und Abertausende von Menschen wie drittklassige Bürger. Das ist die Wahrheit! Der erstklassige Bürger ist der Römer. Der zweitklassige Bürger ist der Latiner. Der drittklassige Bürger ist der Italiker. Er wird für unwert befunden, an unseren Versammlungen teilzunehmen. Er muß Steuern zahlen und sich auspeitschen, bestrafen, vertreiben, ausplündern und ausbeuten lassen. Seine Söhne sind vor uns nicht sicher, seine Frauen und sein Besitz sind es auch nicht. Er muß in unseren Kriegen kämpfen und die Truppen, die er uns stellt, selbst bezahlen, und er muß hinnehmen, daß seine Truppen durch uns befehligt werden. Hätten wir unsere Versprechen gehalten, so müßte er weder römische noch latinische Kolonien in seinen Ländern dulden – denn als Gegenleistung für ihre Truppen und Steuern haben wir den italischen Völkern völlige Unabhängigkeit versprochen. Doch wir haben sie betrogen, indem wir in ihren Gebieten Kolonien gründeten. Auf diese Weise haben wir ihnen die besten Teile ihres Landes genommen, ihnen aber zugleich die Rechte des Römers vorenthalten.«

Das Summen wurde stärker, aber es war noch nicht stark genug, Drusus' Stimme zu übertönen. Ein Sturm zog auf, ein Schwarm Wespen kam näher. Drusus' Mund war trocken, und er legte unauffällig Pausen ein, um seine Lippen zu befeuchten. Er durfte keine Nervosität zeigen. Und er mußte weiterreden.

»In Rom haben wir keinen König. Aber in Italien benimmt sich jeder Römer wie ein König. Denn wir lieben die Macht, und wir sehen unsere Untertanen gerne unter unseren königlichen Nasen kriechen. Wir *spielen* gerne König! Wenn die Italiker wirklich unsere Untertanen wären, gäbe es hierfür vielleicht eine Berechtigung, aber in Wahrheit sind die Italiker nicht unsere Untertanen. Sie sind Blut von unserem Blut. Und doch schmähen Mitglieder dieses hohen Hauses andere Mitglieder, indem sie ihnen ihr ›italisches Blut‹ vorwerfen! Ich habe gehört, daß der große und ruhmreiche Gaius Marius ein Italiker genannt wurde. Und doch besiegte er die Germanen! Ich habe gehört, daß der edle Lucius Calpurnius Piso als Insubrer beschimpft wurde. Doch sein Vater fiel ruhmreich bei Burdigala! Ich habe gehört, daß der große Marcus Antonius Orator beschimpft wurde, weil er die Tochter eines Italikers zur zweiten Frau nahm. Und doch besiegte er die Piraten und war Zensor!«

»Ein schöner Zensor war er!« rief Philippus. »Er ließ zu, daß Tausende und Abertausende von Italikern das römische Bürgerrecht erhielten!«

»Willst du damit andeuten, Lucius Marcius, ich hätte dabei meine Finger im Spiel gehabt?« fragte Antonius Orator drohend.

»Genau das will ich, Marcus Antonius!«

Antonius Orator erhob sich. Er war ein großer und kräftiger Mann. »Komm mit nach draußen, Philippus, und sag das nochmal!«

»Ruhe! Marcus Livius hat das Wort!« sagte Sextus Caesar, der hörbar zu schnaufen begonnen hatte. »Lucius Marcius und Marcus Antonius, ihr haltet euch nicht an die Ordnung! Setzt euch wieder und seid still!«

Endlich konnte Drusus mit seiner Rede fortfahren. »Ich wiederhole: Die Italiker sind Blut von unserem Blut. Sie haben keinen geringen Anteil an unseren Erfolgen in Italien und im Ausland. Sie sind gute Soldaten, gute Bauern und gute Geschäftsleute, und sie sind reich. Ihr Adel ist ebenso alt wie der unsrige. Ihre Führer sind so gebildet wie die unsrigen, ihre Frauen so gepflegt und kultiviert wie die unsrigen. Ihre Häuser sehen aus wie unsere Häuser, und sie essen dasselbe wie wir. Sie trinken genauso gern Wein wie wir, und sie sehen aus wie wir.«

»Unsinn!« brüllte Catulus Caesar verächtlich und wies auf Gnaeus Pompeius Strabo aus Picenum. »Schaut euch doch den da mal an! Stubsnase und Haare wie Sand! Römer haben rote, gelbe, weiße Haare, aber niemals sandfarbene Haare! Er ist ein Gallier, kein Römer! Und wenn es nach mir ginge, würden er und alle anderen *unrömischen* Pilze, die hier in unserer geliebten Curia Hostilia im Dunkeln wuchern, herausgerissen und hinausgeworfen! Gaius Marius, Lucius Calpurnius Piso, Quintus Varius, Marcus Antonius, der unter seinem Stand geheiratet hat, jeder Pompeius, der je von Picenum hierherkam und Stroh frißt, jeder Didius aus Campania, jeder Pedius aus Campania, jeder Saufeius und Labienus und Appuleius – werft sie alle hinaus, sage ich!«

Ein Tumult brach aus. Catulus Caesar hatte es geschafft, durch direkte oder indirekte Namensnennung ein gutes Drittel der Senatoren zu beleidigen. Aber was er gesagt hatte, kam bei den anderen zwei Dritteln der Senatoren sehr gut an, und sei es auch nur, weil Catulus Caesar sie an ihre Überlegenheit als Römer erinnert hatte. Nur Caepio lächelte etwas gequält – Catulus Caesar hatte seinen Freund Quintus Varius genannt.

»*Ich bestehe auf meinem Rederecht!*« rief Drusus. »Und wenn wir hier sitzen, bis es dunkel wird: Ich bestehe auf meinem Rederecht!«

»Das hast du längst verspielt!« kreischte Philippus.

»Verspielt!« schrie Caepio.

»Marcus Livius hat das Wort! Wer ihn nicht sprechen läßt, wird hinausgeworfen!« rief Sextus Caesar. »Ordner! Rufe meine Liktoren herein!«

Ein Senatsbeamter rannte hinaus. Kurz darauf marschierten Sextus Caesars zwölf Liktoren in ihren weißen Togen herein, die *fasces* über den Schultern.

»Stellt euch hinter dem kurulischen Podium auf!« befahl Sextus Caesar ihnen mit lauter Stimme. »Die Sitzung scheint außer Kontrolle zu geraten. Es kann sein, daß ich euch befehlen muß, bestimmte Männer hinauszuführen.« Er nickte Drusus zu. »Fahre fort.«

»Ich werde der Volksversammlung ein Gesetz vorlegen, das jedem Mann vom Arno bis nach Rhegium, vom Rubikon bis Vereium und vom Tyrrhenischen bis zum Adriatischen Meer das *uneingeschränkte römische Bürgerrecht* gibt!« Drusus mußte brüllen, um gehört zu werden. »Es ist höchste Zeit, daß wir uns von diesem furchtbaren Übel befreien, daß wir nämlich einige Menschen in Italien für besser halten als die anderen – daß wir Römer uns für besser halten als alle übrigen! Senatoren, Rom *ist* Italien! Und Italien *ist* Rom! Wir müssen dieser Tatsache endlich ins Auge blicken und jeden Mann in Italien als gleichgestellt anerkennen!«

Der Senat kochte über. Mehrere Senatoren schrien »Nein, nein, nein!«, trampelten mit den Füßen, brüllten vor Wut, zischten und pfiffen; Stühle schlugen neben Drusus auf den Boden, und von allen Seiten erhoben sich Fäuste gegen ihn.

Aber Drusus blieb unbewegt stehen. »Ich werde es tun!« schrie er. »Ich – werde – es – tun!«

»Nur über meine Leiche!« heulte Caepio von seinem Platz weiter hinten.

Drusus wandte sich Caepio zu. Seine Stimme zitterte vor Wut. »Wenn es notwendig wird, auch über deine Leiche, du dekadenter Kretin! Wann hast du jemals mit Italikern gesprochen, um zu erfahren, was für Männer sie sind?«

»In deinem Haus, Drusus, *in deinem Haus!* Dort wird über Aufstand geredet! Dein Haus ist ein ganzes Nest voller schmutziger Italiker! Silo und Mutilus, Egnatius und Vidacilius, Lamponius und Duronius!«

»In meinem Haus wurde *niemals* über Aufstand geredet!«

Caepio war mit rotem Gesicht aufgesprungen. »Du bist ein Verräter, Drusus! Eine Schande für deine Familie, ein Geschwür im edlen Antlitz Roms! Dafür werde ich dich vor Gericht stellen!«

»Nein, du Eiterbeule, *ich* werde *dich* vor Gericht stellen!« donnerte Drusus. »Wo ist denn das Gold von Tolosa, Caepio? Erzähle doch einmal den anderen Senatoren davon! Erzähle ihnen, mit welchen Geschäften du dich bereicherst und wie wenig sie sich für einen Senatoren ziemen!«

»Wollt ihr das wirklich hinnehmen?« brüllte Caepio und blickte sich suchend um. Beschwörend streckte er die Arme aus. »*Er* ist der Verräter. *Er* ist die Schlange!«

Während der ganzen Zeit hatten Sextus Caesar und der Senatsvorsitzende Scaurus versucht, die Ordnung wiederherzustellen, doch nun gab Sextus Caesar auf. Er gab seinen Liktoren ein Zeichen mit den Fingern, ordnete seine Toga und marschierte hinter den Liktoren aus dem Saal, wobei er weder nach rechts noch nach links blickte. Einige Prätoren folgten ihm. Quintus Pompeius Rufus dagegen sprang vom Podium auf Catulus Caesar zu, und im selben Augenblick rannte auch Gnaeus Pompeius Strabo auf Catulus Caesar zu. Beide waren zum Äußersten entschlossen, ihre Fäuste waren geballt, die Gesichter verzerrt. Doch bevor die beiden Pompeier den hochmütig und verächtlich dreinblickenden Catulus Caesar erreichen konnten, trat Gaius Marius dazwischen. Er schüttelte grimmig sein altes Haupt, packte Pompeius Strabos Handgelenk und zwang ihn nieder, während Crassus Orator den wütenden Pompeius Rufus festhielt. Die beiden Kampfhähne wurden höchst unzeremoniell aus dem Haus geführt. Unterwegs zog Marius, unterstützt von Antonius Orator, auch noch Drusus mit sich. Catulus Caesar blieb lächelnd neben seinem Stuhl stehen.

»Das kam nicht besonders gut an«, sagte Drusus draußen keuchend.

Die Männer hatten im Comitium Zuflucht gesucht. Wenig später hatte sich eine kleine Menge wütender Parteigänger um sie versammelt.

»Wie kann Catulus Caesar es wagen, so etwas über meine Familie zu sagen!« schrie Pompeius Strabo, der sich an seinen entfernten Vetter Pompeius Rufus klammerte wie an einen Balken in einer stürmischen See. »Wenn ihr mich fragt, *er* hat sandfarbene Haare!«

»Seid endlich still, ihr alle!« sagte Marius, der sich vergeblich nach Sulla umsah. Bis heute jedenfalls hatte Sulla Drusus enthusiastisch unterstützt, hatte bei keiner einzigen Versammlung gefehlt, auf der Drusus eine Rede gehalten hatte. Wo war er jetzt? Hatten ihn die heutigen Ereignisse so abgestoßen? Hatte er sich vielleicht bei Catulus Caesar angebiedert? Dafür gab es keinen vernünftigen Grund, aber selbst Marius hatte nicht erwartet, daß die Sitzung so gewalttätig verlaufen würde. Und wo war der Senatsvorsitzende Scaurus?

»Wie konnte dieser verleumderische, undankbare Philippus behaupten, ich hätte die Volkszählung gefälscht?« fragte Antonius Orator, dessen sonst rötliches Gesicht jetzt tiefrot war. »Er wurde aber ganz klein, als ich ihn aufforderte, die Sache draußen noch einmal zu wiederholen, dieser Wurm!«

»Wenn er dich beschuldigt, Marcus Antonius, beschuldigt er auch mich!« sagte Lucius Valerius Flaccus, der seinen Gleichmut verloren hatte. »Das wird er büßen müssen, ich schwöre es!«

»Das kam nicht gut an«, sagte Drusus noch einmal. Er kam mit seinen Gedanken nicht von dem los, was geschehen war.

Scaurus trat zu der Gruppe. »Das hast du doch wohl auch nicht erwartet, Marcus Livius.«

»Stehst *du* noch hinter mir, Senatsvorsitzender?« fragte Drusus.

Scaurus trat neben ihn. »Jawohl!« rief er. »Ich glaube, daß das jetzt ein vernünftiger Schritt ist, und sei es auch nur, um einen Krieg zu vermeiden! Unglücklicherweise wollen die meisten Leute nicht glauben, daß die Italiker je einen Krieg gegen Rom beginnen könnten.«

»Sie werden noch entdecken, wie unrecht sie haben!« sagte Drusus.

»In der Tat«, sagte Marius. Er sah sich um. »Wo ist Lucius Cornelius Sulla?«

»Er ist allein weggegangen«, sagte Scaurus.

»Ist er zur Opposition übergelaufen?«

»Nein, er wollte allein sein.« Scaurus seufzte. »Ich fürchte, er hat sich seit dem Tod seines armen kleinen Sohnes nicht mehr richtig an unseren Diskussionen beteiligt.«

»Das wird es sein«, sagte Marius erleichtert. »Aber vielleicht gibt ihm der heutige Tag wieder Energie.«

»Solche Wunden kann nur die Zeit heilen«, meinte Scaurus, der ebenfalls einen Sohn verloren hatte, und das auf viel schmerzlichere Weise als Sulla.

»Was machst du jetzt, Marcus Livius?« fragte Marius.

»Ich berufe die Volksversammlung ein. Sie soll in drei Tagen zu einer Anhörung zusammentreten.«

»Dort wirst du eine noch stärkere Opposition erleben«, meinte Crassus Orator.

»Das ist mir egal«, sagte Drusus hartnäckig. »Ich habe geschworen, daß ich dieses Gesetz durchbringe – und ich werde es durchbringen!«

»Wir anderen werden inzwischen den Senat bearbeiten, Marcus Livius«, sagte Scaurus besänftigend.

Drusus lächelte. »Vielleicht hast du Erfolg bei denen, die Catulus Caesar beleidigt hat.«

»Leider sind viele von ihnen unsere schärfsten Gegner, wenn es um das allgemeine Bürgerrecht geht«, sagte Pompeius Rufus grinsend. »Dann müssen sie nämlich wieder mit all ihren Tanten und Onkeln reden, obwohl sie doch immer so getan haben, als hätten sie keine italischen Verwandten mehr.«

»*Du* hast dich aber schnell von dieser Beleidigung erholt!« fuhr Pompeius Strabo ihn an, bei dem dies offenbar nicht der Fall war.

»Nein, keineswegs.« Pompeius Rufus grinste immer noch. »Ich habe sie weggesteckt und werde mich später rächen. Es hat keinen Sinn, wenn ich meine Wut an den tüchtigen Männern hier auslasse.«

Drusus hielt die Volksversammlung am vierten Tag des September ab. Die Versammlung war gut besucht, die Abgeordneten freuten sich auf eine bewegte Sitzung, fühlten sich aber sicher. Da Drusus die Sitzung leitete, würde es keine Gewalttätigkeiten geben. Doch kaum hatte Drusus mit seiner Eröffnungsrede begonnen, als Lucius Marcius Philippus in Begleitung seiner Liktoren erschien, gefolgt von einer großen Gruppe junger Ritter und Senatorensöhne.

»Diese Versammlung ist gesetzwidrig! Ich verlange, daß sie abgebrochen wird!« rief Philippus. Er schob sich hinter seinen Liktoren durch die Menge. »Geht weg, alle! Ich befehle es euch!«

»In einer rechtmäßig einberufenen Sitzung der Plebs hast du keine Befehlsgewalt!« sagte Drusus ruhig. »Kümmere dich um deine eigenen Angelegenheiten, Konsul.«

»Ich bin Plebejer, ich habe das Recht, hier zu sein«, sagte Philippus.

Drusus lächelte milde. »In diesem Fall, Lucius Marcius, benimm dich wie ein Plebejer, nicht wie ein Konsul! Stell dich zu den anderen Plebejern und höre mir zu wie sie!«

»Die Versammlung ist gesetzwidrig!« beharrte Philippus.

»Die Omen waren günstig, und ich habe mich an alle Gesetze gehalten, als ich diese Sitzung einberief. Du stiehlst dieser Versammlung nur kostbare Zeit«, sagte Drusus. Aus der Menge waren laute, zustimmende Rufe zu hören. Viele der Zuhörer waren gekommen, um gegen Drusus zu stimmen, aber sie lehnten die Einmischung des Konsuls ab.

Das war das Signal für die jungen Männer in Philippus' Begleitung. Sie rückten schiebend und drängend gegen die Menge vor und forderten sie auf, sich zu zerstreuen. Gleichzeitig zogen sie Schlagstöcke unter ihren Togen hervor.

Als Drusus die Schlagstöcke sah, rief er von der Rostra: »Die Versammlung ist beendet! Ich werde nicht zulassen, daß eine ordentliche Versammlung auf diese Weise zerschlagen wird!«

Aber das paßte der Menge nicht. Ein paar Männer begannen nun ihrerseits zu schieben und zu drängen. Ein Schlagstock fuhr durch die Luft. Drusus sprang von der Rostra und konnte gerade noch verhindern, daß die Stöcke benutzt wurden. Schließlich überredete er die Menge, sich zu zerstreuen.

In diesem Augenblick sah ein bitter enttäuschter Klient des Gaius Marius rot. Bevor er von der Menge oder den apathischen Liktoren des Konsuls aufgehalten werden konnte, trat er auf Philippus zu und schlug ihn auf die Nase. Dann verschwand er so schnell, daß ihn niemand festnehmen konnte. Philippus hielt sich die Nase, aus der Ströme von Blut über seine schneeweiße Toga spritzten.

»Das geschieht dir recht«, sagte Drusus grinsend und verließ die Versammlung.

»Gut gemacht, Marcus Livius«, sagte der Senatsvorsitzende Scaurus, der die Vorgänge von der Treppe des Senatsgebäudes aus beobachtet hatte. »Und was jetzt?«

»Jetzt kommt wieder der Senat dran«, erklärte Drusus.

Als Drusus am siebten Tag des September wieder vor dem Senat erschien, hatte sich die Stimmung geändert. Drusus war überrascht; seine Verbündeten waren offenbar rege tätig gewesen.

»Der Senat und das Volk von Rom müssen sich im klaren sein«, sagte Drusus mit lauter, fester Stimme und sehr ernst, »daß es Krieg geben wird, wenn wir den italischen Völkern weiterhin das Bürgerrecht verweigern. Ich sage das nicht leichthin, glaubt mir! Und bevor ihr damit beginnt, euch über die Vorstellung lustig zu machen, daß das Volk von Italien ein ernstzunehmender Gegner sein könnte, will ich euch daran erinnern, daß es seit vierhundert Jahren in allen unseren Kriegen mitgekämpft hat – in einigen Fällen sogar gegen uns. Die Italiker wissen, daß wir ein kriegerisches Volk sind, und sie wissen, wie wir Kriege führen, denn sie führen Kriege in derselben Weise. In der Vergangenheit mußte sich Rom bis zum äußersten anstrengen, um ein oder zwei italische Völker zu besiegen – gibt es hier jemanden, der Cannae vergessen hat? Ein einziges italisches Land, Samnium, hat Cannae verursacht. Bis Arausio war Cannae die schlimmste Niederlage, die Rom je erleiden mußte. Wenn also heute mehrere italische Völker beschließen würden, sich zu vereinigen und gemeinsam gegen uns in den Krieg zu ziehen, dann stellt sich mir die Frage, und ich stelle sie euch allen: *Könnte* Rom sie überhaupt besiegen?«

Eine Welle der Erregung ging durch die Ränge der weißgekleideten Senatoren auf beiden Seiten des Hauses und ein Seufzen wie ein Windstoß, der durch die Blätter eines Baumes fährt.

»Ich weiß, daß die große Mehrheit der Männer, die heute hier versammelt sind, einen Krieg für absolut unmöglich halten. Aus zwei Gründen. Erstens: Sie glauben nicht, daß die italischen Bundesgenossen jemals ihre Verschiedenheit soweit überwinden werden, daß sie sich gegen einen gemeinsamen Feind vereinigen. Zweitens: Sie glauben nicht, daß außer den Römern noch ein Volk auf einen Krieg vorbereitet ist. Selbst unter den Männern, die mich unterstützen, gibt es einige, die nicht glauben *können*, daß die italischen Bundesgenossen kriegsbereit sind. Tatsächlich kann vielleicht sogar keiner der Männer, die mich unterstützen, glaubwürdig machen, daß Italien kriegsbereit ist. Wo sind die Waffen und Rüstungen, fragen sie, wo die Kriegswagen, die Soldaten? Aber ich sage euch: Es gibt sie! Sie warten und stehen bereit. Italien ist bereit. Wenn wir Italien nicht das Bürgerrecht geben, wird Italien uns vernichten.«

Drusus machte eine Pause, dann breitete er die Arme aus. »Ihr werdet sicher verstehen, Senatoren, daß der Krieg zwischen Rom und Italien ein Bürgerkrieg wäre, ein Konflikt zwischen Brüdern und ein Konflikt auf dem Boden, den wir unser eigen nennen und den sie ihr eigen nennen. Wie können wir vor unseren Enkeln die Zerstörung unseres Wohlstands und ihres Erbes rechtfertigen, wenn wir nur so nichtige Gründe anführen können, wie ich sie hier in diesem Hause immer wieder zu hören bekomme? In einem Bürgerkrieg gibt es keinen Sieger, keine Beute und keine Sklaven, die man verkaufen könnte. Denkt über das, was ich euch zu tun bitte, sorgfältiger und nüchterner nach, als ihr es je getan habt. Gefühle und Vorurteile dürfen keine Rolle spielen. Es geht um viel. Ich will nichts anderes, als mein geliebtes Rom vor den Schrecken eines Bürgerkriegs zu bewahren.«

Dieses Mal hörte der Senat ihm zu. Drusus begann, Hoffnung zu schöpfen. Selbst Philippus, der wütend aussah und von Zeit zu Zeit vor sich hin murmelte, unterbrach ihn nicht. Auch der laute und boshafte Caepio verhielt sich ruhig – und das mochte noch bedeutsamer sein, wenn es sich dabei nicht um eine neue Taktik handelte, die seine Gegner sich in den sechs zurückliegenden Tagen ausgedacht hatten. Vielleicht mochte Caepio auch seine Nase nicht so zurichten lassen wie die des Philippus, die geschwollen und entzündet war.

Nachdem Drusus seine Rede beendet hatte, sprachen der Senatsvorsitzende Scaurus, Crassus Orator, Antonius Orator und Scaevola. Alle unterstützten Drusus. Und die Senatoren hörten aufmerksam zu.

Aber als sich Gaius Marius erhob, um zu sprechen, zerbrach der Frieden. Es geschah in genau dem Moment, in dem Drusus seine Sache gewonnen glaubte. Später glaubte Drusus, daß Philippus und Caepio den Tumult von Anfang an geplant hatten.

Philippus sprang auf. »Genug!« schrie er und sprang vom kurulischen Podium herab. »Es ist genug, sage ich! Wer bist du denn, Marcus Livius, daß du den Verstand und die Prinzipien so großer Männer wie unseres Senatsvorsitzenden vergiftest? Daß der Italiker Marius auf deiner Seite steht, halte ich für unvermeidlich, aber der Senatsvorsitzende? Meine Ohren, meine Ohren! Haben sie wirklich gehört, was einige unserer höchst verehrten Konsulare heute gesagt haben?«

»Deine Nase, deine Nase! Riecht sie denn, wie du stinkst, Philippus?« spottete Antonius Orator.

»Schweig, du Italikerfreund!« brüllte Philippus. »Halte dein übles Mundwerk!«

Auf diese Beleidigung hin sprang Antonius Orator empört von seinem Stuhl auf. Marius und Crassus, die neben ihm saßen, zogen ihn wieder auf seinen Sitz herunter, bevor er sich auf Philippus stürzen konnte.

»Hört mich an!« schrie Philippus. »Wacht endlich auf und erkennt, was euch da vorgegaukelt wird, ihr Senatorenschafe! *Krieg?* Wie sollte es zu einem Krieg kommen? Die Italiker haben weder Waffen noch Soldaten! Sie könnten nicht einmal gegen eine Herde Schafe in den Krieg ziehen – selbst wenn ihr Senatoren die Schafe wärt!«

Sextus Caesar und der Senatsvorsitzende Scaurus hatten wiederholt zur Ordnung gerufen, seit sich Philippus in die Reden eingemischt hatte. Sextus Caesar winkte nun seinen Liktoren, die heute als Vorsichtsmaßnahme im Saal anwesend waren. Aber bevor die Liktoren sich Philippus nähern konnten, der mitten im Saal stand, riß dieser seine purpurgesäumte Toga vom Körper und warf sie auf Scaurus.

»Hier, nimm sie, Scaurus, du Verräter! Ihr könnt sie behalten! Ich suche in Rom nach einer anderen Regierung!«

»Und ich«, rief Caepio, der ebenfalls von seinem Platz herabstieg, »ich rufe das ganze Volk zusammen, vom Patrizier bis zum Plebejer!«

Der Senat löste sich in Chaos auf. Hinterbänkler begannen sich sinnlos zu raufen, und Scaurus und Sextus Caesar riefen immer wieder zur Ordnung, während die meisten der in den vorderen und mittleren Reihen sitzenden Senatoren hinter Philippus und Caepio durch das Portal hinausströmten.

Am unteren Ende des Forum Romanum stand eine große Menschenmenge, die erfahren wollte, was der Senat beschlossen habe. Caepio stieg auf die Rostra hinauf und brüllte, das Volk von Rom möge sich mit all seinen Tribus versammeln. Formalitäten kümmerten ihn nicht – auch nicht die Tatsache, daß die Senatssitzung nicht ordnungsgemäß beendet worden war und deshalb keine Volksversammlung einberufen werden durfte. Caepio begann sofort mit einer Schmährede auf Drusus, der inzwischen neben ihn auf die Rostra getreten war.

»Seht ihn euch an, den Verräter!« heulte Caepio. »Er ist dabei, unser Bürgerrecht jedem dreckigen Italiker auf dieser Halbinsel nachzuwerfen, jedem verlausten samnitischen Schäfer, jedem geistig zurückgebliebenen Bauern aus Picenum, jedem stinkenden Straßenräuber in Lucania und Bruttium! Und unser ehrenwerter Senat? Er ist tatsächlich drauf und dran, dem Verräter nachzugeben! Aber ich werde das nicht zulassen, ich werde es nicht erlauben!«

Drusus wandte sich den anderen Tribunen zu, die ihm auf die Rostra gefolgt waren. Offenbar waren auch sie über das anmaßende Verhalten des Patriziers Caepio empört, egal was sie von Drusus' Gesetzesvorschlag halten mochten. Caepio hatte das ganze Volk von Rom einberufen, aber er hatte dies getan, obwohl die Senatssitzung nicht offiziell beendet worden war, und er hatte sich in den Zuständigkeitsbereich der Volkstribunen eingemischt. Selbst Minicius war verärgert.

»Ich werde diese Farce beenden«, sagte Drusus mit schmalen Lippen. »Steht ihr hinter mir?«

»Wir stehen hinter dir«, sagte Saufeius, der zu Drusus' Anhängern zählte.

Drusus trat an den vorderen Rand der Rostra. »Dies ist eine gesetzwidrig einberufene Versammlung. Ich lege mein Veto gegen ihre Fortsetzung ein!«

»Verschwinde aus meiner Versammlung, du Verräter!« brüllte Caepio.

Drusus ignorierte ihn. »Geht nach Hause, Römer! Ich habe mein Veto gegen diese Versammlung eingelegt, weil sie nicht legal ist! Die Senatssitzung dauert offiziell noch immer an!«

»Verräter!« kreischte Caepio. »Römer, wollt ihr euch von einem Mann befehligen lassen, der euch euren kostbarsten Besitz wegnehmen will?«

Nun verlor Drusus seine Geduld. »Nehmt den Idioten fest, Volkstribunen!« rief er und winkte Saufeius.

Neun Männer umringten Caepio und ergriffen ihn. Sie wurden leicht mit ihm fertig, obwohl er sich wehrte. Philippus, der zu Füßen der Rostra gestanden hatte, erinnerte sich plötzlich an dringende Geschäfte und eilte davon.

»Ich habe genug, Quintus Servilius Caepio!« donnerte Drusus mit einer Stimme, die auf dem gesamten unteren Forum zu hören war. »Ich bin ein Volkstribun, und du hast mich gehindert, meine Pflicht zu tun! Nimm dich in acht: Dies ist meine einzige Warnung. Höre auf, Schwierigkeiten zu machen, sonst lasse ich dich vom Tarpejischen Felsen werfen!«

Die Volksversammlung war Drusus' ureigener Zuständigkeitsbereich. Caepio sah den Ausdruck in seinem Blick und begann zu begreifen. Der alte Haß zwischen Patriziern und Plebejern brach wieder auf. Wenn Drusus die anderen Volkstribunen anwies, Caepio wegzuführen und vom Tarpejischen Felsen zu stürzen, würden sie ihm Folge leisten.

»Du hast noch nicht gewonnen!« schrie Caepio, riß sich los und stürmte dem verschwundenen Philippus nach.

»Ich frage mich«, sagte Drusus zu Saufeius, während sie den ruhmlosen Abgang Caepios beobachteten, »wann Philippus seinen Hausgast endlich satt hat.«

»Ich habe schon beide satt«, seufzte Saufeius. »Ist dir klar, Marcus Livius, daß du dein Gesetz bekommen hättest, wenn die Senatssitzung weitergeführt worden wäre?«

»Natürlich ist mir das klar. Warum hätte sich Philippus wohl sonst wie ein Wahnsinniger aufgeführt? Was für ein miserabler Schauspieler!« Drusus lachte. »Wie er seine Toga wegwarf! Was wird ihm als nächstes einfallen?«

»Bist du nicht enttäuscht?«

»Zutiefst enttäuscht. Aber ich lasse mich nicht aufhalten. Nicht, solange noch Leben in meinem Körper ist.«

Der Senat setzte seine Sitzung an den Iden fort, die offiziell ein Ruhetag waren. An diesem Tag konnte also keine Volksversammlung stattfinden, und Caepio hatte keinen Grund, die Sitzung zu verlassen.

Sextus Caesar sah erschöpft aus; sein Atem war im ganzen Haus zu hören. Er führte die Eröffnungszeremonie durch und erhob sich dann.

»Ich werde diese würdelosen Ereignisse nicht länger hinnehmen«, sagte er mit klarer und weithin hallender Stimme. »Und ich betrachte die Tatsache, daß die Hauptursache der Störungen vom kurulischen Podium kam, als eine zusätzliche Beleidigung. Lucius Marcius und Quintus Servilius Caepio, ihr werdet euch der Würde eures Amtes gemäß verhalten – dem ihr, wie ich mir erlaube anzumerken, keine Ehre bereitet! Ihr habt eurer Amt entehrt! Wenn ihr euer gesetzwidriges und frevlerisches Verhalten fortsetzt, werde ich die *fasces* zum Tempel der Venus Libitina senden und die Angelegenheit den Wählern in den Zenturien übergeben.« Er nickte Philippus zu. »Du hast nun das Wort, Lucius Marcius. Aber vergiß nicht, was ich gesagt habe! Ich habe genug. Ich spreche auch für den Senatsvorsitzenden.«

»Ich danke dir nicht, Sextus Julius, und ich danke weder dem Senatsvorsitzenden noch den Senatoren, die sich als Patrioten verkleiden«, begann Philippus unverschämt. »Wie kann ein Mann behaupten, ein römischer Patriot zu sein, wenn er unser Bürgerrecht verschenken will? Die Antwort lautet: Er kann nicht das eine sein und das andere tun! Das römische Bürgerrecht ist Römern vorbehalten. Es darf nicht Menschen verliehen werden, die nicht durch ihre Familie, ihre Abstammung oder eine legale Verfügung Anspruch darauf erheben können. Wir sind die Kinder des Quirinus, die Italiker sind es nicht. Und das, Konsul, ist alles, was ich zu sagen habe. Es gibt nichts mehr zu sagen.«

»Es gibt noch viel mehr zu sagen!« entgegnete Drusus. »Ich bestreite nicht, daß wir die Kinder des Quirinus sind. Aber Quirinus ist kein römischer Gott! Er ist ein Gott der Sabiner, deshalb lebt er auf dem Quirinal, auf dem einst die Stadt der Sabiner stand. Mit anderen Worten, Lucius Marcius: Quirinus ist ein *italischer* Gott! Romulus brachte ihn zu uns, Romulus machte ihn zu einem römischen Gott. Aber Quirinus gehört auch dem italischen Volk. Wie können wir Rom verraten, wenn wir Rom mächtiger machen wollen? Denn das tun wir, wenn wir das Bürgerrecht allen Italikern zugestehen. Rom wird dann Italien sein und Italien Rom, und zusammen werden beide mächtiger sein als jetzt. Was uns als Nachkommen des Romulus zusteht, wird immer ausschließlich uns gehören. Das kann niemals anderen gehören. Aber Romulus hat uns nicht das Bürgerrecht gegeben! Und wir haben das Bürgerrecht längst vielen anderen verliehen, die nicht für sich beanspruchen können, Kinder des Romulus, Eingeborene der Stadt Rom zu sein. Wenn das Römertum hier zur Diskussion steht, warum sitzt dann Quintus Varius Severus Hybrida Sucronensis unter uns in dieser ehrwürdigen Versammlung? Ich bemerke, Quintus Servilius Caepio, daß du seinen Namen nie erwähnt hast, wann immer du und Lucius Marcius versuchten, das Römertum bestimmter Mitglieder des Senats in Zweifel zu ziehen! Doch Quintus Varius ist gewiß kein Römer! Er hat diese Stadt erst gesehen und erst dann auf einer Versammlung Lateinisch gesprochen, als er über zwanzig Jahre alt war! Und doch sitzt er durch die Gnade des Quirinus im Senat von Rom – ein Mann, der in seiner Denkweise, seiner Sprache, seiner Weltanschauung viel weniger römisch ist als ein beliebiger Italiker! Wenn wir, wie es Lucius Marcius Philippus verlangt, das römische Bürgerrecht auf jene Männer unter uns beschränken, die aufgrund ihrer Familie, ihrer Abstammung oder einer legalen Verfügung Anspruch darauf haben, dann wäre Quintus Varius Severius Hybrida Sucronensis der erste Mann, der dieses Haus und die Stadt Rom verlassen müßte. *Er* ist der Ausländer!«

Natürlich sprang Varius fluchend auf, obwohl er als Senator zweiten Ranges, als *pedarius*, kein Rederecht hatte.

Sextus Caesar holte tief Luft und brüllte dann so laut nach Ordnung, daß tatsächlich wieder Ruhe eintrat. »Marcus Aemilius, Senatsvorsitzender, ich sehe, daß du das Wort ergreifen willst. Du kannst jetzt reden.«

Wütend stand Scaurus auf. »Ich werde nicht zulassen, daß dieses Haus zu einem Hühnerhof verkommt, nur weil wir schändliche kurulische Magistraten erdulden müssen, die nicht einmal dazu taugen, den Kot von der Straße zu kehren! Und ich werde keine Anspielungen auf das Recht irgendeines Senators dulden, hier in diesem ehrwürdigen Hause zu sitzen! Ich will nur eines sagen: Wenn dieses Haus fortbestehen soll – und wenn Rom fortbestehen soll! –, müssen wir mit dem Bürgerrecht gegenüber den Italikern so liberal sein, wie wir gegenüber bestimmten Männern liberal waren, die heute in diesem Hause sitzen.«

Aber Philippus war bereits aufgesprungen. »Sextus Julius, du hast dem Senatsvorsitzenden das Wort erteilt, ohne darauf zu achten, daß *ich* ebenfalls sprechen wollte. Als Konsul habe ich das Recht, zuerst zu sprechen.«

Sextus Caesar sah ihn erstaunt an. »Ich dachte, du hättest bereits geendet, Lucius Marcius. Du warst also noch nicht fertig?«

»Nein.«

»Würdest du dann bitte hinter dich bringen, was immer du uns zu sagen hast? Senatsvorsitzender, macht es dir etwas aus zu warten, bis der Konsul gesprochen hat?«

»Selbstverständlich nicht«, sagte Scaurus liebenswürdig und setzte sich.

»Ich stelle den Antrag«, sagte Philippus gewichtig, »daß der Senat jedes einzelne Gesetz, das Marcus Livius Drusus eingebracht hat, außer Kraft setzt. Keines dieser Gesetze ist legal verabschiedet worden.«

»Ausgesprochener Unfug!« rief Scaurus verärgert. »In der Geschichte des Senats hat noch nie ein Volkstribun bei seinen Gesetzesvorschlägen mehr auf die gesetzlichen Vorschriften geachtet als Marcus Livius Drusus!«

»Seine Gesetze sind nichtsdestoweniger ungültig!« erklärte Philippus, dessen Nase offenbar zu schmerzen begonnen hatte, denn er atmete heftig und fingerte an dem unförmigen Klumpen in seinem Gesicht herum. »Die Götter haben ihr Mißfallen bekundet.«

»Die Versammlungen, die ich einberief, haben die Billigung der Götter gefunden«, sagte Drusus gleichmütig.

»Deine Versammlungen haben die Götter beleidigt, das zeigen die Ereignisse ganz deutlich, die sich in Italien in den letzten zehn Monaten abgespielt haben!« sagte Philippus. »Ich sage euch: Ganz Italien wird vom Zorn der Götter zerrissen!«

»Also wirklich, Lucius Marcius! Italien war schon immer dem Zorn der Götter ausgesetzt!« sagte Scaurus gelangweilt.

»Aber nie so sehr wie in diesem Jahr!« Philippus atmete tief ein.

»Ich wiederhole den Antrag: Der Senat soll der Volksversammlung empfehlen, sämtliche Gesetze des Marcus Livius Drusus mit der Begründung zu annullieren, daß die Götter ihr Mißfallen darüber ausgedrückt hätten. Und, Sextus Julius, ich will, daß die Abstimmung durch Hammelsprung erfolgt. Jetzt sofort.«

Scaurus und Marius runzelten die Stirn. Sie spürten, daß mehr dahinter steckte, konnten aber nicht sagen was. Es war sicher, daß Philippus verlieren würde. Weshalb hielt er dann eine so kurze und einfallslose Rede, und weshalb bestand er auf dem Hammelsprung?

Der Hammelsprung wurde durchgeführt. Eine große Mehrheit entschied sich gegen den Antrag des Philippus, der daraufhin völlig die Fassung verlor. Er schrie und tobte, bis ihm der Speichel aus dem Mund spritzte. Der Stadtprätor Quintus Pompeius Rufus, der auf dem Podium in der Nähe saß, mußte sich die Toga über den Kopf ziehen, um sich vor dem Speichelregen zu schützen.

»Geizkragen! Rindviecher! Schafsköpfe! Läuse! Scheißer! Arschlöcher! Kakerlaken! Knabenficker! Wichser! Aasgeier!« Das waren nur einige der Bezeichnungen, die Philippus seinen Senatskollegen an den Kopf warf.

Sextus Caesar gab ihm Zeit, sich wieder zu beruhigen, dann gab er dem Anführer seiner Liktoren ein Zeichen. Dieser schlug sein Rutenbündel so kräftig auf den Boden, daß die Deckenbalken erzitterten.

»Genug!« brüllte Sextus Julius. »Setz dich und sei still, Lucius Marcius, oder ich lasse dich hinauswerfen!«

Philippus setzte sich. Er atmete heftig, und aus seiner Nase tropfte eine strohfarbene Flüssigkeit. »Götterlästerung!« heulte er. Dann blieb er still sitzen.

»Was hat dieser Mensch bloß vor?« flüsterte Scaurus Marius zu.

»Das wüßte ich auch gern!« brummte Marius.

Crassus Orator erhob sich. »Ich bitte um das Wort, Sextus Julius.«

»Bitte, Lucius Licinius.«

»Ich möchte weder über die Italiker sprechen noch über unser kostbares römisches Bürgerrecht, noch über die Gesetze des Marcus Livius«, sagte Crassus Orator mit seiner wunderbaren, angenehmen Stimme. »Ich möchte über das Amt des Konsuls sprechen, und ich leite meine Bemerkungen mit einer Beobachtung ein: Ich habe in all den Jahren, die ich dem Senat angehöre, das Amt des Konsuls noch nie in einer Weise mißbraucht, erniedrigt und entwertet gesehen, wie dies Lucius Marcius Philippus in den letzten Tagen getan hat. Kein

Mann, der sein Amt auf solche Weise mißbraucht, sollte dieses Amt – das höchste in unserem Staat! – weiterhin ausüben dürfen!

Römischer Konsul zu sein bedeutet eine Erhöhung bis in die Nähe unserer Götter, weit höher als irgendein König. Der Konsul wird gewählt, Drohungen und Rachgedanken dürfen dabei keine Rolle spielen. Der Konsul ist für den Zeitraum eines Jahres unantastbar. Sein Imperium ist größer als das eines Statthalters. Er ist der Oberbefehlshaber der Heere, er ist der Führer der Regierung, er ist das Oberhaupt der Staatskasse – und er ist die Verkörperung all dessen, was die Republik Rom bedeutet! Er mag ein Patrizier oder *homo novus* sein, er mag sagenhaft reich oder verhältnismäßig arm sein, er ist der Konsul. Nur ein Mann kommt ihm gleich, und dieser Mann ist sein Kollege als Konsul. Die Namen beider werden in den Konsulatskalender eingetragen und glänzen dort für alle Zeiten.

Ich war Konsul. Ungefähr dreißig Männer, die heute hier sitzen, waren Konsuln. Einige von ihnen waren auch Zensoren. Diese Männer will ich fragen, was sie jetzt, in diesem Augenblick, empfinden: Was empfindet ihr jetzt, ihr ehemaligen Konsuln, wenn ihr daran denkt, wie Lucius Mucius sich seit dem Beginn dieses Monats verhalten hat? Empfindet ihr, was ich emfinde? Fühlt ihr euch beschmutzt, entwürdigt, erniedrigt? Glaubt ihr, daß dieser Mann, der es erst im dritten Anlauf geschafft hat, Konsul zu werden, ohne Strafe bleiben sollte? Er sollte bestraft werden? Gut! Das, Konsulare, ist auch meine Meinung!«

Crassus Orator wandte sich von den Senatoren der vorderen Reihen ab und starrte Philippus auf dem kurulischen Podium wütend an. »Lucius Marcius Philippus, du bist der schlechteste Konsul, den ich je erlebt habe! Ich würde nicht ein Zehntel der Geduld aufbringen, die Sextus Julius mit dir gehabt hat! Wie kannst du es wagen, hinter deinen zwölf Liktoren durch die Straßen unserer geliebten Stadt zu stolzieren und dich Konsul zu nennen? Du bist *kein* Konsul! Du hast nicht einmal das Recht, die Schuhe eines Konsuls zu küssen! Und wenn ich einen Satz unseres Senatsvorsitzenden zitieren darf: Du taugst nicht einmal dazu, den Kot von der Straße zu kehren! Statt ein Vorbild für die jüngeren Senatoren und die Männer draußen auf dem Forum zu sein, führst du dich auf wie der schlimmste Demagoge, der jemals die Rostra betrat, wie der übelste Hetzer, der je vor der Volksversammlung herumgeiferte! Wie kannst du es wagen, dein Amt dafür zu mißbrauchen, daß du die Mitglieder des Senats beleidigst? Wie kannst du es wagen zu behaupten, daß sich *andere* gesetzwidrig verhalten hätten?« Crassus Orator wies mit dem Finger auf Philippus, atmete tief ein und brüllte dann: »Ich habe dir lange genug zugesehen, Lucius Marcius Philippus! Entweder du benimmst dich wie ein Konsul, oder du bleibst zu Hause!«

Unter starkem Applaus nahm Crassus Orator seinen Platz wieder ein. Philippus blickte auf den Boden und hielt den Kopf so tief gesenkt, daß niemand sein Gesicht sehen konnte. Caepio starrte Crassus Orator wütend an.

Sextus Caesar räusperte sich. »Danke, Lucius Licinius, daß du mich und alle Konsuln daran erinnert hast, wer und was ein Konsul ist. Ich nehme mir deine Worte sehr zu Herzen und hoffe, daß auch Lucius Marcius sie sich zu Herzen nimmt. Da es den Anschein hat, daß sich keiner von uns in dieser Atmosphäre anständig verhalten kann, beende ich die Sitzung. Der Senat wird sich in acht Tagen wieder versammeln. Wir befinden uns mitten in den *ludi Romani*, und ich persönlich bin der Meinung, daß wir Rom und Romulus unsere Reverenz besser anders erweisen als durch tumultuarische Sitzungen des Senats. Ich wünsche euch angenehme Festtage, Senatoren.«

Der Senatsvorsitzende Scaurus, Drusus, Crassus Orator, Scaevola, Antonius Orator und Quintus Pompeius Rufus versammelten sich in Gaius Marius' Haus zu einem Becher Wein, um die Ereignisse zu besprechen.

»Lucius Licinius, du hast Philippus schön fertiggemacht!« sagte Scaurus fröhlich und trank in großen Schlucken.

»Das wird mir ewig in Erinnerung bleiben«, sagte Antonius Orator.

»Auch ich danke dir, Lucius Licinius«, sagte Drusus und lächelte.

Crassus Orator nahm die allgemeine Zustimmung mit angemessener Bescheidenheit zur Kenntnis. »Na ja, er hat mich herausgefordert, der Narr!«

Da in Rom große Hitze herrschte, hatten die Männer beim Betreten von Marius' Haus ihre Togen abgelegt. Jetzt erholten sie sich im Garten, in dem es kühl und frisch war.

»Aber ich möchte doch gerne wissen«, sagte Marius, der auf der Einfassung des Wasserbeckens saß, »was Philippus eigentlich vorhat.«

»Das möchte ich auch wissen«, sagte Scaurus.

»Was sollte er denn vorhaben?« fragte Pompeius Rufus. »Er ist einfach ein Bauer. Er war noch nie anders.«

»Nein, in seinem schmutzigen Hirn geht etwas vor«, sagte Marius.

»Einen Augenblick glaubte ich heute, ich hätte entdeckt, was es ist. Aber dann war es wieder weg, und jetzt kann ich mich nicht mehr daran erinnern.«

Scaurus seufzte. »Nun, eines ist sicher, Gaius Marius – wir werden es bald wissen! Wahrscheinlich schon bei der nächsten Sitzung.«

»Das wird bestimmt eine interessante Sitzung«, sagte Crassus Orator. Er stöhnte kurz auf und rieb sich die linke Schulter. »Warum bin ich in letzter Zeit nur so müde, und warum tut mir alles weh? Dabei war meine Rede heute nicht besonders lang. Aber ich war wütend, das stimmt.«

Am nächsten Morgen wurde deutlich, daß Crassus Orator für seine Rede einen höheren Preis bezahlt hatte, als ihm recht gewesen wäre, hätte man ihn gefragt. Seine Frau, die jüngere Mucia aus der Familie Scaevolas des Auguren wachte in der Morgendämmerung auf, weil ihr kühl geworden war. Als sie sich an ihren Ehemann schmiegte, bemerkte sie plötzlich, daß dieser sich kalt anfühlte. Er war einige Stunden zuvor gestorben, auf dem Höhepunkt seiner Karriere und im Zenit seines Ruhms.

Sein Tod war für Drusus, Marius, Scaurus, Scaevola und alle, die ihren Plänen nahestanden, eine Katastrophe. Für Philippus und Caepio war er ein Zeichen der Götter zu ihren Gunsten. Philippus und Caepio mischten sich mit neuer Begeisterung unter die Hinterbänkler des Senats, redeten ihnen zu und umschmeichelten sie. Als der Senat sich nach den römischen Spielen wieder versammelte, fühlten sie sich gut vorbereitet.

»Ich beantrage noch einmal die Abstimmung über die Frage, ob die Gesetze des Marcus Livius Drusus weiterhin gelten sollen«, sagte Philippus sanft. Offenbar war er entschlossen, sich wie ein Musterkonsul zu benehmen. »Es ist mir klar, daß euch die ständige Opposition gegen die Gesetze des Marcus Livius ermüdet, und es ist mir auch klar, daß die meisten von euch die Gesetze des Marcus Livius für in jeder Beziehung gültig halten. Ich behaupte nicht, daß die religiösen Auspizien nicht beachtet wurden; ich behaupte nicht, daß die Verfahren in den Komitien nicht legal durchgeführt wurden, und ich sage auch nicht, daß die Zustimmung des Senats nicht erfolgte, bevor die Gesetze der Volksversammlung vorgelegt wurden.«

Philippus trat vor das Podium und fuhr lauter fort: »Dennoch gibt es ein religiöses Hindernis! Ein religiöses Hindernis, das so groß und unheilvoll ist, daß wir es nicht guten Gewissens ignorieren können.

Warum die Götter solche Spiele mit uns treiben, übersteigt meinen Horizont, ich bin kein Experte. Aber folgende Tatsache bleibt bestehen: Während die Vorzeichen und Omen vor jeder einzelnen Volksversammlung, die Marcus Livius durchführte, als günstig erkannt wurden, ereigneten sich überall in Italien göttliche Zeichen, die auf einen gewaltigen Zorn der Götter hinweisen. Ich bin selbst Augur, Senatoren, und mir ist völlig klar, daß ein Frevel begangen wurde.«

Philippus streckte die Hand aus. Ein Senatsbeamter legte eine Schriftrolle hinein, und Philippus rollte sie auf.

»Am vierzehnten Tag vor den Kalenden des Januar verkündete Marcus Livius im Senat das Gesetz, in dem das Gerichtswesen neu geordnet wurde, und das Gesetz, durch das der Senat vergrößert wurde. Am selben Tag gingen die Staatssklaven zum Tempel des Saturn, um ihn für die Festlichkeiten des nächsten Tages vorzubereiten. Denn am nächsten Tag wurden, wie ihr euch erinnern werdet, die Saturnalien eröffnet. Die Sklaven entdeckten, daß die Wolltücher, in die die Statue des Saturn eingewickelt war, sich mit Öl vollgesogen hatten. Auf dem Boden war eine Öllache, aber das Innere der Statue war trocken geblieben. Niemand zweifelte daran, daß das Öl erst vor kurzem ausgeflossen war. Und alle waren überzeugt, daß Saturn über irgend etwas erzürnt war!

An dem Tag, an dem Marcus Livius Drusus die Gesetze über das Gerichtswesen und die Vergrößerung des Senats in der Volksversammlung verabschieden ließ, wurde der Sklavenpriester von Nemi von einem anderen Sklaven ermordet, der daraufhin selbst Sklavenpriester wurde, wie es dort Brauch ist. Aber der Wasserstand im heiligen See von Nemi fiel plötzlich um eine ganze Handbreit, und der neue Sklavenpriester starb ohne jede äußere Gewaltanwendung. Ein furchtbares Omen.

An dem Tag, an dem Marcus Livius Drusus dem Senat das Gesetz vorlegte, durch das das Staatsland abgeschafft wurde, ging über dem *ager Campanus* ein blutiger Regen nieder und der *ager publicus* Etrurias war einer Froschplage ausgesetzt.

An dem Tag, an dem die Volksversammlung die *lex Livia agraria* verabschiedete, entdeckten die Priester von Lanuvium, daß die heiligen Schilde von Mäusen angeknabbert worden waren – ein furchtbares Vorzeichen, das sofort dem Priesterkollegium gemeldet wurde.

An dem Tag, an dem der Volkstribun Saufeius seine fünfköpfige Kommission zusammenrief, um mit der Verteilung des *ager publicus* von Italien und Sizilien zu beginnen, schlug in den Tempel der Pietas auf dem Marsfeld ein Blitz ein; der Tempel wurde schwer zerstört.

An dem Tag, an dem das Getreidegesetz des Marcus Livius Drusus in der Volksversammlung verabschiedet wurde, entdeckte man, daß die Statue der Diva Angerona stark geschwitzt hatte. Die Bandage, die ihren Mund verschloß, war ihr auf den Hals hinuntergerutscht, und manche Leute schworen, sie habe den geheimen Namen Roms geflüstert, voll Freude darüber, daß sie endlich sprechen konnte.

An dem Tag, an dem Marcus Livius Drusus die Gesetzesvorlage in den Senat einbrachte, nach der die Italiker unser kostbares Bürgerrecht erhalten sollten, also an den Kalenden des September, wurde die Stadt Mutina im italischen Gallien von einem Erdbeben völlig zerstört. Der Seher Publius Cornelius Culleolus erklärte, dieses Vorzeichen bedeute, daß das italische Gallien wütend sei, weil es nicht wie das übrige Italien das Bürgerrecht erhalten sollte. Dies zeigt, Senatoren, daß alle unsere Länder das Bürgerrecht haben wollen, wenn wir es erst einmal den Italikern der Halbinsel zugestanden haben.

An dem Tag, an dem mich der ehrenwerte ehemalige Konsul Lucius Licinius Crassus Orator in diesem Hause öffentlich rügte, starb er auf mysteriöse Weise in seinem Bett und war am nächsten Morgen bereits kalt.«

Philippus machte eine Pause. Dann fuhr er leise fort, denn im Saal herrschte Totenstille: »Es gibt noch weitere Vorzeichen, Senatoren, aber ich habe nur die Ereignisse angeführt, die an den Tagen eintraten, an denen ein Gesetz des Marcus Livius Drusus entweder eingebracht oder verabschiedet wurde. Ich nenne noch weitere Ereignisse.

Die Statue des Jupiter Latiaris in den Albaner Bergen wurde von einem Blitz getroffen, ein schreckliches Omen. Am letzten Tag der römischen Spiele ging ein Blutregen auf den Tempel des Quirinus nieder, aber nur auf den Tempel, nirgendwo sonst – was für ein großes Zeichen göttlichen Zorns! Die heiligen Speere des Gottes Mars bewegten sich. Durch einen Erdstoß stürzte der Tempel des Mars in Capua ein. Zum ersten Mal in der Geschichte trocknete die heilige Quelle des Herkules in Ancona aus, obwohl keine Dürre herrschte. In den Straßen von Puteoli öffnete sich ein riesiger Feuerschlund. Alle Tore in den Mauern der Stadt Pompei schlossen sich plötzlich auf unerklärliche Weise.

Und es gibt weitere Vorzeichen, Senatoren, *viele* weitere! Ich werde die vollständige Liste an der Rostra anschlagen lassen, so daß jedermann in Rom selbst sehen kann, wie entschieden die Götter die Gesetze des Marcus Livius Drusus verdammen. Denn die Götter verdammen sie! Achtet nur darauf, um welche Götter es geht. Pietas, die Göttin der Treue und Familienpflichten. Quirinus, der Gott der Versammlungen *römischer* Männer. Jupiter Latiaris, der latinische Jupiter. Herkules, der Schutzgott der Militärmacht Roms und der römischen Feldherrn. Mars, der Gott des Krieges. Vulkan, der über die Feuerseen herrscht, die unter der italischen Erde liegen. Diva Angerona, die den geheimen Namen Roms kennt – der, wenn er ausgesprochen wird, den Untergang Roms bedeutet. Saturn, der den römischen Wohlstand beschützt und über unsere Zeit wacht.« Scaurus unterbrach ihn: »Aber man könnte all diese Omen auch so auslegen, daß sich furchtbare Dinge in Italien und Rom ereignen werden, wenn die Gesetze des Marcus Livius Drusus *nicht* bestehen bleiben.«

Philippus überhörte den Einwand. Er übergab die Schriftrolle wieder dem Beamten. »Schlag das sofort an der Rostra an«, befahl er. Dann trat er vom kurulischen Podium herab und stellte sich vor die Tribunenbank. »Ich werde noch einmal abstimmen lassen. Wer sich dafür ausspricht, daß die Gesetze des Marcus Livius Drusus für ungültig erklärt werden, tritt an meine rechte Seite. Wer sich dafür ausspricht, daß die Gesetze des Marcus Livius Drusus bestehen bleiben, tritt an meine linke Seite. Fangt an.«

»Ich entscheide mich als erster, Lucius Marcius«, erklärte der Pontifex Maximus Ahenobarbus und erhob sich. »Als Pontifex Maximus hast du mich vollkommen überzeugt.«

Still verließen die Senatoren ihre Ränge. Viele Gesichter waren so weiß wie die Togen der Männer. Außer einer kleinen Gruppe von Senatoren traten alle an Philippus' rechte Seite. Ihre Blicke waren auf die Fließen gerichtet.

»Die Abstimmung ist eindeutig«, erklärte Sextus Caesar. »Der Senat hat beschlossen, sämtliche Gesetze des Marcus Livius Drusus aus den Archiven zu entfernen und die Gesetzestafeln zu vernichten. Ich werde die Volksversammlung in drei Tagen zusammenrufen und den Beschluß dort verkünden lassen.«

Drusus kehrte als letzter auf seinen Platz zurück. Er ging hocherhobenen Hauptes an Philippus vorbei zur Bank der Volkstribunen.

»Natürlich hast du das Recht, dein Veto einzulegen, Marcus Livius«, sagte Philippus freundlich, als Drusus an ihm vorbeiging. Die übrigen Senatoren blieben stehen und blickten zu den beiden Männern hinüber.

Drusus' Gesicht blieb ausdruckslos, und er sah Philippus geistesabwesend an. »Nein, Lucius Marcius, das werde ich nicht tun«, sagte er leise. »Ich bin kein Demagoge! Als Volkstribun habe ich meine Pflichten immer mit der Zustimmung dieses Hauses ausgeübt. Jetzt haben meine Senatskollegen meine Gesetze für null und nichtig erklärt. Ich werde mich an ihre Entscheidung halten, wie es meine Pflicht ist.«

»Mit dieser Antwort«, sagte Scaurus nach dem Ende der Sitzung stolz zu Scaevola, »hat sich unser lieber Marcus Livius den Lorbeer verdient!«

»In der Tat«, erwiderte Scaevola. Er schien recht unglücklich zu sein. »Was hältst du eigentlich von diesen Omen?«

»Zweierlei. Erstens: In keinem anderen Jahr hat sich irgend jemand die Mühe gemacht, so sorgfältig alle Naturkatastrophen aufzuzeichnen. Zweitens: Wenn die Omen überhaupt eine Bedeutung haben, dann die, daß ein Krieg mit Italien folgt, wenn die Gesetze des Marcus Livius außer Kraft gesetzt werden.«

Scaevola hatte natürlich mit Scaurus und den anderen Parteigängern für Drusus gestimmt; er hätte sich nicht anders entscheiden können, ohne seine Freunde zu verlieren. Aber er machte sich Sorgen. Jetzt sagte er mürrisch: »Schon, aber ...«

»Quintus Mucius, du glaubst an so etwas?« fragte Marius erstaunt.

»Nein, das sage ich doch gar nicht!« rief Scaevola verstimmt. Seine Vernunft kämpfte mit seinem römischen Aberglauben. »Und doch – wie kann man sich den Schweiß auf der Statue der Diva Angerona erklären, und daß sie ihren Knebel verloren hat?« Tränen traten ihm in die Augen. »Wie kann man sich den Tod meines Vetters Crassus erklären, meines besten Freundes?«

»Quintus Mucius«, sagte Drusus, der zu der Gruppe getreten war, »ich glaube, daß Marcus Aemilius recht hat. Die Omen sind ein Vorzeichen für das, was sich ereignen wird, wenn meine Gesetze außer Kraft gesetzt werden.«

»Du bist Mitglied des Priesterkollegiums, Quintus Mucius«, sagte Scaurus geduldig. »Das einzige glaubwürdige Phänomen ist das Öl, das aus der Holzstatue des Saturn austrat. Aber wir haben doch schon seit Jahren erwartet, daß das einmal geschieht! Deshalb wurde die Statue doch eingewickelt! Was die Diva Angerona angeht – was ist leichter, als sich in ihren kleinen Schrein zu schleichen, ihr die Binde vom Mund zu reißen und sie mit einer klebrigen Flüssigkeit zu bespritzen, damit Tropfen zurückbleiben? Und wir wissen alle, daß Blitze oft an den höchsten Punkten einschlagen, und du weißt doch auch, daß der Tempel der Pietas zwar klein ist, aber sehr hoch steht! Und was die Erdbeben, Feuerschlünde, Blutregen und Froschplagen angeht – bah! Ich weigere mich, auch nur darüber zu reden! Lucius Licinius starb in seinem Bett. Einen so angenehmen Tod wünschen wir uns doch alle!«

»Schon, aber ...« protestierte Scaevola, noch immer nicht überzeugt.

»Seht ihn euch an!« rief Scaurus, an Marius und Drusus gewandt. »Wenn *er* auf diesen Schwindel hereinfällt, dann können wir den anderen abergläubischen Idioten keine Vorwürfe machen!«

»Glaubst du denn nicht an die Götter, Marcus Aemilius?« fragte Scaevola erschrocken.

»Doch doch doch, natürlich glaube ich an sie! Aber, Quintus Mucius, ich glaube *nicht* an die Umtriebe von Männern, die behaupten, im Namen der Götter zu handeln! Ich habe noch nie ein Omen erlebt, das man nicht in völlig entgegengesetzer Weise deuten konnte! Wie kommt es, daß Philippus plötzlich zu einem Experten geworden ist? Weil er ein Augur ist? Er erkennt ein Omen nicht einmal dann, wenn er darüber stolpert, wenn es ihm ins Gesicht springt und ihn in seine geschwollene Nase beißt! Und der alte Publius Cornelius Culleolus – er ist, was sein Name schon besagt, ein dummer Sack. Ich gehe jede Wette mit dir ein, Quintus Mucius: Wenn ein kluger Bursche die Naturkatastrophen und sogenannten übernatürlichen Ereignisse gesammelt hätte, die sich in Saturninus' zweitem Tribunatsjahr ereigneten, hätte er eine nicht weniger imposante Liste zusammengebracht! Werde endlich erwachsen! Erinnere dich endlich wieder an den gesunden Skeptizismus, den du im Gericht immer zeigst! Ich bitte dich!«

»Ich muß sagen, Philippus hat mich überrascht«, sagte Marius düster. »Ich habe ihn einmal gekauft. Aber ich wußte nicht, daß dieser Halunke so gerissen ist.«

»Ja, er ist schlau«, sagte Scaevola eifrig, der froh war, über ein anderes Thema sprechen zu können. »Ich glaube, daß er sich das alles schon vor einiger Zeit ausgedacht hat.« Er lachte. »Aber eines ist sicher – Caepios brillante Idee war es nicht!«

»Wie geht es dir, Marcus Livius?« fragte Marius.

»Wie es mir geht?« Drusus hatte die Lippen zusammengepreßt

und schien sehr müde. »Ich weiß es nicht, Gaius Marius. Sie haben es geschickt angestellt, das ist alles.«

»Du hättest dein Veto einlegen sollen«, sagte Marius.

»Du hättest das an meiner Stelle bestimmt getan, und ich hätte dir keinen Vorwurf gemacht. Aber ich konnte nicht hinter das zurück, was ich am Beginn meines Tribunats gesagt habe, das mußt du verstehen. Ich habe damals versprochen, daß ich mich immer nach dem Willen des Senats richten würde.«

»Jetzt wird es kein Bürgerrecht für Italien geben«, sagte Scaurus.

»Warum nicht?« fragte Drusus erstaunt.

»Marcus Livius, sie haben deine Gesetze widerrufen! Oder richtiger: Sie werden sie widerrufen!«

»Welchen Unterschied macht das schon? Das Bürgerrechtsgesetz ist noch nicht an die Volksversammlung verwiesen worden, ich habe es bisher nur dem Senat vorgelegt. Der Senat hat entschieden, es nicht der Volksversammlung zu empfehlen. Aber ich habe dem Senat nie versprochen, daß ich der Volksversammlung ein Gesetz nur deshalb *nicht* vorlegen würde, weil der Senat ihm nicht zugestimmt hat! Ich habe versprochen, daß ich zuerst den Senat befragen würde. Dieses Versprechen habe ich gehalten. Ich werde nicht aufgeben, nur weil der Senat nein gesagt hat. Das Verfahren ist noch nicht abgeschlossen. Erst muß auch die Volksversammlung nein sagen. Und ich werde versuchen, die Volksversammlung zu einem Ja zu überreden.« Drusus lächelte.

»Oh ihr Götter«, rief Scaurus, »Marcus Livius, du verdienst einen Sieg!«

»Das denke ich auch«, sagte Drusus. »Würdet ihr mich jetzt bitte entschuldigen? Ich muß an meine italischen Freunde noch ein paar Briefe schreiben. Ich muß verhindern, daß sie jetzt einen Krieg anfangen, denn die Sache ist noch nicht verloren.«

»Aber das ist unmöglich!« rief Scaevola. »Wenn die Italiker wirklich an Krieg denken, falls sie das Bürgerrecht nicht erhalten – und das glaube ich dir wirklich, Marcus Livius, sonst hätte ich mich an Philippus' rechte Seite gestellt –, dann brauchen sie noch Jahre, bis sie dazu imstande sind!«

»Genau in diesem Punkt hast du unrecht, Quintus Mucius. Sie haben bereits Soldaten unter Waffen. Sie sind besser vorbereitet als Rom.«

*

Der Senat und das Volk von Rom mußten bereits wenige Tage später erkennen, daß zumindest die Marser auf einen Krieg vorbereitet waren. In Rom traf die Nachricht ein, daß Quintus Poppaedius Silo zwei voll ausgerüstete und bewaffnete Legionen von Marsern auf der Via Valeria nach Rom führte. Der Senatsvorsitzende Scaurus berief erschrocken den Senat zu einer Dringlichkeitssitzung ein, mußte aber feststellen, daß nur wenige Senatoren bereit waren teilzunehmen. Weder Philippus noch Caepio erschienen, und sie hatten sich auch nicht entschuldigt. Auch Drusus hatte sich geweigert zu kommen. Er hatte aber mitteilen lassen, daß er nicht anwesend sein wolle, wenn die Senatoren sich mit der Bedrohung durch seinen langjährigen persönlichen Freund Quintus Poppaedius Silo befaßten.

»Diese Kaninchen!« sagte Scaurus zu Marius, als er die leeren Sitzreihen sah. »Sie sind in ihre Bauten geflüchtet! Offenbar glauben sie, wenn sie sich nur lange genug verstecken, gehen die bösen Buben von alleine weg.«

Aber auch Scaurus glaubte nicht, daß die Marser wirklich einen Krieg wollten. Er überzeugte seine wenigen Zuhörer, daß friedfertige Methoden der beste Weg seien, mit diesem »Überfall« fertigzuwerden.

»Gnaeus Domitius«, sagte er zu Ahenobarbus Pontifex Maximus, »du bist ein herausragender Konsular, du warst Zensor und du bist Pontifex Maximus. Wärst du bereit, diesem Heer lediglich in Begleitung meiner Liktoren entgegenzuziehen? Du warst vor ein paar Jahren Richter des Sondergerichts, das unter der *lex Licinia Mucia* in Alba Fucentia eingesetzt wurde. Die Marser kennen dich also – und du stehst, wie ich erfahren habe, bei ihnen dank deiner Milde in hohem Ansehen. Du könntest erkunden, weshalb sie mit einem Heer kommen und was sie von uns wollen.«

»Gut, Senatsvorsitzender, ich werde das tun«, sagte Ahenobarbus, »vorausgesetzt, daß du mich mit einem vollen prokonsularischen Imperium ausstattest. Sonst kann ich mich nicht so verhalten, wie es in bestimmten Situationen erforderlich sein könnte. Und ich will auch, daß die *fasces* mit Äxten versehen werden.«

»Du wirst beides erhalten«, sagte Scaurus.

Marius grinste. »Die Marser werden morgen vor Rom eintreffen. Ich hoffe, ihr wißt, welcher Tag morgen ist?«

Ahenobarbus nickte. »Morgen ist der Tag vor den Nonen des Oktober – der Jahrestag der Schlacht von Arausio, bei der die Marser eine ganze Legion verloren.«

»Das haben sie mit Absicht so gelegt«, sagte Sextus Caesar, der die Sitzung trotz der düsteren Atmosphäre genoß. Kein Philippus, kein Caepio, sondern nur die Senatoren, die er insgeheim für die echten Patrioten hielt.

»Deshalb glaube ich auch nicht«, sagte Scaurus, »daß sie wirklich einen Krieg planen, Senatoren.«

»Senatsdiener, geh und rufe die Liktoren der dreißig Kurien zusammen«, befahl Sextus Caesar. »Gnaeus Domitius, du erhältst dein prokonsularisches Imperium, sobald die Liktoren der Kurien hier eintreffen. Bist du bereit, uns übermorgen in einer Sondersitzung zu berichten?«

»An den Nonen?« fragte Ahenobarbus ungläubig.

»In einer solchen Notlage, Gnaeus Domitius, versammeln wir uns auch an den Nonen«, sagte Sextus Caesar fest. »Ich hoffe, daß diese Sondersitzung dann besser besucht ist! Wie tief ist Rom gesunken, wenn selbst in einer so ernsten Situation nur eine Handvoll besorgter Männer im Senat erscheint!«

»Ich weiß schon, warum sie nicht gekommen sind, Sextus Julius«, sagte Marius. »Sie glauben nicht, daß eine Sitzung notwendig ist. Sie sind überzeugt, daß es sich um eine künstlich aufgebauschte Krise handelt.«

An den Nonen des Oktober war der Senat besser besucht, aber keineswegs voll. Drusus war anwesend, aber Philippus und Caepio fehlten. Sie glaubten, durch ihre Abwesenheit den Senatoren klarmachen zu können, was sie von dem »Überfall« hielten.

»Berichte uns von deiner Mission, Gnaeus Domitius«, begann Sextus Caesar, der einzige anwesende Konsul.

»Nun, ich traf nicht weit vor der Porta Collina mit Quintus Poppaedius Silo zusammen«, begann Ahenobarbus Pontifex Maximus. »Er ist der Anführer des Heeres. Es handelt sich ungefähr um zwei Legionen – mindestens zehntausend Soldaten und eine entsprechende Anzahl nichtkämpfender Männer, ferner eine Schwadron Reiter und acht große Wurfmaschinen. Silo und seine Offiziere waren zu Fuß. Ich konnte keinen Gepäckzug sehen, deshalb glaube ich, daß seine Männer nur eine leichte Marschausrüstung haben.« Er seufzte. »Sie boten einen prächtigen Anblick, Senatoren! Hervorragend ausgerüstet, im besten Zustand, sehr diszipliniert. Während ich mit Silo verhandelte, standen sie geordnet und bewegungslos in der Sonne, kein einziger scherte aus der Reihe.«

»Konntest du erkennen, ob ihre Brustpanzer und sonstigen Waffen neu waren, Pontifex Maximus?« fragte Drusus besorgt.

»Ja, Marcus Livius, das war nicht schwer. Alles war neu, und zwar von höchster Qualität.«

»Danke.«

»Wir standen uns in Rufweite gegenüber, ich und meine Liktoren und Quintus Poppaedius Silo und das Heer. Dann gingen Silo und ich aufeinander zu, um miteinander zu reden, ohne daß jemand anders zuhören konnte.

›Was soll der kriegerische Aufzug, Quintus Poppaedius?‹ fragte ich höflich und ruhig.

›Wir sind nach Rom gekommen, weil uns die Volkstribunen gerufen haben‹, sagte Silo ebenfalls sehr höflich.

›Die Volkstribunen?‹ fragte ich. ›Nicht *ein* bestimmter Volkstribun? Etwa Marcus Livius Drusus?‹

›Nein, die Volkstribunen.‹

›Alle Volkstribunen?‹ fragte ich, denn ich wollte ganz sicher gehen.

›Alle.‹

›Warum sollten euch die Volkstribunen rufen?‹ fragte ich weiter.

›Um unseren Anspruch auf das römische Bürgerrecht zu demonstrieren und um sicherzustellen, daß jeder Italiker das römische Bürgerrecht erhält.‹

Ich trat etwas zurück und hob die Augenbrauen. Gleichzeitig betrachtete ich über ihn hinweg seine Legionen. ›Mit Waffengewalt?‹ fragte ich.

›Notfalls ja‹, antwortete er.

An dieser Stelle machte ich von meinem prokonsularischen Imperium Gebrauch. Ich sagte etwas, das ich ohne mein Imperium angesichts des Tenors der letzten Senatssitzungen nicht hätte sagen können, das ich aber in dieser Situation für erforderlich hielt. Ich sagte zu Silo: ›Waffengebrauch wird nicht notwendig sein, Quintus Poppaedius.‹

Er lachte verächtlich und sagte: ›Das erzählst du mir nicht, Gnaeus Domitius! Erwartest du wirklich, daß ich das glaube? Wir Italiker haben viele Generationen lang friedlich auf das Bürgerrecht gewartet. Unsere Geduld hat nur dazu geführt, daß es uns weiterhin vorenthalten wird! Jetzt haben wir begriffen, daß in der Gewalt unsere einzige Chance liegt, das Bürgerrecht zu bekommen.‹

Seine Worte machten mich natürlich besorgt, Senatoren. Ich

schlug die Hände zusammen und rief: ›Quintus Poppaedius, ich versichere dir, die Zeit ist sehr nahe! Bitte entlasse deine Truppen, stecke dein Schwert ein und kehre nach Hause in das Land der Marser zurück! Ich gebe dir mein feierliches Versprechen, daß der Senat und das Volk von Rom jedem Italiker das römische Bürgerrecht gewähren werden!‹

Er sah mich lange Zeit an, ohne zu sprechen. Dann sagte er: ›Gut, Gnaeus Domitius, ich werde mit meinem Heer wieder abziehen – aber nur ein Stück weit und nur so lange, bis ich sehe, daß du die Wahrheit sprichst. Denn ich sage dir geradeheraus und offen, Pontifex Maximus: Wenn der Senat und das Volk von Rom Italien nicht das volle römische Bürgerrecht noch in der Amtszeit der jetzigen Volkstribunen gewähren, werde ich wieder gegen Rom marschieren. Und ganz Italien wird mit mir marschieren. Denke daran! Ganz Italien wird sich vereinigen, um Rom zu vernichten.‹ Nach diesen Worten drehte er sich um und ging weg. Seine Legionen wendeten, wobei sie mir zeigten, wie gut sie ausgebildet waren, und marschierten ab. Ich kehrte nach Rom zurück. Und ich habe die ganze Nacht nachgedacht, Senatoren. Ihr kennt mich gut, und ihr kennt mich seit langem. Ich stehe nicht in dem Ruf, ein geduldiger oder besonders vernünftiger Mann zu sein. Aber ich bin vollkommen fähig, zwischen einer Kuh und einem Stier zu unterscheiden. Und ich sage euch, Senatoren, daß ich gestern einen Stier sah. Einen Stier, dem Heu in den Hörnern hing und der Feuer aus seinen Nüstern blies. Ich habe Quintus Poppaedius Silo kein leeres Versprechen gegeben! Ich werde alles tun, was in meiner Macht steht, um zu erreichen, daß der Senat und das Volk von Rom ganz Italien das Bürgerrecht gewähren.«

Im Senat war Unruhe entstanden, und viele Senatoren starrten Ahenobarbus Pontifex Maximus verwundert an. Sie hatten gemerkt, wie sehr der Mann sich verändert hatte, dessen Unberechenbarkeit und Intoleranz allgemein bekannt waren.

»Wir werden uns morgen wieder versammeln«, sagte Sextus Caesar, der erfreut schien. »Es ist höchste Zeit, daß wir uns noch einmal mit dieser Frage befassen. Die beiden Prätoren, die auf Anregung von Lucius Marcius« – Sextus Caesar verbeugte sich gemessen vor Philippus' leerem Stuhl – »durch Italien gereist sind, haben uns bisher keine Antwort vorgelegt. Wenn wir erneut über diese Frage sprechen, will ich auch die Männer hier sehen, die sich in letzter Zeit nicht die Mühe gemacht haben, hier zu erscheinen –

vor allem meinen Mitkonsul sowie den Prätor Quintus Servilius Caepio.«

Die beiden erschienen am nächsten Morgen, und offenbar wußten sie bereits, was Ahenobarbus am Vortag berichtet hatte. Aber Drusus, Scaurus und die anderen, die Philippus und Caepio endlich am Boden sehen wollten, hatten den Eindruck, daß der Bericht des Pontifex Maximus sie nicht sonderlich bekümmerte. Gaius Marius, der zutiefst besorgt war, ließ seinen Blick über die Anwesenden gleiten. Sulla hatte bisher noch keine Sitzung versäumt, seit Drusus Volkstribun geworden war, aber er beteiligte sich nicht aktiv an der Diskussion. Seit dem Tod seines Sohnes hatte er jeden Kontakt mit anderen Männern vermieden, auch mit Quintus Pompeius Rufus, mit dem er doch als Konsul kandidieren wollte. Sulla saß nur da und hörte mit undurchdringlichem Gesicht zu. Er verließ das Senatsgebäude, sobald die Sitzungen zu Ende waren, und schien dann wie vom Erdboden verschwunden. Aber er hatte dafür gestimmt, daß die Gesetze weiter gelten sollten, deshalb nahm Marius an, daß er noch immer auf ihrer Seite stand. Aber niemand konnte sich mit ihm unterhalten. Catulus Caesar schien sich heute unbehaglich zu fühlen, wahrscheinlich aufgrund der Tatsache, daß sein bester Freund, Ahenobarbus Pontifex Maximus, zur anderen Seite übergelaufen war.

Unruhe kam auf, und Marius wandte seine Aufmerksamkeit wieder den Vorgängen auf dem Podium zu. Philippus war im Oktober Inhaber der *fasces*, deshalb leitete er heute die Sitzung und nicht Sextus Caesar. Er hatte ein Dokument vor sich liegen. Als die Eröffnungsformalitäten beendet waren, erhob er sich, um als erster zu sprechen.

»Marcus Livius Drusus«, sagte Philippus klar und kalt, »ich will dem Haus etwas vorlesen, das viel wichtiger ist als der sogenannte Überfall deines besten Freundes Quintus Poppaedius Silo. Aber bevor ich es vorlese, soll jeder Senator von dir hören, daß du anwesend bist und zuhören wirst.«

»Ich bin anwesend, Lucius Marcius, und ich werde zuhören.« Auch Drusus' Stimme war klar und kalt.

Drusus sieht müde aus, dachte Gaius Marius. Als ob seine Kraft verbraucht sei und nur noch seine Willenskraft ihn aufrechthalte. In den letzten Wochen hatte er viel Gewicht verloren; seine Wangen waren eingefallen, seine Augen lagen tief in den Höhlen und waren von dunklen Schatten umgeben.

Warum komme ich mir vor wie ein Sklave in einer Tretmühle? fragte sich Marius verwundert. Warum bin ich so gereizt, so sehr von Angst und Vorahnungen erfüllt? Drusus hatte nicht die Zähigkeit des Marius und auch nicht seine unerschütterliche Überzeugung, immer recht zu haben. Er war zu gerecht, zu vernünftig, und er neigte zu sehr dazu, beide Seiten einer Sache zu berücksichtigen. Sie würden ihn töten, wenn nicht physisch, so doch geistig. Warum hatte er nie erkannt, wie gefährlich dieser Philippus war? dachte Marius. Warum hatte er nie erkannt, wie brillant er war?

Philippus entrollte das Schriftstück und hielt es mit ausgestreckten Armen vor sich. »Ich mache keine einleitenden Bemerkungen, Senatoren«, sagte er. »Ich lese das Dokument nur vor, ihr könnt dann eure eigenen Schlüsse ziehen. Also.

›Ich schwöre bei Jupiter Optimus Maximus, bei Vesta, bei Mars, bei Sol Indiges, bei Terra und bei Tellus, bei den Göttern und Helden, die das Volk von Italien begründet und in seinen Kämpfen unterstützt haben, daß ich alle Freunde und Feinde des Marcus Livius Drusus als meine Freunde und Feinde betrachten werde. Ich schwöre, daß ich mich für das Wohl des Marcus Livius Drusus und aller anderen einsetzen werde, die diesen Eid ablegen, auch auf Kosten meines Lebens oder des Lebens meiner Kinder und Eltern und auf Kosten meines Besitzes. Wenn ich durch die Gesetze des Marcus Livius Drusus Bürger von Rom werde, schwöre ich, daß ich Rom immer als meine einzige Heimat ehren werde und daß ich mich Marcus Livius Drusus als Klient verpflichte. Ich lege diesen Eid ab und werde ihn an möglichst viele Italiker weiterreichen. Ich schwöre in dem Wissen, daß mein Vertrauen belohnt wird. Wenn ich eidbrüchig werde, mag man mir, meinen Kindern und meinen Eltern Leben und Besitz nehmen. So sei es. Das schwöre ich.‹«

Noch nie war der Senat so still gewesen. Philippus sah, daß Scaurus mit offenem Mund dasaß, daß Marius grimmig lächelte, daß Scaevola die Lippen zusammengepreßt und Ahenobarbus einen roten Kopf bekommen hatte. Catulus Caesar sah entsetzt aus, Sextus Caesar traurig, Metellus Pius das Ferkel wirkte konsterniert, Caepio zeigte unverhüllte Freude.

Philippus öffnete die linke Hand, und das Schriftstück rollte sich mit einem lauten Schnappen zusammen. Die meisten Senatoren zuckten zusammen.

»Das also, Senatoren, ist der Eid, den Tausende und Abertausende von Italikern im Verlauf des letzten Jahres geschworen haben. Und das ist der Grund, Senatoren, warum Marcus Livius Drusus so hart, so unbeirrbar und begeistert daran gearbeitet hat, seinen Freunden in Italien das kostbare Geschenk des römischen Bürgerrechts zu machen!« Philippus schüttelte müde den Kopf. »Nicht weil ihm die dreckigen Italiker irgend etwas bedeuten würden! Nicht weil er an die Gerechtigkeit glaubt – auch wenn es eine perverse Gerechtigkeit wäre! Nicht weil er von einer glanzvollen Karriere träumt, durch die er in die Geschichtsbücher eingehen würde! Sondern, ehrwürdige Mitglieder dieses Hauses, weil ihm der größte Teil Italiens einen Klienteneid geschworen hat! Wenn wir Italien das Bürgerrecht geben, dann gehört Italien dem Marcus Livius Drusus! Stellt euch das vor! Seine Klientel würde sich vom Arno bis nach Rhegium, vom Tyrrhenischen Meer bis zur Adria erstrecken! Ich gratuliere dir, Marcus Livius! *Welch* ein Lohn! Welch nobles Motiv deiner unermüdlichen Arbeit! Eine Klientel, die größer ist als hundert Armeen!«

Philippus stieg vom kurulischen Podium herab und ging gemessenen Schrittes um die Ecke des Podiums zum Ende der langen Tribunenbank, auf der Drusus saß.

»Marcus Livius Drusus, ist es wahr, daß ganz Italien diesen Eid geschworen hat?« fragte Philippus. »Ist es wahr, daß du im Gegenzug geschworen hast, ganz Italien das Bürgerrecht zu geben?«

Drusus erhob sich taumelnd. Sein Gesicht war weißer als seine Toga, eine Hand hielt er in einer Geste ausgestreckt, von der niemand sagen konnte, ob sie beschwörend oder abwehrend gemeint war. Und dann, als er den Mund zu einer Antwort öffnete, stürzte er in voller Länge auf die schwarzen und weißen Steinchen des Mosaikfußbodens. Philippus trat geziert einen Schritt zurück. Marius und Scaurus knieten fast so schnell neben Drusus, wie er gestürzt war.

»Ist er tot?« fragte Scaurus, während Philippus die Sitzung auf den nächsten Morgen vertagte.

Marius hatte sein Ohr auf Drusus' Brust gelegt. Dann schüttelte er den Kopf. »Ein schwerer Zusammenbruch, aber tot ist er nicht.« Er atmete erleichtert auf.

Drusus' Bewußtlosigkeit dauerte so lange, daß sein Gesicht grau und fleckig wurde. Seine Arme und Beine bewegten sich, zuckten mehrmals heftig, während er furchtbare und erschreckende Laute ausstieß.

»Er hat einen Anfall!« rief Scaurus.

»Nein, das glaube ich nicht«, sagte Marius, der auf seinen Feldzügen fast alles kennengelernt hatte und in solchen Dingen erfahren war. »Wenn ein Mann so lange bewußtlos ist, kommt es häufig zu Zuckungen, aber meist gegen Ende der Bewußtlosigkeit. Er wird bald zu sich kommen.«

Philippus blieb auf dem Weg zum Ausgang kurz stehen, aber weit genug entfernt, um sicher zu sein, daß seine Toga nicht beschmutzt werden würde, falls Drusus sich übergeben mußte. »Schafft den Hund hinaus!« sagte er verächtlich. »Wenn er stirbt, laßt ihn nicht auf diesem heiligen Boden sterben!«

Marius hob den Kopf. »Verschwinde, du Wicht«, sagte er so laut zu Philippus, daß alle es hören konnten, die sich in der Nähe befanden.

Philippus ging schnell weiter. Wenn es einen Menschen auf der Welt gab, vor dem er sich fürchtete, so war es Gaius Marius.

Drusus brauchte lange, bis er das Bewußtsein wiedererlangte. Marius sah erfreut, daß sich Sulla unter den Wartenden befand.

Als Drusus endlich zu sich kam, schien er sich nicht daran erinnern zu können, was sich ereignet hatte oder wo er sich befand.

»Ich lasse Julias Sänfte kommen«, sagte Marius zu Scaurus. »Bis die Sänfte kommt, kann er hier liegenbleiben.« Marius hatte seine Toga ausgezogen; sie diente Drusus als Kopfkissen und als Decke, denn er fror.

»Ich bin am Boden zerstört!« sagte Scaurus. Er saß auf dem Rand des kurulischen Podiums, und da er sehr klein war, hingen seine Beine in der Luft. »Wirklich, das hätte ich von *diesem* Mann niemals gedacht!«

Marius schnaubte verächtlich. »Unsinn, Marcus Aemilius! Du hättest so etwas von einem römischen Adligen niemals gedacht? Ich jedenfalls würde eher das Gegenteil nicht glauben! Beim Jupiter, was ihr euch alle einbildet!«

Scaurus' helle Augen glänzten. »Beim Jupiter, du italischer Kürbis, wie du uns doch immer wieder durchschaust!« Seine Schultern zuckten vor unterdrücktem Lachen.

»Jemand muß euch durchschauen, du Knochenhaufen!« sagte Marius gutmütig. Er setzte sich neben den Senatsvorsitzenden und sah die anderen drei Männer an, die noch anwesend waren – Antonius Orator, Scaevola und Lucius Cornelius Sulla. »Nun, meine Herren«, sagte er, streckte seine Beine aus und wackelte mit den Füßen, »was machen wir jetzt?«

»Nichts«, sagte Scaevola kurz.

»Lieber Quintus Mucius, bitte vergib unserem armen, bewußtlosen Volkstribun seine römische Schwäche!« rief Marius und stimmte in Scaurus' Gelächter ein.

Scaevola war beleidigt. »Es mag eine römische Schwäche sein, Gaius Marius, aber es ist keine Schwäche, die ich an mir selbst beobachten kann!«

»Nein, wahrscheinlich nicht – und deshalb wirst du ihm auch nie das Wasser reichen können, mein Freund.« Marius zeigte mit dem Fuß auf Drusus, der noch immer auf dem Boden lag.

Scaevola verzog angewidert das Gesicht. »Gaius Marius, du bist unmöglich! Und was dich angeht, Senatsvorsitzender, so nimm bitte zur Kenntnis, daß diese Sache keineswegs zum Lachen ist!«

»Wir haben Gaius Marius' Frage noch nicht beantwortet«, warf Antonius Orator beschwichtigend ein. »Was machen wir jetzt?«

»Das können wir nicht entscheiden«, erklärte Sulla. »Er muß es selbst wissen.«

»Du hast recht, Lucius Cornelius!« rief Marius. Er stand auf, denn er hatte das vertraute Gesicht eines Sänftenträgers seiner Frau entdeckt, der furchtsam vor der großen Bronzetür stehengeblieben war. »Kommt mit, ihr Jammerlappen, wir bringen den armen Burschen nach Hause.«

Der arme Drusus war immer noch im Delirium und in einer fremden Welt, als sie ihn seiner Mutter brachten. Sie weigerte sich vernünftigerweise, die Ärzte zu rufen.

»Sie lassen ihn nur zur Ader und geben ihm ein Abführmittel, und das ist das letzte, was er jetzt braucht«, erklärte sie resolut. »Er hat nur einen leeren Magen, das ist alles. Wenn er den Schock erst hinter sich hat, werde ich ihm ein wenig Wein mit Honig einflößen, dann kommt er schnell wieder zu sich. Vor allem muß er jetzt ausschlafen.«

Cornelia Scipionis ließ ihren Sohn in sein Bett legen und gab ihm einen ganzen Becher Wein mit Honig zu trinken.

»Philippus!« rief er und versuchte, sich aufzurichten.

»Mach dir um diese Kakerlake keine Sorgen, bis du dich stärker fühlst.«

Drusus nippte an dem Getränk und richtete sich dann mühsam auf. Er fuhr mit den Fingern durch sein dichtes schwarzes Haar. »Ach Mutter! Was für Schwierigkeiten! Philippus hat die Sache mit dem Eid herausgefunden.«

Scaurus hatte ihr berichtet, was vorgefallen war, sie brauchte ihn also nicht zu fragen. Sie nickte weise. »Du hast doch sicher damit gerechnet, daß Philippus oder jemand anders Fragen stellen würde?«

»Es ist schon so lange her, daß ich den verfluchten Eid ganz vergessen habe!«

»Marcus Livius, der Eid ist nicht so wichtig«, sagte die Mutter und rückte ihren Stuhl näher an das Bett. »*Was* du tust, ist viel wichtiger als das *Warum* – so ist es nun einmal im Leben! Die Gründe, warum du etwas tust, dienen nur dazu, dich selbst zu beruhigen, am Ergebnis ändern sie nichts. Das Ergebnis allein ist wichtig, und ich bin sicher, daß ein vernünftiges und gesundes Selbstvertrauen das beste Mittel zum Erfolg ist. Also Kopf hoch, mein Junge! Dein Bruder ist gekommen und will dich unbedingt sprechen! Kopf hoch!«

»Dafür werden mich alle hassen.«

»Einige werden dich hassen, das ist richtig. Vor allem aus Neid. Aber andere werden sich vor Bewunderung verzehren. Jedenfalls hast du die Freunde nicht verloren, die dich hergebracht haben.«

»Wer war dabei?« fragte Drusus neugierig.

»Marcus Aemilius, Marcus Antonius, Quintus Mucius und Gaius Marius. Ach ja, und natürlich dieser faszinierende Lucius Cornelius Sulla! Wenn ich nur etwas jünger wäre ...«

Drusus kannte seine Mutter gut genug, daß er ihr diese Bemerkung nicht verübelte. Statt dessen lächelte er nur. »Seltsam, daß du ihn magst! Obwohl er sich natürlich für meine Pläne sehr interessiert.«

»Das habe ich schon bemerkt. Sein Sohn ist doch Anfang des Jahres gestorben, nicht wahr?«

»Ja.«

»Man merkt es ihm an.« Cornelia Scipionis erhob sich. »Ich schikke jetzt deinen Bruder herein, Marcus Livius, und dann mußt du etwas essen. Du bist nicht so sehr krank, daß dir Essen schaden könnte. Ich werde dir in der Küche etwas zubereiten lassen, etwas, das gut schmeckt und nahrhaft ist, und Mamercus und ich werden an deinem Bett sitzen und warten, bis du es aufgegessen hast.«

Drusus konnte sich erst wieder seinen Gedanken zuwenden, als es dunkel war. Er fühlte sich jetzt viel besser. Die entsetzliche Müdigkeit wollte nicht weichen, und trotz des Essens und des Weines konnte er nicht einschlafen. Es mußte Monate her sein, seit er zuletzt tief und erholsam geschlafen hatte.

Philippus hatte also alles herausgefunden. Es war unvermeidlich gewesen, daß jemand es herausfinden würde, und es war unvermeidlich gewesen, daß dieser jemand damit entweder zu Drusus oder zu Philippus gehen würde. Oder zu Caepio. Interessant, daß Philippus seinem lieben Freund Caepio nichts davon erzählt hatte! Caepio hätte versucht, die Sache an sich zu reißen, er hätte nicht zugelassen, daß Philippus diesen Sieg für sich allein verbuchte. Deshalb hatte Philippus sein Wissen für sich behalten. Im Hause des Philippus dürfte es heute abend kaum friedlich und freundschaftlich zugehen, dachte Drusus und lächelte, obwohl ihm eigentlich nicht danach zumute war.

Und nun, da Drusus begriffen hatte, daß der Eid entdeckt worden war, fand er endlich Ruhe. Seine Mutter hatte recht. Die öffentliche Verlesung des Eides hatte keinen Einfluß auf sein Tun, sie konnte nur seinen Stolz verletzen. Spielte es eine Rolle, wenn die Menschen unbedingt glauben wollten, er habe alles nur getan, um eine riesige Klientel zu bekommen? Warum sollten sie seine Motive für völlig uneigennützig halten? Es entsprach nicht dem römischen Charakter, persönliche Vorteile abzustreiten, und er *war* nun einmal ein Römer! Eigentlich hätten die Senatoren, die Führer der Volksversammlung und wohl auch der größte Teil der unteren Klassen sofort merken müssen, welche Folgen es haben konnte, wenn ein einzelner Mann das Bürgerrecht an mehrere hunderttausend Männer verlieh. Daß diese Folgen erst bemerkt worden waren, als Philippus den Eid vorlas, zeigte, wie emotionsgeladen diese Frage war, wie sehr die Vernunft fehlte. Es gab einen Sturm der Gefühle, der so stark war, daß er jede praktische Erwägung verhinderte. Warum hatte er, Drusus, erwartet, daß die anderen die Logik dessen erkennen würden, was er tat? Sie waren so sehr emotional betroffen, daß sie nicht einmal erkannt hatten, wie viele Klienten er dann haben würde. Aber wenn sie das nicht erkannt hatten, dann konnte er nicht hoffen, daß sie die Logik seiner Politik erkennen würden, soviel war sicher.

Seine Augenlider fielen herab, und er sank in einen tiefen, erholsamen Schlaf.

Als der Morgen graute, machte Drusus sich auf den Weg zur Curia Hostilia. Er fühlte sich wie neugeboren und Männern wie Philippus und Caepio voll gewachsen.

Wieder leitete Philippus die Sitzung. Er stellte alle anderen Angelegenheiten einschließlich des Heereszuges der Marser hinten an und kam sofort auf Drusus und den Eid zu sprechen, den die Italiker geschworen hatten.

»Ist der Text korrekt, den ich gestern vorgelesen habe, Marcus Livius?«

»Soviel ich weiß, ja, Lucius Marcius. Obwohl ich den Eid zuvor weder gehört noch gelesen habe.«

»Aber du hast davon gewußt.«

Drusus riß die Augen auf; er hätte nicht überraschter aussehen können. »Aber natürlich wußte ich davon, Konsul! Es ist doch unmöglich, daß jemand von einer für ihn – und ganz Rom! – so vorteilhaften Sache nichts weiß! Wenn du das Bürgerrecht für ganz Italien gefordert hättest, hättest du nicht auch mit so etwas gerechnet?«

Drusus hatte zurückzuschlagen begonnen. Philippus stutzte und verlor für einen Augenblick die Fassung.

»Ich würde nie irgend etwas für die Italiker fordern, außer einer gehörigen Tracht Prügel!« erklärte er hochmütig.

»Dann bist du ein noch viel größerer Narr, als ich angenommen hatte!« rief Drusus. »Wir stehen vor einer umfassenden Aufgabe, Senatoren! Es geht darum, ein seit Generationen bestehendes Unrecht gutzumachen, unserem ganzen Land eine Vorherrschaft zu ermöglichen, die wirklich und wünschenswert ist, einige der schrecklichen Barrieren zwischen den verschiedenen Klassen unserer Gesellschaft zu beseitigen, dem drohenden Krieg zu begegnen – und dieser Krieg droht uns *wirklich*, ich warne euch! – und jeden einzelnen der neuen Römer durch einen Eid an Rom, an das Rom der Römer zu binden! Dieser letzte Punkt ist *lebenswichtig!* Nur so kann gewährleistet werden, daß die neuen Bürger lernen, römisch zu denken und zu handeln, daß sie wissen, wie und wen man wählt, und daß sie wirkliche Römer wählen und nicht Männer ihrer eigenen Völker!«

Das leuchtete den Senatoren ein. Drusus meinte geradezu sehen zu können, wie sich gerade der letztgenannte Gesichtspunkt in den Köpfen der gebannt lauschenden Senatoren festsetzte. Er kannte die größte Furcht seiner Kollegen gut – daß durch die überwältigende Zahl neuer römischer Bürger, die über das ganze Land verteilt lebten, der Anteil der echten Römer bei den Wahlen zurückgedrängt werden könnte, daß Italiker sich um die Ämter des Konsuls, des Prätors, des Ädils, des Volkstribuns und des Quästors bewerben könnten und daß sie im Senat die Mehrheit stellen und zuletzt den Senat und die Römer entmachten könnten. Ganz abgesehen von den Komitien der Volksversammlung. Aber wenn die neuen Römer durch einen Klienteneid an Rom gebunden wären, wären sie verpflichtet, so zu wählen, wie ihnen gesagt würde. Das war die Pflicht der Klienten.

»Die Italiker sind Ehrenmänner, genau wie wir«, fuhr Drusus fort. »Das haben sie schon dadurch bewiesen, daß sie den Eid abgelegt haben! Als Gegenleistung für die Gabe des Bürgerrechts werden sie tun, was die Römer ihnen sagen. Die echten Römer!«

»Du meinst, was du ihnen sagst!« rief Caepio giftig. »Wir, die anderen echten Römer, haben dann einen neuen Diktator!«

»Unsinn, Quintus Servilius! Habe ich denn während meines Volkstribunats auch nur ein einziges Mal etwas anderes getan, als den Willen des Senats auszuführen? Wann habe ich mich mehr um mein eigenes Wohlergehen gekümmert als um das des Senats? Wann habe ich den Bedürfnissen des römischen Volkes die kalte Schulter gezeigt? Welchen besseren Schutzherrn hätten die Italiker finden können als mich, den Sohn eines Römers aus römischem Geschlecht, einen umsichtigen, im Grunde konservativen Mann?«

Drusus wandte sich an die Senatoren auf der anderen Seite und breitete die Arme aus. »Wen hättet ihr denn lieber als Patron so vieler neuer Bürger, Senatoren? Marcus Livius Drusus oder Lucius Marcius Philippus? Marcus Livius Drusus oder Quintus Servilius Caepio? Marcus Livius Drusus oder Quintus Varius Severus Hybrida Sucronensis? Denn ihr müßt diese Entscheidung bald treffen, Senatoren – die Italiker *werden* das Bürgerrecht erhalten! Ich habe es geschworen, und *ich werde es durchsetzen!* Ihr habt meine Gesetze für ungültig erklärt, ihr habt mich meiner Aufgaben und Leistungen als Volkstribun beraubt. Aber mein Amtsjahr ist noch nicht abgelaufen, und ich habe mich euch gegenüber immer ehrenhaft verhalten, Senatoren! Ich werde das allgemeine Bürgerrecht für Italien übermorgen in der Volksversammlung beantragen, und ich werde eine Volksversammlung nach der anderen einberufen und die Angelegenheit diskutieren lassen, stets korrekt in religiöser Hinsicht, stets korrekt in formaler Hinsicht und stets friedlich und vernünftig. Denn welchen Eid auch immer es geben mag, ich schwöre euch hier und jetzt, daß ich mein Tribunatsjahr nicht beenden werde, ohne eine *lex Livia* in Kraft gesetzt zu haben – ein Gesetz, das jeden Mann vom Arno bis nach Rhegium, vom Rubikon bis nach Vereium, vom Tyrrhenischen Meer bis zur Adria zu einem römischen Vollbürger macht! Wenn mir die Italiker einen Eid geschworen haben, so habe auch ich ihnen einen Eid geschworen – daß ich ihnen während meiner Amtszeit zum Bürgerrecht verhelfen werde. Und das werde ich! Glaubt mir, das werde ich!«

Drusus hatte gewonnen. Alle wußten es.

»Das war brillant«, erklärte Antonius Orator. »Er hat sie so weit gebracht, daß sie das allgemeine Bürgerrecht für unvermeidlich halten. Sie sind gewohnt, Männer zerbrechen zu sehen, aber sie sind es nicht gewohnt, selbst zerbrochen zu werden! Und Drusus hat sie zerbrochen, Senatsvorsitzender, das sage ich dir!«

»Ich glaube es auch«, sagte Scaurus, aus dessen Augen ein inneres Licht zu leuchten schien. »Weißt du, Marcus Antonius, ich habe immer geglaubt, daß mich in der römischen Politik nichts mehr überraschen könnte, daß alles irgendwann schon einmal gemacht wurde – und besser gemacht wurde. Aber Marcus Livius ist einzigartig. Rom hat noch nie einen Mann wie ihn gehabt. Und wird nie mehr einen Mann wie ihn haben, glaube ich.«

Drusus stand zu seinem Wort. Er stellte sein Gesetz für die Einbürgerung der Italiker der Volksversammlung vor. Die Aura des unbezwinglichen Siegers umgab ihn und sicherte ihm die Bewunderung aller Anwesenden. Sein Ruhm war gewachsen, man sprach jetzt in allen Schichten der Gesellschaft über ihn. Seine konservativen Überzeugungen und seine eiserne Entschlossenheit, den Weg des Rechts und des Gesetzes zu beschreiten, machten eine neue Art Held aus ihm, denn ganz Rom war im Grunde konservativ, auch die Plebejer. Man jubelte Männern wie Saturninus zu, war aber nicht willens, um eines Saturninus' willen römische Adlige zu töten. Der *mos maiorum*, jene Traditionen und Bräuche, die sich im Laufe der Jahrhunderte angesammelt hatten, galt sogar für die besitzlosen Plebejer. Und hier war nun endlich ein Mann, dem der *mos maiorum* genausoviel galt wie das Gesetz. Marcus Livius Drusus wurde allmählich in den Mantel eines Halbgottes gekleidet, und dies wiederum brachte die Leute dazu, alles für richtig zu halten, was er wollte.

Philippus, Caepio, Catulus Caesar und ihre Gefolgschaft mußten hilflos mitansehen, wie Drusus seine Volksversammlungen in der zweiten Oktoberhälfte und bis in den November hinein durchführte. Metellus Pius das Ferkel schwankte unentschlossen zwischen den beiden Parteien. Die Sitzungen der Volksversammlung begannen zunächst eher stürmisch, aber Drusus war stets Herr der Situation. Er ließ jeden zu Wort kommen, sogar den Pöbel, erlag aber nie der Tyrannei oder der Versuchung der Massen. Wurde eine Versammlung zu hitzig, löste er sie auf. Anfangs hatte Caepio noch versucht, die Versammlungen zu sprengen, indem er Gewalt provozierte, aber dieses erprobte und bewährte Mittel verfehlte bei Drusus seine Wirkung. Er schien über einen angeborenen Instinkt für bevorstehende Gewaltakte zu verfügen und löste die Sitzungen auf, bevor Gewalt ausbrechen konnte.

Sechs, sieben, acht Volksversammlungen ... Jede Versammlung verlief ruhiger als die vorherige, die Zuhörer schienen sich immer mehr mit der Unvermeidlichkeit des Gesetzes abzufinden. Steter Tropfen höhlt den Stein. Drusus erschöpfte seine Gegner durch seine unermüdliche Würde und Milde, seine bewundernswert gute Laune, seine immer gegenwärtige Vernunft. Neben ihm wirkten seine Gegner ordinär, ungezogen und töricht.

»Es geht nicht anders«, sagte Drusus, als er nach der achten Volksversammlung mit Scaurus auf der Treppe vor dem Senatsgebäude stand. Scaurus hatte von hier die Vorgänge in der Volksversammlung verfolgt. »Den adligen Politikern Roms fehlt die Geduld. Glücklicherweise besitze ich diese Qualität im Überfluß. Ich setze mich mit jedem auseinander, der mir zuhört, und das mögen sie. Sie mögen mich! Ich habe Geduld mit ihnen, und sie beginnen mir zu vertrauen.«

»Seit Gaius Marius bist du der erste Mann, den sie wirklich gern haben«, sagte Scaurus wehmütig.

»Mit gutem Grund«, antwortete Drusus. »Gaius Marius ist auch ein Mann, dem sie vertrauen können. Er spricht sie mit seiner wunderbaren Direktheit an, seiner Stärke, und er gibt ihnen das Gefühl, mehr zu ihnen als zum römischen Adel zu gehören. Ich verfüge nicht über seine natürlichen Vorteile – ich kann nun einmal nichts anderes als ein römischer Adliger sein. Aber die Geduld hat den Sieg errungen, Marcus Aemilius. Sie haben *gelernt,* mir zu vertrauen.«

»Und du glaubst, daß die Zeit reif ist für eine Abstimmung?«

»Ja.«

»Soll ich die anderen Freunde zusammenrufen? Wir könnten bei mir zu Hause speisen.«

»Der heutige Tag ist für mich so wichtig, daß ich denke, wir sollten bei mir zu Hause essen«, sagte Drusus. »Morgen entscheidet sich mein Schicksal, in welcher Weise auch immer.«

Scaurus eilte davon, um Marius, Scaevola und Antonius Orator zu holen. Als er Sulla erblickte, winkte er auch ihm zu. »Marcus Livius lädt uns zum Essen ein. Kommst du auch, Lucius Cornelius?« Als er sah, daß Sulla zögerte, setzte er spontan hinzu: »Bitte komm! Es wird niemand dasein, der dir neugierige Fragen stellt, Lucius Cornelius!«

Sulla brachte tatsächlich ein Lächeln zustande. »Also gut, Marcus Aemilius, ich komme.«

Wäre es Anfang September gewesen, hätten die sechs Männer den Weg zu Drusus' Haus allein zurücklegen müssen, denn obwohl Drusus viele Klienten hatte, war es nicht üblich, daß diese ihrem Patron nach dem Ende der Sitzungen auf dem Forum nach Hause folgten. Doch an diesem Tag der achten Volksversammlung war Drusus' Gefolgschaft so gewaltig gewachsen, daß er und seine fünf Freunde den Mittelpunkt einer erregten Menge von ungefähr zweihundert Personen bildeten. Es dämmerte bereits. Die Gefolgschaft bestand nicht aus bedeutenden oder reichen Männern, die meisten gehörten der dritten oder vierten Klasse an, einige waren sogar Plebejer. Sie alle bewunderten und verehrten den standfesten, unbezwingbaren und integren Mann. Seit der zweiten Volksversammlung hatten sie ihn in ständig wachsender Zahl nach Hause begleitet, und heute waren es besonders viele, weil morgen die Abstimmung stattfinden würde.

»Morgen also«, sagte Sulla unterwegs zu Drusus.

»Ja, Lucius Cornelius. Sie haben gelernt, mir zu vertrauen, von den mächtigen Rittern bis hin zu den einfachen Männern, die uns hier umgeben. Ich sehe keinen Grund, die Abstimmung noch weiter hinauszuschieben. Morgen fällt sozusagen die Entscheidung. Wenn ich mein Ziel erreichen soll, dann werde ich es morgen erreichen.«

»Es gibt keinen Zweifel, daß du es erreichen wirst, Marcus Livius«, sagte Marius zufrieden. »Und ich werde für dich stimmen.«

Es war ein kurzer Weg. Sie gingen über das untere Forum bis zu den Treppen der Vestalinnen, und als sie dann rechts auf den Clivus Victoriae einbogen, lag das Haus des Drusus direkt vor ihnen.

»Kommt herein, Freunde!« rief Drusus fröhlich der Menge zu. »Geht ins Atrium, ich werde mich dort von euch verabschieden.« Leise sagte er zu Scaurus: »Bringe die übrigen Freunde in mein Arbeitszimmer und wartet dort auf mich. Es wird nicht lange dauern, aber es wäre unhöflich, sie ohne Abschiedsrede nach Hause zu schicken.«

Scaurus und die anderen vier gingen zum Arbeitszimmer voraus.

Drusus geleitete seine drängelnde Gefolgschaft durch den großen Garten des Peristyls zu der großen Doppeltür an der rückwärtigen Seite der Kolonnade. Auf der anderen Seite der Tür lag das Atrium, ein wunderbarer Raum, der in lebhaften Farben ausgemalt war; jetzt lag er im Halbdunkel, da die Sonne bereits untergegangen war. Drusus stand eine Zeitlang scherzend und lachend unter seinen Bewunderern und ermahnte sie, morgen richtig abzustimmen. Dann begannen sie sich in kleinen Gruppen von ihm zu verabschieden, bis nur noch ein paar Männer bei ihm waren. Die kurze Dämmerung war fast vorüber, und die Nischen hinter den Säulen und die vielen Alkoven lagen in undurchdringlicher Dunkelheit, da die Lampen noch nicht entzündet worden waren.

Die letzten Männer wandten sich dem Ausgang zu. Einer der Männer stieß in der Dunkelheit hart mit Drusus zusammen. Drusus fühlte, wie der Bausch seiner Toga heruntergerissen wurde, und spürte einen scharfen, brennenden Schmerz in seiner rechten Lende. Er unterdrückte einen Aufschrei, denn obwohl diese Männer zu seiner Gefolgschaft gehörten, waren sie dennoch Fremde. Dann eilten sie mit der Bemerkung hinaus, es sei plötzlich dunkel geworden und sie wollten nach Hause, bevor es auf den nächtlichen Gassen Roms zu gefährlich würde.

Halb bewußtlos vor Schmerz, stand Drusus in dem Vorraum, der zum Garten führte. Den linken Arm hielt er nach oben, denn die vielen Falten seiner Toga behinderten ihn. Er wartete, bis der Türwächter am anderen Ende des Peristyls die letzten Männer auf die Straße hinausgelassen hatte, dann wollte er sich umwenden und zu seinem Arbeitszimmer gehen, wo seine Freunde warteten. Aber sobald er sich auch nur leicht bewegte, explodierte der unerklärliche, siedende Schmerz. Nun konnte er den Schrei nicht mehr unterdrükken, der unerbittlich aus seiner Brust drang. Eine warme Flüssigkeit lief plötzlich an seinem rechten Bein hinunter. Es war schrecklich!

Als Scaurus und die anderen aus dem Arbeitszimmer stürzten, war Drusus bereits auf die Knie gesunken. Die Hand hatte er an die rechte Hüfte gepreßt. Nun hob er sie und starrte sie erstaunt an, denn sie war voller Blut. Sein Blut. Langsam glitt er auf den Boden wie ein leerer Sack, aus dem die Luft entweicht. Dann lag er mit weit geöffneten Augen da und keuchte vor Schmerzen.

Marius wußte sofort, was zu tun war. Er befreite Drusus' rechte Hüfte von der Toga, bis das Heft des Messers sichtbar wurde, das aus dem oberen Teil der Hüfte ragte.

»Lucius Cornelius, Quintus Mucius, Marcus Antonius: Jeder von euch holt einen Arzt!« befahl Marius knapp. »Senatsvorsitzender, laß die Lampen anzünden – alle Lampen!«

Ohne Vorwarnung schrie Drusus auf, und es war ein furchtbarer Schrei, der zu dem gemalten Sternenhimmel an der Decke des Atriums aufstieg und dort zu verweilen schien wie eine Fledermaus, die von Balken zu Balken flatterte. Plötzlich belebte sich das Atrium, Sklaven eilten schreiend hin und her, der Verwalter Cratippus half Scaurus, die Lampen zu entzünden, und Cornelia Scipionis rannte herein, gefolgt von allen sechs Kindern, und kniete an der Seite ihres Sohnes auf dem blutüberströmten Boden nieder.

»Mordanschlag«, sagte Marius grimmig.

»Ich muß seinen Bruder holen lassen«, sagte die Mutter und stand auf. Der Saum ihres Kleides war blutrot.

Niemand beachtete die sechs Kinder, die hinter Marius standen und die Szene auf dem Boden mit offenen Mündern beobachteten. Ihre weit aufgerissenen Augen waren auf die immer größer werdende Blutlache, auf das schmerzverzerrte Gesicht ihres Onkels und auf den schmutzigen Griff gerichtet, der aus seinem Leib ragte. Drusus schrie nun ununterbrochen. Die Schmerzen wuchsen in dem Maß, in dem die inneren Blutungen auf die großen Nervenbahnen seines Beines drückten. Bei jedem neuen Schmerzensschrei zuckten die Kinder zusammen und wimmerten. Schließlich riß sich der junge Caepio zusammen, nahm seinen mageren kleinen Bruder Cato auf den Arm und drückte dessen zitternden Kopf gegen seine Brust, so daß er Drusus nicht mehr sehen konnte.

Erst als Cornelia Scipionis zurückkam, wurden die Kinder entdeckt und unter der Obhut eines weinenden und zitternden Kindermädchens in ihre Zimmer verbannt. Die Mutter kniete wieder neben Drusus nieder, doch sie war so hilflos wie Marius, der auf der anderen Seite kniete.

In diesem Augenblick erschien Sulla wieder. Es schien, als müsse er den Arzt Apollodorus Siculus beinahe tragen. Er stieß ihn neben Marius auf den Boden. »Dieser kaltherzige Halunke wollte sein Essen nicht kalt werden lassen.«

»Er muß in ein Bett gelegt werden, bevor ich ihn untersuchen kann«, sagte der aus Sizilien stammende Grieche, der nach Sullas hartem Griff noch immer nach Atem rang.

Marius, Sulla, Cratippus und zwei weitere Diener hoben den schreienden Drusus hoch. Als sie ihn zu seinem großen Bett trugen, zog seine blutgetränkte Toga eine leuchtend rote Spur. Auf diesem Bett hatten Drusus und Servilia Caepionis viele Jahre vergeblich versucht, Kinder zu zeugen. Das Zimmer war klein; man hatte so viele Lampen hineingeschafft, daß es den Trägern taghell erschien, als sie Drusus auf das Bett legten.

Weitere Ärzte eilten herbei. Marius und Sulla zogen sich zurück und gingen zu den anderen Freunden ins Atrium. Auch dort waren Drusus' Schreie zu hören. Als Mamercus hereinstürzte, wies Marius nur auf die Tür des Schlafzimmers, machte aber keine Anstalten zu folgen.

»Wir können noch nicht gehen«, sagte Scaurus, der um Jahre gealtert schien.

»Nein, wir müssen noch hierbleiben«, sagte Marius. Auch er fühlte sich um Jahre gealtert.

»Kommt, wir gehen in das Arbeitszimmer, hier stehen wir nur im Weg«, schlug Sulla vor. Er zitterte noch immer leicht. Der Schock wirkte noch immer nach. Außerdem hatte es ihn angestrengt, den widerstrebenden Arzt von der Liege wegzuzerren, auf der er gegessen hatte.

»Beim Jupiter! Ich kann es nicht glauben!« rief Antonius Orator aus.

»Caepio?« fragte Scaevola zitternd.

»Ich habe Varius, den spanischen Hund, im Verdacht«, sagte Sulla mit zusammengebissenen Zähnen.

Auch im Arbeitszimmer hatten sie das Gefühl, nutzlos und ohnmächtig zu sein – dabei waren sie es gewohnt, Anweisungen zu geben. Sie hörten immer noch die gellenden Schreie aus dem Schlafzimmer. Aber bald entdeckten sie, daß Cornelia Scipionis eine würdige Vertreterin ihrer bedeutenden Familie war, denn selbst in dieser schweren Stunde fand sie die Zeit, ihnen Wein und Essen bringen zu lassen und ihnen einen Sklaven als Diener zuzuweisen.

Den Ärzten gelang es schließlich, das Messer zu entfernen. Es war für den Mord wie geschaffen: ein kleines, bösartiges Schuhmachermesser mit breiter, geschwungener Klinge.

»Das Messer wurde in der Wunde vollständig herumgedreht«, sagte Apollodorus Siculus zu Mamercus. Er mußte sehr laut sprechen, um Drusus' Schreie zu übertönen.

»Was heißt das?« fragte Mamercus. Er schwitzte unsäglich und war unfähig, die Bedeutung der Worte des Arztes zu verstehen.

»Es gibt nichts zu heilen, Mamercus Aemilius. Die Blutadern, die

Nerven, die Blase, ich glaube sogar die Eingeweide, alles ist betroffen.«

»Kannst du ihm nicht ein Schmerzmittel geben?«

»Ich habe ihm bereits Mohnsirup gegeben, und ich werde ihm noch mehr davon geben müssen. Leider glaube ich nicht, daß ihm das hilft.«

»Aber was könnte ihm denn helfen?«

»Nichts.«

»Willst du damit sagen, mein Sohn wird sterben?« fragte Cornelia Scipionis ungläubig.

»Ja, *domina*«, antwortete der Arzt würdevoll. »Marcus Livius hat sowohl innere als auch äußere Blutungen. Wir wissen nicht, wie wir diese Blutungen stillen können. Er muß sterben.«

»Unter solchen Schmerzen? Kannst du nichts dagegen tun?« fragte die Mutter.

»Es gibt kein wirkungsvolleres Schmerzmittel in unseren Apotheken als den Sirup des anatolischen Mohns, *domina.* Wenn ihm das nicht hilft, hilft ihm nichts mehr.«

Drusus schrie die ganze Nacht hindurch. Seine Schreie drangen in jeden Winkel des prächtigen Hauses. Sie gellten in den Ohren der Kinder, die engumschlungen in ihrem Zimmer kauerten, um sich zu trösten. Der Kopf des kleinen Cato lag noch immer an der Brust seines Bruders. Alle Kinder weinten und jammerten. Sie hatten schon so viele Tragödien miterlebt, aber den Anblick ihres auf dem Boden liegenden Onkels sollten sie ihr Leben lang nicht vergessen.

Der junge Caepio hielt seinen kleinen Bruder Cato fest in den Armen und küßte ihn auf die Haare. »Sieh doch, ich bin bei dir. Niemand kann dir weh tun!«

Auf dem Clivus Victoriae hatte sich eine ständig wachsende Menschenmenge eingefunden, die sich inzwischen dreihundert Schritte in beide Richtungen erstreckte. Selbst hier draußen waren Drusus' Schreie zu hören, denen immer wieder Stöhnen und Schluchzen folgte, wenn der Schmerz etwas nachließ.

Im Atrium des Hauses hatte sich inzwischen der Senat eingefunden. Caepio und Philippus waren nicht anwesend, eine kluge Entscheidung. Sulla sah durch die Tür des Arbeitszimmers und bemerkte, daß auch Quintus Varius nicht gekommen war. Etwas bewegte sich in der Dunkelheit am Ausgang zur Loggia. Sulla glitt leise hinüber. Ein Mädchen, vielleicht dreizehn oder vierzehn Jahre alt, dunkel und hübsch.

»Was suchst du hier?« fragte Sulla und trat in den Schein einer Lampe.

Sie erschrak, als sie den feurigen Schein seiner rotgoldenen Haare sah; einen Augenblick lang glaubte sie, den toten Cato Salonianus vor sich zu haben. Aus ihren Augen blitzte Haß, der aber rasch wieder erstarb. »Und wer bist du, daß du *mich* fragen darfst?« fragte sie hochmütig.

»Lucius Cornelius Sulla. Wie heißt du?«

»Servilia.«

»Zurück ins Bett, junge Dame. Hier darfst du nicht bleiben.«

»Ich suche meinen Vater«, sagte sie.

»Quintus Servilius Caepio?«

»Ja, meinen Vater!«

Sulla lachte. Sie war ihm gleichgültig, er hatte keinen Grund, ihr etwas zu ersparen. »Warum sollte er hier sein, du dummes Kind, wenn die halbe Welt glaubt, daß er Marcus Livius ermorden ließ?«

Ihre Augen blitzten auf, dieses Mal vor Freude. »Wird er wirklich sterben? Wirklich?«

»Ja.«

»Gut!« sagte sie heftig, öffnete eine Türe und verschwand.

Sulla zuckte die Schultern und kehrte in das Arbeitszimmer zurück.

Kurz nach der Morgendämmerung erschien Cratippus. »Marcus Aemilius, Gaius Marius, Marcus Antonius, Lucius Cornelius, Quintus Mucius, der Herr möchte euch sprechen.«

Statt der Schreie waren jetzt nur noch vereinzelt gurgelnde Laute zu hören. Den Männern im Arbeitszimmer war klar, was dies bedeutete. Sie eilten hinter dem Verwalter her und zwängten sich zwischen den Senatoren durch, die im Atrium warteten.

Drusus' Haut war weiß wie das Laken auf seinem Bett. Sein Gesicht war nur noch eine Maske, in die ein Dämon ein leuchtendes, lebhaftes Paar dunkler Augen gesetzt hatte.

Auf der einen Seite des Bettes stand Cornelia Scipionis, tränenlos und aufrecht, auf der anderen Seite stand Mamercus Aemilius Lepidus Livianus, ebenfalls tränenlos und aufrecht. Die Ärzte waren verschwunden.

»Meine Freunde, ich muß Abschied nehmen«, sagte Drusus.

»Wir sind bei dir«, sagte Scaurus leise.

»Mein Werk wird nun nicht mehr vollendet werden.«

»Nein«, sagte Marius.

»Aber sie mußten es tun, um mich aufzuhalten.« Drusus schrie auf, aber es war ein gedämpfter, erschöpfter Schrei.

»Wer war es?« fragte Sulla.

»Einer von sieben Männern. Ich kenne sie nicht. Gewöhnliche Männer. Aus der dritten Klasse, würde ich sagen. Keine Plebejer.«

»Hast du eine Drohung erhalten?« fragte Scaevola.

»Nein.« Drusus stöhnte erneut auf.

»Wir werden den Mörder finden«, versprach Antonius Orator.

»Oder den Mann, der den Mörder gedungen hat«, setzte Sulla hinzu.

Danach standen sie schweigend am Fuß des Bettes. Sie wollten nicht noch mehr von dem kurzen Leben verschwenden, das Drusus noch verblieb. Drusus' Atem ging rasselnd, aber die Schmerzen schienen erträglicher geworden zu sein. Plötzlich versuchte Drusus, sich aufzusetzen. Er sah sie mit verschleiertem Blick an.

»*Ecquandone?*« fragte er laut und klar. »*Ecquandone similem mei civem habebit res publica?* Wer wird nun an meiner Stelle die Republik schützen?«

Der Schleier hatte sich fast völlig über die schönen Augen gesenkt, sie glänzten nun wie dunkles Gold. Dann starb Drusus.

»Niemand, Marcus Livius«, sagte Sulla. »Niemand.«

V

Quintus Poppaedius Silo erfuhr von Drusus' Tod in Marruvium durch einen Brief der Cornelia Scipionis, keine zwei Tage nach der Katastrophe. Die kurze Zeit war ein weiteres Zeugnis für die bemerkenswerte Seelenstärke und Geistesgegenwart der Mutter des Toten. Sie hatte ihrem Sohn versprochen, Silo zu benachrichtigen, bevor er die Neuigkeit auf Umwegen erfuhr, und sie hatte Wort gehalten.

Silo weinte, war aber weder überrascht noch wirklich erschüttert. Danach war ihm wohler, und neuer Tatendrang beflügelte ihn. Endlich war die Zeit des Wartens und der Ungewißheit vorbei. Mit dem Tod des Marcus Livius Drusus war jede Hoffnung geschwunden, daß die Italiker das Bürgerrecht auf friedlichem Wege bekommen würden.

Briefe ergingen an den Samniten Gaius Papius Mutilus, den Marrukiner Herius Asinius, den Paeligner Publius Praesenteius, den Picenter Gaius Vidacilius, den Frantaner Gaius Pontidius, den Vestiner Titus Lafrenius und an den augenblicklichen Führer der Hirpiner, eines Volkes, das seine Prätoren bekanntlich oft wechselte. Aber wo sollte man sich versammeln? Die italischen Stämme wußten alle von den beiden römischen Prätoren, welche die Halbinsel bereisten, um die »italische Frage« zu untersuchen, und sie trauten keiner römischen oder latinischen Stadt. Der Treffpunkt sollte möglichst zentral gelegen sein, abseits der römischen Hauptstraße, aber trotzdem an einer guten Straße, einer Römerstraße. Fast sofort stand Silo ein felsiger, abweisender Ort vor Augen, eine Stadt mit hohen Festungsmauern, eingebettet in den Zentralapennin und mit Wasser, das nie versiegte. Corfinium an der Via Valeria und am Aternus war eine Stadt der Paeligner an der Grenze zu den Marrukinern.

Schon drei Tage nach Drusus' Tod kamen sie also in Corfinium zusammen, die Anführer acht italischer Stämme und viele Gefolgsleute – Marser, Samniten, Marrukiner, Vestiner, Paeligner, Frantaner, Picenter und Hirpiner. Sie waren aufgeregt und entschlossen.

»Es ist Krieg«, sagte Mutilus fast gleich zu Anfang der Beratung. »Es muß Krieg sein, Italiker! Rom verweigert uns den Rang und die Würde, die uns bei unseren Taten und unserer Stärke zustehen. Schaffen wir uns ein eigenes Land, das nichts zu tun hat mit Rom und den Römern! Holen wir uns die römischen und latinischen Kolonien innerhalb unserer Grenzen zurück! Nehmen wir unser Schicksal selbst in die Hand, mit unseren Leuten und unserem Geld!«

Die kämpferische Erklärung wurde mit Beifallrufen und trampelnden Füßen begrüßt, eine Reaktion, die Mutilus anfeuerte und Silo ermutigte, denn der eine haßte Rom bis aufs Blut, der andere glaubte nicht an Rom.

»Schluß mit den Steuern für Rom!« rief Mutilus. »Schluß mit den Soldaten für Rom! Schluß mit Land für Rom! Schluß mit römischen Peitschen auf nackten italischen Rücken! Schluß mit der römischen Schuldknechtschaft! Schluß mit den Verbeugungen, den Kratzfüßen und der Kriecherei vor Rom! Wir schaffen uns eine eigene Macht! Wir treten an die Stelle Roms! Denn bald, Italiker, liegt Rom in Schutt und Asche!«

Da es in Corfinium weder eine Halle noch ein Forum für zweitausend Männer gab, fand die Versammlung auf dem öffentlichen Marktplatz statt. Der Beifallssturm, der auf den zweiten Teil von Mutilus' Rede hin losbrach, stieg donnernd zum Himmel auf und rollte als brandende Woge über die Stadt, wo sie die Vögel verschreckte und den Pöbel einschüchterte.

Jetzt ist es entschieden, dachte Silo und lauschte dem Lärm. Alles ist entschieden.

Doch noch war nichts entschieden. Zuerst brauchte das neue Land einen Namen.

»Italia!« schrie Mutilus.

Auch Italias neue Hauptstadt, das jetzige Corfinium, brauchte einen neuen Namen.

»Italica!« schrie Mutilus.

Dann brauchte man eine Regierung.

»Ein Rat von fünfhundert Männern«, schlug Silo vor. »Sie werden aus den Stämmen augelost, die sich Italia anschließen.« Mutilus hatte ihm bereitwillig Platz gemacht. Er war das Herz, Silo der Kopf Italias. »Dieses *concilium Italiae* wird alle Rechtsgrundsätze einschließlich unserer Verfassung ausarbeiten und für ihre Durchsetzung sorgen. Es soll hier, in unserer neuen Hauptstadt Italica, seinen ständigen Sitz haben. Doch ihr wißt alle: Bevor Italica Wirklichkeit werden kann, müssen wir Krieg gegen Rom führen. Bis zum Sieg über Rom, der uns sicher ist, braucht Italia einen Kriegsrat aus zwölf Prätoren und zwei Konsuln. Ich weiß, das sind römische Namen. Aber sie erfüllen ihren Zweck, und so ist es am einfachsten. Unter Aufsicht und mit Zustimmung des *concilium Italiae* soll dieser Kriegsrat unseren Krieg gegen Rom leiten.«

»In Rom nimmt das doch keiner ernst!« brüllte der Vestiner Titus Lafrenius. »Zwei Namen! Wir haben nicht mehr zu bieten als einen Namen für ein Land, das es nicht gibt, und einen neuen Namen für eine alte Stadt!«

»Rom nimmt uns ernst«, entgegnete Silo unbeirrt, »wenn wir Münzen prägen und Baumeister beauftragen, ein prächtiges Stadtzentrum zu errichten! Unsere erste Münze wird die acht Gründerstämme von Italia zeigen, versinnbildlicht durch acht Männer mit gezückten Schwertern, die Rom in Gestalt eines Schweines opfern. Die Rückseite wird das Antlitz einer neuen Gottheit im italischen Pantheon tragen: der Italia! Unser Tier wird der samnitische Stier sein, unser Schutzgott Liber Pater, der Vater der Freiheit, der einen Panther an der Leine führen wird, denn so zahm werden wir Rom machen! Und noch vor Jahresende wird die neue Hauptstadt Italica ein Forum so groß wie das römische Forum haben, ein Versammlungshaus, das fünfhundert Mann faßt, einen Tempel der Italia, größer als der Ceres-Tempel Roms, und einen Tempel des Jupiter Italiae, größer als der Tempel des Jupiter Optimus Maximus in Rom! Wir werden Rom ebenbürtig sein, das wird Rom bald merken!«

Erneut toste Beifall. Silo wartete mit grimmigem Lächeln auf der Rednertribüne, bis wieder Ruhe einkehrte.

»Rom wird uns nicht getrennt sehen!« rief er. »Das schwöre ich jedem Mann hier und im ganzen freien Italia. Wir werden alle unsere Mittel zusammenlegen, ob Menschen, Geld, Essen oder Besitz! Und die Heerführer, die im Namen Italias Krieg gegen Rom führen, werden sich enger zusammenschließen als alle Heerführer in der Geschichte des Krieges! Schon in wenigen Tagen können wir hunderttausend Soldaten ins Feld führen, und noch mehr werden dazukommen, viel mehr!« Er machte eine Pause und lachte laut. »In zwei Jahren, Italiker, das versichere ich euch, bettelt Rom darum, das Bürgerrecht von Italia zu bekommen!«

Weil es sich um eine gerechte und verdienstvolle Sache handelte, an deren Notwendigkeit und Dringlichkeit keiner zweifelte, ging die Besetzung der wichtigsten Stellen ohne Streit und Mißgunst vonstatten. Noch am selben Tag bildete sich der Rat der Fünfhundert und nahm seine Tätigkeit auf, und der kleinere Kriegsrat begann mit der Planung des Krieges.

Die Magistraten des Kriegsrates wurden wie bei den Griechen durch einfaches Handzeichen gewählt. Man wählte auch je einen Prätor für die Lukaner und die Venusiner, die sich Italia noch gar nicht angeschlossen hatten; die Wähler waren überzeugt, daß die beiden Stämme noch zu ihnen stoßen würden.

Zu Konsuln wurden der Samnite Gaius Papius Mutilus und der Marser Quintus Poppaedius Silo gewählt. Prätoren waren der Marrukiner Herius Asinius, der Marser Publius Vettius Scato, der Paeligner Publius Praesenteius, der Picenter Gaius Vidacilius, der Samniter Marius Egnatius, der Vestiner Titus Lafrenius, der Picenter Titus Herennius, der Frentaner Gaius Pontidius, der Venusiner Lucius Afranius und der Lukaner Marcus Lamponius.

Auch der Kriegsrat, der in der kleinen Versammlungshalle von Corfinium – oder Italica – tagte, machte sich sofort an die Arbeit.

»Wir müssen die Etrusker und Umbrer gewinnen«, warnte Mutilus. »Wenn sie sich uns nicht anschließen, können wir Rom nicht den Weg nach Norden abschneiden. Und wenn uns das nicht gelingt, bekommt Rom weiterhin Hilfe aus Gallia Cisalpina.«

»Die Etrusker und Umbrer sind seltsame Menschen«, gab der Marser Scato zu bedenken. »Sie haben sich nie als Italiker betrachtet wie wir – oder wie Rom – diese Toren!«

»Sie sind in Massen losmarschiert, um gegen die Auflösung des *ager publicus* zu protestieren«, sagte Herius Asinius. »Das zeigt doch, daß sie auf unserer Seite stehen.«

»Ich glaube eher das Gegenteil.« Silo runzelte die Stirn. »Die Etrusker sind von den italischen Stämmen die engsten Verbündeten Roms, und die Umbrer folgen blind den Etruskern. Kennen wir vielleicht einen Etrusker oder Umbrer mit Namen? Nicht einen! Das liegt daran, daß sie durch den Apennin immer von uns im Osten abgeschottet waren. Im Norden von ihnen liegt Gallia Cisalpina, im Süden Rom und Latium. Sie verkaufen ihr Holz und ihre Schweine nach Rom, nicht an die anderen italischen Stämme.«

»Das mit dem Holz verstehe ich, aber was bedeuten schon ein paar Schweine?« fragte der Picenter Vidacilius.

Silo grinste. »Es gibt solche Schweine und solche Schweine, Gaius Vidacilius! Manche Schweine grunzen nur, aus anderen macht man prachtvolle Panzerhemden.«

»Pisae und Populonia!« rief Vidacilius. »Jetzt geht mir ein Licht auf.«

»Gut, Etruria und Umbria müssen also noch gewonnen werden«, sagte Marius Egnatius. »Ich schlage vor, wir wählen aus unserem Rat der Fünfhundert einige aus, die gut reden können, und schicken sie zu den Anführern der Etrusker und Umbrer, während wir uns an unser eigentliches Geschäft machen, den Krieg. Wie fangen wir an?«

»Was meinst du, Quintus Poppaedius?« fragte Mutilus.

»Wir rufen die Soldaten zu den Waffen. Aber ich schlage vor, zugleich Rom in Sicherheit zu wiegen und eine Abordnung zum Senat zu schicken, die noch einmal um das Bürgerrecht für uns bitten soll.«

»Sollen sie doch mit ihrem Bürgerrecht machen, was ein Grieche mit einem schönen Knaben macht!« schnaubte Marius Egnatius.

»Ja natürlich«, lachte Silo. »Aber das brauchen sie erst zu wissen, wenn wir es ihnen mit dem Heer deutlich machen können. Wir sind zwar bereit, aber wir brauchen noch mindestens einen Monat, bis wir richtig losschlagen können. Ich weiß, daß in Rom fast alle glauben, wir bräuchten noch Jahre, bevor wir marschieren können. Warum ihnen die Illusion nehmen? Wenn wir noch einmal um das Bürgerrecht bitten, sieht es so aus, als seien wir tatsächlich nicht kampfbereit.«

»Einverstanden, Quintus Poppaedius«, sagte Mutilus.

»Gut. Dann schlage ich vor, daß wir aus dem Rat der Fünfhundert eine zweite Gruppe guter Redner auswählen, die nach Rom geht. Sie sollte von mindestens einem Mitglied des Kriegsrats geführt werden.«

»Eines ist sicher«, meinte Vidacilius. »Wenn wir den Krieg gewinnen wollen, müssen wir uns beeilen. Wir müssen die Römer rasch und vernichtend schlagen, an möglichst vielen Fronten. Wir haben hervorragend ausgebildete Truppen und bestes Kriegsmaterial. Wir haben prächtige Zenturionen.« Verdrossen fügte er hinzu: »Aber leider haben wir keine Feldherren.«

»Falsch«, widersprach Silo heftig. »Wenn du meinst, wir hätten keinen Gaius Marius, dann hast du recht. Aber der ist inzwischen ein alter Mann, und wen haben die Römer sonst? Quintus Lutatius

Catulus Caesar, der behauptet, er habe die Kimbern in Gallia Cisalpina geschlagen? Jeder weiß doch, daß es Gaius Marius war. Sie haben Titus Didius, aber Didius ist nicht Marius. Und wichtiger ist noch, daß sie Didius' Legionen ins Lager nach Capua verlegt haben – es sind vier, und alles Veteranen. Ihre besten aktiven Feldherrn, Sentius und Bruttius Sura, sind in Makedonien. Keiner würde es wagen, sie von dort zurückzuholen. Sie haben zuviel zu tun.«

»Bevor sich Rom von uns erobern läßt«, sagte Mutilus bitter, »schreibt es alle Provinzen ab und ruft die Legionen zurück. Deshalb müssen wir diesen Krieg *schnell* gewinnen!«

»Ich habe noch etwas zu den Feldherren zu sagen«, sagte Silo geduldig. »Es ist eigentlich gar nicht so wichtig, welche Heerführer Rom zur Verfügung hat. Rom wird reagieren, wie es immer reagiert hat – und die Konsuln des Jahres haben den Oberbefehl im Feld. Ich meine, mit Sextus Julius Caesar und Lucius Marcius Philippus brauchen wir nicht mehr zu rechnen. Deren Zeit ist fast um. Ich weiß nicht, wie die Konsuln des nächsten Jahres heißen, aber sie sind sicher schon gewählt. Deshalb teile ich eure Bedenken nicht, Gaius Vidacilius und Gaius Papius. Jeder der hier Versammelten hat solange Militärdienst geleistet wie die Kandidaten für das Amt des römischen Konsuls. Ich beispielsweise habe an mehreren größeren Gefechten teilgenommen. Und ich hatte das große Glück, Roms schreckliche Niederlage bei Arausio miterleben zu dürfen! Mein Prätor Scato, auch ihr, Gaius Vidacilius, Gaius Papius, Herius Asinius, Marius Egnatius – es gibt in diesem Raum doch keinen, der nicht an mindestens sechs Feldzügen teilgenommen hat! Vom Befehlen verstehen wir mindestens ebensoviel wie jeder, den die Römer ins Feld schicken, ob Legat oder Heerführer.«

»Und wir haben einen großen Vorteil«, sagte Praesenteius. »Wir kennen das Land besser als die Römer. Wir bilden unsere Leute schon seit Jahren überall in Italien aus. Die Römer sammeln ihre Kriegserfahrung anderswo, nicht in Italien. Sobald die Legionäre die Rekrutenschulen in Capua verlassen, kommen sie weg. Didius' Truppen haben sich zwar leider noch nicht eingeschifft, aber wenn Rom keine Legionen aus Übersee heimholt, verfügt es nur über seine vier Veteranenlegionen.«

»Hat Publius Crassus nicht Truppen aus Hispania Ulterior mitgebracht, als er seinen Triumph feierte?« wollte Herius Asinius wissen.

»Das stimmt. Aber sie wurden zurückgeschickt, als die Spanier wieder einmal rebellierten«, beruhigte ihn Mutilus. Er war am besten darüber informiert, was in Capua vor sich ging. »Die vier Legionen des Titus Didius sind deshalb in Capua stationiert, weil sie vielleicht in der Provinz Asia oder in Makedonien gebraucht werden.«

In diesem Augenblick trat ein Bote ein und überbrachte eine Mitteilung der auf dem Marktplatz tagenden Räte. Mutilus nahm das Papier, überflog es mehrmals und lachte dann barsch.

»Nun, Feldherren des Kriegsrates, offenbar sind unsere Freunde auf dem Marktplatz so entschlossen wie wir, die Sache voranzutreiben! Nach diesem Schreiben hier sind die Mitglieder des *concilium Italiae* übereingekommen, daß sich jede größere Stadt in Italia mit einer Stadt von gleicher Größe in einem anderen italischen Staat zusammentut und Geiseln austauscht – nicht weniger als fünfzig Kinder, aus allen Schichten!«

»Das nenne ich einen Mißtrauensbeweis«, sagte Silo.

»Mag sein, aber zugleich ist es auch ein greifbarer Beweis der Hingabe und Entschlossenheit unserer Bürger«, sagte Mutilus. »Ich nenne es deshalb lieber einen Vertrauenbeweis, daß jede Stadt in Italia bereit ist, das Leben von fünfzig Kindern zu riskieren. Die fünfzig Kinder aus meiner Heimatstadt Bovianum werden nach Marruvium geschickt, und fünfzig Kinder aus Marruvium kommen nach Bovianum. Wie ich sehe, sind bereits weitere Austauschaktionen beschlossen worden – Asculum Picentum und Sulmo – Teate und Saepinum. Gut!«

Silo und Mutilus gingen hinaus, um sich mit dem großen Rat zu besprechen. Als sie zurückkamen, stellten sie fest, daß die Männer im Kriegsrat während ihrer Abwesenheit über mögliche Strategien gesprochen hatten.

»Wir marschieren zuerst auf Rom«, sagte Titus Lafrenius.

»Aber wir dürfen nicht alle Kräfte auf Rom konzentrieren«, wandte Mutilus ein, während er sich setzte. »Wenn wir aus Etruria und Umbria keine Unterstützung bekommen, und davon müssen wir wohl ausgehen, dann können wir im Norden von Rom vorerst nichts ausrichten. Und wir dürfen nicht vergessen, daß das nördliche Picenum fest in der Hand der römischen Pompeier ist und uns deshalb nicht helfen kann. Stimmt ihr mir zu, Gaius Vidacilius und Titus Herennius?«

»Leider müssen wir dir zustimmen«, sagte Vidacilius gewichtig. »Das nördliche Picenum ist römisch. Über die Hälfte gehört Pompeius Strabo persönlich, und was ihm nicht gehört, gehört Pompeius Rufus. Wir haben nur einen Streifen zwischen Sentinum und Camerinum, mehr nicht.«

»Wir müssen den Norden also fast ganz abschreiben«, sagte Mutilus. »Im Osten von Rom, wo der Apennin ansteigt, sieht es viel besser für uns aus. Was den Süden der Halbinsel angeht, so können wir Rom wahrscheinlich ganz von Tarentum und Brundisium abschneiden. Und wenn Marcus Lamponius mit Lucania zu uns stößt, und das tut er meiner Ansicht nach sicher, dann können wir Rom auch von Rhegium abschneiden.« Mutilus' Züge entspannten sich. »Bleibt jedoch noch das Tiefland der Campania, das sich über Samnium bis zur apulischen Adria erstreckt. Dort müssen wir Rom am härtesten schlagen, aus mehreren Gründen. Der wichtigste ist, daß Rom glaubt, die Campania endgültig unterworfen und dem römischen Reich einverleibt zu haben. Aber das stimmt nicht, Männer! Capua und Puteoli halten sie vielleicht fest in Händen, aber den Rest der Campania können wir ihnen bestimmt abnehmen! Wenn uns das glückt, verlieren sie die besten Seehäfen in der Nähe von Rom und das fruchtbarste Ackerland der näheren Umgebung, und der Weg zu den großen und wichtigen Häfen im fernen Süden ist ihnen abgeschnitten. Wir isolieren Capua. Ist Rom erst in der Defensive, werden Etruria und Umbria sich beeilen, zu uns zu stoßen. Wir müssen jede Straße, die von Osten und Süden nach Rom führt, unter unsere Kontrolle bringen, und wir müssen versuchen, auch die Via Flaminia und die Via Cassia zu beherrschen. Wenn Etruria erst auf unserer Seite steht, gehört uns natürlich jede Römerstraße. Dann können wir Rom notfalls aushungern.«

»Siehst du, Gaius Vidacilius?« sagte Silo triumphierend. »Wer sagt denn, daß wir keine Feldherren haben?«

Vidacilius gab sich geschlagen und hob die Hände. »Ich stimme dir zu, Quintus Poppaedius! In Gaius Papius haben wir einen Feldherren.«

»Ihr werdet noch sehen«, sagte Mutilus, »daß allein in diesem Raum ein Dutzend gute Feldherren versammelt sind.«

Am gleichen Tag, als der neue Staat Italia entstand und dessen Führer in der neuen Hauptstadt berieten, ritt der Prätor Quintus Servilius aus der Familie der Auguren von der Hafenstadt Firmum Picenum die Via Salaria in Richtung Rom. Seit Juni hatte er die Länder nördlich von Rom bereist und war durch die fruchtbaren Hügel

Etrurias bis hinauf an den Arno gelangt, der die Grenze zu Gallia Cisalpina bildete. Dann war er östlich nach Umbria weitergezogen und von dort die adriatische Küste entlang nach Süden. Er war mit sich zufrieden. Jeden italischen Stein hatte er umgedreht, und wenn er kein Verschwörernest gefunden hatte, so deshalb, weil es keines gab. Davon war Quintus Servilius überzeugt.

Er war gereist wie ein König. Als Inhaber eines prokonsularischen Imperiums stand ihm ein prächtiges Gefolge zu: Ihm voraus ritten zwölf karmesinrot gekleidete Liktoren mit schwarzen, metallbeschlagenen Gürteln, die Rutenbündel trugen, in denen die Richtbeile steckten. Quintus Servilius selbst saß auf einem schneeweißen Zelter und trug eine purpurne Tunika unter einem silber-plattierten Panzer. In unbewußtem Anklang an den armenischen König Tigranes hatte er einem Sklaven befohlen, neben ihm herzugehen und ihm mit einem Sonnenschirm Schatten zu spenden. Der seltsame Lucius Cornelius Sulla hätte sich bei diesem Anblick krankgelacht, und dann hätte er Quintus Servilius wahrscheinlich von seinem zahmen Pferd heruntergezerrt und sein Gesicht in den Staub gedrückt.

Quintus Servilius schickte täglich eine Gruppe von Dienern voraus, die das beste verfügbare Quartier ausfindig machen sollten, meist die Villa eines reichen Mannes oder eines Magistraten. Bezeichnend für ihn war, daß es ihn nicht kümmerte, wie sein Gefolge unterkam. Außer den Liktoren und einer großen Menge Sklaven eskortierten ihn zwanzig schwerbewaffnete und prachtvoll gekleidete Reiter. Da Quintus Servilius auf seiner gemächlichen Reise dringend Gesellschaft brauchte, ließ er sich von dem Legaten Fonteius begleiten, einem reichen, aber unbedeutenden Mann, der vor kurzem von sich reden gemacht hatte, als seine siebenjährige Tochter Fonteia mit einer gewaltigen Mitgift in die Schule der vestalischen Jungfrauen eingetreten war.

Quintus Servilius aus der Familie der Auguren war der Ansicht, daß der römische Senat sich Sorgen um nichts gemacht hatte, aber er dachte nicht daran, sich zu beklagen. Immerhin hatte er mehr von Italien gesehen, als er sich je hätte träumen lassen, und das unter segensreichen Umständen. Wohin er auch kam, er wurde gefeiert und festlich bewirtet. Dank der Großzügigkeit seiner Gastgeber und der ehrfurchtgebietenden Amtsgewalt des prokonsularischen Imperiums war seine Geldtruhe noch über die Hälfte gefüllt. Er würde sein Jahr als Prätor mit einer wohlgefüllten Geldbörse beenden – und auf Staatskosten.

Die Via Salaria, die alte Salzstraße, war ursprünglich der Schlüssel zum römischen Glück gewesen, vor der Königszeit, als latinische Händler das in der Ebene um Ostia geförderte Salz entlang dieser Straße vertrieben hatten. Inzwischen hatte die Via Salaria jedoch so sehr an Bedeutung verloren, daß der Staat den Straßenbelag nicht mehr in Ordnung hielt. Quintus Servilius bekam das zu spüren, kaum daß er Firmum Picenum verlassen hatte. Alle paar Meilen stieß er auf Stellen, an denen Regengüsse auch die letzte Schicht des Belages von den abgerundeten Steinen des Fundaments gewaschen hatten. Als er den Paß nach Asculum Picentum hinauffuhr, der nächsten größeren Stadt, versperrte ihm zu allem Überfluß auch noch ein Erdrutsch den Weg. Eineinhalb Tage brauchten seine Leute, bis sie einen sicheren Durchgang freigeräumt hatten, und der arme Quintus Servilius mußte währenddessen unter ungemütlichen Umständen an Ort und Stelle ausharren.

Die Straße stieg von der Küste steil bergan, denn es war nicht weit zu den hohen Bergkämmen des Apennin. Asculum Picentum war die größte und bedeutendste Stadt im ganzen südlichen Picenum; sie war von einer drohenden, hohen Steinmauer umgeben, schroff wie die umliegenden Berggipfel. Unweit der Stadt floß der Truentius, der zu dieser Jahreszeit aus kaum mehr als einer Reihe von Wasserlöchern bestand. Die klugen Askulaner hatten freilich eine Kiesschicht tief unter dem Bachbett angebohrt, um sich mit Wasser zu versorgen.

Die Vorhut aus Dienern hatte ihre Aufgabe erfüllt, wie Quintus Servilius feststellte, als er als letzter am Haupttor von Asculum Picentum ankam. Zu seinem Empfang stand eine kleine Gruppe offensichtlich wohlhabender Kaufleute bereit, die nicht Griechisch, sondern Latein sprachen und die Toga der römischen Bürger trugen.

Quintus Servilius kletterte von seinem weißen Zelter, schlang den purpurnen Umhang um die linke Schulter und begrüßte das Empfangskomitee mit leutseliger Gönnerhaftigkeit.

»Asculum Picentum ist keine römische oder latinische Kolonie, oder?« fragte er. Seine Kenntnis der Verhältnisse war weniger gut, als sich für einen römischen Prätor auf Dienstreise durch Italien gehört hätte.

»Nein, Quintus Servilius«, sagte Publius Fabricius, der Führer der Abordnung, »aber hier leben ungefähr hundert römische Kaufleute wie wir.«

Servilius Quintus richtete sich empört auf. »Und wo sind die einflußreichen Picenter? Ich hoffe doch sehr, daß mich auch die Einheimischen willkommen heißen!«

Fabricius sah ihn entschuldigend an. »Die Picenter gehen den Römern seit Monaten aus dem Weg, Quintus Servilius. Ich weiß nicht, warum! Offenbar hegen sie Groll gegen uns. Heute findet übrigens hier am Ort ein Fest zu Ehren des Picus statt.«

»Picus?« Quintus Servilius blickte verständnislos auf sein Gegenüber. »Sie geben einem *Specht* zu Ehren ein Fest?«

Sie schritten durch das Tor auf einen schmalen, viereckigen Platz, der mit Girlanden aus Herbstblumen geschmückt war. Das Pflaster war mit Rosenblüten und Gänseblümchen bestreut.

»Picus ist für die Picenter so etwas wie Mars«, erklärte Fabricius. »Sie glauben, er sei der König des alten Italien gewesen und habe die Picenter von ihrem Ursprungsland, dem Land der Sabiner, über die Berge in das Gebiet geführt, das wir heute Picenum nennen. Nach der Ankunft soll Picus sich in einen Specht verwandelt und Bäume angebohrt haben, um die Grenzen des Gebietes zu markieren.«

»Ach so«, sagte Quintus Servilius gleichgültig.

Fabricius führte ihn und seinen Legaten Fontaneius zu seinem prachtvollen Wohnhaus an der höchsten Stelle der Stadt. Zuvor hatte er dafür gesorgt, daß die Liktoren und Reiter in der Nähe angemessen untergebracht und die Sklaven bei seinen eigenen Sklaven einquartiert wurden. Angesichts des ehrerbietigen und luxuriösen Empfangs blühte Quintus Servilius geradezu auf, vor allem, nachdem er sein Zimmer, das beste in einem wunderschönen Haus, gesehen hatte.

Es war heiß an diesem Tag, und die Sonne stand noch immer hoch am Himmel. Nach einem Bad gesellten sich die beiden Römer zu ihrem Gastgeber auf die Loggia, von der aus die Stadt mit ihren imposanten Mauern und die noch imposanteren Berge dahinter zu sehen waren. Es war eine großartige Aussicht für ein Stadthaus.

»Wenn du willst, Quintus Servilius«, sagte Fabricius, als die Gäste erschienen, »gehen wir heute nachmittag ins Theater. Man gibt Plautus' *Bacchides.*«

»Das klingt vorzüglich.« Quintus Servilius setzte sich auf einen mit Kissen gepolsterten Stuhl im Schatten. »Seit meiner Abreise aus Rom habe ich kein Stück mehr gesehen.« Er seufzte behaglich. »Überall Blumen, aber kaum ein Mensch auf der Straße. Ist es wegen dieses Festes des Picus?«

Fabricius runzelte die Stirn. »Nein. Dahinter scheint eine merkwürdige neue Politik der Italiker zu stecken. Heute früh sind fünfzig askulanische Kinder – alles Italiker – nach Sulmo geschickt worden, und jetzt warten sie darauf, daß im Gegenzug fünfzig Kinder aus Sulmo in Asculum eintreffen.«

»Wie merkwürdig! Wenn man es nicht besser wüßte, könnte man es für einen Austausch von Geiseln halten«, sagte Quintus Servilius träge. »Rüsten die Picenter etwa zum Krieg gegen die Marrukiner? Sieht ganz so aus, nicht wahr?«

»Mir ist nichts von einem Krieg zu Ohren gekommen«, sagte Fabricius.

»Aber sie haben fünfzig askulanische Kinder in eine Stadt der Marrukiner geschickt und erwarten bei sich fünfzig Kinder der Marrukiner. Das legt doch zumindest nahe, daß die Beziehungen zwischen Picentern und Marrukinern gespannt sind.« Quintus Servilius kicherte. »Wäre ein Krieg zwischen ihnen nicht schön? Dann hätten sie anderes zu tun, als von uns das Bürgerrecht zu verlangen, nicht?« Es nippte an seinem Wein und sah verblüfft auf. »Mein lieber Publius Fabricius! *Gekühlter* Wein?«

»Nicht schlecht, was?« Fabricius war beglückt, daß er einen römischen Prätor mit einem so alten und ruhmreichen patrizischen Namen wie Servilius hatte überraschen können. »Ich schicke jeden zweiten Tag einige Leute zum Schneeholen. Damit kann ich den Wein den ganzen Sommer und Herbst über kühlen.«

»Köstlich.« Quintus Servilius lehnte sich zurück und fragte ohne Überleitung: »In welchem Gewerbe arbeitest du?«

»Ich habe einen Exklusivvertrag mit den meisten Obstbauern in der Umgebung. Ich kaufe ihnen alle Äpfel, Birnen und Quitten ab. Die besten schicke ich per Schiff nach Rom, wo ich sie als Frischobst verkaufe. Den Rest verarbeite ich in meiner kleinen Manufaktur zu Marmelade, die ich dann auch nach Rom schicke. Außerdem habe ich einen Vertrag für Kichererbsen.«

»Tüchtig, tüchtig.«

»Ja, ich muß sagen, ich habe einiges erreicht«, sagte Fabricius selbstzufrieden. »Es ist übrigens typisch für die Italiker, daß sie wie alle Faulenzer sofort über Monopole, ungerechte Handelspraktiken und ähnlichen Unfug schimpfen, wenn sie einem Menschen mit römischem Bürgerrecht begegnen, dem es besser geht als ihnen. In Wahrheit wollen sie nicht arbeiten, und wenn sie wollen, verstehen sie nichts vom Geschäft! Wenn es nach denen ginge, würden Obst und Gemüse am Boden verfaulen. Ich habe ihnen nicht das Geschäft verdorben, als ich in dieses kalte und öde Nest kam, ich war der erste, der überhaupt Geschäfte gemacht hat! Am Anfang konnten sie nicht genug für mich tun, da waren sie sehr dankbar. Jetzt bin ich bei den Italikern von Asculum *persona non grata.* Meine römischen Freunde hier sagen alle dasselbe, Quintus Servilius.«

»Und ich höre überall dasselbe, von Saturnia bis Ariminum«, sagte der mit der Untersuchung der ›italischen Frage‹ beauftragte Prätor.

Als die Sonne im unteren Drittel des Westhimmels stand und die Hitze langsam kühler Bergluft wich, machten sich Publius Fabricius und seine vornehmen Gäste auf den Weg ins Theater. Der provisorische Holzbau lag direkt an der Stadtmauer, die dem Publikum Schatten spendete, während die Sonne noch immer die Bühne beschien. Rund fünftausend Picenter hatten bereits Platz genommen, und nur die beiden ersten Reihen des Halbrunds waren noch leer. Diese Plätze waren für Römer reserviert.

Fabricius hatte in letzter Minute noch in der Mitte der ersten Reihe ein bequemes Podium errichten lassen, das von einem Baldachin beschattet wurde. Dort war ausreichend Platz für Quintus Servilius' *sella curulis,* einen Stuhl für seinen Legaten Fonteius und einen dritten Stuhl für Fabricius selbst. Daß die Konstruktion den dahinterliegenden Reihen die Sicht nahm, beunruhigte ihn nicht. Sein Gast war ein römischer Prätor mit prokonsularischem Imperium und damit wichtiger als alle italischen Zuschauer zusammen.

Die Römer betraten den Zuschauerraum durch einen Tunnel, der unter den aufsteigenden Sitzreihen hindurchführte und in einen Umgang ungefähr zwölf Reihen über dem Podium mündete, welches an die Orchestra grenzte, eine leere, halbkreisförmige Fläche zwischen Publikum und Bühne. Voran marschierten die Liktoren mit ihren *fasces* über den Schultern, dann folgten der Prätor und sein Legat. Zwischen ihnen schritt strahlend Fabricius, hinter ihnen kamen zwanzig Soldaten. Fabricius' Frau, der man die römischen Gäste nicht vorgestellt hatte, saß mit Freundinnen in der zweiten Reihe rechts neben dem Podium; die erste Reihe war ausschließlich männlichen römischen Bürgern vorbehalten.

Als die Gesellschaft auftauchte, ging ein Murmeln durch die Reihen des Publikums. Die Picenter beugten sich vor und reckten neugierig die Hälse. Aus dem Murmeln wurde ein Brummen und dann ein Gebrüll und Geschrei, in das sich Buhrufe und Gezisch mischten. Quintus Servilius aus der Familie der Auguren war insgeheim verblüfft und bestürzt über den feindseligen Empfang, erklomm aber trotzdem stolz das Podium und nahm hoheitsvoll auf seinem elfenbeinernen Stuhl Platz. Nach außen hin war er ganz der Patrizier Servilius. Fonteius und Fabricius folgten, während Liktoren und Soldaten sich in die erste Reihe rechts und links vom Podium setzten und ihre Speere und *fasces* zwischen den nackten Knien aufpflanzten.

Das Stück begann, eines der besten und lustigsten Stücke Plautus' mit köstlichen musikalischen Einlagen. Zwar spielte nur eine Wanderbühne, aber sie war gut. Unter den Schauspielern waren Römer, Latiner und Italiker, nur Griechen fehlten, da die Truppe sich auf lateinische Lustspiele spezialisiert hatte. Das Fest des Picus in Asculum Picentum gehörte zu den alljährlichen Auftritten der Truppe, doch dieses Jahr war die Stimmung anders; der schwelende Haß gegen Rom, der sich jetzt im Publikum Luft machte, war etwas völlig Neues. Die Schauspieler stürzten sich deshalb mit doppeltem Eifer in ihre Rollen, rissen zusätzliche Possen und schnitten neue Grimassen, fest entschlossen, die Picenter noch vor Ende der Aufführung aus ihrer schlechten Laune zu reißen.

Leider waren auch die Schauspieler in zwei Lager gespalten. Während die beiden Römer der Truppe nur für die Römer auf dem Podium zu spielen schienen, konzentrierten sich die latinischen und italischen Schauspieler auf die einheimischen Askulaner. Nach dem Prolog begann die Handlung mit lustigen Wechselreden zwischen den Hauptpersonen und einem schönen Duett, das gegen das Trällern einer Flöte angesungen wurde. Dann folgte das erste Lied, gesungen von einer wunderbaren, hohen Männerstimme zur Begleitung einer Leier. Der Sänger, ein Italiker aus Samnium, war nicht nur wegen der Stimme, sondern auch wegen seiner Fähigkeit berühmt, aus dem Stegreif zu dichten. Jetzt schritt er auf der Bühne nach vorn und sang vor der Ehrentribüne:

Heil dir, Prätor von Rom!
Heil dir, und fort mit dir!
Was brauchen wir, in Asculum hier,
Roms Vormundschaft, du eitles Tier.
Guckt ihn euch an, den stolzen Gecken!
Gleich ist er weg, und das mit Schrecken,
Und liegt im Dreck.

Von seinem Thron aus Elfenbein
Da stürzt das Schwein, ganz tief.
Noch einen Tritt, bis wir sind quitt,
Schon wird er bleich wie eine Leich!
Setzt ihm recht zu, gebt keine Ruh,
Tretet fest ihm auf die Schuh!

Weiter kam er mit dem improvisierten Lied nicht. Ein Leibwächter des Quintus Servilius nahm seinen Speer und schleuderte ihn im Sitzen auf den samnitischen Sänger. Die Waffe durchbohrte den Sänger, und tödlich getroffen brach er zusammen. Auf seinem Gesicht lag noch immer ein Ausdruck tiefster Verachtung.

Im Theater wurde es totenstill. Die Picenter trauten ihren Augen nicht. Keiner wußte, was er tun sollte. Während die Zuschauer erstarrt auf ihren Plätzen saßen, floh der latinische Schauspieler Saunio, ein Publikumsliebling, ans hintere Ende der Bühne und begann von dort aufgeregt eine Ansprache, während vier seiner Kollegen die Leiche fortschleppten und die beiden römischen Schauspieler eilig das Weite suchten.

»Liebe Picenter, ich bin kein Römer!« rief Saunio. Er klammerte sich wie ein Affe mit einer Hand an einem Stützpfeiler fest und wippte auf und nieder, während er mit der anderen seine Maske schwang. »Ich flehe euch an, werft mich nicht mit diesen Leuten in einen Topf!« Er zeigte auf die Römer auf dem Podium. »Ich bin Latiner, liebe Picenter, auch ich habe unter den Rutenbündeln zu leiden, die durch unser geliebtes Italien marschieren! Auch ich verabscheue die Taten der arroganten römischen Raubtiere!«

An diesem Punkt stand Quintus Servilius von seinem elfenbeinernen Sessel auf, stieg vom Podium hinab, schritt durch die Orchestra und erklomm die Bühne.

»Wenn du nicht auch von einem Speer durchbohrt werden willst, Schauspieler, dann scher dich fort!« herrschte er Saunio an. »Nie in meinem Leben habe ich mir derartige Beleidigungen bieten lassen müssen. Schätz dich glücklich, du Abschaum Italiens, wenn ich meinen Leuten nicht befehle, euren ganzen Haufen niederzumachen!«

Dann wandte er sich dem Publikum zu. Dank der ausgezeichneten Akustik mußte er nicht einmal die Stimme heben, um bis in die oberste Reihe gehört zu werden. »Ich werde die Worte, die hier gefallen sind, nicht vergessen!« verkündete er. »Das Ansehen Roms ist auf unerhörte Weise geschmäht worden! Die Bürger dieses italischen Misthaufens werden teuer dafür bezahlen, das verspreche ich euch!«

Dann ging alles so schnell, daß später keiner den genauen Hergang schildern konnte. Die fünftausend Picenter drängten als geschlossene, schreiende und prügelnde Masse zu den ersten beiden Reihen hinunter, in denen die Römer saßen. Die Menschen füllten den leeren Halbkreis der Orchestra und schoben sich von dort als feste Mauer aus wogenden Körpern und zerrenden, reißenden Händen auf die Soldaten, Liktoren und togagewandeten römischen Bürger zu. Kein Speer wurde erhoben, kein Schwert gezückt, kein Beil aus dem Rutenbündel gezogen.

Die Soldaten, die Liktoren und die römischen Bürger und ihre aufgeputzten Frauen wurden buchstäblich in Stücke gerissen. In den ersten Reihen des Theaters floß Blut in Strömen, flogen Leichenteile wie Wurfgeschosse von einer Seite der Orchestra zur anderen. Die Menge brüllte und kreischte und weinte vor Triumph und Haß. Sie riß fünfzig römische Offiziere und zweihundert römische Geschäftsleute mitsamt ihren Frauen in Stücke aus blutigem Fleisch. Fonteius und Fabricius gehörten zu den ersten Opfern.

Auch für Quintus Servilius aus der Familie der Auguren gab es kein Entrinnen. Noch bevor er einen Schritt tun konnte, waren Zuschauer auf die Bühne gesprungen. Wie im Rausch rissen sie ihm die Ohren ab, zerquetschten ihm die Nase, drückten ihm die Augen aus den Höhlen und rissen ihm die beringten Finger von den Händen. Dann hoben sie den unablässig schreienden Mann an den Füßen, an den Armen und am Kopf hoch und rissen ihn in sechs Stücke.

Als das gräßliche Schauspiel vorüber war, jubelten und tanzten die Picenter von Asculum und stapelten die Leichen der Römer, die sie im Theater abgeschlachtet hatten, auf dem Forum auf. Dann eilten sie durch die Straßen und metzelten die Römer nieder, die nicht im Theater gewesen waren. Als die Nacht hereinbrach, war in Asculum Picentum kein römischer Bürger und kein römischer Familienangehöriger mehr am Leben. Die Einwohner schlossen die gewaltigen Stadttore und berieten, wie sie Vorräte für kommende Belagerungen anlegen konnten. Keiner bereute, daß er sich dem Blutrausch hingegeben hatte. Mit dieser Tat schien vielmehr ein gewaltiger, eiternder Abszeß des Hasses aufgebrochen, und jetzt schwelgte man in Haß und gelobte, sich nie mehr dem römischen Joch zu beugen.

Vier Tage später traf die Nachricht vom Massaker in Asculum Picentum in Rom ein. Die beiden römischen Schauspieler, die von der Bühne geflohen waren, hatten das grauenhafte Gemetzel von einem Versteck aus mit angesehen und waren noch vor Schließung der Tore aus der Stadt entkommen. Sie brauchten vier Tage, um nach Rom zu gelangen. Teils gingen sie zu Fuß, teils erbettelten sie sich einen Platz auf einem Maultierkarren oder hinten auf einem Pferd. Der Schrecken saß ihnen noch so in den Gliedern, daß sie kein Wort über die Greueltat in Asculum Picentum verloren, bevor sie nicht endgültig in Sicherheit waren. Als Schauspieler konnten sie das Blutbad so anschaulich schildern, daß ganz Rom in ungläubigem Entsetzen erstarrte. Im Senat trug man wegen des getöteten Prätors Trauer, und die vestalischen Jungfrauen brachten Opfer für Fonteius dar, den Vater ihres jüngsten Zugangs.

So groß das Unglück war, es war doch wenigstens ein Glück, daß die Wahlen in Rom schon stattgefunden hatten. So blieb dem Senat die unangenehme Aufgabe erspart, mit Philippus ohne Unterstützung fertig werden zu müssen. Die neuen Konsuln waren Lucius Julius Caesar und Publius Rutilius Lupus. Caesar war ein fähiger Mann, aber mittellos und finanziell an den selbstgefälligen und unfähigen, aber reichen Lupus gebunden. Auch in diesem Jahr gab es acht Prätoren, die übliche Mischung aus fähigen und unfähigen Patriziern und Plebejern. Caesar Strabo, der schielende jüngere Bruder des neuen Konsuls Lucius Julius Caesar, wurde kurulischer Ädil. Unter den Quästoren war niemand anders als Quintus Sertorius, der in Hispanien die Krone aus Gras gewonnen hatte und dem damit die Ämterlaufbahn offenstand. Gaius Marius, der Vetter seiner Mutter, hatte bereits dafür gesorgt, daß Sertorius über das für einen Senator vorgeschriebene Vermögen verfügte. Sobald zwei neue Zensoren gewählt waren, würde er in den Senat aufgenommen werden. Obwohl er nur wenige Gerichtshöfe von innen gesehen hatte, hatte er für einen so jungen Mann einen schon recht bekannten Namen, und er übte auf die breite Masse die gleiche magische Anziehungskraft aus wie Gaius Marius.

Im Kollegium der Volkstribunen waren diesmal ungewöhnlich eindrucksvolle Namen versammelt; einer war besonders auffällig: Quintus Varius Severus Hybrida Sucronensis. Sobald das neue Kollegium im Amt sei, schwor Varius, würden alle, die die Verleihung des Bürgerrechts an die Italiker befürworteten, bezahlen müssen, vom höchsten bis zum niedersten. Die Nachricht vom Massaker in

Asculum Picentum versorgte Varius mit zusätzlicher Munition. Noch vor seinem Amtsantritt warb er unter den Rittern und Besuchern des Forums eifrigst um Unterstützung für seine Rachepläne, die er in der Versammlung der Plebs vortragen wollte. Für den Senat, der über die heftigen Vorwürfe Philippus' und Caepios aufgebracht war, konnte das alte Jahr nicht rasch genug verstreichen.

Unmittelbar nachdem die Nachricht aus Asculum Picentum eingetroffen war, erschien eine Abordnung von zwanzig italischen Adligen aus der neuen Hauptstadt Italica, von deren Existenz und der Gründung des neuen Staates Italia sie freilich nichts verrieten. Die Abgeordneten verlangten lediglich, im Senat zum Thema Bürgerrechte gehört zu werden: Sie forderten Bürgerrechte für jeden Mann südlich nicht nur des Arno und des Rubicon, sondern des Po in Gallia Cisalpina! Hinter dieser neuen Forderung steckte schlaue Berechnung. Die Führer des neuen Staates Italia wollten alle in Rom, vom Senat bis zu den Besitzlosen, gegen sich aufbringen, denn sie wollten nicht mehr die Bürgerrechte. Sie wollten den Krieg.

In einer geheimen Besprechung mit der Delegation im Senaculum, einem kleinen Nebengebäude des Concordia-Tempels, versuchte der Senatsälteste Marcus Aemilius Scaurus, diese dreiste Forderung zurückzuweisen. Ursprünglich ein loyaler Anhänger des Drusus, sah er nach dessen Tod keinen Anlaß mehr, noch immer das Bürgerrecht für alle zu verlangen. Er liebte das Leben.

»Sagt euren Herren, daß nicht verhandelt wird, solange für Asculum Picentum nicht volle Wiedergutmachung geleistet ist«, sagte Scaurus verächtlich. »Der Senat empfängt euch nicht.«

»Asculum Picentum ist nur ein blutiger Beweis, wie aufgebracht die Italiker sind«, sagte der Marser Publius Vettius Scato, der die Abordnung anführte. »Es steht nicht in unserer Macht, von Asculum Picentum irgend etwas zu verlangen. Darüber müssen die Picenter selbst entscheiden.«

»Darüber«, erwiderte Scaurus barsch, »wird Rom entscheiden.«

»Wir verlangen noch einmal, daß uns der Senat empfängt«, beharrte Scato.

Aber Scaurus bieb unerbittlich. »Der Senat empfängt euch nicht.«

Die Zwanzig zogen ab, allerdings nicht niedergeschlagen, wie Scaurus auffiel. Scato, der als letzter hinausging, drückte Scaurus eine Pergamentrolle in die Hand. »Nimm das bitte von den Marsern, Marcus Aemilius«, sagte er.

Scaurus öffnete das Dokument erst einige Zeit später zu Hause, wo der Schreiber, dem er es übergeben hatte, es ihm vorlegte. Verärgert, daß er es vergessen hatte, entrollte er es und las mit wachsender Betroffenheit.

Im Morgengrauen berief er eine Sitzung des Senates ein, die wegen der kurzen Benachrichtigungszeit nur schwach besucht war. Philippus und Caepio dachten wie gewöhnlich nicht daran zu erscheinen. Sextus Caesar kam, ebenso die neuen Konsuln und Prätoren und die ausscheidenden und die meisten neuen Tribunen der Plebs. Varius fehlte auffälligerweise, die Konsularen waren anwesend. Sextus Caesar zählte die Anwesenden und stellte mit einiger Erleichterung fest, daß er eine beschlußfähige Menge vor sich hatte.

»Dieses Dokument hier«, verkündete der Senatsälteste Scaurus, »haben drei Marser unterschrieben, Quintus Poppaedius Silo, der sich Konsul nennt, Publius Vettius Scato, der sich Prätor nennt, und Lucius Fraucus, der sich Berater nennt. Ich muß euch den Inhalt vorlesen:

An den Senat und das Volk von Rom. Wir, die gewählten Vertreter des Stammes der Marser, erklären hiermit im Namen unseres Volkes, daß wir Rom die Bündnistreue kündigen. Daß wir keine Steuern, keinen Zehnten und keinen Zoll oder sonstige Abgaben mehr entrichten werden. Daß wir Rom keine Truppen mehr stellen werden. Daß wir die Stadt Alba Fucentia und die dazugehörigen Ländereien zurückerobern werden. Dies ist als Kriegserklärung zu betrachten.

Bewegung kam in das Haus. Gaius Marius streckte seine Hand nach dem Dokument aus, und Scaurus gab es ihm. Langsam machte es die Runde durch die Reihen der Anwesenden, bis sich jeder selbst überzeugt hatte, daß es echt und der Inhalt richtig verlesen worden war.

»Offenbar steht uns ein Krieg bevor«, sagte Marius.

»Mit den *Marsern?*« wunderte sich der Pontifex Maximus Ahenobarbus. »Ich erinnere mich, daß Silo, als ich ihn vor der Porta Collina sprach, sagte, es werde Krieg geben – aber die Marser können uns nicht schlagen! Sie haben nicht genug Soldaten, um gegen Rom in den Krieg zu ziehen! Die beiden Legionen, die Silo dabei hatte, waren ungefähr alles, was die Marser auftreiben können.«

»Das ist merkwürdig«, räumte Scaurus ein.

»Es sei denn«, meinte Sextus Caesar, »es sind weitere italische Stämme im Spiel.«

Doch das glaubte keiner, auch nicht Marius. Die Sitzung ging ohne einen Beschluß zu Ende. Man kam lediglich überein, daß die Italiker im Auge behalten werden müßten und daß zwei umherreisende Prätoren nicht ausreichten! Servius Sulpicius Galba, der Prätor, der im Süden von Rom die ›italische Frage‹ untersuchen sollte, hatte bereits seine Rückkehr angekündigt. Wenn er zurück sei, glaubten die Senatoren, könne man über das weitere Vorgehen entscheiden. Krieg mit Italien? Vielleicht. Aber noch nicht jetzt.

»Als Marcus Livius noch lebte«, sagte Marius nach Ende der Sitzung zu Scaurus, »war ich felsenfest davon überzeugt, ein Krieg mit Italien stehe unmittelbar bevor, aber jetzt, wo er tot ist, kann ich es nicht glauben! Ob es nur an seiner Art lag? Ich weiß es wirklich nicht. Sind sie Marser allein? Ganz bestimmt! Und doch – ich habe Quintus Poppaedius Silo nie für einen Narren gehalten.«

»Ich bin in allem deiner Meinung, Gaius Marius«, stimmte ihm Scaurus zu. »Warum habe ich das Dokument nicht gelesen, als Scato noch in Rom war? Die Götter spielen mit uns, ich spüre es in den Knochen.«

Da der Jahreswechsel bevorstand, hatten die Senatoren natürlich keinen Kopf für Entwicklungen außerhalb Roms, wie ernst oder undurchsichtig sie auch sein mochten. Keiner wollte Krieg, solange die beiden alten Konsuln kurz vor dem Ende ihrer Amtszeit standen und die beiden neuen sich noch nach möglichen Verbündeten im Senat umsahen.

Senat und Forum beschäftigten sich also im Dezember vorwiegend mit inneren Angelegenheiten. Man maß den trivialsten Dingen, die konkret mit Rom zu tun hatten, mehr Gewicht bei als der Kriegserklärung der Marser. Hierzu gehörte auch das vakante Priesteramt des Marcus Livius Drusus. Der Pontifex Maximus Ahenobarbus hatte auch jetzt noch, nach so vielen Jahren, nicht verwunden, daß das Amt damals an Drusus gegangen war statt an ihn, und setzte deshalb rasch den Namen seines ältesten Sohnes Gnaeus auf die Kandidatenliste, den er erst vor kurzem mit Cornelia Cinna, der ältesten Tochter des Patriziers Lucius Cornelius Cinna, verlobt hatte. Das Priesteramt stand freilich den Plebejern zu, wie auch Drusus Plebejer gewesen war. So mutete die Kandidatenliste nach Eingang aller Nominierungen denn auch wie ein plebejisches Ehrenverzeichnis an. Auf ihr stand Metellus Pius das Ferkel, der damit haderte, daß man Gaius Aurelius Cotta auf den Platz seines Vaters gewählt hatte. Der Princeps Senatus Scaurus verblüffte dann alle in letzter

Minute, indem er einen Patrizier zum Kandidaten kürte: Drusus' Bruder Mamercus Aemilius Lepidus Livianus.

»Das ist gesetzeswidrig in zweierlei Hinsicht!« schäumte der Pontifex Maximus Ahenobarbus. »Zum einen ist er Patrizier. Zum anderen ist er ein Aemilius, und du bist schon Pontifex, Marcus Aemilius. Das Amt kann nicht an einen zweiten Aemilius gehen.«

»Unsinn!« wies Scaurus ihn zurecht. »Ich nominiere ihn nicht als adoptierten Aemilius, sondern als Blutsbruder des verstorbenen Priesters. Er ist ein Livius Drusus, und *ich* sage, er muß aufgestellt werden.«

Das Priesterkollegium stimmte schließlich zu, daß Mamercus in diesem Zusammenhang als Livius Drusus behandelt werden müsse, und sein Name wurde auf die Kandidatenliste gesetzt. Wie sich bald herausstellte, hatten die Wähler Drusus sehr gemocht: Mamercus erhielt die Stimmen aller siebzehn Tribus und folgte dem Bruder ins Priesteramt.

Bedenklicher, so schien es damals zumindest, waren die Umtriebe des Quintus Varius Severus Hybrida Sucronensis. Als das neue Kollegium der Volkstribunen am zehnten Dezember die Arbeit aufnahm, sorgte Quintus Varius sofort dafür, daß ein neues Gesetz eingebracht wurde: Jeder, von dem bekannt war, daß er für die Ausdehnung der Bürgerrechte auf alle italischen Stämme eingetreten war, sollte wegen Hochverrats angeklagt werden. Sofort verhinderten Varius' neun Kollegen mit ihren Vetos, daß das Gesetz überhaupt erörtert wurde. Nach dem Vorbild des Saturninus füllte Varius daraufhin die Comitia mit gekauften Schlägern und setzte seine Kollegen so stark unter Druck, daß sie ihr Veto zurückzogen. Nachdem er jede weitere Opposition im Keim erstickt hatte, wurde im neuen Jahr ein neuer Gerichtshof ins Leben gerufen, den die Römer bald nur noch die Kommission des Varius nannten. Er hatte sich speziell mit Hochverrat zu befassen und machte denjenigen den Prozeß, die dafür eingetreten waren, den Italikern die Bürgerrechte zu verleihen. Das Gericht, dessen Geschworene nur aus Rittern bestanden, verfuhr freilich nach so unbestimmten und dehnbaren Richtlinien, daß fast jeder vorgeladen werden konnte.

»Er wird den Gerichtshof dazu benutzen, seine Feinde auszumerzen – und die Feinde des Philippus und des Caepio«, sagte Scaurus, der aus seiner Meinung keinen Hehl machte. »Das werden wir bald sehen! Jedenfalls ist dies das unseligste Gesetz, daß uns je aufgezwungen worden ist.«

Daß Scaurus recht hatte, zeigte sich an Varius' erstem Opfer, dem steifen, förmlichen und ultrakonservativen Lucius Aurelius Cotta, der vor fünf Jahren Prätor gewesen war. Cotta war über seinen Vater ein Halbbruder Aurelias. Obwohl er sich nie begeistert dafür eingesetzt hatte, den Italikern die Bürgerrechte zu verleihen, hatte er sich auf Drusus' Seite geschlagen, als dieser im Senat dafür gekämpft hatte. Ein triftiger Grund für seinen Meinungsumschwung war gewesen, daß er Philippus und Caepio nicht leiden konnte. Und dann hatte er den Fehler gemacht, Quintus Varius zu schneiden.

Dieser Cotta, der älteste Cotta seiner Generation, eignete sich vorzüglich als erstes Opfer der Kommission des Varius. Er war kein Konsular, aber auch kein Hinterbänkler im Senat. Wenn Varius seine Verurteilung durchsetzen konnte, dann hatte er sein Gericht zu einem Instrument des Terrors gegen den Senat gemacht. Lucius Cotta ahnte schon am ersten Tag des Verfahrens deutlich sein Geschick: Die Liste der Geschworenen enthielt fast nur erbitterte Gegner des Senates, und der Vorsitzende des Gerichts, der mächtige und reiche Ritter Titus Pomponius, nahm die Proteste der Verteidiger kaum zur Kenntnis.

»Mein Vater hat eben doch nicht recht.« Der junge Titus Pomponius stand in der Menge, die die Eröffnung des Verfahrens gegen Cotta verfolgte.

Sein Worte waren an einen Mann gerichtet, der ebenfalls zum kleinen Gefolge des Auguren Scaevola gehörte: zu Marcus Tullius Cicero, der vier Jahre jünger, an Bildung und Verstand jedoch vierzig Jahre älter war als Titus Pomponius.

»Was meinst du?« fragte Cicero, der sich nach dem Tod von Sullas Sohn Titus Pomponius angeschlossen hatte. Der Tod des kleinen Sulla war in Ciceros Leben die erste wirkliche Tragödie gewesen; noch jetzt, viele Monate danach, betrauerte und vermißte er den lieben Freund.

»Mein Vater ist ganz versessen darauf, in den Senat zu kommen«, sagte der junge Titus Pomponius bedrückt. »Das frißt an ihm, Marcus Tullius! Er macht nichts mehr, ohne daß er dabei auf den Senat schielt. Als ihm Quintus Varius den Vorsitz in seinem Schwurgericht anbot, hat er sogar diesen Köder geschluckt. Quintus Varius hat sich geschickt zunutze gemacht, daß die Gesetze des Marcus Livius Drusus nicht mehr gelten und deshalb nicht mehr sicher ist, daß mein Vater in den Senat gewählt wird. Man hat meinem Vater versprochen, er werde Mitglied des Senats, sobald die neuen Zensoren gewählt sind. Er müsse nur tun, was man ihm sagt.«

»Aber dein Vater ist doch Geschäftsmann«, wandte Cicero ein. »Als Senator müßte er alles außer seinem Grundbesitz aufgeben.«

»Keine Sorge, das würde er!« Der junge Titus Pomponius klang bitter. »Er hat ja mich. Ich bin kaum zwanzig und mache schon fast die ganze Arbeit im Geschäft. Und er dankt es mir kaum, sage ich dir! Er selbst schämt sich nämlich, Geschäften nachzugehen!«

»Und was hat das damit zu tun, daß dein Vater nicht recht hat?«

»Alles, du Schafskopf!« sagte der junge Titus. »Er will in den Senat! Aber es ist falsch, das zu wollen. Er ist ein Ritter, einer der zehn bedeutendsten von Rom. Ich finde nichts Schlimmes daran, wenn man zu den zehn bedeutendsten Rittern Roms gehört. Er bekommt sein Pferd vom Staat gestellt – wie später einmal ich –, wird von jedem um Rat gefragt, hat großen Einfluß in der Volksversammlung und ist Berater der Tribunen des Schatzamtes. Und was will er? Senator werden! Einer dieser Hinterbänkler, die zum Reden keine Gelegenheit bekommen, geschweige denn gut reden können!«

»Du meinst, er sei ein Aufsteiger«, sagte Cicero. »Daran finde ich nichts Schlimmes. Das bin ich auch.«

»Mein Vater ist gesellschaftlich doch schon ganz oben, Marcus Tullius! Durch seine Geburt und seinen Reichtum. Die Pomponier sind seit Generationen eng mit den Caeciliern vom Zweig des Pilius verwandt; besser kann man nicht gestellt sein, wenn man kein Patrizier ist.« Der junge Titus, der durch seine Geburt dem höchsten Ritteradel angehörte, merkte nicht, daß er Cicero verletzte, als er fortfuhr: »Daß du ein Aufsteiger bist, Marcus Tullius, verstehe ich ja. Wenn du in den Senat kommst, bist du der erste deiner Familie, und wenn du es bis zum Konsulat bringst, adelst du sie. Dann mußt du dich mit möglichst jedem berühmten Mann gutstellen, ob Plebejer oder Patrizier. Aber für meinen Vater bedeutet es ihn Wahrheit einen Abstieg, wenn er Senator zweiten Ranges wird.«

»In den Senat zu kommen, ist nie ein Abstieg!« sagte Cicero betroffen. Der junge Titus war in diesen Tagen besonders bissig. Cicero hatte schließlich begriffen, daß er für Titus von dem Augenblick an, als er gesagt hatte, er sei aus Arpinum, mit einem Makel behaftet war, denn der berühmteste Bürger dieser Stadt war Gaius Marius. Und Gaius Marius war Italiker und konnte kein Griechisch, Marcus Tullius Cicero konnte also nicht mehr sein als ein gebildeter Gaius Marius. Die Familie des Marcus Tullius Cicero hatte die des Marius nie besonders gemocht, auch wenn Angehörige der beiden Familien einander gelegentlich heirateten, doch seit seiner Ankunft in Rom hatte der junge Marcus Tullius Cicero gelernt, Gaius Marius und mit ihm seinen Geburtsort zu hassen.

»Wenn ich einmal Familienvater bin«, sagte der junge Titus Pomponius, »dann bin ich mit meinem Los als Ritter völlig zufrieden. Und wenn die beiden Zensoren vor mir auf die Knie fallen, sie bitten umsonst! Ich schwöre dir, Marcus Tullius, ich werde nie, aber auch gar nie in den Senat einziehen!«

Währenddessen wurde immer deutlicher, wie verzweifelt die Lage des Lucius Cotta war. Keiner war daher überascht, als das Gericht bei der nächsten Sitzung tags darauf bekannt gab, Lucius Aurelius Cotta wolle lieber freiwillig ins Exil gehen, als das unvermeidliche Verbannungsurteil abzuwarten. So durfte er wenigstens den größten Teil seines Vermögens mitnehmen. Wenn er bis zur Verurteilung gewartet hätte, wäre sein ganzes Vermögen beschlagnahmt worden, was das Exil noch härter gemacht hätte.

Die Zeit war denkbar ungünstig, um Grundbesitz zu Geld zu machen: Während der Senat im Zustand schierer Ungläubigkeit verharrte und die Comitia das Treiben des Quintus Varius hingerissen verfolgte, witterte die Geschäftswelt Unheil und traf Vorkehrungen. Plötzlich verschwanden Gelder, Geschäftsanteile wurden abgezogen, und kleinere Gesellschaften hielten Krisensitzungen ab. Hersteller und Importeure von Luxusgütern berieten über die Möglichkeit strenger Luxusgesetze im Kriegsfall und sannen auf Mittel und Wege, wie sie das Sortiment ihrer Waren durch Kriegsgüter ersetzen konnten.

Aber nichts geschah, das den Senat dazu gebracht hätte, die Kriegserklärung der Marser ernstzunehmen. Man hörte nichts von einem vordringenden Heer und nichts von Kriegsvorbereitungen eines italischen Stammes. Nur eines war beunruhigend: Servius Sulpicius Galba, der Prätor, der den Süden der Halbinsel inspizieren sollte, kam nicht nach Rom zurück. Man hörte rein gar nichts mehr von ihm.

Varius' Kommission kam in Fahrt. Lucius Calpurnius Bestia wurde verurteilt und ins Exil geschickt, sein Besitz beschlagnahmt, ebenso Lucius Memmius, der nach Delos ging. Mitte Januar wurde Antonius Orator angeklagt, er hielt aber eine so vorzügliche Rede, daß ihm die Menge auf dem Forum zujubelte und die Geschworenen es für klug hielten, ihn freizusprechen. Erbost über ihren Wankelmut sann Quintus Varius auf Rache und bezichtigte den Senatsvorsitzenden Marcus Aemilius Scaurus des Hochverrats.

Scaurus antwortete auf die Beschuldigungen ohne Rechtsbeistand. In seiner purpurgesäumten Toga war er eine würdevolle Erscheinung. Gelassen hörte er zu, wie Quintus Varius, der die Anklage selbst führte, monoton die lange Liste der Verfehlungen vorlas, die der Senatsvorsitzende sich angeblich in seinem Verhalten gegenüber den Italikern hatte zuschulden kommen lassen.

Als Varius schließlich fertig war, zitterte Scaurus vor Wut. An die Zuhörer gewandt, donnerte er: »Habt ihr das gehört, römische Bürger? Ein Mischling und Emporkömmling aus Sucro in Spanien klagt Scaurus, den Princeps Senatus, des Hochverrats an! Scaurus streitet alles ab. Wem glaubt ihr?«

»Scaurus! Scaurus! Scaurus!« skandierte die Menge. Bald stimmten die Geschworenen in das Geschrei mit ein. Sie erhoben sich von den Sitzen, hievten Scaurus auf ihre Schultern und trugen ihn im Triumph im Kreis durch das ganze untere Forum.

»Der Narr«, sagte Marius später zu Scaurus. »Hat er sich wirklich eingebildet, er könne *dich* des Verrats überführen? Haben die Ritter das geglaubt?«

»Nachdem es den Rittern gelungen ist, den armen Publius Rutilius zu verurteilen, dachten sie wohl, sie könnten jeden verurteilen, wenn man ihnen Gelegenheit gäbe.« Scaurus strich sich die Toga glatt, die seit dem Ritt auf den Schultern der Geschworenen nicht mehr recht saß.

»Als Varius seine Kampagne auf prominente Senatoren ausdehnte, hätte er mit mir anfangen müssen, nicht mit dir«, sagte Marius. »Der Freispruch von Marcus Antonius war ein wichtiges Zeichen. Ein Zeichen, das Varius jetzt sicher auch versteht! Ich prophezeie, daß er einige Wochen nichts mehr unternimmt und dann weitermacht – aber mit weniger prominenten Opfern. Bestia zählt nicht, jeder weiß, daß er ein Außenseiter ist. Und der arme Lucius Cotta hatte nicht genug Einfluß. Die Mitglieder seiner Sippe sind zwar mächtig, aber sie mögen Lucius nicht – sie mögen die Knaben, die sein Onkel Marcus Cotta mit Rutilia gezeugt hat.« Marius ließ seine Augenbrauen auf- und abtanzen. »Varius' großer Nachteil besteht darin, daß er kein Römer ist. Du bist einer, ich bin einer, und er ist keiner. Das versteht er nicht.«

Scaurus schnappte nicht nach dem Köder. »Philippus und Caepio verstehen es auch nicht«, sagte er verächtlich.

Der Monat, den Silo und Mutilus für die Mobilmachung angesetzt hatten, hatte völlig genügt. Trotzdem marschierte noch keine italische Armee. Das hatte zwei Gründe, von denen der eine Mutilus einleuchtete, während der andere ihn fast zur Verzweiflung trieb. Die Verhandlungen mit den Führern von Etruria und Umbria kamen nur im Schneckentempo voran, und bevor kein Ergebnis absehbar war, wollte im Kriegsrat und im großen Rat keiner den Angriff wagen. Doch dazu kam, daß seltsamerweise keiner als erster marschieren wollte – nicht aus Angst, sondern aus einer tief verwurzelten und Jahrhunderte alten Ehrfurcht vor Rom. Das bekümmerte Mutilus.

»Warten wir, bis Rom den ersten Schritt tut«, schlug Silo im Kriegsrat vor, ein Vorschlag, den Lucius Fraucus im großen Rat wiederholte.

Als Mutilus erfuhr, daß die Marser dem Senat eine Kriegserklärung überreicht hatten, war er wütend geworden, denn er hatte geglaubt, Rom werde seine Soldaten sofort zu den Waffen rufen. Aber Silo hielt den Schritt immer noch für richtig.

»Es war richtig so«, beharrte er. »Wie in jedem Bereich des menschlichen Lebens gelten auch im Krieg Gesetze. Rom kann nicht behaupten, es sei nicht gewarnt worden.«

Mutilus konnte seine italischen Verbündeten durch nichts von ihrem Beschluß abbringen, solange zu warten, bis Rom als erstes angriff.

»Wenn wir jetzt losmarschieren, vernichten wir sie!« rief Mutilus vor dem Kriegsrat, während sein Stellvertreter Gaius Trabatius das gleiche im großen Rat verkündete. »Ihr seht doch, daß der Sieg unwahrscheinlicher wird, je mehr Zeit Rom für seine Kriegsvorbereitungen hat! Unser größter Vorteil ist, daß uns in Rom keiner ernstnimmt! Wir müssen jetzt marschieren! Wir marschieren morgen los! Wenn wir zögern, verlieren wir den Krieg!«

Die anderen schüttelten ernst den Kopf, außer Marius Egnatius, Mutilus' samnitischem Stammesbruder, der ebenfalls im Kriegsrat saß. Selbst Silo war dagegen, obwohl er Mutilus' Überlegung für folgerichtig hielt.

»Es wäre nicht richtig!« Die Samniten bekamen immer die gleiche Antwort, egal, wie sehr sie zum Losschlagen drängten.

Auch das Massaker von Asculum Picentum änderte nichts. Der Picenter Gaius Vidacilius wollte nicht einmal eine Garnison in die Stadt schicken, um römischen Vergeltungsmaßnahmen zuvorzukommen. Rom lasse sich mit Vergeltung immer Zeit, meinte er. Und vielleicht geschähe auch gar nichts.

»Wir müssen marschieren!« beschwor Mutilus seine Verbündeten immer wieder. »Die Bauern sagen alle, daß es keinen richtigen Winter gibt. Wir brauchen also nicht bis zum Frühjahr zu warten! Wir müssen jetzt marschieren!«

Aber es wollte niemand marschieren, und dabei blieb es.

Dennoch gab es erste Anzeichen für Unruhen unter den Samniten. Der Vorfall in Asculum Picentum wurde von keiner der beiden Seiten als offener Aufstand gewertet; die Römer hatten die Bewohner der Stadt provoziert, und diese hatten sich gerächt. Dagegen machte sich in der Campania, wo eine große samnitische Bevölkerung mit Römern und Latinern zusammenlebte, der seit Generationen schwelende Unmut plötzlich Luft.

Erste konkrete Nachrichten davon brachte Sulpicius Galba nach Rom, als er im Februar zerlumpt und ohne Eskorte zurückkehrte. Der neue Konsul Lucius Julius Caesar berief sofort den Senat ein, damit Galba Bericht erstatten konnte.

»Sechs Wochen war ich Gefangener in Nola«, sagte Galba vor den schweigenden Senatoren. »Ich hatte gerade ein Schreiben an euch geschickt, daß ich auf dem Heimweg sei, als ich in Nola eintraf. Ursprünglich wollte ich die Stadt nicht besuchen, aber da ich schon in der Nähe war und in Nola eine besonders große samnitische Bevölkerung lebt, entschloß ich mich im letzten Moment doch noch dazu. Ich kam bei der besten Freundin meiner Mutter unter, einer alten Dame, die natürlich Römerin ist. Sie berichtete von seltsamen Vorkommnissen in Nola: Römer und Latiner würden plötzlich nicht mehr bedient und könnten auf dem Markt nichts mehr kaufen, nicht einmal Lebensmittel! Die Sklaven seien gezwungen, mit einem Karren nach Acerrae zum Einkaufen zu fahren. Als ich mit meinen Liktoren und Berittenen durch die Stadt zog, wurde ich immer wieder ausgebuht und ausgezischt, und nie waren in der Menge Schuldige zu finden.«

Galba machte eine Pause und fuhr dann unglücklich mit der Erzählung seines wenig erfreulichen Abenteuers fort: »In der Nacht nach meiner Ankunft in Nola schlossen die Samniten die Stadttore und brachten die Stadt völlig unter ihre Kontrolle. Alle Römer und Latiner wurden gefangengenommen und in ihren Häusern festgehalten, auch meine Liktoren, Reiter und Schreiber. Mich hielten sie im Hause meiner Gastgeberin fest; der Eingang und die Hintertür wurden von samnitischen Posten bewacht. Ich war dort bis vor drei Tagen eingesperrt, dann gelang es der alten Dame, die Wachen am Hinterausgang abzulenken, während ich mich hinausschlich. Als samnitischer Händler verkleidet, entkam ich durch ein Stadttor, bevor man mich verfolgen konnte.«

Scaurus beugte sich vor. »Hast du während deiner Gefangenschaft eine Amtsperson gesprochen, Servius Sulpicius?«

»Niemanden«, antwortete Galba. »Ich sprach nur mit den Wachen am Eingang, sonst mit keinem.«

»Was haben sie gesagt?«

»Nur, daß in Samnium ein Aufstand ausgebrochen sei, Marcus Aemilius. Ich hatte keine Gelegenheit, mich selbst davon zu überzeugen. Nach meiner Flucht war ich den ganzen Tag damit beschäftigt, mich vor jedem zu verstecken, der auch nur entfernt wie ein Samnite aussah. Ich merkte erst in Capua, daß niemand etwas von einem Aufstand wußte, zumindest nicht in diesem Teil der Campania. Keiner scheint gemerkt zu haben, was in Nola vor sich ging! Die Bewohner der Stadt ließen tagsüber ein Tor offen und taten so, als gehe alles seinen gewohnten Gang. Als man in Capua erfuhr, was mir zugestoßen war, waren die Leute überrascht. Und alarmiert, wie man sich denken kann! Die Duumvirn von Capua baten mich, dafür zu sorgen, daß sie vom Senat Anweisungen erhalten.«

»Hast du in der Gefangenschaft zu essen bekommen? Was war mit der Gastgeberin? Durfte sie nach Acerrae zum Einkaufen?« fragte Scaurus.

»Ich hatte wenig zu essen. Meine Gastgeberin durfte in Nola einkaufen, aber nur begrenzte Mengen und die zu Wucherpreisen. Kein Latiner oder Römer durfte die Stadt verlassen.«

Galba stand vor einem voll besetzten Senat. Mochte Varius' Gerichtshof auch sonst nichts zustande gebracht haben, so war es immerhin ihm zu verdanken, daß unter den Senatoren Einigkeit herrschte – und daß sie nach einer Sensation gierten, die Varius' Kommission in den Hintergrund drängen würde.

»Darf ich etwas sagen?« fragte Gaius Marius.

»Wenn kein Amtsälterer etwas sagen will«, antwortete kühl der zweite Konsul Publius Rutilius Lupus, der im Februar die *fasces* trug. Er war kein Anhänger von Marius.

Da sich keiner zu Wort meldete, begann Marius:

»Wenn Nola seine römischen und latinischen Bürger einsperrt

und sie hungern läßt, dann gibt es keinen Zweifel: Nola revoltiert gegen Rom. Überlegt einen Augenblick: Im Juni letzten Jahres hat der Senat zwei Prätoren losgeschickt, damit sie der italischen Frage nachgehen, wie sie unser geschätzter Konsular Quintus Lutatius nannte. Vor fast drei Monaten wurde der Prätor Quintus Servilius in Asculum Picentum ermordet, und mit ihm alle römischen Bürger. Vor fast zwei Monaten wurde der Prätor Servius Sulpicius in Nola festgenommen und eingesperrt, und mit ihm alle römischen Bürger in der Stadt.«

Marius blickte sich um und fuhr fort: »Zwei Prätoren, einer im Norden und einer im Süden. Und zwei schreckliche Zwischenfälle, einer im Norden und einer im Süden. In *ganz* Italien – selbst in den entlegensten Winkeln – kennt man den Rang und die Bedeutung eines römischen Prätors. Und doch, eingeschriebene Väter, hat man einen römischen Prätor ermordet und einen anderen für lange Zeit eingesperrt. Daß wir nicht wissen, was man mit dem gefangenen Servius Sulpicius schließlich vorhatte, verdanken wir nur dem glücklichen Umstand seiner Flucht. Ich glaube, auch er hätte sterben müssen. Zwei römische Prätoren, beide mit prokonsularischem Imperium! Zwei Übergriffe, offenbar ohne Furcht vor Vergeltung. Was besagt das? Nur eines, Kollegen Senatoren! Es besagt, daß Asculum Picentum und Nola zu ihren Taten ermutigt wurden, weil sie keine Angst vor Vergeltung hatten. Mit anderen Worten: Sowohl Asculum Picentum als auch Nola erwarten eine Kriegserklärung zwischen Rom und ihren jeweiligen Stämmen, bevor sie mit Vergeltung rechnen.«

Alle im Haus saßen kerzengerade in den Bänken und klebten an Marius' Lippen. In einer Redepause ließ er den Blick durch die Reihen schweifen und suchte nach bestimmten Gesichtern: nach dem von Lucius Cornelius Sulla zum Beispiel, der leuchtende Augen bekommen hatte, und nach Quintus Lutatius Catulus Caesar, der seltsam aussah.

»Ich habe Schuld am selben Verbrechen wie ihr alle, eingeschriebene Väter. Nach dem Tod von Marcus Livius Drusus sprach keiner mehr davon, daß es Krieg geben würde. Ich glaubte schon, er habe sich geirrt. Als dann der Marser Silo nach Rom kam und danach immer noch nichts passierte, dachte auch ich allmählich, es sei nur eine leere Drohung gewesen, mit der sie sich das Bürgerrecht verschaffen wollten. Als der Abgesandte der Marser unserem Senatsvorsitzenden die Kriegserklärung überreichte, habe ich sie nicht beachtet, denn sie kam von einem einzigen italischen Stamm, und in der Abordnung waren acht vertreten. Im Innersten, das gebe ich freimütig zu, konnte ich einfach nicht glauben, daß es ein italischer Stamm hier und heute wagen würde, gegen uns ins Feld zu ziehen.«

Er schritt durch die Halle bis vor das verschlossene Portal, von wo aus er das ganze Haus überblickte. »Was uns Servius Sulpicius heute erzählt hat, ändert alles. Und es wirft ein neues Licht auf die Ereignisse in Asculum Picentum. Asculum ist eine Stadt der Picenter. Nola ist eine Stadt der Samniten in der Campania. Beide sind weder römische noch latinische Kolonien. Ich meine, wir müssen jetzt davon ausgehen, daß sich Marser, Picenter und Samniten gegen Rom verbündet haben. Möglicherweise haben alle acht Stämme, die uns vor einiger Zeit eine Abordnung geschickt haben, an diesem Bündnis teil. Möglicherweise, so meine ich, haben die Marser, als sie dem Senatsvorsitzenden eine offizielle Kriegserklärung überreicht haben, uns über diese Tatsache in Kenntnis setzen wollen, während es die anderen sieben offenbar nicht kümmerte, ob wir davon wissen. Marcus Livius Drusus hat uns immer wieder vor einem bevorstehenden Krieg mit den italischen Bundesgenossen gewarnt. Jetzt glaube ich ihm. Allerdings meine ich, daß der Krieg nicht mehr nur bevorsteht.«

»Willst du damit sagen, daß wir uns im Kriegszustand befinden?« fragte der Pontifex Maximus Ahenobarbus.

»Ja, genau das, Gnaeus Domitius.«

»Fahre fort, Gaius Marius«, forderte ihn Scaurus auf. »Ich möchte dich erst zu Ende hören, bevor ich selbst das Wort ergreife.«

»Ich habe nur noch wenig zu sagen, Marcus Aemilius. Nur, daß wir mobilmachen müssen, und das sehr schnell. Daß wir herausbekommen müssen, wie groß die Liga gegen uns ist. Daß wir alle verfügbaren Truppen in Bewegung setzen müssen, um unsere Straßen zu sichern und den Zugang nach Campania freizuhalten. Daß wir erkunden müssen, wie die Latiner zu uns stehen und was mit unseren städtischen Kolonien in den feindlichen Gebieten geschieht, wenn der Krieg beginnt. Wie ihr wißt, habe ich große Ländereien in Etruria, ebenso Quintus Caecilius Metellus Pius und andere Caecilier. Quintus Servilius Caepio besitzt große Gebiete in Umbria, Gnaeus Pompeius Strabo und Quintus Pompeius Rufus beherrschen das nördliche Picenum. Ich meine, wir können Etruria, Umbria und das nördliche Picenum deshalb auf unserer Seite halten – wenn wir uns sofort auf den Weg machen und mit den dortigen

Führern verhandeln. Was das nördliche Picenum angeht, so sitzen die dortigen Führer jedenfalls heute hier im Haus.«

Marius nickte dem Senatsvorsitzenden Scaurus zu. »Ich stehe Rom selbstverständlich für einen Oberbefehl zur Verfügung.«

Scaurus erhob sich. »Ich stimme Gaius Marius in allen Punkten zu, eingeschriebene Väter. Wir haben keine Zeit zu verlieren. Obwohl mir bewußt ist, daß wir Februar haben, beantrage ich, daß der zweite Konsul die *fasces* an den ersten Konsul abgibt. In einer so ernsten Situation brauchen wir die Führung des ersten Konsuls.«

Rutilius Lupus fuhr empört auf. Aber er hatte im Haus nur wenig Anhänger. Er bestand auf einer offiziellen Trennung der Aufgaben, doch das lehnte der Senat mit breiter Mehrheit ab. Wütend mußte er für Lucius Julius Caesar, den ersten Konsul, das Feld räumen. Zwar war Lupus' Freund Caepio anwesend, aber es fehlten seine beiden anderen Freunde Philippus und Quintus Varius.

Lucius Julius Caesar freute sich und zeigte sich sogleich des Vertrauens würdig, das ihm die Führer des Hauses entgegenbrachten. Noch am selben Tag fielen die wichtigsten Entscheidungen. Die Konsuln wollten beide ins Feld ziehen und die Regierung Roms dem Stadtprätor Lucius Cornelius Cinna überlassen. Zunächst mußte man sich um die Provinzen kümmern, denn angesichts der neuen Krise waren die früheren Verfügungen hinfällig. Sentius sollte wie vereinbart in Makedonien bleiben, und auch an der hispanischen Statthalterschaft wurde nichts geändert. Lucius Lucilius sollte nach Asia gehen und die Provinz regieren. Um König Mithridates keine offene Flanke zu bieten, während Rom mit eigenen Sorgen zu kämpfen hatte, wurde Publius Servilius Vatia nach Kilikien in Kleinasien geschickt, um dort für Ruhe zu sorgen. Als wichtigste Entscheidung wurde Gaius Coelius Caldus von seinen Pflichten als Prätor im römischen Gericht entbunden und höchst ungewöhnlich zum Statthalter von Gallia Transalpina und Gallia Cisalpina zugleich ernannt.

»Denn eines ist klar«, erklärte Lucius Julius Caesar, »wenn sich Italien erhebt, können wir in den uns weiterhin treuen Gebieten auf der Halbinsel nicht genug frische Truppen anwerben. In Gallia Cisalpina gibt es viele latinische und einige römische Kolonien. Gaius Coelius richtet sich deshalb persönlich dort ein, wirbt Soldaten für uns an und bildet sie aus.«

»Wenn ich etwas vorschlagen darf«, brummte Gaius Marius, »dann würde ich den Quästor Quintus Sertorius mit Gaius Coelius dorthin schicken. Er hat in diesem Jahr fiskalische Aufgaben und gehört noch nicht dem Senat an. Andererseits wissen doch bestimmt alle hier Anwesenden, daß Quintus Sertorius durch und durch Soldat ist. Laßt ihn seine Erfahrungen im *fiscus* auf möglichst soldatische Art machen.«

»Einverstanden«, stimmte Lucius Caesar zu.

Der Senat hatte natürlich mit gewaltigen finanziellen Schwierigkeiten zu kämpfen. Das Schatzamt war flüssig und verfügte über ungewöhnlich hohe Reserven, doch das konnte sich schnell ändern.

»Wenn sich der Krieg ausweitet oder länger dauert, als wir uns heute vorstellen, brauchen wir mehr Geld«, sagte Lucius Caesar. »Ich meine, wir sollten lieber jetzt als später handeln. Ich schlage vor, alle römischen Bürger und alle Inhaber der latinischen Bürgerrechte wieder direkt zu besteuern.«

Sofort drangen aus vielen Ecken des Hauses Rufe der Empörung. Aber Antonius Orator und der Senatsvorsitzende Scaurus hielten so vorzügliche Reden, daß die Maßnahme schließlich doch Zuspruch fand. Die Vermögenssteuer war nie ständig erhoben worden, nur in Zeiten der Not. Nachdem der große Aemilius Paullus Perseus von Makedonien gefangengenommen hatte, hatte man sie abgeschafft und durch eine Steuer für Nicht-Römer ersetzt.

»Wenn wir mehr als sechs Legionen im Feld unterhalten müssen, reichen die Einkünfte aus dem Ausland nicht aus«, warnte der leitende Tribun des Schatzamtes. »Jetzt müssen Rom und der Staatsschatz dafür aufkommen, daß sie bewaffnet, verköstigt, besoldet und ins Feld geschickt werden.«

»Lebt wohl, italische Bundesgenossen!« rief Catulus Caesar.

»Angenommen, wir müssen zehn oder fünfzehn Legionen ins Feld schicken – wie hoch muß dann die Steuer festgesetzt werden?« fragte Lucius Caesar. Mit dieser Seite seiner Befehlsgewalt befaßte er sich nur widerwillig.

Der leitende Tribun des Schatzamtes und seine Schreiber steckten einige Zeit die Köpfe zusammen. »Ein Prozent dessen, was der Zensus festlegt«, lautete die Antwort.

»Die Besitzlosen kommen wie immer ungeschoren davon!« schrie Caepio.

»Die Besitzlosen«, höhnte Marius, »werden in der Schlacht wohl das meiste zu tun haben, Quintus Servilius!«

»Während wir uns mit finanziellen Angelegenheiten befassen«, meinte Lucius Julius Caesar und ignorierte den Schlagabtausch, »sollten wir möglichst einige ältere Mitglieder delegieren, die uns das Kriegsmaterial beschaffen, vor allem Rüstungen und Waffen. Sonst kümmert sich der *praefectus fabrum* um diese Dinge. Aber im Augenblick können wir noch nicht sagen, wie wir die Legionen verteilen, ja nicht einmal, wie viele wir brauchen. Ich halte es für notwendig, daß sich der Senat um das Kriegsmaterial kümmert, zumindest fürs erste. Wir haben vier Legionen von Veteranen in Capua unter Waffen, zwei weitere werden dort ausgehoben und ausgebildet. Alle sind für den Dienst in den Provinzen bestimmt, aber das kommt jetzt nicht mehr in Frage. Die Provinzen müssen mit den Truppen zufrieden sein, die ihnen im Moment zur Verfügung stehen.«

»Lucius Julius«, unterbrach ihn Caepio, »das ist doch vollkommen lächerlich! Wegen der Zwischenfälle in zwei Städten überlegen wir, die Vermögenssteuer wieder einzuführen, debattieren wir darüber, fünfzehn Legionen aus dem Boden zu stampfen, benennen wir Senatoren, die Abertausende von Kettenhemden, Schwertern und andere Kriegsmaterialien aufkaufen sollen, und schicken Statthalter in Provinzen, die wir offiziell gar nicht so nennen. Fehlt nur noch, daß du vorschlägst, jeden männlichen römischen und latinischen Bürger unter fünfunddreißig einzuberufen!«

»Das schlage ich in der Tat vor«, antwortete Lucius Caesar freundlich. »Du brauchst dir jedenfalls keine Sorgen zu machen, lieber Quintus Servilius. Du bist schon weit über fünfunddreißig.« Dann setzte er nach einer Pause hinzu: »An Jahren jedenfalls.«

»Mir scheint«, sagte Catulus Caesar mit hochmütigem Ton, »Quintus Servilius könnte recht haben. Wohlgemerkt, ich sage nur könnte! Wir sollten uns sicherlich für den Augenblick mit den Leuten begnügen, die wir schon unter dem Adler haben. Weitere Vorbereitungen sollten wir erst treffen, wenn wir losmarschieren – und wenn es zu weiteren eindeutigen Erhebungen kommt.«

»Wenn unsere Soldaten gebraucht werden, Quintus Lutatius, müssen sie kampfbereit und gerüstet sein!« sagte Scaurus unwirsch. »Sie müssen ausgebildet sein.« Er drehte den Kopf den beiden Männern neben sich zu. »Gaius Marius, wie lange dauert es, bis man einen frisch ausgehobenen Rekruten zu einem tüchtigen Soldaten gemacht hat?«

»Bis man ihn in die Schlacht schicken kann – hundert Tage. Aber dann ist er noch kein tüchtiger Soldat, Marcus Aemilius. Das wird er in der ersten Schlacht«, sagte Marius.

»Ist es in weniger als hundert Tagen zu schaffen?«

»Ja, wenn das Rohmaterial gut und die ausbildenden Zenturionen überdurchschnittlich sind.«

»Dann suchen wir am besten nach überdurchschnittlichen Zenturionen für die Ausbildung«, sagte Scaurus.

»Ich schlage vor, daß wir zum Ausgangspunkt zurückkehren«, mahnte Lucius Caesar bestimmt. »Wir sprachen über einen *praefectus fabrum* aus den Reihen des Senats, der die Waffen und Ausrüstungen für zukünftige Legionen beschaffen soll. Meiner Meinung nach sollten wir für diese besonders wichtige Aufgabe mehrere Kandidaten nominieren. Der Wahlsieger soll sich dann seinen eigenen Stab zusammenstellen, und zwar, meine ich, aus den Senatoren. Ich schlage vor, wir nominieren nur Männer, die sich aus irgendeinem Grund fürs Feld nicht eignen. Ich bitte um Vorschläge!«

Die Aufgabe wurde dem Sohn von Gaius Cassius' erstem Legaten übertragen, Lucius Calpurnius Piso Caesoninus. Sein Vater war bei Burdigala in eine Falle der Germanen gegangen und getötet worden. Piso selbst war ein Opfer jener seltsamen Krankheit, die im Sommer Kinder befällt. Er zog das linke Bein nach und konnte daher nicht im Feld kämpfen. Aber er war ein intelligenter junger Mann, verheiratet mit der Tochter des Publius Rutilius Rufus, der jetzt in Smyrna im Exil lebte. Piso hatte durch den frühen Tod seines Vaters sehr gelitten, vor allem im Hinblick auf seine finanzielle Situation. Als er nun erfuhr, daß er mit der Beschaffung der gesamten Ausrüstung für das Heer beauftragt wurde und seine Mitarbeiter selbst auswählen konnte, leuchteten seine Augen. Wenn er nicht Rom gute Dienste leisten und zugleich den eigenen leeren Beutel füllen würde, dann sollte ihn der Erdboden verschlucken! Doch Piso lächelte still in sich hinein und war sicher, daß er für beide Aufgaben taugte.

»Dann kommen wir zum Oberbefehl und der Verteilung der Streitkräfte«, sagte Lucius Caesar. Er war langsam erschöpft, wollte die Sitzung aber nicht beschließen, bevor das letzte Thema angesprochen war.

»Wie organisieren wir uns am besten?« fragte er.

Eigentlich hätte er die Frage direkt an Gaius Marius richten müssen, aber Lucius Caesar war kein Freund von Gaius Marius. Im übrigen hielt er Marius nach seinem Schlaganfall und in seinem Alter nicht mehr für denselben Mann wie früher. Marius hatte bereits als erster gesprochen. Er hatte etwas zu sagen gehabt, zugegeben. Lucius Caesars Augen glitten langsam und fragend über die Gesichter in den Reihen auf beiden Seiten hinweg. Dann schickte er seiner Frage nach der Organisation rasch eine Aufforderung nach, damit Marius keine Zeit für eine Antwort blieb.

»Lucius Cornelius mit dem Beinamen Sulla, ich würde gerne deine Meinung hören«, sagte der Konsul betont deutlich. Der Stadtprätor hieß ebenfalls Lucius Cornelius und trug den Beinamen Cinna.

Sulla war verblüfft, daß gerade er nach der Meinung gefragt wurde. Aber er hatte eine Antwort parat. »Wenn der Feind aus den acht Stämmen besteht, die uns eine Abordnung geschickt haben, dann greifen sie uns aller Wahrscheinlichkeit nach von zwei Seiten an – von Osten her entlang der Via Salaria und der Via Valeria mit ihren beiden Abzweigungen – und von Süden her, auf einer Linie zwischen dem Adriatischen und dem Tyrrhenischen Meer an der Crater-Bucht, wo die Samniten besonders stark sind. Wenden wir uns zunächst dem Süden zu: Wenn die Apulier, Lukaner und Venusiner zu den Samniten, Hirpinern und Frentanern stoßen, wird der Süden zu einem eigenen genau umrissenen, bedrohlichen Kriegsschauplatz. Dem zweiten Kriegsschauplatz könnte man zwei Namen geben: der nördliche oder der zentrale Kriegsschauplatz, der die Gebiete im Norden und Osten von Rom umfaßt. Dort treten die Stämme der Marser, Paeligner, Marrukiner, Vestiner und Picenter in Erscheinung. Ihr werdet bemerkt haben, daß ich Etruria, Umbria und das nördliche Picenum augenblicklich nicht mit ins Spiel bringe.«

Sulla holte tief Luft und sprach hastig weiter. Ihm stand alles kristallklar vor Augen. »Im Süden wird der Feind alles unternehmen, um uns von Brundisium, Tarentum und Rhegium abzuschneiden. Im Zentrum oder im Norden versucht er uns den Weg nach Gallia Cisalpina zu versperren, sicherlich an der Via Flaminia, möglicherweise auch an der Via Cassia. Wenn er das schafft, haben wir nur noch über die Via Aurelia und die Via Aemilia Scauri über Dertona und Placentia Zugang nach Gallia Cisalpina.«

Lucius Caesar unterbrach ihn. »Komm herunter in die Mitte, Lucius Cornelius mit dem Beinamen Sulla.«

Sulla stieg die Stufen hinunter und deutete eine Handbewegung in Marius' Richtung an. Ihm war nicht ganz wohl dabei, die Lageeinschätzung des Mannes, von dem er alles gelernt hatte, als seine eigene auszugeben. Daß er es dennoch tat, hatte vielfältige Gründe. Neid spielte eine Rolle, weil Marius' Sohn noch lebte, Verärgerung darüber, daß ihn nach der Rückkehr aus Kilikien keiner im Senat, auch Marius nicht, zu einer ausführlichen Berichterstattung über seine Reise in den Osten aufgefordert hatte, und nicht zuletzt war ihm blitzartig aufgegangen, daß er es sehr schnell sehr weit würde bringen können, wenn er in diesem Augenblick eine gute Rede hielt. Zu dumm, dachte er. Er wollte Gaius Marius nicht verletzen, und doch tat er es immer wieder.

»Ich meine«, fuhr er, unten angekommen, fort, »daß wir beide Konsuln im Feld brauchen, wie Lucius Julius vorgeschlagen hat. Ein Konsul muß wohl nach Süden gehen, denn Capua ist lebenswichtig für uns. Wenn wir Capua verlieren, verlieren wir unser bestes Ausbildungslager und eine Stadt mit hervorragenden Erfahrungen bei der Ausbildung und Ausrüstung von Soldaten. Der Konsul, der selbst im Feld kommandiert, braucht natürlich noch einen Befehlshaber, der direkt in Capua für die Aushebungen und die Ausbildung verantwortlich ist. Der Konsul, der in den Süden geht, muß alle Truppen zurückschlagen, die die Samniten und ihre Verbündeten ihm entgegenschicken. Die Samniten werden versuchen, über ihre angestammten Schlupfwinkel bei Acerrae und Nola nach Westen zu den Seehäfen am Südufer der Crater-Bucht vorzustoßen, nach Stabiae, Salernum, Surrentum, Pompei und Herculaneum. Wenn es ihnen gelingt, einige oder alle einzunehmen, verfügen sie über Hafenanlagen am Tyrrhenischen Meer, die weitaus besser sind als jeder Hafen an der Adria nördlich von Brundisium. Und sie haben uns vom fernen Süden abgeschnitten.«

Sulla war kein großer Redner, da er nur eine minimale Ausbildung in Rhetorik erhalten hatte. Seine Karriere im Senat stand und fiel mit dem Krieg. Hier kam es auch gar nicht aufs Schönreden an. Man mußte nur deutlich sagen, was Sache war.

»Am nördlichen oder zentralen Kriegsschauplatz ist die Lage heikler. Wir müssen davon ausgehen, daß alle Gebiete zwischen Picenum und Apulia einschließlich des Apennin in Feindeshand sind. Und der Apennin ist für uns das größte Hindernis. Wenn wir gezwungen sind, nach Etruria oder Umbria zu marschieren, müssen wir uns gegen die italischen Stämme von Anfang an tapfer behaupten. Wenn uns das nicht gelingt, laufen Etruria und Umbria zum Feind über, und wir verlieren unsere Straßen mitsamt Gallia Cisalpina. Der eine Konsul muß an diesem Kriegschauplatz den Oberbefehl führen.«

»Wir brauchen doch wohl einen Oberkommandierenden in diesem Krieg«, sagte Scaurus.

»Das geht nicht, Princeps Senatus. Die beiden Kriegsschauplätze, die ich eben beschrieben habe, sind durch unser Land voneinander getrennt«, sagte Sulla entschlossen. »Latium ist lang und reicht bis in die nördliche Campania, in jene Hälfte, die wahrscheinlich zu uns halten wird. Ich bezweifle, daß die südliche Campania uns noch treu bleibt, wenn die Aufständischen eine Schlacht gewonnen haben. Es gibt dort zu viele Samniten und Hirpiner. Wir brauchen uns nur Nola anzusehen. Von Latium aus ist der Weg nach Osten durch den Apennin versperrt und nach Süden durch die Pontinischen Sümpfe. Ein Oberkommandierender mit dem Oberbefehl über beide Kriegsschauplätze müßte rasch zwischen zwei weit auseinanderliegenden Gebieten hin und her eilen, zu rasch, um beide Kriegsschauplätze richtig im Auge behalten zu können. Nein, wir müssen an zwei Fronten kämpfen, wenn nicht sogar an dreien. Im Süden kann man wahrscheinlich einen einzelnen Feldzug führen, denn der Apennin ist dort, wo sich Samnium, Apulia und die Campania treffen, am flachsten. Dagegen werden wir am nördlichen und am zentralen Kriegsschauplatz getrennt ins Feld ziehen müssen, denn dort ist der Apennin am höchsten. Die Gebiete der Marser, Paeligner und möglicherweise der Marrukiner bilden einen Kriegsschauplatz, die Länder der Picenter und Vestiner einen zweiten. Mir scheint es unmöglich, daß wir alle Italiker in Schach halten können, wenn wir nur im Zentrum operieren. Wir werden wahrscheinlich ein Heer durch Umbria und das nördliche Picenum auf der adriatischen Seite des Apennin hinab in die aufständischen Gebiete in Picenum schicken müssen. Gleichzeitig stoßen wir von Rom aus nach Osten in das Gebiet der Marser und Paeligner vor.«

Sulla machte eine Pause. Er konnte nicht anders, obwohl er sich diese Schwäche sehr übel nahm. Was dachte Gaius Marius? Wenn ihm nicht gefiel, was Sulla gesagt hatte, konnte er jetzt sprechen. Und Gaius Marius ergriff tatsächlich das Wort. Sulla erstarrte.

»Fahre fort, Lucius Cornelius«, sagte sein alter Lehrmeister. »Bis hierher hätte ich es nicht besser machen können.«

Sullas helle Augen blitzten, ein dünnes Lächeln huschte über seine Lippen. Dann zuckte er mit den Achseln. »Das ist wohl schon alles. Und vergeßt nicht, daß wir davon ausgehen müssen, daß mindestens acht italische Stämme bei dem Aufstand mitmachen. Es ist wohl nicht meine Aufgabe zu bestimmen, wer wo operiert. Allerdings halte ich es für angezeigt, daß zum Kriegsschauplatz im Norden und im Zentrum Männer geschickt werden, die in der Gegend viele Klienten haben. Gnaeus Pompeius Strabo zum Beispiel könnte in Picenum schon auf eine Operationsbasis und auf Tausende von Schutzbefohlenen zurückgreifen, ebenso Quintus Pompeius Rufus, auch wenn mir bekannt ist, daß er dort weniger Einfluß hat. Gaius Marius besitzt in Etruria viel Land mit zahlreichen Schutzbefohlenen, ebenso die Familie von Caecilius Metellus. Quintus Servilius Caepio beherrscht unangefochten Umbria. Diese Männer könnten am nördlichen und mittleren Kriegsschauplatz sehr nützlich sein.«

Sulla beugte leicht den Kopf in die Richtung, wo Lucius Julius Caesar saß, und kehrte an seinen Platz zurück, begleitet von Gemurmel, das er als Bewunderung deutete. Man hatte ihn als ersten nach seiner Meinung gefragt, und das bei einer solchen Gelegenheit. Damit war er schlagartig berühmt. Unglaublich! Ihr Götter, sollte er zuletzt doch noch den richtigen Weg gefunden haben?

»Wir alle haben Lucius Cornelius Sulla für die treffende und scharfsinnige Beruteilung der Lage zu danken«, sagte Lucius Caesar und lächelte vielsagend zu Sulla hinüber. »Ich persönlich stimme ihm zu. Doch was sagt das Haus? Hat jemand andere Gedanken oder Einwände?«

Keiner meldete sich zu Wort.

Der Senatsvorsitzende Scaurus räusperte sich unwirsch. »Du mußt Verfügungen treffen, Lucius Julius«, sagte er. »Wenn die eingeschriebenen Väter nichts dagegen haben, dann bleibe ich selbst lieber in Rom.«

»Ich glaube, du wirst auch in Rom gebraucht, wenn die beiden römischen Konsuln nicht in der Stadt sind«, sagte Lucius Caesar großzügig. »Der Senatsvorsitzende wird unserem Stadtprätor Lucius Cornelius mit dem Beinamen Cinna unschätzbar wertvoll sein.« Er warf einen flüchtigen Blick zur Seite auf seinen Kollegen Lupus. »Publius Rutilius Lupus, würdest du die Bürde auf dich nehmen, im Norden und im Zentrum Roms den Oberbefehl zu führen?« fragte er. »Als erstgewählter Konsul sollte ich doch unbedingt den Kriegsschauplatz befehligen, in dem Capua liegt.«

Lupus' Augen glühten, seine Brust schwoll. »Mit großem Vergnügen werde ich die Bürde auf mich nehmen, Lucius Julius.«

»Wenn der Senat nichts einzuwenden hat, kommandiere ich in der Campania. Zu meinem leitenden Legaten ernenne ich Lucius Cornelius mit dem Beinamen Sulla. Den Konsular Quintus Lutatius Catulus Caesar beauftrage ich, den Befehl in Capua vor Ort zu übernehmen und dort sämtliche Aktivitäten zu überwachen. Zu weiteren ersten Legaten ernenne ich Publius Licinius Crassus, Titus

Didius und Servius Sulpicius Galba«, verkündete Lucius Caesar. »Kollege Publius Rutilius, wen ernennst du?«

»Gnaeus Pompeius Strabo, Sextus Julius Caesar, Quintus Servilius Caepio und Lucius Porcius Cato Licinianus«, verkündete Lupus laut.

Dann trat Stille ein, für endlos lange Zeit. Einer muß das Schweigen doch brechen, dachte Sulla und öffnete wie von selbst und ohne es zu wollen den Mund.

»Was ist mit Gaius Marius?« rief er ungehalten in die Menge.

Lucius Caesars Augenlider zuckten. »Ich habe Gaius Marius zugegebenermaßen deshalb nicht ausgesucht, weil ich deine Ausführungen im Auge behalten habe, Lucius Sulla. Ich dachte natürlich, mein Kollege Publius Rutilius würde Gaius Marius haben wollen!«

»Ich will ihn aber nicht«, sagte Lupus, »und ich werde ihn mir nicht aufhalsen lassen! Er soll in Rom bleiben wie die anderen in seinem Alter und mit seinen Gebrechen. Er ist zu alt und schwach für den Krieg.«

Daraufhin erhob sich Sextus Julius Caesar. »Darf ich um das Wort bitten?«

»Bitte, Sextus Julius.«

»Ich bin zwar nicht alt«, sagte Sextus Caesar heiser, »aber ein kranker Mann, wie jeder hier im Haus weiß. Ich bin kurzatmig. Als ich noch jünger war, habe ich mehr als genug militärische Erfahrung gesammelt, meistens mit Gaius Marius in Afrika und bei den Galliern gegen die Germanen. Ich habe auch in Arausio gedient, wo mir meine Krankheit ohne Zweifel das Leben gerettet hat. Trotzdem bin ich im kommenden Winter in einem Feldzug im Apennin nicht viel nütze. Ich bin nicht mehr jung und schwach auf der Brust. Ich werde natürlich meine Pflicht tun. Ich bin Römer aus einer bedeutenden Familie. Aber bisher hat noch keiner ein Wort zur Reiterei gesagt. Wir brauchen eine Reiterei. Ich möchte den Senat bitten, mich aus der Pflicht zu entlassen, einen Oberbefehl in einem Krieg in den Bergen zu übernehmen. Laßt mich statt dessen Transporte organisieren und in den kälteren Monaten Berittene in Numidien, Gallia Transalpina und Thrakien ausheben. Ebenso könnte ich im Ausland lebende römische Bürger für die Infanterie anwerben. Ich denke, daß ich für eine solche Aufgabe der richtige Mann bin. Und wenn ich zurückkehre, übernehme ich freudig den Befehl für jedes Feld, das ihr mir vorschlagt.« Er räusperte sich und atmete dann schwer durch. »Ich bitte den Senat, an meiner Stelle Gaius Marius zum Legaten zu ernennen.«

»Holla, Schwager!« rief Lupus und sprang auf. »Das geht nicht, Sextus Julius, das geht einfach nicht! Ich höre dir nun schon seit Jahren zu. Deine Krankheit scheint mir recht bequem! Sie kommt und geht, wie es gerade paßt! Das kann ich auch – hört!« Lupus zog keuchend die Luft in die Lungen.

»Vielleicht hast du es satt, mich keuchen zu hören, Publius Lupus, aber richtig zugehört hast du nicht«, sagte Sextus Caesar freundlich. »Ich ziehe die Luft geräuschlos in die Lungen und keuche beim Ausatmen.«

»Mir ist es gleich, wie erbärmlich du keuchst!« brüllte Lupus. »Bei mir drückst du dich nicht um die Pflicht, so wenig wie Gaius Marius deinen Platz einnimmt!«

»Einen Augenblick«, sagte der Senatsvorsitzende Scaurus und stand auf. »Dazu habe *ich* etwas zu sagen.« Er blickte mit der gleichen Miene wie damals, als Varius ihn des Hochverrats angeklagt hatte, zu Lupus auf dem Podium empor. »Du bist nicht besonders beliebt, Publius Lupus! Und es schmerzt mich in der Tat sehr, daß du den gleichen Namen wie mein lieber Freund Publius Rutilius mit dem Beinamen Rufus trägst. Ihr seid vielleicht Verwandte, aber ihr habt nicht das geringste gemein! Rufus der Rote war diesem Haus früher eine herrliche Zierde, und wir trauern ihm bitter nach! Und Lupus der Wolf ist eine schmerzende, stinkende Eiterbeule in diesem Haus!«

»Das ist eine Beleidigung!« rief Lupus atemlos. »Das darfst du nicht! Ich bin Konsul!«

»Und ich bin der Vorsitzende des Senats, Publius Wolfsmann. Ich glaube, in meinem Alter kann ich ohne jeden Zweifel tun und lassen, was mir behagt – denn wenn ich etwas tue, Publius Wolfsmann, dann habe ich meine guten Gründe und Roms Wohl im Auge! Nun, du elendes Würmchen, setz dich hin und zieh den Kopf ein! Und damit meine ich nicht diesen Auswuchs auf deinem Nacken! Für wen hältst du dich eigentlich? Du sitzt nur deshalb auf diesem besonderen Stuhl, weil du genug Geld hattest, um die Wähler zu kaufen!«

Rot vor Wut sperrte Lupus den Mund auf.

»Sag nichts, Lupus!« knurrte Scaurus. »Setz dich und schweig!«

Dann wandte sich Scaurus an Gaius Marius, der kerzengerade auf seinem Hocker saß. Keiner der Angewesenden vermochte zu sagen, wie ihm zumute gewesen war, als sein Name nicht fiel. »Hier ist ein sehr bedeutender Mann«, sagte Scaurus. »Nur die Götter wissen, wie oft im Leben ich ihn verflucht habe! Nur die Götter wissen, wie oft im Leben ich mir gewünscht habe, daß es ihn nicht gäbe! Nur die Götter wissen, wie oft im Leben ich sein schlimmster Feind gewesen bin! Doch jetzt, wo die Zeit immer rascher davoneilt und mein Lebensfädchen immer dünner und schwächer wird, werden die Männer, an die ich mit Zuneigung zurückdenke, immer weniger. Das kommt nicht nur daher, daß Tod und Sterben für mich mit jedem Tag wichtiger werden. Es ist der wachsende Schatz an Erfahrungen, der mir sagt, wer es wert ist, daß man sich mit Zuneigung an ihn erinnert, und wer es nicht wert ist. Einige der Männer, die ich am meisten geliebt habe, bedeuten mir nichts mehr. Einige der Männer, die ich am meisten gehaßt habe, bedeuten mir jetzt alles.«

Obwohl Scaurus wußte, daß Marius ihn mit glitzernden Augen ansah, vermied er es, den Blick zu erwidern. Er wußte: Wenn er es tat, würde er schallend loslachen müssen, obwohl er bei dieser Rede mit Leib und Seele dabei war. Ein Heiterkeitsausbruch hätte alles verdorben!

»Gaius Marius und ich haben eine ganze Welt durchlebt«, verkündete er und starrte auf den bleichen Lupus. »Er und ich saßen Seite an Seite in diesem Haus und blickten uns mehr Jahre wütend an, als du, Wolfsmann, die Toga des Erwachsenen trägst! Wir haben uns geschlagen und gerauft, geschubst und gezerrt. Aber wir haben auch gemeinsam die Feinde der Republik bekämpft. Wir haben beide auf die Leichen der Männer gestarrt, die Roms Untergang wollten. Wir standen Schulter an Schulter. Wir haben zusammen gelacht – und geweint. Ich sage es noch einmal! Hier ist ein sehr bedeutender Mann. Ein sehr bedeutender *Römer!*«

Scaurus stieg die Stufen hinab zum Portal und baute sich davor auf. »Wie Gaius Marius, wie Lucius Julius und wie Lucius Cornelius Sulla bin ich seit heute überzeugt, daß wir einem schrecklichen Krieg entgegensehen. Gestern war ich noch nicht überzeugt. Woher der Meinungsumschwung? Wer außer den Göttern weiß es? Wenn uns die starre Ordnung der Dinge sagt, daß bestimmte Dinge sind, wie sie sind, weil sie schon lange so sind, dann ändern wir nur sehr schwer unsere Meinung, Gefühle vernebeln den Verstand. Doch dann fällt es uns wie Schuppen von den Augen, und wir wissen Bescheid. Das ist mir heute widerfahren. Genau das ist Gaius Marius widerfahren. Wahrscheinlich ist es heute den meisten im Haus widerfahren. Tausend undeutliche Zeichen, die wir gestern noch nicht sahen, setzen sich plötzlich zu einem Bild zusammen.«

Scaurus blickte in die Runde. »Ich habe mich entschlossen, in Rom zu bleiben, weil ich Rom hier am meisten nütze. Doch das gilt nicht für Gaius Marius. Ob ihr ihm – wie ich! – weit öfter widersprochen als zugestimmt habt, oder ob ihr – wie Sextus Julius! – ihm durch die doppelten Bande von Zuneigung und Heirat verbunden seid, ihr alle müßt zugeben – wie ich zugebe! –, daß wir in Gaius Marius ein militärisches Talent haben, das hervorragender ist und über einen reicheren Schatz an Erfahrung verfügt als wir alle zusammen. Und wenn Gaius Marius neunzig Jahre alt wäre und *drei* Schlaganfälle hinter sich hätte! Ich würde mich trotzdem hierher stellen und sagen, was ich jetzt sage: Wenn ein Mann Wort und Tat so glänzend in Einklang bringt wie er, dann müssen wir ihn dort einsetzen, wo er am meisten glänzt – im Feld! Springt über euren Schatten, eingeschriebene Väter! Gaius Marius ist so alt wie ich, ganze siebenundsechzig Jahre, er hatte einen Schlaganfall, und der liegt zehn Jahre zurück. Als euer Senatsvorsitzender mahne ich euch eindringlich: Gaius Marius muß erster Legat von Publius Lupus werden und seine vielseitigen Talente dort einsetzen, wo sie Rom am meisten nützen!«

Keiner sagte ein Wort. Keiner atmete, so schien es, nicht einmal Sextus Caesar. Scaurus setzte sich zwischen Marius und Catulus Caesar. Lucius Caesar sah die drei an und ließ seinen Blick dann weiter durch die Reihe in Richtung Portal schweifen, zu Sullas Platz. Sein Blick traf Sullas Blick. Lucius Caesar fühlte, daß sein Herz schneller pochte. Was sagten Sullas Augen? Unsäglich viele Dinge.

»Publius Rutilius Lupus, ich biete dir die Gelegenheit, Gaius Marius freiwillig zu deinem ersten Legaten zu ernennen. Wenn du ablehnst, lasse ich den Senat über die Sache abstimmen.«

»Schon gut, schon gut!« schrie Lupus. »Aber nicht als mein einziger erster Legat! Er soll den Posten mit Quintus Servilius Caepio teilen!«

Marius warf den Kopf zurück und lachte schallend los. »Abgemacht!« rief er. »Ein Streitroß, zusammengespannt mit einem Esel!«

Julia wartete natürlich auf Marius, sehnsüchtig, wie nur die treusorgende Frau eines Politikers wartet. Marius hatte schon immer fasziniert, daß sie offenbar instinktiv wußte, wann im Senat etwas ganz Besonderes zur Diskussion stand. Er selbst hatte es nicht einmal geahnt, als er sich heute in die Curia Hostilia aufgemacht hatte. Und sie wußte es!

»Haben wir Krieg?« fragte sie.

»Ja.«

»Steht es sehr schlecht? Nur die Marser oder noch andere?«

»Wohl ungefähr die Hälfte der italischen Bundesgenossen, vielleicht stoßen noch weitere dazu. Ich hätte es schon lange wissen müssen! Scaurus hatte recht. Gefühle vernebeln den Verstand. Drusus wußte es. Wäre er doch noch am Leben, Julia! Dann hätten die Italiker ihr Bügerrecht bekommen. Und wir hätten jetzt keinen Krieg.«

»Marcus Livius mußte sterben, weil es Männer gibt, die den Italikern das Bürgerrecht unter keinen Umständen gönnen.«

»Ja, du hast recht. Natürlich hast du recht.« Er wechselte das Thema. »Meinst du, der Koch bekommt einen Schwächeanfall, wenn wir ihn bitten, morgen abend ein Festessen für eine ganze Sippe zu machen?«

»Ich würde sagen, er gerät in Verzückung. Er beklagt sich immer, daß wir nicht oft genug Gäste empfangen.«

»Gut! Ich habe für morgen nämlich eine ganze Heerschar zum Abendessen eingeladen.«

»Warum, Gaius Marius?«

Er schüttelte den Kopf und blickte sie finster an. »Weil ich das dumpfe Gefühl habe, daß es für viele von uns das letzte Mal ist, mein Schatz. Ich liebe dich, Julia.«

»Und ich liebe dich«, erwiderte sie ruhig. »Wer kommt denn zum Abendessen?«

»Quintus Mucius Scaevola. Ich hoffe doch, daß er der Schwiegervater unseres Jungen wird. Außerdem kommen Marcus Aemilius Scaurus, Lucius Cornelius Sulla, Sextus Julius Caesar, Gaius Julius Caesar und Lucius Julius Caesar.«

Julia schaute ihn ratlos an. »Und die Frauen?«

»Die kommen auch.«

»Oh Schreck!«

»Wieso?«

»Scaurus' Frau Delmatica! Und Lucius Cornelius!«

»Ach, das ist doch schon Jahre her«, sagte Marius geringschätzig. »Wir lassen die Männer genau nach der Rangordnung auf den Speisesofas Platz nehmen. Dann kannst du die Frauen dort hinsetzen, wo sie am wenigsten Schaden anrichten können. Wie wäre das?«

»Gut, in Ordnung.« Ganz überzeugt wirkte Julia nicht. »Delmatica und Aurelia setze ich wohl besser Lucius und Sextus Julius gegenüber und Aelia und Licinia gegenüber dem Speisesofa in der Mitte. Claudia und ich sitzen Gaius Julius und Lucius Cornelius gegenüber.« Julia kicherte. »Ich kann mir nicht vorstellen, daß Lucius Cornelius mit Claudia geschlafen hat!«

Marius Augenbrauen tanzten heftig auf und ab. »Willst du damit sagen, daß er mit Aurelia geschlafen hat?«

»Nein! Ehrlich, Gaius Marius, manchmal übertreibst du!«

»Und manchmal du«, konterte Marius. »Wo setzt du unseren Sohn hin? Er ist immerhin schon neunzehn.«

Marius' Sohn saß ganz außen auf dem niedrigsten Sofa, dem untersten Platz, der einem Mann zugewiesen werden konnte. Er beklagte sich nicht. Der Mann mit dem zweitniedrigsten Rang, sein Onkel Gaius Julius, war Stadtprätor gewesen, und über ihm war ein weiterer Stadtprätor, sein Onkel Lucius Cornelius. Die übrigen Männer waren Konsulare, und sein Vater hatte zwei Konsulate mehr als alle anderen zusammen hinter sich. Für den Sohn war das ein angenehmes Gefühl, aber wie konnte er hoffen, einmal den Rekord seines Vaters zu übertreffen? Es gab nur einen Weg: Er mußte noch sehr jung Konsul werden, jünger als Scipio Africanus oder Scipio Aemilius gewesen waren.

Marius wußte, daß er heiraten sollte, und zwar Scaevolas Mädchen. Er kannte Mucia noch nicht, denn für festliche Abendessen war sie noch zu jung. Aber sehr hübsch sollte sie sein, hatte er gehört. Kein Wunder: Ihre Mutter, eine Licinia, war noch immer eine schöne Frau. Sie war jetzt mit Metellus Celer verheiratet, einem Sohn des Metellus Balearicus. Nach einem Ehebruch. Durch Caecilius Metellus hatte die kleine Mucia zwei Halbbrüder. Scaevola hatte eine zweite, nicht so schöne Licinia geheiratet, die jetzt mit ihm zu dem Abendessen erschien und sich köstlich amüsierte.

Über den Abend berichtete Lucius Cornelius Sulla an Publius Rutilius Rufus in Smyrna:

Ich dachte, es würde eine triste Angelegenheit. Daß es nicht zu einem furchtbaren Eklat kam, verdankten wir allein Julia. Sie hatte dafür gesorgt, daß jeder Mann streng nach der Rangordnung Platz nahm, die Damen setzte sie so hin, daß kein Streit entstehen konnte. Mit dem Ergebnis, daß ich von Aurelia und Scaurus' Frau Delmatica nur die Rücken sah.

Ich weiß, daß Scaurus Dir schreibt; unsere beiden Briefe gehen mit demselben Boten ab. Folglich wiederhole ich nichts von dem bevor-

stehenden Krieg mit den Italikern und gebe auch keine Zusammenfassung der Lobrede, die Scaurus im Senat auf Marius gehalten hat – Scaurus schickt Dir sicher eine Abschrift! Ich sage nur, daß ich es für eine Schande hielt, was Lupus getan hat, und daß ich nicht ruhig sitzen bleiben konnte, als er sich weigerte, unseren Altmeister in Dienst zu nehmen. Am meisten ärgert mich, daß ein Esel – ich meine, ein Wolf! – wie Lupus einen ganzen Kriegsschauplatz befehligt, während Gaius Marius eine niedrige Aufgabe übertragen bekommt. Aber besonders interessant ist, wie freundlich Gaius Marius die Neuigkeit aufgenommen hat, daß er die Aufgabe des ersten Legaten mit Caepio teilen muß. Ich frage mich, was der Fuchs aus Arpinum mit diesem Oberesel im Schilde führt. Etwas Gemeines, vermute ich.

Doch ich bin abgeschweift, zurück zu dem abendlichen Festmahl. Scaurus und ich haben folgendes vereinbart: Erstens schreibt jeder von uns ausführlich, und zweitens teilen wir uns den Stoff. Mir fällt der Tratsch zu, das ist sehr ungerecht. Immerhin ist Scaurus – Du ausgenommen, Publius Rutilius – das größte Klatschmaul, das ich kenne. Scaevola war deshalb eingeladen, weil Gaius Marius alle Hände voll zu tun hat, Marius' Sohn mit Scaevolas Tochter zu verheiraten – der Tochter seiner ersten Licinia. Mucia, die zur Unterscheidung von den beiden älteren Mucias des Auguren Scaevola Mucia Tertia genannt wird, ist jetzt ungefähr dreizehn. Das Mädchen tut mir leid. Ich mag Marius nicht besonders. Er ist ein arroganter, dünkelhafter, ehrgeiziger junger Schnösel. Wer mit ihm in Zukunft zu tun hat, bekommt einigen Ärger. Eine ganz andere Sorte als mein lieber toter Sohn.

Publius Rutilius, da ich nie, weder als Knabe noch als Mann, ein richtiges Familienleben gehabt habe, hat mir mein Sohn unendlich viel bedeutet. Vom ersten Augenblick, als ich ihn sah, ein nacktes lachendes Kerlchen in der Kinderstube, liebte ich ihn von ganzem Herzen. Ich fand in ihm den vollkommenen Gefährten. Ganz gleich was ich tat, er war immer begeistert. Ihm verdanke ich es, daß meine Reise in den Orient interessant und aufregend wurde. Daß er mir nicht wie ein erwachsener Mann in meinem Alter Ratschläge und Hinweise geben konnte, spielte keine Rolle. Er verstand immer und fühlte mit. Und dann starb er, ganz plötzlich und ganz unerwartet! Wenn ich nur Zeit gehabt hätte, sagte ich mir, wenn ich mich hätte vorbereiten können … Aber wie bereitet sich ein Vater auf den Tod des Sohnes vor?

Die Welt, alter Freund, ist grau geworden seit seinem Tod. Ich glaube, es macht mir jetzt nicht mehr soviel aus wie früher. Es ist fast ein Jahr her, und auf eine Art bin ich wohl damit fertiggeworden, daß es ihn nicht mehr gibt. Aber auf die meisten Arten werde ich nicht damit fertig. Mir fehlt ein Stück meines Herzens, es klafft ein Loch, das nie gestopft werden kann. So kann ich zum Beispiel mit niemandem über ihn sprechen. Ich verberge seinen Namen, als habe es ihn nie gegeben, weil sich der Schmerz nicht verbergen läßt. Während ich diese Zeilen schreibe, rinnen mir die Tränen über das Gesicht.

Doch ich wollte nicht über den Knaben schreiben. Meine Feder sollte diesem verflixten Abendessen nachgehen! Ich dachte vielleicht deshalb an ihn (obwohl ich das, wie ich zugebe, immer tue), weil sie dabei war: die kleine Caecilia Metella Delmatica, Scaurus' Frau. Ich glaube, sie ist jetzt achtundzwanzig oder wenig jünger. Sie hat Scaurus mit siebzehn geheiratet, soweit ich noch weiß am Anfang des Jahres, als wir die Kimbern schlugen. Sie hat ein Mädchen von zehn und einen Buben von fünf. Beide ohne jeden Zweifel von Scaurus, denn ich habe die armen Würmchen gesehen: so häßlich wie ein Gehöft von Cato dem Zensor. Scaurus spricht schon davon, das Mädchen mit dem Sohn von Manius Acilius Glabrio, dem Busenfreund des Auguren Scaevola, zu verheiraten. Obwohl die Familie so viele Konsularen hervorgebracht hat, daß man sie sicher nicht als Emporkömmlinge beschimpfen kann, ist sie nicht der Abstammung wegen begehrt, sondern eher wegen des Geldes. Die Familie dürfte fast so reich sein wie die des Servilius Caepio. Aber ich selbst kümmere mich nicht um die Familie Acilius Glabrio, auch wenn der Großpapa dieses Manius Acilius Glabrio Partei für Gaius Gracchus ergriffen hat. Es hat ihn das Leben gekostet wie die anderen, die für Gracchus Partei ergriffen haben! Doch damit genug. Dies war doch ein schönes Stück Klatsch, meinst Du nicht? Nein? Dann soll Dich Lamia holen!

Delmatica ist eine schöne Frau. Wie hat sie mir den Kopf verdreht, damals, als ich unbedingt Prätor werden wollte! Weißt Du noch? Merkwürdig, es ist schon zehn Jahre her. Ich bin fünfzig geworden, Publius Rutilius – und mir scheint, ich bin dem Titel des Konsuls nicht näher als damals in den Tagen der Subura. Man ist versucht zu spekulieren, was Scaurus mit ihr wegen der Eseleien vor neun Jahren angestellt hat. Aber sie läßt sich nichts anmerken. Als wir uns im Eßzimmer trafen, bekam ich bloß einen kühlen Gruß und ein frostiges Lächeln. Meinem Blick ist sie ausgewichen. Ich werfe ihr das nicht vor. Wahrscheinlich hat sie Angst gehabt, Scaurus könne an ihrem Benehmen Anstoß nehmen und sie tadeln. Er fand gewiß nichts zu beanstanden, denn nach dem Grüßen setzte sie sich mit dem Rücken zu mir auf den Stuhl und drehte sich nicht wieder um. Was ich von unserer liebsten, süßesten Aurelia nicht sagen kann; mit ihren Drehungen und Windungen hielt sie uns alle in Atem. Sie ist jetzt ja wieder zufrieden, denn Gaius Julius bricht in Kürze wieder zu einer Exkursion auf. Sein Bruder Sextus Julius will in der Provinz Africa und in Gallia Transalpina Reitersoldaten für Rom anwerben, und Gaius Julius begleitet ihn.

Ich bin nicht gehässig, auch wenn ich – weit verbreitet und zu Recht – diesen Ruf habe. Wir kennen Aurelia beide sehr gut, und ich sagte Dir nichts, was Dich überraschen könnte. Sie und ihr Mann lieben sich zweifellos, aber diese Liebe ist weder glücklich noch bequem. Sie darf sich bei ihm nicht entfalten, und das nimmt sie ihm übel. In dem Bewußtsein, daß er für einige Wochen fort sein würde, ist sie letzte Nacht wieder aufgelebt, hat gelacht und sich über ihr sonst so farbloses Wesen erhoben. Ihre gute Laune ist Gaius Julius, der neben mir auf dem Sofa saß, nicht entgangen! Denn wenn Aurelia in Schwung kommt, Publius Rutilius, steht die gesamte Männerwelt Kopf. Helena von Troja hätte ihr nicht das Wasser reichen können. Stell Dir bloß vor, daß sich der Senatsvorsitzende wie ein alberner Jüngling aufführt! Ganz zu schweigen von Scaevola oder gar Gaius Marius. Eine solche Wirkung hat sie. Keine der übrigen Frauen war reizlos, einige waren sogar ausgesprochen schön. Aber selbst Julia und Delmatica konnten bei ihr nicht mit, Gaius Julius hat das schnell gemerkt. Ich könnte schwören, daß sie sich zu Hause wieder gestritten haben.

Ja, das war in der Tat ein seltsames und unangenehmes Festmahl. Ich höre Dich fragen, warum es überhaupt stattfand. Ich bin nicht sicher, aber ich habe den Eindruck, daß Gaius Marius von einer bösen Vorahnung gestreift wurde, in dem Sinne, daß wir, die geladenen Gäste, uns nie wieder unter ähnlichen Umständen begegnen würden. Er sprach traurig von Dir und klagte, daß wir ohne Dich nicht vollständig seien. Er sprach traurig von sich und traurig von Scaurus. Und, wie mir auffiel, sogar von seinem Sohn! Was mich angeht, so galt mir der Löwenanteil seiner Traurigkeit. Obwohl wir uns doch seit Julillas Tod immer weiter voneinander entfernt haben. Das verstehe ich nicht an ihm. Wir sehen einem Krieg entgegen, den wir meines Erachtens nur sehr schwer gewinnen können, was bedeutet, daß Gaius Marius und ich wieder so einvernehmlich zusammenwirken müssen wie früher. Aus all dem kann ich nur schließen, daß er um sich selbst Angst hat. Angst, daß er den Krieg nicht überlebt. Angst, daß wir alle zu leiden haben werden, wenn er nicht mehr unsere Stütze ist.

Entsprechend meiner Abmachung mit Scaurus spreche ich nicht vom bevorstehenden Krieg. Trotzdem biete ich Dir einen interessanten Happen an, den Scaurus nicht hat. Ich bekam neulich Besuch von Lucius Calpurnius Piso Caesoninus, der beauftragt ist, Waffen und Ausrüstungen für unsere neuen Legionen zu organisieren. Ist er nicht mit Deiner Tocher verheiratet? Je mehr ich darüber nachdenke, desto sicherer werde ich. Er hatte jedenfalls eine seltsame Geschichte zu erzählen. Leider sind wir durch den Apennin völlig von Gallia Cisalpina abgeschnitten, vor allem von der adriatischen Seite. Höchste Zeit, daß wir aus Gallia Cisalpina eine eigene Provinz mit regulärem Statthalter machen, ebenso aus Gallia Transalpina. Für den Krieg haben wir einen Statthalter für beide Gallien mit Sitz in Gallia Cisalpina ernannt – den Prätor Gaius Coelius Caldus. Quintus Sertorius ist sein Quästor, eine Berufung, die uns alle ruhig schlafen läßt. In den Adern sämtlicher Mitglieder der Sippe Marius fließt erstaunlich viel kriegerisches Blut, davon bin ich überzeugt, und Sertorius gehört durch seine Mutter dazu. Zudem ist er Sabiner.

Doch ich komme wieder vom Thema ab. Piso Caesoninus hat einen kurzen Abstecher in den Norden gemacht, um Waffen und Rüstungen in Auftrag zu geben. Wie in solchen Fällen üblich, besuchte er zunächst die Orte Populonia und Pisae. Allerdings hörte er dort, daß es in den Städten im Osten von Gallia Cisalpina neue Gießereien geben soll, die von einem Unternehmen mit Sitz in Placentia betrieben werden. Piso Caesoninus reiste also nach Placentia. Er kam keinen Schritt weiter! Den Betrieb fand er zwar, aber er stieß auf eine Mauer des Schweigens und auf eine Geheimniskrämerei, wie man sie sich nicht schlimmer vorstellen kann. Als er sich dann nach Osten wandte und Patavium und Aquileia besuchte, stellte er fest, daß sich in der Gegend neue Gießereien angesiedelt hatten und daß die Städte mit den Gießereien per Exklusivvertrag fast zehn Jahre lang Waffen und Rüstungen für die italischen Bundesgenossen hergestellt hatten! Piso Caesoninus dachte sich nichts weiter dabei. Die Schmiede hatten einen Exklusivvertrag, und sie waren prompt bezahlt worden, also produzierten sie. Allerdings sind die Stahlschmieden in der Hand von einzelnen Eigentümern, während die Städte selbst, mit Ausnahme des Gewerbes, einem einzigen Grundbesitzer gehören. Ein Grundbesitzer, der, wie die Einheimischen sagen, römischer Senator ist! Und um die Angelegenheit noch obskurer zu machen: Die Schmiede glaubten, daß sie Waffen für Rom herstellten. Den Mann, der sie unter Vertrag genommen hatte, hielten sie für den praefectus fabrum. *Als Piso Caesoninus sie drängte, ihm den mysteriösen Unbekannten zu beschreiben, entpuppte er sich als kein anderer als der Marser Quintus Poppaedius Silo!*

Woher hatte Silo gewußt, wo er sich Waffen beschaffen konnte, bevor wir in Rom überhaupt etwas von der neuen Stahlindustrie im Osten erfuhren? Mir fiel eine seltsame Antwort ein – und ich fürchte, ich werde sie nur schwer beweisen können. Deshalb habe ich Piso Caesoninus auch nichts gesagt. Quintus Servilius Caepio lebte jahrelang bei Marcus Livius Drusus und verließ ihn erst, als seine Frau mit Marcus Cato Salonianus durchbrannte. Um die Zeit, als ich zum ersten Mal für das Prätorat um Stimmen warb, ging Caepio auf eine längere Reise. In einem früheren Brief hast Du mir versichert, das Gold von Tolosa sei nicht mehr in Smyrna, Caepio sei nach seinem Verschwinden aus Rom in der Stadt aufgetaucht und habe es zum Leidwesen der dortigen Banken abgehoben. Silo verkehrte im Haus des Drusus und pflegte mit ihm einen freundlicheren Umgang als Drusus mit Caepio. Vielleicht hatte Silo erfahren, daß Caepio Geld in die Errichtung der Gießereistädte im östlichen Gallia Cisalpina investierte. Dann könnte Silo Rom zuvorgekommen sein und die neuen Städte verpflichtet haben, Waffen und Rüstungen für sein Volk herzustellen, so daß keiner in der Gegend hatte Kunden werben müssen.

Ich wette, daß Caepio der römische Senator und Grundbesitzer ist und daß ihm das Unternehmen in Placentia gehört. Allerdings bezweifle ich, daß ich es beweisen kann, Publius Rutilius. Piso Caesoninus hat die Handwerker in der Gegend jedenfalls unter Druck gesetzt, damit sie für die Italiker keine Waffen und Rüstungen mehr herstellen und statt dessen uns beliefern.

Rom bereitet sich auf den Krieg vor. Aber das hat etwas Unheimliches, wenn man sich überlegt, mit welchem Feind man es zu tun hat. Keinem ist wohl bei dem Gedanken, in Italien kämpfen zu müssen, auch dem Feind nicht, wie ich vermute. Er hätte schon vor drei Monaten gegen uns marschieren können, wenn ich den Berichten meiner Spione trauen darf. Ach ja, ich vergaß Dir mitzuteilen, daß ich augenblicklich sehr beschäftigt bin, ein Netz von Spionen aufzubauen – wenn nicht auf andere Art werden wir dank ihrer Hilfe mit Bestimmtheit mehr über ihre Bewegungen herausbekommen als sie über die unseren.

Übrigens habe ich diesen Abschnitt meines Briefes später geschrieben. Scaurus' Kurier ist nicht fortgekommen.

Im Augenblick haben wir Etrurien und Umbrien gesichert. Wohl gibt es Unruhen, aber die Unruhestifter haben nicht genug Einfluß, um die ganze Region abtrünnig zu machen. Das ist weitgehend der Latifundienwirtschaft zu verdanken. Gaius Marius reist überall herum, hebt Soldaten aus und befriedet die Gegend – der Gerechtigkeit halber muß man auch sagen, daß Caepio in Umbrien sehr aktiv geworden ist.

Die eingeschriebenen Väter gerieten schön in Aufregung, als meine Spione meldeten, daß die Italiker schon zwanzig ausgebildete Legionen unter Waffen haben. Seit ich Beweise habe, bleibt ihnen nichts anderes übrig, als mir zu glauben. Wir haben gerade sechs Legionen! Zum Glück verfügen wir wenigstens über Waffen und Rüstungen für mindestens zehn weitere. Nicht umsonst schicken wir Männer über die Schlachtfelder, damit sie die Ausrüstungen unserer Gefallenen und der Gefallenen des Feindes einsammeln und den Gefangenen die Waffen abnehmen. In Capua haben wir ganze Schuppen solcher Waffen. Wie wir jedoch in der verbleibenden Zeit Truppen anwerben und ausbilden sollen, vermag keiner zu sagen.

Ich muß Dir noch berichten, daß Ende Februar im Senat die Rede davon war, mit Asculum Picentum ein Exempel zu statuieren wie damals mit Numantia. Es wird neben dem zentralen also auch einen nördlichen Kriegsschauplatz geben. Den Oberbefehl im Norden hat Pompeius Strabo. Man hat ihm auch die Zielscheibe genannt: Asculum Picentum. Und man hat ihm gesagt, er solle bis Mai abmarschbereit sein. Das ist noch immer Anfang Frühling, so wie es augenblicklich um die Jahreszeiten bestellt ist. Aber wenigstens hat unser zur Verschleppung neigender Pontifex Maximus in diesem Jahr noch zwanzig Tage an den Februar angehängt. Die zweite Hälfte meines Briefes ist noch immer auf März datiert. Ich schreibe inzwischen übrigens allein, denn Scaurus behauptet, er habe keine Zeit. Als ob ich Zeit hätte! Nein, Publius Rutilius, eine lästige Pflicht ist es nicht. Oft in der Vergangenheit hast Du Dir Zeit für mich genommen, wenn ich außer Landes war. Jetzt gebe ich Dir nur zurück, was Dir gebührt.

Lupus gehört zu jener Art Befehlshabern, die nichts tun, das sie für unter ihrer Würde halten. Als ausgemacht wurde, daß er und

Lucius Caesar die vier Veteranenlegionen des Titus Didius unter sich aufteilen und jeweils eine der beiden unerfahrenen Legionen dazunehmen sollten, dachte Lupus nicht daran, Carseoli (wo er sein Hauptquartier für den Feldzug auf dem zentralen Kriegsschauplatz aufgeschlagen hatte) zu verlassen, die beschwerliche Reise nach Capua anzutreten und seine Hälfte der Truppen abzuholen. Statt dessen schickte er Pompeius Strabo los. Er mag Pompeius Strabo nicht, aber wer tut das schon?

Und Pompeius Strabo zahlte es ihm heim! Als er die beiden Veteranenlegionen und die unbeleckte Legion aus Capua fortgeführt hatte, zog er gerade bis Rom. Lupus hatte ihm befohlen, die unerfahrene Legion bis Picenum im Norden mitzunehmen und die beiden Veteranenlegionen bei ihm, Lupus, in Carseoli abzuliefern. Statt dessen sorgte Pompeius Strabo dafür, daß Scaurus eine Woche zu lachen hatte. Er schickte die unausgebildete Legion unter dem Befehl des Gaius Perperna zu Lupus nach Carseoli und zog selbst mit den beiden Veteranenlegionen rasch die Via Flaminia hinauf! Und nicht genug damit: Als Catulus Caesar nach Capua kam und den Oberbefehl über den befestigten Platz übernahm, stellte er fest, daß Pompeius Strabo die Lagerhallen geplündert und so viele Waffen und Rüstungen mitgenommen hatte, daß man mit ihnen vier Legionen hätte ausstatten können! Scaurus lacht noch immer. Ich kann allerdings nicht lachen. Was bleibt uns noch? Nichts! Man muß Pompeius Strabo im Auge behalten. Er hat zuviel Gallierblut in den Adern.

Als Lupus merkte, wie raffiniert man ihn hinters Licht geführt hatte, verlangte er eine der beiden Veteranenlegionen des Lucius Caesar. Lucius Caesar lehnte natürlich ab und verwies darauf, daß Lupus sich nicht beim ersten Konsul beklagen solle, wenn er die eigenen Legaten nicht unter Kontrolle habe. Leider läßt es Lupus jetzt an Marius und Caepio aus: Er treibt sie an, damit sie mit den Aushebungen und der Ausbildung der Soldaten doppelt so rasch vorankommen. Er selbst sitzt in seinem Schmollwinkel in Carseoli.

Coelius und Sertorius in Gallia Cisalpina versetzen Berge, wenn es darum geht, Waffen, Rüstungen und Truppen aufzutreiben, und jede kleine Waage und Gießerei auf römischem Boden irgendwo auf der Welt hat mehr zu tun als ein Sarde, der allein einen ganzen Konvoi überfällt. Deshalb meine ich auch, daß es überhaupt nicht wichtig ist, daß Caepios Städte die ganzen Jahre für die Italiker gearbeitet haben. Wir wären gar nicht klug genug gewesen, um für sie Arbeit zu finden. Jetzt arbeiten sie für uns, und mehr darf man nicht hoffen.

Irgendwie müssen wir bis Mai sechzehn Legionen ins Feld führen können. Das heißt, es fehlen im Augenblick zehn Legionen, die wir noch auftreiben müssen. Sicher, wir werden es schaffen! Wenn es etwas gibt, worin Rom besonders glänzt, dann ist es die Bewältigung von unlösbaren Aufgaben. Die Freiwilligen kommen von überallher und aus allen Klassen, und die Männer, die latinisches Bürgerrecht besitzen, zeigen sich uns gegenüber loyal. Wegen der Eile war es unmöglich, die latinischen von den römischen Freiwilligen zu trennen, es sieht also so aus, als ob wir unfreiwillig eine Art Vorherrschaft ausüben müßten. Ich möchte damit nur sagen, daß es in diesem Krieg keine Hilfstruppen geben wird. Alle sind als Römer eingestuft und gezählt.

Lucius Julius Caesar und ich brechen Anfang April in die Campania auf, ungefähr acht Reisetage entfernt. Quintus Lutatius Catulus Caesar hat sich bereits als Kommandant in Capua eingerichtet, und ich glaube, daß er seine Aufgabe gut machen wird. Ich bin sehr froh, daß er kein Heer führt. Unsere Legion aus unerfahrenen Rekruten wird aufgeteilt in zwei Einheiten zu je fünf Kohorten – Lucius Caesar und ich sind der Ansicht, daß wir sowohl in Nola als auch in Aesernia Garnisonen stationieren müssen. Das ist eine Aufgabe, die die Neulinge bewältigen können, dafür müssen sie keinen Kranz errungen haben. Aesernia ist ein richtiger Außenposten im Feindesland, gewiß, aber es bleibt uns treu, darauf können wir uns verlassen. Scipio Asiagenes und Lucius Acilius – beide zweite Legaten (und beide von eher dürftigen Qualitäten) – führen fünf Kohorten sofort nach Aesernia. Die anderen fünf führt der Prätor Lucius Postumius nach Nola. Für einen Postumius ist er ganz in Ordnung. Ich mag ihn. Meinst Du, daß es daher kommt, daß er kein Albinus ist?

Dies, lieber Publius Rutilius, soll für den Augenblick genügen. Gleich klopft Scaurus' Bote an die Tür. Ich schreibe bei Gelegenheit wieder, fürchte aber, Du wirst Dich auf weibliche Korrespondenz verlassen müssen, wenn du regelmäßig Nachrichten bekommen willst. Julia hat versprochen, oft zu schreiben.

Mit einem Seufzer legte Sulla die Feder nieder. Der Brief war sehr lang geworden, hatte aber eine Art Katharsis bewirkt. Es hatte sich gelohnt, auch wenn ihm jetzt der Schlaf fehlte. Er war sich immer bewußt, an wen er schrieb, und doch konnte er dem Brief Dinge anvertrauen, die er Publius Rutilius nie persönlich gesagt hätte. Aber

Publius Rutilius Rufus war auch zu fern, als daß er irgendwie gefährlich hätte werden können.

Sulla hatte seine plötzliche Aufwertung im Senat durch Lucius Julius Caesar nicht erwähnt. Das war noch zu neu und zu heikel. Man lief Gefahr, Fortuna zu beleidigen, wenn man darüber wie von einer abgeschlossenen Sache berichtete. Es war reiner Zufall gewesen, das wußte Sulla. Lucius Caesar mochte Gaius Marius nicht, und deshalb hatte er einen anderen gefragt. Er hätte eigentlich Titis Didius, Publius Crassus oder einen anderen Triumphator fragen müssen. Aber sein Blick war auf Sulla gefallen, und er hatte sich für ihn entschieden. Er hatte freilich nicht erwartet, daß die Situation eine solche Wendung nehmen würde, doch als er es begriffen hatte, tat Lucius Caesar etwas nicht Ungewöhnliches: Er bestimmte Sulla zu seinem hauseigenen Experten. Von einem Marius oder Crassus Rat einholen zu müssen, warf ein schlechtes Licht auf einen Konsul – er wäre als Anfänger erschienen, der stets noch den Meister fragen muß. Fragte er dagegen einen Niemand wie Sulla, dann stand er als genialer Konsul da. Lucius Caesar konnte für sich in Anspruch nehmen, er habe Sulla entdeckt. Und nach außen hin schien es, als sei er Sullas Gönner, während er sich in Wahrheit auf Sulla stützte.

Das genügte Sulla für den Augenblick. Solange er sich Lucius Caesar gegenüber freundlich und ehrerbietig verhielt, würde er die Befehlsgewalt und die Aufgaben bekommen, die er benötigte, um Lucius Caesar in den Schatten zu stellen. Und wie Sulla rasch bemerkte, neigte Lucius Caesar zur Schwarzseherei und hatte gar nicht soviel Vertrauen in die eigenen Fähigkeiten, wie es zunächst den Anschein gehabt hatte. Als beide Anfang April in die Campania aufbrachen, überließ Sulla die militärischen Entscheidungen und Dispositionen Lucius Caesar und stürzte sich selbst mit lobenswertem Eifer und begeistert in die Aufgabe, neue Legionen anzuwerben und auszubilden. Viele Zenturionen unter den Veteranen in Capua hatten irgendwo schon unter Sullas Befehl gedient, und noch mehr von den Zenturionen im Ruhestand, die sich wieder zur Ausbildung von Truppen hatten anwerben lassen. Als sich das herumsprach, wuchs Sullas Ruhm. Jetzt mußte Lucius Caesar nur noch Fehler machen oder sich im kommenden Feldzug in eine Zwangslage hineinmanövrieren, so daß er nicht mehr anders konnte, als Sulla freie Hand zu lassen. Eines wußte Sulla sicher: Wenn seine Chance gekommen war, würde er keinen Fehler machen.

Besser vorbereitet als jeder andere Befehlshaber rüstete Pompeius Strabo zwei Legionen mit Männern von seinen riesigen Besitzungen im nördlichen Picenum aus. Dank der Zenturionen aus den beiden gestohlenen Veteranenlegionen konnte er die Truppen innerhalb von fünfzig Tagen kriegstauglich machen. In der zweiten Aprilwoche marschierte er mit vier Legionen – zwei aus Veteranen und zwei aus Rekruten, eine gute Mischung – aus Cingulum ab. Obwohl Pompeius Strabo nicht gerade eine glänzende Militärlaufbahn hinter sich hatte, verfügte er über ausreichend Erfahrung für ein Kommando. Und er stand in dem Ruf, besonders zäh zu sein.

Ein Zwischenfall in seinem dreißigsten Lebensjahr während seiner Zeit als Quästor auf Sardinien hatte unglücklicherweise viel dazu beigetragen, daß er seine Senatskollegen verachtete und sich von ihnen abseits hielt. Pompeius Strabo hatte den Senat damals schriftlich aus Sardinien darum gebeten, seinen Vorgesetzten, den Statthalter Titus Annius Albucius, anzeigen und bei der Rückkehr nach Rom persönlich Anklage gegen ihn erheben zu dürfen. Angeführt von Scaurus antwortete der Senat mit einem gehässigen Brief des Prätors Gaius Memmius, dem die Abschrift von Scaurus' Rede vor dem Senat beigefügt war. Scaurus belegte Pompeius Strabo darin mit allen erdenklichen Schimpfwörtern: Er sei ein lästiger Pilz, sein Benehmen unfein, dreist, ordinär, vulgär, anmaßend, dumm und ungebildet dazu. Für Pompeius Strabo war die Forderung, den Vorgesetzten vor Gericht zu zitieren, korrekt gewesen, für Scaurus und die übrigen Führer des Hauses war Strabos Tat schlicht unverzeihlich. Einen Vorgesetzten zeigte man nicht an! Und wenn man ihn schon anzeigte, dann riß man sich nicht um die Aufgabe, Anklage gegen ihn zu erheben! Und dann machte Lucius Marcius Philippus den abwesenden Pompeius Strabo zur Zielscheibe des Spottes: Er schlug vor, der Senat solle für das Verfahren, dem Titus Albucius nun entgegensehe, Caesar Strabo als Ankläger bestimmen, weil er ebenfalls schiele.

Pompeius Strabo hatte viel von einem Keltenkönig, auch wenn er immer betonte, er sei durch und durch Römer. Als wichtigstes Argument für sein Römertum berief er sich auf seine Zugehörigkeit zur Tribus Clustumina, einer nicht sehr alten bäuerlichen Tribus, deren Angehörige im Osten des Tibertals lebten. Aber kaum ein bedeutender Römer zweifelte einen Augenblick daran, daß die Pompeier schon lange vor der Eroberung durch die Römer in Picenum gesiedelt hatten. Für die neuen Picenter Bürger hatte man die Tribus Velina geschaffen, der die meisten Vasallen auf den Ländereien der Pompeier im nördlichen Picenum und im östlichen Umbrien angehörten. Wer in Rom etwas zu sagen hatte, sah die Sache so, daß die Pompeier Picenter waren, die schon lange in vorrömischer Zeit Vasallen in diesem Teil Italiens gehabt hatten. Ihr Stammland war jener Teil Italiens, wo sich in großer Zahl Gallier angesiedelt hatten, nachdem ihre Invasion von Mittelitalien und Rom dreihundert Jahre zuvor unter ihrem ersten König Brennus fehlgeschlagen war. Und da die Pompeier besonders keltisch aussahen, betrachtete sie jeder, der in Rom etwas zu sagen hatte, als Gallier.

Was es damit auch auf sich hatte, etwa siebzig Jahre zuvor hatte ein Pompeius schließlich die unvermeidliche Reise die Via Flaminia hinab nach Rom angetreten und sich zwanzig Jahre später durch skrupellosen Stimmenkauf zum Konsul wählen lassen. Dieser Pompeius, ein enger Verwandter von Quintus Pompeius Rufus und von Pompeius Strabo, geriet zunächst mit dem großen Metellus Macedonicus aneinander, indes konnten sie ihre Differenzen ausräumen und teilten sich schließlich das Amt des Zensors. Das Ergebnis davon war, daß die Pompeier nach Rom drängten.

Der erste Pompeier aus Strabos Familienzweig, der die Reise in den Süden antrat, war Pompeius Strabos Vater. Er hatte sich selbst einen Sitz im Senat verschafft und keine geringere als die Schwester des berühmten lateinischen Satirikers Gaius Lucilius geheiratet. Die Lucilier kamen aus der Campania und waren schon seit Generationen römische Bürger. Sie waren ziemlich reich und hatten Konsuln in der Familie. Ihre vorübergehende Geldknappheit hatte aus Pompeius Strabos Vater einen begehrten Heiratskandidaten gemacht – vor allem deshalb, weil zum Schuldenberg des Lucilius Lucilias abgrundtiefe Häßlichkeit hinzukam. Unglücklicherweise starb Strabos Vater, bevor er einen erstklassigen Magistratsposten ergattern konnte – jedoch nicht, bevor Lucilia ihren kleinen schielenden Gnaeus Pompeius geboren hatte, der sogleich den Beinamen Strabo erhielt. Sie gebar einen weiteren Knaben, der Sextus genannt wurde. Aber auch er starb jung, bevor er in der Politik Erfolg hatte. Nun hoffte die Familie auf die Großtaten des Pompeius Strabo.

Strabo hatte keinerlei Neigung zur Gelehrsamkeit. Obwohl er in Rom von hervorragenden Hauslehrern unterrichtet wurde, brachte er es beim Lernen nicht weit. Die Gedanken und Ideale des Griechentums tat der Knabe als dummes Geschwätz und unnützes Zeug ab. Dagegen mochte er die Feldherren und Glücksritter in der Ferne, die zuhauf die römische Geschichte bevölkerten. Als Kadett diente Pompeius Strabo unter verschiedenen Befehlshabern. Bei seinen Zeltkameraden – darunter Lucius Caesar, Sextus Caesar, sein mittelmäßiger Vetter Pompeius Rufus, Cato Licinianus oder Lucius Cornelius Cinna – war er nicht beliebt. Sie machten ihn zur Zielscheibe ihres Spottes, zum einen weil er so schrecklich schielte, zum anderen wegen seiner angeborenen Unbeholfenheit, die kein römischer Schliff jemals zu glätten vermochte. In den ersten Jahren in der Armee machte er eine miserable Figur, und als Militärtribun ging es ihm nicht anders. Niemand mochte Pompeius Strabo.

All das erzählte er später seinem Sohn, der den Vater glühend verehrte. Dieser jetzt fünfzehnjährige Sohn und die Tochter Pompeia waren aus einer anderen lucilianischen Ehe hervorgegangen: Dem Beispiel des Vaters folgend, hatte Pompeius Strabo ebenfalls eine häßliche Lucilia geheiratet, eine Tochter des Gaius Lucilius Hirrus, eines älteren Bruders des berühmten Satirikers. Zum Glück hatte das Blut der Pompeier die lucilianische Häßlichkeit überwunden, so daß weder Strabo – bis auf seinen Augenfehler – noch der Sohn unansehnlich waren. Wie Generationen von Pompeiern vor ihnen hatten sie hübsche Gesichter mit einer zarten Hautfarbe, blauen Augen und Stubsnasen. In Rufus' Familienzweig hatte das Haar einen rötlichen Schimmer, in Strabos Zweig war es goldblond.

Als Strabo mit seinen vier Legionen nach Süden durch Picenum marschierte, ließ er seinen Sohn in Rom bei der Mutter. Sie sollte sich um die weitere Erziehung kümmern. Da aber auch der Sohn kein Geistesmensch war und zudem stark dem Vater nachschlug, schnürte er sein Bündel und machte sich auf nach Hause, ins nördliche Picenum. Dort wollte er sich den zurückgebliebenen Zenturionen anschließen, die die pompeianischen Klienten zu Legionären ausbilden sollten, und sich der harten Ausbildung des Soldaten unterziehen, bevor er die Toga des erwachsenen Mannes tragen durfte. Im Gegensatz zu seinem Vater wurde der junge Pompeius allgemein verehrt. Er selbst nannte sich nur Gnaeus Pompeius. In seinem Familienzweig hatte keiner außer dem Vater einen Beinamen, und da der junge Pompeius nicht schielte, konnte er sich auch nicht Strabo nennen. Er hatte sehr große, weit geöffnete, tiefblaue Augen von vollendetem Schnitt. Die Augen eines Dichters, wie seine Mutter meinte, die ihn abgöttisch liebte.

Während der junge Pompeius auf dem Weg nach Hause war, marschierte Pompeius Strabo weiter gen Süden. Als er den Fluß Tenna bei Falernum überquerte, wurde er von sechs Picenter Legionen unter dem Befehl von Gaius Vidacilius überfallen. In die Enge getrieben, setzte er sich verzweifelt zur Wehr. Zu allem Unglück tauchte noch Titus Lafrenius mit zwei Legionen der Vestiner auf – und dann Publius Vettius Scato mit zwei Legionen Marser! Jeder Italiker wollte bei der ersten Kriegshandlung mitkämpfen.

Die Schlacht machte keiner der beiden Seiten Ehre. Die Italiker waren Pompeius Strabo zahlenmäßig haushoch überlegen, dennoch gelang es ihm, sich fast ohne Verluste aus dem Schwemmland zurückzuziehen. Er trieb seine kostbare Armee eilig zur Küstenstadt Firmum Picenum, verschanzte sich dort und richtete sich auf eine lange Belagerung ein. Die Italiker hätten Pompeius Strabo eigentlich eine vernichtende Niederlage beibringen müssen, aber auf eine unfehlbare militärische Stärke der Römer waren sie nicht gefaßt: auf die Schnelligkeit. In dieser Beziehung, die sich als lebensrettend herausstellte, war Pompeius Strabo der Sieger, auch wenn sich die Italiker im Gefecht besser geschlagen hatten.

Vidacilius ließ Titus Lafrenius vor den Stadtmauern von Firmum Picenum zurück, damit er die Römer in Schach hielt. Er selbst marschierte mit Scato weiter, um anderswo Unruhe zu stiften. Pompeius Strabo schickte inzwischen eine Botschaft an Coelius in Gallia Cisalpina und bat um schnellstmöglichen Ersatz. Die Lage war mißlich, aber nicht aussichtslos: Er hatte Zugang zum Meer, wo eine kleine adriatische Flotte vor Anker lag, die alle längst vergessen hatten. Und Firmum Picenum war eine loyale latinische Kolonie.

*

Als die Italiker hörten, daß Pompeius Strabo losmarschiert war, war der Ehre genüge getan. Rom war der Angreifer. Mutilus und Silo erhielten im großen Rat jede gewünschte Unterstützung. Während Silo in Italica blieb und Vidacilius, Lafrenius und Scato nach Norden schickte, um Pompeius Strabo zu belagern, führte Gaius Papius Mutilus sechs Legionen nach Aesernia. Kein latinischer Vorposten sollte die Autonomie von Italia beeinträchtigen. Aesernia mußte fallen.

Von welchem Format die beiden zweiten Legaten des Lucius Caesar waren, wurde schlagartig auf peinliche Weise deutlich: Bevor die Samniten eintrafen, flohen Scipio Asiagenes und Lucius Acilius als Sklaven verkleidet aus der Stadt. In Aesernia nahm man ihre Flucht gelassen zur Kenntnis. Die hervorragend befestigte und bestens mit Vorräten versorgte Stadt schloß die Tore und bemannte die Mauern mit den fünf Kohorten der Rekruten, die die Legaten bei der Flucht zurückgelassen hatten. Mutilus sah sofort, daß sich die Belagerung in die Länge ziehen würde. Er ließ Aesernia durch zwei Legionen unter schweren Beschuß nehmen und marschierte mit den anderen vier zum Volturno, der die Campania von Osten nach Westen in zwei Hälften teilt.

Als die Nachricht eintraf, die Samniten seien im Anmarsch, rückte Lucius Caesar von Capua nach Nola vor, wo die fünf Kohorten des Lucius Postumius den Aufstand in der Stadt niedergeworfen hatten.

»Bis ich weiß, was Mutilus vorhat, ist es wohl das beste, wenn wir auch die beiden Veteranenlegionen in Nola stationieren«, sagte er zu Sulla, während er die letzten Vorbereitungen zum Abmarsch aus Capua traf. »Sorge dafür, daß hier alles weitergeht. Zahlenmäßig sind wir haushoch überlegen. Schick schnellstmöglich Truppen nach Venafrum zu Marcellus.«

»Schon passiert«, erwiderte Sulla lakonisch. »Schon immer haben sich die Veteranen nach der Militärzeit mit Vorliebe in der Campania niedergelassen. Sie kommen in Scharen angelaufen. Alles, was sie brauchen, ist ein Helm auf dem Kopf, ein Kettenhemd, ein Schwert an der Seite und ein Schild. Ich rüste sie aus, so schnell ich kann, mache die erfahrensten Männer zu Zenturionen und schicke sie dann in die Städte, wo du sie stationiert haben willst. Publius Crassus und seine beiden ältesten Söhne sind gestern mit einer Legion von Veteranen nach Lucania gezogen.«

»So etwas müßtest du mir sagen.« Lucius Caesar klang leicht gereizt.

»Nein, Lucius Julius, das muß ich nicht«, erwiderte Sulla bestimmt und ganz ruhig. »Ich bin hier, um deine Pläne auszuführen. Du sagst mir, wer mit wem wohin geht, und ich habe die Aufgabe, dafür zu sorgen, daß deine Befehle ausgeführt werden. Du mußt nicht fragen, so wenig wie ich etwas sagen muß.«

»Wen habe ich eigentlich nach Beneventum geschickt?« fragte Lucius Caesar. Er war sich bewußt, daß seine Schwächen ans Tageslicht kamen. Mit dem Oberbefehl war er überfordert.

Sulla war keineswegs überfordert, aber er ließ sich die Genugtuung nicht anmerken. Früher oder später würden Lucius Caesar die Aufgaben über den Kopf wachsen, und dann war er an der Reihe. Er ließ Lucius Caesar nach Nola ziehen, obwohl er wußte, daß es nur für kurz und völlig sinnlos sein würde. Und er behielt recht: Als die Belagerung Aesernias bekannt wurde, marschierte Lucius Caesar nach Capua zurück und beschloß, zum Entsatz nach Aesernia zu marschieren. Freilich befand sich die Kernregion der Campania um den Volturno im offenen Aufstand. Überall lagerten die Legionen der Samniten, und das Gerücht ging um, daß Mutilus nach Beneventum unterwegs sei.

Die nördliche Campania war noch sicher und größtenteils Rom ergeben. Lucius Caesar führte seine beiden Veteranenlegionen durch Teanum Sidicinum und Interamna, da er über befreundetes Gebiet nach Aesernia vorrücken wollte. Er wußte nicht, daß der Marser Publius Vettius Scato aus der Belagerungsfront gegen Pompeius Strabo in Firmum Picenum ausgeschert war und am Westufer des Sees Ficinus entlang ebenfalls auf dem Weg nach Aesernia war. Er marschierte den Liri hinab an Sora vorbei und stieß zwischen Atina und Casinum auf Lucius Caesar.

Keine der beiden Seiten war auf die Begegnung gefaßt. Beide gerieten unvorbereitet in eine Schlacht, dazu in einer Schlucht, was alles noch schlimmer machte. Lucius Caesar unterlag. Er floh nach Teanum Sidicinum und ließ zweitausend wertvolle Veteranen tot auf dem Schlachtfeld zurück, während Scato ungehindert nach Aesernia weitermarschierte. Diesmal durften die Italiker einen klaren Sieg für sich beanspruchen, und das taten sie auch.

Die Städte im Süden der Campania hatten die römischen Herrschaft nie richtig anerkannt und erklärten sich jetzt der Reihe nach für Italia, so auch Nola und Venafrum. Marcus Claudius Marcellus befreite sich und seine Truppen vor dem heranrückenden Heer der Samniten aus Venafrum, doch statt sich in eine sichere römische Stadt wie Capua zurückzuziehen, beschlossen Marcellus und seine Männer, nach Aesernia zu gehen. Als sie dort eintrafen, war die Stadt völlig von Italikern umzingelt, auf der einen Seite von Scato mit den Marsern, auf der anderen von Samniten. Allerdings war die Wache unaufmerksam, und das nutzte Marcellus aus. Es gelang allen Römern, bei Nacht in die Stadt einzudringen. Aesernia hatte damit einen tapferen und fähigen Oberbefehlshaber und zehn Kohorten römischer Legionäre.

Niedergeschlagen und erschreckt kam Lucius Julius Caesar in Teanum Sidicinum wieder zur Besinnung und leckte sich nach der Niederlage wie ein alter Hund die Wunden. Sofort brachen die schlechten Nachrichten über ihn herein. Venafrum sei übergelaufen,

Aesernia schwer belagert, Nola halte zweitausend römische Soldaten mitsamt dem Prätor Lucius Postumius gefangen. Publius Crassus und seine beiden Söhne seien von den Lukanern, die sich inzwischen ebenfalls erhoben hätten, unter ihrem höchst fähigen Anführer Marcus Lamponius in Grumentum eingeschlossen worden. Gewissermaßen zum krönenden Abschluß berichteten Sullas Spione, die Apulier und Venusiner stünden kurz davor, sich ebenfalls für Italia zu erklären.

Doch war das alles nichts, verglichen mit der Misere des Publius Rutilius Lupus genau im Osten von Rom. Angefangen hatte es damit, daß Gaius Perperna in den zusätzlichen Februartagen statt mit zwei Veteranenlegionen mit einer Legion unausgebildeter Rekruten eingetroffen war. Dann ging es nur noch steil bergab. Während Marius und Caepio mit Feuereifer Rekruten aushoben und ausrüsteten, lieferte sich Lupus mit dem römischen Senat eine Schlacht mit der Feder. Es gebe unter seinen Streitkräften aufrührerische Elemente, sogar in den Reihen der Legaten, kritzelte Lupus wütend. Was gedenke der Senat zu tun? Wie solle er Krieg führen, wenn ihm die eigenen Leute feindlich gesonnen seien? Wolle Rom nun, daß Alba Fucentia gesichert werde oder nicht? Und wie solle er das ohne einen einzigen erfahrenen Legionär bewerkstelligen? Wann werde etwas unternommen, um Pompeius Strabo zurückzurufen? Und wann wolle man Pompeius Strabo den Prozeß wegen Verrats machen? Wann werde der Senat seine beiden Veteranenlegionen von Pompeius Strabo zurückbekommen? Und wann werde man ihn von Gaius Marius befreien, dieser unerträglichen Laus?

Lupus und Marius lagerten an der Via Valeria vor Carseoli. Das Lager war sehr gut befestigt, weil Marius die Rekruten graben ließ – zur Stärkung der Muskeln, wie er Lupus stets versicherte, wenn dieser sich darüber beklagte, daß die Männer gruben, statt zu exerzieren. Caepio lagerte ebenfalls an der Via Valeria, aber weiter unten vor der Stadt Varia. In einer Hinsicht hatte Lupus ganz recht: Jeder sah nur seinen eigenen Standpunkt. Caepio hielt sich von Carseoli und seinem Befehlshaber möglichst fern, weil er, wie er sagte, die vergiftete Atmosphäre im Kommandozelt nicht ertrage. Und da Marius stark vermutete, daß sein Befehlshaber, sobald er bei der Parade genug Soldaten zählte, gegen die Marser ziehen würde, nörgelte er unablässig. Die Truppen seien hoffnungslos unerfahren und müßten die gesamten hundert Tage ausgebildet werden, bevor man sie in die

Schlacht schicken könne, zudem sei die Ausrüstung größtenteils unbrauchbar. Und Lupus solle sich endlich mit der Sachlage abfinden und aufhören, endlos wegen der gestohlenen Veteranenlegionen über Pompeius Strabo herzuziehen.

Lucius Caesar war wankelmütig, Lupus hingegen rundweg unfähig. Er besaß kaum militärische Erfahrung und gehörte zu jenem Schlag von Befehlshabern, die es sich im Lehnstuhl bequem machen und meinen, sobald der Feind einen ersten Blick auf eine römische Legion geworfen hat, sei die Schlacht entschieden – natürlich zugunsten Roms. Und für die Italiker, die er ausnahmslos als Hinterwäldler betrachtete, hatte er nur Verachtung übrig. Wenn es nach ihm ging, konnte man losmarschieren, sobald Marius vier Legionen zusammengetrommelt und bewaffnet hatte. Doch Lupus machte die Rechnung ohne Marius, der an seinem Standpunkt eisern festhielt: Die Soldaten hatten Kampfhandlungen so lange fernzubleiben, bis sie anständig ausgebildet waren. Als Lupus Marius den direkten Befehl gab, auf Alba Fucentia zu marschieren, weigerte sich Marius geradeheraus. Und wenn Marius etwas ablehnte, schlossen sich die zweiten Legaten an.

Weitere Briefe gingen nach Rom mit der Beschwerde, die Legaten verweigerten den Gehorsam und meuterten offen. Der Drahtzieher sei Gaius Marius, immer wieder Gaius Marius.

Trotzdem konnte sich Lupus bis Ende Mai nicht von der Stelle rühren. Dann berief er einen Rat ein und wies Gaius Perperna an, mit der Rekrutenlegion aus Capua und irgendeiner anderen Legion über den westlichen Paß der Via Valeria entlang ins Land der Marser einzumarschieren. Das Ziel sei Alba Fucentia, das er im Falle einer Belagerung durch die Marser entsetzen oder vor einem Angriff der Marser schützen wolle. Marius war wieder dagegen, doch diesmal setzte man sich über ihn hinweg. Lupus konnte sich mit Recht darauf berufen, daß die Rekruten die nötige Ausbildungszeit gehabt hätten. Perperna und seine beiden Legionen marschierten die Via Valeria hinauf.

Der westliche Paß war eine Felsschlucht in über tausend Metern Höhe, der Schnee vom Winter war noch nicht ganz weggeschmolzen. Da die Truppen murrten und über die Kälte klagten, versäumte es Perperna, der mehr an das Wohlergehen als an das Leben der Männer dachte, ausreichend Späher an den Aussichtspunkten zu postieren. Wo die Schlucht am engsten wurde, fielen vier siegesdurstige Legionen der Paeligner, angeführt von Publius Praesenteius, über die Kolonne der Römer her. Ihr Sieg war ebenso vollständig wie leicht errungen. Am Ende des Gemetzels lagen viertausend tote römische Soldaten in der Schlucht, und Praesenteius konnte ihnen in aller Ruhe die Waffen und Rüstungen abnehmen. Auch die Ausrüstungen der sechstausend überlebenden Männer fielen Praesenteius in die Hand: Sie hatten sie weggeworfen, damit sie schneller davonlaufen konnte. Perperna war einer der schnellsten Läufer.

Perperna wurde in Carseoli von Lupus degradiert und unehrenhaft nach Rom zurückgeschickt.

»Das ist eine Dummheit, Lupus«, sagte Marius, der schon lange nicht mehr so höflich war, den Befehlshaber mit Publius Rutilius anzusprechen. Es schmerzte, einen so geschätzten Namen in einem so unwürdigen Zusammenhang auszusprechen. »Du kannst Perperna nichts vorwerfen, er ist Anfänger. Du allein hast Schuld. Ich habe dir gesagt, die Männer sind noch nicht soweit. Und es hätte sie einer führen müssen, der von unerfahrenen Truppen etwas versteht, ich zum Beispiel.«

»Kümmere dich um deine Angelegenheiten!« zischte Lupus. »Und erinnere dich möglichst daran, daß deine Hauptaufgabe darin besteht, mit mir einer Meinung zu sein!«

»Ich würde auch dann nicht mit dir einer Meinung sein, Lupus, wenn du mir deinen nackten Arsch zeigtest«, erwiderte Marius. Seine Augenbrauen stießen über der Nase zusammen, und er sah doppelt so grimmig aus wie sonst. »Du bist ein vollkommen unfähiger Dummkopf!«

»Ich sollte dich nach Rom zurückschicken!« brüllte Lupus.

»Du kannst nicht einmal deine Großmutter zehn Schritt die Straße hinab schicken«, höhnte Marius. »Viertausend Gefallene! Eines Tages hätten sie anständige Soldaten abgegeben. Und sechstausend nackte Überlebende, die ausgepeitscht gehören. Gib nicht Gaius Perperna die Schuld, gib keinem anderen die Schuld als dir!« Marius schüttelte den Kopf und schlug sich auf die schlaffe linke Wange. »Ich fühle mich wie in der Zeit vor zwanzig Jahren! Du benimmst dich wie alle schafsköpfigen Senatoren, bringst tüchtige Männer um!«

Lupus richtete sich zu seiner vollen, freilich nicht imposanten Größe auf. »Ich bin nicht nur Konsul. Ich bin der Oberbefehlshaber auf diesem Kriegsschauplatz«, sagte er hochmütig. »In genau acht Tagen – heute sind übrigens die Kalenden des Juni – marschieren du und ich nach Nersae und nähern uns vom Norden her dem Gebiet der Marser. Wir rücken in zwei Kolonnen zu je zwei Legionen vor. Jede Kolonne überquert für sich den Velino. Von hier nach Reate gibt es nur zwei Brücken. Keine ist so breit, daß acht Männer nebeneinander hinübermarschieren könnten. Wir marschieren in zwei Kolonnen, weil die Überquerung sonst zu lange dauert. Ich nehme die Brücke näher an Carseoli, du die Brücke näher an Cliterna. An der Imele hinter Nersae treffen wir uns wieder. Kurz vor Antinum marschieren wir dann gemeinsam auf die Via Valeria. Verstanden, Marius?«

»Verstanden«, sagte Marius. »Es ist blödsinnig, aber ich habe verstanden! Eines hast du offenbar nicht gemerkt, Lupus: Westlich vom Gebiet der Marser stehen sehr wahrscheinlich italische Truppen.«

»Westlich vom Gebiet der Marser stehen keine italischen Truppen«, widersprach Lupus. »Die Paeligner, die Perperna überfallen haben, sind nach Osten abgezogen.«

Marius zuckte die Achseln. »Mach, was du willst. Sag aber nicht, ich hätte dich nicht gewarnt.«

Acht Tage später marschierten sie los. Lupus übernahm mit seinen beiden Legionen die Führung, Marius zog hinter ihnen her. Dann trennte er sich von Lupus, um das kürzere Stück zu seiner Brücke über den eisigen, vom Schmelzwasser angeschwollenen Velino hinter sich zu bringen. Als Lupus' Kolonne außer Sicht war, führte Marius seine Truppen in einen nahen Wald und befahl ihnen, ein Lager ohne Feuer aufzuschlagen.

»Wir folgen dem Velino in Richtung Reate. Auf der anderen Seite sind beachtliche Anhöhen«, sagte er seinem ersten Legaten Aulus Plotius. »Wenn ich ein kluger Italiker wäre und Rom im Krieg schlagen wollte und dazu noch einen Vorgeschmack auf unser halsbrecherisches Tempo bekommen hätte, dann würden jetzt meine scharfäugigsten Männer oben auf dem Gebirgskamm sitzen und die Truppenbewegungen auf dieser Seite des Flusses beobachten. Die Italiker wissen mit Sicherheit, daß Lupus monatelang in Carseoli gesessen hat. Warum sollten sie ihm nicht auflauern, wenn er sich bewegt? Das letzte Mal haben sie vernichtend zugeschlagen. Sie warten auf seinen nächsten Versuch, du wirst sehen. Wir bleiben also hübsch in dem dichten Wald hier, bis es dunkel wird. Dann marschieren wir in höchstem Tempo bis Tagesanbruch weiter und verstecken uns in einem anderen dichten Wald. Ich zeige meine Männer erst, wenn sie im Eilmarsch die Brücke überqueren.«

Plotius war noch jung, aber immerhin so alt, daß er als junger Tribun in Gallia Cisalpina gegen die Kimbern gekämpft hatte. Er war Catulus Caesar unterstellt gewesen, wußte aber – wie jeder in diesem Feldzug –, wem der Ruhm in Wahrheit gebührte. Er hörte Marius zu und schätzte sich glücklich, daß er zu seiner Kolonne und nicht zu der von Lupus abkommandiert worden war. Beim Abmarsch aus Carseoli hatte er Lupus' Legaten Marcus Valerius Messala, der ebenfalls mit Marius hatte marschieren wollen, noch im Scherz bedauert.

Gaius Marius erreichte seine Brücke am zwölften Tag des Monats Juni. Er war erbärmlich langsam vorangekommen, denn die Nächte waren mondlos gewesen, und außer einen gewundenen Pfad, über den er lieber nicht marschieren wollte, hatte keine Straße durch das Gebiet geführt. Er gab genau durchdachte Anweisungen und konnte sicher sein, daß die Truppen von der Anhöhe auf der anderen Seite des Flusses nicht beobachtet wurden; er hatte die Anhöhe auskundschaften lassen. Die Soldaten der beiden Legionen gehorchten dankbar jedem Befehl, den Marius erteilte. Es waren Männer wie jene, die beim Marsch über den westlichen Paß unter Perpernas Führung über Kälte geklagt hatten und unglücklich über ihr Los gewesen waren, Männer aus den gleichen Städten und den gleichen Regionen. Und doch hatten diese Soldaten Vertrauen, fühlten sich allem, auch einer Schlacht, gewachsen und befolgten genau jede Anweisung, als es schließlich über die kleine Brücke zu laufen galt. Es sind eben Marius' Männer, dachte Aulus Plotinus – wenn er sie auch zu Mauleseln gemacht hat. Marius' Soldaten trugen wie immer leichtes Marschgepäck, während Lupus auf einem Troß bestanden hatte.

Plotius steuerte auf einen südlich der Brücke gelegenen Abschnitt des Stromes zu und suchte sich einen Aussichtspunkt, von wo aus er die tapferen Soldaten über die bebende und schwankende Brücke rennen sehen konnte. Von einer vorgelagerten Erhebung herab blickte Plotius auf die reißenden Fluten des Hochwasser führenden Flusses hinab und ließ dann seinen Blick nach Süden wandern, wo er eine kleine Bucht entdeckte. In den Strudeln schwammen menschliche Leiber. Er begriff zunächst nicht und sah sie sich unbewegt an. Dann riß er die Augen auf. Es waren die Leichen von Soldaten! Zwei bis drei Dutzend! Nach den Federn auf den Helmen waren es römische Soldaten.

Plotius lief sofort zu Marius. Der sah sich die Sache an und wußte Bescheid.

»Lupus«, sagte er böse. »Sie haben ihm auf der anderen Seite seiner Brücke eine Falle gestellt. Los, hilf mir.«

Plotius kletterte hinter Marius die Uferböschung hinunter und zog mit ihm einen Körper an Land. Marius drehte die Leiche um und starrte in das kalkweiße Gesicht mit den noch immer schreckgeweiteten Augen.

»Es ist gestern passiert«, sagte er und ließ den Leib wieder ins Wasser gleiten. »Ich wollte anhalten und dann die armen Schweine begleiten. Jetzt ist es zu spät, Aulus Plotius. Sorge dafür, daß sich die Truppen auf der anderen Seite der Brücke in einer kampfbereiten Marschordnung aufstellen. Sobald du fertig bist, halte ich eine Ansprache. Und beeil dich! Ich bin sicher, daß die Italiker nicht wissen, daß wir hier sind. Vielleicht bekommen wir Gelegenheit, die Niederlage ein wenig wettzumachen.«

Publius Vettius Scato, der zwei Legionen Marser anführte, hatte die Gegend um Aesernia einen Monat zuvor geräumt. Er war nach Alba Fucentia marschiert, wo er zu Quintus Poppaedius Silo stoßen wollte, der die hervorragend befestigte und zum Durchhalten entschlossene Stadt mit latinischem Recht belagerte. Silo wollte auf dem Gebiet der Marser bleiben und weiterhin mit allen Kräften kämpfen. Allerdings wußte er seit langem durch seine Spione, daß die Römer in Carseoli und Varia Truppen ausbildeten.

»Geh nachsehen, was los ist«, forderte er Scato auf.

Scato, der bei Antinum auf Praesenteius und die Paeligner traf, erhielt einen vollständigen Bericht von der vernichtenden Niederlage von Perpernas Truppen am westlichen Paß. Praesenteius marschierte wieder nach Osten und rüstete dort mit seiner Kriegsbeute frisch angeworbene Paeligner für den Kampf aus. Scato marschierte nach Westen und tat genau das, was Marius von einem klugen Italiker erwartete: Er postierte Männer mit guten Augen oben auf dem Bergkamm am Ostufer des Flusses zwischen den beiden Brücken. Er wollte gerade weiter nach Carseoli vorrücken, als ein Bote herbeilief und berichtete, eine römische Armee marschiere über die Brücke im Süden.

Fassungslos vor Freude verfolgte Scato persönlich, wie Lupus seine Soldaten von einem Ufer zum anderen schickte und dabei jeden möglichen Fehler machte. Noch bevor sich die Soldaten der Brücke näherten, erlaubte er ihnen, aus den Reihen zu treten und auf der anderen Seite völlig ungeordnet zu warten. Lupus selbst konzentrierte sich ganz auf den Troß. Als er nur mit der Tunika bekleidet an der Brücke stand, fielen Scato und die Marser über seine Armee her. In der folgenden Schlacht starben achttausend römische Legionäre, mitsamt Publius Rutilius Lupus und seinem Legaten Marcus Valerius Messala. Etwa zweitausend Männern gelang die Flucht: Sie schoben die Ochsenkarren von der Brücke, ließen Kettenhemden, Helme und Schwerter fallen und liefen, so schnell ihre Füße sie trugen, nach Carseoli. Das war am elften Tag des Monats Juni.

Die Schlacht – sofern man überhaupt von einer Schlacht sprechen konnte – hatte am späten Nachmittag stattgefunden. Scato beschloß, an Ort und Stelle zu bleiben, statt seine Männer für die Nacht ins Lager zurückzuschicken. Im Morgengrauen sollten sie den Toten die Rüstungen abnehmen, die nackten Leichen auf einen Haufen schichten, sie verbrennen und die verlassenen Ochsen- und Maultierkarren über die Brücke ans Ostufer ziehen. Bestimmt hatten sie Weizen und Proviant geladen, und man konnte damit die erbeuteten Waffen fortschaffen. Ein herrlicher Fang! Die Römer sind so leicht zu besiegen wie Säuglinge, dachte Scato selbstgefällig. Die wußten ja nicht einmal, wie man sich auf feindlichem Gebiet schützt! Es war seltsam. Wie hatten sie die halbe Welt erobern und die andere Hälfte ständig in Atem halten können?

Es dauerte nicht lang, und er bekam die Antwort. Scato wurde von Marius' Angriff überrascht, seine Soldaten wurden in völliger Unordnung überrumpelt.

Marius hatte zunächst das Lager der Marser ausfindig gemacht und verlassen vorgefunden. Er marschierte geordnet hindurch und ließ die nichtkämpfenden Truppenteile zurück, die zusammenrafften, was ihnen in die Hände fiel: Gepäck, Berge von Proviant und viel Geld. Gegen Mittag erreichte Marius das Schlachtfeld des Vortages, wo die Marser den römischen Gefallenen die Rüstungen abnahmen.

»Sehr schön!« rief Marius zu Aulus Plotius. »Meine Männer erhalten die ideale Feuertaufe – eine wilde Flucht! Das stärkt ihr Selbstvertrauen! Ehe sie sich versehen, sind sie altgediente Kämpfer!«

Es wurde in der Tat eine wilde Flucht. Scato floh in die Berge und ließ zweitausend tote Marser zurück und dazu alles, was er besaß. Trotzdem, dachte Marius grimmig, gebührte die Ehre den Italikern, sie hatten auf dem Schlachtfeld ganze Arbeit geleistet. Monate von Aushebungen und Ausbildung waren zunichte, achttausend tüchtige Soldaten waren gefallen, weil sie unbedingt ein Narr hatte führen müssen.

Sie fanden die Leichen von Lupus und Messala an der Brücke.

»Marcus Valerius tut mir leid. Ich glaube, aus ihm hätte noch etwas werden können«, sagte Marius zu Plotius. »Aber ich bin sehr froh, daß Fortuna es für richtig hielt, Lupus den Rücken zu kehren! Wenn er am Leben wäre, würden wir noch mehr Männer verlieren.«

Darauf konnte man nichts antworten, und Plotius antwortete auch nichts.

Marius schickte die Leichen des Konsuls und seines Legaten, von seiner einzigen Kavallerieschwadron eskortiert und mit einer schriftlichen Erklärung im Gepäck, nach Rom zurück. Zeit, dachte Gaius Marius verärgert, daß Rom gründlich das Entsetzen packt. Sonst würde dort keiner begreifen, daß in Italien wirklich Krieg war – und daß man die Italiker nicht unterschätzen durfte.

Der Senatsvorsitzende Scaurus sandte zwei Antworten zurück, eine vom Senat und eine persönliche.

Es tut mir wirklich leid, was in dem offiziellen Bericht steht, Gaius Marius. Es war nicht meine Schuld, das versichere ich Dir. Die Schwierigkeit, mein Alter, liegt darin, daß ich nicht mehr über das nötige Durchsetzungsvermögen verfüge, um mit einer Hand dreihundert Männer zu dirigieren. Vor über zwanzig Jahren, als es um Jugurtha ging, ist mir das gelungen – aber was zählt, sind eben die letzten zwanzig Jahre. Nicht, daß heutzutage dreihundert im Senat säßen. Eher an die hundert. Alle Senatoren unter fünfunddreißig leisten irgendwo Militärdienst – und auch einige der alten, wie Gaius Marius zum Beispiel.

Als der kleine Leichenzug Rom erreichte, sorgte er für großes Aufsehen. In der ganzen Stadt schrien die Menschen, rauften sich die Haare und ritzten sich sogar die Brust auf. Ganz plötzlich war der Krieg greifbar. Vielleicht konnte es ihnen anders nicht deutlich werden. Die Stimmung fiel schneller auf den Nullpunkt, als ein Blitzstrahl vom Himmel niedersaust. Bevor die Leiche des Konsuls auf dem Forum eintraf, hatte wohl jeder – einschließlich der Senatoren und Ritter! – den Krieg für einen harmlosen Spaziergang gehalten. Und dann lag Lupus erschlagen da, getötet von einem Italiker auf dem Schlachtfeld, nur wenige Meilen vor Rom. Ein entsetzlicher Augenblick, als wir aus der Curia Hostilia strömten und sprachlos Lupus und Messala anstarrten. Hast Du die Eskorte angewiesen, die Leichen aufzudecken, bevor sie das Forum erreichten? Ich wette, Du hast es getan!

Jedenfalls trägt ganz Rom Trauer, wohin man geht, überall sieht man nur dunkle, trostlose Gewänder. Alle, die noch im Senat sitzen, tragen statt der Toga den kurzen Umwurf aus grobem Wolltuch und über ihren Tuniken die schmalen Streifen der Ritter statt des Purpursaums. Die kurulischen Magistrate haben die Amtsinsignien abgelegt und sitzen auf einfachen Holzstühlen in der Curia und den Gerichten. Man spricht von Luxusgesetzen, was Purpur, Pfeffer und Aufputz angeht. Rom ist aus völliger Gleichgültigkeit in das andere Extrem gefallen. Überall höre ich die bange Frage, ob wir den Krieg verlieren.

Wie Du bald sehen wirst, gibt es von offizieller Seite zwei Reaktionen. Gegen die erste habe ich mich verwahrt, wurde aber im Namen des ›nationalen Notstandes‹ niedergebrüllt: In Zukunft sollen nämlich alle Kriegsopfer, vom geringsten Soldaten bis zum höchsten Befehlshaber, mit allen erdenklichen Feierlichkeiten auf dem Feld bestattet werden. Keiner soll nach Rom überführt werden, denn man fürchtet, daß es die Kampfmoral untergräbt. Unsinn, Unsinn und nochmals Unsinn! Aber so wollten sie es.

Das zweite ist weitaus schlimmer, Gaius Marius. Wie ich Dich kenne, hast du die offizielle Entscheidung schon geahnt. Ich hätte Dir also ohne weitere Umschweife gleich sagen sollen, daß der Senat es abgelehnt hat, Dir den Oberbefehl zu geben. Sie haben Dich nicht ganz übergangen – das wagten sie nun doch nicht. Statt dessen haben sie das Kommando Dir und Caepio gemeinsam übertragen. Eine dümmere, engstirnigere und unsinnigere Entscheidung hätten sie wohl nicht treffen können. Es wäre klüger gewesen, wenn schon nicht Dir, dann wenigstens Caepio die gesamte Verantwortung zu geben. Trotzdem glaube ich, daß Du auf Deine ganz eigene Art damit zurechtkommst.

Ich kann Dir gar nicht sagen, wie wütend ich war! Die Schwierigkeit ist, daß die Senatoren, die zurückgeblieben sind, im großen und ganzen der angetrocknete, stinkende Mist am Arsch des Schafes sind. Die saubere Wolle ist im Feld – oder hat wie ich in Rom eine Aufgabe zu erfüllen –, aber wir sind nur eine Handvoll gegenüber dem dreckigen Mist. Im Augenblick fühle ich mich vollkommen überflüssig. Philippus führt das Regiment. Kannst Du Dir das vorstellen? Schlimm genug, daß er Konsul war in den üblen Tagen vor der Ermordung von Marcus Livius. Doch jetzt ist es noch schlimmer. Und die Ritter fressen ihm aus der geschmierten Hand. Ich habe Lucius Julius geschrieben, er solle nach Rom zurückkehren und einen Nachfolger für Lupus auswählen. Er hat zurückgeschrieben, wir soll-

ten weitermachen wie bisher, er sei zu beschäftigt und könne die Campania keinen einzigen Tag verlassen. Ich tue was ich kann, aber ich sage Dir, Gaius Marius: Ich werde immer älter.

Caepio führt sich bestimmt unerträglich auf, wenn er die Neuigkeit erfährt. Ich habe mich mit den Boten verständigt, daß Du die Nachricht zuerst bekommst. Das gibt Dir Zeit zu überlegen, was Du tun wirst, wenn er seinen Gockeltanz vor Dir aufführt. Ich kann Dir nur einen Wink geben. Erledige das auf Deine Art.

Doch dann erledigte es am Ende Fortuna, und zwar auf brillante, endgültige und ironische Weise. Caepio nahm den gemeinsamen Oberbefehl um so selbstbewußter an, als er bei Varia den Überfall einer Legion der Marser abgewehrt hatte, während Marius am Velino mit Scato beschäftigt gewesen war. Er hielt den kleinen Erfolg für so bedeutend wie Marius' Sieg und ließ den Senat wissen, daß er den ersten Sieg des Krieges errungen habe, denn er sei am zehnten Tag des Monats Juni erfolgt, Marius' Sieg erst drei Tage später. Und für die schreckliche Niederlage dazwischen machte Caepio eher Marius als Lupus verantwortlich.

Zu Caepios Leidwesen kümmerte es Marius nicht, wem der Ruhm zustand oder was Caepio bei Varia getrieben hatte. Marius ignorierte Caepio, als Caepio von ihm verlangte, er solle nach Carseoli zurückkehren. Er hatte Scatos Lager am Velino übernommen, es gut befestigt und dort jeden verfügbaren Mann stationiert, damit er Truppen ausbilden und in Übung halten konnte. Und während Tag um Tag verstrich, ärgerte sich Caepio, daß ihm die Gelegenheit genommen war, in das Gebiet der Marser einzufallen. Marius waren die Überlebenden aus Lupus' Heer, etwa fünf Kohorten, zugeteilt worden, und zudem zwei Drittel der sechstausend Männer, die am westlichen Paß Praesenteius entkommen waren und die er neu ausgerüstet hatte. Damit hatte er insgesamt drei überdurchschnittlich starke Legionen. Er werde sich keinen Zoll vom Fleck rühren, teilte er brieflich mit, bevor seine Männer nicht so gut ausgebildet seien, wie *er* es für richtig halte. Und in diesem Punkt lasse er sich von keinem ahnungslosen Schwachkopf etwas sagen.

Caepio verfügte über etwa eineinhalb Legionen, die er zu zwei schwachen Einheiten umverteilt hatte. Er wagte nicht, mit ihnen loszumarschieren. Vor Wut schäumend saß er in Varia fest, während Marius Meilen entfernt im Nordosten seine Männer ausbildete. Als der Juni vergangen und der Quintilis gekommen war, bildete Marius seine Männer noch immer aus, und noch immer saß Caepio wutschäumend in Varia. Wie Lupus verbrachte er einen Großteil seiner Zeit damit, Beschwerdebriefe an den Senat zu schicken. Scaurus, der Pontifex Maximus Ahenobarbus, Quintus Mucius Scaevola und andere Getreue boten dem geifernden Lucius Marcius Philippus dann jedesmal Paroli, wenn er die Ablösung des Gaius Marius verlangte.

Ungefähr Mitte Quintilis bekam Caepio Besuch. Der Besucher war kein anderer als der Marser Quintus Poppaedius Silo.

Silo erschien mit einem verstört blickenden Sklavenpaar, einem schwer beladenen Esel und zwei Säuglingen, offensichtlich Zwillingen, in Caepios Lager. Caepio wurde gerufen und trat ins Forum des Lagers hinaus. Dort erwartete ihn Silo in voller Rüstung mit seinem kleinen Gefolge. Die Säuglinge in den Armen der Sklavin waren in purpurne, mit Gold bestickte Decken gehüllt.

Als Caepio erschien, hellte sich Silos Gesicht auf. »Quintus Servilius, wie schön, dich zu sehen!« rief er und schritt mit der ausgestreckten Rechten auf Caepio zu.

Caepio, der wußte, daß er von allen Seiten beobachtet wurde, richtete sich stolz auf und beachtete die hingestreckte Hand nicht. »Was willst du?« fragte er herablassend.

Silo ließ wie selbstverständlich und ohne an Würde zu verlieren die Hand sinken. »Ich bitte Rom um Obdach und Schutz«, sagte er, »und Marcus Livius Drusus zuliebe ergebe ich mich lieber dir als Gaius Marius.«

Die Antwort hatte Caepio etwas besänftigt und sehr neugierig gemacht, aber er zögerte noch. »Warum brauchst du Roms Schutz?« Er blickte von Silo zu den Säuglingen in Purpur hinüber und dann zu dem Sklaven, der den überladenen Esel führte.

»Du weißt, Quintus Servilius, daß die Marser Rom förmlich den Krieg erklärt haben«, sagte Silo. »Hingegen weißt du noch nicht, daß es Rom den Marsern verdankt, wenn das italische Volk seinen Angriff nach der Kriegserklärung so lange hinausgezögert hat. Ich habe mich in der Stadt Corfinium, die jetzt Italica heißt, in den Räten für einen Aufschub eingesetzt und im stillen gehofft, daß keine Gewalt angewendet würde. Ich halte diesen Krieg für sinnlos, schrecklich und verderblich. Italien kann Rom nicht schlagen! Einige im Rat warfen mir schließlich vor, ich würde die Sache Roms vertreten, und ich bestritt es energisch. Dann kehrte Publius Vettius Scato – mein eigener Prätor! – nach Corfinium zurück, nachdem er mit dem Konsul Lupus und dann mit Gaius Marius eine Schlacht geschlagen hatte. Damit war der Siedepunkt erreicht. Scato beschuldigte mich, ich hätte mich mit Gaius Marius verabredet, und alle glaubten ihm. Seither bin ich ausgestoßen. Daß man mich in Corfinium nicht getötet hat, verdanke ich der Tatsache, daß so viele Geschworene über mein Schicksal zu befinden hatten: alle fünfhundert italischen Räte. Ich habe mich während ihrer Verhandlungen aus der Stadt geschlichen und bin in meine Heimatstadt Marruvium geeilt, die ich, von den Verfolgern noch unbehelligt, erreichte. Da Scato aber die Front gegen mich anführte, war ich ich bei den Marsern nicht sicher. Deshalb nahm ich meine Zwillinge Italicus und Marsicus und machte mich auf den Weg nach Rom, um dort um Schutz zu bitten.«

»Wie kommst du darauf, daß wir dich schützen werden?« fragte Caepio. Er glaubte einen seltsamen Geruch wahrzunehmen und blähte die Nüstern. »Du hast Rom keinen Dienst erwiesen.«

»Ganz gewiß habe ich das, Quintus Servilius!« rief Silo und zeigte auf den Esel. »Ich habe den Schatz der Marser gestohlen und möchte ihn Rom schenken. Ein Teil ist dort auf dem Esel. Nur ein kleiner Teil! Einige Meilen hinter mir, gut versteckt in einem verborgenen Tal hinter einem Hügel, warten dreißig weitere Esel; alle sind mit mindestens ebensoviel Gold beladen wie dieser hier.«

Gold! Caepio hatte Gold gerochen! Alle behaupteten, Gold rieche nicht, aber Caepio wußte es besser – wie vor ihm sein Vater. Jeder Quintus Servilius Caepio konnte Gold riechen.

»Zeig her«, sagte Caepio kurz und schritt auf den Esel zu.

Die Körbe waren gut unter einer Decke versteckt. Als Silo die Decke wegzog, kam das Gold zum Vorschein. In jedem Korb glänzten fünf gegossene runde Barren in der Sonne, jedem war die marsische Schlange aufgeprägt.

»Ungefähr drei Talente«, sagte Silo und deckte die Körbe wieder zu, dabei blickte er sich nervös um. Nachdem er die Lederriemen über den Decken wieder festgezurrt hatte, hielt er einen Augenblick inne und starrte Caepio mit seinen auffälligen gelb-grünen Augen an. Verblüfft sah Caepio Flammen darin züngeln. »Der Esel gehört dir«, sagte Silo, »und du kannst noch zwei oder drei weitere bekommen, wenn du mich deinem persönlichen Schutz und dem Schutz Roms unterstellst.«

»Den hast du!« Caepio lächelte habgierig. »Aber ich nehme fünf Esel.«

»Wie du willst, Quintus Servilius.« Silo stöhnte laut. »Und ich bin so müde! Seit drei Tagen bin ich auf den Beinen.«

»Dann ruh dich aus«, sagte Caepio. »Morgen führst du mich zu dem verborgenen Tal. Ich will das ganze Gold mit eigenen Augen sehen!«

»Es wäre klug, die Truppen mitzunehmen«, sagte Silo, als sie auf das Zelt des Oberbefehlshabers zuschritten. Die Sklavin folgte ihnen mit den Säuglingen, die sich ganz ruhig verhielten und weder weinten noch strampelten. »Inzwischen haben sie mein Verschwinden sicher bemerkt. Wer weiß, wie viele sie mir hinterherschicken? Sie können sich wohl denken, daß ich zu den Römern gehe und um Asyl bitte.«

»Sollen sie denken, was sie wollen!« erwiderte Caepio fröhlich. »Meine beiden Legionen nehmen es mit den Marsern auf!« Er hob die Zeltplane am Eingang hoch, ging aber vor dem Bittsteller hinein. »Ach ja, natürlich muß ich dich bitten, deine Söhne während unserer Abwesenheit im Lager zu lassen.«

»Ich verstehe«, sagte Silo mit Würde.

»Sie sind dir wie aus dem Gesicht geschnitten.« Caepio betrachtete die Säuglinge, die die junge Sklavin auf ein Sofa legte, um ihnen die Windeln zu wechseln. Sie sahen Silo tatsächlich sehr ähnlich, sie hatten beide Silos Augen. Caepio bebte plötzlich vor Zorn. »Laß die Kinderkacke!« fuhr er die Sklavin an. »Das ist nicht der richtige Ort! Du wartest, bis ich deinem Herren eine Unterkunft angewiesen habe. Dann kannst du tun, was du tun mußt.«

Als Caepio am nächsten Morgen seine beiden Legionen aus dem Lager führte, blieb Silos Sklavin wie vorgesehen mit den königlich gekleideten Zwillingen zurück. Das Gold hatte er von den Eseln laden und sicher in seinem Zelt verstecken lassen.

»Wußtest du, Quintus Servilius, das Gaius Marius augenblicklich von zehn Legionen Picenter, Paeligner und Marrukiner belagert wird?« fragte Silo.

»Nein!« Caepio, der neben Silo an der Spitze seiner Truppen ritt, fuhr erschreckt zusammen. *»Zehn* Legionen? Kann er siegen?«

»Gaius Marius siegt immer«, sagte Silo sanft.

»Hm«, sagte Caepio.

Sie ritten, bis die Sonne hoch am Himmel stand. Nach einem kurzen Stück waren sie von der Via Valeria abgezweigt und den Anio entlang nach Südwesten Richtung Sublaqueum geritten. Silo bestand darauf, daß sie so langsam ritten, daß die Infanterie folgen konnte. Caepio konnte es nicht erwarten, das ganze Gold zu sehen, und beklagte sich über das langsame Tempo.

»Das Gold ist in Sicherheit und fliegt nicht davon«, beschwichtigte ihn Silo. »Mir ist es wichtiger, daß wir bei der Ankunft deine Truppen bei uns haben und daß sie nicht außer Atem sind, Quintus Servilius – in unser beider Interesse.«

Das Land war zerklüftet, aber nicht unwegsam. Nach etlichen Meilen ließ Silo unweit von Sublaqueum Halt machen.

»Dort!« sagte er und deutete auf einen Hügel jenseits des Anio. »Dahinter liegt das verborgene Tal. Ganz in der Nähe gibt es eine feste Brücke. Wir kommen sicher ans andere Ufer.«

Die Brücke war tatsächlich fest, breit und aus Stein. Caepio schickte seine Armee in vollem Marsch hinüber und blieb selbst an der Spitze. Die Straße, die hier über den Anio lief, kam von Anagnia an der Via Latina herauf, führte über Sublaqueum und endete in Carseoli. Als die Truppen die Brücke überquert hatten, konnten sie auf einer befestigten Straße gemächlich weitermarschieren und den Ausflug regelrecht genießen. Da sie aus Caepios guter Laune schon vor geraumer Zeit gefolgert hatten, daß dies eine Art Wanderung, aber kein Eilmarsch war, behielten sie die Schilde auf den Rücken und benutzen die Speere als Spazierstöcke, die ihnen die Last der Kettenhemden lindern halfen. Die Zeit verging rasch. Womöglich mußten sie die Nacht ohne Proviant im Freien verbringen, aber es hatte sich nicht gelohnt, mit Gepäck loszuziehen. Und das Benehmen des Oberbefehlshabers ließ erwarten, daß sie bald eine Belohnung bekommen würden.

Als beide Legionen in einer Kolonne am Fuß des Hügels versammelt waren, wo sich die Straße nach Nordosten wandte, stieg Silo wieder in den Sattel.

»Ich reite voraus, Quintus Servilius«, sagte er zu Caepio. »Ich will mich nur vergewissern, daß alles in Ordnung ist. Niemand soll sich so erschrecken, daß er Hals über Kopf davonläuft.«

Caepio ritt langsam weiter und sah Silos Gestalt in kurzem, leichtem Galopp davonsprengen und rasch kleiner werden. Nach mehreren hundert Schritten verließ Silo die Straße und verschwand hinter einem kleinen Felsen.

Die Marser fielen von allen Seiten über Caepios Marschkolonne her – aus der Richtung, in der Silo verschwunden war, und von hinten, hinter jedem Felsen, Stein und Erdwall auf beiden Seiten der Straße sprangen Marser hervor. Die Römer hatten keine Chance. Bevor sie die Schilde aus den Fellüberzügen ziehen, sie nach vorn richten, die Schwerter zücken und die Helme richtig aufsetzen konnten, waren vier Legionen der Marser, Tausende von Soldaten, mitten unter ihnen und schlugen auf sie ein, als wäre es eine militärische Übung. Caepios Soldaten fielen bis auf einen: Die einzige Ausnahme war Caepio selbst. Er wurde zu Beginn des Gemetzels gefangengenommen und mußte zusehen, wie seine Soldaten einer nach dem anderen tot zu Boden stürzten.

Als das Blutbad vorüber war und sich auf und an der Straße kein Römer mehr rührte, kam Quintus Poppaedius Silo wieder zum Vorschein. Mit Scato, Fraucus und seinen Legaten ritt er an Caepio heran, ein breites Lächeln auf den Lippen.

»Nun, Quintus Servilius, was sagst du nun?«

Caepio war totenbleich und zitterte, aber er versuchte, sich nichts anmerken zu lassen. »Du vergißt, Quintus Poppaedius«, sagte er, »daß ich noch immer deine Kinder als Geiseln habe.«

Silo lachte laut auf. »*Meine* Kinder? Nein! Du hast die Kinder der beiden Sklaven in der Hand. Und ich bekomme sie wieder, mitsamt meinem Esel. In deinem Lager leistet mir keiner Widerstand.« Die unheimlichen Augen glänzten kalt und golden. »Die Ladung des Esels schleppe ich allerdings nicht mit. Die kannst du behalten.«

»Es ist Gold!« rief Caepio entgeistert.

»Nein, Quintus Servilius. Kein Gold. Es ist Blei, überzogen von einer hauchdünnen Schicht Gold. Wenn du daran gekratzt hättest, hättest du es bemerkt. Aber ich kenne Caepio besser! Du könntest dich nicht überwinden, ein Stück Gold anzukratzen, und wenn dein Leben davon abhinge – und es hing davon ab.« Silo zog das Schwert, stieg vom Pferd und schritt auf Caepio zu.

Fraucus und Scato traten ebenfalls auf Caepio zu und zogen ihn aus dem Sattel. Ohne ein Wort nahmen sie ihm die Rüstung und das Unterzeug aus gehärtetem Leder ab. Caepio begriff, was die Stunde geschlagen hatte, und begann verzweifelt zu weinen.

»Ich würde dich gerne um dein Leben betteln hören, Quintus Servilius Caepio«, sagte Silo, als er so nah vor Caepio stand, daß er zuschlagen konnte.

Aber Caepio konnte nicht bitten. Seit er bei Arausio geflohen war, war er in keiner wirklich gefährlichen Lage mehr gewesen, nicht einmal, als der Stoßtrupp der Marser sein Lager angegriffen hatte. Schlagartig verstand er den Zweck ihres Angriffs: Sie hatten eine Handvoll Männer verloren, aber die Sache war es wert gewesen. Silo hatte das Lager ausgekundschaftet und Pläne geschmiedet. Wenn Caepio sich jemals eine Situation wie die jetzige vorgestellt hätte, wäre er wohl zum Schluß gekommen, daß er tatsächlich um sein Leben betteln würde. Aber jetzt, wo es wirklich ums Leben ging, konnte er nicht bitten. Quintus Servilius Caepio mochte kein besonders tapferer Römer sein, aber Römer war er allemal, und dazu einer von hohem Rang, ein Patrizier und Adeliger. Er konnte weinen, und wer würde je erfahren, wie sehr er um sein Leben und um dieses schöne Gold geweint hatte? Aber betteln konnte Quintus Servilius Caepio nicht.

Caepio hob das Kinn, bekam einen verschleierten Blick und starrte ins Nichts.

»Das ist für Drusus«, sagte Silo. »Du hast ihn töten lassen.«

»Nein«, sagte Caepio wie von weit her. »Ich hätte es getan. Aber es war nicht nötig. Das hat Quintus Varius übernommen. Und es war gut so. Wenn Drusus am Leben geblieben wäre, wären du und deine schmutzigen Kumpane Bürger von Rom geworden. Aber ihr seid es nicht. Und ihr werdet es nie sein. In Rom gibt es viele wie mich.«

Silo hob die Hand mit dem ausgestreckten Schwert knapp über Caepios Schulter. »Für Drusus«, wiederholte er. Das Schwert sauste nieder, traf Caepios Hals und schnitt sich tief in die Schulter, ein großer Splitter des Knochens sprang aus der Wunde und zerschnitt Fraucus die Backe. Silos Schwert durchtrennte Venen, Arterien und Nerven und drang bis zum oberen Brustbein ein. Das Blut spritzte nach allen Seiten. Aber Silo war noch nicht am Ende, und Caepio stand noch immer auf den Beinen. Silo drehte sich ein wenig, hob den Arm ein zweites Mal und hieb mit dem Schwert in die andere Seite des Halses. Während Caepio zusammensackte, trennte Silo ihm mit einem dritten Schlag den Kopf endgültig vom Rumpf. Scato hob das Haupt auf und spießte es an der Kehle auf einen Speer. Als Silo wieder im Sattel saß, reichte ihm Scato den Speer. Das Heer der Marser marschierte die Straße hinab Richtung Via Valeria, angeführt von Caepios abgeschlagenem Kopf.

Caepios Überreste und die Leichen der gefallenen Soldaten ließen die Marser liegen, es war römisches Gebiet, also sollten die Römer die Spuren des schrecklichen Gemetzels beseitigen. Jetzt galt es vor allem fortzukommen, bevor Gaius Marius entdeckte, was geschehen war. Silos Behauptung, Marius werde von zehn Legionen angegriffen, war reine Erfindung gewesen, er hatte Caepios Reaktion sehen wollen. Silo schickte Männer zum verlassenen Lager vor Varia und ließ die Sklaven und die prächtig eingewickelten Zwillinge holen, ebenso den Esel, das falsche Gold blieb zurück. Als das später in Caepios Zelt ausgegraben wurde, hielten alle es einhellig für einen Teil des Goldschatzes von Tolosa. Wo war der Rest geblieben? Dann berichtete Drusus' Bruder Mamercus, was wirklich geschehen war. Jemand ritzte einen vermeintlichen Goldbarren an, und damit war klar, daß er die Wahrheit gesagt hatte.

Silo hatte sich dem toten Drusus verpflichtet gefühlt, die Wahrheit ans Tageslicht zu bringen, und folgenden Brief an Mamercus geschrieben.

Quintus Servilius Caepio ist tot. Gestern habe ich ihn und seine Armee an der Straße zwischen Carseoli und Sublaqueum in eine Falle gelockt. In Varia hatte ich ihm eine abenteuerliche Geschichte erzählt: Ich sei von den Marsern desertiert und hätte ihren Schatz gestohlen. Ich kam mit einem Esel in sein Lager, beladen mit Bleibarren, die von einer dünnen Goldschicht überzogen waren. Du kennst die Schwäche der Sippe Servilius Caepio! Man muß ihnen nur etwas Gold unter die Nase halten, dann vergessen sie alles andere.

Caepios römische Soldaten sind alle tot. Caepio habe ich lebendig gefangennehmen lassen und dann eigenhändig getötet. Ich schlug ihm den Kopf ab und trug ihn auf einem Speer vor meiner Armee her. Für Drusus. Für Deinen Bruder, Mamercus Aemilius. Und für Caepios Kinder, die jetzt das Gold von Tolosa erben; der Löwenanteil geht an den kleinen Rothaarigen, das Kuckucksei in Caepios Nest. Etwas Gerechtigkeit. Wenn Caepio weitergelebt hätte, bis die Kinder groß geworden wären, hätte er bestimmt einen Weg gefunden, sie zu enterben. Wie die Sache jetzt steht, erben sie alles. Ich freue mich, daß ich Drusus diesen Gefallen tun konnte, er wäre sicher froh gewesen. Für Drusus. Möge er in der Erinnerung aller anständigen Menschen, ob Römer oder Italiker, noch lange lebendig bleiben.

Der armen Familie blieb nichts erspart. Wenige Stunden, bevor der Brief eintraf, war Cornelia Scipionis zusammengebrochen und gestorben. Damit war das große Problem, dem sich Mamercus gegenübersah, noch größer geworden. Mit dem Tod von Cornelia Scipionis und von Quintus Servilius Caepio waren die letzten festen Bande der sechs Kinder, die in Drusus' Haus lebten, unwiderruflich zerrissen. Sie waren jetzt Vollwaisen, die nicht einmal mehr Großeltern hatten. Ihr Onkel Mamercus war ihr letzter lebender Verwandter.

Unter diesen Umständen hätte er sie eigentlich aufnehmen und sich um ihre weitere Erziehung kümmern müssen. Sie hätten seiner kleinen Tochter Aemilia Lepida, die noch unsicher auf ihren Beinchen stand, Gesellschaft leisten können. Mamercus hatte in den Monaten nach Drusus' Tod alle Kinder liebgewonnen, selbst den schrecklichen kleinen Cato. Er mochte dessen unbeugsamen Charakter nicht, doch rührte es ihn zu fast Tränen, wie sehr Cato seinen Bruder Caepio liebte. So war es von Anfang an selbstverständlich, daß er sie aufnehmen würde – bis er sich um die Bestattung seiner Mutter gekümmert hatte, nach Hause kam und mit seiner Frau darüber sprach. Er war mit ihr erst fünf Jahre verheiratet und liebte sie sehr. Da es auf Geld nicht ankam, hatte er die Frau seines Herzens geheiratet in der Illusion, daß auch sie ihn liebte. Seine Frau, eine Claudia aus einer unbedeutenden Linie der Familie, zudem verarmt und verzweifelt, hatte ihn geheiratet, ohne ihn zu lieben. Und sie mochte keine Kinder, nicht einmal ihre eigene Tochter. Sie überließ sie den Kindermädchen, die die kleine Aemilia Lepida mehr verdarben als erzogen.

»Sie kommen mir nicht ins Haus!« zischte Claudia, ehe Mamercus noch recht ausgesprochen hatte.

»Aber sie müssen bei uns wohnen! Sie können sonst nirgendwohin!« Die Reaktion seiner Frau war ein weiterer Schock, und dabei hatte er den Schock über den Tod der Mutter noch nicht verwunden.

»Sie wohnen in einem riesigen und prächtigen Haus – wenn wir das Glück hätten! Sie haben so viel Geld, daß man nicht weiß, wohin damit. Stell ein Heer von Betreuern und Erziehern an und laß sie, wo sie sind.« Claudia kniff die Lippen zusammen und zog die Mundwinkel herab. »Schlag dir das aus dem Kopf, Mamercus! Sie kommen mir nicht ins Haus.«

Damit hatte sein Idealbild von ihr den ersten Sprung bekommen. Sie bemerkte das gar nicht. Mamercus blickte seine Frau aus erstaunten Augen an und kniff ebenfalls die Lippen zusammen: »Ich bestehe darauf.«

Sie zog die Augenbrauen hoch. »Du kannst darauf bestehen, bis sich Wasser in Wein verwandelt, Mann! Das ändert nichts. Sie kommen nicht hierher. Oder so: Wenn sie kommen, gehe ich.«

»Claudia, hab doch etwas Mitleid! Sie sind vollkommen allein!«

»Warum sollte ich Mitleid haben? Sie verhungern nicht, und es fehlt ihnen nicht an der Erziehung. Von denen weiß überhaupt keiner, was ein Verwandter ist. Die beiden Servilias sind so boshaft wie eingebildet, Drusus Nero ist ein Flegel, und die anderen sind Abkömmlinge eines Sklaven. Laß sie, wo sie sind.«

»Sie brauchen ein anständiges Zuhause«, sagte Mamercus.

»Sie haben ein anständiges Zuhause.«

Mamercus gab nach, aber nicht aus Schwäche. Er war ein praktisch denkender Mensch und wußte, daß es nicht ratsam war, sich über Claudias Willen hinwegzusetzen. Nach dieser Kriegserklärung wäre die Lage der Kinder noch schlimmer geworden, wenn er sie doch zu sich genommen hätte. Er konnte nicht täglich zu Hause bleiben, um zu verhindern, daß Claudia ihre Wut an ihnen ausließ.

Mamercus machte sich auf den Weg zum Senatsvorsitzenden Marcus Aemilius Scaurus, der wohl kein Aemilius Lepidus, aber der älteste Aemilius und der ganzen *gens* war. Und Scaurus war der Vollstrecker von Drusus' letztem Willen und alleiniger Vollstrecker von Caepios Testament. Scaurus hatte also die Pflicht, für das Wohl der Kinder zu sorgen. Mamercus fühlte sich elend. Der Tod der Mutter war ein schlimmer Schlag für ihn gewesen, er hatte sie immer um sich gehabt. Cornelia Scipionis hatte bei ihm gelebt, bis sie zu Drusus ging, was sie ausgerechnet kurz nach der Hochzeit mit Claudia und ihrem Einzug getan hatte. Sie hatte sich über Claudia nie abfällig geäußert, aber rückblickend war sie wohl sehr froh gewesen, daß sich so ein günstiger Vorwand zum Auszug geboten hatte.

Als Mamercus am Haus von Marcus Aemilius Scaurus ankam, war seine Liebe zu Claudia verflogen, und es bestand keine Gefahr, daß ein anderes, ruhigeres Gefühl an ihre Stelle treten würde. Bis zu diesem Tag hätte er sich nicht träumen lassen, daß seine Liebe so plötzlich und so vollkommen verschwinden könnte, und doch klopfte er jetzt, erschüttert über den Tod der Mutter und ohne Liebe zu seiner Frau an Scaurus' Tür.

Mamercus fiel es nicht schwer, Scaurus seine Zwangslage in den finstersten Farben auszumalen.

»Was soll ich machen, Marcus Aemilius?«

Der Senatsvorsitzende lehnte sich in seinem Stuhl zurück und sah mit seinen leuchtend grünen Augen fest in das Liviergesicht mit der Hakennase, den dunklen Augen und den vorstehenden Backenknochen. Mamercus war der letzte von zwei Familien. Man mußte ihn unterstützen und ihm beistehen, so gut es ging.

»Ich denke, du mußt dich auf alle Fälle den Wünschen deiner Frau beugen, Mamercus. Das bedeutet, daß du die Kinder im Hause des Marcus Drusus lassen mußt. Und das wiederum bedeutet, daß du einen edlen Menschen finden mußt, der sich vor Ort um sie kümmert.«

»Aber wo finde ich einen solchen Menschen?«

»Überlaß das mir, Mamercus«, sagte Scaurus energisch. »Ich finde schon jemanden.«

Zwei Tage später hatte Scaurus jemanden gefunden. Zufrieden mit sich selbst rief er Mamercus zu sich.

»Erinnerst du dich an diesen sonderbaren Quintus Servilius Caepio, der zwei Jahre vor dem Sieg unseres hochgeschätzten Verwandten Aemilius Paullus über Perseus von Makedonien bei Pydna Konsul war?« fragte Scaurus.

Mamercus grinste. »Ich erinnere mich nicht an ihn persönlich, Marcus Aemilius. Aber ich weiß, wen du meinst.«

»Gut«, sagte Scaurus und grinste zurück. »Dieser sonderbare Quintus Servilius Caepio hatte drei Söhne. Der älteste wurde von der Sippe Fabius Maximus adoptiert, mit üblem Ausgang – Eburnus und sein unglückseliger Sohn.« Scaurus sprach genüßlich weiter. Er war ein hervorragend beschlagener Experte in der Genealogie der römischen Aristokratie und konnte jedem bedeutenden Römer seinen Stammbaum aufzeichnen. »Der jüngste Sohn Quintus zeugte den Konsul Caepio, der das Gold von Tolosa gestohlen und die Schlacht bei Arausio verloren hat. Und er zeugte ein Mädchen namens Servilia, das unseren geschätzten Konsular Quintus Lutatius Catulus Caesar geheiratet hat. Von Caepio dem Konsul stammte jener Caepio ab, der kürzlich vom Marser Silo getötet wurde, ebenso das Mädchen, das deinen Bruder Drusus geheiratet hat.«

»Du hast den mittleren Sohn ausgelassen«, sagte Mamercus.

»Mit Absicht, Mamercus, mit voller Absicht! Ihm gilt heute mein besonderes Interesse. Er hieß Gnaeus und heiratete sehr viel später als sein jüngerer Bruder Quintus, so daß sein Sohn, ein Gnaeus natürlich, das für einen Quästor notwendige Alter erst erreichte, als sein ältester Vetter schon Konsular war und die Schlacht bei Arausio verloren hatte. Der junge Gnaeus war Quästor in der Provinz Asia. Er hat kürzlich eine Porcia Liciniana geheiratet – ohne große Mitgift, aber die brauchte er auch nicht. Er war ziemlich wohlhabend wie alle aus seiner Sippe. Als Gnaeus in die Provinz Asia reiste, hatte er ein Kind gezeugt, ein Mädchen, das ich zur Unterscheidung von den anderen Servilias Servilia Gnaea nennen will. Jedenfalls kam Gnaeus das Geschlecht dieses Kindes sehr ungelegen.«

Scaurus machte eine Pause und strahlte. »Ist es nicht herrlich, mein lieber Mamercus, auf welch verschlungene Art alle unsere Familien miteinander verbunden sind?«

»Eher erschreckend«, meinte Mamercus.

»Um auf das zweijährige Mädchen Servilia Gnaea zurückzukommen«, fuhr Scaurus fort und lehnte sich behaglich in seinem Stuhl zurück, »ich habe das Wort ›ungelegen‹ aus gutem Grund gebraucht. Gnaeus Caepio hatte, bevor er als Quästor in die Provinz Asia abreiste, vorsichtshalber sein Testament gemacht. Allerdings kann ich mir kaum vorstellen, daß er einen Augenblick daran dachte, daß es auch vollstreckt würde. Nach der *lex Voconia de mulierum hereditatibus* war Servilia Gnaea – ein Mädchen! – nicht erbschaftsberechtigt. Deshalb vermachte er sein riesiges Vermögen seinem ersten Vetter, jenem Caepio, der das Gold von Tolosa gestohlen und die Schlacht bei Arausio verloren hat.«

»Ich bemerke, Marcus Aemilius, daß du sehr offen bist, was den Verbleib des Goldes von Tolosa angeht. Jeder sagt, daß er es gestohlen hat. Aber ich habe es noch nicht erlebt, daß eine Person mit deiner Amtsgewalt das so deutlich ausspricht.«

Scaurus machte eine ungeduldige Handbewegung. »Ach, wir wissen es doch alle, Mamercus. Warum nicht offen sein? Ich habe nicht den Eindruck, daß du besonders geschwätzig bist. Ich denke, bei dir ist es gut aufgehoben.«

»Das stimmt.«

»Jedenfalls vereinbarte Gnaeus mit Caepio von Arausio und vom Gold von Tolosa, daß er das Vermögen im Falle einer Erbschaft an Servilia Gnaea weitergeben sollte. Gnaeus hatte das Mädchen im Testament, so weit es das Gesetz zuließ, natürlich bedacht – eine lächerliche Summe verglichen mit dem Ganzen. Dann fuhr er als Quästor in die Provinz Asia. Auf der Rückreise erlitt er Schiffbruch und ertrank. Caepio von Arausio und vom Gold von Tolosa erbte und dachte nicht daran, das Vermögen an das kleine Mädchen weiterzugeben. Er verleibte es einfach seinem schon astronomischen Vermögen ein. Später ging das Erbe der armen Servilia Gnaea dann auf jenen Caepio über, den kürzlich der Marser Silo getötet hat.«

»Das ist widerlich«, sagte Mamercus mit finsterer Miene.

»Ich stimme dir zu. Aber so ist das Leben.«

»Was ist aus Servilia Gnaea geworden? Und aus ihrer Mutter?«

»Nun, sie sind natürlich nicht verhungert. Sie leben sehr bescheiden im Haus des Gnaeus Caepio; Caepio der Konsul und sein Sohn haben es den beiden Frauen überlassen. Nicht als Eigentum, nur als

Wohnraum. Wenn das Testament des letzten Quintus Caepio eröffnet wird – ich stecke mitten in dieser Aufgabe –, dann wird man auch von diesem Haus sprechen müssen. Wie du weißt, gehen Caepios gesamte Reichtümer außer der verschwenderischen Mitgift seiner beiden Mädchen an den kleinen Buben, den rothaarigen Caepio!« Scaurus lachte. »Und zu meiner großen Überraschung bin ich zum einzigen Vollstrecker eingesetzt! Ich hätte erwartet, diese Aufgabe mit Philippus zu teilen. Ich hätte es besser wissen müssen. Kein Caepio hat es je versäumt, emsig Vorkehrungen für sein Vermögen zu treffen. Unser kürzlich verstorbener Caepio hat offenbar befürchtet, daß mit Philippus oder Varius als Vollstrecker zuviel davon abhanden kommen könnte. Eine begründete Furcht! Mit Philippus hätte er den Bock zum Gärtner gemacht.«

»Das ist alles sehr aufregend, Marcus Aemilius«, sagte Mamercus, der sich für Stammbäume zu interessieren begann, »aber ich verstehe noch nicht, worauf du hinauswillst.«

»Geduld, Geduld, Mamercus. Ich komme schon noch darauf!«

Mamercus erinnerte sich an die Worte seines Bruders. »Ich kann mir übrigens vorstellen, daß Drusus etwas damit zu tun hat, daß du Testamentsvollstrecker geworden bist. Drusus wußte anscheinend etwas von Caepio und drohte damit, es weiterzugeben, wenn Caepio in seinem Testament nicht angemessen für die Kinder sorgen würde. Möglicherweise hat Drusus dich als Vollstrecker bestimmt. Caepio mußte sich wegen irgendeiner Information sehr vor Drusus in acht nehmen.«

»Wieder das Gold von Tolosa«, sagte Scaurus selbstgefällig. »Das ist es, bestimmt. Ich befasse mich erst seit zwei oder drei Tagen mit Caepios Angelegenheiten, aber die Nachforschungen sind schon faszinierend. Soviel Geld! Den beiden Mädchen hat er eine Mitgift von je zweihundert Talenten hinterlassen, und das liegt noch weit unter dem, was sie hätten erben können – selbst nach der *lex Voconia.* Der rothaarige Caepio ist der reichste Mann von Rom.«

»Bitte, Marcus Aemilius! Komm zum Schluß!«

»Ja, ja natürlich! Die Ungeduld der Jugend! Da der Erbe minderjährig ist, bin ich gesetzlich dazu verpflichtet, mich um so schäbige Dinge wie das Haus zu kümmern, in dem Servilia Gnaea, jetzt siebzehn, und ihre Mutter Porcia Liciniana noch immer wohnen. Ich habe nun keine Ahnung, was für ein Mensch der rothaarige Caepio wird, und ich habe keine Lust, meinem eigenen Sohn testamentarische Kopfschmerzen zu bereiten. Es ist nicht ausgeschlossen, daß

Caepio im Mannesalter danach fragt, warum ich Servilia Gnaea und ihrer Mutter erlaubt habe, weiterhin kostenlos in diesem Haus zu wohnen. Wenn Caepio ein Mann ist, dann liegt die Sache schon so lange zurück, daß er vielleicht nie davon erfährt. Und von Gesetzes wegen gehört das Haus ihm.«

»Ich verstehe, worauf du hinauswillst, Marcus Aemilius«, sagte Mamercus. »Fahre fort! Es interessiert mich brennend.«

Scaurus lehnte sich nach vorn. »Ich schlage vor, Mamercus, daß du Servilia Gnaea – nicht ihrer Mutter! – eine Arbeit anbietest. Das arme Mädchen hat keinerlei Mitgift. Es hat ihr gesamtes spärliches Erbe gekostet, ihr und ihrer Mutter die fünfzehn Jahre seit dem Tod des Vaters ein einigermaßen angenehmes Leben zu ermöglichen. Porcia Licinianas Sippe ist nicht in der Lage, ihr zu helfen, oder sie will es nicht, was auf dasselbe hinausläuft. Zwischen unserem ersten und unserem heutigen Gespräch habe ich Servilia Gnaea und Porcia Liciniana einen kurzen Besuch abgestattet, und zwar vorgeblich als Vollstrecker von Caepios letztem Willen. Nachdem ich ihnen mein Dilemma geschildert hatte, blickten sie voller Verzweiflung in die Zukunft. Ich habe ihnen erklärt, daß ich das Haus verkaufen müsse, damit nicht herauskomme, daß in der Erbmasse die Miete der letzten fünfzehn Jahre fehlt.«

»So schlau und raffiniert wie du bist, könntest du dich als Oberster Schatzmeister beim König Ptolomaios von Ägypten bewerben«, sagte Mamercus lachend.

»Wohl wahr!« Scaurus atmete tief durch. »Servilia Gnaea ist jetzt siebzehn, ich sagte es bereits. Das heißt, sie kommt in einem Jahr ins heiratsfähige Alter. Dummerweise ist sie nicht gerade schön, um nicht zu sagen häßlich, das arme Ding. Ohne Mitgift – und die hat sie nicht – kriegt sie nie einen Mann, der nur entfernt ihrem Rang entspricht. Und ihre Mutter, eine echte Cato Licinianus, dürfte der Gedanke, daß ein reicher, ungehobelter Ritter oder ein wohhabender, hinterwäldlerischer Bauer *ihre* Tochter heiratet, nicht gerade begeistern. Aber es geht nicht anders, wenn sie keine Mitgift hat!«

Wie weit er ausholt! dachte Mamercus und sah Scaurus erwartungsvoll an.

»Ich schlage nun folgendes vor, Mamercus. Da die Damen von mir bereits einen beunruhigenden Besuch bekommen haben, werden sie dich gerne anhören. Ich schlage vor, daß du Servilia Gnaea – und ihrer Mutter, aber nur als Gast! – anbietest, sich um die sechs Kinder von Marcus Livius Drusus zu kümmern. Mit Wohnrecht in Drusus'

Haus und einer großzügigen Entschädigung für Erziehung, Betreuung und Lebensunterhalt. Voraussetzung ist, daß Servilia Gnaea so lange ledig bleibt, bis das letzte Kind herangewachsen ist. Das letzte, der kleine Cato, ist jetzt drei Jahre alt, drei bis sechzehn macht dreizehn Jahre. Servilia Gnaea muß folglich die nächsten dreizehn bis vierzehn Jahre ledig bleiben. Bis der Vertrag mit dir ausläuft, ist sie also etwa dreißig, noch nicht zu spät für eine Heirat! Schon gar nicht, wenn du ihr eine Mitgift anbietest, die sie nach Abschluß der Aufgabe erhält, in der Größenordnung der Mitgift ihrer Cousinen – der beiden Mädchen, um die sie sich kümmern soll. Von Caepios Vermögen lassen sich zweihundert Talente für eine Mitgift ohne weiters abzweigen, ganz bestimmt, Mamercus. Und um es ganz sicher zu machen – ich bin schließlich kein junger Mann mehr –, lege ich die Summe schon jetzt auf den Namen von Servilia Gnaea an, auszubezahlen an ihrem dreißigsten Geburtstag, vorausgesetzt sie hat ihre Aufgabe zu deiner und meiner Zufriedenheit erfüllt.«

Ein boshaftes Lächeln breitete sich über Scaurus' Gesicht. »Schön ist sie nicht, Mamercus! Aber ich garantiere dir: Wenn Servilia Gnaea einunddreißig ist, kann sie unter einem Dutzend hoffnungsvoller Bewerber ihres Standes auswählen. Zweihundert Talente machen sie unwiderstehlich!« Scaurus fuchtelte einen Augenblick mit seiner Feder in der Luft herum und blickte Mamercus dann mit strenger Miene direkt in die Augen. »Ich bin kein *junger* Mann mehr. Und ich bin der einzige noch verbliebene Scaurus unter den Aemiliern. Ich habe eine junge Frau, eine Tochter, die gerade elf geworden ist, und einen fünfjährigen Sohn. Ich bin jetzt der einzige Verwalter des größten Privatvermögens in Rom. Für den Fall, daß mir etwas zustößt, bevor mein Sohn groß ist: Wem vertraue ich das Vermögen meiner Familie und die Vermögen der drei servilianischen Kinder an? Du und ich sind beide Vollstrecker von Drusus' letztem Willen, das heißt wir teilen uns die Obhut der drei porcianischen Kinder. Wärst du bereit, nach meinem Tod für mich und die meinen als Verwalter meines Vermögens und Vollstrecker meines Testamentes tätig zu werden? Durch deine Geburt bist du zwar ein Livius, aber durch Adoption ein Aemilius. Mir wäre wohler, wenn du ja sagtest, Mamercus. Ich brauche Sicherheit und einen ehrlichen Mann hinter mir.«

Mamercus zögerte nicht. »Ich sage ja, Marcus Aemilius.«

Damit war die Diskussion beendet. Mamercus ging von Scaurus' Haus sofort zu Servilia Gnaea und ihrer Mutter. Sie wohnten in ausgezeichneter Lage an jener Seite des Palatin, die dem Circus Maximus zugewandt war. Dagegen mußte Mamercus rasch feststellen, daß Caepio, der den beiden Damen zwar das Wohnrecht überlassen hatte, beim Unterhalt des Hauses alles andere als großzügig gewesen war. Von den Stuckwänden blätterte die Farbe, und die Decke im Atrium war übersät mit großen Flecken von Feuchtigkeit und Schimmel, in einer Ecke war ein so großes Stück Putz herausgebrökkelt, daß Bast und Latten zum Vorschein kamen. Und die einst herrlichen Wandmalereien waren mit der Zeit mangels Pflege verblichen und undeutlich geworden. Während Mamercus darauf wartete, daß man ihn empfing, überzeugte er sich mit einem Blick in den Garten des Säulengangs, daß die Damen nicht faul waren: Der Garten war sorgfältig gepflegt, voller Blumen und ohne Unkraut.

Er hatte beide verlangt, und beide kamen. Porcia war vor allem neugierig. Sie wußte natürlich, daß er verheiratet war; keine adelige römische Mutter mit einer unverheirateten Tochter verzichtete darauf, über einen jüngeren Mann des eigenen Standes Erkundigungen einzuziehen.

Beide Frauen waren dunkel, Servilia Gnaea mehr als die Mutter. Und häßlicher, obwohl ihre Mutter die Hakennase der Sippe Cato hatte und ihre Tochter eine kleinere Nase. Servilia Gnaeas Gesicht war durch Akne schrecklich entstellt, sie hatte eng beieinanderliegende Schweinsaugen und einen ungraziös breiten Mund mit zu schmalen Lippen. Während die Mutter sehr stolz und hochmütig wirkte, machte die Tochter einen schlicht mürrischen Eindruck. Sie hatte jenen humorlosen, farblosen Charakter, bei dem selbst mutigere Männern als Mamercus den Mut sinken ließen.

»Wir sind verwandt, Mamercus Aemilius«, sagte die Mutter würdevoll. »Meine Großmutter war eine Aemilia Tertia, Tochter des Paullus.«

»Natürlich«, stimmte Mamercus zu und setzte sich auf den zugewiesenen Platz.

»Wir sind auch durch die Livier verwandt«, fuhr sie fort und machte es sich auf dem Sofa gegenüber bequem, während die Tochter daneben nicht wußte, was sie sagen sollte.

»Ich weiß.« Mamercus suchte verzweifelt nach einer Überleitung, um zum Grund seines Besuches zu kommen.

»Was willst du?« fragte Porcia und löste damit sein Problem durch Direktheit. Mamercus fand nicht leicht die passenden Worte, schließlich war seine Mutter eine Cornelia Scipionis gewesen. Porcia und Servilia Gnaea hörten sehr aufmerksam zu, ohne sich anmerken zu lassen, was sie dachten.

»Wir sollen die nächsten dreizehn oder vierzehn Jahre im Hause von Marcus Livius Drusus wohnen, richtig?« fragte Porcia, als er geendet hatte.

»Ja.«

»Und anschließend bekommt meine Tochter eine Mitgift von zweihundert Talenten und kann heiraten?«

»Ja.«

»Und was ist mit mir?«

Mamercus sah sie erstaunt an. Für ihn blieben Mütter normalerweise im Haus des Familienoberhauptes wohnen, aber das war ja das Haus, das Scaurus verkaufen wollte. Und es mußte schon ein besonders liebenswerter Ehemann sein, der ausgerechnet diese Schwiegermutter darum bitten würde, in sein Haus zu ziehen! Bei diesem Gedanken lächelte Mamercus innerlich.

»Wärst du bereit, dich mit einem Wohnrecht auf Lebenszeit zu begnügen, in einer Villa am Meer in Misenum oder Cumae, mit Zuwendungen, die den Bedürfnissen einer Dame im Ruhestand entsprechen?« fragte er.

»Das wäre ich«, sagte Porcia sofort.

»Gut, wenn wir das alles gesetzlich und mit bindendem Vertrag geregelt haben, darf ich dann davon ausgehen, daß ihr beide euch um die Kinder kümmert?«

»Das darfst du.« Porcia blickte auf ihre sonderbare Nase hinab. »Haben die Kinder einen Erzieher?«

»Nein. Der älteste Knabe ist gerade zehn Jahre alt und hat die Schule besucht. Der kleine Caepio ist noch keine sieben und der kleine Cato erst drei.«

»Dennoch, Mamercus Aemilius, halte ich es für besonders wichtig, daß du nach einem fähigen Hauslehrer suchst, der bei den Kindern wohnt«, verkündete Porcia. »Wir haben keinen Mann im Hause. Wenn das auch für ihre physische Entwicklung keine Gefahr bedeutet, so bin ich doch der Ansicht, daß um das Wohl der Kinder willen ein Mann von Autorität, nicht etwa ein Sklave, im Hause wohnen muß. Ein Erzieher wäre ideal.«

»Du hast vollkommen recht, Porcia. Ich kümmere mich sofort darum.« Mamercus verabschiedete sich.

»Wir sind morgen zur Stelle«, sagte Porcia, als sie ihn hinausgeleitete.

»So rasch? Es freut mich sehr, aber habt ihr nicht noch viel zu tun, Anweisungen zu geben?«

»Meine Tochter und ich besitzen nichts außer ein paar Kleidern, Mamercus Aemilius. Selbst die Diener sind Eigentum des Quintus Servilius Caepio.« Sie hielt ihm die Tür auf. »Guten Tag. Und danke, Mamercus Aemilius. Du hast uns vor dem schlimmsten Elend bewahrt.«

Ich bin froh, dachte Mamercus, während er zur Basilica Sempronia eilte, um dort einen Erzieher zu kaufen, daß ich keines der sechs Kinder bin! Und trotzdem ist es für sie so immer noch besser, als bei meiner Claudia zu wohnen!

»Wir haben ein paar passende Männer auf Lager, Mamercus Aemilius«, sagte Lucius Duronius Postumus, der Besitzer einer der beiden besten Agenturen für Erzieher in Rom.

»Was kostet heute üblicherweise ein besserer Erzieher?« Mamercus hatte mit solchen Dingen noch nicht zu tun gehabt.

Duronius schürzte die Lippen. »Zwischen hunderttausend und dreihunderttausend Sesterzen – auch mehr, wenn es ein ganz besonders guter Mann ist.«

Mamercus pfiff durch die Zähne. »Cato dem Zensor hätte das nicht gefallen!«

»Cato der Zensor war ein altes geiziges Arschloch«, sagte Duronius. »Selbst zu seiner Zeit hat ein guter Erzieher weit über die erbärmlichen sechstausend gekostet.«

»Aber ich kaufe den Hauslehrer für drei seiner direkten Nachkommen!«

»Tu es oder laß es.«

Mamercus unterdrückte einen Seufzer. Die Sorge für die sechs Kinder war eine teure Angelegenheit! »Schon gut, schon gut. Ich muß es wohl tun. Wann kann ich die Bewerber sehen?«

»Ich schicke sie dir am Morgen ins Haus, sobald ich meine marktfähigen Sklaven in Rom untergebracht habe. Was ist dein Höchstgebot?«

»Ich weiß nicht! Was machen schon ein paar hunderttausend Sesterze?« rief Mamercus und breitete die Arme aus. »Mach, was du willst, Duronius! Aber wenn du mir einen Dummkopf oder Spinner schickst, werde ich dich mit größtem Vergnügen kastrieren lassen.«

Daß er den gekauften Sklaven freilassen wollte, verschwieg er, es hätte den Preis noch mehr in die Höhe getrieben. Der Sklave würde jedenfalls freigelassen und unter Mamercus' Klienten aufgenommen werden. Das hieß freilich keineswegs, daß sich der Betreffende leichter als ein Sklave aus seinem Dienstverhältnis befreien konnte. Ein Freigelassener gehörte dem früheren Herrn.

Am Ende kam nur ein Mann wirklich in Frage, und der war natürlich der teuerste. Duronius verstand etwas von seinem Geschäft. Da kein Familienvorstand über die beiden Frauen im Hause wachte, mußte der Hauslehrer ein moralisch integrer, angenehmer und verständnisvoller Mensch sein. Der siegreiche Bewerber hieß Sarpedon und stammte aus Lykien im Süden der römischen Provinz Asia. Wie viele andere hatte er sich selbst in die Sklaverei verkauft, die Aussichten auf ein bequemes und sorgenfreies Alter waren größer, wenn er die Jahre bis dahin im Dienst eines hochgestellten Römers verbrachte. Anschließend könnte er sich freikaufen oder das Gnadenbrot erhalten. So hatte sich Sarpedon zur Filiale des Duronius Postumus in Smyrna aufgemacht, und man hatte ihn angenommen. Der Posten bei Mamercus war sein erster, das heißt er wurde zum ersten Mal verkauft. Er war fünfundzwanzig Jahre alt und in Griechisch und Latein sehr belesen, er sprach reinstes attisches Griechisch und ein Latein wie ein waschechter Römer. Doch nicht das gab den Ausschlag. Daß er die Stelle bekam, verdankte er seiner abstoßenden Häßlichkeit: Er reichte Mamercus gerade bis zur Brust, war bis zur Auszehrung abgemagert und hatte lauter Narben von Verbrennungen, die er in der Kindheit bei einem Feuer erlitten hatte. Indes hatte er eine wundervolle Stimme, und aus dem entstellten Gesicht blickten zwei schöne freundliche Augen. Als man ihm sagte, daß er auf der Stelle frei sei und fortan Mamercus Aemilius Sarpedon heiße, hielt er sich für den glücklichsten Menschen auf der ganzen Welt. Das brachte ihm einen besonders hohen Verdienst und das Bürgerrecht von Rom. Eines Tages würde er in seine Heimatstadt Xanthus zurückkehren und wie ein Potentat leben können.

»Das ist eine kostspielige Angelegenheit«, sagte Mamercus und warf eine Papierrolle auf Scaurus' Tisch. »Und ich sage dir, daß du als Testamentsvollstrecker des Servilius Caepio nicht billiger wegkommst als wir beide in unserer Eigenschaft als die Testamentsvollstrecker von Drusus. Hier die Rechnung, bitte schön. Ich schlage vor, wir nehmen das Geld je zur Hälfte aus beiden Erbmassen.«

Scaurus rollte das Papier auseinander. »Hauslehrer ... *vierhunderttausend?«*

»Verhandle du doch mit Duronius!« zischte Mamercus. »Ich habe die Arbeit gemacht, du hast die Anweisungen gegeben! In dem Haus wohnen bald zwei römische Aristokratinnen, für deren Tugend gesorgt werden muß. Ein gutaussehender Hauslehrer ist da fehl am Platz. Der neue Erzieher ist häßlich wie eine Kröte.«

Scaurus kicherte. »Schon gut, schon gut. Ich habe dein Wort. Allmächtige Götter! Was das Leben heute kostet!« Er las weiter. »Mitgift für Servilia Gnaea, zweihundert Talente – nun, hier darf ich nicht klagen, schließlich habe ich das vorgeschlagen. Jährliche Ausgaben für das Haus, ohne Reparaturen und Unterhalt, einhunderttausend Sesterze ... Nein, das ist nicht übertrieben ...« Scaurus las weiter. »Villa in Misenum oder Cumae? Was ist denn das?«

»Für Porcia, wenn Servilia Gnaea verheiratet ist.«

»Donnerwetter! Daran habe ich nicht gedacht! Natürlich hast du recht. Die nimmt keiner bei sich auf, wenn er schon eine Schachtel wie Servilia Gnaea heiratet ... Ja, das hast du richtig gemacht! Wir teilen genau zur Hälfte.«

Sie grinsten sich an. Scaurus stand auf. »Jetzt einen Kelch Wein, Mamercus! Schade, daß dein Weib nicht mitgespielt hat. Wir hätten beide – als Verwalter der Erbmassen – einen Haufen Geld gespart.«

»Wenn es nicht aus unserer Börse kommt und das Erbe die Ausgabe verkraftet, Marcus Aemilius, warum sollten wir uns dann sorgen? Der häusliche Frieden ist jeden Preis wert.« Er nahm den Wein. »Jedenfalls verlasse ich Rom. Es ist Zeit, daß ich meine Pflicht als Soldat erfülle.«

»Ich verstehe.« Scaurus setzte sich wieder.

»Solange meine Mutter lebte, hielt ich es für meine vornehmliche Pflicht, bei ihr in Rom zu bleiben und sie bei der Erziehung der Kinder zu unterstützen. Nach Drusus' Tod ging es ihr nicht gut, das hat ihr das Herz gebrochen. Und jetzt, wo die Kinder versorgt sind, gibt es keine Ausrede mehr. Ich gehe.«

»Zu wem?«

»Zu Lucius Cornelius Sulla.«

»Eine gute Wahl.« Scaurus nickte beifällig. »Das ist der kommende Mann.«

»Meinst du? Ist er nicht ein bißchen alt?«

»Das war Gaius Marius auch. Und ehrlich, Mamercus, wen gibt es sonst noch? Große Männer sind in Rom im Augenblick spärlich gesät. Wenn Gaius Marius nicht wäre, hätten wir keinen einzigen Sieg in der Tasche – und wie er in seinem Bericht mit Recht schreibt, war seiner ein Pyrrhussieg. Er hat zwar gewonnen, aber Lupus hat am Tag zuvor eine weit schlimmere Niederlage verursacht.«

»Richtig. Lucius Julius hat mich jedenfalls enttäuscht. Ich hatte geglaubt, er sei zu Großem fähig.«

»Er ist zu nervös, Mamercus.«

»Ich habe gehört, daß der Senat den Krieg jetzt den Marsischen Krieg nennt.«

»Ja, es hat den Anschein, daß er als Marsischer Krieg in die Geschichtsbücher eingehen wird.« Scaurus blickte spöttisch. »Den italischen Krieg können wir ihn schließlich nicht nennen! Das würde in Rom die schlimmste Panik auslösen, die Leute würden denken, wir hätten alle Italiker gegen uns! Die Marser haben uns eine offizielle Kriegserkärung überreicht. Wenn wir den Krieg Marsischen Krieg nennen, wirkt er kleiner, weniger wichtig.«

Mamercus sah ihn verblüfft an. »Wer hat sich das denn ausgedacht?«

»Philippus natürlich.«

»Bin ich froh, daß ich fortkomme!« Mamercus stand auf. »Wenn ich geblieben wäre, wer weiß? Vielleicht wäre ich in den Senat gekommen!«

»Du bist doch sicher schon in dem Alter, um für das Amt des Quästors zu kandidieren.«

»Das bin ich. Aber ich kandidiere nicht. Ich warte auf die Zensoren«, sagte Mamercus Aemilius Lepidus Livianus.

*

Während Lucius Caesar in Teanum Sidicium seine Wunden leckte, überschritt Gaius Papius Mutilus den Volturno und seinen Nebenfluß Calore. In Nola brandete ihm ausgelassener Jubel der Bevölkerung entgegen. Es war den Einwohnern gelungen, die zweitausend Soldaten der Garnison, die Lucius Caesar zurückgelassen hatte, zu überwältigen. Stolz zeigten sie Mutilus ihr provisorisches Gefängnis für die römischen Kohorten: eine kleine Koppel innerhalb der Stadtmauern, wo man früher Schafe und Schweine vor dem Schlachten gehalten hatte. Das Gelände war jetzt von einer haushohen Steinmauer umgeben, gesichert durch Tonscherben auf der Krone und durch regelmäßige Patrouillen. Damit die Römer fügsam blieben, sagten die Nolaner, bekämen sie nur alle acht Tage zu essen und alle drei Tage Wasser.

»Schön!« sagte Mutilus erfreut. »Ich spreche persönlich zu ihnen.«

Für seine Ansprache benutzte er eine hölzerne Plattform, von der aus die Nolaner den Gefangenen Brot und Wasserschläuche in den Schlamm hinabwarfen. »Ich heiße Gaius Papius Mutilus!« rief er. »Ich bin Samnite. Am Ende des Jahres beherrsche ich ganz Italien, einschließlich Rom! Ihr habt gegen uns keine Chance. Ihr seid schwach, erschöpft und verbraucht. Nicht Soldaten, sondern die Bewohner dieser Stadt haben euch überwältigt! Jetzt hockt ihr hier, eingesperrt wie zuvor das Vieh, aber noch enger zusammengepfercht, zweitausend auf einer Koppel, auf der sonst hundert Schweine leben. Unbequem, nicht? Ihr seid krank, hungrig und durstig. Und ich sage euch, daß es noch schlimmer wird. Ihr bekommt von jetzt an überhaupt kein Essen mehr und Wasser nur noch alle fünf Tage. Aber es gibt eine Alternative. Ihr könnt euch für Italias Legionen melden. Überlegt es euch.«

»Da gibt es nichts zu überlegen!« rief Lucius Postumius, der Kommandeur der Garnison. »Wir bleiben hier!«

Papius stieg lächelnd von der Plattform. »Ich gebe ihnen sechzehn Tage«, sagte er. »Sie werden kapitulieren.«

Für Italia lief alles bestens. Gaius Vidacilius war in Apulien eingefallen, in bisher noch nicht umkämpftes Gebiet: Larinum, Teanum Apulum, Luceria und Ausculum schlossen sich Italia an. Die Männer strömten in Scharen herbei, um sich für die italischen Legionen anwerben zu lassen. Als Mutilus die Küste an der Crater-Bucht erreichte, erklärten sich die Seehäfen Stabiae, Salernum und Surrentum für die italische Sache, ebenso der Seehafen Pompei.

Mutilus, nun Herr über vier Kriegsflotten, beschloß, den Feldzug zu Wasser fortzusetzen und Neapolis anzugreifen. Die Römer hatten im Seekrieg allerdings viel mehr Erfahrung. Der römische Admiral Otacilius wehrte die italischen Schiffe erfolgreich ab und verfolgte sie bis in ihre Heimathäfen. Die Einwohner von Neapolis waren zum Durchhalten entschlossen und löschten gelassen die Feuersbrünste an den Lagerhäusern am Wasser, die Mutilus mit ölgetränkten brennenden Geschossen bombardiert hatte.

In jeder Stadt, in der die lokale Bevölkerung ein Bündnis mit Italia einging, wurden die römischen Bewohner getötet, auch in Nola, wo die tapfere Gastgeberin des Servius Sulpicius Galba mit den anderen umkam. Die hungernde Garnison von Nola hielt auch noch durch, als sie von dem Massaker erfuhr. Dann berief Lucius Postumius eine Versammlung ein. Sie konnte leicht abgehalten werden. Bei zweitausend Männern auf einem Stück Land, das für zweihundert

Schweine vorgesehen war, war das Gedränge so groß, daß man sich kaum hinlegen konnte.

»Ich meine, alle einfachen Soldaten sollten sich ergeben«, sagte Postumius und blickte erschöpft in erschöpfte Gesichter. »Die Italiker werden uns töten, das ist sicher. Und nur ich muß ihnen bis zum bitteren Ende die Stirn bieten, ich bin der Kommandeur, und das ist meine Aufgabe. Dagegen sind einfache Soldaten Rom etwas anderes schuldig. Ihr müßt am Leben bleiben, um in anderen Kriegen, ausländischen Kriegen, zu dienen. Ich bitte euch also, schließt euch den Italikern an! Und wenn ihr Gelegenheit habt, wieder zu uns überzulaufen, dann lauft zu uns über. Aber bleibt auf jeden Fall am Leben. Bleibt am Leben für Rom.« Er machte eine Pause. »Auch die Zenturionen müssen nachgeben. Ohne Zenturionen ist Rom verloren. Was euch, meine Offiziere, betrifft, so verstehe ich es, wenn ihr kapituliert. Wenn nicht, verstehe ich es auch.«

Lucius brauchte lange Zeit, um die Soldaten zu überzeugen. Sie wollten alle sterben, wollten den Italikern zeigen, daß sich echte Römer nicht einschüchtern ließen. Aber schließlich hatte Lucius Postumius doch Erfolg, und die Legionäre ergaben sich. Die Zenturionen konnte er allerdings nicht überzeugen, so sehr er sich auch bemühte. Ebensowenig dachten die Militärtribunen daran aufzugeben. Sie starben alle – Zenturionen, Militärtribunen und Lucius Postumius.

Bevor der letzte Mann im Schweinestall tot war, erklärte sich Herculaneum für die italische Sache und metzelte die römischen Bürger nieder. Jubelnd und siegesgewiß verschärfte Mutilus den Seekrieg. Ein zweites Mal wurden Neapolis, Puteoli, Cumae und Tarracina blitzartig überfallen, damit war die Küste von Latium in den Konflikt geraten, und die Spannungen zwischen Römern, Latinern und latinischen Italikern verschärften sich. Admiral Otacilius schlug erbittert und so erfolgreich zurück, daß den Italikern oberhalb von Herculaneum kein Hafen in die Hände fiel. Allerdings wurden viele Anlagen am Wasser in Brand geschossen, und es gab viele Tote.

Als deutlich wurde, daß die gesamte Halbinsel südlich der Campania den Italikern in die Fänge geraten war, beriet sich Lucius Julius Caesar mit seinem ersten Legaten Lucius Cornelius Sulla.

»Wir sind völlig abgeschnitten von Brundisium, Tarentum und Rhegium, soviel ist sicher«, verkündete Lucius Caesar mit düsterer Miene.

»Wenn das so ist, dann schreiben wir die Städte eben ab«, erwiderte Sulla fröhlich. »Konzentrieren wir uns lieber auf die nördliche Campania. Mutilus belagert Acerrae, das heißt er marschiert nach Norden. Wenn Acerrae sich ergibt, läuft Capua über – es lebt von Rom, aber sein Herz gehört Italia.«

Lucius Caesar richtete sich empört auf. »Wieso bist du so fröhlich, wenn wir Mutilus und Vidacilius nicht aufhalten können?«

»Weil wir gewinnen«, sagte Sulla mit Nachdruck. »Glaub mir, Lucius Julius, wir werden gewinnen! Das hier ist schließlich keine Wahl. Bei einer Wahl spiegelt die erste Abstimmung das Ergebnis wider, aber im Krieg trägt zuletzt die Seite den Sieg davon, die sich nicht geschlagen gibt. Die Italiker sagen, sie kämpften für ihr Bürgerrecht. Oberflächlich betrachtet, ist das vielleicht das beste aller denkbaren Motive. Aber in Wahrheit ist es das nicht. Es ist nichts Greifbares. Eine Vorstellung, Lucius Julius, nicht mehr. Dagegen kämpft Rom um sein Leben, und deshalb wird Rom gewinnen. Allerdings kämpfen letztlich auch die Italiker um ihr Leben. Sie kennen bereits ein Leben, und an das sind sie seit etlichen Generationen gewöhnt. Es ist vielleicht nicht ideal und nicht das, was sie wollen, aber es ist etwas Greifbares. Warte ab, Lucius Cornelius! Wenn das italische Volk es satt hat, für einen Traum zu kämpfen, schlägt die Waage gegen Italia aus. Italia gibt es nicht als reales Gebilde. Sie haben keine Geschichte und keine Tradition wie wir. Ihnen fehlen die besseren Sitten. Rom ist real, Italia ist es nicht.«

Lucius Caesar hörte zwar zu, doch überzeugt war er nicht. »Wenn wir nicht verhindern, daß die Italiker in Latium einfallen, ist es aus mit uns. Und ich glaube nicht, daß wir das verhindern können.«

»Wir *werden* es verhindern!« beharrte Sulla mit unerschütterlichem Selbstvertrauen.

»Und wie?« fragte der angeschlagene Mann auf dem Stuhl des Oberbefehlshabers.

»Inmerhin, Lucius Julius, habe ich auch gute Nachrichten. Dein Vetter Sextus Julius und sein Bruder Gaius Julius sind in Puteoli gelandet. Auf ihren Schiffen befinden sich zweitausend numidische Berittene und zwanzigtausend Infanteristen. Die meisten Fußsoldaten sind Veteranen. Aus der Provinz Africa kommen Tausende von den altgedienten Truppen des Gaius Marius, alles Männer, die um die Schläfen etwas ergraut, aber zum Kampf um die Heimat bereit sind. Sie müßten inzwischen alle in Capua eingetroffen sein, wo sie ausgerüstet und wieder kampftüchtig gemacht werden. Quintus Lutatius meint, vier überstarke Legionen seien besser als fünf zu kleine, und ich gebe ihm recht. Mit deiner Erlaubnis schicke ich Gaius Marius zwei Legionen in den Norden, er ist jetzt Oberbefehlshaber. Die anderen beiden behalten wir hier in der Campania.« Sulla seufzte und grinste triumphierend.

»Es wäre besser, wenn wir alle vier in der Campania behielten«, sagte Lucius Caesar.

»Ich glaube nicht, daß wir das können«, erwiderte Sulla freundlich, aber bestimmt. »Im Norden waren die Verluste sehr viel größer als bei uns, und die beiden einzigen kampferprobten Legionen sind mit Pompeius Strabo in Firmum Picenum eingeschlossen.«

»Vielleicht hast du recht.« Lucius Caesar verbarg seine Enttäuschung. »So sehr ich Gaius Marius auch verabscheue, ich muß zugeben, daß mir wohler ist, seitdem er den Oberbefehl hat. Vielleicht läuft es im Norden jetzt besser.«

»Es wird auch hier besser laufen!« sagte Sulla aufgeräumt und strahlte. Er verbarg nicht Enttäuschung, sondern Wut: Bei den Göttern, wann hatte je ein stellvertretender Kommandeur mit einem so verzagten Befehlshaber zu tun gehabt? Mit plötzlich verfinsterter Miene beugte er sich über Lucius Caesars Tisch. »Bis die neuen Truppen einsatzbereit sind, müssen wir dafür sorgen, daß Mutilus die Belagerung von Acerrae aufgibt. Und ich habe einen Plan, wie wir das anstellen.«

»Wie?«

»Laß mich mit unseren beiden besten Legionen auf Aesernia marschieren.«

»Bist du sicher?«

»Du mußt mir vertrauen, Lucius Julius!«

»Nun ...«

»Mutilus muß von Acerrae ablassen! Ein Täuschungsmanöver bei Aesernia ist der beste Weg. Vertrau mir, Lucius Cornelius! Ich werde es tun, und zwar ohne meine Männer zu verlieren.«

»Welche Route nimmst du?« fragte Lucius Caesar. Er erinnerte sich an das Debakel in der Schlucht bei Atina, wo er mit Scato zusammengestoßen war.

»Dieselbe wie du. Die Via Latina hinauf nach Aquinum und dann durch die Melfa-Schlucht.«

»Du gerätst in einen Hinterhalt.«

»Keine Sorge, darauf bin ich vorbereitet«, sagte Sulla unbekümmert und stellte fest, daß seine Laune um so höher stieg, je tiefer Lucius Caesar in die Depression sank.

Die beiden frisch gerüsteten Legionen, die auf der Straße von Aquinum auftauchten, machten auf den Samniten Duilius jedenfalls durchaus nicht den Eindruck, als könnten sie einem Überfall aus dem Hinterhalt standhalten. Am späten Nachmittag marschierte die Spitze der römischen Kolonne rasch in die Schlucht ein. Duilius hörte deutlich, wie Zenturionen und Tribunen ihre Soldaten anbrüllten, vor Einbruch der Dunkelheit in der Schlucht ein Lager aufzuschlagen, sonst müßten sie strafexerzieren.

Duilius starrte finster von der Spitze des Felsens herab und kaute an den Nägeln, ohne daß es ihm bewußt wurde. War das riskante Manöver der Römer der Gipfel der Dummheit oder eine brillante Kriegslist? Als die ersten Reihen der Römer richtig in Sicht kamen, erkannte er den Anführer: Lucius Cornelius Sulla, unverkennbar unter seiner breitkrempigen Kopfbedeckung. Und Sulla stand ganz gewiß nicht in dem Ruf, dumm zu sein, auch wenn er sich bisher auf dem Schlachtfeld noch nicht besonders hervorgetan hatte. Den hastigen Bewegungen der Gestalten nach zu urteilen, gedachte Sulla ein stark befestigtes Lager zu errichten. Offenbar wollte er sich in der Schlucht festsetzen und die samnitische Garnison verjagen.

»Das wird ihm nicht gelingen«, sagte Duilius schließlich mit immer noch finsterer Miene. »Wir tun jedenfalls heute nacht, was wir können. Für einen Angriff ist es zu spät, aber ich werde dafür sorgen, daß er sich nicht zurückziehen kann, wenn ich ihn morgen angreife. Tribun, postiere eine Legion in seinem Rücken, aber leise, verstanden?«

Sulla stand mit seinem stellvertretenden Befehlshaber unten in der Schlucht und sah den hektisch arbeitenden Legionären zu.

»Hoffentlich glückt es«, sagte der Stellvertreter, kein anderer als Quintus Caecilius Metellus Pius das Ferkel.

Seit dem Tod seines Vaters Numidicus Schweinebacke war die Zuneigung des Ferkels zu Sulla eher größer als kleiner geworden. Er war mit Catulus Caesar in den Süden gezogen und hatte die ersten Kriegsmonate damit zugebracht, Capua für den Kampf zu rüsten. Das Kommando bei Sulla war sein erster richtiger Kriegseinsatz, er brannte darauf, sich hervorzutun, und wollte alles tun, daß Sulla keinen Grund hatte, sich über sein Benehmen zu beklagen. Wie die Befehle auch lauteten, er wollte sie buchstabengetreu befolgen.

Sulla hob die feinen Brauen, die sich in diesen Tagen nicht finster zusammenzogen. »Es wird glücken«, sagte er ruhig.

»Sollten wir nicht besser hierbleiben und die Samniten von der Schlucht vertreiben? Dann hätten wir immer freie Bahn nach Osten«, schlug Pius das Ferkel mit beflissener Miene vor.

»Das ist aussichtslos, Quintus Caecilius. Ja, wir könnten die Schlucht freikämpfen. Aber ich habe die zwei Reservelegionen nicht, die wir bräuchten, um sie auf Dauer freizuhalten. Die Samniten würden sie wieder besetzen, sobald wir abgezogen sind. Sie haben Legionen in Reserve. Wichtiger ist, wir zeigen ihnen, daß ihre vermeintlich uneinnehmbare Stellung gar nicht so uneinnehmbar ist.« Sulla grunzte zufrieden. »Gut, es ist dunkel genug. Zündet die Fakkeln an und seht zu, daß es echt wirkt.«

Metellus Pius sorgte dafür, daß es echt wirkte. Die Späher auf den Felsen hatten die ganze Nacht über den Eindruck, als werde mit rasender Geschwindigkeit an der Befestigung von Sullas Lager gearbeitet.

»Sie haben beschlossen, uns die Schlucht abzunehmen, kein Zweifel«, sagte Duilius. »Dummköpfe! Da sitzen sie gründlich in der Falle.« Auch er klang zufrieden.

Bei Sonnenaufgang bemerkte Duilius, daß er sich geirrt hatte. Hinter den gewaltigen Wällen aus Geröll und Erde, die an den Seiten der Felsen aufgeschüttet worden waren, hatten sich keine Soldaten verschanzt. Die römische Wölfin hatte den samnitischen Stier überlistet und sich davongemacht, und zwar nicht nach Westen, sondern nach Osten. Von seinem Aussichtspunkt konnte Duilius das Ende von Sullas Kolonne sehen, eine kleiner werdende Staubwolke auf der Staße nach Aesernia. Er konnte nichts tun: Er hatte klare Befehle, mußte die Melfa-Schlucht mit einer Garnison belegen, statt eine gefährliche kleine Streitmacht auf ungeschützter Ebene zu verfolgen. Am besten schickte er eine Warnung nach Aesernia.

Auch das erwies sich als sinnlos. Sulla durchbrach an einer Stelle die Linien der Belagerer und zog fast unbehelligt in die Stadt ein.

»Er ist zu gut«, lautete die nächste Botschaft, die diesmal Gaius Trebatius, der Kommandant der samnitischen Belagerungsarmee, an Gaius Papius Mutilus schickte, den Angreifer von Acerrae. »Aesernia ist zu groß, als daß ich es mit den verfügbaren Männern richtig einschließen könnte. Ich konnte den Belagerungsring nicht weit genug auseinanderziehen und die Reihen nicht eng genug schließen, um ihn am Durchbruch zu hindern. Und ich glaube auch nicht, daß ich ihn hindern kann, wenn er die Stadt wieder verlassen will.«

In der belagerten Stadt herrschte fröhliche und gelassene Stimmung, wie Sulla bald bemerkte. Nachdem flüchtige Truppen aus Venafrum und Beneventum zu den Soldaten gestoßen waren, die Scipio Asiagenes und Acilius zurückgelassen hatten, verfügte die Stadt über zehn Kohorten tüchtiger Männer. Und mit Marcus Claudius Marcellus hatte sie einen fähigen Kommandanten.

»Der Proviant und die zusätzlichen Waffen sind uns willkommen«, bedankte sich Marcellus. »Wir halten noch viele Monate aus.«

»Du hast also vor, ebenfalls hierzubleiben?«

Marcellus nickte und grinste boshaft. »Natürlich! Man hat mich aus Venafrum vertrieben, ich bin fest entschlossen, mich nicht aus dem latinischen Aesernia vertreiben zu lassen.« Er lächelte gezwungen. »Die römischen Bürger von Venafrum und Beneventum sind alle tot, ermordet von den Städtern. Wie sie uns hassen, die Italiker! Vor allem die Samniten.«

»Nicht ohne Grund, Marcus Claudius.« Sulla zuckte die Achseln. »Aber das ist eine Sache für die Vergangenheit und für die Zukunft. Uns interessiert nur, daß wir die nächste Schlacht gewinnen – und daß wir unsere wehrhaften Außenposten in einem Meer von Italikern halten.« Er beugte sich vor. »Dieser Krieg wird nicht zuletzt in den Köpfen gewonnen. Man muß den Italikern zeigen, daß Rom und die Römer ungebrochen sind. Ich habe alle Siedlungen zwischen der Melfa-Schlucht und Aesernia geplündert, auch die, die nur aus ein paar Hütten bestanden. Warum? Um den Italikern vorzuführen, daß Rom hinter den feindlichen Linien operieren, dem italischen Boden Früchte entreißen und eine Stadt wie Aesernia mit frischen Lebensmitteln versorgen kann. Wenn es dir gelingt, hier durchzuhalten, mein lieber Marcus Claudius, dann verpaßt auch du den Italikern eine Lektion.«

»Ich bleibe in Aesernia, solange ich kann«, sagte Marcellus, und es war ihm sehr ernst damit.

Sulla verließ die Stadt beruhigt und zuversichtlich, Aesernia würde der Belagerung weiterhin standhalten. Er marschierte durch offenes italisches Gelände im Vertrauen auf sein Glück, auf seinen magischen Bund mit der Göttin Fortuna und ohne eine Ahnung, wo die Armeen der Samniten und Picenter standen. Und das Glück war ihm selbst dann noch hold, als er an Städten wie Venafrum vorbeimarschierte und seine Soldaten anfeuerte, die Wachen auf den Mauern mit Rufen und Gesten zu beleidigen. Singend zogen seine Truppen unter dem Jubel der ganzen Stadt in Capua ein.

Wie Sulla erfuhr, war Lucius Caesar in dem Moment nach Acerrae abmarschiert, als Mutilus Tuppen abkommandiert hatte, die das vermeintliche große Entsatzheer für Aesernia verfolgen sollten; Mutilus selbst war zum Glück in Acerrae geblieben. Sulla ließ Catulus Caesar zurück, damit er sich darum kümmerte, daß die Soldaten ihre wohlverdiente Ruhepause bekamen, stieg auf einen Maulesel und machte sich auf die Suche nach seinem Oberbefehlshaber.

Er fand Lucius Caesar in übler Stimmung und ohne die numidischen Berittenen vor, die Sextus Caesar über die Meere zu ihm geschafft hatte.

»Weißt du, was Mutilus getan hat?« fragte Lucius Caesar Sulla als erstes.

»Nein.« Sulla lehnte sich lässig an eine Säule aus erbeuteten Speeren und richtete sich innerlich auf ein langes Lamento ein.

»Als Venusia kapitulierte und sich die Venusiner Italia anschlossen, entdeckte der Picenter Gaius Vidacilius in Venusia eine Geisel des Feindes. Ich hatte sie – wie wohl jeder – vollkommen vergessen: Es war Oxyntas, ein Sohn des Jugurtha von Numidien. Vidacilius hat den Numider hierher nach Acerrae geschickt. Beim Angriff habe ich meine numidische Kavallerie als Vorhut eigesetzt. Weißt du, was Mutilius getan hat? Er steckte Oxyntas in ein purpurnes Gewand, setzte ihm ein Diadem auf den Kopf und schickte ihn meinen Truppen entgegen. Und dann fielen zweitausend Berittene auf die Knie, vor einem Feind Roms!« Lucius Caesar rang die Hände. »Wenn man daran denkt, was es gekostet hat, sie herzuholen! Umsonst, alles umsonst!«

»Was hast du unternommen?«

»Ich habe sie zusammengetrommelt, in einem Gewaltmarsch nach Puteoli geschickt und sie von dort aus wieder nach Numidien verfrachten lassen. Soll sich ihr König mit ihnen herumärgern!«

Sulla richtete sich auf. »Das war klug gedacht, Lucius Julius«, sagte er aufrichtig und fuhr mit der Hand über die Säule aus erbeuteten Speeren. »Nun komm schon, offenbar hast du keine militärische Niederlage erlitten, trotz der Sache mit Oxyntas! Du hast hier doch eine Schlacht gewonnen.«

Lucius Caesars angeborener Pessimismus geriet ins Wanken, er konnte sich eines Lächelns nicht erwehren. »Ja, ich habe eine

Schlacht gewonnen – es ist wirklich so. Mutilus hat vor drei Tagen angegriffen, nachdem er erfahren hat, wie ich annehme, daß du die Reihen der Belagerer von Aesernia durchbrochen hast. Ich habe ihn überlistet und die Truppen aus dem hinteren Tor des Lagers geführt. Wir haben sechstausend Samniten getötet.«

»Und Mutilus?«

»Hat sich sofort zurückgezogen. Capua ist im Augenblick sicher.«

»Ausgezeichnet, Lucius Julius!«

»Ich wünschte, ich könnte es auch so sehen«, klagte Lucius Caesar.

Sulla unterdrückte einen Seufzer: »Was ist sonst noch passiert?«

»Publius Crassus hat seinen ältesten Sohn vor Grumentum verloren und war lange in der Stadt eingeschlossen. Zum Glück für Publius Crassus und seinen mittleren Sohn sind die Lukaner so wankelmütig wie undiszipliniert. Lamponius hat seine Männer nach irgendwohin verlegt, und Publius und Lucius Crassus konnten entkommen.« Der Oberbefehlshaber tat einen tiefen Seufzer. »Wenn es nach den Schafsköpfen in Rom geht, soll ich alles stehen- und liegenlassen und zurückkehren, und zwar nur, um die Wahl des Suffekten zu überwachen, der Konsul Lupus bei den nächsten Wahlen ersetzt. Ich habe sie an den Stadtprätor verwiesen – es gibt nichts in Rom, womit Cinna nicht fertigwird.« Er seufzte erneut, zog die Nase hoch und besann sich auf etwas anderes. »Gaius Coelius hat in Gallia Cisalpina unter dem Befehl von Publius Sulpicius eine hübsche kleine Armee losgeschickt, die unserem dünkelhaften Pompeius Strabo auf die Sprünge helfen soll, damit er seinen Picenter Arsch aus Firmum Picenum fortbekommt. Ich wünsche Publius Sulpicius viel Glück, wenn er es mit dem schielenden Halbbarbaren zu tun bekommt! Jedenfalls muß ich dir und Gaius Marius in allem recht geben, was ihr über Quintus Sertorius gesagt habt, Lucius Cornelius. Im Augenblick regiert er Gallia Cisalpina ganz allein und macht sich besser als Gaius Coelius. Coelius ist nach Gallia Transalpina geeilt.«

»Was ist dort los?«

»Die Salluvier haben wie wild Kopfjagden veranstaltet.« Lucius Caesar zog eine Grimasse. »Wie konnten wir jemals denken, daß es uns gelingen würde, diese Völker zu zivilisieren? Bei denen haben mehrere hundert Jahre Kontakt mit Griechen und Römern keinerlei Wirkung gehabt. Kaum meinen sie, wir würden einen Augenblick nicht hinsehen, schon kehren sie zu den alten barbarischen Gewohnheiten zurück. Kopfjagden! Ich habe Gaius Coelius eine persönliche Note geschickt und ihn angewiesen, ohne Rücksicht auf Verluste zuzuschlagen. Einen größeren Aufstand in Gallia Transalpina können wir uns nicht leisten.«

»Dann hält der junge Quintus Sertorius also die Stellung in Gallia Cisalpina.« Auf Sullas Gesicht lag ein ungewöhnlicher Ausdruck, eine Mischung aus Überdruß, Ungeduld und Bitterkeit. »Nun, was hätte man auch anderes erwartet? Noch keine dreißig, und schon die Graskrone.«

»Neidisch?« fragte Lucius Caesar listig.

Sulla wand sich. »Nein, ich bin nicht neidisch! Ich wünsche ihm viel Glück und Erfolg! Ich *mag* den jungen Mann. Ich kenne ihn, seit er unter Marius in Afrika Kadett war.«

Lucius Caesar gab einen unartikulierten Laut von sich und sank wieder in seine bedrückte Stimmung zurück.

»Ist noch etwas anderes passiert?« flüsterte Sulla.

»Sextus Julius Caesar hat die Hälfte der Truppen, die er von Übersee geholt hat, über die Via Appia nach Rom geführt. Ich nehme an, er will dort den Winter verbringen.« Lucius Caesar sorgte sich nicht sonderlich um den Vetter. »Er ist wie immer krank. Zum Glück ist sein Bruder Gaius bei ihm – zusammen taugen sie soviel wie ein tüchtiger Mann.«

»Aha, dann hat meine Freundin Aurelia für einige Zeit einen Gatten«, sagte Sulla und lächelte zärtlich.

»Du bist sonderbar, Lucius Cornelius! Bei den Göttern, was spielt das für eine Rolle?«

»Es spielt überhaupt keine Rolle. Aber du hast recht. Ich bin sonderbar!«

Lucius Caesar erblickte in Sullas Gesicht einen seltsamen Ausdruck und beschloß, daß er lieber das Thema wechselte. »Du und ich, wir müssen beide bald wieder fort.«

»Müssen wir das? Warum? Und wohin?«

»Nach deinem Vorstoß auf Aesernia bin ich überzeugt, daß die Stadt auf diesem Kriegsschauplatz von zentraler Bedeutung ist. Mutilus begibt sich persönlich hierher, nachdem er verloren hat – so berichten mir jedenfalls deine Spione. Ich glaube, wir müssen uns ebenfalls auf den Weg machen. Die Stadt darf nicht fallen.«

»Ach Lucius Julius!« rief Sulla verzweifelt. »Aesernia ist doch nur ein symbolischer Dorn in der italischen Pfote! Solange die Stadt standhält, zweifeln die Italiker daran, daß sie den Krieg gewinnen können. Aber sonst hat sie keinerlei Bedeutung! Übrigens haben die Einwohner reichlich Lebensmittel, und Marcus Claudius Marcellus ist ein sehr fähiger und entschlossener Kommandant. Die Einwohner werden den Belagerern eine lange Nase ziehen, mach dir um sie keine Sorgen! Wenn sich Mutilus ins Landesinnere zurückgezogen hat, verläuft unsere einzige Route durch die Melfa-Schlucht. Warum sollen wir unsere wertvollen Soldaten in die Falle schicken?«

Lucius Caesar lief rot an. »Du bist doch durchgekommen!«

»Ja, allerdings. Ich habe sie überlistet. Das geht kein zweites Mal.«

»Ich werde durchkommen,« sagte Lucius Caesar starrköpfig.

»Mit wie vielen Legionen?«

»Mit allen, die wir haben. Acht.«

»Bei den Göttern, Lucius Julius, vergiß das!« Sulla sprach eindringlich. »Es wäre klüger und weiser, wenn wir uns darauf konzentrierten, die Samniten endgültig aus der westlichen Campania zu vertreiben! Mit acht Legionen als Einheit können wir Mutilus wieder alle Häfen entreißen, Acerrae verstärken und Nola einnehmen. Nola ist für die Italiker wichtiger als Aesernia für uns!«

Der Oberbefehlshaber kniff voller Unmut die Lippen zusammen. *»Ich* sitze im Kommandozelt, Lucius Cornelius, nicht du! Und *ich* sage: Aesernia.«

Sulla zuckte resigniert die Achseln. »Wie du meinst. Natürlich.«

Sieben Tage später rückten Lucius Caesar und Lucius Cornelius Sulla mit acht Legionen, der gesamten verfügbaren Streitmacht auf dem südlichen Kriegsschauplatz, in Richtung Teanum Sidicinum aus. In Sulla schlug ahnungsvoll alles Alarm, aber ihm blieb nichts anderes übrig als zu gehorchen. Lucius Caesar war der Oberbefehlshaber. Um so schlimmer, dachte Sulla. Er marschierte an der Spitze der beiden Legionen, die er bereits nach Aesernia geführt hatte, und behielt die große Kolonne im Auge, die sich vor ihm durch die sanften Hügel schlängelte. Lucius Caesar hatte beschlossen, daß Sulla ganz am Schluß der Kolonne marschierte, so weit entfernt, daß der Stellvertreter weder den Lagerplatz mit ihm teilen noch an seinen Unterhaltungen teilnehmen konnte. Dazu war jetzt Metellus Pius das Ferkel ausersehen, dem die Beförderung freilich sehr mißfiel. Er war lieber mit Sulla zusammen.

In Aquinum rief der Oberbefehlshaber Sulla zu sich und warf ihm mit einer verächtlichen Geste einen Brief hin. So tief sind die Mächtigen gesunken! dachte Sulla und erinnerte sich daran, wie Lucius

Caesar in Rom von ihm Rat eingeholt und ihn zu seinem ›Experten‹ gemacht hatte. Inzwischen betrachtete sich Lucius Caesar selbst als Experten.

»Lies das«, sagte Lucius Caesar kurz. »Es ist gerade angekommen, von Gaius Marius.«

Normalerweise gebot die Höflichkeit, daß der Empfänger eines Briefes, wenn er den Inhalt kundtun wollte, ihn persönlich vorlas. Sulla lächelte gequält in sich hinein und rollte hastig Marius' Mitteilung auseinander.

Ich glaube, die Zeit ist gekommen, Lucius Cornelius, daß ich, der Oberbefehlshaber im Norden, Dich in meine Pläne einweihe. Ich schreibe dies an den Kalenden des Monats Sextilis im Lager bei Reate.

Ich habe die Absicht, in das Land der Marser einzumarschieren. Meine Armee ist in bestem Zustand, und ich vertraue ganz darauf, daß sie ihre Aufgabe hervorragend erfüllt, wie es meine Truppen in der Vergangenheit für Rom und ihren Oberbefehlshaber immer getan haben.

Oho, dachte Sulla wütend, solche Töne hatte er von dem alten Knaben noch nie gehört! *»Für Rom und ihren Oberbefehlshaber.«* Stach ihn der Hafer? Warum sprach er von sich in einem Atemzug mit Rom? *Meine* Armee, nicht Roms Armee! Es wäre ihm nicht aufgefallen – schließlich sagten es ja alle –, aber Marius verwies auf sich persönlich als ihren Oberbefehlshaber. Die Botschaft mußte in die Kriegsarchive kommen. Gaius Marius stellte sich mit Rom auf eine Stufe!

Sulla hob blitzschnell den Kopf und blickte Lucius Caesar an. Wenn dem Oberbefehlshaber des Südens dieser Satz aufgefallen war, dann ließ er sich jetzt nichts anmerken. Aber so gerissen, dachte Sulla, war Lucius Caesar nicht. Er las Marius' Schreiben weiter.

Du stimmst mir doch sicher zu, Lucius Julius, daß wir auf meinem Kriegsschauplatz einen Sieg brauchen – einen vollständigen und entscheidenden Sieg. Rom hat unseren Krieg gegen die Italiker den Marsischen Krieg genannt, also müssen wir die Marser im Feld schlagen, möglichst vernichtend.

Ich bin dazu jetzt in der Lage, mein lieber Lucius Julius, allerdings brauche ich die Dienste meines alten Freundes und Kollegen Lucius Cornelius Sulla. Und zwei zusätzliche Legionen. Ich verstehe voll-

kommen, daß Du Lucius Cornelius nur sehr schwer entbehren kannst, ganz zu schweigen von den beiden Legionen. Wenn ich es nicht für zwingend notwendig hielte, würde ich Dich nicht um diesen Gefallen bitten. Und ich versichere Dir, daß seine Versetzung nicht von Dauer ist. Es soll eine Leihgabe, kein Geschenk sein. Ich brauche nur zwei Monate.

Wenn Du eine Möglichkeit siehst, meiner Bitte zu entsprechen, so tust Du mit Deiner Freundlichkeit mir gegenüber Rom einen Gefallen. Wenn Du keine Möglichkeit siehst, muß ich mich wieder in Reate einrichten und mir etwas anderes ausdenken.

Sulla hob den Kopf, starrte Lucius Caesar an und zog die Brauen hoch. »Nun?« fragte er und legte den Brief sorgfältig auf Lucius Caesars Tisch.

»Geh auf jeden Fall zu ihm, Lucius Cornelius«, sagte Lucius Caesar gleichgültig. »Ich schaffe es in Aesernia auch ohne dich. Gaius Marius hat recht. Wir müssen auf dem Feld einen entscheidenden Sieg über die Marser erringen. Der südliche Kriegsschauplatz ist ein übles Durcheinander. Man kann die Samniten und ihre Verbündeten unmöglich im Zaum halten, und man findet nicht genug auf einem Haufen, um ihnen eine entscheidende Niederlage beizubringen. Ich kann hier nicht mehr tun, als römische Stärke und Standhaftigkeit zu demonstrieren. Im Süden wird es keine entscheidende Schlacht geben. Die muß im Norden geschlagen werden.«

Sulla wurde erneut wütend. Ein Oberbefehlshaber nannte sich im gleichen Atemzug mit Rom, der andere verzweifelte ständig und hatte keinen Schimmer Hoffnung, weder für den Osten noch für den Westen oder Süden. Zum Glück sah er wenigstens im Norden einen Lichtblick! Wie sollte man mit einem Befehlshaber wie Lucius Caesar in der Campania siegen? fragte sich Sulla. Bei den Göttern, warum saß nie er am entscheidenden Platz? Er war besser als Lucius Caesar! Vielleicht sogar besser als Gaius Marius! Seit er im Senat saß, vergeudete er sein Leben damit, geringeren Männern zu dienen – selbst Gaius Marius war geringer: Er war kein patrizischer Cornelius. Metellus Schweinebacke, Gaius Marius, Catulus Caesar, Titus Didius, und nun dieser chronisch schwermütige Sproß aus altem Haus! Und wer eilte von Erfolg zu Erfolg, holte sich die Graskrone und regierte zu guter Letzt im jungen Alter von dreißig Jahren eine ganze Provinz? Quintus Sertorius. Ein sabinischer Niemand! *Marius'* Vetter!

»Lucius Caesar, wir werden siegen!« Sulla sprach sehr ernst. »Ich sage dir, ich höre, wie Victorias Flügel in der Luft um uns rauschen! Wir zerstampfen die Italiker zu einem Häuflein Staub. Sie mögen vielleicht eine oder zwei Schlachten gegen uns gewinnen, aber einen Krieg gegen uns gewinnen, das können sie nicht! Das kann keiner! Rom ist Rom, mächtig und ewig! Ich glaube an Rom!«

»Ja, ich auch, Lucius Cornelius, ich auch!« Lucius Caesar klang gereizt. »Geh jetzt! Mach dich bei Gaius Marius nützlich, bei mir bist du es bestimmt nicht!«

Sulla stand auf und schritt durch die Eingangstür des Hauses, das Lucius Caesar beschlagnahmt hatte. Dann besann er sich anders und machte kehrt. Marius' Brief hatte ihn so beschäftigt, daß ihm Lucius Caesars körperliche Verfassung gar nicht richtig zu Bewußtsein gekommen war. Erneut packte ihn Angst. Bleich und lethargisch, zitternd und schwitzend saß der Oberbefehlshaber an seinem Tisch.

»Lucius Julius, geht es dir gut?« fragte Sulla.

»Ja, ja!«

Sulla setzte sich wieder. »Du weißt, daß es dir nicht gut geht.«

»Es geht mir hinreichend gut, Lucius Cornelius.«

»Geh zu einem Arzt!«

»In diesem Dorf? Hier gibt es höchstens ein dreckiges altes Weib, das aufgekochten Schweinemist und Breiumschläge aus zerstoßenen Spinnen verschreibt.«

»Mein Weg verläuft über Rom. Ich schicke dir den Sizilianer.«

»Dann schicke ihn nach Aesernia, Lucius Cornelius. Dort findet er mich nämlich.« Lucius Caesars Augenbrauen glänzten schweißnaß. »Du kannst gehen.«

Sulla zog die Schultern hoch und stand auf. »Auf eigene Verantwortung. Du hast das Fieber.«

Und das, überlegte er, als er diesmal geradewegs auf die Straße hinaustrat, war es wohl gewesen. In diesem Zustand könnte Lucius Caesar nicht einmal einen Erntetanz organisieren, und da wollte er durch die Melfa-Schlucht ziehen. Er würde in einen Hinterhalt geraten, sich nach Teanum Sidicinum zurückziehen und dort abermals seine Wunden lecken. Und in jenem tückischen Engpaß würden wieder wertvolle Männer liegenbleiben. Warum waren sie nur immer so starrköpfig und beschränkt?

Ein Stück weiter unten auf der Straße traf er das Ferkel. Metellus Pius war ebenfalls wütend.

»Dort sitzt ein kranker Mann.« Sulla deutete mit dem Kopf auf das Haus des Oberbefehlshabers.

»Sag bloß nichts!« rief Metellus Pius. »In den schönsten Zeiten kann man ihn nicht aufmuntern, und wenn er einen Fieberanfall hat, dann verzweifle ich! Wie hast du es angestellt, daß er wütend ist und nicht auf dich hört?«

»Ich habe ihm gesagt, er soll Aesernia vergessen und sich darauf konzentrieren, die Samniten aus der westlichen Campania zu vertreiben.«

»Ja, das könnte erklären, warum sich unseres Oberbefehlshaber in diesem Zustand befindet.« Metellus das Ferkel lächelte schwach.

Sulla, den das Stottern des Ferkels von jeher fasziniert hatte, sagte: »Du stotterst in letzter Zeit viel weniger.«

»Oh, mußtest du das sa-sa-sagen, Lucius Cornelius? Es g-g-geht nur gu-gu-gut, wenn ich nicht daran denke, ver-v-v-verflucht noch mal!«

»Wirklich? Sehr interessant. Früher hast du nicht gestottert? Erst seit Arausio, stimmt's?«

»Ja. D-d-das war ein Sch-Schock!« Metellus Pius atmete tief durch und bemühte sich, den Sprachfehler zu vergessen. »So u-u-unbeliebt, wie du bei ihm im Augenblick bist, hat er dir wahrscheinlich nicht gesagt, was er vorhat, wenn er wieder in Rom ist?«

»Nein, was hat er vor?«

»Er will allen Italikern, die sich bisher aus dem Krieg gegen uns herausgehalten haben, das Bürgerrecht geben.«

»Du machst wohl Witze!«

»Nein, Lucius Cornelius! Witze, in *seiner* Gesellschaft? Ich weiß schon gar nicht mehr, was ein Witz ist. Es stimmt, ich schwöre es. Sobald sich die Lage hier beruhigt, was gegen Spätherbst ja immer passiert, tauscht er das Gewand des Befehlshabers gegen die purpurgesäumte To-To-Toga. Als letzte Amtshandlung des Konsuls, sagte er, will er allen Italikern, die nicht gegen uns in den Krieg gezogen sind, das Bürgerrecht verleihen.«

»Das ist Verrat! Willst du damit sagen, daß er und die anderen unfähigen Schafsköpfe mit Befehlsgewalt Tausende von Männern in den Tod geführt haben für eine Sache, die ihnen völlig gleichgültig ist?« Sulla zitterte. »Willst du damit sagen, daß er mit sechs Legionen in die Melfa-Schlucht marschiert und sich bewußt ist, daß jeder Mann, den er dort verliert, ein sinnloses Opfer ist? Daß er dem allerletzten Italiker auf der Halbinsel die Hintertür nach Rom öffnen will? So weit wird es nämlich kommen. Sie bekommen alle das Bürgerrecht, von Silo über Mutilus bis zum letzten Freigelassenen unter den Klienten von Silo und Mutilus! Das kann doch nicht wahr sein!«

»Mich brauchst du nicht anzubrüllen, Lucius Cornelius! Ich bin einer von denen, die bis zum bitteren Ende dagegen kämpfen werden, daß sie das Bürgerrecht bekommen.«

»Du wirst keine Gelegenheit haben zu kämpfen, Quintus Caecilius. Du wirst im Feld sein, nicht im Senat. Dort kämpft nur Scaurus dagegen, und der ist zu alt.« Sulla biß die Lippen aufeinander und blickte, ohne etwas zu sehen, die belebte Straße hinab. »Philippus und die übrigen Tunten stimmen darüber ab. Und sie stimmen dafür. Wie die Volksversammlung.«

»Auch du bist im Feld, Lucius Cornelius«, sagte das Ferkel bedrückt. »Ich ha-habe gehört, du seist zu Gaius Marius abkommandiert, diesem fetten alten italischen Trottel! Der stört sich bestimmt nicht an Lucius Caesars Gesetz, da wette ich!«

»Ich bin mir nicht so sicher«, sagte Sulla und seufzte. »Was Gaius Marius angeht, mußt du dir eines merken, Quintus Caecilius: Er ist zuerst und vor allem Soldat. Bevor *seine* Tage im Feld vorüber sind, werden ein paar Marser tot sein und das Bürgerrecht nicht mehr verlangen können.«

»Hoffen wir's, Lucius Cornelius. Denn an dem Tag, an dem Gaius Marius einen Senat betritt, der halb mit Italikern gefüllt ist, ist er wieder der erste Mann Roms. *Und* zum siebten Mal Konsul.«

»Nicht, wenn ich ein Wörtchen mitzureden habe.«

Am nächsten Tag trennte sich Sulla mit seinen beiden Legionen von der Kolonne des Lucius Caesar, die vor ihm auf die Straße in die Melfa-Schlucht einbog. Sulla blieb auf der Via Latina, die über den Fluß Melfa zu der alten, verlassenen Stadt Fregellae führte, die Lucius Opimius vor fünfunddreißig Jahren nach einem Aufstand in Schutt und Asche gelegt hatte. Seine Legionen machten halt vor den seltsam friedlichen, von Blumen überwucherten Ruinen, die nach dem Einsturz von Hausmauern und Türmen übriggeblieben waren. Sulla wollte seine Tribunen und Zenturionen nicht bei einer Routinearbeit wie der Errichtung eines befestigten Lagers überwachen und schlenderte allein in die verlassene Stadt.

Das ist es, dachte er, darüber streiten wir uns im Augenblick. So wird es sein, behaupten die Esel im Senat, wenn wir die neue Erhebung in ganz Italien niederwerfen. Wir haben unsere Zeit, unsere

Steuern und sogar unser Leben hingegeben, um aus Italien ein einziges großes Fregellae zu machen. Wir haben uns geschworen, daß die Italiker ihr Leben verwirkt haben, daß roter Mohn auf rotem, mit italischem Blut getränktem Boden blühen wird, daß italische Schädel unter der Sonne bleichen und so weiß werden wie diese weißen Rosen, daß aus ihren leeren Augenhöhlen Gänseblümchen blind in die Höhe starren. Warum tun wir all das? Es ist umsonst. Warum sind wir umsonst gestorben und sterben noch immer umsonst? Er gibt den Halbrebellen in Umbrien und Etrurien das Bürgerrecht. Und dabei kann er es nicht belassen. Und auch kein anderer Konsul. Sie bekommen alle das Bürgerrecht, während noch unser frisches Blut an ihren Händen klebt. Warum tun wir all das? Es ist sinnlos. Wir, die Erben der Trojaner, die Verräter in die Stadttore geholt haben, müßten es doch besser wissen. Wir, die wir Römer sind und keine Italiker. Und er macht sie zu Römern. Unter der Herrschaft von ihm und seinesgleichen zertrümmern die Italiker alles, für das Rom steht. Ihr Rom ist nicht das Rom der Ahnen, nicht mein Rom. Mein Rom ist das Rom dieses verwüsteten italischen Gartens hier in Fregellae, das Rom der Ahnen – stark und sicher genug, um aus den Straßen von Aufständischen eine Blumenwiese zu machen, freies Gelände zu schaffen für das Summen und Zwitschern der Bienen und Vögel.

Als er das Glitzern vor Augen hatte, wußte er nicht, ob es von den Tränen oder von den blanken Pflastersteinen unter seinen Füßen herrührte. Doch dann erkannte er eine Gestalt, blau und massig: ein römischer Heerführer, der sich ihm, dem römischen Heerführer, näherte. Jetzt mehr schwarz als blau, dann der strahlende Glanz des Panzers und Helmes. Gaius Marius! Gaius Marius, der Italiker.

Sulla erschrak, sein Herz pochte wild. Er blieb wie angewurzelt stehen und wartete auf Marius.

»Lucius Cornelius.«

»Gaius Marius.«

Keiner der beiden Männer schritt auf den anderen zu, um ihn zu umarmen. Als erster setzte sich Marius in Bewegung und trat neben Sulla. In Grabesstille gingen sie Seite an Seite. Als Marius die Spannung nicht mehr ertrug, räusperte er sich und begann zu sprechen.

»Wie ich annehme, ist Lucius Julius auf dem Weg nach Aesernia?«

»Ja.«

»Es wäre besser, wenn er an der Crater-Bucht Pompeji und Stabiae zurückholen würde. Otacilius baut eine hübsche kleine Kriegsflotte, jetzt, wo er ein paar Rekruten mehr bekommt. Die Flotte ist immer das Stiefkind des Senats. Übrigens habe ich gehört, der Senat wolle aus allen tauglichen römischen Freigelassenen eine Spezialtruppe bilden, die die obere Campania und das untere Latium sichern und bewachen soll. Dann kann Otacilius die gesamte Bürgerwehr an der Küste für die Flotte verwenden.«

Sulla grunzte. »Na so etwas! Und wann wollen die eingeschriebenen Väter das beschließen?«

»Wer weiß? Zumindest haben sie angefangen, darüber zu diskutieren.«

»Oh Wunder der Wunder!«

»Du klingst sehr bitter. Geht dir Lucius Julius auf die Nerven? Das überrascht mich nicht.«

»Ja, Gaius Marius. Ich bin tatsächlich bitter«, erwiderte Sulla ruhig. »Ich bin diese herrliche Straße hinabgegangen und habe über das Schicksal von Fregellae nachgedacht und über das zukünftige Schicksal dieses Haufens von Italikern, die im Augenblick unsere Feinde sind. Lucius Julius hat nämlich die Absicht, allen Italikern, die Rom in Frieden verbunden geblieben sind, das römische Bürgerrecht zu geben. Ist das nicht nett?«

Marius kam einen Augenblick aus dem Tritt und schritt dann in seinem eher behäbigen Tempo weiter. »Will er das? Wann? Bevor oder nachdem er sich selbst auf die Felsen von Aesernia gestürzt hat?«

»Nachher.«

»Du flehst die Götter um eine Erleuchtung an, was der ganze Krieg soll, nicht wahr?« Marius sprach Sullas Gedanken aus. Er lachte donnernd los. »Und ich kämpfe leidenschaftlich gern als Soldat, das ist die Wahrheit. Hoffentlich bleiben eine oder zwei Schlachten zu schlagen, bevor die Entschlossenheit des Senates und des Volkes von Rom endgültig dahin ist! Was für eine Kehrtwendung! Wir hätten Marcus Livius Drusus von den Toten auferwecken sollen, dann wäre alles nicht passiert. Der Staatsschatz wäre gefüllt, nicht so leer wie der Schädel eines Hohlkopfes, die Halbinsel lebte in Frieden und wäre bevölkert von lauter glücklichen und zufriedenen römischen Bürgern.«

»Ja.«

Sie schwiegen, gingen in das Halbrund des Forums von Fregellae, wo über Gras und Blumen einige Säulen und Treppenstufen ins Nichts aufragten.

»Ich habe eine Aufgabe für dich«, sagte Marius und setzte sich auf einen Steinblock. »Los, stell dich hier in den Schatten oder setz dich zu mir, Lucius Cornelius! Und nimm den verdammten Hut ab, damit ich dir in die Augen sehen kann.«

Sulla trat gehorsam in den Schatten und nahm den Hut ab. Aber er setzte sich nicht und sagte auch nichts.

»Du fragst dich doch bestimmt, warum ich dir nach Fregellae entgegenkomme, statt in Reate auf dich zu warten.«

»Ich nehme an, du brauchst mich nicht in Reate.«

Marius lachte laut heraus. »Du durchschaust aber auch gleich alles, Lucius Cornelius! Ganz recht. Ich brauche dich nicht in Reate.« Der Rest von Grinsen verschwand. »Aber ich wollte meine Pläne auch nicht in einem Brief verraten. Je weniger Leute wissen, was man vorhat, desto besser. Nicht, daß ich Grund zur Annahme hätte, im Kommandozelt des Lucius Julius sei ein Spion – ich bin einfach vorsichtig.«

»Der einzige Weg, ein Geheimnis zu hüten, besteht darin, daß man es nicht jedem verrät.«

»Ganz recht.« Marius schnaubte so heftig, daß die Gurte und Schnallen an seinem Brustpanzer knarrten. »Du, Lucius Cornelius, wirst die Via Latina hier verlassen. Du marschierst den Liri hinauf nach Sora und folgst dem Flußlauf dann weiter bis an die Quelle. Mit anderen Worten: Ich brauche dich an der Südseite der Wasserscheide, einige Meilen von der Via Valeria entfernt.«

»Meine Aufgabe habe ich soweit verstanden. Und wie sieht deine Aufgabe aus?«

»Während du den Liri hinaufmarschierst, ziehe ich von Reate aus zum westlichen Paß an der Via Valeria. Ich will mich an die Straße hinter Carseoli heranmachen. Die Stadt ist zerstört und durch eine feindliche Garnison gesichert. Marrukiner, wie mir die Kundschafter berichten, Herius Asinius befehligt sie selbst. Ich werde versuchen, an dem Stück der Via Valeria unmittelbar vor dem Paß eine Schlacht zu erzwingen. Wenn es soweit ist, mußt du auf einer Höhe mit mir sein, allerdings südlich der Wasserscheide.«

»Südlich der Wasserscheide und unbemerkt vom Feind.« Sulla taute allmählich auf.

»Genau. Das heißt, du tötest jeden, der dir über den Weg läuft. Es ist hinreichend bekannt, daß ich nördlich der Via Valeria stehe. Ich kann also hoffen, daß weder Marrukiner noch Marser auf den Gedanken kommen, daß auf der Südseite eine Armee heraufzieht.

Ich versuche zu erreichen, daß sie ihre ganze Aufmerksamkeit auf die Bewegungen meiner Truppen konzentrieren.« Marius lächelte. »Und du bist natürlich mit Lucius Julius auf dem Weg nach Aesernia.«

»Du hast deine Fähigkeiten als Feldherr nicht verloren, Gaius Marius.«

Die grimmigen braunen Augen blitzten. »Das hoffe ich! Denn ich sage es dir ohne Umschweife, Lucius Cornelius: Wenn *ich* meine Begabung als Feldherr verliere, dann gibt es keinen, der bei diesem unsinnigen Flächenbrand meinen Platz einnimmt. Zum Schluß verleihen wir den Italikern, die uns bekriegen, das Bürgerrecht noch auf dem Schlachtfeld.«

Sulla wollte über die Verleihung des Bürgerrechtes sprechen, aber er konnte nicht mehr an sich halten. »Was ist mit mir?« platzte er heraus. »Ich kann den Oberbefehl führen.«

»Ja, natürlich kannst du das«, beschwichtigte ihn Marius. »Für eine gewisse Zeit sicher, das streite ich gar nicht ab. Aber du hast das Befehlen nicht in den Knochen, Lucius Cornelius.«

»Gutes Befehlen kann man lernen«, sagte Sulla trotzig.

»Gutes Befehlen kann man lernen, und du hast es gelernt. Aber wenn du es nicht in den Knochen hast, Lucius Cornelius, dann kannst du nie mehr als gut befehlen.« Marius war sich nicht bewußt, wieviel Geringschätzung seine Worte ausdrückten. »Manchmal reicht es nicht, wenn man gut befiehlt. Man muß hervorragend befehlen können. Und das hat man in den Knochen oder nicht.«

»Eines Tages«, sagte Sulla nachdenklich, »muß die römische Wölfin ohne dich auskommen, Gaius Marius. Und dann – nun, wir werden sehen! Dann führe *ich* den Oberbefehl!«

Marius begriff noch immer nicht, ahnte nicht einmal, was Sulla dachte. Statt dessen gluckste er fröhlich: »Nun, Lucius Cornelius, wenn der Tag da ist, hoffen wir, daß Rom nur einen guten Oberbefehlshaber braucht. Nicht wahr?«

»Wie du meinst«, sagte Lucius Cornelius Sulla.

Das Ärgerliche war, daß Marius' Plan – natürlich! – wieder vollkommen aufging. Sulla rückte mit seinen Legionen ohne Feindberührung bis Sora vor, dann schlug er in einer Schlacht, die nicht mehr als ein Scharmützel war, eine kleine Armee Picenter unter Titus Herennius. Von Sora bis zur Quelle des Liri traf er nur latinische und sabinische Bauern, und sie begrüßten ihn mit so offenkundiger Freude, daß er sie entgegen Marius' Befehl am Leben ließ. Viel eher würden ihn die Picenter verraten, die bei Sora hatten entkommen können, aber er hatte es so aussehen lassen, als sei er im Auftrag des Lucius Caesar zu dieser Stadt marschiert und wolle östlich der Melfa-Schlucht wieder zu ihm stoßen.

Es blieb zu hoffen, daß die restlichen Picenter des Titus Herennius und die Paeligner Sulla genau am falschen Platz auflauerten.

Sulla blieb in ständigem Kontakt mit Marius und erfuhr, daß alles glatt verlaufen war und die Truppen an der Via Valeria hinter Carseoli in Stellung gegangen waren. Herius Asinius und seine Marrukiner hatten die Straße an der Stelle freizukämpfen versucht und eine vernichtende Niederlage erlitten: Marius hatte sie überlistet und ein Ausweichmanöver vorgetäuscht. Herius Asinius kam mit dem Großteil seiner Armee ums Leben. Marius marschierte daraufhin völlig unbehelligt weiter nach Westen in Richtung Alba Fucentia, mit seinen vier Legionen aus siegesgewissen Soldaten – wie hätten sie unter der Führung des arpinischen Fuchses auch unterliegen sollen? Ihre Feuertaufe hatten sie bestens bestanden.

Sulla marschierte parallel zu Marius den Flußlauf hinauf, bis die trennende Wasserscheide des Hochlandes in das flache marsische Becken um den Lacus Ficinus auslief. Aber auch jetzt hielt Sulla noch zehn Meilen Abstand zu Marius und verbarg sich in einer Deckung, die wie gerufen kam. Die Deckung verdankte er der Liebe der Marser zu selbstgekeltertem Wein. Trotz der ungünstigen Verhältnisse bauten sie ihren eigenen Wein an. Das Land südlich der Via Valeria war ein befestigter Weingarten, weithin erstreckten sich Reben zwischen hohen Mauern gegen die eisigen Winde, die gerade zu der Jahreszeit aus den Bergen herabpfiffen, wenn die zarten Weinblüten sich öffneten und die Insekten zur Bestäubung ruhige Luft benötigten. Jetzt tötete Sulla jeden, der ihm begegnete, vor allem Frauen und Kinder. Außer den Alten dienten alle Männer in den Dörfern und auf den Höfen um den See herum in der Armee.

Sulla bekam genau mit, wann sich Marius den Marsern zum Kampf stellte. An jenem Tag blies der Wind aus dem Norden und trug ihm über die ummauerten Weingärten den Lärm der Schlacht so deutlich zu, daß seine Männer fast glaubten, sie fände mitten in den Reben statt. Durch einen Kurier hatte Sulla im Morgengrauen erfahren, daß die Schlacht wahrscheinlich an diesem Tag stattfinden würde. Er ließ seine Truppen deshalb in einer acht Mann tiefen Linie hinter den drei Meter hohen Einfriedungen der Weingärten Stellung beziehen und wartete ab.

Tatsächlich stolperten etwa vier Stunden nach Beginn der Schlacht die flüchtenden Marser durch die Steinwälle hindurch – direkt in die gezückten Schwerter von Sullas kampfeslustigen Legionären. An einigen Stellen setzten sich die Marser erbittert zur Wehr, doch nirgends geriet Sulla in ernste Bedrängnis.

Wie immer spielte er die Rolle von Marius' geschicktem Lakai. Marius, dachte Sulla, während er das Getümmel von einer Anhöhe aus beobachtete. Marius legte die Strategie fest, bestimmte die Taktik und brachte alles erfolgreich zum Abschluß, und er, Sulla, stand auf der falschen Seite einer verdammten Mauer und pickte wie ein Bettler die Krümel auf, die Marius ihm übrigließ. Marius kannte sich selbst und Sulla nur zu gut.

Sulla wünschte inständig, daß man keinen Jubelausbruch von ihm erwartete. Nach erledigter Aufgabe setzte er sich auf seinen Maulesel und ritt den langen Weg an die Via Valeria zu Gaius Marius. Er informierte Marius, alles sei planmäßig verlaufen, er habe die verbliebenen Marser aufgerieben.

»Ich bin Silo persönlich gegenübergestanden!« brüllte Marius im üblichen Ton nach der Schlacht. Er klopfte Sulla auf den Rücken, legte dem geschätzten Stellvertreter den Arm um die Schultern und führte ihn ins Kommandozelt. »Sie waren vollkommen überrumpelt, sie hatten nicht mit uns gerechnet. Ich nehme an, weil die Gegend ihre Heimat ist. Ich bin wie der Blitz in sie hineingefahren, Lucius Cornelius! Das hätten sie sich nie träumen lassen, daß Asinius unterliegt! Keiner hat es ihnen gesagt, sie wußten nur, daß er losmarschiert war, weil ich aus Reate endlich ausgerückt bin. Ich habe sie an einer unübersichtlichen Ecke überrascht und bin geradewegs auf sie zu marschiert. Sie waren zur Verstärkung von Asinius unterwegs. Als ich vor ihnen auftauchte, war ich gerade so weit entfernt, daß sie mich nicht zur Schlacht zwingen konnten. Ich stellte meine Männer im Viereck auf und täuschte eine Abwehrstellung vor, als wäre ich nicht zum Angriff vorbereitet.

›Wenn du ein so großer Feldherr bist, Gaius Marius,‹ schrie Silo auf dem Pferd, ›dann komm und kämpf mit mir!‹

›Wenn du ein so großer Feldherr bist,‹ schrie ich zurück, ›dann zeig du es mir!‹

Was er daraufhin hat tun wollen, werden wir nie erfahren. Seine

Männer stürmten ohne seinen Befehl wild drauflos. Tja, er hat es mir leichtgemacht. Ich weiß, wie man es anpacken muß, Lucius Cornelius. Und Silo weiß es nicht. Ich sage ›weiß‹, nicht ›wußte‹, er ist ungeschoren davongekommen. Als eine Panik unter seinen Leuten ausbrach, sprengte er nach Osten davon. Er wird wohl nicht eher haltmachen, als bis er bei Mutilus ist. Jedenfalls habe ich den Marsern nur einen Rückzugsweg gelassen – den durch die Weingärten. Ich wußte, daß du dort wartest und den Rest erledigst. Und genauso kam es.«

»Sehr gut gemacht, Gaius Marius«, sagte Sulla und meinte es ganz ehrlich.

Sie feierten ihren Sieg, Marius, Sulla und ihre Stellvertreter – und Marius' Sohn, strahlend vor Stolz auf den Vater, bei dem er als Kadett diente. Aha, der Nachwuchs ist auch da, dachte Sulla und schaute weg.

Erneut wurde eine Schlacht geschlagen, und sie dauerte fast noch länger als die Schlacht gegen die Marser. Als der Spiegel des Weines in der Amphore tiefer sank, wandte sich das Gespräch unvermeidlich wieder der Politik zu, es ging um das geplante Gesetz des Lucius Caesar. Marius' Leute hörten zum ersten Mal davon und waren schockiert. Sie reagierten unterschiedlich, aber einhellig in der Ablehnung. Es waren Soldaten, Männer, die seit sechs Monaten kämpften und Tausende Kameraden verloren hatten; sie waren im übrigen der Meinung, daß ihnen die Tattergreise und Memmen in Rom wenig Chancen gegeben hätten, richtig in Schwung zu kommen und zu siegen. Der Senat in der sicheren Stadt sei eine Schar vertrockneter, alter vestalischer Jungfrauen. Die rüdeste Kritik erntete Philippus und Lucius Caesar kam nicht viel besser weg.

»Die ganze Sippe Julius Caesar besteht aus überzüchteten Nervenbündeln«, sagte Marius mit purpurrotem Gesicht. »Leider mußten wir gerade in dieser Krise einen Julius Caesar als ersten Konsul haben. Ich wußte von vornherein, daß er versagen würde.«

»Das hört sich so an, Gaius Marius, als hättest du etwas dagegen, daß wir den Italikern Zugeständnisse machen«, sagte Sulla.

»Ich habe in der Tat etwas dagegen. Vor Ausbruch dieses Krieges war das etwas anderes. Aber wenn sich ein Volk zum Feind Roms erklärt hat, ist es auch mein Feind. Und zwar für immer.«

»So denke ich auch«, stimmte Sulla zu. »Wenn Lucius Caesar sein Gesetz beim Senat und beim Volk durchbekommt, dann wird es jedenfalls wahrscheinlicher, daß Etrurien und Umbrien überlaufen. Ich habe gehört, es habe an beiden Orten neue Aufstände gegeben.«

»Das stimmt. Deshalb haben Lucius Cato Licinianus und Aulus Plotius die Truppen von Sextus Julius abgezogen und sind losmarschiert, Plotius nach Umbrien und Cato Licinianus nach Etrurien«, sagte Marius.

»Was macht Sextus Julius jetzt?«

Der junge Marius antwortete unaufgefordert mit lauter Stimme: »Er erholt sich in Rom. ›Eine schlimme Brust‹, so nennt es meine Mutter in ihrem letzten Brief.«

Sulla warf ihm einen vernichtenden Blick zu. Auch wenn der Vater Oberbefehlshaber war, ein Kadett hatte sich nicht ins Gespräch zu mischen!

»Der Feldzug in Etrurien ist Cato Licinianus zweifellos von ungeheurem Nutzen, wenn er sich zum Konsul aufstellen läßt«, sagte Sulla. »Vorausgesetzt, er schlägt sich gut. Aber das wird er wohl.«

»Das denke ich auch.« Marius rülpste kräftig. »Es ist eine Operation von der Größe einer Erbse – passend für ein Erbsengehirn wie Cato Licinianus.«

Sulla grinste. »Wie, Gaius Marius, nicht beeindruckt?«

Marius zwinkerte. »Du vielleicht?«

»Sicher nicht.« Sulla hatte genug vom Wein und griff nach dem Wasser. »Was stellen wir einstweilen an? Wir haben schon die zweite Woche im September, und ich muß bald wieder in die Campania zurück. Ich möchte die verbleibende Zeit so gut wie möglich nutzen.«

»Ich kann einfach nicht glauben, daß Lucius Julius einem Egnatius in der Melfa-Schlucht in die Falle geht!« unterbrach der junge Marius.

»In deinem Alter, mein Junge, weiß man noch nicht, welche Ausmaße die menschliche Dummheit erreichen kann«, sagte Marius, der dem Kommentar zustimmte und es seinem Sohn offensichtlich nicht übel nahm, daß er vorlaut war. Dann wandte er sich an Sulla. »Wir können von Lucius Julius nichts erwarten, jetzt, wo er zum zweiten Mal in Teanum Sidicinum ist und ein Viertel seiner Armee verloren hat. Wozu also schnell zurückkehren, Lucius Cornelius? Um Lucius Julius die Hand zu tätscheln? Das tun wahrscheinlich schon viele. Ich schlage vor, wir marschieren gemeinsam nach Alba Fucentia«, sagte er mit einem merkwürdigen Geräusch zwischen Lachen und Würgen am Schluß.

Sulla erstarrte. »Geht's dir gut?« fragte er nachdrücklich.

Marius' rotbraune Gesichtsfarbe wurde einen Augenblick aschfahl. Dann erholte er sich und lachte. Diesmal klang es wie ein richtiges Lachen. »Bestens, nach so einem Tag, Lucius Cornelius! Nun, wie ich sagte, wir entsetzen Alba Fucentia, und dann – nun, dann hätte ich Lust auf einen Spaziergang durch Samnium, du nicht? Wir lassen Sextus Julius zur Belagerung von Asculum Picentum zurück, während wir den samnitischen Stier piesacken. Langweilige Belagerungen sind nicht meine Sache.« Er kicherte beschwipst. »Wäre es nicht lustig, wenn du in Teanum Sidicinum bei Lucius Julius auftauchtest, mit Aesernia als Geschenk in einer Falte deiner Toga? Was wäre er dankbar!«

»Bestimmt sehr dankbar, Gaius Marius.«

Die Gesellschaft löste sich auf. Sulla und Marius' Sohn brachten Gaius Marius kurzerhand ins Bett. Dann machte sich der junge Marius davon, mit einem strafenden Blick auf Sulla, der noch dastand und den massigen Körper auf der Liege eingehend betrachtete.

»Lucius Cornelius«, lallte Marius, »weck mich morgen doch bitte persönlich. Ich habe privat mir dir zu reden. Kann ich heute abend nicht mehr. Oh, der Wein!«

»Schlaf gut, Gaius Marius.. Morgen geht das wieder.«

Aber am nächsten Morgen ging es ganz und gar nicht. Als sich Sulla – der sich auch nicht besonders wohl fühlte – in den hinteren Teil des Kommandozeltes wagte, fand er den massigen Körper auf dem Bett in derselben Stellung vor, in der er ihn in der Nacht zuvor verlassen hatte. Mit finsterer Miene trat Sulla an das Bett heran und spürte den Schauder des Entsetzens. Nicht, daß er befürchtet hätte, Marius sei tot, er hatte die Atemzüge im vorderen Teil des Zeltes zu deutlich gehört. Sulla blickte nach unten und sah, wie die rechte Hand kraftlos am Laken zupfte und zog. Er sah Marius' verdrehte, aber noch lebendige Augen, in denen sich ein an Wahnsinn grenzender Schrecken spiegelte. Von der Wange bis zum Fuß war die gesamte linke Körperseite schlaff, unbeweglich und reglos. Der Koloß aus Arpinum war, ohne einen Laut von sich zu geben, außer Gefecht gesetzt, getroffen von einem unabwehrbaren Hieb, den man erst bemerkt und spürt, wenn es zu spät ist.

»Schlag«, murmelte Marius.

Sulla fuhr ihm unwillkürlich mit der Hand über das schweißverklebte Haar. Jetzt konnte man ihn lieben. Jetzt gab es ihn nicht mehr. »Mein armer alter Freund!« Sulla näherte sich mit der Wange Marius' Wange, drehte seine Lippen in das feuchte Rinnsal seiner Tränen. »Mein armer alter Freund! Jetzt bist du endlich erledigt.«

Die Worte kamen sofort, furchtbar verzerrt, und doch so deutlich, daß man sie verstehen konnte, wenn man so nah an einem Gesicht war:

»Nicht ... erledigt ... sieben ... mal.«

Sulla wich zurück, als wäre Marius von der Liege aufgefahren und hätte ihm einen Schlag versetzt. Als er sich mit der Handfläche die eigenen Tränen abwischte, entfuhr ihm ein kurzes, schrilles Lachen, ein Lachen, das so abrupt endete, wie es begonnen hatte. »Wenn *ich* etwas zu sagen habe, dann bist du erledigt, Gaius Marius. Du bist erledigt!«

»Nicht ... erledigt«, stöhnte Marius. Seinen Augen war anzusehen, daß der Schlaganfall nur seinen Körper, nicht seinen Geist getroffen hatte. Aber er blickte nicht mehr entsetzt, sondern böse. »Sieben ... mal.«

Mit einem einzigen Riesenschritt sprang Sulla zu dem Durchlaß zwischen dem vorderen und hinteren Raum und schrie um Hilfe, als schnappten alle hungrigen Mäuler des Höllenhundes nach ihm.

Erst als sämtliche Feldärzte herbeigeeilt und wieder verschwunden waren und man Marius versorgt hatte, so gut es ging, rief Sulla die Männer zusammen, die sich vor dem Zelt herumtrieben. Der junge Marius versperrte ihnen den Zugang, Tränen liefen ihm über das Gesicht.

Die Versammlung fand im Forum des Lagers ab. Sulla hielt es für das Klügste, den einfachen Soldaten zu zeigen, daß etwas unternommen wurde. Die Nachricht von Marius' Schlaganfall hatte sich rasch verbreitet, und sein Sohn weinte beileibe nicht als einziger.

»Ich übernehme das Kommando«, verkündete Sulla einem Dutzend Männer um ihn herum.

Keiner protestierte.

»Wir kehren sofort nach Latium zurück, bevor Silo oder Mutilus die Nachricht erfahren.«

Jetzt regte sich Protest. Ein Marcus Caecilius aus dem Zweig mit dem Beinamen Cornutus schimpfte: »Das ist lächerlich! Wir sind keine zwanzig Meilen von Alba Fucentia entfernt, und du sagst, wir sollen umkehren und zurückmarschieren?«

Sulla preßte die Lippen aufeinander, machte eine ausladende Geste mit dem Arm und deutete auf die zahlreichen Gruppen von Soldaten, die weinend dastanden. »Schau sie dir an, du Dummkopf!«

zischte er. »Willst du mit denen ins Kernland des Feindes ziehen? Sie sind bestimmt nicht in der richtigen Stimmung dazu. Wir müssen sie trösten, bis wir hinter den eigenen Grenzen in Sicherheit sind, Cornutus – und dann müssen wir einen neuen Oberbefehlshaber finden, dem sie wenigstens einen Bruchteil der Liebe entgegenbringen können, die sie Gaius Marius entgegengebracht haben!«

Cornutus öffnete den Mund und wollte etwas sagen, aber dann machte er ihn wieder zu und zuckte hilflos die Achseln.

»Hat noch jemand etwas zu sagen?« fragte Sulla.

Das war nicht der Fall.

»Also in Ordnung. Brecht im Eiltempo das Lager ab. Ich habe meine Legionen auf der anderen Seite der Weingärten schon informiert. Sie erwarten uns an der Straße.«

»Was ist mit Gaius Marius?« fragte Licinius. »Wenn wir ihn transportieren, stirbt er uns vielleicht.«

Die Soldaten erstarrten vor Schreck, als Sulla polternd loslachte: »Gaius Marius? Der ist mit einem Opferbeil nicht totzukriegen, Junge!« Als er die Betroffenheit der Soldaten bemerkte, wartete er erst, bis er sich wieder ganz im Griff hatte, und sprach dann weiter. »Keine Angst, Männer, Gaius Marius hat mir vor weniger als zwei Stunden persönlich versichert, daß es mit ihm gewiß nicht vorbei ist. Und ich glaube ihm! Deshalb nehmen wir ihn mit. Wir werden genug Freiwillige finden, die seine Sänfte tragen.«

»Gehen wir alle nach Rom?« fragte Licinius schüchtern.

Erst jetzt, da sich Sulla wieder völlig in der Gewalt hatte, fiel ihm auf, wie betroffen und erschüttert die Männer waren. Er hatte römische Adelige vor sich, das bedeutete, daß sie alles genau durchdachten und von ihrer eigenen Sichtweise her abwägten. Eigentlich hätte er sie so vorsichtig anfassen müssen wie neugeborene Kätzchen.

»Nein, wir marschieren nicht alle nach Rom«, sagte Sulla ohne eine Spur Zartgefühl in Ton und Gesten. »Wenn wir Carseoli erreichen, übernimmst du, Marcus Cornelius Cornutus, das Kommando über die Armee. Du führst sie ins Lager vor Reate. Sein Sohn und ich bringen Gaius Marius mit fünf Kohorten als Ehrengarde nach Rom.«

»Sehr gut, Lucius Cornelius. Wenn du es so willst, dann meine ich, daß es auch so geschehen soll«, sagte Cornutus.

Die seltsamen hellen Augen blickten ihn auf eine Art an, daß er in seinem Kiefer das Kribbeln von tausend Käfern zu spüren meinte.

»Du irrst dich nicht, Marcus Caecilius, wenn du meinst, es solle so geschehen, weil ich es so will«, sagte Sulla mit sanfter und zarter Stimme. »Und wenn es nicht genauso gemacht wird, wie ich es will, dann wirst du wünschen, daß du nie geboren wärest, das garantiere ich dir! Ist das ganz klar? Gut! Dann marschiert los.«

VI

Als die Nachricht Rom erreichte, daß Lucius Caesar dem Samniten Mutilus bei Acerrae eine Niederlage beigebracht hatte, beruhigten sich die Gemüter im Senat vorübergehend. Es wurde offiziell verkündet, daß die Bürger von Rom den Überwurf aus grobem Wolltuch nicht mehr zu tragen brauchten. Als man dann erfuhr, daß Lucius Caesar in der Melfa-Schlucht eine zweite Niederlage erlitten hatte und daß die Verluste fast so groß waren wie die des Feindes bei Acerrae, setzte sich keiner im Senat dafür ein, den Beschluß wieder zurückzunehmen. Man wollte die neuerliche Niederlage nicht zu sehr ins Bewußtsein heben.

»Sinnlos«, sagte der Senatsvorsitzende Marcus Aemilius zu den wenigen Senatoren, die zur Beratung über die Sache erschienen waren. Seine Unterlippe zitterte, er verbiß sich alle Gefühle. »Wir müssen uns mit etwas viel Ernsterem auseinandersetzen: mit der Möglichkeit, daß wir diesen Krieg verlieren.«

Philippus war nicht anwesend, ebensowenig Quintus Varius, der noch immer und sehr eifrig kleine Lichter verfolgte, die im Verdacht standen, Verrat begangen zu haben. Nachdem er Fälle wie den des Antonius Orator oder des Senatsvorsitzenden Scaurus aufgegeben hatte, wurden immer mehr Männer Opfer seines Sondergerichts.

Ohne anspornende Opposition fehlte Scaurus der Wille zum Weitermachen, er ließ sich auf seinen Stuhl fallen. Ich bin zu alt, dachte er. Wie soll Marius in diesem Alter einen ganzen Kriegsschauplatz beherrschen?

Die Frage wurde am Ende des Monats Sextilis beantwortet, als ein Kurier den Senat informierte, daß Gaius Marius und seine Truppen Herius Asinius geschlagen hätten. Siebentausend Marrukiner, darunter auch Herius Asinius, seien gefallen. Freilich war Rom so niedergeschlagen, daß keiner an eine Siegesfeier denken mochte. Man wartete darauf, daß in den nächsten Tagen die Nachricht einer entsprechend großen Niederlage eingehen würde. Tatsächlich sprach einige Tage später ein weiterer Kurier beim Senat vor: Mit versteinerten Mienen und stocksteifer Haltung hörten ihm die Senatoren in Erwartung der schlechten Kunde zu. Von den Konsularen war nur Scaurus erschienen.

Gaius Marius hat das große Vergnügen, den Senat und das Volk von Rom davon in Kenntnis zu setzen, daß er und seine Armeen Quintus Poppaedius Silo und den Marsern an diesem Tag eine vernichtende Niederlage beigebracht haben. Fünfzehntausend Marser sind gefallen, weitere fünftausend in Gefangenschaft.

Gaius Marius möchte hervorheben, daß Lucius Cornelius Sulla zu diesem Sieg einen unschätzbaren Beitrag geleistet hat. Er läßt sich für die Dauer einiger Kampfhandlungen entschuldigen, solange bis er den Senat und das Volk von Rom informieren kann, daß Alba Fucentia befreit ist. Lang lebe Rom!

Beim ersten Lesen glaubte es keiner. Allmählich kam Bewegung in die gelichteten weißen Reihen, aber bei der schwachen Besetzung reichte es nicht für einen Beifallssturm. Scaurus las den Brief mit zitternder Stimme ein zweites Mal vor. Endlich hörte man Beifall, und eine Stunde später jubelte ganz Rom. Gaius Marius hatte es geschafft! Gaius Marius hatte Roms Geschick gewendet! Der Name Gaius Marius war in aller Munde.

»Jetzt ist er wieder jedermanns Held«, sagte Scaurus zu Lucius Cornelius Merula, dem Priester des Jupiter, der seit Ausbruch des Krieges keine Senatssitzung versäumt hatte, obwohl er in seinem heiligen Amt zahlreiche Regeln beachten mußte: Als einziger unter seinesgleichen durfte er die Toga nicht tragen, statt dessen hüllte er sich in einen schweren doppelten Umhang aus Wolle, in die als voller Kreis geschneiderte *laena.* Seinen Kopf schmückte ein eng anliegender Helm aus Elfenbein, verziert mit den Symbolen Jupiters und bekrönt von einer versteiften Scheibe aus Wolle, die von einem elfenbeinernen Spieß durchbohrt war. Als einziger im Senat war er stark behaart. Statt sich der Tortur einer Rasur mit Knochen oder Bronze zu unterziehen, ließ er sich lieber den Bart wachsen, und er reichte ihm bis auf die Brust, das Haupthaar wallte ihm den Rücken hinab. Der Priester des Jupiter durfte nämlich nicht mit Eisen, dem Symbol des Krieges, in Berührung kommen. Solchermaßen vom Militärdienst verhindert, hatte sich Lucius Cornelius Merula darauf verlegt, standhaft jede Senatssitzung zu besuchen.

Merula seufzte. »Nun, Marcus Aemilius, wir mögen Patrizier sein, aber es ist höchte Zeit einzusehen, daß unser Blut zu verwässert ist, als daß wir noch einen populären Helden hervorbringen könnten.«

»Unsinn!« zischte Scaurus. »Gaius Marius ist ein Verrückter!«

»Wo wären wir jetzt ohne ihn?«

»In Rom, und wir wären echte Römer!«

»Ist es dir etwa nicht recht, daß er gesiegt hat?«

»Natürlich ist es mir recht! Aber es wäre mir lieber, wenn das Schreiben mit dem Namen Lucius Cornelius Sulla unterzeichnet wäre!«

»Er war ein guter Stadtprätor, ich weiß. Aber auf dem Schlachtfeld kam er, soweit ich weiß, an Marius nicht heran«, sagte Merula.

»Wie sollen wir das wissen, solange Gaius Marius im Feld noch nicht abgetreten ist? Lucius Cornelius Sulla stand an Gaius Marius' Seite seit – ja, seit dem Krieg gegen Jugurtha. Und er hat stets viel dazu beigetragen, wenn Gaius Marius gesiegt hat. Aber Marius erntet den Ruhm.«

»Sei gerecht, Marcus Aemilius! Gaius Marius hat Sulla in seinem Schreiben besonders hervorgehoben! Ich halte das Lob jedenfalls für großzügig. Und ich höre kein geringschätziges Wort über den Mann, der meine Gebete schließlich beantwortet hat«, sagte Merula.

»Ein Mensch beantwortet deine Gebete, Priester des Jupiter? Das ist allerdings eine merkwürdige Auffassung.«

»Unsere Götter antworten uns nicht direkt, Senatsvorsitzender. Wenn ihnen etwas mißfällt, dann schicken sie uns eine Erscheinung, und wenn sie handeln, tun sie es über Menschen vermittelt.«

»Das weiß ich so gut wie du!« schrie Scaurus aufgebracht. »Ich liebe Gaius Marius ebensosehr, wie ich ihn hasse. Aber ich wünschte trotzdem, daß der Name unter seinem Schreiben der eines anderen wäre!«

Ein Senatsschreiber trat ein, bis auf Scaurus und Merula waren inzwischen alle gegangen.

»Princeps Senatus, gerade ist eine wichtige Mitteilung von Lucius Cornelius Sulla eingetroffen.«

Merula kicherte. »Na bitte, eine Antwort auf dein Gebet! Ein Brief mit Lucius Sullas Name darunter!«

Merula erhielt als Antwort einen vernichtenden Blick. Scaurus nahm die dünne Rolle an sich und entrollte sie. Verblüfft fiel sein

Blick auf die Zeilen mit sorgfältig geschriebenen großen Lettern. Die einzelnen Worte waren durch Punkte voneinander abgesetzt. Sulla wollte jedem Mißverständnis vorbeugen.

GAIUS MARIUS VOM SCHLAG GETROFFEN / ARMEE NACH REATE ABMARSCHIERT / KEHRE SOFORT NACH ROM ZURÜCK / BRINGE MARIUS MIT.
SULLA

Sprachlos streckte der Senatsvorsitzende Scaurus Merula das Blatt hin und wankte zu einem Sitz in der untersten Reihe.

»Bei Pollux!« Merula setzte sich. »Kann in diesem Krieg aber auch gar nichts glatt gehen? Meinst du, Gaius Marius ist tot? Ist es das, was uns Sulla sagen will?«

»Ich glaube, er ist am Leben. Aber er kann das Kommando nicht mehr führen. Und die Truppen wissen es«, sagte Scaurus. Er holte tief Luft und kläffte: »Schreiber!«

Der Schreiber hatte sich am Türeingang herumgedrückt und platzte fast vor Neugierde. Er stürzte zu Scaurus zurück.

»Ruf die Herolde. Sie sollen bekanntmachen, daß Gaius Marius einen Schlaganfall erlitten hat und von seinem Legaten Lucius Cornelius Sulla nach Rom zurückgebracht wird.«

Der Schreiber stieß einen Seufzer aus, wurde blaß und eilte davon.

»War das klug, Marcus Aemilius?« fragte Merula.

»Das weiß nur der Höchste Gott, Priester des Jupiter. Ich nicht. Ich weiß nur, daß der Senat die Nachricht unterdrückt hätte, wenn ich es zugelassen hätte, daß er darüber diskutiert und abstimmt. Und das könnte ich mir nicht verzeihen«, sagte Scaurus bestimmt. Er stand auf. »Komm mit. Ich muß es Julia sagen, bevor es die Herolde von der Rostra schreien.«

Die fünf Kohorten, die Gaius Marius' Sänfte eskortierten, zogen durch das Collinische Tor in die Stadt. Ihre Speere hatten sie mit Zypressenzweigen umhüllt, Schwerter und Dolche trugen sie umgedreht mit der Spitze nach unten. Der Markplatz war mit Blumengirlanden geschmückt, schweigend drängten sich die Menschen – Fest und Begräbnis zugleich. Den ganzen Weg zum Forum Romanum bot sich das gleiche Bild, überall Blumen, überall reglose, schweigende Menschen. Die Blumen feierten Gaius Marius' großen Sieg, das Schweigen gemahnte an die Niederlage.

Als die verhängte Sänfte hinter den Soldaten auftauchte, ging ein Raunen durch die Menge:

»Er lebt noch! Er lebt noch!«

Sulla und seine Kohorten sammelten sich auf dem unteren Forum entlang der Rostra, während Gaius Marius den Clivus Argentarius zu seinem Hause hinauftrug. Der Senatsvorsitzende Marcus Aemilius Scaurus erklomm alleine die Rednertribüne.

»Der dritte Gründer Roms lebt, *Quirites!*« donnerte Scaurus. »Wie immer im Krieg hat er dafür gesorgt, daß sich das Blatt zu Roms Gunsten wendet, und Rom kann nicht dankbar genug sein. Bringt Opfer zu seinem Wohl dar, auch wenn möglicherweise die Zeit gekommen ist, daß Gaius Marius uns verläßt. Es steht ernst um ihn. Aber wir verdanken es ihm, *Quirites,* daß es um uns jetzt unvergleichlich besser steht.«

Niemand jubelte. Und niemand weinte. Weinen konnte man noch bei seinem Begräbnis, wenn die Hoffnung mit ihm zu Grabe getragen wurde. Als Scaurus die Rednertribüne herabstieg, zerstreute sich langsam die Menge.

»Er stirbt nicht«, sagte Sulla. Er wirkte sehr müde.

Scaurus schnaubte. »Das habe ich auch nie gedacht. Er war noch nicht zum siebten Mal Konsul. Also gibt er sich dem Tod nicht in die Hand.«

»Genau das sagte er auch.«

»Wie? Er spricht noch?«

»Ein wenig. Ihm fehlen nicht die Worte, aber er hat Schwierigkeiten, sie zu formen. Der Feldarzt führt es darauf zurück, daß die linke und nicht die rechte Seite vom Schlaganfall betroffen sei – was das damit zu tun hat, weiß ich nicht. Und der Feldarzt auch nicht. Er sagt lediglich, es sei immer so, wenn man eine Kopfverletzung feststellt. Wenn die rechte Körperhälfte gelähmt ist, ist das Sprachvermögen beeinträchtigt. Wenn die linke Körperhälfte gelähmt ist, bleibt die Sprachfähigkeit erhalten.«

»Das ist ja sehr interessant! Warum hört man so etwas nicht von unseren Ärzten in der Stadt?« fragte Scaurus.

»Wahrscheinlich bekommen sie nicht genug zertrümmerte Schädel zu sehen.«

»Das stimmt allerdings.« Mit einer herzlichen Geste nahm Scaurus Sulla beim Arm. »Komm mit zu mir nach Hause, Lucius Cornelius. Trink Wein und erzähl genau, was passiert ist. Ich dachte, du seist noch mit Lucius Julius in der Campania.«

Sulla konnte seinen Widerwillen nicht ganz verbergen. »Gehen wir doch lieber zu mir nach Hause, Marcus Aemilius. Ich stecke noch immer in der Rüstung, und es ist heiß.«

Scaurus seufzte. »Es ist Zeit, daß wir beide vergessen, was vorgefallen ist vor so vielen Jahren.« Er meinte aufrichtig. »Meine Frau ist älter und ruhiger geworden, und sie hat viel zu tun mit den Kindern.«

»Gut – dann gehen wir zu dir.«

Sie stand im Atrium zum Empfang bereit und wartete so gepannt wie alle in Rom auf Neuigkeiten, wie es Gaius Marius ging. Mit ihren achtundzwanzig Jahren hatte sie das Glück, daß ihre Schönheit eher größer wurde als abnahm, eine dunkle Schönheit, kostbar wie ein Pelz, wenngleich die Augen, die Sulla anblickten, grau schimmerten wie das Meer an einem bewölkten Tag.

Sulla entging nicht, daß sie vor Scaurus, der sie mit sichtlich ehrlicher und ungetrübter Zuneigung ansah, Angst hatte und ihm nicht recht traute.

»Willkommen, Lucius Cornelius«, sagte sie ohne Gefühlsregung.

»Ich danke dir, Caecilia Delmatica.«

»In deinem Arbeitszimmer stehen Erfrischungen bereit, mein Gemahl.« Auch zu Scaurus sprach sie gleichgültig. »Wird Gaius Marius sterben?«

Sulla antwortete. Nach dem ersten Moment der Überraschung lächelte er, es war ganz anders als das letzte Mal beim Abendessen bei Gaius Marius. »Nein, Caecilia Delmatica. Mit Gaius Marius ist es noch nicht vorbei, soviel kann ich versprechen.«

Sie seufzte erleichtert. »Dann verlasse ich euch.«

Beide Männer blieben, bis sie verschwunden war, im Atrium stehen. Dann geleitete Scaurus Sulla in sein Empfangszimmer.

»Willst du den Oberbefehl auf dem Kriegsschauplatz gegen die Marser?« fragte Scaurus und reichte Sulla Wein.

»Ich bezweifle, daß der Senat ihn mir geben würde, Princeps Senatus.«

»Ehrlich gesagt, ich auch. Aber willst du ihn?«

»Nein, ich will ihn nicht. Mein Bereich in diesem Krieg war, abgesehen von dem Spezialeinsatz für Gaius Marius, das ganze Jahr über die Campania. Ich kämpfe lieber weiterhin an der Front, die ich kenne. Lucius Julius erwartet meine Rückkehr.« Sulla wußte schon genau, was er tun wollte, wenn die neuen Konsuln im Amt waren. Aber er weihte Scaurus lieber nicht in seine Pläne ein.

»Sind das deine Truppen in Marius' Eskorte?«

»Ja. Die anderen fünfzehn Kohorten habe ich direkt in die Campania geschickt. Den Rest führe ich morgen selbst zurück.«

»Mir wäre es lieb, wenn du für das Konsulat kandidieren würdest! Das ist die erbärmlichste Kriegsführung seit einer halben Generation!«

»Ich kandidiere mit Quintus Pompeius Rufus am Ende des nächsten Jahres.« Sulla klang entschlossen.

»Ich habe es gehört. Schade.«

»Dieses Jahr würde ich keine Wahl gewinnen, Marcus Aemilius.«

»Doch – wenn ich meine Autorität für dich in die Waagschale werfe.«

Sulla grinste säuerlich. »Das Angebot kommt zu spät. Ich werde zuviel in der Campania zu tun haben, als daß ich mir die *toga candida* der Amtsbewerber umhängen könnte. Außerdem müßte ich meinen Amtskollegen nehmen wie die Katze im Sack, während ich bei Quintus Pompeius weiß, daß wir sehr gut zusammenwirken. Meine Tochter heiratet seinen Sohn.«

»Dann ziehe ich das Angebot zurück. Du hast recht. Rom wird das kommende Jahr eben irgendwie überstehen müssen. Und es ist ein großes Vergnügen, wenn man im folgenden Jahr Verwandte als Konsuln hat. Harmonie auf den Amtsstühlen ist eine wunderbare Sache. Quintus Pompeius wird in deinem Schatten stehen, und ihm wird das recht sein.«

»Das meine ich auch, Princeps Senatus. Lucius Julius kann wirklich nur während der Wahlen auf mich verzichten. Er will die Feindseligkeiten entschärfen, damit er selbst nach Rom zurückkehren kann. Ich werde meine Tochter wohl im Dezember mit Quintus Pompeius' Sohn verheiraten, obwohl sie bis dahin noch keine achtzehn ist. Sie freut sich sehr darauf.« Das war gelogen. Sulla wußte genau, daß das Kind sich noch sträubte. Aber er vertraute auf Fortuna.

Daß er die Haltung seiner Tochter richtig eingeschätzt hatte, erfuhr er zwei Stunden später zu Hause. Aelia begrüßte ihn mit der Nachricht, daß Cornelia Sulla versucht habe, von zu Hause fortzulaufen.

»Zum Glück hatte ihr Mädchen zuviel Angst und hat nicht gewagt, mir den Plan zu verschweigen«, schloß Aelia bekümmert. Sie mochte ihre Stieftochter sehr und wünschte ihr eine Liebesheirat – zum Beispiel mit dem Sohn von Gaius Marius.

»Wie hat sie sich das eigentlich vorgestellt? Daß sie durch ein vom Krieg zerrissenes Land zieht?« fragte Sulla.

»Ich habe keine Ahnung, Lucius Cornelius. Sie wußte es bestimmt auch nicht. Es war wohl ein plötzlicher Einfall.«

»Je eher sie Quintus Pompeius heiratet, desto besser«, sagte Sulla grimmig. »Ich will sie jetzt sprechen.«

»Hier? In deinem Arbeitszimmer?«

»Hier, Aelia. In meinem Arbeitszimmer.«

Aelia wußte, daß er sie nicht mochte – und ebensowenig ihre Sympathie für Cornelia Sulla. Sie starrte ihren Ehemann mit einer Mischung aus Furcht und Mitleid für die Stieftochter an: »Bitte, Lucius Cornelius, sei nicht zu streng mit ihr!«

Sulla zeigte ihr, was er von der Bitte hielt, indem er ihr den Rücken zudrehte.

Cornelia Sulla wurde wie eine Gefangene von zwei Haussklaven zu ihm hereingeführt.

»Ihr könnt gehen«, sagte er kurz zu ihren Bewachern und blickte lange frostig in das ausdruckslose Gesicht der Tochter, eine wundervolle Mischung aus der Hautfarbe des Vaters und den schönen Zügen der Mutter. Ihr eigen waren nur die sehr großen, veilchenblauen Augen.

»Was hast du mir zu sagen, Mädchen?«

»Diesmal bin ich entschlossen, Vater. Du kannst mich zu Tode prügeln, das ist mir egal! Ich werde Quintus Pompeius nicht heiraten, und du kannst mich nicht dazu zwingen!«

»Und wenn ich dich fesseln und unter Drogen setzen muß, mein Kind, du heiratest Quintus Pompeius«, sagte Sulla in dem milden Tonfall, der seinen besonders heftigen Wutausbrüchen meist voranging.

Auch wenn sie weinte und tobte, schlug sie doch viel eher Sulla nach als Julilla. Sie stand demonstrativ auf, als wappne sie sich gegen einen gefährlichen Schlag, und blickte Sulla aus glänzenden saphirblauen Augen an. »Ich heirate Quintus Pompeius nicht!«

»Bei allen Göttern, Cornelia! Du heiratest ihn!«

»Ich heirate ihn nicht!«

Normalerweise hätte Sulla angesichts einer derartigen Herausforderung die Beherrschung verloren, aber diesmal konnte er einfach nicht richtig böse werden, vielleicht weil etwas in ihrem Gesicht ihn an den toten Sohn erinnerte. Er schnaubte drohend. »Tochter, weißt du, wer Pietas ist?« fragte er.

»Natürlich weiß ich das«, sagte Cornelia Sulla vorsichtig. »Es ist die Pflicht.«

»Breite dich zu dieser Definition weiter aus, Cornelia.«

»Sie ist die Göttin der Pflicht.«

»Welche Art Pflicht?«

»Jede Art Pflicht.«

»Auch die Pflicht, welche Kinder den Eltern schulden? Ist dem nicht so?« fragte Sulla süßlich.

»Ja.«

»Das Familienoberhaupt herauszufordern ist eine gefährliche Sache, Cornelia. Es beleidigt nicht nur die Pietas. Dem Oberhaupt der Familie zu gehorchen, ist auch Gesetz. Ich bin das Oberhaupt der Familie«, sagte Sulla scharf.

»Meine erste Pflicht bin ich mir selbst«, erwiderte sie heroisch.

Sullas Lippen begannen zu zittern. »Das ist sie nicht, Tochter. Ich bin deine erste Pflicht. Du bist in meiner Hand.«

»In deiner Hand oder nicht, Vater. Ich begehe nicht Verrat an mir selbst!«

Die Lippen hörten zu zittern auf, öffneten sich, Sulla brach in donnerndes Gelächter aus. »Geh mir aus den Augen!« sagte er, als er sich wieder gefaßt hatte. Noch immer lachend, schrie er ihr hinterher: »Du tust deine Pflicht oder ich verkaufe dich in die Sklaverei! Das kann ich, keiner hält mich auf!«

»Ich bin schon eine Sklavin!« schrie sie zurück.

Was hätte sie für einen Soldaten abgegeben! Als Sulla wieder ernst genug geworden war, setzte er sich hin und schrieb einen Brief an den griechischen Bürger von Smyrna, Publius Rutilius Rufus.

Und genau das ist passiert, Publius Rutilius. Das unverschämte kleine Ding hat mir den Wind aus den Segeln genommen! Es hat mir keine Wahl gelassen, als Drohungen auszusprechen, die mir, wenn ich sie wahrmache, bei der Wahl zum Konsul gleichzeitig mit Quintus Pompeius ganz und gar nicht helfen. Tot oder in der Sklaverei nützt mir das Mädchen nichts – und auch Quintus Pompeius hat nichts davon, wenn ich Cornelia fessele, sie unter Drogen setze und zur Eheschließung schleppe! Was soll ich tun? Ich frage Dich sehr ernst und völlig verzweifelt – was soll ich tun? Ich erinnere mich daran, daß Du Marcus Aurelius Cotta aus der Zwangslage geholfen hast, als er für Aurelia einen Mann suchte. Hier kannst Du ein weiteres Heiratsproblem lösen, bewunderter und hochgeschätzter Ratgeber.

Ich gebe zu, daß ich angesichts der augenblicklichen Lage nicht innegehalten und Dir geschrieben hätte, wenn ich nicht außerstande wäre, meine Tochter an den Mann zu verheiraten, an den ich sie verheiraten muß. Aber da ich nun einmal angefangen habe, will ich Dir – vorausgesetzt, Du hast eine Lösung für mein Dilemma – auch schreiben, was hier vorgeht.

Als ich unseren Senatsvorsitzenden verließ, hatte auch er einen Brief an Dich begonnen. Über das furchtbare Ereignis mit Gaius Marius brauche ich Dich also nicht zu informieren. Ich beschränke mich darauf, meinen Hoffnungen und Ängsten für die Zukunft Luft zu machen. Ich kann mich immerhin darauf freuen, daß ich die toga praetexta *tragen und auf dem elfenbeinernen kurulischen Stuhl sitzen werde, wenn ich Konsul bin, denn der Senat hat die kurulischen Magistrate angewiesen, dem Triumphzug zu Ehren des Sieges von Gaius Marius – und von mir! – über den Marser Silo im vollen Schmuck ihrer Amtsinsignien zu folgen. Hoffentlich ist damit das ganze hohle Getue um Trauer und Bestürzung vorbei.*

Im Augenblick sieht es so aus, als hießen die Konsuln des kommenden Jahres Lucius Porcius Cato Licinianus und – welch schrecklicher Gedanke! – Gnaeus Pompeius Strabo. Was für ein furchtbares Gespann! Ein verschrumpelter Katzenarsch und ein aufgeblasener Barbar, der über die eigene Nasenspitze nicht hinaussieht. Ich bekenne, daß es mir ganz rätselhaft ist, wie und warum manche Leute zu ihrem Konsulat kommen. Es reicht bestimmt nicht, daß man ein guter Stadtprätor oder Prätor in einer Provinz gewesen ist. Oder daß die Liste der Kriege, an denen man teilgenommen hat, so lang und ruhmreich ist wie die Stammtafel des Königs Ptolemaios. Ich bin inzwischen zum Schluß gekommen, daß der ausschlaggebende Faktor die Ritter sind. Wenn die Ritter Dich nicht mögen, Publius Rutilius, dann kannst Du Romulus persönlich sein, Du hast bei der Wahl des Konsuls keine Chance. Die Ritter haben Gaius Marius sechs Mal auf den Stuhl des Konsuls gehievt, drei Mal davon in absentia. *Und sie mögen ihn noch immer! Mit ihm florieren eben die Geschäfte. Sicher, sie haben es auch gerne, wenn ein Mann Vorfahren vorweisen kann – aber wählen würden sie ihn deshalb nicht, es sei denn, er macht die Geldbörse weit auf oder hat ihnen anderes zu bieten wie beispielsweise Erleichterungen beim Geldverleih oder Nachrichten aus erster Hand über die Pläne des Senats.*

Ich hätte schon vor Jahren Konsul sein können. Wenn ich vor Jahren Prätor gewesen wäre. Und ausgerechnet der Senatsvorsitzende hat mir einen Strich durch die Rechnung gemacht. Er hat die Ritter auf seine Seite gezogen, sie laufen ihm in Scharen nach wie blökende Lämmer. Vielleicht hast Du bemerkt, daß mein Widerwille gegen den Ritterstand immer größer wird. Es wäre doch wunderbar, sage ich mir, wenn ich sie in meiner Gewalt hätte. Unter mir hätten sie zu leiden, Publius Rutilius! Auch Deinetwegen.

Pompeius Strabo hat es in ganz Rom herumposaunen lassen, daß er sich in Picenum mit Ruhm bedeckt hat. Der wirklich Verantwortliche des eher dürftigen Erfolges ist meiner Meinung nach Publius Sulpicius. Er hat Pompeius Strabo eine Armee aus Gallia Cisalpina verschafft, und noch bevor er mit ihm Kontakt aufnahm, hat er den vereinten Truppen der Picenter und Paeligner eine herbe Niederlage zugefügt.

Unser schielender Freund – verfaulen soll er – verbrachte einen angenehmen Sommer im belagerten Firmum Picenum, und jetzt, nachdem er seine Sommerresidenz verlassen hat, beansprucht er den ganzen Ruhm für den Sieg über Titus Lafrenius, der mit seinen Männern gefallen ist. Kein Wort von Publius Sulpicius (obwohl er fast das meiste geleistet hat). Und als ob das nicht genug wäre, sorgen Pompeius Strabos Leute dafür, daß mehr Wirbel um diese Schlacht gemacht wird als um die Operationen des Gaius Marius gegen die Marrukiner und Marser.

Der Krieg ist an einem Wendepunkt angelangt. Das spüre ich in den Knochen.

Ich brauche wohl nicht gesondert über das neue Gesetz zur Verleihung der Bürgerrechte zu berichten, das Lucius Julius Caesar im Dezember zu verkünden gedenkt. Scaurus wird in seinem Brief wohl alle Einzelheiten schildern. Ich habe dem Senatsvorsitzenden erst vor ein paar Stunden von der Sache berichtet in der Erwartung, daß er vor Empörung aufschreit. Statt dessen hat er sich richtig gefreut. Er hält die Idee für sehr verdienstvoll, solange das Bürgerrecht nicht denjenigen verliehen wird, die ihre Waffen gegen uns erhoben haben. Etruria und Umbria machen ihm Sorgen. Er meint, die Unruhen in beiden Regionen würden sich legen, sobald die Etrusker und Umbrer alle das Stimmrecht hätten. Obwohl ich alles versucht habe, konnte ich ihn nicht überzeugen, daß Lucius Julius' Gesetz nur ein Anfang ist, daß in Kürze alle Italiker römische Bürger sein werden, egal wieviel römisches Blut an ihren Schwertern klebt und wie frisch es ist. Ich frage Dich, Publius Rutilius – wofür haben wir gekämpft?

Bitte antworte mir schnell. Schreib mir, wie man mit Töchtern umgeht.

Sulla schnürte seinen Brief an Publius Rutilius mit in das Paket, das der Senatsvorsitzende durch einen Sonderkurier nach Smyrna bringen ließ. Rutilius Rufus würde die Briefe in drei bis vier Wochen erhalten, und die Antwort dauerte wahrscheinlich genausolang.

Tatsächlich erhielt Sulla Ende November Antwort. Er war noch immer in der Campania bei Lucius Caesar, dem es inzwischen besser ging. Der Senat wollte ihm zu Gefallen sein und hatte ihm für den Sieg über Mutilus bei Acerrae einen Triumph bewilligt; daß die beiden Armeen nach Acerrae zurückgekehrt waren und zur Zeit des Beschlusses wieder kämpften, interessierte niemanden. Die Entscheidung, daß man gerade diesen Sieg und keinen anderen mit einem Triumph bedachte, begründete der Senat damit, daß die Truppen des Lucius Caesar ihren Befehlshaber auf dem Schlachtfeld als Imperator gefeiert hätten. Die Nachricht kam Pompeius Strabo zu Ohren, und seine Agenten veranstalteten daraufhin einen solchen Aufruhr, daß ihm der Senat per Dekret ebenfalls den Triumph zuerkennen mußte. Sind wir so tief gesunken? fragte sich Sulla. Ein Sieg über Italiker ist doch kein Triumph.

Lucius Caesar konnte die besondere Ehre nicht aus der Reserve locken. Als Sulla ihn fragte, wie er den Triumphzug organisieren wolle, sah er ihn nur überrascht an und sagte: »Da es keine Siegesbeute gibt, braucht nicht viel organisiert zu werden. Ich führe meine Truppen einfach durch Rom, sonst nichts.«

Die winterliche Kampfpause hatte begonnen. In Acerrae störte man sich offenbar nicht besonders an den beiden großen Belagerungsarmeen vor den Toren der Stadt. Während sich Lucius Caesar mit ersten Entwürfen für das Gesetz zur Verleihung des römischen Bürgerrechtes befaßte, ging Sulla nach Capua und half Catulus Caesar und Metellus Pius dem Ferkel bei der Neuordnung der Legionen, die nach dem zweiten Vorstoß in die Melfa-Schlucht gewaltig dezimiert waren. In Capua erreichte ihn Rutilius Rufus' Brief.

Mein lieber Lucius Cornelius, wie kommt es, daß Väter mit ihren Töchtern nie richtig umzugehen wissen? Es ist zum Verzweifeln! Nicht, daß ich mit meiner Tochter Schwierigkeiten hätte. Sie war begeistert, als ich sie mit Lucius Calpurnius Piso verheiratet habe.

Zweifellos deshalb, weil sie ein farbloses, kleines Geschöpf ist und keine große Mitgift hatte; es war ihre größte Sorge, daß ihr Vater für sie möglicherweise gar keinen Ehemann finden würde. Sie wäre sogar entzückt gewesen, wenn ich ihr den widerlichen Sohn des Sextus Perquitienus angeschleppt hätte. Und als ich dann tatsächlich Lucius Piso herbeizauberte, hielt sie ihn für ein Geschenk der Götter und dankt ihn mir noch heute. Da sich diese Verbindung als besonders glücklich herausstellte, plant die nächste Generation offenbar das gleiche: Die Tochter meines Sohnes soll den Sohn meiner Tochter heiraten, wenn sie alt genug sind. Ja, ja, ich weiß, was der alte Großvater Caesar zu sagen pflegte, aber es ist auf beiden Seiten das erste Mal, daß Cousin und Cousine heiraten. Und es werden hervorragende Junge dabei herauskommen.

Die Lösung Deines Dilemmas, Lucius Cornelius, ist lächerlich einfach. Du brauchst nur die Mitwirkung von Aelia. Es muß so aussehen, als wärest du daran nicht beteiligt. Aelia soll zunächst dem Mädchen gegenüber andeuten, daß Du es Dir mit der Heirat anders überlegt hast und Dich anderweitig umsiehst. Dann soll sie ein paar andere Namen von besonders abstoßenden Kerlen wie dem Sohn des Sextus Perquitienus fallen lassen. Das wird dem Mädchen bestimmt nicht gefallen.

Daß Gaius Marius todkrank ist, bedeutet – verzeih den Ausdruck bitte! – einen echten Glücksfall: Sein Sohn kommt für eine Ehe solange nicht in Frage, als das Familienoberhaupt außer Gefecht gesetzt ist. Trotzdem ist es unbedingt notwendig, daß Cornelia Sulla den jungen Marius kennenlernt. Dann erfährt sie, daß sie mit einem weitaus schlimmeren Mann als Quintus Pompeius verheiratet werden könnte. Aelia soll das Mädchen zu einem Besuch bei Julia mitnehmen, wenn der junge Mann zu Hause ist. Nichts darf einer Begegnung im Wege stehen – am besten weihst du Julia in die Sache ein! Marius' Sohn ist ein verzogener, selbstsüchtiger Bursche.

Glaub mir, Lucius Cornelius, was er auch tut oder sagt, er macht sich bei Deinem Kind, das vor Liebeskummer vergeht, bestimmt nicht beliebt. Abgesehen von der Krankheit seines Vaters beschäftigt ihn im Augenblick der Gedanke, wer die Ehre hat, ihn als Kadett ertragen zu müssen. Er ist schlau genug, um zu wissen, daß er sich bei dem Betreffenden zehnmal soviel erlauben kann wie bei seinem Vater – aber manche Befehlshaber sind nachsichtiger als andere. Aus Scaurus' Brief schließe ich, daß ihn keiner haben will, daß keiner bereit ist, ihn persönlich anzufordern, und daß sein Schicksal ganz von den Launen des Ausschusses abhängt, der über die Zuordnung der Kadetten entscheidet. Meine Informanten haben mir verraten, daß der junge Marius Weib und Wein zuspricht, wenn auch nicht unbedingt in dieser Reihenfolge. Ein Grund mehr, daß er nicht in Verzückung gerät, wenn er Cornelia Sulla begegnet, die er noch aus der Kindheit kennt. Als er fünfzehn oder sechzehn war, hatte er ihr gegenüber zärtliche Absichten, und wahrscheinlich nutzte er ihre Gutmütigkeit auf eine Art aus, die sie gar nicht mitbekommen hat. Er hat sich seither nicht sehr verändert. Der Unterschied ist nur, daß er meint, er habe sich verändert, und sie es nicht meint. Glaub mir, Lucius Cornelius, er schießt jeden Bock, den man sich denken kann, und sie wird ihn auch noch durcheinanderbringen.

Nach dieser Begegnung soll Aelia öfter erwähnen, daß Du wahrscheinlich von der Verbindung mit Pompeius Rufus abgekommen seist – und den Rückhalt eines steinreichen Ritters bräuchtest.

Und jetzt verrate ich Dir ein unschätzbares Geheimnis über die Frauen, Lucius Cornelius. Eine Frau kann eisern entschlossen sein, einen Bewerber zurückzuweisen, wenn er aufhört, um sie zu werben, und das einen anderen Grund hat als den, daß er abgewiesen wurde, sieht sie sich den Fang, der da davonschwimmt, unweigerlich noch einmal näher an. Immerhin hat Deine Tochter ihren Fisch noch gar nie gesehen! Aelia muß einen guten Vorwand finden, warum Cornelia Sulla unbedingt zu einem Festessen bei Quintus Pompeius Rufus mitgehen muß: weil der Vater in Rom zu Besuch ist, wegen einer Krankheit der Mutter oder aus irgendeinem anderen Grund. Wird die liebe Cornelia Sulla ihren Widerwillen hinunterschlucken und im Beisein des verschmähten Fischs eine Mahlzeit einnehmen? Ich garantiere Dir, Lucius Cornelius, sie wird. Und da ich ihren Fisch gesehen habe, vertraue ich völlig darauf, daß sie ihre Meinung ändert. Er gehört zu der Sorte Mann, die ihr gefallen. Sie wird immer klüger sein als er und mühelos das Regiment im Haus führen. Unwiderstehlich! Sie ist Dir so ähnlich. In gewisser Hinsicht.

Sulla legte den Brief nieder. Ihm schwirrte der Kopf. *Einfach?* Wie konnte Publius Rutilius einen so komplizierten Plan aushecken und die Stirn haben, ihn einfach zu nennen? Jedes militärische Manöver war leichter! Aber den Versuch war es wert. Alles war einen Versuch wert. Erleichtert und neugierig las er weiter, was Rutilius Rufus noch zu sagen hatte.

In meinem kleinen Winkel unserer großen Welt laufen die Dinge nicht gut. Ich vermute, in Rom hat in diesen Tagen keiner die Zeit oder das Interesse, die Ereignisse in Asia Minor zu verfolgen. Aber zweifellos liegt irgendwo in den Amtsstuben des Senates ein Bericht herum, den unser Senatsvorsitzender inzwischen gelesen hat. Er liest auch den Brief, den ich mit demselben Kurier an ihn geschickt habe.

Auf dem Thron von Bithynien sitzt eine Marionette des pontischen Reichs. Ja, kaum war König Mithridates sicher, daß Rom ihm den Rücken zuwendet, ist er in Bithynien eingefallen! Der Anführer der Invasion war angeblich Sokrates, der jüngere Bruder von Nikomedes III. – was auch erklärt, warum sich Bithynien noch immer ein freies Land nennt, obwohl jetzt König Sokrates an der Stelle von König Nikomedes sitzt. Ein König, der Sokrates heißt! Ist das nicht der Widerspruch schlechthin? Kannst du Dir vorstellen, wie sich Sokrates von Athen mit vollem Einverständnis zum König krönen läßt? In der Provinz Asia macht sich über die Freiheit von Bithynien jedenfalls keiner Illusionen. Bithynien ist, abgesehen vom Namen, in jeder Hinsicht das Herrschaftsgebiet des Königs Mithridates von Pontos, der übrigens sicher vor Wut schäumt über die Unentschlossenheit von König Sokrates! Sokrates hat nämlich König Nikomedes entkommen lassen. Trotz seines hohen Alters hat Nikomedes flink wie eine Ziege den Hellespont übersprungen. Hier in Smyrna laufen Gerüchte um, er sei unterwegs nach Rom und wolle sich dort über den Verlust des Thrones beschweren, auf den ihn der Senat und das Volk von Rom großzügigerweise gesetzt haben. Er wird wohl vor Ablauf des Jahres dort eintreffen, mit einem großen Teil des Staatsschatzes von Bithynien.

Und als wäre eine Marionette des pontischen Reichs nicht genug, sitzt eine weitere jetzt auch auf dem Thron von Kappadokien. Mithridates und Tigranes haben sich zusammen nach Eusebeia Mazaka begeben und einen anderen Sohn von Mithridates auf den Thron gesetzt: einen weiteren Ariarathes, aber wahrscheinlich nicht denjenigen, den Gaius Marius persönlich kennengelernt hat. König Ariobarzanes hat sich jedenfalls ebenso flink aus dem Staub gemacht wie König Nikomedes und ist den Verfolgern entkommen. Nicht lange nach Nikomedes wird er mit einer Bittschrift in der Hand in Rom vorstellig werden, aber er hat das Pech, daß er viel ärmer ist!

Lucius Cornelius, es kommen schlimme Zeiten auf unsere Provinz Asia zu, davon bin ich überzeugt. Und es gibt viele hier, die die rosige Zeit der Steuerpächter nicht vergessen haben, und viele, die das Wort

Rom verabscheuen. König Mithridates wird deshalb in manchen Gegenden regelrecht umworben. Falls – oder besser sobald – er Anstalten macht, uns die Provinz Asia abzunehmen, wird er, so fürchte ich, mit offenen Armen empfangen.

All das ist nicht unser Problem, ich weiß. Damit muß sich Scaurus herumschlagen. Und ihm geht es nicht gut, wie er schreibt.

Inzwischen bist Du sicher eifrig bei denen Planspielen in der Campania. Ich stimme Dir zu, das Blatt wendet sich. Die bedauernswerten Italiker! Ob Bürgerrecht oder nicht, ihnen wird viele Generationen lang nicht vergeben werden.

Gib mir Bescheid, wie es mit Deiner Tochter gegangen ist. Ich prophezeie Dir, daß die Liebe ihren Lauf nimmt.

Statt seiner Frau den Plan von Publius Rutilius Rufus zu erklären, schickte Sulla Aelia einfach die entsprechende Passage des Briefes mit der Anordnung nach Rom, sie solle genau tun, was Rufus sage – sofern sie aus seinen Anweisungen schlau werde.

Aelia verstand sie offenbar mühelos. Als Sulla mit Lucius Caesar in Rom eintraf, erwarteten ihn ein Haus, in dem Harmonie herrschte, und eine freudestrahlende, liebevolle und heiratswillige Tochter.

»Es hat sich genauso entwickelt, wie Publius Rutilius vorausgesagt hat«, berichtete Aelia glücklich. »Marius' Sohn hat sich wie ein Rüpel benommen. Das arme Mädchen! Sie hat mich schmachtend vor Liebe und Mitgefühl zu Gaius Marius nach Hause begleitet und glaubte fest, daß der junge Marius sich ihr an die Brust werfen und bei ihr ausweinen würde. Statt dessen war er wütend. Der Kadettenausschuß des Senates hatte ihn angewiesen, bei den Offizieren seines alten Kommandos zu bleiben. Wahrscheinlich tritt einer der beiden neuen Konsuln als neuer Oberbefehlshaber an Gaius Marius' Stelle, und sein Sohn haßt beide. Ich glaube, Marius hat versucht, bei dir unterzukommen, und der Ausschuß hat ihm eine kühle Abfuhr erteilt.«

»Nicht so kühl, wie der Empfang bei mir geworden wäre«, entgegnete Sulla barsch.

»Am meisten hat ihn wohl erbittert, daß ihn keiner haben wollte. Er macht natürlich die mangelnde Popularität seines Vaters dafür verantwortlich, aber im stillen ahnt er wahrscheinlich, daß es seine eigene Unzulänglichkeit ist.« Aelia machte eine tänzelnde, triumphierende Bewegung. »Er wies Cornelias Zuneigung und ihre jugendliche Bewunderung ab. Wenn ich Cornelia glauben darf, hat er sie ziemlich schäbig behandelt.«

»Und sie hat beschlossen, Quintus Pompeius zu heiraten.«

»Nicht sofort, Lucius Cornelius! Erst habe ich sie zwei Tage weinen lassen. Ich sagte ihr, daß sie Quintus Pompeius in aller Ruhe bei einem Abendessen begutachten könne, jetzt, da du nicht mehr auf einer Heirat bestündest. Nur der Neugierde halber und um sich ein Bild zu machen.«

Sulla grinste. »Was ist dann passiert?«

»Sie gefielen sich auf Anhieb. Beim Essen saßen sie sich gegenüber und plauderten miteinander wie alte Freunde.«

Begeistert ergriff Aelia die Hand ihres Mannes und drückte sie. »Es wäre klug, wenn du Quintus Pompeius nicht sagtest, daß sich unsere Tochter erst etwas geziert hat. Die ganze Familie war entzückt von ihr.«

Sulla zog ruckartig die Hand zurück. »Ist der Termin für die Hochzeit festgesetzt?«

Aelias Miene verdüsterte sich. Sie nickte. »Unmittelbar nach den Wahlen.« Sie sah mit großen traurigen Augen zu Sulla auf. »Lieber Lucius Cornelius, warum magst du mich nicht? Ich gebe mir solche Mühe!«

Mit finsterer Miene wandte er sich zum Gehen. »Glaub mir, Aelia, aus keinem anderen Grund als dem, daß du mich langweilst.«

Dann verschwand er. Sie war beruhigt und spürte einen Anflug von Freude: Er hatte nichts von Scheidung gesagt. Verschimmeltes Brot war immer noch besser als gar kein Brot.

Die Nachricht, daß sich Aesernia zuletzt doch den Samniten ergeben hatte, traf in Rom bald nach der Ankunft von Lucius Caesar und Sulla ein. Die Belagerer hatten die Stadt buchstäblich ausgehungert. Die Bewohner hatten jeden Hund, jede Katze, jeden Maulesel, jeden Esel, jedes Pferd und jede Ziege verspeist und sich dann ergeben. Marcus Claudius Marcellus hatte Aesernia persönlich übergeben und war seither verschwunden. Nur die Samniten wußten, was aus ihm geworden war.

»Er ist tot«, sagte Lucius Caesar.

»Wahrscheinlich hast du recht«, stimmte Sulla zu.

Lucius Caesar wollte natürlich nicht ins Feld zurück. Seine Amtsperiode als Konsul ging zu Ende, und er wollte im Frühjahr für das Amt des Zensors kandidieren. Er verspürte keine Lust, als Legat des neuen Oberbefehlshabers weiter im Süden am Krieg teilzunehmen.

Die neuen Volkstribunen waren etwas standhafter als die der letzten Jahre, vielleicht weil ganz Rom über Lucius Caesars Gesetz zur Verleihung des Bürgerrechtes sprach. Jedenfalls standen sie auf der Seite des Fortschritts und sprachen sich überwiegend für eine milde Behandlung der Italiker aus. Der Vorsitzende des Kollegiums war ein Lucius Calpurnius Piso mit dem zweiten Beinamen Frugi, der ihn von jenem anderen Zweig der Sippe mit dem Beinamen Caesonius unterschied, in den Publius Rutilius Rufus eingeheiratet hatte. Piso Frugi, ein energischer Mann mit betont konservativer Gesinnung, hatte bereits angekündigt, er werde sich den beiden radikalsten Volkstribunen, Gaius Papirius Carbo und Marcus Plautius Silvanus, grundsätzlich in den Weg stellen, wenn sie versuchen sollten, die Beschränkungen in Lucius Caesars Gesetzesvorlage zu ignorieren und das Bürgerrecht auch solchen Italikern zu verleihen, die am Krieg gegen Rom teilgenommen hatten. Piso Frugi hatte sich der Gesetzesvorlage deshalb nicht widersetzt, weil ihn Scaurus und andere, von denen er etwas hielt, mit Argumenten überzeugt hatten. Allmählich regte sich wieder das Interesse für die Vorgänge auf dem Forum, das seit Ausbruch des Krieges fast vollkommen erlahmt war. Das kommende Jahr versprach spannende politische Kontroversen.

Sehr viel weniger erfreulich verliefen die Zenturiatswahlen, zumindest die Wahl der Konsuln. Seit zwei Monaten war absehbar gewesen, wie die Gewinner heißen würden, und so kam es auch. Gnaeus Pompeius Strabo erhielt die meisten Stimmen, und Lucius Porcius Cato wurde zu seinem Mitkonsul gewählt. Allgemein führte man das Ergebnis darauf zurück, daß Pompeius Strabo wenige Tage vor den Wahlen einen Triumph gefeiert hatte.

»Diese Triumphzüge sind erbärmlich«, sagte der Senatsvorsitzende Scaurus zu Lucius Cornelius Sulla. »Erst Lucius Julius, und jetzt auch noch Gnaeus Pompeius! Ich fühle mich sehr alt.«

Er sieht auch sehr alt aus, dachte Sulla und machte sich ernste Sorgen. Wenn es auf dem Schlachtfeld ohne Gaius Marius langweilig und trostlos zu werden versprach, was bedeutete dann der Verlust von Marcus Aemilius Scaurus für das andere Schlachtfeld, das Forum Romanum? Wer würde sich beispielsweise um die bedeutungslosen und letztlich doch sehr wichtigen auswärtigen Angelegenheiten kümmern, von denen Rom immer betroffen war? Wer würde dünkelhafte Trottel wie Philippus und arrogante Emporkömmlinge wie Quintus Varius in die Schranken weisen? Wer würde mit jeder beliebigen Aufgabe so unerschrocken, mit soviel Selbstvertrauen und so souverän fertigwerden? Es war unübersehbar, daß Scaurus seit dem Schlaganfall von Gaius Marius sichtlich abgebaut hatte. Die beiden brauchten einander nach über vierzig Jahren Zwist und Streit.

»Marcus Aemilius, paß auf dich auf!« mahnte Sulla, von einer plötzlichen Vorahnung gestreift.

Die grünen Augen blinzelten. »Einmal müssen wir alle gehen!«

»Das schon. Aber deine Zeit ist noch nicht gekommen. Rom braucht dich. Sonst sind wir der zartfühlenden Gnade des Lucius Julius Caesar und des Lucius Marcius Philippus ausgeliefert. Was für ein Schicksal!«

Scaurus fing an zu lachen. »Ist das für Rom das schlimmste Schicksal?« Er legte den Kopf schräg wie ein gerupftes, mageres altes Huhn. »In mancher Hinsicht halte ich sehr große Stücke auf dich, Lucius Cornelius. Und in anderer Hinsicht habe ich das Gefühl, daß es Rom in deinen Händen schlechter ginge als in Philippus' Händen.« Er schüttelte einen Zeigefinger. »Du bist vielleicht kein geborener Militär, aber du hast die meisten Jahre, seit du im Senat bist, in der Armee verbracht. Und mir ist aufgefallen, daß viele Jahre Militärdienst aus Senatoren Despoten machen, wie Gaius Marius einer ist. Wenn sie in hohe politische Ämter gelangen, vertragen sie die normalen politischen Beschränkungen nicht mehr.«

Sie standen vor der Buchhandlung des Sosius in der Straße Argiletum. Dort hatte seit Jahrzehnten ein hervorragender Imbißstand seinen Platz. Während sie sich unterhielten, aßen sie Rosinentörtchen mit einer Füllung aus Honig und Eiercreme. Ein Junge mit hellen Augen beobachtete sie genau und wartete auf den rechten Augenblick, um eine Schale warmes Wasser und ein Tuch anzubieten. Die Torten waren saftig und klebrig.

»Wenn meine Zeit kommt, Marcus Aemilius, dann hängt es von Rom ab, wie es Rom unter meiner Führung geht. Eines kann ich dir versprechen: Ich werde es nicht zulassen, daß Rom unseren Vorfahren Schande macht. Und auch nicht, daß Rom von Leuten wie Saturninus beherrscht wird«, sagte Sulla scharf.

Scaurus aß zu Ende und schnalzte mit klebrigen Fingern in Richtung des Jungen. Der Senatsvorsitzende wusch und trocknete sich konzentriert die Hände und zahlte einen ganzen Sesterz. Nachdem Sulla seinem Beispiel gefolgt war – una dem Jungen eine bedeutend geringere Münze gegeben hatte –, fuhr er fort.

»Ich hatte einen Sohn«, sagte er mit fester Stimme, »aber der taugte nichts. Ein Schwächling und Hasenfuß, wenn auch sonst ein netter junger Bursche. Jetzt habe ich einen zweiten Sohn, aber er ist noch so klein, daß ich nicht weiß, aus welchem Holz er geschnitzt ist. Die erste Erfahrung hat mich etwas gelehrt, Lucius Cornelius: Gleich wie berühmt unsere Vorfahren gewesen sein mögen, am Ende sind wir immer von den Kindern abhängig.«

Sulla verzog das Gesicht. »Mein Sohn ist auch tot, und ich habe keinen zweiten.«

»Auf den Fall war es auch gemünzt.«

»Glaubst du nicht, daß alles Zufall ist, Princeps Senatus?«

»Nein, das glaube ich nicht. Meine Aufgabe war, Gaius Marius im Zaum zu halten. Dazu brauchte mich Rom, und ich war für Rom zur Stelle. Ich halte dich in letzter Zeit eher für einen Marius als für einen Scaurus. Und ich sehe keinen am Horizont, der dich im Zaum halten könnte. Das könnte das Gemeinwohl stärker bedrohen als Tausende Männer vom Schlag eines Saturninus«, sagte Scaurus.

»Ich verspreche dir, Marcus Aemilius, daß von mir keine Gefahr für Rom ausgeht.« Sulla dachte über seine Worte nach und schränkte sie ein. »Für dein Rom, meine ich. Nicht für das Rom des Saturninus.«

»Das hoffe ich aufrichtig, Lucius Cornelius.«

Sie gingen in Richtung Senat weiter.

»Ich vermute, Cato Lininianus hat beschlossen, den Feldzug in der Campania zu führen«, sagte Scaurus. »Er ist schwieriger im Umgang als Lucius Julius Caesar, genauso unsicher, aber arroganter.«

»Der macht mir keinen Ärger«, erwiderte Sulla ruhig. »Gaius Marius hat ihn ein Erbsengehirn genannt und seinen Feldzug eine Operation von der Größe einer Erbse. Ich weiß, was man mit Erbsen macht.«

»Was denn?«

»Man zertritt sie.«

»Du weißt, daß sie dir das Kommando nicht geben werden. Ich habe es versucht.«

»Das ist gar nicht wichtig.« Sulla lächelte. »Ich übernehme das Kommando, wenn ich die Erbse zertreten habe.«

Bei jedem anderen wäre es Prahlerei gewesen, und Scaurus hätte gebrüllt vor Lachen. Bei Sulla war es unheilverheißende Voraussicht, und Scaurus erschauerte.

Da der schmächtige Marcus Tullius Cicero am dritten Tag des Monats Januar das siebzehnte Lebensjahr vollenden würde, machte er sich sofort nach den Zenturiatswahlen auf den Weg zur Erfassungsstelle des Militärs auf dem Marsfeld. Der einst vor Selbstbewußtsein strotzende junge Bursche, der so eng mit Sullas Sohn befreundet gewesen war, hatte inzwischen Bescheidenheit gelernt. Mit fast siebzehn Jahren glaubte er, daß sein Stern schon aufgegangen war und wieder verglühte, ein kurzes Funkeln am Horizont, das von der schrecklichen Flamme des Bürgerkrieges überstrahlt worden war. Wo er einst im Mittelpunkt einer großen, staunenden Menge gestanden hatte, stand jetzt keiner mehr. Und vielleicht würde auch nie wieder jemand dort stehen. Alle Gerichtshöfe außer dem des Quintus Varius waren geschlossen. Der Stadtprätor, der sie hätte beaufsichtigen sollen, regierte in Abwesenheit der Konsuln Rom. Da die Italiker sich so gut schlugen, schienen die Aussichten gering, daß die Gerichte je wieder geöffnet würden. Außer Scaevola dem Augur, jetzt neunzig und im Ruhestand, waren alle Ratgeber und Lehrer des Cicero verschwunden. Crassus Orator war tot, der Rest war vom Malstrom des Militärs fortgerissen worden, dem Vergessen anheimgefallen.

Am meisten erschreckte Cicero, daß sich offenbar keiner im geringsten für ihn und sein Geschick interessierte. Die wenigen bedeutenden Männer, die er in Rom noch kannte, waren so beschäftigt, daß er sie eigentlich nicht behelligen konnte. Er hatte sie trotzdem behelligt, weil er sich und seine Misere für einzigartig hielt, hatte aber bei keinem, vom Senatsvorsitzenden Scaurus bis zu Lucius Caesar, ein offenes Ohr gefunden. Er war ein unbedeutender Wurm, ein protziger Schönredner auf dem Forum und noch keine siebzehn Jahre alt. Warum sollten sich große Männer für ihn interessieren? Wie sein Vater – jetzt Klient eines Toten – gesagt hatte: Man durfte nicht darauf hoffen, daß man bevorzugt würde, durfte nicht klagen und mußte das Schicksal nehmen, wie es kam.

Als er die Bude an der Via Lata am Marsfeld erreicht hatte, sah er nicht ein bekanntes Gesicht; ein paar ältere Hinterbänkler aus dem Senat erfüllten sichtlich widerstrebend ihre lästige und doch wichtige Aufgabe. Als Cicero an die Reihe kam, blickte nur der Vorsitzende der Gruppe auf, die übrigen waren mit ihren riesigen Papierrollen beschäftigt. Alles andere als begeistert musterte der Vorsitzende Ciceros unterentwickelten Körper, der unter dem riesigen kürbisförmigen Hut noch seltsamer wirkte.

»Erster Name und Familienname?«

»Marcus Tullius.«

»Erster Name und Familienname des Vaters?«
»Marcus Tullius.«
»Erster Name und Familienname des Großvaters?«
»Marcus Tullius.«
»Tribus?«
»Cornelia.«
»Beiname, falls vorhanden?«
»Cicero.«
»Klasse?«
»Erste – *eques.*«
»Hat der Vater ein Staatsroß?«
»Nein.«
»Kannst du dir eine eigene Ausrüstung leisten?«
»Natürlich!«
»Du gehörst einer ländlichen Tribus an. Welcher Bezirk?«
»Arpinum.«
»Sieh an, das Land von Gaius Marius! Wer ist der Patron deines Vaters?«
»Lucius Licinius Crassus Orator.«
»Also augenblicklich keiner?«
»Augenblicklich keiner, nein.«
»Schon ein militärisches Training absolviert?«
»Nein.«
»Kannst du bei einem Schwert oben und unten unterscheiden?«
»Wenn du damit meinst, ob ich damit umgehen kann, nein.«
»Ein Pferd reiten?«
»Ja.«
Der Vorsitzende schrieb zu Ende und blickte mit säuerlichem Lächeln auf. »Komm zwei Tage vor den Nonen des Januars wieder, Marcus Tullius. Dann erfährst du, wohin du abkommandiert wirst.«
Damit war es geschehen. Ausgerechnet an seinem Geburtstag mußte er sich wieder melden. Cicero verließ die Bude zutiefst gedemütigt. Sie hatten nicht bemerkt, wer er war! Und sie hatten seine Glanzleistungen auf dem Forum doch sicher gesehen oder wenigstens davon gehört! Falls sie ihn doch erkannt hatten, hatten sie es jedenfalls geschickt übergangen. Und jetzt wollten sie ihn offenbar zum Soldaten machen. Wenn er um eine Arbeit als Schreiber gebeten hätte, wäre er in ihren Augen ein Feigling gewesen. Er war klug genug, daß er das erkannt und geschwiegen hatte. Eines Tages, in einigen Jahren, wollte er für das Amt des Konsuls kandidieren, und

dann sollte es keinen Makel in seiner Vergangenheit geben, den ein Gegenkandidat sich zunutze machen konnte.

Da seine Freunde alle älter waren, konnte er sich keinem anvertrauen. Sie leisteten fern von Rom Militärdienst, von Titus Pomponius über die verschiedenen Neffen und Großneffen seines verstorbenen Patrons bis hin zu seinen eigenen Vettern. Der junge Sulla, der einzige Freund, den er in Rom vielleicht noch angetroffen hätte, war tot. Er konnte nur nach Hause gehen. Er lenkte seine Schritte in Richtung des Viertels Vicus Cuprius und trottete dann, ein Häufchen Elend, zum Haus seines Vaters im Viertel Carinae.

Jeder männliche römische Bürger, der das siebzehnte Lebensjahr erreicht hatte, mußte sich zum Militärdienst melden, neuerdings sogar die Besitzlosen. Cicero war es vor Ausbruch des Krieges gegen die Italiker freilich nie in den Sinn gekommen, daß man je von ihm verlangen würde, als richtiger Soldat zu dienen. Er hatte die Absicht gehabt, seine Lehrer vom Forum dafür sorgen zu lassen, daß er ein Tätigkeitsfeld bekam, wo er mit seinem literarischen Talent glänzen konnte. Außer bei einer Parade hätte er nie ein Kettenhemd oder Schwert tragen müssen. Nun war nur allzu deutlich, daß ihm dieses Glück nicht beschieden sein würde. Cicero schwante, daß man ihn zu einer Lebensweise zwingen würde, die er verabscheute, und daß er vielleicht sogar sterben würde.

Sein Vater, der in Rom nie richtig glücklich gewesen war und sich nie wohl gefühlt hatte, war nach Arpinum zurückgekehrt und bereitete dort seine ausgedehnten Ländereien für den Winter vor. Cicero wußte, daß sein Vater erst nach Rom zurückkehren würde, wenn er selbst, der älteste Sohn, schon eingezogen wäre. Sein jüngerer Bruder, der jetzt achtjährige Quintus, hatte den Vater nach Hause begleitet. Er hatte nicht die glänzenden Fähigkeiten wie Marcus und mochte eigentlich das Leben auf dem Land lieber. Deshalb hatte Ciceros Mutter Helvia in Rom bleiben müssen, um für den Sohn zu sorgen, was sie freilich nicht gerne tat.

»Du gehst einem bloß auf die Nerven!« sagte sie, als er eintrat, so einsam und unglücklich, daß er sogar in ihr eine mitfühlende Zuhörerin suchte. »Ohne dich wäre ich jetzt zu Hause bei deinem Vater. Und die unverschämt teure Miete für das Haus bräuchte ich auch nicht zu zahlen. In der ganzen Stadt gibt es keinen anständigen Sklaven, alles Diebe und Gauner! Ständig muß ich die Abrechnungen prüfen und sie bei jedem Handgriff überwachen. Sie panschen den Wein, stellen mir die besten Oliven für die schlechtesten in Rechnung, bringen beim Einkauf bloß die halbe Menge Brot und Öl, die man uns berechnet. Und sie fressen und saufen zuviel. Ich muß wohl selbst einkaufen gehen.« Sie holte tief Luft. »Und alles bloß wegen dir, Marcus. Der irrsinnige Ehrgeiz! Man muß wissen, wo sein Platz ist, sage ich immer. Aber auf mich hört ja keiner. Du stachelst deinen Vater bewußt an, daß er unser gutes Geld zum Fenster hinauswirft, nur damit du eine piekfeine Ausbildung bekommst – aber aus dir wird nie ein Gaius Marius, merk dir das! Ich habe noch nie einen Burschen kennengelernt, der so ungeschickt war. Und was fängt man mit Homer und Hesiod an, kannst du mir das erklären? Papier kann man nicht essen, und Karriere macht man damit auch nicht. Und ich quäle mich herum, bloß weil ...«

Es reichte. Marcus Tullius Cicero preßte die Hände auf die Ohren und floh in sein Arbeitszimmer.

Das war eigentlich der Raum seines Vaters, aber er hatte ihn dem glänzenden, vielversprechenden Sohn zur ausschließlichen Nutzung überlassen. Ursprünglich war der Vater sehr ehrgeizig gewesen, hatte seine Ambitionen dann aber auf den Sohn übertragen. Ein solches Wunderkind zu Hause in Arpinum lassen? Niemals! Bis zu Ciceros Geburt war Gaius Marius der einzige berühmte Mann aus Arpinum gewesen, und die Sippe der Tullius Cicero stufte sich selbst ein gutes Stück höher ein als die weniger intelligente Sippe des Marius. Wenn sie einen Feldherrn und Mann der Tat hervorbrachte, würde aus der Sippe der Tullius Cicero ein Denker hervorgehen. Männer der Tat kamen und gingen, Denker waren unsterblich.

Der noch unfertige Denker schloß die Tür zum Arbeitszimmer, versperrte der Mutter mit dem Riegel den Zutritt und brach in Tränen aus.

An seinem Geburtstag kehrte Cicero mit zitternden Knien zu dem Bretterverschlag auf dem Marsfeld zurück. Diesmal fiel die Befragung sehr viel kürzer aus als beim ersten Mal.

»Ganzer Name einschließlich Beiname?«

»Marcus Tullius Cicero der Jüngere.«

»Tribus?«

»Cornelia.«

»Klasse?«

»Erste.«

Unter den Rollen mit den Befehlen für die Männer, die an diesem Tag eingezogen würden, suchte man Ciceros Rolle heraus; er sollte die Rolle dem kommandierenden Offizier überreichen. Mit ihrem ausgeprägten Sinn für das Praktische hatten die Römer die Möglichkeit bedacht, daß mündliche Befehle ignoriert werden konnten. Eine Abschrift war bereits ins Ausbildungslager nach Capua unterwegs.

Der Vorsitzende des Ausschusses las die ausführlichen Anmerkungen zu Ciceros Befehlen durch und blickte dann kühl auf.

»Tja, Marcus Tullius Cicero der Jüngere, man hat für dich noch rechtzeitig eine Eingabe gemacht. Ursprünglich hatten wir dich für den Dienst als Legionär in Capua vorgesehen. Nun ist aber ein besonderes Gesuch des Senatsvorsitzenden eingegangen, dich mit Aufgaben im Stab eines Konsuls zu betrauen. Du bist zum Stab des Gnaeus Pompeius Strabo abkommandiert. Melde dich morgen früh bei Tagesanbruch in seinem Haus zu Instruktionen. Dem Ausschuß ist bekannt, daß du noch keine militärische Ausbildung hast. Er schlägt vor, daß du die verbleibende Zeit, bis du deine Pflichten erfüllst, zum Exerzieren auf dem Marsfeld nutzt. Das ist alles. Wegtreten.«

Vor Erleichterung zitterten Cicero die Knie noch mehr. Er nahm die kostbare Rolle an sich und eilte davon. Aufgaben im Stab! Alle Götter sollten ihre Gnade über dem Senatsvorsitzenden ausgießen! Cicero war unendlich dankbar. Er wollte Gnaeus Pompeius unschätzbare Dienste leisten – in seiner Armee als Geschichtsschreiber dienen, ihm Reden verfassen, und er würde nie das Schwert ziehen müssen!

Cicero dachte nicht daran, auf dem Marsfeld zu exerzieren. Mit fünfzehn hatte er es einmal versucht, und schon damals hatten ihm flinke Beine, geschickte Hände, das wachsame Auge und die Geistesgegenwart gefehlt. Während der kurzen Zeit der Ausbildung mit dem Holzschwert hatte er die gesamte Aufmerksamkeit auf sich gezogen, aber anders als auf dem Forum hatten ihn keine bewundernden Blicke begleitet. Vielmehr hatten sich die Zuschauer vor Lachen gebogen, wie er auf dem Marsfeld herumhampelte. Mit der Zeit wurde er zur Zielscheibe des allgemeinen Spottes. Man lästerte über seine hohe schrille Stimme, äffte sein wieherndes Lachen nach, zog seine Gelehrsamkeit in den Schmutz und riß Possen über seine geistige Reife. Marcus Tullius Cicero gab seine militärische Ausbildung auf und schwor sich, nie wieder eine Waffe anzufassen, ob aus Holz oder nicht. Kein Fünfzehnjähriger macht sich gerne zum Gespött der Leute, und dieser Fünfzehnjährige hatte sich zudem bereits im

Ruhm des erwachsenen Mannes gesonnt. Er war doch in jeder Hinsicht etwas Besonderes.

Einige Männer seien eben nicht zu Soldaten geschaffen, sagte er sich seither, und er gehörte zu dieser Sorte. Das war nicht Feigheit! Eher ein verheerender Mangel an körperlichen Fähigkeiten, den man ihm nicht als angeborene Charakterschwäche ankreiden durfte. Die Knaben seines Alters waren in ihrer Dummheit den Tieren nur wenig überlegen und nur auf ihren Körper stolz, nie auf ihren Geist. Wußten sie nicht, daß der Geist noch lange nach dem Verfall des Körpers eine Zier blieb? Warum wollten sie nichts anderes? Warum war es so erstrebenswert, daß man mit dem Speer genau die Mitte der Zielscheibe traf oder einer Strohpuppe den Kopf abhauen konnte? Der kluge Cicero wußte, daß Zielscheiben und Strohpuppen der ferne Spiegel des Schlachtfelds waren, dessen grauenhafte Wirklichkeit viele der jungen Symboltöter noch kennenlernen würden.

In die *toga virilis* gehüllt, stellte sich Cicero am nächsten Morgen im Hause von Gnaeus Pompeius Strabo an der dem Forum zugewandten Seite des Palatin vor. Am liebsten hätte er den Vater bei sich gehabt, als er die vielen Hundert Männer sah. Einige erkannten ihn als das Wunderkind der Rhetorik wieder, aber keiner machte einen Versuch, mit ihm ins Gespräch zu kommen. Die Menge drängte ihn in eine besonders düstere Ecke von Pompeius Strabos großem Atrium. Er vertrieb sich die Zeit damit, daß er beobachtete, wie die Menge langsam zusammenschmolz, während er stundenlang darauf wartete, daß jemand Notiz von ihm nahm. Augenblicklich war der neue erste Konsul Roms wichtigster Mann, und sehr viele Leute rissen sich darum, ihm eine Unterredung oder Gunst abzuringen. Zudem hatte er ein Heer von Klienten, allesamt Picenter. Wie viele davon in Rom wohnten, wurde Cicero erst beim Anblick des dichten Gedränges in Pompeius Strabos Haus klar.

Schließlich waren noch ungefähr hundert Mann übriggeblieben, und Cicero bemühte sich, Blickkontakt mit einem der sieben Sekretäre aufzunehmen. Da kam ein junger Bursche etwa in seinem Alter auf ihn zu, lehnte sich an die Wand und begutachtete ihn flüchtig. Kühle, gelassene Augen glitten über ihn hinweg, die schönsten Augen, die der braunäugige Cicero je gesehen hatte. Sie waren so weit geöffnet, als drückten sie ein dauerndes Staunen aus, und ihre Farbe war ein reines, tiefes und einzigartig leuchtendes Azur. Das dichte goldblonde Haar hatte zwei Besonderheiten: eine aufragende Tolle und eine Haarlocke, die mitten in die breite Stirn fiel. Diese ausgefallene Haartracht bekrönte ein frisches, ziemlich dreistes Gesicht, das überhaupt nichts Römisches hatte. Der Mund war schmal, die Wangenknochen breit, die Stubsnase kurz, das Kinn eckig, die rosige Haut leicht gesprenkelt und die Brauen und Wimpern so golden wie das Haupthaar. Alles in allem ein sehr einnehmendes Gesicht, und nach der gründlichen Untersuchung lächelte der junge Bursche so anziehend, daß Cicero gewonnen war.

»Wer bist du denn?« fragte er.

»Marcus Tullius Cicero. Und wer bist du?«

»Ich bin Gnaeus Pompeius.«

»Strabo?«

Der junge Pompeius lachte aufrichtig. »Schiele ich vielleicht, Marcus Tullius?«

»Nein. Aber bekommt man nicht normalerweise den Beinamen seines Vaters?« fragte Cicero.

»Ich nicht«, sagte Pompeius. »Ich werde mir meinen Beinamen selbst verdienen. Und ich weiß auch schon welchen.«

»Welchen?«

»Magnus.«

Cicero lachte sein wieherndes Lachen. »›Der Große?‹ Ist das nicht etwas hoch gegriffen? Übrigens gibt man sich seinen Beinamen nicht selbst. Das tun die anderen.«

»Ich weiß. Und sie werden mir diesen Beinamen geben.«

Cicero, dem es gewiß nicht an Selbstbewußtsein mangelte, verschlug es fast den Atem. »Ich wünsche dir Glück«, sagte er.

»Was tust du hier?«

»Ich bin als Kadett zum Stab deines Vaters abkommandiert.«

Pompeius pfiff. »Bei Pollux! Du wirst ihm nicht gefallen!«

»Warum?«

Pompeius' Augen verloren ihren freundlichen Glanz und wurden wieder gleichgültig. »Du bist ein Schwächling.«

»Vielleicht bin ich ein Schwächling, Gnaeus Pompeius. Aber im Kopf bin ich besser als die anderen!« stieß Cicero wütend hervor.

»Auf meinen Vater macht das keinen Eindruck«, sagte der Sohn und blickte selbstgefällig auf seinen kräftigen Körper mit den breiten Schultern.

Cicero zog sich auf ein klägliches Schweigen zurück. Wieder befiel ihn diese tiefe Schwermut, die er schon öfter gekostet hatte als die meisten Menschen, selbst wenn sie viel älter waren als er. Er schluckte, starrte zu Boden und wartete, daß ihn Pompeius allein ließ.

»Du brauchst deshalb nicht gleich zu verzweifeln«, sagte Pompeius munter. »Mein Vater und ich wissen, daß du mit Schwert und Schild trotzdem ein Löwe sein kannst! Damit eroberst du sein Herz!«

»Ich bin aber kein Löwe mit Schwert und Schild«, sagte Cicero mit piepsender Stimme. »Aber auch keine Maus, damit wir uns verstehen. Die Wahrheit ist, daß meine Hände und Füße nichts taugen, und das kann ich weder verbergen noch ändern.«

»Du hast recht, daß du dich auf dem Forum in Szene setzt«, erwiderte Pompeius.

Cicero holte tief Luft. »Du weißt, wer ich bin?«

»Natürlich.« Die dichten Wimpern an den leuchtenden Augen klimperten. »Volksreden sind nicht meine Stärke, auch das ist die Wahrheit. Meine Hauslehrer haben es mir jahrelang unsonst einzuprügeln versucht, ohne Erfolg. Bei mir ist es Zeitverschwendung. Ich lerne einfach nicht, was der Unterschied zwischen *sententia* und *epigramma* ist, und *color* und *descriptio* sind mir völlig egal!«

»Aber wie willst du den Beinamen ›der Große‹ verdienen, wenn du nicht reden kannst?« fragte Cicero.

»Und wie willst du etwas Großes werden, wenn du nicht mit dem Schwert umgehen kannst?«

»Ach so! Du wirst ein zweiter Gaius Marius.«

Pompeius gefiel der Vergleich nicht. Er blickte Cicero finster an. »Kein zweiter Gaius Marius!« knurrte er wütend. »Ich werde ich sein, und Gaius Marius ist neben mir ein Waisenknabe!«

Cicero kicherte, die dunklen Augen unter den schweren Lidern begannen zu funkeln. »Das würde mir gefallen, Gnaeus Pompeius!« rief er.

Eine Gestalt war an sie herangetreten. Als sich die beiden Burschen umwandten, stand Gnaeus Pompeius Strabo vor ihnen, massig wie ein Felsblock, wenn auch nicht besonders groß. Er ähnelte äußerlich sehr dem Sohn, doch waren die Augen nicht so blau und schielten so erbärmlich, daß sie über den Nasenrücken nicht hinauszusehen schienen. Sie gaben ihm etwas Rätselhaftes und Häßliches, etwas Unberechenbares.

»Wer ist das?« fragte er seinen Sohn.

Der junge Pompeius tat daraufhin etwas, was Cicero ihm ein ganzes Leben nicht vergessen und immer danken würde. Er legte seinen muskulösen Arm um Ciceros Schultern und drückte sie.

Fröhlich und ganz selbstverständlich sagte er: »Das ist mein

Freund Marcus Tullius Cicero. Er ist zu deinem Stab abkommandiert worden, Vater. Mach dir keine Sorgen, ich kümmere mich um ihn.«

»Was?« grunzte Pompeius Strabo. »Wem verdanke ich das zweifelhafte Glück?«

»Dem Senatsvorsitzenden Marcus Aemilius Scaurus«, piepste Cicero mit dünner Stimme.

Der erste Konsul nickte. »Ja, das sieht ihm ähnlich, dem sarkastischen Hundsfott! Ich wette, er sitzt zu Hause und lacht sich tot.« Er wandte sich gleichgültig ab. »Du hast Glück, *citocacia,* daß du der Freund meines Sohnes bist. Sonst würde ich dich den Schweinen zum Fraß vorwerfen.«

Cicero schoß das Blut in den Kopf. Eine solche Sprache hatte es in seiner Familie nicht gegeben, der Vater hatte vulgäre Ausdrücke nicht geduldet. Es war ein Schock für ihn, daß ein Konsul derartige Wörter in den Mund nahm.

»Du bist wohl eine richtige Dame, Marcus Tullius, was?« fragte Pompeius grinsend.

»Man kann unsere großartige lateinische Sprache auf schönere und wohlklingendere Art benutzen als zu rüden Beschimpfungen«, entgegnete Cicero würdevoll.

Der neue Freund fuhr wütend auf. »Willst du etwa meinen Vater zurechtweisen?« zischte er.

Cicero trat hastig den Rückzug an. »Nein, nein, Gnaeus Pompeius. Ich sage das nur, weil du mich eine Dame genannt hast!«

Pompeius entspannte sich und lächelte wieder. »Nochmals dein Glück! Ich mag es nicht, wenn man an meinem Vater etwas auszusetzen hat.« Er blickte Cicero neugierig an. »Schimpfwörter sagt doch jeder, Marcus Tullius. Sogar die Dichter benützen sie manchmal. In der ganzen Stadt sind die Mauern damit vollgekritzelt, vor allem an Puffs und öffentlichen Latrinen. Und wenn ein Feldherr seine Soldaten nicht mindestens *cunni* oder *mentulae* nennt, dann halten sie ihn für eine hochnäsige vestalische Jungfrau.«

»Ich schließe Augen und Ohren«, sagte Cicero und wechselte das Thema. »Danke für deine Hilfe.«

»Nichts zu danken, Marcus Tullius! Zusammen geben wir ein anständiges Paar ab, denke ich. Du hilfst mir, Berichte und Briefe zu schreiben, und ich helfe dir bei Schwert und Schild.«

»Abgemacht.« Cicero rührte sich nicht von der Stelle, obwohl Pompeius sich schon auf den Weg gemacht hatte.

Pompeius drehte sich um. »Was ist denn los?«

»Ich habe vergessen, deinem Vater meine Befehle zu übergeben.«

»Die kannst du wegwerfen«, sagte Pompeius gleichgültig. »Du gehörst ab heute zu mir. Mein Vater merkt nicht einmal, daß es dich gibt.«

Cicero folgte ihm zum Gartenhof mit den Säulen. Kaum hatten sie einen Sitzplatz in der wärmenden Sonne gefunden, da demonstrierte ihm Pompeius, daß er für die Redekunst zwar überhaupt nichts übrig hatte, aber trotzdem reden – und tratschen – konnte.

»Hast du gehört, was Gaius Vettienus gemacht hat?«

»Nein«, sagte Cicero.

»Er hat sich an der rechten Hand die Finger abgehackt, damit er nicht zum Militär muß. Der Stadtprätor Cinna hat ihn dazu verdonnert, den Rest seines Lebens als Diener in der Kaserne zu verbringen.«

Cicero lief es eiskalt den Rücken hinunter. »Ein merkwürdiges Urteil, findest du nicht?« Beim Thema Rechtsprechung war er hellhörig geworden.

»Nun, ein Exempel mußten sie schon statuieren! Man kann ihn doch nicht mit Exil und einer Geldstrafe davonkommen lassen. Anders als bei den Völkern im Osten, die die Leute im Gefängnis schmoren lassen, bis sie steinalt sind oder tot, stecken wir sie nicht einmal für einen Monat in den Kerker! Ich finde Cinnas Lösung wirklich sehr elegant«, Pompeius lächelte höhnisch. »Die Kerle in Capua werden Vettienus das restliche Leben schon sauer machen!«

»Das werden sie allerdings.« Cicero schluckte.

»Na los, jetzt bist du dran!«

»Daran mit was?«

»Erzähl etwas.«

»Mir fällt nichts ein, Gnaeus Pompeius.«

»Wie heißt die Frau von Appius Claudius Pulcher?«

Cicero blinzelte. »Weiß ich nicht.«

»Für dein Hirn weißt du ziemlich wenig, was? Dann sag ich es dir. Caecilia Metella Balearica. Ein Name wie ein Bandwurm, nicht wahr?«

»Das ist eine ganz ehrwürdige Familie.«

»Nicht so berühmt, wie meine sein wird!«

»Und was ist mir ihr?« fragte Cicero.

»Sie ist vor kurzem gestorben.«

»Oh.«

»Kurz nachdem Lucius Julius wegen der Wahlen nach Rom zurückgekehrt ist, hatte sie einen Traum«, fuhr Pompeius redselig fort. »Am nächsten Morgen ist sie zu Lucius Julius gegangen und hat ihm gesagt, Juno Sospita sei ihr erschienen und habe über den furchtbaren Zustand ihres Tempels geklagt. Offenbar habe eine Schwangere im Tempel Zuflucht gesucht und sei dort bei der Niederkunft gestorben. Man habe bloß die Leiche herausgeschafft und vergessen, den Boden zu schrubben. Lucius Julius und Caecilia Metella Balearica haben zu Lappen und Eimer gegriffen und eigenhändig auf Knien den Boden gewienert. Stell dir vor! Lucius Julius, der die Toga nicht ablegen wollte, hat sich beschmutzt. Man müsse der Gottheit die volle Ehre erweisen, meinte er. Von dort aus ist er direkt zur Curia Hostilia gegangen, um den Italikern per Gesetz das Bürgerrecht zu verleihen. Und er hat die Senatoren angefahren, sie würden die Tempel verkommen lassen. Wie solle Rom den Krieg gewinnen, wenn man die Götter nicht respektiere? Am nächsten Tag ist das ganze Haus mit Lappen und Eimern losgezogen, um sämtliche Tempel zu putzen.« Pompeius hielt inne. »Was hast du denn?«

»Woher weißt du das alles, Gnaeus Pompeius?«

»Ich höre den Leuten zu, auch den Sklaven. Was machst du denn den ganzen Tag? Homer lesen?«

»Homer habe ich schon vor Jahren ganz gelesen«, sagte Cicero selbstgefällig. »Inzwischen bin ich bei den großen Oratoren.«

»Und hast keine Ahnung, was in der Stadt los ist.«

»Jetzt, wo ich dich kenne, wird das sicher bald anders. Und was ist nun mit der Frau von Appius Claudius Pulcher? War das ihre Lektion, daß sie an ihrem Traum und an der Reinigung des Tempels der Juno Sospita gestorben ist?«

»Es ging ganz schnell. Lucius Julius meint, es sei ein böses Omen. Sie war eine hochgeachtete Hausfrau in Rom, hatte sechs Kinder, alle um ein Jahr auseinander. Das jüngste ist gerade ein Jahr alt.«

»Die Glückszahl ist sieben«, sagte Cicero mit scharfem Witz.

»Bei ihr nicht.« Pompeius hatte die Ironie nicht bemerkt. »Nach sechs problemlosen Geburten kann sich das keiner erklären. Lucius Julius meint, daß die Götter uns zürnen.«

»Glaubt er, er kann die Götter mit seinem neuen Gesetz beschwichtigen?«

Pompeius zuckte die Achseln. »Ich weiß nicht. Das weiß keiner. Ich weiß nur, daß mein Vater in ihrer Gunst steht, und ich auch. Mein Vater hat die Absicht, jeder Gemeinschaft mit latinischem

Recht in Gallia Cisalpina mit einem Gesetz das volle Bürgerrecht zu geben.«

»Und Marcus Plautius Silvanus wird das Bürgerrecht bald durch ein anderes Gesetz auf jeden Mann ausdehnen, der als Einwohner einer italischen Stadt registriert ist. Er muß es nur sechzig Tage, nachdem das Gesetz erlassen worden ist, persönlich beim Prätor in Rom beantragen«, sagte Cicero.

»Silvanus, ja. Aber zusammen mit seinem Freund Gaius Papirius Carbo«, berichtigte Pompeius.

»Das läßt sich eher hören!« strahlte Cicero mit lebhafter Miene. »Gesetze und Gesetzemachen, das liebe ich!«

»Es freut mich, daß es jemandem so geht«, sagte Pompeius. »Ich glaube, für mich sind Gesetze eine Plage. Sie richten sich immer gegen die Besseren mit den besseren Fähigkeiten, vor allem gegen die noch ganz Jungen.«

»Ohne Gesetze können die Menschen nicht leben!«

»Die besseren Menschen schon.«

Pompeius Strabo machte keine Anstalten, Rom zu verlassen, obwohl er den Leuten weiterhin erzählte, man werde ihn oder den Mitkonsul Lucius Cato nicht vermissen, weil der Stadtprätor Aulus Sempronius Asellio ein sehr fähiger Mann sei. In Wahrheit zögerte er die Abreise deshalb hinaus, weil er die Flut von Gesetzen, die auf die *lex Julia* folgen würde, im Auge behalten wollte. Der Mitkonsul Lucius Porcius Cato Licinianus überließ Pompeius Strabo diese Aufgabe. Die beiden Konsuln waren sich nicht wohlgesonnen. Lucius Cato ging in die Campania, änderte dort aber seine Absichten und postierte sich auf dem zentralen Kriegsschauplatz. Pompeius Strabo hatte keinen Hehl daraus gemacht, daß er den Krieg in Picenum weiterführen wollte. An seiner Stelle schickte er den lungenkranken Sextus Julius Caesar los, um im kältesten Winter seit Menschengedenken Asculum Picentum zu belagern. Kaum war Sextus Caesar abmarschiert, traf die Nachricht ein, er habe schon achttausend aufständische Picenter getötet. Er hatte sie erwischt, als sie ihren völlig verschmutzten Lagerplatz aufgaben und an einen neuen überwechselten. Pompeius Strabo ärgerte sich zwar, blieb aber trotzdem in Rom.

Seine *lex Pompeia* passierte ohne Zwischenfälle die Volksversammlung. Sie garantierte das volle römische Recht für jede Stadt, die das latinische Recht hatte und in Gallia Cisalpina südlich des Po lag. Zugleich erhielten die Städten Aquileia, Patavium und Mediolanum nördlich des Po das latinische Recht. Alle Menschen in diesen großen, wohlhabenden Gemeinschaften kamen jetzt zu seiner Klientel, hauptsächlich aus diesem Grund hatte er das Gesetz eingebracht. Da Pompeius Strabo nicht wirklich an den Bürgerrechten für die Italiker gelegen war, erlaubte er Piso Frugi, für diejenigen, die von den drei Gesetzen profitierten, einen Nachteil einzubauen. Piso Frugi arbeitete als erstes eine Gesetzesvorlage aus, nach der alle Neubürger zwei neu geschaffenen Tribus angehören sollten. Die fünfunddreißig bisherigen Tribus blieben dagegen ausschließlich den alten Römern vorbehalten. Als Etruria und Umbria jedoch aufbegehrten, weil sie nicht besser gestellt waren als römische Freigelassene, änderte Piso Frugi sein Gesetz, so daß alle Neubürger acht alten oder den beiden neuen Tribus zugewiesen wurden.

Dann hielt der erste Konsul die Wahl der Zensoren ab; gewählt wurden Lucius Julius Caesar und Publius Licinius Crassus. Vor jeder anderen Amtshandlung verkündete Lucius Caesar, er werde zu Ehren seines Vorfahren Aeneas der Stadt Troja, seinem geliebten Ilion, alle Steuern erlassen. Da Troja nur noch ein kleines Dorf war, stieß er auf keinen Widerstand. Der Senatsvorsitzende Scaurus, der sich möglicherweise widersetzt hätte, wurde von den beiden geflüchteten Königen, von Nikomedes von Bithynien und Ariobarzanes von Kappadokien, schier in den Wahnsinn getrieben. Sie jammerten ebensoviel, wie sie Bestechungsgelder verteilten, und fanden es unverständlich, daß Rom sich mehr um den Krieg gegen die Italiker kümmerte als um die bevorstehende Auseinandersetzung mit Mithridates.

Wichtigster Gegner von Lucius Caesars Gesetz zur Verleihung der Bürgerrechte war Quintus Varius gewesen, der befürchtete, er werde das erste Opfer des neuen Gesetzes sein. Die neuen Volkstribunen fielen wie die Wölfe über ihn her, an ihrer Spitze Marcus Plautius Silvanus. Eine rasch verabschiedete *lex Plautia* wandelte die Kommission des Varius – die bisher all jene verfolgt hatte, die dafür eingetreten waren, daß die Italiker die Bürgerrechte erhielten – in eine Kommission des Plautius um, die all jene verfolgte, die eben jenes zu vereiteln versucht hatten. Lucius Caesars jüngerer Bruder, der schielende Caesar Strabo, zog das große Los und bereitete den ersten Fall der Kommission des Plautius vor: die Anklage gegen Quintus Varius Severus Hybrida Sucronensis.

Caesar Strabo agierte wie stets brillant. Das Urteil war nur noch eine Formsache und stand schon lange vor dem letzten Tag des Verfahrens gegen Varius fest, vor allem weil die Kommission dank der *lex Plautia* den Rittern aus den Händen genommen und nunmehr mit Bürgern aller Klassen der fünfunddreißig Tribus besetzt war. Quintus Varius zog es vor, das Verbannungsurteil nicht abzuwarten und nahm – sehr zum Kummer und Schrecken seiner engen Freunde Lucius Marcius und Gaius Flavius Fimbria – eine Dosis Gift. Leider traf er eine so ungeschickte Wahl, daß er erst nach mehrtägigem, qualvollem Todeskampf starb. Wenig Freunde erschienen zu seinem Begräbnis. Fimbria schwor einen Eid, er werde sich an Caesar Strabo rächen.

»Ratet einmal, ob ich Angst habe«, sagte Caesar Strabo zu seinen Brüdern Quintus Lutatius Catulus Caesar und Lucius Julius Caesar, die an der Bestattung nicht teilgenommen, das Geschehen aber mit dem Senatsvorsitzenden Scaurus von den Stufen des Senates aus beobachtet hatten.

»Du würdest es wagen und Herkules oder Hades herausfordern«, sagte Scaurus und rollte die Augen.

»Ich sage dir, was ich wagen würde: Ich würde für das Konsulat kandidieren, ohne vorher Prätor gewesen zu sein«, sagte Caesar Strabo rasch.

»Und warum würdest du das tun?« fragte Scaurus.

»Um eine Klausel im Gesetz auszuprobieren.«

»Oh ihr Advokaten!« rief Catulus Caesar. »Ihr seid alle gleich. Ihr würdet es noch fertigbringen, anhand eurer Klauseln nachzuprüfen, ob eine Vestalin Jungfrau sein muß.«

»Soweit ich weiß, haben wir das schon!« lachte Catulus Caesar.

»Gut«, sagte Scaurus. »Ich will sehen, wie es um Gaius Marius steht. Anschließend gehe ich nach Hause und arbeite meine Rede aus.« Er sah Catulus Caesar an. »Wann brichst du nach Capua auf?«

»Morgen.«

»Laß es, Quintus Lutatius, ich bitte dich! Bleib bis zum Ende der Marktwoche und hör dir meine Rede an. Sie ist wahrscheinlich eine der bedeutendsten meiner Laufbahn.«

»Das will etwas heißen«, sagte Catulus Caesar, der von Capua heraufgekommen war, um mitzuerleben, wie sein Bruder die Besteuerung von Troja aufhob. »Darf ich nach dem Thema fragen?«

»Aber natürlich. Es geht darum, wie wir uns auf den Krieg mit König Mithridates von Pontos vorbereiten«, sagte Scaurus leichthin.

Alle Caesars starrten ihn an.

»Wie ich sehe, glaubt auch von euch keiner, daß es Krieg geben wird. Aber er kommt, meine Herren, das verspreche ich!« Scaurus verschwand in Richtung Clivus Argentarius.

Bei Julia traf er ihre Schwägerin Aurelia an. Beide Frauen sahen so hübsch, so ausgesprochen römisch aus, daß er ihnen unwillkürlich die Hand küßte, eine für Scaurus ungewöhnliche Ehre.

»Ist dir nicht wohl, Marcus Aemilius?« fragte Julia mit einem Lächeln und einem Seitenblick auf Aurelia.

»Ich bin sehr müde, Julia, aber niemals so müde, daß ich die Schönheit nicht mehr zu schätzen wüßte.« Scaurus deutete mit dem Kopf auf die Tür des Arbeitszimmers. »Und wie geht es dem großen Mann heute?«

»Seine Stimmung hat sich dank Aurelia gebessert«, sagte Julia. »Er hat Gesellschaft bekommen.«

»So?«

»Mein Sohn«, sagte Aurelia.

»Ein Knabe?«

Julia lachte und ging ihm den Weg zum Arbeitszimmer voran. »Mit noch nicht elf Jahren ist er das wohl. In jeder anderen Hinsicht, Marcus Aemilius, ist der kleine Caesar mindestens so alt wie du. Gaius Marius macht rasche Fortschritte, aber er langweilt sich. Mit der Lähmung kann er sich im Augenblick noch nicht frei bewegen, und es ist schrecklich für ihn, daß er ans Bett gefesselt ist.« Sie öffnete die Tür und sagte: »Marcus Aemilius ist da, mein Gemahl.«

Marius lag auf einer Liege unter dem Fenster, das sich zum säulenumstandenen Innenhof öffnete. Die bewegungsunfähige linke Seite war auf Kissen gebettet, die rechte Seite war dem Inneren des Raumes zugewandt. Auf einem Schemel zu seinen Füßen saß Aurelias Sohn, das zumindest schloß Scaurus, der den Knaben noch nie gesehen hatte.

Ein echter Caesar, dachte er, nachdem er eben erst in Gesellschaft dreier Caesaren gewesen war. Schon groß für sein Alter, blond und stattlich. Der Knabe stand auf. Er sah auch Aurelia ähnlich.

»Princeps Senatus, das ist Gaius Julius«, sagte Julia.

»Setz dich, Junge«, sagte Scaurus, beugte sich zu Marius hinüber und ergriff seine rechte Hand. »Geht es dir besser, Gaius Marius?«

»Langsam«, sagte Marius. Er sprach immer noch undeutlich. »Wie du siehst, haben mir die Frauen einen Wachhund gegeben. Einen eigenen Kerberos.«

»Eher ein Wachhündchen.« Scaurus setzte sich auf den Stuhl, den ihm Caesar hinschob, bevor er wieder auf seinem Schemel Platz nahm. »Und worin bestehen deine Aufgaben genau, junger Mann?«

»Ich weiß noch nicht«, sagte Caesar ohne eine Spur von Schüchternheit. »Meine Mutter hat mich erst heute hergebracht.«

»Die Frauen glauben offenbar, daß ich jemanden brauche, der mir vorliest«, sagte Marius. »Was meinst du, Caesar?«

»Ich spreche lieber mit Gaius Marius, als daß ich ihm vorlese.« Der Junge wirkte nicht im mindesten schüchtern. »Onkel Marius schreibt keine Bücher, obwohl ich mir das oft gewünscht habe. Ich will alles über die Germanen wissen.«

»Er stellt gute Fragen«, sagte Marius und versuchte mühsam, die Stellung zu wechseln.

Der Junge stand sofort auf, hakte sich auf der rechten Seite bei seinem Onkel unter und half ihm mit Schwung, das Gewicht auf die andere Seite zu verlagern. Gaius Julius Caesar führte die Bewegung völlig ruhig aus und stellte für einen Knaben seines Alters beachtliche Körperkraft unter Beweis.

»Besser!« stöhnte Marius. Er konnte Scaurus jetzt leichter ins Gesicht sehen. »Ich bin mit meinem Wachhündchen gut bedient.«

Scaurus blieb eine Stunde, eher gefesselt durch Caesar als durch Marius' Krankheit. Der Junge antwortete, ohne vorlaut zu wirken, auf jede Frage mit dem Anstand und der Würde eines Erwachsenen und hörte gebannt zu, als Marius und Scaurus darüber debattierten, daß Mithridates in Bithynien und Kappadokien eingefallen war.

»Du bist sehr belesen für einen Zehnjährigen, Caesar«, lobte ihn Scaurus, als er sich zum Gehen wandte. »Kennst du zufällig einen jungen Mann namens Marcus Tullius Cicero?«

»Nur vom Hörensagen, Princeps Senatus. Man sagt, aus ihm soll einmal der beste Advokat werden, den Rom je hervorgebracht hat.«

»Vielleicht, vielleicht auch nicht«, sagte Scaurus und schritt zur Tür. »Im Augenblick erfüllt Marcus Cicero seine militärische Pflicht. Ich komme dich in zwei oder drei Tagen wieder besuchen, Gaius Marius. Da du dir meine Rede nicht im Senat anhören kannst, lese ich sie dir und Caesar hier probehalber vor.«

Scaurus machte sich auf den Weg zum Palatin, er fühlte sich sehr matt. Der Gesundheitszustand von Gaius Marius hatte ihn mehr getroffen, als er sich selbst eingestand. In fast sechs Monaten seit dem Schlaganfall hatte sich der große Mann nur so weit erholt, daß er auf einem Sofa in seinem Empfangsraum liegen konnte. Vielleicht würde durch den Ansporn des Jungen – eine gute Idee! – vieles besser werden. Und doch zweifelte Scaurus, ob der alte Freund und Feind so große Fortschritte machen würde, daß er irgendwann wieder an den Senatssitzungen teilnehmen konnte.

Beim langen Fußmarsch die Vesta-Treppe empor kam er außer Atem. Auf dem Clivus Victoriae mußte er eine Verschnaufpause einlegen, bevor er sich die letzten Schritte weiter nach Hause schleppte. Versunken in Gedanken über die schwierige Aufgabe, wie er den Senatoren am besten die Dringlichkeit der Situation in Asien vor Augen führen könnte, pochte er an die Eingangstür seines Hauses. Statt des Pförtners öffnete seine Frau.

Wie schön sie ist, dachte Scaurus und sah sie hingerissen an. Aller Kummer war seit langem verflogen, er liebte sie von ganzem Herzen. Danke für das Geschenk, Quintus Caecilius, dachte er und erinnerte sich voll warmer Gefühle an den toten Freund Metellus Numidicus Schweinebacke, dem er Caecilia Metella Delmatica verdankte.

Scaurus streckte seine Hand nach ihrem Gesicht aus, senkte den Kopf, lehnte ihn gegen ihre Brust und bettete die Wange gegen ihre zarte, junge Haut. Er schloß die Augen und seufzte.

»Marcus Aemilius?« fragte sie. Sie schwankte, als sie plötzlich sein ganzes Gewicht stützen mußte. »Marcus Aemilius?«

Sie schlang die Arme fest um ihn und schrie, bis die Diener herbeigelaufen kamen und ihr den schlaffen Körper abnahmen. »Was ist los? Was ist mit ihm?« fragte sie immer wieder.

Der Verwalter kniete vor der Liege, auf die sie den Senatsvorsitzenden Marcus Aemilius Scaurus gelegt hatten. Er erhob sich und antwortete schließlich. »Er ist tot, Herrin. Marcus Aemilius ist tot.«

Fast im gleichen Augenblick, als die Nachricht vom Tod des Senatsvorsitzenden Scaurus sich in der Stadt verbreitete, wurde bekannt, daß Sextus Julius Caesar während der Belagerung von Asculum Picentum an seiner kranken Lunge gestorben war. Nachdem Pompeius Strabo den Brief von Sextus Caesars Legaten Gaius Babienus verdaut hatte, fiel sein Entschluß. Sofort nach dem Staatsbegräbnis für Scaurus würde er selbst nach Asculum Picentum ziehen.

Nur höchst selten stellte der Senat für ein Begräbnis staatliche Mittel bereit, aber selbst in diesen schweren Zeiten war es undenkbar, Scaurus ohne Staatsbegräbnis zur letzten Ruhe zu betten. Ganz Rom hatte ihn bewundert, und alle Römer waren auf den Beinen, um ihm die letzte Ehre zu erweisen. Nichts würde mehr wie früher sein ohne Marcus Aemilius' Glatze, in der sich die Sonne spiegelte, ohne die wundervollen grünen Augen, die den aristokratischen Schurken Roms auf Schritt und Tritt folgten, ohne seinen Witz, sein Temperament und seinen Mut. Man würde ihn sehr vermissen.

Marcus Tullius Cicero nahm es als Omen, daß er ein mit Zypressenzweigen behangenes Rom verließ. Auch er war verloren für alles, was ihm lieb und teuer war: für Forum und Bücher, Gesetze und Rhetorik. Seine Mutter hatte damit zu tun, Nachmieter für das Haus in der Carinae aufzutreiben. Sie hatte die Kisten für ihre Rückkehr nach Arpinum schon gepackt, nicht aber die für Cicero. Als er ihr Lebewohl sagen wollte, war sie nicht da. Er trat auf die Straße hinaus, stieg auf das Pferd, das ihm der Vater, dem die Ehre des Staatsrosses nicht vergönnt war, vom Land hergeschickt hatte, und ließ sich langsam davontragen. Seine Habe hatte er auf einem Maulesel verstaut; was keinen Platz gehabt hatte, war zurückgeblieben. Pompeius Strabo führte ein kleines Heer und duldete nicht, daß sich der Stab unnötig mit Gepäck beschwerte. Das hatte Cicero von seinem neuen Freund Pompeius erfahren, den er eine Stunde später vor den Toren der Stadt an der Via Lata traf.

Es war bitter kalt, Wind peitschte über das Land, an Mauervorsprüngen und Ästen hingen Eiszapfen. Pompeius Strabos kleiner Stab ritt durch die Winterlandschaft. Einige Soldaten aus der Armee des Feldherren hatten draußen auf dem Marsfeld gelagert, weil sie in seinem Triumphzug mitmarschiert waren, und waren nun dem Stab voraus. Der Rest der sechs Legionen des Pompeius Strabo wartete vor Veii, unweit von Rom. Dort schlugen sie zur Nacht das Lager auf. Cicero teilte das Zelt mit den anderen Kadetten aus dem Stab des Feldherrn, ungefähr acht jungen Männern; Pompeius war mit sechzehn der jüngste, der älteste war Lucius Volumnius mit dreiundzwanzig. Da Cicero den Tag über unterwegs weder Zeit noch Gelegenheit gehabt hatte, sich mit den anderen bekannt zu machen, stand ihm dieser Spießrutenlauf bei der Errichtung des Lagers bevor. Er hatte keine Ahnung, wie man ein Zelt aufschlug und was er zu tun hatte. Untätig stand er so lange im Weg herum, bis Pompeius ihm ein Seil reichte und ihn hieß, es in der Hand zu behalten und sich nicht von der Stelle zu rühren.

Als Cicero sehr viel später aus der Distanz des Alters auf den ersten Abend im Kadettenzelt zurückblickte, staunte er, wie flink und unauffällig Pompeius ihn unterstützt und wortlos deutlich gemacht hatte, daß er unter seinem Schutz stand und von keinem wegen seines Aussehens oder seiner körperlichen Schwäche verhöhnt werden durfte. Pompeius Strabo hatte im Zelt unbestritten das Sagen, aber nicht deshalb, weil er der Sohn des Oberbefehlshabers war. Er war weder belesen noch gebildet, verfügte jedoch über eine beachtliche Intelligenz und ein unerschütterliches Selbstvertrauen. Er war von Natur aus herrschsüchtig und duldete keine Einschränkungen, für Dummköpfe hatte er nichts übrig. Vielleicht hatte er deshalb Zuneigung zu Cicero gefaßt, weil der alles andere als dumm war und nicht über die Macht verfügte, ihn in die Schranken zu weisen.

»Deine Ausrüstung taugt nichts«, sagte Pompeius, als er einen Blick auf das Durcheinander der Habseligkeiten warf, die Cicero vom Maulesel geladen und ins Zelt geschleppt hatte.

»Mir hat niemand gesagt, was ich mitnehmen soll«, erwiderte Cicero zähneklappernd und mit blaugefrorenem Gesicht.

»Hast du keine Mutter oder Schwester? Die wissen immer, was man mitnehmen muß«, sagte Pompeius.

»Eine Mutter, aber keine Schwester.« Cicero konnte das Zittern nicht unterdrücken. »Meine Mutter mag mich nicht.«

»Hast du keine Reithose? Keine Fausthandschuhe? Keine doppelt gelegte wollene Tunika? Dicke Socken? Wollumhänge?«

»Nur das hier. Sonst wohl nichts. Die Sachen sind alle bei mir zu Hause in Arpinum.«

Welcher Siebzehnjährige denkt schon an warme Kleider? fragte sich Cicero viele Jahre später, und noch immer durchlief ihn ein freudiger Schauder, wenn er daran dachte, wie Pompeius den Kameraden befohlen hatte, ihm etwas Warmes zum Anziehen zu schenken.

»Jammert nicht, ihr habt genug«, sagte Pompeius zu den anderen. »Marcus Tullius ist in gewisser Hinsicht ein Idiot, aber er ist klüger als wir alle zusammen. Und er ist mein Freund. Dankt es eurem glücklichen Stern, daß ihr Mütter und Schwestern habt, die wissen, was man mitnimmt. Volumnius, du brauchst keine sechs Paar Socken, du wechselst sie ja doch nie! Und du gibst mir die Fausthandschuhe, Titus Pompeius. Aebutius, die Tunika. Teideius, von dir auch eine. Fundilius, einen Umhang. Maianius, du hast so viel, daß du von allem etwas abtreten kannst. Ich auch, kein Problem.«

Die Armee kämpfte sich in den Bergen durch eisige Stürme und knietiefen Schnee. Cicero, der nun wärmer eingepackt war, stapfte hilflos neben den Kameraden her und wußte nicht, was passieren würde und was er tun mußte, wenn sie auf den Feind stießen. Als sie dann tatsächlich auf den Feind stießen, war die Begegnung zufällig und unerwartet. Pompeius Strabos Armee hatte gerade den zugefrorenen Fluß bei Fulginum überquert, als vier zerlumpte Legionen Picenter gesichtet wurden. Sie kamen über die Weiden aus dem südlichen Picenum anmarschiert und waren vermutlich unterwegs, um in Etruria Unruhe zu stiften. Das Gefecht wurde zum Debakel. Cicero blieb der Kampf erspart: Der junge Pompeius hatte ihn angewiesen, hinten am Troß mitzumarschieren, um die sperrige Habe der Kadetten zu bewachen. Auf diese Weise mußte sich Pompeius beim Durchmarsch durch Feindesland nicht dauernd um Cicero kümmern.

»Herrlich!« rief Pompeius, als er im Kadettenzelt in der Nacht sein Schwert putzte. »Wir haben sie niedergemetzelt! Als sie sich ergeben wollten, hat mein Vater gelacht. Dann haben wir sie ohne Troß in die hohen Berge getrieben. Wenn sie nicht erfrieren, sind sie bald verhungert!« Er hielt die Klinge des Schwertes ins Licht der Öllampe und überzeugte sich, daß sie auch richtig glänzte.

»Hätten wir sie nicht gefangennehmen können?« fragte Cicero.

»Mit meinem Vater im Feldherrnzelt?« Pompeius lachte. »Er läßt den Feind nicht gerne am Leben.«

Cicero, dem es nicht an Mut fehlte, bohrte weiter: »Es sind doch Italiker, keine ausländischen Feinde. Könnten wir sie nicht später, wenn dieser Krieg vorbei ist, in unseren Legionen brauchen?«

Pompeius dachte nach. »Ja, vielleicht könnten wir das, Marcus Tullius. Aber für diesen Haufen kommt jede Hilfe zu spät! Mein Vater hat sich über sie geärgert, und wenn er sich ärgert, kennt er keine Gnade.« Die blauen Augen starrten in Ciceros braune Augen. »Später mache ich es genauso.«

Cicero träumte noch monatelang von Picenter Bauern, die mit Erfrierungen in den Schnee sanken oder wahnsinnig vor Hunger die Eicheln sammelten, die ihnen die Berge als einzige Nahrung boten – einer der vielen Alpträume eines Menschen, der widerwillig am Krieg teilnimmt.

Bis Pompeius Strabo das Adriatische Meer bei Fanum Fortunae erreichte, hatte Cicero gelernt, wie er sich nützlich machen konnte, und sich an Kettenhemd und Schwert gewöhnt. Er sorgte dafür, daß im Kadettenzelt alles seine Ordnung hatte, besorgte das Kochen und Saubermachen und übernahm im Kommandozelt all jene Schreibarbeiten, die die bescheidenen Fähigkeiten der Picenter Schreiber und Sekretäre überstiegen: Er verfaßte Rapporte und Briefe an den

Senat, Berichte von Schlachten und Scharmützeln. Als Pompeius Strabo Ciceros ersten Versuch, einen Brief an den Stadtprätor Asellio, sorgfältig prüfte, funkelte er den mageren Burschen mit seinen unheimlichen Augen an, die etwas sagen zu wollen schienen.

»Nicht schlecht, Marcus Tullius. Es gibt wohl doch einen Grund, warum mein Sohn dir zugetan ist. Zunächst wußte ich nicht warum, aber er behält immer recht. Deshalb lasse ich ihn machen.«

»Danke, Gnaeus Pompeius.«

Der Feldherr deutete mit einer ausladenden Geste auf einen Schreibtisch voller Papiere. »Sieh zu, was du damit anfängst, Junge.«

Einige Meilen vor Asculum Picentum legten sie eine Rast ein. Da die Armee des verstorbenen Sextus Caesar noch immer vor der Stadt lagerte, beschloß Pompeius Strabo, sich in größerer Entfernung niederzulassen.

Sehr oft führten Feldherr und Sohn Stoßtruppunternehmen durch, dabei nahmen sie an Soldaten mit, was sie für nötig hielten. Dann blieben sie für mehrere Tage fort. Der Befehlshaber überließ das Kommando über den Stützpunkt seinem jüngeren Bruder Sextus Pompeius, Cicero beaufsichtigte währenddessen den laufenden Schriftverkehr. Diese Zeiten relativer Freiheit bereiteten Cicero wider Erwarten keine Freude. Ohne den Schutz des jungen Pompeius war er der Willkür des Sextus Pompeius preisgegeben. Gelegentlich bekam er Ohrfeigen oder einen Tritt in den Hintern, oder es wurde ihm ein Bein gestellt, wenn er sich aus dem Staub machen wollte.

Während der Boden noch hartgefroren war und das Tauwetter auf sich warten ließ, führten der Oberbefehlshaber und sein Sohn einen kleinen Spähtrupp zur Küste, der nach feindlichen Truppenbewegungen Ausschau halten sollte. Am Tag nach ihrem Aufbruch stand Cicero in der Morgendämmerung vor dem Kommandozelt und rieb sich die schmerzenden Hinterbacken, als ein Trupp Marser ins Lager ritt, als handelte es sich um ihr eigenes. So ruhig und selbstverständlich, wie sie sich verhielten, griff keiner zu den Waffen. Die Truppen machten vor dem Kommandozelt halt, und Pompeius Strabos Bruder Sextus trat vor und hob die Hand zum Gruß.

»Publius Vettius Scato von den Marsern«, sagte ihr Anführer und glitt vom Pferd.

»Sextus Pompeius, der Bruder des Oberbefehlshabers, vorübergehender Befehlshaber während der Abwesenheit des Oberbefehlshabers.«

Scato verzog das Gesicht. »Schade. Ich bin gekommen, um mit Gnaeus Pompeius zu verhandeln.«

»Er kommt wieder, du kannst warten«, sagte Sextus Pompeius.

»Wann?«

»In drei bis sechs Tagen.«

»Kannst du für meine Männer und Pferde sorgen?«

»Natürlich.«

Cicero, der als einziger Kadett im Lager geblieben war, fiel die Aufgabe zu, Scato und seinen Trupp unterzubringen und zu verköstigen. Zu seiner großen Überraschung begegneten dieselben Leute, die die Picenter in die Berge in den Tod durch Hunger und Kälte getrieben hatten, den Feinden in ihrem Lager jetzt sehr gastfreundlich, von Sextus Pompeius bis hinunter zum unbedeutendsten Pferdeknecht. Ich verstehe überhaupt nichts vom Krieg, dachte Cicero und beobachtete, wie Sextus Pompeius und Scato in aller Freundschaft spazierengingen oder die Wildschweine jagten, die der Hunger aus den verschneiten Bergen ins Tiefland getrieben hatte. Und als Pompeius Strabo von seinem Stoßtruppunternehmen zurückkam, fiel er Scato um den Hals, als wäre er ihm der liebste Freund.

Die Verhandlungen wurden bei einem Gelage fortgesetzt. Staunend beobachtete Cicero die Pompeier, so hatte er sie sich vorgestellt in den Festungen auf ihren ausgedehnten Besitzungen im nördlichen Picenum: Riesige Keiler brieten an Spießen, auf den Tellern türmten sich die Speisen, alle saßen auf Bänken, statt beim Essen zu liegen, und die Diener, die durch die Reihen hasteten, schenkten mehr Wein als Wasser aus. Einem Römer aus dem latinischen Kernland, wie es Cicero war, mutete das Schauspiel im Kommandozelt barbarisch an. So feierte man nicht in Arpinum, nicht einmal ein Gaius Marius, dachte Cicero und vergaß, daß man ein Gelage für über hundert Mann in einem Armeelager nicht mit Speiseliegen und Delikatessen bestreiten konnte.

»Nach Asculum kommst du nicht so schnell hinein«, sagte Scato.

Pompeius biß genüßlich und in aller Seelenruhe in ein knuspriges Stück Schweinehaut und sagte zunächst gar nichts. Dann schluckte er, wischte sich die Hände an der Tunika ab und grinste. »Es ist auch egal, wie lange wir brauchen. Asculum fällt früher oder später. Und die Einwohner werden sich wünschen, sie hätten nie Hand an einen römischen Prätor gelegt, dafür sorge ich.«

»Sie wurden sehr provoziert«, sagte Scato gelassen.

»Das spielt keine Rolle«, gab Pompeius Strabo zurück. »Wie ich höre, ist Vidacilius hineingekommen. Jetzt müssen die Bewohner von Asculum noch mehr Mäuler stopfen.«

»Vidacilius' Leuten müssen sie in Asculum die Mäuler nicht mehr stopfen«, sagte Scato geheimnisvoll.

Pompeius Strabo blickte mit fettglänzendem Kinn von seinem Schwein auf. »Ach ja?«

»Vidacilius hat den Verstand verloren, soweit ich weiß«, sagte Scato. Er aß gesitteter als sein Gastgeber.

Da alle eine Geschichte witterten, kehrte andächtige Stille im Zelt ein.

»Er ist kurz vor Sextus Julius' Tod mit zwanzigtausend Mann vor Asculum aufgetaucht«, erzählte Scato. »Offenbar wollte er mit den Belagerten gemeinsam einen Plan durchführen. Die Einwohner von Asculum sollten den Römern in den Rücken fallen, während er einen Angriff auf Sextus Julius unternehmen wollte. Ein guter Plan, und er hätte geklappt. Doch als Vidacilius angriff, blieben die Asculaner untätig. Sextus Julius öffnete für Vidacilius und seine Leute den Belagerungsring. Asculum hatte keine andere Wahl, als dem Entsatzheer die Tore zu öffnen.«

»Ich wußte gar nicht, das Sextus Julius ein so geschickter Feldherr war«, sagte Pompeius Strabo.

Scato zuckte die Achseln. »Das bezweifle ich. Es war vielleicht Zufall.«

»Die Asculaner waren wohl nicht begeistert bei der Aussicht, weitere zwanzigtausend Mann durchfüttern zu müssen?«

»Sie haben vor Wut geschäumt!« Scato grinste. »Vidacilius wurde nicht mit offenen Armen empfangen, am liebsten hätten sie ihn zurückgeschickt. Er zog daraufhin zum Forum, bestieg die Rednertribüne und machte den Einwohnern gehörige Vorwürfe, weil sie seinem Befehl nicht gehorcht hatten. Er sagte, wenn sie sich an seine Anweisungen gehalten hätten, wäre Sextus Julius Caesars Armee niedergemacht worden. Wahrscheinlich hatte er recht. Wie dem auch sei, die Asculaner dachten nicht daran, den Fehler einzugestehen. Der oberste Magistrat stieg auf die Rednertribüne und fiel nun über Vidacilius her: In der Stadt gebe es für seine Armee nicht genug Lebensmittel!«

»Freut mich zu hören, daß keine Eintracht herrscht in den Reihen des Feindes«, schmunzelte Pompeius Strabo.

»Du brauchst dir nichts einzubilden. Ich erzähle dir das nur, damit du weißt, wie sehr Asculum zum Durchhalten entschlossen ist«, sagte Scato spitz. »Du wirst von der Geschichte auf jeden Fall hören, und mir ist es lieber, wenn du die ganze Wahrheit erfährst.«

»Was ist passiert? Ein Handgemenge im Forum?«

»Richtig. Es stellte sich heraus, daß Vidacilius den Verstand verloren hatte. Er wetterte gegen die Bewohner von Asculum, sie würden heimlich mit Rom sympathisieren. Dann befahl er den Soldaten, einige Bewohner niederzumetzeln. Die Asculaner griffen zu den Waffen und schlugen zurück. Zum Glück war den meisten von Vidacilius' Soldaten bewußt, wie es um den Geisteszustand ihres Heerführers stand. Sie zogen sich vom Forum zurück. Bei Einbruch der Dunkelheit öffneten sie die Stadttore und stahlen sich durch die Reihen der Römer davon, über neunzehntausend Mann. Sextus Julius war tot, und seine Leute waren mehr mit der Trauer beschäftigt als damit, ordentlich Wache zu halten.«

Pompeius Strabo schnaubte verächtlich. »Weiter.«

»Vidacilius brachte das Forum unter seine Kontrolle. Er hatte eine große Menge Lebensmittel mitgebracht und ließ ein gewaltiges Gelage vorbereiten. Siebenhundert bis achthundert Mann waren bei ihm geblieben und halfen beim Essen. Zugleich hatte er einen riesigen Scheiterhaufen aufschichten lassen. Auf dem Höhepunkt des Banketts trank er einen Kelch Gift, stieg auf den Scheiterhaufen und ließ ihn anzünden. Umgeben von seinen johlenden Soldaten ist er verbrannt! Es muß grauenhaft gewesen sein.«

»Verrückt wie ein gallischer Kopfjäger«, meinte Pompeius Strabo.

»Allerdings.«

»Du meinst also, daß die Stadt weiterkämpft.«

»Sie kämpft, bis der letzte Asculaner tot ist.«

»Eines verspreche ich dir, Publius Vettius: Sollten noch Asculaner am Leben sein, wenn ich Asculum Picentum einnehme, dann werden sie wünschen, sie wären tot.« Pompeius Strabo warf den Knochen auf den Boden und wischte sich erneut die Hände an der Tunika ab. »Du weißt doch sicher, wie man mich nennt?« fragte er in höflichem Ton.

»Nicht, daß ich wüßte.«

»*Carnifex.* Der Henker. Und auf den Beinamen bin ich zufällig stolz, Publius Vettius. In meinem Leben hatte ich schon mehr Spitznamen als nötig. Strabo erklärt sich von selbst. Als ich ein wenig älter war als mein Sohn jetzt, war ich zusammen mit Lucius Cinna, Publius Lupus, meinem Vetter Lucius Lucilius und meinem guten Freund Gnaeus Octavius Ruso *contubernalis.* Unter Carbo haben wir an der schrecklichen Expedition gegen die Germanen in Noricum teilgenommen. Ich war nicht sehr beliebt bei den anderen Kadetten, bei keinem außer Gnaeus Octavius, um genau zu sein. Wenn auch er mich nicht gemocht hätte, wäre er heute nicht hier als einer meiner ersten Legaten! Die Zeltkameraden haben an meinen Spitznamen Strabo jedenfalls einen weitern angehängt. Menoeces. Als wir auf dem Weg nach Noricum bei mir zu Hause vorbeigekommen sind, ist ihnen nämlich aufgefallen, daß der Koch meiner Mutter schielte. Er hieß Menoeces. Und der witzige Bastard Lucilius – kein Familiensinn, meine Mutter war seine Tante! – nannte mich Gnaeus Pompeius Strabo Menoeces, nach dem Koch, meinem angeblichen Vater.« Er stieß einen unheilverkündenden kleinen Seufzer aus. »Der Name hat mich jahrelang verfolgt. Und heute nennt man mich Gnaeus Pompeius Strabo Carnifex. Das klingt schon besser. Strabo, der Henker.«

Scato wirkte mehr gelangweilt als erschreckt. »Nun, was sagt schon ein Name? Ich heiße übrigens nicht deshalb Scato, weil ich aus einem Springbrunnen in die Welt gekommen bin. Es heißt, ich sei bei der Geburt regelrecht herausgesprudelt.«

Pompeius Strabo grinste und wurde gleich wieder ernst. »Und was führt dich zu mir, Publius Vettius Sprudelmann?«

»Verhandlungen.«

»Genug gekämpft?«

»Offen gesagt, ja. Ich habe nichts dagegen, weiterzukämpfen, und wenn es sein muß, kämpfe ich auch weiter – aber ich glaube, der Traum von Italia ist ausgeträumt. Wenn Rom ein ausländischer Feind wäre, wäre ich nicht hier. Aber ich bin ein marsischer Italiker, und Rom existiert genausolange auf italischem Boden, wie es die Marser hier gibt. Es ist wohl Zeit, daß beide Seiten retten, was zu retten ist in diesem Aufruhr, Gnaeus Pompeius. Die *lex Julia de civitate Latinis et sociis danda* hat vieles verändert. Sie betrifft zwar nicht die Stämme, die gegen Rom Krieg führen, aber es gibt ja auch noch die *lex Plautia Papiria*, nach der ich das Bürgerrecht bekommen kann, wenn ich die Waffen niederlege und mich persönlich beim Prätor in Rom melde. Das gleiche gilt für meine Männer.«

»Welche Bedingungen stellst du, Publius Vettius?«

»Freies Geleit für mein Heer durch die römischen Linien, hier und vor Asculum Picentum. Zwischen Asculum und Interocrea lösen wir die Truppen auf und werfen die Rüstungen und Waffen in den Fluß. Von Interocrea aus brauche ich freies Geleit für mich und meine Männer für den gesamten Weg bis nach Rom zum Prätor. Und ich bitte dich um einen Brief an den Prätor, in dem du meine Worte bestätigst und deine Zustimmung gibst, daß ich und alle Begleiter das Bürgerrecht bekommen.«

Es wurde still. Cicero und Pompeius, die in einer Ecke standen, ließen den Blick langsam über alle Gesichter wandern.

»Mein Vater stimmt sicher nicht zu«, flüsterte Pompeius.

»Warum nicht?«

»Er will eine große Schlacht.«

Cicero fragte sich, ob das Schicksal ganzer Völker tatsächlich von den Launen und Gelüsten solcher Männer abhing.

»Ich verstehe deine Bitte, Publius Vettius«, sagte Pompeius schließlich. »Aber ich kann meine Zustimmung nicht geben. Durch dein Schwert und die Schwerter deiner Männern ist zuviel römisches Blut vergossen worden. Wenn du durch unsere Linien kommen und persönlich beim Prätor in Rom vorstellig werden willst, mußt du dir jeden Fingerbreit des Weges freikämpfen.«

Scato stand auf und klatschte sich mit den flachen Händen auf die Oberschenkel. »Gut, es war immerhin einen Versuch wert. Ich danke dir für die Gastfreundschaft, Gnaeus Pompeius. Es ist höchste Zeit, daß ich zu meiner Armee zurückkehre.«

Der Trupp der Marser sprengte in die Dunkelheit hinaus. Sobald er außer Hörweit waren, ließ Pompeius Strabo die Trompeten blasen. Im Lager traf man geordnet Vorbereitungen.

»Sie greifen morgen an, wahrscheinlich an zwei Fronten«, sagte Pompeius und rasierte sich mit dem Schwert die strohblonden Haare vom Unterarm. »Es wird eine gute Schlacht.«

»Und was mache ich?« fragte Cicero kläglich.

Pompeius stieß das Schwert in die Scheide und machte Anstalten, sich aufs Feldbett zu legen. Sie waren allein, die anderen Kadetten waren zu verschiedenen Aufgaben vor der Schlacht abkommandiert.

»Zieh das Kettenhemd an, setz dir den Helm auf, bewaffne dich mit Schwert und Dolch und leg Schild und Speer vor dem Kommandozelt bereit.« Pompeius klang fröhlich. »Wenn den Marsern der Durchbruch gelingt, Marcus Tullius, verteidigst du die letzte Stellung!«

Die Marser brachen nicht durch. Cicero hörte das Geschrei und Getöse der Schlacht in der Ferne, zu sehen bekam er nichts. Dann ritten Pompeius Strabo und sein Sohn ins Lager. Beide waren zerzaust und blutbeschmiert, aber sie grinsten über beide Backen.

»Scatos Legat Fraucus ist tot«, berichtete Pompeius Cicero. »Wir haben die Marser aufgerieben und dann einen Trupp Picenter. Scato gelang mit ein paar Mann die Flucht, aber wir haben sie von allen Straßen abgeschnitten. Wenn sie nach Marruvium zurückkehren wollen, wird es ungemütlich für sie. Ihnen bleibt nur der Weg durch die Berge, und zwar ohne Lebensmittel und warme Kleidung.«

Cicero schluckte. »Es ist wohl die Spezialität deines Vaters, Menschen erfrieren und verhungern zu lassen.« Er wollte klingen wie ein Held, dabei zitterten ihm die Knie.

»Da wird dir wohl sterbenselend, armer Marcus Tullius?« Pompeius lachte und klopfte Cicero freundschaftlich auf den Rücken. »Krieg ist Krieg, so ist das eben. Die machen mit uns dasselbe. Wenn dir davon elend wird, ändert das auch nichts. Aber so bist du eben. Vielleicht muß ein Mann mit deiner Intelligenz die Lust am Krieg verlieren. Zum Glück für mich! Ich wollte nicht gegen so einen intelligenten Krieger antreten. Und für Rom ist es gut, daß es sehr viel mehr Männer wie meinen Vater und mich gibt. Rom ist durch den Krieg das geworden, was es heute ist. Aber Rom braucht auch Leute für das Forum, und dort, Marcus Tullius, ist dein Schlachtfeld.«

In diesem Frühling ging es auf dem Forum so stürmisch zu wie auf allen Kriegsschauplätzen, denn Aulus Sempronius Asellio geriet übel mit den Geldverleihern aneinander. Um Roms Finanzen, die öffentlichen wie die privaten, stand es schlimmer als zu der Zeit, als Hannibal im zweiten Punischen Krieg Italien besetzt und Rom isoliert hatte. Überall in der Geschäftswelt fehlte Geld, das Schatzamt war praktisch mittellos, neue Gelder flossen mehr als spärlich. Und nicht einmal in dem noch in römischer Hand verbliebenen Teil der Campania konnte man angesichts des Durcheinanders den Pachtzins einziehen. Den Quästoren gelang es nur mit Mühe, die Zölle und Hafengebühren einzutreiben; aus Brundisium, einem der beiden größten Häfen, kam überhaupt kein Geld mehr. Die aufständischen Italiker zahlten keine Abgaben. Die Provinz Asia nahm König Mithridates zum Vorwand und zögerte ihre Zahlungen aus den geschrumpften Einkünften hinaus, Bithynien zahlte überhaupt nicht. Und die Gelder aus den Provinzen Africa und Sicilia verschlang vor Ort der Ankauf von zusätzlichem Weizen. Zu allem Übel stand Rom bei der eigenen Provinz Gallia Cisalpina, aus der die meisten Waffen und Rüstungen kamen, tief in der Kreide. Die Münzverschlechterung durch Legierung unter Marcus Livius Drusus hatte das Metallgeld in Verruf gebracht, und um diese Schwierigkeit aus der Welt zu schaffen, hatte man zu viele Sesterze prägen lassen. Viele Bürger mit mittlerem und gehobenem Einkommen mußten Anleihen aufnehmen, und das zu den höchsten Zinsen der Geschichte.

Aulus Sempronius Asellio konnte gut rechnen. Er hielt einen Schuldenerlaß für die beste Lösung und hatte auch schon eine Methode parat, die attraktiv und legal zugleich war. Er besann sich auf eine alte Vorschrift, wonach es verboten war, beim Geldverleih Gebühren zu erheben, und befand, diese Bestimmung sei auch auf Darlehnszinsen anwendbar. Es sei schlechterdings unerträglich, daß dieses uralte Gesetz über Jahrhunderte hinweg unbeachtet geblieben und der Wucher bei manchen Geldverleihern aus dem Ritterstand zum florierenden Geschäft geworden sei. Und es sei eine Tatsache, verkündete er weiter, daß weit mehr Ritter Geld borgten als verliehen. Solange sich ihre Misere nicht bessere, könne in Rom keiner mit Rückzahlung rechnen. Täglich würden mehr Schuldner zahlungsungsunfähig, und da von der Schließung der Gerichtshöfe auch die Konkursgerichte betroffen waren, versuchten die Gläubiger, ihr Geld mit Gewalt einzutreiben.

Noch bevor Asellio dem alten Gesetz wieder Geltung verschaffen konnte, erfuhren die Geldverleiher von seiner Absicht und verlangten die Wiedereröffnung der Konkursgerichte.

»Wie?« rief er. »Rom erlebt die schlimmste Finanzkrise seit Hannibal, und jetzt soll ich euretwegen alles noch schlimmer machen? Widerliche Blutsauger seid ihr für mich, das kann ich euch sagen! Verschwindet! Wenn nicht, eröffne ich für euch wirklich wieder ein Gericht! Einen Sondergerichtshof, und der macht euch den Prozeß wegen Geldverleihs gegen Zinsen!«

Asellio blieb dabei. Zwar konnte er nur Zinsen als gesetzeswidrig erklären, doch erleichterte er schon damit das Los der römischen Schuldner ungemein und überdies auf völlig legale Weise. Die Darlehen mußten wohl zurückgezahlt werden, nicht aber die Zinsen. Asellio war Abkömmling der Familie Sempronius, die von jeher auf der Seite der Bedrückten gestanden hatte, und er brannte darauf, diese Tradition fortzusetzen. So erfüllte er seine Aufgabe denn auch mit fanatischem Eifer und schickte seine Feinde fort, denn gegen das Gesetz waren sie machtlos.

Freilich übersah er, daß er sich nicht nur unter den Rittern Feinde schuf. Dem Geldverleih gingen auch Senatoren nach, obwohl ihnen durch die Mitgliedschaft im Senat jede rein auf Gelderwerb angelegte Tätigkeit untersagt war, allen voran so schmutzige Betätigungen wie Wucher. Zu den Geldverleihern im Senat gehörte auch der Volkstribun Lucius Cassius, der das Gewerbe bei Ausbruch des Krieges aufgenommen hatte, um sein spärliches Einkommen als Senator aufzubessern. Als dann aber die Hoffnungen auf einen Sieg Roms rapide dahinschwanden, waren alle Schuldner säumig, kein Geld kam herein, und eine Überprüfung durch die neuen Zensoren rückte immer näher. Lucius Cassius, durchaus nicht der größte, aber der jüngste Geldverleiher im Senat, war völlig verzweifelt und sah keinen Ausweg mehr. Zudem mangelte es ihm von Natur aus an Respekt vor dem Gesetz. Als er handelte, tat er es nicht nur für sich selbst, sondern für alle Wucherer.

Asellio war Augur und Stadtprätor und holte auf dem Podiumssockel des Tempels von Castor und Pollux regelmäßig für die Stadt die göttlichen Zeichen ein. Ein paar Tage nach seiner Auseinandersetzung mit den Geldverleihern hielt er wieder ein Auspicium ab, und dabei fiel ihm auf, daß sehr viel mehr Menschen als sonst unten auf dem Forum die Zeremonie beobachteten.

Als er die Schale hob, um das Trankopfer auszugießen, traf ihn direkt über der linken Augenbraue ein Stein. Asellio zuckte zusammen und ließ die Schale fallen, das geweihe Wasser floß auf den Boden, die Schale rollte scheppernd die Stufen des Tempels hinab. Weitere Steine flogen, prasselten auf ihn nieder. Asellio duckte sich unter dem Hagel weg, zog die bunte Toga über den Kopf und rannte die Tempfelstufen hinab instinktiv in Richtung auf den Tempel der Vesta. Seinen Anhängern in der Menge schwante Schlimmes, und sie machten sich eilends aus dem Staub. Die Steinewerfer, aufgebrachte Geldverleiher, versperrten Asellio den Weg zum Heiligtum der Göttin des Herdfeuers.

Der einzige Fluchtweg war ein Durchgang in der Nähe, der Clivus Vestae, der über die Vesta-Treppe einige Meter weiter oben in die Via Nova mündete. Asellio rannte um sein Leben, die schreienden Wucherer dicht auf den Fersen, die Treppe hinauf und in die Via Nova hinein, eine Straße mit vielen Gasthäusern, die Männer vom Forum und vom Palatin besuchten. Um Hilfe rufend, stürzte er in das Gasthaus des Publius Cloatius.

Niemand kam ihm zu Hilfe. Während zwei Männer Cloatius und zwei seiner Gehilfen festhielten, packte der Rest der Menge Asellio und streckte ihn auf einem Tisch aus, wie es die Gehilfen des Augurs sonst mit den Opfertieren taten. Jemand setzte ihm ein Messer an die Kehle und schnitt sie genüßlich bis zum Halswirbel durch. Asellio starb in einer Fontäne aus Blut, und Publius Cloatius beteuerte weinend und schreiend, er habe niemanden gesehen, ganz gewiß niemanden!

Auch sonst hatte niemand in Rom etwas gesehen. Voller Abscheu über den Mord und den Frevel setzte der Senat eine Belohung von zehntausend Denaren aus für Hinweise, die zur Ergreifung der Mörders führen würden. Die Senatoren zeigten sich öffentlich empört, daß man einen Auguren in voller Amtstracht und mitten in einer offiziellen Zeremonie ermordet hatte. Als nach acht Tagen noch immer nicht der kleinste Hinweis eingegangen war, stockte der Senat sein Angebot auf: Er stellte Gnade für einen Mittäter in Aussicht, die Freilassung, falls es sich um einen Sklaven oder eine Sklavin handelte, und Aufnahme in eine ländliche Tribus für Freigelassene beiderlei Geschlechts. Aber auch daraufhin ging nicht der leiseste Hinweis ein.

»Was soll man erwarten?«, fragte Gaius Marius, der sich, gestützt auf seinen Begleiter Caesar, durch den Säulengarten schleppte. »Die Geldverleiher haben natürlich alles vertuscht.«

»Das sagt Lucius Decumius auch.«

Marius hielt inne. »Hast du viel Umgang mit diesem alten Schurken, Caesar?«

»Ja, Gaius Marius. Von ihm erfährt man immer interessante Neuigkeiten.«

»Die wahrscheinlich nichts für deine Ohren sind, wette ich.«

Caesar grinste. »Mit meinem übrigen Körper wachsen auch die Ohren mit, da unten in der Subura. Ich glaube nicht, daß sie so leicht Schaden nehmen.«

»Frecher Bengel!« Die massige rechte Hand gab dem Jungen einen freundlichen Klaps auf den Kopf.

»Der Garten ist für uns zu eng, Gaius Marius. Wenn du deine linke Seite wieder richtig benutzen willst, müssen wir weiter und schneller gehen.« Caesar sagte es mit Bestimmtheit und Autorität, in einem Ton, der keinen Widerspruch duldete.

Marius widersprach trotzdem. »Ich lasse nicht zu, daß mich Rom in diesem Zustand sieht!«

Caesar löste bewußt den Griff um Marius linken Arm und ließ den großen alten Mann unsicher alleine weitergehen. Als Marius unvermeidlich zu stürzen drohte, trat der Junge wieder neben ihn und stützte ihn mühelos. Marius staunte jedesmal, wieviel Kraft in Gaius

Caesars' schmächtigem Körper steckte, und ihm entging nicht, daß Caesar instinktiv wußte, wie er seine Kräfte am wirkungsvollsten einsetzte.

»Gaius Marius, seit deinem Schlaganfall sage ich nicht mehr Onkel zu dir. Ich glaubte, wir stünden seither auf einer Stufe. Deine Würde ist geringer, meine ist größer geworden. Wir sind gleich. Aber in mancher Hinsicht bin ich dir sicher überlegen«, sagte der Knabe furchtlos. »Ich wollte meiner Mutter einen Gefallen tun, und ich dachte, ich könnte einem großen Mann von Nutzen sein, deshalb habe ich meine Freizeit geopfert, dir Gesellschaft geleistet und dir geholfen, wieder gehen zu lernen. Du wolltest nicht auf dem Sofa liegenbleiben und dir von mir vorlesen lassen, und alles, was du mir zu erzählen hattest, ist erzählt. Mittlerweile kenne ich in diesem Garten jede Blume, jeden Strauch und jedes Kraut! Und ich sage dir, es reicht jetzt. Morgen gehen wir durch die Tür auf den Clivus Argentarius hinaus. Es ist mir egal, ob wir zum Marsfeld hinauf- oder durch die Porta Fontinalis hinuntersteigen. Aber morgen verlassen wir diesen Garten!«

Die braunen Augen funkelten wild auf die frechen, hellen Augen hinab. So sehr Marius sich auch jedesmal bemühte, den Gedanken beiseite zu schieben, Caesars Augen erinnerten ihn stets an Sullas Augen. Es waren die Augen einer riesigen Katze auf der Lauer, und ihre Pupillen waren nicht grün, sondern blaßblau, von einem pechschwarzen Ring umschlossen. Solche Katzen galten als Besucher aus der Unterwelt, waren das solche Menschen auch?

Sie führten einen Zweikampf mit Blicken.

»Ich gehe nicht.«

»Du gehst.«

»Verfaulen sollst du, Caesar, bei den Göttern! Soll ich vielleicht einem Knaben nachgeben!? Wenn du schon deinen Willen haben mußt, kannst du ihn nicht diplomatischer durchsetzen?«

Die unheimlichen Augen blitzten vergnügt, lebendig und anziehend, ganz anders als Sullas Augen. »Bei Verhandlungen mit dir, Gaius Marius, ist Diplomatie fehl am Platz«, sagte Caesar. »Die Sprache der Diplomatie ist das Vorrecht der Diplomaten. Du bist kein Diplomat, zum Glück. Bei Gaius Marius weiß man immer, woran man ist. Und das mag ich an dir ebenso, wie ich dich mag.«

»Du nimmst vermutlich kein Nein als Antwort hin, Junge?« Marius fühlte, wie sein Entschluß wankte. Erst Stahl, dann Samthandschuhe. Welch taktisches Geschick!

»Du hast recht, ich nehme kein Nein hin.«

»Gut, dann hilf mir dort hinüber, damit ich mich setzen kann, Junge. Wenn wir morgen hinausgehen wollen, muß ich mich jetzt ausruhen.« Marius brummte behaglich. »Und wenn wir mit der Sänfte ausgingen? Bis zur Via Recta? Dort könnte ich aussteigen, und dann nach Herzenslust mit dir spazierengehen.«

»Wenn wir bis zur Via Recta gehen, Gaius Marius, dann nur aus eigener Kraft.«

Eine Weile saßen sie schweigend da, Caesar rührte sich nicht. Er hatte sehr rasch bemerkt, daß Gaius Marius es verabscheute, wenn er nervös herumzappelte; als er seine Mutter danach gefragt hatte, hatte sie nur gesagt, er müsse eben lernen, still zu sitzen. Gegen Gaius Marius konnte er sich vielleicht durchsetzen, gegen seine Mutter bestimmt nicht!

Was von ihm verlangt wurde, fiel keinem Zehnjährigen leicht. Nie durfte er nach dem Unterricht bei Marcus Antonius Gnipho mit seinem Freund Gaius Matius aus der anderen Wohnung im Erdgeschoß herumtollen, statt dessen mußte er jeden Tag zu Marius gehen und ihm Gesellschaft leisten. Für sich hatte er nie Zeit, seine Mutter gönnte ihm keinen Tag, keine Stunde, keinen einzigen Augenblick.

»Es ist deine Pflicht«, sagte sie, wenn er einmal bettelte, was selten genug vorkam, er wolle mit Gaius Matius zum Marsfeld gehen und ein besonderes Ereignis miterleben: die Auswahl der Streitrösser für das Oktoberrennen oder die Übungen einer stolzen Gruppe von Gladiatoren, die man für ein Begräbnis am folgenden Tag angeworben hatte.

»Aber ich will nicht immer eine Pflicht haben, kann ich sie denn keinen Augenblick vergessen?«

Seine Mutter antwortete dann: »Nein, Gaius Julius. Die Pflicht begleitet dich jeden Moment deines Lebens, bei jedem Atemzug, und du darfst sie nie vergessen, um dir ein angenehmes Leben zu machen.«

Also ging er mit zielsicheren Schritten und ohne zu bummeln zum Haus des Gaius Marius. Und nie versäumte er es, zu lächeln und Bekannte zu grüßen, wenn er durch die belebten Straßen der Subura eilte. Wenn er an den Buchläden in der Straße Argiletum vorbeikam, zwang er sich, etwas schneller zu gehen, damit er nur ja nicht in Versuchung kam und hineinging. Er beherzigte alle ruhigen, aber unbarmherzigen Ermahnungen der Mutter: nie trödeln, sich nie den Anschein geben, als hätte man Zeit, nie den Wünschen nachgeben, auch bei den Büchern nicht, immer lächeln und alle grüßen, die einen kennen, und viele andere auch.

Bevor er bei Gaius Marius anklopfte, lief er manchmal die Stufen des Turms an der Porta Fontinalis hinauf und blickte von oben auf das Marsfeld hinab. Zu gern hätte er mit den anderen Jungen dort unten die Holzschwerter gekreuzt, zugestoßen und Hiebe pariert, irgendeinen rauflustigen Dummkopf ins Gras geprügelt, auf den Feldern an der Via Recta Rettiche gestohlen und bei Jungenstreichen mitgemacht. Doch dann sprang er wieder die Stufen des Turms herab, lange bevor er sich an den Szenen satt gesehen hatte, und noch ehe jemand bemerkte, daß er sich einige Augenblicke verspätet hatte, stand er vor der Tür des Gaius Marius.

Caesar liebte seine Tante Julia, die ihm gewöhnlich persönlich öffnete. Immer hatte sie ein Lächeln für ihn übrig und immer einen Kuß. Wie schön war es, geküßt zu werden! Seine Mutter hielt nichts vom Küssen. Küssen verderbe den Menschen, sei etwas für die Griechen und überhaupt nicht moralisch. Zum Glück war Tante Julia anderer Ansicht. Wenn sie sich vorbeugte und ihm den Kuß auf die Lippen drückte – nie daneben auf die Backe oder auf das Kinn –, schloß er die Lider und sog genüßlich bis zum letzten Hauch ihren Duft in seine Nase. Viel später, als Julia schon lange tot war, stiegen dem alternden Gaius Julius Caesar, wenn er auf der Haut einer jungen Frau wieder Julias Duft zu riechen meinte, unwillkürlich die Tränen in die Augen.

Julia berichtete ihm immer, wie sich Gaius Marius fühlte, daß er sehr mürrisch sei an diesem Tag, daß er Besuch von einem Freund empfangen habe und guter Dinge sei oder daß er sehr niedergeschlagen sei, weil es ihm scheine, als werde die Lähmung schlimmer.

Gewöhnlich brachte Julia Gaius Marius am späten Nachmittag das Abendessen und schickte Caesar fort, damit er sich für kurze Zeit von seinen Pflichten erholen konnte, während sie ihren Mann selbst fütterte. Dann machte er es sich auf dem Sofa in ihrem Arbeitsraum bequem, las beim Essen in einem Buch – zu Hause hätte er das nie gedurft – und vertiefte sich in den Rhythmus der Verse und in das Tun und Treiben der Helden. Die Worte entfalteten ihren stillen Zauber, machten ihm das Herz leicht, ließen es stocken oder galoppieren. Zuweilen, wenn er Homer las, erstand durch die Worte vor ihm eine Welt, die wirklicher war als die, in der er lebte.

Dem Tod haftete nichts Schreckliches an, nur Schönes, sagte er sich immer wieder, wenn er den jungen Krieger tot vor sich sah, so tapfer, so edel und so vollkommen, daß er, wäre er Achilleus, Hektor oder Patroklos, noch über den eigenen Tod triumphierte.

Wenn er dann die Tante rufen hörte oder ein Diener an die Tür des Arbeitszimmers klopfte und sagte, er werde wieder gewünscht, ließ er das Buch sofort sinken und kehrte zurück zu seiner Pflicht, weder verärgert noch niedergeschlagen.

Gaius Marius war eine schwere Pflicht. Er war alt – dünn, dick und wieder dünn –, auf der gelähmten linken Seite seines Gesichtes hing die Haut schlaff in Falten und Wülsten herab. Und dann dieser schreckliche Blick. Ohne daß er es offenbar bemerkte, lief ihm Speichel aus dem linken Mundwinkel, sickerte in die Tunika und hinterließ einen feuchten Fleck. Gaius Marius schimpfte manchmal aus heiterem Himmel los, und dann traf es meist den unglückseligen Gefährten, weil er als einziger lange genug bei ihm war, daß Marius sich an ihm abreagieren konnte. Manchmal weinte Marius, dann mischten sich Tränen in den Speichel und die Nase lief ihm ganz scheußlich. Und wenn er einmal einen anzüglichen Witz machte und lachte, daß sich die Balken bogen, schoß Tante Julia mit erstarrtem Lächeln herein und scheuchte Caesar freundlich hinaus und nach Hause.

Anfangs war der Junge ganz hilflos gewesen und hatte nicht gewußt, was zu tun war. Aber ihm fiel immer etwas ein, und mit der Zeit hatte er herausgefunden, wie man mit Gaius Marius umgehen mußte. Überdies war es für ihn völlig undenkbar, bei einer Aufgabe zu versagen, die seine Mutter ihm gestellt hatte. Er entdeckte Schwächen in seiner eigenen Natur. Zum einen fehlte es ihm an Geduld, eine Unzulänglichkeit, die er dank der unablässigen Ermahnungen seiner Mutter so gut zu überspielen gelernt hatte, daß man den Mangel schon gar nicht mehr bemerkte. Er war nicht übermäßig empfindlich, und so ekelte es ihn auch nicht, wenn Marius sabberte. Klug wie er war, fand er bald selbst heraus, was getan werden mußte und wie man Gaius Marius helfen konnte; nicht einmal die Ärzte hatten bislang Rat gewußt. Man mußte Gaius Marius dazu bringen, daß er sich bewegte, daß er die Fähigkeiten seines Körpers trainierte. Und man mußte ihm vor Augen führen, daß er wieder ein normales Leben würde führen können.

»Was hast du noch von Lucius Decumius erfahren oder von einem anderen Gauner aus der Subura?« unterbrach Marius seine Gedanken.

Auf die plötzliche Frage hin zuckte Caesar zusammen, so versunken war er gewesen. »Nun, ich habe mir da etwas zusammengereimt. Ich weiß nicht, ob es stimmt. Ich glaube schon.«

»Was denn?«

»Warum Konsul Cato beschlossen hat, Samnium und die Campania an Lucius Cornelius abzutreten und selbst dein früheres Kommando gegen die Marser zu übernehmen.«

»Oho! Laß hören, Caesar, was du darüber denkst.«

»Wahrscheinlich hat es damit zu tun, daß Lucius Cornelius eine bestimmte Art Mann ist«, sagte Caesar ernst.

»Was für eine Art Mann?«

»Ein Mann, der anderen Männern viel Angst einjagen kann.«

»Das kann er wahrlich!«

»Er hat wahrscheinlich gewußt, daß er das Kommando im Süden nie bekommt. Das steht dem Konsul zu. Deshalb hat er sich erst gar nicht auf einen Streit eingelassen. Er hat gewartet, bis Konsul Lucius Cato in Capua eingetroffen ist, und dann seinen unheimlichen Zauber eingesetzt. Konsul Cato hat Angst bekommen und wollte eine möglichst große Entfernung zwischen sich und die Campania bringen.«

»Wie bist du denn auf diese Vermutung gekommen?«

»Lucius Decumius hat mich darauf gebracht. Und meine Mutter.«

»Sie wird es wohl wissen«, sagte Marius vage.

Caesar runzelte die Stirn, warf ihm von der Seite einen Blick zu und zuckte die Achseln. »Wenn Lucius Cornelius erst einmal das Oberkommando hat und ihm kein Dummkopf mehr in die Quere kommt, dann macht er seine Sache gut. Ich glaube, er ist ein sehr guter Feldherr.«

»Nicht so gut wie ich.« Marius seufzte, schluchzte fast.

Der Junge fiel sofort über ihn her. »Fang bloß nicht an, dich selbst zu bemitleiden, Gaius Marius! Du wirst selbst wieder den Befehl führen können, vor allem wenn wir endlich einmal aus dem dämlichen Garten herauskommen.«

Auf eine so heftige Reaktion war Marius nicht gefaßt gewesen, rasch wechselte er das Thema. »Und haben dir deine Informanten in der Subura auch verraten, wie Konsul Cato mit dem Kampf gegen die Marser zurechtkommt?« fragte er schnaubend. »Mir sagt ja keiner etwas, ich könnte mich ja aufregen. Ich rege mich aber viel mehr darüber auf, daß mir keiner was sagt! Wenn ich von dir auch nichts hören würde, würde ich platzen.«

Caesar grinste. »Meine Informanten wollen wissen, daß der Konsul gleich bei der Ankunft in Tibur Schwierigkeiten bekommen hat. Da Pompeius Strabo deine alten Truppen übernommen hat – darin ist er sehr gut! –, sind für Cato nur noch die unausgebildeten Rekruten übriggeblieben, frisch ausgehobene Bauernjungen aus Umbria und Etruria. Weder er noch seine Legaten wissen, wie man sie ausbildet. Er hat das Ausbildungsprogramm damit begonnen, daß er die ganze Armee antreten ließ und ihr eine gnadenlose Strafpredigt gehalten hat. Stell dir vor: Sie seien Schafsköpfe und Bauerntrampel, Schwachsinnige und Barbaren, ein Haufen erbärmlicher Würmer, er sei weitaus Besseres gewöhnt, wenn sie sich nicht am Riemen rissen, würden sie alle draufgehen und so weiter und so fort.«

»Das klingt wie Lupus oder Caepio!« rief Marius ungläubig.

»Jedenfalls war einer der Männer, die in Tibur dieses Gezeter über sich ergehen lassen mußten, ein Freund von Lucius Decumius. Er heißt Titus Titinius. Eigentlich ist Titus Titinius Zenturio, Veteran und im Ruhestand auf einem Stück Land in Etruria, das du ihm gegeben hast. Er sagt, er habe dir einmal einen guten Dienst erwiesen.«

»Ja, ich erinnere mich ganz genau«, sagte Marius und lächelte schief, dabei rann ihm der Speichel aus dem Mundwinkel.

Caesar zog das ›Marius-Taschentuch‹ heraus, wie er es nannte, und wischte ihm den Speichel ab. »Er kommt regelmäßig zu Besuch zu Lucius Decumius nach Rom, weil er wissen will, was auf dem Forum los ist. Als der Krieg ausgebrochen ist, hat er sich als Zenturio für die Ausbildung anwerben lassen. Er war lange in Capua stationiert, wurde Anfang dieses Jahres aber zur Unterstützung von Konsul Cato abkommandiert.«

»Ich nehme an, Titus Titinius und die anderen ausbildenden Zenturionen hatten noch gar nicht mit der Ausbildung begonnen, als ihnen Konsul Cato in Tibur die Strafpredigt hielt?«

»Genau. Trotzdem hat er ihnen die Standpauke verpaßt. Und deshalb hat er auch die Schwierigkeiten bekommen. Titus Titinius wurde dabei so wütend, daß er sich bückte, einen Klumpen Erde aufhob und ihn auf Konsul Cato warf! Kurz darauf schleuderten alle mit Erde nach Cato! Zum Schluß stand er knietief im Dreck, und die Armee war drauf und dran zu meutern.« Nach einer Weile kicherte der Junge: »Dreckig, fleckig und zu keinem Wort mehr fähig!«

»Laß deine Wortspiele und erzähl weiter!«

»Entschuldigung, Gaius Marius.«

»Also?«

»Konsul Cato wurde zwar nicht verletzt, aber er fand, daß seine Ehre und sein Ansehen unerträglich gelitten hätten. Er dachte nicht daran, den Zwischenfall zu vergessen, und schickte Titus Titinius in Ketten nach Rom mit einem Brief an den Senat. Cato verlangte, Titus Titinius wegen Anstiftung zur Meuterei vor Gericht zu stellen. Titus Titinius ist heute morgen angekommen und sitzt jetzt in einer Zelle der Lautumiae.«

Marius stand mühselig auf. »Gut, das ist unser Weg für morgen früh, Caesar.« Er klang heiter.

»Kriegen wir zu sehen, was sie mit Titus Titinius machen?«

»Wenn die Verhandlung im Senat stattfindet, Junge, werde ich auf alle Fälle dabeisein. Du kannst in der Vorhalle warten.«

Caesar half Marius auf, ging unwillkürlich auf die linke, gelähmte Seite und stützte ihn. »Ich werde nicht draußen warten müssen, Gaius Marius. Man bringt ihn vor die Versammlung der Plebs. Der Senat will nichts mit der Sache zu tun haben.«

»Du bist Patrizier. Du hast keinen Zutritt, wenn Plebejer sich versammeln, und ich in meiner Stellung auch nicht. Wir müssen uns ein gutes Plätzchen auf den Stufen des Senats sichern und das Spektakel von da aus beobachten. So etwas hat mir gefehlt! Ein solches Schauspiel auf dem Forum ist weitaus besser als alle Spiele, die sich die Ädilen ausdenken können!«

Wenn Gaius Marius je Zweifel gehabt hatte, daß ihn das römische Volk innig liebte, so wurden sie am nächsten Morgen weggefegt, als er das Haus verließ und sich auf den Weg den steilen Clivius Argentarius hinab durch die Porta Fontinalis zum unteren Forum machte. Rechts stützte er sich auf einen Stock, links auf Caesar. Und bald schon standen links und rechts, vor und hinter ihm alle Männer und Frauen aus der Nachbarschaft, bejubelten ihn und vergossen Tränen um ihn. Bei jedem grotesken Schritt, wenn er das rechte Bein vorschob und mühselig mit verdrehter Hüfte das linke nachzog, feuerte ihn die Menge an. Bald eilte ihm ein Ruf voraus, freudig und laut:

»Gaius Marius! Gaius Marius kommt!«

Auf dem unteren Forum brandete ihm ohrenbetäubender Jubel entgegen. Mit Schweißperlen auf der Stirn stützte er sich fester, als man es ihm ansah, auf den Jungen und schleppte sich um den Versammlungsplatz herum. Zwei Dutzend Senatoren eilten herbei und wollten ihn die Stufen zum Podiumssockel der Curia Hostilia empor tragen. Aber er lehnte ab und quälte sich Stufe um Stufe hinauf. Man brachte ihm einen kurulischen Stuhl, und mit Hilfe des Jungen ließ sich Gaius Marius darauf nieder.

»Das linke Bein«, sagte er schwer atmend.

Caesar verstand sofort, kniete nieder und zog das gelähmte Bein nach vorn, bis es in der klassischen Stellung ein wenig vor dem rechten Bein stand. Dann nahm er den reglosen linken Arm, legte ihn Marius in den Schoß und bedeckte die verkrümmten, starren Finger mit einer Falte der Toga.

Gaius Maris saß königlicher als ein König da und lauschte mit geneigtem Kopf dem Jubel, während ihm der Schweiß über das Gesicht rann und sich sein Brustkasten wie ein riesiger Blasebalg hob und senkte. Die Plebs war bereits einberufen, aber unten auf dem Versammlungsplatz jubelte ausnahmslos jeder Gaius Marius auf den Stufen des Senates zu, bis ihn die zehn Volkstribunen auf der Rostra dreimal laut hochleben ließen.

Caesar hockte neben dem kurulischen Stuhl und blickte auf die Menge hinab. Es war das erste Mal, daß er einen solchen Begeisterungsausbruch der Menge miterlebte. Er fühlte sich geschmeichelt, daß er so nahe neben demjenigen saß, dem der Jubel galt, und begriff, wie es sein mußte, wenn man der Erste Mann Roms war. Als sich der Jubel etwas legte, hörte er aus der Menge die gemurmelte Frage: »Wer ist der schöne Knabe?«

Caesar war sich seiner Schönheit und seiner Wirkung auf andere bewußt. Da es ihm gefiel, daß man ihn liebte, gefiel es ihm auch, daß er schön war. Dennoch durfte er nicht vergessen, warum er hier war. Sonst wäre seine Mutter böse, und sie wollte er auf keinen Fall verärgern. In Marius' schlaffem Mundwinkel sammelte sich ein Tropfen Speichel, der abgewischt werden mußte. Er zog das Marius-Taschentuch aus der purpurverbrämten Knabentoga, tupfte Marius den Schweiß vom Gesicht und entfernte, noch bevor ihn jemand entdecken konnte, zugleich auch den Tropfen Speichel. Ein hingebungsvolles Seufzen ging durch die Menge.

»Beginnt mit der Sitzung, Tribunen!« rief Marius laut. Inzwischen war er wieder zu Atem gekommen.

»Führt den Gefangenen Titus Titinius vor!« befahl Piso Frugi, der Vorsitzende des Kollegiums. »Angehörige der Plebs, die ihr nach euren Tribus versammelt seid, wir sind hier, um über das Schicksal eines gewissen Titus Titinius zu befinden, *pilus prior* der Legion des Konsuls Lucius Porcius Cato Licinianus. Sein Fall wurde uns, seinesgleichen, nach gründlicher Prüfung durch den Senat von Rom übertragen. Der Konsul Lucius Porcius Cato Licinianus behauptet, Titus Titinius habe mit aller Gewalt versucht, eine Meuterei anzuzetteln. Er verlangt, daß wir ihn mit der vollen Härte des Gesetzes bestrafen. Meuterei ist Verrat. Wir sind hier, um darüber zu befinden, ob Titus Titinius am Leben bleiben darf oder sterben muß.«

Piso Frugi machte eine Pause, als der Gefangene, ein großer Mann über fünfzig, nur mit einer Tunika bekleidet, Hände und Füße in Ketten, vorn auf die Rostra neben Piso Frugi geführt wurde.

»Angehörige der Plebs, der Konsul Lucius Porcius Cato Licinianus behauptet in einem Brief, er habe eine Versammlung aller Legionen seiner Armee einberufen. Während er an die offiziell einberufene Versammlung eine Ansprache hielt, soll Titus Titinius, der hier vorgeführte Gefangene, aus dem Schultergelenk ein Wurfgeschoß nach ihm geschleudert und alle Männer um ihn herum aufgefordert haben, es ihm nachzutun. Der Brief trägt das Siegel des Konsuls.«

Piso Frugi wandte sich an den Gefangenen. »Titus Titinius, was hast du zu sagen?«

»Es ist wahr, Tribun. Ich habe tatsächlich ein Wurfgeschoß nach Konsul Cato geschleudert.« Der Zenturio schwieg einen Augenblick und fuhr dann fort: »Das Wurfgeschoß war ein Klumpen weiche Erde, Tribun. Als ich den Erdklumpen geworfen habe, haben alle anderen es mir nachgemacht.«

»Ein Klumpen weiche Erde.« Piso Frugi betonte jedes Wort. »Wie kamst du dazu, ein solches Wurfgeschoß auf deinen Befehlshaber zu schleudern?«

»Er hat uns beschimpft, wir seien Bauerntrampel, erbärmliche Würmer, dumme Schafsköpfe und Hinterwäldler, unbrauchbares Gesindel und vieles mehr!« rief Titus Titinius mit einer Stimme wie beim Appell. »Es hätte mir nichts ausgemacht, wenn er uns Hurensöhne und Hundsfotte genannt hätte, Tribun. Das ist der übliche Umgangston zwischen einem Heerführer und seinen Leuten.« Er holte tief Luft und polterte: »Wenn faule Eier zur Hand gewesen wären, hätte ich faule Eier geworfen! Ein Klumpen weiche Erde war ein guter Ersatz und im Überfluß vorhanden! Meinetwegen könnt ihr mich aufknüpfen oder vom Tarpejischen Felsen stoßen! Falls ich Lucius Cato je wieder begegne, bekommt er von mir das gleiche noch einmal. Soviel ist sicher!«

Titinius drehte sich den Stufen des Senats zu und zeigte mit rasselnden Ketten auf Gaius Marius. »Das ist ein Feldherr! Ich habe unter Gaius Marius als Legionär in Numidien gedient und später in Gallien, als Zenturio. Als ich in den Ruhestand ging, hat er mir aus seinen eigenen Besitzungen ein Stück Land in Etruria gegeben. Ich sage euch, Angehörige der Plebs, daß man Gaius Marius nie mit einem Klumpen Erde beworfen hätte! Marius liebte seine Soldaten! Er hat sie nicht verachtet wie Lucius Cato! Und Gaius Marius hätte nie einen Mann in Ketten legen und von einer Versammlung römischer Bürger aburteilen lassen, nur weil er ihn mit Erde beworfen hat. Er hätte den Mann mit dem Gesicht in den Dreck gestoßen, mit dem er beworfen wurde. Ich sage euch, Lucius Cato ist kein Feldherr. Er wird für Rom keinen Sieg erringen. Ein Feldherr räumt selbst auf, wenn er Fehler macht. Das überläßt er nicht der Versammlung der Tribus!«

Totenstille war eingekehrt. Als Titus Titinius nicht mehr sprach, war kein Laut zu hören.

Piso Frugi seufzte. »Gaius Marius, wie würdest du mit dem Mann verfahren?«

»Er ist Zenturio, Lucius Calpurnius Piso Frugi. Und ich kenne ihn, wie er gesagt hat. Er ist zu tüchtig, um ihn zum Tode zu verurteilen. Aber er hat seinen Oberbefehlshaber mit Erde beworfen, und das ist ein militärisches Vergehen, egal welche Provokation voranging. Man kann ihn unmöglich zu Konsul Lucius Porcius Cato zurückschicken. Das wäre eine Beleidigung des Konsuls, der den Mann aus dem Dienst entlassen und ihn uns geschickt hat. Ich glaube, wir nützen dem Interesse Roms am meisten, wenn wir Titus Titinius einem anderen Befehlshaber unterstellen. Darf ich vorschlagen, daß man ihn als Zenturio nach Capua schickt?«

»Was sagen meine Kollegen Tribunen dazu?« fragte Piso Frugi.

»Ich bin dafür, daß wir uns dem Vorschlag von Gaius Marius anschließen«, sagte Silvanus.

»Ich auch«, sagte Carbo.

Die anderen waren derselben Meinung.

»Was sagt das *concilium plebis*? Muß ich formal abstimmen lassen oder genügt das Handzeichen?«

Alle Hände gingen nach oben.

»Titus Titinius, diese Versammlung befiehlt dir, dich bei Quintus Lutatius Catulus in Capua zu melden«, sagte Piso Frugi und verkniff sich ein Lächeln. »Liktoren, nehmt ihm die Ketten ab. Er ist frei.«

Doch Titus Titinius wollte nicht eher gehen, als bis man ihn zu

Gaius Marius geführt hatte. Er fiel vor Marius auf die Knie und weinte.

»Gib den Rekruten in Capua eine gute Ausbildung, Titus Titinius«, sagte Marius, der erschöpft in sich zusammengesunken war. »Und jetzt ist es wohl an der Zeit, daß ich nach Hause gehe, wenn man mich entschuldigt.«

Hinter einem Pfeiler stand Lucius Decumius, das Gesicht lächelnd in Falten gelegt, streckte die Hand nach Titus Titinius aus, schaute aber Gaius Marius an. »Eine Sänfte steht bereit, Gaius Marius.«

»Ich lasse mich nicht in einer Sänfte nach Hause tragen, wenn ich zu Fuß gehen kann«, lehnte Gaius Marius ab. »Junge, hilf mir auf.« Seine riesige rechte Hand umklammerte mit eisernem Griff den dünnen Arm des Knaben, im Nu verfärbte sich die Haut an dieser Stelle dunkelrot. Auf Caesars Gesicht erschien nur ein besorgter Audruck. Er half Marius auf die Beine, als bereite dies keinerlei Mühe. Als Marius stand, griff er nach seinem Stock. Der Junge stützte ihn auf der linken Seite, und rückwärts schritten sie nebeneinander die Stufen hinab. Halb Rom begleitete sie den Hügel hinauf und feuerte Marius bei jeder mühevollen Bewegung an.

Die Diener rissen sich um die Ehre, den aschfahlen Marius in sein Zimmer zu bringen, Caesar blieb unbeachtet zurück. Als er sich allein glaubte, sackte er, ein lebloses Häuflein, im Durchgang zwischen Tür und Atrium zusammen und blieb reglos und mit geschlossenen Augen liegen. So fand ihn Julia kurze Zeit später. Mit stockendem Herzen kniete sie neben dem Jungen nieder. Irgend etwas hielt sie zurück, um Hilfe zu rufen.

»Gaius Julius! Was hast du?«

Sie nahm den schlaffen, totenblassen und kaum noch atmenden Jungen in die Arme. Als sie an das Handgelenk griff und seinen Puls fühlte, entdeckte sie den blutunterlaufenen Fleck, den Marius' Finger auf dem Oberarm hinterlassen hatten.

»Gaius Julius, Gaius Julius!«

Er schlug die Augen auf, stöhnte, lächelte, und langsam kehrte die Farbe in sein Gesicht zurück. »Habe ich es mit ihm bis nach Hause geschafft?«

»Ja, Gaius Julius. Großartig bist du mit ihm nach Hause gekommen.« Julia mußte die Tränen zurückhalten. »Es war schlimmer für dich als für ihn! Die Spaziergänge draußen sind wohl zu anstrengend.«

»Nein, Tante Julia. Ich schaffe das schon, wirklich. Mit einem anderen geht er nicht, das weißt du doch.« Mühsam kam er wieder auf die Füße.

»Ja, leider weiß ich das. Danke, Gaius Julius! Ich danke dir mehr, als ich sagen kann.« Sie untersuchte den Fleck am Arm. »Er hat dir wehgetan. Ich werde etwas darauflegen, damit es besser heilt.«

Die Augen füllten sich mit Licht und Leben, ein Lächeln breitete sich über das Gesicht, und Caesar war gerührt. »Ich weiß, wie es besser heilt, Tante Julia.«

»Wie denn?«

»Mit einem Kuß. Einem Kuß von dir, bitte.«

Er bekam viele Küsse und alles, was er sich zu essen wünschte, ein Buch und das Sofa in ihrem Arbeitszimmer zum Ausruhen. Julia ließ ihn erst nach Hause gehen, als Lucius Decumius ihn abholte.

Im weiteren Verlauf des Jahres, in dem sich das Kriegsglück schließlich zu Roms Gunsten gewendet hatte, wurden Gaius Marius und sein Begleiter zu einem festen Bestandteil im Bild der Stadt: der Knabe, der dem Mann half, der sich langsam immer besser selbst helfen konnte. Nach ihrem ersten Tag lenkten sie ihre Schritte zum Marsfeld, wo das Gedränge weniger dicht war, und im Laufe der Zeit erregten sie immer weniger Aufsehen. Marius wurde kräftiger, und sie gingen jedesmal ein Stück weiter, bis zu jenem triumphalen Tag, an dem sie bis zum Tiber und zum Ende der Via Recta kamen. Nach einer langen Rast schwamm Marius im Tiber nahe dem Trigarium, der Einfahrt für Dreiergespanne.

Von da an schwamm er regelmäßig, und sein Zustand besserte sich rascher als bisher. Bei ihren Ausflügen sahen sie fasziniert den Infanteristen und Berittenen zu, die entlang des Weges exerzierten. Marius fand, es war an der Zeit, daß Caesar eine erste militärische Ausbildung bekam. Endlich! Gaius Julius Caesar durfte endlich die Fähigkeiten erwerben, nach denen er sich schon so lange gesehnt hatte. Man hob ihn auf ein kleines, lebhaftes Pferd, und er erwies sich als geborener Reiter. Er bestand gegen Marius Zweikämpfe mit dem Holzschwert, bis der große Feldherr nichts mehr an ihm auszusetzen hatte. Dann zeigte Marius ihm, wie man mit einem richtigen Schwert umging und wie man das Pilum sicher ins Ziel warf. Als Marius sich im Wasser wieder mühelos bewegte, brachte er Caesar das Schwimmen bei. Und Caesar hörte andächtig zu, als Marius über ein ganz neues Thema sprach: über die Feldherrnkunst aus der Sicht eines Feldherrn.

»Die meisten Befehlshaber verlieren die Schlacht, noch ehe sie begonnen hat«, sagte Marius dem jungen Caesar, als beide in Leintücher gehüllt am Flußufer saßen.

»Wie das, Gaius Marius?«

»Sie machen vor allem zwei Fehler. Viele verstehen von der Kunst des Befehlens wenig. Sie halten es für ausreichend, wenn sie den Legionen zeigen, wo der Feind steht, und den Rest den Soldaten überlassen. Andere haben lauter Handbücher und die Ratschläge ihrer Befehlshaber aus der Kadettenzeit im Kopf. Sie halten sich strikt an die Bücher, auch wenn sie sich damit eine Niederlage einhandeln. Aber jeder Feind, jeder Feldzug, jede Schlacht ist einzigartig, Gaius Julius! Man muß mit Respekt vor ihrer Einzigartigkeit an sie herangehen. Wenn du in der Nacht vor der Schlacht in deinem Kommandozelt sitzt, mach dir unbedingt auf einem Stück Pergament einen Plan. Aber hüte dich, den Plan als endgültig und abgeschlossen zu betrachten. Den eigentlichen Plan machst du erst, wenn du den Feind siehst, wenn du am Morgen der Schlacht die Lage einschätzen kannst, wenn du die Schlachtordnung des Feindes kennst und weißt, wo seine Schwächen liegen. *Dann* entscheidest du! Fertige Rezepte schmälern immer die Chancen. Und auch im Verlaufe der Schlacht kann sich noch viel ändern, denn jeder Moment ist einzigartig! Vielleicht schlägt die Kampfmoral deiner Männer plötzlich um, ist das Gelände schneller aufgeweicht als erwartet, vielleicht hält der feindliche Feldherr eine Überraschung bereit oder zeigen sich Mängel und Schwächen in deinem Plan oder im Plan deines Feindes.« Marius geriet ins Schwärmen.

»Läuft eine Schlacht niemals so ab, wie man es in der Nacht zuvor geplant hat?« fragte Caesar mit leuchtenden Augen.

»Das ist durchaus schon vorgekommen! Aber so selten, wie Hühnern Zähne wachsen, Caesar. Merk dir stets: Egal was du geplant hast und wie kompliziert der Plan auch ist, sei darauf gefaßt, daß du ihn schlagartig ändern mußt! Und noch eine Perle der Weisheit, Junge: Mach deine Pläne möglichst einfach. Einfache Pläne funktionieren immer besser als taktische Ungeheuer, und sei es nur aus dem Grund, daß du als Feldherr deinen Plan notgedrungen über die Befehlskette weitergeben mußt. Mit jedem Schritt die Stufenleiter hinab und vom Feldherrn weg verliert der Plan an Präzision.«

»Das bedeutet, daß der Feldherr einen gut eingespielten Stab und eine perfekt ausgebildete Armee braucht«, sagte der Junge nachdenklich.

»Unbedingt!« rief Marius. »Deshalb findet ein guter Feldherr vor der Schlacht immer noch Zeit, vor den Truppen eine Ansprache zu halten. Nicht um die Moral zu heben, Caesar, sondern um den einfachen Soldaten zu erklären, was er vorhat. Wenn sie wissen, was er vorhat, können sie die Befehle, die von der Spitze kommen, richtig interpretieren.«

»Das setzt voraus, daß man seine Soldaten kennt, nicht wahr?«

»Allerdings. Und es setzt voraus, daß man dafür sorgt, daß sie ihren Feldherrn kennen. Und daß sie ihn lieben. Wenn die Männer ihren Feldherrn lieben, dann kämpfen sie besser und gehen größere Risiken ein. Vergiß nie, was Titus Titinius auf der Rostra gesagt hat: Nenn deine Männer, wie du willst, aber gib ihnen niemals das Gefühl, daß du sie verachtest. Wenn du deine einfachen Soldaten kennst und sie dich kennen, kannst du mit zwanzigtausend römischen Legionären hunderttausend Barbaren besiegen.«

»Du warst Soldat, bevor du Feldherr wurdest.«

»Allerdings. Ein Vorteil, den du wohl nie haben wirst, Caesar, denn du bist ein patrizischer römischer Adeliger. Und trotzdem sage ich dir, daß du nie ein richtiger Feldherr wirst, wenn du nicht Soldat gewesen bist.« Marius beugte sich vor, blickte bis weit über den Tiber am Trigarium hinaus und über das gepflegte Grasland der vatikanischen Ebene hinweg. »Die besten Feldherren sind immer erst Soldaten. Schau dir Cato den Zensor an. Wenn du alt genug bist, um Kadett zu werden, dann drück dich nicht hinter den Linien beim Befehlshaber herum, stell dich in die Frontlinie und kämpfe! Vergiß den Adel. Verwandle dich bei jeder Schlacht in einen einfachen Soldaten. Wenn dich dein Kommandant lieber zum Meldereiter machen will, sag ihm, du wollest lieber kämpfen. Er wird dich lassen, denn so etwas hört er selten von Leuten seines Ranges. Du mußt als gewöhnlicher Soldat kämpfen, Caesar. Wie willst du sonst begreifen, was deine Soldaten an der Frontlinie tun, wenn du das Kommando hast? Woher sollst du wissen, wovor sie Angst haben, was sie durcheinanderbringt und was sie aufmuntert? Wann sie losstürmen wie die Stiere? Und ich sage dir noch etwas, Junge!«

»Was?« fragte Caesar begierig. Er hatte jedes Wort mit angehaltenem Atem in sich aufgesogen.

»Es ist Zeit, daß wir nach Hause gehen!« Marius lachte – bis er das Gesicht des Jungen sah. »Jetzt schau nicht so hochnäsig, Junge!« bellte er, verärgert darüber, daß sein Scherz platt wirkte und Cäsar wütend war.

»Mach dich nicht über mich lustig, wenn es um so etwas Wichtiges geht«, sagte der Junge so sanft und freundlich, wie Sulla es in einem ähnlichen Augenblick getan hätte. »Ich meine das ernst, Gaius Marius! Du bist nicht hier, um mich zu unterhalten. Bis ich alt genug bin, um Kadett zu werden, will ich von dir alles hören, was du weißt. Dann habe ich eine bessere Grundlage als alle anderen. Und ich werde nie aufhören zu lernen! Also laß deine dummen Späße und behandle mich wie einen Mann!«

»Aber du bist kein Mann«, sagte Marius lahm. Der heftige Ausbruch hatte ihn verwirrt, und er wußte nicht, wie er darauf reagieren sollte.

»Wenn es ums Lernen geht, bin ich mehr Mann als alle Männer, die ich kenne, dich eingeschlossen!« Caesar hatte die Stimme erhoben. Mehrere Gesichter blickten naß und zitternd zu ihnen herüber. Selbst wenn er vor Wut raste, blieb er geistesgegenwärtig. Er warf einen Blick auf die Nachbarn und stand mit geblähten Nüstern und zusammengekniffenen Lippen abrupt auf. »Ich habe nichts dagegen, wenn Tante Julia mich wie ein Kind behandelt«, sagte er jetzt ganz ruhig. »Aber wenn du mich wie ein Kind behandelst, Gaius Marius, bin ich tödlich beleidigt. Das lasse ich nicht zu, merk dir das!« Er streckte die Hand aus, um Marius aufzuhelfen. »Komm, wir gehen nach Hause. Für heute bin ich mit meiner Geduld am Ende.«

Marius ergriff die Hand und ging ohne ein Widerwort nach Hause.

Es erwies sich als glücklicher Entschluß. An der Tür nahm sie Julia in Empfang, die angstvoll auf sie gewartet hatte. Auf Julias Gesicht entdeckten sie Spuren von Tränen.

»Oh, Gaius Marius, etwas Schreckliches!« rief sie und vergaß ganz, daß er sich nicht aufregen durfte. Auch jetzt noch, wo er so krank war, sah Julia in Marius ihren Retter in der Not.

»Was ist denn, mein Liebling?«

»Es geht um unseren Sohn!« Sie bemerkte das blanke Entsetzen auf dem Gesicht ihres Mannes und sprach hastig weiter. »Nein, nein, tot ist er nicht, ich sollte dich nicht so ängstigen, aber ich kann keinen klaren Gedanken fassen. Ich weiß nicht mehr ein noch aus.«

»Dann setz dich, Julia, und komm zu dir. Ich setze mich neben dich, und Gaius Julius nimmt auf der anderen Seite Platz. Und dann erzählst du es uns beiden: ruhig, klar und immer schön eins nach dem anderen.«

Julia setzte sich. Marius und der junge Caesar nahmen rechts und links von ihr Platz. Jeder ergriff eine Hand und tätschelte sie.

»Nun erzähl«, sagte Marius.

»Es hat eine furchtbare Schlacht gegen Quintus Poppaedius Silo und die Marser gegeben. Irgendwo bei Alba Fucentia, glaube ich. Die Marser haben gewonnen. Aber unsere Männern haben sich ohne größere Verluste zurückziehen können«, berichtete Julia.

»Gut, so ist es besser«, sagte Marius mit ernster Stimme. »Weiter. Ich nehme an, das ist noch nicht alles.«

»Der Konsul Lucius Cato ist gefallen, kurz bevor unser Sohn den Rückzug befohlen hat.«

»Unser Sohn hat den Rückzug befohlen?«

»Jawohl.« Julia hielt gewaltsam die Tränen zurück.

»Woher weißt du das alles, Julia?«

»Quintus Lutatius wollte dich heute morgen besuchen. Er hat den marsischen Kriegsschauplatz sozusagen offiziell inspiziert, wahrscheinlich weil Lucius Cato ständig Schwierigkeiten mit den Truppen hat. Ich weiß nicht, ich bin nicht sicher.« Julia faßte Caesars Hand, als er ihr gerade über den Kopf streichen wollte.

»Es ist jetzt egal, warum Quintus Lutatius den marsischen Kriegsschauplatz besucht hat«, sagte Marius streng. »Ich nehme an, er war bei der Schlacht dabei, die Cato verloren hat?«

»Nein, er war in Tibur, wohin sich unsere Armee anschließend zurückgezogen hat. Offenbar war es ein Debakel. Die Soldaten liefen führungslos durcheinander. Als einziger scheint unser Sohn einen klaren Kopf behalten zu haben. Deshalb ließ er zum Rückzug blasen. Er versuchte auf dem Weg nach Tibur, wieder Ordnung in die Reihen zu bringen, was ihm aber nicht gelungen ist. Die armen Kerle waren wie von Sinnen.«

»Und warum ... was ist so schlimm, Julia?«

»In Tibur wartete ein Prätor. Ein neuer Legat, der zu Lucius Cato abkommandiert war. Lucius Cornelius Cinna ... Das ist der Name, den Quintus Lutatius genannt hat, ganz bestimmt. In Tibur übernahm Lucius Cinna von unserem Sohn das Kommando, und alles schien in Ordnung. Lucius Cinna hat unseren Sohn sogar gelobt für seine Geistesgegenwart.« Julia nahm die Hände von Marius und Caesar und drückte sie aneinander.

»Du sagst ›schien‹. Was ist dann passiert?«

»Lucius Cinna hat eine Versammlung einberufen, um festzustellen, welche Fehler gemacht worden sind. Es waren nur noch wenige

Tribunen und Kadetten übrig, die man verhören konnte, die Legaten sind anscheinend alle gefallen. Es ist jedenfalls keiner nach Tibur zurückgekommen.« Julia bemühte sich verzweifelt, nicht die Fassung zu verlieren. »Als Lucius Cinna dann die näheren Umstände wissen wollte, wie Konsul Cato ums Leben gekommen war, hat ein Kadett behauptet, unser Sohn hätte ihn ermordet!«

»Ich verstehe«, sagte Marius ruhig und mit regloser Miene. »Gut, Julia, du kennst die Angelegenheit, ich nicht. Sprich weiter.«

»Der Kadett behauptete, Marius habe versucht, Lucius Cato zu überreden, er solle den Rückzug befehlen. Lucius Cato soll ihn angefahren und als Sohn eines italischen Verräters beschimpft haben. Er habe sich geweigert, zum Rückzug zu blasen. Angeblich hat er gesagt, lieber sollten alle Römer auf dem Schlachtfeld sterben, als in Schande zu leben. Dann soll er sich voller Verachtung weggedreht haben. Der Kadett behauptet, unser Sohn habe Lucius Cato das Schwert bis zum Schaft in den Rücken gestoßen! Anschließend habe er das Kommando übernommen und den Rückzug befohlen.« Julia brach in Tränen aus.

»Konnte Quintus Lutatius nicht auf mich warten? Was belastet er dich mit solchen Nachrichten?« fragte Marius barsch.

»Er hatte wirklich keine Zeit, Gaius Marius.« Sie wischte sich die Tränen ab und rang um Fassung. »Er ist mit einer dringenden Mission von Capua losgeschickt worden und mußte sofort weiter. Er sagte sogar, er hätte eigentlich gar nicht nach Rom und zu uns kommen dürfen. Wir müssen ihm dankbar sein. Er sagte, du wüßtest, was zu tun sei. Und als Quintus Lutatius das gesagt hat, wußte ich, daß er unseren Sohn für schuldig hält! Gaius Marius, was wirst du tun? Was kannst du tun? Was meinte Quintus Lutatius? Kannst du es dir denken?«

»Ich muß mit meinem Freund Gaius Julius nach Tibur reisen.« Marius stand auf.

»Das kannst du nicht!« Julia verschlug es den Atem.

»Und ob ich kann. Beruhige dich jetzt, Weib. Sag Strophantes, er soll jemanden zu Aurelia schicken und Lucius Decumius verlangen. Er kann sich während der Reise um mich kümmern und dafür sorgen, daß sich der Junge schont.«

»Nimm nur Lucius Decumius mit, Gaius Marius«, bat Julia. »Gaius Julius soll zu seiner Mutter nach Hause gehen.«

»Ja, du hast recht«, sagte Marius. »Du gehst heim, Caesar.«

Caesar sprach freimütig. »Meine Mutter hat mich an deine Seite gestellt, damit ich dir helfe, Gaius Marius. Wenn ich dich jetzt im Stich lasse, ist sie sehr böse.«

Marius hätte darauf bestanden. Aber Julia, die Aurelia kannte, gab nach. »Er hat recht, Gaius Marius. Nimm ihn mit.«

So kam es, daß eine lange Sommerstunde später Gaius Marius, Caesar und Lucius Decumius in einem Gespann mit vier Mauleseln Rom durch die Porta Esquilina verließen. Lucius Decumius, ein geschickter Wagenlenker, steuerte das Gespann in einem raschen Trab, ein Tempo, daß die Maulesel die ganze Strecke über durchhalten konnten, ohne zu ermüden.

Eingezwängt zwischen Marius und Lucius Decumius, sah Caesar bis zum Einbruch der Dunkelheit die Landschaft vorüberziehen. Er freute sich. Es war das erste Mal, daß er unter so dringenden Umständen eine Reise unternehmen mußte, aber im stillen genoß er es.

Obwohl Gaius Julius Caesar neun Jahre jünger war als sein Vetter Marius, kannte er ihn sehr gut. Er hatte viel mehr Erinnerungen an seine Kindheit als die meisten Kinder. Und er hatte keinen Grund, Marius besonders zu lieben oder wenigstens zu mögen. Marius hatte Caesar nie verprügelt oder verspottet, aber er hatte es bei anderen getan, und das trug Caesar ihm nach. Bei den endlosen Streitereien zwischen dem Marius und dem jungen Sulla war er immer auf der Seite von Sulla gewesen. Cornelia Sulla gegenüber war Marius nicht aufrichtig gewesen: Er hatte ihr den Hof gemacht, wenn sie anwesend war, und abfällig über sie gesprochen, wenn sie nicht da war. Nicht nur vor den Vettern hatte er über sie gespottet, sondern auch vor seinen Freunden. So berührte Marius' Unglück Caesar denn auch nicht übermäßig, nur für Gaius Marius und Tante Julia tat es ihm furchtbar leid.

Nach Einbruch der Dunkelheit stand hoch oben am Himmel ein Halbmond und erleuchtete die Straße. Trotzdem ließ Lucius Decumius die Maulesel langsamer traben. Caesar bettete seinen Kopf in Marius' Schoß und schlief sofort ein, den Leib geschmeidig zusammengekrümmt, wie man es nur bei Kindern und Tieren sieht.

»Nun, Licius Decumius, wir sollten miteinander reden«, sagte Marius.

»Gute Idee«, erwiderte Lucius Decumius vergnügt.

»Mein Sohn ist in ernsten Schwierigkeiten.«

Lucius Decumius schnalzte zweimal mit der Zunge. »Das hat gerade noch gefehlt, Gaius Marius.«

»Er wird beschuldigt, Konsul Cato ermordet zu haben.«

»Nach allem, was ich über Konsul Cato gehört habe, müßte man dem jungen Marius die Graskrone für die Rettung einer Armee verleihen.«

Marius lachte. »Ganz meine Meinung! Wenn ich meiner Frau glauben kann, liegt der Fall tatsächlich so. Dieser Dummkopf hat sich selbst in den Untergang manövriert! Ich denke, daß seine beiden Legaten gefallen sind. Und ich kann nur annehmen, daß seine Tribunen abwesend waren, weil sie sich als Feldboten betätigt haben – mit den falschen Botschaften wahrscheinlich. Sicher hatte Cato niemanden aus dem Stab außer Kadetten bei sich. Mein Sohn mußte dem Feldherrn zum Rückzug raten. Cato weigerte sich und beschimpfte ihn, er sei der Sohn eines italischen Verräters. Daraufhin hat Marius, so behauptet wenigstens ein Kadett, dem Konsul mit seinem guten römischen Schwert den Rücken durchbohrt und dann den Rückzug befohlen.«

»Nun, ausgezeichnet, Gaius Marius!«

»Das denke ich auch – einerseits. Andererseits fände ich es bedauerlich, wenn er Cato tatsächlich getötet haben sollte, als der ihm den Rücken zuwandte. Ich kenne meinen Sohn. Er ist jähzornig, aber nicht ohne Ehrgefühl. Als er noch klein war, war ich nicht oft genug zu Hause, um ihm den Jähzorn auszutreiben. Er war übrigens so schlau, daß er sich mir gegenüber nie so gebärdet hat. Oder seiner Mutter gegenüber.«

»Wie viele Zeugen gibt es, Gaius Marius?«

»Nur den einen, soweit ich bisher weiß. Näheres werde ich erst wissen, wenn ich mit Lucius Cornelius Cinna gesprochen habe, dem jetzigen Befehlshaber. Marius muß sich natürlich gegen die Anklage verteidigen. Wenn der Zeuge bei seiner Geschichte bleibt, wird mein Sohn ausgepeitscht und enthauptet. Einen Konsul zu töten ist nicht nur Mord, es ist auch ein Frevel.«

Lucius Decumius schnalzte zweimal mit der Zunge und schwieg. Natürlich wußte er, warum man gerade ihn mitgenommen hatte auf diese Reise, die Ordnung in das furchtbare Durcheinander bringen sollte. Es faszinierte ihn, daß Gaius Marius ihn hatte holen lassen, Gaius Marius, der aufrechteste, ehrbarste Mensch, den Lucius Decumius kannte. Was hatte Lucius Sulla vor Jahren gesagt? Wenn er einen gewundenen Weg einschlage, gehe Marius ihn gerade. Und doch sah es in dieser Nacht ganz so aus, als habe Gaius Marius beschlossen, einen gewundenen Weg gewunden zu gehen. Das paßte nicht zu ihm, es gab andere Wege, Wege, von denen Lucius Decumius gedacht hatte, daß Gaius Marius sie wenigstens ausprobieren würde.

Lucius Decumius zuckte die Achseln. Gaius Marius war schließlich Vater. Und er hatte nur ein Kind. Da war es natürlich sehr wertvoll. Übel war der Knabe durchaus nicht, wenn man vom gokkelhaften Stolz einmal absah. Es mußte schwer sein, der Sohn eines großen Mannes zu sein, besonders wenn man selbst nicht das Format hatte. Sicher, er mochte tapfer sein, und ehrgeizig war er wohl auch. Aber aus ihm würde nie ein wirklich großer Mann werden. Dazu brauchte man ein hartes Leben, härter als das des jungen Marius. So eine nette Mutter! Wenn er Caesars Mutter gehabt hätte, wäre es wohl anders gewesen. Sie sorgte dafür, daß ihr Sohn ein hartes Leben hatte, und ließ ihm keinen Fingerbreit Freiheit. Viel Geld hatte die Familie auch nicht.

Das bisher flache Land stieg plötzlich steil an, und die müden Maultiere trabten nur noch widerwillig weiter. Lucius Decumius gab ihnen kurz die Peitsche, rief ein paar Schimpfworte und trieb sie mit eiserner Hand voran.

Fünfzehn Jahre zuvor hatte sich Lucius Decumius zum Beschützer von Caesars Mutter Aurelia gemacht, und etwa zur selben Zeit hatte er sich eine zusätzliche Einnahmequelle erschlossen. Von Geburt war er echter Römer, ein Angehöriger der städtischen Tribus Palatina, dem Zensus nach war er Mitglied der vierten Klasse, und von Berufs wegen führte er einen Kreuzwegeverein, der in Aurelias Mietshaus untergebracht war. Der untersetzte Mann mit der undefinierbaren Haarfarbe, den nichtssagenden Zügen, der wenig vertrauenerwekkenden Erscheinung und dem Mangel an Bildung glaubte im stillen unerschütterlich an seine Intelligenz und seinen Scharfsinn. Er leitete die Bruderschaft wie ein Feldherr.

Zu den Pflichten der Bruderschaft, die vom Prätor offiziell anerkannt war, gehörte alles, was mit dem Unterhalt des Kreuzwegs zu tun hatte: Sie kehrten und putzten das Gelände, sorgten dafür, daß dem Schrein der Laren der gebührende Respekt erwiesen wurde, und hatten ein Auge auf den großen Brunnen, der das Wasser für den Bezirk lieferte und in das richtige Becken fließen mußte. Außerdem überwachten sie das alljährliche Larenfest am Kreuzweg. Die Mitglieder des Kreuzwegevereins waren Männer, die in der Umgebung wohnten, aus allen Schichten, Römer von der zweiten Klasse bis zu den Besitzlosen, Ausländer wie Juden und Syrer bis zu griechischen Freigelassenen und Sklaven. Die Beiträge der zweiten und dritten Klasse beschränkten sich auf großzügige Schenkungen, sie leisteten keine Arbeit. Unterhalten wurde das überraschend saubere Gelände von Arbeitern, die tagsüber redend zusammensaßen und billigen Fusel tranken. Alle Arbeiter – ob Freigelassene oder Sklaven – hatten jeden achten Tag frei, aber nicht alle am selben Tag. Der Ruhetag eines Mannes war der jeweils achte Tag von dem Tag an gerechnet, an dem er seine Arbeit angetreten hatte. So traf Lucius Decumius jeden Tag eine andere Gruppe an. Sobald Lucius Decumius verkündete, daß es etwas zu tun gebe, stürzten alle den Wein hinunter und beeilten sich, seinen Befehlen nachzukommen.

Neben der Betreuung des Kreuzwegs hatte die Bruderschaft unter der Führung des Lucius Decumius noch ein ganz anderes Betätigungsfeld. Marcus Aurelius Cotta, Aurelias Onkel und Stiefvater, hatte Aurelia einst das Mietshaus gekauft, um ihre Mitgift gewinnbringend für sie anzulegen. Die ebenso energische wie furchtlose junge Frau fand bald heraus, daß unter ihrem Dach Männer wohnten, die Schutzgelder von Ladenbesitzern und Geschäftsleuten erpreßten. Aurelia machte dem Spuk rasch ein Ende – genauer gesagt, Lucius Decumius und seine Brüder verlegten ihre Geschäfte in Gegenden, wo Aurelia die Opfer nicht kannte und die sie nie betrat.

Etwa um die Zeit von Aurelias Einzug fand Lucius Decumius eine weitere Nebentätigkeit, die seiner Natur entsprach und seiner Geldbörse gut bekam: Er wurde Mörder. Obwohl seine Taten mehr durch Gerüchte als durch Berichte bekannt wurden, hielten ihn alle, die ihn kannten, stillschweigend für den Drahtzieher vieler Attentate und Raubmorde in der Stadt und außerhalb. Daß keiner ihn je behelligte – oder ihn gar dingfest machte –, verdankte er seiner besonderen Geschicklichkeit und seinem Mut. Er hinterließ nie Spuren, doch seine lukrative Nebentätigkeit war in der Subura ein offenes Geheimnis. Und Lucius Decumius sagte selbst, daß man keine Aufträge bekomme, wenn keiner wisse, daß man ein Mörder sei. Einige Taten hingegen bestritt er, und wieder glaubte man ihm stillschweigend. Den Mord an Asellio hatte er angeblich als Tat eines Stümpers bezeichnet. Schließlich hatte der Mörder einen Auguren mitten in der Zeremonie und in voller Amtstracht getötet und damit das Schicksal Roms aufs Spiel gesetzt. Was Metellus Numidicus Schweinebacke anbetraf, war es Lucius Decumius' wohlerwogene Meinung, daß man ihn tatsächlich vergiftet hatte. Gleichwohl erzählte er jedem, Gift sei das Werkzeug von Weibern, er gebe sich mit so etwas nicht ab.

Bei der ersten Begegnung mit Aurelia hatte er sich auf der Stelle in sie verliebt – und damit meinte er, wie er immer wieder sagte, kein schwärmerisches Gefühl und auch kein körperliches Begehren. Vielmehr hatte er instinktiv in Aurelia eine verwandte Seele erkannt, genauso entschlossen, genauso mutig und intelligent wie er selbst. Er machte es sich zur Aufgabe, Aurelia zu umsorgen und zu schützen, und als die Kinder kamen, nahm er auch sie unter seine räuberischen Fittiche. Ihren Sohn Caesar betete er geradezu an, liebte ihn in Wahrheit mehr als seine beiden eigenen Söhne, die inzwischen schon fast Männer waren und für den Kreuzwegeverein ausgebildet wurden. Viele Jahre hatte er auf den Jungen aufgepaßt, ihm stundenlang Gesellschaft geleistet, ihm mit seltener Offenheit gesagt, was er von der Welt hielt, der der Junge angehörte; er hatte ihm verraten, wie man Schutzgelder erpreßte und wie ein guter Mörder zu Werke ging. Es gab nichts, was Caesar über Lucius Decumius nicht gewußt hätte, und nichts, was er nicht verstanden hätte. Ein patrizischer römischer Edelmann und ein Römer der vierten Klasse, Anführer einer Kreuzwegebruderschaft, lebten in verschiedenen Welten; was dem einen recht und billig war, war für den anderen ganz und gar nicht angemessen. Jedem das seine. Doch das hinderte sie nicht, daß sie Freunde wurden und sich sehr gerne mochten.

»Wir einfachen Bürger sind alle Gauner«, hatte Lucius Decumius dem jungen Caesar erklärt. »Anders geht es auch nicht, wenn wir gut essen und trinken und drei oder vier Sklaven haben wollen – und eine Sklavin, bei der es sich lohnt, wenn man ihr das Gewand hebt. Und selbst wenn wir besonders geschäftstüchtig wären, was meist nicht der Fall ist, wo sollten wir das Kapital hernehmen, frage ich dich? Nein, ein Mann schneidert sich die Tunika passend zu den Kleidern, sage ich immer. Und so ist es auch.« Er legte den rechten Zeigefinger an den Nasenflügel und entblößte beim Grinsen die schlechten Zähne. »Aber kein Wort, Gaius Julius! Kein Wort zu niemandem! Schon gar nicht zu deiner lieben Mutter.«

Die Geheimnisse blieben Geheimnisse, auch in Zukunft, und auch für Aurelia. Caesar erhielt eine sehr viel umfassendere Erziehung, als sie sich träumen ließ.

Um Mitternacht hatte der Karren mit den schwitzenden Mauleseln das Heerlager direkt hinter dem kleinen Dorf Tibur erreicht. Gaius

Marius hatte nicht die geringsten Bedenken, den ehemaligen Prätor Lucius Cornelius Cinna im Bett wachzurütteln.

Marius und Cinna kannten sich nur flüchtig und lagen vom Alter her um mindestens dreißig Jahre auseinander, doch wußte man aus Cinnas Reden im Senat, daß er Gaius Marius bewunderte. Es war ein guter Stadtprätor gewesen und hatte Rom während des Krieges verwaltet, solange beide Konsuln abwesend waren. Doch der Krieg mit den Italikern hatte seine Hoffnungen zunichte gemacht, Statthalter in einer Provinz zu werden und dort sein Privatvermögen beträchtlich zu vergrößern.

Zwei Jahre später fehlten ihm die Mittel, seine Töchter mit einer Mitgift zu versehen, und es war sogar zweifelhaft, ob er seinem Sohn einen besseren Platz im Senat als auf den Hinterbänken würde ermöglichen können. Die Mitteilung des Senats, daß man ihm nach dem Tod von Konsul Cato die volle Befehlsgewalt auf dem marsischen Kriegsschauplatz übertragen hatte, hatte ihn nicht so recht begeistern können. Es war mit sehr viel Arbeit verbunden, eine Heeresstruktur wieder aufzubauen, die durch einen unfähigen und hochnäsigen Menschen Schaden gelitten hatte. Seufzend dachte er an eine einträgliche Provinz.

Trotz eines wenig ansprechenden Äußeren – Cinna war untersetzt, hatte ein wettergegerbtes Gesicht mit einer Hasenscharte – war er eine vorteilhafte Ehe mit einer reichen Erbin eingegangen. Seine Frau Annia stammte aus einer begüterten Plebejerfamilie, die schon seit zweihundert Jahren Konsuln stellte. Cinna und Annia hatten drei Kinder, ein Mädchen, das jetzt fünfzehn war, einen Jungen von sieben und ein zweites Mädchen von fünf Jahren. Annia war zwar keine Schönheit, aber mit ihren roten Haaren und den grünen Augen eine bemerkenswerte Frau. Die ältere Tochter hatte ihre Haarfarbe geerbt, während die beiden jüngeren Kinder dem dunklen Vater nachschlungen. Beides war nicht wichtig gewesen, bis eines Tages der Pontifex Maximus Gnaeus Domitius Ahenobarbus Cinna aufgesucht und für seinen Sohn Gnaeus um die Hand der älteren Tochter angehalten hatte.

»Wir von der Sippe Domitius Ahenobarbus mögen rothaarige Gattinnen«, sagte der Pontifex Maximus unumwunden. »Dein Mädchen Cornelia Cinna erfüllt alle Bedingungen, die ich an die künftige Ehefrau meines Sohnes stelle: Sie hat das richtige Alter, sie ist eine Patrizierin und sie hat rotes Haar. Ursprünglich hatte ich Lucius Sullas Mädchen im Auge, aber sie soll den Sohn von Quintus Pompeius

Rufus heiraten, was ich für eine Schande halte. Dein Mädchen ist mir auch recht. Dieselbe *gens* und, wie ich annehme, mit einer größeren Mitgift?«

Cinna schluckte, richtete im stillen ein Gebet an Juno Sospita und Ops und vertraute ganz auf seine Zukunft als Statthalter einer einträglichen Provinz. »Wenn meine Tochter im heiratsfähigen Alter ist, Gnaeus Domitius, gebe ich ihr eine Mitgift von fünfzig Talenten. Mehr ist nicht möglich. Stellt dich das zufrieden?«

»Aber ganz und gar!« sagte Ahenobarbus. »Gnaeus ist mein Haupterbe, also reicht das bei deinem Mädchen vollkommen. Ich glaube, ich gehöre zu den fünf oder sechs reichsten Männern Roms. Und ich habe Tausende von Klienten. Können wir gleich die Verlobung vereinbaren?«

All dies war in dem Jahr geschehen, bevor Cinna Prätor wurde, zu einer Zeit, da er noch hoffen konnte, er werde das Geld für die Mitgift seiner älteren Tochter rechtzeitig zur Hochzeit mit dem jungen Gnaeus Domitius Ahenobarbus auftreiben. Wenn Annias Vermögen nicht dummerweise festgelegt gewesen wäre, wäre alles einfacher gewesen. Aber ihr Vater hatte die Kontrolle über ihr Geld, und bei ihrem Tod konnte es nicht auf die Kinder übergehen.

Cinna ahnte nicht im entferntesten, welche Folgen der Besuch für ihn haben würde, als Gaius Marius ihn aus dem Schlaf riß, während am Westhimmel der Halbmond sank. Er legte Tunika und Schuhe an und stellte sich schweren Herzens darauf ein, dem Vater eines Knaben, der zu großen Hoffnungen Anlaß gegeben hatte, unangenehme Dinge mitzuteilen.

Marius betrat das Kommandozelt mit einer kleinen Eskorte im Schlepptau: einem sehr grobschlächtigen Menschen, der knapp fünfzig sein mochte, und einem ungemein schönen Knaben. Der Junge war offensichtlich in den meisten Aufgaben geübt, denn er erledigte sie sehr geschickt. Cinna hätte ihn für einen Sklaven gehalten, wenn er nicht die *bulla*, die Amulettkapsel, um den Hals getragen und sich nicht benommen hätte wie ein Patrizier aus einer besseren Familie, als die Cornelier es waren. Nachdem der Knabe Marius in einen Stuhl geholfen hatte, stellte er sich links neben ihn, während sich der andere Begleiter mittleren Alters rechts von ihm postierte.

»Lucius Cornelius Cinna, dies sind mein Neffe Gaius Julius Caesar und mein Freund Lucius Decumius. Vor ihnen kannst du völlig offen sprechen.« Marius legte mit der rechten Hand die linke im Schoß zurecht. Er schien weniger erschöpft, als Cinna erwartet hatte, und beherrschte seinen Körper besser, als man nach den – veralteten – Nachrichten aus Rom wußte. Marius war noch immer ein imposanter Mann. Und hoffentlich kein gefährlicher Gegner, dachte Cinna.

»Eine tragische Angelegenheit, Gaius Marius.«

Die weit aufgerissenen Augen wanderten im Zelt umher, prüfend, ob jemand in der Nähe war. Als sie niemanden gefunden hatten, richteten sie sich auf Cinna.

»Sind wir allein, Lucius Cinna?«

»Vollkommen.«

»Gut.« Marius machte es sich bequemer in seinem Stuhl. »Ich habe es aus zweiter Hand erfahren. Quintus Lutatius wollte mich sprechen, aber er hat mich zu Hause nicht angetroffen. Er hat meiner Frau von der Sache berichtet, und sie hat es an mich weitergegeben. Soweit ich im Bilde bin, beschuldigt man meinen Sohn, er habe den Konsul Lucius Cato bei einer Schlacht ermordet. Es soll einen oder mehrere Zeugen geben. Ist das richtig?«

»Ich fürchte ja.«

»Wie viele Zeugen gibt es?«

»Nur den einen.«

»Und wer ist es. Ein aufrichtiger Mann?«

»Über jeden Tadel erhaben, Gaius Marius. Ein Kadett namens Publius Claudius Pulcher«, erwiderte Cinna.

Marius grunzte. »Ach! *Die* Familie! Sie ist bekannt für ihre Mißgunst und den schwierigen Umgang. Und alle Mitglieder der Familie sind arm wie apulische Schafhirten. Wie kommst du dazu, felsenfest zu behaupten, der Zeuge sei über jeden Tadel erhaben?«

»Weil gerade dieser Claudius kein typischer Vertreter seiner Familie ist«, sagte Cinna, der Marius keine falschen Hoffnungen machen wollte. »Er hatte im Kadettenzelt und im damaligen Stab des Lucius Cato einen erstklassigen Ruf. Wenn du ihn kennenlernst, wirst du das verstehen. Er ist den anderen Kadetten gegenüber durch und durch loyal – er ist der älteste –, und er ist deinem Sohn ehrlich zugetan. Er hat sogar Verständnis für seine Tat, muß ich dazusagen. Lucius Cato war in seinem Stab bei keinem beliebt, und schon gar nicht bei den Soldaten.«

»Trotzdem hat Publius Claudius meinen Sohn belastet.«

»Er empfand es als seine Pflicht.«

»Aha! Ein heuchlerischer Tugendwächter.«

Cinna bestritt den Vorwurf. »Nein, Gaius Marius, das ist er nicht!

Denk doch bitte einen Augenblick als Befehlshaber, nicht als Vater! Der junge Pulcher ist ein edler Römer, pflichtbewußt und mit Familienstolz. Er hat seine Pflicht getan, und das sehr ungern. Das ist die reine Wahrheit.«

Als Marius mühsam versuchte, sich aus dem Stuhl zu erheben, wurde deutlich, wie erschöpft er war. Er stand inzwischen gewöhnlich alleine auf, aber diesmal brauchte er Caesars Hilfe. Der ungehobelte Lucius Decumius eilte an Marius' rechte Seite und räusperte sich. Er blickte Cinna vielsagend an, als habe er etwas Wichtiges mitzuteilen.

»Willst du etwas sagen?« fragte Cinna.

»Lucius Cinna, ich bitte dich ergebenst um Verzeihung, aber muß die Verhandlung gegen den jungen Gaius Marius denn morgen stattfinden?«

Cinna blinzelte überrascht. »Nein. Sie kann auch einen Tag später stattfinden.«

»Wenn es dir nichts ausmacht, dann laß sie einen Tag später stattfinden. Wenn Gaius Marius morgen aufsteht – und er steht nicht früh auf –, muß er sich körperlich betätigen. Er hat zu lange in dem engen Pferdegespann gesessen.« Decumius sprach langsam und bemühte sich um eine korrekte Grammatik. »Augenblicklich macht er Reitübungen, dreimal am Tag. Und morgen muß er wieder reiten. Auch braucht er Gelegenheit, sich den Kadetten Publius Claudius selbst näher anzusehen. Man wirft dem jungen Gaius Marius ein besonders schweres Verbrechen vor. Da muß sich ein so wichtiger Mann wie Gaius Marius doch selbst ein Bild machen können, nicht? Allerdings wäre es eine gute Idee, wenn Gaius Marius den Kadetten Publius Claudius auf in ... informellere Weise kennenlernen könnte als in diesem Zelt. Keiner von uns will die Dinge schlimmmer machen als nötig. Ich würde vorschlagen, daß du für morgen nachmittag einen Ausritt organisierst und alle Kadetten dazu einlädst. Auch diesen Publius Claudius.«

Cinna runzelte die Stirn. Er hatte den Verdacht, daß man ihn zu etwas überreden wollte, das er später würde bereuen müssen. Aber der Knabe, der links von Gaius Marius stand, lächelte Cinna einnehmend an und zwinkerte ihm zu.

»Bitte entschuldige Lucius Decumius«, sagte Caesar. »Er ist der ergebenste Klient meines Onkels. Und er ist ein Tyrann! Man hält ihn nur bei Laune, wenn man ihm seinen Willen läßt.«

»Ich kann nicht erlauben, daß Gaius Marius vor dem Verfahren privat mit Publius Claudius spricht.« Cinna klang nicht sehr überzeugend.

Nun schien Marius, der den Wortwechsel mit empörter Miene mitangehört hatte, sich über Lucius Decumius und den jungen Caesar so sehr zu ärgern, daß Cinna schon fürchtete, er werde einen weiteren Schlaganfall erleiden.

»Was soll der Blödsinn?« brüllte Marius. »Ich muß diesen Ausbund jugendlicher Pflichterfüllung, diesen Publius Claudius, ganz und gar nicht kennenlernen! Ich will nur meinen Sohn sehen und an der Verhandlung teilnehmen!«

»Aber, aber, Gaius Marius, reg dich nicht auf«, sagte Lucius Decumius mit schmeichelnder Stimme. »Nach dem netten Ausritt morgen nachmittag wirst du der Verhandlung um so besser folgen können.«

»Ach, haltet mir diese hätschelnden Idioten vom Leib!« schrie Marius und stampfte ohne Hilfe aus dem Zelt. »Wo ist mein Sohn?«

Caesar blieb zögernd stehen, während Lucius Decumius dem wütenden Marius nachlief.

»Denk dir nichts dabei, Lucius Cinna«, sagte Caesar und lächelte wieder unwiderstehlich. »Sie zanken immer, aber Lucius Decumius hat recht. Gaius Marius muß sich morgen ausruhen und seine Reitübungen machen. Für ihn ist das alles sehr anstrengend. Vor allem machen wir uns Sorgen, daß es seinen Genesungsprozeß ernsthaft beeinträchtigen könnte.«

»Ja, das verstehe ich«, sagte Cinna und klopfte dem Knaben väterlich auf die Schulter. Er konnte ihm nicht über den Kopf streichen, dazu war der Knabe zu groß. »Ich sorge jetzt wohl besser dafür, daß Gaius Marius seinen Sohn sieht.« Er nahm eine lodernde Fackel aus der Halterung und schritt hinaus, auf Marius' undeutliche Gestalt zu. »Dein Sohn ist hier, Gaius Marius. Damit nach außen hin alles seine Richtigkeit hat, habe ich ihn bis zur Verhandlung in einem eigenen Zelt untergebracht. Er wird bewacht, und jeder Kontakt ist ihm untersagt.«

»Du weißt natürlich, daß deine Verhandlung nicht endgültig ist«, sagte Marius, während sie durch zwei Zeltreihen hindurchschritten. »Wenn sie für meinen Sohn ungünstig ausgeht, bestehe ich auf eine Verhandlung durch seine Standesgenossen in Rom.«

»Natürlich«, sagte Cinna ruhig.

Als sie sich gegenüberstanden, sah der junge Marius den Vater etwas verstört an, aber er schien sich in der Gewalt zu haben –

bis Gaius Marius Lucius Decumius und den jungen Caesar hereinbat.

»Was bringst du diese traurigen Gestalten mit her?« fragte er.

»Weil ich diese Reise nicht alleine machen konnte.« Marius schickte Cinna mit einer kurzen Bewegung des Kopfes hinaus und ließ sich auf den einzigen Stuhl im Zelt helfen. »So, mein Sohn, nun hast du dich im Jähzorn schließlich vergessen.« Marius klang weder sonderlich mitfühlend noch interessiert an dem, was sein Sohn vorzubringen hatte.

Der junge Marius starrte ihn völlig verwirrt an und wartete gleichsam auf ein verborgenes Zeichen des Vaters. Dann stieß er einen schluchzenden Seufzer: »Ich war es nicht!«

»Gut«, sagte Marius freundlich. »Bleib tapfer dabei, Marius, dann wird alles gut.«

»Meinst du, Vater? Wie denn? Publius Claudius beschwört, daß ich es getan habe.«

Marius stand abrupt auf, er wirkte bitter enttäuscht. »Wenn du weiter deine Unschuld beteuerst, mein Sohn, dann verspreche ich dir, daß dir nichts geschieht. Gar nichts.«

Auf dem Gesicht des jungen Marius zeichnete sich Erleichterung ab, ihm war, als erkenne er das Zeichen. »Du bringst es in Ordnung, nicht wahr?«

»Ich kann vieles in Ordnung bringen, mein Sohn, aber auf die offizielle Verhandlung eines Militärgerichtes, die von einem ehrenhaften Mann geführt wird, habe ich keinen Einfluß«, sagte Marius müde. »Das kann ich erst, wenn eine Verhandlung in Rom stattfindet. Jetzt folge meinem Beispiel und leg dich schlafen. Wir sehen uns morgen am Spätnachmittag wieder.«

»Erst dann? Ist die Verhandlung nicht morgen?«

»Erst dann. Die Verhandlung ist um einen Tag verschoben, damit ich meine Reitübungen machen kann. Sonst werde ich nicht in der Lage sein, das siebte Mal für das Konsulat zu kandidieren.« Marius wandte sich im Zelteingang noch einmal um und lächelte den Sohn spöttisch an. »Ich soll reiten, meinen diese traurigen Gestalten. Und ich lerne deinen Ankläger kennen. Aber ich werde ihn nicht überreden, anders auszusagen, mein Sohn. Jeder private Umgang mit ihm ist mir verboten.« Er atmete tief durch. »Ich, Gaius Marius, werde von einem einfachen Prätor belehrt, wie ich mich zu verhalten habe! Ich kann es dir verzeihen, daß du einen militärischen Stümper getötet hast, der seine Armee ins Verderben geführt hätte. Aber ich verzeihe es dir nicht, mein Sohn, daß du mich in eine Situation gebracht hast, wo ich Befehle entgegennehmen muß.«

Am nächsten Nachmittag, als sich die Reitgesellschaft versammelt hatte, verhielt sich Marius Publius Claudius gegenüber vollkommen korrekt. Der dunkelhaarige junge Mann wirkte niedergeschlagen, offenbar fühlte er sich in seiner Haut ganz und gar nicht wohl. Marius ritt an Cinnas Seite, ihnen folgten Cinnas Legat Marcus Caecilius Cornutus und Marius' Begleiter Caesar, am Schluß ritten die Kadetten. Die Führung übernahm Lucius Decumius, da keiner das Gelände so gut kannte wie er.

»Nach ungefähr einer Meile erwartet uns eine herrliche Aussicht auf Rom«, versprach er. »Das ist gerade so weit, wie Gaius Marius reiten soll.«

»Woher kennst du Tibur so gut?« fragte Marius.

»Der Vater meiner Mutter stammte aus Tibur.« Lucius Decumius führte die Reiter auf einem engen Pfad eine Anhöhe hinauf.

»Ich hätte nicht gedacht, daß in deinem unansehnlichen Leib ein Knochen Landliebe steckt, Lucius Decumius.«

»Das ist auch nicht der Fall, Gaius Marius«, rief Decumius fröhlich über die Schulter. »Aber du weißt ja, wie die Frauen sind! Meine Mutter hat uns jeden Sommer hierher geschleppt.«

Obwohl es ein schöner, sonniger Tag war, blies den Reitern eine kalte Brise ins Gesicht. Unten in der Schlucht hörten sie den Aniene, manchmal laut, dann wieder nur leise murmelnd. Lucius Decumius gab ein langsames Tempo vor, und die Zeit dehnte sich endlos. Für die ganze übrige Gesellschaft lohnte der Ausflug nur deshalb die Mühe, weil Gaius Marius Gefallen daran fand. Publius Claudius Pulcher, der zunächst eine schreckliche Begegnung mit dem Vater des jungen Marius erwartet hatte, entspannte sich nach und nach und begann eine Unterhaltung mit zwei anderen Kadetten. Unterdessen fragte sich Cinna, ob Marius Anstalten machen würde, mit dem Ankläger seines Sohnes ins Gespräch zu kommen. Ein solches Gespräch hielt Cinna nämlich für den wahren Grund des Ausritts. Hätte sein Sohn in einer solchen Misere gesteckt, dann hätte er als Vater zu jeder erdenklichen List gegriffen.

»Dort!« Lucius Decumius zeigte nach vorn und ritt mit seinem Pferd beiseite, damit die anderen vorausreiten konnten. »Das ist ein Ausblick, der einen Ausflug lohnt!«

Der Ausblick lohnte sich tatsächlich. Die Reiter hielten auf einem schmalen Felsen an einem Berg, an dem es einen gewaltigen Erdrutsch gegeben hatte, so daß der Abhang zum Tal hin fast senkrecht abfiel. Sie konnten das reißende, weißschäumende Wasser des Aniene bis zum Zusammenfluß mit dem Tiber überblicken, der sich blau aus dem Norden herabschlängelte. Und hinter dem Punkt, wo sich die beiden Flüsse trafen, lag Rom, ein weites, farbenfrohes Gemisch aus bunt gestrichenen Mauern, roten Ziegeldächern und blendendweißen Standbildern auf Tempeln. In der klaren Luft sah man in weiter Ferne an der messerscharfen Linie des Horizonts das Tyrrhenische Meer.

»Wir sind hoch oben über Tibur«, sagte Lucius Decumius hinter ihnen und stieg vom Pferd.

»Wie winzig die Stadt in dieser Entfernung ist!« Cinna war beeindruckt.

Alle Reiter außer Lucius Decumius drängten sich in buntem Durcheinander nach vorn, um den Ausblick zu genießen. Cinna, der Marius keine Gelegenheit zu einem Gespräch mit Publius Claudius geben wollte, lenkte sein Pferd zur Seite und drängte Marius ab, als sich die Kadetten näherten.

»Oh, seht nur!« rief Caesar und gab seinem Pferd heftig die Hakken in die Flanken, als es nicht weiterwollte. »Dort ist der Aquädukt des Aniene! Er sieht aus wie ein Spielzeug! Ist das nicht herrlich?« fragte er direkt zum jungen Publius Claudius hinüber. Ihn begeisterte die Aussicht fast ebenso, und er ritt noch ein Stück näher an den Rand des Felsens heran.

Caesar und Claudius Pulcher saßen nebeneinander so nahe am Rand des Felsens, wie sich ihre Pferde hatten lenken lassen. Sie blickten auf Rom hinunter, und als sie sich satt gesehen hatten, lächelten sie sich an.

Der herrliche Ausblick fesselte die Aufmerksamkeit der gesamten Gesellschaft. Keiner bemerkte, wie Lucius Decumius hinter ihnen eine kleine Astgabel, deren Enden mit einem Band aus weichem, dehnbarem Ziegenleder verbunden war, aus der Börse am Gürtel seiner Tunika zog und in den Schlitz in der Mitte des Leders einen Metalldorn einlegte. Mit einer zufälligen Geste und so selbstverständlich, wie man gähnt oder sich am Schenkel kratzt, hob er die Schleuder auf Augenhöhe, spannte das Leder bis an die Grenze der Dehnbarkeit, zielte genau und ließ das Band los.

Publius Claudius' Pferd stieß ein wildes Wiehern aus und bäumte sich auf. Instinktiv klammerte sich der Kadett an der Mähne fest und versuchte, sich auf dem Rücken des Tieres zu halten. Ohne die Gefahr zu bedenken, rutschte Caesar den Rücken seines Pferdes nach vorn, beugte sich über den Hals und griff nach dem Zügel des anderen Pferdes. Alles ging so schnell, daß man hinterher nur noch eines mit Bestimmtheit sagen konnte: Caesar hatte mit einem Mut und einer Kaltblütigkeit gehandelt, die für einen Jungen seines Alters höchst ungewöhnlich waren. Auch sein Pferd scheute und bäumte sich auf, stieß die Vorderläufe erst dem Reittier des Publius Claudius in die Flanke und setzte sie dann ins Nichts. Beide Pferde stürzten mit ihren Reitern über den Rand des Felsens, doch im letzten Augenblick gelang es dem jungen Caesar, sich vom Rücken seines Tieres abzustoßen und zur rettenden Felsplatte hinüberzuspringen. Er landete halb mit seinem Körper darauf und zog sich geschmeidig wie eine Katze auf allen vieren Stück um Stück auf sicheren Boden.

Kalkweiß, mit stieren Blicken drängten sich die Reiter vor dem Abgrund, überzeugten sich zunächst nur, daß der Knabe mit heiler Haut davongekommen war. Angeleitet von Caesar – der gefaßter war als alle anderen –, beugten sie sich dann vorsichtig über die Felskante und starrten in die Tiefe, wo die verrenkten Leiber der Pferde lagen. Und Publius Claudius Pulcher. Alles blieb still. Angespannt lauschten sie auf einen Hilferuf, doch sie vernahmen nur das Säuseln des Windes. Nichts regte sich. Hoch oben kreiste ein Falke in der Luft.

»Hierher, geh sofort da weg!« rief eine Stimme von hinten. Lucius Decumius packte Caesar bei der Schulter und zerrte ihn vom Rand des Felsens fort. Er kniete nieder und tastete zitternd den ganzen Leib des Knaben ab, vergewisserte sich, daß kein Knochen gebrochen war. »Warum hast du das gemacht?« flüsterte er so leise, daß nur Caesar es hörte.

»Es mußte doch echt aussehen«, flüsterte der zurück. »Ich dachte einen Augenblick, daß sich das Pferd wieder fängt. So war es am sichersten. Ich wußte, daß ich mich würde retten können.«

»Woher hast du gewußt, was ich vorhatte? Du hast doch nicht einmal zu mir hergesehen!«

Caesar stieß einen verärgerten Seufzer aus. »Aber Lucius Decumius! Ich kenne dich doch! Ich wußte von Anfang an, warum Gaius Marius gerade dich mitgenommen hat. Mir ist es ziemlich gleichgültig, was mit meinem Vetter passiert, aber ich will nicht, daß man Gaius Marius und unsere Familie in Verruf bringt. Gerüchte sind eine Sache, ein Zeuge ist eine ganz andere.«

Lucius Decumius schmiegte seine Wange an das glänzende goldene Haar und schloß vor Wut die Augen. Er war so aufgebracht wie der Junge. »Du hast immerhin dein Leben aufs Spiel gesetzt!«

»Mach dir keine Sorgen um mein Leben. Darauf passe ich schon selbst auf. Das lasse ich erst fahren, wenn ich nichts mehr damit anfangen kann.« Der Junge befreite sich aus Lucius Decumius' Umarmung und schritt auf Gaius Marius zu, um nachzusehen, ob auch bei ihm alles in Ordnung war.

Bestürzt und verwirrt goß Lucius Cornelius Cinna sich und Gaius Marius Wein ein, als sie wieder im Zelt des Oberbefehlshabers waren. Lucius Decumius wollte mit Caesar an den Wasserfällen des Aniene angeln, während sich einige Männer aus der übrigen Gesellschaft vorbereiteten, die Überreste des Kadetten Publius Claudius Pulcher zu bergen und an den Ort der Beisetzung zu überführen.

»Ich muß sagen, für mich und meinen Sohn kam der Unfall gerade rechtzeitig«, sagte Marius unumwunden und nahm einen tiefen Schluck Wein. »Ohne Publius Claudius gibt es keine Anklage, mein Freund.«

»Es war ein Unfall.« Cinna klang, als müßte er sich selbst überzeugen. »Es kann nur ein Unfall gewesen sein!«

»Ganz recht. Nur ein Unfall. Und fast hätte ich den Jungen verloren, der besser ist als mein Sohn.«

»Einen Augenblick hatte ich für sein Leben keine große Hoffnung mehr.«

»Dieser Junge gibt Anlaß zu den größten Hoffnungen.« Marius brummte behaglich. »Ich werde ihn in Zukunft im Auge behalten müssen. Sonst stellt er mich noch in den Schatten.«

»Ach, dieses Unglück!« seufzte Cinna.

»Kein gutes Omen für einen Mann, der eben erst ins Zelt des Oberbefehlshabers eingezogen ist«, sagte Marius leutselig.

»Ich werde meine Sache besser machen als Lucius Cato!«

Marius grinste. »Man kann es auch kaum schlechter machen. Aber ich glaube aufrichtig, daß du deine Sache sehr gut machen wirst, Lucius Cinna. Und ich bin dir dankbar, daß du die Klage fallenläßt. Sehr dankbar!«

Lucius Cinna war, als höre er das Geklimper von Münzen, die zu Boden fielen. Oder hörte er nur das Rauschen des Aniene, in dem der seltsame Knabe jetzt angelte, als wäre nichts geschehen?

»Was ist die erste Pflicht eines Menschen, Gaius Marius?« fragte Cinna überraschend.

»Die erste Pflicht, Lucius Cinna, ist die Familie.«

»Nicht Rom?«

»Was ist Rom, wenn nicht seine großen Familien?«

»Ja ... ja, wahrscheinlich hast du recht. Und diejenigen von uns, die in eine machtvolle Familie hineingeboren sind – oder die sich angestrengt haben, damit ihre Kinder in sie hineingeboren werden können –, müssen darum kämpfen, daß ihre Familien am Ruder bleiben.«

»Genau das«, sagte Gaius Marius.

VII

Sobald Lucius Cornelius Sulla seinen unheimlichen Zauber, wie der junge Caesar es genannt hatte, bei Konsul Cato eingesetzt und ihn zum Kampf gegen die Marser geschickt hatte, machte er sich daran, alle römischen Gebiete von den Italikern zurückzuerobern. Zwar stand er offiziell noch immer im Rang eines Legaten, aber praktisch war er jetzt Oberbefehlshaber auf dem südlichen Kriegsschauplatz, und er wußte, daß der Senat und die Konsuln sich nicht einmischen würden – vorausgesetzt, er konnte Erfolge vorweisen. Italia war müde, und einer der beiden Anführer der Italiker, der Marser Silo, hätte vielleicht sogar erwogen, sich zu ergeben, wäre da nicht noch der andere gewesen. Gaius Papius Mutilus von den Samniten würde niemals aufgeben, das wußte Sulla, deshalb mußte man ihm beweisen, daß er auf verlorenem Posten kämpfte.

Sullas erster Schritt war streng geheim und höchst außergewöhnlich, aber er wußte den rechten Mann für eine Aufgabe, die er selbst nicht in die Hand nehmen konnte. Wenn der Plan glückte, war das für die Samniten und ihre Bundesgenossen im Süden der Anfang vom Ende. Ohne Catulus Caesar in Capua zu sagen, warum er die beiden besten Legionen vom Dienst in der Campania abzog, brachte Sulla sie eines Nachts an Bord einer Flotte von Transportschiffen, die im Hafen von Puteoli vor Anker lagen.

Den Befehl führte Sullas Legat Gaius Cosconius, er hatte genaue Anweisungen. Er sollte mit den beiden Legionen ganz um den Fuß der Halbinsel herumfahren und an der Ostküste irgendwo in der Nähe von Apenestae in Apulia landen. Das erste Drittel der Reise entlang der Westküste konnte man ruhig in Sichtweite der Küste zurücklegen, denn jeder Beobachter in Lucania würde annehmen, die Flotte sei nach Sizilien unterwegs, wo es dem Vernehmen nach Aufstände gab. Während des mittleren Drittels konnte die Flotte sich nahe an der Küste halten und in Orten wie Croton, Tarentum und

Brundisium anlegen, um Proviant an Bord zu nehmen. Dort sollten sie das Gerücht verbreiten, sie seien unterwegs, um Unruhen in Asia Minor niederzuschlagen. Diese Lüge war auch den Soldaten selbst aufgetischt worden. Und wenn die Flotte Brundisium verließ, um das letzte, kürzeste Drittel der Strecke zurückzulegen, mußte ganz Brundisium überzeugt sein, die Truppen wollten über die Adria nach Apollonia im Westen von Macedonia.

»Nach Brundisium«, schärfte Sulla Cosconius ein, »hältst du dich so weit draußen, daß du vom Land nicht gesehen wirst, bis du deinen Zielort erreicht hast. Die Entscheidung, wo genau du an Land gehen willst, überlasse ich dir. Suche einfach eine ruhige Stelle aus und schlage erst los, wenn du wirklich bereit bist. Deine Aufgabe ist es, die Via Minucia südlich von Larinum und die Via Appia südlich von Ausculum Apulium freizukämpfen. Dann konzentrierst du dich auf das östliche Samnium. Bis du soweit bist, bin ich auf dem Weg nach Osten und komme dir entgegen.«

Cosconius war aufgeregt, weil Sulla ihn für diese wichtige Mission ausgewählt hatte, und zuversichtlich, daß er und seine Männer das Zeug hatten, sie siegreich zu Ende zu führen. Dennoch verbarg er seine Hochstimmung und hörte mit ernstem Gesicht zu.

»Merke dir, Gaius Cosconius, daß du dir bei der Seereise viel Zeit lassen sollst«, mahnte Sulla. »Ich will, daß du an den meisten Tagen nicht mehr als fünfundzwanzig Meilen zurücklegst. Wir haben jetzt Ende März. In fünfzig Tagen mußt du irgendwo südlich von Apenestae landen. Wenn du zu früh landest, habe ich nicht genug Zeit, meine Hälfte der Zange zu schaffen. Ich brauche diese fünfzig Tage, um alle Häfen an der Crater-Bucht zurückzugewinnen und um Mutilus aus dem Westen der Campania zu vertreiben. Dann kann ich nach Osten vorrücken – aber nicht vorher.«

»Da es nur wenigen gelungen ist, den Fuß von Italien zu umrunden, bin ich froh, Lucius Cornelius, daß ich dafür fünfzig Tage Zeit habe.«

»Wenn du rudern mußt, dann rudere«, sagte Sulla.

»Ich werde in fünfzig Tagen dort sein, wo du mich haben willst. Du kannst dich darauf verlassen, Lucius Cornelius.«

»Und du darfst keinen einzigen Mann verlieren, geschweige denn ein Schiff.«

»Jedes Schiff hat einen hervorragenden Kapitän und einen noch besseren Lotsen, und die Reise wird so geplant, daß wir auf alles vorbereitet sind. Ich werde dich nicht enttäuschen. Wir werden so rasch wie möglich nach Brundisium fahren, und dort werden wir warten, solange es nötig ist – keinen Tag länger, keinen Tag kürzer«, sagte Cosconius.

»Gut! Und denk an eines, Gaius Cosconius – deine verläßlichste Bundesgenossin ist Fortuna. Bringe ihr jeden Tag eine Opfergabe dar. Wenn sie dich ebensosehr liebt wie mich, wird alles gutgehen.«

Die Flotte mit Cosconius und seinen beiden Elitelegionen an Bord verließ Puteoli am folgenden Tag und nahm im Vertrauen auf ihr Glück den Kampf mit den Elementen auf. Sulla beobachtete, wie die Schiffe ausliefen, dann erst kehrte er nach Capua zurück und marschierte von dort auf Pompeji zu. Der Angriff sollte gleichzeitig vom Land und vom Meer her erfolgen, denn Pompeji hatte einen ausgezeichneten Hafen nahe der Mündung des Sarno. Sullas Plan sah vor, von Schiffen aus, die im Fluß vor Anker lagen, brennende Wurfgeschosse auf die Stadt zu schleudern.

Ein einziger Zweifel rumorte störend in seinem Hinterkopf, aber er betraf etwas, das er nicht ändern konnte: Seine kleine Flotte unterstand dem Kommando eines Mannes, den er nicht mochte und dessen Bereitschaft, Befehle auszuführen, er nicht traute – es war kein anderer als Aulus Postumius Albinus. Vor zwanzig Jahren hatte derselbe Aulus Postumius Albinus den Krieg gegen König Jugurtha von Numidien angezettelt. Und er hatte sich nicht geändert.

Als Aulus Albinus Sullas Befehl erhielt, seine Schiffe von Neapolis nach Pompeji zu bringen, beschloß er, den Mannschaften und den Soldaten erst einmal unmißverständlich klarzumachen, wer das Sagen hatte – und was mit ihnen passieren würde, sollten sie nicht aufs Wort gehorchen, wenn er nur mit den Fingern schnippte. Aber die Mannschaften und die Soldaten waren alle campanisch-griechischer Abkunft und empfanden die Worte von Aulus Albinus als unerträgliche Beleidigung. Wie Konsul Cato wurde er von einem Hagel von Wurfgeschossen begraben, aber diesmal waren es Steine, keine Erdklumpen. Aulus Postumius Albinus starb.

Zum Glück war Sulla nicht weit entfernt, als die Nachricht von dem Mord ihn erreichte. Er verließ seine Truppen, die unter dem Befehl von Titus Didius ihren Marsch fortsetzten, und ritt auf seinem Maultier nach Neapolis, um die Anführer der Meuterei zur Rede zu stellen. Seinen anderen Legaten, Metellus Pius das Ferkel, nahm er mit. Ruhig und ungerührt hörte er sich die leidenschaftlichen Begründungen und Entschuldigungen der Meuterer an.

»Ich fürchte, ihr werdet die besten Seeleute und Soldaten in der Geschichte der römischen Seekriege sein müssen«, sagte er dann kalt. »Wie kann ich sonst vergessen, daß ihr Aulus Albinus ermordet habt?«

Dann ernannte er Publius Gabinius zum Admiral der Flotte, und das war das Ende der Meuterei.

Metellus das Ferkel sagte nichts, bis er und Sulla wieder auf dem Rückweg zu ihren Truppen waren, aber dann brach die Frage aus ihm heraus, die die ganze Zeit an ihm genagt hatte: »Lucius Cornelius, sollen sie denn völlig ungestraft davonkommen?«

Sulla schob gemächlich seinen Hut so weit aus der Stirn, daß das Ferkel seine kühl und amüsiert blickenden Augen sehen konnte. »Nein, Quintus Caecilius, das sollen sie nicht.«

»Du hättest ihnen die Staatsbürgerschaft aberkennen und sie dann auspeitschen lassen sollen!«

»Ja, das hätten die meisten Befehlshaber getan – dumm wie sie sind. Da du offensichtlich auch so ein törichter Befehlshaber bist, will ich dir erklären, warum ich so gehandelt habe. Eigentlich solltest du das allein begreifen.«

Sulla zählte an den Fingern der rechten Hand einen Punkt nach dem anderen auf. »Erstens können wir uns nicht leisten, diese Männer zu verlieren. Sie wurden von Otacilius ausgebildet und sind erfahren. Zweitens bewundere ich sie dafür, daß sie sich klugerweise einen Mann vom Hals geschafft haben, der sie sehr schlecht geführt hätte, womöglich hätte er sie allesamt ins Grab gebracht. Drittens wollte ich für mein Teil Aulus Albinus auch nicht haben! Aber er ist ein Konsular, und man konnte ihn nicht einfach übergehen.«

Mit drei ausgestreckten Fingern drehte sich Sulla um und blickte das glücklose Ferkel mit funkelnden Augen an: »Ich will dir mal was sagen, Quintus Caecilius. Wenn es nach mir ginge, gäbe es in meinem Stab keinen Platz – wirklich keinen! – für so unfähige und streitsüchtige Männer wie Aulus Albinus, den verstorbenen Konsul Lupus, dem niemand eine Träne nachgeweint hat, und unseren derzeitigen Konsul Cato Licinianus. Ich habe Aulus Albinus einen Posten bei den Seestreitkräften gegeben, weil ich gedacht habe, daß er dort am wenigsten Schaden anrichtet. Wie könnte ich also Männer für etwas bestrafen, was ich unter ähnlichen Umständen auch getan hätte?«

Sulla streckte einen vierten Finger aus: »Viertens haben sich diese Männer in eine Lage gebracht, in der sie sich bewähren müssen.

Wenn ihnen das nicht gelingt, werde ich ihnen wirklich die Staatsbürgerschaft aberkennen und sie auspeitschen lassen – das heißt, es bleibt ihnen gar nichts anderes übrig, als zu kämpfen wie die Wildkatzen. Und fünftens« – jetzt mußte er noch den Daumen zu Hilfe nehmen – »ist es mir egal, wie viele Diebe und Mörder ich in meinen Truppen habe, solange sie nur wie die Wildkatzen kämpfen.« Die Hand fiel herunter und fuhr dabei durch die Luft wie die Axt eines Barbaren.

Metellus Pius öffnete den Mund, verschluckte dann aber, was er hatte sagen wollen, und schwieg lieber.

An der Stelle, an der sich die Straße nach Pompeji gabelte und eine Straße zum Vesuv-Tor, die andere zum Herkulaneischen Tor führte, ließ Sulla seine Truppen ein stark befestigtes Lager errichten. Bis er sich hinter Gräben und Schutzwällen eingerichtet hatte, war seine Flottille angekommen und schoß brennende Bündel über die Mauern mitten zwischen die Häuser von Pompeji hinein, schneller und präziser, als die ältesten und erfahrensten Zenturionen es je gesehen hatten. Angstvolle Gesichter schauten von den Mauern herab und ließen erkennen, daß mit einem solchen Angriff niemand gerechnet hatte und daß alle Angst hatten. Feuer war das Schlimmste.

Am nächsten Tag zeigte sich, daß die Samniten von Pompeji dringliche Hilfeersuchen ausgesandt hatten. Eine Armee von Samniten tauchte auf, die um gut zehntausend Mann stärker war als die Sullas. Erst dreihundert Schritte vor Sullas Lager machten die Samniten halt. Ein Drittel von Sullas zwanzigtausend Soldaten war unterwegs, um Verpflegung zu beschaffen, sie waren nun abgeschnitten. Mit finsterer Miene stand Sulla auf seinem Schutzwall, neben ihm Metellus Pius und Titus Didius, und hörte das Hohngelächter und die Buhrufe, die der Wind von der Stadtmauer herübertrug. Sie gefielen ihm ganz und gar nicht, ebensowenig wie ihm die Ankunft der samnitischen Armee gefiel.

»Ruft die Männer zu den Waffen«, wies er seine Legaten an.

Titus Didius wandte sich zum Gehen, als Metellus Pius ihn am Arm packte und festhielt.

»Lucius Cornelius, wir können doch nicht gegen diese Massen kämpfen!« rief das Ferkel. »Sie schlagen uns kurz und klein!«

»Wir können nicht hierblieben und nichts tun«, erwiderte Sulla kurz angebunden, ärgerlich darüber, daß sein Entschluß in Frage gestellt wurde. »Dort drüben steht Lucius Cluentius, und er hat die Absicht zu bleiben. Wenn ich ihn ein Lager bauen lasse, das so stark ist wie unseres, geht es wieder wie bei Acerrae. Und ich werde nicht vier gute Legionen monatelang hier festsetzen. Außerdem fehlt es mir gerade noch, daß Pompeji den übrigen rebellischen Hafenstädten zeigt, daß Rom sie nicht zurückerobern kann. Falls dir das noch nicht Grund genug ist, auf der Stelle anzugreifen, Quintus Caecilius, dann halte dir eins vor Augen: Die Soldaten, die uns Verpflegung beschaffen, werden auf dem Rückweg ohne Vorwarnung über eine samnitische Armee stolpern. Sie haben keine Chance, ihr Leben zu retten!«

Didius sah Metellus Pius verächtlich an. »Ich werde die Männer zu den Waffen rufen«, sagte er und entwand Metellus seinen Arm.

Den Kopf mit einem Helm, statt mit seinem üblichen Hut bedeckt, erklomm Sulla die Rednertribüne auf dem Forum des Lagers und sprach zu den annähernd dreizehntausend Männern, die ihm noch zur Verfügung standen.

»Ihr alle wißt, was euch erwartet!« rief er. »Eine Meute Samniten, die uns beinahe drei zu eins überlegen sind! Aber Sulla hat es satt zu sehen, wie Rom von einer Meute Samniten geschlagen wird, und Sulla hat es satt zu hören, daß die Samniten römische Städte ihr eigen nennen! Was nützt es, ein lebendiger Römer zu sein, wenn Rom vor den Samniten zu Kreuze kriechen muß wie eine schwanzwedelnde Hündin? Dieser Römer vor euch will das nicht! Sulla nicht! Wenn ich hinausgehen und alleine kämpfen muß, werde ich gehen. Muß ich allein gehen? Ganz allein? Oder kommt ihr mit, weil auch ihr Römer seid und die Samniten satt habt, genau wie ich?«

Die Soldaten antworteten mit begeisterten Hochrufen. Er wartete bewegungslos, bis sie aufhörten, denn er war noch nicht fertig.

»Sie müssen gehen!« rief er noch lauter. »Sogar der letzte von ihnen muß gehen! Pompeji ist unsere Stadt! Die Samniten haben in dieser Stadt tausend Römer ermordet, und jetzt stehen die Samniten hoch oben auf den Mauern von Pompeji und glauben, sie seien in Sicherheit. Sie buhen und pfeifen uns aus, weil sie glauben, wir hätten zuviel Angst und könnten mit einer Meute armseliger Samniten nicht fertigwerden! Wir werden ihnen zeigen, daß sie unrecht haben! Wir werden nehmen, was die Samniten uns auftischen, bis unsere Kameraden zurückkehren, und wenn sie zurückkehren, wird *unser* Kriegsgeschrei ihnen den Weg zum Schlachtfeld weisen! Hört ihr mich? Wir halten die Samniten in Schach, bis unsere Proviantsucher ihnen in den Rücken fallen, wie es sich für tüchtige Römer gehört!«

Wieder erschollen begeisterte Hochrufe, aber Sulla hatte die Tribüne bereits verlassen, das Schwert in der Hand. Drei geordnete Kolonnen Soldaten stürmten im Laufschritt aus dem vorderen Tor und den beiden Seitentoren, die mittlere Kolonne führte Sulla selbst an.

Der römische Angriff erfolgte so rasch, daß Cluentius, der nicht mit einer Schlacht gerechnet hatte, kaum Zeit blieb, seine Truppen vor dem Ansturm der Römer in Stellung zu bringen. Doch als besonnener und mutiger Befehlshaber leistete er tapfer Widerstand und bewegte sich stets in den ersten Reihen seiner Soldaten. Da die Römer nicht genug Männer hatten, gelang es ihnen nicht, beim ersten Anlauf in die Reihen der Samniten einzubrechen, und sie drohten den Mut zu verlieren. Aber Sulla, der sie noch immer führte, gab keinen Fußbreit Boden preis, und seine Männer ließen ihn nicht im Stich. Eine Stunde lang kämpften Römer und Samniten Mann gegen Mann, unnachgiebig, erbittert und zäh. Wirklich harte Schlachten hatte es bisher nur selten gegeben, und beiden Seiten war klar, daß vom Ausgang dieser Schlacht der Ausgang des ganzen Krieges abhing.

Unzählige kampferprobte Legionäre fielen in dieser Stunde kurz vor Mittag, aber gerade als es so aussah, als müßte Sulla seinen Soldaten den Rückzug befehlen oder sie an Ort und Stelle sterben sehen, begann die Linie der Samniten zu wanken und brach ein. Die auf Proviantsuche ausgezogenen Truppen der Römer waren zurückgekommen und griffen die Samniten von hinten an. Mit dem Schlachtruf »Es lebe Rom!« führte Sulla seine Männer mit neuer Kraft in den Kampf. Aber selbst jetzt wich Cluentius nur schrittweise zurück. Es gelang ihm, seine Armee noch eine ganze Stunde lang zusammenzuhalten. Als er dann sah, daß alles verloren war, sammelte er seine Leute, kämpfte sich durch die Römer in seinem Rücken hindurch und zog sich in einem Eilmarsch Richtung Nola zurück.

Nola sah sich selbst als Symbol des italischen Widerstandes im Süden. Man hatte römische Soldaten verhungern lassen und wußte, daß dies seine Wirkung in Rom nicht verfehlt hatte – Nola konnte es sich auf keinen Fall leisten, seine Sicherheit aufs Spiel zu setzen. Als daher Cluentius mit über zwanzigtausend samnitischen Soldaten vor der Stadtmauer stand, mit kaum einer Meile Vorsprung auf Sulla, fand er die Tore verschlossen. Die Mitglieder des Magistrats von Nola beugten sich über die hoch aufragenden, glatten, stark befestigten steinernen Bastionen, blickten auf Cluentius und ihre samnitischen Landsleute hinunter und weigerten sich, die Tore zu öffnen. Schließlich, als die ersten Reihen der Römer die letzten Reihen der Samniten eingeholt hatten und sich zum Angriff vorbereiteten, öffnete sich das Tor, unter dem Cluentius selbst stand, eines der kleineren Stadttore. Aber mehr als dieses kleine Tor wollte der Magistrat nicht öffnen, so sehr die bedrängten samnitischen Soldaten auch darum baten.

Vor Pompeji war es eine Schlacht gewesen, vor Nola wurde es eine Schlächterei. Die samnitischen Soldaten waren fassungslos über den Verrat Nolas und von panischem Schrecken erfüllt, weil die vorgezogenen Ecken der nördlichen Stadtmauer sie einschlossen. Die samnitische Armee erlitt eine verheerende Niederlage, die Soldaten fielen fast bis auf den letzten Mann. Sulla selbst tötete Cluentius, der sich weigerte, in Nola Schutz zu suchen, wenn seine Männer schutzlos vor den Toren bleiben mußten.

Die Schlacht vor Nola war der größte Tag in Sullas Leben. Mit einundfünfzig Jahren war er endlich als Feldherr ganz für einen Kriegsschauplatz verantwortlich, und er hatte seine erste große Schlacht als oberster Befehlshaber gewonnen. Was für ein Sieg! Triefend vom Blut fremder Männer, das Schwert mit geronnenem Blut regelrecht an der rechten Hand festgeklebt, nach Schweiß und Tod riechend, überblickte Lucius Cornelius Sulla das Feld, riß sich den Helm vom Kopf und warf ihn mit einem Jubelruf in die Luft. In seinen Ohren dröhnte ein ungeheurer Lärm, der die Schreie und das Stöhnen der sterbenden Samniten übertönte, ein Lärm, der immer weiter anschwoll, bis er den Sprechchor erkannte:

»Im-per-a-tor! Im-per-a-tor! Im-per-a-tor!«

Wieder und wieder brüllten es seine Soldaten, es war die höchste Auszeichnung, der unübertreffliche Triumph, er war der Sieger, der auf dem Schlachtfeld als Imperator bejubelt wurde. So dachte er, grinste breit mit hoch über dem Haupt erhobenem Schwert, sein schweißgetränkter, leuchtender Haarschopf trocknete langsam in der untergehenden Sonne, sein Herz war so voll, daß er kein Wort der Erwiderung herausgebracht hätte, wenn es eines Wortes bedurft hätte. Er, Lucius Cornelius Sulla, hatte ohne den Schatten eines Zweifels bewiesen, daß ein Mann mit seinen Talenten lernen konnte, was ihm nicht in die Wiege gelegt war, und die härteste Schlacht dieses Krieges oder eines jeden anderen Krieges gewinnen konnte. Hoffentlich lebte Gaius Marius noch, dieser verkrüppelte Koloß, wenn er nach Rom zurückkehrte. Gaius Marius sollte sehen, wie falsch er Sulla beurteilt hatte. Sulla war ihm ebenbürtig, und in zehn Jahren würde er ihn überrundet haben. Eines Tages würde Sullas Name größer sein als der des Gaius Marius. Und so war es gerecht, denn er war Cornelius aus adligem Geschlecht und Gaius Marius nur ein Bauer aus dem latinischen Hügelland.

Aber er hatte noch zu tun, und er war ein patrizischer Römer. Titus Didius und Metellus Pius kamen zu ihm, seltsam scheu, ihre leuchtenden Augen sahen ihn bewundernd mit einer strahlenden Verehrung an, die Sulla bisher nur in den Augen von Julilla und Delmatica gesehen hatte, wenn sie ihn anblickten. Aber das hier sind *Männer,* Lucius Cornelius Sulla! Männer mit Rang und Namen – Didius hat den Sieg in Spanien errungen, und Metellus Pius ist Erbe eines großen und vornehmen Hauses. Frauen waren unwichtige Närrinnen, auf Männer kam es an, und ganz besonders auf Männer wie Titus Didius und Metellus Pius. In all den Jahren, die er Gaius Marius gedient hatte, hatte er nie gesehen, daß ein Mann ihn mit solcher Bewunderung angeblickt hatte! An diesem Tag hatte er nicht nur eine Schlacht gewonnen, sondern er hatte die Rechtfertigung für sein Leben und für den Tod von Stichus, Nikopolis, Clitumna, Hercules Atlas und Metellus Numidicus Schweinebacke errungen. An diesem Tag hatte er bewiesen, daß jedes Leben, das er ausgelöscht hatte, um auf dem Schlachtfeld von Nola stehen zu können, weniger wert gewesen war als sein eigenes. Auf einmal verstand er Nabupolassaros von Chaldäa: Er *war* der größte Mann der Welt, vom Oceanus Atlanticus bis zum Fluß Indus!

»Wir arbeiten die Nacht durch«, sagte er forsch zu Didius und Metellus Pius, »damit die Leichen der Samniten bis zum Morgengrauen entkleidet auf einem Haufen liegen und unsere eigenen Toten für die Verbrennung vorbereitet sind. Ich weiß, es war ein anstrengender Tag, aber er ist noch nicht zu Ende. Und ehe er zu Ende ist, kann niemand sich ausruhen. Quintus Caecilius, such dir ein paar Männer, die in einer halbwegs ordentlichen Verfassung sind, und reite nach Pompeji zurück, so schnell du kannst. Bring genug Brot und Wein für alle her, und bring die Männer vom Troß mit. Sie sollen sich auf die Suche machen nach Holz und Öl. Wir haben ganze Berge von Leichen zu verbrennen.«

»Aber es gibt keine Pferde, Lucius Cornelius!« sagte das Ferkel mit schwacher Stimme. »Wir sind doch nach Nola marschiert! Zwanzig Meilen in vier Stunden!«

»Dann such dir Pferde«, sagte Sulla mit eisiger Stimme. »Bis zum Morgengrauen bist du wieder hier.« Er wandte sich an Didius. »Titus Didius, geh zu den Männern und stelle fest, wer für Heldentaten im Kampf eine Auszeichnung verdient hat. Sobald wir unsere Toten und die Toten des Feindes verbrannt haben, kehren wir nach Pompeji zurück, aber ich will, daß eine Legion aus Capua hier vor den Mauern von Nola Posten bezieht. Und laß die Ausrufer den Einwohnern von Nola verkünden, Sulla habe vor Mars und Bellona das Gelübde abgelegt, daß so lange römische Truppen vor Nolas Mauern stehen werden, bis die Stadt sich ergibt – gleichgültig ob es Tage dauert oder Monate oder Jahre.«

Noch ehe Didius oder Metellus Pius aufbrechen konnte, erschien der Militärtribun Lucius Licinius Lucullus an der Spitze einer Abordnung von Zenturionen; es waren acht Offiziere, *primi pili* und *pili priores.* Sie kamen gemessenen Schrittes, würdevoll wie Priester in einer heiligen Prozession oder wie Konsuln am Neujahrstag auf dem Weg zur Amtseinsetzung.

»Lucius Cornelius Sulla, deine Armee möchte dir ein Zeichen ihrer großen Dankbarkeit geben. Ohne dich wäre die Armee geschlagen, und die Soldaten wären tot. Du hast in der ersten Reihe gekämpft und bist uns anderen mit gutem Beispiel vorangegangen. Du bist beim Marsch auf Nola niemals erlahmt. Dir, und dir allein, ist der bei weitem größte Sieg in diesem Krieg zu verdanken. Du hast mehr als deine Armee gerettet, du hast Rom gerettet. Lucius Cornelius, wir ehren dich«, sagte Lucullus und trat zurück, um den Zenturionen Platz zu machen.

Der Mann in der Mitte, der ranghöchste Zenturio, hob beide Arme und streckte sie Sulla entgegen. Auf seinen Händen lag ein unscheinbarer, zerzauster Kranz aus Grasbüscheln, die auf dem Schlachtfeld abgerupft und aufs Geratewohl zusammengeflochten worden waren, samt Wurzeln, Erde, Halmen und Blut. *Corona graminae. Corona obsidionalis.* Die Krone aus Gras. Sulla streckte instinktiv die Arme aus und ließ sie dann wieder fallen, weil er keine Ahnung hatte, wie das Ritual vollzogen wurde. Sollte er die Krone nehmen und sie sich selbst aufs Haupt setzen oder setzte sie ihm der *primus pilus* Marcus Canuleius im Namen der Armee auf?

Er stand reglos da, während Canuleius, ein großer Mann, die Graskrone mit beiden Händen hochhob und Sulla in das rotgoldene Haar drückte.

Es fiel kein weiteres Wort mehr. Titus Didius, Metellus Pius, Lucullus und die Zenturionen beugten ehrerbietig das Haupt vor Sulla, lächelten ihn scheu an und gingen weg. Er blieb allein im Angesicht der untergehenden Sonne zurück, die Graskrone auf seinem Haupt, so leicht, daß er ihr Gewicht kaum spürte. Tränen strömten über sein blutverschmiertes Gesicht, und er war gänzlich von einem so ekstatischen Hochgefühl erfüllt, daß er nicht wußte, ob er es aushalten konnte. Denn was war auf der anderen Seite? Was hatte ihm das Leben jetzt noch zu bieten? Sein toter Sohn fiel ihm ein, und noch ehe er Zeit gehabt hatte, seine unermeßliche Freude zu genießen, war sie verflogen. Alles, was ihm blieb, war ein so tiefer Schmerz, daß er auf die Knie sank und bitterlich weinte.

Jemand half ihm auf die Füße, wischte ihm den Schmutz und die Tränen vom Gesicht, legte den Arm um seine Hüfte und führte ihn zu einem Steinblock an der Straße nach Nola. Dort wurde er sanft niedergelassen, bis er auf dem Stein saß, dann setzte sich der andere neben ihn. Es war Lucius Licinius Lucullus, der erste Militärtribun.

Die Sonne war im Mittelmeer untergegangen. Der größte Tag in Sullas Leben endete im Dunkel. Seine Arme hingen schlaff zwischen seinen Knien herunter, in tiefen Atemzügen sog er die Luft ein und stellte sich die alte, die uralte Frage: Warum bin ich niemals glücklich?

»Ich kann dir keinen Wein anbieten, Lucius Cornelius. Nicht einmal Wasser«, sagte Lucullus. »Wir sind von Pompeji hierher gerannt, ohne an irgend etwas anderes zu denken als daran, daß wir Cluentius erwischen.«

Sulla stieß einen tiefen Seufzer aus und richtete sich auf. »Ich werde es überleben, Lucius Lucullus. Und wie eine Freundin von mir sagt: Es gibt immer etwas zu tun.«

»Wir werden die Arbeit tun. Ruhe du dich aus.«

»Nein. Ich bin der Feldherr. Ich kann nicht ausruhen, während meine Männer arbeiten. Noch eine kleine Pause, dann geht es mir wieder gut. Mir ging es auch gut, bis mir mein Sohn eingefallen ist. Er ist gestorben, weißt du.« Wieder kamen die Tränen und wurden unterdrückt.

Lucullus sagte nichts, er saß einfach still da.

Sulla hatte bisher nicht viel von diesem jungen Mann gesehen. Er war letzten Dezember zum Militärtribun gewählt worden und zuerst nach Capua gegangen, wenige Tage vor dem Abmarsch war er dann dazu abkommandiert worden, seine Legion zu befehligen. Obwohl er sich stark verändert hatte – er war von einem unerfahrenen jungen Burschen zu einem tüchtigen Mann herangereift – erkannte ihn Sulla wieder.

»Du und dein Bruder Varro Lucullus habt vor zehn Jahren den Auguren Servilius auf dem Forum angeklagt, nicht wahr?« fragte er.

»Jawohl, Lucius Cornelius. Der Augur war dafür verantwortlich, daß unser Vater in Schande geriet und starb und daß wir unser Familienvermögen verloren haben. Aber er hat dafür bezahlt.« Lucullus' langes, gutmütiges Gesicht hellte sich auf, und seine Mundwinkel zogen sich vergnügt nach oben.

»Der sizilianische Sklavenkrieg. Der Augur Servilius nahm deinem Vater den Posten des Statthalters von Sizilien weg. Und hat ihm später den Prozeß gemacht.«

»So ist es.«

Sulla stand auf, streckte die rechte Hand aus und ergriff die Rechte von Lucius Licinius Lucullus. »Lucius Licinius, ich habe dir zu danken. War die Graskrone deine Idee?«

»Oh nein, Lucius Cornelius! Das haben die Zenturionen ausgeheckt! Sie haben mir erklärt, daß die Graskrone von Berufssoldaten kommen muß, nicht von den gewählten Offizieren der Armee. Sie haben mich nur mitgenommen, weil ein gewählter Offizier als Zeuge dabeisein muß.« Lucullus Lächeln ging in ein Lachen über. »Ich vermute auch, daß es ihnen nicht ganz leicht fällt, vor ihren Feldherrn zu treten! Deshalb haben sie mich damit beauftragt.«

Zwei Tage später lag Sullas Armee wieder in ihrem Lager vor Pompeji. Alle waren so erschöpft, daß nicht einmal eine gute, kräftige Mahlzeit sie lockte. Vierundzwanzig Stunden lang herrschte völlige Stille, denn die Soldaten und Offiziere schliefen fest wie die Toten, die sie unter der Stadtmauer von Nola verbrannt hatten – was die Nasen der Nolaner um so mehr beleidigte, als sie schon lange kein Fleisch mehr zu essen hatten.

Die Krone aus Gras ruhte nun in einem Holzkästchen, das Sullas Diener gebaut hatten. Sobald Sulla Zeit hatte, wollte er die Wachsmaske anfertigen lassen, die er nun in Auftrag geben durfte, und die Wachsmaske würde dann seine Graskrone tragen. Er hatte eine so hohe Auszeichnung erworben, daß er sich zu den *imagines* seiner Vorfahren gesellen konnte, auch wenn er noch nicht Konsul gewesen war. Seine Statue würde mit der Graskrone auf dem Forum Romanum aufgestellt werden, aufgerichtet zur Erinnerung an den größten Helden des Krieges gegen die Italiker. All das erschien ihm so unwirklich, aber dort in dem Kästchen lag die Graskrone als unbestechliche Zeugin der Wahrheit.

Nachdem sich die Soldaten ausgeruht und erfrischt hatten, stellten sie sich zur Parade auf, um die Auszeichnungen für tapfere Leistungen in der Schlacht entgegenzunehmen. Sulla setzte seine Graskrone auf, er wurde mit langen und ohrenbetäubenden Hochrufen begrüßt, als er auf die Rednertribüne des Lagers stieg. Die Aufgabe, die Zeremonie zu organisieren, war Lucullus übertragen worden, so wie Marius einst die gleiche Aufgabe Quintus Sertorius zugeteilt hatte.

Während Sulla dastand und die Huldigungen der Armee entgegennahm, ging ihm ein Gedanke durch den Kopf, von dem er glaubte, daß er Marius in den Jahren in Numidien und Gallien niemals beschäftigt hatte, allenfalls vielleicht in der Zeit seines Oberbefehls gegen die Italiker. Ein Meer von Gesichtern, zur Parade geordnet und geschmückt – ein Meer von Männern, die ihm gehörten, Lucius Cornelius Sulla. Das waren *seine* Legionen! Sie gehörten zuerst ihm, und dann erst gehörten sie Rom. Er hatte sie zusammengeschmiedet, er hatte sie zum größten Sieg in diesem Krieg geführt – und er mußte für ihre Abfindung sorgen. Mit der Graskrone hatten sie ihm ein noch viel wichtigeres Geschenk gemacht – sie hatten sich selbst Sulla geschenkt. Er konnte sie hinführen, wo immer er wollte, er konnte sie sogar gegen Rom führen. Eine lächerliche Idee, aber in diesem Augenblick auf der Rednerbühne wurde sie in Sullas Kopf geboren. Und sie rollte sich unterhalb seines Bewußtseins zusammen und wartete.

Pompeji ergab sich, einen Tag nachdem die Bewohner die Parade von ihren Stadtmauern aus beobachtet hatten. Sullas Herolde hatten die Nachricht von der Niederlage des Lucius Cluentius vor den Mauern von Nola laut verkündet, und es war eine Bestätigung eingetroffen, daß die Nachricht stimmte. Noch immer schleuderten die Schiffe auf dem Fluß erbarmungslos brennende Geschosse in die Stadt, die Bewohner litten fürchterlich. Jeder feurige Windstoß schien die Botschaft mit sich zu bringen, daß der italische und samnitische Aufstand zusammenbrach, daß die Niederlage unausweichlich war.

Von Pompeji aus zog Sulla mit zwei seiner Legionen gegen Stabiae, die beiden anderen führte Titus Didius nach Herculaneum. Am letzten Tag im April kapitulierte Stabiae, kurz darauf Surrentum. Mitte Mai war Sulla wieder unterwegs, diesmal Richtung Osten. Catulus Caesar hatte Titus Didius frische Legionen nach Herculaneum gebracht, so daß die beiden Legionen, die Sulla gehörten, zu ihm zurückkehren konnten. Obwohl Herculaneum am längsten gezögert hatte, sich dem Aufstand der Italiker anzuschließen, bewies die Stadt nun, daß sie sich völlig darüber im klaren war, was geschehen würde, wenn sie sich Rom ergab. Herculaneum wurde ebenfalls von Schiffen aus beschossen, und ganze Straßenzüge brannten, aber dennoch trotzten die Bewohner Titus Didius noch, als die anderen von Italikern beherrschten Hafenstädte längst aufgegeben hatten.

Sulla führte seine vier Legionen an Nola vorbei, ohne die Stadt eines Blickes zu würdigen, schickte jedoch Metellus Pius zu dem Befehlshaber der Legion vor der Stadt, dem Prätor Appius Claudius Pulcher. Sulla ließ ihm ausrichten, er solle sich nicht von der Stelle rühren, bis Nola bedingungslos kapitulierte. Der frisch verwitwete Appius Claudius, ein harter Mann, nickte nur.

Ende der dritten Maiwoche erreichte Sulla Aeclanum, eine Stadt der Hirpiner, an der Via Appia gelegen. Sullas Spähtrupps hatten ihm gemeldet, daß die Hirpiner sich dort zu sammeln begannen, und Sulla gedachte nicht, den Aufständischen im Süden noch mehr Zeit zu geben, in der sie ihre Leute zusammenziehen konnten. Er warf einen einzigen Blick auf die Befestigung von Aeclanum und setzte dann sein häßlichstes Lächeln auf, das die langen Eckzähne entblößte – die Befestigung war hoch und gut gebaut, aber aus Holz.

Sulla war sich darüber im klaren, daß die Hirpiner bereits ein Hilfeersuchen an den Lukaner Marcus Lamponius geschickt hatten, daher verzichtete er darauf, ein Lager zu errichten, und ließ seine Armee auf freiem Feld warten. Er schickte Lucullus zum Haupttor von Aeclanum mit der Aufforderung, die Stadt solle sich ergeben. Die Stadtväter antworteten in Form einer Frage: Würde Lucius Cornelius Sulla so freundlich sein und Aeclanum einen Tag Bedenkzeit gewähren?

»Sie wollen Zeit gewinnen, weil sie hoffen, daß Lamponius ihnen morgen Verstärkung schickt«, sagte Sulla zu Metellus Pius dem Ferkel und Lucullus. »Ich werde über Lamponius nachdenken müssen. Er darf nicht länger ungestraft in Lucania sein Unwesen treiben.« Sulla zuckte die Achseln, setzte eine forsche Miene auf und kam zu den dringlichen Angelegenheiten zurück. »Lucius Licinius, überbringe der Stadt meine Antwort. Ich gebe ihnen eine Stunde und nicht mehr. Quintus Caecilius, nimm so viele Männer mit, wie du brauchst, und durchsuche jeden Bauernhof im Umkreis der Stadt nach Brennholz und Öl. Schichte das Holz und in Öl getränkte Lappen entlang der Befestigung auf, zu beiden Seiten des Haupttores.

Und stelle unsere vier Wurfmaschinen an vier verschiedenen Plätzen auf. Sobald du bereit bist, zünde die Befestigung an und schleudere Brandgeschosse in die Stadt. Ich wette, daß auch in der Stadt alles aus Holz ist. Aeclanum wird brennen wie Zunder.«

»Und wenn ich in weniger als einer Stunde so weit bin, daß ich die Stadt anzünden kann?« fragte das Ferkel.

»Dann zünde sie an«, sagte Sulla. »Die Hirpiner sind nicht ehrenhaft. Warum sollte ich es sein?«

Da das Holz der Stadtbefestigung alt und trocken war, brannte sie sofort lichterloh, ebenso die Häuser in der Stadt. Alle Tore flogen auf, die Menschen stürzten in panischem Schrecken heraus und riefen, sie wollten sich ergeben.

»Tötet sie alle und plündert die Stadt«, befahl Sulla. »Es ist höchste Zeit, daß die Italiker begreifen, daß sie von mir keine Gnade zu erwarten haben.«

»Auch Frauen und Kinder?« fragte Quintus Hortensius, der andere Militärtribun.

»Hast du nicht die Nerven dazu, du Advokat vom Forum?« fragte Sulla mit einem spöttischen Blick.

»Du mißverstehst meine Frage, Lucius Cornelius«, sagte Hortensius mit seiner schönen Stimme. »Ich habe kein Mitleid mit den Gören der Hirpiner. Aber wie jeder Advokat vom Forum will ich alles geklärt haben. Damit ich weiß, woran ich bin.«

»Niemand darf am Leben bleiben. Aber sag den Männern, sie sollen die Frauen zuerst vergewaltigen. Dann können sie sie töten.«

»Du bist nicht daran interessiert, Gefangene zu machen, die du als Sklaven verkaufen kannst?« fragte das Ferkel mit seinem ausgeprägten Sinn für das Praktische.

»Italiker sind keine barbarischen Feinde. Ich plündere zwar ihre Städte, aber Sklaven gibt es nicht. Lieber will ich sie alle tot sehen.«

Von Aeclanum aus wandte sich Sulla nach Süden und marschierte mit seinen zufriedenen Soldaten nach Compsa, der zweiten Hochburg der Hirpiner. Wie die Schwesterstadt hatte auch Compsa eine hölzerne Befestigung, aber die Kunde von Aeclanums Schicksal hatte die Stadt schneller erreicht als Sullas Armee. Als er eintraf, erwartete ihn Compsa mit weit geöffneten Stadttoren, und der Magistrat empfing ihn vor der Stadt. Diesmal zeigte sich Sulla gnädig, Compsa wurde nicht geplündert.

Von Compsa aus schickte Sulla einen Brief an Catulus Caesar in Capua und wies ihn an, unter der Führung der Brüder Aulus und

Publius Gabinius zwei Legionen nach Lucania zu schicken. Sie hatten Befehl, Marcus Lamponius alle Städte abzunehmen und die Via Popillia den ganzen Weg bis Rhegium zu räumen. Dann besann sich Sulla noch auf einen weiteren nützlichen Mann und fügte einen Nachsatz an mit dem Inhalt, Catulus Caesar solle den Legaten Gnaeus Papirius Carbo mit auf den Feldzug nach Lucania schicken.

In Compsa erhielt Sulla zwei Briefe. Der eine informierte ihn darüber, daß Herculaneum trotz heftigster Gegenwehr bei einem Angriff zwei Tage vor den Iden des Juni endlich gefallen war, daß jedoch Titus Didius im Kampf getötet worden war.

»Herculaneum soll teuer dafür bezahlen«, schrieb Sulla an Catulus Caesar.

Der zweite Brief kam von Gaius Cosconius aus Apulia.

Nach einer erstaunlich einfachen Reise ohne Zwischenfälle bin ich mit meinen Legionen in einem Gebiet mit Salzlagunen in der Nähe des Fischerdorfes Salapia gelandet, genau fünfzig Tage nachdem ich Puteoli verlassen hatte. Alles verlief exakt nach Plan. Wir sind nachts völlig unbemerkt an Land gegangen, griffen Salapia im Morgengrauen an und brannten es bis auf die Grundmauern nieder. Ich habe sichergestellt, daß alle Bewohner im Ort und im Umkreis getötet wurden, damit niemand die Samniten von unserer Ankunft benachrichtigen kann.

Von Salapia aus marschierte ich nach Cannae und nahm es kampflos ein, dann durchquerte ich an einer Furt den Fluß Ofanto und rückte Richtung Canusium vor. Knapp zehn Meilen weiter stieß ich auf ein großes samnitisches Heer, das von Gaius Trebatius geführt wurde. Es kam unvermeidlich zum Gefecht. Da uns der Gegner zahlenmäßig weit überlegen und das Gelände ungünstig für uns war, wurde es eine blutige und verlustreiche Schlacht. Aber auch Trebatius erlitt schwere Verluste. Ich beschloß, mich nach Cannae zurückzuziehen, denn ich durfte es nicht riskieren, noch mehr Männer zu verlieren. Ich brachte meine Soldaten in Marschordnung und überquerte wieder den Ofanto, Trebatius dicht auf den Fersen. Dann fiel mir eine geeignete Taktik ein. Wir taten so, als wären wir in Panik geraten, und versteckten uns hinter einem Hügel auf der Cannae zugewandten Seite des Flusses. Die Täuschung gelang. Trebatius fühlte sich sicher und ließ seine Truppen ungeordnet den Fluß durchwaten. Meine Männer fürchteten die Übermacht nicht und brannten darauf, den Kampf fortzusetzen. Ich befahl ihnen, im Laufschritt ei-

nen vollen Kreis zurück an den Fluß zu schlagen, und wir stürzten uns auf Trebatius, als er noch im Wasser stand. Das Ergebnis war ein glänzender Sieg Roms. Ich habe die Ehre, Dir zu berichten, daß fünfzehntausend Samniten an der Furt fielen. Trebatius und die wenigen Überlebenden flohen nach Canusium, das sich auf eine Belagerung vorbereitet hat. Ich habe die Erwartungen der Stadt nicht enttäuscht.

Fünf Kohorten meiner Männer, einschließlich der verwundeten, ließ ich unter dem Kommando von Lucius Lucceius vor Canusium zurück, die verbliebenen fünfzehn Kohorten führte ich nach Norden zum Gebiet der Frentaner. Ausculum Apulium ergab sich ohne Kampf, ebenso Larinum.

Während ich diesen Bericht schreibe, ist eine Nachricht von Lucius Lucceius eingetroffen, daß Canusium kapituliert hat. Entsprechend meinen Anweisungen hat Lucius Lucceius die Stadt geplündert und alle Einwohner getötet, allerdings scheint es, als sei Gaius Trebatius entkommen. Da wir keine Möglichkeiten haben, Gefangene mitzuführen, und ich es mir nicht leisten kann, kampffähige feindliche Soldaten im Rücken zu haben, hatte ich nur die Möglichkeit, Canusium vollständig zu zerstören. Ich hoffe, daß Dir das nicht mißfällt. Von Larinum aus werde ich weiter in Richtung zu den Frentanern vorrücken und auf Nachricht von Deinen eigenen Vorhaben sowie weitere Befehle warten.

Höchst zufrieden legte Sulla den Brief nieder und rief nach Metellus Pius und seinen beiden ersten Militärtribunen, denn diese jungen Männer hatten sich als außerordentlich tüchtig erwiesen.

Nachdem Sulla ihnen die Nachrichten von Cosconius weitergegeben und geduldig ihre Ausrufe des Erstaunens abgewartet hatte – er hatte niemand etwas von Cosconius' Expedition erzählt – erteilte er neue Befehle.

»Es ist an der Zeit, daß wir Mutilus das Handwerk legen«, sagte er. »Tun wir das nicht, wird er mit so vielen Leuten über Gaius Cosconius herfallen, daß kein einziger Römer am Leben bleibt, und das wäre ein schlechter Lohn für seinen tapferen Einsatz. Meine Kundschafter haben mir gesagt, daß Mutilus im Augenblick abwartet, was ich unternehme, und erst dann entscheiden will, ob er gegen mich oder gegen Gaius Cosconius ins Feld zieht. Mutilus hofft, daß ich auf der Via Appia weiter nach Süden vorrücke und mich auf Venusia konzentriere. Venusia ist so stark, daß es für eine ganze Weile meine gesamte Aufmerksamkeit beanspruchen würde. Sobald er eine Bestätigung dafür hat, macht er sich auf die Suche nach Gaius Cosconius. Daher werden wir heute aufbrechen und Richtung Süden marschieren. Aber sobald es dunkel ist, schlagen wir die entgegengesetzte Richtung ein und entfernen uns von der Straße. Zwischen hier und dem Oberlauf des Voltorno ist das Gelände rauh und gebirgig, aber wir gehen trotzdem in diese Richtung. Die samnitische Armee liegt schon viel zu lange in ihrem Lager zwischen Venafrum und Aesernia, und Mutilus macht keinerlei Anstalten, sich von dort wegzurühren. Wir müssen fast hundertfünfzig sehr beschwerliche Meilen zurücklegen, bis wir ihn erreicht haben. Trotzdem werden wir in acht Tagen dort sein, und zwar frisch und kampfbereit.«

Niemand widersprach ihm. Sulla trieb seine Armee immer gnadenlos vorwärts, aber seit Nola waren die Soldaten in solcher Hochstimmung, daß sie glaubten, mit Sulla zusammen wäre für sie nichts unmöglich. Auch die Plünderung von Aeclanum hatte bei den Soldaten Wunder gewirkt, zumal Sulla für sich und seine Offiziere nichts von der mageren Beute beansprucht hatte bis auf ein paar Frauen, und nicht einmal die schönsten.

Der Marsch zu Mutilus dauerte jedoch einundzwanzig Tage und nicht acht, wie ursprünglich geplant. Straßen gab es nicht, und die Berge waren schroff und felsig, so daß man sie häufig mühsam umgehen mußte. Im stillen ärgerte sich Sulla, aber er war klug genug, seinen Legionären und Offizieren ein fröhliches und zuversichtliches Gesicht zu zeigen. Er sorgte auch dafür, daß es seiner Armee wenigstens einigermaßen gut ging. In gewisser Weise war Sulla durch die Verleihung der Graskrone weicher geworden, er bedachte stets, daß diese Armee sein Eigentum war. Wenn das Gelände so leicht begehbar gewesen wäre, wie er gedacht hatte, hätte er seine Leute zur Eile angetrieben. So aber sah er es als vordringliche Aufgabe an, sie bei guter Stimmung zu halten und sich mit dem Unvermeidlichen abzufinden. Wenn das Glück noch immer auf seiner Seite war, würde er Mutilus dort antreffen, wo er ihn vermutete. Und Sulla hatte keinen Zweifel, daß das Glück noch auf seiner Seite war.

So war es Ende Quintilis, als Lucullus mit gespanntem Gesicht in Sullas Lager geritten kam.

»Er ist da!« rief Lucullus ohne Umschweife.

»Gut!« sagte Sulla lächelnd. »Das heißt, daß das Glück ihn verlassen hat, Lucius Licinius, denn das meine hat mich nicht verlassen.

Du kannst die Nachricht an die Soldaten weitergeben. Sieht es so aus, als wollte Mutilus bald abziehen?«

»Es sieht eher so aus, als gewährte er seinen Männern ausgedehnte Ferien.«

»Sie haben genug von diesem Krieg, und Mutilus weiß das.« Sulla klang zufrieden. »Außerdem hat er Sorgen. Er sitzt seit mehr als sechzig Tagen im selben Lager, und jede neue Nachricht, die bei ihm eintrifft, macht ihm die Entscheidung noch schwerer, wohin er als nächstes gehen soll. Er hat den Westen der Campania verloren und ist im Begriff, Apulia zu verlieren.«

»Was tun wir also?« fragte Lucullus, der von Natur aus einen Hang zum Kriegerischen hatte und mit Feuereifer von Sulla lernte.

»Wir schlagen ein Lager auf unserer Seite des letzten Bergrückens vor dem Voltorno auf, zünden keine Feuer an und warten ab. Wir verhalten uns ganz ruhig. Ich möchte zuschlagen, wenn er zum Aufbruch rüstet. Er muß bald aufbrechen, sonst verliert er den Krieg ohne einen weiteren Kampf. Wenn er Silo wäre, würde er vielleicht diesen Weg wählen. Aber Mutilus? Er ist Samnite. Er haßt uns.«

Sechs Tage später beschloß Mutilus aufzubrechen. Sulla konnte nicht wissen, daß der Anführer der Samniten soeben Nachricht über einen schrecklichen Kampf vor Larinum zwischen Gaius Cosconius und Marius Egnatius erhalten hatte. Zwar hatte Mutilus seiner eigenen Armee Ruhe gegönnt, aber er hatte Cosconius doch nicht erlaubt, sich im Norden von Apulia wie auf einem Paradeplatz aufzuführen. Er hatte Cosconius eine große und erfahrene Armee von Samniten und Frentanern unter Marius Egnatius entgegengeschickt, die Cosconius erledigen sollte. Aber die kleine römische Streitmacht war in guter Verfassung, vertraute ihrem Führer rückhaltlos und hatte Gefallen an dem Gedanken gefunden, unschlagbar zu sein. Die Armee von Marius Egnatius hatte eine Niederlage erlitten, er selbst und die meisten seiner Männer waren in der Schlacht gefallen – eine Schreckensnachricht für Mutilus.

Kurz nach dem Morgengrauen strömten Sullas vier Legionen aus ihrem Versteck hinter dem Bergrücken hervor und überfielen Mutilus. In seinem halb abgebauten Lager und mit einer ungeordneten Armee hatte der Samnite keine Chance. Schwer verwundet flüchtete er mit dem Rest seiner Armee nach Aesernia und schloß sich dort ein. Noch einmal raffte sich die geplagte Stadt auf, einer Belagerung zu trotzen – nur standen diesmal die Römer draußen, und die Samniten waren drinnen.

Während Sulla noch mit den Aufräumarbeiten nach dem Gemetzel beschäftigt war, informierte ihn Cosconius persönlich von seinem Sieg über Marius Egnatius, strahlend vor Freude. Ganz gleich wie viele Widerstandsnester noch blieben, der Krieg war vorüber. Und Mutilus hatte das seit mehr als sechzig Tagen gewußt.

Sulla ließ ein paar Kohorten unter dem Kommando von Lucullus vor Aesernia zurück, damit Mutilus eingeschlossen blieb, und marschierte selbst nach Bovianum, zur alten Hauptstadt der Samniten. Die Stadt war hervorragend befestigt durch drei Zitadellen, die mit mächtigen Mauern verbunden waren. Jede Zitadelle schaute in eine andere Richtung und schützte eine der drei Straßen, die in Bovianum zusammenliefen. Die Stadt hielt sich für unangreifbar.

»Wißt ihr,« sagte Sulla zu Metellus Pius und Hortensius, »eines ist mir an Gaius Marius immer aufgefallen, wenn er im Feld war: Er war nie in die taktische Kunst verliebt, Städte einzunehmen. Ihm kam es nur auf offene Feldschlachten an. Ich hingegen finde es höchst faszinierend, Städte zu erobern. Wenn man Bovianum anschaut, wirkt es uneinnehmbar. Aber das ist ein Irrtum. Bovianum wird noch heute fallen.«

Und Sulla hielt Wort. Er täuschte der Stadt vor, seine gesamte Armee stünde unterhalb der Zitadelle, von der aus man die Straße von Aesernia überblicken konnte, aber gleichzeitig schlich sich eine Legion durch die Berge außen um die Stadt herum und griff die Zitadelle an, die nach Süden in Richtung Saepinum lag. Als Sulla eine riesige Rauchsäule aus dem Saepinum zugewandten Turm aufsteigen sah – das vorher vereinbarte Signal –, griff er den nach Aesernia gelegenen Turm an. Keine drei Stunden später ergab sich Bovianum.

Sulla errichtete kein Lager, sondern quartierte seine Soldaten in Bovianum ein und benützte die Stadt als Stützpunkt, während er das Land in weitem Umkreis säuberte, um sicherzustellen, daß das südliche Samnium gänzlich unterworfen wurde und nicht mehr in der Lage war, neue Truppen aufzustellen.

Er ließ Truppen aus Capua kommen, die Aesernia weiter belagerten, vereinte seine vier Legionen wieder und beriet dann mit Gaius Cosconius. Inzwischen war es Ende September.

»Den Osten überlasse ich dir, Gaius Cosconius«, sagte Sulla fröhlich. »Ich möchte, daß die Via Appia und die Via Minucia auf der gesamten Strecke frei werden. Benütze Bovianum als Hauptquartier, es eignet sich vorzüglich als Truppenstandort. Und sei so gnädig oder so ungnädig, wie du es für richtig hältst. Das Wichtigste ist, daß Mutilus in Aesernia eingesperrt bleibt und daß keinerlei Hilfstruppen zu ihm gelangen.«

»Wie stehen die Dinge im Norden?« fragte Cosconius, der so gut wie nichts mehr gehört hatte, seit er im März von Puteoli abgefahren war.

»Hervorragend! Servius Sulpicius Galba hat bei den Marrukinern, den Marsern und den Vestinern gründlich aufgeräumt. Er sagt, daß auch Silo mitgekämpft hat, jedoch entkommen ist. Cinna und Cornutus haben das gesamte Gebiet der Marser besetzt, und Alba Fucentia gehört wieder uns. Der Konsul Gnaeus Pompeius Strabo hat die Picenter vernichtend geschlagen und die rebellischen Teile von Umbria in Schutt und Asche gelegt. Aber Publius Sulpicius und Gaius Baebius liegen immer noch vor Asculum Picentum. Die Einwohner müssen inzwischen halb tot sein vor Hunger, aber sie halten immer noch aus.«

»Dann haben wir gesiegt?« fragte Cosconius ehrfürchtig erstaunt.

»Aber ja! Wir mußten siegen! Ein Italien ohne die uneingeschränkte Herrschaft Roms? Das würden die Götter niemals dulden«, sagte Sulla.

Am sechsten Tag im Oktober traf Sulla in Capua ein und suchte Catulus Caesar auf, um die nötigen Vorkehrungen für das Winterlager der Armee zu treffen. Die Via Appia und die Via Minucia waren wieder frei, obwohl die Stadt Venusia noch trotzig Widerstand leistete. Es blieb ihr aber nichts anderes übrig, als den Bewegungen der Römer auf der breiten Straße direkt vor der Stadtbefestigung tatenlos zuzusehen. Die Via Popillia war sicher für Truppenmärsche und geschützte Transportkolonnen von der Campania nach Rhegium, aber für kleine Reisegruppen noch immer gefährlich, da Marcus Lamponius sich weiter in den Bergen verschanzt hielt und Scharmützel suchte, die etwa so bedrohlich waren wie Überfälle von Räuberbanden.

»Dennoch«, befand Sulla in einem Gespräch mit dem glücklichen Catulus Caesar, »können wir wohl getrost sagen, daß die Halbinsel im großen und ganzen wieder uns gehört.« Inzwischen war es Ende November, und Sulla bereitete seine Rückkehr nach Rom vor.

»Ich würde lieber warten, bis Asculum Picentum wieder uns gehört, ehe ich das sage«, erwiderte Catulus Caesar, der zwei Jahre lang unermüdlich an dieser undankbaren Aufgabe gearbeitet hatte.

»Dort hat die ganze Geschichte angefangen, Lucius Cornelius. Und Asculum Picentum hält noch aus.«

»Vergiß Nola nicht«, knurrte Sulla.

*

Doch die Tage von Asculum Picentum waren gezählt. Auf seinem Staatsroß voranreitend, vereinte Pompeius Strabo im Oktober seine Armee mit der von Publius Sulpicius Rufus. Gemeinsam zogen die beiden Armeen einen Ring von römischen Soldaten um die gesamte Stadt, so daß nicht einmal mehr eine Strickleiter unbemerkt von der Stadtmauer herabgelassen werden konnte. Im nächsten Schachzug schnitt Pompeius Strabo die Stadt von der Wasserversorgung ab, ein enormes Unternehmen, denn das Wasser wurde an Hunderten von Stellen aus dem Kies unter dem Flußbett des Tronto abgeleitet. Aber Pompeius Strabo hatte beträchtliche technische Fähigkeiten, und mit großem Vergnügen überwachte er die Arbeiten persönlich.

Hilfe erhielt Konsul Strabo ausgerechnet von seinem am meisten verachteten Kadetten Marcus Tullius Cicero. Cicero konnte gut zeichnen und alles äußerst schnell und genau in einer selbsterfundenen Kurzschrift mitschreiben; Konsul Strabo fand ihn bei der Aufgabe, Asculum Picentum allmählich das Wasser abzugraben, sehr nützlich. Cicero war vollkommen eingeschüchtert von seinem Feldherrn und entsetzt darüber, daß ihn die Leiden der Menschen in der Stadt ganz und gar gleichgültig ließen. Dennoch tat er, was ihm befohlen wurde.

Im November öffneten die Magistraten von Asculum Picentum die Haupttore und schleppten sich heraus, um Gnaeus Pompeius Strabo mitzuteilen, die Stadt sei bereit, sich zu ergeben.

»Unser Zuhause gehört jetzt euch«, sagte der Anführer der Gruppe mit großer Würde. »Wir bitten euch nur darum, daß ihr uns wieder Wasser gebt.«

Pompeius Strabo warf den Kopf mit dem ergrauenden blonden Haar in den Nacken und brüllte vor Lachen. »Wozu?« fragte er prustend. »Es wird niemand mehr da sein, der es trinken kann!«

»Wir haben Durst, Gnaeus Pompeius!«

»Dann behaltet euren Durst«, sagte Pompeius Strabo.

Er ritt auf seinem Staatsroß nach Asculum Picentum hinein, an der Spitze eines Zuges, der aus seinen Legaten – Lucius Gellius Poplicola, Gnaeus Octavius Ruso und Lucius Junius Brutus Damasippus –, seinen Militärtribunen, seinen Kadetten und einer ausgewählten Anzahl Soldaten in der Stärke von fünf Kohorten bestand.

Während sich die Soldaten sofort mit geübter Disziplin über die ganze Stadt verteilten, um alle Einwohner zusammenzutreiben und jedes Haus zu inspizieren, zog der Konsul Strabo zum Forum, das auch als Marktplatz genutzt wurde. Es trug noch die Spuren der Zeit, in der sich Gaius Vidacilius in der Stadt eingenistet hatte. Wo einst die Tribüne des Magistrats gestanden hatte, lag nun ein unordentlicher Haufen verkohlter Balken: die Reste des Scheiterhaufens, auf dem Vidacilius sich verbrannt hatte.

Der Konsul Strabo kaute an der tückischen Reitgerte, mit der er sein Staatsroß züchtigte, sah sich aufmerksam um und wandte sich dann an Brutus Damasippus.

»Baut ein Podest oben auf den Scheiterhaufen, und zwar schnell«, sagte er kurz angebunden.

Innerhalb kürzester Zeit hatte eine Gruppe von Soldaten Türen und Balken aus den nächstgelegenen Gebäuden herausgerissen, und Pompeius Strabo bekam sein Podest, sogar mit Stufen. Ganz oben auf das Podest stellte man seinen elfenbeinernen Amtsstuhl und einen Schemel für seinen Schreiber.

»Du kommst mit mir«, sagte Pompeius Strabo zu Cicero, schritt die Stufen hinauf und setzte sich auf den Elfenbeinstuhl. Er trug noch immer den Brustharnisch und den Helm des Feldherren, aber von seinen Schultern wehte ein purpurner Umhang statt des roten Feldherrnmantels. Cicero hatte die Hände voller Wachstafeln und legte sie nun hastig neben seinem Schemel auf den Boden. Dann kauerte er sich auf seinen Platz, eine Tafel im Schoß, den knöchernen Griffel bereit. Er rechnete mit einer offiziellen Verhandlung.

»Poplicola, Ruso, Damasippus, Gnaeus Pompeius – kommt zu mir«, sagte der Konsul schroff wie gewohnt.

Ciceros Herz schlug allmählich ein wenig langsamer, und seine Angst verringerte sich so weit, daß er seine Umgebung wahrnehmen konnte, während er darauf wartete, seine ersten offiziellen Worte niederzuschreiben. Offensichtlich hatte die Stadt gewisse Vorsichtsmaßnahmen getroffen, ehe sie die Tore geöffnet hatte, denn vor dem Versammlungsgebäude lagen Schwerter, Kettenhemden, Speere, Dolche und andere Gegenstände, die man als Waffen ansehen konnte, zu einem großen Haufen aufgeschichtet.

Die Mitglieder des Magistrats wurden hergebracht, sie mußten direkt unter dem behelfsmäßigen Podest stehen. Pompeius Strabo eröffnete die Verhandlung, die nur aus ein paar Sätzen bestand.

»Ihr seid alle des Verrates und des Mordes schuldig. Ihr seid keine römischen Bürger. Ihr werdet ausgepeitscht und dann enthauptet. Ihr könnt von Glück sagen, daß ich euch nicht wie Sklaven behandle und kreuzigen lasse.«

Das Urteil wurde sofort am Fuße des Podestes vollzogen, und der entsetzte Cicero versuchte die aufsteigende Übelkeit dadurch niederzukämpfen, daß er verzweifelt auf die Tafel in seinem Schoß starrte und sinnlose Kringel in das Wachs malte.

Nachdem er mit dem Magistrat fertig war, sprach Konsul Strabo dasselbe Urteil über jeden Mann zwischen dreizehn und achtzig, den seine Soldaten finden konnten. Um die Abwicklung zu beschleunigen, bestimmte er fünfzig Soldaten zum Auspeitschen und fünfzig zum Enthaupten. Andere mußten den Waffenhaufen vor dem Versammlungsgebäude nach geeigneten Äxten durchsuchen, vorläufig sollten die Soldaten zum Enthaupten ihre Schwerter benützen. Nach einiger Übung konnten sie ihre ausgemergelten und erschöpften Opfer so zügig enthaupten, daß sie keine Äxte mehr nehmen wollten. Aber nach einer Stunde waren trotzdem erst dreihundert Einwohner von Asculum tot. Ihre Köpfe hatte man auf Speere gesteckt und an die Zinnen der Stadtmauer genagelt, ihre Körper an der Seite des Forums auf einen Haufen geworfen.

»Ihr werdet eure Leistungen steigern müssen«, sagte Pompeius Strabo zu seinen Offizieren und Soldaten. »Ich will, daß die Sache heute erledigt wird, nicht in einer Woche! Bestimmt zweihundert Mann zum Auspeitschen und weitere zweihundert zum Enthaupten. Und macht schnell. Ihr arbeitet nicht zusammen und geht planlos vor. Wenn sich das nicht schnellstens ändert, könnt ihr euch auf etwas gefaßt machen.«

»Es wäre viel einfacher, sie verhungern zu lassen«, sagte der Sohn des Konsuls, der dem Gemetzel ungerührt zusah.

»Entschieden einfacher. Aber nicht legal«, sagte sein Vater.

Über fünftausend Männer starben an diesem Tag. Das Blutbad vergaß keiner der Römer vor Asculum jemals wieder, aber keine Stimme erhob sich dagegen und auch hinterher mißbilligte niemand das Vorgehen des Feldherrn. Der Platz schwamm buchstäblich in Blut, und der besondere, ekelerregende Geruch – warm, süßlich, ein wenig nach Eisen – stieg wie Dunst in die sonnige Bergluft empor.

Bei Sonnenaufgang erhob sich der Konsul von seinem Amtsstuhl und streckte seine Glieder. »Alle zurück ins Lager«, sagte er lakonisch. »Um die Frauen und Kinder kümmern wir uns morgen. Es ist nicht nötig, auf der Innenseite Wachen aufzustellen. Verschließt einfach die Tore und macht draußen Kontrollgänge.« Er gab keinen Befehl, die Leichen oder das Blut zu beseitigen, also ließ man alles, wie es war.

Am Morgen kehrte der Konsul auf sein Podest zurück, ungerührt von dem Anblick, der sich ihm bot. Seine Soldaten hielten die Frauen und Kinder in Gruppen am Rande des Forums zusammen. Das Urteil des Konsuls fiel für alle gleich aus:

»Ihr verlaßt die Stadt unverzüglich und nehmt nur das mit, was ihr am Leibe tragt. Keine Nahrungsmittel, kein Geld, keine Wertgegenstände, keine Andenken.«

Nach zwei Jahren Belagerung war Asculum Picentum eine bettelarme Stadt, es gab wenig Geld und noch weniger Wertgegenstände. Aber ehe die Verbannten die Stadt verlassen durften, wurden sie durchsucht, und keine Frau durfte noch einmal in das Haus zurückkehren, aus dem sie herausgeholt worden war. Frauen und Kinder wurden einfach wie Schafe aus dem Tor hinausgetrieben und zogen dann durch die Reihen von Pompeius Strabos Armee in ein Gebiet, das die Besatzungslegionen ausgeplündert und verwüstet hatten. Kein Hilferuf, kein weinendes altes Weib, kein schreiendes Kind wurde erhört, auf so etwas fielen die Soldaten von Pompeius Strabo nicht herein. Die schönen Frauen wurden den Offizieren und Zenturionen übergeben, die halbwegs gutaussehenden bekamen die Soldaten. Nachdem die Männer mit ihnen fertig waren, wurden die Frauen, die dann noch lebten, einen oder zwei Tage nach ihren Müttern und Kindern in das verwüstete Land hinausgejagt.

»Es lohnt sich nicht, irgend etwas von hier für meinen Triumphzug nach Rom mitzunehmen«, sagte der Konsul, als alles vorüber war und er von seinem Amtsstuhl aufstehen konnte. »Überlaßt alles meinen Männern.«

Cicero folgte seinem Feldherrn die Stufen des Podestes hinunter und starrte mit offenem Mund auf den Platz, der ihm wie der größte Schlachthof der Welt erschien. Cicero spürte keine Übelkeit mehr, kein Mitleid, überhaupt kein Gefühl. Wenn das Krieg war, dachte er, dann wollte er keinen zweiten mehr erleben. Und doch konnte sein Freund Pompeius, den er heftig bewunderte und den er als so freundlich kannte, seinen herrlichen Blondschopf sorglos in den Nacken werfen und fröhlich vor sich hin pfeifen, während er sich einen Weg zwischen den tiefen Lachen aus geronnenem, von Schmeißfliegen bedecktem Blut auf dem Platz suchte. Seine herrlichen blauen Augen drückten nichts als Anerkennung aus, als sie über die Berge geköpfter Leichen wanderten.

»Ich habe Poplicola gesagt, er soll zwei besonders hübsche Frauen für uns Kadetten aufheben«, sagte Pompeius und blieb einen Schritt zurück, damit Cicero nicht in eine Blutlache treten mußte. »Wir werden unser Vergnügen haben? Hast du schon mal gesehen, wie es jemand gemacht hat? Wenn nicht, dann ist es heute abend soweit!«

Cicero holte tief Luft, es klang wie ein Schluchzen. »Gnaeus Pompeius, es fehlt mir nicht an Rückgrat«, sagte er heroisch, »aber ich habe weder das Herz noch den Magen für den Krieg. Nach dem, was ich in den letzten zwei Tagen hier gesehen habe, würde es mich nicht einmal erregen, wenn Paris es vor meinen Augen mit Helena triebe! Und was die Frauen aus Asculum angeht – laß mich um Himmels willen aus dem Spiel! Ich werde unter einem Baum schlafen.«

Pompeius lachte und legte den Arm um die schmalen, gebeugten Schultern seines Freundes. »Ach, Marcus Tullius, du bist doch die vertrocknetste alte Vestalin, die mir je untergekommen ist!« Pompeius konnte gar nicht mehr aufhören zu lachen. »Der Feind ist der Feind! Du kannst doch wohl kein Mitleid mit Leuten haben, die sich nicht nur Rom widersetzt, sondern einen römischen Prätor ermordet und Hunderte von römischen Männern, Frauen und Kindern in Stücke gerissen haben! Buchstäblich! Aber geh nur und schlafe unter einem Baum, wenn es sein muß. Ich werde mich um das Täubchen kümmern, das dir zugedacht war.«

Sie verließen den Platz und gingen eine kurze, breite Straße zum Haupttor entlang. Und dort waren sie wieder: eine endlose Reihe von Köpfen, grausige Trophäen mit zerfetzten Hälsen und von Vögeln zerpickten Gesichtern, rechts und links auf den Zinnen, so weit das Auge reichte. Cicero würgte, aber er hatte inzwischen soviel Erfahrung damit, sich nicht für immer und ewig in den Augen des Konsuls Strabo mit Schande zu bedecken, daß er sich auch jetzt nicht vor seinem alten Freund, der sorglos weiterplapperte, mit Schande bedeckte.

»Es gab hier nichts, das man in einem Triumphzug hätte vorführen können«, sagte Pompeius, »aber ich habe ein hervorragendes Netz zum Fallenstellen für wilde Jagdvögel gefunden. Und mein Vater hat mir mehrere Eimer voll Bücher gegeben, eine Ausgabe meines

Großonkels Lucilius, die wir beide noch nie gesehen hatten. Sie muß wohl die Arbeit eines hiesigen Kopisten sein, jedenfalls ist es ein wertvoller Besitz. Wirklich schön.«

»Sie haben nichts zu essen und keine warme Kleidung«, sagte Cicero.

»Wer?«

»Die Frauen und Kinder, die aus der Stadt vertrieben wurden.«

»Hoffentlich nicht!«

»Und was geschieht mit der Schweinerei dort drinnen?«

»Meinst du die Leichen?«

»Ja, ich meine die Leichen. Und das Blut. Und die Köpfe.«

»Mit der Zeit werden sie verwesen.«

»Und Krankheiten bringen.«

»Wem denn? Wenn mein Vater die Tore für immer zunageln läßt, wird es in Asculum Picentum keinen lebenden Menschen mehr geben. Wenn von den Frauen und Kindern jemand zurückschleichen will, nachdem wir weg sind, können sie nicht hinein. Mit Asculum Picentum ist es vorbei. Dort wird nie wieder jemand leben«, sagte Pompeius.

»Jetzt verstehe ich, warum sie deinen Vater den Schlächter nennen.« Cicero war es gleichgültig, ob diese Bemerkung seinen Freund beleidigte.

Pompeius faßte sie aber als Kompliment auf, seine Intelligenz hatte einige merkwürdige Lücken an den Stellen, wo seine Überzeugungen so stark waren, daß sie weder angekratzt noch gar erschüttert werden konnten. »Ein guter Name, nicht wahr?« fragte er rauh und fürchtete, daß seine Liebe zu seinem Vater so stark war, daß sie an Schwäche grenzte. Er beschleunigte seinen Schritt. »Bitte, Marcus Tullius, geh ein wenig schneller! Ich will nicht, daß die anderen Strolche ohne mich anfangen. Schließlich ist es doch meinem Einfluß zu verdanken, daß wir die Frauen überhaupt bekommen haben.«

Cicero beeilte sich. Aber er war noch nicht fertig. »Gnaeus Pompeius, ich muß dir etwas sagen«, keuchte er.

»Ja?« fragte Pompeius, deutlich geistesabwesend.

»Ich habe um meine Versetzung nach Capua gebeten, wo meine Talente wahrscheinlich nützlicher für die Beendigung dieses Krieges sind. Ich habe an Quintus Lutatius geschrieben, und ich habe eine Antwort bekommen. Er hat geschrieben, meine Dienste seien ihm höchst willkommen. Oder Lucius Cornelius Sulla.«

Pompeius war stehengeblieben. Er starrte Cicero verblüfft an. »Aber warum hast du das getan?«

»Der Stab deines Vaters besteht aus Soldaten, Gnaeus Pompeius. Ich bin kein Soldat.« Ciceros braune Augen blickten mit großem Ernst und sehr sanft in das Gesicht seines verwirrten Mentors, der nicht recht wußte, ob er lachen oder sich ärgern sollte. »Bitte, laß mich gehen! Ich werde dir immer dankbar sein und niemals vergessen, wieviel du mir geholfen hast. Aber du bist kein Narr, Gnaeus Pompeius. Der Stab deines Vaters ist nicht der richtige Platz für mich.«

Die Gewitterwolken verschwanden, Pompeius' blaue Augen strahlten glücklich. »Mach, was du willst, Marcus Tullius!« Dann seufzte er. »Weißt du, daß du mir fehlen wirst?«

*

Sulla traf Anfang Dezember in Rom ein. Er hatte keine Ahnung, wann die Wahlen stattfinden würden. Seit Asellios Tod hatte Rom keinen Stadtprätor mehr, und die Leute sagten, daß der verbliebene Konsul Pompeius Strabo erst kommen werde, wenn er es für richtig halte, keinen Augenblick früher. Unter normalen Umständen hätte das Sulla zur Verzweiflung getrieben, aber diesmal wußten alle, wie der nächste Konsul heißen würde. Sulla war über Nacht berühmt geworden. Männer, die er nicht kannte, begrüßten ihn wie einen Bruder, Frauen lächelten ihn an und warfen ihm aus den Augenwinkeln einladende Blicke zu, die Menge jubelte ihm zu – und er war *in absentia* anstelle des verstorbenen Asellio zum Auguren gewählt worden. Ganz Rom war fest davon überzeugt, daß er, Lucius Cornelius Sulla, den Krieg gegen die Italiker gewonnen hatte, nicht Gaius Marius, nicht Gnaeus Pompeius Strabo, sondern er, Lucius Cornelius Sulla.

Der Senat war nie dazu gekommen, ihn nach Konsul Catos Tod formell zum Oberbefehlshaber des südlichen Kriegsschauplatzes zu ernennen. Er hatte all seine Taten als Legat des Verstorbenen vollbracht, aber bald würde er der neue Konsul sein, und dann mußte ihm der Senat jeden Oberbefehl geben, den er haben wollte. Sulla amüsierte sich sehr, wenn er sah, wie verlegen manche Senatsführer, etwa Lucius Marcius Philippus, auf die Heldentaten eines Legaten reagierten. Sie hatten ihn nicht recht ernst genommen und ihm nicht viel zugetraut. Und nun war er der Held Roms.

Einer seiner ersten Besuche nach der Rückkehr galt Gaius Marius. Sulla wunderte sich über die großen Fortschritte, die Marius inzwischen gemacht hatte. Bei dem alten Mann war Aurelias Sohn Gaius Julius Caesar. Er war, obgleich erst elf Jahre, fast ebensogroß wie Sulla. Ein erstaunliches Kind, dachte Sulla, intelligent wie eh und je und insgesamt in allen Dingen gewachsen, die ihm bei seinen früheren Besuchen bei Aurelia an dem Knaben aufgefallen waren. Caesar hatte sich ein Jahr lang um Marius gekümmert und mit den wißbegierigen Ohren eines ungezähmten Geschöpfes jedes Wort seines Lehrmeisters in sich aufgesogen. Kein Wort war ihm entgangen, und er hatte keines vergessen.

Sulla erfuhr von Marius von dem beinahe erfolgten Sturz des jungen Marius. Inzwischen war er unter Cinna und Cornutus gegen die Marser im Einsatz und offenkundig ruhiger und verantwortungsbewußter geworden. Sulla hörte auch von dem beinahe tödlichen Sturz des jungen Caesar, der still dasaß, als die Geschichte erzählt wurde, ein wenig lächelte und ins Leere starrte. Daß Lucius Decumius bei diesem Vorfall dabeigewesen war, alarmierte Sulla. Das war nicht die Art von Gaius Marius! Wohin war es mit dieser Welt gekommen, wenn Gaius Marius sich dazu herabließ, einen berufsmäßigen Mörder zu dingen? Der Tod von Publius Claudius Pulcher war so klar und offenkundig ein Unfall, daß Sulla genau wußte, es konnte kein Unfall gewesen sein. Aber wie war die Tat vollbracht worden? Und was hatte Caesar damit zu tun? War es wirklich möglich, daß dieses *Kind* sein eigenes Leben aufs Spiel gesetzt hatte, um Publius Claudius Pulcher einen Felsen hinabzustoßen? Nein! Nicht einmal ein Sulla traute sich das zu, wenn es um einen Mord ging.

Sulla heftete seinen Blick, der so viele Menschen verunsicherte, auf den Jungen, während Marius weitererzählte – er hielt das Eingreifen von Lucius Decumius offensichtlich für unnötig –, und konzentrierte sich darauf, Caesar Angst einzujagen. Der Junge spürte den eisigen Blick, aber sah einfach auf und zu Sulla hinüber, ohne eine Spur von Angst, ohne die geringste Beunruhigung. Er lächelte auch nicht, er sah Sulla nur mit großem, nüchternem Interesse an. Er erkennt, wer und was ich bin, ging es Sulla durch den Kopf – aber ich erkenne auch, wer und was du bist, Caesar! Mögen die Götter Rom vor uns beiden schützen.

Marius war ein großmütiger Mann und empfand nichts anderes als Freude über Sullas Erfolg. Sogar zur Verleihung der Graskrone –

die einzige militärische Auszeichnung, die Marius nicht erlangt hatte – beglückwünschte er Sulla ohne Groll oder Neid.

»Was sagst du nun? Kann man gutes Befehlen lernen oder nicht?« fragte Sulla herausfordernd.

»Ich sage, daß ich unrecht hatte, Lucius Cornelius. Nicht in bezug auf das Befehlenlernen! Ich hatte unrecht, weil ich dachte, es läge dir nicht im Blut. Aber es liegt dir durchaus im Blut. Gaius Cosconius auf dem Seeweg nach Apulia zu schicken war ein genialer Einfall. Du hast den Feind auf eine Art und Weise in die Zange genommen, die kein Mensch, und wäre er noch so gut ausgebildet, zuwege gebracht hätte. Das war die Leistung eines geborenen Feldherrn.«

Diese Antwort hätte Sulla zutiefst beglücken und befriedigen sollen, aber das tat sie nicht. Sulla hatte das Gefühl, daß Marius sich noch immer für den besseren Feldherrn hielt und überzeugt war, er hätte Süditalien besser und schneller unterwerfen können. Wie konnte er diesem sturen alten Esel endlich zeigen, daß er ihm ebenbürtig war? fragte sich Sulla im stillen, verriet aber nach außen hin nichts von seinen Gedanken. Er merkte, wie sich ihm die Nackenhaare sträubten, blickte Caesar an und las in seinen Augen, daß er um die lautlos gestellte Frage wußte.

»Was denkst du, Caesar?« fragte Sulla.

»Ich bin von Bewunderung erfüllt, Lucius Cornelius.«

»Eine glatte Antwort.«

»Eine ehrliche Antwort.«

»Komm mit, junger Mann, ich bringe dich nach Hause.«

Eine Weile gingen sie stumm nebeneinander her. Sulla trug seine schneeweiße Kandidatentoga, der Junge seine Kindertoga mit dem purpurnen Saum und der Bulla, dem Amulett, das Unheil abwenden sollte, an einem Lederriemen um den Hals. Zuerst dachte Sulla, das viele Lächeln und Kopfnicken gelte ihm, da er so berühmt geworden war, bis es ihm dämmerte, daß ein Gutteil davon in Wahrheit dem Jungen galt.

»Wie kommt es, daß alle dich kennen, Caesar?«

»Das ist nur ein Abglanz, Lucius Cornelius. Ich begleite Gaius Marius überallhin.«

»Kennt dich denn niemand um deiner selbst willen?«

»Hier in der Nähe des Forums bin ich einfach der Junge von Gaius Marius. Wenn ich die Subura betrete, kennt man mich auch allein.«

»Ist dein Vater zu Hause?«

»Nein, er ist noch mit Publius Sulpicius und Gaius Baebius vor Asculum Picentum.«

»Dann kommt er bald nach Hause. Die Armee ist schon auf dem Marsch.«

»Dann dauert es sicher nicht mehr lange.«

»Freust du dich nicht darauf, deinen Vater zu sehen?«

»Doch, natürlich.« Es klang unbeteiligt.

»Erinnerst du dich an deinen Vetter, meinen Sohn?«

Das Gesicht des Jungen leuchtete auf, jetzt war die Begeisterung echt. »Wie könnte ich ihn jemals vergessen? Er war so freundlich. Als er starb, habe ich ein Gedicht für ihn geschrieben.«

»Was stand darin? Kannst du es mir aufsagen?«

Caesar schüttelte den Kopf. »Ich konnte das damals noch nicht so gut, deshalb sage ich es dir lieber nicht auf. Eines Tages schreibe ich ein besseres, und dann gebe ich dir eine Abschrift.«

Wie dumm von ihm, sich verleiten zu lassen, die alte Wunde wieder aufzureißen, weil er es schwierig fand, mit einem elfjährigen Jungen zu reden! Sulla schwieg und kämpfte mit den Tränen.

Wie gewöhnlich war Aurelia am Schreibtisch beschäftigt, aber sie kam sofort, als Eutychus ihr meldete, wer ihren Sohn nach Hause gebracht hatte. Als sie sich im Empfangsraum hinsetzten, blieb Caesar dabei und beobachtete seine Mutter scharf. Was beschäftigte ihn wohl, fragte sich Sulla, dem die Anwesenheit des Jungen lästig war, weil sie ihn daran hinderte, Aurelia zu fragen, was er wissen wollte. Zum Glück bemerkte sie seine Unruhe bald und schickte ihren Sohn weg. Er ging sichtbar widerstrebend.

»Was ist los mit ihm?«

»Ich habe den Verdacht, Gaius Marius hat irgendeine Bemerkung gemacht, die ihm eine falsche Vorstellung von meiner Freundschaft mit dir gegeben hat, Lucius Cornelius«, sagte Aurelia ruhig.

»Ihr Götter! Der alte Schurke! Wie kann er nur?«

Die schöne Aurelia lachte fröhlich. »Über solche Dinge rege ich mich schon lange nicht mehr auf. Als mein Onkel Publius Rutilius an Gaius Marius nach Asia Minor geschrieben und ihm mitgeteilt hat, seine Nichte sei soeben von ihrem Ehemann geschieden worden, nachdem sie einen rothaarigen Sohn zur Welt gebracht habe, haben Julia und Gaius Marius bestimmt sofort gedacht, die Nichte sei ich – und das Baby sei von dir. Da bin ich ganz sicher.«

Jetzt mußte Sulla lachen. »Kennen sie dich so schlecht? Deine Schutzwälle sind schwerer zu durchbrechen als die von Nola.«

»Stimmt. Aber immerhin hast du es versucht.«

»Ich bin ein Mann wie jeder andere.«

»Keineswegs. Nur keine falsche Bescheidenheit!«

Caesar hörte von seinem Versteck über der doppelten Decke des Arbeitszimmers aus zu und spürte eine enorme Erleichterung – also war seine Mutter doch eine tugendhafte Frau. Aber dann wurde dieses Gefühl von einem anderen abgelöst, mit dem er viel schwerer zurechtkam – warum zeigte sie *ihm* niemals diese Seite ihres Wesens? Dort unten saß sie, lachend, entspannt und in eine Art neckisches Geplänkel verwickelt, das, soviel verstand er schon, erwachsen und weltläufig war. Sie mochte diesen abstoßenden Mann, sprach zu ihm wie zu einem guten alten Freund. Sie war zwar nicht Sullas Geliebte, aber es herrschte eine Vertrautheit zwischen ihnen, die es zwischen ihr und seinem Vater nicht gab. Sein Vater. Ungeduldig wischte er seine Tränen ab, legte sich leise der Länge nach hin und zwang seinen Geist zu so viel Gelassenheit, wie er in jener Zeit aufbringen konnte, wenn er sich sehr anstrengte. Vergiß, daß sie deine Mutter ist, Gaius Julius Caesar! Vergiß, wie sehr du ihren Freund Sulla verabscheust! Höre ihnen zu und lerne.

»Du wirst bald Konsul sein«, sagte sie in diesem Augenblick.

»Mit zweiundfünfzig. Älter als Gaius Marius damals war.«

»Und Großvater! Hast du das Baby schon gesehen?«

»Ach bitte, Aurelia! Wahrscheinlich werde ich früher oder später Arm in Arm mit Aelia in Quintus Pompeius' Haus herumlaufen, zu Abend essen und dem Baby die Bäckchen streicheln müssen. Aber warum sollte mir die Geburt der Tochter einer Tochter so wichtig sein, daß ich sofort hinrenne und mir das Gör ansehe?«

»Die kleine Pompeia ist ganz entzückend!«

»Dann möge sie soviel Verwüstung anrichten wie Helena von Troja!«

»Sag das nicht! Ich habe immer gedacht, daß die arme Helena ein höchst unglückliches Leben hatte. Ein Gegenstand. Ein Spielzeug fürs Bett«, sagte Aurelia empört.

»Frauen sind Gegenstände«, sagte Sulla lächelnd.

»Ich nicht! Ich habe meinen eigenen Besitz und meinen eigenen Wirkungskreis.«

Sulla wurde ernst. »Die Belagerung von Asculum Picentum ist vorbei. Gaius Julius kann jeden Tag nach Hause kommen. Und was ist dann mit all deinen forschen Reden?«

»Bitte nicht, Lucius Cornelius! Ich habe ihn von Herzen gern, aber ich fürchte den Augenblick, in dem er zur Tür hereinkommt. Er wird an allem etwas auszusetzen haben, von den Kindern bis zu meiner Rolle als Hauswirtin, und ich werde mich verzweifelt bemühen, es ihm recht zu machen, bis er irgendeinen Befehl erteilt, den ich nicht gutheißen kann!«

»Und dann, meine arme Aurelia, wirst du ihm sagen, daß er unrecht hat, und der Ärger geht los«, sagte Sulla zärtlich.

»Würdest du es vielleicht mit mir aushalten?« fragte sie scharf.

»Nicht einmal, wenn du die einzige Frau auf der Welt wärst, Aurelia.«

»Aber Gaius Julius hält es mit mir aus.«

»Oh je! Was für eine Welt!«

»Sei nicht so unverschämt!« fauchte sie.

»Dann wechsle ich lieber das Thema.« Sulla lehnte sich zurück und stützte sich auf beide Hände. »Wie geht es der Witwe von Scaurus?«

Ihre veilchenblauen Augen funkelten. »Beim Castor! Bist du denn noch immer an ihr interessiert?«

»Außerordentlich.«

»Ich glaube, sie steht unter der Vormundschaft eines relativ jungen Mannes: des Bruders von Livius Drusus, Mamercus Aemilius Lepidus Livianus.«

»Ich kenne ihn. Er hilft Quintus Lutatius in Capua, aber er hat mit Titus Didius in Herculaneum gekämpft und war mit Publius und Aulus Gabinius in Lucania. Er ist ein stämmiger Bursche, einer von der Sorte, die jedermann für das Salz der Erde hält.« Er setzte sich auf und sah plötzlich so wachsam aus wie eine Katze, die eine Beute erspäht hat. »Weht der Wind daher? Wird sie Lepidus Livianus heiraten?«

Aurelia lachte. »Das bezweifle ich! Er ist mit einer ziemlich gräßlichen Frau verheiratet, die ihn fest unter dem Pantoffel hat. Eine Claudia, eine Schwester von Appius Claudius Pulcher – du kennst die Geschichte, seine Frau zwang Lucius Julius, in der Toga den Tempel der Juno Sospita zu reinigen. Zwei Monate später starb sie bei der Geburt eines Kindes.«

»Sie ist die Cousine meiner Delmatica – die tote Balearica, meine ich«, sagte Sulla mit einem Grinsen.

»Alle sind mit ihr verwandt.«

Sulla war auf einmal sehr lebhaft. »Glaubst du, meine Delmatica hätte derzeit Interesse an mir?«

Aurelia schüttelte den Kopf. »Ich habe keine Ahnung! Das ist eine ehrliche Antwort, Lucius Cornelius. Ich habe keinerlei Kontakte zu meinen Geschlechtsgenossinnen außerhalb der engsten Verwandtschaft.«

»Dann solltest du vielleicht die Bekanntschaft mit ihr vertiefen, wenn dein Mann nach Hause kommt. Du hast dann auf alle Fälle mehr Freizeit«, sagte Sulla spitzbübisch.

»Es reicht, Lucius Cornelius! Mach, daß du nach Hause kommst.«

Sie gingen zusammen zur Tür. Sobald ihre Gestalten aus dem Gesichtsfeld von Caesars Guckloch verschwunden waren, kam er von der Decke herunter und verschwand unbemerkt.

»Wirst du mir zuliebe Kontakt mit Delmatica pflegen?« fragte Sulla seine Gastgeberin, als sie ihm die Tür öffnete.

»Nein, das werde ich nicht. Wenn du so heftig an ihr interessiert bist, dann pflege den Kontakt selbst. Aber ich kann dir sagen, daß eine Scheidung von Aelia deinem Ruf sehr schaden wird.«

»Meinem Ruf hat schon manches geschadet. *Vale.*«

Die Wahlen der Tribus wurden abgehalten, ohne daß ein Konsul anwesend war. Die Aufgabe des Wahlprüfers hatte der Senat Metellus Pius dem Ferkel übertragen, er war Prätor und mit Sulla in Rom eingetroffen. Schon bald war klar, daß die Volkstribunen diesmal recht konservativ sein würden, denn an erster Stelle wurde kein anderer als Publius Sulpicius Rufus gewählt und Publius Antistius mit wenig Abstand. Sulpicius hatte erreicht, daß Pompeius Strabo ihn gehen ließ. Nachdem er sich im Feld einen hervorragenden Ruf als Befehlshaber gegen die Picenter erworben hatte, wollte Sulpicius jetzt politischen Ruhm ernten; rhetorische und gerichtliche Lorbeeren hatte er bereits als junger Mann in einer brillanten Karriere auf dem Forum errungen. Er galt weit und breit als der vielversprechendste Redner unter den jüngeren Männern. Wie der verstorbene Crassus Orator hatte er sich den kleinasiatischen Stil angeeignet, seine Gesten waren anmutig und wohlkalkuliert, seine Stimme war warm und weich, er beherrschte die Sprache und die rhetorischen Regeln glänzend. Sein berühmtester Fall war der Prozeß gegen Gaius Norbanus gewesen mit der Anklage, Norbanus habe Konsul Caepio zu Unrecht beschuldigt, daß Gold von Tolosa geraubt zu haben. Zwar verlor Sulpicius den Prozeß, aber seinem Ansehen schadete das nicht im geringsten. Er war ein guter Freund von Marcus Livius Drusus gewesen – obwohl er die Verleihung des Bürgerrechtes an die Italiker nicht unterstützte – und hatte sich seit Drusus' Tod eng an Quintus Pompeius Rufus angeschlossen, Sullas Mitkandidaten bei den kommenden Konsulwahlen. Unter seinem Vorsitz würden die Volkstribunen keine demagogischen Schachzüge versuchen. Tatsächlich sah es so aus, als gehörte keiner der zehn Gewählten zur demagogischen Sorte, und auf die Wahl der Tribunen folgte auch keine Welle spektakulärer Gesetze. Verheißungsvoller war die Einsetzung von Quintus Caecilius Metellus Celer als plebejischer Ädil. Er war sehr reich, und es kursierte das Gerücht, er plane wundervolle Spiele für die kriegsmüde Stadt.

Ebenfalls unter dem Vorsitz des Ferkels versammelten sich die Zenturien auf dem Marsfeld zur Vorstellung der Kandidaten für das Konsulat und die Prätur. Als Sulla und Mitbewerber Quintus Pompeius Rufus eine gemeinsame Kandidatur verkündeten, gab es ohrenbetäubende Beifallrufe, doch als Gaius Julius Caesar Strabo Vopiscus Sesquiculus ebenfalls seine Absicht kundtat, für das Konsulat zu kandidieren, trat verblüffte Stille ein.

»Das kannst du nicht!« sagte Metellus Pius atemlos. »Du bist noch nicht Prätor gewesen!«

»Ich behaupte, daß nichts auf den Tafeln steht, das einen Mann daran hindert, sich für das Konsulat zu bewerben, ehe er Prätor gewesen ist«, sagte Caesar Strabo und zog eine Schriftrolle heraus, die so lang war, daß das Publikum stöhnte. »Ich habe hier eine Abhandlung, die meine Auffassung zweifelsfrei beweist, und ich werde sie von Anfang bis Ende vorlesen.«

»Roll sie wieder zusammen und spar dir die Mühe, Gaius Julius Strabo!« rief der neue Volkstribun Sulpicius aus der Menge unterhalb des Podiums. »Ich lege mein Veto ein! Du darfst nicht kandidieren.«

»Ach komm, Publius Sulpicius! Wir wollen uns das Gesetz lieber erst einmal genau ansehen, bevor wir jemanden danach anklagen«, rief Caesar Strabo.

»Ich lege mein Veto gegen deine Kandidatur ein, Gaius Julius Strabo. Komm von da oben herunter und geselle dich zu deinesgleichen«, beharrte Sulpicius.

»Dann erkläre ich meine Kandidatur für das Amt des Prätors!«

»Nicht dieses Jahr«, sagte Sulpicius. »Ich lege auch dagegen mein Veto ein.«

Manchmal konnte der jüngere Bruder von Quintus Lutatius Catulus Caesar und dem Zensor Lucius Julius Caesar bösartig sein, und sein Temperament brachte ihn öfter in Schwierigkeiten, aber heute zuckte Caesar Strabo nur mit den Schultern, grinste, kam ganz zufrieden herunter und stellte sich neben Sulpicius.

»Dummkopf! Warum hast du das gemacht?« fragte Sulpicius.

»Es hätte vielleicht geklappt, wenn du nicht hiergewesen wärst.«

»Eher hätte ich dich umgebracht«, tönte eine Stimme aus dem Hintergrund.

Caesar Strabo drehte sich um, sah, daß die Stimme dem jungen Gaius Flavius Fimbria gehörte, und schnaubte verächtlich. »Halt den Mund! Du könntest nicht einmal einer Fliege etwas zuleide tun, du geldgieriger Schwachkopf!«

»Nein, Schluß!« Sulpicius stellte sich zwischen die beiden. »Geh weg, Gaius Flavius! Mach schon, verschwinde! Überlaß die Regierung von Rom denen, die älter sind als du – und besser.«

Caesar Strabo lachte, und Fimbria schlich sich davon.

»Ein schrecklicher Bursche, auch wenn er jung und sonstwas ist«, sagte Sulpicius. »Er hat dir nie verziehen, daß du Varius angeklagt hast.«

»Das überrascht mich nicht«, erwiderte Caesar Strabo. »Als Varius starb, verlor er seine einzige erkennbare Stütze.«

Es gab keine weiteren Überraschungen mehr. Als die Kandidaten für das Konsulat und die Prätur nominiert waren, gingen alle nach Hause und warteten geduldig auf das Erscheinen des Konsuls Gnaeus Pompeius Strabo.

Er kehrte erst nach Rom zurück, als der Dezember schon fast vorüber war, und bestand dann darauf, zuerst seinen Triumph zu feiern, ehe er irgendwelche Wahlen abhielt. Eine brillante Idee, die er nach der Einnahme von Asculum Picentum gehabt hatte, hatte seine Rückkehr nach Rom verzögert. Sein Triumphzug – natürlich stand ihm ein solcher zu – würde ziemlich armselig ausfallen, denn er hatte keine Siegesbeute vorzuführen, keine faszinierend exotischen Festwagen, die Bilder und Menschen zeigten, die den Einwohnern von Rom unbekannt waren. Und da hatte er seinen glänzenden Einfall. Er würde Tausende von italischen Kindern in seinem Triumphzug mitführen! Seine Truppen schwärmten aus und durchkämmten die ländlichen Gegenden; nach einiger Zeit hatten sie mehrere tausend italische Jungen im Alter zwischen vier und zwölf Jahren zusammengebracht. Als Gnaeus Pompeius Strabo dann in seinem Triumphwagen auf dem vorgeschriebenen Weg durch die Straßen von

Rom fuhr, schritt ihm eine Legion kleiner Jungen voraus. Der Anblick war schon deshalb erschütternd, weil er daran erinnerte, wie viele italische Männer durch den Einsatz von Gnaeus Pompeius ihr Leben verloren hatten.

Die Wahl für die kurulischen Ämter fand erst drei Tage vor Neujahr statt. Lucius Cornelius Sulla wurde erstgewählter Konsul, sein Freund Quintus Pompeius Rufus wurde Mitkonsul. Zwei Männer mit roten Haaren aus entgegengesetzten Ecken des römischen Adels. Rom freute sich darauf, zur Abwechslung einmal zwei befreundete Konsuln im Amt zu haben, und hoffte, daß ein Teil des Schadens, der durch den Krieg entstanden war, wiedergutgemacht würde.

Es war ein Jahr mit sechs Prätoren, was bedeutete, daß für die meisten Statthalter der fernen Provinzen die Amtszeit verlängert wurde: für Gaius Sentius und seinen Legaten Quintus Bruttius Sura in Macedonia, für Publius Servilius Vatia und seine Legaten Gaius Coelius und Quintus Sertorius in Gallia, für Gaius Cassius in der Provinz Asia, für Quintus Oppius in Kilikien und Gaius Valerius Flaccus in Spanien. Der neue Prätor Gaius Norbanus wurde nach Sizilien geschickt und ein weiterer neuer Prätor, Publius Sextilius, in die Provinz Africa entsandt. Der Stadtprätor war ein schon recht bejahrter Mann, Marcus Junius Brutus. Sein Sohn war soeben in den Senat aufgenommen worden. Trotz seiner lebenslang schwachen Gesundheit hatte der alte Brutus für das Prätorenamt kandidiert, weil, wie er sagte, Rom ordentliche Männer im Amt brauchte, wenn schon so viele gute Männer im Feld und daher nicht verfügbar waren. Das Amt des *praetor peregrinus,* der für Prozesse mit Ausländern zuständig war, fiel an einen plebejischen Servilius aus der Familie des Auguren.

Der Neujahrsmorgen dämmerte hell und klar, und die Zeichen der nächtlichen Wache waren günstig ausgefallen. Es war vielleicht nicht erstaunlich, daß nach zwei Jahren der Furcht und des Schreckens ganz Rom auf die Straße ging, um der Amtseinsetzung der neuen Konsuln beizuwohnen. Alle sahen, daß ein vollständiger Sieg über die Italiker greifbar nahe war, und viele hofften, daß die neuen Konsuln nun Zeit finden würden, sich um die ungeheuren finanziellen Probleme der Stadt zu kümmern.

Nachdem Lucius Cornelius Sulla von der Nachtwache in sein Haus zurückgekehrt war, ließ er sich in die purpurgesäumte Toga hüllen und setzte sich eigenhändig die Graskrone auf. Er verließ das Haus und genoß das neue Gefühl, hinter nicht weniger als zwölf mit Togen bekleideten Liktoren zu gehen, auf ihren Schultern die Rutenbündel, die rituell mit roten Lederriemen zusammengebunden waren. Vor ihm schritten die Ritter, die sich entschlossen hatten, ihn zu eskortieren, und nicht seinen Kollegen. Hinter ihm kamen die Senatoren einschließlich seines lieben Freundes, des Ferkels.

Heute war *sein* Tag, sagte sich Sulla, als die riesige Menge aufseufzte und dann beim Anblick der Graskrone begeistert applaudierte. Zum erstenmal in seinem Leben hatte er weder Rivalen noch Gleichrangige. Er war der mit den meisten Stimmen gewählte Konsul, er hatte den Krieg gegen die Italiker gewonnen, er trug die Graskrone. Er war größer als ein König.

Die beiden Prozessionen von den Häusern der neuen Konsuln vereinigten sich am unteren Ende des Clivus Palatinus, wo noch die alte Porta Mugonia stand, ein Überrest aus jener Zeit, als Romulus eine Mauer um seine Siedlung auf dem Palatin gezogen hatte. Von dort aus nahmen sechstausend Männer ihren Weg in feierlicher Ordnung über die Velia und den Clivus Sacer entlang zum unteren Forum. Die meisten waren Ritter mit dem schmalen Streifen –*angustus clavus*– an der Tunika, ein ausgedünnter Senat folgte den Konsuln und ihren Liktoren. Überall standen jubelnde Zuschauer, sie drängten sich vor den Gebäuden auf dem Forum, saßen auf den Arkaden und Dächern der Basiliken, den Dächern der Tempel, die eine Aussicht boten, auf allen Treppenaufgängen zum Palatin hinauf, in allen Tempeleingängen und auf allen Tempelstufen, auf den Dächern der Tavernen und Geschäfte in der Via Nova, warteten auf den Loggien der großen Häuser auf dem Palatin und dem Kapitol, die zum Forum hin gebaut waren. Menschen, überall Menschen. Sie jubelten dem Mann zu, der die Graskrone trug, einen Kranz, den die meisten noch nie gesehen hatten.

Sulla schritt mit einer königlichen Würde dahin, die er vorher nicht besessen hatte. Für den Jubel dankte er nur mit einer ganz leichten Neigung des Kopfes. Er hatte kein Lächeln auf den Lippen, und in seinen Augen lag weder Freude noch Selbstgefälligkeit. Jetzt war sein Traum wahr geworden, dies war *sein* Tag. Fasziniert stellte er fest, daß er sogar einzelne Gesichter in der unübersehbaren Menge unterscheiden konnte: eine schöne Frau, einen alten Mann, ein Kind, das jemand auf die Schultern genommen hatte, einen exotischen Fremden – und Metrobius. Beinahe wäre er stehengeblieben, er mußte sich zum Weitergehen zwingen. Einfach ein Gesicht in der Menge. Loyal und diskret wie immer. Kein Zeichen einer besonderen Beziehung war in diesem Gesicht von dunkler Schönheit zu erkennen, höchstens in seinen Augen, aber das konnte niemand außer Sulla wissen. Traurige Augen. Und dann war er vorbei, blieb er zurück. Er gehörte der Vergangenheit an.

Als die Ritter den Bezirk erreicht hatten, der an den Versammlungsplatz der Komitien angrenzte, und sich nach links wandten, um zwischen dem Tempel des Saturn und der gegenüberliegenden gewölbten Säulenhalle der zwölf Götter hindurchzuziehen, hielten sie inne, blieben stehen, drehten ihre Köpfe zum Clivus Argentarius und spendeten auf einmal noch viel lauteren Beifall, als sie Sulla gespendet hatten. Er hörte es, konnte aber nichts sehen, und spürte, wie ihm Schweißtropfen zwischen den Schulterblättern hinabrannen. Jemand stahl ihm die Menge! Denn auch die Menge hatte sich auf allen Dächern und Treppenstufen in dieselbe Richtung gedreht, und ihre Jubelrufe erschollen noch lauter aus einem Meer winkender Hände.

Noch nie in seinem Leben hatte Sulla etwas größere Anstrengung gekostet, als er jetzt aufbringen mußte, um sich zu beherrschen – keine Veränderung in seinem Gesichtsausdruck, keine Abschwächung der königlichen Neigung des Kopfes, nicht einmal ein Funke von Gefühl in seinen Augen. Die Prozession setzte sich wieder in Bewegung. Er schritt hinter seinen Liktoren über das untere Forum und drehte nicht ein einziges Mal den Hals, um zu sehen, was ihn am Ende des Clivus Argentarius erwartete. Was ihm die Menge gestohlen hatte. Was ihm seinen Tag gestohlen hatte. *Seinen* Tag!

Und dann stand er vor ihm: Gaius Marius, begleitet von dem Jungen. Bekleidet mit der *toga praetexta.* Er wartete und reihte sich dann bei den kurulischen Senatoren ein, die direkt hinter Sulla und Pompeius Rufus gingen. Er war wieder auf den Beinen. Er würde bei der Einsetzung der neuen Konsuln dabeisein, bei der anschließenden Versammlung des Senats im Tempel des Jupiter Optimus Maximus auf dem Kapitol, beim Fest in diesem Tempel. Gaius Marius, das militärische Genie, Gaius Marius, der Held.

Als Sulla auf gleicher Höhe angekommen war, verneigte sich Gaius Marius. Glühender Zorn erfüllte Sulla, aber das durfte er keinem einzigen Menschen zeigen, nicht einmal Gaius Marius. Sulla wandte sich zu Gaius Marius um und verneigte sich ebenfalls. Daraufhin wurde die Begeisterung der Menge geradezu hysterisch, die Menschen schrien und brüllten vor Freude, Tränen liefen ihnen über die Wangen. Als Sulla sich dann nach links drehte, um am Tempel des Saturn entlangzugehen und den Kapitolhügel zu ersteigen, nahm Gaius Marius seinen Platz unter den Männern mit den purpurgesäumten Togen ein, den Jungen an seiner Seite. Es ging ihm viel besser, den linken Fuß zog er kaum noch nach, und die linke Hand konnte er offen zeigen. Er hielt die schweren Falten der Toga mit der Linken hoch, damit alle Menschen sehen konnten, daß sie nicht mehr zusammengeballt und verkrümmt war. Das schiefe Lächeln konnte er leicht dadurch verbergen, daß er ernst blieb.

Dafür würde er Gaius Marius vernichten, dachte Sulla. Gaius Marius hatte gewußt, daß das Sullas Tag war, und dennoch konnte Gaius Marius der Versuchung nicht widerstehen, ihm vor Augen zu führen, daß Rom immer noch Gaius Marius gehörte, daß er – ein patrizischer Cornelius! – im Vergleich zu Gaius Marius, einem italischen Bauern ohne Griechischkenntnisse, weniger als Staub war, daß die Liebe des Volkes nicht Sulla gehörte, daß er nie die Höhe eines Gaius Marius erklimmen konnte. Das mochte alles tatsächlich so sein, aber er, Sulla, würde Gaius Marius dafür vernichten. Gaius Marius war der Versuchung erlegen, ihm all das an seinem Tag zu zeigen. Wenn Gaius Marius sich entschlossen hätte, am nächsten Tag ins öffentliche Leben zurückzukehren oder an irgendeinem anderen Tag, dann hätte er ihn in Frieden gelassen. Aber nun würde Sulla ihm das Leben zur Hölle machen, er würde Gaius Marius vernichten. Nicht durch Gift. Nicht durch das Messer. Er würde es seinen Nachkommen unmöglich machen, sein Bildnis beim Leichenzug der Familie mitzutragen, er würde den Namen Gaius Marius für alle Zeit schänden.

Irgendwie ging dieser schreckliche Tag vorüber. Der neue Konsul Sulla wirkte froh und stolz, als er auf der einen Seite des Tempels des Jupiter Optimus Maximus stand, mit demselben breiten und geistesabwesenden Lächeln im Gesicht, das auch die Statue des großen Gottes trug. Er sah zu, wie die Senatoren Gaius Marius huldigten, und dabei haßten ihn die meisten von Herzen. Allmählich begriff Sulla, daß Marius in aller Unschuld getan hatte, was er getan hatte – daß er gar nicht bedacht hatte, er könnte Sulla seinen Tag stehlen, sondern einfach die hervorragende Gelegenheit für sein Wiedererscheinen im Senat ergriffen hatte – diese Erkenntnis reichte nicht aus, Sullas Zorn zu besänftigen oder seinen Schwur zu mildern. Er wollte diesen schrecklichen alten Mann vernichten. Marius' unfaßliche Gedankenlosigkeit machte alles noch schlimmer. In Marius' Gedanken spielte Sulla eine so verschwindend geringe Rolle, daß er nicht einmal als Schatten in seinem eigenen Spiegelbild erschien. Und dafür sollte Marius teuer bezahlen.

»W-w-wie konnte er es wagen!« flüsterte Metellus Pius Sulla zu, als die Versammlung beendet war und Staatssklaven das Festmahl herbeitrugen. »Er ha-ha-hat es absichtlich gemacht!«

»Natürlich hat er es absichtlich gemacht«, log Sulla.

»Ma-ma-machst du nichts dagegen?« fragte Metellus Pius, den Tränen nahe.

»Beruhige dich, Ferkel, du stotterst«, sagte Sulla und nannte ihn bei dem verhaßten Namen, doch in einem Tonfall, gegen den das Ferkel nichts einwenden konnte. »Vor diesen Dummköpfen lasse ich mir nicht anmerken, wie ich mich fühle. Sollen sie – und er – doch denken, daß ich ganz damit einverstanden bin. Ich bin der Konsul, Ferkel. Nicht er. Er ist nur ein kranker alter Mann, und er versucht etwas zurückzuerobern, was er für immer verloren hat.«

»Quintus Lutatius ist fuchsteufelswild deswegen.« Metellus Pius bemühte sich, nicht zu stottern. »Siehst du ihn dort drüben? Er hat Marius gerade die Meinung gesagt, und der alte Heuchler hat doch tatsächlich behauptet, er habe es nicht so gemeint, stell dir das mal vor.«

»Das habe ich nicht mitbekommen.« Sulla schaute in die Richtung, wo Catulus Caesar mit offensichtlich wütendem Stolz auf seinen Bruder, den Zensor, und auf den unglücklich dreinschauenden Quintus Mucius Scaevola einredete. Sulla grinste. »Quintus Mucius ist nicht der richtige Zuhörer, wenn jemand Gaius Marius beleidigt.«

»Warum nicht?« fragte das Ferkel, bei dem die Neugier über Unmut und Zorn siegte.

»Es liegt eine Heirat in der Luft. Quintus Mucius wird seine Tochter Marius' Sohn zur Frau geben, sobald sie volljährig ist.«

»Ihr Götter! Er kann doch eine viel bessere Partie machen!«

Sulla zog eine Augenbraue hoch. »Kann er das wirklich, liebes Ferkel? Denk nur an all das Geld!«

Auf dem Heimweg duldete Sulla nur die Begleitung von Catulus Caesar und Metellus Pius, aber als sie an seinem Haus ankamen, ging er allein hinein und entließ die beiden mit einem Winken. Das Haus war still, zu Sullas Erleichterung erschien Aelia nicht. Er wußte, wenn er jetzt ihre verdammte Freundlichkeit hätte ertragen müssen, hätte er sie umgebracht. Er eilte in sein Arbeitszimmer, verriegelte die Türen und zog die Läden des Fensters zum Säulengang zu. Die Toga glitt zu Boden, ringelte sich milchweiß um seine Füße und wurde mit einer Bewegung des Fußes in die Ecke geschleudert. Jetzt zeigte Sullas Gesicht, was er fühlte. Er ging hinüber zu der langen Konsole, auf der sechs kleine, hervorragend gepflegte Tempel aufgereiht waren, die Farben frisch und klar, die Vergoldung üppig. Die fünf, die seinen Vorfahren gehörten, hatte er für viel Geld neu herrichten lassen, kurz nachdem er in den Senat aufgenommen worden war. Der sechste beherbergte sein eigenes Bildnis und war erst am Tag zuvor aus der Werkstatt des Magius aus dem Velabrum gebracht worden.

Der Verschluß war geschickt hinter dem Gebälk der vorderen Säulenreihe verborgen, wenn man den Mechanismus betätigte, teilten sich die Säulen in der Mitte wie zwei Türen, die sich öffneten. Drinnen sah Sulla sich selbst: Ein lebensgroßes Gesicht saß auf der vorderen Hälfte des Halses, samt genau nachgebildeten Ohren. Hinter den Ohren waren Schnüre angebracht, die die Maske festhielten, wenn sie getragen wurde. Die Schnüre wurden von der Perücke verborgen.

Die Maske war aus Bienenwachs und ein Meisterwerk. Die Haut hatte den Farbton von Sullas Haut, die Augenbrauen und Wimpern – beides echte Haare – hatten genau das Braun, in dem er sie färbte, wenn er zu Senatsversammlungen oder zu Abendgesellschaften in Rom ging. Die schön geschwungenen Lippen waren ein klein wenig geöffnet, da Sulla stets durch den Mund atmete, und die Augen waren geradezu unheimliche Nachbildungen der seinen. Eine genaue Untersuchung ergab jedoch, daß die Pupillen Löcher waren, damit der Schauspieler, der die Maske trug, gerade so viel sah, daß er gehen konnte, wenn er geführt wurde. Nur bei der Perücke hatte Magius aus dem Velabrum keine genaue Übereinstimmung erreichen können, denn er hatte nirgendwo Haare der richtigen Farbe gefunden. In Rom gab es viele Perückenmacher und viel unechte Haare. Verschiedene Töne von Blond oder Rot waren die beliebtesten Farben. Die Haare stammten von Barbaren mit gallischem oder germanischem Blut, die von Sklavenhändlern oder Herren, die zusätzlich Geld brauchten, gezwungen wurden, sich von ihrem Schopf zu trennen. Die besten Haare, die Magius hatte auftreiben können, waren entschieden dunkler rot als Sullas Pracht, aber die üppige Fülle und die Frisur entsprachen dem Original perfekt.

Sulla starrte sein Ebenbild lange Zeit an, er konnte sich kaum von dem Erstaunen darüber erholen, wie er für andere Menschen aussah. Nicht einmal der reinste Silberspiegel hatte ihm eine Vorstellung davon gegeben, die sich mit dieser Maske vergleichen ließ. Die Bildhauer von Magius sollten einige Porträtbüsten von ihm und eine lebensgroße Statue in Uniform anfertigen, beschloß er, ganz entzückt von seiner Erscheinung. Doch schließlich wanderten seine Gedanken wieder zu Marius' Untat zurück. Sulla zuckte ganz leicht zusammen und legte seine Zeigefinger um zwei Erhebungen auf der Vorderseite des Tempelbodens. Das Haupt von Lucius Cornelius Sulla glitt nach vorn, wurde auf dem beweglichen Boden aus dem Inneren des Tempels herausgeschoben. Nun konnte jemand die Perücke abnehmen und die Maske von ihrem Ständer, einem Tonmodell von Sullas Gesicht, abheben. In Konturen verankert, die ihren eigenen Zügen entsprachen, in dem dunklen, luftdichten Tempel abgeschirmt von Beschädigungen durch Licht und Staub, würde die Maske generationenlang halten.

Sulla nahm sich die Graskrone vom Kopf und setzte sie auf die Perücke der Maske. Die Grasbüschel aus der Erde von Nola waren von Anfang an braun und beschmutzt gewesen, denn sie kamen von einem Schlachtfeld, und viele Füße hatten sie in den Staub getreten. Die Finger, die sie zu einem gewundenen Zopf zusammengeflochten hatten, waren auch nicht die zarten und geübten Finger eines Floristen gewesen. Sie hatten zu den Händen des Zenturios und *primus pilus* Marcus Canuleius gehört, und waren eher gewöhnt, sich um knorrige Knüppel aus Rebenholz zu legen. Jetzt, sieben Monate später, war die Graskrone vertrocknet und zu dürren Fäden geschrumpft, haarähnliche Wurzeln hingen heraus, die wenigen noch verbliebenen Halme waren dürr und dünn. Aber sie war zäh, seine Graskrone, dachte Sulla und rückte sie auf der Perücke zurecht, bis sie das Gesicht und den Haaransatz in der richtigen Weise umrahmte. Sie bog sich von der Stirn zurück wie die Tiara einer Frau. Ja, sie war zäh. Sie war aus italischem Gras, gewunden von einem römischen Soldaten. Sie würde noch lange erhalten bleiben. Ebenso wie er. Und zusammen würden sie Gaius Marius vernichten.

Der Senat versammelte sich wieder am Tag nach der Amtseinsetzung der Konsuln, einberufen von Sulla. Endlich gab es einen neuen Senatsvorsitzenden, er war während der Feierlichkeiten am Neujahrstag ernannt worden. Es war Lucius Valerius Flaccus, Marius'

Mitkonsul und »Strohmann« in dem bedeutenden Jahr, in dem Marius zum sechsten Mal Konsul gewesen war, seinen ersten Schlaganfall erlitten hatte und hilflos mit ansehen mußte, wie Saturninus Amok lief. Lucius Valerius Flaccus war nicht besonders beliebt, aber es gab unzählige Einschränkungen und Vorbedingungen und Regeln, und nur Lucius Valerius Flaccus erfüllte alle erforderlichen Qualifikationen: Er war Patrizier, Führer einer Gruppe von Senatoren, Konsular, Zensor und häufiger als jeder andere patrizische Senator *interrex* gewesen. Niemand machte sich Illusionen und erwartete, er werde elegant und mit Format in die Fußstapfen von Marcus Aemilius Scaurus treten, nicht einmal Flaccus selbst.

Vor der formellen Einberufung der Versammlung war Flaccus zu Sulla gekommen und hatte über Probleme in Asia Minor geschwafelt, aber seine Darlegungen waren so verworren und seine Sätze so unzusammenhängend, daß Sulla ihn entschlossen beiseite geschoben und das Zeichen gegeben hatte, daß die Auspizien eingeholt werden konnten. Da er nun selbst Augur war, leitete er die Zeremonie zusammen mit dem Pontifex Maximus Ahenobarbus. Noch jemand, der nicht gut aussah, dachte Sulla und seufzte innerlich, der Senat war in einem traurigen Zustand.

Nicht Sullas gesamte Zeit seit seiner Rückkehr nach Rom Anfang Dezember war mit Besuchen bei Freunden, Modellsitzen für Magius, müßigem Geplauder, seiner langweiligen Frau und Gaius Marius ausgefüllt gewesen. Da er wußte, daß er bald Konsul sein würde, hatte er viel Zeit damit zugebracht, mit jenen Rittern zu sprechen, die er achtete oder die ihm als tüchtig bekannt waren; er hatte auch mit Senatoren gesprochen, die während des ganzen Krieges in Rom geblieben waren – wie der neue Stadtprätor Marcus Junius Brutus – und mit Männern wie Lucius Decumius, einem Angehörigen der vierten Klasse und Hüter des Schreins einer Kreuzwegevereinigung.

Nun stand er auf und demonstrierte dem Haus, daß er, Lucius Cornelius Sulla, ein Führer war, der keinen Widerspruch dulden würde.

»Senatsvorsitzender, eingeschriebene Väter, ich bin kein Redner«, sagte er, reglos vor seinem Amtsstuhl stehend, »daher werdet ihr von mir keine schönen Reden zu hören bekommen. Was ihr jedoch hören werdet, ist eine klare und einfache Darstellung der Sachverhalte, gefolgt von einem Überblick über die Maßnahmen, die ich zu ergreifen gedenke, um die Dinge in Ordnung zu bringen. Ihr könnt über die einzelnen Punkte diskutieren – wenn ihr das Gefühl habt, das sei nötig –, aber ich bin so frei, euch daran zu erinnern, daß der Krieg noch nicht zu einem befriedigenden Ende gekommen ist. Daher möchte ich nicht mehr Zeit in Rom verbringen als unbedingt nötig. Ich warne euch gleich, daß ich hart mit Mitgliedern dieser erlauchten Versammlung umgehen werde, die versuchen, mich aus eitlen oder selbstsüchtigen Motiven zu behindern. Wir sind nicht bereit, die Art von Mätzchen zu dulden, die Lucius Marcius Philippus in den Tagen vor dem Tod von Marcus Livius Drusus vollführt hat – ich hoffe, du hörst mir zu, Lucius Marcius?«

»Meine Ohren sind sperrangelweit offen, Lucius Cornelius«, knurrte Philippus.

Ein anderer hätte Philippus vielleicht mit ein oder zwei scharfen Sätzen gemaßregelt, Lucius Cornelius Sulla tat es mit den Augen. Als ein paar Senatoren kicherten, wanderten die unheimlichen, blassen Augäpfel über die Reihen und suchten die Schuldigen. Die Erwartung, es werde einen Schlagabtausch mit Worten geben, wurde im Keim erstickt, das Gelächter verstummte abrupt, jedermann fand gute Gründe dafür, sich vorzubeugen und eine höchst interessierte Miene aufzusetzen.

»Keinem von uns kann entgangen sein, wie angespannt die finanzielle Lage Roms ist, und zwar sowohl im öffentlichen als auch im privaten Bereich. Die Stadtquästoren haben mir berichtet, daß wir keinen Staatsschatz mehr besitzen, und die zuständigen Tribunen haben mir die Summe der Schulden genannt, die Rom bei verschiedenen Institutionen und Einzelpersonen im italischen Gallien hat. Die Summe beträgt über dreitausend Silbertalente und steigt aus zwei Gründen jeden Tag weiter: erstens weil Rom noch immer gezwungen ist, von diesen Institutionen und Einzelpersonen Dinge zu kaufen; zweitens weil der Hauptausstand nicht bezahlt wird, weil die Zinsen nicht bezahlt werden und weil wir nicht immer in der Lage sind, die Zinsen für die nicht bezahlten Zinsen zu bezahlen. Das Geschäftsleben liegt darnieder. Diejenigen, die privat Geld verliehen haben, können weder ihre Schulden eintreiben noch ihre Zinsen, noch die Zinsen für die nicht bezahlten Zinsen. Und diejenigen, die Geld geliehen haben, sind in einer noch schlechteren Lage.«

Seine Augen ruhten nachdenklich auf Pompeius Strabo, der in der rechten vorderen Reihe nahe bei Gaius Marius saß und scheinbar unbeteiligt vor sich hin blickte. Sullas Augen schienen dem Senat zu sagen, daß da ein Mann saß, der sich ein wenig Zeit von seinen kriegerischen Unternehmungen hätte absparen sollen, um etwas gegen die sich rasch zuspitzende Finanzkrise zu unternehmen, besonders nachdem sein Stadtprätor gestorben war.

»Deshalb ersuche ich dieses Haus, einen Senatsbeschluß an das in seinen Tribus versammelte Volk zu richten, gegliederte Volksversammlung, und eine *lex Cornelia* folgenden Inhalts vorzuschlagen: Alle Schuldner, ob römische Bürger oder nicht, sind nur verpflichtet, einfache Zinsen zu zahlen, das heißt nur Zinsen auf das Hauptdarlehen, und zwar zu dem Zinssatz, den beide Parteien vereinbart haben, als das Darlehen gegeben wurde. Die Erhebung von Zinseszinsen ist verboten, ebenso die Erhebung von höheren Kapitalzinsen als ursprünglich vereinbart.«

Jetzt gab es Gemurmel, vor allem bei denen, die Geld verliehen hatten, aber die unsichtbare Drohung, die Sulla ausstrahlte, bewirkte, daß das Gemurmel bald verstummte. In seinen Adern floß unbestreitbar uraltes römisches Blut. Er hatte den Willen eines Gaius Marius, aber das Auftreten eines Marcus Aemilius Scaurus. Und irgendwie kam niemand, nicht einmal Lucius Cassius, auch nur einen Augenblick lang auf den Gedanken, Lucius Cornelius Sulla so zu behandeln, wie Aulus Sempronius Asellio behandelt worden war. Bei Sulla dachte einfach niemand an Mord.

»In einem Bürgerkrieg gewinnt niemand«, fuhr Sulla ruhig fort. »Der Krieg, den wir derzeit zum Abschluß bringen, ist ein Bürgerkrieg. Meine persönliche Ansicht ist, daß kein Italiker jemals Römer sein kann. Aber ich bin Römer genug, um die Gesetze zu respektieren, die kürzlich erlassen worden sind und durch die Italiker zu Römern werden. Es wird keine Kriegsbeute geben, niemand wird Rom eine Entschädigung zahlen, die ausreicht, daß man auch nur eine einzige Schicht Silberbarren auf den nackten Boden im Tempel des Saturn legen kann.«

»Beim Pollux! Glaubt er vielleicht, das sei Redekunst?« fragte Philippus die Umsitzenden.

»Schweig!« knurrte Marius.

»Die Schatzkammern der Italiker sind ebenso leer wie unsere.« Sulla ignorierte den kurzen Wortwechsel. »Die neuen Bürger, die in unseren Urkunden auftauchen werden, sind ebenso verschuldet und verarmt wie echte Römer. In einer solchen Zeit muß man irgendwo anfangen. Alle Schulden zu erlassen, ist undenkbar. Aber Schuldner können nicht ausgequetscht werden, bis sie tot umfallen. Mit anderen Worten: Ich halte es für recht und billig, daß beide Seiten der

Leihaktion zufriedengestellt werden. Und genau das wird meine *lex Cornelia* versuchen.«

»Wie steht es mit Roms Schulden beim italischen Gallien?« fragte Marius. »Soll sich die *lex Cornelia* auch darauf erstrecken?«

»Aber natürlich, Gaius Marius«, sagte Sulla liebenswürdig. »Wir alle wissen, daß das italische Gallien sehr reich ist. Der Krieg auf der Halbinsel hat es nicht berührt, es hat vielmehr an diesem Krieg eine Menge Geld verdient. Daher kann es sich ebenso wie seine Geschäftsleute ohne weiteres leisten, auf Maßnahmen wie Zinseszinsen zu verzichten. Dank Gnaeus Pompeius Strabo ist das gesamte italische Gallien südlich des Po jetzt vollständig römisch, und die größeren Zentren nördlich des Flusses haben das latinische Recht bekommen. Ich denke, daß es völlig angemessen ist, wenn wir das italische Gallien wie jede andere Gruppe von Römern oder Latinern behandeln.«

»Im italischen Gallien wird die Freude, daß sie Klienten von Pompeius Strabo sind, schnell vorbei sein, wenn sie von dieser *lex Cornelia* erfahren«, flüsterte Sulpicius mit einem Grinsen Antistius zu.

Aber der Senat billigte den Vorschlag mit spontanen Rufen der Zustimmung.

»Du führst ein gutes Gesetz ein, Lucius Cornelius«, meldete sich Marcus Junius Brutus zu Wort, »aber es geht nicht weit genug. Wie steht es mit jenen Fällen, in denen ein Rechtsstreit unvermeidlich ist, aber eine Prozeßpartei oder beide nicht das Geld haben, eine Bürgschaft beim Stadtprätor zu hinterlegen? Zwar sind die Konkursgerichte geschlossen, doch in vielen Fällen ist der Stadtprätor befugt, ohne gerichtliches Verfahren zu entscheiden, sofern die fragliche Summe bei ihm hinterlegt wurde. Bei der gegenwärtigen Gesetzeslage sind dem Stadtprätor die Hände gebunden, wenn die entsprechende Summe nicht bei ihm hinterlegt wurde, er kann sich den Fall weder vortragen lassen noch ein Urteil fällen. Darf ich eine zweite *lex Cornelia* vorschlagen des Inhalts, daß bei Verschuldungsfällen keine Bürgschaft hinterlegt werden muß?«

Sulla lachte und klatschte in die Hände. »Genau solche Vorschläge will ich hören, Stadtprätor! Vernünftige Lösungen für schwierige Fragen! Selbstverständlich können wir ein Gesetz verkünden, das es ermöglicht, auf eine Bürgschaft zu verzichten, wenn der Stadtprätor es für richtig hält!«

»Wenn du schon soweit gehst, warum eröffnest du dann nicht wieder die Konkursgerichte?« fragte Philippus. Er fürchtete jedes

Gesetz, das mit Schuldeintreibung zu tun hatte, denn er hatte ewig Schulden und war in ganz Rom als säumiger Zahler bekannt.

»Aus zwei Gründen, Lucius Marcius.« Sulla antwortete, als hätte er die Ironie in Philippus' Frage nicht bemerkt. »Erstens haben wir nicht genügend Beamten für die Gerichte. Der Senat ist so spärlich besetzt, daß wir kaum genug Mitglieder mit den Gesetzeskenntnissen eines Prätors finden werden, die als Richter in Frage kommen. Zweitens ist Bankrott Gegenstand eines Zivilverfahrens, die Gerichte werden ausschließlich mit speziellen Richtern ausgestattet, die der Stadtprätor eigens dafür aussucht. Was uns geradewegs auf den ersten Grund zurückführt, ist das einleuchtend? Wenn wir nicht einmal die Strafgerichte besetzen können, wo sollen wir die Richter für die zivilrechtlichen Fälle hernehmen, die mehr Flexibilität verlangen und bei denen der Ermessensspielraum größer ist?«

»Sehr prägnant formuliert! Vielen Dank, Lucius Cornelius«, sagte Philippus.

»Nicht der Rede wert, Lucius Marcius, und ich meine es, wie ich es sage: Es ist nicht der Rede wert. Verstanden?«

Natürlich war die Diskussion damit noch nicht beendet, Sulla hatte auch gar nicht damit gerechnet, daß seine Empfehlungen widerspruchslos angenommen würden. Aber selbst die Geldverleiher im Senat leisteten nur halbherzig Widerstand, denn alle sahen ein, daß es besser war, etwas weniger Geld einzutreiben als überhaupt keines, und immerhin hatte Sulla nicht versucht, die Zinsen gänzlich abzuschaffen.

»Ich möchte, daß abgestimmt wird«, sagte Sulla, als er glaubte, sie hätten lange genug geredet, und er nicht noch mehr Zeit verschwenden wollte.

Die Abstimmung fiel mit großer Mehrheit zu seinen Gunsten aus, das Haus bereitete einen *senatus consultum* vor, der die beiden neuen Gesetze der Volksversammlung empfahl. Vor der Volksversammlung konnte der Konsul sein Anliegen selbst vortragen, obwohl er Patrizier war.

Als nächstes schlug der Prätor Lucius Licinius Murena – berühmt für seine Zucht von Süßwasseraalen, einer beliebten Delikatesse, aber nicht unbedingt ein namhafter Politiker – vor, der Senat solle über die Aufhebung der Verbannung für diejenigen beraten, die von der Kommission des Varius ins Exil geschickt worden waren, solange Varius noch selbst den Vorsitz geführt hatte.

»Wir geben halb Italien das Bürgerrecht, während die Männer, die dafür verurteilt wurden, daß sie für die Verleihung des Bürgerrechts eingetreten sind, selbst kein Bürgerrecht haben!« rief Murena leidenschaftlich. »Es ist Zeit, daß sie nach Hause kommen, sie sind genau die Römer, die wir brauchen!«

Publius Sulpicius sprang von der Bank der Volkstribunen auf und wandte sich dem Platz des Konsuls zu. »Darf ich sprechen, Lucius Cornelius?«

»Sprich, Publius Sulpicius.«

»Ich war ein sehr guter Freund von Marcus Livius Drusus, obwohl ich nie darauf erpicht war, den Italikern das Bürgerrecht zu verleihen. Die Art und Weise, in der Quintus Varius die Verhandlungen seiner Kommission leitete, habe ich sehr mißbilligt, und wir alle müssen uns fragen, wie viele seiner Opfer nur deshalb Opfer wurden, weil er sie nicht mochte. Trotzdem ist es eine unumstößliche Tatsache, daß dieses Gericht rechtmäßig eingesetzt wurde und seine Verhandlungen im Einklang mit dem Gesetz geführt hat. Deshalb müssen wir den Schluß ziehen, daß es eine legale Einrichtung ist und daß seine Urteile Rechtskraft besitzen. Ich erkläre hiermit, daß ich mein Veto einlegen werde, wenn der Versuch gemacht wird, irgend jemanden zurückzuholen, der von der Kommission des Varius verurteilt wurde.«

»Und ich ebenso«, sagte Publius Antistius.

»Setz dich, Lucius Licinius Murena«, sagte Sulla sanft.

Murena setzte sich gehorsam hin, und kurz danach beendete der Senat seine erste ordentliche Sitzung unter der Leitung des Konsuls Sulla.

Sulla wollte gerade gehen, da sprach ihn Pompeius Strabo an.

»Ein privates Wort unter vier Augen, Lucius Cornelius.«

»Gern«, sagte Sulla herzlich und beschloß, das Gespräch in die Länge zu ziehen. Er hatte gesehen, daß Marius auf ihn wartete. Er wollte nicht mit Marius sprechen, aber er wußte, daß er ihn nicht ohne Entschuldigung ignorieren konnte.

»Sobald du die finanziellen Angelegenheiten Roms zu deiner Zufriedenheit geregelt hast«, sagte Pompeius Strabo in seinem üblichen ruhigen, aber dennoch drohenden Tonfall, »wirst du dich vermutlich darum kümmern können, wer im Krieg welchen Oberbefehl bekommt.«

»Ja, Gnaeus Pompeius, das nehme ich an. Ich vermute, es hätte von Rechts wegen gestern beraten werden müssen, als das Haus die Statthalterposten für die Provinzen bestätigt hat. Aber wie du meiner heutigen Rede wohl entnommen hast, betrachte ich diesen Konflikt als einen Bürgerkrieg. Mir wäre es lieber, wenn die Oberbefehle bei einer regulären Sitzung verhandelt würden.«

»Ja, natürlich, ich verstehe, was du meinst.« Pompeius Strabo schien sein plumpes Vorgehen nicht im mindesten peinlich zu sein. Er verhielt sich wie jemand, der keine Ahnung von Etikette hat.

»Nun, also dann?« fragte Sulla höflich und beobachtete aus dem Augenwinkel, wie Marius davonging mit dem Jungen, der wohl geduldig vor der Tür gewartet hatte.

»Wenn ich die Truppen mitrechne, die Publius Sulpicius vorletztes Jahr aus dem italischen Gallien mitgebracht hat, und außerdem Sextus Julius' Truppen aus Africa, habe ich zehn normal starke Legionen im Feld stehen«, sagte Pompeius Strabo. »Wie dir gewiß nicht unbekannt ist, Lucius Cornelius – ich vermute, daß du dich in einer ähnlichen Lage befindest –, haben die meisten meiner Legionen ein ganzes Jahr lang keinen Sold bekommen.«

Sullas Mundwinkel senkten sich in einem schmerzlichen Lächeln herab. »Ich weiß in der Tat, was du meinst, Gnaeus Pompeius!«

»Ein Stück weit habe ich die Schulden verringert, Lucius Cornelius. Meine Soldaten haben alles bekommen, was in Asculum Picentum zu finden war, Möbel, Bronzemünzen, Kleider, Frauenkram, alles armseliges Zeug, bis zur letzten Priaposlampe. Aber sie haben sich darüber gefreut wie immer, wenn ich ihnen alles überlassen habe. Wertloses Zeug, aber gut genug für gewöhnliche Soldaten. Das war die eine Möglichkeit, die Schulden zu vermindern.« Er hielt einen Augenblick inne. »Die andere Möglichkeit betrifft mich persönlich.«

»Ach ja?«

»Vier von diesen zehn Legionen gehören mir. Sie wurden unter den Männern meiner eigenen Güter im nördlichen Picenum und im Süden von Umbria ausgehoben und sind bis zum letzten Soldaten meine Klienten. Sie erwarten keinen Lohn und rechnen auch nicht damit, daß Rom sie bezahlt. Sie geben sich mit der Beute zufrieden, die für sie abfällt.«

Sulla sah ihn aufmerksam an. »Bitte, sprich weiter!«

»Nun«, Pompeius Strabo rieb sich mit seiner mächtigen Rechten das Kinn, »ich bin ganz zufrieden mit dem gegenwärtigen Stand der Dinge. Aber einige Dinge werden sich ändern, weil ich nicht mehr Konsul bin.«

»Was für Dinge, Gnaeus Pompeius?«

»Zum einen brauche ich ein prokonsularisches Imperium. Und zum zweiten muß mein Oberbefehl im Norden bestätigt werden.« Die Hand, die das Kinn gestreichelt hatte, schwang nun in einem weiten Kreis nach außen. »Du kannst alles andere haben, Lucius Cornelius, ich möchte es nicht. Ich möchte nur meine eigene kleine Ecke unserer herrlichen römischen Welt. Picenum und Umbria.«

»Und als Gegenleistung wirst du dem Schatzamt keine Soldrechnung für vier deiner zehn Legionen schicken und die Rechnung für die übrigen sechs reduzieren?«

»Du hast alle Punkte genau erfaßt, Lucius Cornelius.«

Sullas Hand streckte sich ihm entgegen. »Abgemacht, Gnaeus Pompeius! Ich würde Picenum und Umbria Saturninus geben, aber ich erspare es Rom gern, daß für zehn Legionen der volle Sold gezahlt werden muß.«

»Ach nein, nicht Saturninus, auch wenn seine Familie aus Picenum stammt! Ich werde besser für sie sorgen, als er es täte.«

»Das glaube ich gern, Gnaeus Pompeius.«

Bei der nächsten regulären Sitzung beriet der Senat darüber, wie die verschiedenen Oberbefehle für die letzten Kriegshandlungen gegen die Italiker verteilt werden sollten, und Pompeius Strabo bekam, was er sich gewünscht hatte, ohne Widerspruch von dem Konsul mit der Graskrone. Auch ohne Widerspruch von irgend jemand anderem. Sulla hatte heftig dafür geworben. Zwar war Pompeius Strabo kein Mann vom Schlage Sullas – taktische Klugheit war ihm fremd, er fiel immer mit der Tür ins Haus –, aber man wußte, daß er so gefährlich war wie ein in die Enge getriebener Bär und so erbarmungslos wie ein orientalischer Potentat. Rein äußerlich besaß er mit beiden eine gewisse Ähnlichkeit. Die Kunde von seinem Vorgehen in Asculum Picentum war auf einem gleichermaßen neuen und überraschenden Weg nach Rom gelangt: Ein achtzehnjähriger *contubernalis* namens Marcus Tullius Cicero hatte in einem Brief an einen seiner beiden Lehrer, Quintus Mucius Scaevola, davon berichtet, und Scaevola hatte es sofort weitererzählt, dabei freilich mehr Worte gemacht über die literarischen Qualitäten des Briefes als über das abscheuliche und grausame Vorgehen von Pompeius Strabo.

»Brillant!« sagte Scaevola über den Brief. »Was kann man von einem Schlächter sonst erwarten?« sagte er zum Inhalt.

Sulla behielt den Oberbefehl im Süden und in den mittleren Gebieten, das Kommando vor Ort bekam im Süden Metellus Pius das Ferkel. Gaius Cosconius hatte eine leichte Verletzung davongetragen, die war vereitert, und er hatte sich aus dem aktiven Dienst zurückgezogen. Stellvertretender Befehlshaber für das Ferkel wurde Mamercus Aemilius Lepidus Livianus, der nachgegeben hatte und sich zum Quästor wählen ließ. Da Publius Gabinius tot war und sein jüngerer Bruder Aulus zu jung, um einen Befehl zu führen, ging Lucania an Gnaeus Papirius Carbo, was allgemein als ausgezeichnete Entscheidung begrüßt wurde.

Während dieser Debatte – die insofern unter erfreulichen Umständen stattfand, als man wußte, daß Rom den Krieg im Grunde schon gewonnen hatte – starb der Pontifex Maximus Gnaeus Ahenobarbus. Das bedeutete, daß man die Verhandlungen im Senat und in den Komitien unterbrechen und das Geld für ein Staatsbegräbnis zusammenbringen mußte, ausgerechnet für einen Mann, der erheblich mehr Geld besessen hatte, als sich in der römischen Staatskasse befand. Sulla leitete die Wahl seines Nachfolgers und seiner Priester, erfüllt von bitterem Groll, denn mit dem Amtsstuhl des Konsuls hatte er auch den Hauptteil der Verantwortung für die Finanzprobleme Roms übernommen, und es ärgerte ihn, daß er gutes Geld für jemanden ausgeben mußte, der es nicht nötig hatte. Vor der Zeit von Ahenobarbus war es auch nicht nötig gewesen, die Wahl der Priester zu finanzieren. Ahenobarbus hatte als Volkstribun die *lex Domitia de sacerdotiis* eingebracht, die das Verfahren für die Ernennung von Priestern und Auguren neu regelte: Statt durch Kooptation des Priesterkollegiums wurden sie nun durch Wahl bestimmt. Quintus Mucius Scaevola, der bereits Priester war, wurde neuer Pontifex Maximus, und das Priesteramt des Ahenobarbus ging an ein neues Mitglied des Priesterkollegiums, an Quintus Caecilius Metellus das Ferkel. Zumindest in dieser Hinsicht, dachte Sulla, waltete ein Stück weit Gerechtigkeit. Nach dem Tod von Metellus Schweinebacke war sein Priesteramt durch Wahl an den jungen Gaius Aurelius Cotta gegangen: ein hervorragendes Beispiel dafür, wie durch die Einführung einer Wahl das Recht einer Familie auf Ämter zunichte gemacht wurde, die immer erblich gewesen waren.

Nachdem die Bestattung vorüber war, wurden die Geschäfte im Senat und in den Komitien wieder aufgenommen. Pompeius Strabo erbat sich als Legaten Poplicola und Brutus Damasippus und bekam sie auch, sein dritter Legat, Gnaeus Octavius Ruso, erklärte, er könne Rom besser in Rom dienen, was jedermann so verstand, daß er am Ende des Jahres Konsul werden wollte. Cinna und Cornutus führten ihre Operationen in den Gebieten der Marser fort, und Servius Sulpicius Galba zog weiter gegen die Marukkiner, die Vestiner und die Paeligner zu Felde.

»Alles in allem eine gute Zusammenstellung«, sagte Sulla zu seinem Amtskollegen Quintus Pompeius Rufus.

Der Ausspruch fiel bei einem Festessen der Familie im Haus von Pompeius Rufus, mit dem die neuerliche Schwangerschaft von Cornelia Sulla gefeiert wurde. Diese Nachricht hatte Sulla nicht mit der gleichen Freude erfüllt wie Aelia und alle Mitglieder der Familie Pompeius Rufus, aber sie brachte ihn immerhin dazu, seinen Familienpflichten nachzukommen und endlich seine Enkeltochter anzuschauen, die nach Aussagen ihres anderen Großvaters, Sullas Mitkonsul, das schönste und vollkommenste Baby war, das je das Licht der Welt erblickt hatte.

Pompeia war jetzt fünf Monate alt und tatsächlich sehr hübsch, wie Sulla im stillen zugeben mußte. Sie hatte dichte, dunkelrote Locken, schwarze Augenbrauen und so dichte und lange schwarze Wimpern, daß sie wie Fächer über den riesigen grünen Augen lagen. Ihre Haut war hauchzart, ihr Mund ein lieblicher, roter Bogen, und wenn sie lächelte, erschien auf einer ihrer rosigen Wangen ein Grübchen. Sulla hielt sich keineswegs für einen Experten für Säuglinge, aber Pompeia schien ihm doch ein eher träges und dummes Kind zu sein, das nur lebendig wurde, wenn man ihm etwas Goldenes oder Glitzerndes vor der Nase baumeln ließ. Ein Omen, dachte Sulla, und lachte in sich hinein.

Seine Tochter war glücklich, das war offensichtlich, und auf eine entfernte, abstrakte Weise gefiel das Sulla. Er liebte sie nicht, aber wenn sie ihn nicht ärgerte, hatte er sie ganz gern. Und manchmal huschte ein Ausdruck über ihr Gesicht, der ihn an ihren toten Bruder erinnerte – in der Art, wie sie aufblickte oder lächelte –, und dann erinnerte er sich daran, daß ihr Bruder sie heiß geliebt hatte. Wie ungerecht war das Leben! Warum mußte Cornelia Sulla, ein nutzloses Mädchen, gesund und blühend heranwachsen und sein Sohn so früh sterben? Es hätte umgekehrt sein müssen, in einer richtig geordneten Welt hätte der *pater familias* die Wahl gehabt.

Er dachte nie an seine beiden germanischen Söhne, die er gezeugt hatte, als er bei den Germanen lebte, hatte nie das Verlangen, sie zu sehen, und empfand sie in keiner Weise als Ersatz für den geliebten Sohn von Julilla. Denn sie waren keine Römer, ihre Mutter war eine Barbarin. Er dachte immer nur an seinen Sohn Sulla und spürte eine Leere, die nie mehr gefüllt werden konnte. Und hier vor seiner Nase saß seine Tochter, die er ohne Zögern augenblicklich dem Tod ausgeliefert hätte, wenn er dafür seinen Sohn zurückbekommen hätte.

»Wie schön, daß sich alles so zum Guten gewendet hat«, sagte Aelia zu ihm, als sie ohne die Begleitung von Sklaven nach Hause gingen.

Da Sullas Gedanken noch immer um die Ungerechtigkeit des Lebens kreisten, das ihm den Sohn genommen und nur ein nutzloses Mädchen gelassen hatte, hätte die arme Aelia in diesem Moment keine unpassendere Bemerkung machen können.

Er schlug augenblicklich zurück, giftig und haßerfüllt. »Betrachte dich von diesem Augenblick an als geschieden!« zischte er.

Sie blieb wie angewurzelt stehen. »Ach, Lucius Cornelius, bitte denk doch noch einmal darüber nach!« rief sie, außer sich über diesen vernichtenden Schlag.

»Such dir ein anderes Zuhause. In meines gehörst du nicht mehr.« Sulla machte kehrt und schritt in Richtung Forum davon. Aelia ließ er mutterseelenallein auf dem Clivus Victoriae stehen.

Als sie sich so weit von dem Schlag erholt hatte, daß sie wieder denken konnte, drehte sie sich ebenfalls um, aber nicht in Richtung Forum. Sie kehrte in das Haus von Quintus Pompeius Rufus zurück.

»Kann ich bitte meine Tochter sprechen?« fragte sie den Türsklaven, der sie bestürzt anschaute. Vor wenigen Augenblicken hatte er eine schöne Frau hinausgelassen, in eine Aura glücklicher Zufriedenheit gehüllt – jetzt stand sie wieder vor ihm und wirkte, als werde sie gleich sterben, so grau und eingefallen sah sie aus.

Als er ihr anbot, sie in das Zimmer seines Herrn zu bringen, bat sie darum, ins Wohnzimmer von Cornelia Sulla geführt zu werden. Sie wolle ihre Tochter unter vier Augen sprechen, ohne von jemand anderem gestört zu werden.

»Was ist los, Mama?« fragte Cornelia Sulla leichthin, als sie hereinkam. Beim Anblick des schrecklich veränderten Gesichtes blieb sie stehen und fragte noch einmal mit ganz anderer Stimme: »Was ist los, Mama? Was ist denn passiert?«

»Er hat mich weggeschickt«, sagte Aelia tonlos. »Er hat mir gesagt, ich gehöre nicht in sein Haus, deshalb habe ich nicht gewagt, nach Hause zu gehen. Er hat es ernst gemeint.«

»Mama! Warum? Wann? Wo?«

»Jetzt gerade, auf der Straße.«

Cornelia Sulla sank auf einen Stuhl neben ihre Stiefmutter, die einzige Mutter, die sie gekannt hatte bis auf ein paar verschwommene Erinnerungen an eine magere, nörgelnde Frau, die ihren Weinbecher mehr geliebt hatte als ihre Kinder. Natürlich war sie beinahe zwei Jahre unter der Obhut ihrer Großmutter Marcia gewesen, aber Großmutter Marcia hatte nicht noch einmal Mutter sein wollen und in der Kinderstube ein hartes und liebloses Regiment geführt. Als Aelia in ihr Haus gezogen war, hatten Cornelia und ihr Bruder sie wunderbar gefunden und wie eine Mutter geliebt.

Cornelia Sulla nahm Aelias kalte Hand und dachte darüber nach, was für ein schwindelerregender Abgrund der Geist ihres Vaters doch war. Blitzschnell konnte seine Stimmung umschlagen, Gewalttätigkeit konnte aus ihm herausbrechen wie Lava aus einem Vulkan, er konnte kalt sein in einem Maße, die einem menschlichen Herzen weder Licht noch Hoffnung ließ. »Er ist ein Ungeheuer!« zischte die Tochter mit zusammengebissenen Zähnen.

»Nein«, sagte Aelia müde, »er ist einfach ein Mann, der nie glücklich war. Er weiß nicht, wer er ist, und er weiß nicht, was er will. Oder vielleicht weiß er es, aber wagt es nicht zu sein und zu wollen. Ich habe immer gewußt, daß er mich eines Tages verstoßen würde. Aber ich hätte doch gedacht, daß er mich irgendwie warnen würde – durch eine Veränderung in seinem Verhalten oder irgend etwas! Weißt du, er war innerlich schon mit mir fertig, ehe überhaupt etwas beginnen konnte. Als dann die Jahre vergingen, begann ich zu hoffen. Aber das spielt jetzt keine Rolle mehr. Alls in allem war ich länger mit ihm zusammen, als ich erwartet habe.«

»Weine doch, Mama! Dann wirst du dich besser fühlen.«

Aelia lachte nur trocken. »Oh nein. Ich habe zuviel geweint, nachdem unser Junge gestorben ist. Damals ist *er* ebenfalls gestorben.«

»Er wird dir nichts geben, Mama. Ich kenne ihn! Er ist ein Geizhals. Er wird dir keinen Sesterz geben.«

»Ja, das ist mir klar.«

»Du hast eine Mitgift mitgebracht.«

»Die habe ich ihm schon längst gegeben.«

Cornelia Sulla richtete sich mit großer Würde auf. »Du wirst bei mir leben, Mama. Ich lasse dich nicht im Stich. Quintus Pompeius wird einsehen, daß das richtig ist.«

»Nein, Cornelia. Zwei Frauen in einem Haus sind schon zuviel, und mit deiner Schwiegermutter ist bereits eine zweite da. Sie ist eine sehr freundliche Frau. Sie liebt dich. Aber sie wird es dir nicht danken, wenn du ihr noch eine dritte Frau ins Haus bringst.

»Aber was kannst du dann tun?« rief Cornelia aus.

»Heute nacht kann ich hier in deinem Wohnzimmer bleiben und über den nächsten Schritt nachdenken«, sagte Aelia ruhig. »Sag deinem Schwiegervater bitte nichts. Er wird dadurch in eine sehr unangenehme Lage kommen. Wenn es sein muß, sag es deinem Mann. Ich muß Lucius Cornelius eine Nachricht schicken, damit er weiß, wo ich bin. Hast du jemanden, der sie gleich hinbringen kann?«

»Natürlich, Mama.« Die Tochter eines jeden anderen Mannes hätte vielleicht hinzugefügt, daß sich ihr Vater bis zum Morgen bestimmt anders besinnen würde, nicht so Sullas Tochter. Sie kannte ihren Vater besser.

Am frühen Morgen kam Sullas Antwort. Aelia erbrach das Siegel mit ruhiger Hand.

»Was schreibt er?« fragte Cornelia Sulla nervös.

»›Ich lasse mich wegen Unfruchtbarkeit von dir scheiden.‹«

»Ach Mama, wie ungerecht! Er hat dich überhaupt nur geheiratet, weil du unfruchtbar warst!«

»Weißt du, Cornelia, er ist sehr geschickt«, sagte Aelia nicht ohne Bewunderung. »Weil er die Scheidung damit begründet hat, steht mir von Rechts wegen keine Entschädigung zu. Ich kann meine Mitgift nicht zurückfordern, und ich kann keinen Unterhalt beanspruchen. Ich war zwölf Jahre mit ihm verheiratet. Als ich ihn geheiratet habe, war ich noch in einem Alter, in dem ich hätte Kinder bekommen können. Aber ich hatte mit meinem ersten Mann keine Kinder und mit ihm auch nicht. Kein Gericht würde mich unterstützen.«

»Dann *mußt* du bei mir leben, Mama«, sagte Cornelia Sulla entschlossen. »Gestern abend habe ich Quintus Pompeius gesagt, was passiert ist. Er meint, es wäre sehr gut möglich, daß du hier lebst. Wenn du nicht so nett wärst, ginge es vielleicht nicht. Aber es wird gehen! Ich weiß es!«

»Dein armer Mann!« sagte Aelia lächelnd. »Was hätte er denn sonst sagen sollen? Was kann sein armer Vater anderes sagen, wenn er es erfährt? Sie sind beide gute und großzügige Menschen. Aber ich weiß, was ich machen werde, und es ist mit Abstand das beste.«

»Mama! Nicht ...«

Aelia brachte ein Lachen zustande. »Nein, nein, das würde ich natürlich nicht machen! Es würde dich den Rest deines Lebens verfolgen! Ich wünsche dir von ganzem Herzen ein sehr schönes Leben, mein liebstes Kind.« Sie richtete sich auf und setzte eine entschlossene Miene auf. »Ich gehe zu deiner Großmutter Marcia nach Cumae.«

»Großmutter? Ach nein, sie ist so eine alte Kratzbürste!«

»Unsinn! Ich habe letzten Sommer drei Monate bei ihr verbracht, und es war eine sehr schöne Zeit. Sie schreibt mir oft, Cornelia, denn sie ist einsam. Mit ihren siebenundsechzig Jahren hat sie Angst, eines Tages ganz allein zu sein. Es ist ein schreckliches Schicksal, wenn du in der Stunde des Todes nur Sklaven um dich hast. Sextus Julius hat sie nicht oft besucht, aber sein Tod hat sie doch sehr getroffen. Ich glaube nicht, daß Gaius Julius sie in den letzten vier oder fünf Jahren gesehen hat, mit Aurelia und Claudia verträgt sie sich nicht. Und mit ihren Enkelkindern auch nicht.«

»Das meine ich ja gerade, Mama. Sie ist so schwierig, man kann ihr einfach nichts recht machen. Ich weiß es! Sie hat sich um uns gekümmert, bis du gekommen bist.«

»Aber wir beide verstehen uns sehr gut. Wir haben uns schon immer gut verstanden. Und wir waren schon lange befreundet, bevor ich deinen Vater geheiratet habe. Sie hat mich deinem Vater als geeignete Frau empfohlen, daher schuldet sie mir einen Gefallen. Wenn ich zu ihr gehe und bei ihr lebe, werde ich erwünscht sein und eine nützliche Aufgabe haben, und ich werde ihr in keiner Weise verpflichtet sein. Wenn ich den Schock dieser Scheidung erst einmal überwunden habe, werde ich wahrscheinlich sowohl am Leben als auch an Marcias Gesellschaft Freude haben.«

Diese vollkommene Lösung des Problems, die Aelia anscheinend aus heiterem Himmel herbeigezaubert hatte, wurde von Konsul Pompeius Rufus und seiner Familie mit großer Dankbarkeit angenommen. Natürlich hätte ihr niemand in der Familie ein dauerhaftes Zuhause verweigert, aber nun konnten sie ihr mit echter Freude eine vorübergehende Zuflucht bieten.

»Ich verstehe Lucius Cornelius nicht«, sagte Konsul Pompeius einen Tag später zu Aelia. »Als ich ihn sah, versuchte ich die Sache mit der Scheidung anzusprechen. Wenigstens wollte ich ihm erklären, warum ich dich bei mir aufgenommen habe. Und er – er hat mich mit einem Gesicht angesehen! Mir blieb das Wort im Hals stekken. Buchstäblich! Furchtbar. Ich dachte, ich kenne ihn. Das Schlimme ist, daß ich um unseres gemeinsamen Amtes willen weiterhin mit ihm auskommen muß. Wir haben den Wählern versprochen, daß wir eng zusammenarbeiten würden, und das Versprechen darf ich nicht brechen.«

»Natürlich nicht«, sagte Aelia warm. »Quintus Pompeius, es war nie meine Absicht, dich gegen Lucius Cornelius aufzubringen, glaub mir! Was zwischen Mann und Frau geschieht, ist eine ganz private Angelegenheit, und allen Außenstehenden muß es unerklärlich erscheinen, wenn eine Ehe ohne sichtbaren Grund auseinandergeht. Es gibt immer Gründe und meistens auch stichhaltige. Wer weiß? Lucius Cornelius wünscht sich vielleicht tatsächlich noch einmal Kinder. Sein einziger Sohn ist tot, er hat keinen Erben. Und er hat wirklich nicht viel Geld, weißt du, deshalb verstehe ich die Sache mit der Mitgift. Ich komme schon zurecht. Wenn du es einrichten könntest, daß jemand diesen Brief nach Cumae bringt und auf eine Antwort von Marcia wartet, werden wir sehr bald wissen, worauf ich mich einstellen kann.«

Quintus Pompeius sah zu Boden, das Gesicht noch röter als seine Haare. »Lucius Cornelius hat deine Kleider und sonstigen Sachen herbringen lassen, Aelia. Es tut mir sehr leid.«

»Nun, das sind gute Neuigkeiten!« Aelia blieb ganz ruhig. »Ich habe schon gedacht, er hätte sie womöglich weggeworfen.«

»Ganz Rom redet.«

Sie zog die Augenbrauen hoch. »Worüber?«

»Über diese Scheidung. Über seine Grausamkeit dir gegenüber. Die Leute nehmen es ihm übel.« Quintus Pompeius Rufus räusperte sich. »Du bist eine sehr beliebte und geachtete Frau. Die Geschichte ist in aller Munde, auch daß er dir keinen Sesterz gibt. Auf dem Forum wurde er heute morgen mit Buhrufen und Zischen empfangen.«

»Armer Lucius Cornelius!« sagte sie traurig. »Es muß schrecklich für ihn gewesen sein.«

»Wenn es schrecklich für ihn war, hat er sich jedenfalls nichts anmerken lassen. Er ging einfach weiter, als wäre nichts.« Quintus Pompeius seufzte. »Warum, Aelia? Warum?« Er schüttelte den Kopf. »Nach so vielen Jahren, ich verstehe es einfach nicht. Wenn er noch einen Sohn haben wollte, warum ließ er sich dann nicht nach dem Tod seines Jungen von dir scheiden? Das ist jetzt drei Jahre her.«

Die Antwort auf Pompeius Rufus' Frage kam Aelia zu Ohren, noch bevor sie den Brief von Marcia mit der Einladung nach Cumae erhielt.

Der junge Quintus Pompeius brachte die Neuigkeit nach Hause, so außer Atem, daß er kaum sprechen konnte.

»Was ist los?« fragte Aelia, da Cornelia nicht fragen wollte.

»Lucius – Cornelius! Er hat – die Witwe von Scaurus – geheiratet!«

Cornelia Sulla sah nicht überrascht aus. »Dann kann er es sich leisten, dir deine Mitgift zurückzuzahlen, Mama«, sagte sie erbost. »Sie ist so reich wie Krösus.«

Pompeius Rufus nahm einen Becher Wasser entgegen, leerte ihn in einem Zug und erzählte dann zusammenhängend. »Es ist heute am späten Vormittag passiert. Niemand außer Quintus Metellus Pius und Mamercus Lepidus Livianus haben davon gewußt. Sie mußten es wohl wissen! Quintus Metellus Pius ist ihr Vetter ersten Grades, und Mamercus Lepidus Livianus ist der Testamentsvollstrecker von Marcus Aemilius Scaurus.«

»Ihr Name! Mir fällt ihr Name nicht ein!« sagte Aelia verwundert.

»Caecilia Metella Delmatica. Aber alle nennen sie einfach Delmatica, hat man mir gesagt. Es heißt, daß sie vor Jahren, nicht lange nach dem Tod von Saturninus, so in Lucius Cornelius verliebt war, daß sie sich vollkommen zum Narren gemacht hat – und Marcus Aemilius Scaurus auch. Angeblich hat Lucius Cornelius sie nicht einmal angeschaut. Dann hat ihr Mann sie eingesperrt, und niemand scheint sie seither jemals wieder gesehen zu haben.«

»O ja, ich erinnere mich gut an den Vorfall«, sagte Aelia. »Ich wußte nur einfach ihren Namen nicht mehr. Lucius Cornelius hat zwar nie mit mir darüber gesprochen. Aber bis Marcus Aemilius Scaurus sie eingesperrt hat, durfte ich nicht das Haus verlassen, wenn Lucius Cornelius zu Hause war. Er gab sich ungeheure Mühe, Marcus Aemilius Scaurus zu zeigen, daß es bei ihm keinerlei Ungehörigkeit gab.« Aelia seufzte. »Allerdings hat das nichts genützt. Marcus Aemilius Scaurus hat trotzdem dafür gesorgt, daß er nicht Prätor geworden ist.«

»Sie wird nicht viel Freude an meinem Vater haben«, sagte Cornelia Sulla grimmig. »Keine Frau hat je an ihm Freude gehabt.«

»Sag so etwas nicht, Cornelia!«

»Ach Mama, ich bin doch kein Kind mehr! Ich habe selbst ein Kind! Und ich kenne ihn besser als du, weil ich ihn nicht so liebe wie du! Ich habe sein Blut in den Adern – manchmal jagt mir der Gedanke schreckliche Angst ein. Meine richtige Mutter hat Selbstmord begangen. Ich bin sicher, daß mein Vater ihr irgend etwas angetan hat, das sie zum Selbstmord getrieben hat.«

»Das wirst du nie erfahren, Cornelia, also denk nicht darüber nach«, sagte Quintus Pompeius streng.

Aelias Gesicht spiegelte Überraschung. »Wie merkwürdig! Wenn man mich gefragt hätte, wen er vielleicht heiraten würde, hätte ich gesagt Aurelia!«

Cornelia Sulla nickte. »Das hätte ich auch gesagt. Sie waren doch immer ein Herz und eine Seele! Unterschiedliches Gefieder, die gleichen Vögel.« Sie zuckte die Achseln. »Von wegen Vögel! Ungeheuer sind sie, alle beide!«

»Ich erinnere mich nicht, daß ich Caecilia Metella Delmatica kennengelernt habe«, sagte Aelia, die Cornelia Sulla von so gefährlichen Äußerungen weglocken wollte, »auch nicht, als sie meinem Mann nachlief.«

»Er ist nicht mehr dein Mann, Mama. Er ist ihr Mann.«

»Kaum jemand kennt sie«, sagte der junge Pompeius Rufus, ebenfalls darauf bedacht, Cornelia Sulla zu besänftigen. »Marcus Scaurus hat sie nach jener einzigen Verirrung in vollkommener Isolation gehalten, und dabei war ihr Vergehen ganz unschuldig. Es gibt auch zwei Kinder, ein Mädchen und einen Jungen. Aber niemand kennt sie. Und die Mutter auch nicht. Seit dem Tod von Marcus Scaurus ist sie genauso unsichtbar wie zuvor. Deshalb redet auch die ganze Stadt darüber.« Er streckte seinen Becher vor und ließ sich noch einmal Wasser einschenken. »Heute ist der erste Tag nach Ablauf ihrer Trauerzeit. Das ist noch ein weiterer Grund dafür, daß ganz Rom darüber redet.«

»Er muß sie sehr lieben«, sagte Aelia.

»Unsinn!« fauchte Cornelia Sulla. »Er liebt niemanden.«

Nach dem Anfall von Weißglut, in dem Sulla Aelia allein auf dem Clivus Victoriae hatte stehen lassen, versank er für die folgenden Stunden in die bekannte rabenschwarze Depression. Teilweise zu dem Zweck, das Messer in der tiefen Wunde zu drehen, die er, wie er genau wußte, der allzu netten, allzu langweiligen Aelia zugefügt hatte, ging er am nächsten Morgen zum Haus von Metellus Pius. Sein Interesse an der Witwe des Scaurus war so alt und so kalt wie seine Stimmung, in Wahrheit wollte er nur eines: Aelia Kummer machen. Die Scheidung war nicht genug, er mußte einen besseren Weg finden, das Messer zu drehen. Und welchen besseren Weg gab es, als auf der Stelle eine andere Frau zu heiraten und den Anschein zu erwecken, er habe sich aus diesem Grunde von Aelia getrennt? Die Frauen, dachte er, als er zum Hause von Metellus Pius ging, hatten ihn seit frühester Jugend zum Wahnsinn getrieben. Seit er es aufgegeben hatte, sich Männern zu verkaufen, weil er so dumm gewesen war und geglaubt hatte, Frauen seien die leichteren Opfer. Und in Wahrheit war er das Opfer. Ihr Opfer. Er hatte Nikopolis und Clitumna getötet. Und er dankte allen Göttern, daß Julilla sich selbst umgebracht hatte. Aber es war zu gefährlich, Aelia zu töten. Die Scheidung reichte einfach nicht, sie hatte schon seit Jahren damit gerechnet.

Er fand das Ferkel im Gespräch mit seinem neuen Quästor Mamercus Aemilius Lepidus Livianus. Es war ein ausgesprochener Glücksfall, daß er sie beide zusammen antraf – aber war er nicht immer der Liebling Fortunas gewesen?

Mamercus und das Ferkel hatten selbstverständlich viel miteinander zu besprechen, aber in seiner düsteren Stimmung strahlte Sulla etwas aus, daß die beiden ihn mit der nervösen Unruhe eines Paares empfingen, das man beim Liebesakt ertappt hat.

Da sie beide gute Offiziere waren, setzten sie sich erst, nachdem er sich gesetzt hatte. Dann starrten sie ihn wortlos an, weil ihnen nichts Passendes einfiel.

»Hat man euch die Zunge herausgeschnitten?« fragte Sulla.

Metellus Pius fuhr erschrocken zusammen. »Nein, Lucius Cornelius! Nein! Entschuldige bitte, meine Gedanken waren m-m-meilenweit weg.«

»Deine auch, Mamercus?« fragte Sulla.

Mamercus, der stets langsam, ruhig und zuverlässig war, rang sich ein Lächeln ab. »Ehrlich gesagt, ja.«

»Dann werde ich den Gedanken eine gänzlich andere Richtung geben – das gilt für euch beide«, sagte Sulla mit seinem teuflischsten Lächeln.

Die beiden schwiegen und warteten ab.

»Ich will Caecilia Metella Delmatica heiraten.«

»Beim Jupiter!« quiekte Metellus Pius.

»Das ist nicht sehr originell, Ferkel«, sagte Sulla. Er stand auf, ging zur Tür von Metellus Pius' Arbeitszimmer und blickte zurück, eine Augenbraue hochgezogen. »Ich will sie morgen heiraten. Ich möchte, daß ihr beide darüber nachdenkt und mir um die Mittagszeit eure Antwort schickt. Da ich einen Sohn will, habe ich meine Frau wegen Unfruchtbarkeit verstoßen. Ich will sie aber nicht durch ein dummes junges Mädchen ersetzen. Ich bin zu alt für jugendliche Mätzchen. Ich will eine reife Frau, die ihre Fruchtbarkeit durch die Geburt von zwei Kindern bewiesen hat, eines davon ein Sohn. Ich dachte an Delmatica, weil sie eine gewisse Sympathie für mich zu hegen scheint – zumindest vor Jahren einmal zu hegen schien.«

Damit verließ er sie, und Metellus und Mamercus starrten einander mit offenen Mündern an.

»Beim Jupiter!« sagte Metellus Pius noch einmal, etwas leiser.

»Das ist allerdings eine Überraschung«, sagte Mamercus, der viel weniger überrascht war als das Ferkel, weil er Sulla nicht einmal einen Bruchteil so gut kannte wie das Ferkel.

Metellus Pius kratzte sich am Kopf und schüttelte ihn. »Warum gerade sie? Bis auf einen kurzen Augenblick nach dem Tod von Marcus Aemilius habe ich jahrelang nicht an Delmatica gedacht. Sie ist zwar meine Cousine ersten Grades, aber nach der Geschichte mit Lucius Cornelius – wie merkwürdig!– wurde sie in ihrem Haus eingesperrt. Und da stand sie unter viel schärferer Bewachung als in den Zellen der Lautumiae.« Er schaute Mamercus an. »Als Testamentsvollstrecker hast du sie sicher während der letzten Monate gesehen.«

»Um deine erste Frage zu beantworten: Warum gerade sie? Ich vermute, daß ihm ihr Geld nicht ungelegen kommt. Und was deine zweite Frage betrifft: Ich habe sie seit dem Tod von Marcus Aemilius mehrmals besucht, allerdings nicht so oft, wie ich sie hätte besuchen sollen. Ich war schon im Feld, als er starb, aber dann habe ich sie gesehen, weil ich nach Rom zurückkehren mußte, um die Angelegenheiten von Marcus Aemilius zu ordnen. Und wenn du meine ehrliche Meinung hören willst: Sie hat überhaupt nicht um den alten Mann getrauert. Sie hat sich nur um die Kinder Sorgen gemacht. Ich fand das auch völlig verständlich. Wie groß war der Altersunterschied? Vierzig Jahre?«

»Ja, so ungefähr, glaube ich. Ich erinnere mich, daß sie mir ein wenig leid tat, als sie heiratete. Sie hätte eigentlich den Sohn heiraten sollen, aber der beging Selbstmord. Mein Vater gab sie dann statt dessen Marcus Aemilius.«

»Mir ist vor allem ihre Schüchternheit aufgefallen«, sagte Mamercus. »Oder vielleicht ist ihr ganzes Selbstvertrauen zerstört. Sie fürchtet sich, aus dem Haus zu gehen, obwohl ich ihr gesagt habe, sie dürfe es tun. Sie hat überhaupt keine Freunde.«

»Woher soll sie auch Freunde haben? Ich habe es ernstgemeint, als ich gesagt habe, Marcus Aemilius habe sie eingesperrt.«

»Nach seinem Tod«, fuhr Mamercus nachdenklich fort, »war sie natürlich allein in seinem Haus, abgesehen von ihren Kindern und einer im Verhältnis zu ihrem Reichtum kleinen Schar von Sklaven. Aber als ich ihr vorgeschlagen habe, eine Tante oder eine Cousine als Hausgenossin aufzunehmen, wurde sie sehr aufgeregt. Sie wollte nichts davon hören. Schließlich mußte ich mich dazu bequemen, ein römisches Ehepaar mit gutem Leumund zu suchen, die beiden leben jetzt bei ihr. Sie sagte, sie verstünde, daß man die Konventionen respektieren müsse, besonders wegen der alten Verfehlung, aber sie wolle lieber mit Fremden als mit Verwandten leben. Sie kann einem leid tun, Quintus Caecilius! Wie alt war sie damals bei dieser Geschichte? Neunzehn? Und verheiratet mit einem Mann von sechzig!«

Das Ferkel zuckte die Achseln. »Ehen sind Glückssache, Mamercus. Schau mich an. Ich bin mit der jüngeren Tochter von Lucius Crassus Orator verheiratet. Seine ältere Tochter hat bereits drei Söhne, und meine Licinia ist immer noch kinderlos – und nicht, weil wir es nicht versucht hätten, das kannst du mir glauben! Jetzt denken wir daran, einen der Neffen zur Adoption zu erbitten.«

Mamercus runzelte die Stirn. Ihm schien ein guter Einfall gekommen zu sein. »Ich schlage vor, daß du tust, was Lucius Cornelius tun will! Laß dich von Licinia Minor wegen Unfruchtbarkeit scheiden und heirate Delmatica selbst!«

»Nein, Mamercus, das könnte ich nicht. Ich habe meine Frau sehr gern«, sagte das Ferkel unwirsch.

»Dann müssen wir ernsthaft über den Antrag von Lucius Cornelius nachdenken?«

»Ja, natürlich. Er ist kein reicher Mann, aber er hat etwas Besseres zu bieten, weißt du. Er ist ein großer Mann. Meine Cousine Delmatica war mit einem großen Mann verheiratet, also ist sie daran gewöhnt. Lucius Cornelius wird es weit bringen, Mamercus. Ich weiß nicht, warum ich so felsenfest davon überzeugt bin, denn eigentlich sehe ich nicht recht, wie er überhaupt noch viel weiter kommen kann. Aber er wird weiterkommen! Ich weiß es. Er ist kein Marius, er ist auch kein Scaurus. Und dennoch glaube ich, daß er beide in den Schatten stellen wird.«

Mamercus erhob sich. »Dann gehen wir am besten zu Delmatica und hören, was sie dazu zu sagen hat. Es ist aber nicht möglich, daß sie morgen heiraten.«

»Warum nicht? Sie kann doch nicht immer noch in Trauer sein?«

»Nein. Merkwürdigerweise endet ihre Trauerzeit heute. Und deshalb würde es verdächtig aussehen, wenn sie morgen heiraten würde. In einigen Wochen, denke ich.«

»Nein, es muß morgen sein«, sagte Metellus Pius heftig. »Du

kennst Lucius Cornelius nicht so gut wie ich. Es gibt keinen Menschen, den ich mehr achte und respektiere. Aber man kann ihm nichts abschlagen, Mamercus! Wenn wir der Heirat zustimmen, findet sie morgen statt.«

»Mir ist gerade etwas eingefallen, Quintus Caecilius. Das letzte Mal, als ich bei Delmatica war, vor zwei oder drei Wochen, hat sie nach Lucius Cornelius gefragt. Aber sie hat nie nach irgend jemand sonst gefragt, nicht einmal nach dir, ihrem nächsten Verwandten.«

»Nun, mit neunzehn war sie verliebt in ihn. Vielleicht ist sie immer noch in ihn verliebt. Frauen sind eigenartig, solche Sachen kommen durchaus vor.« Das Ferkel sprach wie jemand, der große Erfahrung mit Frauen hat.

Gemeinsam gingen sie zum Haus von Marcus Aemilius Scaurus. Als sie Caecilia Metella Delmatica gegenübertraten, begriff Metellus Pius, was Mamercus gemeint hatte, als er sie schüchtern genannt hatte. Eine Maus, war sein vernichtendes Urteil, eine sehr attraktive Maus allerdings, zudem sanft und freundlich. Er kam nicht auf den Gedanken, sich zu fragen, wie er sich gefühlt hätte, wenn man ihn mit siebzehn Jahren einer fast sechzigjährigen Frau zum Manne gegeben hätte. Frauen taten, was man ihnen sagte, und ein sechzigjähriger Mann hatte in jeder Hinsicht mehr zu bieten als eine Frau von fünfundvierzig. Er sprach als erster, denn sie waren zu dem Schluß gekommen, daß er, ihr nächster Verwandter, praktisch die Position des Familienoberhauptes vertrat.

»Delmatica, wir haben heute einen Heiratsantrag für dich erhalten. Wir empfehlen dir sehr, daß du ihn annimmst, doch wir denken auch, du solltest das Recht haben, nein zu sagen, wenn du das möchtest.« Metellus Pius sprach sehr förmlich. »Du bist die Witwe des Princeps Senatus und die Mutter seiner Kinder. Wir meinen allerdings, daß du wahrscheinlich keinen besseren Heiratsantrag bekommen wirst.«

»Wer hat um mich angehalten, Quintus Caecilius?« fragte Delmatica sehr vorsichtig.

»Der Konsul Lucius Cornelius Sulla.«

Ein Ausdruck ungläubiger Freude erhellte ihr Gesicht, ihre grauen Augen leuchteten silbern, zwei etwas plumpe Hände kamen zum Vorschein, und beinahe hätte sie in die Hände geklatscht.

»Ich nehme an«, stieß sie hervor.

Beide Männer wunderten sich, denn sie hatten erwartet, es würde sie einige Überredungskunst kosten, um Delmaticas Zustimmung zu erlangen.

»Er möchte dich morgen heiraten«, sagte Mamercus.

»Heute, wenn er will!«

Was konnten sie dazu sagen? Was sollten sie dazu sagen?

Mamercus versuchte es. »Du bist eine sehr reiche Frau, Delmatica. Wir haben mit Lucius Cornelius nicht über eine Mitgift gesprochen. Wahrscheinlich spielt das für ihn keine große Rolle, denn er weiß, daß du reich bist, und mehr verlangt er nicht zu wissen. Er sagte, er habe sich von seiner Frau wegen Unfruchtbarkeit getrennt und wolle kein junges Mädchen heiraten, sondern lieber eine vernünftige Frau, die noch Kinder bekommen könne, am liebsten eine Frau, die bereits Kinder habe und deren Fruchtbarkeit somit erwiesen sei.«

Diese umständliche Erklärung dämpfte das Leuchten in ihrem Gesicht ein wenig, aber sie nickte, als verstehe sie, obgleich sie nichts sagte.

Mamercus watete tiefer in den Sumpf finanzieller Fragen hinein. »Du wirst natürlich nicht weiter hier leben können. Dieses Haus ist nun das Eigentum deines kleinen Sohnes und muß unter meiner Obhut bleiben. Ich schlage vor, du fragst das Ehepaar, das bei dir lebt, ob sie nicht weiterhin hier wohnen wollen, bis dein Sohn alt genug ist, selbst die Verantwortung zu übernehmen. Die Sklaven, die du nicht in dein neues Zuhause mitnehmen möchtest, können hier bei den Hausverwaltern bleiben. Aber das Haus von Lucius Cornelius ist sehr klein, verglichen mit diesem Haus. Ich denke, du wirst es beengend finden.«

»Ich finde dieses hier beengend«, sagte Delmatica mit einem Anflug von – Ironie? Wahrhaftig?

»Ein neuer Anfang sollte auch ein neues Haus bedeuten«, fuhr Metellus Pius fort, als Mamercus stockte. »Wenn Lucius Cornelius einverstanden ist, könnte der Ehevertrag ein Haus dieser Größe in einer Gegend einschließen, die eurer Stellung angemessen ist. Deine Mitgift besteht aus dem Geld, das dir dein Vater hinterlassen hat, mein Onkel Delmaticus. Außerdem besitzt du eine große Summe, die dir Marcus Aemilius hinterlassen hat und die nicht zur eigentlichen Mitgift gezählt werden kann. Um deiner eigenen Sicherheit willen werden Mamercus und ich dafür sorgen, daß es sicher für dich angelegt wird und weiter dein Eigentum bleibt. Ich glaube, es wäre nicht klug, wenn Lucius Cornelius über dein Geld verfügen könnte.«

»Ganz wie du meinst«, sagte Delmatica.

»Wenn Lucius Cornelius mit diesen Bedingungen einverstanden ist«, fuhr Mamercus fort, »kann die Hochzeit morgen um die sechste Tagesstunde hier stattfinden. Bis wir ein neues Haus finden, wirst du im Haus von Lucius Cornelius leben.«

Da Lucius Cornelius unbewegt allen Bedingungen zustimmte, wurden er und Caecilia Metella Delmatica am folgenden Tag um die sechste Stunde verheiratet. Metellus Pius gab sie ihm zur Frau, Mamercus war als Zeuge anwesend. Man hatte auf das übliche Drum und Dran verzichtet, und nachdem die kurze Zeremonie – keine *confarreatio* in Gegenwart der beiden obersten Priester – vorüber war, gingen Braut und Bräutigam hinüber in Sullas Haus zusammen mit den beiden Kindern der Braut, Metellus Pius, Mamercus und den drei Sklaven, die die Braut ausgewählt hatte.

Als Sulla sie hochhob, um sie über die Schwelle seines Hauses zu tragen, wurde sie vor Schreck ganz starr, so leicht und gekonnt machte er das. Mamercus und Metellus Pius kamen auf einen Becher Wein mit hinein, gingen dann aber rasch wieder weg. Der neue Hausverwalter Chrysogonus führte die beiden Kinder und ihren Hauslehrer noch immer durch das Haus, und die beiden anderen Sklaven standen mit verlorenem Blick in einer Ecke des säulengesäumten Innengartens.

Braut und Bräutigam waren allein im Atrium.

»Nun, Frau«, sagte Sulla trocken, »du hast noch einmal einen alten Mann geheiratet und wirst ohne Zweifel ein zweites Mal Witwe werden.«

Diese Worte erschienen Delmatica so direkt, daß sie Sulla mit offenem Mund anstarrte und nach Worten rang.

»Du bist doch nicht alt, Lucius Cornelius!«

»Zweiundfünfzig. Das ist nicht gerade jung, verglichen mit deinen beinahe dreißig.«

»Im Vergleich zu Marcus Aemilius bist du ein Jüngling!«

Sulla warf den Kopf in den Nacken und lachte. »Es gibt nur einen Ort, an dem diese Behauptung bewiesen werden kann«, sagte er und nahm sie wieder auf die Arme. »Heute bekommst du kein Abendessen, Frau. Es ist Zeit fürs Bett.«

»Aber die Kinder! Sie sind in einer neuen Umgebung ...!«

»Ich habe gestern, nachdem ich Aelia weggeschickt hatte, einen neuen Hausverwalter gekauft, er ist ein sehr tüchtiger Bursche. Er heißt Chrysogonus. Ein schmieriger Grieche von der schlimmsten

Sorte. Sie geben die besten Hausverwalter ab, wenn sie erst einmal begriffen haben, daß ihr Herr jeden Trick durchschaut und durchaus dazu fähig ist, sie kreuzigen zu lassen.« Sulla hob das Kinn. »Deine Kinder werden hervorragend versorgt sein. Chrysogonus wird sich anstrengen.«

Welche Art von Ehe Delmatica mit Scaurus kennengelernt hatte, wurde erst richtig deutlich, als Sulla seine neue Frau auf das Bett legte. Sie stand rasch wieder auf, öffnete die Truhe, die sie in Sullas Haus geschickt hatte, und nahm ein biederes, züchtiges Leinennachthemd heraus. Während Sulla ihr fasziniert zusah, drehte sie ihm den Rücken zu, löste ihr hübsches cremefarbenes Wollkleid, hielt es aber mit den Ellbogen fest. Dann zog sie das Nachthemd über den Kopf und ließ es sittsam bis auf den Boden fallen, bevor sie das Kleid ablegte. In einem Augenblick war sie für den Tag gekleidet, im nächsten für die Nacht. Und bei alldem hatte sie keine Handbreit Haut gezeigt.

»Zieh das gräßliche Ding aus«, sagte Sulla hinter ihr.

Sie fuhr herum und spürte, wie ihr der Atem stockte. Sulla war nackt, seine Haut schneeweiß, die gelockten Haare auf seiner Brust und um sein Geschlecht spiegelten die Farbe seines Hauptes wider, sein Brustkorb war nirgendwo eingesunken und zeigte nicht die runzligen Falten des Alters, er war fest und muskulös.

Scaurus hatte immer stundenlang, so war es ihr vorgekommen, unter ihrem Nachthemd hantieren, ihre Brustwarzen zwicken und zwischen ihren Beinen herumfummeln müssen, ehe sich mit seinem Glied irgend etwas ereignet hatte – das einzige männliche Glied, das sie jemals gefühlt, allerdings niemals gesehen hatte. Scaurus war ein altmodischer Römer gewesen und in seinen sexuellen Aktivitäten so zurückhaltend, wie er auch seine Frau haben wollte. Daß es ganz anders ging, wenn er mit einer weniger keuschen Frau zusammen war als seiner eigenen, konnte sie nicht wissen.

Und da stand nun Sulla, von ebenso edler und adliger Abkunft wie ihr toter Ehemann, und entblößte sich vor ihr ohne Scham, sein Glied erschien ihr so riesig und fest aufgerichtet, wie das des Priapos auf der Bronzestatue in Scaurus' Arbeitszimmer. Delmatica war nicht unvertraut mit den Geschlechtsteilen von Mann und Frau, denn sie waren überall im Haus zu sehen: an den Hermen, den Lampen, den Säulenfüßen von Tischen, selbst auf einigen Gemälden an der Wand. Aber mit dem ehelichen Leben schien all das nicht das

Geringste zu tun zu haben. Das Eheleben hatte ihr einen Mann beschert, der sich ihr niemals zeigte. Und obwohl er zwei Kinder gezeugt hatte, hätte er ganz anders aussehen können als Priapos oder die Möbel und Ziergegenstände, und sie hätte es nicht gemerkt.

Vor vielen Jahren, als sie Sulla bei jenem Abendessen zum ersten Mal gesehen hatte, war sie von seiner Schönheit hingerissen gewesen. Sie hatte noch nie einen so herrlichen, harten, starken und doch so – wie sollte sie sagen? – weiblichen Mann gesehen. Was sie damals für ihn empfunden hatte – und in der Zeit, in der sie ihm nachspioniert hatte, während er in Rom Stimmen für die Wahl zum Prätor sammelte –, war nicht bewußt körperlicher Natur gewesen, denn sie war eine verheiratete Frau und kannte die körperliche Seite der Liebe; sie zählte sie zu den unwichtigsten und unerfreulichsten Aspekten. Sie hatte für Sulla geschwärmt wie ein Schulmädchen, eine Schwärmerei aus Luft und Wind, nicht aus Feuer und Wasser. Hinter Säulen und Markisen verborgen, hatte sie ihn verzückt angeschaut und eher von seinen Küssen als von seinem Glied geträumt, hatte mit glühender und romantischer Sehnsucht nach ihm geschmachtet. Sie wollte von ihm erobert werden, wollte, daß er ihr Sklave wurde, wollte ihren süßen Sieg auskosten, wenn er ihr zu Füßen lag und vor Liebe zu ihr weinte.

Ihr Mann hatte sie schließlich gestellt, und da hatte sich mit einem Schlag ihr ganzes Leben verändert. Aber die Liebe zu Sulla war geblieben.

»Du hast dich lächerlich gemacht, Caecilia Metella Delmatica«, hatte Scaurus kalt und ruhig zu ihr gesagt. »Aber – und das ist viel schlimmer – du hast auch mich lächerlich gemacht. Die ganze Stadt lacht über mich, den ersten Mann Roms. Und das muß aufhören. Du hast in der denkbar albernsten Weise einen Mann angeschmachtet und angeschwärmt und nach ihm geseufzt, der dich weder ermutigt noch auch nur beachtet hat, der deine Aufmerksamkeiten nicht will und den ich gezwungenermaßen bestraft habe, um meinen eigenen Ruf zu retten. Hättest du nicht ihn und mich in Verlegenheit gebracht, wäre er jetzt Prätor, wie er es verdient hätte. Du hast über zwei Männer Schande gebracht, über deinen Ehemann und über einen Mann von untadeligem Anstand. Daß ich mich selbst nicht als untadelig bezeichne, liegt daran, daß ich schwach war und dieses demütigende Treiben so lange fortdauern ließ. Ich habe immer gehofft, daß du selbst deine Verirrung einsehen und Rom damit beweisen würdest, daß du doch eine würdige Frau für den Princeps Senatus bist. Die Zeit hat jedoch gezeigt, daß du eine würdelose Närrin bist. Und es gibt nur einen Weg, mit einer würdelosen Närrin umzugehen. Du wirst dieses Haus nie mehr verlassen, zu keinem Anlaß. Du gehst weder zu einer Bestattung noch zu einer Hochzeit, weder zu Freundinnen noch zum Einkaufen. Du darfst auch keine Freundinnen hier empfangen, weil ich deiner Vernunft nicht trauen kann. Ich muß dir sagen, daß du ein dummes und hohles Geschöpf bist, keine Frau für einen Mann meiner *auctoritas* und *dignitas.* Jetzt geh.«

Natürlich hatte ihn diese vernichtende Mißbilligung nicht davon abgehalten, den Körper seiner Frau zu suchen, aber er war alt und wurde älter und wollte immer seltener mit ihr schlafen. Durch die Geburt des Sohnes gewann sie ein wenig von seiner Wertschätzung zurück, aber die Regeln ihrer Gefangenschaft lockerte er nicht. Und in ihren Träumen, in ihrer Einsamkeit, in der ihr die Zeit wie ein Bleichgewicht um den Hals hing, dachte sie noch immer an Sulla, liebte sie ihn noch immer. Eine unreife Liebe, die einem jugendlichen Herzen entsprungen war.

Als Sulla jetzt nackt vor ihr stand, erwachte kein sexuelles Verlangen in ihr, sondern sie spürte eine Art atemloses Staunen über seine Schönheit und seine Männlichkeit, und schlagartig traf sie die Erkenntnis, daß der Unterschied zwischen Sulla und Scaurus letztlich minimal war. Schönheit. Männlichkeit. Das waren die wirklichen Unterschiede. Sulla würde ihr nicht zu Füßen fallen und aus Liebe zu ihr weinen! Sie hatte ihn nicht erobert. Er würde sie erobern, mit seinem Rammbock würde er ihre Festung stürmen.

»Zieh das Ding aus, Delmatica«, sagte er.

Sie zog ihr Nachthemd aus mit der Schnelligkeit eines Kindes, das bei einer Sünde ertappt wird, während er lächelte und nickte.

»Du bist wunderschön«, sagte er mit kehliger Stimme, kam zu ihr her, glitt mit seinem Glied zwischen ihre Beine und zog sie an sich. Dann küßte er sie, und Delmatica fühlte, wie mehr Sinneseindrücke auf sie einstürmten, als sie je für möglich gehalten hatte: das Gefühl seiner Haut, seiner Lippen, seines Geschlechtes, seiner Hände, sein Geruch, sauber und süß wie der ihrer Kinder nach dem Baden.

Und so erwachte sie, reifte und entdeckte Bereiche, die nichts mit Träumen und Phantasien zu tun hatten, sondern nur mit lebendigen, vereinten Körpern. Und aus ihrer Liebe wurde Anbetung, körperliche Hörigkeit.

Für Sulla bedeutete sie die Verzauberung, die er zum ersten Mal mit Julilla kennengelernt hatte, auf magische Weise mit Erinnerungen an Metrobius gemischt, er erreichte ein ekstatisches Delirium, das er beinahe zwanzig Jahre nicht mehr erlebt hatte. Auch er war ausgehungert, dachte er verwundert, und er hatte es nicht einmal gewußt! Das war so wichtig, so lebensspendend! Und er hatte es ganz vergessen.

Kein Wunder, daß seit jenem ersten, unglaublichen Tag seiner Ehe mit Delmatica nichts mehr die Macht hatte, ihn tief zu verwunden – nicht die Buhrufe und das Zischen, die ihm auf dem Forum noch immer von denen entgegenschlugen, die sein Verhalten gegenüber Aelia mißbilligten, nicht die boshaften Anzüglichkeiten von Männern wie Philippus, die nur Delmaticas Geld sahen, nicht die verkrüppelte Gestalt von Gaius Marius, der sich auf seinen Jungen stützte, nicht die Rippenstöße und das Zwinkern von Lucius Decumius, der Sulla für einen Satyr und Scaurus' Witwe für ein unschuldiges Lamm hielt, nicht einmal der kurze, bittere Glückwunsch von Metrobius.

Knapp zwei Wochen nach der Eheschließung zogen Sulla und Delmatica in eine weitläufige Villa auf dem Palatin mit Ausblick auf den Circus Maximus, nicht weit vom Tempel der Magna Mater entfernt. Die Villa hatte prächtigere Fresken, als es sie im Haus des Marcus Livius Drusus gab, Säulen aus reinem Marmor, die schönsten Mosaikböden in ganz Rom und Möbel von einer Üppigkeit, die besser zu einem östlichen Potentaten gepaßt hätten als zu einem römischen Senator. Sulla und Delmatica wurden sogar stolze Besitzer eines Tisches aus Zitronenholz; die unermeßlich kostbare Platte mit einer Maserung wie Pfauengefieder ruhte auf einem Elfenbeinpiedestal mit einer Einlegearbeit aus Gold in Form zweier ineinander verschlungener Delphine. Der Tisch war ein Hochzeitsgeschenk von Metellus Pius dem Ferkel.

Das Haus zu verlassen, in dem er fünfundzwanzig Jahre gelebt hatte, war ein weiterer, dringend notwendiger Schritt der Befreiung für Sulla. Mit dem Haus ließ er die Erinnerungen an die schreckliche, alte Clitumna und ihren noch schrecklicheren Neffen Stichus hinter sich, die Erinnerungen an Nikopolis, Julilla, Marcia und Aelia. Und wenn er auch die Erinnerung an seinen Sohn nicht zurücklassen konnte, so gewann er doch wenigstens Abstand von dem Schmerz, täglich Dinge zu sehen und anzufassen, die sein Sohn gesehen und angefaßt hatte. Er konnte nicht mehr durch die leere Tür des Kinderzimmers schauen und einen lachenden, nackten kleinen Jungen vor Augen haben, der ihm von irgendwoher entgegensprang. Mit Delmatica würde er einen neuen Anfang machen.

Für Rom war es ein Glück, daß Sulla viel länger in der Stadt verweilte, als er es ohne Delmatica getan hätte. So war er zur Stelle, konnte sein Programm der Schuldenerleichterung überwachen und darüber nachdenken, wie man die Staatskasse füllen konnte. Dank geschickter Transaktionen und der Nutzung aller Geldquellen gelang es ihm, die Legionen zu bezahlen – Pompeius Strabo hielt Wort und schickte nur eine sehr geringe Soldrechnung – und sogar einen kleinen Teil der Schulden beim italischen Gallien zu begleichen. Mit Befriedigung registrierte er überdies erste Anzeichen dafür, daß das Geschäftsleben in der Stadt sich ein klein wenig erholte.

Im März mußte er jedoch ernsthaft daran denken, sich vom Körper seiner Frau loszureißen. Metellus Pius war bereits mit Mamercus im Süden, Cinna und Cornutus durchforsteten die Gebiete der Marser, und Pompeius Strabo – mit seinem Sohn, aber ohne das briefeschreibende Wunder an Gelehrsamkeit – saß schmollend irgendwo in Umbria.

Eine Sache allerdings mußte zuvor noch erledigt werden. Sulla regelte sie am Tag vor seiner Abreise, da sie nicht die Verabschiedung eines Gesetzes erforderte. Die Angelegenheit fiel in den Aufgabenbereich der Zensoren. Die beiden amtierenden Zensoren kamen mit der Vermögensschätzung und Musterung nur schleppend voran, obwohl durch Piso Frugis Gesetz die neuen Bürger auf acht ländliche Tribus und zwei neue Tribus verteilt waren. An den Abstimmungsverhältnissen würde sich dadurch nichts ändern, die neuen Bürger konnten die eingesessenen Römer nicht majorisieren. Die Zensoren hatten sich durch ein kleines Vergehen ein Schlupfloch gelassen für den Fall, daß sie in Bedrängnis geraten sollten und ihnen der Rücktritt geboten schiene: Als sie von den Auguren angewiesen worden waren, eine kleine, unbedeutende Zeremonie zu vollziehen, hatten sie das vorsätzlich unterlassen.

»Princeps Senatus, eingeschriebene Väter, auch der Senat befindet sich in einer Krise.« Sulla stand ruhig vor seinem Amtsstuhl, wie es seine Art war. Er streckte die rechte Hand aus, in der eine Schriftrolle ruhte. »Ich habe hier eine Liste derjenigen Senatoren, die nie mehr in diesem Haus anwesend sein werden. Sie sind tot. Es sind etwas mehr als hundert Männer. Die meisten der hundert Namen auf der Liste sind Namen von *pedarii*, Hinterbänklern, die sich in diesem Haus nicht besonders hervorgetan haben, nie das Wort ergriffen und nur gerade so viel von den Gesetzen verstanden, wie ein Senator unbedingt verstehen muß. Aber es sind auch andere Namen darunter, Namen von Männern, die uns außerordentlich fehlen, denn sie hatten das Format, um Gerichtspräsidenten zu werden, Richter an besonderen Gerichtshöfen, Schiedsrichter und Schlichter, hohe Beamte, sie konnten Gesetze entwerfen und erlassen. Diese Männer sind noch nicht ersetzt worden. Und ich sehe auch nicht, daß etwas geschieht, um sie zu ersetzen!

Ich nenne einige Namen: Uns fehlen der Zensor und Senatsvorsitzende Marcus Aemilius Scaurus, der Zensor und Pontifex Maximus Gnaeus Domitius Ahenobarbus, der Konsular Sextus Julius Caesar, der Konsular Titus Didius, der Konsul Lucius Porcius Cato Licinianus, der Konsul Publius Rutilius Lupus, der Konsular Aulus Postumius Albinus, der Prätor Quintus Servilius Caepio, der Prätor Lucius Postumius, der Prätor Gaius Cosconius, der Prätor Quintus Servilius, der Prätor Publius Gabinius, der Prätor Marcus Porcius Cato Salonianus, der Prätor Aulus Sempronius Asellio, der Ädil Marcus Claudius Marcellus, der Volkstribun Marcus Livius Drusus, der Volkstribun Marcus Fonteius, der Volkstribun Quintus Varius Severus Hybrida Sucronensis, der Legat Publius Licinius Crassus, der Legat Marcus Valerius Messala.«

Sulla hielt inne, zufrieden mit der Wirkung seiner Worte. Auf allen Gesichtern stand Betroffenheit geschrieben.

»Ja, ich weiß«, fuhr Sulla sanft fort, »erst wenn die Liste vorgelesen wird, können wir wirklich ermessen, wie viele von den Großen und den Vielversprechenden nicht mehr da sind. Sieben Konsuln und sieben Prätoren, vierzehn Männer, die hervorragend dafür geeignet waren, in Gerichten zu sitzen, Gesetze und Gewohnheitsrechte zu kommentieren, über die *mos maiorum* zu wachen. Ganz zu schweigen von den übrigen sechs Männern, die mit der Zeit zu Führungspersönlichkeiten herangereift oder schon bald in die Reihen der Führenden aufgestiegen wären. Es stehen noch weitere Namen auf der Liste, die ich nicht verlesen habe, darunter die Namen von Volkstribunen, die sich während ihrer Amtszeit keinen so bedeutenden Ruf erworben haben, die aber dennoch erfahrene Männer waren.«

»Ach, Lucius Cornelius, es ist eine Tragödie!« sagte der Senatsvorsitzende Flaccus mit belegter Stimme.

»Ja, Lucius Valerius, so ist es«, stimmte Sulla zu. »Auf dieser Liste fehlen noch viele Namen von Männern, die nicht tot sind, jedoch aus verschiedenen anderen Gründen nicht in diesem Haus anwesend sein können – weil sie in den entfernten Provinzen Dienst tun oder anderswo in Italien ihre Pflicht erfüllen. Selbst in der Winterpause des Krieges habe ich nicht mehr als hundert Männer im Senat zählen können, obgleich kein in Rom ansässiger Senator in diesen schweren Zeiten fehlt. Eine beträchtliche Zahl von Senatoren ist überdies im Exil dank der Bemühungen der Kommissionen des Varius und des Plautus. Andere wie Publius Rutilius Rufus sind selbst ins Exil gegangen.

Daher, verehrte Zensoren Publius Licinius und Lucius Julius, ersuche ich euch dringlich, alles zu tun, was in unserer Macht steht, damit sich die Reihen im Senat wieder füllen. Gebt Männern von Format und Ehrgeiz in der Stadt die Möglichkeit, die beklagenswert ausgedünnten Ränge des Senats zu füllen. Ermutigt auch Hinterbänkler, ihre Meinung zu äußern und höhere Ämter zu übernehmen. Allzuoft sind nicht genug Männer anwesend, damit der Senat beschlußfähig ist. Und wie kann der Senat von Rom behaupten, er sei das höchste Regierungsorgan, wenn er nicht einmal beschlußfähig ist?«

Und damit, dachte Sulla, war die Sache erledigt. Er hatte getan, was er konnte, um die Regierungsarbeit in Rom in Gang zu halten, und hatte zwei trägen Zensoren einen öffentlichen Tritt in den Hintern gegeben, damit sie ihre Pflicht besser erfüllten. Jetzt war es Zeit, den Krieg gegen die Italiker zu beenden.

VIII

Sulla hatte einen Aspekt seines Regierungsamtes völlig unbeachtet gelassen, einen Aspekt, der seit dem Tod des verehrten Marcus Aemilius Scaurus allerdings auch den meisten anderen nicht bewußt war. Scaurus' Nachfolger Lucius Valerius Flaccus hatte einen halbherzigen Versuch unternommen, Sulla darauf aufmerksam zu machen; er hatte seinem Versuch jedoch nicht den erforderlichen Nachdruck verliehen. Sulla selbst konnte für diese Unachtsamkeit nicht verantwortlich gemacht werden. Italien war das Zentrum des römischen Weltreichs geworden, und wer mit der Verwaltung dieses chaotischen Gebildes zu tun hatte, war nicht in der Lage, größere Zusammenhänge wahrzunehmen.

Scaurus hatte sich in einer seiner letzten Amtshandlungen mit dem Schicksal der beiden entthronten Könige Nikomedes von Bithynien und Ariobarzanes von Kappadokien befaßt. Der rührige alte Senatsvorsitzende hatte eine Abordnung nach Kleinasien entsandt, die das Treiben des pontischen Königs Mithridates untersuchen sollte. Manius Aquillius führte die Delegation an. Er hatte sich schon bei der Schlacht von Aquae Sextiae als Gesandter des Gaius Marius verdient gemacht, war während des fünften Konsulats von Marius dessen Amtskollege gewesen und hatte die Sklavenaufstände in Sizilien erfolgreich niedergeschlagen. Aquillius wurde von zwei weiteren Gesandten, Titus Manlius Mancinus und Gaius Mallius Maltinus, sowie den beiden Königen Nikomedes und Ariobarzanes begleitet. Scaurus hatte der Gesandtschaft einen klar umrissenen Auftrag mitgegeben: Die beiden Könige sollten wieder eingesetzt und Mithridates in seine Grenzen verwiesen werden.

Manius Aquillius hatte alle Hebel in Bewegung gesetzt, um von Scaurus mit der Führung der Gesandtschaft beauftragt zu werden, denn aufgrund der durch den Krieg gegen Italia entstandenen Verluste war er in eine verzweifelte finanzielle Lage gekommen. Sein

Amt als Statthalter Siziliens, zehn Jahre zuvor, hatte ihm bei seiner Rückkehr nach Rom lediglich einen Prozeß eingebracht. Obwohl er freigesprochen worden war, hatte sein Ruf gelitten. Das Gold, das sein Vater von König Mithridates V. als Gegenleistung für die Abtretung großer Teile Phrygiens an Pontos erhalten hatte, war schon lange ausgegeben, obwohl der Makel des Goldes immer noch an dem Sohn haftete. Scaurus seinerseits hielt unbeirrbar daran fest, Ämter nach Erbrechten zu vergeben; außerdem konnte er annehmen, daß der Vater den Sohn über Phrygien und Pontos informiert hatte. Er betrachtete es daher als ein Gebot der Vernunft, Manius Aquillius mit der Wiedereinsetzung der beiden Könige zu betrauen, und er erlaubte ihm sogar, sich seine Begleiter selbst auszusuchen.

Die Folge davon war, daß die Delegation mehr am Geld als an der Gerechtigkeit und mehr an neuen Geldquellen als am Wohl ausländischer Völker interessiert war. Schon vor den ersten Vorbereitungen für die Reise nach Kleinasien hatte Manius Aquillius mit dem siebzigjährigen König Nikomedes einen lukrativen Handel abgeschlossen, und wie von Zauberhand waren auf seinem Bankkonto hundert Talente bithynischen Goldes aufgetaucht. Aquillius' finanzielle Lage war derart angespannt, daß er ohne diese Zuwendung Rom nicht hätte verlassen dürfen, denn als Senator war er verpflichtet, eine offizielle Erlaubnis für die Ausreise aus Italien einzuholen, und er hätte niemals unbemerkt ausreisen können, da die Banken die an Rostra und Regia ausgehängten Listen nicht aus den Augen ließen.

Die Delegation entschied sich, nicht den Landweg entlang der Via Egnatia, sondern den Seeweg zu nehmen. Im Juni des darauffolgenden Jahres traf sie in Pergamon ein. Sie wurde von Gaius Cassius Longinus, dem Statthalter der Provinz Asia, mit allen Ehren empfangen.

In Bezug auf Habgier und Skrupellosigkeit stand Gaius Cassius dem Anführer der Gesandtschaft Manius Aquillius in nichts nach, wie beide bald erfreut feststellen konnten. Etwa zu der Zeit, als Titus Didius beim Angriff auf Herculaneum fiel, hegten die beiden Männer unter der heißen Junisonne Pergamons einen Plan aus, dessen Ziel es war, möglichst viel Geld aus den an Pontos angrenzenden, nicht eigentlich unter römischer Herrschaft stehenden Gebieten Paphlagonien und Phrygien herauszuholen.

Die Briefe des Senats an Mithridates von Pontos und Tigranes von Armenien, in denen der Rückzug aus Bithynien und Kappadokien gefordert wurde, wurden von Pergamon aus durch Kuriere zugestellt. Kaum waren die Briefboten losgeritten, ordnete Gaius Cassius zusätzliche militärische Übungsmanöver für seine Freiwilligenlegion an und ließ die Miliztruppen vom anderen Ende der Provinz Asia herbeirufen. Dann brachen die drei Gesandten Aquillius, Manlius und Mallius nach Bithynien auf. Sie wurden von König Nikomedes und einer kleinen Einheit von Soldaten begleitet. König Ariobarzanes blieb unterdessen bei dem auf einmal sehr geschäftigen Statthalter in Pergamon.

Roms Macht tat noch immer ihre Wirkung. König Sokrates verlor seinen Thron wieder an König Nikomedes und zog sich nach Pontos zurück, König Ariobarzanes wurde gebeten, als König nach Kappadokien zurückzukehren. Die drei Gesandten verbrachten den Rest des Sommers in Nikomedeia und bereiteten den Einmarsch nach Paphlagonien vor, jenen Landstrich an der Schwarzmeerküste, der Bithynien von Pontos trennte. Die paphlagonischen Tempel waren reich mit Gold ausgestattet, während Nikomedes, wie die Gesandten enttäuscht hatten feststellen müssen, kaum Gold besaß. Der alte König hatte den größten Teil seines Vermögens im Jahr zuvor auf die Flucht nach Rom mitgenommen, und in Rom war es auf den Bankkonten verschiedener Römer gelandet, von Marcus Aemilius Scaurus, der sich für kleine Geschenke nicht zu schade war, bis zu Manius Aquillius und vielen anderen gierigen Händen.

Die Entdeckung, daß Nikomedes kein Gold mehr besaß, führte unter den drei Gesandten zu Mißstimmung. Manlius und Mallius fühlten sich übers Ohr gehauen, und Aquillius fühlte sich verpflichtet, eine andere Goldquelle für sie aufzutun, damit er sein eigenes Gold in Rom nicht anzubrechen brauchte. Der Leidtragende war natürlich König Nikomedes. Pausenlos wurde er von den drei römischen Adligen gedrängt, Paphlagonien zu überfallen. Die drei drohten ihm sogar mit dem Verlust seines Throns, sollte er ihnen nicht gehorchen. Sie fühlten sich durch die Nachrichten von Gaius Cassius aus Pergamon bestätigt, und Nikomedes mußte schließlich nachgeben und seine bescheidene, aber gut gerüstete Armee mobilisieren.

Ende September marschierten die Gesandten aus Rom und der greise König in Paphlagonien ein. Aquillius befehligte die Armee, der König war nicht viel mehr als ein unerwünschter Gast. Aquillius brannte darauf, König Mithridates seine Macht zu demonstrieren, und er zwang Nikomedes, den Schiffen der bithynischen Flotte, die den thrakischen Bosporus und den Hellespont bewachte, entsprechende Anweisungen zu geben: Kein pontisches Schiff sollte zwischen dem Schwarzen Meer und der Ägäis verkehren dürfen. Wage es nicht, Rom zu trotzen! lautete die Botschaft dieser Maßnahme.

Alles verlief nach Plan. Die bithynische Armee marschierte an der paphlagonischen Küste auf, besetzte Städte und plünderte Tempel. Immer höher häuften sich Gold und Gerätschaften, auch als sich die große Hafenstadt Amastris ergab; und Pylaimenes, der im Hinterland von Paphlagonien das Sagen hatte, vereinigte seine Truppen mit der römischen Armee. In Amastris beschlossen die drei Römer, nach Pergamon zurückzukehren. Der arme alte König und seine Armee mußten den Winter irgendwo zwischen Amastris und Sinope in bedrohlicher Nähe zur pontischen Grenze verbringen.

Mitte November erhielten die römischen Herren Besuch von einer offiziellen Abordnung des Königs Mithridates, der sich bis zu diesem Zeitpunkt weder geäußert noch sonst gerührt hatte. Angeführt wurde die Delegation von einem Vetter des Königs namens Pelopidas.

»Mein Vetter König Mithridates ersucht den Prokonsul Manius Aquillius unterwürfigst, König Nikomedes zu befehlen, sich mit seiner Armee nach Bithynien zurückzuziehen«, sagte Pelopidas, der wie ein griechischer Bürger gekleidet und ohne jegliche militärische Begleitung nach Pergamon gekommen war.

»Das ist unmöglich, Pelopidas«, erwiderte Manius Aquillius. Er saß auf einem Thron und hielt als Zeichen seiner Macht das Elfenbeinzepter in der Hand. Um ihn stand ein Dutzend rotgekleideter Liktoren, aus deren *fasces* Äxte ragten. »Bithynien ist ein selbständiger Staat – mit Rom befreundet und verbündet, zugegeben, aber dennoch völlig eigenständig. Ich kann König Nikomedes keine Befehle erteilen.«

»In diesem Fall, Prokonsul, bittet mein Vetter König Mithridates unterwürfigst um Erlaubnis, sich und sein Reich gegen die Verwüstungen durch die bithynischen Truppen verteidigen zu dürfen.«

»Weder König Nikomedes noch die bithynische Armee bewegen sich auf pontischem Boden«, sagte Manius Aquillius. »Daher untersage ich deinem Vetter König Mithridates aufs schärfste, auch nur einen Finger gegen König Nikomedes und seine Armee zu erheben. Unter gar keinen Umständen, richte das deinem König aus, Pelopidas! Unter gar keinen Umständen.«

Pelopidas seufzte, zog die Schultern hoch und breitete die Hände in einer ganz unrömischen Geste aus. Dann sagte er: »Unter diesen Umständen habe ich den Auftrag, Prokonsul, dir folgende Botschaft von König Mithridates zu überbringen: Auch ein Mann, der weiß, daß er verliert, wehrt sich!«

»Sollte dein königlicher Vetter zurückschlagen, wird er allerdings verlieren«, sagte Aquillius und gab den Liktoren mit einem Kopfnicken zu verstehen, daß sie Pelopidas hinausgeleiten sollten.

Nachdem der pontische Adlige gegangen war, verfielen die Anwesenden in Schweigen, das erst von Gaius Cassius gebrochen wurde, der mißbilligend bemerkte: »Ein pontischer Würdenträger aus der Abordnung des Pelopidas hat mir verraten, daß Mithridates beabsichtigt, sich mit einem Protestschreiben direkt an Rom zu wenden.«

Erstaunt sah Aquillius auf. »Was kann ihm das nützen? In Rom hat niemand Zeit, ihm zuzuhören.«

Als Pelopidas einen Monat später wiederkam, mußten freilich wenigstens die Römer in Pergamon ihm wieder zuhören.

»Mein Vetter König Mithridates schickt mich mit der erneuten Bitte, sein Land verteidigen zu dürfen.«

»Sein Land wird nicht bedroht, Pelopidas, meine Antwort ist also immer noch Nein«, sagte Manius Aquillius.

»Dann hat mein Vetter leider keine andere Wahl, als dich, den Prokonsul, zu übergehen und sich offiziell beim Senat und dem Volk von Rom zu beschweren, daß eine römische Delegation in Kleinasien die bithynische Aggression unterstützt und gleichzeitig dem Volk von Pontos verweigert, sich dagegen zu wehren.«

»Dein edler König und Vetter sollte lieber seine Finger davon lassen, verstanden?« zischte Aquillius verärgert. »Und was Pontos und Kleinasien anbetrifft, so vertrete ich hier den Senat und das Volk von Rom! Und jetzt entferne dich und lasse dich hier nicht mehr blicken!«

Pelopidas hielt sich noch einige Zeit in Pergamon auf, um herauszufinden, was es mit den geheimnisvollen Truppenbewegungen auf sich hatte, die Gaius Cassius in Gang gesetzt hatte. Noch während er in Pergamon weilte, wurde bekannt, daß Mithridates von Pontos und Tigranes von Armenien die kappadokischen Grenzen verletzt und ein Sohn des Mithridates namens Ariarathes – niemand wußte, um welchen der vielen Söhne namens Ariarathes es sich handelte – zum wiederholten Male versuchte, den kappadokischen Thron zu besteigen. Unverzüglich schickte Manius Aquillius nach

Pelopidas und sagte ihm, sowohl Pontos als auch Armenien müßten sich aus Kappadokien zurückziehen.

»Sie werden tun, was man ihnen sagt, weil sie Angst vor römischen Vergeltungsmaßnahmen haben«, sagte Aquillius selbstsicher zu Gaius Cassius. Er fror. »Es ist kalt hier, Gaius Cassius! Gibt es in der Provinz Asia nicht genügend Holz, um ein anständiges Feuer im Palast zu machen?«

Als es Februar wurde, war die Stimmung im Palast des Statthalters von Pergamon so zuversichtlich geworden, daß Aquillius und Cassius immer kühnere Pläne schmiedeten. Warum sollten sie an der Grenze von Pontos haltmachen? Warum sollten sie nicht dem König von Pontos eine längst fällige Lektion erteilen und in sein Land einmarschieren? Die Legion der Provinz Asia war kampfbereit, die zwischen Smyrna und Pergamon stationierten Milizen waren ebenfalls in einem guten Zustand, und Gaius Cassius war außerdem auf eine glänzende Idee gekommen.

»Wir könnten zu unseren Streitkräften noch zwei weitere Legionen hinzufügen, wenn Quintus Oppius von Kilikien noch mit von der Partie wäre. Ich werde nach Tarsos schicken und Quintus Oppius zu einer Beratung über das zukünftige Schicksal Kappadokiens nach Pergamon kommen lassen. Oppius ist nur ein Proprätor, ich bin immerhin ein Prokonsul. Er muß mir gehorchen. Ich werde ihm sagen, daß wir Mithridates von hinten überraschen wollen und nicht in Kappadokien einmarschieren müssen.«

»Man erzählt sich«, sagte Aquillius träumerisch, »daß in Klein-Armenien über siebzig befestigte Speicher bis unter das Dach mit Mithridates' Gold gefüllt sind.«

Cassius, ein kriegerischer Mann aus einer kriegerischen Familie, ließ sich von solchen Träumereien nicht ablenken. Eifrig erläuterte er: »Wir marschieren von vier verschiedenen Stellen am Halys in Pontos ein. Die bithynische Armee kann sich um Sinope und Amisos am Schwarzen Meer kümmern und dann am Halys entlang landeinwärts ziehen – da werden die Soldaten reiche Beute machen, aber immerhin haben sie auch die meisten Pferde und Lasttiere. Aquillius, du ziehst mit meiner Hilfslegion nach Galatien und schlägst dort los. Ich selbst führe meine Milizen den Mäander hinauf und stoße nach Phrygien vor. Quintus Oppius kann in Attaleia landen und nach Pisidien marschieren. Wir stoßen dann zwischen dir und den Bithyniern auf den Halys. Mit vier getrennt schlagenden Armeen werden wir Mithridates zur Verzweiflung bringen. Er wird nicht mehr wissen, wo ihm der Kopf steht und was er noch unternehmen soll. Er ist ein unbedeutender, kleiner König, mein lieber Manius Aquillius! Ein König, der mehr Gold als Soldaten hat.«

»Es wird keinen Ausweg mehr für ihn geben«, sagte Aquillius lächelnd. Er träumte immer noch von den siebzig goldgefüllten Speichern.

Cassius räusperte sich hörbar. »In einem Punkt müssen wir allerdings vorsichtig sein«, sagte er mit veränderter Stimme.

Manius Aquillius horchte auf. »Und das wäre?«

»Quintus Oppius ist ein Mann vom alten Schlag – das ewige Rom und die Ehre gehen ihm über alles, und der bloße Gedanke, sich etwas Geld durch außerplanmäßige, ›unseriöse‹ Aktivitäten verschaffen zu wollen, ist für ihn verdammungswürdig. Wir dürfen nichts unternehmen oder sagen, was ihn vermuten lassen könnte, das eigentliche Ziel unseres Feldzugs sei etwas anderes als Kappadokien Gerechtigkeit zu verschaffen.«

Aquillius kicherte. »Um so besser für uns!«

»Der Meinung bin ich auch«, erwiderte Gaius Cassius zufrieden.

*

Pelopidas versuchte, die Schweißtropfen, die ihm von der Stirn in die Augenbrauen liefen, zu ignorieren und das Zittern seiner Hände zu verbergen. »Und dann, großer König, entließ mich der Prokonsul Aquillius«, schloß er seinen Bericht.

Der König zeigte keinerlei Regung, und sein Gesichtsausdruck hatte sich während der Audienz nicht verändert. Er sah ruhig, teilnahmslos, fast gelangweilt aus. König Mithridates VI., genannt Eupator, war jetzt vierzig Jahre alt und seit dreiundzwanzig Jahren auf dem Thron. Von Augenblicken heftigster Verstimmung abgesehen, wußte er sich zu beherrschen. Sicher, die Nachrichten Pelopidas' hatten ihn außerordentlich verstimmt, aber er hatte nichts anderes erwartet.

Seit jenem Tag vor zwei Jahren, als er erfahren hatte, daß Rom seine italischen Verbündeten bekriegte, war er in einem Zustand hoffnungsvoller Erwartung. Instinktiv hatte er seine Chance erkannt, er hatte sogar an Tigranes geschrieben und den Schwiegersohn aufgefordert, sich bereit zu halten. Nachdem Tigranes ihm blinde Loyalität versprochen hatte, hatte er beschlossen, zunächst einmal den Römern den Krieg in Italien so schwer wie möglich zu machen. Er hatte eine Abordnung in die neue italische Hauptstadt entsandt und den Italikern Quintus Poppaedius Silo und Gaius Papius Mutilus Geld, Schiffe und sogar zusätzliche Truppen angeboten. Zu seinem Erstaunen kehrten seine Gesandten unverrichteter Dinge zurück. Silo und Mutilus hatten das Angebot aus Pontos empört zurückgewiesen.

Gekränkt hatte sich der König von Pontos in seinen Palast zurückgezogen und Tigranes von Armenien angewiesen zu warten, bis die Zeit reif sei. Natürlich fragte er sich, ob der rechte Zeitpunkt jemals kommen würde, wenn selbst Italia, das in seinem Kampf für Freiheit und Unabhängigkeit dringend auf Hilfe angewiesen war, die freundschaftlich dargebotene Hand aus Pontos so schroff zurückwies und auf militärische Hilfe verzichtete.

Mithridates zögerte, und seine Zweifel waren so groß, daß er sich zu keinem Entschluß durchringen konnte. Im einen Augenblick war er sich noch sicher, daß die Zeit für eine Kriegserklärung gegen Rom gekommen sei, dann schwankte er wieder. Der König von Pontos ließ sich seine Sorgen und Nöte freilich nicht anmerken. Er besprach sich weder mit Vertrauten noch mit seinen Beratern, nicht einmal mit seinem Schwiegersohn, der selbst ein mächtiger König war. Sein Hofstaat verfügte über keinerlei Informationen, niemand konnte genau sagen, was der König dachte, was sein nächster Zug sein würde, ob es überhaupt Krieg geben würde. Niemand wollte Krieg, aber alle würden ihn begrüßen, wenn er erst ausgebrochen war.

Nachdem seine Bemühungen um Italia gescheitert waren, konzentrierte Mithridates seine Überlegungen auf Macedonia, eine römische Provinz mit einer tausend Meilen langen, unsicheren Grenze gegen die Barbarenvölker des Nordens. Wenn er an dieser Grenze Unruhen provozieren konnte, würde Rom sich ganz auf diese Region konzentrieren müssen. Schon bald machten sich Mittelsleute aus Pontos auf den Weg, um den latenten Haß der Besser und Skordisker und der Stämme Mysiens und Thrakiens gegen die Römer aufzustacheln. Die Folge davon war, daß Macedonia die seit Jahren schlimmsten Aufstände und Überfälle der Barbaren über sich ergehen lassen mußte. Während der ersten Zerstörungswelle kamen die Skordisker bis nach Dodona in Epirus. Glücklicherweise war die römische Provinz Macedonia jedoch mit einem hervorragenden, integren Statthalter namens Gaius Sentius gesegnet, der von Quintus Bruttius Sura unterstützt wurde, einem römischen Gesandten, der sich durch besondere militärische Begabung auszeichnete.

Da die Aufstände der Barbaren Sentius und Bruttius nicht veranlassen konnten, Hilfe aus Rom herbeizurufen, sorgte Mithridates dafür, daß die Unruhen auf die römische Provinz selbst übergriffen. Kaum hatte der König diese neue Strategie beschlossen, tauchte in Macedonia ein Mann namens Euphenes auf, der sich als direkter Nachfahre Alexanders des Großen ausgab – tatsächlich verband ihn mit diesem eine verblüffende Ähnlichkeit – und Anpruch auf den alten, verwaisten Thron des Landes erhob. Die gebildeten Stadtbewohner von Thessalonike und Pella durchschauten ihn sofort, die Landbevölkerung aber ließ sich für seine Sache einspannen. Mithridates mußte freilich bald feststellen, daß Euphenes kein Feldherr war und seine Anhänger zu keiner Armee zusammenfassen konnte. Sentius und Bruttius wurden trotz ihrer begrenzten Mittel leicht mit Euphenes fertig. Sie mußten weder finanzielle noch militärische Unterstützung aus Rom anfordern, und somit hatte die pontische Aktion ihr Ziel verfehlt.

Zwei Jahre nach Kriegsausbruch zwischen Rom und seinen italischen Verbündeten waren Mithridates' ehrgeizige Pläne keinen Schritt weitergekommen. Der König war zögerlich und wankelmütig, machte sich und seinem Hofstaat das Leben schwer, bremste den kriegslüsternen, aber unbesonnenen König Tigranes, wurde von Zweifeln zerfressen und traute niemandem über den Weg.

Plötzlich richtete sich Mithridates auf, und die Höflinge zuckten zusammen. Der König sah Pelopidas an. »Was hast du während deines zweiten und äußerst langen Besuchs in Pergamon noch entdeckt?«

»Daß der Statthalter Gaius Cassius seine römischen Hilfstruppen mobilisiert und zusätzlich zwei Milizlegionen ausgebildet und ausgerüstet hat, o mächtiger König.« Pelopidas befeuchtete seine Lippen mit der Zunge. Ihm war sehr daran gelegen, eine angemessene Begeisterung für die Sache des Königs zur Schau zu stellen, obwohl seine Mission gescheitert war. »Ich habe einen Spion im Palast des Statthalters plaziert, großer König. Unmittelbar vor meiner Abreise teilte er mir mit, daß Gaius Cassius und Manius Aquillius vermutlich im Frühjahr Pontos überfallen wollen. Sie wollen gemeinsam mit Nikomedes von Bithynien und dessen Verbündetem Pylaimenes von Paphlagonien zuschlagen. Und wahrscheinlich macht auch der Statthalter von Kilikien mit, Quintus Oppius, der zu einer Unterredung mit Gaius Cassius nach Pergamon angereist ist.«

»Weißt du, ob die geplante Invasion vom römischen Senat und Volk offiziell gebilligt wurde?«

»Nach allem, was im Palast des Statthalters geredet wird, ist das nicht der Fall, großer König.«

»Von Manius Aquillius hätte ich auch nichts anderes erwartet. Der Apfel fällt nicht weit vom Stamm. Er wird wie sein Vater nur von der Gier nach Gold beherrscht, nach meinem Gold.« Mithridates verzog seine vollen, tiefroten Lippen und zeigte seine großen, gelben Zähne. »Mir scheint, daß der Statthalter der Provinz Asia vom selben Schlag ist. Und Quintus Oppius von Kilikien ebenfalls. Ein goldgieriges Trio!«

»Der Statthalter von Kilikien scheint anders zu sein, o mächtiger König«, erwiderte Pelopidas. »Die beiden wollen ihn glauben machen, die ganze Operation sei gegen unsere Anwesenheit in Kappadokien gerichtet. Soweit ich verstanden habe, ist Quintus Oppius das, was die Römer einen Ehrenmann nennen.«

Der König verfiel in Schweigen, seine Lippen arbeiteten, und sein Blick ging ins Leere. Alles war anders, wenn das eigene Land bedroht wurde, dachte der König. Er sollte gezwungen werden, mit dem Rücken zur Wand zu kämpfen, er sollte die Waffen strecken und diesen selbsternannten Herrschern der Welt erlauben, sein Land zu vergewaltigen, jenes Land, das ihm als flüchtendem Kind Schutz geboten hatte, das er über alles liebte und für das er die Weltherrschaft erstrebte.

»Das werden sie nicht tun!« sagte er laut und bestimmt.

Alle blickten auf, doch der König sprach nicht weiter, er bewegte nur die Lippen, stumm wie ein Fisch.

Endlich war die Zeit gekommen, dachte er. Seine Gefolgsleute hatten die Nachricht aus Pergamon vernommen und bildeten sich jetzt ein Urteil. Nicht über die Römer, nein, über ihn, ihren König. Wenn er jetzt nichts tat, während die goldgierigen römischen Gesandten davon redeten, daß sie den Senat und das Volk verkörperten und Pontos erobern wollten – dann würden seine Untertanen ihn verachten. Sein Ansehen wäre so angeschlagen, daß er sie nicht mehr in Schach halten könnte. Und einige seiner nächsten Verwandten würden ihn als König von Pontos absetzen wollen. Er hatte Söhne im regierungsfähigen Alter, die von machthungrigen Müttern unterstützt wurden, und er hatte Vettern königlichen Bluts – Pelopidas, Archelaos, Neoptolemos und Leonippos. Wenn er sich jetzt wie ein Köter den Römern zu Füßen legte, würde er nicht länger König von Pontos sein. Man würde ihn töten.

Also ging der Krieg gegen Rom jetzt los. Die Zeit war endlich reif. Weder sie noch er hatten diesen Zeitpunkt gewählt. Drei goldgierige römische Gesandte hatten ihn provoziert. Sein Entschluß war gefaßt. Er würde gegen Rom antreten.

Ein schwerer Stein fiel Mithridates vom Herzen, als er diesen Entschluß gefaßt hatte, und sein Kopf war plötzlich wieder klar. Mit glitzernden Augen saß er auf seinem Thron, und er schien anzuschwellen wie eine große, goldene Kröte. Pontos würde in den Krieg ziehen und es Manius Aquillius und Gaius Cassius zeigen. Pontos würde Herrscher über die römische Provinz Asia werden und den Hellespont überqueren, in Macedonia einmarschieren und über die Via Egnatia nach Westen ziehen. Pontos würde das Schwarze Meer verlassen und in die Ägäis und immer weiter nach Westen fahren, bis die pontischen Armeen und Flotten Italien und das große Rom erreicht hätten. Der König von Pontos würde König von Rom werden. Der König von Pontos würde der mächtigste Herrscher in der Geschichte der Menschheit werden, mächtiger selbst als Alexander der Große. Seine Söhne würden über so entfernte Länder wie Spanien oder Mauretanien herrschen, und seine Töchter würden in aller Herren Länder Königinnen sein, von Armenien und Numidien bis Gallien. Dem Herrscher der Welt würden alle Schätze, alle schönen Frauen, alle Länder der Erde gehören. An dieser Stelle erinnerte sich Mithridates an seinen Schwiegersohn Tigranes. Er lächelte. Tigranes würde das Partherreich bekommen, und von dort aus konnte er Indien und die dahinterliegenden, unbekannten Länder erobern.

Mit keinem Wort gab der König zu verstehen, daß er gegen Rom antreten wollte. Er sagte nur: »Holt Aristion.«

Im Thronssaal herrschte eine spannungsgeladene Atmosphäre, obwohl keiner der Anwesenden ahnte, was in der furchteinflößenden Gestalt auf dem edelsteinverzierten Thron vorging. Aber alle spürten, daß etwas Wichtiges geschah.

Ein hochgewachsener, auffallend gutaussehender Grieche betrat den Raum. Er trug eine Tunika und einen griechischen Mantel. Unbefangen und ohne Scheu warf er sich dem König zu Füßen.

»Erhebe dich, Aristion. Ich habe Arbeit für dich.«

Der Grieche stand auf und sah den König höflich und bewundernd an. Er übte diese Pose ständig vor einem Spiegel, den König Mithridates aufmerksamerweise in sein luxuriös ausgestattetes Gemach hatte stellen lassen. Aristion war stolz darauf, daß es ihm gelang, mit seiner Haltung genau die Mitte zwischen Kriechertum, das der König verachtete, und übermäßigem Selbstbewußtsein auszudrücken. Seit nunmehr fast einem Jahr wohnte er am pontischen Hof in Sinope. Er war ein Peripatetiker, ein Wanderphilosoph der von Nachfolgern des Aristoteles gegründeten Schule, und hatte sich auf die Suche nach Ländern gemacht, die weniger gut mit seinesgleichen ausgestattet waren als Griechenland, Rom oder Alexandria und ihm deshalb vielleicht ein besseres Auskommen bieten konnten. Die Wanderschaft hatte ihn schon weit von seiner ursprünglichen Heimat Athen weggeführt, als ein glücklicher Zufall es wollte, daß der König von Pontos seine Dienste benötigte. Der König war sich seit seiner Reise in die Provinz Asia, zehn Jahre zuvor, schmerzhaft seiner Bildungslücken bewußt.

Aristion war bemüht, seine Unterweisungen in einen plaudernden Ton zu verpacken. Er erzählte dem König von der vergangenen Macht der Griechen und Makedonier, von der unangenehmen und unerwünschten Macht der Römer, von den Mechanismen der Wirtschaft und des Handels und von der Geographie und Geschichte der Welt. Und im Laufe der Zeit sah sich Aristion eher als Richter über den Geschmack und die Bildung des Königs denn als königlicher Lehrer.

»Der Gedanke, mich auf irgendeine Weise nützlich machen zu können, erfüllt mich mit Freude, o mächtiger Mithridates«, sagte Aristion mit einschmeichelnder Stimme.

Der König begann darzulegen, daß er zwar einen Krieg gegen Rom nicht angestrebt, seit Jahren jedoch darüber nachgedacht habe, wie ein solcher Krieg im einzelnen durchgeführt werden könne.

»Erlaubt dir deine Herkunft, in Athen politischen Einfluß zu gewinnen?« fragte der König unerwartet.

Aristion zeigte sein Erstaunen nicht. Höflich blickte er auf den König. »Ja, großer König«, log er.

In Wirklichkeit war er der Sohn eines Sklaven, aber das lag schon lange zurück. Niemand konnte sich mehr daran erinnern, selbst in Athen nicht. Allein das Aussehen zählte. Und er sah beeindruckend aristokratisch aus.

»Dann will ich, daß du unverzüglich nach Athen zurückkehrst, um dort politischen Einfluß zu gewinnen. Ich brauche einen vertrauenswürdigen Mittelsmann in Griechenland, der genügend Einfluß hat, um die Griechen gegen die Römer aufzuhetzen. Wie du das machst, ist mir egal. Aber wenn die pontischen Armeen und Flotten die an das ägäische Meer angrenzenden Länder erobern, dürfen Athen – und Griechenland! – mir nicht im Weg stehen.«

Durch den Thronsaal ging ein überraschtes Flüstern, dann ein Schauer der Erregung, und kriegerische Blicke wurden gewechselt. Der König würde sich Rom also nicht ergeben!

»Wir stehen hinter dir, mein König!« rief Archelaos begeistert.

»Deine Söhne danken dir, großer König!« rief Pharnakes, der älteste Sohn.

Mithridates wurde vor Stolz immer größer. Warum hatte er nicht früher erkannt, wie gefährlich nahe Aufruhr und Vernichtung gewesen waren? Seine Untertanen, seine Blutsverwandten sehnten den Krieg gegen Rom herbei! Und er war dazu bereit. Er war seit Jahren dazu bereit.

»Wir schlagen erst los, wenn die römischen Gesandten und die Statthalter der Provinz Asia und Kilikien losmarschiert sind«, verkündete er. »In dem Moment, in dem sie unsere Grenzen überschreiten, schlagen wir zurück. Die Flotte muß unverzüglich ausgerüstet, die Truppen marschbereit gemacht werden. Wenn die Römer meinen, sie könnten Pontos einnehmen, werden sie erleben, daß ich mir Bithynien und die Provinz Asia einverleiben werde. Kappadokien ist bereits unter meiner Herrschaft und wird es auch bleiben. Ich habe genug Armeen, um meinen Sohn Ariarathes mit seinen Truppen dort zu lassen.« Die leicht hervorquellenden, grünen Augen richteten sich auf Aristion. »Worauf wartest du, Philosoph? Geh nach Athen. Das Gold aus meinem Staatsschatz soll dir bei deiner Unternehmung behilflich sein. Aber sieh dich vor! Niemand darf wissen, daß du für mich arbeitest.«

»Ich verstehe, o mächtiger König, ich verstehe!« rief Aristion laut und verließ rückwärts den Raum.

»Pharnakes, Machares, der junge Mithridates, der junge Ariarathes, Archelaos, Pelopidas, Neoptolemos und Leonippos bleiben hier«, befahl der König. »Die anderen können gehen.«

Im April des Jahres, in dem Lucius Cornelius Sulla und Quintus Pompeius Rufus Konsuln waren, marschierten die Römer in Galatien und Pontos ein. Während Nikomedes III. weinend und verzweifelt darum bat, nach Bithynien zurückkehren zu dürfen, führte Prinz Pylaimenes aus Paphlagonien die Armee des Königs nach Sinope. Manius Aquillius nahm an der Spitze der römischen Hilfslegion der Provinz Asia den Landweg von Pergamon nach Phrygien, um nördlich des großen Salzsees Tatta die pontische Grenze zu überschreiten. Sein Weg führte entlang einer großen Handelsstraße, die ihm ein schnelles Marschtempo erlaubte. Gaius Cassius stieß bei Smyrna zu seinen beiden Milizlegionen und führte sie das Tal des Mäander aufwärts nach Phrygien, in Richtung des kleinen Handelsfleckens Prymnessos. In der Zwischenzeit war Quintus Oppius von Tarsos nach Attaleia gesegelt. Von dort marschierte er mit seinen zwei Legionen nach Pisidien bis zum Westufer des Sees Limnaia.

Anfang Mai überschritt die bithynische Armee die Grenze von Pontos und erreichte den Amnias, einen Nebenfluß des Halys, der parallel zur Küste um Sinope floß. Pylaimenes wollte am Zusammenfluß von Amnias und Halys nach Norden in Richtung Meer ziehen, um von dort mit je einer halben Armee gleichzeitig Sinope und Amisos anzugreifen. Noch bevor die bithynische Armee freilich das weite Tal des Halys erreicht hatte, stieß sie am Ufer des Amnias auf ein riesiges pontisches Heer unter dem Befehl der Brüder Archelaos und Neoptolemos und wurde vernichtend geschlagen. Zelte, Vorräte, Truppen und Waffen, alles ging verloren. Nur der alte König Nikomedes konnte sich retten. Er hatte seine Armee ihrem unvermeidlichem Schicksal überlassen und war mit einer Gruppe vertrauenswürdiger Adliger und Sklaven auf dem schnellsten Weg nach Rom aufgebrochen.

Fast zur gleichen Zeit, als die bithynische Armee auf die Brüder Archelaos und Neoptolemos stieß, überschritten Manius Aquillius und seine Legion einen Bergkamm, der ihnen den Blick auf den weiter südlich gelegenen Tattasee freigab. Die Aussicht, die sich Aquillius bot, war jedoch nicht besonders reizvoll. Auf der Ebene vor ihm war eine Armee in Stellung gegangen, die größer war als der See. Waffen glitzerten in der Sonne, und die Aufstellung der Armee verriet dem Auge des Fachmanns, daß es sich um eine hervorragend disziplinierte, siegesgewisse Truppe handelte. Dies war keine Horde barbarischer Germanen! Hunderttausend pontische Fußsoldaten und Reiter warteten nur darauf, ihn zu verschlingen. Blitzschnell erfaßte der römische Feldherr die Situation und trat mit seiner dürftigen kleinen Truppe den Rückzug an. Kurz vor dem Sangarios, in der Nähe der Stadt Pessinus, deren Goldschätze er nun nicht mehr erbeuten konnte, holte die pontische Armee ihn ein und vernichtete seine Truppe vollständig. Wie König Nikomedes überließ auch Aquillius seine Soldaten ihrem unvermeidlichen Schicksal und floh mit seinen Offizieren und den beiden anderen Gesandten über die mysischen Berge.

König Mithridates selbst hatte sich an die Fersen des Gaius Cassius geheftet, zögerte im entscheidenen Moment aber wieder, so daß Cassius schon vor einem Zusammenstoß mit ihm von den Niederlagen der Bithynier und des Aquillius erfuhr. Der Statthalter der Provinz Asia zog sich daraufhin in südöstlicher Richtung bis zum großen Handelsknotenpunkt Apameia zurück, wo er sich im Schutz der starken Festungsmauern mit seiner neuen Lage vertraut machte. Weiter im Süden beziehungsweise Westen stand Quintus Oppius mit seinen Legionen. Als er von den Niederlagen hörte, beschloß er, in Laodikeia zu bleiben, einer Stadt, die allerdings genau auf Mithridates' Weg durch das Mäandertal lag.

Die vom König persönlich angeführte pontische Armee stieß daher mit Quintus Oppius zusammen, noch bevor sie Cassius ausfindig gemacht hatte. Oppius wollte sich auf eine Belagerung einrichten, mußte jedoch bald entdecken, daß die Bewohner von Laodikeia keineswegs den gleichen Wunsch hatten. Sie öffneten dem König die Stadttore, streuten Blumen auf seinem Weg und lieferten ihm zur Begrüßung Quintus Oppius aus. Die kilikischen Truppen wurden auf dem Weg, auf dem sie gekommen waren, wieder nach Hause geschickt, ihr Statthalter wurde gefangengesetzt und auf dem Marktplatz von Laodikeia an einen Pfahl gefesselt. Unter dem brüllenden Gelächter der Anwesenden befahl der König dem Pöbel, Quintus Oppius mit Dreck, fauligen Eiern, verschimmeltem Gemüse und anderen Dingen zu bewerfen. Steine oder Holzknüppel waren nicht erlaubt, denn der König hatte nicht vergessen, daß Pelopidas Quintus Oppius einen Ehrenmann genannt hatte. Nach zwei Tagen wurde Oppius mehr oder weniger unversehrt losgebunden und nach Tarsos zurückgeschickt. Allerdings mußte er zu Fuß gehen.

Als Gaius Cassius von Oppius' Schicksal erfuhr, ließ er seine Soldaten in Apameia im Stich und floh mutterseelenallein auf dem Rükken eines Kleppers in Richtung Milet. Nur der Mäander trennte ihn von Mithridates. Die pontischen Truppen um Laodikeia konnte er umgehen, in der Stadt Nysa jedoch wurde er erkannt und vor den Hohenpriester Chairemon gebracht. Cassius' Todesangst verwandelte sich in Freude, als er in Chairemon einen glühenden Anhänger Roms kennenlernte, der nichts lieber tat, als ihm zu helfen, wo es nur ging. Cassius verschlang ein üppiges Mahl, bedauerte, nicht länger bleiben zu können, bestieg ein frisches Pferd und galoppierte nach Milet, wo er ein schnelles Schiff ausfindig machte, das ihn bis Rhodos mitnahm. Sicher in Rhodos angekommen, erwartete ihn die unangenehme Aufgabe, in einem Brief an den Senat und das Volk von Rom die ernste Lage in Kleinasien überzeugend zu schildern, ohne seine eigene Schuld an der Niederlage allzudeutlich hervorzuheben. Verständlicherweise konnte ein solcher Kraftakt nicht an einem Tag oder in einem Monat vollbracht werden. Aus Angst, seine Schuld eingestehen zu müssen, zögerte Gaius Cassius Longinus den Brief immer weiter hinaus.

Mit Ausnahme einiger kleiner Städte, die mutig der Uneinnehmbarkeit ihrer Befestigungsmauern und der Schutzmacht Rom vertrauten, waren bis Ende Juni ganz Bithynien und die Provinz Asia in die Hände Mithridates' gefallen. Eine Viertel Million pontischer Soldaten ergriffen Besitz von den üppig grünen Weiden zwischen Nikomedeia und Mylasa. Die meisten von ihnen waren Barbaren aus dem Norden – Kimmerier, Skythen, Sarmaten, Roxolanen und Kaukasier. Nur ihre wohlbegründete Angst vor König Mithridates hielt sie davon ab, zu desertieren.

Die ionischen und dorischen Städte und Seehäfen der Provinz Asia gaben sich alle Mühe, den Potentaten aus dem Osten mit der angemessenen Unterwürfigkeit zu behandeln. Der während der vierzigjährigen römischen Besatzung angestaute Haß kam dem König nun zugute. Er schürte die antirömische Stimmung noch, indem er verkündete, weder für das laufende noch für die folgenden fünf Jahre Steuern, einen Zehnten oder sonstige Abgaben erheben zu wollen. Sämtliche Schulden bei römischen oder italischen Gläubigern wurden für nichtig erklärt. Diese Maßnahmen hatten zur Folge, daß die Bewohner der Provinz Asia sich unter der pontischen Herrschaft ein besseres Leben erhofften als unter der römischen Herrschaft.

Der König zog das Tal des Mäander abwärts und dann die Küste entlang in Richtung Norden nach Ephesos, einer seiner Lieblingsstädte. Hier schlug er vorübergehend sein Hauptquartier auf und hielt Gericht. Besonders beliebt machte er sich bei den Bewohnern der Provinz Asia durch die Bekanntmachung, allen Milizionären, die sich ihm auslieferten, würde vergeben. Die Milizionäre sollten die Freiheit erhalten und außerdem Geld für die Heimreise. Wer seinem Haß auf Rom am lautesten Ausdruck verlieh, bekam in den Städten und Distrikten einen hohen Posten. Die schwarzen Listen von Sympathisanten und Handlangern Roms wurden immer länger, denn das Spitzelwesen blühte und gedieh.

Hinter der Freude und den Schmeicheleien verbarg sich jedoch das Entsetzen derjenigen, die wußten, wie grausam und launenhaft der König war und wie trügerisch seine scheinbare Güte. Wer heute noch in seiner Gunst stand, konnte schon morgen hingerichtet werden. Und man konnte nie wissen, wann die Stimmung umschlagen würde.

Ende Juni gab der König von Pontos in Ephesos drei Befehle aus. Alle drei waren geheim, der dritte sogar streng geheim.

Mithridates liebte es, solche Befehle auszugeben und anzuordnen, wer wohin mit welchem Auftrag gehen sollte – ja, er würde die Puppen tanzen lassen! Sollten andere, unbedeutendere Menschen sich mit den Details auseinandersetzen. Ihm allein kam das Verdienst zu, die umfassenden, ineinandergreifenden Pläne entwickelt zu haben. Und was für Pläne! Summend und pfeifend lief der König im Palast umher und überwachte geschäftig einige hundert speziell für diesen Zweck eingestellte Schreiber, die seine Befehle kopieren und versiegeln mußten – eine immense Arbeit, die innerhalb eines Tages vollbracht wurde. Als der letzte Umschlag für den letzten Kurier versiegelt war, versammelte er die Schreiber im Hof seines Palasts und ließ sie von seiner Leibwache niedermachen. Tote waren die sichersten Geheimnisträger!

Der erste Befehl ging an Archelaos, auf den der König zur Zeit nicht gut zu sprechen war: Archelaos hatte versucht, die Stadt Magnesia bei Sipylos in einem Frontalangriff einzunehmen, hatte eine klägliche Abfuhr erhalten und war selbst verwundet worden. Trotzdem war Archelaos immer noch sein bester General, und so ging der erste Befehl an ihn. Archelaos wurde angewiesen, den Oberbefehl über sämtliche pontischen Flotten zu übernehmen und in einem Monat, am Ende des Gamelion, des römischen Quintilis, vom Schwarzen Meer in die Ägäis zu segeln.

Der zweite Befehl war an den jungen Ariarathes, einen Sohn des Königs, gerichtet – nicht identisch mit dem gleichnamigen König von Kappadokien, der gleichfalls ein Sohn Mithridates' war – und enthielt die Anweisung, am Ende des Monats Gamelion eine hunderttausend Mann starke pontische Armee über den Hellespont nach Macedonia zu führen.

Der dritte Befehl bestand aus Hunderten von Briefen und wurde an sämtliche Städte, Gemeinden und Bezirke geschickt, angefangen bei Nikomedeia in Bithynien bis zu Knidos in Karien und Apameia in Phrygien. Er war an die jeweiligen Magistratsvorsitzenden gerichtet und verfügte, daß in einem Monat, am Ende des Monats Gamelion, sämtliche römischen, latinischen und italischen Bürger Kleinasiens, Männer, Frauen und Kinder, einschließlich ihrer Sklaven, getötet werden sollten.

Auf diesen Befehl war Mithridates besonders stolz. Er beglückwünschte sich dazu, und wenn er durch Ephesos ging, konnte es vorkommen, daß er plötzlich loskicherte und einen Freudensprung machte. Wenn der Gamelion vorbei war, würde es in Kleinasien keinen einzigen Römer mehr geben. Und wenn er Rom erst den Garaus gemacht hätte, würde es von den Säulen des Herkules bis zum ersten Nilkatarakt keine Römer mehr geben. Rom würde aufhören zu existieren.

Zu Beginn des Monats Gamelion reiste der König von Pontos von Ephesos nach Pergamon, wo ihn ein besonderer Leckerbissen erwartete.

Zwei der römischen Gesandten und die Offiziere des Manius Aquillius hatte beschlossen, in Pergamon Schutz zu suchen. Manius Aquillius selbst war nach Mytilene auf Lesbos geflohen, von wo er mit einem Schiff nach Rhodos weiterreisen wollte, denn dort hielt sich Gaius Cassius versteckt, wie er erfahren hatte. Doch kaum war er auf Lesbos gelandet, überfiel ihn ein so heftiges Darmfieber, daß er nicht weiterreisen konnte. Als die Lesbier von der Eroberung der Provinz Asia erfuhren, der sie offiziell ebenfalls angehörten, entsandten sie vorbeugend ein Schiff an König Mithridates mit dem römischen Prokonsul als besonderem Zeichen ihres Respekts.

Als das Schiff in der kleinen, gegenüber von Mytilene gelegenen Hafenstadt Atarneos angekommen war, wurde Aquillius am Sattelknauf eines bastarnischen Reiters angekettet und den ganzen Weg nach Pergamon geschleift, wo der König ihn begierig erwartete. Obwohl Aquillius ununterbrochen stolperte und fiel, mit Dreck beworfen, verhöhnt und geschmäht wurde, sollte er, krank und geschunden wie er war, die Reise überleben. Als Mithridates in Pergamon sein Opfer inspizierte, sah er allerdings sofort, daß Aquillius nicht mehr lange leben würde, wenn er weiter von dem Pferd durch den Dreck gezogen wurde. Und das würde die wunderbaren Foltern durchkreuzen, die er sich für Manius Aquillius erdacht hatte!

Der römische Prokonsul wurde also rückwärts auf einen Esel gebunden, und der Esel wurde durch ganz Pergamon getrieben. Die Bürger dieser einst römischen Hauptstadt sollten sehen, was der König von Pontos von römischen Prokonsuln hielt und daß er keine Angst vor Rache hatte.

Endlich wurde Manius Aquillius vor seinen Peiniger geführt. Er war über und über verdreckt und kaum noch ein Schatten seiner selbst. Der König saß auf einem goldenen Thron, der auf dem Marktplatz von Pergamon auf einem Podest aufgestellt war. Jetzt sah er auf den Mann hinab, der sich geweigert hatte, die bithynische Armee zu entlassen, und der ihm verboten hatte, sein Reich zu verteidigen und sich direkt beim Senat und Volk von Rom zu beschweren.

In diesem Augenblick, als er auf die gebeugte, stinkende Gestalt des Manius Aquillius hinabsah, verlor Mithridates den letzten Respekt vor Rom. Wovor hatte er sich bisher gefürchtet? Warum nur hatte er sich von diesem lächerlichen Schwächling auf die Knie zwingen lassen? Er, Mithridates von Pontos, war viel mächtiger als Rom! Vier kleine Armeen, nicht einmal zwanzigtausend Mann! Manius Aquillius verkörperte das, was Rom wirklich war, nicht ein Gaius Marius oder ein Lucius Cornelius Sulla. Der König war aufgrund zweier ganz untypischer Römer einem Mythos erlegen! Das wahre Rom kauerte hier zu seinen Füßen.

»Prokonsul!« rief der König mit scharfer Stimme.

Aquillius blickte auf, war aber zu schwach, um zu antworten.

»Prokonsul von Rom, ich habe beschlossen, dir das Gold zu schenken, das du so begehrst.«

Die Wachen schleppten Manius Aquillius auf das Podest und drückten ihn auf einen Schemel, der in einiger Entfernung links vom König aufgestellt war. Seine Arme und Hände wurden mit Hilfe breiter Riemen eng an den Körper geschnürt, dann hielten zwei Wachen rechts und links die Riemen so fest, daß er sich nicht mehr rühren konnte. Dann näherte sich ein Schmied, der mit zwei Zangen einen rotglühenden Schmelztiegel hielt. Der Tiegel war groß genug, um mehrere Becher flüssigen Metalls zu fassen. Rauch und ein scharfer, sengender Geruch stiegen auf.

Ein dritter Wachmann stellte sich hinter Aquillius, packte ihn beim Schopf und riß seinen Kopf nach hinten. Dann griff er nach seiner Nase und drückte erbarmungslos die Nasenflügel zusammen. Aquillius öffnete automatisch den Mund und schnappte nach Luft. In diesem Augenblick ergoß sich ein zäher, herrlich glitzernder

Strom flüssigen Goldes in den nach Luft hungernden Rachen, und je mehr Aquillius schrie und sich auf dem Schemel wand, desto mehr Flüssigkeit strömte nach, bis er tot war, Rachen, Kinn und Brust eine Kaskade erstarrten Goldes.

»Schneidet ihn auf und holt alles bis auf den letzten Tropfen wieder heraus«, befahl der König. Aufmerksam sah er zu, wie das Gold sorgfältig von Manius Aquillius' Innerem und Äußerem abgekratzt wurde.

»Werft seine Leiche den Hunden vor.« Der König erhob sich von seinem Thron, trat auf das Podest hinab und schritt gleichgültig an den zusammengekrümmten, verstümmelten Überresten des römischen Prokonsuls Manius Aquillius vorbei.

Alles ging nach Plan! Keiner wußte das besser als König Mithridates. Er schlenderte über die hoch über Pergamon gelegenen, luftigen Terrassen und wartete auf das Ende des Monats Gamelion, des römischen Quintilis. Von Aristion aus Athen hatte er die Nachricht erhalten, daß auch dort alles planmäßig verlief.

Nichts kann uns mehr aufhalten, mächtiger Mithridates. Sechs Monate lang sprach ich auf der Agora, und ich konnte nach und nach meine Gegner zerstreuen und Anhänger um mich scharen.

Ich habe die erfreuliche Mitteilung zu machen, daß ich eben zum militärischen Führer Athens gewählt worden bin – ich schreibe dies in der Mitte des Monats Poseideon. Ich kann mir sogar meine Mitarbeiter frei auswählen. Natürlich habe ich Männer gewählt, die fest davon überzeugt sind, daß der Griechen Heil allein in Deiner Hand liegt, großer König, und die den Tag kaum erwarten können, da Du Rom unter Deinen Löwenpranken zertrittst.

Ich habe Athen jetzt vollständig unter Kontrolle, auch den Hafen Piräus. Leider konnten die römischen Elemente und meine erklärten Feinde die Flucht ergreifen, bevor ich mich ihrer annehmen konnte. Diejenigen aber, die töricht genug waren, dazubleiben – die meisten reichen Athener wollten nicht wahrhaben, daß ihnen Gefahr drohte –, wurden vernichtet. Ich habe die Vermögen der Geflohenen sowie der Toten konfiszieren und einem Fond zuführen lassen, der unseren Krieg gegen Rom mitfinanzieren soll.

Ich muß halten, was ich meinen Wählern versprochen habe, möchte jedoch Deinen Plänen, großer König, nicht im Wege stehen. Ich habe ihnen versprochen, die Insel Delos zurückzuerobern, die jetzt noch unter römischer Verwaltung steht. Delos ist ein sehr gewinnträchtiges Handelszentrum, das für das ehemalige Machtzentrum Athen eine unerschöpfliche Geldquelle war. Anfang des Monats Gamelion wird mein Freund Apellikon, ein ausgezeichneter Admiral und erfahrener Feldherr, einen Feldzug gegen Delos anführen. Die Insel wird uns wie ein fauler Apfel in den Schoß fallen.

Das ist für den Augenblick alles, mein Herr und Gebieter. Die Stadt Athen ist Dein und der Hafen Piräus steht Deinen Schiffen jederzeit offen.

Der König mußte bald von Piräus und der durch lange Mauern mit dem Hafen verbundenen Stadt Athen Gebrauch machen. Ende des Monats Quintilis fuhr Archelaos vom Hellespont durch die westliche Ägäis. Seine Flotte bestand aus dreihundert gedeckten Kriegsschiffen mit drei und mehr Ruderreihen, über einhundert zweirudrigen Biremen ohne Deck und fünfzehnhundert mit Truppen und Vorräten beladenen Transportschiffen. Die Küsten der Provinz Asia, die ja bereits in der Hand des Königs war, konnte Archelaos sorglos passieren. Er hatte den Auftrag, die pontische Präsenz in Griechenland zu etablieren, um anschließend Macedonia zwischen zwei pontischen Armeen zertrümmern zu können – seiner eigenen Armee in Griechenland und der Armee des jungen Ariarathes im Osten Macedonias.

Auch der junge Ariarathes hatte den von seinem königlichen Vater vorgegebenen Zeitplan eingehalten. Ende des Monats Quintilis hatte er mit seiner hunderttausend Mann starken Armee den Hellespont überquert und war an der Küste des thrakischen Macedonia auf der von den Römern erbauten Via Egnatia nach Westen marschiert. Niemand stellte sich ihm in den Weg, und so richtete er im küstennahen Abdera und im weiter landeinwärts gelegenen Philippi Militärstützpunkte ein. Dann zog er nach Westen weiter bis zur ersten wichtigeren römischen Stadt Thessalonike, dem Sitz des römischen Statthalters.

Ende des Monats Quintilis wurden die römischen, latinischen und italischen Bürger Bithyniens, der Provinz Asia, Phrygiens und Pisidiens einschließlich der Frauen, Kinder und Sklaven niedergemacht. Mithridates hatte bei seinem dritten und streng geheimen Befehl eine beachtliche Klugheit an den Tag gelegt, indem er mit dessen Durchführung nicht seine eigenen Leute, sondern die jeweiligen örtlichen Verwaltungen der ionischen und dorischen Gemeinden beauftragt hatte. In vielen Gegenden wurde der Erlaß mit Freude zur Kenntnis genommen. Problemlos ließen sich Freiwilligenmilizen zusammenstellen, die nur darauf warteten, die römischen Unterdrücker zu töten. Es gab aber auch Gemeinden, die sich über den Befehl empörten und niemanden fanden, der bereit gewesen wäre, die Römer umzubringen. In Tralles mußte der Ethnarch phrygische Söldner anwerben, die im Auftrag der Stadt das Morden übernahmen. Andere Distrikte folgten diesem Beispiel in der Hoffnung, die Verantwortung so auf Ausländer abwälzen zu können.

An einem einzigen Tag starben achtzigtausend Römer, Latiner und Italiker mitsamt ihren Familien und siebzigtausend Sklaven. Keiner Stadt wurde das Gemetzel erspart, weder Nikomedeia in Bithynien noch Knidos in Karien, noch dem tief im Landesinnern gelegenen Apameia. Niemand wurde verschont, und niemand konnte sich verstecken oder fliehen. Die Angst vor König Mithridates war stärker als jedes menschliche Mitgefühl. Hätte Mithridates seine eigenen Soldaten mit der Durchführung des Massakers beauftragt, man hätte ihm allein die Schuld gegeben. Indem er die griechischen Gemeinden zwang, diese Arbeit für ihn zu übernehmen, sorgte er dafür, daß sie die Schuld mittragen mußten. Die Griechen wußten dies, und plötzlich erschien ihnen ein Leben unter König Mithridates von Pontos nicht viel besser als ein Leben unter römischer Herrschaft, trotz der Steuererlasse.

Viele Römer suchten in den Tempeln Zuflucht, aber sie mußten erleben, daß ihnen dort kein Asyl gewährt wurde. Sie wurden wieder nach draußen geschleppt und ermordet, noch während sie den einen oder anderen Gott um Hilfe anflehten. Manchen Flüchtlingen, die sich angstvoll mit übermenschlicher Kraft an Altäre oder Statuen klammerten, wurden die Hände abgehackt, bevor sie aus den Heiligtümern geschleift und umgebracht wurden.

Der schlimmste Teil des von Mithridates persönlich unterzeichneten Mordbefehls war der Schlußabsatz, nach dem kein Römer, Latiner oder Italiker und kein Sklave eines Römers, Latiners oder Italikers bestattet werden durfte. Die Leichen wurden in unbewohnte Landstriche fernab aller menschlichen Ansiedlungen geschafft und verwesten in Schluchten und trockenen Tälern, auf Berggipfeln und am Meeresgrund. Die Aasfresser in der Luft, auf der Erde und im Wasser hatten in diesem Monat eine reich gedeckte Tafel.

Nur wenige Römer entkamen dem Tod. Sie waren Verbannte, die ihre Bürgerrechte verloren hatten und nie mehr nach Rom zurückkehren durften. Einer von ihnen war Publius Rutilius Rufus, der Freund namhafter Römer und ein geehrter und geachteter Bürger der Stadt Smyrna, der für seine frechen Porträts von Männern wie Catulus Cesar und Metellus Numidicus Schweinbacke bekannt war.

Alles hatte hervorragend geklappt, dachte König Mithridates Anfang des Monats Anthesterion, des römischen Sextilis. Von Milet bis Andramyttium und von der Provinz Asia bis Bithynien hatten seine Satrapen die entscheidenden Positionen besetzt. Es gab keinen Anwärter auf den bithynischen Thron mehr. Der einzige von Mithridates akzeptierte Kandidat, Sokrates, war tot, denn als Sokrates nach Pontos zurückgekehrt war, fiel er dem König durch sein ständiges Gejammer so auf die Nerven, daß dieser ihn tötete, um ihn zum Schweigen zu bringen. Ganz Anatolien nördlich von Lykien, Pamphylien und Kilikien gehörte jetzt zu Pontos, und auch der Rest würde ihm bald gehören.

Alles klappte hervorragend. Sein Sohn Mithridates regierte in Pontos. Um sich seiner Loyalität zu versichern, hatte der König die Frau und die Kinder seines Sohnes mit in die Provinz Asia genommen. Sein Sohn Ariarathes war König von Kappadokien, und Phrygien, Bithynien, Galatien und Paphlagonien waren königliche Satrapien, die unter dem persönlichen Befehl seiner älteren Söhne standen. Sein Schwiegersohn Tigranes von Armenien konnte östlich von Kappadokien tun und lassen, was er wollte, solange er Pontos nicht zu nahe kam. Sollte Tigranes nur Syrien und Ägypten erobern, das würde ihn eine Weile beschäftigen! Mithridates runzelte die Stirn. Die Ägypter würden keinen fremden König in ihrem Land dulden, also mußte ein Marionettenkönig, ein Ptolemäer eingesetzt werden. Falls eine solche Person überhaupt zu finden war. Die ägyptischen Königinnen würden aber auf jeden Fall Töchter des Mithridates sein. Er würde nicht zulassen, daß Tigranes' Töchter einen Platz einnahmen, der seinen eigenen Töchtern zustand.

Am beeindruckendsten waren die Erfolge der königlichen Flotte, wenn man von der blamablen Niederlage Aristions und seines »ausgezeichneten Admirals und erfahrenen Feldherrn Apellikon« einmal absah. Denn die Invasion der Athener auf Delos hatte sich als Fiasko herausgestellt. Dann aber nahm sich Archelaos der Insel an, der bereits die Kykladen eingenommen hatte. Auch auf Delos wurden über zwanzigtausend Römer, Latiner und Italiker umgebracht. Um Aristions Herrschaft zu sichern, unterstellte der pontische General

Delos der Herrschaft Athens; außerdem waren die pontischen Flotten auf den Hafen von Piräus als westlichen Stützpunkt angewiesen.

Auch die Insel Euböa war jetzt in pontischer Hand, ebenso die Insel Skiathos und ein beträchtlicher Teil Thessaliens um die Bucht von Pagasai einschließlich der bedeutenden Häfen von Demetrias und Methone. Die Besetzung dieser nordgriechischen Regionen erlaubte den pontischen Truppen, die von Thessalien nach Zentralgriechenland führenden Straßen zu sperren – eine Maßnahme, die die verbleibenden Teile Griechenlands dazu bewegte, sich auf Mithridates' Seite zu schlagen. Der Peloponnes, Boiotien, Lakonien und Attika huldigten nun dem König von Pontos als dem Befreier aus römischer Unterdrückung – und richteten sich darauf ein, daß Macedonia von den Armeen und Flotten des Königs wie eine Wanze zertreten würde.

Zum gegenwärtigen Zeitpunkt erwies sich Macedonia freilich als uneinnehmbar. Gaius Sentius und Quintus Bruttius Sura sahen sich zwar auf einmal zwischen den zerstrittenen griechischen Stämmen und den auf der Via Egnatia vorrückenden pontischen Landstreitkräften eingezwängt, sie bewahrten aber dennoch die Ruhe und zogen eine Kapitulation nicht in Erwägung. In aller Eile rekrutierten sie soviel Freiwillige wie möglich und vereinten sie mit den einzigen beiden römischen Legionen, die Macedonia dem pontischen König entgegenstellen konnte. Pontos würde Macedonia nicht bekommen, ohne einen bitteren Preis dafür zu bezahlen.

*

Der Spätsommer begann zunächst recht ereignislos. Mithridates hatte sich in Pergamon eingerichtet und war unumstrittener Herrscher Kleinasiens. Als einzige interessante Unternehmung blieb ihm noch die Besichtigung der Leichenberge, von denen er die größten jedoch bereits gesehen hatte. In der Provinz Asia gab es zwei Städte mit dem Namen Stratonikeia. Die größere von beiden lag in Karien und hielt noch immer der Belagerung durch die pontischen Truppen stand. Das unbedeutendere Stratonikeia lag von Pergamon aus gesehen weiter landeinwärts am Kaikos und hatte Mithridates unbedingte Treue erklärt. Als der König im Triumphzug in die Stadt einritt, wurde er von den Bewohnern mit Jubel und einem Blütenregen empfangen.

In der Menschenmenge fiel ihm eine junge Griechin auf, die er unverzüglich holen ließ. Sie hieß Monima, war von zarter Blässe und hatte weiße Haare und nahezu unsichtbare Augenbrauen und Wimpern, was ihr eine merkwürdige, nackte Schönheit verlieh, und ihre glänzenden, mattrosa Augen waren von einer seltsamen Exotik. Der König reihte sie in die Schar seiner Frauen ein. Ihr Vater Philopoimen wagte nicht zu widersprechen, erst recht nicht, als der König ihn und Monima mit nach Süden nahm und ihn in Ephesos zum Satrapen ernannte.

In Ephesos widmete Mithridates sich dem reichen Angebot an Zerstreuungen und seiner Albinobraut und fand daneben noch Zeit, der Insel Rhodos die lakonische Aufforderung zu schicken, sie habe sich zu ergeben und den Statthalter Gaius Cassius auszuliefern. Die umgehende Antwort auf beide Forderungen war ein entschiedenes Nein. Rhodos sei ein Freund und Verbündeter Roms und werde seine Bündnispflichten notfalls bis zum Tod verteidigen.

Zum ersten Mal, seitdem er sich an die Verwirklichung seiner Pläne gemacht hatte, verlor der König die Fassung. Die pontischen Höflinge und die Speichellecker aus Ephesos duckten sich ängstlich, als der König im Audienzsaal hin- und herstürmte, bis seine Wut verflog und er sich finster auf seinen Thron setzte, das Kinn in die Hände gestützt, die Lippen zusammengepreßt und Spuren von Tränen auf den fleischigen Wangen.

Von diesem Augenblick an verlor er das Interesse an allen anderen Unternehmungen, die er in die Wege geleitet hatte, und konzentrierte sich nur noch darauf, die Unterwerfung von Rhodos zu erzwingen. Wie konnten sie es wagen, *ihm* zu trotzen? Eine unbedeutende Insel bildete sich ein, gegen die Macht aus Pontos bestehen zu können! Nun, sie würden bald erleben, daß sie gegen ihn keine Chance hatten.

Seine Flotten manövrierten in der westlichen Ägäis und durften wegen einer so unbedeutenden Angelegenheit wie der Eroberung einer kleinen Insel nicht von dort abgezogen werden. Der König forderte deshalb Smyrna, Ephesos, Priene, Milet, Halikarnassos und die Inseln Chios und Samos auf, die benötigte Anzahl von Schiffen zur Verfügung zu stellen. Da er zwei Armeen in der Provinz Asia belassen hatte, verfügte er über eine ausreichend große Anzahl von Landstreitkräften, aber aufgrund des hartnäckigen Widerstands der lykischen Städte Patara und Termessos konnte er mit seinen Truppen nicht zu den Stränden und Buchten Lykiens marschieren, von wo aus sich eine Invasion der Insel am besten bewerkstelligen ließ. Und die Flotte von Rhodos hatte zu Recht einen guten Ruf. Sie lag größtenteils auf der Westseite der Insel, und von dort konnte man Angreifer aus Halikarnassos und Knidos frühzeitig sehen. Da Lykien als Ausgangsbasis nicht in Frage kam, mußte Mithridates' Angriff aus dieser Richtung erfolgen.

Für den Angriff brauchte er einige hundert Transportschiffe und sämtliche Kriegsschiffe, die die Provinz Asia aufbieten konnte. Die Schiffe wurden nach Halikarnassos beordert, der von Gaius Marius so geliebten Stadt. Ende September ließ Mithridates eine seiner Armeen dort einschiffen. Sein eigener, riesiger und vollständig überdeckter »Sechzehner« überragte die anderen Schiffe deutlich und war auch durch den goldroten Baldachin, der am Heck über dem Thron aufgespannt war, leicht zu unterscheiden. Auf dem Thron saß Mithridates, der über alles herrschte, was er um sich sah, und der seine Macht genoß.

Obwohl die großen Kriegsschiffe ausgesprochen träge und langsam waren, waren sie doch schneller als die Transportschiffe, ein buntes Sammelsurium der verschiedensten Schiffstypen, die ursprünglich dafür gebaut worden waren, in Küstennähe zu verkehren. Als die schnellsten Schiffe der Flotte die Landspitze von Knidos umrundeten und das offene Meer vor sich hatten, zog sich deshalb eine lange Schlange von Schiffen über die ganze Strecke bis nach Halikarnassos, wo gerade die letzten Transportschiffe mit verängstigten pontischen Soldaten beladen wurden und in See stachen.

Die leicht bemannten, schnellen Triremen der rhodischen Flotte, die nur zum Teil über ein Deck verfügten, tauchten nun am Horizont auf und hielten direkt auf die zusammengestückelte pontische Flotte zu. Die Rhodier benutzten für ihre Seekriege keine schweren »Sechzehner«. Solche Schiffe konnten zwar viele Soldaten und Geschütze aufnehmen, aber die Rhodier hielten nichts vom Artillerieeinsatz auf See und bewegten sich mit ihren leichten Schiffen so schnell hin und her, daß dem Gegner keine Gelegenheit zum Entern geboten wurde. Die rhodische Flotte verdankte ihren Ruf der Schnelligkeit und extremen Wendigkeit ihrer Schiffe. Die Seeleute von Rhodos verstanden es, ein gegnerisches Schiff so geschickt zu rammen, daß die Geschwindigkeit den Mangel an Masse ausglich. Und die bronzeverstärkte Eichenspitze einer rhodischen Trireme konnte auch einen schweren »Sechzehner« durchbohren. Und feindliche Schiffe mußten gerammt werden, nur so ließ sich nach Auffassung der Rhodier ein Seekrieg gewinnen.

Als die pontischen Soldaten die rhodische Flotte auf sich zukommen sahen, machten sie sich auf eine gewaltige Schlacht gefaßt, doch die Rhodier schienen nur die Leistungsfähigkeit ihrer Schiffe zu testen. Kaum hatten sie die pontischen Kriegsschiffe durch einige schnelle Manöver durcheinandergebracht, drehten sie bei und zogen sich zurück. Lediglich zwei schwerfälligen Fünfreihern wurden die Seiten aufgeschlitzt. Bevor die Rhodier den Schauplatz verließen, jagten sie allerdings König Mithridates den Schrecken seines Lebens ein. Mithridates nahm zum ersten Mal an einer Seeschlacht teil. Seine ganzen Erfahrungen auf See beschränkten sich auf das Schwarze Meer, wo selbst der unerschrockenste Pirat nie gewagt hätte, ein Schiff der pontischen Marine anzugreifen.

In gespannter Erregung saß der König auf seinem goldroten Thron und versuchte, mit seinen Augen überall gleichzeitig zu sein. Es fiel ihm nicht ein, daß er selbst in Gefahr schweben könnte. Er hatte sich weit nach links gebeugt, um die kunstvollen Manöver eines meisterhaft geführten rhodischen Kriegsschiffs zu verfolgen, das sich in einiger Entfernung vom Heck seines eigenen, großen Schiffes bewegte. Dann begann sein Schiff mit einem Mal zu schlingern und zu ächzen, und ein ruckartiges Zittern erschütterte den Rumpf. Gleichzeitig mischten sich verzweifelte Hilferufe mit dem Geräusch zersplitternder, wie Zweige abknickender Ruder.

Eine plötzliche, überwältigende Panik erfaßte den König. Sie dauerte zwar nur einen Augenblick, hatte aber fatale Folgen, denn in dieser kurzen, entsetzlichen Schrecksekunde machte der König in die Hosen. Überallhin ergoß sich sein Kot, vermischt mit schier unglaublichen Flüssigkeitsmengen, die aus seinen Eingeweiden strömten. Eine stinkende, braune Soße floß über das goldverzierte Purpurkissen, tropfte an den Beinen des Throns herab, rann an seinen eigenen Beinen hinunter in die goldenen Löwenmähnen, die seine Schuhlaschen zierten, und lief über das Deck unter seinen Füßen. Mithridates sprang auf, aber wo hätte er sich verstecken sollen? Er konnte die Blamage nicht vor den verwunderten Blicken seiner Offiziere und Matrosen mittschiffs verbergen, die aus Sorge um ihren König instinktiv zu ihm heraufgeschaut hatten.

Und dann mußte er auch noch feststellen, daß sein Schiff überhaupt nicht gerammt worden war. Eines seiner eigenen Schiffe, ein großer, schwerfälliger »Sechzehner« von der Insel Chios hatte mit der Breitseite sein Schiff gestreift, so daß bei beiden Schiffen sämtliche Ruder einer Seite abrasiert worden waren.

Las er Verwunderung in den Augen seiner Männer? Oder gar

Spott? Wütend und mit hervorquellenden Augäpfeln sah der König von einem Gesicht zum anderen, und er sah, wie seine Männer erröteten und dann plötzlich bleich wurden wie geleerte Weinkelche.

»Ich bin krank!« schrie er. »Es geht mir nicht gut, ich bin krank! So helft mir doch, ihr Idioten!«

Leben kam in die Männer. Von allen Seiten eilten sie herbei, wie aus dem Nichts tauchten plötzlich Kleider auf, und zwei besonders geistesgegenwärtige Matrosen beschafften Eimer und schütteten Seewasser über den König. Als das kalte Naß aus den Kübeln über seine Beine floß, besann sich der König einer besseren Methode, mit dieser furchtbaren Situation umzugehen. Er warf den Kopf zurück und brach in brüllendes Gelächter aus.

»Na los, ihr Dummköpfe, macht mich sauber!«

Der König hob seinen goldenen Faltenrock, das goldene Kettenhemd darunter und die Tunika unter dem Kettenhemd und zeigte seine kräftigen Schenkel, das feste Gesäß und seinen mächtigen Zeugungsapparat, dem ein halbes Hundert gesunder Söhne ihr Leben verdankten. Nachdem der schlimmste Dreck von seiner unteren Körperhälfte auf Deck gespült worden war, legte er auch die übrigen Kleider ab und stand in voller Nacktheit auf dem Heck seines Schiffs. So konnte er seinen verschämten Leuten wenigstens einmal zeigen, was für ein Prachtexemplar von Mann ihr König war. Noch immer lachte er, machte Witze und patschte sich auf den Bauch und verlangte ächzend nach einer Extradusche.

Als die rhodischen Schiffe verschwunden und die beiden pontischen »Sechzehner« voneinander getrennt worden waren und als man wieder ein sauberes Kissen auf den sorgfältig gereinigten Thron gelegt hatte, rief der frisch eingekleidete König seinen Kapitän zu sich.

»Der Ausguck und der Steuermann dieses Schiffes werden bestraft, Kapitän. Ihnen sollen die Zunge herausgerissen, die Hoden abgeschnitten, die Augen ausgestochen und die Hände abgehackt werden. Dann werden sie auf See ausgesetzt. Auf dem Schiff aus Chios sollen der Ausguck, der Steuermann und der Kapitän auf dieselbe Weise bestraft werden. Alle anderen Männer dieses Schiffes werden getötet. Und sorge dafür, daß ich nie mehr auch nur in die Nähe eines Mannes aus Chios oder gar in die Nähe dieser abscheulichen Insel namens Chios komme! Verstanden, Kapitän?«

Der Kapitän schloß die Augen und schluckte. »Ja, großer König. Ich verstehe.« Er räusperte sich und kam dann mutig auf ein Problem zu sprechen, das gelöst werden mußte. »Mächtiger König, ich muß irgendwo anlegen, um neue Ruder zu bekommen. Ich habe nicht genügend Ersatzruder an Bord. So können wir nicht weiterfahren.«

Der König schien diese Nachricht gelassen aufzunehmen. Mit milder Stimme fragte er: »Wo sollen wir anlegen?«

»Entweder auf Knidos oder auf Kos. Nur nicht im Süden von hier.«

Die Augen des Königs leuchteten auf, und er vergaß die öffentliche Demütigung, die er erlitten hatte. »Kos!« rief er. »Fahren wir nach Kos! Ich habe mit den Priestern des Asklepeion noch eine Rechnung zu begleichen. Sie haben Römern Zuflucht gewährt. Außerdem würde ich gerne wissen, was sie an Schätzen und Gold zu bieten haben. Ja, fahren wir nach Kos, Kapitän.«

»Prinz Pelopidas wünscht dich zu sprechen, großer König.«

»Wenn er mich sprechen will, worauf wartet er noch?«

Mithridates war immer noch in einer gefährlichen Stimmung, denn nichts war gefährlicher, als wenn er lachte, ohne vergnügt zu sein. Alles und jedes konnte ihn in dieser Stimmung aus der Fassung bringen – ein falsches Wort, ein falscher Blick, eine falsche Bemerkung. Im Handumdrehen erschien Pelopidas vor dem König. Er war vor Angst wie gelähmt, bemühte sich aber, dies den König nicht merken zu lassen.

»Nun, was gibt es?«

»Großer König, ich habe gehört, daß du dieses Schiff zu Reparaturarbeiten nach Kos beordert hast. Erlaubst du, daß ich mich auf ein anderes Schiff begebe, um nach Rhodos weiterzufahren? Ich nehme an, daß ich dabei sein soll, wenn unsere Truppen dort landen – es sei denn, du möchtest selbst das Schiff wechseln. In diesem Fall würde ich hierbleiben, wenn du das wünschst, und hier nach dem Rechten sehen. Bitte befiehl, was ich tun soll, mächtiger König.«

»Du fährst weiter nach Rhodos. Ich überlasse es dir, wo wir dort anlegen. Möglichst nicht so weit von der Stadt Rhodos entfernt, damit unsere Truppen nicht lange zu Fuß gehen müssen und müde werden. Sorge dafür, daß ein Lager aufgebaut wird, und warte dort auf meine Ankunft.«

Als der »Sechzehner« im Hafen von Kos eingelaufen war, überließ König Mithridates den Kapitän seinen Ruderproblemen und ließ sich in einem Ruderboot an Land bringen. Dort begab er sich mit seiner Leibgarde unverzüglich zu der Tempelanlage des Asklepios, des Gottes der Heilkunst, die sich außerhalb der Stadtgrenzen befand. Der König war so schnell, daß bei seinem Eintreffen im Vorhof des Heiligtums niemand wußte, wer er war. Brüllend verlangte er, den verantwortlichen Priester zu sprechen, eine für Mithridates typische Beleidigung, denn der König wußte sehr wohl, daß der Verantwortliche der Hohepriester persönlich war.

»Wer ist dieser arrogante Angeber?« fragte ein Priester in Hörweite des Königs.

»Ich bin Mithridates von Pontos, und ihr seid tote Leute.«

Als der Hohepriester schließlich eintrat, lagen zwei seiner Gefolgsleute geköpft zwischen ihm und dem Besucher. Der Hohepriester war ein umsichtiger, kluger Mann und hatte gleich, als ihm gemeldet worden war, ein unflätiger, rotgoldener Affe brülle nach ihm, geahnt, wer sein unbekannter Besucher war.

»Willkommen im Tempel des Asklepios auf Kos, König Mithridates«, sagte er ruhig und furchtlos.

»Ich habe gehört, daß du die Römer ebenso begrüßt.«

»Ich begrüße jeden so.«

»Aber nicht die Römer, die du auf meinen Befehl töten solltest.«

»Wenn du hierher gekommen wärst, um Zuflucht zu suchen, würdest du denselben Schutz genießen wie sie, König Mithridates. Der Gott Asklepios macht keinen Unterschied, denn alle Menschen sind irgendwann einmal auf ihn angewiesen. Das darf man nie vergessen. Er ist ein Gott des Lebens, nicht des Todes.«

»Nun gut, betrachte dies als deine Strafe.« Der König deutete auf die beiden toten Priester.

»Eine unverdient hohe Strafe.«

»Stelle meine Geduld nicht auf die Probe, Priester! Und jetzt zeige mir deine Bücher, aber nicht die Fassung, die für den römischen Statthalter gedacht ist.«

Das Asklepeion von Kos, das früher einmal zu Ägypten gehört hatte, war nach der Staatsbank von Ägypten die größte Bank der Welt, was sich der Geschäftstüchtigkeit einer langen Reihe priesterlicher Verwalter verdankte, die unter der Herrschaft der Ptolemäer erstmals mit dieser Aufgabe betraut worden waren. Die Entwicklung des Asklepeions als eines Geldinstituts ging also unmittelbar auf das ägyptische Bankenwesen zurück. Ursprünglich war das von Schülern des Hippokrates gegründete Asklepeion eine Tempelanlage wie andere gewesen und hatte sich der Heilkunde und Gesundheit verschrieben. Früher hatte man dort die Inkubation durchgeführt – den der Traumdeutung dienenden Tempelschlaf, der in den Tempeln von Epidauros und Pergamon immer noch praktiziert wurde. Die ägyptische Herrschaft auf Kos hatte im Lauf der Generationen bewirkt, daß die Haupteinnahmequelle des Tempels nicht mehr die Heilkunde, sondern das Geschäft mit Geld war, und die Priester waren inzwischen mehr an Ägypten als an Griechenland orientiert.

Die Tempelanlage war weitläufig, und die Gebäude waren von wunderbaren Parkanlagen umgeben – es gab eine Sporthalle, eine Agora, Läden, Bäder, eine Bibliothek, ein Priesterseminar, Unterrichtsräume für Internatsschüler, Wohnhäuser, Unterkünfte für die Sklaven, den Palast des Hohenpriesters, eine abseits gelegene Nekropole, kreisförmig angelegte unterirdische Schlafzellen, ein Krankenhaus, die großen Bankgebäude und den dem Asklepios geweihten Tempel in einem heiligen Platanenhain.

Die Gottesstatue war weder mit Elfenbein noch mit Gold verkleidet. Der Bildhauer Praxiteles hatte sie aus weißem parischen Marmor geschaffen, eine dem Zeus ähnliche, bärtige Gottheit auf einem hohen Sockel, um den sich eine Schlange wand. In der ausgestreckten rechten Hand hielt der Gott eine Tafel, zu seinen Füßen streckte sich ein großer Hund. Der Maler Nikias hatte die Statue so lebensecht bemalt, daß die Bewegungen seiner präzise gearbeiteten, natürlich wirkenden Gliedmaßen sich in den flatternden Gewändern fortzusetzen schienen. Aus den hellblauen Augen des Gottes glitzerte eine sehr menschliche und gar nicht majestätische Lebensfreude.

Den König konnte dies nicht beeindrucken. Auf seiner Inspektionsrunde durch die Tempelanlage verweilte er gerade lang genug in dem Heiligtum, um die Statue als wertloses Beutestück abzutun. Dann ging er die Bücher durch und teilte dem Hohenpriester mit, welche Schätze er zu konfiszieren gedachte, darunter natürlich das gesamte von den Römern dort eingelagerte Gold sowie über achthundert langfristig angelegte Goldtalente des großen Jerusalemer Tempels, dessen Ratsversammlung diese Notreserve dem Zugriff der Seleukiden und Ptolemäer hatte entziehen wollen. Außerdem waren da noch die dreitausend Goldtalente, die die alte ägyptische Königin Kleopatra vierzehn Jahre zuvor dort deponiert hatte.

»Wie ich sehe, hat die Königin von Ägypten dir auch drei Knaben anvertraut.«

Doch der Hohepriester sorgte sich mehr um sein Gold als um die

Knaben, deshalb sagte er bemüht gelassen und ohne seinen Ärger zu zeigen: »König Mithridates, wir lagern nur einen Teil unseres Goldes hier – den Rest leihen wir aus!«

»Ich möchte auch gar nicht alles von dir«, antwortete der König mit gehässigem Unterton. »Ich will nur – sagen wir fünftausend Talente des römischen, dreitausend Talente des ägyptischen und achthundert Talente des jüdischen Goldes. Das ist nur ein Bruchteil dessen, was du in deinen Büchern führst.«

»Aber wir hätten keinerlei Reserven mehr, wenn wir fast neuntausend Talente an dich abgeben müßten!«

»Wie traurig.« Der König erhob sich von dem Tisch, an dem er die Bücher eingesehen hatte. »Wenn du mir die Summe nicht auszahlst, kannst du mitansehen, wie dein Tempel binnen kürzester Zeit der Erde gleichgemacht wird. Und jetzt führe mir die drei ägyptischen Knaben vor.«

Der Hohepriester ergab sich ins Unvermeidliche. »Du wirst das Gold bekommen, König Mithridates«, sagte er unbewegt. »Soll ich die ägyptischen Prinzen hierher bringen lassen?«

»Nein, ich möchte sie mir lieber bei Tageslicht ansehen.«

Mithridates hoffte, unter den drei Knaben einen zu finden, der als ptolemäischer Marionettenkönig geeignet war. Ungeduldig ging er im Schatten der Pinien und Zedern auf und ab und wartete auf die Knaben.

»Die drei sollen sich dort drüben aufstellen«, befahl er und deutete auf eine zwanzig Fuß entfernte Stelle. »Und du, Hoherpriester, kommst hierher zu mir.« Kaum war der Befehl befolgt, deutete der König auf den ältesten der drei, einen jungen Mann in fließenden Gewändern: »Wer ist das?«

»Das ist der rechtmäßige Sohn des Königs Ptolemaios Alexander von Ägypten, der nächste Anwärter auf den Thron.«

»Warum ist er hier und nicht in Alexandria?«

»Seine Großmutter brachte ihn hierher, weil sie um sein Leben fürchtete. Wir mußten ihr versprechen, für ihn zu sorgen, bis er den Thron erben würde.«

»Wie alt ist er?«

»Fünfundzwanzig.«

Der König schlenderte zu den drei jungen Männern hinüber. Verwirrt und nachdenklich musterte er sie. »Ihr jungen Ptolemäer werdet in Zukunft in Pontos leben«, sagte er freundlich. »Jetzt folgt mir, und beeilt euch!«

Als das mächtige Kriegsschiff von König Mithridates wieder in See stach, folgten mehrere kleinere Schiffe in seinem Kielwasser. Nördlich von Knidos wurden die kleineren Schiffe nach Ephesos zurückgeschickt. Sie hatten fast neuntausend Talente in Gold sowie die drei ägyptischen Thronerben an Bord. Kos hatte sich gerade zur rechten Zeit als einträglicher Anlaufpunkt erwiesen. Und auch eine ptolemäische Marionette hatte Mithridates dort gefunden.

Als der König schließlich auf Rhodos eintraf, mußte er feststellen, daß nur wenige Truppentransporte angekommen waren. Pelopidas erstattete ihm Bericht.

»Wir können die Stadt Rhodos erst angreifen, wenn wir noch eine weitere Armee herbeischaffen können, großer König. Wir wurden zweimal vom rhodischen Admiral Damagoras angegriffen, und er versenkte die Hälfte unserer Transportschiffe. Von den Überlebenden haben sich einige hier eingefunden, die meisten aber sind nach Halikarnassos zurückgekehrt. Das nächste Mal werden wir die Transporter von Kriegsschiffen bewachen lassen müssen, anstatt sie auf ihrer langsamen Fahrt ohne jeden Schutz zu lassen.«

Natürlich waren das unerfreuliche Nachrichten. Aber da der König selbst sicher gelandet und auf Kos erfolgreich gewesen war und das Schicksal seiner pontischen Soldaten ihn nicht interessierte, fand er sich damit ab, auf Verstärkung warten zu müssen und nutzte die Zeit, seinem Sohn Mithridates, den er als Regenten in Pontos zurückgelassen hatte, einen Brief zu schreiben, in dem er auf die jungen ägyptischen Thronerben zu sprechen kam.

Sie machen einen gebildeten Eindruck, scheinen sich aber der Bedeutung von Pontos nicht bewußt zu sein, mein Sohn, und das muß sich ändern. Meine Töchter mit Antiochis, Kleopatra Tryphaena und Berenike Nyssa, sollen unverzüglich mit den beiden jüngeren Burschen verlobt werden, Kleopatra Tryphaena mit Ptolemaios Philadelphos und Berenike mit dem Ptolemaios ohne Beinamen. Sobald die Mädchen fünfzehn werden, können die Hochzeiten stattfinden.

Mit Feder und Papier umzugehen, war für den König eine Qual, denn normalerweise hatte er dafür Schreiber. Diesmal sollte jedoch kein Untergebener den Brief zu lesen bekommen. Er brauchte viele Tage und verbrannte so manchen Entwurf, bis der Brief vollendet war.

Ende Oktober war der Brief unterwegs, und der König von Pontos fühlte sich nun für den Angriff auf Rhodos gerüstet. Er bestimmte als Zeitpunkt des Überfalls die Nacht und konzentrierte sich auf die inseleinwärts gelegenen Randbezirke der Stadt, weil im Hafen die Flotte von Rhodos lag. Im Hauptquartier der pontischen Armee besaß jedoch niemand die zur Erstürmung einer so großen und gut befestigten Stadt notwendige Erfahrung, und ein erster Versuch scheiterte kläglich. Zum Verhängnis wurde dem König, daß ihm die Geduld für eine langfristige Belagerung der Stadt abging, was der einzig sichere Weg zum Sieg gewesen wäre. Er wollte unbedingt den Frontalangriff. Diesmal sollten die rhodischen Kriegsschiffe aus dem Hafen gelockt werden, denn der Hauptsturm des pontischen Angriffs sollte von See aus mit Hilfe einer Fallbrücke, einer *sambyke* geführt werden.

Der König war von der Idee mit der Fallbrücke besonders begeistert, weil er ganz allein darauf gekommen war und Pelopidas und die anderen Generäle sie als brillant und gut durchführbar bezeichnet hatten. Überglücklich beschloß Mithridates, die Fallbrücke höchstpersönlich zu bauen, also zu entwerfen und den Bau zu überwachen.

Er ließ zwei riesige »Sechzehner«, die der gleichen Werft entstammten, in der Mitte miteinander verzurren. Schon hier zeigte sich, daß die technischen Kenntnisse des Königs mangelhaft waren. Statt die Schiffe an Bug und Heck zusammenzubinden, um das Gewicht, das auf der ganzen Konstruktion lasten sollte, gleichmäßig zu verteilen, verband er sie in der Mitte, wo sie sich berührten. Über die beiden Schiffe ließ er ein Deck bauen, das so groß war, daß es an beiden Seiten überstand, ohne daß es an den Trägerschiffen ordentlich befestigt worden wäre. Auf der Mittellinie dieses gemeinsamen Decks ließ er zwei Türme errichten, den einen über den auseinanderklaffenden Bugen der beiden Schiffe, den anderen über den näher beieinanderliegenden Hecks. Zwischen den beiden Türmen wurde eine breite Brücke gebaut, die mittels eines Systems aus Zügen und Winden von ihrer Grundposition auf Deck bis auf die Höhe der Türme hoch- und niedergelassen werden konnte. In den Türmen befanden sich mächtige, von Hunderten von Sklaven zu bedienende Tretwerke, mittels derer die Brücke bewegt werden konnte. Ein aus schweren Planken gezimmerter, hoher Zaun war mit Scharnieren längs der Brücke vom Bug- zum Heckturm befestigt. Wenn die Brücke hochgezogen wurde, gewährte der Zaun Schutz vor Geschossen, hatte die Brücke die mächtigen Hafenmauern erreicht, konnte der Zaun wie eine Landungsbrücke über die Mauern geklappt werden.

An einem windstillen Tag Ende November begann der Angriff. Zwei Stunden zuvor war die rhodische Flotte nach Norden gelockt worden. Die pontische Armee griff die landeinwärts gelegenen Festungsmauern an ihren schwächsten Stellen an, gleichzeitig ruderte die pontische Flotte, von der ein Teil zur Abwehr der rhodischen Flotte eingesetzt worden war, in den Hafen von Rhodos hinein. Im selben Augenblick durchschauten die rhodischen Seeleute die Kriegslist und machten kehrt. Aus der Mitte der riesigen pontischen Flotte ragte die mächtige Fallbrücke auf, die von Dutzenden von Leichtern geschleppt wurde und hinter der die mit Truppen beladenen Transportschiffe kamen.

Während von den rhodischen Mauern aufgeregtes Geschrei und hektischer Lärm herüberdrangen, machten die Leichter die *sambyke* geschickt an der breiten Hafenmauer fest, hinter der sich der Tempel der Isis befand. Kaum war das Manöver geschafft, drängten sich die Truppentransporter um die Fallbrücke. Von wütenden Steinwürfen, Pfeilen und Speeren nahezu unbehelligt, strömten die pontischen Soldaten auf die Brücke, auf der sie sich dicht nebeneinander flach hinlegen mußten. Dann peitschten die Männer an den Winden auf die Sklaven ein und setzten die Tretwerke in Gang. Unter fürchterlichem Knarren und Ächzen bewegte sich die Brücke mit den Soldaten nach oben. Hunderte behelmter Köpfe tauchten über der Brüstung der Mauer auf und beobachteten das Schauspiel fasziniert und entsetzt. Auch Mithridates sah von seinem Schiff aus zu, das inmitten der dicht an dicht gedrängten pontischen Schiffe lag, und wartete darauf, daß der Widerstand der Rhodier sich ausschließlich auf diesen Teil der Festungsmauer konzentrieren würde. Wenn die *sambyke* die ganze Aufmerksamkeit auf sich gezogen hatte, sollten die anderen Schiffe sich entlang der Hafenmauer verteilen und die Soldaten mit Leitern die Mauern erklimmen und die gesamte dem Hafen zugewandte Festungsmauer einnehmen.

Es konnte nichts schiefgehen! Diesmal kriege ich sie! dachte der König und ließ seine Augen liebevoll auf der Fallbrücke ruhen, die sich langsam zwischen den Türmen nach oben bewegte. Bald würde die Brücke auf gleicher Höhe mit der Hafenmauer sein, und wie von Zauberhand würde sich der Schutzzaun in seinen Scharnieren bewegen und in einen Landungssteg verwandeln, über den seine Soldaten sich über die rhodischen Verteidiger ergießen würden. Die Brücke faßte genügend Männer, um die Rhodier so lange in Schach zu halten, bis die Maschine wieder heruntergelassen worden war und ein weiteres Kontingent nach oben gehievt hatte. Er war zweifellos in jeder Beziehung der Beste, dachte der König stolz.

Als sich der Schwerpunkt jedoch mit der Brücke nach oben verlagerte, wurde auch das Gleichgewicht zunehmend labiler. Die zusammengebundenen Trägerschiffe trieben auseinander, mit einem Knall rissen die Stricke, die Türme wankten, das Deck hob und senkte sich und die aufsteigende Brücke schwankte. Dann neigten sich die beiden Schiffe, die die Last zu tragen hatte, zur Mitte hin. Deckaufbau, Türme, Brücke, Soldaten, Matrosen, Schützen, Handwerker und die Sklaven in den Tretwerken, alles stürzte zwischen den Schiffen ins Meer, begleitet von Schreien, Knirschen und Splittern – und dem hysterischen Jubelgeschrei der Rhodier auf der Festungsmauer, das schnell in schadenfrohes Gelächter überging.

»Ich möchte den Namen Rhodos niemals mehr in meiner Gegenwart hören!« tobte der König, als sein mächtiges Kriegsschiff ihn nach Halikarnassos zurückbrachte. »Der Winter steht vor der Tür, deshalb sollten wir wegen dieses Haufens von Idioten und Narren nicht weiter unsere Kräfte verschwenden. Ich muß mich auf meine Armeen konzentrieren, die nach Macedonia aufgebrochen sind, und auf meine Flotten vor der Küste Griechenlands. Alle Ingenieure, die mit dem Bau dieser lächerlichen Fallbrücke zu tun hatten, werden umgebracht – oder nein, nicht umgebracht! Zunge raus, Augen raus, Hände ab, Eier ab und dann ausgesetzt!«

Die demütigende Niederlage hatte den König dermaßen erzürnt, daß er mit einer ganzen Armee nach Lykien zog und versuchte, die Stadt Patara auszuhungern. Als er sich jedoch anschickte, ein Wäldchen zu roden, das Leto, der Mutter des Apollo und der Artemis, geweiht war, erschien ihm diese im Traum und befahl ihm, damit aufzuhören. Am nächsten Morgen beauftragte der König den glücklosen Pelopidas mit der Fortsetzung der Belagerung und reiste mit seiner Albinofrau Monima nach Hierapolis. Dort badete er in den heißen Mineralquellen und verdrängte das Spottgelächter von Rhodos aus seinem Gedächtnis und ebenso das Schiff aus Chios, das ihm den Schrecken seines Lebens eingejagt hatte.

IX

Noch bevor die Meldung von Mithridates' Überfall auf die Provinz Asia in Rom eintraf, wußte man dort schon von dem Massaker an den römischen, latinischen und italischen Einwohnern der Provinz – die Nachricht war in Rekordzeit nach Rom gelangt. Nur neun Tage vor Ende des Monats Quintilis berief der Senatsvorsitzende Lucius Valerius Flaccus eine Senatssitzung im außerhalb des *pomerium* gelegenen Tempel der Bellona ein. Die Sitzung mußte außerhalb der heiligen Stadtgrenze stattfinden, weil es um einen Krieg mit dem Ausland ging. Flaccus las den Anwesenden einen Brief von Publius Rutilius Rufus aus Smyrna vor.

Ich schicke diesen Brief mit einem eigens mit dieser Mission betrauten, schnellen Schiff nach Korinth und von dort mit einem ebenso schnellen Schiff nach Brundisium, und ich vertraue darauf, daß der Aufstand in Griechenland den Transport nicht verhindert. Der Kurier hat Anweisung, von Brundisium bis Rom im Galopp zu reiten, und zwar Tag und Nacht ohne Pause. Mein Freund Miltiades, der Ethnarch von Smyrna, trägt die großen Kosten des Transports. Er bittet lediglich darum, daß der Senat und das Volk von Rom sich an seine Hilfsbereitschaft erinnern, wenn, was geschehen muß, die Provinz Asia wieder unter römischer Herrschaft ist.

Vielleicht wißt ihr noch nichts von dem Überfall von König Mithridates von Pontos. Er beherrscht jetzt Bithynien ebenso wie unsere römische Provinz Asia. Manius Aquillius starb auf gräßliche Weise, Gaius Cassius ist geflohen, ich weiß nicht wohin. Im Westen des Tauros-Gebirges stehen eine Viertelmillion pontischer Soldaten, in der Ägäis drängen sich pontische Schiffe, und Griechenland hat sich mit Pontos gegen Rom verbündet. Ich fürchte, daß Macedonia völlig isoliert ist.

Aber das ist noch nicht einmal das Schlimmste. Am letzten Tag des Monats Quintilis wurden auf Befehl von Köng Mithridates von Pontos alle Römer, Latiner und Italiker in der Provinz Asia, in Bithynien, Pisidien und Phrygien sowie alle ihre Sklaven massakriert. 80 000 Bürger und 70 000 Sklaven kamen nach meiner Schätzung ums Leben – insgesamt 150 000 Menschen. Daß ich nicht dasselbe Schicksal erlitt, verdanke ich dem Umstand, daß ich kein römischer Bürger mehr bin. Außerdem, so glaube ich, hat der König persönlich angeordnet, mich nicht anzurühren. Ein magerer Bissen wäre ich für den Hund gewesen, der das Tor des Hades hütet! Wie könnte der Umstand, daß man mein altes Leben verschonte, das brutale Abschlachten römischer Frauen und Säuglinge aufwiegen? Sie wurden von Altären weggezerrt, an denen sie die Götter um Hilfe anflehten, und ihre Leichen verwesen im offenen Gelände, auch dies auf Befehl des Königs von Pontos. Dieses barbarische Ungeheuer hält sich nun für den König der Welt und verkündet, er werde noch vor Ablauf des Jahres auf italischem Boden stehen.

Östlich von Italien gibt es außer unseren Leuten in Macedonia niemanden mehr, der seiner Prahlerei etwas entgegenstellen könnte. Ich habe jedoch keine Hoffnung mehr auf Macedonia. Ich konnte zwar keine Bestätigung dieser Nachricht bekommen, aber es heißt, daß König Mithridates einen Feldzug gegen Thessalonike begonnen hat und schon bis westlich von Philippi vorgestoßen ist, ohne auf Gegenwehr zu treffen. Über die Vorgänge in Griechenland weiß ich besser Bescheid. In Athen hat ein Handlanger des Mithridates namens Aristion alle Macht an sich gerissen und fast ganz Griechenland dazu überredet, sich auf Mithridates' Seite zu stellen. Die ägäischen Inseln sind in pontischer Hand, die pontischen Flotten sind riesig. Als Delos fiel, mußten wieder 20 000 von unseren Leuten sterben.

Ich flehe Euch an: Vergeßt nicht, daß ich absichtlich kurz schreibe und gar nicht alle Greuel aufzählen kann. Tut, was Ihr könnt, um zu verhindern, daß der fürchterliche Barbar Mithridates sich zum König von Rom krönt. Die Lage ist ernst.

»Das hat uns gerade noch gefehlt!« sagte Lucius Caesar zu seinem Bruder Catulus Caesar.

»Wir brauchen keinen Krieg, aber jetzt ist er da«, sagte Gaius Marius mit funkelnden Augen. »Ein Krieg gegen Mithridates! Ich wußte, daß das kommen mußte. Mich überrascht eigentlich nur, daß es so lange gedauert hat.«

»Lucius Cornelius ist auf dem Weg nach Rom«, sagte der andere Zensor, Publius Licinius Crassus. »Ich atme erst auf, wenn er hier ist.«

»Warum?« fragte Marius wütend. »Wir hätten ihn nicht zu rufen brauchen! Er soll den Krieg gegen die Bundesgenossen zu Ende führen.«

»Aber er ist der Konsul«, sagte Catulus Caesar. »Wenn er nicht im Elfenbeinstuhl sitzt, kann der Senat keine weitreichenden Beschlüsse fassen.«

»Ach was!« Wütend wandte Marius sich ab.

»Was ist mit ihm los?« fragte der Senatsvorsitzende Flaccus.

»Was glaubst du denn, Lucius Valerius?« Catulus Caesar lachte. »Er ist ein altes Schlachtroß und wittert einen Krieg – einen Krieg mit dem Ausland.«

»Aber er glaubt doch wohl nicht, daß er selbst gehen kann«, warf der Zensor Publius Crassus ein. »Er ist doch alt und krank!«

»Natürlich glaubt er, daß er gehen kann«, sagte Catulus Caesar.

Der Krieg in Italien war zu Ende. Obwohl die Marser nie formell kapitulierten, hatten sie von all den Völkern, die ihre Waffen gegen Rom erhoben hatten, die schlimmste Niederlage erlitten. Kaum ein Marser überlebte. Im Februar floh Quintus Poppaedius Silo nach Samnium. In Aesernia stieß er zu Mutilus, der so schwer verletzt war, daß er nie mehr ein Heer würde führen können. Er war von der Hüfte abwärts gelähmt.

»Du mußt die Führung Samniums übernehmen, Quintus Poppaedius«, sagte Mutilus.

»Nein!« rief Silo verzweifelt. »Ich kann nicht so wie du mit den Truppen umgehen – vor allem nicht mit samnitischen Truppen –, und mir fehlt dein Geschick als Feldherr.«

»Aber es gibt niemand anders. Die Samniten wollen dir folgen, sie haben abgestimmt.«

»Wollen sie den Krieg wirklich fortsetzen?«

»Ja«, sagte Mutilus. »Aber im Namen Samniums, nicht im Namen Italias.«

»Das verstehe ich. Aber es muß doch noch einen Samniten geben, der sie führen kann!«

»Nicht einen, Quintus Poppaedius. Du mußt es machen.«

»Na gut, meinetwegen.« Silo seufzte.

Über das Ende ihrer Träume von einem unabhängigen Italia sprachen sie nicht. Auch nicht über das, was sie beide wußten – daß Samnium unmöglich gewinnen konnte, wenn Italia besiegt war.

Im Mai machte das letzte Rebellenheer unter der Führung von Quintus Poppaedius Silo einen Ausfall aus Aesernia. Es bestand aus 30 000 Fußsoldaten und 1 000 Reitern, verstärkt durch 20 000 Freigelassene. Die meisten Fußsoldaten waren in einer der vorhergehenden Schlachten verwundet worden und nach Aesernia gekommen, weil nur noch diese Stadt ihnen Sicherheit bot. Silo hatte die Reiterei durch die römischen Stellungen in die Stadt geschleust. Ein Ausfall war unvermeidlich geworden, weil Aesernia nicht länger so viele Menschen ernähren konnte.

Die Rebellen wußten, daß sie ins letzte Gefecht zogen. Niemand rechnete ernsthaft mit einem Sieg. Man konnte es den Römern nur noch so schwer wie möglich machen. Als Silos Soldaten jedoch Bovianum einnahmen und die römische Garnison dort niedermachten, begannen sie Hoffnung zu schöpfen. Vielleicht hatten sie trotz allem noch eine Chance. Metellus Pius und sein Heer lagerten vor Venusia auf der Via Appia, also zogen die Rebellen nach Venusia.

Und dort, vor den Toren Venusias, wurde die letzte Schlacht dieses Krieges geschlagen, ein seltsames Ende jener Ereignisse, die mit dem Tod des Marcus Livius Drusus begonnen hatten. Denn auf dem Schlachtfeld von Venusia trafen im Nahkampf die beiden Männer aufeinander, die Drusus am meisten geliebt hatten – sein Freund Silo und sein Bruder Mamercus. Während um sie die Samniten zu Tausenden fielen, da sie für die ausgeruhten und erfahrenen Römer keine ernsthaften Gegner waren, schlugen Silo und Mamercus mit ihren Schwertern aufeinander ein, bis Silo zu Boden ging. Mamercus stand mit gezücktem Schwert über ihm und sah mit Tränen in den Augen auf den Marser hinunter. Er zögerte.

»Bring es zu Ende, Mamercus!« keuchte Quintus Poppaedius Silo. »Das schuldest du mir für den Mord an Caepio. Ich will nicht im Triumphzug des Ferkels mitmarschieren!«

»Für den Mord an Caepio«, sagte Mamercus und durchbohrte Silo. Dann weinte er untröstlich um Drusus und Silo. Es war ein bitterer Sieg.

»Es ist geschafft«, sagte Metellus Pius das Ferkel zu Lucius Cornelius Sulla, der sofort nach Venusia geeilt war, als er von der Schlacht erfahren hatte. »Venusia hat gestern kapituliert.«

»Nein, es ist noch nicht geschafft«, sagte Sulla grimmig. »Aesernia und Nola haben sich noch nicht ergeben.«

Metellus sah ihn schüchtern an. »Hast du je daran gedacht, daß das Leben in Aesernia und Nola sich schnell normalisieren würde, wenn wir die Belagerung aufgäben? Weil dann wahrscheinlich alle so täten, als sei nichts geschehen.«

»Du hast vollkommen recht«, sagte Sulla, »und genau darum setzen wir die Belagerung der beiden Städte fort. Warum sollten sie straffrei davonkommen? Pompeius Strabo hat Asculum Picentum auch nicht verschont. Nein, Ferkel, in Aesernia und Nola bleibt alles, wie es ist. Notfalls bis in alle Ewigkeit.«

»Wie ich höre, ist Scato tot, und die Paeligner haben sich ergeben.«

»Das ist richtig, nur war es umgekehrt.« Sulla grinste. »Pompeius Strabo nahm die Kapitulation der Paeligner entgegen. Daraufhin stürzte sich Scato in sein Schwert, weil er sich nicht ergeben wollte.«

»So ist es wirklich zu Ende!« staunte Metellus Pius.

»Erst wenn Aesernia und Nola sich ergeben haben.«

Die Nachricht vom Massaker an den römischen, latinischen und italischen Bürgern der Provinz Asia erreichte Sulla in Capua, wohin er sein Hauptquartier verlegt hatte und wo er Catulus Caesar ablöste, der zu einem wohlverdienten Urlaub nach Rom zurückkehrte. Sulla hatte den Sekretär Catulus Caesars übernommen, das Wunderkind Marcus Tullius Cicero, und Cicero erwies sich als so tüchtig, daß Sulla gut ohne Catulus Caesar auskam.

Cicero freilich fand Sulla ebenso furchteinflößend wie Pompeius Strabo, wenn auch aus anderen Gründen. Er vermißte Catulus Caesar schmerzlich.

»Lucius Cornelius, kann ich gegen Ende des Jahres meinen Abschied nehmen?« fragte Cicero. »Ich habe dann insgesamt zwar erst knapp zwei Jahre gedient, aber ich habe meine Feldzüge zusammengerechnet und war bei zehn Feldzügen dabei.«

»Man wird sehen«, sagte Sulla, der von Cicero als Mensch nicht viel anders dachte als Pompeius Strabo. »Momentan kann ich dich nicht entbehren. Niemand kennt die Stadt so gut wie du, jetzt, wo Quintus Lutatius sich in Rom eine Pause gönnt.«

Aber eigentlich gibt es nie eine Pause, dachte Sulla, als er in einer von vier Maultieren gezogenen, offenen Kutsche nach Rom eilte. Kaum haben wir einen Brand gelöscht, bricht anderswo Feuer aus. Und neben dem Feuer in Kleinasien wird der Krieg gegen Italia verblassen.

Zur Senatssitzung anläßlich der Krise in der Provinz Asia kamen alle älteren Senatoren nach Rom, sogar Pompeius Strabo. Ungefähr hundertfünfzig Männer versammelten sich im Tempel der Bellona außerhalb des Pomerium auf dem Marsfeld.

»Wir wissen also, daß Manius Aquillius tot ist«, sagte Sulla ruhig vor dem Senat. »Das dürfte bedeuten, daß auch die beiden Gesandten, die mit ihm reisten, tot sind. Gaius Cassius jedoch konnte anscheinend fliehen, wenn wir auch nichts von ihm gehört haben. Ich kann allerdings nicht verstehen, warum wir von Quintus Oppius aus Kilikien nicht einen Ton gehört haben. Wahrscheinlich ist auch Kilikien verloren. Es ist schon traurig, wenn Rom für solche Meldungen auf einen Zivilisten im Exil angewiesen ist.«

»Das bedeutet, daß Mithridates wie der Blitz eingeschlagen hat.« Catulus Caesar runzelte die Stirn.

»Oder«, sagte Marius verschlagen, »daß unsere offiziellen Vertreter falsches Spiel getrieben haben.«

Niemand antwortete darauf; Marius' Bemerkung gab jedoch allen zu denken. Es gab natürlich eine gewisse Loyalität unter den Senatoren, aber da sie so oft zusammenkamen, wußte jeder genauestens über den anderen Bescheid. Und alle kannten Gaius Cassius und die drei Gesandten.

»Dann hätte zumindest Quintus Oppius sich gemeldet.« Sulla sprach aus, was alle dachten. »Er ist durch und durch ein Ehrenmann, er hätte Rom nicht einen Augenblick länger in Unkenntnis gelassen als nötig. Ich denke, wir müssen davon ausgehen, daß auch Kilikien verloren ist.«

»Wir müssen Publius Rutilius irgendwie eine Nachricht zukommen lassen und um weitere Informationen bitten«, sagte Marius.

»Wenn einige Römer überlebt haben und fliehen konnten, werden sie Rom schätzungsweise Ende des Monats Sextilis erreichen«, sagte Sulla. »Dann bekommen wir genauere Informationen.«

»Ich verstehe Publius Rutilius' Brief so, daß überhaupt niemand überlebt hat«, rief Sulpicius, der auf der Bank der Volkstribunen saß. Er stöhnte und ballte die Fäuste. »Mithridates macht absolut keinen Unterschied zwischen Italikern und Römern!«

»Mithridates ist ein Barbar«, sagte Catulus Caesar.

Doch diese Erklärung erschien Sulpicius zu einfach. Zwei Tage zuvor, als der Senatsvorsitzende Flaccus den Brief von Rutilus Rufus vorgelesen hatte, war Sulpicius mehrere Minuten lang wie versteinert gewesen.

»Er macht keinen Unterschied«, wiederholte er. »Warum das so ist, ist nebensächlich! Die Italiker der Provinz Asia haben denselben Preis wie die dortigen Römer und Latiner bezahlt. Sie sind genauso tot. Ihre Frauen und Kinder und Sklaven sind genauso tot. Er macht keinen Unterschied!«

»Sei still, Sulpicius!« rief Pompeius Strabo, der zur Sache kommen wollte. »Du wiederholst dich.«

»Ich bitte um Ruhe«, sagte Sulla beruhigend. »Wir sind nicht hier im Tempel der Bellona zusammengekommen, um nach Gründen und Motiven zu suchen. Wir sind hier, um zu entscheiden, was zu tun ist.«

»Krieg!« sagte Pompeius Strabo prompt.

»Sind alle dieser Meinung – oder nur einige?« fragte Sulla.

Der Senat sprach sich einstimmig für Krieg aus.

»Wir haben genug Legionen im Feld«, sagte Metellus Pius, »und sie sind ordentlich ausgerüstet. Zumindest in dieser Hinsicht sind wir besser vorbereitet als sonst. Wir können schon morgen zwanzig Legionen nach Osten schicken.«

»Das können wir nicht, wie du weißt«, sagte Sulla gleichmütig. »Ich bezweifle, daß wir auch nur eine Legion einschiffen können, von zwanzig ganz zu schweigen.«

Der Senat verstummte.

»*Patres conscripti,* wo sollen wir das Geld hernehmen? Jetzt, wo der Krieg gegen die Bundesgenossen vorbei ist, müssen wir unsere Legionen auflösen. Wir können sie nämlich nicht einen Tag länger bezahlen! Solange Rom innerhalb von Italien bedroht war, mußte jeder Mann römischer oder latinischer Herkunft ins Feld ziehen. Dasselbe gilt, könnte man sagen, für einen Krieg mit dem Ausland, vor allem, wenn der Angreifer die Provinz schon eingenommen und 80 000 unserer Landsleute getötet hat. Dennoch ist es eine Tatsache, daß Rom selbst im Augenblick nicht direkt bedroht ist. Und unsere Soldaten sind müde. Sie haben ihren Lohn bekommen – aber wir mußten unser Letztes geben, um sie bezahlen zu können. Das bedeutet, daß die Truppen aufgelöst und die Soldaten nach Hause geschickt werden müssen. Weil nämlich nicht die geringste Aussicht besteht, von irgendwo soviel Geld zu bekommen, daß wir sie für einen weiteren Feldzug bezahlen könnten!«

Sulla hatte zu Ende gesprochen, und Stille legte sich beklemmend über alle Anwesenden.

Dann seufzte Catulus Caesar. »Lassen wir die Überlegungen zur

Finanzierung einen Augenblick beiseite«, sagte er. »Viel wichtiger ist doch die Tatsache, daß wir Mithridates stoppen müssen!«

»Quintus Lutatius, du hast mir nicht zugehört!« rief Sulla aufgebracht. »Wir haben kein Geld für einen Feldzug!«

Catulus Caesar sah ihn von oben herab an und sagte: »Ich beantrage, Lucius Cornelius Sulla das Kommando für den Kampf gegen Mithridates zu übertragen. Wenn diese Frage geklärt ist, können wir uns um das Geld kümmern.«

»Und ich beantrage, daß Lucius Cornelius Sulla das Kommando gegen Mithridates nicht erhält!« brüllte Gaius Marius. »Soll Lucius Cornelius Sulla in Rom bleiben und sich den Kopf um das liebe Geld zerbrechen! Geld! Als ob jetzt, angesichts dieser Bedrohung Roms, die Zeit wäre, sich über Geldfragen den Kopf zu zerbrechen! Geld wird sich schon finden. Das war immer so. Und König Mithridates hat reichlich Geld, letzten Endes wird er alles bezahlen. Eingeschriebene Väter, wir können das Kommando für diesen Feldzug nicht einem Mann geben, der sich um Geld Sorgen macht! Vertraut mir den Feldzug an!«

»Du bist nicht gesund genug, Gaius Marius«, sagte Sulla mit unbewegter Miene und ausdrucksloser Stimme.

»Ich bin gesund genug, um zu wissen, daß Geld keine Rolle spielt!« herrschte Marius ihn an. »Ein Krieg gegen Pontos ist dasselbe wie ein Krieg gegen die Germanen! Und wer hat gegen die Germanen gewonnen? Gaius Marius! Mitglieder dieses hohen Hauses, gebt mir das Kommando für diesen Krieg! Nur ich kann diesen Krieg gewinnen!«

Der Senatsvorsitzende Flaccus, ein sanfter, nicht gerade für seine Kühnheit bekannter Mann, erhob sich von seinem Sitz. »Wenn du jung und gesund wärst, Gaius Marius, wäre ich dein eifrigster Anhänger. Aber Lucius Cornelius hat recht. Du bist nicht gesund, und du bist zu alt. Du hattest zwei Schlaganfälle. Wir können das Kommando für diesen Krieg nicht einem Mann übertragen, der vielleicht genau dann ausfällt, wenn er am dringendsten gebraucht wird. Wir wissen nicht, was einen Schlaganfall verursacht, Gaius Marius, aber wir wissen, daß ein Mann, der einen Schlaganfall hatte, weitere haben wird. Darin bist du keine Ausnahme! Nein, eingeschriebene Väter, als euer Senatsvorsitzender sage ich, daß wir Gaius Marius als Feldherrn nicht in Betracht ziehen dürfen. Ich unterstütze den Antrag, daß das Kommando unserem Konsul Lucius Cornelius übergeben wird.«

»Fortuna wird mir zur Seite stehen«, sagte Marius stur.

»Gaius Marius, versteh das Urteil des Senatsvorsitzenden so, wie es gemeint war«, sagte Sulla ruhig. »Niemand unterschätzt dich, am wenigsten ich. Aber Tatsachen sind Tatsachen. Wir dürfen nicht riskieren, den Oberbefehl eines Krieges einem Mann zu übertragen, der zwei Schlaganfälle hatte und jetzt siebzig ist.«

Marius verstummte, aber es war offensichtlich, daß er mit der Ansicht der Senatoren nicht übereinstimmte. Er umklammerte seine Knie mit beiden Händen; sein rechter Mundwinkel hing wie der linke nach unten.

»Lucius Cornelius, wirst du das Kommando übernehmen?« fragte Quintus Lutatius Catulus Caesar.

»Nur, wenn der Senat mir das Kommando mit eindeutiger Mehrheit überträgt, Quintus Lutatius. Sonst nicht.«

»Dann laßt uns abstimmen«, sagte der Senatsvorsitzende Flaccus.

Die Senatoren erhoben sich von ihren improvisierten Sitzen in dem improvisierten Versammlungsraum. Nur drei Männer stimmten gegen Sulla als Feldherrn – Gaius Marius, Lucius Cornelius Cinna und der Volkstribun Publius Sulpicius Rufus.

»Das darf nicht wahr sein!« flüsterte der Zensor Crassus seinem Kollegen Lucius Caesar zu. »Sulpicius?«

»Seit die Nachricht von dem Massaker eintraf, benimmt er sich äußerst seltsam«, sagte Lucius Caesar. »Er wiederholt immerzu – nun, du hast es ja gehört! –, daß Mithridates keinen Unterschied zwischen Römern und Italikern gemacht habe. Er bereut jetzt wohl, daß er immer gegen das Wahlrecht für die Italiker war.«

»Aber warum sollte ihn das auf die Seite von Gaius Marius bringen?«

Lucius Caesar zuckte die Schultern. »Ich weiß es nicht, Publius Licinius! Ich weiß es wirklich nicht.«

Sulpicius stand auf der Seite von Marius und Cinna, weil diese gegen den Senat waren. Das war der einzige Grund. Seit Sulpicius wußte, was Rutilius Rufus aus Smyrna geschrieben hatte, war er wie verwandelt und von Schuldgefühlen gequält. Sein gepeinigter Geist kreiste immer wieder um die eine Tatsache: Ein ausländischer König hatte keinen Unterschied zwischen Römern und Italikern gemacht. Und wenn ein ausländischer König Römer und Italiker über einen Kamm scherte, dann gab es auch in den Augen der übrigen Welt keine Unterschiede.

Als leidenschaftlicher Patriot und überzeugter Konservativer hatte sich Sulpicius, als der Krieg gegen die Italiker ausbrach, mit ganzem Herzen für die Sache der Römer eingesetzt. Im selben Jahr, als Drusus starb, war er Quästor, und man vertraute ihm immer mehr verantwortungsvolle Aufgaben an, die er bravourös meisterte. Sein Einsatz kostete viele Italiker das Leben. Weil er es gewollt hatte, hatten die Bewohner von Asculum Picentum furchtbarer gelitten, als Barbaren es verdienten. Und jene Tausende kleiner italischer Jungen, die in Pompeius Strabos Triumphzug mitgezogen waren und die man dann ohne Nahrung, Kleidung und Geld vor den Stadttoren Roms ausgesetzt hatte, was nur die überlebten, in deren schwachem Körper ein starker Wille wohnte? Wie konnte Rom sich anmaßen, eine derart furchtbare Strafe über Menschen zu verhängen, die Landsleute waren? Wodurch unterschied sich Rom eigentlich vom König von Pontos? Mithridates' Absicht zumindest war eindeutig! Er zumindest hatte seine Motive nicht hinter Selbstgerechtigkeit und Überheblichkeit versteckt. Auch Pompeius Strabo hatte das nicht getan. Der Senat hatte scheinheilig gehandelt.

Was war richtig? Wer war im Recht? Wenn ein italischer Mann, eine italische Frau, ein italisches Kind das Massaker überlebt hatte und nach Rom kam, wie konnte er, Publius Sulpicius Rufus, diesem armen Überlebenden in die Augen sehen? Worin unterschied er, Publius Sulpicius Rufus, sich eigentlich von König Mithridates? Hatte er nicht viele tausend Italiker umgebracht? War er nicht unter Pompeius Strabo Legat gewesen, und hatte nicht er sich mit den Grausamkeiten dieses Mannes einverstanden erklärt?

Aber Sulpicius konnte trotz seiner Qualen und seiner Verwirrung noch zusammenhängend denken – oder er hielt seine Gedanken zumindest für zusammenhängend, richtig und logisch.

Eigentlich trug nicht Rom die Schuld, sondern der Senat. Die Männer seiner Klasse, einschließlich seiner Person. Im Senat und nirgendwo sonst waren die Wurzeln der römischen Arroganz zu suchen. Der Senat hatte seinen Freund Marcus Livius Drusus umgebracht. Der Senat hatte nach dem Krieg gegen Hannibal niemandem mehr das römische Bürgerrecht erteilt. Der Senat hatte die Zerstörung von Fregellae genehmigt. Der Senat, der Senat, der Senat ... Die Männer seiner Klasse. Und er.

Nun, sie würden dafür bezahlen müssen. Auch er. Die Zeit des Senats von Rom, so beschloß Sulpicius, war abgelaufen. Es durfte keine alten Herrscherfamilien mehr geben, Macht und Reichtum durften nicht mehr in den Händen von wenigen liegen, denn nur deshalb hatten solche Ungeheuerlichkeiten wie das an den Italikern begangene Unrecht geschehen können. Wir sind schuld, dachte er, und jetzt müssen wir dafür bezahlen. Der Senat muß weg. Rom muß dem Volk übergeben werden, das bisher unter unserer Knute gelebt hat, auch wenn wir noch so sehr betonen, daß das Volk herrscht. Herrschaft des Volkes? Nicht, solange es den Senat gibt! Solange es den Senat gibt, ist die Herrschaft des Volkes eine leere Phrase. Natürlich geht es nicht um die besitzlosen Proletarier. Das Volk, das sind die Männer der zweiten und dritten und vierten Klasse, die den größten Teil der Römer ausmachen und doch am wenigsten Macht haben. Die reichen und mächtigen Ritter der ersten Klasse unterscheiden sich in nichts vom Senat. Deshalb müssen auch sie weg.

Und deshalb stand er jetzt neben Marius und Cinna. Warum war eigentlich Cinna gegen die Wahl Sullas zum Feldherrn? Was verband ihn auf einmal mit Gaius Marius? Sulpicius blickte auf die dichtgedrängten Reihen der Senatoren ihm gegenüber. Da standen seine guten Freunde Gaius Aurelius Cotta, der mit achtundzwanzig Jahren zum Senator ernannt worden war, weil sich die Zensoren Sullas Worte zu Herzen genommen und versucht hatten, das exklusive Gremium mit tüchtigen Männern zu füllen, und der Konsul Quintus Pompeius Rufus, und neben ihnen die anderen – sahen sie denn ihre Schuld nicht? Warum starrten sie ihn an, als trüge er die Schuld? Aber er war schuldig! Er wußte es. Sie hatten keine Ahnung.

Und wenn sie es nicht verstehen, dachte Sulpicius, dann warte ich ab, bis dieser neue Krieg – warum müssen wir ständig Kriege führen? – in Gang ist. Männer wie Quintus Lutatius und Lucius Cornelius Sulla werden in den Krieg ziehen, sie können mir also hier in Rom nicht in die Quere kommen. Ich kann warten. Ich werde den richtigen Augenblick abpassen. Und dann den Senat liquidieren. Die erste Klasse liquidieren.

»Lucius Cornelius Sulla«, sagte der Senatsvorsitzende Flaccus, »im Namen des Senates und des Volkes von Rom beauftrage ich dich, den Krieg gegen Mithridates zu führen.«

»Wo sollen wir nur das Geld hernehmen?« fragte Sulla später beim Abendessen in seinem neuen Haus.

Mit ihm speisten die Brüder Caesar, der Jupiterpriester Lucius Cornelius Merula, der Zensor Publius Licinius Crassus, der Bankier und Händler Titus Pomponius, der Bankier Gaius Oppius, der Pontifex Maximus Quintus Mucius Scaevola und Marcus Antonius Orator, der an diesem Tag nach längerer Krankheit in den Senat zurückgekehrt war. Sullas Gäste sollten helfen, diese Frage zu beantworten – wenn es überhaupt eine Antwort gab.

»Hat das Schatzamt denn wirklich kein Geld?« fragte Antonius Orator ungläubig. »Ich meine, wir kennen die städtischen Quästoren und Beamten des Schatzamtes doch alle – sie versichern beharrlich, die Staatskasse sei leer, auch wenn dort reichlich Geld vorhanden ist.«

»Glaube mir, Marcus Antonius, dort ist nichts«, sagte Sulla überzeugt. »Ich war selbst mehrere Male dort – und habe sorgfältig darauf geachtet, daß niemand von meinem Kommen wußte.«

»Und der Tempel der Ops?« fragte Catulus Caesar.

»Ebenfalls leer.«

»Wir könnten alle Grundstücke verkaufen, die der Staat noch in der Umgebung des Forum Romanum besitzt«, sagte Merula. »Dazu brauchen wir nicht das Volk zu fragen.«

Alle schwiegen entsetzt.

»Die Zeit war nie ungünstiger für den Verkauf staatlichen Eigentums«, jammerte Titus Pomponius. »Der Markt ist momentan nur für Käufer günstig.«

»Ich fürchte, ich weiß nicht einmal, was außer den Häusern der Priester dem Staat gehört«, sagte Sulla, »und die können wir unmöglich verkaufen.«

»Natürlich, die zu verkaufen wäre Frevel«, sagte Merula, der in einem solchen Haus wohnte. »Es gibt allerdings noch andere Grundstücke. Die Hänge des Kapitols diesseits der Porta Fontinalis und gegenüber von Velabrum. Erstklassiges Land für große Häuser. Dann das Gelände, zu dem Hauptmarkt und Macellum Cuppedenis gehören. Beide Grundstücke könnten unterteilt werden.«

»Den Verkauf aller Grundstücke kann ich auf keinen Fall gutheißen«, sagte Sulla entschieden. »Die Gelände um den Hauptmarkt, ja. Dort sind nur Märkte und der Spielplatz der Liktorenschule. Auch einen Teil des Kapitols – in Richtung Velabrum westlich des Clivus Capitolinus – und von der Porta Fontinalis bis zu den Lautumiae. Aber keine Grundstücke auf dem Forum oder auf dem Kapitol in Richtung Forum.«

»Ich kaufe die Märkte«, sagte Gaius Oppius.

»Nur, wenn niemand mehr bietet«, sagte Pomponius, der ebenfalls Interesse daran hatte. »Denn damit es gerecht zugeht und wir den besten Preis erzielen, muß alles versteigert werden.«

»Vielleicht sollten wir den Hauptmarkt behalten und nur den Gewürzmarkt verkaufen«, sagte Sulla, dem es ein Greuel war, aus Not diese herrlichen Grundstücke versteigern zu müssen.

»Ich bin ganz deiner Meinung, Lucius Sulla«, sagte Catulus Caesar.

»Auch ich schließe mich an«, sagte Lucius Caesar.

»Wenn wir den Cuppedenis verkaufen, werden die Mieten für die Gewürz- und Blumenhändler vermutlich steigen«, sagte Antonius Orator. »Die werden sich bei uns bedanken!«

Aber Sulla hatte eine andere Idee. »Und wenn wir das Geld leihen?«

»Wo?« Merula sah ihn mißtrauisch an.

»In den Tempeln von Rom. Und unsere Schulden begleichen wir dann aus der Kriegsbeute. Juno Lucina, Venus Libitina, Juventas, Ceres, Juno Moneta, Magna Mater, Castor und Pollux, die beiden Jupiter Stator, Diana, Hercules Musarum, Hercules Olivarius – sie alle sind reich.«

»Nein!« riefen Scaevola und Merula gleichzeitig.

Ein schneller Blick in die Runde belehrte Sulla, daß er auch bei den anderen nicht mit Unterstützung rechnen konnte. »Also gut, wenn die römischen Tempel nicht für meinen Feldzug bezahlen dürfen, hättet ihr etwas dagegen, wenn die griechischen Tempel es tun?«

Scaevola runzelte die Stirn. »Frevel ist Frevel, Lucius Sulla. Götter sind Götter, in Griechenland wie in Rom.«

»Schon, aber die Götter Griechenlands sind nicht die Götter Roms, oder?«

»Tempel sind heilig.« Merula blieb stur.

Da kam auf einmal der andere Sulla zum Vorschein, und die Anwesenden, die diesen Sulla zum ersten Mal erlebten, erschraken.

»Jetzt hört mir mal gut zu«, sagte er und zeigte dabei die Zähne. »Ihr könnt nicht alles auf einmal haben, und das gilt auch für die Götter! Ich lasse euch die Götter Roms, aber ihr wißt schließlich alle, was es kostet, Legionen in einem Feldzug zu bezahlen! Wenn wir zweihundert Talente Gold zusammenkratzen können, kriege ich sechs Legionen bis nach Griechenland. Das ist ein ziemlich mickriger Haufen angesichts der Viertelmillion pontischer Soldaten auf der Gegenseite – wobei ich euch darauf aufmerksam machen möchte, daß ein pontischer Soldat kein nackter Germane ist! Ich habe die Truppen des Mithridates gesehen: Sie sind fast wie römische Legionäre geschult und bewaffnet. Nicht ganz so gut, meine ich, aber doch viel besser als die germanischen Barbaren, schon weil sie Rüstungen haben und an Disziplin gewöhnt sind. Ich bin wie Gaius Marius der Meinung, daß unsere Soldaten auf dem Schlachtfeld die besten Voraussetzungen haben müssen. Und das bedeutet, daß ich Geld für ihre Verpflegung und Geld für ihre Ausrüstung brauche. Geld, das wir nicht haben – Geld, das die Götter Roms mir eurer Meinung nach nicht geben dürfen. Ich warne euch: Wenn ich in Griechenland bin, hole ich mir das Geld aus Olympia, Dodona, Delphi und wo immer ich etwas finde, und ich meine das genau so, wie ich es sage. Du, Priester des Jupiter, und du, Pontifex Maximus, stellt euch mit den Göttern Roms gut und betet darum, daß sie stärker sind als die griechischen Götter!«

Niemand sagte etwas.

Sulla verwandelte sich wieder in den zurück, den alle kannten. »Gut!« sagte er fröhlich. »Jetzt habe ich noch einige bessere Nachrichten für euch, ich bin nämlich noch nicht am Ende.«

Catulus Caesar seufzte. »Ich bin sehr gespannt, Lucius Cornelius. Bitte fahre fort.«

»Ich werde meine vier Legionen mitnehmen, dazu zwei Legionen, die Marius ausgebildet hat und die momentan unter Lucius Cinna im Feld stehen. Die Marser sind vernichtend geschlagen, Cinna braucht keine Truppen mehr. Gnaeus Pompeius Strabo macht ohnehin, was er will, und solange er keine Soldrechnungen schickt, werde ich für meinen Teil meine Zeit nicht damit verschwenden, mit ihm zu streiten. Das heißt, daß immer noch an die zehn Legionen entlassen – und ausbezahlt! – werden müssen. Mit Geld, das wir natürlich nicht haben. Deshalb werde ich ein Gesetz einbringen, nach dem diese Soldaten mit Land in italischen Gebieten zu entlohnen sind, in denen wir die Bevölkerung praktisch ausgerottet haben. Land um Pompeji, Faesulae, Hadria, Telesia, Grumentum und Bovianum. Alle sechs Städte sind entvölkert und liegen inmitten fruchtbaren Ackerlands, das den zehn Legionen gehören wird, die ich entlassen muß.«

»Aber das ist *ager publicus*!« rief Lucius Caesar entsetzt.

»Nein, noch nicht. Und es wird niemals öffentliches Eigentum werden. Dieses Land bekommen die Soldaten. Es sei denn«, fügte Sulla zuckersüß hinzu, »ihr ändert eure fromme und gottgefällige Meinung, was die Tempel Roms betrifft.«

»Das können wir nicht«, sagte der Pontifex Maximus Scaevola.

»Dann seht zu, daß ihr den Senat und das Volk auf meine Seite bringt, sobald das Gesetz vorliegt«, sagte Sulla.

»Wir werden dich unterstützen«, sagte Antonius Orator.

»Übrigens, da wir gerade beim Thema sind«, fuhr Sulla fort, »wenn ich weg bin, dürft ihr kein neues Land zum *ager publicus* erklären. Sobald ich mit meinen Legionen zurückkomme, werde ich weitere verlassene italische Gebiete brauchen, wo die Soldaten sich ansiedeln können.«

Die Geldmittel Roms reichten letzten Endes nicht für sechs Legionen. Sullas Armee bestand aus fünf Legionen und zweitausend Pferden und keinem Mann und keinem Pferd mehr. Das verfügbare Gold wog insgesamt neuntausend Pfund – das waren nicht einmal zweihundert Talente. Lächerlich wenig und doch das Äußerste, was die bankrotte Stadt aufbringen konnte. Aus Sullas Kriegskasse konnte keine einzige Kampfgaleere finanziert werden; das Geld würde gerade reichen, um den Transport der Truppen nach Griechenland zu bezahlen. Sulla wäre am liebsten im Westen der Provinz Macedonia an Land gegangen, konnte jedoch erst dann fest planen, wenn er mehr über die Lage in Kleinasien und Griechenland wußte. Macedonia war günstig, weil dort die reichsten Tempel Griechenlands standen.

Ende September konnte Sulla endlich Rom verlassen und zu seinen Legionen in Capua stoßen. Er hatte den ihm treu ergebenen Militärtribun Lucius Licinius Lucullus gefragt, ob er bereit sei, als Quästor zu kandidieren, wenn Sulla ihn anforderte. Hocherfreut deutete Lucullus sein Einverständnis an, woraufhin Sulla ihn schon einmal als Stellvertreter nach Capua vorausschickte, bis er selbst kommen konnte. Den ganzen September lang war Sulla damit beschäftigt, die staatlichen Grundstücke zu verkaufen und die sechs Soldatenkolonien einzurichten. Fast schien es, als würde er gar nicht mehr loskommen. Daß er es schaffte, verdankte er dem eisernen Willen und unbarmherzigen Drängen seiner Verbündeten im Senat, die von ihm hingerissen waren. Irgendwie hatten sie immer übersehen, welche Führungsqualitäten in Sulla steckten.

»Er stand im Schatten von Marius und Scaurus«, sagte Antonius Orator.

»Nein, er war einfach nicht so bekannt«, meinte Lucius Caesar.

»Und an wem lag das wohl?« spottete Catulus Caesar.

»Hauptsächlich an Gaius Marius, vermute ich«, sagte sein Bruder.

»Er weiß auf jeden Fall, was er will«, sagte Antonius Orator.

»Das bestimmt.« Scaevola erschauderte. »Ich möchte mit ihm nicht aneinandergeraten!«

*

Publius Sulpicius war überzeugt, daß Sulla so schnell wie möglich mit seinen Truppen über die Adria setzen würde, bevor die ungünstigen Winterwinde einsetzten. Deshalb holte er Mitte Oktober zu seinem ersten Schlag gegen die bestehende Ordnung aus. Praktische Vorbereitungen traf er wenige, alles spielte sich in seinem Kopf ab. Wer die Demagogen nicht liebt, will nicht selbst ein Demagoge sein. Er hatte jedoch Gaius Marius um ein Gespräch gebeten, in dem er ihn um Unterstützung bat. Gaius Marius mochte den Senat auch nicht! Und Sulpicius wurde nicht enttäuscht. Marius hörte sich seine Vorschläge an und nickte dann.

»Du kannst mit meiner vollen Unterstützung rechnen, Publius Sulpicius«, sagte er. Einen Moment lang schwieg er, dann fügte er hinzu, als sei es ihm nachträglich eingefallen: »Ich bitte dich allerdings um einen Gefallen – daß du mich per Gesetz ermächtigst, den Krieg gegen Mithridates zu führen.«

Dieser Preis erschien Sulpicius angemessen. Er lächelte: »Einverstanden, Gaius Marius. Du sollst dein Kommando haben.«

Sulpicius berief die Versammlung der Plebs ein und stellte getrennt zwei Gesetzentwürfe vor. Nach dem einen sollte jeder Senator, der mit über achttausend Sesterzen verschuldet war, vom Senat ausgeschlossen werden; der zweite Entwurf forderte die Rückkehr all jener Männer, die vom Untersuchungsausschuß unter Varius verbannt worden waren. Varius hatte damals jeden verfolgt, von dem er glaubte, er unterstütze die Verleihung der Bürgerschaftsrechte an Italiker.

Mit silberner Zunge und goldener Stimme fand Sulpicius genau den richtigen Ton. »Was bilden die Senatoren sich eigentlich ein, wenn sie im Senat sitzen und Entscheidungen treffen, wo sie doch fast alle arme Männer und hoffnungslos verschuldet sind?« rief er. »Für euch alle, die ihr Schulden habt, gibt es keine Gnade – ihr könnt euch nicht hinter der Senatorenwürde verstecken, ihr könnt eure Last nicht erleichtern, indem ihr euch Geldverleiher sucht, für die es politisch unklug wäre, euch zu sehr unter Druck zu setzen! Aber dort in der Curia Hostilia können sie solche Lappalien wie Schulden übergehen, bis bessere Zeiten kommen! Ich weiß das, weil ich selbst Senator bin – ich höre, was sie zueinander sagen, und ich sehe, wie sie den Geldverleihern hie und da einen Gefallen tun! Es gibt sogar Senatoren, die selber Geld verleihen! Nun, das wird alles ein Ende haben! Keiner, der Schulden hat, soll im Senat sitzen dürfen! Niemand soll diesem exklusiven, eingebildeten Gremium angehören dürfen, wenn er nicht besser ist als alle anderen Römer!«

Schockiert vernahm der Senat, daß Sulpicius wie ein Demagoge gegen ihn hetzte. Sulpicius! Ein so konservativer und ehrenwerter Mann! Noch Ende letzten Jahres hatte er gegen die Rückkehr der von Varius Verbannten gestimmt! Und jetzt rief er sie zurück! Was war geschehen?

Zwei Tage später berief Sulpicius noch einmal die Versammlung der Plebs ein und las einen dritten Gesetzentwurf vor. Danach sollten alle italischen Neubürger und die vielen tausend Freigelassenen mit Bürgerrechten in Rom gleichmäßig auf die fünfunddreißig Tribus verteilt werden. Die beiden neuen Tribus von Piso Frugi sollten aufgelöst werden.

»Fünfunddreißig Tribus sind genug, mehr darf es nicht geben!« schrie Sulpicius. »Auch ist es nicht richtig, daß zu manchen Tribus nur drei- bis viertausend Bürger gehören, obwohl sie in den Wahlversammlungen dasselbe Stimmrecht haben wie die Tribus Esquilina und Suburana mit jeweils über hunderttausend Bürgern! Der römische Staat ist nur darauf ausgelegt, den allmächtigen Senat und den Ritterstand zu schützen! Gehören Senatoren und Ritter zur Tribus Esquilina oder Suburana? Natürlich nicht! Sie gehören zur Tribus Fabia, Cornelia, Romilia! Nun, sollen sie weiterhin zur Tribus Fabia, Cornelia oder Romilia gehören, sage ich! Aber sie sollen diese Tribus mit Männern aus den Tribus Prifernium, Buca und Vibinium teilen – und mit Freigelassenen der Tribus Esquilina und Suburana!«

Sulpicius' Rede wurde heftig beklatscht, und er fand ungeteilte Zustimmung bei allen gesellschaftlichen Schichten, außer der höchsten und der niedrigsten. Die ganz oben fürchteten den Machtverlust, für die ganz unten würde sich ohnehin nichts ändern.

»Das verstehe ich nicht!« keuchte Antonius Orator. Er stand mit Titus Pomponius in der Mitte des Comitiums, umgeben von kreischenden und brüllenden Anhängern des Sulpicius. »Er ist ein Adliger! Wann hatte er denn Zeit, so viele Anhänger um sich zu scharen? Er ist doch kein Saturninus! Ich – ich verstehe das einfach nicht!«

»Ich verstehe es schon«, sagte Titus Pomponius säuerlich. »Er greift die Senatoren wegen ihrer Schulden an. Was die Menge hier und heute erhofft, ist ganz einfach. Die Leute glauben, wenn sie jedem Gesetz, das Sulpicius vorschlägt, zustimmen, streicht er ihnen zur Belohnung per Gesetz die Schulden.«

»Aber das kann er doch nicht machen, wenn er gleichzeitig Männer aus dem Senat werfen will, weil sie mit achttausend Sesterzen verschuldet sind! Achttausend Sesterzen! Das ist lächerlich wenig! Es gibt in der ganzen Stadt wohl kaum einen Mann, der nicht wenigstens soviel Schulden hat!«

»Bist du in Schwierigkeiten, Marcus Antonius?« fragte Titus Pomponius.

»Nein, natürlich nicht! Aber die Männer, die keine Schwierigkeiten haben, lassen sich an einer Hand abzählen – nicht einmal Quintus Ancharius, Publius Cornelius Lentulus, Gaius Baebius, Gaius Atilius Serranus gehören dazu – bei den Göttern, die besten Männer der Welt, Titus Pomponius! Aber wer hat in den letzten zwei Jahren denn problemlos Bargeld auftreiben können? Sieh dir die Familie der Porcii Catones an, mit all ihrem Land in Lucania – kein Sesterz Einkommen wegen des Krieges. Genauso die Lucilier – auch sie Landbesitzer im Süden.« Marcus Antonius holte Atem und fragte dann: »Warum sollte er Schulden erlassen, wenn er andere wegen ihrer Schulden aus dem Senat schmeißt?«

»Er hat gar nicht vor, die Schulden zu erlassen«, sagte Pomponius. »Die zweite und dritte Klasse hoffen das, aber das ist alles.«

»Hat er ihnen Versprechungen gemacht?«

»Das braucht er gar nicht. Hoffnung ist die einzige Sonne an ihrem Firmament, Marcus Antonius. Sie sehen einen Mann, der den Senat und die erste Klasse ebenso haßt wie einst Saturninus. Also hoffen sie auf einen zweiten Saturninus. Aber Sulpicius ist ganz anders.«

»Was hat er dann vor?« jammerte Antonius Orator.

»Ich habe keinen blassen Schimmer, welche Made ihm durchs Hirn kriecht«, sagte Titus Pomponius. »Wir sollten sehen, daß wir von hier wegkommen, bevor die Menge sich auf uns stürzt und uns in Stücke reißt.«

Auf den Stufen zur Curia trafen sie den Konsul Pompeius Rufus mit seinem Sohn, der gerade vom Kriegsdienst in Lucania zurückgekehrt und immer noch in Kampflaune war.

»Ein neuer Saturninus!« schrie der Sohn des Konsuls. »Nun, diesmal sind wir vorbereitet – wir werden nicht zulassen, daß er sich die Massen wie Saturninus hörig macht! Jetzt, wo fast alle aus dem Feld zurück sind, lassen sich leicht ein paar tüchtige Leute finden, die ihn bremsen können – ich werde sie finden! Die nächste Volksversammlung, die er einberuft, geht anders aus! Das garantiere ich euch!«

Titus Pomponius beachtete den Sohn nicht, sondern konzentrierte sich auf dessen Vater und die anderen Senatoren in Hörweite. »Sulpicius ist beileibe kein neuer Saturninus«, wiederholte er hartnäckig. »Die Zeiten sind andere und Sulpicius' Motive auch. Damals ging es um Hunger. Heute geht es um die hohe Verschuldung. Aber Sulpicius will nicht König von Rom werden. Er möchte, daß sie Rom regieren« – er wies mit dem Zeigefinger auf die Männer der zweiten und dritten Klasse, die sich auf dem Versammlungsplatz drängten – »und das ist wirklich etwas ganz anderes.«

»Ich habe einen Boten zu Lucius Cornelius geschickt«, sagte der Konsul zu Titus Pomponius, Antonius Orator und Catulus Caesar, der Pomponius' Worte gehört hatte und hergekommen war.

»Glaubst du, daß du die Lage selbst in den Griff bekommst, Quintus Pompeius?« fragte Pomponius, der ein Talent für unangenehme Fragen hatte.

»Nein, das glaube ich nicht«, erwiderte Pompeius Rufus offen.

»Was ist mit Gaius Marius?« fragte Antonius Orator. »Er wird mit jedem Volksaufstand in Rom fertig.«

»Diesmal nicht«, sagte Catulus Caesar verächtlich. »Im Augenblick steht er hinter dem rebellischen Volkstribunen. Ja, Marcus Antonius, Gaius Marius hat Publius Sulpicius angestiftet!«

»Das glaube ich nicht«, sagte Antonius Orator.

»Und ich sage dir, Gaius Marius steht hinter ihm!«

»Wenn das wirklich wahr ist«, sagte Titus Pomponius, »dann wird wohl ein viertes Gesetz auf Sulpicius' Liste stehen.«

»Ein viertes Gesetz?« Catulus Caesar runzelte die Stirn.

»Er wird Sulla per Gesetz das Kommando für den Krieg gegen Mithridates entziehen. Dann wird er Gaius Marius das Kommando geben.«

»Das wird Sulpicius nicht wagen!« rief Pompeius Rufus empört.

»Warum nicht?« Titus Pomponius starrte den Konsul an. »Ich bin froh, daß du Sulla hast rufen lassen. Wann wird er hier sein?«

»Morgen oder übermorgen.«

Am nächsten Tag traf Sulla bereits lange vor Morgengrauen in Rom ein. Er hatte sich sofort auf den Weg gemacht, als er Pompeius Rufus' Brief gelesen hatte. Welcher Konsul hatte je mit so viel Schwierigkeiten zu kämpfen gehabt? fragte Sulla sich unglücklich. Zuerst das Massaker in der Provinz Asia, jetzt ein neuer Saturninus. Das Land war bankrott, er hatte gerade eine Rebellion niedergeschlagen, und sein Name würde in den Geschichtsbüchern mit Abscheu genannt werden, weil er Staatsbesitz verkauft hatte. Das alles spielte natürlich keine Rolle, wenn er es schaffte. Und er konnte es schaffen.

Zuerst suchte er Pompeius Rufus auf. »Findet heute eine Volksversammlung statt?« fragte er ihn.

»Ja. Titus Pomponius meint, Sulpicius werde ein Gesetz einbringen, wonach nicht mehr du den Krieg gegen Mithridates führen sollst, sondern Gaius Marius.«

Sullas Miene gefror. »Ich bin der Konsul und rechtmäßig zum Feldherrn bestimmt. Wenn Gaius Marius gesund wäre, könnte er diesen Krieg von mir aus gerne führen. Aber er ist nicht gesund. Deshalb kann er nicht Feldherr sein.« Er holte tief Luft. »Das heißt wohl, daß Gaius Marius hinter Sulpicius steht.«

»So glauben alle. Bislang hat sich Marius noch auf keiner Volksversammlung gezeigt, aber einige seiner Anhänger machen schon in den unteren Klassen für ihn Stimmung, wie ich gesehen habe. Zum Beispiel dieser schreckliche Mensch mit seiner Schlägerbande aus der Subura.«

»Lucius Decumius?«

»Genau der.«

Sulla nickte nachdenklich. »So kenne ich Gaius Marius noch gar nicht, Quintus Pompeius. Daß er sich so weit herabläßt und sogar einen Menschen wie Lucius Decumius für seine Ziele einsetzt, hätte ich nicht gedacht. Seit man ihn im Senat deutlich auf sein Alter und seine Gebrechlichkeit hingewiesen hat, fürchtet er wohl selbst, daß er am Ende ist. Aber er will es nicht wahrhaben. Er will den Krieg gegen Mithridates führen. Und wenn er dafür zu einem neuen Saturninus werden muß, nimmt er auch das in Kauf.«

»Es wird Auseinandersetzungen geben, Lucius Cornelius.«

»Das weiß ich selbst!«

»Nein, ich meine etwas anderes: Mein Sohn und viele andere Ritter- und Senatorensöhne stellen eine Schlägertruppe zusammen, die Sulpicius vom Forum vertreiben soll.«

»Dann sollten wir beide auch auf dem Forum sein, wenn Sulpicius die Versammlung der Plebs einberuft.«

»Bewaffnet?«

»Auf gar keinen Fall. Wir müssen versuchen, die Sache auf legalem Weg unter Kontrolle zu bringen.«

Kurz nach Sonnenaufgang erschien Sulpicius auf dem Forum. Er mußte von der Schlägertruppe unter Führung des jungen Quintus Pompeius gehört haben, denn er kam inmitten einer vielköpfigen

Eskorte von Männern aus der zweiten und dritten Klasse, die alle mit Knüppeln und kleinen Holzschilden bewaffnet waren. Diesen harten Kern wiederum umgab schützend eine große Menge von Männern, die aus der fünften Klasse und dem Proletariat zu stammen schienen – ehemalige Gladiatoren und Mitglieder der Kreuzwegevereine. Sulpicius' »Leibwache« war so groß, daß die kleine Truppe des jungen Quintus Pompeius Rufus daneben winzig und machtlos wirkte.

»Die Herrschaft«, schrie Sulpicius über den Versammlungsplatz auf dem Forum, den allein seine Leibwache schon zur Hälfte füllte, »gehört dem Volk! Leere Worte! Das hört sich immer dann gut an, wenn die Senatoren und Ritter Stimmen brauchen. Aber der Satz bedeutet überhaupt nichts! Er ist verlogen, eine Farce! Welche Rechte habt ihr denn tatsächlich, wo könnt ihr mitbestimmen? Ihr seid ganz und gar abhängig von den Volkstribunen, die die Versammlungen einberufen. Nicht ihr formuliert Gesetze und verkündet sie vor dieser Versammlung – ihr dürft hier nur über Gesetze abstimmen, die die Volkstribunen sich ausdenken! Und wem sind fast alle Volkstribunen hörig? Natürlich dem Senat und den Rittern! Und was geschieht mit den Volkstribunen, die sich als Diener des Volkes verstehen? Ich sage es euch: Man sperrt sie in die Curia Hostilia und steinigt sie dort vom Dach aus mit Ziegeln!«

Sulla zuckte die Achseln. »Nun, das ist eine Kriegserklärung, oder? Er macht einen Helden aus Saturninus.«

»Und vor allem aus sich selbst«, sagte Catulus Caesar.

»Ruhe!« fuhr der Jupiterpriester Merula sie scharf an.

»Es ist an der Zeit«, sagte Sulpicius gerade, »daß Senat und Ritter ein für allemal merken, wer die Herren Roms sind! Darum stehe ich hier vor euch – als Kämpfer für eure Rechte – als euer Beschützer – als euer Diener! Drei furchtbare Jahre liegen hinter euch, Jahre, in denen ihr die Hauptlast der Steuern und Entbehrungen tragen mußtet. Hauptsächlich mit eurem Geld hat Rom den Bürgerkrieg finanziert. Aber hat euch auch nur ein Senator gefragt, ob ihr überhaupt einen Krieg gegen eure Brüder, die italischen Bundesgenossen, führen wollt?«

»Natürlich haben wir gefragt!« sagte der Pontifex Maximus Scaevola grimmig. »Das Volk wollte den Krieg mehr als der Senat!«

»Daran werden sie sich jetzt nicht erinnern«, sagte Sulla.

»Nein, euch hat niemand gefragt!« brüllte Sulpicius. »Die Senatoren wollten ihr Bürgerrecht nicht mit euren Brüdern, den Italikern teilen. Euer Bürgerrecht ist ohnehin bedeutungslos. Denn sie regieren Rom! Sie konnten nicht Tausende neuer Mitglieder in ihre exklusiven kleinen Tribus auf dem Land aufnehmen – sonst hätten ihre bisherigen Untertanen zu viel Macht bekommen! Als die Italiker das Wahlrecht schließlich bekamen, verteilte man die neuen Bürger – ganz nach Wunsch der Herren Senatoren! – auf so wenige Tribus, daß die Italiker den Ausgang von Wahlen nicht beeinflußen konnten. Aber das hört auf, Volk, sobald ihr mein Gesetz beschlossen habt, nach dem die neuen Bürger und die Freigelassenen von Rom auf alle fünfunddreißig Tribus verteilt werden müssen!«

Der Sturm der Begeisterung, der jetzt losbrach, war so laut, daß Sulpicius innehalten mußte. Aufrecht stand er vor ihnen und lächelte breit, ein attraktiver Mann Mitte dreißig, der trotz seiner plebejischen Herkunft aussah wie ein Patrizier – feine Gesichtszüge und eine helle Haut.

»Senat und Ritter haben euch noch auf andere Weise betrogen«, fuhr Sulpicius fort, als sich der Beifall legte. »Sie beanspruchen das Recht – und es ist kein gesetzlich festgelegtes Recht –, selbst alle Feldherren zu ernennen und alle Kriege zu führen. Dieses Recht muß dem Senat und den heimlichen Herren des Senats aus dem Ritterstand endlich entzogen werden. Es ist an der Zeit, daß ihr – das Rückgrat und Fundament des wahren Römertums! – die Rechte bekommt, die ihr dem Gesetz nach habt. Dazu gehört auch das Recht, darüber zu beschließen, ob Rom Krieg führen soll oder nicht – und im Fall eines Krieges zu beschließen, wer Feldherr sein soll.«

»Jetzt kommt es«, sagte Catulus Caesar.

Sulpicius drehte sich um und zeigte mit dem Finger auf Sulla, der ganz vorn in der sich auf den oberen Senatstreppen drängenden Menge stand, wo er aufgrund seines Aussehens leicht zu erkennen war. »Dort steht der Konsul! Von seinen Kollegen gewählt, nicht von euch! Wie lange ist es her, daß wenigstens die dritte Klasse bei Konsulatswahlen abgestimmt hat?«

Sulpicius bemerkte, daß er den Faden zu verlieren drohte, hielt inne und fuhr dann fort: »Der Konsul soll einen Krieg führen, mit dem sich die Zukunft Roms entscheidet. Diesen Krieg muß der beste Mann Roms führen, sonst ist das Ende Roms gekommen. Nun, wer hat den Konsul mit dem Krieg gegen Mithridates von Pontos beauftragt? Wer hat beschlossen, daß er der beste Mann für diese Aufgabe sei? Natürlich der Senat und die heimlichen Machthaber aus dem Ritterstand! Wie immer geben sie einem aus ihrem Kreis die

Ehre! Leichtfertig setzen sie die Zukunft Roms aufs Spiel, damit ein patrizischer Adliger das Kleid des Feldherrn anlegen kann! Wer ist denn dieser Lucius Cornelius Sulla? Welche Kriege hat er gewonnen? Kennt ihr ihn überhaupt, ihr Herren von Rom? Nun, ich kann euch sagen, wer er ist! Lucius Cornelius Sulla hat es nur mit Gaius Marius' Hilfe so weit gebracht! Ohne Gaius Marius hätte er nichts erreicht! Es heißt, er habe den Krieg gegen die Bundesgenossen gewonnen, aber wir wissen alle, daß Gaius Marius den ersten und härtesten Schlag abgewehrt hat – hätte Gaius Marius das nicht getan, dann hätte dieser Sulla nie den Sieg errungen!«

»Wie kann er es wagen!« Der Zensor Crassus schnappte nach Luft. »Du warst es und kein anderer, Lucius Cornelius! Du hast die Krone aus Gras gewonnen! Du hast die Italiker bezwungen!« Er holte tief Atem, um seine Meinung laut zu verkünden, schloß aber den Mund, als Sulla ihn am Arm packte.

»Laß es, Publius Licinius! Wenn wir es jetzt auf ein Wortgefecht ankommen lassen, gehen sie auf uns los und lynchen uns. Ich möchte diese Schweinerei auf legale und friedliche Weise bereinigen.«

Sulpicius war immer noch bei Sulla: »Spricht dieser Lucius Cornelius Sulla zu euch, den Herren Roms? Natürlich nicht! Er ist Patrizier! Zu gut für euresgleichen! Senat und Ritterstand haben einen viel besseren und fähigeren Mann übergangen, nur um diesem ehrenwerten Patrizier das Kommando im Krieg gegen Mithridates zu verschaffen. Sie haben niemand anderen als Gaius Marius übergangen! Angeblich, weil er alt und krank sei! Aber ich frage euch, die Herren Roms: Habt ihr ihn nicht die letzten zwei Jahre Tag für Tag durch die Stadt gehen sehen, habt ihr nicht gesehen, was er alles getan hat, um wieder ganz gesund zu werden? Wie er geübt hat und jeden Tag besser aussah? Gaius Marius ist vielleicht alt, aber nicht mehr krank. Gaius Marius ist immer noch der beste Mann Roms!«

Wieder brach ein Sturm der Begeisterung los, aber diesmal nicht für Sulpicius. Die Menge machte Platz für Gaius Marius, der forsch und ohne Hilfe auf die Mitte des Versammlungsplatzes zuschritt. Sein Junge, auf den er sich sonst stützte, war heute nicht dabei.

»Ich bitte euch, die Herren Roms, meinem vierten Gesetz zuzustimmen!« brüllte Sulpicius und strahlte Gaius Marius an. »Ich schlage vor, das Kommando für den Krieg gegen König Mithridates von Pontos dem hochnäsigen Patrizier Lucius Cornelius Sulla zu entziehen und eurem Mann, Gaius Marius, zu übergeben.«

Sulla hatte genug gehört. Er bat Scaevola Pontifex Maximus und den Jupiterpriester Merula, ihn nach Hause zu begleiten.

Sobald sie in Sullas Arbeitszimmer Platz genommen hatten, fragte Sulla: »Wie gehen wir vor?«

»Warum Lucius Merula und ich?« Scaevola sah ihn fragend an.

»Ihr seid unsere religiösen Führer«, sagte Sulla, »kennt aber auch die Gesetze. Ihr wißt am ehesten, wie man Sulpicius' Feldzug auf dem Forum so lange hinauszögern kann, bis die Menge ihn – und Sulpicius – satt hat.«

»Eine sanfte Methode«, sagte Merula nachdenklich.

»Sanft wie ein Kätzchen.« Sulla stürzte ein Glas unverdünnten Weines hinunter. »Wenn es zum offenen Kampf auf dem Forum käme, würde er gewinnen. Er ist kein Saturninus! Sulpicius ist viel schlauer. Er will eine gewaltsame Lösung provozieren. Nach meiner Schätzung hat er fast viertausend Männer in seiner Leibwache. Und sie sind bewaffnet. Die Knüppel sieht man, aber unter der Kleidung tragen sie vermutlich auch Schwerter. Wir können unmöglich eine Truppe von Bürgern aufstellen, die ihnen auf so engem Raum wie dem Forum eine Lektion erteilen könnte.« Sulla verstummte und verzog das Gesicht, als habe er einen sauren und bitteren Geschmack im Mund. Seine kalten, hellen Augen starrten ins Leere. »Pontifex Maximus und Jupiterpriester, wenn es sein muß, setzte ich den Berg Pelion auf den Gipfel der Ossa, bevor ich zusehe, wie uns unsere rechtmäßigen Privilegien genommen werden und mir mein Auftrag als Feldherr! Aber zunächst sollten wir versuchen, ob wir Sulpicius nicht mit seiner eigenen Waffe schlagen können – mit dem Volk.«

»Dann können wir nur ab heute und solange du willst alle Tage, an denen eine Volksversammlung stattfinden kann, zu Feiertagen erklären«, sagte Scaevola.

»O ja, das ist eine gute Idee!« Merulas Gesicht hellte sich auf.

Sulla runzelte die Stirn. »Ist das legal?«

»Natürlich. Die Konsuln, der Pontifex Maximus und das Priesterkollegium können die Ruhe- und Feiertage, an denen keine Versammlungen stattfinden dürfen, nach eigenem Ermessen bestimmen.«

»Dann schlagt die Termine der Feiertage heute nachmittag an Rostra und Regia an, und laßt Herolde verkünden, daß alle Tage von jetzt bis zu den Iden des Dezember Feiertage sind.« Sulla grinste böse. »Seine Amtszeit als Volkstribun läuft drei Tage davor ab. Sobald er seines Amtes ledig ist, klage ich Sulpicius des Hochverrats und der Anstiftung zur Gewalt an.«

»Du wirst ihn in aller Stille anklagen müssen«, sagte Scaevola erschauernd.

»Beim Jupiter, Quintus Mucius! Wie soll das in aller Stille geschehen?« fragte Sulla. »Ich werde ihn vor Gericht zerren und verklagen. Wenn er nicht mit verführerischen Sprüchen um die Gunst der Massen buhlen kann, ist er ohnehin hilflos. Ich werde ihn betäuben!«

Zwei verdutzte Augenpaare starrten Sulla an. Wenn er so redete, war er ihnen fremd, und keiner verstand ihn dann.

Am nächsten Morgen rief Sulla die Senatoren zusammen und verkündete, Konsuln und Priester hätten eine Zeit der Feiertage festgesetzt, während der keine Volksversammlungen stattfinden dürften. Alle bekundeten wortlos ihr Einverständnis; Gaius Marius, der sicherlich Einwände gehabt hätte, war nicht im Senat.

Catulus Caesar ging nach der Sitzung mit Sulla hinaus.

»Wie konnte Gaius Marius es wagen, den Staat in Gefahr zu bringen, nur um einen Krieg zu führen, den er gesundheitlich gar nicht mehr führen kann?« fragte er.

»Weil er alt ist, weil er Angst hat, weil er nicht mehr so klar denkt wie früher und weil er ein siebtes Mal Konsul von Rom werden will«, sagte Sulla müde.

Scaevola Pontifex Maximus, der vor Sulla und Catulus Caesar hinausgegangen war, kam plötzlich zurückgerannt. »Sulpicius!« schrie er. »Er mißachtet die Ausrufung der Feiertage, er spricht von einem Trick des Senats und hat die Volksversammlung einberufen!«

Sulla schien nicht überrascht. »Das habe ich erwartet.«

»Warum haben wir es dann überhaupt getan?« fragte Scaevola entrüstet.

»Jetzt können wir jedes Gesetz, daß er in der Zeit der Feiertage diskutiert oder beschließt, für ungültig erklären«, sagte Sulla. »Das ist der einzige Vorteil der Feiertage.«

»Aber wenn er das Gesetz durchbringt, wonach jeder, der Schulden hat, aus dem Senat ausgeschlossen wird«, sagte Catulus Caesar, »können wir seine Gesetze niemals für ungültig erklären. Denn dann gibt es gar nicht mehr so viele Senatoren, daß der Senat beschlußfähig wäre. Das heißt, damit wird es den Senat als politischen Machtfaktor nicht mehr geben.«

»Dann schlage ich vor, daß wir uns mit Titus Pomponius, Gaius Oppius und anderen Bankiers treffen und dafür sorgen, daß sämtliche Schulden der Senatoren gestrichen werden – natürlich heimlich.«

»Das geht nicht!« jammerte Scaevola. »Die Gläubiger der Senatoren fordern ihr Geld zurück, und es gibt kein Geld! Kein Senator leiht sich Geld von ehrenwerten Geldverleihern wie Pomponius und Oppius. Die stehen zu sehr im Rampenlicht. Das würden die Zensoren erfahren.«

»Dann klage ich Gaius Marius des Hochverrats an und nehme das Geld von ihm.« Sulla sah böse aus bei diesen Worten.

»Das kannst du nicht tun, Lucius Cornelius!« sagte Scaevola ängstlich. »Das Volk würde uns in Stücke reißen!«

»Dann öffne ich meine Kriegskasse und bezahle die Schulden des Senats mit diesem Geld!« sagte Sulla gepreßt.

»Das darfst du nicht, Lucius Cornelius!«

»Ich habe es langsam satt, immer nur zu hören, was ich nicht darf«, sagte Sulla. »Soll ich mich Sulpicius und einem Haufen leichtgläubiger Narren beugen, die glauben, daß Sulpicius ihnen die Schulden erlassen wird? Niemals, Quintus Mucius! Ich tue, was ich tun muß!«

»Ein gemeinsamer Topf«, sagte Catulus Caesar, »ein Topf, in den alle einzahlen, die keine Schulden haben. Damit können die gerettet werden, denen die Ausweisung aus dem Senat droht.«

»Dafür ist es eigentlich zu spät«, sagte Scaevola kläglich. »Das dauert mindestens einen Monat. Ich habe keine Schulden, Quintus Lutatius. Du wahrscheinlich auch nicht, und Lucius Cornelius auch nicht. Aber Bargeld? Ich habe keins! Ihr vielleicht? Könnt ihr mehr als tausend Sesterze zusammenkratzen, ohne Besitz zu veräußern?«

»Ich schon, aber knapp«, sagte Catulus Caesar.

»Ich nicht«, sagte Sulla.

»Ich denke, wir sollten den Topf einrichten«, sagte Scaevola, »aber dann muß Besitz verkauft werden. Das heißt, das Geld wird zu spät kommen. Die verschuldeten Senatoren sind dann schon ausgewiesen. Trotzdem, sobald sie keine Schulden mehr haben, können die Zensoren sie wieder in ihr Amt einsetzen.«

»Glaubst du vielleicht, daß Sulpicius das zulassen wird?« fragte Sulla. »Er wird sich noch ein paar Gesetze ausdenken.«

»Wenn ich Sulpicius einmal nachts zwischen die Finger bekomme!« sagte Caesar grimmig. »Wie kann er das alles zu einem Zeitpunkt wagen, wo wir nicht einmal einen Krieg finanzieren können, den wir gewinnen müssen?«

»Weil Publius Sulpicius schlau ist und sein Leben für diese Sache einsetzt«, sagte Sulla. »Und ich habe den Verdacht, daß Gaius Marius ihn dazu angestachelt hat.«

»Dafür werden sie büßen«, sagte Catulus Caesar.

»Sei vorsichtig, Quintus Lutatius. Vielleicht bist du es, der büßen muß«, sagte Sulla. »Immerhin, sie haben Angst vor uns. Mit gutem Grund.«

Zwischen der ersten Diskussion eines Gesetzes in der Volksversammlung und der endgültigen Abstimmung über dieses Gesetz mußten siebzehn Tage liegen. Publius Sulpicius Rufus hielt weiterhin seine Volksversammlungen ab, die Tage verrannen, und der Zeitpunkt der Abstimmung rückte unaufhaltsam näher.

Am Tag vor der geplanten Abstimmung über die beiden ersten Gesetze Sulpicius' entschlossen sich der junge Quintus Pompeius Rufus und seine Freunde, Senatoren- und Rittersöhne aus der ersten Klasse, Sulpicius zu stoppen – auf die einzig jetzt noch mögliche Weise, nämlich mit Gewalt. Weder ihre Väter noch sonstige hohe Amtsträger wußten, daß der junge Pompeius Rufus und seine Freunde über tausend siebzehn- bis dreißigjährige Männer um sich geschart hatten. Alle hatten Rüstungen und Waffen, denn sie hatten vor kurzem noch Krieg gegen die Italiker geführt. Sulpicius nahm in der Volksversammlung gerade letzte Änderungen an seinen Gesetzentwürfen vor, als tausend schwer bewaffnete junge Männer der ersten Klasse auf dem Forum aufmarschierten und sofort die Teilnehmer an Sulpicius' Versammlung angriffen.

Der Überfall kam für Sulla völlig überraschend. Er und sein Kollege Quintus Pompeius Rufus sowie einige andere Senatoren hatten soeben noch von der Senatstreppe aus Sulpicius zugehört, als plötzlich das ganze untere Forum zum Schlachtfeld wurde. Sulla sah, wie der junge Quintus Pompeius Rufus mit seinem Schwert ein Blutbad anrichtete, und er hörte den Angstschrei des Vaters, der neben ihm stand. Er packte Quintus Pompeius Rufus so fest am Arm, daß dieser sich nicht rühren konnte.

»Bleib hier, Quintus Pompeius, du kannst jetzt nichts machen«, sagte Sulla kurz. »Du würdest nicht einmal zu ihm durchkommen.«

Unglücklicherweise war die Menge so groß, daß sich die Menschen weit über den eigentlichen Versammlungsplatz der Comitia hinaus drängten. Und der junge Pompeius Rufus war kein Feldherr: Er hatte seine Männer auf eine langgestreckte Linie verteilt, statt sie keilförmig zusammenzuhalten. Dann hätte er die Menge vielleicht spalten können, so jedoch konnte Sulpicius' Leibwache sich problemlos zusammenschließen.

Der junge Pompeius Rufus kämpfte tapfer, und er schaffte es, sich am den Rand des Comitiums entlang bis zur Rostra vorzuarbeiten. Seine Augen waren nur auf Sulpicius gerichtet, als er auf die Rednerbühne kletterte, deshalb sah er den kräftigen Mann mittleren Alters nicht, der offensichtlich ein ehemaliger Gladiator war und ihm das Schwert aus der Hand schlug. Pompeius Rufus stürzte von der Rostra mitten in Sulpicius' Leibwache und wurde zu Tode geknüppelt.

Sulla hörte die Schreie des Vaters, sah aus den Augenwinkeln, wie einige andere Senatoren ihn wegzerrten, und erkannte, daß die Leibwächter, die die jugendlichen Kämpfer besiegt hatten, sich als nächstes auf die Senatstreppe stürzen würden. Wie ein Aal wand er sich durch die dichtgedrängte Schar der von Panik erfaßten Senatoren, streifte seine Amtstoga ab und sprang vom Rand des Podestes vor dem Senat in das Kampfgetümmel hinunter. Mit einem geschickten Handgriff entwand er einem griechischen Freigelassenen, der vom Kampf in die Enge gedrängt war, die Chlamys, den Schultermantel, warf sich den Mantel über sein verräterisches Gesicht und tat so, als sei auch er ein griechischer Freigelassener, der so schnell als möglich dem Durcheinander entfliehen wolle. Er duckte sich hinter die Säulen der Basilica Porcia, wo die Händler verzweifelt versuchten, ihre Stände abzubauen, und schlug sich zum Clivus Argentarius durch. Hier waren kaum noch Menschen, und es wurde nicht gekämpft. Sulla stieg den Hügel hinauf und passierte die Porta Fontinalis.

Er wußte genau, wo er hin wollte: zu dem, der die treibende Kraft hinter all diesen Vorgängen war, zu Gaius Marius, der Feldherr und zum siebten Mal Konsul werden wollte.

Er warf die Chlamys ab und klopfte an Marius' Tür, nur noch mit seiner Tunika bekleidet. »Ich möchte Gaius Marius sehen«, befahl er dem Pförtner in einem Ton, als trage er noch die vollständige Amtstracht.

Der Pförtner konnte einem Mann, den er so gut kannte, den Eintritt nicht verwehren. Er öffnete die Tür und ließ Sulla hinein.

Aber dann kam Julia, nicht Gaius Marius.

»Oh, Lucius Cornelius, es ist furchtbar!« sagte sie und wandte sich an einen Diener: »Bring Wein.«

»Ich möchte Gaius Marius sprechen«, sagte Sulla mit zusammengebissenen Zähnen.

»Das geht nicht, Lucius Cornelius. Er schläft.«

»Dann wecke ihn, Julia. Oder ich mache es selbst, das schwöre ich dir!«

Wieder wandte sie sich an einen Diener. »Bitte sage Strophantes, er soll Gaius Marius wecken und ihm mitteilen, Lucius Cornelius wünsche ihn in einer dringenden Angelegenheit zu sprechen.«

»Ist er völlig verrückt geworden?« fragte Sulla und griff nach der Wasserkaraffe. Er war zu durstig für Wein.

»Ich weiß nicht, was du meinst!« sagte Julia trotzig.

»Komm mir nicht damit, Julia! Du bist mit Marius verheiratet. Wenn du ihn nicht kennst, kennt ihn niemand! Er hat absichtlich eine Reihe von Vorfällen inszeniert, die ihm das Kommando des Krieges gegen Mithridates einbringen sollen; er hat die gesetzwidrige Karriere eines Mannes gefördert, der alle alten Bräuche umstoßen will; er hat das Forum in einen Ort heillosen Durcheinanders verwandelt und den Tod des Sohnes von Konsul Pompeius Rufus verschuldet – ganz zu schweigen vom Tode vieler hundert anderer!«

Julia schloß die Augen. »Ich habe keine Macht mehr über ihn«, sagte sie.

»Er ist verrückt geworden«, sagte Sulla.

»Nein, Lucius Cornelius, er ist bei klarem Verstand!«

»Dann ist er nicht der Mann, für den ich ihn gehalten habe.«

»Er will unbedingt gegen Mithridates kämpfen!«

»Und was sagst du dazu?«

Wieder schloß Julia die Augen. »Er sollte zu Hause bleiben und den Krieg dir überlassen.«

Sie hörten Marius kommen und verstummten.

»Worum geht es?« fragte Marius, als er das Zimmer betrat. »Was führt dich zu mir, Lucius Cornelius?«

»Auf dem Forum wird gekämpft«, sagte Sulla.

»Das war dumm«, sagte Marius.

»Sulpicius ist dumm. Er hat dem Senat keinen anderen Ausweg gelassen, als mit dem Schwert um sein Überleben zu kämpfen. Der junge Quintus Pompeius ist tot.«

Marius lächelte, und es war kein schöner Anblick. »Wie schade! Dann hat er nicht gesiegt.«

»Richtig, Marius, sie haben nicht gesiegt. Damit hat Rom am Ende eines langen, bitteren Krieges – und mit der Aussicht auf einen weiteren langen, bitteren Krieg! – rund hundert seiner besten jungen Männer verloren.« Sullas Stimme klang scharf.

»Noch ein langer und bitterer Krieg? Unsinn, Lucius Cornelius! Ich schlage Mithridates in einem einzigen Sommer«, sagte Marius selbstbewußt.

Sulla versuchte es noch einmal. »Gaius Marius, verstehst du denn nicht, daß Rom kein Geld hat? Rom ist bankrott! Rom kann keine zwanzig Legionen ins Feld schicken. Mit dem Krieg gegen die Bundesgenossen hat Rom sich hoffnungslos verschuldet. Das Schatzamt ist leer. Und selbst der große Gaius Marius kann nicht mit fünf Legionen in einem Sommer gegen eine so starke Macht wie Pontos gewinnen!«

»Einige Legionen kann ich aus eigener Tasche bezahlen«, sagte Marius.

Sulla blickte ihn finster an. »Wie Pompeius Strabo? Aber wenn du sie selbst bezahlst, Gaius Marius, gehören sie dir, nicht Rom.«

»Unsinn! Ich werde Rom meine Mittel zur Verfügung stellen.«

»Und über Rom herrschen«, erwiderte Sulla scharf. »Denn du befiehlst deinen Legionen!«

»Geh nach Hause und beruhige dich, Lucius Cornelius. Du regst dich auf, weil du nicht mehr Feldherr bist.«

»Noch bin ich Feldherr«, sagte Sulla. Er sah Julia an. »Du kennst deine Pflicht, Julia aus dem Geschlecht des Julius Caesar. Tu sie! Für Rom, nicht für Gaius Marius.«

Julia begleitete Sulla mit unbeweglichem Gesicht zur Tür. »Bitte, kein Wort mehr, Lucius Cornelius. Ich will nicht, daß mein Mann sich aufregt.«

»Für Rom, Julia! Für Rom!«

»Ich bin Gaius Marius' Frau«, sagte sie und öffnete die Tür. »Ihm bin ich an erster Stelle verpflichtet.«

Diesmal, Lucius Cornelius, hast du verloren! dachte Sulla, als er über das Marsfeld ging. Er ist so verrückt wie ein pisidischer Seher in Trance, aber niemand gibt es zu, und niemand wird ihn aufhalten. Wenn ich es nicht tue.

Sulla ging nicht nach Hause, sondern machte einen Abstecher zum Haus seines Mitkonsuls. Seine Tochter war jetzt Witwe mit einem neugeborenen Sohn und einer einjährigen Tochter.

»Ich habe meinen jüngeren Sohn gebeten, den Namen Quintus

zu tragen.« Dem Konsul liefen bei diesen Worten die Tränen übers Gesicht. »Und natürlich ist da noch der kleine Sohn meines lieben Quintus. Er wird die Familie meines älteren Sohnes fortführen.«

Cornelia Sulla zeigte sich nicht.

»Wie geht es meiner Tochter?« fragte Sulla.

»Es bricht ihr das Herz, Lucius Cornelius. Aber sie hat die Kinder, das ist immerhin ein Trost.«

»Nun, so schlimm das alles ist, Quintus Pompeius, ich bin nicht zum Trauern hergekommen«, sagte Sulla knapp. »Wir müssen eine Besprechung anberaumen. Du brauchst mir nicht zu sagen, daß ein Mann, der seinen Sohn verloren hat, nichts mit der Außenwelt zu tun haben will – ich spreche aus eigener Erfahrung, habe selbst einen Sohn verloren. Aber die Welt geht weiter. Ich bitte dich, morgen bei Anbruch der Dämmerung zu mir zu kommen.«

Müde kehrte Sulla über die Kuppe des Palatin in sein vornehmes, neues Haus zurück, wo seine neue Frau angstvoll auf ihn wartete. Sie brach in Tränen aus, als sie ihn unverletzt sah.

»Mach dir keine Sorgen um mich, Delmatica«, sagte er. »Meine Zeit ist noch nicht gekommen. Mein Schicksal hat sich noch nicht erfüllt.«

»Unsere Welt bricht zusammen!« Sie weinte.

»Nicht solange ich lebe«, sagte Sulla.

Er schlief lange und traumlos wie ein junger Mann und erwachte vor der Dämmerung, ohne genau zu wissen, was zu tun war. Daß er seine Gedanken einfach treiben ließ, beunruhigte ihn keineswegs. Am besten bin ich, wenn ich tue, was Fortuna mir im Augenblick gebietet, dachte er und stellte fest, daß er sich sogar auf den Tag freute.

Catulus Caesar war bedrückt. »So weit ich die Lage abschätzen kann, wird die Zahl der Senatoren auf vierzig absinken, wenn Sulpicius' Gesetz über verschuldete Senatoren heute morgen durchkommt. Dann sind wir nicht mehr beschlußfähig.«

»Wir haben doch noch die Zensoren, oder?« fragte Sulla.

Der Pontifex Maximus Scaevola nickte. »Lucius Julius und Publius Licinius sind nicht verschuldet.«

»Nehmen wir also einmal an, Publius Sulpicius hat nicht daran gedacht, daß die Zensoren als Senatoren gezählt werden können«, sagte Sulla. »Sobald ihm das einfällt, wird er sicher ein entsprechendes Gesetz einbringen. Inzwischen können wir versuchen, unseren ausgesperrten Kollegen die Schulden zu bezahlen.«

»Einverstanden, Lucius Cornelius«, sagte Metellus Pius. Er war sofort von Aesernia nach Rom gereist, als er von Sulpicius' Treiben gehört hatte, und hatte auf dem Weg zu Sullas Haus mit Catulus Caesar und Scaevola gesprochen. Er schüttelte ärgerlich den Kopf. »Wenn diese Narren sich wenigstens von ihresgleichen Geld geliehen hätten, dann könnten sie jetzt zumindest für eine Weile einen Schuldenerlaß erreichen! Aber wir sind uns selbst in die Falle gegangen. Wenn ein Senator in Geldnot nicht von einem Kollegen Geld leihen kann, muß er sehr diskret vorgehen. Also geht er zu den übelsten Wucherern.«

»Ich verstehe immer noch nicht, warum Sulpicius uns so übel mitspielt!« jammerte Antonius Orator.

»Sei still!« ertönte es einstimmig. Alle waren gereizt.

»Vielleicht erfahren wir das nie, Marcus Antonius«, sagte Sulla mit einer Geduld, für die er sonst nicht bekannt war. »Die Frage nach dem Warum zählt im Moment nicht. Es geht um das Was.«

»Wie gehen wir also vor, um den ausgeschlossenen Senatoren zu helfen?« fragte Metellus.

»Ein gemeinsamer Topf, wie beschlossen«, sagte Sulla. »Ein Komitee wird das in die Hand nehmen. Quintus Lutatius, du übernimmst den Vorsitz. Kein Senator wird es wagen, dir seine finanzielle Lage zu verheimlichen.«

Der Jupiterpriester Merula kicherte und schlug sich schuldbewußt die Hand vor den Mund. »Verzeiht meine Fröhlichkeit«, sagte er mit zuckenden Lippen. »Mir fiel nur gerade ein, daß wir Lucius Marcius Philippus nicht helfen sollten! Seine Schulden allein werden höher sein als die aller anderen Senatoren zusammen, außerdem wäre der Senat ihn für immer los. Er ist schließlich nur einer. Bleibt er draußen, ändert sich nichts, außer daß es im Senat ruhiger und friedlicher zugeht.«

»Mir gefällt diese Idee sehr gut.« Sulla lächelte.

»Das Schlimme an dir ist deine Leichtfertigkeit in politischen Fragen, Lucius Cornelius«, sagte Catulus Caesar schockiert. »Es ist gleichgültig, was wir von Lucius Marcius halten – Tatsache ist, daß er aus einer alten und berühmten Familie kommt. Er muß im Senat bleiben. Sein Sohn ist ein ganz anderer Mensch.«

»Da hast du recht«, seufzte Merula.

»Also gut, dann sind wir uns einig.« Sulla lächelte unmerklich. »Was das übrige angeht, müssen wir den Verlauf der Ereignisse abwarten. Nur sollten wir meiner Meinung nach die Zeit der Feiertage jetzt beenden. Nach den religiösen Vorschriften sind Sulpicius' Gesetze eindeutig ungültig. Und mir scheint es nur von Vorteil, wenn wir Marius und Sulpicius in dem Glauben lassen, daß sie gewonnen hätten, daß wir machtlos seien.«

»Wir sind machtlos«, sagte Antonius Orator.

»Davon bin ich nicht überzeugt.« Sulla wandte sich an seinen Mitkonsul, der bisher geschwiegen hatte und bedrückt aussah. »Quintus Pompeius, jeder wird verstehen, wenn du Rom für eine Weile verläßt. Ich schlage vor, daß du mit deiner ganzen Familie ans Meer fährst. Mach kein Geheimnis aus deiner Abreise.«

»Und was ist mit uns?« fragte Merula ängstlich.

»Ihr seid nicht in Gefahr. Wenn Sulpicius den Senat durch die Ermordung der Senatoren ausschalten wollte, hätte er das gestern schon tun können. Zu unserem Glück bevorzugt er den Weg über die Gesetze. Ist unser Stadtprätor eigentlich schuldenfrei? Aber vermutlich ist das unwichtig. Der Inhaber eines kurulischen Amtes kann wohl kaum entlassen werden, selbst wenn er vom Senat ausgeschlossen wurde.«

»Marcus Junius hat keine Schulden«, sagte Merula.

»Gut, dann bleibt er auf jeden Fall im Amt. Er wird Rom während der Abwesenheit der Konsuln regieren müssen.«

»Beider Konsuln? Du willst Rom doch nicht auch verlassen, Lucius Cornelius?« Catulus Caesar sah Sulla entgeistert an.

»In Capua warten fünf Legionen Fußsoldaten und zweitausend Reiter auf ihren Feldherrn«, sagte Sulla. »Nach meiner überstürzten Abreise werden die Gerüchte jetzt zum Himmel wachsen. Ich muß sie beruhigen.«

»Du bist wirklich ein leichtsinniger Politiker, Lucius Cornelius! In einer so ernsten Situation wie dieser muß der Konsul in Rom bleiben!«

»Warum?« Sulla zog die Augenbrauen hoch. »Rom wird im Augenblick nicht von den Konsuln regiert, Quintus Lutatius. Rom gehört Sulpicius. Und er soll sich im Glauben wiegen, daß er die Oberhand hat.«

Und von diesem Standpunkt war Sulla nicht mehr abzubringen. Die Versammlung endete bald darauf, und der Konsul reiste nach Campania ab.

Sulla ließ sich Zeit auf dieser Reise. Er ritt ohne Eskorte auf einem Maultier, trug einen Hut und hielt den Kopf gesenkt. Überall redeten die Leute von den Ereignissen in Rom. Die Nachricht von Sulpicius Tun und dem Ende des Senats hatte sich fast ebenso schnell verbreitet wie die Nachricht vom Massaker in der Provinz Asia. Die Via Latina, die Sulla als Reiseweg gewählt hatte, führte ihn durch Gebiete, die treu zu Rom standen, und so erfuhr er, daß viele Menschen Sulpicius für einen Handlanger der Bundesgenossen hielten, manche sogar für einen Handlanger des Mithridates, und daß niemand für die Abschaffung des Senats war. Zwar tauchte auch der magische Name Gaius Marius in den Gesprächen auf, aber auch wenn die Landbevölkerung von Haus aus konservativ war, zweifelte sie doch daran, daß Marius gesund genug sei, um eine Armee nach Kleinasien führen zu können. Sulla genoß die Gespräche in den verschiedenen Herbergen, in denen er übernachtete. Er blieb unerkannt, da er seine Liktoren in Capua gelassen hatte und wie ein gewöhnlicher Reisender gekleidet war.

Auf der Straße überließ er sich ganz dem Takt des Maultiertrotts, und er ließ seine Gedanken ziellos schweifen. Nur in einem Punkt war er sich sicher: Es war richtig, daß er zu seinen Legionen zurückkehrte. Denn es waren seine Legionen – zumindest vier davon. Fast zwei Jahre lang hatte er sie geführt, und ihnen hatte er die Krone aus Gras zu verdanken. Die fünfte Legion war ebenfalls aus Campania und war zuerst von Lucius Caesar und dann von Titus Didius und von Metellus Pius befehligt worden. Irgendwann, als es um die Wahl einer fünften Legion für den Krieg gegen Mithridates gegangen war, war Sulla von seinem ursprünglichen Plan abgekommen und hatte keine der marianischen Legionen unter Cinna und Cornutus herbeibeordert. Und jetzt war er in der Tat sehr froh, daß er keine marianische Legion in Capua hatte.

»Das ist eben das Problem mit uns Senatoren«, sagte Sullas treuer Gefolgsmann Lucullus. »Wir müssen unser Geld traditionsgemäß in Land und Häusern anlegen, denn schließlich wollen wir unser Geld arbeiten sehen, und dann können wir, wenn wir plötzlich Bargeld brauchen, nicht genügend auftreiben. Also nehmen wir Kredite auf.«

»Hast du auch Schulden?« fragte Sulla. Er hatte gar nicht daran gedacht. Wie Gaius Aurelius Cotta war auch Lucius Licinius Lucullus schnell in den Senat befördert worden, nachdem Sulla die Zensoren öffentlich gerügt hatte. Lucullus war achtundzwanzig Jahre alt.

»Meine Schulden belaufen sich auf zehntausend Sesterze, Lucius

Cornelius«, sagte Lucullus ruhig. »Ich hoffe jedoch, daß mein Bruder Varro sich angesichts der Lage in Rom inzwischen darum gekümmert hat. Er ist der einzige, der momentan Geld hat. Ich habe keines. Aber dank meines Onkels Metellus Numidicus und meines Vetters Pius werde ich es schaffen, im Senat zu bleiben.«

»Kopf hoch, Lucius Licinius! Wenn wir erst im Osten sind, können wir mit dem Gold des Mithridates spielen.«

»Was hast du vor?« fragte Lucullus. »Wenn wir schnell marschieren, können wir wahrscheinlich abfahren, bevor Sulpicius' Gesetze in Kraft treten.«

Sulla schüttelte den Kopf. »Ich glaube, ich muß abwarten, was geschieht. Es wäre dumm abzufahren, solange mein Kommando unsicher ist.« Er seufzte. »Wahrscheinlich sollte ich endlich an Pompeius Strabo schreiben.«

Lucullus' klare, graue Augen blickten den Feldherrn fragend an, er sagte jedoch nichts. Sulla wirkte auf jeden Fall wie jemand, der die Lage unter Kontrolle hat.

Sechs Tage später bekam Sulla einen Brief des Senatsvorsitzenden Flaccus, allerdings nicht mit dem offiziellen Kurier. Sulla erbrach das Siegel und las die wenigen Zeilen sorgfältig.

»Aha«, sagte er zu Lucullus, der ihm den Brief überbracht hatte, »jetzt besteht der Senat also offenbar nur noch aus vierzig Senatoren. Die von Varius verbannten Senatoren werden zurückgerufen – sie dürfen aber nicht mehr in den Senat, wenn sie Schulden haben, und sie haben natürlich alle Schulden. Die italischen Bürger und die Freigelassenen sollen auf alle fünfunddreißig Tribus verteilt werden. Und auch das noch: Lucius Cornelius Sulla ist seines Kommandos enthoben, und an seine Stelle beruft das Volk Gaius Marius.«

»Ach.« Lucullus war sprachlos.

Sulla warf das Papier zu Boden und winkte einen Sklaven herbei. »Brustpanzer und Schwert«, befahl er dem Mann. Dann sagte er zu Lucullus: »Berufe das gesamte Heer zu einer Versammlung ein.«

Eine Stunde später stieg Sulla in voller Kampfausrüstung auf die Rednerbühne des Feldlagers. Nur statt des Helmes hatte er einen Hut auf. Zeig dich ihnen im vertrauten Gewand, sagte er sich – als *ihr* Sulla.

»Männer«, sagte er in seiner klaren, weit tragenden Stimme, »es sieht so aus, als ob wir jetzt doch nicht gegen Mithridates kämpfen. Ihr habt hier untätig gewartet, bis die Machthaber von Rom – und das sind nicht die Konsuln! – zu einem Entschluß gekommen sind.

Jetzt haben sie einen Entschluß gefaßt. Mit dem Feldzug gegen König Mithridates von Pontos wird auf Befehl der Versammlung der Plebs Gaius Marius beauftragt. Der Senat von Rom existiert nicht mehr, da nur noch wenige Senatoren übrig sind und der Senat nicht beschlußfähig ist. Daher trifft das Volk unter Führung des Volkstribunen Publius Sulpicius Rufus alle Entscheidungen, die das Heer und den Krieg betreffen.«

Er machte eine Pause, während der die Soldaten erregt miteinander flüsterten und seine Worte an jene weitergaben, die außer Hörweite standen. Dann sprach er in jenem täuschend normalen Ton weiter, den Metrobius ihm vor Jahren beigebracht hatte.

»Natürlich bin ich der rechtmäßig gewählte Konsul. Als Konsul habe ich das Recht, den Feldherrn zu bestimmen, und der Senat von Rom hat mir für die Dauer des Krieges gegen König Mithridates ein prokonsularisches Imperium übertragen. Und ich wählte – wie es mein Recht ist! – die Legionen, die mit mir gehen sollten. Ich wählte euch. Die Männer, die mit mir durch dick und dünn gegangen sind, einen zermürbenden Feldzug nach dem anderen mit mir durchgestanden haben. Ihr kennt mich, und ich kenne euch. Ich liebe euch nicht, auch wenn Gaius Marius seine Männer liebt, wie ich glaube. Und ich hoffe, daß ihr mich nicht liebt, auch wenn Gaius Marius von seinen Männern geliebt wird. Ich habe nie geglaubt, daß Männer sich lieben müssen, damit die Arbeit gemacht wird. Warum sollte ich euch also lieben? Ihr seid Halunken und Schlingel aus den stinkenden Abwasserlöchern Roms und seiner Umgebung! Und doch – bei den Göttern, ich achte euch hoch! Ich habe euch wiederholt aufgefordert, euer Bestes zu geben – und beim Jupiter, ihr habt es immer gegeben!«

Einer fing an zu klatschen, und bald klatschten alle außer einer kleinen Gruppe von Männern neben der Rednerbühne, den Militärtribunen – vom Volk gewählte Beamte, die die Legionen des Konsuls befehligten. Die Militärtribunen des Vorjahres, unter ihnen Lucullus und Hortensius, hatten gern unter Sulla gearbeitet. Die für dieses Jahr gewählten Männer haßten Sulla, denn sie hielten ihn für einen harten und zu anspruchsvollen Vorgesetzten. Sulla ließ diese Männer nicht aus den Augen, während die Soldaten klatschten.

»Ja, Soldaten, wir wären übers Meer gesegelt und hätten in Griechenland und Kleinasien gegen Mithridates gekämpft. Diesmal hätten wir nicht die Felder unseres geliebten Italiens niedergetrampelt, nicht italische Frauen vergewaltigt. Ach, was wäre das für ein Feldzug geworden! Wißt ihr, wieviel Gold Mithridates hat? Berge! Allein in Klein-Armenien häuft sich das Gold in über siebzig Burgen bis zum Mauersims! Gold, das vielleicht unser geworden wäre. Ich will damit nicht sagen, daß Rom leer ausgegangen wäre – ganz im Gegenteil! Wir hätten in Gold gebadet! Wir – und Rom! Von den üppigen asiatischen Frauen, den Sklaven in Hülle und Fülle ganz zu schweigen. Lauter gute Dinge, mit denen nur Soldaten etwas anfangen können.«

Sulla zuckte die Achseln und streckte die leeren Handflächen nach vorne. »Es soll nicht sein, Männer. Die Versammlung der Plebs hat uns unseres Auftrags enthoben. Eigentlich entscheidet die Volksversammlung sonst nicht über Kriege und Feldherren. Aber die Entscheidung steht im Einklang mit den Gesetzen. So sagt man mir zumindest. Obwohl ich mich natürlich frage, wie es legal sein kann, einen Konsul im Jahr seines Konsulats zu stürzen! Aber ich gehorche Rom, wie ihr alle. Verabschiedet euch besser von euren Träumen vom Gold und von fremden Frauen. Wenn nämlich Gaius Marius nach Osten zieht, um gegen König Mithridates von Pontos zu kämpfen, wird er seine eigenen Legionen mitnehmen. Er wird nicht meine befehligen wollen.«

Sulla stieg vom Podium, schritt durch die Reihen seiner vierundzwanzig Militärtribunen, ohne sie eines einzigen Blickes zu würdigen, verschwand in seinem Zelt und überließ es Lucullus, die Männer vom Platz zu schicken.

»Das war ein Meisterstück«, sagte Lucullus, als er zur Berichterstattung ins Feldherrnzelt kam. »Du hast dir nie als Redner einen Namen gemacht, und ich wage zu behaupten, daß du die Regeln der Redekunst mißachtest. Aber du verstehst es zweifellos, deine Botschaft an den Mann zu bringen, Lucius Cornelius.«

»Danke Lucius Licinius«, sagte Sulla fröhlich und zog Panzer und Faltenrock aus. »Ich bin ganz deiner Meinung.«

»Und jetzt?«

»Warte ich darauf, daß mir offiziell das Kommando entzogen wird.«

»Und dann willst du es wirklich wagen, Lucius Cornelius?«

»Was?«

»Den Marsch auf Rom.«

Sulla riß die Augen weit auf. »Mein lieber Lucius Licinius! Daß du an so etwas überhaupt denken kannst!«

»Das ist keine Antwort.«

»Eine andere Antwort bekommst du nicht.«

Zwei Tage später war es soweit. Die ehemaligen Prätoren Quintus Calidius und Publius Claudius trafen mit einem Brief in Capua ein, der das offizielle Siegel des Publius Sulpicius Rufus trug, des neuen Herrn von Rom.

»Ihr dürft mir den Brief nicht hier in meinem Zelt übergeben«, sagte Sulla. »Die Übergabe hat in Anwesenheit meines Heeres stattzufinden.«

Wieder mußte Lucullus die Legionen zur Parade aufmarschieren lassen, wieder stieg Sulla auf die Rednerbühne – nur war er diesmal nicht allein. Die beiden ehemaligen Prätoren standen neben ihm.

»Männer, Quintus Calidius und Publius Claudius aus Rom sind zu uns gekommen«, sagte Sulla formlos. »Sie haben ein offizielles Dokument für mich mitgebracht. Ich habe euch als meine Zeugen herbeirufen lassen.«

Calidius, der sich selbst sehr wichtig nahm, zeigte Sulla das Siegel des Briefes, bevor er es erbrach. Dann las er den Brief laut vor.

»Von der Versammlung des Volkes von Rom an Lucius Cornelius Sulla. Auf Anweisung des römischen Volkes bist Du hiermit Deines Auftrags entbunden, den Krieg gegen König Mithridates von Pontos zu führen. Du wirst Dein Heer entlassen und nach …«

Weiter kam er nicht. Ein genau gezielter Stein traf ihn an der Schläfe und streckte ihn nieder. Fast gleichzeitig traf ein ebenso gut gezielter Stein Claudius. Claudius schwankte. Sulla stand keine drei Schritte unbeteiligt daneben, als weitere Steinwürfe auch Claudius zu Boden streckten.

Dann flogen keine Steine mehr. Sulla beugte sich über die beiden Männer und richtete sich wieder auf. »Sie sind tot«, verkündete er und seufzte hörbar. »Nun, Männer, jetzt gibt es kein Zurück mehr! In den Augen der Volksversammlung sind wir jetzt, wie ich fürchte, Rebellen. Wir haben die offiziellen Gesandten des Volkes getötet. Uns bleiben nur zwei Möglichkeiten.« Seine Stimme klang völlig gelassen. »Wir können hier warten, bis wir des Hochverrats angeklagt werden – oder wir ziehen nach Rom und zeigen dem Volk, was die Soldaten, die treuen Diener des römischen Volkes, von einem Gesetz und einer Anordnung halten, die für sie unannehmbar und gesetzwidrig sind. Ich gehe ohnehin nach Rom, und ich nehme diese beiden toten Männer mit. Ich werde sie dem Volk persönlich übergeben. Auf dem Forum Romanum, unter den Augen jenes strengen Wächters der Rechte des Volkes, Publius Sulpicius Rufus. Er ist an allem schuld! Nicht Rom!«

Er hielt inne und holte Atem. »Also, auf dem Forum Romanum brauche ich keine Gesellschaft. Aber wenn jemand Lust verspürt, mit mir nach Rom zu marschieren, würde ich mich über seine Gesellschaft sehr freuen! Denn dann weiß ich, daß mir auf dem Marsfeld Freunde den Rücken freihalten, wenn ich die heilige Stadtgrenze überschreite. Sonst droht mir womöglich dasselbe Schicksal wie dem Sohn meines Mitkonsuls Quintus Pompeius Rufus.«

Natürlich waren die Soldaten dabei.

»Aber die Militärtribunen werden dich nicht begleiten«, sagte Lucullus im Feldherrnzelt zu Sulla. »Sie haben nicht genügend Mumm, um selber zu kommen, deshalb soll ich in ihrem Auftrag sprechen. Also: Sie können nicht dulden, daß ein Heer auf Rom marschiert. Rom sei nicht für eine Verteidigung ausgerüstet, weil es in Italien nur römische Armeen gebe. Und römische Truppen seien nie in der Umgebung Roms stationiert, außer vor einem Triumphzug. Du marschierst ihrer Meinung nach mit einer Armee gegen deine Heimat, und deine Heimat hat keine Armee, mit der sie zurückschlagen könnte. Sie verurteilen deine Handlungsweise und wollen versuchen, deine Legionen davon abzubringen, dich zu begleiten.«

»Wünsche ihnen dabei Glück«, sagte Sulla, ohne seine Reisevorbereitungen zu unterbrechen. »Sie können hier bleiben und darüber wehklagen, daß eine Armee auf das schutzlose Rom zumarschiert. Trotzdem, vielleicht sperre ich sie besser ein. Zu ihrem eigenen Schutz.« Seine kalten, hellen Augen ruhten auf Lucullus. »Und du, Lucius Licinius? Stehst du zu mir?«

»Ja, Lucius Cornelius. Bis zum Tod. Das Volk hat die Rechte und Pflichten des Senats an sich gerissen, das Rom unserer Ahnen gibt es daher nicht mehr. Ich sehe kein Verbrechen darin, gegen ein Rom zu kämpfen, das ich meinen ungeborenen Söhnen nicht vererben wollte.«

»Hm, gut gesprochen!« Sulla schnallte sein Schwert um und setzte den Hut auf. »Dann machen wir jetzt Geschichte.«

Lucullus sah ihn an. »Du hast recht!« sagte er. »Wir machen jetzt Geschichte. Noch nie ist eine römische Armee auf Rom marschiert.«

»Und noch nie ist eine römische Armee so provoziert worden«, fügte Sulla hinzu.

Fünf Legionen römischer Soldaten marschierten auf der Via Latina nach Rom. An der Spitze ritten Sulla und sein Legat, im Troß folgte ein Maultierkarren mit den Leichen von Calidius und Claudius. Ein Kurier ritt im Galopp zu Quintus Pompeius Rufus nach Cumae. Als Sulla Teanum Sidicinum erreichte, erwartete Pompeius Rufus ihn schon.

»Das gefällt mir nicht«, jammerte der Konsul. »Ich kann dir nicht zustimmen. Du marschierst nach Rom! Eine schutzlose Stadt!«

»*Wir* marschieren nach Rom«, sagte Sulla ruhig. »Sei unbesorgt, Quintus Pompeius. Wir brauchen die schutzlose Stadt nicht anzugreifen. Mein Heer leistet mir lediglich Gesellschaft auf der Reise. Ich habe noch nie so streng auf Disziplin geachtet – über zweihundertfünfzig Zenturionen haben den Befehl, dafür zu sorgen, daß nicht eine Steckrübe vom Acker gestohlen wird. Die Männer haben eine ganze Monatsration Verpflegung dabei, und sie sind verständig.«

»Auf die Begleitung deines Heeres könnten wir gut verzichten.«

»Was, zwei Konsuln ohne angemessene Eskorte?«

»Wir haben unsere Liktoren.«

»Das ist ja interessant. Die Liktoren gehen also mit uns, die Militärtribunen dagegen nicht. Wer in sein Amt gewählt wurde, denkt offensichtlich anders über die neuen Machthaber Roms.«

»Warum bist du so zufrieden?« rief Pompeius Rufus verzweifelt aus.

»Ich weiß es selbst nicht.« Sulla verbarg seine Ungeduld hinter gespielter Überraschung. Es war an der Zeit, etwas Balsam auf die weiche Haut seines ängstlichen und zweifelnden Kollegen zu schmieren. »Wenn ich Grund habe, zufrieden zu sein, dann vielleicht deshalb, weil ich von den Torheiten auf dem Forum genug habe und genauso von Männern, die alte Traditionen geringschätzen und zerstören wollen, was unsere Ahnen so sorgfältig und geduldig aufgebaut haben. Ich will nur Rom wieder zu dem machen, was es einst war. Regiert und beschützt vom Senat, eine Stadt, in der Anwärter auf das Amt des Volkstribuns ihre Grenzen kennen und nicht Amok laufen. Einmal kommt die Zeit, Quintus Pompeius, wo man nicht mehr untätig zusehen darf, wie andere Männer Rom ruinieren. Männer wie Saturninus und Sulpicius. Aber vor allem Männer wie Gaius Marius.«

»Gaius Marius wird kämpfen«, sagte Pompeius Rufus niedergeschlagen.

»Womit? Seine nächste Legion steht in Alba Fucentia. Wahrscheinlich wird er Cinna und seine Truppen nach Rom beordern – Cinna ist auf seiner Seite, da bin ich sicher. Aber zwei Dinge werden ihn daran hindern, Quintus Pompeius. Einmal wird kein Römer glauben, daß ich meine Armee wirklich nach Rom führen werde – man wird es für einen Trick halten, niemand wird glauben, daß ich dieses Vorhaben bis zum bitteren Ende durchziehen will. Zweitens hat Gaius Marius weder Amt noch Imperium, er ist ein *privatus.* Wenn er Cinna um Hilfe bittet, ist das die Bitte eines Freundes, nicht der Befehl eines Konsuls oder Prokonsuls. Und Sulpicius wird kaum zulassen, daß Gaius Marius so etwas tut. Weil nämlich gerade Sulpicius mein Tun für einen Trick halten wird.«

Bestürzt sah Quintus Pompeius seinen Kollegen an – was hörte er da? Worte, aus denen er schließen konnte, daß Sulla fest vorhatte, in Rom einzumarschieren.

Zweimal – in Aquinum und in Ferentium – kamen römische Abgesandte Sullas Armee entgegen. Die Nachricht von Sullas Marsch auf Rom hatte sich blitzschnell herumgesprochen. Zweimal forderten die Abgesandten Sulla im Namen des Volkes auf, sein Kommando niederzulegen und die Armee nach Capua zurückzuschicken, und zweimal weigerte Sulla sich, das zu tun. Beim zweiten Mal sagte er den Abgeordneten noch: »Sagt Gaius Marius, Publius Sulpicius und den übriggebliebenen Senatoren, daß ich sie auf dem Marsfeld treffen will.«

Die Abgesandten jedoch mißtrauten dieser Einladung, die Sulla auch gar nicht ernstgemeint hatte.

In Tusculum traf Sulla dann auf den Stadtprätor Marcus Junius Brutus. Der Stadtprätor stellte sich ihm mitten auf der Via Latina in den Weg, an seiner Seite einen anderen Prätor zur moralischen Unterstützung. Die zwölf Liktoren der Prätoren – sechs für jeden – drängten sich am Straßenrand und gaben sich Mühe, die Äxte, die in ihren Ruten steckten, zu verbergen.

»Lucius Cornelius Sulla, im Namen des Senates und des Volkes von Rom verbiete ich dir, mit deiner Armee auch nur einen weiteren Schritt in Richtung Rom zu tun«, sagte Brutus. »Deine Legionen stehen unter Waffen und sind nicht auf dem Weg zu einem Triumphzug. Ich verbiete ihnen den Vormarsch.«

Sulla sagte kein Wort, mit steinerner Miene saß er auf seinem Maultier. Ein rüder Stoß beförderte die beiden Prätoren von der

Straße zu ihren verängstigten Liktoren, und der Marsch nach Rom ging weiter. Kurz vor den Mauern Roms hielt Sulla an und teilte seine Truppen. Wer seinen Worten geglaubt und darauf vertraut hatte, daß Sulla mit seinem Heer auf dem Marsfeld bleiben würde, mußte spätestens jetzt einsehen, daß Sulla um jeden Preis in Rom einmarschieren wollte.

»Quintus Pompeius, du ziehst mit der vierten Legion zur Porta Collina.« Im stillen fragte Sulla sich, wie lange sein Kollege durchhalten würde. »Du wirst die Stadt nicht betreten«, sagte er sanft, »mach dir also keine Sorgen. Du sollst nur dafür sorgen, daß keine Truppen auf der Via Valeria nach Rom hineinmarschieren können. Schlag mit deinen Männern ein Lager auf und warte auf Nachricht von mir. Wenn du Truppen auf der Via Valeria näherrücken siehst, schick einen Boten zur Porta Esquilina. Dort werde ich sein.«

Dann wandte er sich an Lucullus. »Lucius Licinius, du marschierst mit der ersten und dritten Legion los, so schnell es geht. Ihr habt einen weiten Weg. Überquere den Tiber bei der milvischen Brücke und marschiere über den Campus Vaticanus nach Transtiberim. Mach dort halt. Besetze das ganze Viertel und stelle an allen Brücken Posten auf – an den Brücken, die auf die Tiberinsel führen, an der Pons Aemilius und an der alten Holzbrücke.«

»Soll ich nicht auch die milvische Brücke besetzen?«

Sulla grinste böse und triumphierend. »Auf der Via Flaminia werden keine Legionen anrücken, Lucius Licinius. Ich habe einen Brief von Pompeius Strabo erhalten – er verabscheut das gesetzwidrige Vorgehen von Publius Sulpicius und würde es begrüßen, wenn Gaius Marius das Kommando gegen Mithridates nicht bekommt.«

Sulla wartete, bis Pompeius Rufus und Lucullus genügend Vorsprung hatten, dann machte er sich mit seinen beiden Legionen – der zweiten Legion und einer Legion, die keine Nummer hatte, weil sie nicht die Legion eines Konsuls war – auf den Weg in Richtung Porta Esquilina. Von der Kreuzung der Via Latina mit der Via Appia und einer Ringstraße aus war die Servianische Mauer noch zu weit entfernt, um Schaulustige darauf zu entdecken, aber als Sulla auf der Straße, die durch Roms Nekropolis mit ihren engen Reihen von Grabmälern führte, nach Osten marschierte, rückte die Stadtmauer näher, und die Soldaten konnten sehen, daß sich auf ihr die Menschen drängten, um ungläubig staunend das Schauspiel zu betrachten, das sich ihnen bot.

Vor der Porta Esquilina zögerte Sulla nicht mehr. Er schickte die

Legion ohne Nummer im Laufschritt nach Rom hinein. Die Soldaten sollten nicht auf den Straßen vorrücken, sondern die Servianische Mauer ersteigen und den hohen Doppelwall besetzen, den Agger. Der Wall reichte von der Porta Collina bis zur Porta Esquilina, so daß Sullas Männer dann mit Pompeius Rufus' Männern Verbindung hatten. Sobald die Legion den Agger besetzt hatte, postierte Sulla die ersten beiden Kohorten der zweiten Legion auf dem großen Marktplatz, auf der anderen Seite der Porta Esquilina, die anderen Kohorten dagegen direkt vor dem Stadttor. Rom war umzingelt. Was jetzt passieren würde, hing von Publius Sulpicius und Gaius Marius ab.

Der Esquilin war kein geeigneter Ort für militärische Manöver. Die Straßen zum Forum Esquilinum waren eng und immer verstopft. Jede breitere Stelle war mit Buden, Ständen, Karren und Wagen verstellt, und auf dem großen Marktplatz wimmelte es von Händlern, Passanten, Waschfrauen, Sklaven auf dem Weg zum Brunnen, essenden und trinkenden Menschen, Ochsenkarren, Eseln mit Tragkörben und fliegenden Händlern. Hier gab es billige Schulen und Hunderte von Ställen. Viele Gassen und Pfade führten zum Forum Esquilinum, und zwei große Straßen endeten hier – der Clivus Suburanus, der von der Subura hierherführte, und der Vicus Sabuci, der vom Palus Cerolinae kam, dem südöstlich des Sumpfes gelegenen Viertel kleiner Betriebe und Werkstätten. Und doch fand auf diesem ungeeigneten Boden die Schlacht um Rom statt, ungefähr eine Stunde, nachdem Sulla die Stadt betreten hatte.

Das Forum Esquilinum war natürlich rücksichtslos geräumt worden. Wo sonst Markt war, standen jetzt stumm und in Reih und Glied die Soldaten. Sulla saß in seiner Rüstung auf einem Maultier neben der roten Feldherrnfahne und den Feldzeichen der zweiten Legion, der Legion des Konsuls. Eine Stunde war vergangen, als ein eigenartiges Summen das Schreien und Lärmen auf den Straßen um den Platz verstummen ließ. Das Summen kam näher und schwoll an, bis schließlich die Ursache auszumachen war: Es war das Kampfgeschrei vieler hundert Männer.

Aus allen Straßen und Gassen drängten sie auf das Forum Esquilinum, die Vorhut von Sulpicius' Leibwache und die Sklaven und Freigelassenen, die Gaius Marius und sein Sohn unter Mithilfe von Lucius Decumius und anderen Anführern der über ganz Rom verstreuten Kreuzwegevereine zusammengetrommelt hatten. Verdutzt blieben sie stehen, als sie die Reihen der römischen Legionäre erblickten. Die Feldzeichen funkelten silbern, die Trommler und Trompeter scharten sich um ihren Feldherrn und warteten gelassen, wie es schien, auf seine Befehle.

»Spiel das Signal Schwerter heraus und Schilde vor, Trompeter«, sagte Sulla ruhig und deutlich.

Eine einzelne Trompete ertönte. Gleich darauf war zu hören, wie mit leisem Klirren tausend Schwerter aus der Scheide gezogen wurden und mit dumpfem Knirschen tausend Schilde umgedreht und in Stellung gebracht wurden.

»Spielt das Signal Stellung halten und Angriff abwarten, Trommler.« Sullas Stimme war auch in den ungeordneten Reihen der Verteidiger leicht zu hören.

Dumpfe Trommelschläge setzten ein und hörten nicht mehr auf. Für den Haufen, der den Soldaten gegenüberstand, waren die Schläge unheimlicher als jedes Kriegsgeschrei.

Dann teilte sich die Menge, und Gaius Marius trat hervor. Er trug einen Helm und den roten Feldherrnmantel, das Schwert hatte er gezückt. Neben ihm stand Sulpicius, dahinter Marius' Sohn.

»Attacke!« brüllte Marius und stieß einen schrillen Schrei aus.

Seine Männer wollten gehorchen, konnten auf dem beengten Raum jedoch nicht soviel Schwung bekommen, wie nötig gewesen wäre, um Sullas Frontlinie zu überrennen. Sullas Soldaten wehrten den Angriff verächtlich mit den Schilden ab, die Schwerter setzten sie gar nicht ein.

»Trompeter, blas zum Angriff auf den Feind.« Sulla beugte sich herab und ergriff den silbernen Adler der zweiten Legion.

Unter Aufbietung all ihrer Disziplin und nur ihrem Feldherrn zum Gefallen – denn jetzt, wo die Zeit gekommen war, wollte keiner, daß Blut floß – erhoben Sullas Soldaten ihre Schwerter und schlugen zurück.

Taktische Manöver waren unmöglich. Auf dem Forum Esquilinum drängte sich eine ununterscheidbare Masse kämpfender Männer, die ohne Ziel oder Befehl aufeinander eindroschen. In wenigen Minuten hatte sich die erste Kohorte zum Clivus Suburanus und Vicus Sabuci durchgeschlagen, kurz darauf auch die zweite Kohorte, und weitere Kohorten strömten in geordneten Reihen durch die Porta Esquilina. Zahl und Ausbildung der Soldaten allein drängten die Zivilisten zurück, die für Marius und Sulpicius kämpften. Sulla rückte auf seinem Maultier vor, um zu sehen, ob seine Hilfe irgendwo benötigt würde. Nur er überragte die wogende Masse von Köpfen. Er sah, daß die Bewohner der Straßen und Gassen aus ihren hohen Häusern lehnten und seine Soldaten mit Wurfgeschossen bombardierten – mit Tontöpfen, Holzklötzen, Ziegeln und Stühlen. Manche, dachte Sulla, der einst selbst in einem Mietshaus gewohnt hatte, waren wohl ehrlich empört über den Angriff auf ihre Stadt, aber andere konnten wohl einfach der Versuchung nicht widerstehen, irgendeinen Gegenstand auf das herrliche Durcheinander unter ihnen zu schmeißen.

»Bring mir ein paar angezündete Fackeln«, sagte er zu dem Soldaten, der eigentlich den silbernen Adler der Legion hätte tragen sollen.

Die Fackeln fanden sich schnell in einem Marktstand.

»Alle Trompeten und Trommeln volle Lautstärke«, sagte Sulla.

Der Lärm der Instrumente auf dem engen, von Wohnhäusern umgebenen Platz war ohrenbetäubend. Die Kämpfe stoppten für den kurzen Augenblick, den Sulla brauchte.

»Wenn noch ein Wurfgeschloß fällt, brenne ich diese Stadt nieder«, schrie er, so laut er konnte. Er nahm eine Fackel und schleuderte sie in die Luft. Die Fackel fiel in ein Fenster, und weitere Fackeln folgten. Daraufhin verschwanden die Köpfe aus den Fenstern, und das Bombardement von oben hörte auf.

Zufrieden wandte Sulla sich wieder dem Kampfgeschehen zu. Die Bewohner der Häuser hatten jetzt verstanden, daß dies kein Zirkus war, sondern bitterer Ernst. Ein Kampf war eine Sache – ein Feuer eine ganz andere. Feuer fürchteten die Römer mehr als den Krieg.

Sulla rief eine bislang untätige Kohorte herbei und schickte sie in den Vicus Sabuci, von dem sie rechts in den Vicus Sobrius einbiegen sollte und dann wieder rechts in den Clivus Suburanus. Dort sollte sie die kämpfenden Bürger von hinten angreifen.

Das brachte die Entscheidung. Der undisziplinierte Haufen war einen Augenblick wie gelähmt, dann stoben alle panisch davon. Zurück blieben Marius, der laut brüllend jedem Sklaven, der weiterkämpfte, die Freiheit versprach, und Sulpicius, der kein Feigling war und immer noch mit dem jungen Marius in ein Nachhutgefecht vor der Porta Esquilina verwickelt war. Aber bald wandten sich auch Marius, Sulpicius und der junge Marius zur Flucht. Sie stürzten den Vicus Sabuci hinunter, dicht gefolgt von Sullas Truppen, an deren Spitze Sulla mit dem silbernen Adler ritt.

Am Tellustempel an den Carinae, wo etwas mehr Platz war – versuchte Marius, seine bunte Truppe anzuhalten und wieder zum Kampf zu sammeln. Doch seine Streiter waren keine Soldaten. Sie ließen weinend Schwerter und Knüppel fallen und liefen in Richtung Kapitol davon.

Marius, sein Sohn und Sulpicius verschwanden, und die Kämpfe hörten auf. Sulla ritt auf seinem Maultier den Vicus Sandalarius hinunter auf das große innerstädtische Sumpfgebiet unterhalb der Carinae, wo Via Sacra und Via Triumphalis sich kreuzten. Dort hielt er an und befahl den Trompetern und Trommlern, die Soldaten der zweiten Legion zu ihren Standarten zurückzurufen. Einige Soldaten, die man beim Plündern erwischt hatte, wurden von ihren Zenturionen zu Sulla gebracht.

»Ich habe euch gewarnt«, sagte Sulla zu ihnen. »Nicht eine Rübe vom Feld durftet ihr anrühren. Kein römischer Legionär plündert Rom.«

Dann ließ er die Schuldigen auf der Stelle hinrichten, als warnende Lektion für die zusehenden Legionäre.

»Laßt Quintus Pompeius und Lucius Lucullus rufen«, sagte Sulla, nachdem er den Soldaten erlaubt hatte, die Waffen abzusetzen. Pompeius Rufus und Lucullus hatten ihre Aufträge mühelos erfüllen können. In Kämpfe waren sie nicht verwickelt worden.

»Sehr gut«, sagte Sulla. »Ich bin also als Konsul allein verantwortlich. Da nur meine Truppen eingegriffen haben, trage ich alle Schuld.«

Er kann so anständig sein, dachte Lucullus und sah staunend zu Sulla hinüber. Und dann marschierte er einfach nach Rom. Ein tiefgründiger Mensch. Nein, das traf es nicht ganz. Sullas Stimmung konnte so schnell und heftig ins Gegenteil umschlagen, daß man nie wußte, wie er reagieren würde. Noch wußte man jemals, warum er so reagierte. Das wußte wahrscheinlich nur Sulla selbst.

»Lucius Licinius, sieben Kohorten der ersten Legion bleiben auf der anderen Flußseite und sorgen für Ruhe in Transtiberim. Drei Kohorten der ersten Legion schützen die Getreidespeicher auf dem Aventin und am Vicus Tuscus vor Plünderern aus der Stadt. Die dritte Legion wird auf die strategisch wichtigsten Punkte entlang des Flusses verteilt. Schicke je eine Kohorte zum Hafen von Rom, zum Campus Lanatarius, zu den öffentlichen Bädern, zur Porta Capena, zum Circus Maximus, zum Rindermarkt, zum Gemüsemarkt, zum Velabrum, zum Circus Flaminius und zum Marsfeld. Zehn Kohorten an zehn Orte, wenn ich richtig gerechnet habe.«

Sulla wandte sich an seinen Mitkonsul. »Quintus Pompeius, bleibe mit der vierten Legion vor der Porta Collina für den Fall, daß Truppen auf der Via Valeria nach Rom marschieren. Hol meine andere Legion vom Agger und verteile die Kohorten auf den nördlichen und östlichen Hügeln der Stadt – Quirinal, Viminal und Esquilin. Und stationiere zwei Kohorten in der Subura.«

»Umstellen wir Forum Romanum und Kapitol?«

Sulla schüttelte heftig den Kopf. »Auf keinen Fall, Lucius Licinius. Ich mache es nicht wie Saturninus und Sulpicius. Die zweite Legion mag unterhalb des Kapitols und um das Forum herum Wache stehen – aber außer Sichtweite der beiden Plätze. Das Volk soll sich sicher fühlen, wenn ich eine Versammlung einberufe.«

»Bleibst du hier?« fragte Pompeius Rufus.

»Ja. Lucius Licinius, noch eine Aufgabe für dich. Schicke ein paar Herolde durch die Stadt; sie sollen verkünden, daß jedes Wurfgeschoß, das aus einer Insula fliegt, als kriegerischer Akt gegen die rechtmäßigen Konsuln geahndet und die betreffende Insula sofort in Brand gesteckt wird. Danach sollen andere Herolde verkünden, daß zur zweiten Stunde des Tages eine Volksversammlung auf dem Forum stattfinden wird.« Sulla überlegte kurz, ob noch etwas anzuordnen war, und als ihm nichts mehr einfiel, sagte er: »Sobald ihr alles ausgeführt habt, erstattet ihr mir Bericht.«

Der Zenturio des ersten Manipels der zweiten Legion, Marcus Canuleius, erschien und blieb im Hintergrund, wo Sulla ihn sehen konnte, mit zufriedenem Gesicht stehen. Ein gutes Zeichen, dachte Sulla erleichtert. Meine Soldaten stehen also nach wie vor zu mir. Laut fragte er: »Irgendwelche Spuren von ihnen, Marcus Canuleius?«

Der Zenturio schüttelte den Kopf, und der große, seitlich sitzende Federbusch aus leuchtend rotem Pferdehaar wehte wie ein Fächer um seinen Helm. »Nein, Lucius Cornelius. Publius Sulpicius wurde beim Überqueren des Tiber auf einem Boot gesehen, vielleicht will er zu einem Hafen in Etruria. Gaius Marius und sein Sohn fliehen angeblich in Richtung Ostia. Der Stadtprätor Marcus Junius Brutus ist ebenfalls geflohen.«

»Diese Narren!« rief Lucullus überrascht. »Wenn sie wirklich überzeugt wären, daß das Recht auf ihrer Seite ist, hätten sie in Rom bleiben müssen. Nur eine Debatte mit dir auf dem Forum könnte ihre Lage verbessern, das müßten sie doch wissen!«

»Du hast recht, Lucius Licinius.« Sulla war erfreut, daß sein Legat die Ereignisse so interpretierte. »Wahrscheinlich sind sie in Panik geflohen. Wenn Marius oder Sulpicius in Ruhe über ihr Vorgehen nachgedacht hätten, hätten sie sicher beide erkannt, daß es weiser ist, in Rom zu bleiben. Aber du weißt ja, daß ich immer Glück habe. Für mich ist es ein Glück, daß sie die Stadt verlassen haben.« Insgeheim dachte er: Wenn Marius und Sulpicius geblieben wären, hätte ich sie heimlich umbringen müssen, und die beiden wußten das. Das einzige, was er sich nicht leisten konnte, war ein Rededuell mit einem der beiden auf dem Forum. Denn sie waren die Volkshelden, nicht er. Dennoch war ihre Flucht für ihn eine zweischneidige Sache. Jetzt mußte er zwar nicht überlegen, wie er sie umbringen konnte, ohne vor der Öffentlichkeit schuldig zu werden – aber man würde ihn verabscheuen, weil er sie in die Verbannung schicken mußte.

Die ganze Nacht hindurch hielten Soldaten auf den Straßen und Plätzen der Stadt Wache. In jedem erdenklichen Winkel brannte ein Lagerfeuer; die schweren Schritte genagelter Soldatenstiefel drangen dumpf in die Häuser, ein Geräusch, daß kein schlafloser Römer je vor seinem Fenster gehört hatte. Aber die Stadt schien zu schlafen und erwachte in der kühlen Dämmerung von den Rufen der Herolde: In Rom herrsche Friede, die Stadt stehe unter dem Schutz ihres rechtmäßig gewählten Konsuls und zur zweiten Stunde des Tages finde auf dem Comitium eine Versammlung mit den Konsuln statt.

Die Versammlung war überraschend gut besucht, denn auch viele Anhänger des Marius und des Sulpicius aus der zweiten, dritten und vierten Klasse waren gekommen. Die erste Klasse erschien vollzählig, die besitzlosen Proletarier blieben ebenso wie die fünfte Klasse fern.

»Zehn- bis fünfzehntausend«, schätzte Sulla, als er mit Lucullus und Pompeius Rufus auf dem Clivus Sacer von der Velia hinabstieg. Er trug wie Pompeius Rufus die purpurgesäumte Toga, während Lucullus die einfache weiße Toga und auf der rechten Schulter seiner Tunika den breiten Streifen der Senatoren trug. Nichts sollte auf die Macht der Waffen hindeuten, kein Soldat durfte gesehen werden. »Die Anwesenden müssen alles hören, was ich sage, sorgt also dafür, daß die Herolde gut verteilt sind und meine Worte für die, die ganz außen stehen, wiederholen können.«

Die Konsuln bahnten sich hinter ihren Liktoren einen Weg durch die Menge und stiegen auf die Rostra, wo der Senatsvorsitzende Flaccus und der Pontifex Maximus Scaevola sie erwarteten. Für Sulla war diese Begegnung äußerst wichtig, denn er hatte bislang noch kein Mitglied des geschrumpften Senats gesprochen und wußte deshalb auch nicht, ob etwa Catulus Caesar, die Zensoren, der Jupiterpriester oder die beiden Männer auf der Rednerbühne jetzt, da mit dem Einmarsch der Armee die Gewalt über friedliche Mittel der Politik gesiegt hatte, noch auf seiner Seite standen.

Flaccus und Scaevola waren nicht glücklich, das war ihnen anzusehen. Beide waren Marius verbunden: Scaevolas Tochter war mit dem jungen Marius verlobt, und Flaccus war nur dank Marius' Unterstützung Konsul und Zensor geworden. Sulla konnte sich jetzt nicht ausführlich mit den beiden unterhalten, aber er mußte dennoch etwas zu ihnen sagen.

»Steht ihr auf meiner Seite?« fragte er kurz.

Scaevolas Stimme zitterte leicht, als er sagte: »Ja, Lucius Cornelius.«

»Dann hört zu, was ich der Menge zu sagen habe. Ihr werdet eine Antwort auf all eure Fragen und Zweifel finden.« Er blickte hinüber zur Senatstreppe und zum Podium, wo Catulus Caesar, die Zensoren, Antonius Orator und der Jupiterpriester Merula standen. Catulus Caesar deutete einen Gruß an. »Hört gut zu!« rief Sulla zu ihnen hinüber.

Dann wandte er sich dem versammelten Volk vor ihm zu, so daß er mit dem Rücken zum Senat stand, und begann zu sprechen. Er war weder mit Jubelrufen noch mit Pfiffen oder Buhrufen begrüßt worden. Die Menge war also bereit, ihm zuzuhören, und das nicht nur, weil in jeder Seitenstraße und auf jedem kleinen Platz seine Soldaten standen.

»Bürger von Rom, niemand weiß besser als ich, welche Tragweite mein Tun hat«, sagte er mit klarer, weithin verständlicher Stimme. »Niemand außer mir, das müßt ihr mir glauben, wollte die Anwesenheit eines Heeres inmitten von Rom. Ich bin Konsul, rechtmäßig gewählt und rechtmäßig zum Feldherrn meines Heeres bestimmt. Ich habe dieses Heer nach Rom geführt, ich ganz allein. Meine Kollegen handelten auf meinen Befehl, wozu sie verpflichtet sind, auch mein Mitkonsul Quintus Pompeius Rufus – ich möchte freilich daran erinnern, daß sein Sohn hier auf unserem heiligen Forum Romanum von den Schlägern des Sulpicius ermordet wurde.«

Sulla sprach langsam, damit die Herolde seine Worte wiederholen konnten, und machte eine Pause, bis die letzten Rufe in der Ferne verklungen waren.

»Viel zu lange, Bürger von Rom, hat man das Recht des Senats und der Konsuln, über die Politik und die Gesetze Roms zu bestimmen, mißachtet – und seit ein paar Jahren wird dieses Recht von einigen machtgierigen, selbstsüchtigen Demagogen, die sich Volkstribunen nennen, sogar mit Füßen getreten. Erst buhlen diese Männer gewissenlos um die Gunst der Menge und lassen sich als Hüter der Rechte des Volkes wählen, dann mißbrauchen sie das in sie gesetzte heilige Vertrauen in verantwortungsloser Weise. Sie halten immer dieselbe Entschuldigung bereit – daß sie im Auftrag der ›Herren von Rom‹ handeln! Aber in Wahrheit, Bürger Roms, handeln sie nur im eigenen Interesse. Sie locken euch mit Versprechungen großzügiger Geschenke und Privilegien – Dinge, die unser Staat beim besten Willen nicht verteilen kann, zumal diese Männer gewöhnlich dann auftauchen, wenn der Staat am wenigsten dazu in der Lage ist. Das ist das Geheimnis ihres Erfolges! Sie spielen mit euren Sehnsüchten und Ängsten. Aber sie wollen gar nicht das beste für euch. Was sie versprechen, können sie nicht halten. Hat Saturninus beispielsweise jemals Getreide gratis verteilt? Natürlich nicht! Weil kein Korn zu bekommen war. Hätte es Getreide gegeben, hätten eure Konsuln und der Senat es bereitgestellt. Als das Getreide endlich kam, hat euer Konsul, Gaius Marius, es verteilt – nicht gratis, aber zu einem anständigen Preis.«

Sulla wartete wieder, bis die Herolde fertig waren.

»Glaubt ihr wirklich, Sulpicius hätte durch ein Gesetz eure Schulden gestrichen? Niemals hätte er das getan! Selbst wenn ich und mein Heer nicht eingegriffen hätten, wäre er nicht dazu imstande gewesen. Niemand kann eine ganze Klasse ihrer Schulden wegen von ihrem rechtmäßigen Platz vertreiben – wie Sulpicius es mit den Senatoren getan hat! – und dann die Schulden aller anderen streichen. Denkt einmal darüber nach, dann seht ihr es selbst – Sulpicius wollte den Senat beseitigen, fand einen Weg zu diesem Ziel und ließ euch in dem Glauben, ihr würdet ganz anders behandelt als jene Männer, die, wie er euch einredete, eure Feinde waren. Er hat euch mit dem Versprechen geködert, er werde für einen allgemeinen Schuldenerlaß sorgen. Aber er hat euch betrogen, Bürger von Rom. Auf einer öffentlichen Versammlung hat er nie von einem allgemeinen Schuldenerlaß gesprochen! Statt dessen hat er seine Handlanger zu euch geschickt und Gerüchte verbreiten lassen. Beweist das nicht, daß er es nicht ehrlich meint? Hätte er ernsthaft vorgehabt, die Schulden zu streichen, hätte er es von der

Rostra verkündet. Das hat er nie getan, und er hat keinen Gedanken an eure Nöte verschwendet. Ich dagegen als euer Konsul habe eure Schuldenlast so weit vermindert, wie es möglich war, ohne das ganze Geldsystem zu untergraben – und ich habe es für jeden Römer getan, den vornehmsten wie den geringsten. Ich habe es sogar für jene getan, die nicht Römer sind. Ich habe ein allgemeines Gesetz eingebracht, nach dem Zinsen nur auf das entliehene Kapital und nur zum ursprünglich vereinbarten Satz gezahlt werden müssen. So habe ich dazu beigetragen, eure Schuldenlast zu verringern. Nicht Sulpicius!«

Sulla lief die gesamte Länge der Rednerbühne ab und starrte in die Menge, als suche er jemanden. Das wiederholte er mehrere Male, dann zuckte er die Achseln und streckte in einer Geste der Ohnmacht die Arme empor.

»Wo ist Publius Sulpicius?« fragte er scheinbar verblüfft. »Wen habe ich getötet, seit mein Heer in Rom steht? Ein paar Sklaven und Freigelassene, ein paar ehemalige Gladiatoren. Pöbel. Keine ehrbaren Römer. Warum spricht Publius Sulpicius dann nicht hier zu euch und widerlegt meine Worte? Ich fordere Publius Sulpicius auf, nach vorne zu treten und mich in einer anständigen, ehrenwerten Debatte zu widerlegen – nicht in der Curia Hostilia, sondern hier draußen vor dem Volk!« Er formte mit den Händen einen Trichter und brüllte: »Publius Sulpicius, Volkstribun, ich fordere dich auf, nach vorn zu treten und mir Antwort zu geben!«

Aber nur das Schweigen der Menge antwortete ihm.

»Er antwortet nicht, er ist nicht hier, Bürger von Rom, denn Publius Sulpicius ist geflohen, als ich – der rechtmäßig gewählte Konsul! – in Begleitung meiner einzigen Freunde, meiner Soldaten, in die Stadt kam, um für unser Recht einzutreten. Aber warum ist er davongelaufen? Hatte er Angst um sein Leben? Warum? Habe ich denn versucht, einen gewählten Beamten oder irgendeinen anderen ehrbaren Einwohner Roms zu töten? Stehe ich etwa in voller Rüstung und mit dem Schwert in der Hand vor euch? Nein! Ich stehe in der purpurgesäumten Toga meines hohen Amtes vor euch, ohne meine einzigen Freunde, meine Soldaten, die also nicht hören können, was ich euch sage. Sie brauchen auch gar nicht hier zu sein! Ich bin ihr und euer rechtmäßig gewählter Vertreter. Und doch ist Sulpicius nicht hier. Warum? Glaubt ihr wirklich, daß er um sein Leben fürchtet? Wenn es so ist, Bürger von Rom, dann nur, weil er weiß, daß sein Vorgehen gesetzwidrig und betrügerisch war. Ich würde ihm gern Gelegenheit zur Verteidigung geben und hoffe von ganzem Herzen, daß er heute hier ist!«

Es war wieder Zeit für eine Pause, für einen Blick in die Menge, als hoffe Sulla, Sulpicius zu entdecken. Wieder formte er die Hände zu einem Trichter und brüllte: »Publius Sulpicius, Volkstribun, ich fordere dich auf, nach vorn zu treten und mir Antwort zu geben!«

Nichts geschah.

»Er ist weg, Bürger von Rom«, rief Sulla. »Er ist mit dem Mann geflohen, der ihn und euch betrogen hat – Gaius Marius!«

Nun kam Bewegung in die Menge, und Murren wurde laut. Kein Römer mochte es, wenn schlecht über Marius geredet wurde.

»Ja, ich weiß schon«, sagte Sulla langsam, damit seine Rede wortgetreu bis in die letzte Reihe weitergegeben werden konnte, »Gaius Marius ist unser aller Held. Er hat Rom gegen Jugurtha von Numidien verteidigt. Er hat Rom und die römische Welt gegen die Germanen verteidigt. Er ist nach Kappadokien gereist, ist König Mithridates unbewaffnet gegenübergetreten und hat ihm befohlen umzukehren – das habt ihr nicht gewußt, oder? Ich berichte euch gern von weiteren Heldentaten des Gaius Marius! Viele seiner größten Taten sind unbekannt. Ich weiß davon, weil ich auf den Feldzügen gegen Jugurtha und die Germanen sein getreuer Legat war, seine rechte Hand. Es ist das Schicksal der Gefährten der großen Männer, daß man sie nicht kennt und daß sie nicht berühmt werden. Und ich gönne Gaius Marius seinen ruhmvollen Namen aus vollem Herzen. Er hat ihn verdient! Aber auch ich war ein treuer Diener Roms. Auch ich war im Osten, auch ich trat König Mithridates unbewaffnet gegenüber und befahl ihm umzukehren. Und ich führte die erste römische Armee über den Euphrat in unbekanntes Land.«

Er hielt inne und bemerkte erfreut, daß die Menge sich wieder beruhigte, daß es ihm zumindest gelungen war, die Menschen von seiner Aufrichtigkeit zu überzeugen.

»Ich war nicht nur Gaius Marius' rechte Hand, sondern auch sein Freund. Viele Jahre lang war ich sein Schwager – bis zum Tod meiner Frau, der Schwester seiner Frau. Ich habe mich nicht von ihr getrennt. Zwischen uns gab es keinen Streit. Sein Sohn und meine Tochter sind Vetter und Base ersten Grades. Als vor einigen Tagen Publius Sulpicius' Spießgesellen viele junge, vielversprechende Männer aus gutem Hause ermordeten, darunter auch den Sohn meines Kollegen Quintus Pompeius – der junge Mann war mein Schwiegersohn und der Mann von Gaius Marius' Nichte –, da mußte ich vom Forum fliehen, um mein Leben zu retten. Und wohin floh ich im Wissen, daß mein Leben dort unverletzlich sein werde? Natürlich zu Gaius Marius. Und er nahm mich auf und gewährte mir Schutz.«

Die Menge beruhigte sich immer mehr. Sulla hatte den richtigen Ton getroffen.

»Als Gaius Marius den großen Sieg über die Marser errang, war ich ebenfalls an seiner Seite. Und als meine Soldaten – die Soldaten, die ich jetzt nach Rom führte – mir die Krone aus Gras verliehen, weil ich sie vor dem sicheren Tod durch die Samniten bewahrt hatte, freute sich Gaius Marius, daß ich, seine namenlose rechte Hand, endlich für mich eine Auszeichnung auf dem Schlachtfeld errungen hatte. Was die Bedeutung und die Anzahl der getöteten Feinde anging, war mein Sieg größer als der seine, aber hat ihm das etwas ausgemacht? Natürlich nicht! Er freute sich für mich! Und ist er nicht gerade am Tag meiner Amtsübernahme als Konsul zum ersten Mal wieder im Senat erschienen? Hat seine Anwesenheit nicht mein Ansehen gehoben?«

Das Volk lauschte jetzt gespannt, und niemand flüsterte mehr. Sulla machte eine kurze Pause.

»Trotzdem, Bürger von Rom, wir alle – ihr und ich und Gaius Marius – müssen hin und wieder unangenehmen Tatsachen ins Auge sehen und damit fertigwerden. Das gilt auch für Gaius Marius. Er ist weder jung noch gesund genug, um einen langen Krieg im Ausland befehligen zu können. Sein Verstand ist zerrüttet. Und der Verstand erholt sich nicht, wie ihr wißt, im Gegensatz zum Körper. Ihr habt gesehen, wie dieser Mann in den vergangenen zwei Jahren marschierte, schwamm und sich auf alle mögliche Weise übte, um die schwerwiegenden Gebrechen seines Körpers zu heilen. Seinen Verstand kann er nicht heilen. Die Krankheit seines Geistes mache ich für sein jetziges Handeln verantwortlich. Ich verzeihe ihm seine Ausschreitungen um der Liebe willen, die ich für ihn empfinde. Das müßt auch ihr. Aber Rom droht eine schlimmere Feuersbrunst als die, die wir gerade hinter uns haben. Größer und gefährlicher noch als die Germanen ist die Macht, die uns in Gestalt eines Königs im Osten gegenübertritt – eines Königs mit einer gut ausgebildeten und ausgerüsteten Armee Hunderttausender von Soldaten. Derselbe König hat eine Flotte mit mehreren hundert hochgerüsteten Kampfgaleeren. Er konnte fremde Völker auf seine Seite bringen, die Rom bisher gefördert und beschützt hat – das ist nun der Dank. Wie könnte ich, ein Bürger Roms, tatenlos zusehen, wie ihr in eurer Unwissenheit mir, einem Mann auf der Höhe seiner Kraft, das Kommando für diesen Krieg wegnehmt und es einem Mann übergebt, der seine besten Jahre hinter sich hat?«

Sulla hielt nicht gern öffentliche Reden, er spürte die Anstrengung. Aber als er jetzt wieder wartete, bis die Herolde fertig waren, ließ er sich nichts anmerken, weder den Durst noch die zitternden Knie, noch die Sorge darum, wie die Menge reagieren würde.

»Selbst wenn ich bereit wäre, das mir rechtmäßig anvertraute Kommando für den Krieg gegen König Mithridates von Pontos zugunsten von Gaius Marius abzugeben, Bürger von Rom – die fünf Legionen, aus denen meine Armee besteht, würden es nicht zulassen. Ich stehe hier nicht nur als rechtmäßig gewählter Konsul, sondern auch als rechtmäßig gewählter Vertreter der römischen Soldaten. Die Soldaten haben den Marsch auf Rom beschlossen – aber nicht, um Rom zu erobern, nicht als Feinde der Römer! Nein, sie wollen dem Volk von Rom zeigen, was sie von einem rechtswidrigen Gesetz halten, zu dem ein sehr viel besserer Redner als ich auf Anstiftung eines kranken, alten Mannes, der zufällig ein Held ist, eine Versammlung von Bürgern überredet hat. Doch bevor meine Soldaten überhaupt Gelegenheit hatten, mit euch zu sprechen, mußten sie mit Horden bewaffneter Raufbolde fertig werden, die ihnen den friedlichen Einmarsch verwehrten. Horden bewaffneter Sklaven und Freigelassener, die Gaius Marius und Publius Sulpicius um sich geschart haben. Daß nicht die ehrbaren Bürger Roms meinen Soldaten den Eintritt verwehrt haben, ist offensichtlich – die ehrbaren Bürger Roms hören sich heute hier auf dem Forum an, wie ich meine Sache und die meiner Soldaten vertrete. Meine Soldaten und ich haben nur eine Bitte. Wir bitten um die Erlaubnis, das tun zu dürfen, wozu wir rechtskräftig bestimmt wurden – gegen König Mithridates kämpfen zu dürfen.«

Sulla holte tief Atem, und als er weitersprach, tönte seine Stimme laut und kalt wie ein Trompetenstoß.

»Wenn ich nach Osten marschiere, weiß ich, daß ich bei bester Gesundheit bin, daß ich keine Schlaganfälle erlitten habe, daß ich fähig bin, Rom zu verschaffen, was Rom braucht – einen Sieg über einen bösen ausländischen König, der sich zum König von Rom krönen lassen will, einen König, der achtzigtausend römische Männer, Frauen und Kinder ermordet hat, auch die, die vor den Altären die Götter um Schutz anflehten! Ich bin der rechtmäßige Feldherr dieses Krieges. In anderen Worten, die Götter von Rom haben mir diese Aufgabe anvertraut. Die Götter von Rom vertrauen mir.«

Sulla hatte gewonnen. Als er beiseite trat, um einem besseren Redner Platz zu machen, dem Pontifex Maximus Quintus Mucius Scaevola, wußte er, daß er gewonnen hatte. Denn die Römer waren zwar empfänglich für schöne Worte, aber sie waren auch vernünftig und einsichtig und vertrauten dem gesunden Menschenverstand. Und was er gesagt hatte, hatte ihnen eingeleuchtet und Eindruck gemacht.

»Ich wünschte, du hättest andere Mittel gewählt, Lucius Cornelius«, sagte Catulus Caesar, als die Versammlung schließlich zu Ende war, »aber ich muß dich unterstützen.«

»Was für andere Mittel hätte es gegeben?« fragte Antonius Orator und sah ihn fragend an.

Catulus' Bruder Lucius Caesar antwortete an seiner Stelle: »Lucius Cornelius hätte mit seinen Legionen in Campania bleiben und sich weigern können, das Kommando abzugeben.«

Der Zensor Crassus schnaubte verächtlich. »Natürlich! Und was glaubst du, was passiert wäre, wenn Sulpicius und Marius die übrigen Legionen in Italien zusammengerufen hätten? Wenn keine Seite nachgegeben hätte, wäre der Bürgerkrieg ausgebrochen, nicht nur ein Krieg gegen Italiker, Lucius Julius! Mit seinem Marsch auf Rom hat Lucius Cornelius das einzige getan, wodurch ein bewaffneter Zusammenstoß von Römern verhindert werden konnte. Der Umstand, daß in Rom keine Legionen stehen, sicherte ihm den Erfolg!«

»Du hast recht, Publius Licinius«, sagte Antonius Orator.

Und dabei blieb es. Keiner fand an Sullas Mitteln Gefallen, aber keiner sah einen anderen Weg.

Zehn Tage lang sprachen Sulla und die führenden Senatoren täglich auf dem Forum Romanum, und allmählich brachten sie das Volk auf ihre Seite. Durch ihr stetiges Einwirken wollten sie Sulpicius in Mißkredit bringen, und Gaius Marius sollte mit sanften Worten als kranker, alter Mann hingestellt werden, der sich zufrieden auf seinen Lorbeeren ausruhen könne.

Nach jener ersten Hinrichtung von Plünderern benahmen sich Sullas Soldaten tadellos, so daß viele römische Bürger sie ins Herz schlossen, ihnen Essen zusteckten und sie ein wenig verwöhnten – besonders nachdem bekannt geworden war, daß dies das berühmte Heer von Nola war, das den eigentlichen Sieg über die Italiker errungen hatte. Sulla achtete dennoch sorgfältig darauf, daß seine

Truppen genug zu essen hatten und die Nahrungsvorräte der Stadt nicht zusätzlich belastet wurden. Wenn die Bürger die Soldaten verwöhnten, taten sie es aus freien Stücken. Manche sahen die Truppen freilich mit Unbehagen; sie hatten nicht vergessen, daß die Soldaten selbst nach Rom hatten marschieren wollen. Und wenn Widerstand aufkam und die Truppen provoziert wurden, konnte es trotz der guten Worte des Feldherrn auf dem Forum zu einem Massaker kommen. Schließlich hatte Sulla die Truppen nicht zurück nach Campania geschickt. Er behielt sie hier in Rom, und das hieß nichts anderes, als daß er sie im Ernstfall auch einsetzen würde.

»Ich traue dem Volk nicht«, sagte Sulla zu den Führern des Senats, der jetzt so geschrumpft war, daß nur noch die Führer übrig waren. »Sobald ich nach Osten abgefahren bin, könnte ein neuer Sulpicius auftauchen. Deshalb will ich Gesetze erlassen, die das unmöglich machen.«

Sulla war an den Iden des November nach Rom gekommen, fast schon zu spät für ein umfassendes Programm neuer Gesetze in diesem Jahr. Da nach der *lex Caecilia Didia* zwischen dem Antrag für ein neues Gesetz und der endgültigen Verabschiedung drei Markttage liegen mußten, war es möglich, daß Sullas Amtszeit als Konsul ablief, bevor er sein Ziel erreicht hatte. Noch schlimmer war, daß es nach diesem Gesetz auch verboten war, voneinander unabhängige Fragen in einem Gesetz abzuhandeln. Der einzige ihm offenstehende legale Weg, sein Gesetzeswerk rechtzeitig vollenden zu können, war zugleich äußerst gefährlich: Er mußte dem Volk alle Gesetze in einer einzigen Versammlung vorstellen, so daß sie im Zusammenhang diskutiert werden konnten. Das bedeutete, daß er seine eigentlichen Absichten von Anfang an offenlegen mußte.

Caesar Strabo half Sulla schließlich aus dem Dilemma. »Nichts leichter als das«, meinte er. »Setze noch ein Gesetz auf deine Liste und verkünde es als erstes von allen: daß nämlich die Bestimungen der ersten *lex Caecilia Didia* für deine Gesetze nicht gelten sollen.«

»Die Volksversammlung würde ein solches Gesetz niemals verabschieden«, sagte Sulla.

»Und ob sie es tun wird – wenn sie genug Soldaten sieht!« sagte Caesar Strabo fröhlich.

Er sollte recht behalten. Als das gesamte Volk – Patrizier wie Plebejer – sich versammelt hatte, stellte Sulla fest, daß es seinen Gesetzen bereitwillig zustimmte. Mit dem ersten Gesetz wurden für Sullas Gesetze die Bestimmungen der *lex Caecilia Didia prima* außer Kraft gesetzt; da die neuen Bestimmungen bereits für diese erste *lex Cornelia* galten, wurde sie am selben Tag beantragt und verabschiedet. Der November neigte sich nun dem Ende zu.

Sulla beantragte nacheinander sechs weitere Gesetze. Die Reihenfolge hatte er sorgfältig geplant, denn das Volk durfte seine eigentlichen Absichten keinesfalls zu früh durchschauen. Gleichzeitig gab Sulla sich größte Mühe, jeden Anschein von Feindseligkeiten zwischen der Bevölkerung und seiner Armee zu vermeiden, da er wußte, daß das Volk ihm wegen der Soldaten mißtraute.

Ob das Volk ihn liebte oder nicht, war ihm gleichgültig, solange es ihm gehorchte. Einige Gerüchte konnten ihm daher nicht schaden, befand er. Wenn seine Gesetze nicht angenommen würden, so ließ er verbreiten, würde die Stadt ein Blutbad von ungeheuren Ausmaßen erleben. Wenn Sulla ums Überleben kämpfte, schreckte er vor nichts zurück. Wichtig war nur, daß das Volk sich seinen Wünschen beugte, mochte es ihn auch so leidenschaftlich hassen, wie er das Volk haßte. Natürlich durfte er kein Blutbad riskieren, denn das wäre sein Ende gewesen. Aber Sulla wußte, was Angst in den Menschen bewirkte, und dachte nicht ernsthaft daran, die Androhung in die Tat umzusetzen. Und er hatte Erfolg.

Das zweite seiner Gesetze schien ohnehin harmlos. Danach sollte der nur aus vierzig Männern bestehende Senat dreihundert neue Mitglieder erhalten. Das Gesetz war mit Bedacht so formuliert, daß der Anschein, hier würden andere Gesetze »widerrufen«, vermieden wurde: Die neuen Senatoren sollten wie üblich von den Zensoren ernannt werden; es war nicht davon die Rede, daß die Zensoren jene Senatoren, die wegen ihrer Schulden ausgeschlossen worden waren, wieder ins Amt setzen sollten. Inzwischen hatte Catulus Caesar so geschickt Mittel organisiert, um die Schulden der ausgeschlossenen Senatoren bezahlen zu können, daß bald nichts mehr dagegen sprach, den betroffenen Senatoren durch die Zensoren ihre verlorenen Posten zurückzugeben. Außerdem konnten die Lücken, die der Tod vieler Senatoren gerissen hatte, endlich wieder gefüllt werden, und Catulus Caesar sollte, auch wenn das nicht offiziell war, zusätzlich Druck auf die Zensoren ausüben. Der Senat würde bald stärker sein als zuvor, davon war Sulla überzeugt. Catulus Caesar war ein hervorragender Mann.

Sullas drittes Gesetz zeigte seine geballte, drohende Faust. Es hob die *lex Hortensia* auf, ein Gesetz, das über zweihundert Jahre auf den Tafeln gestanden hatte. Sullas neues Gesetz verfügte, daß Gesetzesanträge nur nach Zustimmung des Senats in die Volksversammlung eingebracht werden durften. Damit waren nicht nur die Volkstribunen, sondern auch die Konsuln und Prätoren mundtot gemacht. Wenn der Senat keinen entsprechenden Beschluß faßte, konnte weder die Versammlung der Plebs noch die Versammlung des ganzen Volkes ein Gesetz verabschieden. Die Volksversammlung konnte auch die Formulierung eines Senatsbeschlusses nicht ändern.

Sullas viertes Gesetz wurde der Volksversammlung schon als Senatsbeschluß vorgestellt. Es stärkte die oberen Klassen in den Zenturien und nahm alle Veränderungen zurück, die man in der frühen Zeit der Republik vorgenommen hatte. Die Versammlung der Zenturien hatte jetzt wieder dieselbe Stellung wie unter König Servius Tullius: Die erste Klasse hatte fast die absolute Mehrheit der Stimmen. Nach Sullas neuem Gesetz waren der Senat und die Ritter wieder so stark wie einst zur Zeit der Könige.

Mit dem fünften Gesetz ging Sulla aufs Ganze. Es war das letzte Gesetz seines Programms, das in der Volksversammlung verkündet und verabschiedet wurde, denn von nun an konnte das Volk keine Gesetze mehr diskutieren und beschließen. Die gesamte Gesetzgebung lag in den Händen von Sullas neuer Zenturienversammlung, in der Senat und Ritterstand alle Entscheidungsgewalt hatten, zumal wenn sie sich einig waren – was immer der Fall war, wenn es um durchgreifende Änderungen oder neue Rechte für die unteren Klassen ging. Von jetzt an hatten die Tribus praktisch keine Macht mehr, weder in der Versammlung des ganzen Volkes noch in der Versammlung der Plebs. Als die Bürger das fünfte Gesetz verabschiedeten, wußten sie, daß sie sich damit selbst entmachteten: Das Volk konnte in Zukunft nur noch über die Besetzung einiger Ämter abstimmen, und um vor der Versammlung der Tribus einen Prozeß zu führen, mußte erst ein Gesetz verabschiedet werden.

Sulpicius' Gesetze standen noch auf den Tafeln, waren offiziell also immer noch gültig. Aber was nützte das? Was bedeutete es, wenn die neuen Bürger aus Italia und dem italischen Gallien sowie die Freigelassenen der beiden städtischen Tribus auf alle fünfunddreißig Tribus verteilt wurden? Die Versammlung der Tribus konnte keine Gesetze mehr verabschieden und keine Prozesse führen.

Das Gesetzeswerk hatte einen Schwachpunkt, und Sulla wußte das. Doch da er auf die Abreise nach Osten drängte, blieb ihm nicht genug Zeit, das Problem zu lösen. Es betraf die Volkstribunen. Sulla hatte ihnen die Zähne ziehen können, denn sie konnten jetzt weder Gesetze erlassen noch jemanden anklagen. Aber es war ihm nicht gelungen, ihnen auch die Krallen zu schneiden – und sie hatten scharfe Krallen! Sie hatten immer noch die Rechte, die das Volk ihnen ursprünglich zugesprochen hatte. Und dazu gehörte auch das Vetorecht. Sulla hatte sorgfältig darauf geachtet, daß keines seiner Gesetze die Volkstribunen direkt betraf, sondern immer nur die Organe, innerhalb derer die Volkstribunen arbeiteten. Formal betrachtet hatte er bisher keinen offenen Verrat begangenen. Wenn er den Volkstribunen das Vetorecht abgesprochen hätte, wäre das Hochverrat gewesen, ein Verstoß gegen die Sitten der Väter. Die Rechte der Volkstribunen waren fast so alt wie die Republik, sie durften nicht angetastet werden.

Inzwischen vervollständigte Sulla sein Gesetzeswerk, allerdings nicht auf dem Forum Romanum, der gewöhnlichen Versammlungsstätte des Volkes, zu der auch Zuschauer Zugang hatten. Das sechste und siebte Gesetz Sullas wurde der Zenturiatsversammlung auf dem Marsfeld vorgelegt, inmitten der Armee Sullas, die dort lagerte.

Das sechste Gesetz hätte Sulla auch schwerlich auf dem Forum verkünden können, denn es erklärte alle Gesetze des Sulpicius mit der Begründung für ungültig, sie seien unter Anwendung von Gewalt und während rechtmäßig verfügter religiöser Feiertage verkündet worden.

Das letzte Gesetz war eigentlich ein Strafprozeß. Zwanzig Männer wurden des Verrats angeklagt, und zwar nicht eines Hoheitsverbrechens nach Saturninus' neuem Recht, sondern der *perduellio*, des Hochverrats, einem uralten und starren Begriff des römischen Rechts. Gaius Marius, der junge Marius, Publius Sulpicius Rufus, der Stadtprätor Marcus Junius Brutus, Publius Cornelius Cethegus, die Brüder Granii, Publius Albinovanus, Marcus Laetorius und zwölf andere Namen wurden genannt. Die Zenturiatsversammlung verurteilte sie alle. Und auf Hochverrat stand die Todesstrafe, Verbannung genügte den Zenturien nicht. Schlimmer noch, die Todesstrafe konnte bei der Festnahme vollstreckt werden, es waren keine Formalitäten nötig.

*

Niemand, weder Sullas Freunde noch die führenden Senatoren, widersetzte sich Sullas Plänen – nur der zweite Konsul, Quintus Pompeius Rufus. Er sah immer niedergeschlagener aus, bis er schließlich offen erklärte, er könne die Hinrichtung von Männern wie Gaius Marius und Publius Sulpicius nicht billigen.

Sulla hatte auch gar nicht die Absicht, Marius hinrichten zu lassen – Sulpicius jedoch würde verschwinden müssen. So versuchte er zunächst, Pompeius Rufus mit Scherzen aufzuheitern. Als das nichts nützte, schilderte er ausführlich, wie der junge Quintus Pompeius Rufus in den Händen von Sulpicius' Horde gestorben war. Aber je angestrengter Sulla Pompeius Rufus zu überzeugen suchte, desto hartnäckiger blieb dieser. Für Sulla war entscheidend, daß der Zusammenhalt derer, die in Rom das Sagen hatten und die Tribusversammlungen durch Gesetze ausschalten wollten, zumindest nach außen gewahrt blieb. Deshalb, so beschloß er, mußte Pompeius Rufus Rom verlassen, wo der Anblick der Soldaten seine zartes Gemüt verstörte.

Sulla beobachtete selbst fasziniert, wie er sich angesichts seiner ungeheuren Machtfülle veränderte, und die Veränderung verschaffte ihm Genugtuung. Es befriedigte ihn und erleichterte seine inneren Qualen, daß er jetzt Menschen durch Gesetze vernichten konnte statt durch Mord, der früher sein letztes Mittel gewesen war. Das gesamte Staatswesen einzusetzen, um Gaius Marius zu vernichten, verschaffte Sulla höheren Genuß, als wenn er Gaius Marius eine Dosis langsam wirkenden Giftes verabreicht hätte, ja mehr sogar, als wenn er Gaius Marius beim Sterben die Hand hätte halten können. Mit diesem Verständnis der Staatskunst stieß Sulla in ganz neue Dimensionen vor. Aus einer schwindelerregenden Höhe, die nur wenige erklommen, blickte er auf seine verzweifelt zappelnden Marionetten herunter wie ein Gott auf dem Olymp, frei von jeglichen moralischen wie ethischen Bedenken.

Und so machte er sich daran, Quintus Pompeius Rufus mit neuen, raffinierten Mitteln zu beseitigen, und damit schulte er gleichzeitig seinen Verstand und ersparte sich viel Ärger. Warum sollte er das Risiko eingehen, bei einem Mord erwischt zu werden, wenn er andere in seinem Auftrag morden lassen konnte?

»Mein lieber Quintus Pompeius, du solltest eine Weile ins Feld gehen«, sagte Sulla ernsthaft und liebevoll zu seinem Kollegen. »Es ist mir nicht entgangen, daß du seit dem Tod unseres lieben Sohnes niedergeschlagen und mutlos bist. Du kannst die Ereignisse nicht mehr mit kühlem Verstand einschätzen, und du siehst nicht, was für

Umwälzungen des Staatswesens durch uns Wirklichkeit werden. Jede Kleinigkeit wirft dich um! Aber ich glaube nicht, daß du Erholung brauchst. Am besten täte es dir, wenn du eine Weile hart arbeiten müßtest.«

Quintus Pompeius sah voll ehrlicher Zuneigung und Verehrung zu Sulla auf. Was für ein Privileg war es doch, neben einem solchen Mann, der Geschichte machte, Konsul zu sein! Wer hätte das geahnt, als sie damals ihr Bündnis schlossen! »Natürlich hast du recht, Lucius Cornelius«, sagte er. »Wahrscheinlich in allen Punkten. Aber ich kann mich nur schwer damit abfinden, was geschehen ist. Und immer noch geschieht. Wenn du eine Aufgabe hast, wo ich mich nützlich machen kann, erfülle ich sie von Herzen gerne.«

»Es gibt da eine wichtige Sache, die du übernehmen kannst – eine Aufgabe, die nur ein Konsul bewältigen kann«, sagte Sulla eifrig.

»Und zwar?«

»Du kannst Pompeius Strabo als Feldherr ablösen.«

Den Konsul fröstelte plötzlich, und er sah Sulla auf einmal ängstlich an. »Aber Pompeius Strabo will sein Kommando doch ebensowenig abgeben wie du!«

»Im Gegenteil, mein lieber Quintus Pompeius. Ich habe kürzlich einen Brief von ihm erhalten, in dem er anfragt, ob er nicht abgelöst werden könne. Und er bittet darum, daß du ihn ablöst. Als Landsmann aus Picenum und so weiter – du verstehst schon! Seine Truppen wollen keinen Feldherr, der nicht aus Picenum stammt.« Bei Sullas Worten leuchteten die Augen seines Kollegen freudig auf. »Deine Hauptaufgabe wird darin bestehen, die Truppen zu entlassen. Im Norden wird keinerlei Widerstand mehr geleistet, wir brauchen kein Heer mehr dort oben, und Rom kann es sich wirklich nicht leisten, weiterhin eines zu bezahlen.« Sullas Miene wurde ernst. »Ich biete dir damit keinen ruhigen Posten an, Quintus Pompeius. Ich weiß, warum Pompeius Strabo so plötzlich abgelöst werden will. Er will mit der Entlassung seiner Männer nichts zu tun haben. Ein anderer Pompeius soll es tun!«

»Das macht mir nichts aus, Lucius Cornelius.« Pompeius Rufus straffte die Schultern. »Ich bin dankbar für diese Aufgabe.«

Am nächsten Tag verkündete der Senat einen Beschluß: Gnaeus Pompeius Strabo wurde seines Kommandos enthoben, Quintus Pompeius Rufus wurde sein Nachfolger. Wenig später verließ Quintus Pompeius Rufus Rom, mit dem beruhigenden Wissen, daß noch keiner der flüchtigen Verurteilten gefaßt worden und er daher mit dieser faulen Sache auch nicht in Verbindung gebracht werden konnte.

Sulla übergab ihm vor der Abreise ein versiegeltes Dokument, den Senatsbeschluß, und einen Brief. »Du kannst eigentlich gleich dein eigener Kurier sein. Aber tu mir bitte einen Gefallen, Quintus Pompeius – gib Pompeius Strabo diesen Brief von mir, bevor du ihm den Senatsbeschluß überreichst, und bitte ihn, zuerst den Brief zu lesen.«

Da Pompeius Strabo derzeit bei seinen Legionen war, die vor Ariminum lagerten, benutzte der Konsul die Via Flaminia, jene große nördliche Straße, die zwischen Asisium und Cales über die Wasserscheide des Apennin führte. Der Winter hatte zwar noch nicht begonnen, aber in den Bergen war es schon bitterkalt, deshalb reiste Pompeius Rufus in einem geschlossenen, zweirädrigen Wagen und mit einem ganzen Maultierkarren voll Gepäck. Da er einen militärischen Posten übernehmen sollte, begleiteten ihn nur seine Liktoren und einige Sklaven. Über die Via Flaminia reiste er auch oft in seine Heimat, so mußte er nicht in den Gasthäusern am Wege übernachten. Er kannte jeden Römer, der an dieser Straße ein großes Haus besaß, und übernachtete dort.

In Asisium entschuldigte sich sein Gastgeber, ein alter Bekannter, seufzend für die Art der Unterbringung, die er anbieten konnte. »Die Zeiten haben sich geändert, Quintus Pompeius! Ich mußte viel verkaufen! Und dann, als hätte ich nicht schon Schwierigkeiten genug, haben wir auch noch eine Mäuseplage!«

So legte sich Quintus Pompeius Rufus in einem früher reich möblierten Zimmer zur Ruhe, wo es kälter war als einst, weil ein durchziehendes, plünderndes Heer die Fensterläden abgerissen und als Brennholz verwendet hatte. Das Trippeln und Piepsen der Mäuse ließ ihn lange nicht einschlafen. Voller Angst überdachte er die Ereignisse in Rom, und er spürte deutlich, daß Sulla zu weit gegangen war. Viel zu weit. Dafür würden sie bezahlen müssen. Zu viele Generationen von Volkstribunen waren auf dem Forum Romanum tätig gewesen, als daß die Plebs sich eine solche Beleidigung von Sulla gefallen lassen würde. Sobald der Konsul weit genug weg im Ausland war, würden man seine Gesetze annullieren. Und Männer wie er, Quintus Pompeius Rufus, würden dafür verantwortlich gemacht werden – man würde sie anklagen.

Sein Atem stand sichtbar in der Luft, als er in der Dämmerung aufstand und mit vor Kälte klappernden Zähnen seine Kleider zusammensuchte: lange, von der Hüfte bis zum Knie reichende Bundhosen, ein langärmeliges, warmes Hemd, das er in die Bundhosen steckte, zwei warme Tuniken darüber und zwei am unteren Ende zusammengenähte Schläuche aus fettiger Wolle, mit denen er Unterschenkel und Füße umhüllte.

Doch als er sich auf die Bettkante setzte und diese Strümpfe anziehen wollte, bemerkte er, daß die Mäuse in der Nacht die stark riechenden unteren Enden weggebissen hatten. Eine Gänsehaut lief ihm über den Rücken, als er die Socken gegen das graue Licht hielt, das durch die unverschlossenen Fenster fiel. Blicklos starrte er sie an und erschauerte. Denn als abergläubischer Mann aus Picenum wußte er, was das bedeutete: Mäuse waren die Boten des Todes. Mäuse hatten die unteren Enden seiner Strümpfe abgenagt, deshalb würde er stürzen. Er würde sterben. Es war eine Prophezeiung.

Sein Sklave brachte ein neues Paar Strümpfe, kniete vor Pompeius Rufus nieder und zog sie ihm behutsam über die Füße. Die starre und stumme Puppe, die auf der Bettkante saß, beunruhigte ihn zutiefst. Auch der Sklave wußte das Omen zu deuten, und er betete innerlich darum, daß es nicht wahr sei.

»Herr, mach dir keine Sorgen«, sagte er.

»Ich werde sterben«, sagte Pompeius Rufus.

»Unsinn!« sagte der Sklave laut und half seinem Herrn auf die Füße. »Ich bin schließlich Grieche! Ich weiß mehr über die Götter der Unterwelt als jeder Römer! Apollo Smintheus ist der Gott des Lebens, des Lichtes und der Genesung, und doch sind die Mäuse ihm heilig. Nein, das Omen bedeutet, daß du dem Norden Heilung bringen wirst.«

»Ich werde sterben«, sagte Pompeius Rufus unbeirrt.

Als er drei Tage später das Lager erreichte, hatte er sich mit seinem Schicksal mehr oder minder abgefunden. Pompeius Strabo, der ein entfernt verwandter Vetter von ihm war, hatte eine luxuriöse Unterkunft in einem großen Bauernhaus.

»Nun, das ist aber eine Überraschung!« begrüßte ihn Pompeius Strabo freundlich und reichte ihm die Hand. »Komm herein, komm herein!«

»Ich habe zwei Briefe dabei.« Pompeius Rufus setzte sich auf einen bequemen Stuhl und nahm einen Schluck Wein. Einen so guten Wein hatte er seit seiner Abreise aus Rom nicht mehr getrunken. Dann zog er die beiden Rollen hervor. »Lucius Cornelius bat darum, daß du seinen Brief zuerst liest. Der andere Brief ist vom Senat.«

Pompeius Strabos Stimmung verdüsterte sich, als der Konsul den

Senat erwähnte, aber er sagte kein Wort und verzog keine Miene, sondern erbrach das Siegel von Sullas Brief.

Es bereitet mir großen Kummer, Gnaeus Pompeius, daß ich Deinen Vetter Rufus auf Anweisung des Senats unter diesen Umständen zu Dir schicken muß. Niemand weiß die vielen Dienste, die Du Rom erwiesen hast, besser zu schätzen als ich. Und niemand wird es besser zu schätzen wissen, wenn Du Rom noch einen weiteren Dienst erweisen könntest – einen Dienst, der beträchtlichen Einfluß auf unser aller Zukunft haben wird.

Mein Kollege Quintus Pompeius ist leider ein gebrochener Mann. Seit dem Tod seines Sohnes – der mein Schwiegersohn und Vater meiner beiden Enkel war – ist es mit unserem lieben Freund erschreckend schnell bergab gegangen. Da seine Anwesenheit in Rom immer peinsamer wurde, mußte ich ihn entfernen. Er konnte sich nicht dazu durchringen, die Maßnahmen gutzuheißen, zu denen ich gezwungen – ich wiederhole, gezwungen – war, um unsere guten alten Bräuche zu bewahren.

Nun weiß ich, daß Du, Gnaeus Pompeius, diese Maßnahmen aus vollem Herzen billigst, da ich Dich immer auf dem laufenden gehalten habe und auch Du mir regelmäßig geschrieben hast. Ich bin nach langem Überlegen zu der Überzeugung gelangt, daß unser guter Quintus Pompeius dringend eine sehr lange Ruhepause braucht. Ich hoffe, daß er diese Ruhe bei Dir in Umbria findet.

Du verzeihst mir hoffentlich, wenn ich Quintus Pompeius gesagt habe, Du wünschtest Dir sehr, von Deinem Kommando entbunden zu werden, bevor Deine Truppen aus dem Dienst entlassen werden müssen. Er war sehr erleichtert, als er hörte, daß Du ihn mit Freuden empfangen wirst.

Pompeius Strabo legte Sullas Brief nieder und erbrach das offizielle Siegel des Senats. Was er beim Lesen dachte, war ihm nicht anzumerken. Als er alles entziffert hatte – er murmelte beim Lesen so leise und undeutlich vor sich hin, daß Pompeius Rufus kein Wort verstehen konnte –, legte er auch dieses Papier auf den Schreibtisch und lächelte Pompeius Rufus freundlich an. »Nun, Quintus Pompeius, ich freue mich wirklich sehr über dein Kommen! Ich gebe meine Pflichten mit Vergnügen ab.«

Pompeius Rufus, der trotz Sullas Beteuerungen damit gerechnet hatte, daß sein Gegenüber vor Wut, Ärger und Empörung toben würde, blieb der Mund offenstehen. »Lucius Cornelius hat also recht gehabt? Es macht dir nichts aus? Ehrlich nicht?«

»Warum sollte es mir etwas ausmachen? Im Gegenteil! Ich bin hocherfreut«, sagte Pompeius Strabo. »Mein Geldbeutel wird bereits spürbar leichter.«

»Dein Geldbeutel?«

»Zehn Legionen stehen unter meinem Befehl, Quintus Pompeius, und mehr als die Hälfte davon bezahle ich selbst.«

»Wirklich?«

»Nun, Rom kann nicht zahlen.« Pompeius Strabo erhob sich vom Schreibtisch. »Die Männer, die nicht mir gehören, müssen endlich entlassen werden, und so etwas liegt mir gar nicht. Meine Sache ist der Kampf, nicht die Arbeit am Schreibtisch. Außerdem werden meine Augen allmählich schwach. Ich hatte zum Glück einmal einen Kadetten in meinen Diensten, der hervorragend schreiben konnte. Er schrieb sogar gern! Es gibt eben solche und solche.« Pompeius Strabo legte Pompeius Rufus den Arm um die Schultern. »Jetzt komm, ich stelle dich meinen Legaten und Tribunen vor. Diese Männer haben alle lange unter mir gedient, mach dir also keine Sorgen, wenn sie traurig sind. Sie wissen nichts von meinen Absichten.«

Überraschung und Kummer standen Brutus Damasippus und Gellius Poplicola deutlich ins Gesicht geschrieben, als Pompeius Strabo ihnen die Neuigkeit mitteilte.

»Nein, Männer, das ist doch ausgezeichnet!« rief Pompeius Strabo. »Es wird auch meinem Sohn guttun, einmal nicht unter seinem Vater dienen zu müssen. Wir alle werden viel zu nachlässig, wenn kein frischer Wind weht. Der Wechsel wird allen guttun.«

Am Nachmittag ließ Pompeius Strabo das Heer antreten, so daß der neue Feldherr die Truppen inspizieren konnte.

»Hier sind nur vier Legionen – alles meine Männer«, sagte Pompeius Strabo, als er mit Pompeius Rufus die Mannschaften abschritt. »Die anderen sechs sind überall verstreut, sie räumen auf oder faulenzen herum. Zwei in Camerinum, eine in Fanum Fortunae, eine in Ancona, eine in Iguvium, eine in Arretium und eine in Cingulum. Du wirst ganz schön herumreisen müssen, bis du sie entlassen hast, denn es ist kaum sinnvoll, die Legionen zusammenzurufen, nur um ihnen ihre Entlassung bekanntzugeben.«

»Das Reisen macht mir nichts aus.« Pompeius Rufus fühlte sich schon etwas besser. Vielleicht hatte der Sklave recht gehabt, vielleicht hatte das Omen nicht seinen Tod angekündigt.

Am Abend gab Pompeius Strabo ein kleines Festessen in dem gemütlich warmen Bauernhaus. Sein gutaussehender Sohn war dabei, ebenso die anderen Offiziersanwärter, die Legaten Lucius Junius Brutus Damasippus und Lucius Gellius Poplicola und vier nicht gewählte Militärtribunen.

»Bin ich froh, daß ich nicht mehr Konsul bin und mit diesen Leuten nichts mehr zu schaffen habe.« Pompeius Strabo sprach von den gewählten Militärtribunen. »Sie wollten nicht mit Lucius Cornelius nach Rom gehen, wie ich höre. Typisch. Dumme Lümmel! Tun immer so wichtig und geschwollen!«

»Kannst du den Marsch auf Rom wirklich gutheißen?« fragte Pompeius Rufus ein wenig ungläubig.

»Aber sicher. Was hätte Lucius Cornelius sonst tun sollen?«

»Die Entscheidung des Volkes annehmen.«

»Damit ihm als Konsul verfassungswidrig das Imperium entzogen wird? Nein, Quintus Pompeius! Nicht Lucius Cornelius hat rechtswidrig gehandelt, sondern die Versammlung der Plebs und Sulpicius, dieser Verräter. Und Gaius Marius, der alte Nörgler. Seine Zeit ist zu Ende, aber selbst das kapiert er offenbar nicht mehr. Warum sollte er gegen geltendes Recht verstoßen können, ohne daß jemand ein Wort sagt, während der arme Lucius Cornelius für das Recht eintritt und dafür von allen Seiten beschimpft wird?«

»Das Volk hat Lucius Cornelius nie geliebt, aber jetzt lieben sie ihn natürlich noch weniger.«

»Sorgt er sich deswegen?« fragte Pompeius Strabo.

»Ich glaube nicht. Aber ich finde, das sollte er.«

»Unsinn! Und Kopf hoch, Vetter. Du hat ja nichts mehr damit zu tun. Wenn sie Marius und Sulpicius und die übrige Bande finden, wird man nicht dir die Schuld an ihrer Hinrichtung geben. Trink noch einen Schluck Wein.«

Für den nächsten Morgen plante der Konsul einen Rundgang durch das Feldlager, um sich mit den Gegebenheiten vertraut zu machen. Die Idee stammte von Pompeius Strabo, der es aber ablehnte, ihn zu begleiten.

»Ist besser, wenn die Männer dich allein sehen«, sagte er.

Pompeius Rufus, der immer noch darüber staunte, wie warmherzig man ihn empfangen hatte, konnte hinkommen, wo er wollte, alle begrüßten ihn freundlich, der Zenturio ebenso wie der einfache Soldat. Man fragt ihn nach seiner Meinung zu diesem und jenem, machte ihm Komplimente und fügte sich seinen Anweisungen. Pompeius

Rufus war allerdings klug genug, sein Urteil über einige Mißstände im Lager für sich zu behalten, bis Pompeius Strabo abgereist und er als Feldherr akzeptiert sein würde. So war er beispielsweise schokkiert über die mangelnde Hygiene der sanitären Anlagen des Lagers: Die Jauchegruben und Latrinen waren verdreckt und viel zu nahe an der Quelle, von der die Männer das Trinkwasser holten. Typisch für Männer vom Land, dachte Pompeius Rufus; wenn eine Stelle verdreckt ist, sammeln sie einfach ihre Sachen ein und ziehen woanders hin.

Als der Konsul einen größeren Trupp Soldaten auf sich zukommen sah, hatte er keine Angst und keine böse Vorahnung, denn alle machten fröhliche Gesichter, als ob sie sich auf eine Unterredung mit ihm freuten. Seine Stimmung hob sich; vielleicht konnte er diesen Männern sagen, was er von der Hygiene im Lager hielt. Als sie sich dicht um ihn drängten, lächelte er sie deshalb freundlich an, und so spürte er kaum, wie sich die Klinge des ersten Schwertes durch sein ledernes Unterkleid bohrte, zwischen zwei Rippen hindurchstieß und immer weiter vordrang. Zahlreiche andere Schwerter folgten in großer Geschwindigkeit. Pompeius Rufus schrie nicht und hatte nicht einmal Zeit, an die Mäuse und seine Strümpfe zu denken. Er war schon tot, bevor er zu Boden sank. Die Männer entfernten sich.

»Fürchterlich!« sagte Pompeius wenig später zu seinem Sohn und erhob sich von den Knien. »Mausetot, der arme Kerl! Muß an die dreißig Wunden haben. Alle tödlich. Gute Arbeit – es müssen gute Männer gewesen sein.«

»Aber wer?« fragte ein anderer junger Offizier, als der junge Pompeius nicht antwortete.

»Offensichtlich Soldaten«, sagte Pompeius Strabo. »Die Männer wollten wohl keinen anderen Feldherrn. Damasippus hat etwas in der Richtung gesagt, aber ich nahm es nicht ernst.«

»Was wirst du tun, Vater?« fragte der junge Pompeius.

»Ich schicke ihn nach Rom zurück.«

»Ist das nicht verboten? Kriegstote müssen doch sofort begraben werden.«

»Der Krieg ist vorbei, und er war Konsul«, sagte Pompeius Strabo. »Ich finde, der Senat sollte den Leichnam sehen. Gnaeus, mein Sohn, kümmere du dich darum. Damasippus kann den Leichnam begleiten.«

Alles wurde wirkungsvoll arrangiert. Pompeius Strabo schickte einen Kurier voraus, der eine Senatsversammlung einberief, dann wurde Quintus Pompeius Rufus zum Eingang der Curia Hostilia gebracht. Außer dem, was Damasippus persönlich zu sagen hatte, wurden keine weiteren Erklärungen gegeben – und Damasippus sagte nur, daß die Armee des Pompeius Strabo keinen anderen Feldherrn hatte haben wollen. Der Senat verstand die Botschaft. Gnaeus Pompeius Strabo wurde höflich gebeten, das Kommando im Norden weiterhin zu führen, da der zu seinem Nachfolger bestimmte Mann tot sei.

Sulla war allein, als er den Brief las, den Pompeius Strabo ihm geschrieben hatte.

Ist das nicht traurig, Cornelius Lucius? Meine Soldaten verraten leider nicht, wer es war, und ich kann schließlich nicht vier gute Legionen für etwas bestrafen, das dreißig oder vierzig Männer im Alleingang beschlossen haben. Meine Zenturionen stehen vor einem Rätsel. Ebenso mein Sohn, der sich mit den Mannschaften sehr gut versteht und sonst immer weiß, was vor sich geht. Eigentlich ist es meine Schuld. Ich habe nicht gewußt, wie sehr meine Männer mich lieben. Immerhin war Quintus Pompeius auch ein Picenter, und ich hätte nicht gedacht, daß ihnen der Wechsel etwas ausmachen würde.

Dennoch hoffe ich, der Senat sorgt jetzt dafür, daß ich im Norden Feldherr bleibe. Wenn die Legionen keinen Picenter dulden, hat ein Fremder sicherlich noch weniger Chancen, oder? Wir sind rauhe Burschen, wir aus dem Norden.

Ich wünsche Dir alles Gute für Deine Pläne, Lucius Cornelius. Du bist ein Mann vom alten Schlag, aber Du hast auch interessante, neue Ideen. Man kann viel von Dir lernen. Sei versichert, daß ich Dich von ganzem Herzen unterstütze, und laß mich bitte wissen, wenn ich Dir sonst noch irgendwie helfen kann.

Sulla lachte und verbrannte dann den Brief, der zu den wenigen aufmunternden Nachrichten gehörte, die er erhalten hatte. Daß Rom mit den Verfassungsänderungen, die er vorgenommen hatte, nicht glücklich war, wußte er jetzt sicher, denn die Volksversammlung war zusammengekommen und hatte zehn neue Volkstribunen gewählt. Alle zehn waren Gegner Sullas und Anhänger des Sulpicius, darunter Gaius Milonius, Gaius Papirius Carbo Arvina, Publius Magius, Marcus Vergilius, Marcus Marius Gratidianus (der Neffe, den Gaius Marius adoptiert hatte) und außerdem noch Quintus Sertorius. Als

Sulla von Quintus Sertorius' Kandidatur erfuhr, warnte er ihn schriftlich, daß es besser für ihn sei, sich nicht aufstellen zu lassen. Sertorius jedoch ignorierte diese Warnung und sagte, daß es für Rom jetzt gleichgültig sei, wer zum Volkstribunen gewählt würde.

Diese deutliche Niederlage machte Sulla klar, daß er unbedingt dafür sorgen mußte, daß streng konservative Männer in die kurulischen Ämter gewählt wurden. Beide Konsuln und alle sechs Prätoren mußten zuverlässige Befürworter der *leges Corneliae* sein. Bei den Quästoren war dies einfach. Alle waren Senatoren, die wieder ins Amt gekommen waren, oder junge Männer aus Senatsfamilien, die zuverlässige Stützen der Macht des Senats sein würden. Unter ihnen war auch Lucius Licinius Lucullus, der zu Sullas Diensten abgestellt war.

Sullas Neffe Lucius Nonius mußte natürlich auch ein Amt bekommen. Er war zwei Jahre zuvor Prätor gewesen und würde seinem Onkel als Konsul nicht im Wege stehen. Er war nur leider ein ziemlich geistloser Mann, der sich bislang nirgends hervorgetan hatte und daher bei den Wählern nicht besonders beliebt war. Aber seine Kandidatur würde Sullas Schwester gefallen. Sulla hatte seine Schwester fast vergessen, so wenig Gefühle hatte er für seine Familie übrig. Wenn sie nach Rom zu Besuch kam – was sie regelmäßig tat –, machte er sich nie die Mühe, sie zu besuchen. Das mußte anders werden! Zum Glück half Delmatica gern, wo sie konnte, denn sie war eine gastfreundliche und geduldige Frau. Sie würde sich um Sullas Schwester und den langweiligen Lucius Nonius kümmern, der hoffentlich bald Konsul sein würde.

Zwei weitere Kandidaten gefielen Sulla. Der ehemalige Legat Pompeius Strabos, Gnaeus Octavius Ruso, war ein Anhänger Sullas und der alten Traditionen und war außerdem wahrscheinlich auch von Pompeius Strabo entsprechend instruiert worden. Der zweite vielversprechende Kandidat war der von der ersten Klasse sehr geschätzte Publius Servilius Vatia – ein plebejischer Servilius, aber aus einer vornehmen, alten Familie; außerdem hatte er eine beachtliche Anzahl an Kriegsauszeichnungen vorzuweisen, was für Wahlen immer günstig war.

Ein anderer Kandidat bereitete Sulla dagegen große Sorgen, gerade weil er bei oberflächlicher Betrachtung der ersten Klasse als geeigneter Mann für das Amt des Konsuls erscheinen würde, als jemand, der die Privilegien und Vorrechte der Senatoren und Ritter verteidigen würde. Lucius Cornelius Cinna war Patrizier. Er stammte aus demselben Geschlecht wie Sulla, war mit einer Frau aus der Familie Annius verheiratet, hatte viele hervorragende Auszeichnungen im Krieg errungen und war als Redner und Anwalt gut bekannt. Aber Sulla wußte, daß sich Cinna irgendwie an Gaius Marius gebunden hatte – wahrscheinlich hatte Marius ihn gekauft. Wie so viele Senatoren hatte auch Cinna vor wenigen Monaten noch große Geldsorgen gehabt – doch als andere Senatoren wegen ihrer Schulden ausgeschlossen wurden, zeigte sich, daß Cinnas Geldbeutel prall gefüllt war. Jawohl, gekauft, dachte Sulla finster. Wie schlau von Gaius Marius! Natürlich hatte das mit dem jungen Marius und den Anschuldigungen zu tun, er habe den Konsul Cato umgebracht. Zu anderen Zeiten hätte Cinna sich bestimmt nicht kaufen lassen, denn er schien ein integrer Mann – auch deshalb würde er den Wählern der ersten Klasse gefallen. Doch in schlechten Zeiten wie diesen, wenn ein Mann die eigene Zukunft und die seiner Söhne vom Ruin bedroht sah, konnte es soweit kommen, daß selbst Ehrenmänner sich kaufen ließen. Vor allem, wenn ein solcher Ehrenmann nicht daran glaubte, daß seine veränderte Haltung auch seine Ehrbegriffe verändern würde.

Die kurulischen Wahlen waren nicht Sullas einzige Sorgen. Er wußte außerdem, daß seine Armee die Belagerung Roms satt hatte. Die Soldaten wollten nach Osten ziehen und gegen Mithridates kämpfen, und sie verstanden nicht, warum ihr Feldherr sie in Rom festhielt. Außerdem regte sich immer mehr Widerstand gegen ihre Anwesenheit in der Stadt; die Soldaten bekamen zwar nach wie vor freie Mahlzeiten, Übernachtungen und Frauen angeboten, aber diejenigen Römer, die von Anfang an gegen Soldaten in der Stadt gewesen waren, fühlten sich ermutigt, den Inhalt ihrer Nachttöpfe aus Fenstern über den Köpfen glückloser Soldaten zu entleeren.

Hätte Sulla sich zu massiven Bestechungen durchringen können, er hätte seine Kandidaten bei den kurulischen Wahlen vielleicht durchgebracht, denn die Stimmung kam großzügigen Bestechungen entgegen. Aber Sulla wollte sich um keinen Preis von seinem kleinen Goldschatz trennen. Pompeius Strabo sollte ruhig die Legionen aus eigener Tasche bezahlen, und auch Gaius sollte das tun; Lucius Cornelius Sulla betrachtete es als Pflicht Roms, dafür aufzukommen. Wenn Pompeius Rufus noch am Leben gewesen wäre, hätte Sulla sich das Geld des reichen Picenters sichern können; aber daran hatte er nicht gedacht, als er ihn nach Norden in den Tod geschickt hatte.

Seine Pläne waren gut, aber ihre Durchführung war gefährlich, dachte er. In dieser elenden Stadt trieben sich viel zu viele Männer mit eigener Meinung herum, die alle entschlossen waren, zu bekommen, was sie wollten. Konnten sie denn nicht sehen, wie vernünftig und anständig seine Pläne waren? Wie konnte er sich genügend Macht verschaffen, um seine Pläne ungestört durchführen zu können? Männer mit Idealen und Prinzipien waren der Untergang der Menschheit!

Ende Dezember schickte er seine Armee unter dem Befehl des getreuen Lucullus, der jetzt offiziell sein Quästor war, nach Capua zurück. Und dann schlug er alle Warnungen in den Wind und legte sein Schicksal in die Hände Fortunas: Er hielt die Wahlen ab.

Sulla glaubte zwar, den Groll, den die Bevölkerung Roms gegen ihn hegte, richtig einzuschätzen, aber in Wahrheit begriff er keineswegs, wie weit diese Feindschaft ging. Niemand sagte ein Wort, niemand sah ihn schräg an, aber trotz einiger Lippenbekenntnisse konnten die Römer weder vergessen noch verzeihen, daß Sulla eine Armee in die Stadt geführt hatte – und daß Sullas Armee sich mehr Sulla als der Stadt Rom verpflichtet fühlte.

Alle, vom Patrizier bis zum letzten Gassenjungen, teilten diesen unterschwelligen Groll. Selbst Männer, die Sulla und dem Senat so eng verbunden waren wie die Brüder Caesar und die Brüder Scipio Nasica, hatten verzweifelt gehofft, daß Sulla nicht auf seine Armee zurückgreifen würde, um dem Senat aus der Zwickmühle zu helfen. Und in den unteren Klassen eiterten noch zwei weitere Wunden in den Herzen der Männer: daß man einen Volkstribunen während seiner Amtszeit zum Tod verurteilt hatte und daß man den alten und verkrüppelten Gaius Marius aus Heim, Familie und Amt vertrieben und dann noch zum Tod verurteilt hatte.

Etwas von dieser gärenden Unzufriedenheit kam an die Oberfläche, als die kurulischen Ämter neu vergeben wurden. Zwar wurde Gnaeus Octavius Ruso zum Konsul gewählt, aber sein Amtskollege war Lucius Cornelius Cinna. Die Prätoren waren unabhängige Männer, und Sulla konnte auf keinen von ihnen wirklich zählen.

Die Wahl der Militärtribunen durch die Versammlung des ganzen Volkes bereitete Sulla freilich am meisten Sorgen. Zur Wahl standen nur Männer, die er verachtete, darunter Gaius Flavius Fimbria, Publius Annius und Gaius Marcius Censorinus. Diese Militärtribunen würden über die Leichen ihrer Feldherren gehen, dachte Sulla, sollte je ein Feldherr versuchen, mit ihnen nach Rom zu marschieren! Sie würden ihn ohne jegliche Gewissensbisse umbringen, so wie der junge Marius den Konsul Cato umgebracht hatte. Zum Glück ging seine Amtszeit als Konsul zu Ende, so daß er sie nicht in seinen Legionen hatte. Denn jeder einzelne von ihnen konnte ein Saturninus werden.

Trotz der Enttäuschung über den Wahlausgang war Sulla nicht am Boden zerstört, als das alte Jahr zu Ende ging. Immerhin wußte er jetzt von seinen Spitzeln Genaueres über die Lage in der Provinz Asia, in Bithynien und in Griechenland. Es war eindeutig die klügste Taktik, zuerst nach Griechenland zu gehen und sich später um Kleinasien zu kümmern. Er hatte nicht genug Soldaten für einen Angriff von zwei Flanken, deshalb mußte er Mithridates im direkten Angriff zum Rückzug aus Griechenland und Macedonia bringen. Der pontische Einmarsch in Macedonia war auch nicht ganz nach Plan verlaufen; Gaius Sentius und Quintus Bruttius Sura hatten einmal mehr bewiesen, daß Macht allein nicht unbedingt ausreichte, wenn der Feind Rom hieß. Sie hatten mit ihren kleinen Heeren großartige Taten vollbracht, aber sie konnten unmöglich noch lange durchhalten.

Deshalb drängte es Sulla immer stärker, mit seinen Truppen aus Italien abzufahren. Nur wenn er König Mithridates besiegte und den Osten plünderte, konnte er mit Gaius Marius' beispiellosem Ruhm mithalten. Nur wenn er das Gold des Mithridates nach Hause brachte, konnte er die finanzielle Krise Roms abwenden. Nur wenn ihm all dies gelang, würde ihm Rom den Einmarsch in die Stadt verzeihen. Nur dann würde ihm das Volk vergeben, daß er die Volksversammlungen in Treffen verwandelt hatte, wo man sich am besten mit Würfelspielen und Däumchendrehen die Zeit vertrieb.

An seinem letzten Tag als Konsul rief Sulla den Senat zu einer außerordentlichen Versammlung zusammen und hielt eine eindringliche Rede, erfüllt vom Glauben an sich selbst und seine neuen Methoden.

»Ihr habt es mir zu verdanken, eingeschriebene Väter, daß es euch noch gibt. Ich sage das, weil es die Wahrheit ist. Stünden die Gesetze des Publius Sulpicius Rufus noch auf den Tafeln, würde die Plebs – nicht einmal das Volk! – ohne jede Kontrolle und ohne jedes Gegengewicht über Rom herrschen. Der Senat wäre lediglich ein weiteres kümmerliches Relikt aus alten Zeiten; die Zahl der Senatoren wäre so gering, daß der Senat nicht beschlußfähig wäre. Der Senat könnte weder Empfehlungen an Plebs oder Volk aussprechen, noch

Entscheidungen in Angelegenheiten fällen, für die bei uns nur der Senat zuständig ist. Also, bevor ihr das Schicksal von Plebs und Volk bejammert und beklagt, bevor ihr vor Mitleid für Plebs und Volk zerfließt, was diese gar nicht verdienen, solltet ihr euch daran erinnern, was aus diesem hohe Haus ohne mich geworden wäre.«

»Richtig!« rief Catulus Caesar, dessen Sohn, einer der neuen, sehr jungen Senatoren, endlich vom Kriegsdienst heimgekehrt war und heute im Senat saß; Catulus wollte unbedingt, daß sein Sohn Sulla als Konsul reden hörte.

»Ich möchte auch daran erinnern«, fuhr Sulla fort, »daß ihr euch an meine Gesetze halten müßt, wenn ihr Rom weiterhin lenken und leiten wollt. Bevor ihr irgendwelche Umstürze plant, denkt an Rom! Rom braucht Frieden in Italien. Rom braucht euren vollen Einsatz, ihr müßt einen Weg aus den finanziellen Schwierigkeiten finden und Rom wieder den alten Wohlstand verschaffen. Wir dürfen nicht zusehen, wie die Volkstribunen Amok laufen. Der Status quo, wie ich ihn geschaffen habe, muß erhalten bleiben! Nur dann wird Rom sich erholen. Wir können keine Torheiten im Stil Sulpicius' dulden!«

Sulla sah die neugewählten Konsuln an. »Morgen, Gnaeus Octavius und Lucius Cinna, werdet ihr mein Amt und das Amt meines toten Kollegen Quintus Pompeius übernehmen. Meine Zeit als Konsul ist dann zu Ende. Gnaeus Octavius, gibst du mir dein Ehrenwort darauf, daß du meine Gesetze beibehalten wirst?«

Octavius zögerte nicht einen Augenblick. »Ja, Lucius Sulla. Ich gebe dir mein Ehrenwort darauf.«

»Lucius Cornelius Cinna, gibst du mir dein Wort darauf, daß du meine Gesetze beibehalten wirst?«

Cinna sah Sulla ohne Furcht ins Gesicht. »Das kommt darauf an, Lucius Cornelius Sulla. Ich werde deine Gesetze beibehalten, wenn sie sich beim Regieren als brauchbar erweisen. Im Augenblick bin ich mir da nicht so sicher. Das Räderwerk unseres Staates ist so unglaublich alt und so offensichtlich schwerfällig, und die Rechte vieler römischer Bürger wurden – anders kann ich es nicht ausdrücken – annulliert. Es tut mir leid, aber wie die Dinge stehen, kann ich dir mein Versprechen nicht geben.«

Sullas Gesicht veränderte sich plötzlich. Wie andere vor ihnen sahen die Senatoren jenes Geschöpf mit gespreizten Krallen, das in Lucius Cornelius Sulla lauerte, und auch die Senatoren vergaßen diesen kurzen Augenblick nie. Wann immer sie sich in den folgenden Jahren daran erinnerten, erschauerten sie.

Bevor Sulla noch den Mund aufmachen konnte, um zu antworten, fuhr der Pontifex Maximus Scaevola dazwischen.

»Lucius Cinna, ich bitte dich!« Scaevola wußte noch gut, wie er das wilde Tier in Sulla zum ersten Mal gesehen hatte. Kurz darauf hatte der Marsch nach Rom begonnen. »Ich flehe dich an, gib dem Konsul dein Wort!«

Antonius Orator ließ sich vernehmen: »Wenn du dich widersetzt, Cinna, solltest du immer auf Rückendeckung achten! Unser Konsul Lucius Cato hat das nicht getan und ist nun tot.«

Neue wie alte Senatoren begannen unruhig zu flüstern, die meisten schienen einen Streit zu fürchten. Warum konnten die Konsuln ihren Ehrgeiz nicht einmal beiseite lassen? Sahen sie nicht, wie dringend Rom Frieden und innere Stabilität brauchte?

»Ruhe!« sagte Sulla. Er sagte es nur einmal und nicht einmal besonders laut, aber da das wilde Tier noch immer in seinen Augen lauerte, trat augenblicklich Stille ein.

»Konsul, darf ich etwas sagen?« fragte Catulus Caesar. Auch er wußte noch, wann er Sulla zum ersten Mal so gesehen hatte: kurz vor dem Rückzug aus Tridentum.

»Sprich, Quintus Lutatius.«

»Zunächst möchte ich etwas zu Lucius Cinna bemerken«, sagte Catulus Caesar kühl. »Man wird ihn wohl beobachten müssen. Ich bedaure seine Wahl in ein Amt, in dem er sich meiner Ansicht nach nicht bewähren wird. Lucius Cinna mag sich im Krieg ausgezeichnet haben, aber er hat wenig politisches Verständnis und eigenartige Vorstellungen davon, wie Rom regiert werden sollte. Als Stadtprätor hat er nicht eine einzige der dringend nötigen Maßnahmen ergriffen. Beide Konsuln waren im Feld, aber Lucius Cinna – praktisch für die Regierungsgeschäfte Roms verantwortlich! – tat nichts, um die schlimme wirtschaftliche Not zu lindern. Hätte er das damals getan, stünde es heute vielleicht besser um Rom. Dennoch will Lucius Cinna, der neugewählte Konsul, heute einem klügeren und fähigeren Mann sein Versprechen nicht geben, obgleich er zum Wohle Roms und des Senats darum gebeten wurde.«

»Nichts, was du gesagt hast, überzeugt mich, deshalb werde ich meine Meinung nicht ändern, Quintus Lutatius«, sagte Cinna barsch.

»Das merke ich.« Catulus Caesar zeigte sich jetzt von seiner arrogantesten Seite. »Ich bin in der Tat fest davon überzeugt, daß niemand von uns irgend etwas sagen könnte, was deine Meinung ändern würde. Du machst dir schnell eine Meinung, so schnell, wie auch dein Geldbeutel zugeschnürt war, nachdem du das Geld darin verstaut hattest, das Gaius Marius dir gab, um den Namen seines Sohnes vom Vorwurf des Mordes reinzuwaschen!«

Cinna errötete. Er haßte diesen Vorwurf, konnte jedoch nichts dagegen machen.

»Es gibt allerdings einen Weg, wie wir Senatoren sicherstellen können, daß Lucius Cinna sich an die Maßnahmen hält, die unser Konsul mit so großer Umsicht ergriffen hat«, sagte Catulus Caesar. »Ich schlage vor, daß wir Gnaeus Octavius und Lucius Cinna einen heiligen Eid darauf schwören lasssen, daß sie sich an die jetzige Verfassung, wie Sulla sie auf den Tafeln niedergeschrieben hat, halten.«

»Ich bin einverstanden«, sagte Scaevola Pontifex Maximus.

»Ich auch«, sagte Flaccus Princeps Senatus.

Nacheinander erklärten Antonius Orator, der Zensor Lucius Caesar, der Zensor Crassus, Quintus Ancharius, Publius Servilius Vatia und Sulla ihr Einverständnis. Dann wandte Sulla sich an Scaevola. »Pontifex Maximus, willst du den neugewählten Konsuln diesen Eid abnehmen?«

»Ja.«

»Ich werde diesen Eid ablegen«, sagte Cinna laut, »wenn eine klare Mehrheit im Senat dafür stimmt.«

»Dann soll der Senat abstimmen«, sagte Sulla sofort. »Wer für den Eid ist, stellt sich rechts von mir auf, wer dagegen ist, links.«

Nur wenige Senatoren traten auf Sullas linke Seite. Der erste war Quintus Sertorius, der vor Ärger zitterte.

»Das hohe Haus hat abgestimmt und seinen Willen eindeutig kundgetan«, sagte Sulla. Das wilde Tier war aus seinen Augen verschwunden. »Quintus Mucius, du bist der oberste Priester. Wie soll der Eid abgelegt werden?«

»Wie es geschrieben steht«, sagte Scaevola sofort. »Zunächst begleiten mich alle Senatoren zum Tempel des Jupiter Optimus Maximus, wo der Jupiterpriester und ich dem großen Gott ein Opfer bringen werden. Das Opfer wird ein zweijähriges Schaf sein.«

»Wie praktisch!« sagte Sertorius laut. »Ich wette, das Tier wartet schon auf uns, wenn wir auf dem Kapitol ankommen!«

Scaevola beachtete ihn nicht und fuhr fort: »Nach dem Opfer werde ich Lucius Domitius bitten, aus der Leber des Opfertieres die Zukunft zu lesen. Er ist der Sohn des verstorbenen Pontifex Maximus und hat mit dieser Angelegenheit direkt nichts zu tun. Wenn die Zeichen günstig sind, werde ich den Senat zum Tempel des Semo Sancus Dius Fidius führen, dem Gott des heiligen Treueschwurs. Dort – unter offenem Himmel, wo jeder Eid geschworen werden muß – werde ich die neugewählten Konsuln schwören lassen, daß sie sich an die *leges Corneliae* halten werden.«

Sulla erhob sich von seinem Amtsstuhl. »Dann fangen wir an, Pontifex Maximus.«

Die Zeichen standen günstig. Auf dem Weg vom Kapitol zum Tempel des Semo Sancus Dius Fidius sahen die Senatoren, wie ein Adler von links nach rechts über die Porta Sanqualis flog.

Cinna hatte jedoch nicht die Absicht, sich durch einen Eid an die Verfassung Sullas binden zu lassen, und er wußte auch genau, wie er seinen Eid ungültig machen konnte. Als die Senatoren zum Jupitertempel auf dem Kapitol stiegen, drängte er sich neben Quintus Sertorius und bat ihn, ihm einen ganz bestimmten Stein zu bringen. Dabei achtete er sorgfältig darauf, daß niemand sah, wie er mit Sertorius sprach, und niemand verstand, was er sagte. Als die Senatoren dann vom einen Tempel zum anderen zogen, ließ Sertorius den Stein unbemerkt in die Falten von Cinnas Toga gleiten. Den Stein an einen Ort zu befördern, wo Cinna ihn in die linke Hand nehmen konnte, war einfach, denn der Stein war klein, glatt und oval.

Cinna wußte seit seiner Kindheit wie jeder römische Junge, daß er nur unter freiem Himmel jene herrlich pathetischen Eide schwören durfte, die kleine Jungen so lieben – Schwüre ewiger Freundschaft und Feindschaft, geboren aus Angst und Wut, Wagemut und Enttäuschung. Denn die Götter des Himmels mußten Zeuge sein, wenn ein Eid geschworen wurde, sonst war der Eid nicht gültig und bindend. Wie alle seine Kameraden damals hatte Cinna das Ritual sehr ernstgenommen. Aber dann hatte er einen Jungen kennengelernt, den Sohn des Ritters Sextus Perquitienus, der sich, weil er in jener schrecklichen Familie aufwuchs, an keinen einzigen seiner Eide hielt. Die beiden waren gleichaltrig, und der Sohn des Sextus Perquitienus verkehrte normalerweise nicht mit Söhnen von Senatoren. Sie waren sich zufällig begegnet, und es war damals auch um einen Eid gegangen.

»Du brauchst dich nur an den Knochen der Mutter Erde festhalten«, hatte der Sohn des Sextus Perquitienus gesagt. »Dafür mußt du beim Schwören einen Stein in der Hand halten. Damit gibst du dich in die Hände der Götter der Unterwelt, da die Unterwelt aus den Knochen der Mutter Erde gebaut ist. Steine sind Gebeine!«

Als Lucius Cornelius Cinna jetzt schwor, die Gesetze Sullas zu respektieren, umklammerte er fest den Stein in seiner linken Hand. Als er fertig war, bückte er sich schnell zum Tempelboden, der mit Blättern, Steinen, Kieseln und Zweigen übersät war, da der Tempel kein Dach hatte, und tat so, als würde er den Stein eben erst auflesen. »Und wenn ich meinen Eid breche«, sagte er mit klarer, weithin vernehmbarer Stimme, »möge man mich vom Tarpejischen Felsen werfen, so wie ich diesen Stein von mir werfe!«

Der Stein flog durch die Luft, prallte gegen die schmutzige Mauer, von der der Putz abblätterte, und fiel zurück in den Schoß der Mutter Erde. Anscheinend hatte niemand begriffen, was der Stein bedeutete. Cinna atmete erleichtert aus. Offensichtlich kannten die römischen Senatoren das Geheimnis nicht, von dem der Sohn des Sextus Perquitienus gewußt hatte. Sollte man ihn, Cinna, je anklagen, er habe seinen Eid gebrochen, konnte er erklären, daß der Eid ihn nicht band. Der ganze Senat hatte gesehen, wie er den Stein weggeworfen hatte, und damit hatte er sich hundert untadelige Zeugen verschafft. Ein solcher Trick funktionierte freilich nur einmal – wie nützlich wäre er doch für Metellus Schweinebacke gewesen, wenn dieser davon gewußt hätte!

Sulla nahm an der Amtseinführung der neuen Konsuln zwar teil, er blieb aber nicht mehr zum Fest. Er müsse sich für die Abreise nach Capua am folgenden Tag vorbereiten, sagte er zu seiner Entschuldigung. Bei der ersten offiziellen Senatsversammlung am Neujahrstag im Tempel des Jupiter Optimus Maximus war er jedoch anwesend, und so hörte er Cinnas kurze, beunruhigende Rede.

»Ich werde meinem Amt Ehre und keine Schande machen«, sagte Cinna. »Wenn ich irgendwelche Bedenken habe, dann nur die, daß der scheidende Konsul eine Armee nach Osten führt, die Gaius Marius hätte führen sollen. Von der rechtswidrigen Verfolgung und Verurteilung Gaius Marius' einmal ganz abgesehen, meine ich trotzdem, der scheidende Konsul sollte in Rom bleiben und sich der Anklage stellen.«

Welcher Anklage? Niemand wußte Genaueres, auch wenn die meisten Senatoren folgerten, daß die Anklage auf Verrat lauten und in einen Prozeß gegen Sulla wegen seines Einmarsches in Rom münden würde. Sulla seufzte und fügte sich in das Unvermeidliche. Er war ein skrupelloser Mann, der notfalls jeden Eid gebrochen hätte. Von Cinna allerdings hätte er das nicht erwartet. Wie ärgerlich!

Vom Kapitol aus machte er sich auf den Weg zu Aurelias Insula in der Subura. Beim Gehen dachte er darüber nach, wie er am besten mit Cinna umgehen sollte. Vor Aurelias Mietshaus angelangt, hatte er die Antwort gefunden; als Eutychus ihm die Tür öffnete, strahlte er deshalb übers ganze Gesicht. Das Lachen verging ihm allerdings, als er Aurelias Gesicht sah. Sie sah ihn grimmig und unfreundlich an.

»Du etwa auch?« fragte er und ließ sich auf eine Liege fallen.

»Ja, ich auch.« Aurelia setzte sich ihm gegenüber auf einen Stuhl. »Du solltest nicht hier sein, Lucius Cornelius.«

»Ach was, es droht keine Gefahr«, sagte er leichthin. »Gaius Julius hat es sich gerade gemütlich gemacht, als ich das Fest verließ.«

»Außerdem würde es dir gar nichts ausmachen, wenn er genau in diesem Moment hereinkäme«, sagte sie. »Nun, es ist wohl besser, wenn wir nicht allein bleiben – um meinetwillen, wenn es dir schon gleichgültig ist.« Sie erhob die Stimme. »Bitte komm herein und setz dich zu uns, Lucius Decumius!«

Der kleine Mann trat mit hochrotem Kopf aus Aurelias Arbeitszimmer.

»Nein, nicht der!« sagte Sulla voller Abscheu. »Ohne dich und deinesgleichen, Lucius Decumius, hätte ich keine Armee nach Rom führen müssen! Wie konntest du auf solch dummes Gerede hereinfallen und glauben, Gaius Marius sei gesund? Bei seinem Gesundheitszustand könnte er eine Armee nicht einmal bis Veii führen, geschweige denn in die Provinz Asia.«

»Gaius Marius ist wieder gesund«, verteidigte Lucius Decumius sich trotzig. Sulla war nicht nur der einzige von Aurelias Freunden, den er nicht leiden konnte, er war auch der einzige Mann in seiner Bekanntschaft, den er fürchtete. Lucius Decumius wußte allerhand über Sulla, von dem Aurelia nichts wußte, aber je mehr er erfuhr, desto weniger drängte es ihn, anderen darüber zu berichten. Man mußte schon aus dem gleichen Holz geschnitzt sein, um Sulla zu durchschauen, hatte er sich schon tausend Male gesagt, und, beim Jupiter, Lucius Cornelius Sulla war ein ebenso großer Schurke wie er selbst. Nur daß Sulla bessere Möglichkeiten für seine Schurkereien hatte. Und Lucius Decumius wußte, daß Sulla diese Möglichkeiten nutzte.

»Lucius Decumius darfst du für diesen Schlamassel nicht verantwortlich machen, da bist du schon selbst schuld!« sagte Aurelia bissig.

»Unsinn!« sagte Sulla geradeheraus. »Ich habe diesen Mist doch nicht verursacht! Ich habe mich in Capua um meine Legionen gekümmert und wollte nach Griechenland abreisen. Narren wie Lucius Decumius sind schuld daran, daß ich nach Rom zurückkehren mußte – Narren, die sich in Dinge einmischen, von denen sie nichts verstehen, und die sich vormachen, ihre Helden seien aus anderem Stoff gemacht als der Rest der Menschheit! Dein Freund hier hat Leute aus Sulpicius' Schlägerbande angeworben, die dann das Forum verstopften und meine Tochter zur Witwe machten – und er hat noch mehr solcher Leute zusammengetrommelt, als ich das Forum Esquilinum betrat und keinen sehnlicheren Wunsch hatte, als für Frieden zu sorgen! Nicht ich habe die Unruhen angezettelt! Aber ich mußte dann dafür bezahlen!«

Wütend richtete sich Lucius Decumius auf, die Nackenhaare gesträubt. »Ich glaube an das Volk!« sagte er im Brustton der Überzeugung. Sonst war nie er der Schwächere, deshalb war er diese Rolle nicht gewohnt.

»Na, also! Da haben wir es, du redest so dumm daher, wie ein Mann aus der vierten Klasse eben daherredet!« knurrte Sulla. »›Ich glaube an das Volk‹, in der Tat! Du solltest an die glauben, die über dir stehen!«

»Lucius Cornelius, bitte!« sagte Aurelia mit klopfendem Herzen und zitternden Knien. »Wenn du Lucius Decumius überlegen sein willst, dann benimm dich auch so!«

»Ja!« rief Lucius Decumius unter Aufbietung seines ganzen Mutes. Seine geliebte Aurelia kämpfte für ihn – und er wollte ihr zeigen, wie mutig er war. Sulla war nicht Marius. Beim Anblick Sullas überlief Lucius Decumius ein Frösteln, wie wenn er Fingernägel über eine glatte, steinige Fläche kratzen hörte. Dann sagte er: »Paß lieber auf dich selbst auf, du großer, bedeutender Konsular Sulla, sonst steckt eines Tages noch ein Messer in deinem Rücken!«

Sullas fahler Blick trübte sich, und er stand mit zusammengebissenen Zähnen auf. Die Drohung, die von ihm ausging, als er auf Lucius Decumius zutrat, war fast mit Händen zu greifen.

Lucius Decumius wich zurück – nicht aus Feigheit, eher aus abergläubischer Scheu davor, mit etwas in Berührung zu geraten, das ebenso geheimnisvoll wie schrecklich war.

»Ich könnte dich zertrampeln wie ein Elefant einen Hund zertrampelt«, sagte Sulla in liebenswürdigem Ton. »Der einzige Grund, warum ich es nicht tue, ist diese Dame hier. Sie schätzt dich, und du bist ihr ein guter Diener. Du magst viele Männer erstochen haben, Lucius Decumius, aber glaube bloß nicht, das könnte dir bei mir gelingen! Nicht einmal im Traum. Geh mir aus dem Weg, sei zufrieden, wenn du in deinem Reich befehlen kannst. Und jetzt verschwinde!«

»Geh, Lucius Decumius«, sagte Aurelia. »Bitte!«

»Nicht solange er in dieser Stimmung ist!«

»Ich komme gut allein mit ihm zurecht. Bitte geh.«

Lucius Decumius verschwand.

»Du hättest nicht so grob zu sein brauchen«, sagte sie verschnupft. »Er weiß nicht, wie er mit dir umgehen soll, und er ist mir treu, ganz gleich, was er sonst für ein Mann ist. Zu Gaius Marius hält er um meines Sohnes willen.«

Sulla setzte sich auf den Rand des Sofas, unsicher, ob er gehen oder bleiben sollte. »Sei mir nicht böse, Aurelia. Sonst werde ich noch böse auf dich. Du hast recht, er ist es nicht wert. Aber das gleiche gilt für Gaius Marius, und Lucius Decumius hat Gaius Marius geholfen, mich in eine Lage zu bringen, die ich nicht herbeigewünscht und nicht verdient habe!«

Aurelia holte tief Luft und atmete langsam aus. »Ja, ich kann verstehen, wie du dich fühlst. Insofern hast du recht.« Sie nickte im Takt ihrer Worte. »Ich weiß, ich weiß. Du hast alles mögliche versucht, um die Lage legal und friedlich unter Kontrolle zu bringen. Aber gib nicht Gaius Marius die Schuld. Publius Sulpicius war es.«

»Das ist eine fadenscheinige Ausrede.« Sulla entspannte sich allmählich. »Du bist Tochter eines Konsuls und Frau eines Prätors, Aurelia. Du weißt besser als die meisten, daß Sulpicius sein Werk niemals hätte beginnen können, wenn ihn nicht jemand unterstützt hätte, der sehr viel mehr Einfluß besitzt, als er je gehabt hat. Gaius Marius.«

»Je gehabt hat?« fragte sie. Ihre Augen weiteten sich.

»Sulpicius ist tot. Er wurde vor zwei Tagen gefaßt.«

Sie schlug die Hände vor den Mund. »Und Gaius Marius?«

»Ach, Gaius Marius, Gaius Marius, immerzu Gaius Marius! So denke doch einmal nach, Aurelia! Warum sollte ich Gaius Marius' Tod wollen? Warum sollte ich den Helden des Volkes umbringen? So ein Narr bin ich auch wieder nicht. Hoffentlich habe ich ihm einen solchen Schrecken eingejagt, daß er nicht nach Italien zurückkehrt, bis ich aus Italien abgereist bin. Es geht nicht nur um mich, Aurelia. Es geht um Rom. Marius darf nicht gegen Mithridates kämpfen!« Sulla rutschte auf dem Sofa hin und her und gestikulierte wie ein Anwalt, der seiner Sache abgeneigte Richter überzeugen will. »Aurelia, du hast doch sicher bemerkt, daß Gaius Marius, seit er vor genau einem Jahr wieder ins öffentliche Leben zurückkehrte, mit Männern umgeht, die er früher nicht einmal gegrüßt hätte. Wir alle haben unsere Handlanger, mit denen wir besser nichts zu tun hätten, und wir alle müssen Männer umschmeicheln, denen wir lieber ins Gesicht spucken würden. Aber seit seinem zweiten Schlaganfall greift Gaius Marius auf Mittel und Tricks zurück, die er früher nicht einmal in Todesgefahr angerührt hätte! Ich weiß, wer ich bin. Ich weiß, was ich kann. Und ich lüge nicht, wenn ich sage, daß ich bei weitem ehrloser und gewissenloser bin als Gaius Marius, aufgrund meines bisherigen Lebens und meines Charakters. Aber er war niemals so! Daß er Männer wie Lucius Decumius benützt, um einen Kadetten loszuwerden, der seinen hochverehrten Sohn des Mordes anklagte! Daß er sich durch Männer wie Lucius Decumius Schläger aus dem Pöbel beschaffen läßt! Überlege doch einmal, Aurelia. Der zweite Schlaganfall hat seinen Verstand angegriffen.«

»Du hättest niemals in Rom einmarschieren dürfen«, sagte sie.

»Hatte ich denn eine andere Wahl, Aurelia? Hätte ich einen anderen Weg gesehen, ich wäre ihn gegangen. Oder wäre es dir lieber gewesen, wenn ich in Capua geblieben wäre, bis ein zweiter Bürgerkrieg losgebrochen wäre – Sulla gegen Marius?«

Aurelia wurde blaß. »So weit wäre es nie gekommen!«

»Ja, es gab noch eine dritte Möglichkeit. Ich hätte mich einem verrückten Volkstribun und einem wahnsinnigen, alten Mann unterwerfen können. Ich hätte Gaius Marius erlauben können, mit mir das zu machen, was er mit Metellus Numidicus gemacht hat: nämlich mit Hilfe der Plebs einen Feldherrn stürzen. Aber als er das mit Metellus Numidicus gemacht hat, war Metellus Numidicus nicht mehr Konsul! Ich war Konsul, Aurelia! Niemand darf einem amtierenden Konsul das Kommando wegnehmen. Niemand!«

»Ja, ich verstehe, was du meinst.« Die Farbe kehrte in Aurelias Gesicht zurück, ihre Augen füllten sich mit Tränen. »Sie werden dir nie verzeihen, Lucius Cornelius. Du hast ein Heer nach Rom geführt.«

Sulla stöhnte. »Nein, bei allen Göttern, so weine doch nicht! Ich habe dich niemals weinen sehen. Nicht einmal bei der Beerdigung meines Sohnes. Wenn du um ihn nicht weinen konntest, dann kannst du doch nicht um Rom weinen!«

Aurelia saß mit gesenktem Kopf da. Die Tränen liefen ihr nicht die Wangen hinunter, sondern fielen ihr in den Schoß, und ihre nassen, schwarzen Wimpern glitzerten im Sonnenlicht. »Wenn mir etwas sehr nahegeht, kann ich nicht weinen«, sagte sie und wischte sich mit dem Handrücken die Nase ab.

»Das glaube ich nicht.« Sullas Kehle war rauh und schmerzte.

Aurelia blickte auf. Jetzt liefen ihr die Tränen die Wangen hinunter. »Ich weine nicht um Rom«, sagte sie mit belegter Stimme und wischte sich wieder über die Nase. »Ich weine um dich.«

Sulla erhob sich vom Sofa, reichte ihr sein Taschentuch, stellte sich hinter ihren Stuhl und legte ihr die Hand auf die Schulter. Es war besser, wenn sie sein Gesicht nicht sah.

»Dafür werde ich dich immer lieben«, sagte er und wischte mit der Hand ein paar Tränen von ihren Wimpern. Dann leckte er seine Hand ab. »Das bringt Glück«, sagte er. »Ich hatte als Konsul die härteste Zeit, die ein Konsul je hatte. Genau wie ich das härteste Leben hatte, das je ein Mann hatte. Aber ich gebe nicht auf, und es ist mir gleichgültig, wie ich siege. Es sieht nicht gut aus für mich. Aber das Rennen ist erst vorbei, wenn ich tot bin.« Er drückte ihre Schulter mit der Hand. »Deine Tränen bewahre ich tief in mir. Ich habe einmal ein smaragdenes Monokel in einen Abwasserkanal fallen lassen, weil es keinen Wert für mich hatte. Aber deine Tränen werde ich niemals verlieren.«

Er ließ sie los und verließ das Haus. Er war stolz und fühlte sich bereichert und geehrt. All die Tränen, die andere Frauen um ihn geweint hatten, waren aus Selbstsucht geflossen. Die Frauen hatten um ihre gebrochenen Herzen geweint, nicht um ihn. Doch sie, die niemals weinte, hatte um ihn geweint.

Ein anderer Mann wäre vielleicht weich geworden und hätte noch einmal nachgedacht. Nicht Sulla. Als er nach langem Fußmarsch sein Haus erreichte, war die Hochstimmung aus seinem Bewußtsein verschwunden. Er speiste gutgelaunt mit Delmatica zu Abend, zog sie ins Bett und liebte sie, dann schlief er traumlos und wie immer zehn Stunden – wenn er träumte, so erinnerte er sich zumindest nicht daran. Eine Stunde vor Tagesanbruch erwachte er, stand auf, ohne seine Frau zu wecken, nahm ein Stück des knusprigen, frisch gebackenen Brotes und etwas Käse mit in sein Arbeitszimmer und starrte beim Essen abwesend auf eine Kiste, die etwa die Größe eines der Reliquienschreine seiner Vorfahren hatte.

Die Kiste stand auf seinem Schreibtisch, und sie enthielt den Kopf des Publius Sulpicius Rufus.

Die anderen Verurteilten waren entkommen. Nur Sulla und einige wenige Kollegen wußten, daß man auch nicht viel unternommen hatte, um sie zu ergreifen. Sulpicius jedoch mußte beiseite geschafft werden, und deshalb hatte man ihn fangen müssen.

Mit der Bootsfahrt über den Tiber hatte Sulpicius eine falsche Spur legen wollen. Weiter flußabwärts setzte er wieder über den Fluß und steuerte an Ostia vorbei auf die kleine, wenige Kilometer weiter gelegene Hafenstadt Laurentum zu. Dort versuchte der Fliehende ein Schiff zu bekommen – und dort wurde er unter Mithilfe seiner eigenen Diener zur Strecke gebracht. Die von Sulla gedungenen Männer töteten Sulpicius sofort, kannten Sulla aber gut genug, um zu wissen, daß er nicht zahlen würde, wenn er keine Beweise sah. Also schnitten sie Sulpicius' Kopf ab, steckten ihn in eine wasserdichte Kiste und brachten diese zu Sulla nach Rom. Dann bekamen sie ihr Geld und Sulla den Kopf, der immer noch relativ frisch war, da man ihn erst zwei Tage zuvor vom Leib getrennt hatte.

Am Tag seiner Abreise aus Rom, an jenem zweiten Januar, ließ Sulla Cinna zum Forum rufen. An der Wand der Rednerbühne war ein langer Speer mit Sulpicius' Kopf auf der Spitze befestigt. Sulla packte Cinna grob am Arm.

»Schau genau hin«, sagte er. »Merk dir, was du siehst. Merk dir den Ausdruck auf seinem Gesicht. Man sagt, die Augen sehen noch, wenn einem Mann der Kopf abgeschnitten wird. Wenn du das früher nicht geglaubt hast, wirst du es jetzt glauben. Dort ist ein Mann, der gesehen hat, wie sein Kopf in den Staub fiel. Merk es dir gut, Lucius Cinna. Ich habe nicht vor, im Osten zu sterben. Ich werde also nach Rom zurückkehren. Wenn du mir die Kur, die ich Rom gegen die derzeitigen Leiden der Stadt verschrieben habe, verpfuschst, wirst auch du deinen Kopf in den Staub fallen sehen.«

Als Antwort erhielt Sulla einen höhnischen und verächtlichen Blick, aber Cinna hätte sich den Blick sparen können, denn Sulla hatte kaum zu Ende gesprochen, als er schon den Kopf seines Maultiers herumriß und vom Forum Romanum trabte, den breitkrempigen Hut auf dem Kopf und ohne sich noch einmal umzublicken. Sulla sah nicht gerade so aus, wie man sich einen erfolgreichen Feldherrn vorstellte. Aber insgeheim war Cinna von nun an überzeugt, daß der Gott der Rache so aussehen müsse.

Dann sah er zu dem Kopf hinauf: Die Augen waren weit aufgerissen, der Kiefer hing hinunter. Der Tag brach gerade an, und wenn man den Kopf jetzt abnahm, würde niemand ihn sehen.

»Nein«, sagte Cinna laut. »Der Kopf bleibt hier. Ganz Rom soll sehen, wie weit der Mann, der in Rom einmarschiert ist, noch gehen kann.«

*

In Capua zog sich Sulla mit Lucullus hinter verschlossene Türen zurück, um zu besprechen, wie die Soldaten nach Brundisium gebracht werden konnten. Ursprünglich hatte Sulla die Legionen in Tarentum einschiffen wollen, doch dann erfuhr er, daß es dort nicht genügend Transportschiffe gab. Also mußten sie nach Brundisium.

»Du fährst als erster mit der gesamten Reiterei und zwei Legionen«, sagte Sulla. »Ich folge mit den restlichen drei Legionen. Warte aber nicht auf mich, wenn du am anderen Ufer des Ionischen Meeres gelandet bist. Sobald du in Elatria oder Buchetium bist, marschiere Richtung Dodona. Plündere jeden Tempel in Epirus und Akarnania – du wirst dort keine Schätze finden, aber vermutlich genug. Schade, daß die Skordisker Dodona erst kürzlich geplündert haben. Vergiß aber niemals, daß die Priester in Griechenland und Epirus schlau und geizig sind, Lucius Licinius. Vielleicht konnten sie in Dodona einiges vor den Barbaren verstecken.«

»Vor mir werden sie nichts verstecken können«, lachte Lucullus.

»Gut! Marschiere mit deinen Männern über Land nach Delphi, und tu, was du tun mußt. Bis ich dich einhole, gehört der Krieg dir.«

»Und du, Lucius Cornelius?« fragte Lucullus.

»Ich warte in Brundisium, bis deine Transportschiffe zurück sind. Außerdem muß ich noch so lange in Capua bleiben, bis ich sicher sein kann, daß in Rom alles ruhig bleibt. Ich traue Cinna nicht, und ich traue Sertorius nicht.«

Da die dreitausend Pferde und tausend Maultiere der Reiterei Sullas in der Gegend um Capua Unmut erregten, marschierte Lucullus Mitte Januar nach Brundisium ab, obwohl der Winter vor der Tür stand und Lucullus und Sulla bezweifelten, daß Lucullus vor März oder April würde absegeln können. Auch Sulla drängte es, Capua sofort zu verlassen, aber er zögerte noch; die Nachrichten aus Rom verhießen nichts Gutes. Zuerst wurde gemeldet, der Volkstribun Marcus Vergilius habe auf dem Forum eine großartige Rede gehalten. Er habe Sullas Gesetze insofern umgangen, als er die Zusammenkunft nicht als Versammlung bezeichnete. Vergilius hatte gefordert, man solle Sulla, der nicht mehr Konsul war, das Imperium entziehen und ihn schnellstens und notfalls gewaltsam nach Rom zurückbeordern, wo er wegen des Mordes an Sulpicius und der rechtswidrigen Ächtung des Gaius Marius und achtzehn weiterer Männer, die noch flüchtig waren, angeklagt werden solle.

Die Rede hatte weiter keine Folgen, aber dann erfuhr Sulla, daß Cinna unter den Hinterbänklern des Senats um Unterstützung für eine Eingabe warb, die Vergilius und Publius Magius, ein anderer Volkstribun, im Senat machen wollten; der Senat sollte dieser Eingabe zufolge den Zenturiatkomitien empfehlen, Sulla das Imperium zu entziehen und ihn des Mordes und des Verrats anzuklagen. Der Senat weigerte sich standhaft, solche Tricks zu unterstützen, aber Sulla befürchtete trotzdem Schlimmes. Alle in Rom wußten, daß er immer noch mit drei Legionen in Capua war, aber sie schienen überzeugt, daß er es kein zweites Mal wagen würde, nach Rom zu marschieren. Sie glaubten offensichtlich, seine Anordnungen ungestraft unterlaufen zu können.

Ende Januar erhielt Sulla einen Brief von seiner Tochter Cornelia.

Vater, meine Lage ist verzweifelt. Seit mein Mann und mein Schwiegervater tot sind, benimmt sich der neue pater familias – mein Schwager, der sich jetzt Quintus nennt – mir gegenüber abscheulich. Seine Frau kann mich überhaupt nicht leiden. Als mein Mann und mein Schwiegervater noch lebten, gab es nie Streit. Inzwischen wohnen aber der neue Quintus und seine schreckliche Frau bei meiner Schwiegermutter und mir. Von Rechts wegen gehört das Haus meinem Sohn, aber daran denkt anscheinend niemand mehr, und meine Schwiegermutter steht, was wohl natürlich ist, mittlerweile auf der Seite ihres Sohnes. Und inzwischen geben sie ständig Dir die Schuld an der Misere Roms und auch an ihren persönlichen Problemen. Sie behaupten sogar, Du hättest meinen Schwiegervater absichtlich nach Umbria in den Tod geschickt. So haben meine Kinder und ich nun keine Diener mehr, wir müssen dasselbe essen wie die Sklaven und bewohnen die schlechtesten Zimmer. Wenn ich mich beklage, bekomme ich zu hören, daß ohnehin Du für mich aufkommen müßtest! Als ob ich meinem verstorbenen Mann nicht einen Sohn geboren hätte, der den größten Teil des großväterlichen Vermögens erben wird! Auch deshalb gibt es immer wieder Ärger. Delmatica drängt mich,

ich solle doch zu ihr in Dein Haus ziehen, aber ich möchte das nicht ohne Deine Erlaubnis tun.

Eine Bitte, Vater, liegt mir mehr als alles andere am Herzen – vielleicht hast Du bei all Deinen eigenen Problemen gar keine Zeit, an mich zu denken, aber diese Sache wäre mir wichtiger, als in Deinem Haus unterkommen zu können – kannst Du mir einen neuen Ehemann suchen? Ich bin noch weitere sieben Monate in Trauer. Wenn Du einverstanden bist, würde ich diese Zeit gerne in Deinem Haus unter der Obhut Deiner Frau zubringen. Aber länger will ich Delmatica nicht zur Last fallen. Ich brauche mein eigenes Haus.

Ich bin nicht wie Aurelia, ich möchte nicht allein leben. Ich könnte auch nicht so leben wie Aelia, die ihr Leben trotz Marcias Herrschsucht wirklich zu genießen scheint. Bitte, Vater, wenn Du mir einen Mann finden könntest, wäre ich Dir so dankbar! Eine Ehe mit dem schlimmsten Mann, den man sich vorstellen kann, ist immer noch unendlich viel besser, als einer anderen Frau zur Last zu fallen. Dessen bin ich mir sicher.

Mir persönlich geht es gut, auch wenn mich ein Husten plagt, weil mein Zimmer so kalt ist. Auch den Kindern geht es gut. Mir ist allerdings nicht entgangen, daß man in diesem Haus nicht sonderlich traurig wäre, wenn meinem Sohn etwas zustoßen würde.

Nüchtern betrachtet war das Anliegen Cornelias angesichts all der Schwierigkeiten, die Sulla hatte, nicht besonders wichtig, aber der Brief brachte Sulla auf eine Idee. Bis zum Eintreffen des Briefes war er unschlüssig gewesen, wie er am besten vorgehen sollte. Jetzt wußte er es. Sein Plan hatte nichts mit Cornelia Sulla zu tun, aber auch zu ihrem armseligen, kleinen Leben fiel ihm etwas ein. Wie konnte ein dahergelaufener Picenter es wagen, Gesundheit und Glück seiner Tochter zu gefährden! Und die ihres Sohnes dazu!

Sulla schrieb zwei Briefe, einen an Metellus Pius das Ferkel in Aesernia, dem er befahl, mit Mamercus nach Capua zu kommen, den anderen an Pompeius Strabo. Der Brief an Metellus enthielt nur zwei kurze Sätze. Der Brief an Pompeius Strabo war länger.

Gnaeus Pompeius, Du weißt sicher, was in Rom vorgeht – wie unklug Lucius Cinna handelt, von seinen treudummen Volkstribunen ganz zu schweigen. Ich denke, lieber Freund und Kollege im Norden, wir beide kennen uns recht gut, zumindest vom Hörensagen – aufgrund unserer verschiedenen Lebensläufe konnten wir uns ja leider nie persönlich näherkommen –, und wir wissen, daß unsere Ziele und Absichten ähnlich sind. Auch Du hängst an unseren Vorfahren und schätzt die alten Bräuche, und ich weiß, daß Du Gaius Marius nicht magst. Auch Cinna nicht, nehme ich an.

Falls Du der Überzeugung bist, daß Rom besser gedient wäre, wenn Gaius Marius und seine Legionen gegen König Mithridates kämpften, dann zerreiße diesen Brief sofort. Aber wenn Du lieber mich und meine Legionen gegen König Mithridates kämpfen sehen würdest, lies weiter.

So wie die Dinge in Rom derzeit stehen, sind mir die Hände gebunden: Ich kann nicht aufbrechen, obwohl ich es schon im letzten Jahr, bevor meine Zeit als Konsul ablief, hätte tun sollen. Statt in den Osten abzufahren, muß ich mit drei meiner Legionen in Capua bleiben und Sorge tragen, daß man mir nicht mein Imperium entzieht und mich verhaftet und vor Gericht stellt, obwohl mein Verbrechen doch nur darin besteht, daß ich den mos maiorum stärken will. Cinna, Sertorius, Vergilius, Magius und die anderen sprechen natürlich von Verrat und Mord.

Neben meinen Legionen hier in Capua, den beiden Legionen vor Aesernia und der einen Legion vor Nola gibt es in Italien nur noch Deine Legionen. Quintus Caecilius in Aesernia und Appius Claudius in Nola stehen hinter mir und dem, was ich als Konsul getan habe, darauf kann ich mich verlassen. Ich frage Dich mit diesem Brief, ob ich mich auch auf Dich und Deine Legionen verlassen kann. Es könnte sein, daß Cinna und seine Freunde nicht mehr zu halten sind, sobald ich Italien verlassen habe. Sollte das der Fall sein, werde ich mich darum schon kümmern, wenn die Zeit gekommen ist. Wenn ich siegreich aus dem Osten zurückkehre, das versichere ich Dir, werde ich meine Feinde zur Rechenschaft ziehen.

Sorgen macht mir meine jetzige Lage. Es wird noch einige Zeit dauern, bis ich aus Italien abreisen kann, genauer vier bis fünf Monate. Die Winde in der Adria und im Ionischen Meer sind in dieser Jahreszeit unberechenbar, und nicht selten stürmt es. Ich kann mit Truppen, die Rom so dringend braucht, kein Risiko eingehen.

Gnaeus Pompeius, würdest Du in meinem Namen Cinna und seinen Verbündeten zu verstehen geben, daß ich der rechtmäßige Feldherr dieses Krieges im Osten bin? Daß es ihnen schlimm ergehen wird, wenn sie mich an der Abreise hindern sollten? Daß sie, zumindest für den Augenblick, ihre Störversuche um jeden Preis unterlassen müssen?

Bitte betrachte mich für immer als Deinen Freund und Kollegen, wenn Du mir diesen Dienst erweisen kannst. Ich erwarte Deine Antwort mit großer Spannung.

Pompeius Strabos Antwort traf ein, noch bevor Sullas Legaten aus Aesernia zurück waren. Der Brief enthielt nur einen einzigen Satz in Pompeius Strabos krakeliger Schrift: »Keine Sorge, ich regle das.«

Als Metellus das Ferkel und Mamercus sich bei Sulla meldeten, der in Capua ein Haus gemietet hatte, fanden sie einen freundlichen und entspannten Sulla vor, was sie nach den Berichten ihrer Informanten in Rom keinesfalls für möglich gehalten hätten.

»Keine Sorge, es wird alles geregelt«, grinste Sulla.

»Wie ist das möglich?« fragte Metellus Pius erstaunt. »Wie ich höre, drohen dir Klagen – wegen Mord und Verrat!«

»Ich habe meinem guten Freund Gnaeus Pompeius Strabo geschrieben und ihm mein Herz ausgeschüttet. Er schreibt, er werde alles regeln.«

»Das wird er sicher.« Ein Lächeln erhellte allmählich Mamercus' Züge.

»Ach, Lucius Cornelius, wie bin ich froh!« rief Metellus. »Es ist nicht gerecht, wie sie dich behandeln. Selbst zu Saturninus waren sie netter. So, wie sie sich momentan aufführen, könnte man meinen, Sulpicius sei ein genialer Führer, kein skrupelloser Verführer!« Er hielt inne, selbst verblüfft über seine Wortgewandtheit. »Das war gut, nicht?«

»Spar dir das für deine Reden auf dem Forum, wenn du für das Konsulat kandidierst«, sagte Sulla. »An mich ist so etwas verschwendet, ich bin in der Schule über die Anfänge nicht hinausgekommen.«

Mamercus sah Sulla verblüfft an. Er mußte sich unbedingt einmal in Ruhe von Metellus erzählen lassen, was dieser über Sullas Leben wußte. Zwar kursierten auf dem Forum jede Menge Gerüchte über Römer, die ungewöhnlich begabt waren oder sonstwie auffielen, aber darauf gab Mamercus nicht viel; seiner Ansicht nach trieb da die Phantasie untätig herumlungernder Forumsbesucher üppige Blüten.

»Sobald du Italien verlassen hast, verschwinden deine Gesetze. Was willst du tun, wenn du wieder hier bist?« fragte Mamercus.

»Das überlege ich mir dann schon, jetzt kümmert es mich noch nicht.«

»Aber was kannst du tun, Lucius Cornelius? Meiner Meinung nach ist die Lage dann hoffnungslos.«

»Es gibt immer einen Weg, Mamercus, und glaube mir, ich werde mich auf diesem Feldzug nicht mit Wein und Weibern beschäftigen!« Sulla lachte unbekümmert. »Ich gehöre zu Fortunas Lieblingen, du wirst schon sehen. Fortuna sorgt immer für mich.«

Sie setzten sich und sprachen über die letzten Kämpfe des Krieges in Italien und die Zähigkeit, mit der die Samniten weitermachten; die Samniten kontrollierten immer noch ein großes Gebiet zwischen Aesernia und Corfinium, außerdem die Städte Aesernia und Nola.

»Sie hassen Rom seit Jahrhunderten, und ihr Haß macht sie stark.« Sulla seufzte. »Ich hatte gehofft, Aesernia und Nola würden noch vor meiner Abreise nach Griechenland kapitulieren. Jetzt sieht es so aus, als könnten sie noch auf mich warten, wenn ich zurückkomme.«

»Wir werden alles tun, um das zu verhindern«, sagte Metellus.

Ein Sklave klopfte und sagte leise, das Essen sei fertig.

Sulla stand auf und ging in das Speisezimmer voraus. Während sie aßen und die Sklaven eifrig hin und her liefen, lenkte Sulla das Gespräch auf angenehme, unbedeutende Themen, und sie genossen ein Vorrecht alter Freunde: Jeder hatte eine Liege für sich allein.

»Lädst du nie Frauen ein, Lucius Cornelius?« fragte Mamercus, als die Sklaven entlassen waren.

Sulla zuckte die Achseln und grinste. »Im Feld, weit weg von der eigenen Frau, meinst du das?«

»Ja.«

»Frauen machen zuviel Ärger, Mamercus, darum lautet meine Antwort nein.« Sulla lachte. »Wenn diese Frage mit deinen Beschützerpflichten Delmatica gegenüber zu tun hatte, so hast du eine ehrliche Antwort bekommen.«

»Ich habe nur aus gewöhnlicher Neugier gefragt,« sagte Mamercus ruhig.

Sulla setzte seinen Becher ab und sah zu dem Sofa hinüber, auf dem Mamercus ruhte; er betrachtete seinen Gast so sorgfältig wie nie zuvor. Kein Paris oder Adonius oder Memmius, das sicher nicht. Dunkles, sehr kurz geschnittenes Haar, also keine Locken, was seinen Barbier wahrscheinlich zur Verzweiflung getrieben hatte, eine ziemlich flache, gebrochene Nase in einem nicht gerade ebenmäßig geschnittenen Gesicht, tiefliegende Augen und eine klare, braune, glänzende Haut, sein größtes Plus. Ein gesunder Mann, dieser Mamercus Aemilius Lepidus Livianus. Und stark, denn er hatte Silo im Nahkampf getötet – wofür er den Bürgerkranz aus Eichenlaub erhalten hatte. Er war also mutig. Nicht so intelligent, als daß er Rom je gefährlich werden könnte, aber auch kein Dummkopf. Laut Metellus Pius war er selbstbewußt, ein zuverlässiger Mann in jeder Situation und ein vertrauenswürdiger Untergebener. Scaurus hatte ihn sehr gern gehabt und ihn als Testamentsvollstrecker eingesetzt.

Mamercus merkte natürlich genau, daß er einer gründlichen Prüfung unterzogen wurde. Er hatte auf einmal das Gefühl, von einem zukünftigen Liebhaber beurteilt zu werden.

»Mamercus, du bist doch verheiratet?« fragte Sulla.

Jetzt ging Mamercus ein Licht auf. »Ja, Lucius Cornelius.«

»Kinder?«

»Eine vierjährige Tochter.«

»Du hängst an deiner Frau?«

»Nein. Sie ist ein schreckliches Weib.«

»Hast du je an Scheidung gedacht?«

»In Rom denke ich ständig daran. Wenn ich nicht in Rom bin, denke ich so wenig wie möglich an sie.«

»Wie heißt sie? Aus welcher Familie ist sie?«

»Claudia. Sie ist eine Schwester von Appius Claudius Pulcher, der derzeit Nola belagert.«

»Das war keine kluge Wahl, Mamercus! Eine seltsame Familie.«

»Seltsam? Verrückt, würde ich sagen.«

Metellus Pius hielt es nicht mehr auf der Liege. Er setzte sich auf und starrte Sulla mit weit aufgerissenen Augen an.

»Meine Tochter ist jetzt Witwe«, sagte Sulla. »Sie ist knapp zwanzig. Sie hat zwei Kinder, ein Mädchen und einen Jungen. Hast du sie schon einmal gesehen?«

»Nein«, sagte Mamercus ruhig. »Ich glaube nicht.«

»Ich bin ihr Vater, mein Urteil zählt also in diesem Fall nicht viel. Aber allgemein heißt es, sie sei sehr hübsch.« Sulla griff zum Becher.

»Oh ja, das ist sie, Lucius Cornelius! Ganz hinreißend!« Metellus lachte verlegen.

»Also bitte, da hast du eine unabhängige Meinung.« Sulla sah in seinen Becher und kippte geschickt den Bodensatz auf einen leeren Teller. »Fünf!« rief er erfreut aus. »Fünf bringen mir Glück.« Er sah Mamercus unverwandt an. »Ich suche einen guten Mann für mein armes Mädchen, denn ihre Schwiegerleute machen ihr das Leben schwer. Sie hat eine Mitgift von vierzig Talenten – mehr als die meisten Mädchen –, ist erwiesenermaßen fruchtbar und hat einen Sohn. Sie ist noch jung, beide Eltern sind Patrizier – ihre Mutter war eine Julia –, und sie hat ein angenehmes Wesen, wenn ich das sagen darf. Nicht daß sie sich zu Boden werfen und dir die Stiefel küssen würde, aber sie kommt mit den meisten Menschen gut aus. Ihr verstorbener Mann, der jüngere Quintus Pompeius Rufus, war ganz vernarrt in sie. Nun, was meinst du dazu? Wärst du interessiert?«

»Das kommt darauf an«, sagte Mamercus vorsichtig. »Welche Farbe haben ihre Augen?«

»Das weiß ich nicht.«

»Strahlend blau und schön«, sagte Metellus.

»Welche Farbe haben ihre Haare?«

Sulla sah ihn ratlos an. »Rot – braun – kupfern? Ich weiß es nicht.«

»Die Farbe des Himmels kurz vor Sonnenuntergang«, sagte Metellus.

»Ist sie groß?«

»Ich weiß es nicht.«

»Sie reicht dir bis zur Nasenspitze«, sagte Metellus.

»Was hat sie für eine Haut?«

»Ich weiß es nicht«, sagte Sulla.

»Hell und zart wie eine Blüte, mit sechs kleinen, goldenen Sommersprossen auf der Nase«, sagte Metellus.

Sulla und Mamercus sahen gleichzeitig den Mann auf der mittleren Liege an, der plötzlich errötete und in sich zusammensank.

»Das hört sich an, als wolltest du sie heiraten, Quintus Caecilius«, sagte Sulla.

»Nein, nein!« rief Metellus. »Aber ein Mann hat doch Augen im Kopf, Lucius Cornelius! Sie ist ganz bezaubernd.«

»Dann nehme ich sie wohl besser«, sagte Mamercus lächelnd zu seinem guten Freund Metellus. »Ich bewundere deinen Geschmack, was Frauen anbelangt, Quintus Caecilius. Und ich danke dir, Lucius Cornelius. Betrachte deine Tochter als meine Verlobte.«

»Sie trägt noch sieben Monate Trauer, es gibt also keinen Grund zur Eile«, sagte Sulla. »Bis dahin wird sie bei Delmatica wohnen. Besuche sie, Mamercus. Ich werde ihr schreiben.«

Vier Tage später brach Sulla mit drei überaus zufriedenen Legionen nach Brundisium auf. Dort stießen sie zu Lucullus, der immer noch vor der Stadt lagerte. Es hatte problemlos Weideland für die Pferde der Reiter und die Maultiere des Heeres gefunden, da das Land meist

Italikern gehörte und der Winter gerade erst begonnen hatte. Es stürmte und regnete unablässig, keine idealen Bedingungen für einen langen Aufenthalt; die Männer langweilten sich und verbrachten zuviel Zeit beim Spiel. Als jedoch Sulla eintraf, besserte sich ihre Stimmung. Lucullus konnten sie nämlich, anders als Sulla, nicht ausstehen. Lucullus hatte kein Verständnis für die Legionäre, und ihm lag auch nichts daran, Menschen zu verstehen, die gesellschaftlich so weit unter ihm standen.

Anfang März schiffte Lucullus seine beiden Legionen und zweitausend Reiter nach Korfu ein. Dazu brauchte er alle Schiffe, die in dem geschäftigen Hafen aufzutreiben waren; Sulla mußte also wohl oder übel warten, bis die Schiffe zurückgekehrt waren. Anfang Mai – von den zweihundert Talenten Gold war nicht mehr viel übrig – überquerte er endlich mit drei Legionen und tausend Maultieren die Adria.

Sulla, der ein guter Seemann war, lehnte an der Reling am Heck seines Schiffes und blickte das Kielwasser entlang auf den fahlen Streifen am Horizont, der Italien war. Und dann war Italien verschwunden. Er war frei. Mit dreiundfünfzig Jahren war er endlich auf dem Weg zu einem Krieg, den er ehrenvoll gewinnen konnte, einem Krieg gegen einen wirklichen Feind im Ausland. Ruhm, Beute, Kämpfe und Blut erwarteten ihn.

Da hast du es, Gaius Marius! dachte er triumphierend. Diesen Krieg kannst du mir nicht mehr nehmen. Dieser Krieg ist mein Krieg!

X

Der junge Marius und Lucius Decumius holten Gaius Marius aus dem Tellus-Tempel und versteckten ihn in der Cella des Jupiter-Stator-Tempels auf der Velia. Dann suchten die beiden nach Publius Sulpicius, Marcus Laetorius und den anderen Adligen, die ihre Schwerter umgeschnallt hatten, um Rom gegen das Heer des Lucius Cornelius Sulla zu verteidigen. Bald darauf brachten sie Sulpicius und neun andere in das Versteck im Jupiter-Tempel.

»Mehr konnten wir nicht finden, Vater«, sagte der junge Marius und setzte sich auf den Fußboden. »Ich habe gehört, Marcus Laetorius, Publius Cethegus und Publius Albinovanus seien vor kurzem dabei beobachtet worden, wie sie durch die Porta Capena die Stadt verließen. Und die Brüder Granius sind unauffindbar. Hoffentlich bedeutet das, daß sie die Stadt noch früher verlassen haben.«

»Welche Ironie«, sagte Marius bitter und mehr zu sich selbst, »daß wir uns hier verstecken müssen! Im Tempel des Gottes, der fliehende Soldaten aufhält. Meine Soldaten würden nicht wieder kämpfen, egal was ich ihnen verspräche.«

»Sie waren keine römischen Soldaten«, sagte sein Sohn.

»Ich weiß!«

»Ich hätte nie gedacht, daß Sulla Ernst machen würde«, sagte Sulpicius. Er keuchte, als sei er stundenlang gelaufen.

»Ich schon – nachdem ich ihn auf der Via Latina in Tusculum getroffen habe«, sagte Marcus Junius Brutus, der Stadtprätor.

»Und jetzt hat Sulla Rom in der Hand«, sagte der junge Marius. »Vater, was sollen wir tun?«

Statt Marius antwortete Sulpicius. Er verabscheute die Art und Weise, wie alle sich Gaius Marius andienten. Gaius Marius mochte sechsmal Konsul gewesen sein und einem Volkstribunen geholfen haben, der den Senat ausschalten wollte, aber im Augenblick war er nichts weiter als ein *privatus.* »Wir gehen in unsere Häuser und tun, als sei nichts geschehen«, sagte er entschlossen.

Marius drehte den Kopf und sah ihn ungläubig an. Er war so erschöpft wie noch nie zuvor in seinem Leben, und sein linker Arm, seine linke Hand und seine linke Gesichtshälfte fühlten sich merkwürdig taub an und prickelten unangenehm. »*Du* kannst das tun, wenn du willst«, sagte er schleppend. Auch seine Zunge fühlte sich seltsam an. »Ich kenne Sulla. Und ich weiß, was ich tun werde. Ich werde um mein Leben laufen.«

»Ich glaube, du hast recht«, sagte Brutus. Die blaue Färbung seiner Lippen trat noch dunkler hervor als sonst, und sein Atem ging keuchend. »Wenn wir bleiben, bringt er uns um. Ich habe in Tusculum sein Gesicht gesehen.«

»Er bringt uns nicht um!« sagte Sulpicius fest. Er war viel jünger als Brutus und hatte sich schneller wieder gefaßt. »Sulla weiß selbst genau, daß er unrechtmäßig handelt. Er wird sich die größte Mühe geben, daß er von jetzt an nur noch im Rahmen der Gesetze handelt.«

»Unsinn!« sagte Marius verächtlich. »Glaubst du, er schickt seine Leute morgen nach Campania zurück? Natürlich nicht! Er wird Rom besetzt halten und tun, was ihm beliebt.«

»Das wird er nicht wagen.« Sulpicius wurde bewußt, daß er ähnlich wie viele andere Senatoren Sulla nicht besonders gut kannte.

Marius mußte lachen. »Nicht wagen? Lucius Cornelius Sulla und nicht wagen? Werde erwachsen, Publius Sulpicius! Sulla würde alles wagen. Das hat er auch früher schon getan. Und das Schlimmste ist, er denkt zuerst und wagt dann. Oh, er wird uns nicht vor einem manipulierten Gericht des Hochverrats anklagen! So ein Narr ist er nicht. Er wird uns heimlich umbringen lassen und dann behaupten, wir seien in der Schlacht gefallen.«

»Das glaube ich auch, Gaius Marius«, sagte Lucius Decumius. »Dieser Kerl würde sogar seine Mutter umbringen.« Er erschauerte und hielt seine zur Faust geballte rechte Hand hoch, aus der der Zeigefinger und der kleine Finger wie zwei Hörner nach oben standen – das Zeichen zur Abwehr des bösen Blicks. »Er ist nicht wie andere Menschen.«

Die neun übrigen Männer saßen auf dem Boden des Tempels und hörten der Debatte ihrer Anführer zu. Keiner von ihnen spielte im Senat oder im Ritterstand eine Rolle, obwohl sie alle einem der beiden Stände angehörten. Eine römische Armee daran zu hindern, in

Rom einzumarschieren, war ihnen als Sache erschienen, für die zu kämpfen sich lohnte. Aber nun, wo ihnen das kläglich mißlungen war, konnten sie nicht mehr verstehen, daß sie es überhaupt versucht hatten. Morgen würden sie wieder Mut fassen; schließlich glaubten alle daran, daß es sich für Rom zu sterben lohne. Aber jetzt saßen sie erschöpft und desillusioniert im Tempel des Jupiter Stator und hofften, daß Marius sich gegen Sulpicius durchsetzen würde.

»Wenn du gehst, Gaius Marius, kann ich auch nicht bleiben«, sagte Sulpicius.

»Dann komme lieber mit, glaube mir. Ich gehe auf jeden Fall«, sagte Marius.

»Und du, Lucius Decumius?« fragte der junge Marius.

Lucius Decumius schüttelte den Kopf. »Nein, ich kann nicht weg. Aber ich habe Glück – ich bin nicht wichtig. Ich muß auf Aurelia und den kleinen Caesar aufpassen – sein Vater ist zur Zeit bei Lucius Cinna in Alba Fucentia. Ich werde in deinem Auftrag auch auf Julia aufpassen, Gaius Marius.«

»Was immer Sulla von meinem Eigentum in die Hände kriegt, wird er konfiszieren«, sagte Marius. Dann grinste er zufrieden. »Was für ein Glück, daß ich überall Geld vergraben habe.«

Marcus Junius Brutus wuchtete sich hoch. »Ich muß nach Hause und retten, was ich retten kann.« Er sah nicht Sulpicius, sondern Marius an. »Wohin gehen wir? Soll jeder seiner Wege gehen, oder gehen wir zusammen?«

»Wir werden Italien verlassen müssen«, sagte Marius und hielt seinem Sohn die rechte und Lucius Decumius die linke Hand hin. Mit ihrer Hilfe kam er wieder auf die Beine. »Ich glaube, wir sollten Rom getrennt verlassen und getrennt bleiben, bis wir die Stadt ein Stück weit hinter uns gelassen haben. Dann tun wir uns besser wieder zusammen. Ich schlage vor, wir treffen uns in einem Monat auf der Insel Ischia. An den Iden des Dezember. Ich kann Gnaeus und Quintus Granius sicher leicht ausfindig machen und dafür sorgen, daß sie auch zu unserem Treffpunkt kommen, und sie wissen hoffentlich, wo Cethegus, Albinovanus und Laetorius sind. Wenn wir auf Ischia sind, kümmere ich mich um alles. Ich sorge auch für ein Schiff, denn ich denke, wir fahren dann nach Sizilien. Der dortige Statthalter ist Norbanus, mein Klient.«

»Aber warum Ischia?« fragte Sulpicius, der mit der Entscheidung, Rom zu verlassen, immer noch unzufrieden war.

»Weil es eine Insel ist, die weit ab vom Geschehen und doch in der Nähe von Puteoli liegt. In Puteoli habe ich viele Verwandte und eine Menge Geld.« Marius schüttelte seine linke Hand, als ärgere sie ihn. »Mein Vetter zweiten Grades Marcus Granius – er ist der Vetter von Gnaeus und Quintus, und ihn werden sie wohl aufsuchen – ist Geldverleiher. Er verfügt über einen großen Teil meiner Barschaft. Während wir auf getrennten Wegen nach Ischia reisen, wird Lucius Decumius einen Brief von mir zu Marcus Granius nach Puteoli bringen. Granius wird mir so viel Geld von Puteoli nach Ischia schicken, daß wir alle zwanzig genug zum Leben haben, solange wir fort sind.« Er steckte die Hand, die ihn ärgerte, in seine Feldherrnschärpe. »Lucius Decumius wird auch nach den anderen suchen. Wir werden zwanzig sein, darauf könnt ihr euch verlassen. Es kostet Geld, im Exil zu leben, aber macht euch keine Sorgen. Ich habe Geld, und Sulla bleibt nicht ewig in Rom. Er wird die Stadt verlassen, um gegen Mithridates zu kämpfen. Verflucht soll er sein! Und wenn er mitten in diesem Krieg steckt und nicht nach Rom zurückkehren kann, dann kehren *wir* zurück. Mein Klient Lucius Cinna wird im neuen Jahr Konsul sein, und er wird dafür sorgen, daß wir zurückkommen können.«

Sulpicius machte ein verblüfftes Gesicht. »Dein Klient?«

»Ich habe überall Klienten, Publius Sulpicius, sogar in den berühmten Patrizierfamilien«, sagte Gaius Marius selbstzufrieden. Er fühlte sich besser; jedenfalls hatte die Taubheit nachgelassen. Er ging zum Eingang des Tempels, wandte sich zu den anderen um und sagte: »Laßt euch nicht entmutigen! Mir wurde prophezeit, daß ich siebenmal Konsul von Rom sein würde. Ich werde also nach Rom zurückkehren. Und wenn ich das siebte Mal Konsul bin, werdet ihr großzügig belohnt werden.«

»Ich brauche keine Belohnung, Gaius Marius«, sagte Sulpicius steif. »Ich tue dies allein für Rom.«

»Das gilt für jeden von uns, Publius Sulpicius. Aber jetzt machen wir uns lieber auf den Weg. Bis Einbruch der Dunkelheit wird Sulla alle Tore mit Wachen besetzt haben. Am besten nehmen wir die Porta Capena. Aber seid vorsichtig.«

Sulpicius und die neun anderen verschwanden im Laufschritt den Clivus Palatinus hinauf. Aber als Marius über die Velia in Richtung Forum und zu seinem Haus gehen wollte, hielt Lucius Decumius ihn auf.

»Gaius Marius, du und ich, wir gehen sofort zur Porta Capena«, sagte der kleine Mann aus der Subura. »Dein Sohn kann nach Hause laufen und ein wenig Bargeld holen, er ist der jüngste und schnellste. Wenn er dann nicht mehr durch die Porta Capena kommt, kann er sich auf andere Art aus der Stadt stehlen. Notfalls muß er über die Mauern klettern. Er kann auch den Brief an deinen Vetter schreiben, und deine Frau kann noch etwas hinzufügen, um ihn zu überzeugen.«

»Aber Julia!« sagte Marius verzweifelt.

»Du wirst sie wiedersehen, wie du selbst gesagt hast. Denk an die Prophezeiung! Sieben Male Konsul. Du wirst zurückkehren. Julia wird sich viel weniger Sorgen machen, wenn sie weiß, daß du schon auf dem Weg bist. Marius, dein Vater und ich werden zwischen den Gräbern gleich hinter dem Tor warten. Wir werden versuchen, nach dir Ausschau zu halten, aber wenn wir dich nicht sehen, mußt du nach uns suchen.«

Der junge Marius machte sich auf den Weg nach Hause. Sein Vater und Lucius Decumius gingen den Clivus Palatinus hinauf. Kurz vor der Porta Mugonia bogen sie in die schmale Straße ein, die zu den alten Versammlungshäusern oberhalb der Via Triumphalis führte. Von hier nahmen sie eine Treppe, die vom Palatin nach unten führte. Aus dem Lärm in der Ferne schlossen die Flüchtenden, daß Sulla und seine Truppen vom Esquilin zum Palus Ceroliae vordrangen, aber als Marius und Decumius durch die große Porta Capena eilten, waren keine Soldaten zu sehen. Sie gingen ein kurzes Stück die Straße entlang und versteckten sich dann hinter einem Grab. Von hier aus konnten sie das Tor gut beobachten. In den nächsten zwei Stunden herrschte reger Verkehr. Viele Menschen wollten nicht in einem Rom bleiben, das von einer römischen Armee besetzt war.

Dann sahen sie den jungen Marius. An einer Leine führte er den Esel, der sonst dazu diente, größere Einkäufe vom Marktplatz oder Brennholz vom Janiculum nach Hause zu bringen. Neben ihm ging eine Frau, die in einen dunklen Umhang gehüllt war.

»Julia!« rief Marius und stürzte aus seinem Versteck hervor, ohne sich darum zu kümmern, ob ihn jemand sah.

Der Schritt der Frau beschleunigte sich. Dann fielen sie einander in die Arme, und sie schmiegte sich an ihn. Ihre Augen waren geschlossen. »Ach Gaius Marius, ich dachte schon, ich würde dich verpassen!« sagte sie und hob ihr Gesicht, um sich immer wieder von ihm küssen zu lassen.

Wie viele Jahre waren sie jetzt verheiratet? Und immer noch küßten sie sich mit Leidenschaft, trotz des Kummers und der Angst, die in diesem Augenblick auf ihnen lasteten.

»Du wirst mir fehlen!« sagte sie und versuchte, nicht zu weinen.

»Ich bin nicht lang fort, Julia.«

»Ich kann nicht glauben, daß Lucius Cornelius das getan hat!«

»Ich hätte an seiner Stelle dasselbe getan.«

»Du würdest nie ein Heer nach Rom führen!«

»Da bin ich nicht so sicher. Wenn man ihm gegenüber gerecht sein will, muß man zugeben, daß er bis zum letzten provoziert wurde. Wenn er anders gehandelt hätte, wäre er erledigt gewesen. Und Männer wie Lucius Cornelius und ich können ein solches Schicksal nicht einfach hinnehmen. Sein Glück war, daß er das Heer und die Beamten auf seiner Seite hatte. Ich nicht. Aber wenn ich an seiner Stelle gewesen wäre – ich glaube, ich hätte getan, was er getan hat. Es war ein brillanter Schachzug. In der Geschichte Roms gibt es nur zwei Männer, die den Mut dazu haben – Lucius Cornelius und mich.« Er küßte sie wieder und ließ sie dann los. »Geh jetzt, Julia, und warte auf mich. Wenn Lucius Cornelius dir das Haus wegnimmt, fahr zu deiner Mutter nach Cumae. Marcus Granius hat noch viel mehr von meinem Geld als das, worum ich ihn nun gebeten habe, also wende dich an ihn, wenn du in Not bist. In Rom wende dich an Titus Pomponius.« Er schob sie weg. »Nun geh, Julia, geh!«

Sie ging und sah über die Schulter noch einmal zurück. Aber Marius hatte sich schon abgewandt und sprach mit Lucius Decumius. Er sah ihr nicht nach. Stolz erfüllte ihr Herz. So sollte es sein! Wenn wichtige Dinge erledigt werden mußten, durfte ein Mann nicht seine Zeit damit verschwenden, sehnsüchtig seiner Frau nachzuschauen. Strophantes und sechs kräftige Sklaven warteten in der Nähe des Tores, um sie heimzubegleiten. Julia hob den Kopf und machte sich energischen Schrittes auf den Heimweg.

»Lucius Decumius, du mußt Pferde für uns mieten. Ich kann zur Zeit nicht besonders gut reiten, aber ein Einspänner wäre zu auffällig.« Marius sah seinen Sohn an. »Hast du die Tasche mit Gold mitgebracht, die ich für Notfälle bereitgestellt habe?«

»Ja. Und eine Tasche mit Silberdenaren. Und hier habe ich den Brief an Marcus Granius für dich, Lucius Decumius.«

»Gut. Gib Lucius Decumius auch etwas von dem Silber.«

Und so floh Gaius Marius aus Rom. Er und sein Sohn ritten auf Pferden, den Esel führten sie an einer Leine mit.

»Warum nehmen wir kein Boot über den Fluß und versuchen, einen Hafen in Etruria zu erreichen?« fragte der junge Marius.

»Weil ich glaube, daß Publius Sulpicius diesen Weg nimmt. Ich möchte direkt nach Ostia, das ist die kürzeste Strecke.« Marius hatte sich entspannt, weil das Prickeln und die Taubheit deutlich nachgelassen hatten – oder hatte er sich nur daran gewöhnt?

Es war noch nicht ganz dunkel, als sie sich den Außenbezirken von Ostia näherten und die Stadtmauern vor sich aufragen sahen.

»Keine Torwachen, Vater«, sagte der junge Marius, mit dessen Augen die seines Vaters inzwischen nicht mehr mithalten konnten.

»Dann nichts wie hinein, bevor welche aufgestellt werden, mein Sohn. Reiten wir zu den Docks hinunter, und schauen wir uns dort um.«

Marius wählte eine Hafentaverne aus, die einen vertrauenerweckenden Eindruck machte, und beauftragte seinen Sohn damit, die Pferde und den Esel in der dunkelsten Ecke zu verstecken, die er finden konnte. Er selbst machte sich auf die Suche nach einem Schiff, das sie mieten konnten.

Offensichtlich war die Kunde von der Besetzung Roms noch nicht bis Ostia gedrungen. Allerdings drehte sich das Gespräch überall um Sullas historischen Marsch. Als Gaius Marius ein Gasthaus betrat, erkannten die Anwesenden ihn, aber niemand verhielt sich so, als sei er ein bekannter Flüchtling.

»Ich muß schnellstens nach Sizilien«, sagte Marius und spendierte eine Runde Wein für alle. »Gibt es ein gutes Schiff, das bereit zum Ablegen ist?«

»Meines kannst du zu einem angemessenen Preis haben«, sagte ein grobschlächtiger Mann und lehnte sich vor. »Publius Murcius zu deinen Diensten, Gaius Marius.«

»Wenn wir heute Nacht los können, Publius Murcius, sind wir uns einig.«

»Ich kann kurz vor Mitternacht den Anker lichten«, sagte Murcius.

»Ausgezeichnet!«

»Bezahlung im voraus.«

Kurz nachdem die beiden Männer sich einig geworden waren, kam der junge Marius in die Gaststube. Marius stand auf, sah sich lächelnd um, sagte: »Mein Sohn!« und zog den jungen Marius nach draußen.

»Du kommst nicht mit mir«, sagte er, sobald sie draußen waren. »Ich will, daß du dich allein nach Ischia durchschlägst. Du bist viel mehr gefährdet, wenn du mit mir kommst. Nimm den Esel und die beiden Pferde und reite nach Tarracina.«

»Und warum kommst du nicht mit mir, Vater? Tarracina wäre sicherer.«

»Ich halte einen so langen Ritt nicht mehr durch, mein Junge. Ich nehme das Schiff und hoffe, daß der Wind mitspielt.« Er gab seinem Sohn einen schnellen Kuß auf die Stirn. »Nimm das Gold und laß mir das Silber.«

»Jeder die Hälfte, Vater, oder ich nehme gar nichts.«

Marius seufzte. »Mein Sohn, warum konntest du mir nicht sagen, daß du den Konsul Cato getötet hast? Warum hast du es abgestritten?«

Verblüfft starrte sein Sohn ihn an. »Das fragst du mich jetzt? In diesem Augenblick? Ist es denn so wichtig?«

»Für mich ja. Wenn Fortuna mich verlassen hat, sehen wir uns vielleicht nie wieder. Warum hast du mich angelogen?«

Der junge Marius lächelte reumütig. Wie ähnlich er Julia sah! »Ach, Vater! Man weiß nie, was du hören willst! Das ist der Grund. Wir alle versuchen, dir zu sagen, was du hören willst. Das ist die Strafe, die du dafür zahlen mußt, daß du ein großer Mann bist! Mir schien es vernünftiger, die Tat abzustreiten, denn es hätte sein können, daß du in einer Stimmung warst, in der du nur das moralisch Richtige hättest gelten lassen. In diesem Fall hättest du nicht gewollt, daß ich die Tat zugebe, denn dann hättest du mich verurteilen müssen. Wenn ich das falsch eingeschätzt habe, tut es mir leid. Ich konnte es nicht einschätzen, denn du hattest dich zurückgezogen wie eine Schnecke in ihr Haus.«

»Ich hielt dich für ein verzogenes Kind!«

»Ach, Vater!« Der junge Marius schüttelte den Kopf, und in seinen Augen schimmerten Tränen. »Kein Kind eines großen Mannes ist verzogen. Überlege doch nur, an welchem Maßstab ich mich messen lassen muß! Du schreitest wie ein Titan durch unsere Welt, und wir laufen dir dabei zwischen den Füßen herum und überlegen die ganze Zeit nur, was du willst und wie wir es dir recht machen können. Niemand in deiner Umgebung kann es mit dir aufnehmen, weder an Klugheit noch an Fähigkeiten. Dazu zähle ich auch mich, deinen Sohn.«

»Dann gib mir noch einen Kuß und dann geh.« Diesmal kam die Umarmung von Herzen. Marius war überrascht, daß er so starke Gefühle für seinen Sohn hatte. »Du hattest übrigens vollkommen recht.«

»Womit?«

»Daß du Cato getötet hast.«

Der junge Marius machte eine wegwerfende Handbewegung. »Das weiß ich doch! Wir sehen uns an den Iden des Dezember auf Ischia.«

»Gaius Marius! Gaius Marius!« rief eine mürrische Stimme.

Marius drehte sich um.

»Wenn du bereit bist, können wir jetzt zu meinem Schiff hinausfahren«, sagte Publius Murcius. Seine Stimme war immer noch mürrisch.

Marius seufzte. Sein Instinkt sagte ihm deutlich, daß die Reise unter einem schlechten Vorzeichen stand. Der grobschlächtige Kerl sah nicht aus wie ein fähiger Seemann.

Sein Schiff machte allerdings einen guten Eindruck. Es war stabil gebaut und schien seetüchtig. Wie es sich allerdings auf dem offenen Meer zwischen Sizilien und Afrika bewähren würde, wenn es zum äußersten kam und sie Sizilien verlassen mußten, konnte Gaius Marius auch nicht sagen. Der größte Nachteil des Schiffes war zweifellos Murcius, sein Kapitän, der sich unentwegt beklagte. Immerhin fuhren sie kurz vor Mitternacht los. Sie passierten die Untiefen und Sandbänke des Hafens, wandten sich dann nach links und wurden von einer steifen, nordöstlichen Brise die Küste hinunter getrieben. Knirschend und schlingernd kroch das Schiff vorwärts; Murcius hatte nicht genug Ballast zum Ausgleich für die fehlende Ladung an Bord. Der Abstand zur Küste betrug ungefähr zwei Meilen. Wenigstens die Mannschaft war guter Dinge. Die wenigen Ruder brauchten nicht bemannt zu werden, und die beiden großen Steuerruder schwangen träge im Kielwasser.

Als der Morgen graute, sprang der Wind um und blies heftig aus Südwest.

»Sieht ihm ähnlich«, sagte Murcius griesgrämig zu seinem Passagier. »Der bläst uns zurück nach Ostia.«

»Mein Gold sagt, daß ihm das nicht gelingen wird, Publius Murcius. Und wenn wir es bis Ischia schaffen, gibt es noch mehr Gold.«

Murcius antwortete nur mit einem mißtrauischen Blick, aber die Verlockung des Goldes war zu groß. Das große, viereckige Segel wurde gerefft, und die Matrosen, die nun plötzlich genauso zu jammern anfingen wie ihr Kapitän, nahmen die Ruder in die Hand.

Sextus Lucilius, der Vetter des Pompeius Strabo, hoffte, für das folgende Jahr zum Volkstribunen gewählt zu werden. Er war konservativ, wie es die Tradition seiner Familie vorschrieb, und freute sich schon darauf, gegen die radikalen Burschen, die sicherlich auch gewählt werden würden, sein Veto einzulegen. Als Sulla in Rom einmarschierte und sein Quartier an den Sümpfen des *Palus Ceroliae* aufschlug, überlegte Lucius Lucilius wie viele andere, ob er seine Pläne ändern mußte. Nicht, daß er etwas gegen Sullas Einmarsch gehabt hätte. Seiner Meinung nach verdienten Marius und Sulpicius, in das Tullianum geworfen oder, noch besser, vom Tarpejischen Felsen gestürzt zu werden. Das wäre ein Anblick: Gaius Marius' massiger Leib, der auf die spitzen Steine am Fuß des Felsens hinabstürzt! Entweder man liebte den alten Soldaten oder man haßte ihn, und Sextus Lucilius haßte ihn. Gefragt warum, hätte er geantwortet, daß es ohne Gaius Marius keinen Saturninus und keinen Sulpicius gegeben hätte.

Also hatte er den vielbeschäftigten Konsul Sulla aufgesucht und ihm überschwenglich seine Unterstützung und seine Dienste als Volkstribun im kommenden Jahr angeboten. Aber dann machte Sulla die Versammlung der Plebs zu einer inhaltsleeren Angelegenheit, und dadurch zerschlugen sich vorübergehend die Hoffnungen des Sextus Lucilius. Die Flüchtlinge wurden allerdings verurteilt, was ihm wieder etwas Auftrieb gab, bis er entdeckte, daß – von Sulpicius abgesehen – keinerlei Versuch unternommen wurde, sie zu ergreifen. Nicht einmal Gaius Marius wurde verfolgt, der doch ein viel größerer Schurke war als Sulpicius! Als Lucilius sich darüber beim Pontifex Maximus Scaevola beklagte, erntete er nur einen kalten Blick.

»Versuch einmal, deinen Grips zusammenzunehmen, Sextus Lucilius!« sagte Scaevola. »Es war notwendig, Gaius Marius aus Rom zu vertreiben, aber glaubst du, Lucius Cornelius will sich mit Marius' Tod belasten? Wir haben alle mißbilligt, daß er ein Heer gegen Rom führte, aber was würde deiner Meinung nach das Volk von Rom erst sagen, wenn er Gaius Marius tötete, Todesstrafe hin oder her? Marius wurde nur deshalb zum Tode verurteilt, weil Lucius Cornelius die Flüchtlinge bei den Zenturien des Hochverrats anklagen mußte, und eine Verurteilung wegen Hochverrats zieht automatisch die Todesstrafe nach sich. Aber Lucius Cornelius ist vollkommen zufrieden, wenn Gaius Marius nicht mehr in Rom ist! Gaius Marius ist eine Institution, und niemand, der bei Verstand ist, tötet eine Institution. Nun geh, Sextus Lucilius, und ärgere den Konsul nicht mit so dummen Gedanken!«

Sextus Lucilius ging. Sulla suchte er nicht noch einmal auf. Was

Scaevola gesagt hatte, leuchtete ihm ein: Niemand in Sullas Stellung wollte für den Tod von Gaius Marius verantwortlich sein. Aber doch blieb die Tatsache bestehen, daß Gaius Marius wegen Hochverrats von den Zenturien verurteilt worden war und sich auf freiem Fuß befand, obwohl er eigentlich aufgespürt und getötet werden mußte. Offenbar sollte er straflos davonkommen und ein freier Mann bleiben, vorausgesetzt, er hielte sich von Rom oder einer anderen größeren römischen Stadt fern! Solange konnte er tun, was er wollte, denn niemand tötete eine Institution!

Aber du hast ohne mich gerechnet, Gaius Marius! dachte Sextus Lucilius. Er war bereit, als der Mann in die Geschichte einzugehen, der der schändlichen Laufbahn des Marius ein Ende bereitete.

Also wurde Sextus Lucilius aktiv. Er mietete fünfzig ehemalige Reiter, die Geld brauchten – und das brauchte in diesen Zeiten jeder. Dann beauftragte er sie, Gaius Marius aufzuspüren. Wenn sie ihn fanden, sollten sie ihn auf der Stelle töten. Wegen Hochverrats.

Zur selben Zeit wählte die Versammlung der Plebs die Volkstribunen. Sextus Lucilius kandidierte und wurde auch gewählt. Die Plebs wählte immer gern einen oder zwei sehr konservative Tribunen, damit die Funken flogen und es etwas zu sehen gab.

Das Amt gab Sextus Lucilius weiter Auftrieb, obwohl es mit keiner Macht mehr verbunden war. Er rief den Anführer seiner Reiter zu einer kurzen Unterredung zu sich.

»Ich gehöre zu den wenigen Männern in dieser Stadt, die noch über etwas Geld verfügen. Ich bin bereit, dir zusätzlich tausend Denare zu zahlen, wenn du mir den Kopf von Gaius Marius bringst. Nur den Kopf!«

Der Anführer, der für tausend Denare ohne mit der Wimper zu zucken seine eigene Familie enthauptet hätte, nickte eifrig. »Ich werde auf jeden Fall mein Bestes tun, Sextus Lucilius. Ich weiß, daß der alte Mann sich nicht nördlich des Tibers aufhält, also werde ich im Süden anfangen zu suchen.«

Sechzehn Tage nach seiner Abfahrt aus Ostia mußte Kapitän Publius Murcius' Schiff den ungleichen Kampf gegen die Elemente aufgeben und in den Hafen von Circei einlaufen, kümmerliche fünfzig Meilen südlich von Ostia. Die Matrosen waren erschöpft, und das Wasser war knapp geworden.

»Tut mir leid, Gaius Marius, es muß sein«, sagte Publius Murcius. »Wir können nicht länger gegen den Wind ankämpfen.«

Protest schien sinnlos, deshalb nickte Gaius Marius. »Was sein muß, muß sein. Ich bleibe an Bord.«

Publius Murcius war darüber sehr erstaunt, und er mußte sich heftig am Kopf kratzen. Sobald er an Land war, verstand er es allerdings. Ganz Circei sprach über die Ereignisse in Rom und die Verurteilung des Gaius Marius wegen Hochverrats. Männer wie Sulpicius waren außerhalb von Rom kaum bekannt, aber Gaius Marius war überall berühmt. Der Kapitän kehrte eilig auf sein Schiff zurück.

Mit unglücklicher, aber entschlossener Miene trat er vor seinen Passagier. »Es tut mir leid, Gaius Marius, ich bin ein angesehener Mann, der ein Schiff und ein Geschäft hat. Ich habe noch nie in meinem Leben etwas geschmuggelt, und ich fange jetzt nicht mehr damit an. Ich habe immer die Hafengebühren und die Verbrauchssteuern bezahlt, und niemand in Ostia oder Puteoli kann das Gegenteil behaupten. Und jetzt muß ich immerzu denken, daß der ungünstige Wind ein Zeichen der Götter an mich ist. Pack deine Sachen, dann helfe ich dir ins Ruderboot. Du mußt dir ein anderes Schiff suchen. Ich habe dich mit keinem Wort verraten, aber meine Matrosen werden früher oder später reden. Wenn du dich gleich auf den Weg machst und nicht versuchst, hier ein anderes Schiff zu mieten, wirst du schon durchkommen. Geh nach Tarracina oder Caieta und versuche es dort.«

»Ich danke dir, daß du mich nicht verraten hast, Publius Murcius«, sagte Marius freundlich. »Wieviel schulde ich dir noch für die Fahrt hierher?«

Doch Murcius lehnte eine zusätzliche Bezahlung ab. »Was du mir in Ostia gegeben hast, genügt. Jetzt geh bitte!«

Mit Murcius' Hilfe und der Hilfe zweier Sklaven, die an Bord geblieben waren, gelang es Marius, unbemerkt das Ruderboot zu besteigen. Er sah sehr alt und niedergeschlagen aus. Er war ganz allein, und Publius Murcius hatte den Eindruck, daß Marius' Hinken in den sechzehn Tagen auf See schlimmer geworden war. Obwohl der Kapitän mürrisch und schlechtgelaunt war, brachte er es nicht fertig, Marius an einer Stelle an Land zu setzen, wo er schnell festgenommen werden würde, deshalb setzte er ihn ein ganzes Stück südlich von Circei am Ufer ab und schickte einen der beiden Sklaven los. Dann warteten sie mehrere Stunden, bis der Sklave mit einem Mietpferd und einem Proviantpaket zurückkam.

»Es tut mir wirklich sehr leid«, sagte Publius Murcius traurig, als er und die beiden Sklaven Marius mit viel Mühe auf sein Pferd gehievt hatten. »Ich würde dir gerne noch weiterhelfen, aber ich traue mich nicht.« Er zögerte, dann brach es aus ihm heraus. »Du bist wegen Hochverrats verurteilt worden. Wenn du geschnappt wirst, wird man dich töten.«

Marius starrte ihn fassungslos an. »Hochverrat?«

»Du und alle deine Freunde wurden vor den Zenturien angeklagt und von den Zenturien verurteilt.«

»Die Zenturien!« Marius schüttelte benommen den Kopf.

»Reite jetzt besser los«, sagte Murcius. »Viel Glück.«

»Auch du wirst jetzt Glück und einen günstigeren Wind haben, weil du die Ursache deines Unglücks los bist«, sagte Marius. Er trat seinem Pferd in die Seiten und trabte in ein Wäldchen hinein.

Er hatte recht gehabt, aus Rom zu fliehen, dachte er. Die Zenturien! Sulla war entschlossen, ihn zu töten. Während der letzten zwölf Tage hatte Marius mit sich gehadert, weil er Rom verlassen hatte. Hatte Sulpicius doch recht gehabt? Aber es war zu spät für eine Rückkehr gewesen. Und jetzt erfuhr er, daß er doch richtig gehandelt hatte! An einen Prozeß vor den Zenturien hatte er allerdings nicht im Traum gedacht. Er kannte Sulla, und er hatte angenommen, Sulla wolle sie heimlich umbringen lassen. Und jetzt ein Prozeß! Für so dumm hätte er ihn nicht gehalten! Oder was für einen Grund hatte Sulla?

Sobald Marius die menschlichen Behausungen hinter sich gelassen hatte, stieg er vom Pferd und ging zu Fuß weiter. Seine Schwäche machte das Reiten zur Qual, aber das Tier war nützlich, um das Gold und die Münzen zu tragen. Wie weit war es noch bis Minturnae? Ungefähr fünfunddreißig Meilen, wenn er sich von der Via Appia fernhielt. Er kam durch Sumpfland, in dem es von Stechmücken wimmelte, das aber nur dünn besiedelt war. Da er wußte, daß sein Sohn nach Tarracina unterwegs war, vermied er diese Stadt. Minturnae war auch sehr geeignet – eine große und ruhige Stadt, wohlhabend und fast unberührt vom italischen Bürgerkrieg.

Er benötigte vier Tage für die Reise. Vier Tage, in denen er kaum etwas aß, nachdem er seinen Proviant verzehrt hatte. Nur von einer allein lebenden, alten Frau bekam er einmal eine Schale mit Gemüsebrei, und mit einem vagabundierenden Samniten, der sich erbot, etwas einzukaufen, wenn Marius ihm das Geld dafür gebe, teilte er etwas Brot und Hartkäse. Weder die alte Frau noch der Samnite hatten Grund, ihre Wohltätigkeit zu bedauern, denn Marius belohnte beide mit einem kleinen Goldstück.

Seine linke Seite fühlte sich an wie ein bleiernes Gewicht, das er überallhin mitschleppen mußte. Mühsam marschierte er weiter, bis endlich die Mauern von Minturnae in der Ferne auftauchten. Als er sich der Stadt näherte, sah er einen Trupp von etwa fünfzig bewaffneten Reitern die Via Appia entlangtraben. Hinter ein paar Kiefern versteckt wartete er ab, bis die Reiter durch das Tor in die Stadt geritten waren. Der Hafen von Minturnae lag zum Glück außerhalb der Befestigungen, und so konnte Marius an den Mauern vorbei unentdeckt die Docks erreichen.

Es war Zeit, das Pferd loszuwerden. Er nahm den Geldsack an sich, gab dem Tier einen kräftigen Klaps und sah zu, wie es davonsprang. Dann betrat er eine kleine, aber wohlhabend aussehende Taverne.

»Ich bin Gaius Marius«, sagte er mit lauter Stimme. »Ich bin wegen Hochverrats zum Tod verurteilt. Ich bin so müde wie noch nie in meinem Leben. Und ich brauche Wein.«

Die sechs oder sieben Männer, die in der Taverne saßen, wandten ihm ihre Gesichter zu und starrten ihn mit offenen Mündern an. Dann wurden Stühle und Hocker zurückgeschoben, und er war von Männern umringt, die ihn anfassen wollten – nicht um ihn festzunehmen, sondern weil das Glück brachte.

»Setz dich, setz dich!« strahlte der Wirt. »Bist du wirklich Gaius Marius?«

»Passt die allgemeine Beschreibung nicht auf mich? Zwar habe ich nur ein halbes Gesicht und sehe älter aus als Saturn, das weiß ich, aber ihr werdet doch nicht behaupten, daß ihr Gaius Marius nicht erkennt, wenn er vor euch steht!«

»Ich erkenne dich«, sagte einer der Zecher, »du bist Gaius Marius. Ich war auf dem Forum Romanum, als du für Titus Titinius gesprochen hast.«

»Wein. Ich brauche Wein«, sagte Gaius Marius.

Er bekam Wein und trank den ersten Becher in einem Zug aus, worauf der Wirt seinen Becher sofort erneut füllte. Dann bekam er zu essen. Während er aß, berichtete er den Männern von Sullas Einmarsch in Rom und seiner eigenen Flucht. Was es bedeutete, wegen Hochverrats verurteilt zu sein, brauchte er nicht zu erklären, denn das wußte jeder Römer, Latiner und Italiker der Halbinsel. Eigentlich hätten seine Zuhörer ihn nun zum Magistrat der Stadt schleppen müssen, und dann hätte er sogleich hingerichtet werden müssen. Oder sie hätten ihn selbst töten können. Statt dessen hörten sie ihn an, bis er fertig war, und halfen ihm dann eine wackelige Leiter zu einem Bett hinauf. Der Flüchtling ließ sich auf das Bett fallen und schlief zehn Stunden lang.

Als Marius erwachte, stellte er fest, daß jemand seine Tunika und seinen Umhang gewaschen und seine Stiefel von innen und außen geputzt hatte. Er fühlte sich besser als jemals, seit er Murcius' Schiff verlassen hatte. Gestärkt kletterte er die Leiter hinunter und stellte fest, daß die Taverne gerammelt voll war.

»Sie sind alle gekommen, um dich zu sehen, Gaius Marius«, sagte der Wirt und schüttelte ihm die Hand. »Es ist eine Ehre für uns, daß du bei uns bist!«

»Ich bin ein zum Tode Verurteilter, lieber Wirt, und es gibt wahrscheinlich an die fünfzig berittene Trupps, die nach mir suchen. Erst gestern habe ich einen solchen Trupp durch die Tore eurer Stadt reiten sehen.«

»Ja, die Reiter sind in diesem Augenblick auf dem Forum bei den Duumvirn, Gaius Marius. Wie du haben sie erst einmal geschlafen, und jetzt haben sie es furchtbar wichtig. Die halbe Stadt weiß, daß du hier bist, aber du brauchst dich nicht zu sorgen, wir werden dich nicht ausliefern. Und auch den Duumvirn werden wir nichts sagen. Es sind nämlich beides sehr gesetzestreue Männer. Wenn sie von dir wüßten, würden sie wahrscheinlich entscheiden, daß du hingerichtet werden mußt, auch wenn sie von dieser Aufgabe nicht gerade begeistert wären.«

»Ich danke euch«, sagte Marius. Sein Dank kam von Herzen.

Ein kleiner, dicklicher Mann, der zehn Stunden zuvor nicht dagewesen war, trat jetzt mit ausgestreckter Hand vor. »Ich heiße Aulus Belaeus und bin ein Kaufmann aus Minturnae. Ich besitze ein paar Schiffe. Sage mir, was du brauchst, Gaius Marius, und du bekommst es.«

»Ich brauche ein Schiff, das mich in ein Land bringt, wo ich Asyl finde.«

»Kein Problem«, sagte Belaeus sofort. »In der Bucht liegt genau das richtige Schiff für dich bereit. Sobald du gegessen hast, bringe ich dich hin.«

»Bist du ganz sicher, Aulus Belaeus? Man trachtet mir nach dem Leben. Wenn du mir hilfst, könntest du damit dein eigenes Leben verwirken.«

»Dieses Risiko gehe ich ein«, sagte Belaeus ruhig.

Eine Stunde später wurde Marius zu einem dickbäuchigen Getreidetransportschiff gerudert, das gegen widrige Winde und schweren Seegang wesentlich besser gerüstet war als das kleine Küstenschiff des Publius Murcius.

»Es ist gerade überholt worden, nachdem es eine Ladung afrikanisches Getreide in Puteoli gelöscht hatte«, sagte Belaeus. »Beim ersten günstigen Wind hätte ich es wieder nach Africa geschickt.« Belaeus begleitete seinen Gast über eine kräftige Holzleiter am Heck des Schiffes, die eher einer Treppe ähnelte, an Bord. »Das Schiff hat Falerner für den Luxusmarkt in Africa geladen. Es ist genügend Ballast an Bord, und auch Vorräte sind ausreichend vorhanden. Meine Schiffe sind immer bereit zum Ablegen, damit ich auf jeden Wind- und Wetterwechsel reagieren kann.« Der Kaufmann lächelte Gaius Marius mit aufrichtiger Freundlichkeit an.

»Ich weiß nicht, wie ich dir danken soll, außer mit einer guten Bezahlung.«

»Ich betrachte dies als Ehre, Gaius Marius. Raube sie mir nicht, indem du mich bezahlst, ich bitte dich. Von dieser Geschichte werde ich den Rest meines Lebens zehren – ich, ein Kaufmann aus Minturnae, habe dem großen Gaius Marius geholfen, seinen Verfolgern zu entkommen.«

»Mein Dank ist dir ewig gewiß, Aulus Belaeus.«

Belaeus stieg wieder in sein Ruderboot, winkte zum Abschied und ließ sich zum nahen Ufer zurückrudern.

Gerade als das Boot an der Landungsbrücke anlegte, die dem Schiff am nächsten war, tauchten die fünfzig Reiter, die in der Stadt Erkundigungen eingezogen hatten, im Hafen auf. Die von Sextus Lucilius angeworbenen Männer beachteten Belaeus nicht, da sie ihn zunächst nicht mit dem Schiff in Verbindung brachten, das gerade den Anker lichtete. Aber an Deck des Schiffes erkannten sie unter den Männern, die zum Ufer zurücksahen, das unverwechselbare Gesicht des Gaius Marius.

Ihr Anführer drängte nach vorne, formte mit den Händen einen Trichter um den Mund und rief: »Gaius Marius, du bist verhaftet! Kapitän, du deckst einen Verurteilten, der vor dem römischen Gesetz flieht! Im Namen des Senats und des Volkes von Rom befehle ich dir, beizudrehen und mir Gaius Marius auszuliefern!«

Auf dem Schiff wurden diese Worte mit einem verächtlichen Schnauben abgetan. Der Kapitän fuhr seelenruhig mit seinen Vorbereitungen zum Ablegen fort. Aber als Marius sah, wie der gute Belaeus von den Reitern festgehalten wurde, schluckte er bekümmert.

»Halt, Kapitän!« rief er. »Dein Herr ist in der Hand der Männer, die eigentlich mich wollen. Ich muß zurück!«

»Das ist nicht notwendig, Gaius Marius«, sagte der Kapitän. »Aulus Belaeus kann allein auf sich aufpassen. Er hat dich mir anvertraut und mir befohlen, dich wegzubringen. Ich muß ihm gehorchen.«

»Du wirst *mir* gehorchen, Kapitän. Dreh bei!«

»Wenn ich das tue, Gaius Marius, werde ich nie mehr ein Schiff befehligen. Aulus Belaeus würde aus meinem Gedärm eine Strickleiter machen.«

»Dreh bei und setze mich in ein Boot, Kapitän. Ich bestehe darauf. Wenn du mich schon nicht hier absetzen willst, rudere mich wenigstens an einer Stelle ans Ufer, wo ich eine Chance habe, davonzukommen.« Marius starrte ihn finster an. »Tu es, Kapitän! Ich bestehe darauf.«

Der Kapitän gehorchte schließlich widerstrebend. Wenn Marius auf etwas beharrte, merkte jeder, daß dies ein Feldherr war, der Gehorsam gewohnt war.

»Dann lasse ich dich weiter im Süden an Land«, sagte der Kapitän unglücklich. »Ich kenne die Gegend gut. Es gibt von dort einen sicheren Pfad zurück nach Minturnae, wo du dich am besten versteckst, bis die Reiter abgezogen sind. Dann nehme ich dich wieder an Bord.«

Wieder stieg Marius in ein Ruderboot, das an der dem Meer zugekehrten Seite des Schiffes heruntergelassen wurde, denn die Reiter, die immer noch übers Wasser nach Gaius Marius riefen, sollten ihn nicht sehen.

Zum Unglück für Marius hatte der Anführer des Trupps einen Adlerblick. Sobald das Boot weit draußen hinter dem Schiff in Sicht kam, erkannte er Marius' Kopf zwischen den sechs auf- und abgehenden Rücken der Ruderer.

»Schnell!« rief er. »Aufsteigen, Männer! Laßt diesen dummen Kerl hier, er ist nicht wichtig. Wir folgen dem Boot am Ufer entlang.«

Das war nicht schwierig, denn rings um die Bucht führte ein ausgetretener Pfad durch die Salzmarschen, die das Land um die Mündung des Flusses Liri zerfraßen. Die Reiter holten das Boot sogar rasch ein und verloren es nur aus den Augen, wenn es hinter den Binsen und dem Schilf verschwand, die im Schlamm der Mündung des Liri wuchsen.

»Reitet zu, wir bekommen den Schurken schon!«

Die Reiter des Sextus Lucilius fanden Marius zwei Stunden später tatsächlich. Sie kamen gerade noch rechtzeitig: Marius hatte seine Kleider zurückgelassen und steckte zappelnd, erschöpft und immer tiefer einsinkend bis zur Taille in schwarzem, klebrigem Schlamm. Es war nicht leicht, ihn herauszuziehen, aber es waren genügend Helfer da, und schließlich gab der alles verschluckende Schlamm sein Opfer widerwillig frei. Einer der Männer nahm seinen Umhang ab und wollte ihn Marius geben, der Anführer hinderte ihn jedoch daran.

»Der alte Krüppel soll ruhig nackt bleiben. Minturnae soll sehen, was für ein feiner Kerl der große Gaius Marius ist! Die ganze Stadt wußte, daß er hier war. Sie werden dafür büßen, daß sie ihm Unterschlupf gewährt haben.«

So mußte der alte Marius nackt, hinkend und stolpernd den ganzen Weg nach Minturnae zurücklegen. Er ging zu Fuß, seine Bewacher umgaben ihn hoch zu Roß, und es machte ihnen nichts aus, wie weit die Strecke war. Als sie am Stadtrand ankamen und die ersten Häuser den Weg säumten, rief der Anführer mit lauter Stimme Menschen herbei, damit sie den gefangenen Flüchtling Gaius Marius sehen konnten, der bald auf dem Forum von Minturnae einen Kopf kürzer gemacht werden würde. »Kommt näher, kommt alle her!« schrie er.

Am Nachmittag erreichten die Häscher das Forum. Fast die ganze Stadt hatte sich eingefunden. Die Einwohner waren so verblüfft und überrascht, daß sie gegen die Behandlung des großen Gaius Marius nicht protestierten, außerdem wußten sie, daß er wegen Hochverrats verurteilt war. Trotzdem wuchs in ihren Hinterköpfen langsam ein dumpfer Zorn heran – ein Gaius Marius war kein Verräter!

Die beiden obersten Magistraten warteten am Fuß der Stufen zur Versammlungshalle, umgeben von einer städtischen Wache. Man war in aller Eile zusammengekommen, um den arroganten Vertretern des römischen Rechts zu zeigen, daß Minturnae vor ihnen nicht einfach zu Kreuze kroch, sondern sich notfalls zu wehren wußte.

»Wir haben Gaius Marius eingefangen, als er gerade auf einem Schiff aus Minturnae entwischen wollte«, sagte der Anführer der Reiter drohend. »Die Einwohner dieser Stadt wußten, daß er hier war, und haben ihm geholfen.«

»Die Stadt Minturnae kann nicht für die Taten einiger ihrer Einwohner verantwortlich gemacht werden«, sagte der ältere der beiden Magistraten steif. »Aber jetzt habt ihr euren Gefangenen ja. Nehmt ihn und geht.«

»Ich will ihn nicht ganz!« sagte der Anführer grinsend. »Sein Kopf reicht mir. Den Rest dürft ihr behalten. Da drüben ist eine geeignete Steinbank. Wir legen ihn einfach darauf, und im Nu ist sein Kopf ab.«

Die Menge begann zu murren, und die beiden Magistraten machten böse Gesichter. Auch die Wache wurde unruhig.

»Mit welchem Recht wollt ihr auf dem Forum von Minturnae einen Mann hinrichten, der sechsmal Konsul von Rom war – einen Helden?« fragte der ältere Duumvir. Er musterte den Anführer und seine Männer von oben bis unten und beschloß, sie ein wenig das fühlen zu lassen, was er gefühlt hatte, als sie ihn früher am Tag grob zur Rede gestellt hatten. »Ihr seht nicht wie römische Reiter aus. Woher soll ich wissen, daß ihr seid, was ihr sagt?«

»Wir sind eigens für diese Aufgabe angeworben worden«, sagte der Anführer. Er wurde allmählich nervös, denn er sah die aufgebrachten Gesichter in der Menschenmenge und die Wachen, die an den Scheiden ihrer Schwerter rückten, um die Schwerter schneller ziehen zu können.

»Von wem? Vom Senat und dem Volk von Rom?« fragte der Duumvir wie ein Advokat, der ein Verhör durchführte.

»So ist es.«

»Das glaube ich nicht. Zeige mir einen Beweis.«

»Der Mann ist wegen Hochverrats verurteilt! Du weißt, was das bedeutet, Duumvir. Sein Leben ist in jeder römischen und latinischen Gemeinde verwirkt. Ich habe nicht den Auftrag, den Mann lebend nach Rom zurückzubringen. Ich soll seinen Kopf zurückbringen.«

»Wenn das so ist«, sagte der ältere Magistrat ruhig, »und du den Kopf wirklich willst, mußt du gegen Minturnae kämpfen. Wir sind keine gemeinen Barbaren. Ein römischer Bürger vom Ansehen eines Gaius Marius wird nicht wie ein Sklave oder ein Ausländer enthauptet.«

»Genaugenommen ist er gar kein römischer Bürger!« sagte der Anführer böse. »Aber wenn ihr die Aufgabe ordentlich erledigt haben wollt, schlage ich euch vor, sie doch selbst zu erledigen! Ich reite nach Rom zurück und hole dir jeden Beweis, den du verlangst, Duumvir! In drei Tagen bin ich zurück. Dann hoffe ich für euch, daß Gaius Marius tot ist, oder die ganze Stadt wird dem Senat und Volk von Rom Rede und Antwort stehen müssen. Und in drei Tagen nehme ich den Kopf des Gaius Marius mit, wie mir befohlen wurde.«

Marius hatte die ganze Zeit schwankend zwischen den Reitern gestanden. Sein Schicksal und seine offensichtliche Erschöpfung hatte viele Bürger Minturnaes zu Tränen gerührt. Einer der Reiter fürchtete, um seine Belohnung betrogen zu werden. Wütend zog er sein Schwert und holte aus, um auf Marius einzuschlagen, aber plötzlich waren die Menschen zwischen den Pferden. Viele Hände streckten sich nach dem Flüchtling aus, um ihn vor den Schwertern in Sicherheit zu bringen. Auch die Wachen ließen ihre Klingen sehen.

»Dafür wird Minturnae bezahlen!« knurrte der Anführer.

»Minturnae wird den Gefangenen hinrichten, wie es seiner Würde entspricht«, sagte der ältere Magistrat. »Geht!«

»Einen Augenblick!« rief eine heisere Stimme. Gaius Marius drängte sich nach vorn. »Diese braven Leute vom Land kannst du vielleicht täuschen, mich aber nicht! Es gibt in Rom keine Reiter, die Verurteilte aufspüren. Weder der Senat noch das Volk kann jemand wie euch einstellen. Nur Einzelpersonen können das. Wer bezahlt euch?«

Marius' machtvolle Stimme versetzte den Anführer so sehr in frühere Zeiten zurück, als er noch hinter den Feldzeichen hermaschiert war, daß er antwortete, bevor er sich eines Besseren besinnen konnte: »Sextus Lucilius.«

»Danke!« sagte Marius. »Das werde ich mir merken!«

»Ich scheiße auf dich, alter Narr!« sagte der Anführer verächtlich und riß mit einem grausamen Ruck den Kopf seines Pferdes herum. »Magistraten von Minturnae, ihr habt mir euer Wort gegeben! Wenn ich wiederkomme, ist Gaius Marius tot, und dann nehme ich seinen Kopf mit!«

Sobald die Reiter verschwunden waren, nickte der Duumvir den Wachen zu. »Nehmt Gaius Marius in Gewahrsam.«

Die Wachen ergriffen Marius und geleiteten ihn rücksichtsvoll in eine einzelne Zelle unter dem Podest des Tempels des Jupiter Optimus Maximus, die normalerweise nur zur Ausnüchterung Betrunkener oder zur vorübergehenden Festnahme Verrückter diente.

Sobald Marius weggebracht worden war, bildeten sich auf dem Forum Gruppen eifrig diskutierender Menschen. Andere gingen in die Tavernen, die den Platz umgaben. Und Aulus Belaeus, der alles miterlebt hatte, ging von einer Gruppe zur anderen und mischte sich eifrig in die Diskussionen ein.

Minturnae hatte mehrere städtische Sklaven, von denen einer, Burgundus, ganz besonders tüchtig war. Die Stadt hatte ihn zwei Jahre zuvor einem reisenden Händler abgekauft und seither nie den hohen Preis von fünftausend Denaren bereut, den sie hatte bezahlen müssen. Burgundus war damals achtzehn Jahre alt gewesen. Jetzt war er zwanzig, ein riesenhafter Germane vom Stamm der Kimbern. Wenn er stand, überragte er die wenigen Männer Minturnaes, die sechs Fuß maßen, noch um Haupteslänge. Seine Muskeln waren ebenfalls beeindruckend, und seine körperliche Kraft wurde durch keinerlei geistige Bildung oder Sensibilität beeinträchtigt – wenig verwunderlich bei einem Menschen, der im Alter von sechs Jahren nach der Schlacht bei Vercellae in Gefangenschaft geraten war und seither das Leben eines versklavten Barbaren hatte führen müssen. Er hatte nicht die Privilegien und Einkünfte eines gebildeten Griechen, der sich selbst in die Sklaverei verkaufte, weil ihn das ein guter Weg zu Geld und Wohlstand dünkte. Burgundus bekam einen Hungerlohn bezahlt und lebte in einer verfallenen Holzhütte am Stadtrand, und wenn eine gelangweilte römische Bürgerin zu ihm kam, die wissen wollte, was für ein Liebhaber ein barbarischer Riese war, dann dachte Burgundus, er sei vom Zauberwagen der Göttin Nerthus heimgesucht worden. Er kam nie auf die Idee zu fliehen, noch war er mit seinem Schicksal unzufrieden. Im Gegenteil, er hatte die zwei Jahre in Minturnae genossen, wo er sich wichtig und anerkannt fühlte. Mit der Zeit würde sein Einkommen erhöht werden, hatte man ihm zu verstehen gegeben, und er würde heiraten und Kinder haben dürfen. Und wenn er weiterhin gute Arbeit leistete, würden seine Kinder freigelassen werden.

Die anderen öffentlichen Sklaven mußten Unkraut jäten, Gebäude fegen, streichen oder tünchen und andere Ausbesserungsarbeiten durchführen. Burgundus dagegen bekam die Aufgaben zugewiesen, die außergewöhnliche Kraft erforderten. Burgundus säuberte die Kanalisation von Minturnae, wenn sie nach einem Hochwasser verstopft war; er entfernte einen von Fliegen übersäten Kadaver eines Pferdes, Esels oder eines anderen großen Tieres von einer unzugänglichen Stelle; er fällte Bäume an Stellen, an denen es besonders gefährlich war; er fing bösartige Hunde ein und hob ohne fremde Hilfe Gräben aus. Wie viele große Menschen war der Germane ein sanfter und gutmütiger Mensch, der sich seiner Stärke sicher war und sie niemandem zu beweisen brauchte. Er wußte, daß er keinem Menschen im Spaß einen Hieb versetzen durfte, da dieser dann vielleicht gleich tot umfiel. Deshalb hatte er eine Technik entwickelt, wie er betrunkene Matrosen und aggressive, kleine Männer, die ihr Mütchen an ihm kühlen wollten, sanft abwehren konnte. Seine Nachsicht hatte ihm einige Narben, in der Stadt aber auch den Ruf großer Freundlichkeit eingebracht.

Da die Magistraten die Pflicht hatten, Gaius Marius hinzurichten, diese Pflicht aber so römisch wie möglich ausüben wollten und außerdem wußten, daß sie dabei unter der Stadtbevölkerung auf wenig Sympathie stoßen würden, ließen sie sofort Burgundus kommen, den Mann fürs Grobe.

Burgundus hatte von den jüngsten Vorfällen in Minturnae nichts mitbekommen, da er vor den Stadtmauern an der Seite der Stadt, die der Via Appia zugewandt war, damit beschäftigt gewesen war, große Steine für Reparaturarbeiten bereitzulegen. Er wurde von einem anderen Sklaven geholt und eilte mit langen, scheinbar langsamen Schritten zum Forum, die ihn aber so schnell vorwärtsbrachten, daß der andere Sklave fast rennen mußte, um nicht zurückzubleiben.

Der ältere Magistrat wartete in einer Gasse vor dem Forum auf ihn. Die Gasse verlief hinter der Versammlungshalle und dem Jupitertempel. Wenn die Aufgabe erledigt werden sollte, ohne einen Tumult auszulösen, mußte sie sofort erledigt werden, und zwar so, daß die Menschenmenge auf dem Forum nichts davon merkte.

»Aha, Burgundus, genau dich brauche ich!« sagte der Duumvir. Sein Kollege, ein weniger entschlossener Mensch, war plötzlich verschwunden. »In der Zelle unter dem Kapitol ist ein Gefangener.« Er wandte sich ab und sagte die folgenden Worte scheinbar beiläufig und gleichgültig über die Schulter: »Du wirst ihn erdrosseln. Er ist ein Verräter, der zum Tod verurteilt wurde.«

Der Germane stand wie angewurzelt da, hob seine gewaltigen Hände und starrte sie fragend an. Er war noch nie aufgefordert worden, einen Menschen zu töten. Einen Menschen mit diesen Händen zu töten! Für seine Hände war das nicht schwerer, als einem Huhn den Hals umzudrehen. Natürlich mußte er den Befehl ausführen, das stand außer Frage. Aber plötzlich war die Zufriedenheit, die er bislang in Minturnae empfunden hatte, wie fortgeblasen. Er sollte nicht nur alle anstrengenden Arbeiten erledigen, sondern jetzt auch noch für die Stadt den Henker spielen. Seine sonst friedlichen, blauen Augen stierten entsetzt auf die Rückwand des Kapitols. Hier saß der Gefangene, den er erdrosseln sollte. Offensichtlich ein sehr wichtiger Gefangener. Einer der Anführer des italischen Krieges?

Burgundus holte tief Luft und trottete dann zur anderen Seite des Podestes, wo sich die Tür zu den unterirdischen Räumen befand.

Um hindurchzugehen, mußte er nicht nur den Kopf einziehen, sondern sich tief bücken. Nun befand er sich in einer niedrigen Vorhalle mit steinernen Wänden, die auf jeder Seite mehrere Türen hatte. Auf der gegenüberliegenden Seite ließ ein Schlitz mit einem eisernen Gitter etwas Licht ein. An diesem düsteren Ort wurden die Akten und das Archiv der Stadt sowie regionale Gesetze und Statuten und die Stadtkasse aufbewahrt. Hinter der ersten Tür links wurde ab und zu ein Unruhestifter festgehalten, bis er sich beruhigt oder seinen Rausch ausgeschlafen hatte und wieder freigelassen werden konnte.

Die Zellentür war aus drei Finger dickem Eichenholz gezimmert und noch niedriger als die Außentür. Burgundus zog den Riegel zurück, duckte sich und zwängte sich in die Zelle. Wie die Vorhalle wurde auch dieser Raum von einer vergitterten Öffnung erhellt. Die Öffnung ging hoch oben in der Rückwand des Tempelsockels nach draußen, deshalb waren Geräusche, die von hier ins Freie drangen, auf dem Forum nicht zu hören. Das einfallende Licht reichte kaum zum Sehen, zumal sich Burgundus' Augen noch nicht an die Dunkelheit gewöhnt hatten.

Der germanische Riese richtete sich soweit auf wie möglich und entdeckte vor sich einen grauschwarzen Klumpen, der ungefähr wie ein Mensch geformt war. Der Klumpen stand auf und stellte sich vor seinen Scharfrichter hin.

»Was willst du?« fragte der Gefangene laut und mit befehlsgewohnter Stimme.

»Ich habe den Auftrag, dich zu erdrosseln«, sagte Burgundus schlicht.

»Du bist Germane!« sagte der Gefangene scharf. »Von welchem Stamm? – Los, antworte mir, Bursche!«

Die letzte Äußerung war noch schärfer hervorgestoßen worden, und Burgundus konnte nun besser sehen. Die wilden, feurigen Augen seines Gegenübers ließen ihn mit der Antwort zögern.

»Ich bin ein Kimber, Herr.«

Der große, nackte Mann mit den schrecklichen Augen schien anzuschwellen. »Was? Ein Sklave – und obendrein einer, den ich besiegt habe – erdreistet sich, Gaius Marius zu töten?«

Burgundus zuckte zusammen, schlug die Hände vors Gesicht und duckte sich.

»Hinaus mit dir!« brüllte Gaius Marius. »Ich werde nicht in einem schäbigen Verließ durch die Hand eines Germanen sterben!«

Jammernd ergriff Burgundus die Flucht. Er ließ die Zellen- und die Außentür weit offenstehen und stürzte nach draußen auf das Forum.

»Nein, nein!« schrie er den Männern auf dem Forum entgegen. Tränen rannen ihm über das Gesicht. »Ich kann Gaius Marius nicht töten! Ich kann nicht! Ich kann nicht!«

Aulus Belaeus eilte ihm von der anderen Seite des Forums entgegen und hielt die zitternden Hände des Riesen vorsichtig fest. »Ist ja gut, Burgundus, das verlangt ja auch niemand von dir. Höre auf zu weinen und sei ein guter Junge.«

»Ich kann Gaius Marius nicht töten!« rief Burgundus wieder und wischte sich die Nase am Arm ab, weil Belaeus immer noch seine Hände hielt. »Und ich lasse auch nicht zu, daß jemand anders Gaius Marius tötet!«

»Niemand wird Gaius Marius töten«, sagte Belaeus bestimmt. »Es ist alles ein Mißverständnis. Geh zu Marcus Furius und nimm ihm den Wein und das Gewand ab, das er in der Hand hält. Bring beides zu Gaius Marius. Dann führe Gaius Marius in mein Haus und warte dort mit ihm.«

Der Riese beruhigte sich wie ein Kind schnell, strahlte Aulus Belaeus an und sprang davon, um zu tun, was ihm befohlen worden war.

Belaeus wandte sich der Menge zu, die sich um ihn versammelt hatte. Seine Augen hefteten sich auf die Duumvirn, die aus der Versammlungshalle herbeigeeilt waren.

»Ihr Bürger von Minturnae, wollt ihr zulassen, daß unsere schöne Stadt die abscheuliche Aufgabe übernimmt, Gaius Marius zu töten?«

»Aulus Belaeus, wir müssen es tun!« sagte der ältere Magistrat atemlos. »Es handelt sich um Hochverrat!«

»Das ist mir egal«, sagte Aulus Belaeus. »Auch wenn Gaius Marius alle Verbrechen begangen hätte, die in den Statuten aufgezählt sind, Minturnae kann ihn nicht hinrichten!«

Aus der Menge ertönten lautstarke Rufe, die Aulus Belaeus recht gaben, deshalb beriefen die Magistraten auf der Stelle eine Versammlung ein, die über die Angelegenheit diskutieren sollte. Das Ergebnis stand von vornherein fest: Gaius Marius sollte freigelassen werden. Minturnae konnte unmöglich die Verantwortung für den Tod eines Mannes auf sich nehmen, der sechs Male Konsul von Rom gewesen war und Italien vor den Germanen gerettet hatte.

»So«, sagte Aulus Belaeus wenig später zufrieden zu Gaius Marius, »es freut mich, dir sagen zu können, daß ich dich wieder auf mein Schiff bringen werde und daß dich die besten Wünsche von ganz Minturnae begleiten, auch die unserer pflichtbewußten Magistraten. Und diesmal wird das Schiff ablegen, ohne daß du wieder an Land geschleppt wirst, das verspreche ich dir.«

Marius hatte gebadet und gegessen und fühlte sich wesentlich besser. »Ich habe viel Freundlichkeit erlebt, seit ich aus Rom fliehen mußte, Aulus Belaeus, aber nirgendwo so viel wie hier in Minturnae. Ich werde diese Stadt nie vergessen.« Er sah zu Burgundus hinauf und schenkte ihm das freundlichste Lächeln, zu dem sein halbseitig gelähmtes Gesicht imstande war. »Und ich werde nie vergessen, daß ein Germane mich verschont hat. Danke.«

Belaeus stand auf. »Ich hätte gern die Ehre, dich noch länger in meinem Haus zu beherbergen, Gaius Marius, aber ich habe keine Ruhe, bis dein Schiff endgültig abgefahren ist. Ich möchte dich sofort zum Hafen bringen. Du kannst an Bord schlafen.«

Als sie auf die Straße vor Belaeus' Haus traten, waren fast alle Einwohner von Minturnae da, bereit, sie zum Hafen zu begleiten. Jubelrufe auf Gaius Marius ertönten, und er nahm sie mit königlicher Würde entgegen. Auf dem Weg ans Wasser fühlten sich alle so guter Dinge und so wichtig wie seit Jahren nicht mehr. Auf der Landungsbrücke umarmte Marius Aulus Belaeus öffentlich.

»Dein Geld ist noch an Bord«, sagte Belaeus mit Tränen in den Augen. »Ich habe noch mehr Kleider für dich bringen lassen – und einen besseren Wein, als mein Kapitän gewöhnlich trinkt! Außerdem gebe ich dir den Sklaven Burgundus mit, da du ja keine Begleiter bei dir hast. In der Stadt hat man Angst, ihn hierzubehalten, falls die Reiter zurückkehren und irgendein Idiot den Mund aufmacht. Er hat den Tod nicht verdient, also kannst du über ihn verfügen.«

»Burgundus nehme ich mit Freuden mit, Aulus Belaeus, und wegen der Reiter mache dir keine Sorgen. Ich weiß, wer sie angeworben hat – ein Mann ohne Macht und Einfluß, der sich einen Namen machen will. Zuerst hatte ich Lucius Sulla im Verdacht, und das wäre eine viel ernstere Sache gewesen. Aber wenn der Konsul Häscher auf mich gehetzt hat, haben sie Minturnae noch nicht erreicht. Diese Burschen jedenfalls sind nur von einem ruhmsüchtigen Privatmann beauftragt worden.« Der Atem kam zischend durch Marius' Zähne. »Wir sprechen uns noch, Sextus Lucilius!«

»Mein Schiff gehört dir, bis du wieder heimkehrst«, sagte Belaeus lächelnd. »Der Kapitän weiß Bescheid. Zum Glück hat er Falerner geladen – der Wein kann nur besser werden, bis er gelöscht wird. Wir wünschen dir das Beste.«

»Und ich dir, Aulus Belaeus. Ich werde dich nie vergessen«, sagte Gaius Marius.

Dann war der aufregende Tag endlich zu Ende. Die Männer und Frauen von Minturnae standen am Landungssteg und winkten, bis das Schiff in der Ferne verschwunden war. Dann gingen sie mit dem Gefühl nach Hause, einen großen Krieg gewonnen zu haben. Aulus Belaeus ging als letzter, als die Dämmerung bereits einbrach. Er lächelte still vor sich hin, denn er hatte einen großartigen Einfall gehabt. Er würde den größten Wandmaler der italienischen Halbinsel auftreiben und ihn beauftragen, die Abenteuer des Gaius Marius in Minturnae in einer großartigen Bilderserie darzustellen. Die Bilder sollten den neuen Tempel der Marica zieren, der in einem schönen Hain gebaut werden sollte. Marica war eine Nymphe, die den Latinus geboren hatte, dessen Tochter wiederum Aeneas geheiratet und mit ihm Julus gezeugt hatte. Also hatte sie eine besondere Beziehung zu Gaius Marius, der ja mit einer Julia verheiratet war. Außerdem war Marica die Schutzheilige der Stadt. Eine größere Tat als die Weigerung, Gaius Marius zu töten, war in Minturnae nie vollbracht worden, und in den kommenden Jahren sollte ganz Italien durch die Fresken im Tempel der Marica davon erfahren.

Von nun an kam Marius auf seiner Flucht nie mehr in Gefahr, auch wenn seine Reise lang und ermüdend war. In Ischia trafen sich neunzehn der Flüchtlinge wieder und warteten vergeblich auf Publius Sulpicius. Nach acht Tagen entschieden sie, daß er nicht mehr kommen würde, und fuhren traurig ohne ihn ab. Sie trotzten dem Tyrrhenischen Meer und sahen erst wieder Land, als sie in den Fischerhafen Erycina an der Nordwestspitze von Sizilien einliefen.

Marius hatte gehofft, in Sizilien bleiben zu können und sich nicht weiter als notwendig von Italien entfernen zu müssen. In Anbetracht dessen, was er bisher durchgemacht hatte, ging es ihm körperlich erstaunlich gut, aber er merkte selbst, daß es um seinen Geist nicht zum besten stand. Er vergaß vieles, und manchmal klang in seinen Ohren alles, was andere Leute redeten, so fremd wie die Sprache der Skythen oder Sarmaten. Er nahm unidentifizierbare, ekelhafte Gerüche wahr, und manchmal senkte sich ein dichter Schleier über seine Augen. Dann wieder wurde ihm plötzlich unerträglich heiß, oder er wußte nicht mehr, wo er war. Oft war er gereizt und bildete sich ein, gekränkt oder beleidigt worden zu sein.

»Ich weiß nicht, mit welchem Organ wir denken«, redete er eines Tages vor sich hin, als er mit seinem Sohn in Erycina darauf wartete, vom Statthalter von Sizilien zu hören, »ob es nun in unserer Brust sitzt, wie manche sagen, oder in unseren Köpfen, wie Hippokrates meint – und ich glaube auch, daß wir mit dem Kopf denken, denn ich denke mit meinen Augen, meinen Ohren und meiner Nase, und warum sollten diese Organe so weit von der Quelle der Gedanken entfernt sein wie vom Herz oder von der Leber?« Er verstummte, zog die gewaltigen Augenbrauen finster zusammen und zupfte nervös mit den Fingern an ihnen herum. »Noch einmal von vorn ... Irgend etwas frißt langsam und nach und nach meinen Verstand auf, mein Sohn. Ich kann immer noch ganze Bücher auswendig, und wenn ich mich dazu zwinge, kann ich klar denken – ich kann Versammlungen leiten und alles andere, was ich früher konnte. Aber nicht immer. Und ich verstehe oft nicht, was sich verändert. Manchmal merke ich nicht einmal, daß sich etwas verändert hat ... Du mußt mir meine Schrullen verzeihen. Ich muß meine geistige Kraft aufsparen, denn eines Tages werde ich zum siebten Mal Konsul sein. Martha hat gesagt, es würde so sein, und sie hat sich noch nie geirrt. Noch nie geirrt ... Aber das habe ich dir schon erzählt, oder?«

Der junge Marius schluckte den Klumpen in seinem Hals hinunter. »Ja, Vater. Schon oft.«

»Habe ich dir auch schon erzählt, daß sie noch etwas anderes prophezeite?«

Der junge Marius musterte das mitgenommene und verzerrte Gesicht seines Vaters, das dieser Tage oft gerötet war. Dann seufzte er leise und überlegte, ob der Geist seines Vaters sich gerade wieder verwirrte oder ob er bei klarem Verstand war. »Nein, Vater.«

»Nun, sie sagte, ich würde nicht der größte Mann sein, den Rom in seiner Geschichte hervorbringt. Und weißt du, wer ihr zufolge der größte Römer aller Zeiten sein wird?«

»Nein, Vater. Aber ich würde es gerne wissen.« Der junge Marius sagte das ohne die geringste Hoffnung, denn er wußte, *er* würde es nicht sein. Der Sohn eines großen Mannes ist sich seiner Mängel besonders deutlich bewußt.

»Der junge Caesar.«

»Beim Pollux!«

Gaius Marius kicherte nervös und wirkte plötzlich unheimlich und gespenstisch. »Mach dir keine Sorgen, mein Sohn! Er wird es nicht werden! Ich lasse niemanden größer werden als mich! Ich werde den Stern des jungen Caesar auf den Grund des tiefsten Meeres schicken!«

Sein Sohn erhob sich. »Du bist müde, Vater. Mir ist aufgefallen, daß die Stimmungen und Schwierigkeiten, unter denen du leiden mußt, viel stärker sind, wenn du müde bist. Komm und geh zu Bett.«

Der Statthalter von Sizilien, Gaius Marius' Klient Gaius Norbanus, hielt sich gerade in Messana auf, um gegen Marcus Lamponius' und eine Streitmacht aufständischer Lucanier und Bruttier zu kämpfen, die Sizilien erobern wollten. Marius' Bote war auf dem schnellsten Weg über die Via Valeria nach Messana geeilt und kam nach dreizehn Tagen mit der Antwort des Statthalters zurück.

Zwar bin ich mir meiner Verpflichtungen als Dein Klient äußerst bewußt, Gaius Marius, aber ich bin auch Statthalter und Proprätor einer römischen Provinz, und verpflichtet, zuerst Rom zu dienen und dann Dir als meinem Patron. Dein Brief erreichte mich, nachdem ich eine offizielle Anweisung des Senats erhalten hatte, Dir und den anderen Flüchtlingen keinerlei Beistand zu gewähren. Mir wurde sogar befohlen, Dich aufzuspüren und wenn möglich zu töten. Das kann ich natürlich nicht tun. Allerdings kann ich Deinem Schiff befehlen, sizilianische Gewässer zu verlassen.

Privat wünsche ich Dir das Beste und hoffe, daß Du irgendwo eine sichere Zuflucht findest. Ich befürchte freilich, daß Dir das auf römischem Gebiet nirgendwo gelingen wird. Ich muß Dir sagen, daß Publius Sulpicius in Laurentum festgenommen wurde. Sein Kopf ziert die Rostra in Rom. Eine böse Tat! Aber Du wirst meine Lage besser verstehen, wenn ich Dir sage, daß niemand anders als Lucius Cornelius Sulla den Kopf des Sulpicius auf der Rostra aufgepflanzt hat. Er hat nicht den Befehl dazu gegeben, nein, er tat es eigenhändig.

»Armer Sulpicius!« sagte Marius und unterdrückte die in ihm aufsteigenden Tränen. Dann riß er sich zusammen und sagte: »Fahren wir also weiter! Wir werden sehen, wie wir in der Provinz Africa empfangen werden.«

Aber auch dort wurden sie nicht aufgenommen. Der Statthalter der Provinz Publius Sextilius hatte ebenfalls entsprechende Befehle erhalten und konnte den Flüchtlingen lediglich raten, woandershin zu fahren, bevor die Pflicht ihn dazu zwang, sie aufzuspüren und zu töten.

Weiter ging es nach Rusicade, dem Hafen von Cirta, der Hauptstadt Numidiens. In Numidien regierte nun König Hiempsal, der Sohn des Gauda, aber ein weit besserer Mensch als sein Vater. Als er Marius' Brief erhielt, weilte er in seiner Residenz in Cirta, unweit von Rusicade. Der Brief stürzte ihn in das bisher größte Dilemma seiner Regierungszeit. Gaius Marius hatte seinen Vater auf den Thron gesetzt, aber wenn er ihm half, lief er selbst Gefahr, den Thron zu verlieren. Denn auch Lucius Cornelius Sulla erhob Anspruch auf Vorherrschaft über Numidien.

Nach einigen Tagen des Hin- und Herüberlegens zog Hiempsal mit einem Teil seines Hofes nach Ikosion um, das weit westlich des römischen Machtbereichs lag, und bat Gaius Marius und seine Gefährten, mit ihrem Schiff dorthin zu kommen. Die Flüchtlinge durften an Land kommen und mehrere komfortable Häuser beziehen. Hiempsal lud sie häufig in sein eigenes Haus ein, das mehr ein kleiner Palast war, auch wenn es längst nicht so geräumig war wie die Residenz in Cirta. Weil der König sich in Ikosion räumlich einschränken mußte, hatte er einige seiner Frauen und alle Konkubinen in Cirta gelassen und nur seine Königin Sophonisba und die zwei Nebenfrauen Salammbo und Anno mitgebracht. Hiempsal war ein in den besten Traditionen der hellenistischen Monarchie erzogener Mann. Das Leben am Hof war nicht orientalisch geprägt, und seine Gäste konnten frei mit den Mitgliedern seiner Familie verkehren – seinen Söhnen, Töchtern und Frauen. Leider führte das zu Komplikationen.

Der junge Marius war nun einundzwanzig Jahre alt und dabei, sich in der Welt umzusehen. Er war blond, gutaussehend und gutgebaut. Seine innere Unruhe erlaubte ihm nicht, sich längere Zeit auf eine geistige Aufgabe zu konzentrieren, deshalb suchte er Zerstreuung und Entspannung auf der Jagd – einem Zeitvertreib, an dem König Hiempsal keinen Gefallen fand, wohl aber seine junge Frau Salammbo. In den afrikanischen Ebenen wimmelte es von Wild – Elefanten, Löwen, Straußen, Gazellen, Antilopen, Bären, Panthern und Gnus –, und der junge Marius lernte Tiere jagen, die er zuvor noch gar nicht gekannt hatte. Prinzessin Salammbo war seine Führerin und Lehrerin.

König Hiempsal dachte vielleicht, der öffentliche Charakter dieser Ausflüge und die große Anzahl der Begleiter seien ein ausreichender Schutz für die Tugend seiner Nebenfrau, und deshalb hatte er keine Bedenken, Salammbo mit dem jungen Marius loszuschicken. Vielleicht war er auch dankbar, die lebhafte Frau für einige Tage los zu sein. Er selbst zog sich mit Gaius Marius zurück, dem es seit seiner Ankunft in Ikosion geistig deutlich besser ging, und sprach mit ihm über die alten Zeiten. Er ließ sich die Geschichten der Feldzüge gegen Jugurtha in Numidien und Africa erzählen, machte sich für sein Familienarchiv ausführliche Notizen und hing kühnen Träumen von zukünftigen Zeiten nach, wenn einer seiner Söhne oder Enkel für wert befunden werden würde, eine römische Adlige zu heiraten. Hiempsal hatte keine Illusionen. Er mochte sich König nennen, soviel er wollte, und ein großes und reiches Land regieren, aber in den Augen der römischen Aristokratie waren er und seine Untertanen weniger wert als der Staub auf den Straßen Roms.

Natürlich blieb das Geheimnis kein Geheimnis. Ein Günstling des Königs berichtete ihm, die Tage, die Salammbo mit dem jungen Marius verbringe, seien unschuldig genug – die Nächte jedoch keineswegs. Der König war bestürzt und gleichzeitig ratlos. Einerseits konnte er über die Unkeuschheit seiner Frau nicht hinwegsehen, andererseits konnte er nicht tun, was er normalerweise getan hätte, nämlich den Verführer umbringen. Also rettete er an Würde, was zu retten war, indem er Gaius Marius wissen ließ, die Situation sei zu delikat, als daß die Flüchtlinge noch länger bleiben könnten. Er bat seinen Gast, abzufahren, sobald das Schiff mit den nötigen Vorräten versehen sei.

»Du Dummkopf!« knurrte Marius, als sie zum Hafen hinuntergingen. »Hätte es nicht genug gewöhnliche Frauen gegeben? Mußtest du unbedingt eine von Hiempsals Frauen verführen?«

Sein Sohn grinste und versuchte, zerknirscht auszusehen, was ihm aber mißlang. »Tut mir leid, Vater, aber sie war so wunderbar ... Außerdem habe nicht ich sie verführt, sondern sie mich.«

»Du hättest ihr Angebot auch ausschlagen können.«

»Hätte ich«, sagte der junge Marius verstockt, »habe ich aber nicht. Sie war wirklich wunderbar.«

»Mag sein, aber jetzt ist sie das nicht mehr, mein Sohn. Das törichte Weibsbild mußte sich deinetwegen von seinem Kopf trennen.«

Der junge Marius grinste weiter. Er wußte genau, daß sich sein

Vater nur deshalb ärgerte, weil sie wieder aufbrechen mußten, und daß er sich andernfalls gefreut hätte, daß es seinem Jungen gelungen war, eine ausländische Königin zu verführen. Salammbos Schicksal kümmerte sie beide nicht; die Prinzessin hatte gewußt, womit sie rechnen mußte, wenn sie erwischt würden.

»Ein Jammer«, sagte er. »Sie war wirklich eine …«

»Sei still!« unterbrach ihn sein Vater scharf. »Wenn du kleiner wärst oder ich auf einem Bein stehen könnte, würde ich dir so weit in den Hintern treten, daß dir die Zähne aus dem Mund fliegen! Wir hatten es hier so schön!«

»Gib mir doch einen Tritt, wenn du willst«, sagte der Sohn. Er bückte sich und bot seinem Vater im Spaß die Rückseite dar. Breitbeinig und mit dem Kopf zwischen den Knien stand er da. Was hatte er zu befürchten? Sein Vergehen war von der Sorte, die ein Vater seinem Sohn mit Vergnügen verzeiht. Außerdem hatte der junge Marius in seinem ganzen Leben die Hand seines Vaters noch nicht zu spüren bekommen und seinen Fuß schon gar nicht.

Aber Marius gab dem treuen Burgundus ein Zeichen, worauf dieser den jungen Mann festhielt. Marius' rechtes Bein fuhr hoch, und der schwere Stiefel traf hart und präzise auf die empfindliche Stelle zwischen den Hinterbacken des Sohnes. Daß dieser nicht ohnmächtig wurde, verdankte er allein seinem Stolz, denn die Schmerzen waren furchtbar. Sie quälten ihn noch tagelang, und der junge Marius versuchte sich einzureden, daß sein Vater ihn nicht aus willkürlicher Bosheit bestraft hatte, sondern weil er über den Vorfall mit Salammbo wütender war, als er, sein Sohn, angenommen hatte.

Von Ikosion fuhren sie nach Osten an der nordafrikanischen Küste entlang, und sie gingen erst wieder an Land, als sie Gaius Marius' nächstes Ziel erreicht hatten: die Insel Kerkena in der Kleinen Syrte. Hier fanden sie endlich einen sicheren Zufluchtsort, denn hier, weitab vom Krieg, lebten einige tausend Veteranen aus den Legionen des Marius. Ein wenig gelangweilt davon, auf ihren hundert Jugera großen Parzellen Weizen anzubauen, hießen die angegrauten Veteranen ihren alten Feldherrn freudig willkommen, machten viel Aufhebens um ihn und seinen Sohn und gelobten, Sulla werde jeden Soldaten brauchen, den er aufbieten könne, wenn er ihnen Gaius Marius wegnehmen wolle.

Der junge Marius, der seinen Vater seit jenem Fußtritt noch genauer im Auge behielt, machte sich einige Sorgen. Voller Kummer bemerkte er nun die vielen kleinen Anzeichen seiner nachlassenden

Geisteskraft und sah mit Staunen, wieviel seinem Vater vergeben wurde, nur weil er Gaius Marius war, und wie sein Vater sich manchmal unter Aufbietung all seiner Kräfte zusammenriß und dann völlig normal schien. Wer keinen häufigen oder engen Kontakt mit ihm hatte, bemerkte davon nichts weiter, wenn man von einer gelegentlichen Gedächtnisschwäche absah, einem verwirrten Gesichtsausdruck oder Marius' Neigung, von einem Thema abzuschweifen, wenn er das Interesse daran verlor. Aber konnte er ein siebtes Mal Konsul werden? Der junge Marius bezweifelte es.

*

Das Verhältnis zwischen den neuen Konsuln Gnaeus Octavius Ruso und Lucius Cornelius Cinna war gespannt und artete oft in öffentliche Streitigkeiten aus, die sowohl im Senat als auch auf dem Forum ausgetragen wurden, während ganz Rom gespannt wartete, wer als Sieger daraus hervorgehen würde. Der Versuch, Sulla des Hochverrats anzuklagen, war zu einem jähen Ende gekommen, als Pompeius Strabo den Konsul Cinna in einem knappen, privaten Brief wissen ließ, wenn er Konsul bleiben und seine zahmen Volkstribunen überleben wolle, dürfe er Lucius Cornelius Sulla bei seiner Abreise nach Osten nicht behindern. Cinna wußte, daß sein Mitkonsul Octavius ein Geschöpf Pompeius Strabos war und daß die einzigen anderen Legionen, die in Italien unter Waffen standen, von zwei treuen Anhängern Sullas befehligt wurden. Also nahm er widerstrebend die Volkstribunen Vergilius und Magius ins Gebet, die von ihrem Opfer nicht lassen wollten. Cinna mußte ihnen schließlich sogar drohen, wenn sie nicht auf ihn hörten, werde er die Seiten wechseln, sich mit Octavius verbünden und sie vom Forum und aus der Stadt jagen.

In den ersten acht Monaten ihrer Amtszeit hatten die beiden Konsuln mehr als genug Probleme in Rom und Italien. Die Staatskasse war nach wie vor leer, und wer Geld hatte, scheute sich, es zu investieren. In den Provinzen Sizilien und Africa gab es erneut ein Dürrejahr. Die Statthalter Norbanus und Sextilius waren angewiesen worden, alle denkbaren Maßnahmen zur Erhöhung der Getreidelieferungen an die Hauptstadt zu ergreifen, auch wenn sie – unterstützt von ihren Soldaten – Weizen auf Schuldscheine ankaufen mußten. Proteste der Getreidebauern blieben wirkungslos, denn Konsuln und Senat wollten unter keinen Umständen eine Wiederholung der Ereignisse zulassen, die zu Saturninus' Aufstieg und kurzem Ruhm geführt hatten. Damals hatten die besitzlosen Proletarier Roms Hunger gelitten. Sie mußten jetzt unter allen Umständen zu essen bekommen. Cinna entdeckte allmählich, mit was für großen Schwierigkeiten Sulla in seinem Jahr als Konsul hatte kämpfen müssen, und nutzte jede Einkommensquelle aus, die er auftreiben konnte. An die Statthalter der spanischen Provinzen schickte er Briefe mit der Anweisung, das Letzte aus ihren Provinzen herauszuholen. Der Statthalter der beiden Gallien, Publius Servilius Vatia, bekam eine ähnliche Anweisung. Als die erbosten Antworten eintrafen, brauchte Cinna nur die einleitenden Spalten zu lesen, um zu wissen, was in ihnen stand. Er verbrannte die Briefe und wünschte sich, Octavius würde sich mehr mit der Knochenarbeit des Regierens befassen. Sehnsüchtig dachte er an die Einkünfte, die Rom aus der Provinz Asia gehabt hatte.

Außerdem wurde Rom von den Italikern unter Druck gesetzt, die das Bürgerrecht bekommen hatten. Sie wehrten sich erbittert dagegen, daß sie nicht auf alle fünfunddreißig Tribus verteilt worden waren, obwohl die Tribus durch Sullas Gesetze sowieso entmachtet worden waren. Die Gesetze des Publius Sulpicius hatten ihnen den Mund wässrig gemacht, deshalb protestierten sie gegen deren Aussetzung. Auch nach über zwei Jahren Krieg gab es bei den Bundesgenossen noch einflußreiche Männer, die den Senat jetzt mit Beschwerdebriefen in eigener Sache und im Namen ihrer weniger privilegierten italischen Brüder überschwemmten. Cinna wäre ihnen gerne entgegengekommen, indem er per Gesetz alle neuen Bürger gleichmäßig auf die fünfunddreißig Tribus verteilt hätte, aber weder der Senat noch die Fraktion, die Konsul Octavius anführte, waren dazu bereit. Und die Gesetze Sullas behinderten Cinna stark.

Aber im Monat Sextilis sah er den ersten Silberstreif am Horizont: Aus Griechenland war die Nachricht gekommen, daß Sulla dort alle Hände voll zu tun habe und nicht daran denken könne, nach Rom zurückzukehren, um seine Verfassung abzusichern und seinen Anhängern Mut zu machen. Das gab Cinna Zeit, seine Differenzen mit Pompeius Strabo auszuräumen, der immer noch mit vier Legionen in Umbria und Picenum stand. Ohne einer Menschenseele etwas davon zu sagen – nicht einmal seine Frau wußte davon –, fuhr Cinna zu Pompeius Strabo, um Möglichkeiten der Zusammenarbeit zu erkunden, jetzt, da Sulla ganz mit dem Krieg gegen Mithridates beschäftigt war.

»Ich bin bereit, mit dir dasselbe Geschäft zu machen, das ich mit

Lucius Cornelius gemacht habe«, sagte der schielende Herr von Picenum. Die Begrüßung war nicht gerade herzlich ausgefallen, aber Pompeius Strabo hatte dem Konsul wenigstens zugehört. »Du läßt mich und meine Leute hier in Ruhe, und ich lasse dich in der Stadt in Ruhe.«

»Einverstanden!« sagte Cinna.

»Gut.«

»Ich muß einige der Änderungen rückgängig machen, die Lucius Cornelius an unserem Regierungssystem vorgenommen hat«, sagte Cinna ruhig. »Ferner möchte ich die neuen Bürger gleichmäßig auf alle fünfunddreißig Tribus verteilen, und ich spiele mit dem Gedanken, dasselbe mit den römischen Freigelassenen zu tun.« Er ließ sich seinen Zorn nicht anmerken, von dem picentischen Schlächter die Erlaubnis für das einholen zu müssen, was getan werden mußte. »Was hältst du von alledem, Gnaeus Pompeius?«

»Tu was du willst«, sagte Pompeius Strabo gleichgültig, »solange du mich in Ruhe läßt.«

»Du hast mein Wort, daß ich dich in Ruhe lasse.«

»Ist dein Wort so viel wert wie deine Schwüre, Lucius Cinna?«

Cinna wurde rot. »Ich habe diesen Schwur nicht getan«, sagte er mit großer Würde. »Ich hatte dabei einen Stein in der Hand. Deshalb gilt der Schwur nicht.«

Pompeius Strabo warf den Kopf zurück und lachte wiehernd. »Das ist köstlich, du kleiner Forumsadvokat!« rief er, sobald er sich etwas beruhigt hatte.

»Ich bin an den Eid nicht gebunden!« beharrte Cinna mit immer noch rotem Gesicht.

»Dann bist du ein viel größerer Narr als Lucius Cornelius Sulla. Wenn er zurückkehrt, wirst du vergehen wie eine Schneeflocke im Herdfeuer.«

»Wenn du das glaubst, warum läßt du mich dann tun, was ich tun will?«

»Lucius Cornelius und ich, wir verstehen einander, deshalb«, sagte Pompeius Strabo. »Er wird die Schuld für das, was passiert, nicht mir geben, sondern dir.«

»Vielleicht kommt Lucius Cornelius gar nicht zurück.«

Diese Bemerkung rief wieder ein wieherndes Lachen hervor. »Darauf würde ich lieber nicht zählen, Lucius Cinna! Lucius Cornelius ist ein Günstling Fortunas. Er ist vor Unglück gefeit.«

Cinna reiste nach Rom zurück, ohne einen Augenblick länger auf

Pompeius Strabos Landgut zu bleiben, als für die kurze Unterredung notwendig war. Er schlief lieber in einem Haus mit einem weniger nervtötenden Gastgeber. Also machte er in Assissium Station und mußte sich dort von seinem Gastgeber die Geschichte anhören, wie die Mäuse die Socken des Quintus Pompeius Rufus fraßen und so seinen Tod prophezeiten. Alles in allem, dachte Cinna, als er endlich wieder in Rom war, mag ich die Menschen im Norden nicht! Sie sind zu erdverbunden und stehen den alten Göttern zu nahe.

Anfang September wurden in Rom die größten Spiele des Jahres veranstaltet, die *ludi Romani.* Aufgrund des Krieges in Italien und weil in den Taschen der kurulischen Ädilen das Geld fehlte, das sie sonst nur zu gern für die Spiele ausgaben, waren diese nun drei Jahre lang so bescheiden und billig wie möglich ausgefallen. Zwar hatte man sich vom letztjährigen Ädil Metellus Celer Großes versprochen, aber daraus war nichts geworden. Die beiden diesjährigen Ädilen waren freilich außerordentlich reich, und im Monat Sextilis gab es schon viele Gerüchte und konkrete Hinweise darauf, daß sie Wort halten und große Spiele veranstalten würden. Wer sich die Reise leisten konnte, beschloß, das im Krieg durchgemachte Leid bei einem Urlaub in Rom und einem Besuch der *ludi Romani* zu vergessen. Tausende von Italikern, die das römische Bürgerrecht bekommen und ihre unwürdige Behandlung noch nicht vergessen hatten, strömten Ende Sextilis nach Rom. Wer das Theater liebte oder Wagenrennen, Großwildjagden, Schaubuden und andere Sehenswürdigkeiten – der kam, wenn er konnte. Besonders die Theaterliebhaber konnten mit einem Leckerbissen rechnen, denn der alte Accius hatte sich bereit erklärt, aus Umbria nach Rom zu kommen und sein neues Stück selbst zu inszenieren.

Und dann beschloß Cinna endlich, zu handeln. Sein Verbündeter, der Volkstribun Marcus Vergilius, berief eine »inoffizielle« Versammlung der Plebs ein und verkündete der Menge, in der sich auch viele italische Besucher befanden, er wolle den Senat veranlassen, die neuen Bürger auf alle Tribus zu verteilen. Die Versammlung wurde nur zu dem Zweck abgehalten, die Aufmerksamkeit derer zu erregen, die sich für das Thema interessierten, denn Marcus Vergilius konnte einer Instanz, die nicht mehr befugt war, Gesetze zu erlassen, auch keine Gesetze vorschlagen.

Dann brachte Vergilius seinen Antrag vor den Senat und bekam die entschiedene Auskunft, die Senatoren sähen keinen Anlaß, über dieses Thema zu debattieren. Vergilius zuckte die Achseln und setzte sich neben Sertorius und die anderen Tribunen auf die Bank. Er hatte getan, was Cinna von ihm verlangt hatte, nämlich die Stimmung im Senat auszuloten. Der Rest lag bei Cinna.

»Schön«, sagte Cinna zu seinen Verbündeten, »machen wir uns an die Arbeit. Wir versprechen allen, einen allgemeinen Schuldenerlaß einzubringen, wenn unsere Gesetze zur Wiederherstellung der Verfassung in ihrer alten Form und zur Einteilung der neuen Bürger von den Zenturiatskomitien angenommen werden. Die Versprechungen des Sulpicius waren verdächtig, weil er Gesetze zugunsten der Gläubiger verschuldeter Senatoren erließ. Ein solches Problem haben wir nicht. Uns wird man glauben.«

Das geschäftige Treiben, das nun begann, war zwar nicht geheim, aber in Hörweite derer, von denen man erwartete, daß sie gegen einen allgemeinen Schuldenerlaß waren, wurde nicht über diesen Plan geredet. Und die Lage der Mehrheit – selbst der ersten Klasse – war so verzweifelt, daß die Meinung plötzlich zugunsten Cinnas umschwang. Auf jeden Ritter oder Senator, der keine Schulden hatte oder selbst Geld verlieh, kamen sechs oder sieben zum Teil tief verschuldete Ritter und Senatoren.

»Wir haben Ärger«, sagte Konsul Gnaeus Octavius Ruso zu Antonius Orator und den Brüdern Caesar. »Wenn Cinna mit einem Köder wie dem allgemeinen Schuldenerlaß winkt, wird er angesichts der vielen gierigen oder hungrigen Schlünde bekommen, was er will, selbst von der ersten Klasse und den Zenturien.«

»Eins muß man ihm lassen, er ist klug genug, nicht zu versuchen, die Plebs oder das ganze Volk zusammentreten zu lassen und seine Maßnahmen dort durchzupeitschen«, sagte Lucius Caesar ärgerlich. »Wenn er seine Gesetze bei den Zenturien durchbringt, sind sie unter der gegenwärtigen Verfassung von Lucius Cornelius legal. Und wenn man bedenkt, wie es in der Staatskasse aussieht – und die meisten privaten Börsen sind noch leerer –, werden die Zenturien ihre Stimme für Lucius Cinna abgeben.«

»Und die besitzlosen Proletarier werden einen Aufstand machen«, sagte Antonius Orator.

Aber Octavius schüttelte den Kopf; er war der bei weitem gerissenste Geschäftsmann von ihnen. »Nicht die Proletarier, Marcus Antonius!« sagte er ungeduldig, denn er war ein ungeduldiger Mann. »Die untersten Schichten haben nie Schulden – sie haben einfach kein Geld. Borgen tun die Angehörigen der mittleren und oberen Klassen. Sie müssen Geld leihen, um weiter nach oben zu kommen – oder oft auch nur, um zu bleiben, wo sie sind. Kein Geldverleiher gibt Geld ohne Sicherheit weg. Je höher man also kommt, desto eher wird man auf Leute mit Schulden treffen.«

»Du bist also überzeugt, daß die Zenturien annehmen, was Cinna ihnen vorlegt?« fragte Catulus Caesar.

»Du nicht, Quintus Lutatius?«

»Doch, leider auch.«

»Was können wir also tun?« fragte Lucius Caesar.

»Ich weiß, was getan werden kann«, sagte Octavius düster. »Ich werde es allerdings tun, ohne irgendwem davon zu erzählen, auch euch nicht.«

»Was hat er vor?« fragte Antonius Orator, nachdem Octavius in Richtung Argiletum davongegangen war.

Catulus Caesar schüttelte den Kopf. »Ich habe nicht die geringste Ahnung.« Er runzelte die Stirn. »Wenn er wenigstens ein Zehntel des Verstandes und der Fähigkeiten von Lucius Sulla hätte! Aber das hat er nicht. Er ist ein Mann von Pompeius Strabo.«

Lucius Caesar erschauerte. »Ich habe ein ungutes Gefühl«, sagte er. »Was auch immer er vorhat – das Richtige wird es nicht sein.«

Antonius Orator machte ein energisches Gesicht. »Ich glaube, ich verlasse Rom für einige Tage«, meinte er.

Alle kamen überein, daß dies das Klügste sei.

Zuversichtlich setzte Cinna nun ein Datum für seine Rede vor den Zenturiatskomitien fest: den sechsten Tag vor den Iden des September, zwei Tage nach Beginn der *ludi Romani.* Wie verbreitet die Schuldenlast war und wie begierig die Schuldner darauf waren, sie loszuwerden, das wurde an diesem Tag schon früh am Morgen offenkundig, als rund zwanzigtausend Menschen auf dem Marsfeld zusammenströmten, um Cinnas Rede zu hören. Sie alle hätten am liebsten noch am selben Tag abgestimmt, aber Cinna hatte entschieden erklärt, das sei unmöglich; es wäre ein Verstoß gegen die *lex Caecilia Didia prima* gewesen, und er hätte sich damit dasselbe Vergehen zuschulden kommen lassen wie Sulla. Nein, sagte Cinna unbeugsam, die übliche Wartefrist von drei Marktagen müsse eingehalten werden. Er versprach allerdings, in weiteren Reden weitere Gesetze einzubringen, bevor der Tag der Abstimmung über das erste Gesetz gekommen sei. Diese Ankündigung beruhigte die Versammlung und gab jedermann das Gefühl, der allgemeine Schuldenerlaß werde lange vor Ablauf von Cinnas Amtsperiode Wirklichkeit werden.

Cinna wollte an diesem ersten Tag gleich zwei Gesetze vorlegen: zum einen die Aufteilung der neuen Bürger auf alle Tribus, zum anderen die Begnadigung und Rückholung der neunzehn Flüchtlinge. Alle neunzehn, von Gaius Marius bis zu den namenlosen Rittern, hatten ihr Eigentum behalten können; Sulla hatte in den letzten Tagen seiner Amtszeit als Konsul keine Anstalten getroffen, es zu konfiszieren, und die neuen Volkstribunen – die im Senat immer noch ihr Veto einlegen konnten – ließen keinen Zweifel daran, daß sie von diesem Recht Gebrauch machen würden, sobald jemand seine Hand danach ausstreckte.

Die zwanzigtausend Menschen, die sich auf dem offenen, grasbewachsenen Marsfeld versammelt hatten, begrüßten das Gesetz über die Rückholung der Flüchtlinge und wollten neugierig mehr darüber erfahren. Weniger erfreut waren sie über die geplante Verteilung der neuen Bürger auf die Tribus, weil das den Einfluß der einzelnen Mitglieder der Tribus einschränken würde, und jeder wußte, daß dieses Gesetz nur ein Vorspiel dazu war, den Versammlungen der Tribus die gesetzgebende Gewalt zurückzugeben. Cinna und seine Volkstribunen waren schon vor den meisten anderen da. Sie mischten sich in das wachsende Gedränge, beantworteten Fragen und beruhigten diejenigen, die noch schwerwiegende Bedenken wegen der Italiker hatten. Am beruhigendsten wirkte natürlich das Versprechen eines allgemeinen Schuldenerlasses.

Die versammelten Menschen waren so damit beschäftigt zu reden, zu gähnen oder einfach darauf zu warten, daß Cinna anfing – er und seine Volkstribunen waren inzwischen auf die Rednertribüne gestiegen –, daß sie nicht merkten, wie die Versammlung plötzlich durch einen neuen Besucherstrom vergrößert wurde. Die Neuankömmlinge waren mit Togen bekleidet und sahen wie gewöhnliche Angehörige der dritten und vierten Klasse aus.

Gnaeus Octavius Ruso hatte nicht umsonst als erster Legat des Pompeius Strabo gedient. Seine Maßnahme gegen die Übel, von denen der Staat befallen war, war glänzend organisiert und vorbereitet. Die tausend Veteranen, die er mit dem Geld des Pompeius Strabo und Antonius Orator angeworben hatte, umzingelten die Menge. Dann ließen sie die Togen fallen und standen in voller Rüstung da, bevor jemand Verdacht schöpfen konnte. Nun begann ein schrilles Pfeifkonzert, und die Söldner stürzten sich mit gezogenen Schwertern von allen Seiten auf die Menge. Hunderte und Tausende wurden niedergeschlagen, und noch viel mehr wurden von den Füßen der in Panik ausbrechenden Menge zu Tode getrampelt. Da die Angreifer von allen Seiten auf die Versammelten eindrangen, dauerte es eine Zeitlang, bis die ersten es wagten, die Kette zu durchbrechen und und zu fliehen.

Cinna und seine sechs Volkstribunen waren nicht unter den Eingeschlossenen. Es gelang ihnen, von der Rednertribüne zu fliehen. Nur etwa zwei Drittel der Versammlungsteilnehmer hatten ein ähnliches Glück. Als Octavius kam, um sein Werk zu besehen, lagen mehrere tausend Angehörige der oberen Klassen der Zenturiatskomitien tot auf dem Marsfeld. Octavius war wütend, daß Cinna und seine Tribunen entkommen waren. Aber selbst Männer, die sich verkauften, um wehrlose Opfer abzuschlachten, hatten ihren Verhaltenskodex, und in diesem Fall hatten die Söldner es für zu gefährlich gehalten, Beamte des Staates zu ermorden.

Quintus Lutatius Catulus Caesar und sein Bruder Lucius Julius Caesar, die in Lanuvium waren, hörten nur wenige Stunden später von dem Massaker, das in ganz Rom »Octavius-Tag« genannt wurde, und eilten zurück nach Rom, um Octavius zur Rede zu stellen.

»Wie konntest du nur?« fragte Lucius Caesar weinend.

»Entsetzlich! Grauenvoll!« sagte Catulus Caesar.

»So hört doch mit eurem scheinheiligen Gewäsch auf! Ihr wußtet, was ich vorhatte«, sagte Gnaeus Octavius verächtlich. »Ihr habt mir sogar zugestimmt, daß es notwendig sei. Solange ihr nicht selbst damit zu tun hattet, habt ihr euer stillschweigendes Einverständnis gegeben. Also heult mir jetzt nichts vor! Ich habe getan, was ihr wolltet: die Zenturien gezähmt. Die Überlebenden werden jetzt nicht mehr für Cinnas Gesetze stimmen – egal, was für Anreize er ihnen bietet.«

Erschüttert starrte Catulus Caesar den Konsul an. »Ich habe nie Gewalt als Mittel der Politik gebilligt, Gnaeus Octavius! Und genausowenig habe ich mein Einverständnis hierzu gegeben, weder stillschweigend noch sonstwie! Wenn du aus irgendeinem Wort, das mein Bruder oder ich geäußert haben, eine Einwilligung herausgehört hast, dann warst du im Irrtum. Gewalt ist schlimm genug – aber erst so etwas! Ein Massaker! Eine Greueltat!«

»Mein Bruder hat recht«, sagte Lucius Caesar und wischte sich die Tränen ab. »Wir sind gebrandmarkt, Gnaeus Octavius. Die konservativsten Männer stehen nun nicht besser da als Saturninus oder Sulpicius.«

Als Catulus Caesar merkte, daß nichts, was er sagte, diesen Jünger des Pompeius Strabo überzeugen konnte, falsch gehandelt zu haben, richtete er sich mit aller ihm noch zur Verfügung stehenden Würde auf und sagte: »Wie ich höre, war das Marsfeld zwei Tage lang ein Feld des Schreckens, Konsul. Als Verwandte die Leichen identifizieren und sie für die Toten- und Bestattungsfeiern mitnehmen wollten, karrten deine Söldner die Leichen zusammen, bevor die Verwandten Gelegenheit hatten, sie zu sehen, und warfen sie in eine große Kalkgrube zwischen den Gemüsegärten an der Via Recta! Abscheulich! Du hast uns zu einer Brut von Menschen gemacht, die noch schlimmer ist als die Barbaren, denn wir wissen es besser als die Barbaren! Mir vergeht mehr und mehr die Lust am Leben.«

Octavius grinste höhnisch. »Dann schlage ich vor, du schneidest dir die Adern auf, Quintus Lutatius! Dies ist nicht mehr das Rom deiner erhabenen Vorfahren. Es ist das Rom der Gracchen, des Gaius Marius, des Saturninus, Sulpicius, Lucius Sulla und Lucius Cinna! Wir haben uns selbst in ein Chaos hineinmanövriert, in dem nichts mehr funktioniert – deshalb sind Massaker wie der Octavius-Tag notwendig.«

Bestürzt sahen die Brüder Caesar einander an. Gnaeus Octavius schien sogar stolz auf diese Bezeichnung.

»Woher hattest du das Geld für die Bezahlung deiner Mörder, Gnaeus Octavius? Von Marcus Antonius?« fragte Lucius Caesar.

»Er hat einiges beigesteuert, ja. Und *er* bereut es nicht.«

»Das glaube ich! Er ist eben ein Antonius«, sagte Catulus Caesar wütend. Er schlug sich mit den Händen auf die Schenkel und stand auf. »Nun, es ist vorbei, und wir werden uns davon nie wieder reinwaschen können. Aber ich will nichts damit zu tun haben, Gnaeus Octavius. Ich fühle mich zu sehr wie Pandora, nachdem sie ihre Büchse geöffnet hat.«

»Was geschah mit Lucius Cinna und den Volkstribunen?« fragte Lucius Caesar.

»Sie sind weg«, sagte Octavius kurz. »Natürlich werden sie geächtet. Hoffentlich bald.«

Catulus Caesar, der bereits an der Tür von Octavius' Arbeitszimmer war, blieb stehen und warf einen strengen Blick zurück. »Du kannst einem amtierenden Konsul sein konsularisches Imperium nicht wegnehmen, Gnaeus Octavius. Das ganze Unglück hat angefangen, als die Opposition versuchte, Lucius Sulla den Oberbefehl über das römischen Heer wegzunehmen, der ihm als Konsul zusteht. Schon das war nicht rechtens! Aber wenigstens hat niemand versucht, ihm sein Amt als Konsul wegzunehmen! Denn das geht auf keinen Fall. Kein Gesetz unserer Verfassung sieht die Möglichkeit vor, daß ein Magistrat, der Inhaber irgendeines Amtes oder irgendwelche Komitien die Befugnis hätten, einen kurulischen Magistrat vor Ablauf seines Amtsjahres rechtlich zu verfolgen oder zu entlassen. Dafür gibt es keinen Präzedenzfall. Einen Volkstribun kann man entlassen, wenn man es richtig anstellt, auch einen Quästor, wenn er seine Pflichten verletzt. Man kann sie aus dem Senat ausschließen oder sie von der Zensusliste streichen. Einen Konsul oder einen anderen kurulischen Magistrat kann man nicht vorzeitig entlassen, Gnaeus Octavius.«

Gnaeus Octavius schien nicht beeindruckt. »Jetzt, wo ich das Geheimnis des Erfolgs entdeckt habe, Quintus Lutatius, kann ich alles tun, was ich will.« Als Lucius Caesar seinem Bruder zur Tür folgte, rief Octavius ihnen nach: »Morgen findet eine Senatssitzung statt. Ihr solltet kommen!«

Rom war nicht Jerusalem oder Antiochia und hatte wenig für Propheten und Wahrsager übrig. Die Auguren vollzogen die Auspizien streng nach der römischen Tradition und hielten sich an ihre Bücher und Tafeln. Sie wußten genau, daß sie keine Einsicht in den zukünftigen Gang der Dinge hatten.

Es gab allerdings einen echten Propheten, der zugleich Römer war, einen Patrizier aus dem Geschlecht der Cornelier namens Publius Cornelius Culleolus. Wie er zu seinem seltsamen Beinamen Culleolus, das Hodensäckchen, gekommen war, wußte niemand so recht, denn Publius Cornelius war ein uralter Mann, der immer schon alt gewesen schien. Er lebte in armseligen Verhältnissen von dem wenigen Geld, das seine Familie ihm zukommen ließ, und saß oft auf dem Forum auf den beiden Stufen, die zum Rundtempel der Venus Cloacina hinaufführten. Dieses kleine Heiligtum war älter als die Basilica Aemilia, in die es integriert worden war. Culleolus war keine Kassandra und kein religiöser Eiferer, und er beschränkte seine Vorhersagen auf wichtige politische und staatliche Ereignisse. Er prophezeite niemals das Ende der Welt oder das Kommen eines neuen und unendlich mächtigeren Gottes. Aber er hatte den Krieg gegen Jugurtha vorausgesagt, die Invasion der Germanen, Saturninus, den

Bundesgenossenkrieg und den Krieg im Osten gegen Mithridates, der übrigens, wie er versicherte, noch eine ganze Generation lang andauern würde. Diese Erfolge hatten ihm einen Ruf verschafft, der seinen lächerlichen Beinamen Culleolus überstrahlte.

Am Tag nach der Rückkehr der Brüder Caesar nach Rom trat der Senat im Morgengrauen zum ersten Mal seit dem Massaker des Octavius-Tages zusammen. Bis dahin waren die schlimmsten Ausschreitungen, die im Namen Roms begangen worden waren, das Werk einzelner oder der Massen auf dem Forum gewesen; nun bestand die Gefahr, daß das Massaker am Octavius-Tag dem Senat zugeschrieben würde.

Keiner der Senatoren, die an Publius Cornelius Culleolus vorbeieilten, der auf der oberen Stufe des Tempels der Venus Cloacina saß, nahm von ihm Notiz. Publius Cornelius seinerseits sah die Senatoren freilich sehr wohl, und er rieb sich frohlockend die Hände. Wenn er tat, wofür ihn Gnaeus Octavius Ruso großzügig bezahlt hatte, und wenn er Erfolg hatte, dann würde er nie mehr auf diesen harten Stufen sitzen müssen und brauchte nicht mehr als Prophet zu arbeiten.

Die Senatoren standen in kleinen Gruppen vor der Curia Hostilia, unterhielten sich über das Massaker und äußerten Bedenken, ob man dieses Thema überhaupt in der Debatte behandeln könne. Ein schrilles Kreischen ließ alle Köpfe herumfahren. Alle Augen hefteten sich auf Culleolus, der sich auf die Zehenspitzen erhoben hatte. Mit gekrümmtem Rücken stand er da, die Arme von sich gestreckt, die Finger zu Klauen verbogen. Schaum stand zwischen seinen verzerrten Lippen. Da Culleolus seine Prophezeiungen sonst nie im Zustand der Ekstase machte, nahm jedermann an, eine Krankheit habe ihn befallen. Einige Senatoren und Besucher des Forums konnten ihre Augen nicht von ihm wenden. Ein paar von ihnen kamen dem Seher zu Hilfe und versuchten, ihn zum Hinlegen zu bewegen. Aber er raste und wehrte sie mit Zähnen und Nägeln ab. Sein Mund ging noch weiter auf, und dann schrie er ein zweites Mal. Aber diesmal war es nicht nur ein Kreischen, es waren Worte.

»Cinna! Cinna! Cinna! Cinna! Cinna!« brüllte er.

Plötzlich hatte Culleolus ein aufmerksam lauschendes Publikum.

»Wenn Cinna und seine sechs Volkstribunen nicht in die Verbannung geschickt werden, wird Rom fallen!« schrie er zuckend und schwankend, dann kreischte er wieder und immer wieder, bis er zusammenbrach und reglos weggetragen wurde.

Erst jetzt merkten die erschreckten Senatoren, daß der Konsul Octavius seit einiger Zeit versucht hatte, die Sitzung zu eröffnen, und eilten in die Curia.

Was sich der Konsul zur Rechtfertigung des Massakers auf dem Marsfeld ausgedacht hatte, sollte nun allerdings niemand mehr erfahren. Gnaeus Octavius Ruso zog es nämlich vor, seine Aufmerksamkeit und damit die der Senatoren auf den Anfall des Culleolus zu lenken und darauf, was er so laut herausgeschrieen hatte, daß es das ganze Forum hören konnte.

»Wenn mein Amtskollege und die sechs Volkstribunen nicht verbannt werden, wird Rom fallen«, begann Octavius nachdenklich. »Pontifex Maximus und Jupiterpriester, was habt ihr zu diesen merkwürdigen Worten des Culleolus zu sagen?«

Der Pontifex Maximus Scaevola schüttelte den Kopf. »Ich glaube, ich muß jeden Kommentar ablehnen, Gnaeus Octavius.«

Octavius hatte schon den Mund geöffnet, um auf einer Antwort zu bestehen, als er etwas in Scaevolas Augen sah, das ihn seine Absicht ändern ließ. Scaevola steckte aufgrund seines angeborenen Konservatismus viel ein, aber er war nicht leicht einzuschüchtern oder hinters Licht zu führen. Bei mehr als einer Gelegenheit hatte er im Senat die Verurteilung von Gaius Marius, Publius Sulpicius und den anderen rundweg abgelehnt und ihre Begnadigung und Rückholung verlangt. Nein, es war besser, sich mit dem Pontifex Maximus nicht anzulegen; Octavius wußte, daß er im Jupiterpriester einen viel leichtgläubigeren Zeugen hatte und daß dieser wackere Mann für böse Omen sehr empfänglich war.

»Was hast du dazu zu sagen, Jupiterpriester?« fragte Octavius feierlich.

Mit verstörtem Gesichtsausdruck erhob sich Lucius Cornelius Merula. »Lucius Valerius Flaccus Princeps Senatus, Gnaeus Octavius, ihr kurulischen Magistraten, Konsulare, eingeschriebene Väter. Bevor ich etwas zu den Worten des Sehers Culleolus sage, muß ich euch von einem Vorfall berichten, der sich gestern im Tempel des großen Jupiter zutrug. Ich war mit der rituellen Reinigung der Cella des Tempels beschäftigt, als ich Blutspuren auf dem Boden hinter dem Sockel der Statue des Gottes entdeckte. Daneben lag der Kopf eines Vogels – einer *merula*, einer Amsel! Deren Name ich trage! Und ich, dem durch unsere ältesten, ehrwürdigsten Gesetze verboten ist, dem Tod ins Angesicht zu blicken, ich sah – was sah ich? – meinen eigenen Tod? Den Tod des großen Gottes? Ich wußte nicht, wie ich das Omen deuten sollte, also befragte ich den Pontifex Maximus. Auch er wußte es nicht. Deshalb ließen wir die Zehnmänner für die Besorgung der heiligen Handlungen kommen und die Sibyllinischen Bücher befragen, was uns aber auch nicht weiterführte.«

Angesichts des doppelten, runden Mantels, den Merula als seine Amtstracht trug, war es nicht weiter verwunderlich, daß er sichtlich schwitzte. Sonst tat er das allerdings nicht. Sein rundes, glattes Gesicht unter dem elfenbeinernen Helm glänzte vor Schweiß. Er schluckte und redete dann weiter. »Aber ich habe vorgegriffen. Als ich den Kopf der Amsel sah, suchte ich nach dem Rest ihres Körpers und entdeckte, daß sich das Tier in einem Spalt unter der goldenen Robe der Statue des großen Gottes ein Nest gebaut hatte. Und dort im Nest lagen sechs Amseljunge, alle tot. Meiner Meinung nach muß sich eine Katze eingeschlichen haben, die die Mutter gefressen und nur den Kopf übriggelassen hat. Aber an die Jungen kam die Katze nicht heran. Sie sind verhungert.«

Merula schüttelte sich. »Ich bin beschmutzt. Nach dieser Senatssitzung muß ich die Zeremonien fortsetzen, mit denen ich mich und den Tempel des Jupiter Optimus Maximus reinige. Daß ich überhaupt hier bin, ist ein Ergebnis meines Nachdenkens über dieses Omen – weniger über den Tod der Amsel, als über das Phänomen insgesamt. Aber erst als ich heute Publius Cornelius Culleolus in seiner wahrhaft außergewöhnlichen prophetischen Raserei sprechen hörte, verstand ich die wahre Bedeutung des Omens.«

Kein Laut war zu hören. Die Augen aller waren auf den Jupiterpriester gerichtet, der als ehrlicher, ja fast naiver Mann galt und dessen Worte deshalb sehr ernst genommen wurden.

»Der Name Cinna«, fuhr Merula fort, »bedeutet nicht Amsel. Aber er bedeutete Asche, und in Asche habe ich den Kopf des toten Vogels und die Leichen seiner sechs Jungen verwandelt. Ich habe sie gemäß dem Reinigungsritus verbrannt. Ich bin zwar kein besonders kundiger Zeichendeuter, aber für mich verkörpern die Amsel und ihre Jungen Lucius Cornelius Cinna und seine sechs Volkstribunen. Sie haben Jupiter, den großen Gott Roms besudelt und in große Gefahr gebracht. Das Blut bedeutet, daß der Konsul Lucius Cinna und seine sechs Volkstribunen noch mehr Streit und öffentlichen Aufruhr verursachen werden. Daran habe ich keinen Zweifel.«

Die Senatoren begannen sich leise zu unterhalten, weil sie glaubten, Merula habe zu Ende geredet. Als er weitersprach, trat gleich wieder Stille ein.

»Noch eines, eingeschriebene Väter. Als ich im Tempel stand und auf den Pontifex Maximus wartete, blickte ich trostsuchend zum lächelnden Antlitz der Statue auf. Und – Jupiter runzelte die Stirn!« Merula erschauerte; sein Gesicht war bleich. »Ich rannte nach draußen ins Freie, ich konnte nicht länger im Tempel bleiben.«

Alle Senatoren erschauerten, und das Gemurmel hob wieder an.

Gnaeus Octavius Ruso stand auf und sah die Brüder Caesar und Scaevola Pontifex Maximus mit einem ähnlichen Gesicht an, wie es die Katze gemacht haben mußte, nachdem sie im Tempel die Amsel verschlungen hatte. »Ich denke, Mitglieder dieses Hauses, wir begeben uns am besten nach draußen auf das Forum, berichten auf der Rostra jedermann, was geschehen ist, und bitten um Meinungen. Danach wird der Senat wieder zusammentreten.«

Merula wiederholte also den Bericht von seinem Erlebnis im Tempel und die Prophezeiung Culleolus' von der Rostra herab. Die Zuhörer sahen sich erschrocken an. Als Octavius verkündete, er werde die Entlassung Cinnas und seiner sechs Volkstribunen beantragen, wurde kein einziger Widerspruch laut.

Kurz darauf wiederholte Gnaeus Octavius Ruso in der Curia Hostilia, daß Cinna und die Volkstribunen seiner Meinung nach gehen müßten.

Da erhob sich Scaevola Pontifex Maximus. »Senatsvorsitzender, Gnaeus Octavius, eingeschriebene Väter. Wie ihr alle wißt, gelte ich seit langem als gewissenhafter Interpret der römischen Verfassung und der Gesetze, aus denen sie besteht. Meiner Auffassung nach gibt es keinen gesetzlichen Weg zur Entlassung eines Konsuls aus seinem Amt vor Ablauf seiner Amtsperiode. Allerdings gibt uns die Religion gewisse Mittel in die Hand. Wir können nicht bezweifeln, daß Jupiter Optimus Maximus seinen Unmut durch zwei Menschen kundgetan hat – durch seinen Priester und durch einen alten Mann, von dem wir alle wissen, daß er ein würdiger Seher ist. In Anbetracht dieser beiden fast gleichzeitig auftretenden Ereignisse schlage ich vor, den Konsul Lucius Cornelius Cinna aufgrund religiösen Frevels zu verurteilen. Das entkleidet ihn zwar nicht seines Amtes als Konsul, aber da er dann mit einem Makel behaftet ist, macht es ihm die Ausübung seiner Pflichten als Konsul unmöglich. Dasselbe gilt für die Volkstribunen.«

Octavius machte inzwischen ein bitterböses Gesicht, aber er unterbrach Scaevola nicht. Scaevola schien einen Plan zu entwickeln, der die Todesstrafe für Cinna ausschloß, und darauf wäre es Octavius gerade angekommen. Cinna mußte unbedingt ausgeschaltet werden!

»Der Jupiterpriester war es, der das Omen im Tempel des Jupiter Optimus Maximus gesehen hat. Er ist der persönliche Priester des großen Gottes, und sein Amt ist älter als die Könige Roms. Er darf keine Kriege führen, sich nicht in Gegenwart des Todes aufhalten und keine Metalle berühren, aus denen Waffen gemacht werden. Deshalb schlage ich vor, den Jupiterpriester Lucius Cornelius Merula zum *consul suffectus* zu ernennen, der nicht die Aufgabe haben soll, Lucius Cinnas Stelle einzunehmen, sondern ihn nur in seinem Amt vertritt, damit Konsul Gnaeus Octavius nicht allein regiert. Denn außer im Krieg gegen die Italiker, als die Umstände die ordnungsgemäße Aufstellung zweier Konsuln verhinderten, darf niemandem erlaubt werden, allein Konsul zu sein.«

Octavius entschied, gute Miene zum bösen Spiel zu machen, und nickte. »Einverstanden, Quintus Mucius. Soll der Jupiterpriester auf dem kurulischen Stuhl Lucius Cinnas als Amtsverwalter sitzen! Ich bitte die Senatoren also, über zwei miteinander zusammenhängende Gegenstände abzustimmen. Wer dafür ist, daß der Volksversammlung empfohlen wird, erstens den Konsul Lucius Cinna und die sechs Volkstribunen zu religiösen Frevlern zu erklären und aus Rom und den Ländern Roms zu verbannen und zweitens den Jupiterpriester zum *consul suffectus* zu ernennen, stelle sich rechts von mir auf, wer dagegen ist, links. Nun tretet auseinander.«

Der Senat verabschiedete die doppelte Empfehlung ohne eine einzige Gegenstimme, und auf dem Aventin, also außerhalb des *pomerium*, aber innerhalb der Stadtmauern, versammelten sich die Zenturiatskomitien, die an diesem Tag fast ausschließlich aus Senatoren bestanden, und verabschiedeten die Maßnahmen, die somit Gesetzeskraft erhielten.

Konsul Gnaeus Octavius schien zufrieden, und die römischen Regierungsgeschäfte gingen ohne Cinna weiter. Aber Octavius tat nichts, um seine Position zu sichern und Rom vor den Frevlern zu schützen. Er stellte keine Legionen auf und schrieb auch nicht an seinen Herrn und Meister Pompeius Strabo, denn Octavius war felsenfest davon überzeugt, Cinna und seine sechs Volkstribunen würden so schnell wie möglich zu Gaius Marius und den anderen achtzehn Flüchtlingen auf die afrikanische Insel Kerkena fliehen.

*

Cinna hatte jedoch nicht die Absicht, Italien zu verlassen, und seine sechs Volkstribunen auch nicht. Nachdem sie dem Massaker auf dem Marsfeld entkommen waren, rafften sie Geld und ein paar Habseligkeiten zusammen und trafen sich anschließend an der Via Appia kurz vor Bovillae an einem Meilenstein. Hier entschieden sie über ihr weiteres Vorgehen.

»Ich nehme Quintus Sertorius und Marcus Gratidianus mit mir nach Nola«, sagte Cinna knapp. »In Nola steht eine Legion unter Waffen, und sie hat einen Befehlshaber, den die Legionäre verabscheuen, nämlich Appius Claudius Pulcher. Ich will Appius Claudius die Legion abnehmen und dann dem Beispiel meines Namensvetters Sulla folgen und sie nach Rom führen. Allerdings erst, wenn wir noch mehr Anhänger vereint haben. Vergilius, Milonius, Arvina, Magius – ihr nehmt euch die Italiker vor und trommelt jede Unterstützung zusammen, die ihr finden könnt. Sagt allen dasselbe – daß der Senat von Rom seinen rechtmäßig gewählten Konsul vertrieben hat, weil dieser versuchte, die neuen Bürger ordentlich auf die Tribus zu verteilen, und daß Gnaeus Octavius Tausende anständiger, gesetzesfürchtiger Römer abschlachten ließ, die zu einer rechtmäßig einberufenen Versammlung gekommen waren.« Er brachte ein Lächeln zustande. »Jetzt ist es noch ein Glück, daß wir auf der Halbinsel so heftig Krieg geführt haben! Cornutus und ich haben den Marsern und anderen die Ausrüstung für Tausende von Soldaten abgenommen. Sie lagert in Alba Fucentia. Milonius, du wirst sie holen und verteilen. Wenn ich Appius Claudius die Legion abgenommen habe, werde ich die Lagerhäuser von Capua plündern.«

So tauchten vier der Volkstribunen in Orten wie Praeneste, Tibur, Reate, Corfinium, Venafrum, Interamnia und Sora auf und baten um öffentliches Gehör. Ihrer Bitte wurde entsprochen. Die kriegsmüden Italiker gaben sogar jede Münze, die sie entbehren konnten, für den neuen Feldzug. Langsam wuchsen die Truppen, und langsam zog sich das Netz um Rom zusammen.

Cinna selbst hatte keine Schwierigkeiten, die Legion, die vor Nola stationiert war, seinem Kommando zu unterstellen. Appius Claudius Pulcher war ein introvertierter, mürrischer Mann, der noch immer den Tod seiner Frau und das Schicksal seiner sechs mutterlosen Kinder betrauerte. Er gab den Befehl über die Legion ab, ohne sich zu wehren, stieg auf sein Pferd und ritt davon, um sich Metellus Pius in Aesernia anzuschließen.

Bei seiner Ankunft in Nola merkte Cinna, was für ein Glück es war, daß er Quintus Sertorius mitgebracht hatte. Als geborener Soldat stand Sertorius bei den Legionären aufgrund seiner in rund zwanzig Jahren erworbenen Verdienste in hohem Ansehen. In Spanien hatte er die Krone aus Gras errungen, bei den Feldzügen gegen die Numider und die Germanen ein Dutzend geringere Auszeichnungen. Er war der Vetter von Gaius Marius und hatte die Legion drei Jahre zuvor selbst im italischen Gallien ausgehoben. Die Männer kannten ihn gut und liebten ihn von Herzen. Appius Claudius liebten sie nicht.

Cinna, Sertorius, Marcus Marius Gratidianus und die Legion machten sich auf den Weg nach Rom. Als sie aufbrachen, öffneten sich die Stadttore von Nola, und eine große Menge bewaffneter Samniten schloß sich ihnen auf der Via Popillia an. Als sie an die Kreuzung dieser Straße mit der Via Appia bei Capua kamen, stießen weitere Rekruten, Gladiatoren und Zenturionen zu ihnen. Die Armee Cinnas umfaßte nun zwanzigtausend Mann. Zwischen Capua und der kleinen Stadt Labicum an der Via Latina traf Cinna dann die vier Volkstribunen, die woanders Truppen rekrutiert hatten, und diese führten ihm weitere zehntausend Männer zu.

Inzwischen war es Oktober, und Rom nur noch wenige Meilen entfernt. Cinnas Agenten berichteten ihm, in der Stadt sei Panik ausgebrochen. Octavius habe Pompeius Strabo geschrieben und ihn angefleht, dem Land zu Hilfe zu kommen, und – Wunder über Wunder – kein anderer als Gaius Marius sei an der etrurischen Küste in dem Städtchen Telamon gelandet, also in der Nähe seiner ausgedehnten Besitzungen. Diese letzte Nachricht rief bei Cinna Begeisterung hervor, zumal als außerdem bekannt wurde, aus Etruria und Umbria strömten Männer zusammen, die sich Marius anschließen wollten, der inzwischen auf der Via Aurelia Vetus in Richtung Rom marschierte.

»Das ist die beste aller Nachrichten!« sagte Cinna zu Quintus Sertorius. »Wenn Gaius Marius wieder in Italien ist, wird dieser Spuk in ein paar Tagen vorbei sein. Da du ihn besser kennst als wir anderen, geh du zu ihm und berichte ihm von unserer Lage. Und finde heraus, was seine Pläne sind. Will er Ostia einnehmen oder daran vorbei gleich nach Rom marschieren? Vergiß nicht, ihm zu sagen, daß ich unsere Armeen am liebsten auf dem Campus Vaticanus lassen und Feindseligkeiten in der Stadt gern vermeiden würde. Ich würde nur äußerst ungern mit Truppen in die Nähe des *pomerium* marschieren, und ich habe keine Lust, Lucius Sulla nachzueifern. Finde ihn, Quintus Sertorius, und sag ihm, wie froh ich bin, ihn wieder in Italien zu haben!« Cinna fiel noch etwas ein: »Sage ihm auch, daß ich ihm für seine Soldaten alles an Ausrüstung schicke, das ich entbehren kann.«

Sertorius traf Marius in der Nähe der kleinen Stadt Fregenae, nur wenige Meilen nördlich von Ostia. Sertorius war schnell geritten, aber er ritt noch schneller zu Cinna nach Labicum zurück. Er stürzte in das kleine Haus, in dem Cinna vorübergehend sein Hauptquartier eingerichtet hatte, und sprudelte seine Neuigkeiten hervor, bevor der verblüffte Cinna überhaupt den Mund aufmachen konnte.

»Lucius Cinna, ich bitte dich, schreibe an Gaius Marius und befiehl ihm, seine Männer zu entlassen oder sie unter dein Kommando zu stellen!« sagte Sertorius. Er sah müde, aber entschlossen aus. »Befiehl ihm, sich als der *privatus* zu benehmen, der er ist – befiehl ihm, sein Heer zu entlassen – befiehl ihm, sich auf seine Ländereien zurückzuziehen und wie jeder *privatus* abzuwarten, bis die Sache entschieden ist.«

»Bei den Göttern, was ist denn mit dir los?« fragte Cinna, der kaum seinen Ohren traute. »Wie kannst ausgerechnet du so etwas sagen? Gaius Marius ist für unsere Sache entscheidend wichtig! Wenn er bei uns an vorderster Front steht, können wir nicht verlieren.«

»Lucius Cinna«, rief Sertorius erregt, »ich sage dir ohne Umschweife – wenn du Gaius Marius an diesem Kampf teilnehmen läßt, wirst du es bereuen. Denn nicht Lucius Cinna wird dann der Sieger sein, der an die Spitze der römischen Regierung tritt, sondern Gaius Marius! Ich habe ihn gesehen und mit ihm gesprochen. Er ist alt, er ist verbittert, und er hat den Verstand verloren. Befiehl ihm, sich als *privatus* auf seine Ländereien zurückzuziehen – ich bitte dich!«

»Was soll das heißen, er hat den Verstand verloren?«

»Eben das. Er ist verrückt geworden.«

»Meine Agenten, die bei ihm sind, berichten mir aber etwas ganz anderes, Quintus Sertorius. Sie sagen, er habe alles so gut im Griff wie immer und er habe einen guten und vernünftigen Plan – warum sagst du, er habe den Verstand verloren? Redet er wirres Zeug? Macht er große Sprüche, phantasiert er? Meine Agenten kommen nicht so nahe an ihn heran wie du, aber sie hätten gewiß etwas bemerkt.«

»Er redet kein dummes Zeug und phantasiert auch nicht. Er hat auch nicht vergessen, wie man ein Heer führt und befehligt. Aber ich kenne Gaius Marius seit meinem siebzehnten Lebensjahr, und ich sage dir in vollem Ernst: Er ist nicht mehr der Gaius Marius, den ich kenne! Er ist alt und verbittert und verzehrt sich nach Rache. Er ist völlig besessen von sich selbst und seinem prophezeiten Schicksal. Du darfst ihm nicht trauen, Lucius Cinna! Er wird dir Rom wegnehmen und damit nach seinen eigenen Plänen verfahren.« Sertorius holte tief Luft. »Sein Sohn, der junge Marius, läßt dir dasselbe ausrichten, Lucius Cinna. Schicke seinen Vater nach Hause! Er ist verrückt.«

»Ich glaube, ihr übertreibt beide«, sagte Cinna.

»Nein. Weder ich noch der junge Marius.«

Cinna schüttelte den Kopf und nahm sich ein Blatt Papier. »Versteh doch, Quintus Sertorius, ich *brauche* Gaius Marius! Wenn er so alt und verrückt ist, wie du sagst, wie kann er dann für mich oder für Rom eine Bedrohung darstellen? Ich werde ihm ein prokonsularisches Imperium verleihen – das kann ich später vom Senat bestätigen lassen – und ihn beauftragen, mir von Westen her Deckung zu geben.«

»Du wirst es bereuen!«

»Unsinn!« Cinna fing an zu schreiben.

Sertorius stand einen Augenblick stumm da und sah auf Cinnas gebeugten Kopf hinunter, schlug dann wütend mit der Faust in die Luft und ging aus dem Haus.

Nachdem Cinna von Marius die Bestätigung erhalten hatte, er werde sich um Ostia kümmern und dann am Westufer des Tiber zum Campus Vaticanus ziehen, teilte er seine Truppen in drei Abteilungen zu je zehntausend Mann und setzte sie von Labicum aus in Marsch.

Die erste Abteilung bekam den Befehl, den Campus Vaticanus zu besetzen. Sie wurde von Gnaeus Papirius Carbo geführt, dem Vetter des Volkstribunen Carbo Arvina und dem Sieger über Lucania. Die zweite Abteilung, die das Marsfeld besetzen sollte und damit der einzige Teil von Cinnas Heer war, der auf der Rom zugewandten Seite des Flusses stehen würde, wurde von Quintus Sertorius geführt. Die dritte Abteilung unter dem Befehl von Cinna bezog auf der Nordseite des Janiculum Stellung. Wenn Marius kam, sollte er die Südseite des Janiculum besetzen.

Es gab jedoch eine Schwierigkeit. Der mittlere, höchste Teil des Janiculums war schon immer eine römische Garnison gewesen, und

Gnaeus Octavius hatte Umsicht genug bewiesen, alle verfügbaren Freiwilligen zu sammeln und mit ihnen die Befestigungen auf dem Janiculum zu besetzen. Cinnas Abteilung, die den Tiber über die milvische Brücke nördlich von Rom überquert hatte, und die Streitmacht, die Marius von Süden heranführen würde, waren also durch diese gewaltige Festung getrennt. Zu Zeiten, da man befürchtet hatte, die Germanen könnten Italien überrennen, war sie ausgebaut und verstärkt worden, und nun war sie mit mehreren tausend Mann besetzt.

Und als ob die uneinnehmbare Garnison auf der anderen Tiberseite nicht genügt hätte, erschien unerwartet Pompeius Strabo vor Rom und brachte vier Legionen Soldaten aus Picentum vor der Porta Collina in Stellung. Mit Ausnahme der Legion aus Nola, die zu Sertorius' Abteilung gehörte, war Pompeius Strabos Heer das einzige, das aus ausgebildeten Legionären bestand, und stellte deshalb einen entscheidenden Machtfaktor dar. Nur der Mons Pincius mit seinen Obstbäumen und Gärten trennte Pompeius Strabo von Sertorius.

Sechzehn Tage warteten Cinnas Truppen hinter den Palisaden ihrer drei Lager auf den Angriff Pompeius Strabos. Cinna hatte automatisch angenommen, Pompeius Strabo würde zuschlagen, bevor Gaius Marius eintraf. Quintus Sertorius, dem der erste Angriff gelten würde, hatte sich auf dem Marsfeld verschanzt. Aber es erfolgte kein Angriff. Es passierte überhaupt nichts.

Marius stieß auf seinem Weg nach Rom auf keinerlei Widerstand. Auf Betreiben ihres Quästors öffnete die Stadt Ostia die Tore, sobald Marius mit seinem Heer in Sicht kam, und begrüßte den Helden mit offenen Armen. Der Held war davon freilich nicht beeindruckt und ließ sein Heer die Stadt plündern. Dieses Heer bestand größtenteils aus Sklaven und ehemaligen Sklaven – ein Umstand, der Sertorius beim Besuch des alten Feldherrn besonders verstört hatte –, und die Stadt mußte furchtbar leiden. Marius stellte sich blind und taub und machte keinen Versuch, dem Wüten und den Greueltaten seiner buntgemischten Truppe Einhalt zu gebieten. Er konzentrierte sich ganz darauf, die Tibermündung zu sperren, damit keine Getreideschiffe mehr nach Rom fahren konnten. Auch als er sich auf den Weitermarsch auf der Via Campana vorbereitete, tat er nichts, um das Leid Ostias zu lindern.

Das Land hatte ein trockenes Jahr erlebt, und im letzten Winter war im Apennin kaum Schnee gefallen. Der Tiber führte also nur wenig Wasser, und viele der kleinen Bäche, die in ihn mündeten, waren schon lange vor Ende des Sommers ausgetrocknet. Der Herbst begann in diesem Jahr erst Ende Oktober. Es war also noch sehr heiß, als die Armeen in einem Dreiviertelkreis um die Stadt Rom Stellung bezogen. In Africa und Sizilien waren die Ernten zwar eingebracht, aber die Getreideschiffe kamen jetzt erst in Ostia an. Roms Getreidekammern waren praktisch leer.

Nicht lange nach Pompeius Strabos Ankunft an der Porta Collina brachen in seinem Lager Seuchen aus, die sich nicht nur unter seinen Soldaten, sondern auch in der Stadt selbst verbreiteten. Typhus und andere Darmkrankheiten zeigten ihr schreckliches Gesicht, denn das Wasser, das Pompeius Strabos Soldaten tranken, war verseucht. Verantwortlich war dafür dieselbe mangelnde Hygiene, die Quintus Pompeius Rufus schon im Lager bei Arminium zu schaffen gemacht hatte. Als die Quellen in der Stadt auf dem Viminal und dem Quirinal auch verseucht waren, suchten einige Bürger Pompeius Strabo auf und baten ihn, seine Jauchegruben in Ordnung zu bringen. Pompeius Strabo schickte sie mit rüden Worten wieder weg. Zu allem Überfluß stank der ganze Tiber von der milvischen Brücke bis zum Meer nach menschlichem Kot, und im Wasser wimmelte es von Krankheitskeimen, denn der Fluß diente Cinnas drei Lagern und der Stadt nun als Abwasserkanal.

Der Oktober verstrich, ohne daß irgendeine Veränderung in der Position der Heere eingetreten wäre. Konsul Gnaeus Octavius Ruso und Cinnas Vertreter Merula waren der Verzweiflung nahe. Jedesmal, wenn es ihnen gelang, von Pompeius Strabo empfangen zu werden, hatte er einen anderen Grund, warum er noch nicht kämpfen konnte. Octavius und Merula merkten schließlich, daß er nicht kämpfen wollte, weil Cinna ihm zahlenmäßig überlegen war.

Als die Bürger der Stadt erfuhren, daß Marius den Tiber gesperrt hatte und keine Getreideschiffe nach Rom kommen würden, breitete sich Ratlosigkeit unter ihnen aus. Die Konsuln fürchteten das Schlimmste für die Zukunft und überlegten, wie lange sie noch durchhalten konnten, wenn sich Pompeius Strabo weiter weigerte, zu kämpfen.

Schließlich beschlossen Octavius und Merula, unter den Italikern neue Soldaten anzuwerben. Der Senat empfahl den Zenturien ein Gesetz, nach dem die Italiker, die die »wahre« Regierung Roms unterstützten, mit dem vollen Bürgerrecht belohnt werden sollten. Das

Gesetz wurde verabschiedet und Herolde wurden durch ganz Italien geschickt, die es verkünden und Freiwillige rekrutieren sollten.

Der Erfolg war gering, denn Cinnas Volkstribunen waren der »wahren« Regierung Roms mehr als zwei Monate zuvorgekommen, und jetzt waren keine Männer mehr verfügbar.

Dann gab Pompeius Strabo zu verstehen, wenn Metellus Pius mit seinen beiden Legionen von Aesernia komme, seien sie gemeinsam stark genug, Cinna und Marius zu schlagen. Also schickten Octavius und Merula eine Abordnung zu Metellus, der vor Aesernia lag, und baten ihn dringend, mit den belagerten Samniten einen Friedensvertrag abzuschließen und so schnell wie möglich nach Rom zu kommen.

Metellus war hin- und hergerissen zwischen seiner Pflicht, Aesernia in die Schranken zu weisen, und der Pflicht, Rom beizustehen. Als er mit dem gelähmten Gaius Papius Mutilus verhandelte, wußte dieser natürlich genau, was in Rom vor sich ging.

»Ich bin bereit, einen Friedensvertrag mit dir abzuschließen, Quintus Caecilius«, sagte Mutilus aus seiner Sänfte. »Zu folgenden Bedingungen: Gib den Samniten alles zurück, was du ihnen abgenommen hast, gib uns die samnitischen Deserteure und Kriegsgefangenen unversehrt zurück, verzichte auf die Kriegsbeute, die du bei den Samniten gemacht hast, und verleihe jedem freien Mann Samniums das volle römische Bürgerrecht.«

Metellus Pius fuhr wütend zurück. »Aber sicher!« sagte er mit beißender Ironie. »Warum verlangst du nicht gleich, wir sollen unter dem Joch durchgehen, Gaius Papius, wie es die Samniten vor zweihundert Jahren nach der Schlacht bei Caudium taten? Deine Bedingungen sind unakzeptabel! Lebe wohl.«

Erhobenen Hauptes ritt er in sein Lager zurück und ließ die Delegation von Octavius und Merula eisig wissen, es werde keinen Friedensvertrag geben und deshalb könne er Rom nicht beistehen.

Der Samnite Mutilus war auf dem Rückweg nach Aesernia in seiner Sänfte viel zufriedener als Metellus das Ferkel, denn er hatte einen glänzenden Einfall gehabt. Nach Einbruch der Dunkelheit schlich sich sein Kurier mit einem Brief an Gaius Marius durch die römischen Stellungen. Mutilus ließ anfragen, ob Gaius Marius daran interessiert sei, mit Samnium einen Friedensvertrag abzuschließen. Mutilus wußte zwar genau, daß Cinna der Konsul war und Marius nur ein aufständischer *privatus,* aber es wäre ihm nie in den Sinn gekommen, den Brief an Cinna zu schicken. Wo Gaius

Marius beteiligt war, war er der Führer und der Mann, der die Macht hatte.

In Marius' Begleitung befand sich der Militärtribun Gaius Flavius Fimbria. Er hatte der Legion bei Nola angehört und war wie seine Kollegen Publius Annius und Gaius Marcius Censorinus gewählt worden, um unter Cinna zu dienen. Aber als Fimbria von der Ankunft des Marius in Etruria hörte, ging er sofort zu ihm. Marius freute sich, ihn zu sehen.

»Mein Haufen braucht keinen Militärtribunen«, sagte Marius. »Es sind keine römischen Soldaten, und die Männer sind sehr unterwürfig. Aber ich gebe dir den Befehl über meine numidischen Reiter – ich habe sie aus Africa mitgebracht.«

Als Marius Mutilus' Brief erhielt, ließ er Fimbria zu sich kommen. »Geh zu Mutilus in die Melfa-Schlucht. Er schreibt, er werde dorthin kommen.« Marius schnaubte verächtlich. »Ohne Zweifel will er uns daran erinnern, wie oft wir an diesem Ort besiegt wurden. Aber für den Augenblick wollen wir diese Unverschämtheit ignorieren. Geh zu ihm, Gaius Flavius, und stimme allem zu, was er verlangt, egal ob es die Herrschaft über ganz Italien ist oder eine Reise ins Land der Hyperboreer. Mutilus und den Samniten zahlen wir es später heim.«

Inzwischen erschien eine zweite Delegation aus Rom bei Metellus Pius vor Aesernia. Diesmal gehörten ihr hohe Würdenträger an: Catulus Caesar kam mit seinem Sohn Catulus, der Zensor Publius Crassus mit seinem Sohn Lucius.

»Ich bitte dich, Quintus Caecilius«, sagte Catulus Caesar zu Metellus und seinem Legaten Mamercus, »laß eine kleine Streitmacht hier, die ausreicht, die Belagerung Aesernias fortzusetzen, und komme nach Rom! Wenn Rom zerstört wird, ist die Belagerung von Aesernia sowieso sinnlos.«

Metellus Pius war einverstanden. Er ließ Marcus Plautius Silvanus mit armseligen fünf Kohorten verängstigter Männer zurück, um die Samniten in Schach zu halten. Kaum waren die anderen fünfzehn Kohorten in Richtung Rom verschwunden, als die Samniten einen Ausfall aus Aesernia machten. Sie verpaßten Silvanus' kleiner Armee eine tüchtige Abreibung und eroberten dann sämtliche samnitischen Gebiete zurück, die in der Hand Roms gewesen waren. Die Samniten, die nicht mit Cinna nach Rom gezogen waren, überrannten das ganze südwestliche Campania bis fast nach Capua; die kleine Stadt Abella wurde gebrandschatzt. Dann machte sich ein zweites samnitisches

Heer auf den Weg, um sich den Aufständischen anzuschließen. Diese Italiker verschwendeten an Cinna keinen Gedanken – sie gingen direkt zu Gaius Marius und boten ihm ihre Dienste an.

Bei Metellus Pius waren Mamercus und Appius Claudius Pulcher. Die fünfzehn Kohorten, die sie von Aesernia mitbrachten, wurden in der Garnison auf dem Janiculum stationiert, Appius Claudius wurde zum Garnisonskommandanten ernannt. Unglücklicherweise bestand Octavius darauf, den Titel des obersten Garnisonskommandanten sich selbst vorzubehalten, was Appius Claudius als schwere Beleidigung auffaßte. Warum sollte er die ganze Arbeit tun und dann anderen den Ruhm überlassen? Wütend erwog Appius Claudius, zum Gegner überzulaufen.

Auch Publius Servilius Vatia in Gallia Cisalpina war vom Senat benachrichtigt worden. Dort standen zwei frisch rekrutierte Legionen unter Waffen, die eine unter dem Legaten Gaius Coelius in Placentia, die andere unter Vatia weit im Osten in Aquileia. Diese beiden Legionen sollten die italischen Gallier einschüchtern, da Vatia deren wachsenden Unmut über die unbezahlten Kriegsschulden Roms befürchtete, besonders im Gebiet der Stahlindustrie um Aquileia. Als Vatia den Brief des Senats bekam, ließ er Coelius mit seiner Legion von Placentia nach Osten marschieren und machte sich selbst mit seiner Legion nach Rom auf.

Zum Unglück für die »wahre« Regierung Roms traf Vatia unterwegs in Ariminum auf den geächteten Volkstribunen Marcus Marius Gratidianus, der mit einigen Kohorten, die Cinna entbehren konnte, auf der Via Flaminia nach Norden geschickt worden war, um eventuellen Verstärkungen, die der Statthalter von Gallia Cisalpina nach Rom schicken würde, den Weg zu verstellen. Die unerfahrenen Rekruten Vatias waren den Kohorten des Volkstribunen nicht gewachsen, deshalb zog Vatia sich in seine Provinz zurück und gab jeden Gedanken an einen Entsatz Roms auf. Gaius Coelius, der an depressiven Stimmungen litt, hörte eine entstellte Version der Geschehnisse bei Ariminum, schloß daraus, Rom sei verloren, und nahm sich das Leben.

Octavius, Merula und ihre Anhänger in Rom mußten mitansehen, wie sich ihre Position fast stündlich verschlechterte. Gaius Marius kam nun im Eiltempo die Via Campana heraufmarschiert und setzte sich mit seinen Truppen unmittelbar südlich der Garnison auf dem Janiculum fest, und der beleidigte Appius Claudius kollaborierte heimlich mit Marius und ließ ihn in die äußeren Palisaden und Mauern der Festung ein. Daß die Festung nicht vollständig fiel, verdankte sie Pompeius Strabo, der über den Mons Pincius marschierte und Sertorius angriff. Gleichzeitig führten Octavius und der Zensor Publius Crassus eine noch unverbrauchte Freiwilligenstreitmacht über die Holzbrücke des Tiber und retteten die Zitadelle gerade noch rechtzeitig, bevor sie eingenommen wurde. Marius war durch die Disziplinlosigkeit seiner Sklavensoldaten behindert und mußte sich zurückziehen. Der Volkstribun Gaius Milonius wollte ihm helfen und wurde getötet. Publius Crassus und sein Sohn Lucius wurden auf den Janiculum abkommandiert, wo sie ein Auge auf Appius Pulcher haben sollten, der seine Meinung wieder geändert hatte und nun doch an den Sieg der Partei in Rom glaubte. Und als Pompeius Strabo hörte, daß der Angriff auf die Festung abgewehrt sei, zog er seine Legionen wieder von Sertorius ab und marschierte in sein Lager zurück.

Pompeius Strabo war krank. Kaum war er ins Lager zurückgekehrt, als sein Sohn, der nie von seiner Seite wich, ihn ins Bett schickte. Pompeius hatte mitten im Kampfgetümmel Fieber und Durchfall bekommen, und obwohl er weiterhin persönlich den Befehl führte, war seinem Sohn und seinen Legaten klar, daß er den Erfolg auf dem Marsfeld nicht ausnutzen konnte. Der junge Pompeius, der wußte, daß er noch zu jung für das Vertrauen der Truppen aus Picentum war, entschied sich gegen eine Übernahme des Befehls inmitten der schweren Kampfhandlungen.

Drei Tage lang lag der Herr des nördlichen Picenum und der angrenzenden umbrischen Gebiete darnieder und kämpfte gegen schlimme Typhus-Attacken. Sein Sohn und dessen Freund Marcus Tullius Cicero pflegten ihn mit Hingabe, und die Truppen warteten ab, was geschehen würde. In den Morgenstunden des vierten Tages starb Pompeius Strabo, dieser starke und tatkräftige Mann, an Austrocknung und körperlicher Erschöpfung.

Auf Cicero gestützt, ging der Sohn weinend auf dem Vicus sub Aggere unter dem Doppelwall zum Tempel der Venus Libitina, um das Begräbnis seines Vaters zu arrangieren. Wäre Pompeius Strabo in Picenum auf seinen riesigen Ländereien beerdigt worden, wären die Feierlichkeiten in ihrem Ausmaß fast dem Triumphzug eines Feldherrn gleichgekommen. Aber sein Sohn war nicht nur tüchtig, sondern auch klug, und er wußte, daß die Trauerfeierlichkeiten unter den gegebenen Umständen so einfach wie möglich gehalten werden mußten. Der Unmut unter der Bevölkerung war auch so schon groß genug, und den Bewohnern des Quirinal, des Viminal und des oberen Esquilin war der tote Heerführer zutiefst verhaßt, da sie seinem Lager die Schuld an den Seuchen gaben, die in ihren Stadtvierteln wüteten.

Es dauerte einige Stunden, bis die beiden jungen Männer nach Erfüllung ihrer traurigen Pflicht wieder zum Lager zurückkehrten. Als sie das Haus an der Porta Collina betraten, in dem Pompeius Strabo sein Quartier aufgeschlagen hatte, war es schon Nachmittag. Niemand, am wenigsten der trauernde Pompeius, hatte daran gedacht, auf dem weiträumigen Gelände Wachen aufzustellen. Der Feldherr war tot, und im Haus gab es keine Wertgegenstände. Von den Sklaven lagen viele krank darnieder, aber als die beiden gegangen waren, hatten einige von ihnen Pompeius Strabo auf seinem Bett aufgebahrt, und zwei Sklavinnen hatten Totenwache gehalten.

Nun fanden Pompeius und Cicero das Haus vollkommen verlassen vor – totenstill und anscheinend unbewohnt. Und als sie das Zimmer betraten, in dem Pompeius Strabo gelegen hatte, war er verschwunden.

Pompeius stieß einen triumphierenden Schrei aus. »Er lebt!« Auf seinem Gesicht leuchtete ungläubige Freude auf.

»Gnaeus Pompeius, dein Vater ist tot«, sagte Cicero, der dem toten Feldherrn nicht nachtrauerte und deshalb einen kühlen Kopf behielt. »Beruhige dich doch! Du weißt, daß er tot war, als wir gingen. Wir haben ihn gewaschen und angekleidet. Er war tot!«

Die Freude in Pompeius' Gesicht erlosch, aber die Tränen kamen nicht wieder. Statt dessen wurde das frische, junge Gesicht hart wie Stein. »Was ist dann los? Wo ist mein Vater?«

»Ich glaube, die Sklaven sind weg, auch die, die krank waren«, sagte Cicero. »Als erstes durchsuchen wir am besten das Haus.«

Die Durchsuchung ergab nichts – keinen Hinweis darauf, was mit dem Leichnam des Gnaeus Pompeius Strabo passiert sein mochte. Pompeius und Cicero, der eine immer versteinerter, der andere immer verstörter, verließen das ausgestorbene Haus, stellten sich auf die Via Nomentana und schauten in beide Richtungen.

»Gehen wir ins Lager oder zum Tor?« fragte Cicero.

In beide Richtungen waren es nur ein paar Schritte. Pompeius runzelte die Stirn und entschied dann: »Gehen wir ins Feldherrnzelt. Vielleicht haben die Soldaten ihn geholt und dort feierlich aufgebahrt.«

Als sie ein paar Schritte ins Lager hineingegangen waren, rief hinter ihnen eine Stimme: »Gnaeus Pompeius! Gnaeus Pompeius!«

Sie drehten sich um und sahen, wie Brutus Damasippus in offenbar aufgelöstem Zustand aus dem Stadttor gelaufen kam und ihnen heftig zuwinkte.

»Dein Vater!« keuchte er, als er sie erreicht hatte.

»Was ist mit meinem Vater?« fragte Pompeius ruhig und kalt.

»Das Volk von Rom hat seine Leiche gestohlen. Sie sagten, sie wollten ihn an einen Esel binden und durch die Straßen der Stadt schleifen! Eine der Frauen, die Totenwache hielt, kam zu mir und erzählte es mir, und ich bin wie ein Idiot einfach losgerannt. Wahrscheinlich habe ich mir eingebildet, ich könnte sie einholen. Zum Glück sah ich dann euch – sonst würden sie mich jetzt wahrscheinlich auch durch die Stadt schleifen.« Er sah Pompeius mit demselben Respekt an, den er für seinen Vater aufgebracht hatte. »Was soll ich tun?«

»Bring mir sofort zwei Kohorten Soldaten«, sagte Pompeius knapp. »Wir gehen in die Stadt und suchen ihn.«

Cicero fragte nichts, und Pompeius sagte nichts, während sie warteten. Pompeius Strabo war die schlimmste aller Beleidigungen angetan worden, das war beiden klar. Die Menschen aus dem Nordosten der Stadt hatten auf diese Weise ihren Abscheu vor dem Mann ausgedrückt, den sie für den Urheber ihres Leids hielten. Während die dichter besiedelten Stadtteile Roms durch Aquädukte mit Wasser versorgt wurden, waren die oberen Teile des Esquilin, des Viminal und des Quirinal, wo weniger Menschen lebten, auf das Quellwasser angewiesen.

Als Pompeius seine Kohorten durch die Porta Collina auf den weiträumigen Marktplatz führte, war das gesamte Gebiet menschenleer. Auch auf den anschließenden Straßen war kein Mensch zu sehen, nicht einmal in den engen Gassen, die zum unteren Esquilin hinunterführten. Eine nach der anderen durchkämmten sie die Straßen. Damasippus wandte sich mit einer Kohorte nach links zum Doppelwall, die beiden jungen Männer arbeiteten sich in die andere Richtung vor. Drei Stunden später fanden Pompeius' Männer ihren toten Feldherrn: Er lag vor dem Tempel des Salus auf der Straße.

Ein bezeichnender Ort, dachte Cicero. Vor dem Tempel der Gesundheit.

»Das werde ich nicht vergessen«, sagte Pompeius und starrte auf den nackten und zerfetzten Leichnam seines Vaters hinunter. »Wenn ich Konsul bin und prächtige Gebäude bauen lasse, werde ich auf dem Quirinal nichts bauen!«

Als Cinna vom Tod des Pompeius Strabo hörte, stieß er einen Seufzer der Erleichterung aus. Als er dann hörte, die Leiche des Feldherrn sei durch die Straßen Roms geschleift worden, stieß er einen leisen Pfiff aus. Es stand also nicht zum besten in Rom! Und die Verteidiger der Stadt waren offenbar beim einfachen Volk keineswegs beliebt. Er war zufrieden und rechnete jetzt stündlich mit der Kapitulation der Stadt.

Aber die Kapitulation kam nicht. Octavius hatte offenbar beschlossen, erst dann zu kapitulieren, wenn sich das einfache Volk in einer offenen Revolte erhob.

Quintus Sertorius traf an diesem Tag spät ein, um Cinna zu berichten. Sein linkes Auge war hinter einer blutdurchtränkten Binde verborgen.

»Was ist passiert?« fragte Cinna besorgt.

»Ich habe ein Auge verloren.«

»Oh ihr Götter!«

»Zum Glück ist es nur das linke«, sagte Sertorius gefaßt. »Auf meiner Schwertseite kann ich noch sehen, also dürfte es mich in der Schlacht nicht allzusehr behindern.«

»Setz dich«, sagte Cinna. Er goß Wein ein und musterte Sertorius. Erstaunlich, wie wenig den Legaten aus dem Gleichgewicht bringen konnte. Als Sertorius sich gesetzt hatte, setzte auch Cinna sich und seufzte. »Du hattest übrigens recht, Quintus Sertorius«, sagte er langsam.

»Sprichst du von Gaius Marius?«

»Ja.« Cinna drehte seinen Becher in den Händen. »Ich habe nicht mehr die volle Befehlsgewalt über meine Leute. Die höheren Offiziere gehorchen mir durchaus noch! Aber ich rede von der Mannschaft, den Soldaten. Den Samniten und anderen italischen Freiwilligen. Sie folgen Gaius Marius, nicht mir.«

»Das mußte so kommen. Früher hätte das überhaupt nichts ausgemacht. Es gab keinen gerechteren, weitblickenderen Mann als Gaius Marius. Aber diesen Gaius Marius gibt es heute nicht mehr.« Eine blutige Träne stahl sich unter Sertorius' Verband hervor und wurde abgewischt. »Jetzt, wo er alt und gebrechlich ist, konnte ihm nichts Schlimmeres passieren als diese Verbannung. Ich kenne ihn gut genug, um zu wissen, daß er sein Interesse an der Befreiung

Roms inzwischen nur noch heuchelt. In Wahrheit interessiert er sich nur für seine Rache an denen, die ihn verbannt haben. Er hat sich mit den schlimmsten Legaten umgeben, die ich seit Jahren gesehen habe – Fimbria zum Beispiel! Ein schrecklicher Mensch. Und seine Legion – er nennt sie seine Leibwache und weigert sich zuzugeben, daß sie ein offizieller Teil seines Heeres ist – sie besteht aus so bösartigen und habgierigen Sklaven und Freigelassenen, wie sie sich ein aufständischer sizilianischer Sklavenführer nur wünschen kann. Aber seinen scharfen Verstand, Lucius Cinna, hat er nicht verloren, selbst wenn seine Moral dahin ist. Er weiß, daß unsere Soldaten ihm gehören! Und ich fürchte, er beabsichtigt, sie zu seinem persönlichen Vorteil zu nutzen und nicht zum Wohl Roms. Ich bin nur aus einem wichtigen Grund hier bei dir und deinen Truppen, Lucius Cinna – ich kann die gesetzwidrige Entlassung eines Konsuls während seines Amtsjahres nicht hinnehmen. Aber ich kann auch nicht zulassen, was Gaius Marius vermutlich vorhat, deshalb ist es durchaus möglich, daß wir beide bald getrennte Wege gehen.«

Cinna dämmerte etwas Entsetzliches. Mit gesträubten Haaren starrte er Sertorius an. »Du meinst, er hat es auf ein Blutbad abgesehen?«

»Das meine ich. Und ich glaube nicht, daß irgendwer ihn davon abhalten kann.«

»Aber das kann er doch nicht tun! Es ist von höchster Wichtigkeit, daß ich Rom als rechtmäßiger Konsul betrete, den Frieden wiederherstelle, weiteres Blutvergießen verhindere und versuche, unser armes Rom wieder auf die Beine zu bringen.«

»Ich wünsche dir alles Gute«, sagte Sertorius trocken und stand auf. »Ich werde auf dem Marsfeld sein, und ich habe die Absicht, auch dort zu bleiben. Meine Männer gehorchen nur mir, darauf kannst du dich verlassen. Und ich unterstütze die Wiedereinsetzung des rechtmäßig gewählten Konsuls! Aber ich unterstütze keine von Gaius Marius geführte Partei.«

»Bleib auf jeden Fall auf dem Marsfeld. Und ich bitte dich, komm zu den Verhandlungen, die vielleicht stattfinden!«

»Keine Sorge, dieses Fiasko werde ich mir auf keinen Fall entgehen lassen.« Sertorius ging, nachdem er sich noch einmal über die linke Wange gewischt hatte.

Aber am nächsten Tag marschierte Marius ab. Er führte seine Legionen von Rom weg in die latinischen Ebenen, denn er hatte aus dem Tod des Pompeius gelernt: Wenn viele Menschen unter provisorischen Verhältnissen in der Umgebung einer großen Stadt lagerten, mußten schlimme Seuchen ausbrechen. Also war es besser, mit den Soldaten dorthin zu ziehen, wo die Luft frisch und das Wasser unverseucht war und wo man sich das notwendige Getreide und andere Nahrungsmittel durch Plündern von Getreidespeichern und Scheunen besorgen konnte. Davon gab es auf den latinischen Ebenen mehr als genug. Aricia, Bovillae, Lanuvium, Antium, Ficana und Laurentum ergaben sich Gaius Marius ohne Widerstand.

Als Quintus Sertorius von Marius' Abzug hörte, überlegte er, ob ein weiterer Grund des Marius nicht der war, sich und seine Leute vor Cinna in Sicherheit zu bringen. Denn Marius mochte verrückt sein, dumm war er nicht.

Es war nun Ende November. Beide Seiten – genauer alle drei Seiten – wußten, daß die Tage von Gnaeus Octavius Rusos Herrschaft gezählt waren. Das Heer des toten Pompeius Strabo hatte Metellus Pius als neuen Feldherrn abgelehnt und war dann über die milvische Brücke marschiert, um Gaius Marius, nicht Lucius Cinna, seine Dienste anzubieten.

Inzwischen waren über achtzehntausend Menschen an den Seuchen gestorben, vor allem Soldaten der Legionen Pompeius Strabos. Und die Getreidespeicher Roms waren nun vollständig leer. Marius spürte den Anfang des Endes und führte seine aus fünftausend Sklaven und Freigelassenen bestehende Leibwache wieder zur Südflanke des Janiculum zurück. Bezeichnenderweise brachte er den Rest seiner Armee nicht mit, weder die Samniten noch die Italiker, noch den Rest des Heeres von Pompeius Strabo. Wollte er sie als Reserve im Hintergrund halten? Es sah ganz danach aus, dachte Quintus Sertorius.

Am dritten Tag des Dezember kam eine Verhandlungsdelegation über die beiden Brücken, die die Tiberinsel mit den Ufern des Flusses verbanden. Sie bestand aus Metellus Pius dem Ferkel, dem offiziellen Delegationsleiter, dem Zensor Publius Crassus und den Brüdern Caesar. Am Ende der zweiten Brücke wurden sie von Lucius Cinna erwartet. Neben Cinna stand Gaius Marius.

»Ich grüße dich, Lucius Cinna«, sagte Metellus Pius. Er war wütend darüber, daß auch Marius anwesend war, zumal dieser den Schurken Fimbria und einen riesenhaften Germanen in einer goldenen Prunkrüstung bei sich hatte.

»Sprichst du zu mir als Konsul oder als Privatmann, Quintus Caecilius?« fragte Cinna kalt.

Sobald er das gesagt hatte, fuhr Marius ihn wütend an und knurrte: »Schwächling! Feiger Idiot!«

Metellus Pius schluckte. »Als Konsul, Lucius Cinna«, sagte er.

Worauf Catulus Caesar wütend zu Metellus sagte: »Verräter!«

»Der Mann ist nicht Konsul! Er hat ein Sakrileg begangen!« rief der Zensor Crassus.

»Er braucht gar kein Konsul zu sein! Er ist der Sieger!« brüllte Marius.

Metellus Pius hielt sich die Ohren zu, um die wüsten Beschimpfungen nicht hören zu müssen, die nun alle außer ihm selbst und Cinna ausstießen. Zornig drehte er sich um und stolzierte über die Brücken zurück nach Rom.

Als er Octavius berichtete, was vorgefallen war, fuhr auch dieser den glücklosen Metellus an. »Wie kannst du sagen, daß er Konsul ist? Das ist er nicht! Cinna hat gegen die Götter gefrevelt!«

»Der Mann ist Konsul, Gnaeus Octavius, und er wird noch bis Ende dieses Monats Konsul sein«, sagte Metellus Pius ungerührt.

»Du bist mir ein feiner Unterhändler! Verstehst du denn nicht, daß wir Cinna auf keinen Fall als Konsul anerkennen dürfen?« Octavius hatte den Zeigefinger erhoben wie ein Schulmeister, der einen Schüler zurechtweist.

Metellus verlor die Fassung. »Dann geh doch du und mach es besser! Und zeige nicht mit dem Finger auf mich! Du bist doch nur ein kleiner Aufsteiger! Ich bin ein Caecilius Metellus, und nicht einmal Romulus darf mit dem Finger auf mich zeigen! Ob es dir nun paßt oder nicht, Lucius Cinna *ist* Konsul! Wenn er mir noch einmal diese Frage stellt, werde ich ihm dieselbe Antwort geben!«

Der Jupiterpriester und *consul suffectus* Merula, der sich sehr unwohl gefühlt hatte, seit er so überraschend auf den kurulischen Stuhl gesetzt worden war, mußte seiner Bedrückung Luft verschaffen und trat mit aller ihm verfügbaren Würde zwischen seinen Amtskollegen Octavius und den erbosten Metellus Pius. »Gnaeus Octavius, ich muß als *consul suffectus* zurücktreten«, sagte er ruhig. »Es geht nicht an, daß der Priester des Jupiter ein kurulisches Amt innehat. Im Senat kann er sitzen. Aber ein Imperium innehaben, nein.«

Sprachlos sah der Rest der Gruppe zu, wie Merula das untere Forum, wo der Wortwechsel stattfand, verließ und die Via Sacra zu seinem *domus publicus* hinaufging.

Catulus Caesar sah Metellus Pius an. »Quintus Caecilius, wärst du bereit, den militärischen Oberbefehl zu übernehmen?« fragte er.

»Wenn wir deine Ernennung offiziell bekanntgeben, schöpfen unsere Männer und unsere Stadt vielleicht wieder Mut.«

Aber Metellus Pius schüttelte entschlossen den Kopf. »Nein, Quintus Lutatius, das werde ich nicht. Unsere Männer haben mit Hunger und Seuchen zu kämpfen und stehen nicht mit dem Herzen hinter unserer Sache. Und leider muß ich auch sagen, daß sie unsicher sind, wer im Recht ist. Und keiner von uns wünscht eine weitere Schlacht in den Straßen Roms – die von Lucius Sulla war schon eine zuviel. Wir *müssen* uns irgendwie einigen! Aber mit Lucius Cinna. *Nicht* mit Gaius Marius.«

Octavius sah sich die Gesichter der Männer an, hob die Schultern, ließ sie wieder fallen und seufzte ergeben. »Meinetwegen, Quintus Caecilius, einverstanden. Geh noch einmal hin und rede mit Lucius Cinna.«

Also machte sich Metellus noch einmal auf den Weg, diesmal nur von Catulus Caesar und dessen Sohn Catulus begleitet. Es war der fünfte Tag des Dezember.

Diesmal empfing Cinna sie mit dem Prunk des amtierenden Konsuls. Er hatte ein Podest errichten lassen und saß dort auf seinem kurulischen Stuhl, und die Delegation mußte während der Verhandlungen zu ihm aufblicken. Auf dem Podest war auch Gaius Marius, der allerdings keinen Stuhl hatte und hinter Cinna stand.

»Als erstes, Quintus Caecilius«, sagte Cinna laut, »heiße ich dich willkommen. Als zweites versichere ich dir, daß Gaius Marius nur als Beobachter hier ist. Er weiß, daß er ein *privatus* ist und bei offiziellen Verhandlungen kein Rederecht besitzt.«

»Ich danke dir, Lucius Cinna«, sagte Metellus ebenso steif und förmlich. »Ich bin nur befugt, mit dir zu verhandeln, nicht mit Gaius Marius. Was sind deine Bedingungen?«

»Ich werde als römischer Konsul in Rom einziehen.«

»Einverstanden. Der Jupiterpriester ist als dein Vertreter schon zurückgetreten.«

»Spätere Vergeltungsmaßnahmen sind ausgeschlossen.«

»Es wird keine geben.«

»Die neuen Bürger aus Italien und dem italischen Gallien werden auf alle fünfunddreißig Tribus verteilt.«

»Vollkommen einverstanden.«

»Die Sklaven, die ihren römischen Besitzern entflohen sind, um sich meinen Armeen anzuschließen, bekommen die Freiheit und das volle Bürgerrecht.«

Metellus erstarrte. »Unmöglich!« entfuhr es ihm. *»Unmöglich!«*

»Das ist eine Bedingung, Quintus Caecilius. Sie muß ebenso wie die anderen akzeptiert werden«, beharrte Cinna.

»Ich werde niemals einwilligen, Sklaven, die ihren rechtmäßigen Herren davongelaufen sind, die Freiheit und die Bürgerrechte zu geben.«

Catulus Caesar trat nach vorne. »Ein Wort unter uns, Quintus Caecilius«, sagte er leise.

Catulus Caesar und sein Sohn brauchten lange, bis sie Metellus Pius davon überzeugt hatten, daß auch diese Bedingung akzeptiert werden müsse. Metellus gab am Ende nur deshalb nach, weil er selbst sah, wie unnachgiebig Cinna war. Er fragte sich allerdings, in wessen Namen Cinna so unnachgiebig war – in seinem eigenen oder dem des Gaius Marius? In Cinnas Truppen gab es nur wenige Sklaven, aber Berichten zufolge waren Marius' Truppen voll von ihnen.

»Na schön, einverstanden«, sagte Metellus ohne jede Förmlichkeit. »Allerdings habe auch ich eine Bedingung.«

»Die wäre?« fragte Cinna.

»Es darf kein Blutbad geben. Keine Ausbürgerungen, keine Proskriptionen, keine Verbannungen, keine Hochverratsprozesse, keine Hinrichtungen. Alle Männer Roms haben gehandelt, wie ihre Prinzipien und Überzeugungen es verlangten. Niemand darf dafür bestraft werden, sich an seine Prinzipien und Überzeugungen gehalten zu haben, wie abstoßend sie anderen auch erscheinen mögen. Das gilt für deine Anhänger, Lucius Cinna, ebenso wie für die Anhänger des Gnaeus Octavius.«

Cinna nickte. »Ich stimme dir aus vollem Herzen zu, Quintus Caecilius. Es darf keine Rache geben.«

»Kannst du das durch einen Eid garantieren?« fragte Metellus listig.

Cinna schüttelte errötend den Kopf. »Das kann ich nicht, Quintus Caecilius. Ich kann dir nur zusichern, daß ich mich nach Kräften dafür einsetzen werde, Hochverratsprozesse, Blutvergießen und Beschlagnahmungen von Eigentum zu verhindern.«

Metellus Pius sah nachdenklich den schweigenden Gaius Marius an. »Willst du damit sagen, Lucius Cinna, daß du deine Anhänger nicht im Griff hast?«

Cinna zuckte unmerklich zusammen, sagte aber mit fester Stimme: »Ich habe sie im Griff.«

»Wirst du also schwören?«

»Nein, das werde ich nicht«, sagte Cinna würdevoll, und sein rotes Gesicht verriet sein Unbehagen. Er stand auf, zum Zeichen, daß die Zusammenkunft beendet sei, und begleitete Metellus Pius zur Tiberbrücke hinunter. Als er einige Augenblicke mit Metellus allein war, sagte er mit Nachdruck: »Quintus Caecilius, ich habe meine Anhänger im Griff! Trotzdem wäre es mir lieber, wenn Gnaeus Octavius sich vom Forum fernhalten würde – wenn er außer Sichtweite bliebe! Nur für den Fall. Eine entfernte Möglichkeit. Sag ihm das!«

»Das werde ich«, sagte Metellus Pius.

Marius war ihnen humpelnd nachgelaufen, denn er hatte es eilig, dieses Privatgespräch zu unterbrechen. Er sah grotesk aus, dachte Metellus. Er hatte etwas geradezu Affenartiges an sich. Fast verschwunden war dagegen die furchteinflößende Aura der Macht, die ihn immer umgeben hatte, selbst damals, als Metellus' Vater in Numidien Marius' Vorgesetzter gewesen war und Metellus selbst ein Kadett.

»Wann willst du mit Marius in die Stadt einziehen?« fragte Catulus Caesar Cinna noch, als sich die beiden Abordnungen trennten, um ihrer Wege zu gehen.

Bevor Cinna antworten konnte, fuhr Gaius Marius mit einem verächtlichen Schnauben dazwischen. »Lucius Cinna kann als rechtmäßiger Konsul jederzeit in die Stadt einziehen«, sagte er. »Ich allerdings werde mit dem Heer hier warten, bis die Urteile gegen mich und meine Freunde rechtmäßig aufgehoben werden.«

Cinna wartete ungeduldig, bis Metellus Pius mit seiner Abordnung über die Brücke gegangen war, die auf die Tiberinsel führte. Dann sagte er in scharfem Ton zu Marius: »Was meinst du damit, daß du mit dem Heer warten wirst, bis deine Verurteilung aufgehoben ist?«

Der alte Mann sah nicht mehr aus wie ein Mensch, sondern wie ein Meeresungeheuer oder ein Vampir, ein mit teuflischer Intelligenz begabtes Scheusal aus der Unterwelt. Marius lächelte, und seine Augen glitzerten bösartig durch das dichte Durcheinander seiner Brauen, die noch buschiger waren als früher, weil er sich angewöhnt hatte, an ihnen zu zupfen.

»Mein lieber Lucius Cinna, das Heer folgt Gaius Marius, nicht dir! Ohne mich wären die Soldaten zur anderen Seite übergelaufen, und Octavius hätte gewonnen. Merk dir das! Wenn ich die Stadt betrete, solange mein Name noch als der eines Geächteten und zum Tod Verurteilten auf den Tafeln steht, was kann dann dich und Octavius davon abhalten, eure Differenzen zu begraben und die Strafe an mir zu vollstrecken? Dann säße ich ja in einer schönen Patsche! Ich könnte nichts tun, als in aller Bescheidenheit als *privatus* darauf zu hoffen, daß die Konsuln und der Senat – dem ich ja nicht mehr angehöre! – beschließen, mich von meinen erfundenen Verbrechen freizusprechen. Und ich frage dich: Wäre das einem Gaius Marius angemessen?« Er klopfte Cinna gönnerhaft auf die Schultern. »Nein, Lucius Cinna, du sollst deinen kurzen Augenblick des Ruhmes ganz für dich allein haben! Geh du nur allein nach Rom. Ich bleibe, wo ich bin. Mit dem Heer, das *mir* gehört. Nicht *dir.«* Cinna konnte seine Erschütterung nicht verbergen. »Willst du damit sagen, du würdest das Heer – *mein* Heer – gegen mich einsetzen? Den rechtmäßigen Konsul?«

»Kopf hoch, so weit wird es nicht kommen!« sagte Marius fröhlich. »Sagen wir lieber, das Heer wird sich darum kümmern, daß Gaius Marius bekommt, was ihm zusteht.«

»Und was genau steht Gaius Marius zu?«

»An den Kalenden des Januar werde ich der neue Konsul sein. Du wirst natürlich mein Kollege sein.«

»Aber ich kann doch nicht noch einmal Konsul werden!« sagte Cinna entsetzt.

»Quatsch! Natürlich kannst du das! Jetzt geh, los, geh!« Marius sprach wieder wie zu einem unfolgsamen Kind.

Cinna ging zu Sertorius und Carbo, die bei den Verhandlungen dabeigewesen waren, und berichtete ihnen, was Marius gesagt hatte.

»Sag bloß nicht, ich hätte dich nicht gewarnt«, sagte Sertorius grimmig.

»Was können wir tun?« jammerte Cinna verzweifelt. »Er hat ja recht, das Heer gehört ihm!«

»Meine beiden Legionen nicht«, sagte Sertorius.

»Die reichen nicht gegen ihn«, sagte Carbo.

»Was können wir tun?« jammerte Cinna noch einmal.

»Im Augenblick gar nichts. Laß dem alten Mann seinen Auftritt – und sein kostbares siebtes Konsulat«, sagte Carbo mit zusammengebissenen Zähnen. »Wir kümmern uns um ihn, sobald Rom uns gehört.«

Sertorius sagte nichts. Er war zu sehr mit den Gedanken über seine eigene Zukunft beschäftigt. Was um ihn geschah, war schlimm – und was die Menschen taten, war gemein, abscheulich und egoistisch. Sie hatten die Krankheit von Gaius Marius eingefangen und steckten sich gegenseitig damit an. Was ihn anging, so wollte er an diesem schäbigen und unsäglichen Schacher um die Macht nicht beteiligt sein. Rom war die eigentliche Herrscherin. Aber dank Lucius Cornelius Sulla hatten sich nun einige Männer in den Kopf gesetzt, *sie* könnten Rom beherrschen.

Als Metellus Pius den Rat Cinnas, Octavius solle sich außer Sichtweite halten, Octavius und den anderen übermittelte, wußten alle bis zum letzten Mann, woher der Wind wehte. Es war eine der wenigen Zusammenkünfte, bei denen auch der Pontifex Maximus Scaevola anwesend war. Die anderen hatten bereits bemerkt, daß er sich stets möglichst im Hintergrund hielt. Wahrscheinlich wittert er Marius' Sieg, dachte Metellus Pius, schließlich ist seine Tochter immer noch mit dem jungen Marius verlobt.

Catulus Caesar seufzte. »Nun, ich schlage vor, alle unsere jungen Männer verlassen Rom, bevor Lucius Cinna die Stadt betritt, denn wir werden sie für die Zukunft brauchen. Schreckliche Menschen wie Cinna und Marius werden sich nicht ewig halten können. Und eines Tages kehrt auch Lucius Sulla nach Rom zurück.« Er brach ab und fügte dann hinzu: »Wir von der älteren Generation bleiben wohl besser in Rom und warten ab, was auf uns zukommt. Ich habe jedenfalls nicht die Absicht, mich wie Gaius Marius auf Reisen zu begeben, selbst wenn ich die Garantie hätte, nicht durch die Sümpfe des Liri waten zu müssen.«

Metellus sah Mamercus an. »Was meinst du?«

Mamercus überlegte. »Ich finde, du solltest auf jeden Fall gehen, Quintus Caecilius. Aber ich werde vorerst bleiben. Mich wird man weniger beachten als dich.«

»Nun gut, ich werde die Stadt verlassen«, sagte Metellus Pius entschieden.

»Auch ich werde gehen«, sagte Octavius laut.

Die anderen sahen ihn verblüfft an.

»Ich werde mich in der Garnison auf dem Janiculum auf ein Podest setzen und der Dinge harren, die da kommen mögen«, sagte Octavius. »Wenn sie dann entschlossen sind, mein Blut zu vergießen, wird es nicht die Steine Roms besudeln.«

Niemand widersprach. Das Massaker vom Octavius-Tag ließ Octavius keine andere Wahl.

Am folgenden Morgen bei Tagesanbruch überquerte Lucius Cornelius Cinna, gekleidet in seine *toga praetexta* und eskortiert von seinen zwölf Liktoren, zu Fuß die beiden Brücken, die die Tiberinsel mit den Ufern des Flusses verbanden, und betrat die Stadt Rom.

Gaius Marcius Censorinus jedoch hatte von einem Freund, der das Vertrauen der maßgeblichen Männer in Rom besaß, erfahren, wohin Gnaeus Octavius Ruso gegangen war. Er nahm sich einen Trupp numidischer Reiter und ritt zum Janiculum hinauf. Diesen Einsatz hatte niemand genehmigt, deshalb wußte niemand davon, am wenigsten Cinna. Daß Censorinus sich zu dieser Tat entschlossen hatte, war indirekt allerdings Cinnas Schuld. Diejenigen unter Cinnas Offizieren, die nach Blut dürsteten, waren zu dem Schluß gekommen, Cinna würde sich in Rom auf der Stelle Männern wie Catulus Caesar und Scaevola unterwerfen und der ganze Feldzug zur Wiedereinsetzung Cinnas würde als unblutige Trockenübung enden. Wenigstens Octavius sollte nicht ungeschoren davonkommen, schwor sich Censorinus.

Der Zugang zur Festung wurde ihm nicht versperrt, da Octavius die Soldaten der Garnison entlassen hatte. Censorinus ritt an der Spitze seiner fünfhundert Reiter durch die äußeren Befestigungen.

Auf einem Podest auf dem Forum der Zitadelle saß Gnaeus Octavius Ruso. Auf die flehentlichen Bitten seines obersten Liktors, er solle doch fliehen, schüttelte er nur unbeirrt den Kopf. Als Octavius das Hufgetrappel hörte, setzte er sich auf seinem kurulischen Stuhl würdevoll in Position. Seine Liktoren wurden bleich vor Angst.

Gaius Marcius Censorinus beachtete die Liktoren nicht. Mit gezogenem Schwert stieg er von seinem Pferd, rannte die Stufen des Podests hinauf, trat auf Octavius zu, der unbeweglich dasaß, und packte ihn mit der linken Hand am Haar. Ein kräftiger Ruck, und der Konsul, der keinerlei Gegenwehr leistete, flog von seinem Stuhl und fiel auf die Knie. Vor den Augen der entsetzten und hilflosen Liktoren hob Censorinus mit beiden Händen sein Schwert und ließ es mit aller Kraft auf Octavius' bloßen Nacken niederfahren.

Zwei der Reiter nahmen den bluttriefenden Kopf mit dem seltsam friedlichen Gesicht und spießten ihn auf einen Speer. Dann nahm Censorinus den Speer in die Hand. Seine Reiter schickte er zum Campus Vaticanus; in einem Punkt war er nämlich auf keinen Fall gewillt, Befehle zu mißachten, und das war Cinnas Anordnung, Soldaten dürften das *pomerium* nicht überschreiten. Schwert, Helm und Harnisch warf er einem Sklaven zu, dann stieg er, nur mit seinem ledernen Untergewand bekleidet, auf sein Pferd und ritt geradewegs zum Forum Romanum. Den Speer trug er vor sich her wie eine Lanze. Vor Cinna angekommen, hob er den Speer und präsentierte dem fassungslosen Konsul den Kopf des Octavius.

Die erste Reaktion Cinnas war blankes Entsetzen. Er fuhr mit erhobenen, nach außen gekehrten Händen zurück, als wolle er das gräßliche Geschenk abwehren. Dann dachte er an Marius, der auf der anderen Seite des Flusses wartete, und an all die Augen, die jetzt auf ihm und Censorinus ruhten, seinem Offizier. Schluchzend holte er Atem, schloß vor Schmerz die Augen und stellte sich dann der grauenhaften Folge seines Marsches auf Rom.

»Binde den Speer an der Rostra fest«, sagte er zu Censorinus. Der schweigenden Menge rief er zu: »Dies ist die einzige Gewalttat, die ich dulden werde! Ich habe geschworen, daß Gnaeus Octavius Ruso nicht mehr leben soll, wenn ich meinen Platz als Konsul wieder einnehme. Er war es – zusammen mit Lucius Sulla! –, der diesen Brauch einführte! Denn diese beiden haben den Kopf meines Freundes Publius Sulpicius dort aufgespießt, wo jetzt dieser Kopf steckt. Volk von Rom! Schaut ihn euch an, den Gnaeus Octavius! Schaut euch den Kopf des Mannes gut an, der Leid und Hunger über euch brachte, als er auf dem Marsfeld inmitten einer rechtmäßig einberufenen Versammlung über sechstausend Menschen abschlachten ließ. Rom ist gerächt! Weiteres Blutvergießen wird es nicht geben! Und das Blut des Gnaeus Octavius wurde nicht innerhalb der heiligen Stadtgrenze vergossen.«

Das entsprach zwar nicht ganz der Wahrheit, aber es war zweckdienlich.

Innerhalb von sieben Tagen waren die Gesetze des Lucius Cornelius Sulla annulliert. Die Zenturiatkomitien, die nur noch ein Schatten ihrer selbst waren, folgten Sulla insofern, als sie die entsprechenden Gegengesetze schneller verabschiedeten, als die *lex Caecilia Didia prima* zuließ. Dann wurde die frühere Macht der Versammlung der Plebs wiederhergestellt. Die Volksversammlung trat zusammen, um neue Volkstribunen zu wählen, die schon überfällig waren. Es folgte eine Flut neuer Gesetze: Die Bürger Italiens und des italischen Gallien – nicht aber die Freigelassenen Roms – wurden ohne Vorbehalte auf die fünfunddreißig Tribus verteilt, Gaius Marius und seine Anhänger wurden wieder in ihre rechtmäßigen Stellungen und Ränge eingesetzt, und Gaius Marius wurde offiziell mit einem prokonsularischen Imperium ausgestattet. Die beiden neuen Tribus von Piso

Frugi wurden abgeschafft, alle Männer, die von der Kommission des Varia verbannt worden waren, wurden zurückgerufen, und Gaius Marius wurde offiziell zum Oberbefehlshaber im Krieg gegen König Mithridates von Pontos und dessen Verbündeten ernannt.

Auch die plebejischen Ädilen wurden von der Versammlung der Plebs gewählt. Anschließend wurde die ganze Volksversammlung zur Wahl der kurulischen Ädilen, der Quästoren und der Soldatentribunen einberufen. Obwohl Gaius Flavius Fimbria, Publius Annius und Gaius Marcius Censorinus erst in drei bis vier Jahren dreißig sein würden, wurden sie zu Quästoren gewählt und sofort in den Senat aufgenommen. Keiner der Zensoren hielt es für klug, dagegen zu protestieren.

Dann berief Cinna feierlich die Zenturiatkomitien zur Wahl der Konsuln ein. Die Versammlung fand außerhalb der heiligen Stadtgrenze auf dem Aventin statt, da Sertorius immer noch mit zwei Legionen das Marsfeld belegte. Lediglich sechshundert Repräsentanten der Klassen versammelten sich, die meisten davon Senatoren oder Ritter, und wählten pflichtschuldig die beiden einzigen Männer zu Konsuln, die auf der Kandidatenliste standen: Lucius Cornelius Cinna und – *in absentia* – Gaius Marius. Die Form war gewahrt, die Wahl war rechtmäßig. Gaius Marius war zum siebten Mal römischer Konsul, und er war zum vierten Mal *in absentia* gewählt worden. Die Prophezeiung hatte sich erfüllt. Cinna hatte wenigstens eine kleine Genugtuung: Er war der erstgewählte Konsul.

Dann kamen die Prätorwahlen. Sechs Männer kandidierten für die sechs Ämter, aber wieder wurde die Form gewahrt, und die Wahl konnte als legal bezeichnet werden. Rom hatte wieder ordentlich gewählte Magistraten, auch wenn es an Kandidaten gemangelt hatte. Nun konnte Cinna darangehen, den Schaden zu beheben, der in den letzten Monaten angerichtet worden war, einen Schaden, der behoben werden mußte, da Rom sich nach dem langen Krieg gegen die Italiker und dem Verlust des Ostens ungeordnete innere Verhältnisse nicht länger leisten konnte.

Die Stadt hielt still wie ein Tier, das sich in eine Ecke verkrochen hat. Aber die Bürger beobachteten mißtrauisch, wie sich Ende Dezember die Armeen, von denen sie umlagert waren, umgruppierten und -verteilten. Die samnitischen Kontingente marschierten nach Aesernia und Nola zurück. Gaius Marius hatte Appius Claudius Pulcher gnädigerweise erlaubt, mit seiner alten Legion die Belagerung von Nola wieder aufzunehmen. Zwar befehligte Sertorius diese

Legion, aber er überredete seine Männer, wieder einem Kommandanten zu dienen, den sie verachteten, und sah sie ohne Bedauern nach Campania abmarschieren. Viele der Veteranen, die bereit gewesen waren, ihrem alten Feldherrn zu helfen, kehrten gleichfalls nach Hause zurück, darunter auch die zwei Kohorten, die Marius von Kerkena nach Italien gefolgt waren, als Marius gehört hatte, daß Cinna aktiv wurde.

Mit seiner übriggebliebenen Legion lag Sertorius auf dem Marsfeld wie eine Katze, die tiefen Schlaf vortäuscht. Von Gaius Marius, der eine fünftausend Mann starke Leibwache aus Sklaven und Freigelassenen zurückbehalten hatte, hielt er sich fern. Was führte der schreckliche Marius im Schilde? grübelte Sertorius. Marius hatte absichtlich jedes anständige Element aus seiner Armee entfernt und nur die Männer behalten, die bereitwillig jede Ungeheuerlichkeit ausführen würden.

*

Gaius Marius zog schließlich am Neujahrstag als rechtmäßig gewählter Konsul in Rom ein. Er ritt auf einem wunderbaren Schimmel und war in eine purpurgesäumte Toga gekleidet; auf dem Kopf trug er einen Kranz aus Eichenblättern. An seiner Seite ritt der riesenhafte kimbrische Sklave Burgundus in einer prächtigen, goldenen Rüstung. An seinem Gürtel hing ein Schwert, und er ritt auf einem der gewaltigen Pferde des germanischen Stammes der Bastarner, das Hufe so groß wie Eimer hatte. Hinter Marius folgten fünftausend Sklaven und Freigelassene. Alle trugen Kampfkleidung aus doppelt genähtem Leder und Schwerter – sie waren keine Soldaten, aber auch keine Zivilisten.

Zum siebten Mal Konsul! Die Prophezeiung hatte sich erfüllt. In Gaius Marius' Kopf gab es nur Raum für diesen Gedanken, als er zwischen den jubelnden und weinenden Menschen hindurchritt. Welche Rolle spielte es denn, ob er erst- oder zweitgewählter Konsul war, wenn das Volk seinen Helden so leidenschaftlich, so blind willkommen hieß? Machte es den Menschen etwas aus, daß er zu Pferd kam, nicht zu Fuß? Machte es ihnen etwas aus, daß er vom Tiber kam und nicht von seinem Haus? Machte es ihnen etwas aus, daß er in der Nacht nicht vor dem Tempel des Jupiter Optimus Maximus auf die Omen gewartet hatte? Nein, überhaupt nicht! Er war Gaius Marius. Was für andere, geringere Männer galt, galt nicht für ihn.

Gaius Marius zog seinem vorherbestimmten Schicksal entgegen. Im unteren Teil des Forum Romanum wartete Lucius Cornelius Cinna an der Spitze einer Prozession auf ihn, die aus Senatoren und einigen bekannteren Rittern bestand. Burgundus half Marius von seinem großen, schneeweißen Pferd herab, ordnete die Falten der Toga seines Herrn und blieb neben ihm, als Marius sich vor Cinna stellte.

»Auf, Lucius Cinna, bringen wir die Sache hinter uns!« knurrte Marius laut und setzte sich in Bewegung. »Ich habe das schon sechsmal gemacht und du auch schon einmal. Das ist kein Triumphzug!«

»Einen Augenblick!« brüllte der ehemalige Prätor Quintus Ancharius und trat eilig aus den Rängen der anderen in purpurgesäumte Togen gekleideten Senatoren heraus, die hinter Cinna standen. Er pflanzte sich vor Gaius Marius auf. »Ihr habt euch falsch aufgestellt, Konsuln. Gaius Marius, du bist der zweitgewählte Konsul, du kommst nach Lucius Cinna, nicht vor ihm. Und ich verlange, daß du diesen barbarischen Rohling aus der feierlichen Prozession zum großen Gott entfernst und deiner Leibwache befiehlst, die Stadt zu verlassen oder zumindest die Schwerter abzulegen.«

Einen Moment lang schien es, als wolle Marius Ancharius schlagen oder seinem germanischen Riesen den Befehl geben, den ehemaligen Prätor zur Seite zu schieben. Doch dann zuckte der alte Mann die Schultern und trat hinter Cinna. Der Sklave Burgundus blieb freilich an seiner Seite, und Marius gab seiner Leibwache nicht den Befehl, die Stadt zu verlassen.

»Deine erste Forderung, Quintus Ancharius, ist nach dem Gesetz gerechtfertigt«, sagte Marius zornig. »Aber deine beiden anderen Forderungen erfülle ich nicht. Mein Leben war in den letzten Jahren oft genug in Gefahr. Und ich bin behindert. Deshalb wird mein Sklave an meiner Seite bleiben. Und meine Ardiaier werden auf dem Forum auf mich warten, bis die Zeremonie beendet ist.«

Quintus Ancharius sah zunächst aus, als wolle er protestieren, doch dann nickte er und nahm seinen Platz wieder ein. Er war während Sullas Konsulatsjahr Prätor gewesen und stolz darauf, ein unverbesserlicher Marius-Hasser zu sein. Nur Fesseln hätten ihn davon abhalten können zu verhindern, daß Marius in der Prozession vor Cinna ging – vor allem, als ihm klar wurde, daß Cinna diese kleine Zurücksetzung widerspruchslos hingenommen hätte. Erst als er Cinnas flehenden Blick sah, trat er wieder in die Reihen der übrigen Männer zurück, doch seine Wut blieb. Warum sollte er sich für einen solchen Schwächling einsetzen? Bring den Krieg endlich zu Ende, Lucius Sulla, betete Quintus Ancharius, und komme dann schnellstens nach Hause!

Die Ritter, über hundert an der Zahl, hatten sich sofort in Bewegung gesetzt, als Marius Cinna den Befehl zum Aufbruch gegeben hatte. Erst beim Tempel des Saturn bemerkten sie, daß die beiden Konsuln und der Senat noch immer stillstanden und offenbar über etwas stritten. Deshalb verlief der Zug zum Jupitertempel auf dem Kapitol zunächst ungeordnet, und auch das war ein schlechtes Omen. Niemand, nicht einmal Cinna, hatte es gewagt, darauf hinzuweisen, daß Gaius Marius die Nacht nicht durchwacht hatte, wie es für einen neuen Konsul eigentlich vorgeschrieben war. Und Cinna erzählte niemandem von der schwarzen Gestalt mit Klauen und Krallen, die er während seiner Nachtwache über den fahlen Himmel hatte fliegen sehen.

Noch nie zuvor war die Amtseinführung der Konsuln an einem Neujahrstag so schnell zu Ende gebracht worden, nicht einmal während jener denkwürdigen ersten Amtseinführung des Marius, als Marius sich nicht einmal die Zeit hatte nehmen wollen, die Kleidung des triumphierenden Feldherrn abzulegen. Weniger als vier kurze Stunden später war die Zeremonie vorbei – die Opfer, die Senatsversammlung im Jupitertempel und das anschließende Festmahl. Und noch nie hatten es die Männern so eilig gehabt, nach der Feier zu verschwinden. Als die Prozession vom Kapitol herunterkam, sahen alle den Kopf des Gnaeus Octavius Ruso, der noch immer auf einem Speer aufgespießt neben der Rostra verweste – das von Vögeln zerhackte Gesicht starrte aus leeren Augenhöhlen den Tempel des Jupiter Optimus Maximus an. Ein furchtbares Omen. Furchtbar!

Als Gaius Marius aus dem Durchgang zwischen dem Tempel des Saturn und dem Abhang des Kapitols heraustrat, erblickte er Quintus Ancharius einige Schritte vor sich und beeilte sich, ihn einzuholen. Er legte Ancharius die Hand auf die Schulter, und dieser sah sich um. Sein Erstaunen ging in Abscheu über, als er sah, wer hinter ihm stand.

»Burgundus, dein Schwert«, sagte Marius ruhig.

Das Schwert lag bereits in seiner rechten Hand, noch bevor er den Befehl zu Ende gesprochen hatte. Marius' Arm hob sich und fuhr blitzschnell herab. Quintus Ancharius fiel tot auf die Erde. Sein Kopf war vom Haar bis zum Kinn gespalten.

Niemand wagte zu protestieren. Als die Senatoren sich von ihrem ersten Schock erholt hatten, flohen sie in alle Richtungen davon. Marius schnippte mit den Fingern; seine Legion von Sklaven und Freigelassenen, die noch immer auf dem Forum wartete, begann die Flüchtenden zu verfolgen.

»Macht mit den Halunken, was ihr wollt«, brüllte Marius und lachte. »Aber versucht, zwischen meinen Freunden und meinen Feinden zu unterscheiden!«

Cinna sah entsetzt zu, wie seine Welt unterging. Er war völlig machtlos. Seine Soldaten befanden sich entweder bereits auf dem Heimweg oder noch in ihrem Lager auf dem Campus Vaticanus. Marius' »Ardiaier« – wie er seine Gefolgschaft von Sklaven nannte, weil viele von ihnen diesem dalmatinischen Stamm der Illyrer angehörten – besetzten die Stadt Rom. Und da ihnen nun die Stadt gehörte, behandelten sie Rom schlimmer, als ein rasender Trunkenbold seine verhaßte Ehefrau behandeln würde. Männer wurden ohne erkennbaren Grund niedergemacht, Häuser wurden überfallen und geplündert, Frauen vergewaltigt und Kinder ermordet. Vieles war sinnlos und grundlos, aber nicht alles – es gab Männer, deren Tod Marius herbeisehnte, oder zumindest bildete er sich das ein. Die Ardiaier hatten nicht gelernt, zwischen Marius' verschiedenen Stimmungslagen zu unterscheiden.

Während des restlichen Tages und bis spät in die Nacht schrie und weinte Rom, und viele starben oder wünschten sich zu sterben. An manchen Orten loderten riesige Flammen empor, und die Schreie vereinigten sich zu einem schrillen und ohrenbetäubenden Lärm.

Publius Annius, der Antonius Orator mehr haßte als jeden anderen Menschen, führte einen Reitertrupp nach Tusculum, wo die Antonier ein Landgut besaßen. Er machte sich ein Vergnügen daraus, Antonius Orator aufzuspüren und zu töten. Der Kopf wurde unter großem Jubel nach Rom zurückgebracht und auf der Rostra aufgestellt.

Fimbria führte seine Reiter auf den Palatin. Er suchte nach dem Zensor Publius Licinius Crassus und dessen Sohn Lucius. Fimbria sah zuerst den Sohn, der die engen Gassen hinauf nach Hause rannte. Er trieb sein Pferd an, holte Lucius ein und bohrte ihm das Schwert in den Rücken. Der Vater mußte den Mord ohnmächtig mitansehen, dann zog er ein Messer aus den Falten seiner Toga und tötete sich selbst. Glücklicherweise wußte Fimbria nicht, welche Tür in dieser Gasse aus fensterlosen Mauern zum Haus des Zensors gehörte; deshalb überlebte der dritte Sohn, Marcus, der noch nicht alt genug war, um Senator zu sein.

Fimbria befahl seinen Männern, Publius und Lucius Crassus zu enthaupten, und machte sich dann mit ein paar Soldaten auf die Suche nach den Brüdern Caesar. Er fand Lucius Julius und dessen jüngeren Bruder Caesar Strabo und enthauptete sie. Die Köpfe wurden für die Rostra aufbewahrt, den Körper Caesar Strabos zerrte Fimbria hinaus zum Grab des Quintus Varius und »tötete« ihn dort noch einmal, als Opfer für den Mann, den Caesar Strabo verfolgt hatte und der sein eigenes Leben so langsam und schmerzhaft hatte beenden müssen. Danach begann er die Suche nach dem ältesten Bruder, Catulus Caesar, aber noch bevor er ihn finden konnte, erreichte ihn ein Bote des Gaius Marius: Catulus Caesar sollte am Leben bleiben, denn ihm sollte der Prozeß gemacht werden.

Als der Morgen graute, war die Rostra mit auf Speeren aufgespießten Köpfen umstellt – Ancharius, Antonius Orator, Publius und Lucius Crassus, Lucius Caesar, Caesar Strabo, der würdige alte Scaevola Augur, Gaius Atilius Serranus, Publius Cornelius Lentulus, Gaius Nemetorius, Gaius Baebius und Octavius. Die Straßen waren mit Leichen bedeckt, und in einer Nische zwischen dem kleinen Tempel der Venus Cloacina und der Basilica Aemilia war ein großer Haufen weniger wichtiger Köpfe gesammelt worden. Rom stank nach geronnenem Blut.

Marius verhielt sich gleichgültig; er dachte nur an seine Rache. Vom Comitium aus verfolgte er, wie sein eigener, neugewählter Volkstribun Publius Popillius Laenas die Volksversammlung einberief. Natürlich kam niemand, aber die Versammlung fand dennoch statt, denn die Ardiaier, die nun über das Bürgerrecht verfügten, ernannten sich selbst zu Mitgliedern der ländlichen Tribus. Quintus Lutatius Catulus Caesar und der Jupiterpriester Lucius Cornelius Merula wurden sofort als Verräter angeklagt.

»Ich werde das Urteil nicht abwarten«, sagte Catulus Caesar zu Mamercus. Seine Augen waren rot geschwollen, da er über das Schicksal seiner Brüder und so vieler seiner Freunde geweint hatte.

Er hatte Mamercus in sein Haus gerufen, weil er ihn dringend sprechen wollte. »Nimm Lucius Cornelius Sullas Frau und Tochter und fliehe sofort, Mamercus. Ich bitte dich darum. Lucius Sulla wird der nächste sein, dem sie den Prozeß machen, und es werden alle sterben müssen, die auch nur entfernt mit ihm in Beziehung stehen. Delmatica wird es noch schlimmer ergehen, und deiner eigenen Frau Cornelia Sulla auch.«

»Ich wollte eigentlich hierbleiben«, sagte Mamercus erschöpft.

»Rom wird Männer brauchen, die mit diesem Schrecken nichts zu tun haben, Quintus Lutatius.«

»Das ist richtig. Aber Rom wird diese Männer nicht unter denen finden, die hier bleiben, Mamercus. Ich habe nicht die Absicht, auch nur einen Augenblick länger zu leben als unbedingt notwendig. Versprich mir, daß du Delmatica, Cornelia Sulla und die Kinder nach Griechenland in Sicherheit bringst. Und daß du sie begleitest. Dann kann ich tun, was ich tun muß.«

Mamercus versprach es ihm schweren Herzens. Er arbeitete den ganzen Tag, um das Geld und den beweglichen Besitz des Sulla, des Scaurus, des Drusus und der Servilii Caepiones sowie Delmatica, Cornelia Sulla und sich selbst zu retten. Als die Nacht anbrach, hatten er, die Frauen und die Kinder die Porta Sanqualis bereits hinter sich gelassen; dieser Weg schien sicherer als die Straße in südlicher Richtung nach Brundisium.

Catulus Caesar schickte kurze Briefe an den Jupiterpriester Merula und den Pontifex Maximus Scaevola. Dann befahl er seinen Sklaven, alle Kohlenpfannen in seinem Haus anzuzünden und sie in sein bestes Gästezimmer zu stellen. Dieses Zimmer war erst vor kurzem renoviert worden und roch nach frischem Kalk. Catulus Caesar verstopfte jede Ritze und jede Öffnung mit Stofftüchern, setzte sich in einen bequemen Stuhl und öffnete eine Schriftrolle, die die letzten Bücher der *Ilias* enthielten, seine Lieblingslektüre. Als Marius' Männer die Tür aufbrachen, fanden sie ihn noch immer aufrecht und in natürlicher Haltung auf seinem Stuhl sitzend. Die Schriftrolle lag ordentlich auf seinem Schoß. Das Zimmer freilich war von giftigem Rauch erfüllt, und Catulus Caesars Körper war bereits kalt.

Lucius Cornelius Merula war bereits tot, als der Brief von Catulus Caesar eintraf. Merula hatte seine Priestermütze und seinen Mantel ordentlich zusammengefaltet vor der Statue des großen Gottes niedergelegt, war nach Hause zurückgekehrt, hatte ein heißes Bad genommen und sich dann mit einem Messer die Schlagadern an den Händen geöffnet.

Der Pontifex Maximus Scaevola las den Brief.

Ich weiß, Quintus Mucius, daß Du Dich dafür entschieden hast, Dich auf die Seite von Lucius Cinna und Gaius Marius zu stellen. Ich habe sogar allmählich Deine Gründe zu verstehen begonnen. Dein Mädchen ist dem jungen Marius versprochen; ein solch hüb-

sches Vermögen kann man nicht einfach wegwerfen. Aber Du irrst Dich. Gaius Marius hat den Verstand verloren, und die Männer, die ihm folgen, sind kaum besser als Barbaren. Ich meine damit nicht seine Sklaven. Ich meine Männer wie Fimbria, Annius und Censorinus. Cinna ist in mancher Hinsicht ein anständiger Mensch, aber er hat keine Macht über Gaius Marius. Auch Du hast das nicht.

Wenn Du diesen Brief erhältst, werde ich tot sein. Es scheint mir unendlich angenehmer zu sterben, als den Rest meines Lebens im Exil zu verbringen – oder einen sehr kurzen Rest meines Lebens als Opfer des Gaius Marius. Meine armen, armen Brüder! Es ist mir lieber, wenn ich die Zeit, den Ort und die Umstände meines Todes selbst wählen kann. Wenn ich bis morgen warte, kann ich das nicht mehr selbst entscheiden.

Ich habe meine Memoiren beendet, und ich gebe freimütig zu, daß es mich traurig stimmt, die Reaktion auf ihre Veröffentlichung nicht mehr erleben zu können. Aber die Memoiren werden überleben, auch wenn ich sterbe. Um sie zu retten – denn sie sind wenig schmeichelhaft für Gaius Marius! – habe ich sie Mamercus mitgegeben. Er soll sie Lucius Cornelius Sulla in Griechenland bringen. Wenn Mamercus eines besseren Tages zurückkehrt, wird er sie veröffentlichen. Und er hat auch versprochen, Publius Rutilius Rufus in Smyrna eine Kopie zu schicken, als Vergeltung für die giftigen Kommentare, die Rutilius Rufus über mich veröffentlicht hat.

Paß gut auf Dich auf, Quintus Mucius. Es würde mich interessieren, wie Du Deine Prinzipien mit den Erfordernissen der gegenwärtigen Lage in Einklang bringst. Ich könnte es nicht. Aber meine Kinder sind schließlich alle bereits verheiratet.

Scaevola hatte Tränen in den Augen, als er das Pergament zusammenknüllte und auf die Kohlenpfanne warf. Es war kalt, und er war alt und spürte die Kälte. Unvorstellbar, daß sie auch seinen alten Onkel, den Augur, getötet hatten! Sie konnten die Ereignisse ein furchtbares Mißverständnis nennen, bis sie schwarz wurden. Aber nichts von dem, das sich seit Neujahr in Rom ereignet hatte, war ein Mißverständnis. Scaevola wärmte sich die Hände und wischte sich die Tränen aus den Augen, dann starrte er in die glühenden Kohlen in der Pfanne auf dem Bronze-Dreifuß. Er wußte nicht, daß auch Catulus Caesar in seinen letzten Augenblicken in glühende Kohlen gestarrt hatte.

Die Köpfe des Catulus Caesar und des Jupiterpriesters Merula wurden vor der Morgendämmerung am dritten Tag von Gaius Marius' Konsulat vor der Rostra aufgestellt. Marius selbst betrachtete lange und nachdenklich Catulus Caesars Kopf – sein Gesicht war immer noch gutaussehend und hochmütig. Dann erlaubte er Popillius Laenas, erneut eine Volksversammlung einzuberufen.

Diesmal wurde Sulla verurteilt und zum Volksfeind erklärt. Sein gesamter Besitz wurde konfisziert, aber nicht zum Wohl des Staates. Vielmehr erlaubte Marius seinen Ardiaiern, Sullas prächtiges Haus über dem Circus Maximus zu plündern und es dann bis auf die Grundmauern niederzubrennen. Dem Besitz des Antonius Orator erging es ähnlich. Jedoch hatte keiner der beiden Männer einen Hinweis hinterlassen, wo sich ihr Geld befand. Auch in den römischen Banken konnte man es nicht finden. Deshalb konnte sich nur die Sklavenlegion an den Besitztümern des Sulla und des Antonius Orator bereichern, Rom jedoch ging leer aus. Popillius Laenas ärgerte sich so sehr darüber, daß er eine Abteilung von Staatssklaven zu Sullas Haus schickte, um die abgekühlte Asche noch einmal nach einem versteckten Schatz durchsuchen zu lassen. Doch weder die Schreine mit den Masken der Vorfahren Sullas noch der kostbare Tisch aus Zitronenholz hatten sich in dem Haus befunden, als es von den Ardiaiern geplündert wurde. Mamercus und Sullas neuer Verwalter Chrysogonus hatten gründlich gearbeitet. Die beiden Männer hatten mit Hilfe einer kleinen Armee von Sklaven in weniger als einem Tag ein halbes Dutzend der schönsten Häuser Roms ausgeräumt und die Gegenstände an Orten versteckt, an denen niemand suchen würde.

Marius kehrte während der ersten Tage seines siebten Konsulats nicht nach Hause zurück und suchte auch Julia nicht auf. Den jungen Marius hatte er noch vor dem Neujahrstag aus der Stadt geschickt. Er hatte die Aufgabe erhalten, die Männer zu entlassen, für die Marius keine Verwendung mehr hatte. Marius schien anfänglich zu befürchten, daß Julia ihn aufsuchen könnte; er versteckte sich zwischen seinen Ardiaiern und erteilte ihnen den strengen Befehl, Julia sofort wieder nach Hause zu geleiten, falls sie sich auf dem Forum blicken ließe. Als Julia auch nach drei Tagen noch nicht aufgetaucht war, konnte Marius sich etwas entspannen. Sein Gemütszustand zeigte sich nur in den endlosen Briefen, die er seinem Sohn schrieb und in denen er ihn beschwor, nicht nach Rom zurückzukehren.

»Er ist wirklich verrückt, aber gleichzeitig auch sehr vernünftig«, sagte Cinna zu seinem Freund Gaius Julius Caesar, der gerade aus Ariminum zurückgekehrt war, wo er Marius Gratidianus geholfen hatte, Servilius Vatia im italischen Gallien festzuhalten. »Er weiß, daß er Julia nach diesem Blutbad nicht mehr in die Augen sehen kann.«

»Und wo lebt er jetzt?« fragte Marius' Schwager kreidebleich. Er versuchte verzweifelt, seine Stimme ruhig klingen zu lassen.

»In einem Zelt, ob du es glaubst oder nicht. Dort drüben steht es, siehst du? Marius hat es direkt neben dem Lacus Curtius aufschlagen lassen, und im Lacus badet er auch. Aber er scheint nie zu schlafen. Wenn er sich nicht mit seinen schlimmen Sklaven und diesem Ungeheuer Fimbria besäuft, läuft er immerzu herum. Er läuft und läuft und läuft und steckt seine Nase in alles mögliche, wie eine alte Großmutter, die ihren Stock in alles hineinbohrt, was sie auf dem Weg findet. Nichts ist ihm heilig!« Cinna zitterte. »Ich habe keine Macht über ihn. Ich weiß nicht, was in seinem Kopf vorgeht oder was er als nächstes vorhat. Ich bezweifle sogar, daß er es selbst weiß.«

Caesar hatte schon unterwegs, in Veii, Gerüchte von Marius' wahnsinnigem Wüten in Rom gehört, aber die Geschichten waren so eigenartig und unzusammenhängend gewesen, daß er sie nicht geglaubt hatte. Immerhin hatten sie ihn veranlaßt, seine Reiseroute zu ändern. Statt über das Marsfeld zu reiten und seinen eingeheirateten Vetter Sertorius zu besuchen, wählte Caesar einen Seitenweg, sobald er die milvische Brücke hinter sich hatte, und zog durch die Porta Collina in die Stadt ein. Von den jüngsten Ereignissen in Rom wußte er immerhin soviel, daß sich das Heerlager des Pompeius Strabo nicht mehr hier befand und daß Pompeius Strabo tot war. In Veii hatte er erfahren, daß Marius und Cinna Konsuln geworden waren, und das war auch ein Grund dafür gewesen, daß er den Gerüchten über ein Massaker in Rom wenig Glauben geschenkt hatte. Aber als er die Porta Collina erreichte, fand er dort eine Zenturie Soldaten als Wache vor.

»Gaius Julius Caesar?« fragte der Zenturio. Er kannte die Legaten des Gaius Marius gut.

»Ja«, sagte Caesar, der immer nervöser wurde.

»Ich habe eine Nachricht vom Konsul Lucius Cinna für dich. Du sollst dich sofort zu ihm begeben. Sein Quartier ist im Tempel des Castor.«

Caesar runzelte die Stirn. »Ich werde das gerne tun, Zenturio, aber zuerst möchte ich nach Hause.«

»Die Nachricht lautet, daß du ihn sofort aufsuchen sollst, Lucius Julius.« Der Zenturio brachte es fertig, Höflichkeit und Befehlston zu mischen.

Caesar unterdrückte seine Angst und ritt den Vicus Longus zum Forum hinunter.

Schon von der milvischen Brücke aus hatte er eine Rauchfahne erblickt, die schwarz am wolkenlosen Himmel hing. Jetzt verdunkelte der Rauch den Himmel über ihm, und Asche schwebte durch die Luft. Mit wachsendem Entsetzen sah er Leichen auf beiden Seiten der breiten Straße liegen – Männer, Frauen, Kinder. Als er die Fauces Suburae erreichte, klopfte sein Herz wie rasend. Alles in ihm drängte ihn bergauf, drängte ihn, im Galopp nach Hause zu reiten, um zu sehen, ob seine Familie wohlauf war. Aber sein Instinkt sagte ihm, daß er seiner Familie am besten dadurch half, daß er dem Befehl gehorchte. Offenbar hatte auf den Straßen von Rom ein Krieg stattgefunden. Aus weiter Entfernung, aus der Richtung, in der die Insulae des Esquilin lagen, konnte er Gebrüll hören, Geheul und Schreie. Vom Argiletum sah er keinen einzigen lebenden Menschen. Er bog in den Vicus Sandalarius ein und kam auf das mittlere Forum, von wo er in den Tempel des Castor und Pollux gelangen konnte, ohne das untere Forum betreten zu müssen.

Caesar fand Cinna am Fuß der Tempeltreppe und erfuhr von ihm, was sich ereignet hatte.

»Was willst du von mir, Lucius Cinna?« fragte Caesar. Er hatte das große Zelt neben dem Lacus Curtius bereits gesehen.

»Ich will nichts von dir, Gaius Julius«, antwortete Cinna.

»Dann laß mich nach Hause! Es brennt überall, ich muß wissen, ob meine Familie in Gefahr ist!«

»*Ich* habe dir nicht befohlen herzukommen, Gaius Julius. Das war Gaius Marius persönlich. Ich habe nur den Wachposten gesagt, daß sie dich sofort zu mir schicken sollen, denn ich glaubte, du wüßtest nicht, was hier los ist.«

»Was will Gaius Marius von mir?« fragte Caesar zitternd.

»Fragen wir ihn doch«, sagte Cinna und setzte sich in Bewegung.

Die auf dem Forum herumliegenden Leichen waren enthauptet worden. Caesar verlor beinahe das Bewußtsein, als er die Rostra und ihre Dekoration erblickte.

»Das sind ja meine *Freunde!*« rief er aus, und Tränen traten in seine Augen. »Meine Vettern! Meine Kollegen!«

»Bleib ganz ruhig, Gaius Julius«, sagte Cinna mit tonloser Stimme. »Du darfst weder weinen noch ohnmächtig werden, wenn dir dein Leben lieb ist. Du magst sein Schwager sein, aber seit dem Neujahrstag halte ich ihn sogar für fähig, seine Frau und seinen Sohn hinrichten zu lassen.«

Gaius Marius stand zwischen dem Zelt und der Rostra und sprach mit seinem germanischen Riesen Burgundus und mit Caesars dreizehnjährigem Sohn.

»Gaius Julius, ich freue mich, dich wiederzusehen!« polterte Marius, umarmte Caesar und küßte ihn betont herzlich auf die Wange. Cinna bemerkte, wie der Junge zusammenzuckte.

»Gaius Marius«, sagte Caesar mit rauher Stimme.

»Du warst schon immer zuverlässig, Gaius Julius. In deinem Brief stand, daß du heute hier ankommen würdest, und hier bist du nun. Daheim in Rom. Willkommen!« Marius nickte Burgundus zu, der sich schnell entfernte.

Aber Caesar hatte nur Augen für seinen Sohn, der inmitten der blutigen Unordnung stand, als bemerke er sie nicht. Seine Gesichtsfarbe schien normal, er wirkte gelassen, hielt aber den Blick niedergeschlagen.

»Weiß deine Mutter, daß du hier bist?« stieß Caesar hervor. Er sah sich um und sah, daß Lucius Decumius hinter dem Zelt stand.

»Ja, Vater, sie weiß es«, antwortete der Junge mit tiefer Stimme.

»Dein Sohn wird allmählich erwachsen«, sagte Gaius Marius.

»Ja«, antwortete Caesar, der versuchte, so gelassen wie möglich zu erscheinen. »Ja, tatsächlich.«

»Die Eier sind schon im Sack, was?«

Caesar errötete. Sein Sohn zeigte jedoch keine Verlegenheit, sondern blickte Marius nur kurz an, als bedauere er dessen Bemerkung. Kein Anflug von Furcht, stellte Caesar fest und war trotz seiner eigenen Angst stolz auf seinen Sohn.

»Nun denn, ich habe ein paar Dinge mit euch beiden zu besprechen«, sagte Marius gutmütig, wobei er Cinna und Caesar meinte. »Junge, warte bei Burgundus und Lucius Decumius, während ich mich mit deinem Vater unterhalte.« Er wartete, bis er sicher war, daß der Junge außer Hörweite war, dann wandte er sich mit heiterer Miene Cinna und Caesar zu. »Ich wette, daß ihr euch die Köpfe darüber zerbrecht, was ich euch beiden zu sagen habe?«

»In der Tat«, sagte Caesar.

»Nun denn«, begann Marius – er gebrauchte diese Floskel neuerdings sehr häufig –, »ich kenne den jungen Caesar wahrscheinlich besser als du, Gaius Julius. Jedenfalls war ich in den letzten Jahren häufiger mit ihm zusammen als du. Ein bemerkenswerter Junge.« Marius' Ton wurde nachdenklich, und in seine Augen trat ein bösartiger Ausdruck. »Ja, wirklich, ein bemerkenswerter Junge. Begabt. Intelligenter als jeder andere Bursche, den ich kenne. Schreibt sogar Gedichte und Dramen. Beherrscht aber auch die Mathematik. Wirklich begabt. Und eigenwillig. Reagiert sehr heftig, wenn man ihn provoziert. Und hat keine Angst vor Streit – fängt auch selbst Streit an, wenn es sein muß.«

Der bösartige Ausdruck in seinen Augen wurde stärker. Marius zog den rechten Mundwinkel hoch. »Nun denn. Als ich zum siebten Mal Konsul wurde und die Prophezeiung der alten Frau erfüllt hatte, dachte ich, der Junge gefällt mir! Gefällt mir so gut, daß ich ihm ein besseres und ruhigeres Leben ermöglichen will, als ich es hatte. Er ist nämlich ein hervorragender Gelehrter. Also, sagte ich mir, warum verschaffe ich ihm nicht die Stellung, die er braucht, um studieren zu können? Warum soll sich der Junge mit – na ja, Krieg und Politik herumquälen?«

Cinna und Caesar hatten das Gefühl, auf dem bröckelnden Rand eines Vulkans entlangzugehen. Sie hatten keine Ahnung, worauf Marius hinauswollte.

»Nun denn«, fuhr Marius fort, »unser Jupiterpriester ist tot. Aber Rom darf nicht ohne den Priester des großen Jupiter sein, nicht wahr? Und hier haben wir nun dieses vollkommene Kind, den jungen Gaius Julius Caesar. Er ist Patrizier. Beide Eltern leben noch. Also ein idealer Kandidat. Nur ist er eben nicht verheiratet. Aber du, Lucius Cinna, hast eine noch nicht versprochene Tochter. Sie ist auch Patrizierin. Ihre beiden Eltern leben noch. Würde sie mit dem jungen Caesar verheiratet, wären alle Bedingungen erfüllt. Die beiden würden einen wunderbaren Jupiterpriester und eine wunderbare Priesterin abgeben! Du bräuchtest dir keine Sorgen zu machen, Gaius Julius, wo du das Geld hernehmen solltest, um deinem Sohn die Ämterlaufbahn zu finanzieren. Und du, Lucius Cinna, bräuchtest dir keine Sorgen um die Mitgift deiner Tochter zu machen. Ihr Einkommen zahlt der Staat, und sie wohnen auf Staatskosten. Ihre Zukunft wäre nicht nur sicher, sondern glanzvoll.« Er hielt inne und strahlte die beiden wie versteinert zuhörenden Väter an. Dann streckte er die rechte Hand aus. »Was sagt ihr dazu?«

»Aber meine Tochter ist doch erst sieben Jahre alt!« sagte Cinna entsetzt.

»Das ist kein Hindernis«, erklärte Marius. »Sie wird schnell älter. Die beiden können weiterhin bei ihren Eltern wohnen, bis sie groß genug sind, im *domus publicus* des Jupiterpriesters zu wohnen. Natürlich kann die Ehe erst vollzogen werden, wenn die kleine Cornelia Cinna Minor älter ist. Aber in keinem Gesetz steht, daß sie nicht jetzt schon heiraten können.« Marius kicherte. »Also, was sagt ihr dazu?«

Cinna war unendlich erleichtert, daß dies der einzige Grund war, weshalb Marius ihn hatte sprechen wollen. »Mir ist es recht«, sagte er. »Ich gebe zu, daß es für mich schwierig wäre, meiner zweiten Tochter eine Mitgift zu geben, nachdem mich die erste Tochter schon so viel Geld gekostet hat.«

»Und du, Gaius Julius?«

Caesar warf Cinna einen Blick zu, und dieser gab ihm stumm zu verstehen: Stimme zu, oder du bringst dich und deine Familie ins Unglück. »Ich bin auch einverstanden, Gaius Marius.«

»Wunderbar!« rief Marius und machte ein paar Schritte vor Freude. Dann wandte er sich um und schnippte dem jungen Caesar mit den Fingern – auch das war eine neue Gewohnheit. »Komm mal her, Junge!«

Was für ein hübscher Junge! dachte Cinna, dem der junge Caesar zum erstenmal aufgefallen war, als man den jungen Marius beschuldigt hatte, den Konsul Cato ermordet zu haben. Er sieht gut aus! Aber warum gefallen mir seine Augen nicht? Sie beunruhigen mich, sie erinnern mich ... In diesem Moment fiel es ihm ein. *Sullas Augen!*

»Ja, Gaius Marius?« sagte der junge Caesar und sah Marius mißtrauisch an. Er hatte natürlich bemerkt, daß er der Gegenstand der Unterhaltung gewesen war, an der er nicht hatte teilnehmen dürfen.

»Wir haben deine Zukunft für dich geplant«, sagte Marius mit unverhüllter Zufriedenheit. »Du wirst sofort Lucius Cinnas jüngere Tochter heiraten. Dann wirst du unser neuer Jupiterpriester.« Der Junge sagte nichts. Kein Gesichtsmuskel bewegte sich. Doch während Marius sprach, hatte sich etwas an ihm verändert, obwohl das keiner der Anwesenden merkte.

»Na was ist, was sagst du dazu?« fragte Marius.

Die Frage wurde mit Schweigen beantwortet. Kaum hatte Marius den Plan enthüllt, hatte der junge Caesar den Blick auf den Boden gesenkt. Jetzt starrte er seine Füße an.

»Was sagst du dazu?« wiederholte Marius, der jetzt bereits verärgert aussah.

Die hellen Augen, mit denen der Junge seinen Vater ansah, waren völlig ausdruckslos. »Ich dachte, ich sollte die Tochter des reichen Gaius Cossutius heiraten, Vater.«

Caesar errötete, und seine Lippen wurden schmal. »Über die Heirat mit Cossutia haben wir gesprochen, das ist richtig. Aber wir haben keine Entscheidung getroffen. Ich ziehe diese Heirat und die damit verbundene berufliche Zukunft für dich vor.«

»Wie sähe denn diese Zukunft aus?« fragte der junge Caesar nachdenklich. »Als Jupiterpriester darf ich keine menschlichen Leichen anschauen. Ich darf weder Eisen noch Stahl berühren, weder Schere noch Rasiermesser noch Schwert noch Speer. Ich darf keine Knoten an meiner Kleidung tragen. Ich darf Ziegen, Pferde und Hunde nicht berühren und Efeu auch nicht. Ich darf kein rohes Fleisch essen, keinen Weizen, kein Sauerteig-Brot und keine Bohnen. Ich darf kein Leder berühren, das von einem Tier stammt, das nur für die Herstellung von Leder getötet wurde. Ich habe viele interessante und wichtige Pflichten. Zum Beispiel darf ich beim Weinfest den Jahrgang ausrufen. Ich darf in einer Dreitieropfer-Prozession die Schafe führen. Ich fege den Tempel des großen Jupiter. Ich sorge für die Reinigung eines Hauses, in dem jemand verstorben ist. Ja, ich habe viele interessante und wichtige Aufgaben!«

Die drei Männer hörten ihm zu, aber der Tonfall des Jungen verriet ihnen nicht, ob er ironisch oder nur einfach naiv war.

»Was sagst du also dazu?« fragte Marius zum dritten Mal.

Die blauen Augen sahen ihn an, Augen, die den Augen Sullas so sehr ähnelten, daß Marius einen Moment lang glaubte, Sulla vor sich zu haben, und instinktiv nach dem Schwert griff.

»Ich sage ... danke, Gaius Marius! Wie rücksichtsvoll von dir, daß du dich so viel um meine Zukunft kümmerst.« Die Stimme des Jungen war ausdruckslos, ohne beleidigend zu sein. »Ich verstehe vollkommen, warum du dir über meine bescheidene Zukunft solche Sorgen machst, Onkel. Nichts kann dem Jupiterpriester verborgen bleiben! Aber ich sage dir auch, Onkel, daß nichts das Schicksal eines Mannes ändern kann. Nichts kann verhindern, daß er das wird, was er werden soll.«

»Aha, und du kannst der Bestimmung nicht entgehen, Priester des Jupiter zu werden!« rief Marius, der immer wütender wurde. Er hatte sich so sehr gewünscht, den Jungen weinen, demütig bitten und schließlich nachgeben zu sehen.

»Natürlich nicht!« sagte der Junge erschrocken. »Du hast mich falsch verstanden, Onkel. Ich danke dir wirklich aufrichtig für diese neue Aufgabe, die wahrhaft eine Herkules-Arbeit ist.« Er blickte seinen Vater an. »Ich gehe jetzt nach Hause«, sagte er. »Willst du mit mir kommen? Oder hast du hier noch etwas zu erledigen?«

»Nein, ich komme mit dir«, sagte Caesar und sah Gaius Marius an. »Darf ich, Konsul?«

»Selbstverständlich«, sagte Marius und begleitete Vater und Sohn ein kurzes Stück über das untere Forum.

»Lucius Cinna, wir treffen uns später«, rief Caesar zurück und hob grüßend die Hand. »Danke für alles. Mein Pferd gehört zu Gratidianus' Legion. Ich habe keinen Stall, in dem ich es unterbringen könnte.«

»Ich werde dafür sorgen, daß sich einer meiner Männer darum kümmert, Gaius Julius«, sagte Cinna. Er wandte sich um und ging zum Tempel des Castor und Pollux. Seine Stimmung war jetzt viel besser als zuvor.

»Ich glaube«, sagte Marius, »wir sollten die beiden Kinder morgen schon verheiraten. Das Fest kann am Abend in Lucius Cinnas Haus stattfinden. Danach werden sich der Pontifex Maximus, das Priesterkollegium, das Augurenkollegium und die übrigen Kollegien zur Amtseinführung unseres neuen Jupiterpriesters und seiner Frau im Jupitertempel einfinden. Die Weihe wird warten müssen, bis du die Männertoga anlegen darfst, junger Caesar. Aber die Amtseinführung reicht aus, um die gesetzlichen Vorschriften zu erfüllen.«

»Ich danke dir noch einmal, Onkel«, sagte der Junge.

Sie gingen an der Rostra vorbei. Marius blieb stehen und wies mit einer großartigen Handbewegung auf die vielen grausigen Trophäen, die rings um die Plattform aufgestellt waren. »Schaut euch das an!« rief er glücklich. »Ist das nicht ein prächtiger Anblick?«

»Ja«, sagte Caesar, »wahrhaftig.«

Sein Sohn eilte mit großen Schritten voraus. Er scheint kaum zu bemerken, dachte der Vater, daß jemand neben ihm geht. Als Caesar sich umdrehte, sah er, daß ihnen Lucius Decumius in diskreter Entfernung folgte. Sein Sohn hatte also nicht allein zu diesem furchtbaren Ort kommen müssen, und obwohl Caesar Lucius Decumius nicht mochte, wirkte seine Anwesenheit doch beruhigend.

»Wie lange ist er nun schon Konsul?« wollte der Junge wissen, als sie allein waren. »Ganze vier Tage? Es scheint wie eine Ewigkeit! Ich habe Mutter nie zuvor weinen sehen. Tote Männer überall – weinende Kinder – der halbe Esquilin brennt – ein Zaun von Köpfen um die Rostra – überall Blut – seine Ardiaier, wie er diese Bande nennt, wissen gar nicht mehr, ob sie lieber in Frauenbrüste beißen oder Wein saufen sollen! Wie ruhmreich ist sein siebtes Konsulat! Homer wartet wahrscheinlich schon am Rand von Elysium und sehnt sich nach einem großen Schluck Blut, damit er die Taten des Gaius Marius während seines siebten Konsulats besingen kann! Rom hat genug Blut, um Homer zu versorgen!«

Was sollte er darauf sagen? Caesar wußte es nicht und schwieg; er war selten zu Hause und kannte seinen Sohn kaum.

Der Junge stürzte in das Haus, während der Vater sich bemühte, mit ihm Schritt zu halten. Im Empfangsraum blieb er stehen und brüllte: »*Mutter!*«

Caesar hörte, wie ein Weberkamm zu Boden fiel. Kurz darauf eilte mit entsetzter Miene seine Frau herein. Fast nichts war von ihrer früheren Schönheit geblieben. Sie war mager, unter ihren Augen lagen schwarze Schatten, ihr Gesicht war aufgedunsen, ihre Lippen zerbissen.

All ihre Aufmerksamkeit galt dem jungen Caesar. Erst als sie ihn unverletzt vor sich sah, wich die Anspannung aus ihrem Körper. Dann sah sie, wer neben ihrem Sohn stand, und ihre Knie gaben nach. »Gaius Julius!«

Er fing sie auf, bevor sie zu Boden fallen konnte, und preßte sie an sich.

»Ich bin so froh, daß du wieder da bist!« murmelte sie in die Falten seines Reitmantels hinein, der nach Pferd roch. »Wir leben in einem Alptraum!«

»Seid ihr *endlich* fertig?« sagte der junge Caesar in scharfem Ton.

Seine Eltern sahen ihn an.

»Ich muß dir etwas mitteilen, Mutter«, sagte er. Nur seine eigenen großen Schwierigkeiten kümmerten ihn.

»Was denn?« fragte sie abwesend. Sie hatte sich noch nicht davon erholt, ihren Sohn unverletzt zu sehen und ihren Ehemann wieder zu Hause zu wissen.

»Weißt du, was er mir angetan hat?«

»Wer? Dein Vater?«

Der Junge wischte die Bemerkung mit einer verächtlichen Handbewegung beiseite. »Nein, nicht er! Nein! Er hat einfach zugestimmt, ich hatte auch gar nichts anderes von ihm erwartet. Ich meine den lieben, freundlichen, aufmerksamen Onkel Gaius Marius!«

»Was hat Gaius Marius getan?« fragte sie ruhig, obwohl sie innerlich zitterte.

»Er hat mich zum Jupiterpriester ernannt!« sagte der junge Caesar mit zusammengebissenen Zähnen. »Ich soll morgen die siebenjährige Tochter des Lucius Cinna heiraten, und dann findet gleich die Amtseinführung statt!«

Aurelia erschrak. Sie fand keine Worte. Ihre erste Reaktion war unendliche Erleichterung, so groß war ihre Furcht gewesen, als Gaius Marius den jungen Caesar zum Forum befohlen hatte. Die ganze Zeit über hatte sie in ihrer Kladde dieselben Zahlen addiert, und sie war jedesmal zu einem anderen Ergebnis gekommen, denn immer wieder hatte sie sich die Bilder vorgestellt, die man ihr beschrieben hatte und die nun ihr Sohn zu sehen bekommen würde – die vor der Rostra aufgespießten Köpfe, die Leichen und den verrückten alten Mann.

Der junge Caesar hatte ungeduldig auf eine Antwort gewartet; jetzt gab er sie selbst. »Ich soll nie in den Krieg ziehen dürfen, damit ich nicht sein Rivale werde. Ich werde nun nie der vierte Gründer Roms genannt werden. Statt dessen soll ich den Rest meiner Tage damit verbringen, Gebete in einer Sprache zu sprechen, die niemand mehr versteht. Ich soll den Tempel ausfegen, soll jedem Durchschnittsbürger zur Verfügung stehen, der sein Haus reinigen lassen will, und soll lächerliche Kleider tragen!« Er hatte die Hände ausgestreckt und griff in einer ohnmächtigen Geste in die Luft. Seine Hände waren kräftig, mit langen Fingern und auf eine männliche Art schön. »Der alte Mann hat mich um alles gebracht, was mir nach meiner Abstammung zustünde, und alles nur, um seine eigene Bedeutung in den Geschichtsbüchern zu sichern!«

Weder Mutter noch Vater wußten, was im Kopf des jungen Caesar vor sich ging. Er hatte ihnen auch nicht die Ehre angetan, ihnen seine Zukunftsträume zu schildern. Während sie seiner leidenschaftlichen Rede zuhörten, überlegten beide, wie sie ihrem Sohn klarmachen konnten, daß er sich Marius' Anweisungen fügen mußte. Er mußte einsehen, daß er unter diesen Umständen nur noch versuchen konnte, das Beste aus seinem Schicksal zu machen.

Sein Vater wählte einen strengen, mißbilligenden Ton. »Mach dich doch nicht lächerlich!« sagte er.

Die Mutter schloß sich dem Vater an, denn das hatte sie dem Jungen immer beizubringen versucht – Pflichtgefühl, Gehorsam, Bescheidenheit, Zurückhaltung – all die römischen Tugenden, die er nicht besaß. Deshalb wiederholte sie: »Mach dich nicht lächerlich!« Doch sie fügte hinzu: »Glaubst du denn wirklich, daß du dich mit Gaius Marius messen kannst? Das kann niemand!«

»Mit Gaius Marius *messen?*« fragte der Sohn und richtete sich hoch auf. »Ich werde ihn so überstrahlen, wie die Sonne den Mond überstrahlt!«

»Wenn du das denkst«, sagte sie, »dann hat Gaius Marius richtig gehandelt, dir das ehrenvolle Priesteramt zu übertragen. Es ist der Anker, denn du so dringend brauchst. Deine Stellung in Rom ist dir sicher.«

»Ich will aber keine sichere Stellung!« rief der Junge. »Ich will um meine Stellung kämpfen! Ich will, daß meine Stellung die Folge meiner eigenen Anstrengungen ist! Welche Genugtuung hätte ich denn von einem Amt, das älter ist als Rom und das mir von jemandem auferlegt wird, der dadurch nur seinen eigenen Ruf retten will?«

Caesar sah seinen Sohn streng an. »Du bist undankbar«, stellte er fest.

»Ach, Vater! Wie kannst du nur so starrköpfig sein? Nicht mich mußt du tadeln, sondern Gaius Marius! Ich bin, was ich immer gewesen bin! Ich bin nicht undankbar! Gaius Marius hat mir eine Last auferlegt, von der ich mich nun irgendwie befreien muß. Er hat nichts getan, wofür ich ihm dankbar sein müßte! Seine Motive sind nicht nur schmutzig, sondern auch eigensüchtig.«

»Wann hörst du endlich auf, dich selbst zu überschätzen?« rief Aurelia verzweifelt. »Mein Sohn, seit du ein Kind warst, das noch nicht laufen konnte, habe ich dir gesagt: Du bildest dir zuviel ein, dein Ehrgeiz ist anmaßend!«

»Spielt das eine Rolle?« fragte der Junge, der immer ungeduldiger wurde. »Mutter, *ich* bin der einzige, der das beurteilen kann! Und ich kann das Urteil erst am Ende meines Lebens fällen – nicht schon jetzt, bevor es richtig begonnen hat! Und jetzt kann es gar nicht beginnen!«

Caesar entschloß sich, die Taktik zu ändern. »Wir haben in dieser Sache keine Wahl. Du warst auf dem Forum dabei, du weißt also, was sich ereignete. Wenn es selbst der Konsul Lucius Cinna für besser hält, allem zuzustimmen, was Gaius Marius sagt, kann ich mich nicht dagegen stellen! Ich muß ja nicht nur an dich denken, sondern auch an deine Mutter und an die Mädchen. Gaius Marius ist nicht mehr der alte. Er ist geisteskrank. Aber er hat Macht.«

»Ja, das sehe ich«, sagte der junge Caesar ruhiger. »In dieser Beziehung habe ich keinen Ehrgeiz, ihn zu übertreffen oder es ihm auch nur gleichzutun. Ich werde nie so handeln, daß Blut in den Straßen Roms fließen muß.«

Aurelia war praktisch veranlagt, aber ihr Einfühlungsvermögen war begrenzt. Deshalb glaubte sie, die Krise sei vorüber, und nickte. »Na also, mein Sohn, so ist es schon viel besser. Ob es dir paßt oder nicht, du wirst Jupiterpriester.«

Der junge Caesar sah mit schmalen Lippen und ausdruckslosen Augen vom abgehärmten Gesicht seiner Mutter zum schönen, aber müden Gesicht seines Vaters. Er entdeckte kein Mitgefühl, und schlimmer noch, er entdeckte kein Verständnis. Daß umgekehrt auch er die Zwangslage seiner Eltern nicht verstand, war ihm nicht bewußt.

»Kann ich jetzt bitte gehen?« fragte er.

»Ja, aber nur, wenn du versprichst, den Ardiaiern aus dem Weg zu gehen, und wenn du dich nicht weiter als bis zu Lucius Decumius' Wohnung entfernst«, sagte Aurelia.

»Ich will nur zu Gaius Matius.«

Der Junge ging durch die Tür, die zum Garten und zum offenen Innenhof des Mietshauses führte. Er war nun größer als seine Mutter und sehr schlank. Seine Schultern schienen zu breit für seinen Körper.

»Armer Junge«, sagte Caesar, der seinen Sohn wenigstens zum Teil verstand.

»Er hat jetzt einen festen Platz«, sagte Aurelia gereizt. »Ich habe Angst um ihn, Gaius Julius. Nichts kann ihn bremsen.«

Gaius Matius war der Sohn des Ritters Gaius Matius, und er war genau gleich alt wie der junge Caesar. Die Wohnungen der Eltern waren nur durch den Hof getrennt, und die beiden Jungen waren zusammen aufgewachsen, ihre Zukunftsaussichten waren jedoch so unterschiedlich wie ihre kindlichen Hoffnungen. Sie kannten einander so gut wie Brüder und mochten sich mehr, als sich Brüder gewöhnlich mögen.

Gaius Matius war kleiner als der junge Caesar. Er hatte eine helle Gesichtshaut und haselnußbraune Augen, angenehme Gesichtszüge und einen sanften Mund. Seinem Vater glich er in jeder Hinsicht: Schon jetzt zog es ihn zum Handel und zum Handelsrecht, und er wollte Händler werden. Außerdem interessierte er sich für die Gartenpflege; mit Pflanzen hatte er eine glückliche Hand.

Als Gaius Matius den jungen Caesar kommen sah, pflanzte er gerade in einer Ecke des Gartens Sträucher an. Er merkte sofort, daß etwas Schlimmes passiert sein mußte. Schnell legte er den Pflanzenheber weg, stand auf und klopfte sich die Erde von der Tunika, denn seine Mutter sah es nicht gerne, wenn er aus dem Garten Schmutz in die Wohnung brachte. Dann benutzte er seine Tunika allerdings noch dazu, seine schmutzigen Hände abzuwischen.

»Was ist denn mit dir los?« fragte er ruhig.

»Du kannst mir gratulieren, Pustula!« rief der junge Caesar laut. »Ich bin der neue Jupiterpriester!«

»Ach du meine Güte«, sagte Matius, den der junge Caesar seit frühester Jugend *pustula,* Pickel, nannte, weil er so klein war. Er begann wieder zu graben. »Das ist ja ein Pech, Pavo«, meinte er mitfühlend. Er nannte den jungen Caesar Pfau, denn die Mütter hatten die beiden Jungen und ihre Schwestern einmal zu einem Picknick auf den Pincio mitgenommen. Dort waren Pfaue mit gespreizten Schwanzfedern herumstolziert und hatten zusammen mit den Mandelblüten und den Narzissenfeldern ein wunderbares Bild geboten. Der kleine Caesar, der damals gerade laufen gelernt hatte, hatte sich aufgeplustert wie ein Pfau. Seither wurde er *pavo,* Pfau, genannt.

Der junge Caesar hockte sich neben Gaius Matius auf den Boden und bemühte sich, seine Tränen zurückzuhalten, denn seine Wut wich allmählich einer tiefen Trauer. »Ich wollte die Graskrone gewinnen und dabei noch jünger sein als Quintus Sertorius«, sagte er schließlich. »Ich wollte der größe Feldherr der Weltgeschichte werden – noch größer als Alexander! Ich wollte öfter Konsul werden als Gaius Marius. Ich wollte Ruhm und Ansehen erwerben!«

»Als Jupiterpriester hast du großes Ansehen.«

»Nicht als Person. Die Menschen achten das Amt, nicht den Amtsinhaber.«

Matius seufzte und legte die Pflanzschaufel wieder weg. »Komm, wir gehen zu Lucius Decumius.«

Das war ein guter Vorschlag, und Caesar sprang eifrig auf. »Ja, komm.«

Sie gingen durch Matius' Wohnung und traten auf die Subura Minor hinaus, gingen dann an dem Gebäude entlang bis zur großen Kreuzung der Subura Minor und des Vicus Patricius. Hier, an der Spitze der dreieckigen Insula, die Aurelia gehörte, befand sich das Lokal des Kreuzwegevereins, in dem seit über zwanzig Jahren Lucius Decumius regierte.

Natürlich war er anwesend. Seit dem Neujahrstag hatte er das Haus nur verlassen, wenn er Aurelia oder die Kinder bewachen mußte.

»Wer kommt denn da hereinspaziert? Der Pfau und der Pickel!« rief er fröhlich von seinem Stammplatz am hintersten Tisch. »Wollt ihr einen Becher Wasser mit einem Schuß Wein?«

Aber weder dem jungen Caesar noch Matius war nach Wein zumute. Sie schüttelten nur die Köpfe und glitten auf die Bank an der anderen Seite des Tisches, an dem Decumius saß. Decumius füllte zwei Becher mit Wasser.

»Ihr seht ja sehr traurig aus. Ich habe mich schon gefragt, was bei Gaius Marius los war. Also: Was ist los?« Fragend sah Decumius den jungen Caesar an. Seine listigen Augen blickten liebevoll.

»Gaius Marius hat mich zum Jupiterpriester ernannt.«

Endlich bekam der junge Caesar die Reaktion zu sehen, die er sehen wollte. Lucius Decumius war zuerst wie vom Blitz getroffen, dann wurde er wütend.

»Dieser rachsüchtige, alte Scheißhaufen!«

»Ja, das ist er, nicht wahr?«

»Als du ihn monatelang gepflegt hast, hat er dich zu gut kennengelernt, Pavo. Das muß man ihm lassen – er ist kein Narr, auch wenn er einen gewaltigen Knacks in der Birne hat!«

»Was soll ich tun, Lucius Decumius?«

Eine Zeitlang gab der Vorsteher des Kreuzwegevereins keine Antwort und biß sich nur nachdenklich auf die Lippen. Dann richtete er seinen hellen Blick auf den jungen Caesar und lächelte. »Im Moment weiß ich das auch nicht, Pavo. Aber du wirst es bald wissen!« sagte er fröhlich. »Warum läßt du den Kopf so hängen? Du bist doch sonst nie um einen Ausweg verlegen! Du weißt bereits jetzt, was für eine Zukunft dich erwartet, und du fürchtest dich nicht davor! Warum dann auf einmal jetzt? Du bist erschrocken, Junge, das ist alles. Ich kenne dich besser, als Gaius Marius dich kennt. Und ich glaube, du findest einen Ausweg. Schließlich sind wir hier in Rom und nicht in Alexandria. In Rom gibt es immer ein legales Schlupfloch.«

Gaius Matius Pustula hörte zu, beteiligte sich aber nicht an dem Gespräch. Sein Vater war ständig damit beschäftigt, Verträge und Schuldverschreibungen auszufertigen, deshalb wußte er, daß Decumius recht hatte. Und doch ... Für Verträge und Gesetze mochte dies zutreffen, aber die Priesterschaft des Jupiter war über alle legalen Schlupflöcher erhaben, weil sie sogar älter war als die zwölf Tafeln, die älteste Gesamtkodifikation des römischen Rechts. Und Pavo Caesar war intelligent und belesen genug, um dies zu wissen.

Lucius Decumius wußte dies natürlich auch, aber er hatte mehr Einfühlungsvermögen als Caesars Eltern. Er hatte begriffen, daß es wichtig war, dem jungen Caesar Hoffnung zu geben. Sonst stürzte er sich noch in das Schwert, das er in Zukunft nicht mehr berühren durfte. Gaius Marius wußte sicher genau, daß der junge Caesar zum Priester völlig ungeeignet war. Der Junge war zwar ungewöhnlich abergläubisch, aber religiöse Dinge langweilten ihn. Er würde zugrunde gehen, wenn man ihn in lauter Regeln und Ordnungen hineinzwängte. Und wenn es keinen anderen Ausweg gab, würde er sich umbringen.

»Ich soll morgen früh heiraten, noch bevor ich in das Amt eingeführt werde«, sagte der junge Caesar und verzog das Gesicht.

»Wen denn? Cossutia?«

»Nein, nicht Cossutia. Sie ist nicht gut genug, um Frau des Jupiterpriesters zu werden, Lucius Decumius. Ich sollte sie nur heiraten, weil sie so reich ist. Jetzt muß ich eine Patrizierin heiraten, deshalb geben sie mir die Tochter des Lucius Cinna. Sie ist sieben.«

»Nun, das macht ja dann auch nichts mehr. Besser eine Siebenjährige als eine Achtzehnjährige, kleiner Pfau.«

»Schon möglich.« Der Junge preßte die Lippen zusammen und nickte. »Du hast recht, Lucius Decumius. Ich finde einen Ausweg!«

Die Ereignisse des nächsten Tages schienen diese Ankündigung jedoch zu widerlegen. Der junge Caesar begann zu begreifen, wie geschickt Gaius Marius ihn in die Falle gelockt hatte.

Alle fürchteten sich vor dem Gang von der Subura zum Palatin, und der alte Caesar überlegte, wie man das Stadtzentrum umgehen konnte, nicht so sehr wegen seines Sohnes, denn dieser hatte das Schlimmste ja bereits zu sehen bekommen, sondern wegen seiner Frau und seinen beiden Töchtern. Doch Lucius Decumius konnte dem besorgten Vater berichten, daß man offenbar während der Nacht die Straßen gründlich gereinigt hatte.

»Dein Junge ist nicht der einzige, der heute morgen heiratet«, sagte Lucius Decumius. »Die Ardiaier haben mir erzählt, Gaius Marius habe seinen Sohn gestern nach Rom zurückgeholt; er soll heute auch heiraten. Gaius Marius ist es völlig gleichgültig, wer die Leichen sieht, nur sein eigener Sohn soll sie nicht sehen. Wir können also über das Forum gehen. Die Köpfe sind verschwunden, das Blut wurde weggewaschen, und die Leichen wurden in eine Grube geworfen. Als ob der arme Junge nicht wüßte, was sein Vater angerichtet hat!«

Caesar sah den kleinen Mann geradezu ehrfürchtig an. »Unterhältst du dich wirklich mit diesen furchtbaren Menschen?« fragte er.

»Natürlich!« sagte Lucius Decumius verächtlich. »Sechs von ihnen waren – oder genauer gesagt sind – Mitglieder meines Vereins!«

»Das erklärt vieles«, sagte Caesar zweideutig. »Also los, gehen wir.«

Die Hochzeitsfeier im Haus des Lucius Cornelius Cinna war eine *confarreatio,* die feierlichste Form der patrizischen Eheschließung, die als ein Bund für das ganze Leben galt. Die kleine Braut war selbst für ein Mädchen ihres Alters sehr klein und weder besonders intelligent noch frühreif. Man hatte sie völlig unpassend in grellgelbe Kleider gewickelt und mit Wolle und Amuletten behängt. Sie ließ die Zeremonie mit der Begeisterung einer Puppe über sich ergehen. Als man den Schleier von ihrem Gesicht hob, sah der junge Caesar ein kindliches Gesicht mit Grübchen in den Wangen, sanft wie eine Blume und mit riesigen, dunklen Augen. Sie tat ihm leid, und er lächelte sie auf seine charmante Art an. Die Grübchen vertieften sich, die Augen beteten ihn an.

Die Kinder waren in einem Alter verheiratet worden, in dem die Eltern unter normalen Umständen allenfalls erste Überlegungen über eine Verlobung angestellt hätten. Die beiden Familien führten das Paar zum Tempel des Jupiter Optimus Maximus auf dem Kapitol, dessen Statue einfältig auf sie herablächelte.

Im Tempel befanden sich noch andere frischverheiratete Paare. Cinnillas ältere Schwester Cornelia Cinna war am Tag zuvor in aller Eile mit Gnaeus Domitius Ahenobarbus verheiratet worden. Die Eile hatte nicht die üblichen Gründe. Vielmehr hatte es Gnaeus Domitius Ahenobarbus für ratsam gehalten, die Tochter von Gaius Marius' Mitkonsul zu heiraten, um seinen Kopf zu retten. Sie war ihm ohnehin versprochen gewesen. Der junge Marius war am Abend zuvor in Rom angekommen und hatte in der Morgendämmerung die Tochter des Pontifex Maximus Scaevola geheiratet, die Mucia Tertia genannt wurde, um sie von ihren beiden ältlichen Basen zu unterscheiden. Keines der beiden Paare machte einen sonderlich glücklichen Eindruck; dies galt vor allem für den jungen Marius und Mucia Tertia, die sich erst bei ihrer Hochzeit kennengelernt hatten und keine Gelegenheit bekommen würden, ihre Ehe zu vollziehen, denn der junge Marius mußte sofort nach den Feierlichkeiten wieder zu seinem Heer zurückkehren.

Natürlich hatte er von dem Massaker gehört, das sein Vater angerichtet hatte, und er hatte erwartet, das ganze Ausmaß des Blutbades zu sehen, wenn er nach Rom kam. Marius hatte seinen Sohn zu einer kurzen Unterredung in sein Lager auf dem Forum befohlen.

»Du meldest dich in der Morgendämmerung im Haus des Quintus Mucius Scaevola zu deiner Hochzeit«, hatte er ihm mitgeteilt. »Ich werde leider nicht dabeisein können, da ich zu beschäftigt bin. Du wirst zusammen mit deiner Frau an der Amtseinführung des neuen Jupiterpriesters teilnehmen – wie ich höre, eine großartige Veranstaltung – und anschließend auch am Festmahl im Haus des Priesters. Sobald das Mahl beendet ist, kehrst du zu deinem Heer nach Etruia zurück.«

»Wie? Darf ich nicht einmal die Ehe vollziehen?« fragte der junge Marius, wobei er versuchte, unbekümmert zu klingen.

»Tut mir leid, mein Sohn, das muß warten, bis hier wieder alles in Ordnung ist«, antwortete Marius. »Du kehrst sofort zum Heer zurück!«

Etwas in Marius' Miene ließ den jungen Marius zögern, dem alten Mann die Frage zu stellen, die er ihm stellen mußte. Doch holte er tief Luft und stellte die Frage doch. »Vater, kann ich jetzt zu Mutter gehen? Darf ich zu Hause übernachten?«

Trauer, Schmerz und Furcht blitzten in Gaius Marius' Augen auf, und seine Lippen bebten. »Ja.« Er wandte sich ab.

Die Begegnung mit seiner Mutter war der schlimmste Augenblick im Leben des jungen Marius. Ihre Augen! Wie alt sie aussah! Wie geschlagen. Wie traurig. Sie schien völlig in sich selbst versunken und nahm nur zögernd zur Kenntnis, was sich in der Außenwelt abspielte.

»Ich will es wissen, Mutter! Was hat er getan?«

»Was kein vernünftiger Mann tun könnte, mein Sohn.«

»Ich habe seit Africa gewußt, daß er verrückt ist, aber ich wußte nicht, wie schlimm seine Krankheit ist. Ach Mutter, wie können wir dieses Elend wiedergutmachen?«

»Überhaupt nicht.« Sie hob eine Hand an den Kopf und runzelte die Stirn. »Laß uns nicht darüber sprechen, mein Junge!« Sie fuhr sich mit der Zunge über die Lippen. »Wie sieht er aus?«

»Es stimmt also?«

»Was meinst du?«

»Daß du ihn noch gar nicht gesehen hast?«

»Ja, kleiner Gaius. Und ich werde ihn nie mehr sehen.«

Der junge Marius wußte nicht, ob das ihr eigener Entschluß, eine Vorahnung oder ein Entschluß seines Vaters war.

»Er sieht krank aus, Mama. Er ist nicht er selbst. Er sagt, daß er nicht zu meiner Hochzeit kommen wird. Kommst du?«

»Ja, kleiner Gaius, ich werde kommen.«

Nach der Hochzeit – was für ein interessantes Mädchen Mucia Tertia doch war! – begleitete Julia die Hochzeitsgäste zur Amtseinführung des jungen Caesar im Tempel des Jupiter Optimus Maximus. Sie kam mit, weil Gaius Marius nicht teilnehmen würde. Die Gäste fanden die Stadt in gereinigtem und geputztem Zustand vor, der junge Marius kannte deshalb noch immer nicht das ganze Ausmaß der Grausamkeiten, die sein Vater begangen hatte. Und da er der Sohn des großen Mannes war, konnte er niemanden fragen.

Die Zeremonie im Tempel dauerte lange und war unglaublich langweilig. Der junge Caesar trug nur seine Tunika ohne Gürtel und bekam nun die Gewänder seines neuen Amtes angelegt – einen runden, entsetzlich unbequemen und steifen Umhang, der aus zwei schweren, rot und purpurfarben gestreiften Wollschichten bestand. Dann setzte man ihm einen engen, spitzen Elfenbeinhelm auf, an dessen Spitze eine Wollscheibe eingesetzt war; an den Füßen trug er besondere Schuhe ohne Knoten oder Schnallen. Wie sollte er es ertragen können, dieses Zeug ab jetzt täglich anzuhaben? Besonders um die Hüften fühlte er sich eigenartig, denn bisher hatte er den hübschen Gürtel getragen, den Lucius Decumius ihm zusammen mit einem wunderschönen, kleinen Dolch in einer Scheide geschenkt hatte. Der Elfenbeinhelm, der für einen Mann mit einem viel kleineren Kopf angefertigt worden war, saß lächerlich hoch über seinen Ohren auf dem elfenbeinfarbenen Haar. Das würde man bald in Ordnung bringen, versicherte ihm der Pontifex Maximus Scaevola, Gaius Marius habe einen neuen *apex* gestiftet. Der Mann, der die Priestermütze herstellte, würde morgen zur Wohnung seiner Mutter kommen und seinen Kopf abmessen.

Als der junge Caesar seine Tante Julia erblickte, sank ihm das Herz. Während die verschiedenen Priester ihre endlosen Litaneien herbeteten, starrte er sie unentwegt an; durch Willenskraft wollte er sie zwingen, ihn anzublicken. Sie fühlte seinen Blick auf sich ruhen, sah ihn aber nicht an. Plötzlich wirkte sie sehr viel älter als vierzig

Jahre, und über ihre Schönheit hatte sich ein Schleier der Trauer und des Kummers gelegt. Aber als sich am Ende der Zeremonie alle um den neuen Jupiterpriester und seine puppenhafte Frau drängten, konnte der junge Caesar endlich in Julias Augen sehen – und er wünschte sofort, diesen Blick vermieden zu haben. Sie küßte ihn auf die Lippen, wie sie es immer getan hatte, legte ihren Kopf an seine Schulter und weinte still.

»Es tut mir so leid, mein Junge«, flüsterte sie. »Er hätte dir nichts Schlimmeres antun können. Er gibt sich größte Mühe, alle zu verletzen, selbst jene, die er nicht verletzen sollte. Aber er ist nicht mehr er selbst, das mußt du verstehen, bitte!«

»Ich verstehe es, Tante Julia«, antwortete der Junge so leise, daß niemand anders es hören konnte. »Mach dir um mich keine Sorgen. Ich werde mit allem fertig.«

Als die Sonne unterging, durften die Gäste endlich gehen. Der neue Priester, der seine zu kleine Priestermütze in der Hand trug, aber noch immer unter seiner *laena*, dem Wollmantel, fast erstickte und dessen Schuhe sich immer wieder von den Füßen lösten, weil sie ohne Knoten und Schnallen nicht richtig hielten, ging mit seinen Eltern, seinen ungewöhnlich ernsten Schwestern, seiner Tante Julia sowie dem jungen Marius und dessen Braut nach Hause.

Cinnilla, seine Frau, war ebenfalls in Wolle und Schuhe ohne Knoten oder Schnallen gekleidet. Sie ging mit ihren Eltern, ihrem Bruder, ihrer Schwester Cornelia Cinna und Gnaeus Ahenobarbus nach Hause.

»Cinnilla wird also bei ihrer eigenen Familie wohnen, bis sie achtzehn Jahre alt ist«, sagte Aurelia munter zu Julia. Sie versuchte, eine Unterhaltung in Gang zu bringen, während sich alle in ihrem Eßzimmer zu einem späten, festlichen Mahl niederließen. »Elf Jahre muß sie noch warten! Das ist in diesem Alter eine Ewigkeit. In meinem Alter dagegen vergehen elf Jahre viel zu schnell.«

»Das geht mir auch so«, erwiderte Julia tonlos. Sie setzte sich zwischen Mucia Tertia und Aurelia.

»So viele Hochzeiten!« sagte Caesar mit krampfhafter Fröhlichkeit. Es war ihm nur zu deutlich bewußt, wie erschöpft seine Schwester aussah. Er lag auf der mittleren Liege, am normalen Platz des Hausherrn, den Ehrenplatz neben ihm nahm der neue Jupiterpriester ein, der heute zum ersten Mal in seinem Leben liegen durfte. Der Vater empfand dies als ebenso beunruhigend wie die anderen beunruhigenden Ereignisse dieses unruhigen Tages.

»Warum hat Gaius Marius nicht teilgenommen?« fragte Aurelia taktlos.

Julia errötete und zuckte die Schultern. »Er hat zuviel zu tun.«

Aurelia hätte sich am liebsten die Zunge abgebissen. Sie sagte nichts mehr, sondern sah nur leicht verzweifelt und hilfesuchend ihren Ehemann an. Aber von ihm kam keine Hilfe, statt dessen machte der junge Caesar alles noch schlimmer.

»Unsinn! Gaius Marius kam nicht, weil er es nicht gewagt hat zu kommen«, sagte er. Er setzte sich plötzlich auf und zog seinen Mantel aus. Ohne jede Ehrfurcht warf er ihn auf den Boden neben die Priesterschuhe. »So ist es besser. Das verdammte Ding! Ich hasse es, ich hasse es!«

Aurelia ergriff die Gelegenheit, das Thema zu wechseln. Stirnrunzelnd sah sie ihren Sohn an. »Sei nicht so gottlos«, sagte sie.

»Darf ich denn nicht die Wahrheit sagen?« fragte der junge Caesar, ließ sich wieder auf den linken Ellbogen sinken und sah seine Mutter herausfordernd an.

In diesem Augenblick wurde der erste Gang hereingetragen – frisches Weißbrot, Oliven, Eier, Sellerie und verschiedene Salate.

Der junge Caesar war hungrig, denn er hatte vor den Zeremonien nichts zu sich nehmen dürfen. Er streckte die Hand nach dem Brot aus.

»Halt!« sagte Aurelia scharf. Sie wurde blaß, und Furcht trat in ihre Augen.

Der Junge hielt inne und starrte sie an. »Warum denn nicht?«

»Du darfst kein Weißbrot und kein Brot aus Sauerteig essen«, sagte seine Mutter. »Hier kommt dein Brot.«

Eine weitere Platte wurde hereingetragen und vor den Jungen gestellt. Auf ihr lagen ein paar dünne, flache, ausgesprochen unappetitlich wirkende Brotscheiben von gräulicher Farbe.

»Was ist denn das?« Angeekelt starrte der junge Caesar das Brot an. »*Mola salsa?*«

»*Mola salsa* wird aus Dinkel gemacht, einer Weizensorte«, erklärte Aurelia, obwohl sie wußte, daß ihm dies längst bekannt war. »Das hier ist Gerste.«

»Gerstenbrot«, sagte der junge Caesar tonlos, »selbst die Bauern in Ägypten leben besser! Ich werde normales Brot essen. Von diesem Zeug hier wird mir schlecht.«

»Mein Sohn, heute ist der Tag deiner Amtseinführung«, sagte sein Vater. »Die Omen waren gut. Du bist jetzt der neue Jupiterpriester.

Besonders heute müssen alle Regeln auf das genaueste befolgt werden. Du bist das Verbindungsglied zwischen Rom und dem großen Gott. Was du tust, wirkt sich auf die Beziehungen Roms zum großen Jupiter aus. Ich weiß, du bist hungrig, und ich weiß auch, daß das Brot ziemlich scheußlich schmeckt. Aber von heute an darfst du nicht mehr zuerst an dich selbst denken, du mußt zuerst an Rom denken. Iß dein eigenes Brot.«

Der Junge ließ seinen Blick von einem Gesicht zum anderen schweifen. Er atmete tief ein und sagte dann, was gesagt werden mußte. Kein Erwachsener konnte es sagen, die Erwachsenen waren dafür und für alles andere zu alt, und sie hatten zuviel Angst.

»Dies ist nicht die Stunde der Freude. Wie könnte sich jemand freuen? Wie könnte ich mich freuen?« Er streckte die Hand aus, ergriff ein Stück des knusprigen Weißbrots, brach es, tauchte es in Olivenöl und schob es in den Mund. »Niemand hat mich ernsthaft gefragt, ob ich dieses unmännliche Amt haben will«, sagte er und kaute genußvoll. »Natürlich, Gaius Marius fragte mich dreimal, ich weiß! Aber welche Wahl hatte ich denn, frage ich euch? Die Antwort lautet: keine. Gaius Marius ist verrückt. Wir alle wissen es, aber wir sprechen es nicht einmal aus, wenn wir beim Essen unter uns sind. Er hat mir das ganz bewußt angetan; seine Gründe waren nicht fromm und hatten auch nichts mit dem religiösen oder sonstigen Wohlergehen Roms zu tun.« Er schluckte das Brot hinunter. »Ich bin noch kein Mann. Bis ich ein Mann bin, werde ich diese furchtbaren Kleider nicht mehr anziehen. Ich werde meinen Gürtel umschnallen und meine *toga praetexta* und vernünftige Schuhe anziehen. Ich werde essen, was mir schmeckt. Ich werde meine Kampfübungen auf dem Marsfeld fortsetzen, mich im Schwertkampf üben, auf meinem Pferd reiten, meinen Schild in der Hand halten und den Spieß werfen. Wenn ich ein Mann bin und meine Braut eine Frau, werden wir weitersehen. Bis dahin werde ich mich nicht wie ein Jupiterpriester benehmen, wenn ich bei meiner Familie bin oder es meine normalen Pflichten als adeliger römischer Junge stört.«

Dieser Unabhängigkeitserklärung folgte ein langes Schweigen. Die reiferen Familienmitglieder suchten nach einer Antwort. Sie empfanden zum ersten Mal jene Hilflosigkeit, die der verkrüppelte, unfähige Gaius Marius empfunden hatte, als er sich gegen den eisernen Willen des Jungen gestellt hatte. Was war zu tun? überlegte der Vater. Er schrak davor zurück, den Jungen in seine Schlafkammer zu sperren, bis er wieder Vernunft annahm, denn er glaubte nicht, daß diese Behandlung wirken würde. Aurelia war schon fast entschlossen, den Jungen einzusperren, aber sie wußte viel besser als ihr Ehemann, daß dies wirkungslos bleiben würde. Der junge Marius und seine Frau kannten die Wahrheit, deshalb konnten sie dem Jungen nicht böse sein; außerdem waren sie sich ihrer eigenen Unfähigkeit, die Dinge zu wenden, zu sehr bewußt, um ihn auszuschimpfen. Mucia Tertia, die in Ehrfurcht vor der Größe und dem guten Aussehen ihres neuen Mannes erstarrt war, hielt den Blick gesenkt; sie war es nicht gewohnt, daß in einer Familie die Dinge beim Namen genannt wurden. Und die Schwestern des jungen Caesar, die älter waren als er und ihn deshalb seit frühester Jugend kannten, sahen einander nur betreten an.

Schließlich brach Julia das Schweigen. Sie sagte besänftigend: »Du hast vollkommen recht, mein Junge. Du bist erst dreizehneinhalb. Du kannst nichts Vernünftigeres tun, als gut zu essen und dich ständig zu üben. Schließlich könnte Rom eines Tages auf deine Gesundheit und deine Geschicklichkeit angewiesen sein, auch wenn du Jupiterpriester bist. Sieh dir nur einmal den armen, alten Lucius Merula an. Ich bin sicher, daß er nie damit gerechnet hat, einmal Konsul werden zu müssen. Aber als er es werden mußte, stellte er sich der Aufgabe. Und niemand schätzte ihn deshalb als Priester des Jupiter geringer oder hielt ihn für gottlos.«

Julia war die älteste der Frauen, sie konnte sich leichter durchsetzen als die anderen – wenn auch nur aus dem Grund, daß sie den Eltern half, eine dauerhafte Verstimmung zwischen ihnen und ihrem schwierigen Sohn zu vermeiden.

Der junge Caesar aß Weizenbrot aus Sauerteig, Eier, Oliven und Hähnchen, bis sein Hunger gesättigt war. Zufrieden strich er sich über den Bauch. Er war ein guter Esser, aber was er aß, war ihm weniger wichtig. Er hätte es an diesem Abend auch ohne das knusprige Weißbrot aushalten und seinen Hunger mit dem anderen Brot befriedigen können. Aber seine Angehörigen sollten von Anfang an begreifen, wie er zu seinem neuen Amt stand und was er zu tun gedachte. Wenn seine Worte Tante Julia und dem jungen Marius weh taten, so konnte er daran nichts ändern. Der Priester des Jupiter mochte für Roms Schicksal entscheidend sein, aber der junge Caesar hatte sich diese Aufgabe nicht gewünscht. Außerdem ahnte er vage, daß ihn der große Gott für andere Aufgaben vorgesehen hatte, nicht nur dafür, seinen Tempel zu fegen.

Auch ohne den Streit um das Essen und die Erklärung des jungen Caesar wäre es ein bitteres Festmahl gewesen. So vieles blieb ungesagt, so vieles mußte ungesagt bleiben, um ihrer aller willen. Vielleicht hatte die Offenheit des jungen Caesar die Stimmung sogar gerettet, denn dadurch waren die Gedanken der anderen von den Grausamkeiten und dem Wahnsinn des Gaius Marius abgelenkt worden.

»Ich bin froh, daß der Tag vorbei ist«, sagte Aurelia zu Caesar, als sie in ihr Schlafzimmer gingen.

»Ich will keinen solchen Tag mehr erleben«, sagte Caesar aus tiefster Überzeugung.

Bevor sich Aurelia auszog, setzte sie sich auf die Bettkante und blickte zu ihrem Ehemann auf. Er schien müde – aber er sah immer müde aus. Wie alt war er jetzt? Fast fünfundvierzig. Das Konsulat war bisher an ihm vorübergegangen, denn er war weder ein Marius noch ein Sulla. Als Aurelia ihn jetzt ansah, wurde ihr klar, daß er niemals Konsul werden würde. Ein großer Teil der Schuld, dachte sie, lag bei ihr. Hätte er eine weniger geschäftige und weniger selbständige Frau gehabt, hätte er in den letzten zehn Jahren mehr Zeit zu Hause verbracht und sich auf dem Forum einen Namen machen können. Er war kein Kämpfer, ihr Mann. Wie hätte er es fertigbringen sollen, einen Verrückten um Geld zu bitten, um damit den Wahlkampf für seine Wahl zum Konsul zu betreiben? Das würde er nie tun. Nicht weil er sich fürchtete, sondern weil er zu stolz war. Am Geld des Marius klebte jetzt Blut. Kein ehrlicher Mann würde es annehmen. Und ihr Mann war der ehrlichste Mann der Welt.

»Gaius Julius«, sagte sie, »wie können wir unserem Sohn helfen? Er haßt sein Amt.«

»Das ist ja auch verständlich«, antwortete Caesar und seufzte. »Ich werde nie Konsul sein. Und das bedeutet, daß er es sehr schwer haben wird, eines Tages Konsul zu werden. Der italische Krieg hat uns sehr viel Geld gekostet. Wahrscheinlich habe ich die tausend Jugera Land verloren, die ich in Lucania so günstig kaufte. Das Land liegt zu weit von einer Stadt entfernt und kann deshalb nicht als sicher gelten. Nachdem Gaius Norbanus die Lucanier letztes Jahr aus Sizilien hinausdrängte, haben die Aufständischen Landstücke wie das meine in Besitz genommen. Und Rom hat weder Zeit noch Soldaten oder Geld, um sie wieder zu verjagen, und daran wird sich auch zu Lebzeiten unseres Sohnes nichts ändern. Es bleibt also nur meine ursprüngliche Ausstattung übrig, die sechshundert Jugera

Land, die Gaius Marius für mich in der Nähe von Bovillae kaufte. Das reicht für die hinteren Bänke im Senat, aber nicht für den *cursus honorum.* Und genaugenommen hat Gaius Marius mir diese Ländereien wieder weggenommen. Seine Truppen haben sie nämlich gründlich verwüstet, als sie in den letzten Monaten durch Latium zogen.«

»Ich weiß«, sagte Aurelia traurig. »Unser armer Sohn wird sich also mit seinem Priesteramt bescheiden müssen, oder?«

»Das fürchte ich.«

»Er ist fest überzeugt, daß Gaius Marius ihm das absichtlich angetan hat!«

»Das glaube ich auch«, sagte Caesar. »Ich war auf dem Forum dabei. Gaius Marius triumphierte geradezu.«

»Dann hat er meinem Sohn schlecht für all die Zeit gedankt, in der dieser ihn nach seinem zweiten Schlaganfall pflegte.«

»Gaius Marius empfindet keine Dankbarkeit mehr. Mir macht vor allem die Angst von Lucius Cinna Sorgen. Er sagte zu mir, daß sich niemand mehr sicher fühlen könne, nicht einmal Julia und Marius' Sohn. Und nachdem ich Gaius Marius gesehen habe, glaube ich Cinna.«

Caesar hatte seine Kleider abgelegt, und Aurelia sah mit leichtem Erschrecken, daß er abgenommen hatte. Seine Rippen und Hüftknochen traten deutlich hervor, seine Schenkel standen weit auseinander.

»Geht es dir gut, Gaius Julius?« fragte sie abrupt.

Er schien überrascht. »Natürlich! Ich bin ein wenig müde, aber nicht krank. Wahrscheinlich ist der Aufenthalt in Ariminum schuld daran. Nachdem Pompeius Strabo drei Jahre lang kreuz und quer durch Umbria und Picenum gezogen war, ist dort nur noch sehr wenig übrig, um die Legionen zu ernähren. Marcus Gratidianus und ich mußten alles rationieren, und wenn man die Männer nicht richtig ernähren kann, darf man auch selbst nicht gut essen. Ich habe vermutlich die meiste Zeit damit zugebracht, die Gegend auf der Suche nach Nahrungsmitteln abzureiten.«

»Dann werde ich dir nur die allerbesten Gerichte vorsetzen lassen«, sagte sie, während ein selten gewordenes Lächeln über ihr verhärmtes Gesicht huschte. »Ich wünschte, die Dinge würden wieder besser! Aber ich habe das schreckliche Gefühl, daß alles nur noch schlimmer wird!« Sie stand auf und begann sich zu entkleiden.

»Dieses Gefühl habe ich auch, Liebes«, sagte er, setzte sich auf die Bettkante und schwang die Beine ins Bett. Er seufzte zufrieden, verschränkte die Arme unter dem Kopf und lächelte. »Aber solange wir noch am Leben sind, kann man uns wenigstens das hier nicht wegnehmen.«

Sie schmiegte sich an ihn. Ihr Kopf lag an seiner Schulter, sein linker Arm umfaßte sie. »Und das ist schön«, murmelte sie. »Ich liebe dich, Gaius Julius.«

In der Morgendämmerung des sechsten Tages seines siebten Konsulats ließ Gaius Marius durch seinen Volkstribunen Publius Popillius Laenas erneut die Volksversammlung einberufen. Nur Marius' Ardiaier waren anwesend, um der Verhandlung zu folgen. Fast zwei Tage lang hatten sie sich gut benehmen, hatten sie die Stadt reinigen müssen und sich nicht mehr sehen lassen dürfen. Aber nun war der junge Marius nach Etruria abgereist, und vor der Rostra standen wieder all die Köpfe aufgereiht. Auf der Rostra standen nur drei Männer: Marius selbst, Popillius Laenas und ein Gefangener in Ketten.

»Dieser Mann«, brüllte Marius, »wollte meinen Tod herbeiführen! Als ich alt und krank aus Italien fliehen mußte, nahm mich die Stadt Minturnae auf. Bis eine Gruppe gekaufter Mörder den Magistrat von Minturnae zwang, meine Hinrichtung anzuordnen. Seht ihr dort meinen guten Freund Burgundus? Burgundus sollte mich erwürgen, als ich in einer Zelle unter dem Kapitol von Minturnae lag! Allein und bedeckt mit Schmutz. Nackt! Ich, Gaius Marius! Der größte Mann in der Geschichte Roms! Der größte Mann, den Rom jemals hervorbringen wird! Ich bin größer als Alexander von Makedonien! Groß, groß, groß!« Er rannte auf der Rostra umher, blickte verwirrt um sich und versuchte sich zu erinnern, was er hatte sagen wollen. Plötzlich grinste er. »Burgundus weigerte sich, mich zu erwürgen. Und die ganze Stadt Minturnae nahm sich an diesem germanischen Sklaven ein Beispiel und weigerte sich, mich hinzurichten. Aber bevor die gedungenen Mörder – ein feiger Haufen, denn sie wagten nicht, Hand an mich zu legen –, Minturnae verließen, fragte ich ihren Anführer, wer sie gedungen habe. ›Sextus Lucilius‹, sagte er.«

Marius grinste wieder, spreizte die Beine und machte einige ungeschickte Schritte, was nach seiner Vorstellung ein kleiner Tanz sein sollte. »Als ich zum siebten Mal Konsul wurde – welcher andere Mann war schon siebenmal Konsul von Rom? –, merkte ich, daß Sextus Lucilius glaubte, niemand wisse, daß er die Mörder gedungen habe. Fünf Tage lang war er blöd genug, in Rom zu bleiben, denn er glaubte sich sicher. Aber heute morgen, bevor es hell wurde und bevor er aufstand, sandte ich meine Liktoren in sein Haus und ließ ihn festnehmen. Die Anklage lautet auf Verrat. Er hat versucht, den Tod des Gaius Marius herbeizuführen!«

Kein Prozeß war jemals kürzer gewesen, nie war Recht so großzügig ausgelegt worden – ohne Beratung, ohne Zeugen, ohne Form und ohne Verfahren befanden die Ardiaier der Volksversammlung Sextus Lucilius des Verrats schuldig. Dann beschlossen sie, ihn vom Tarpejischen Felsen zu stürzen.

»Burgundus, ich gebe dir den Befehl, diesen Mann vom Tarpejischen Felsen zu stürzen«, sagte Marius zu dem riesigen Sklaven.

»Mit Vergnügen, Gaius Marius«, brummte Burgundus.

Die ganze Versammlung zog daraufhin zu einem Ort, von dem aus die Hinrichtung besser zu sehen war. Marius selbst blieb zusammen mit Popillius Laenas auf der Rostra stehen, die so hoch war, daß sie von hier aus einen hervorragenden Blick über das Velabrum hatten. Sextus Lucilius, der sich weder verteidigt noch eine Regung außer Verachtung gezeigt hatte, ging aufrecht in den Tod. Burgundus, dessen glitzernder goldener Brustpanzer aus der Entfernung gut zu sehen war, führte ihn zum Überhang des Tarpejischen Felsens. Lucilius wartete nicht ab, bis Burgundus ihn in die Tiefe stieß, sondern sprang selbst und hätte beinahe den Germanen mit sich gerissen, denn Burgundus hielt noch immer seine Ketten in der Hand.

Diese Provokation und die Gefahr, in der Burgundus geschwebt hatte, versetzten Marius in eine furchtbare Wut. Sein Gesicht lief dunkelrot an, und er keuchte und spuckte und brüllte den unglücklichen Popillius Laenas an.

Das schwache, kleine Licht, das den Verstand des Gaius Marius noch erhellt hatte, erlosch in einem Strom von Blut. Wie vom Schlächterbeil getroffen, stürzte Gaius Marius auf der Rostra zu Boden. Die Liktoren drängten sich um ihn, Popillius Laenas rief verzweifelt nach einer Bahre oder Sänfte. Und die Köpfe der alten Rivalen und Feinde des Marius umringten seinen reglosen Körper – die Zähne gefletscht in grinsenden Schädeln, denn die Vögel hatten ihr Festmahl beendet.

Cinna, Carbo, Marcus Gratidianus, Magius und Vergilius rannten die Senatstreppe herab, stießen die Liktoren beiseite und versammelten sich um den gefallenen Körper des Gaius Marius.

»Er atmet noch«, stellte sein adoptierter Neffe Gratidianus fest.

»Leider«, murmelte Carbo leise.

»Bringt ihn nach Hause«, befahl Cinna.

Inzwischen hatten die Sklaven der Leibwache von der Katastrophe erfahren und sich am Fuß der Rostra versammelt. Alle weinten; einige klagten auf fremdländische Weise.

Cinna wandte sich an den Führer seiner Liktoren. »Schick sofort einen Boten auf das Marsfeld und lasse Quintus Sertorius hierher rufen«, befahl er. »Sage ihm, was sich ereignet hat.«

Marius' Liktoren trugen Gaius Marius auf einer Bahre davon, und die Ardiaier folgten der Bahre wehklagend den Hang hinauf. Cinna, Carbo, Marius Gratidianus, Magius, Vergilius und Popillius Laenas stiegen von der Rostra und warteten an ihrem Fuß auf Quintus Sertorius. Sie saßen auf einer der Umfassungsmauern des Comitiums und versuchten, ihre Gedanken zu ordnen.

»Ich kann nicht glauben, daß er immer noch lebt!« sagte Cinna verwundert.

»Ich glaube, er würde selbst dann wieder aufstehen und herumlaufen, wenn ihm jemand ein gutes römisches Schwert zwei Fuß tief zwischen die Rippen steckte«, sagte Vergilius zornig.

»Was willst du jetzt tun, Lucius Cinna?« fragte Gratidianus, der zwar wie die anderen empfand, dies aber nicht zugeben konnte und es deshalb für besser hielt, das Thema zu wechseln.

»Ich weiß nicht.« Cinna runzelte die Stirn. »Deshalb warte ich auf Quintus Sertorius. Ich schätze seinen Rat.«

Eine Stunde später kam Sertorius.

»Etwas Besseres hätte nicht passieren können«, sagte er zu den Männern, besonders aber zu Marius Gratidianus. »Du brauchst dich nicht als Verräter zu fühlen, Marcus Marius. Du bist adoptiert, du hast weniger marianisches Blut in den Adern als ich. Und meine Mutter gehörte zwar zur Familie des Marius, aber ich sage es dennoch ohne Furcht oder Schuldgefühle: Gaius Marius ist im Exil verrückt geworden. Er ist nicht mehr der Gaius Marius, den wir kannten.«

»Was sollen wir tun, Quintus Sertorius?« fragte Cinna.

Sertorius sah ihn erstaunt an. »Was ihr tun sollt? Du bist doch der Konsul, Lucius Cinna! Du mußt selbst wissen, was du zu tun hast.«

Cinnas Gesicht wurde purpurrot, und er machte eine abwehrende Handbewegung. »Über meine Pflichten als Konsul weiß ich Bescheid, Quintus Sertorius«, sagte er scharf. »Ich habe dich hierher gerufen, weil ich dich fragen will, wie wir die Ardiaier loswerden können.«

»Ach, ich verstehe«, sagte Sertorius langsam. Er trug noch immer eine Bandage über dem linken Auge, aber die Wunde schien nun trocken zu sein. Die Bandage schien Sertorius nicht zu behindern.

»Solange die Ardiaier in der Stadt sind, gehört Rom Marius«, sagte Cinna. »Das Problem ist, daß sie die Stadt wahrscheinlich nicht freiwillig verlassen werden. Sie haben Gefallen daran gefunden, sie zu terrorisieren. Warum sollten sie damit aufhören, nur weil Gaius Marius handlungsunfähig ist?«

»Man kann sie dazu zwingen«, sagte Sertorius und lächelte unangenehm. »Ich kann sie umbringen lassen.«

Carbo sah höchst erfreut aus. »Gut!« rief er. »Ich hole alle Männer herbei, die noch auf der anderen Seite des Flusses lagern.«

»Nein, nein!« rief Cinna entsetzt. »Noch eine Schlacht in den Straßen Roms? Das können wir nach all den Greueln der letzten sechs Tage nicht tun!«

»Ich weiß, was wir tun müssen!« sagte Sertorius, der ungeduldig diese kleinen Unterbrechungen abgewartet hatte. »Lucius Cinna, du rufst morgen bei Tagesanbruch die Anführer der Ardiaier hierher zur Rostra. Du teilst ihnen mit, Gaius Marius habe noch auf dem Totenbett an sie gedacht und dir Geld gegeben, das ihnen ausbezahlt werden solle. Das bedeutet, daß du Gaius Marius heute in seinem Haus besuchen mußt. Man muß dich dort sehen. Du mußt so lange dort bleiben, daß es aussieht, als hättest du dich tatsächlich mit ihm unterhalten.«

»Ich soll ihn besuchen?« fragte Cinna, dem schon der Gedanke daran einen Schrecken einjagte.

»Weil die Ardiaier heute und die ganze Nacht hindurch auf der Straße vor Gaius Marius' Haus auf Nachrichten über sein Befinden warten werden.«

»Ja, natürlich werden sie das tun«, sagte Cinna. »Entschuldige, Quintus Sertorius, mein Verstand funktioniert heute nicht so gut. Und dann?«

»Du erklärst den Anführern, du hättest die Sache so geregelt, daß die Ardiaier das Geld zur zweiten Stunde des Tages bei der Villa Publica auf dem Marsfeld ausbezahlt bekämen«, sagte Sertorius grinsend. »Ich werde dort mit meinen Männern warten. Und das wird dann wirklich das Ende der Schreckensherrschaft des Gaius Marius sein.«

Als Gaius Marius in sein Haus getragen wurde, sah Julia in tiefster Trauer und mit unendlichem Mitleid auf ihn herab. Er lag mit geschlossenen Augen auf der Bahre, sein Atem ging laut.

»Sein Ende ist gekommen«, sagte sie zu den Liktoren. »Geht nach Hause, ihr guten Diener des Volkes. Ich werde mich jetzt um ihn kümmern.«

Sie badete ihn selbst, rasierte ihm den Sechstagebart von Wangen und Kinn und kleidete ihn mit Strophantes' Hilfe in eine frischgewaschene, weiße Tunika. Dann ließ sie ihn in sein Bett legen. Sie weinte nicht.

»Benachrichtige meinen Sohn und die ganze Familie«, befahl sie dem Verwalter, als Marius in seinem Bett lag. »Er wird noch nicht jetzt sterben, aber er wird sterben.« Sie setzte sich auf einen Stuhl neben dem Bett des großen Mannes und gab Strophantes weitere Anweisungen, nur unterbrochen von Marius' fürchterlich rasselndem Atem. Die Gästezimmer mußten vorbereitet werden, und man mußte genügend Nahrungsmittel herbeischaffen und das Haus gründlich reinigen. Und Strophantes mußte den besten Bestatter Roms kommen lassen. »Ich kenne keinen einzigen mit Namen!« sagte Julia auf die Frage des Verwalters erstaunt. »Während meiner ganzen Ehe mit Gaius Marius hatten wir nur einen einzigen Todesfall in diesem Haus, als unser kleiner zweiter Sohn starb. Damals lebte der alte Caesar noch; er hat alles veranlaßt.«

»Vielleicht erholt er sich wieder, *domina*«, sagte der Verwalter weinend. Er war in Gaius Marius' Diensten alt geworden.

Julia schüttelte den Kopf. »Nein, Strophantes, er erholt sich nicht mehr.«

Julias Bruder Gaius Julius Caesar, seine Frau Aurelia, ihr Sohn, der junge Caesar, und ihre Töchter Lia und Ju-Ju kamen gegen Mittag. Der junge Marius, der einen weiten Weg hatte, traf erst nach Einbruch der Dunkelheit in seinem Elternhaus ein. Claudia, die Witwe von Julias zweitem Bruder, lehnte es ab zu kommen, sie schickte jedoch ihren jungen Sohn, der ebenfalls Sextus Caesar hieß, als Vertreter dieses Familienzweiges. Marius' Bruder Marcus war schon vor mehreren Jahren verstorben, aber sein Adoptivsohn Gratidianus war anwesend. Auch Quintus Mucius Scaevola Pontifex Maximus und seine zweite Frau, die wie seine erste Frau Licinia hieß, eilten herbei. Seine Tochter, Mucia Tertia, weilte natürlich bereits in Marius' Haus.

Auch viele andere Besucher kamen, aber sie kamen längst nicht so zahlreich, wie sie einen Monat früher gekommen wären. Catulus Caesar, Lucius Caesar, Antonius Orator, Caesar Strabo, der Zensor Crassus – ihre Zungen konnten nicht mehr sprechen, ihre Augen nicht mehr sehen. Lucius Cinna kam mehrmals; bei seinem ersten Besuch überbrachte er die Grüße des Quintus Sertorius.

»Er kann seine Legion im Augenblick nicht verlassen.«

Julia durchschaute die Ausrede, sagte aber nur: »Bitte richte dem lieben Quintus Sertorius aus, daß ich ihn vollkommen verstehe – und daß ich ihm vollkommen recht gebe.«

Diese Frau versteht alles! dachte Cinna fröstelnd. Er blieb nur so lange, wie es die Höflichkeit gebot, achtete aber darauf, daß es so aussah, als habe er mit Gaius Marius gesprochen.

Die Familienmitglieder wechselten sich mit der Wache am Bett des Sterbenden ab. Nur Julia saß die ganze Zeit in ihrem Stuhl. Als die Reihe an den jungen Caesar kam, weigerte er sich, das Sterbezimmer zu betreten.

»Ich darf nicht mit einem Toten zusammensein«, erklärte er mit ausdruckslosem Gesicht und unschuldigem Blick.

»Aber Gaius Marius lebt noch!« sagte Aurelia und warf Scaevola und dessen Frau einen vielsagenden Blick zu.

»Er könnte aber sterben, während ich bei ihm bin. Das kann ich nicht zulassen«, erwiderte der Junge fest. »Wenn er tot ist und sein Körper aus dem Haus geschafft wurde, werde ich die Reinigungsriten in seinem Zimmer vornehmen.«

Der Spott in seinen Augen war so verhalten, daß nur seine Mutter ihn bemerkte. Doch sie bemerkte ihn und verspürte plötzlich eine tiefe Hilflosigkeit, denn sie erkannte darin Haß – einen leidenschaftslosen, aber auch nicht gleichgültigen und keineswegs unüberlegten Haß.

Als Julia endlich aus dem Sterbezimmer kam, um ein wenig zu schlafen – der junge Marius hatte sie von der Seite ihres Mannes wegziehen müssen –, wurde sie von dem jungen Caesar in ihr Zimmer geleitet. Aurelia wollte sich gerade erheben, um sich um Julia zu kümmern, aber auf einen stummen Befehl aus den Augen ihres Sohnes hin setzte sie sich sofort wieder. Sie hatte die Macht über ihn verloren. Er war frei.

»Du mußt etwas essen«, sagte der Junge zu seiner geliebten Tante, während sie sich auf der Liege niederließ. »Strophantes kommt sofort.«

»Ich bin aber überhaupt nicht hungrig!« flüsterte sie. Ihr Gesicht war so weiß wie die weißen Bettlaken, die der Verwalter für sie auf der Liege hatte ausbreiten lassen. In ihrem Ehebett lag Gaius Marius, und Julia hatte kein anderes Bett im Haus.

»Ob du hungrig bist oder nicht, spielt keine Rolle; ich werde dir ein wenig Suppe einflößen«, sagte der Junge in jenem Tonfall, gegen den sich nicht einmal Marius aufgelehnt hatte. »Du mußt essen, Tante Julia, denn es kann ja noch tagelang dauern. Er läßt das Leben nicht so schnell los.«

Die Suppe und ein paar Würfel hartes Brot wurden hereingebracht. Der junge Caesar brachte Julia dazu, die Suppe zu trinken, indem er sich neben sie auf die Liege setzte und sie sanft und leise, aber unablässig drängte, weiterzuessen. Er gab nicht nach, bis die Schale völlig leer war. Dann nahm er die Kissen von der Liege, deckte seine Tante zu und strich ihr zärtlich die Haare aus der Stirn.

»Wie gut du zu mir bist, kleiner Gaius Julius«, sagte sie schläfrig.

»Nur zu denen, die ich lieb habe«, erwiderte er und fügte nach einer kurzen Pause hinzu: »Zu dir. Zu Mutter. Zu niemandem sonst.« Er beugte sich über sie und küßte sie auf die Lippen.

Julia schlief mehrere Stunden lang, und während dieser Zeit saß er in einem Stuhl und betrachtete sie. Seine Augenlider wurden schwer, aber er hielt sich wach. Er trank ihren Anblick in sich hinein, um sich später an sie erinnern zu können; nie wieder würde sie ihm so gehören, wie sie ihm jetzt gehörte, während sie schlief.

Als Julia erwachte, verflog diese Stimmung. Sie erschrak, als sie bemerkte, wie lange sie geschlafen hatte, und beruhigte sich erst wieder, als ihr der junge Caesar versicherte, Gaius Marius' Zustand habe sich nicht verändert.

»Du wirst jetzt baden«, befahl der Junge ihr, »und wenn du zurückkommst, ißt du ein Honigbrot. Gaius Marius merkt nicht, ob du bei ihm bist oder nicht.«

Nach dem Schlaf und dem Bad fühlte sich Julia hungrig. Sie aß das Honigbrot, während ihr der junge Caesar von seinem Stuhl aus stirnrunzelnd zusah. Schließlich erhob sie sich.

»Ich bringe dich bis zu seinem Zimmer«, sagte er, »aber ich darf nicht eintreten.«

»Nein, natürlich nicht. Du bist schließlich der Jupiterpriester. Es tut mir so leid, daß du dein Amt haßt!«

»Mach dir darüber keine Sorgen, Tante Julia. Ich finde schon eine Lösung.«

Sie nahm sein Gesicht zwischen ihre Hände und küßte ihn. »Ich danke dir für deine Hilfe, junger Caesar. Du bist ein großer Trost für mich.«

»Ich tue es nur für dich, Tante Julia. Für dich würde ich mein Leben geben.« Er lächelte. »Vielleicht ist es näher an der Wahrheit, wenn ich sage, daß ich das schon getan habe.«

Gaius Marius starb kurz vor der Morgendämmerung. Er starb in der Stunde, in der alles Leben erloschen scheint und Hunde heulen und Hähne krähen. Er starb, nachdem er sieben Tage bewußtlos gewesen war, am dreizehnten Tag seines siebten Konsulats.

»Eine Unglückszahl«, stellte der Pontifex Maximus Scaevola erschauernd fest und rieb sich die Hände.

Unglücklich für ihn, aber glücklich für Rom, dachten die meisten, die Scaevolas Bemerkung hörten.

»Er muß ein Staatsbegräbnis bekommen«, sagte Cinna. Er war in Begleitung seiner Frau Annia und seiner jüngeren Tochter Cinnilla gekommen, der Frau des Jupiterpriesters.

Aber Julia, die nicht weinte und sehr gefaßt schien, schüttelte entschieden den Kopf. »Nein, Lucius Cinna, es wird kein Staatsbegräbnis geben. Gaius Marius ist reich genug, um seine Beerdigung selbst zu bezahlen. Rom kann sich im Augenblick keine großen Ausgaben leisten. Und ich will auch keine große Veranstaltung. Nur die Angehörigen sollen dabeisein. Das bedeutet, daß Gaius Marius' Tod erst bekannt werden darf, wenn die Beerdigung vorüber ist.« Sie erschauerte und verzog das Gesicht. »Gibt es eine Möglichkeit, diese entsetzlichen Sklaven loszuwerden, die er zuletzt um sich sammelte?«

»Das wurde schon vor sechs Tagen erledigt«, sagte Cinna errötend. Er konnte seine Verlegenheit nicht verbergen. »Quintus Sertorius zahlte ihnen auf dem Marsfeld ihren Sold aus und befahl ihnen, Rom zu verlassen.«

»Ach ja, natürlich! Das habe ich einen Augenblick lang völlig vergessen«, sagte die Witwe. »Wie gut von Quintus Sertorius, daß er unsere Probleme löst!« Niemand wußte, ob sie diese Bemerkung ironisch gemeint hatte. Sie sah ihren Bruder Caesar an. »Hast du Gaius Marius' Testament von den Vestalinnen geholt, Gaius Julius?«

Caesar nickte.

»Dann wollen wir es jetzt verlesen.« Und zu Scaevola sagte sie: »Quintus Mucius, würdest du uns bitte das Testament vorlesen?«

Das Testament war kurz und offenbar erst kürzlich verfaßt worden. Marius hatte es niedergeschrieben, als er mit seinem Heer südlich des Janiculum gestanden hatte. Den größten Teil seines Besitzes vermachte er seinem Sohn, dem jungen Marius; Julia erhielt das Maximum dessen, was er ihr als eigenen Besitz hatte übertragen können. Ein Zehntel seines Besitzes erbte der Adoptivsohn seines Bruders, Gratidianus, der nun plötzlich ein sehr wohlhabender Mann war, denn Gaius Marius war über alle Maßen vermögend gewesen. Dem jungen Caesar hatte Gaius Marius seinen germanischen Sklaven Burgundus vermacht – als Dank für die kostbare Zeit seiner Jugend, die er dem alten Mann geopfert hatte, um ihm beizubringen, seine linke Körperhälfte wieder zu benutzen.

Warum hast du mir den Sklaven vermacht, Gaius Marius? fragte sich der Junge stumm. Sicherlich nicht aus Dankbarkeit, wie du schreibst. Willst du damit sicherstellen, daß meine Laufbahn zu Ende ist, wenn ich mein Priesteramt ablege? Soll er mich ermorden, wenn ich die politische Karriere anstrebe, an der du mich hindern wolltest? Nun, in zwei Tagen wirst du nur noch Asche sein. Aber ich werde nicht tun, was jeder vernünftige Mann tun würde – nämlich diesen Germanen töten lassen. Er hat dich geliebt, wie ich dich einmal geliebt habe. Es wäre ein schlechter Lohn für seine Liebe, ihn töten zu lassen – seelisch oder körperlich. Ich werde Burgundus also behalten. Und ich werde ihn dazu bringen, *mich* zu lieben.

Der Jupiterpriester wandte sich Lucius Decumius zu. »Ich bin hier nur im Weg«, sagte er. »Begleitest du mich nach Hause?«

»Du gehst nach Hause?« fragte Cinna. »Gut! Würdest du bitte Cinnilla mitnehmen? Sie ist müde.«

Der Priester sah seine siebenjährige Gemahlin an. »Komm, Cinnilla«, sagte er und lächelte sie an, denn er wußte, daß er damit Frauenherzen erobern konnte. »Kann euer Koch gute Kuchen backen?«

Zusammen mit Lucius Decumius traten die beiden Kinder auf den Clivus Argentarius hinaus und gingen hangabwärts auf das Forum Romanum zu. Die Sonne war inzwischen aufgegangen, stand aber noch nicht hoch genug am Himmel, um den Grund des feuchten Tals zu erreichen, in dem die Existenz Roms wurzelte.

»Seht euch das an! Die Köpfe sind weg!« rief der Junge, als sie den Steinboden des Comitiums betraten. »Ich frage mich, Lucius Decumius, ob die Reinigung nach einem Sterbefall mit einem gewöhnlichen Besen durchgeführt wird oder ob man dazu einen besonderen Besen braucht?« Er hüpfte über zwei Steinplatten und fügte hinzu: »Es hilft wohl alles nichts: Ich werde erst einmal die

Bücher lesen müssen. Es wäre schrecklich, wenn ich bei meinem Wohltäter Gaius Marius auch nur geringfügig von den vorgeschriebenen Riten abweichen würde! Auch wenn ich in meinem Leben sonst nichts mehr fertigbringe: Von Gaius Marius muß ich uns vollständig befreien!«

Und Lucius Decumius ließ sich zu einem prophetischen Ausspruch hinreißen, nicht weil er das zweite Gesicht hatte, sondern weil er den Jungen liebte. »Du wirst einmal größer sein als Gaius Marius.«

»Ich weiß«, sagte der junge Caesar. »Ich weiß, Lucius Decumius, ich weiß!«

Die handelnden Personen

Caepio

Quintus Servilius Caepio (Konsul 106 v. Chr.) – raubte das Gold von Tolosa
Quintus Servilius Caepio [Caepio] (Prätor 91 v. Chr.), sein Sohn
Livia Drusa, Frau des Caepio (Schwester des Marcus Livius Drusus)
Quintus Servilius Caepio Junior, Sohn des Caepio mit Livia Drusa
Servilia Major [Servilia], ältere Tochter des Caepio mit Livia Drusa
Servilia Minor [Lilla], jüngere Tochter des Caepio mit Livia Drusa
Servilia Gnaea [Gnaea], eine Verwandte
Porcia Liciniana, Gnaeas Mutter

Die Brüder Caesar

Quintus Lutatius Catulus Caesar (Konsul 102 v. Chr.), ältester Bruder, zur Adoption weggegeben
Lucius Julius Caesar (Konsul 90 v. Chr., Zensor 89 v. Chr.), mittlerer Bruder
Gaius Julius Caesar Strabo Vopiscus Sesquiculus, jüngster Bruder
(Alle drei sind Söhne von Sextus Julius Caesar, dem älteren Bruder des Großvaters des berühmten Caesar)

Caesar

Gaius Julius Caesar (Prätor 92 v. Chr.)
Aurelia, seine Frau (Tochter der Rutilia, Nichte des Publius Rutilius Rufus)
Julia Major [Lia], seine ältere Tochter
Julia Minor [Ju-ju], seine jüngere Tochter
Gaius Julius Caesar Junior [auch Pavo], sein Sohn

Gaius Julius Caesar, sein Vater
Sextus Julius Caesar (Konsul 91 v. Chr.), sein älterer Bruder
Claudia, Sextus Julius Caesars Frau
Gaius Matius Junior [Pustula], Freund von Caesar Junior
Lucius Decumius, Angehöriger der vierten Klasse und Anführer eines Kreuzwegevereins oder einer Bruderschaft

Cinna

Lucius Cornelius Cinna (Konsul 87 und 86 v. Chr.)
Annia, seine Frau
Lucius Cornelius Cinna Junior, sein Sohn
Cornelia Cinna Major [Cornelia Cinna], seine ältere Tochter
Cornelia Cinna Minor [Cinnilla], seine jüngere Tochter
Gnaeus Domitius Ahenobarbus Junior, Mann der Cornelia Cinna

Drusus

Marcus Livius Drusus (plebejischer Ädil 94 v. Chr., Volkstribun 91 v. Chr.)
Servilia Caepionis, seine Frau (Schwester des Caepio)
Livia Drusa, seine Schwester (Frau des Caepio und des Cato Salonianus)
Marcus Livius Drusus Nero Claudianus, sein Adoptivsohn
Cornelia Scipionis, seine Mutter
Mamercus Aemilius Lepidus Livianus, sein leiblicher Bruder (zur Adoption weggegeben)
Marcus Porcius Cato Salonianus (Prätor 92 v. Chr.), sein Schwager
Porcia, seine Nichte (Tochter von Livia Drusa und Cato Salonianus)
Marcus Porcius Cato Junior, sein Neffe (Sohn von Livia Drusa und Cato Salonianus)
Cratippus, sein Verwalter

Marius

Gaius Marius (Konsul 107, 104, 103, 102, 101, 100 und 86 v. Chr.)
Julia, seine Frau (Schwester des Gaius Julius Caesar)
Gaius Marius Junior, sein Sohn
Mucia Tertia, Verlobte seines Sohnes
Strophantes, sein Verwalter

Metellus

Quintus Caecilius Metellus Numidicus Schweinebacke (Konsul 109 v. Chr., Zensor 102 v. Chr.)
Quintus Caecilius Metellus Pius das Ferkel (Prätor 89 v. Chr.), sein Sohn
Licinia, Frau von Metellus dem Ferkel (Tochter des Crassus Orator)
Caecilia Metella Delmatica, seine Nichte (Tochter des Metellus Delmaticus)

Mithridates

Mithridates VI. Eupator, König von Pontos
Laodike, seine Schwester und Frau, erste Königin von Pontos
Nysa, seine Frau, zweite Königin von Pontos (Tochter des Gordios)
Machares, sein Sohn mit Laodike
Pharnakes, sein Sohn mit Nysa
Ariarathes VII. Eusebes, sein Sohn, König von Kappadokien
Ariarathes VIII., sein Sohn, König von Kappadokien
Ariarathes, sein Sohn
Mithridates, sein Sohn
Kleopatra, seine Tochter mit Laodike, Königin von Armenien
Tigranes, sein Schwiegersohn, König von Armenien
Antiochis von Syrien, eine seiner Nebenfrauen
Kleopatra Tryphaena, seine Tochter mit Antiochis
Berenike Nysa, seine Tochter mit Antiochis
Archelaos, sein Vetter und Feldherr
Neoptolemos, sein Vetter und Feldherr
Pelopidas, sein Vetter und Feldherr
Leonippos, sein Vetter und Feldherr
Gordios von Kappadokien, einer seiner Schwiegerväter
Monima aus der Provinz Asia, eine neue Frau
Ariobarzanes, König von Kappadokien
Aristion, sein griechischer Agent
Battakes, Archigallos des Kybele-Heiligtums von Pessinus, sein Agent

Nikomedes

Nikomedes II., König von Bithynien
Nikomedes III., sein älterer Sohn, König von Bithynien
Oradaltis, Frau des Nikomedes III.
Nysa, Tochter des Nikomedes III. und der Oradaltis
Sokrates, sein jüngerer Sohn
Musa, Frau des Sokrates
Pylaemenes, Prinz von Paphlagonien
Manius Aquillius (Konsul 101 v. Chr.), beauftragt, Nikomedes II. wieder auf den Thron zu setzen
Gaius Cassius Longinus (Prätor 90 v. Chr.), Statthalter der Provinz Asia
Quintus Oppius (Prätor 98 v. Chr.), Statthalter von Kilikien

Ptolemaios

Ptolemaios VIII. Euergetes Physkon Dickbauch, König von Ägypten (gest. 116 v. Chr.)
Kleopatra II., seine Schwester und Frau, Königin von Ägypten
Kleopatra III., seine Nichte und Frau, Königin von Ägypten
Ptolemaios IX. Soter Lathyros, sein älterer Sohn, König von Ägypten
Kleopatra IV., seine Tochter (Frau seines älteren und dann seines jüngeren Sohnes)
Ptolemaios X. Alexander, sein jüngerer Sohn, König von Ägypten (gest. 88 v. Chr.)
Ptolemaios Apion, König von Kyrene, sein unehelicher Sohn (gest. 96 v. Chr.)
Ptolemaios Philadelphos Auletes, sein Enkel, unehelicher Sohn des Ptolemaios Soter
Ptolemaios, sein Enkel, unehelicher Sohn des Ptolemaios Soter

Rutilius Rufus

Publius Rutilius Rufus (Konsul 105 v. Chr.)
Livia, seine verstorbene Frau (Tante von Marcus Livius Drusus)
Rutilia, seine Schwester (Frau des Marcus Aurelius Cotta, Mutter der Aurelia

Scaevola

Quintus Mucius Scaevola Pontifex Maximus (Konsul 95 v. Chr.)
Mucia Tertia, seine Tochter (Frau von Marius Junior)
Lucius Licinius Crassus Orator, sein Vetter (Konsul 95 v. Chr., Zensor 92 v. Chr.)

Scaurus

Marcus Aemilius Scaurus Princeps Senatus (Konsul 115 v. Chr., Zensor 109 v. Chr.)
Caecilia Metella Delmatica, seine zweite Frau
Aemilia Scaura, seine Tochter mit Delmatica
Marcus Aemilius Scaurus Junior, sein Sohn mit Delmatica

Sulla

Lucius Cornelius Sulla (Konsul 88 v. Chr.)
Julilla, seine erste Frau
Aelia, seine zweite Frau
Caecilia Metella Delmatica, seine dritte Frau
Cornelia Sulla, seine Tochter mit Julilla (Frau des Quintus Pompeius Rufus Junior)
Lucius Cornelius Sulla Junior, sein Sohn mit Julilla
Lucius Licinius Lucullus, sein Vertrauter, Legat und Quästor
Quintus Pompeius Rufus, sein Amtskollege (Konsul 88 v. Chr.)
Chrysogonus, sein neuer Verwalter

Syrien

Antiochos III. der Große, König von Syrien (gest. 187 v. Chr.)
Laodike, seine Frau, Königin von Syrien (Tochter des Mithridates III. von Pontos)
Laodike, seine Tochter mit Laodike (Frau des Mithridates IV. von Pontos
Demetrios II. Nikator, König von Syrien (gest. 125 v. Chr.)
Rhodogune, seine parthische Frau
Antiochis, seine Tochter mit Rhodogune (Nebenfrau des Mithridates von Pontos)
Antiochos VIII. Grypos, König von Syrien (gest. 96 v. Chr.)

Kleopatra Tryphaena, seine erste Frau (Tochter des Ptolemaios Dickbauch)
Kleopatra Selene, seine zweite Frau (Tochter des Ptolemaios Dickbauch)
Antiochos IX. Kyzikenos, jüngerer Bruder von Grypos, König von Syrien
Kleopatra IV., seine erste Frau (Tochter des Ptolemaios Dickbauch)
Kleopatra Selene, seine zweite Frau (Tochter des Ptolemaios Dickbauch)

Die Konsuln

*99 v. Chr. (655 A. U. C.)**	Marcus Antonius Orator (Zensor 97 v. Chr.) Aulus Postumius Albinus
98 v. Chr. (656 A. U. C.)	Quintus Caecilius Metellus Nepos Titus Didius
97 v. Chr. (657 A. U. C.)	Gnaeus Cornelius Lentulus Publius Licinius Crassus (Zensor 89 v. Chr.)
96 v. Chr. (658 A. U. C.)	Gnaeus Domitius Ahenobarbus Pontifex Maximus (Zensor 92 v. Chr.) Gaius Cassius Longinus
95 v. Chr. (659 A. U. C.)	Lucius Licinius Crassus Orator (Zensor 92 v. Chr.) Quintus Mucius Scaevola (Pontifex Maximus 89 v. Chr.)
94 v. Chr. (660 A. U. C.)	Gaius Coelius Caldus Lucius Domitius Ahenobarbus
93 v. Chr. (661 A. U. C.)	Gaius Valerius Flaccus Marcus Herennius
92 v. Chr. (662 A. U. C.)	Gaius Claudius Pulcher Marcus Perperna (Zensor 86 v. Chr.)

91 v. Chr. (663 A. U. C.)	Sextus Julius Caesar Lucius Marcius Philippus (Zensor 86 v. Chr.)
90 v. Chr. (664 A. U. C.)	Lucius Julius Caesar (Zensor 89 v. Chr.) Publius Rutilius Lupus
89 v. Chr. (665 A. U. C.)	Gnaeus Pompeius Strabo Lucius Porcius Cato Licinianus
88 v. Chr. (666 A. U. C.)	Lucius Cornelius Sulla Quintus Pompeius Rufus
87 v. Chr. (667 A. U. C.)	Gnaeus Octavius Ruso Lucius Cornelius Cinna Lucius Cornelius Merula, Priester des Jupiter (*consul suffectus*)
86 v. Chr. (668 A. U. C.)	Lucius Cornelius Cinna (zweite Amtszeit) Gaius Marius (Siebte Amtszeit) Lucius Valerius Flaccus (*consul suffectus*)

* A. U. C.: Anno Urbis Conditae (Jahre seit der Gründung Roms 753 v. Chr.)